〔唐〕杜甫 著
〔宋〕趙次公 注
林繼中 輯校

杜詩趙次公先後解輯校

修訂本

上

上海古籍出版社

圖書在版編目（CIP）數據

杜詩趙次公先后解輯校（修訂本）/（唐）杜甫著；（宋）趙次公注；林繼中輯校．— 上海：上海古籍出版社，2012.12（2020.11 重印）
（中國古典文學叢書）
ISBN 978－7－5325－6465－1

Ⅰ．①杜… Ⅱ．①杜… ②趙… ③林… Ⅲ．①杜詩—注釋 Ⅳ．① I222.742

中國版本圖書館 CIP 數據核字（2012）第 091796 號

中國古典文學叢書

杜詩趙次公先后解輯校（修訂本）

（全三册）

［唐］杜　甫　著

［宋］趙次公　注

林繼中　輯校

上海古籍出版社出版發行
（上海瑞金二路 272 號　郵政編碼 200020）
（1）網址：www.guji.com.cn
（2）E-mail：guji1@guji.com.cn
（3）易文網網址：www.ewen.co
商務印書館上海印刷有限公司印刷
開本 850×1168　1/32　印張 51　插頁 16　字數 1,000,000
2012 年 12 月第 1 版　2020 年 11 月第 3 次印刷
印數：2,101–2,700
ISBN 978－7－5325－6465－1
Ⅰ・2562　精裝定價：258.00 元

新定杜工部古詩近體詩先後并解

永泰卷之一

永泰元年時公五十四歲四月盡嚴武既死公於五月挈家下戎渝忠至八月末至雲安縣遂泊舟而居所存之詩

夏五月自戎州迤邐而下

宴戎州楊使君東樓一首近體詩

次公曰東樓蓋郡治登臨之所也傳云治舊在對岸今徙矣

勝絶驚身老情忘發興奇

次公曰此篇破頭已對蓋言勝雖絶矣而驚見在之身則老情雖忘矣而發所對之興則奇也身老字禮記云

國家圖書館藏明鈔本《新定杜工部古詩近體詩先後并解》書影

總目

趙次公自序

余喜本朝孫覺莘老之説，謂「杜子美詩無兩字無來處」。又王直方立之之説，謂「不行一萬里，不讀萬卷書，不可看老杜詩」。因留功十年，注此詩。稍盡其詩，乃知非特兩字如此耳，往往一字綮切，必有來處，皆從萬卷中來。至其思致之貌，體格之多，非惟一時人所不能及，而古人亦有未到焉者。若論其所謂來處，則句中有字、有語、有勢、有事，凡四種。兩字而下爲字，三字而上爲語，擬似依倚爲勢，事則或專用、或借用、或直用、或翻用、或用其意，不在字語中。於專用之外，又有展用、有倒用、有抽摘滲合而用，則李善所謂「文雖出彼而意殊，不以文害」也。又至用方言之穩熟，用當日之事實者。又有用事之祖、有用事之孫。何謂祖？其始出者是也。何謂孫？雖事有祖出，而後人有先拈用或用之別有所主而變化不同，即爲孫矣。杜公詩句皆有焉。世之注解者，謬引旁似，遺落佳處固多矣。至于只見後人重用、重説處，而不知本始，所謂無祖。其所經後人先捻用，并已變化，而但引祖出，是謂不知夫舍祖而取孫。又至于字語明熟混成，如自己出，則杜公所謂「水中著鹽，不飲不知」者。蓋言非讀書之多，不能知覺，尤世之注解者弗悟也。

（林希逸竹溪鬳齋十一藁續集卷三十）

蕭序〔二〕

林繼中同志的博士論文杜詩趙次公先後解輯校，全文一百一十萬字，是一部有相當高價值的學術專著。

輯佚部分以現存兩鈔本爲模式，旨在恢復趙注原貌。甲、乙、丙三帙的輯佚工作尤屬創造性勞動，爲今後杜甫研究提供了一個至今爲止最爲完善的趙注本。

校勘部分除約八百條校記外，還糾正了趙注及其引文在文字上大量的訛、奪、衍、倒。此項工作，不但要求作者慎思明辨，剖析毫芒，作出判斷，而且首先要求作者博涉羣書，發現問題，付出巨大的工作量。

前言部分是綜合研究，頗多獨到的見解。如對趙次公其人其書的考證及其時代背景的考察，對複雜的宋人注杜所作的一些清源通塞的工作等，大都能做到無徵不信、實事求是，學風是嚴謹的。該論文卷帙雖龐大，但提挈有體，行文亦復明淨。爲便利讀者參閱，對趙注所作某些調整，和目録中於詩題下用數碼標明九家注卷數，并足見慘淡經營之苦心。

總之，在杜甫研究領域中，作者作出了可喜的貢獻。宜置優等。

蕭滌非　一九八六年六月六日

〔一〕是篇爲導師蕭滌非先生爲博士學位論文杜詩趙次公先後解輯校（本書前言及甲、丁二帙，爲送審部分）所寫評語。因本書在出版時作了較大幅度的修定與删節，體例亦有所變更，故與評語所列之數據不盡相符，爲保留評語原貌，一仍其舊。

前言

一

南宋人曾噩序九家注，稱「蜀士趙次公爲少陵忠臣」，劉克莊後村先生大全集卷一跋陳教授杜詩補注稱「杜氏左傳、李氏文選、顔氏班史、趙氏杜詩，幾於無可恨矣」。金、元之際的元好問，在遺山先生文集卷三十六杜詩學引中評宋以來各家杜注云：「杜詩注六七十家，發明隱奥，不可謂無功。至於鑿空架虚，旁引曲證，鱗雜米鹽，反爲蕪累者亦多矣。要之，蜀人趙次公作證誤，所得頗多。」而清人周春也在杜詩雙聲疊韻譜括略中説：「杜之有注，自趙次公始也。」趙次公注杜詩爲後人所重如此。可惜，這部洋洋數百萬言的巨帙早已散佚，而作者趙次公也鮮爲人知。

趙次公於史無傳，四川通志人物也無所載，惟分門集注「姓氏」云：「西蜀趙氏次公，字彦材，著正誤。」近人傅增湘宋代蜀文輯存作者考據王注分類蘇詩云：「趙次公，字彦材，蜀人，任隆州司法。」按宋史地理志載隆州沿革，宣和四年爲仙井監，隆興元年始改爲隆州。隆興乃南宋孝宗年號，則次公爲南宋時人。明鈔本成〔戊〕帙卷十一後有題識云：「宣和元刻。」宣和爲北宋徽宗年號，今檢鈔本已〔己〕帙卷三登岳陽樓，附有次公詩一首，其末句云：「中原隔氛祲，回首淚如傾。」邵溥謂爲「亦杜公憂國之念，正今日事矣」，則書成於南渡後無疑。所謂「宣和元刻」者，純屬子虚烏有。又明鈔本末〔丁〕帙卷三題桃樹引「邵溥澤民尚書云」；己帙卷三登岳陽樓記其與「邵溥澤民侍郎」論詩，且溥稱趙氏爲「叟」。邵溥，宋史翼卷十有傳。據李心傳建炎以來繫年要録載，建炎元年二月溥猶爲户部侍郎；三月，張邦昌僭位，溥權僞楚户部尚書；五月，黜知單州。其試尚書禮部侍郎在紹興六年正月，紹興十八年卒。由此可推知：（一）末（丁）帙成書當在建炎年間，故稱邵爲「尚書」；（二）登岳陽樓在最後一帙（己帙），那末全書之完成應當在紹興六年邵溥試禮部侍郎後，紹興十八年邵溥卒前；（三）邵氏稱次公爲「叟」，則成書時次公在壯年後。然此實不無可疑：邵溥權僞楚尚書爲時僅月餘，實屬僞職（溥此後未曾再任尚書一職），當時爲士大夫所深諱，次公以此僞職稱溥，似不近情理，一也。林希逸竹溪鬳齋十一藁續集卷三十引趙次公自序，云「因留功十年，注此詩」，如果建炎年間次公已完成全帙過半之末（丁）帙，建炎止于四年，則已帙之完成當不遲於紹興六、七年間，如此方可言「十年」。是時邵溥已稱次公爲「叟」，紹興六年去隆興幾三十載，則次公隆興間任隆州司法當近古稀，亦似不近情理，二也。且建炎年間戎馬倥傯，邵溥何來雅興與次公論詩？此又爲不近情理者，三也。因此我認爲「邵溥尚書」係「邵溥侍郎」之誤。據宋史翼邵溥傳載，溥紹興四年知瀘州，五年權川陝宣撫副使，置司綿州；六年除川陝宣撫使幹辦公事；七年，知衡州，尋改眉州，後居犍爲至卒。則邵溥紹興四年後多在蜀，此間與次公交遊論詩可能性最大。又，舊題王十朋東坡詩集注卷四芙蓉城「竟坐誤讀黄庭經」引趙注「聞之晁子止云，神仙黑紙白字寫黄庭經」云云。晁子止，即晁公武，靖康末避亂入蜀，紹興中始舉進士（參看四川通志卷一六五人物流寓），次公與之交游當在此期間。其郡齋讀書志云：「近時有蔡興宗者，再用年月編次之；而次公者，又以古律詩雜次第之，且爲之注。」讀書志成書於紹興二十一年（見陳振孫直齋書録解題卷八），則趙注成書當在此年前不遠，故稱「近時」。如果再考慮到次公完成全帙在壯年後，且於隆興間任隆州司法這兩個因素，那末成書年代當近下限，即邵溥卒年之紹興十八年，以紹興四至十七年間「留功十年」而成書之可能性最大〔一〕。

趙次公除注杜詩外，尚注蘇詩，舊題王十朋東坡詩集注採用甚多。近人傅增湘宋代蜀文輯存卷九十八輯有次公文杜工部草堂記、黄鹿真人碑記二篇，此外無所見。

綜上所述，可得次公生平大略如左：

趙次公，字彦材，蜀人。與邵溥、晁公武交遊。隆興年間，任隆州司法。著有杜詩注、蘇詩注。其著杜詩注當在紹興四年至十七年之間。

二

趙次公注杜詩最早見于著録的，是晁公武郡齋讀書志。袁州本四上趙次公注杜詩五十九卷條稱：

本朝自王原叔以後，學者喜杜詩，世有爲之注者數家，率皆鄙淺可笑。有原甫名（衢州本作「有託原叔名者」），其實非也。吕微仲（按，即吕大防）在成都時，嘗譜其年月；近時有蔡興宗者，再用年月編次之；而次公者，又以古律詩雜次第之，且爲之注。兩人頗以意改定其誤字，人不善之。（衢州本「字」下有「云」字，無「人不善之」一句）

這裏透露了趙注與吕、蔡的繼承關係。早在北宋，杜詩的「詩史」特色已引起人們的重視。胡宗愈成都草堂詩碑序説：「先生以詩鳴於唐，凡出處、動息勞逸、悲歡憂樂、忠憤感激、好賢惡惡，一見於詩，讀之可以知其世。學士大夫謂之『詩史』。」（草堂詩箋傳序碑銘）吕大防的少陵年譜正是爲讀杜而作，分門集注杜工部詩載其後記云：「予苦韓文、杜詩之多誤，既讐正之，又各爲年譜，以次第其出處之歲月，而略見其爲文之時，則其歌時傷世、幽憂切歎之意，粲然可觀。」蔡興宗在吕譜基礎上更進一步編次了杜詩，所以晁公武説是「再用年月編次之」。分門集注卷首有蔡譜，事實上是簡單的詩繫年（趙注古柏行題下則稱「蔡伯世作詩譜」）。晁公武緊接着説：「而次公者，又以古律詩雜次第之，且爲之注。」次公當是在蔡氏繫年基礎上編成不分體的注本的。趙注多次提到蔡興宗與蔡伯世。近人洪業杜詩引得序注三五曾疑「蔡氏興宗其名，而伯世其字也」，今有佐證如下：胡仔苕溪漁隱叢話前集卷十一稱：「重編少陵先生集並正異，則東萊蔡興宗也。」而竹坡詩話卷四稱：「東萊蔡伯世作杜少陵正異，甚有功。」伯世、興宗所著皆名正異。又，分門集注于「姓氏」中列有「東萊蔡伯世撰年譜」，而所載年譜却標曰：「東萊蔡興宗重編。」可見興宗、伯世實一人耳。從趙注看來，趙次公是利用了蔡氏編年的成果的。羌村三首趙注引蔡云：「至德二載，歲在丁酉，秋閏八月，奉詔至鄜迎家。有九成宫、徒步〔歸〕行、玉華宫、北征及此羌村。」（九家注卷三）所引文字一依蔡譜，甚至徒步〔歸〕行，分門集注所載蔡譜作徒步得，「得」乃「行」之訛，而同奪「歸」字。又，成都府「季冬樹木蒼」句，九家注卷六引趙注云：

元祐中，胡資政守蜀，作草堂詩（文）碑引：「先生至成都〔之年〕月（日）不可考。」蓋不詳此也。

而蔡譜乾元二年條則云：

又成都府詩，曰「季冬樹木蒼」，乃以是月至劍南，而元祐間胡資政守蜀，作草堂詩碑引云：「先生至成都之年月不可考。」蓋未詳也。

趙注顯然襲用蔡譜。

那末，趙注的底本是什麽本呢？應是與吴若本相近的一個注本。在編年這一點上，吕、蔡、趙三家是有其相承關係的。仇兆鰲杜詩詳注卷二十於九日五首下注云：「吴若本云『缺一首』，趙次公以登高一首足之，固未嘗缺。」〔二〕鈔本末（丁）帙此詩「右五」下注：「舊本題名登高，在成都哭嚴僕射歸櫬相近，合遷入此，補所謂『缺一首』者。」題下又注：「舊本題下注云『缺一首』，非也。其一在成都詩中，今還補之。」雷履平記成都杜甫草堂所藏趙次公杜詩注殘帙一文認爲九日五首于商務印書館影印宋本杜工部集卷十五配本中，是吴若本。事實上卷十五不是配本，據張元濟考證，是紹興初翻刻王琪本的浙本〔三〕。然而，九日五首吴若本、浙本皆云「缺一首」，應是承王琪舊本注而來，兩本當相去不遠。錢注杜詩多引「吴若注本」，洪業疑其僞（詳見杜詩引得序）。現在有張元濟輯宋本杜工部集，洪業已承認有吴若本（見中華書局洪業論學集再説杜甫），而於「吴若注本」則無説。我認爲一樣非錢氏作僞，只是錢氏所謂「吴若本注」，並非洪業所理解的「吴若注」，而是有諸家注之「吴若本」。洪業獻疑之七云：

今試考其注，則如李邕登歷下古城員外新亭題下之注是僞王狀元本中所謂「彦輔曰」，而分門集注本所謂「洙曰」者之注也。如草堂「亦擁專城居」句下之注，是僞王本及分門本皆指爲「洙曰」者之注也。如槐葉冷淘「走置錦屠蘇」句下之注，則參校九家注本而可知其出於杜田補遺者也。……諸如此類，可檢而得其源者數十條。（杜詩引得序頁六二）

如果明白所謂「吴若本注」只是「集注」，并非「吴若注」，那末上疑可冰釋。魯訔杜甫年譜天寶十四載條注：「集注云：公在率府，欲辭職，遂作去矣行。」魯訔序作於紹興二十三年，去吴若序不過二十年，「吴若注本」採用集注形式也就不奇怪了（至于以吴本附集注是否出吴若手，是另一個問題了）。今人程千帆古詩考索杜詩僞書考認爲「王洙注」之出，「約在南渡之初，其時原叔自編無注本與後出僞注即已并行于世」，「吴若注本」當即與無注本并行的一種「王洙注本」。按明鈔本，凡涉正文但稱「舊本」，注文則稱「舊注」，可見「舊本」與「舊注」原是合一的本子，爲趙注的底本。據上文所考，趙注鈔本正文最近南宋初之「浙本」或「吴若本」，「舊注」即他本所謂「王洙注」；那末，同時具備此條件（舊本、舊注合一）的「吴若注本」，作爲趙注底本的可能性最大。兹將錢注杜詩中凡雲安以後詩之正文有夾吴若本注者，與明鈔本對校一過，除一處互歧外，皆吻合。如錢注杜詩卷六雨（行雲遞崇高）「庶減臨江費」夾注：「吴若本注：峽内無井，取江水喫。」明鈔本成〔戊〕帙卷五亦夾注云：「峽内無井，取江水喫。」錢注卷六課伐木「蒼皮成委積」夾注：「吴本作『積委』。」鈔本成〔戊〕帙卷三該詩正作「積委」。錢注卷八惜别行送向卿「拜跪題封向端午」，「向」字下夾注：「吴本作『賀』。」鈔本巳〔己〕帙該詩正作「賀」字。錢注卷十五「割愛酒如澠」，夾注：「吴若本舊注云：平生所好，消渴止之。」鈔本末〔丁〕帙之夾注與吳同。錢注卷十六十月一日「爲冬亦不難」，「亦不」下夾注：「吳作『不亦』。」鈔本成〔戊〕帙卷十五正作「不亦」。錢注卷十六孟冬「巫峽寒都薄」，「峽」字夾注：「吳作『岫』。」鈔本成〔戊〕帙卷十五正作「岫」。而一處互歧者爲錢注卷八詠懷二首之二「意深陳苦詞」，「苦」字下夾注：「吳本作『昔』。」鈔本巳〔已〕帙卷七則作「苦」不作「昔」，與吳本異。然而，「苦」、「昔」形近，趙、錢所見何必同一刊本？單憑此例不足證趙所據非「吳本」。因此，說趙注底本爲「吳若注本」，雖或不中，當亦不遠。

除了在當時有大影響的所謂「王洙注」外，趙注正誤的另一主要對象是杜田補遺。杜田，趙注中常稱爲杜時可。十家注、百家注所引「修可曰」即其人。分門集注之「姓氏」云：「城南杜氏修可續注子美詩。」又云：「杜氏名田，字時可，著補遺。」將時可、修可列爲二家。瞿鏞鐵琴銅劍樓藏書目録（董氏刊本）卷十九記門類增廣十注杜工部詩則承其誤云：「杜云者，城南杜修可，有續注杜詩者也。杜田云者，字時可，有詩注補遺，舉其名，以別於修可也。」事實上只要將九家注所引杜田正謬與百家注所引「修可曰」對讀，便可知本是一家。此易事耳，爲省繁瑣，茲不列舉。作爲舊本正文的主要校本，是師民瞻（師尹）的本子。如乙帙天河「秋至輒分明」句引趙注云：「師民瞻本『輒』字作『轉』，極是。」如此類，鈔本中往往可見。又據己帙卷一送王十五判官扶侍還黔中得開字一首「旦旦江魚入饌來」句下趙注有「師民瞻所傳任昌叔本」云云，可知師本即任本。任本至今僅見於趙注。以上所述，可爲趙注本源。下敘其流變。

鈔本成〔戊〕帙卷末原識云：「宣和元刻，共十本，丙寅孟春重鈔。」趙注成於南宋紹興中，已見上節所論，「宣和原刻」自屬子虛烏有，可不必論，但林希逸竹溪鬳齋十一藁續集卷三十録趙次公自序，且云：

惜此板在蜀，兵火之後，今亡矣。予嘗及見於杜丞相子大理正家，京中書肆已無有。前兩行有「男虎録」者是。

林氏見過蜀版書，言之鑿鑿，但又稱「男虎録」者，似是趙虎整理其父次公的稿本，至少説明付刻在趙虎整理稿之後，前此并無刊本。這很可能是趙次公身後事了。據雷履平的考證，杜丞相即杜范，淳祐四年入相（宋史卷四〇七本傳），可知理宗時此書已極難得，而去次公任隆州司法還不到百年。此後雖偶有提及者，亦未必見過全帙〔四〕。所以沈曾植於明鈔本後記稱：「雖其説散見於蔡夢弼、黄鶴、郭知達書中，而本書則明以來罕有見者。」長期以來，趙注是靠集注本流傳的。

趙注散見於各家集注之中，能見到的最早刻本是北京圖書館藏宋刻殘本門類增廣十注杜工部詩。十家注保留了一些九家注未引之趙注，如入衡州（十家注卷一、九家注卷十六）「旗亭壯邑屋」句下十家注引趙注與明鈔本吻合，九家注却誤作杜田補遺；「寬猛性所將」句下十家注引作「少以禮法繩之」，九家注「少」字誤作「每」。又如至後，九家注此詩無趙注，而十家注却保留了趙注，片羽遺珠，誠爲善本。洪業杜詩引得序以爲十家注「實可疑其所收家數與九家注相差，僅在僞蘇一家而已」，「郭知達知蘇注之當去，而所假手之二三士友，殆僅就十家注本而改編爾」。今檢讀十家注殘卷，得「趙云」、「坡云」、「薛云」、「又薛云」、「杜云」、「杜田云」、「鮑云」、「集注」、「新添」，加上未標名之舊注，即他本所謂的「王洙注」，計得十家。其中兩薛、兩杜，如上所考，當各合一，實止八家。所云「集注」，或者便是魯訔年譜天寶十四年條所引集注。九家注就舊注、杜田注而言，誠如洪業所指出的，是與十家注一脈相承。然而，九家注所引師尹注爲十家注殘卷所無，且九家注所引舊注往往稍簡於十家注，而杜田注則每每增詳。至於所引趙注之詳，又遠非十家注所能及。大致説，九家注是删去僞蘇注，趙注則直接採自趙本，而於薛、杜諸注則多以十家注爲底本而有所增減。

曾噩序九家注，稱其「引趙注最詳」；嚴羽滄浪詩話考證也稱「趙注比他本最詳」。今將九家注與明鈔本校讀一過，九家注的確是最詳盡，也最近真，乃至鈔本中訛、奪、衍、倒，在九家注亦往往雷同。如己帙卷八入衡州（九家注卷十六）題下趙注引杜詩「片帆左郴岸」，「左」誤作「在」，九家注同誤。又，「君臣忍瑕垢」下趙注引左傳「瑾瑜匿瑕，國君含垢」，倒文成「國君含垢，瑾瑜匿瑕」，九家注同誤。又如丁帙卷一八哀詩故司徒李公光弼正文「公又大獻捷」，注文引互乙成「獻大捷」，九家注同倒。似此種種，不一而足。至如甲帙前出塞，九家注卷五引趙注云：「而喜開邊者，乃好大喜功之主，則公之詩豈不益於教化乎？」直指老杜意在刺玄宗。百家注、分門集注、分類集注、黄鶴補注咸作「好大喜功之士」。這不是一般的傳訛，而是後人有意篡改，意在將杜詩納入「忠厚」的詩教中。由此愈見九家注忠於原注之可貴，豈止以「字大宜老」（直齋書録解題語）而爲善本而已哉！

作爲集注本，九家注對趙注進行了必要的删節。總的説來，九家注的删節使趙注更簡練，但也因删去大部分趙次公的題解、繫年與對宋人的批評，使得後人看不到趙注在這些方面的成績。此外，九家注還有些地方大段漏標趙注，如卷三十能畫注約二百四十字，未標注家，依例當爲「王洙注」，今按之鈔本殘卷，實乃趙注。此種情況當非一處，可惜難以一一鉤沉。

除九家注外，因十家注的散佚，百家注雖魚魯亥豕，刊印不精，却成存録趙注的最重要刊本。百家注是以十家注爲底本加工而成的，所以所引趙注與十家注吻合。如佳人「出山泉水清」句，十家注引趙曰：「此佳人志夫之辭。」「志」，據九家注卷五所引，知當作「怨」。百家注同誤。又如彭衙行末句，十家注引趙注云：「蓋安緒於正月弑父」，「安」字下奪「慶」，百家注同奪。十家注至百家注之演變，可以北征爲例：百家注除增注音四處、補「師曰」、「鄭曰」各一條外，只一處奪「常」字，一處「者」作「也」，其餘注文一依十家注，甚至連正文夾注及注脚落處都一樣。而所標注家却頗翻新樣：十家注未標名之舊注，百家注却撰出「魯曰」、「彦輔曰」、「曾曰」、「竦曰」、「蔡曰」、「定功曰」，計八處。分截原注，分隸數人名下以造成「百家」的假象，無非坊估故伎。又如玄都壇歌寄元逸人（九家注卷一、百家注卷三）「蒼精龍」注：

蒼精龍，劍也。春秋繁露曰：劍佩於左，蒼龍之象。上著「含景」字，則後漢士孫瑞劍銘有云：從革庚辛，含景吐商。其「佩」字又以楚辭……

此段九家注全作趙注，一氣渾成，不可滅裂。百家注却截而爲三：「蒼精龍」一句爲「趙曰」；「春秋繁露」一句爲「蔡曰」；又將「上著含景字則」六字删去，以「後漢」一句爲「詠曰」。張冠李戴，百家注中觸目皆是。且又有賈人不知書而亂删趙注者，如送韋十六評事充同谷郡防禦判官（九家注卷四、百家注卷六）「子雖軀幹小」句，九家注引趙注：「趙書曰」云云，百家注却逕作「趙曰：書曰」云云。將「趙書」誤認作趙之引書。又，送翰林張司馬南海勒碑，九家注卷十九引趙注云：「李肇翰林志曰：翰林院在麟德殿西廂。」百家注卷七却引作「李翰林院在麟德殿西廂」，奸利之禍，莫此爲甚。

十家注是分類本，百家注是編年本。貴池劉氏玉海堂影宋本百家注卷首題有「嘉興魯訔編年并注」，後此蔡夢弼的杜工部草堂詩箋也稱「仍用嘉興魯氏編次」。然而，只要取明鈔本已帙編次與百家注、草堂詩箋（古逸叢書本）目録校讀一過，便會發現二刻本編次真正淵源是趙本。明鈔己帙計一百七十七題，百家注編次除增一題哭韋大夫之晉，缺三題——其中鈔本夜（露下天高秋水清）重出，實缺二題，即乘雨入行軍六弟宅與兩當縣吴十侍御江上宅，其餘編次與鈔本如合符節。而草堂詩箋目録編次與鈔本同者一百零三題，異者一題（上水遣懷），缺七十三題。尤可注意的是所缺七十三題只分三處：一是自月（併點巫山出）以下至見王監兵馬使説近山有白黑二鷹二首，魚貫五十三首；一是銅官渚守風、北風、雙楓浦三首相連；一是卷六開始至卷七蘇大侍御肩輿江浦魚貫十七首。推考其原由，當是草堂詩箋因多次翻刻，闕略混亂，已非全目〔五〕，但斷而復續，依趙本編次之跡猶可尋見。然而，百家注、草堂詩箋輯注者只是執目檢詩進行編次，所以與鈔本往往同題而異文。以己帙論，有月二首，鈔本「萬里瞿唐峽」一首在前，「併點巫山出」在後，而百家注則相反。夜「露下天高秋水清」一首鈔本於己帙兩見，應是次公初稿與定稿，趙虎録時失於檢點而盡行編入。百家注輯者發現了，删去一首，而草堂詩箋却依樣畫葫蘆，兩見於目録〔六〕。二家依趙本編次，却皆標舉「魯訔編次」，未免數典忘祖！草堂詩箋碑銘序收有魯訔序云："「余因舊集略加編次。」今證以明鈔本先後解，至少説明魯訔是以趙本編次爲主要依據而「略加編次」的。成〔戊〕帙卷十朝二首題解云："「舊本在前，今次公遷之於雷詩下者，以其詩之一有句云『昨夜有奔雷』，可以相連矣。」趙氏這一編次本無堅强的理由，而草堂詩箋却採用這一編次："朝二首編在卷三十三雷詩下。又，己帙卷一又示宗武題解云："「此詩舊在已前宗武生日詩下，相去今所定一百篇餘。」草堂詩箋又依趙本編又示宗武於元日示宗武下。又，月一首「萬里瞿唐峽」，鈔本題解："「舊有三首相連，此篇居後。次公既離之爲三，而以『蝦蟆動半輪』繫之去年（大曆二年）七月十二、十三夜詩矣。」草堂詩箋亦離爲三首，而以「蝦蟆動半輪」一首編在卷二九，正是大曆二年秋。此數首爲趙次公明言手定者，如果草堂詩箋果如所序「仍用嘉興魯氏編次」，那末我敢説魯氏編次是在趙本基礎上「略加編次」而已。今人萬曼唐集敘録杜工部集頁一二六稱門類本爲基礎的系統之外，「再就是以魯訔的編年本做底本的另一個系統」。所謂「魯訔系統」，看來當改稱「趙次公編年系統」爲妥。臺灣學人葉綺蓮杜工部集源流一文認爲趙次公「編年之次亦鮮爲人所取法」〔七〕，看來也應説是「後人取法，而鮮爲人知」。

還有一個問題，就是百家注目録編次與鈔本殘卷幾於吻合〔八〕，那末鈔本已佚部分編次是否也與百家注目録編次吻合？從筆者前三帙的輯佚看，同題異文姑且勿論，百家注目録編次與趙注時見歧互。如送韋書記赴安西「公車留二年」趙注云："「此三十九歲已前未有官詩……應是三大禮賦已前。」可見趙本原編當在天寶年間，而百家注目録却編在廣德元年詩内。又如草堂，趙注引蔡伯世説，繫於廣德二年春晚，而百家注却編在上元二年。更有些有趙注之詩却未編入正集，可見百家注輯者手中趙本目録并不全。大概其殘缺部分所依憑的便是「略加編次」的魯氏編目了。但無論如何，百家注編目是最近趙本原編，是今日趙本輯佚編次最重要的依據。

百家注的支流首先是分門集注。洪業杜詩引得序指出：「南宋時分門集注及黄鶴補注諸本，皆此僞王集注（即百家注）之支流也。」這一判斷是正確的。校讀所引趙注，分門集注之于百家注，可謂亦步亦趨，少有歧互。至如奉贈鮮于京兆（百家注卷二、分門集注卷十七）「有儒愁餓死」句下百家注一注而疊引二「趙曰」，分門集注亦疊引二「趙曰」，此爲諸本所僅見。據洪業的考證，分門集注與黄鶴補注之間隔一個「吴元㮚本」，而劉辰翁批點本以及後來題「宋徐居仁編次」的分類本也都是黄鶴補注的支流。就諸本所引趙注觀之，大都在九家注、百家注圈繢中，有減無增，價值不高，毋庸贅論。

綜上所述，可成趙注宋代源流示意圖如下（見下頁）。

三

集注源流、得失如上所述。直至近代趙注二殘鈔的發現，才使我們得以撥開雲霧，一見原注面目！

現在我們所能看到的趙注鈔本有二，一是北京圖書館藏新定杜工部古詩近體詩先後并解殘卷，即末帙七卷，成帙十一卷，巳帙八卷。傳增湘定爲明鈔本，藏園羣書經眼録四集部上記云：

明寫本，十二行，二十一字，棉紙精鈔十巨册。每卷均先著工部年歲及所在之地，某月至某月

趙注宋代源流示意圖

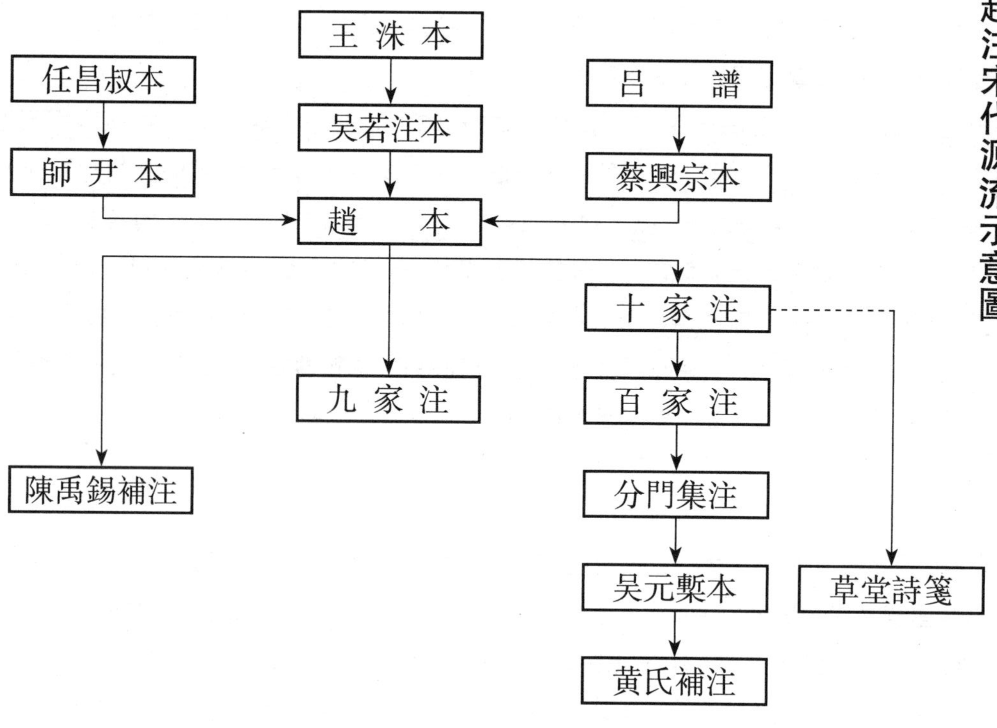
任昌叔本
師 尹 本
王 洙 本
吴若注本
呂　　譜
蔡興宗本
趙　　本
十 家 注
九 家 注
陳禹錫補注
百 家 注
分門集注
吴元槧本
黄氏補注
草堂詩箋

所存之詩，次乃録本詩，詩後低一格標注，題「次公曰」云云。鈐有「廣運之寶」、「臣東陽印」、「青宫太傅」、「大學士章」等印，明内府藏書。

另一鈔本藏於成都杜甫草堂，高三十一釐米，寬二十點五釐米，十二行，行二十二字，無印鑑。北圖藏本成帙卷末有「宣和元刻，共十本，丙寅孟春重鈔」題識一行，草堂藏本除此題識外，又别標「辛巳重鈔」字樣。草堂藏本有許承堯後記云：

卷中「玄」字缺筆，「丘」字不加「阝」旁，當是康熙時寫本。丙寅爲康熙二十五年，然各卷又别標「辛巳重鈔」字，當是辛巳又據丙寅本重鈔，則爲康熙四十年也。

許氏未見明鈔，故斷定「丙寅孟春重鈔」爲康熙二十五年寫本，「辛巳重鈔」爲康熙四十年寫本。所云「玄字缺筆」，非但清諱，亦是宋諱。檢明鈔本，桓、敦、殷、匡、竟、朗、構皆缺筆，「構」字時作「今上御名」、「御名，古候切」，皆宋諱，應是沿宋鈔如此。明鈔本鈐有「臣東陽印」、「大學士章」，當即華蓋殿大學士李東陽的印鑑。在李東陽生前，明有三丙寅：太祖洪武十九年、英宗正統十一年、武宗正德元年，明鈔本當在此期間重鈔者。草堂藏本乃明鈔本之重鈔，故訛、衍、奪、倒盡沿其誤。如明鈔末帙八哀詩鄭虔「老蒙台州掾」注「賊平，與張通儒、王維并囚宣陽里」，「張通儒」顯係「張通」之誤，而清鈔本同誤。又，八哀詩李光弼「公又大獻捷」，注引倒作「獻大捷」，清鈔同倒。又，縛雞行正文「家中厭雞食蟲蟻」，「蟲」誤作「蟲」，清鈔同誤。又，病柏注引隴西行，「隴」誤作「嚨」，清鈔同誤。甚至明鈔本所用異體字、避諱字，清鈔亦沿用之。如雨四首「鮫人織杼悲」注引江賦「鮫人構館於懸流」，「構」作「御名，古侯切」，清鈔同。又，明鈔本成帙卷九秋峽後半注文，下及秋興八首至遠遊正文俱闕，清鈔亦同其缺。諸如此類不難條列數百，則草堂藏本係重鈔明鈔本無疑。

雷履平記成都杜甫草堂所藏趙次公杜詩注殘帙一文曾證鈔本趙注之非贋甚詳，今補證如下：

九家注引趙注有扞格難通者，校以鈔本可釋然。如卷三十二夔州歌十絶句，其一引趙注云：

三峽者，明月峽、巫峽、歸鄉峽也。忠州詩下，峽固有三，而白帝城極高山之上，故爲之鎮。

「忠州詩下」四字頗覺突兀。今檢鈔本成帙卷三趙注云：

三峽者，明月峽、巫峽、歸鄉峽也。傳記所載異名，詳具於丁帙卷之一忠州詩下。峽固有三，而白帝城極高山之上，故爲之鎮。

原來九家注因編次依舊本，故删去「詳具於丁帙卷之一」，而存「忠州詩下」半句，便覺突兀難解。又，九家注卷十二火「遠遷誰撲滅」下引趙注云：

選「爛熳遠遷」故。

「故」字似衍。然檢鈔本成帙卷三趙注云：

「遠遷」字，選有云「爛熳遠遷」，故對「將恐」。

原來九家注以「故」字歸上文，而又删去「對將恐」三字，致使「故」字似衍。此等處諒非作僞者始料所能及，愈見鈔本趙注之真。

鈔本爲真趙本無疑，而書名却有異議：分門集注「姓氏」云：趙次公著正誤；元好問杜詩學引云：「蜀人趙次公作證誤。」（遺山先生文集卷三十六）今鈔本題目爲新定杜工部古詩近體詩先後并解。雷履平記成都杜甫草堂所藏趙次公杜詩注殘帙認爲，先後解爲次公初稿，定本名爲正誤。雷文關於趙本有二稿之推斷是正確的，但新定杜工部古詩近體詩先後并解不是初稿，而是定稿本名。試論如次。

趙之有初稿、定稿，鈔本自明：已帙卷三有夜「露下天高秋水清」一首，卷五重出。試校二夜注文，後首較前微覺言約而意豐，絶非鈔胥之重。卷三夜當係初稿，卷五夜應是定稿。南宋林希逸曾親見刊本趙注，竹溪鬳齋十一藁續集卷三十學記云：「予嘗及見杜丞相子大理正家……前兩行有『男虎録』者是。」可見趙注刊本是經次公之子虎整理付梓的，而夜「露下天高」之重出，可能是趙虎偶失檢，并録初稿造成。所謂「録」，當是將初稿從分體舊本録出，整理成不分體之編年本。也就是説，次公作注頗與後來黄鶴作注相類，即取分體編次之舊本草稿，經其子録出，方成爲今見之編年形式〔九〕。由于趙虎只是「録」，所以今鈔本猶可見其利用舊本之痕跡。如鈔本成帙卷十壯遊「中歲貢舊鄉」注：「其得貢在此年，句則首篇所謂『甫昔少年日，早充觀國賓』也。」所引爲奉贈韋左丞丈二十二韻中句，今稱「首篇」。然而，九家注「猥誦佳句新」句下引趙云：「是時公已召試賜官也。」鈔本末帙卷一八哀詩序注稱「今次公定作詩先後，不問製作之大小也」，則奉贈韋左丞丈二十二韻成於賜官後，依時序編次自不得爲首篇。可見「首篇」云者，是次公作注所用舊本編次。按之宋本杜工部集，奉贈韋左丞丈二十二韻正在卷端。又，已帙卷一又示宗武題下注：「此詩舊在已前宗武生日詩下，相去今所定一百篇餘。」今檢鈔本無宗武生日，當編在末〔丁〕帙以前，則與鈔本所定相去何止三百篇！而檢宋本杜工部集，宗武生日至元日示宗武（鈔本編又示宗武於此詩下），約百餘篇。可見趙云「相去今所定一百篇餘」是指舊本而言。又，成帙卷八解悶十二首末篇「勞生重馬翠眉須」注：「『須』字與『壺』字同韻，而『疎』字爲失韻。」按正文并無「疎」字，初不知何所指而云然？嗣檢九家注卷三十同題所引杜田補遺云：「『眉須』，一作『眉疎』。」乃知次公原憑舊本作注，故指言「疎」字爲失韻，今趙注經趙虎單獨録出，此指便落空（此條亦可爲「舊本」爲集注本之佐證）。今所見鈔本既爲編年本，即應爲定本。

然而，尚有可疑者。分門集注「姓氏」云王洙「注子美集，先古詩，後近體」；則「先後解」之義似爲分體編次。如李綱梁谿先生文集卷一三八重校正杜子美集序稱黄伯思「乃用東坡之説，隨年編纂，以古律相參，先後始末，皆有次第」；草堂詩箋傳序碑銘載魯訔序云：「余因舊集略加編次，古詩近體，一其先後。」如此，則「先後」有「依次」、「順序」之義。鈔本末帙卷一八哀詩序注稱：「今次公定作詩先後，不問製作大小也。」巳帙卷四宿白沙驛初過湖五里一首題解有「但地名無所考，不能參錯近體詩爲先後」云云。次公所謂「先後」，是「作詩先後」、「參錯爲先後」之意甚明。至於「先後解」之「解」，亦見用於鈔本。如巳帙卷三登岳陽樓附次公詩一首，并引邵溥語云：「請併附於解後。」「先後解」之義，與晁公武郡齋讀書志四上「趙次公注杜詩五十九卷」條所稱「又以古律詩雜次第之，且爲之注」之意吻合，頗能揭示趙本之特色。此又坊估未必能杜撰者。至於所謂「新定」，當是趙虎録後示爲定稿而付梓者。新定杜工部古詩近體詩先後并解當是定稿本名無疑。

正誤首見於分門集注「姓氏」，當是初稿之名。次公所處時代，如洪業所云，續注、補遺、刊誤、正異、正謬一時蠭起。次公初但以正舊注之誤爲鵠的，頗合時代風氣。然而正誤畢竟只是趙注一端，遠未能概括洋洋數百萬言，有紀年編次、句法義例、題解、考證、品評、注釋，内容極爲豐富之趙注，定稿後易名先後解，原也是合於情理的。再者，分門集注往往以己意概括書名，未必即原題。如東坡杜詩事實，分門集注「姓氏」簡作釋事；杜田補遺，分門集注「姓氏」分爲二人：杜修可著續注，杜時可作補遺。而元好問所謂「蜀人趙次公作證誤」，當是承分門集注而來，又因同音「正」訛作「證」。

關於趙注本的卷數，與次公有交遊的晁公武在郡齋讀書志四上載「趙次公注杜詩五十九卷」；馬端臨通考經籍志也載五十九卷，而引起錢曾的懷疑，其讀書敏求記卷四云：

予觀通考經籍志云：趙次公注杜詩五十九卷。今按趙注散見於蜀本，曾序已稱其最詳，卷帙安得有如此之富？恐端臨所考或未覈，書此以諗世之讀杜詩者。

雷履平在四川師院學報一九八二年第一期趙次公的杜詩注一文中駁錢説云：

成都杜甫草堂所藏清康熙鈔本趙次公新定杜工部古詩近體詩先後解殘存的三帙，本〔末〕帙七卷，成帙十一卷，巳帙八卷。成帙卷十一後有題識云：「宣和元刻，共十本。」這三帙僅十之三，已達二十六卷，原書卷數當在五十九卷以上。

錢、雷雖然一以爲不足五十九卷，一以爲在五十九卷以上，但對五十九卷表示懷疑是一致的。今存鈔本殘卷標末、成、巳三帙，傅增湘認爲應是丁、戊、己三帙。藏園羣書經眼録四集部上，記其得明鈔先後解之經過云：

甲寅夏秋，楊估陳蘊山馳書來告，余斥五百金收之。及細檢，乃知非完帙。原題末帙、成帙、已帙，當是丁、戊、己三字，蓋原書五十(七)〔九〕卷當分甲至己六帙，此僅存其半，故賈人塗改以泯其迹。

今檢鈔本「末帙」卷三子規題下云：「次公於丙帙成都詩中杜鵑行古詩題下言之詳矣。」「成帙」卷二暮春題瀼西新賃草屋五首注有云「其説詳于丁帙卷一」。僅此二例，足證傳説之正確。那末，現存殘帙當爲丁、戊、己無疑。以六帙言之，殘鈔本三帙，爲全帙二之一；以卷數言之，此三帙二十六卷，而前三帙篇數較夥，合三十三卷是合理的，則全帙五十九卷當無誤。至於鈔本題識云：「宣和元刻，共十本。」「宣和元刻」本屬烏有，上文已證其僞，而「共十本」疑即傳氏所謂「棉紙精鈔十巨册」者，并非「十帙」。錢、雷所疑非是。

錢注杜詩略例云：

杜詩昔號千家注，雖不可盡見，亦略具于諸本中。大抵蕪穢舛陋，如出一轍。其彼善于此者三家：趙次公以箋釋文句爲事，邊幅單窘，少所發明，其失也短；蔡夢弼以捃摭子傳爲博，泛濫蹖駁，昧於持擇，其失也雜；黄鶴以考訂史鑑爲功，支離割剥，罔識指要，其失也愚。

錢氏雖從號稱「千家」的宋注中獨標識次公等三家爲其善者，但也指出缺點。誠然，趙注有其缺點，但「邊幅單窘，少所發明」之評未爲中的。宋人劉克莊稱：「杜氏左傳、李氏文選、顔氏班史、趙氏杜詩，幾於無可恨矣！」此評正與「邊幅單窘」相反，深言其臻於完美。現就鈔本殘卷看，次公之注不僅是「誤者正之，遺者稱之；且原其事因，明其旨趣，與夫表出其新意」（林希逸語），且有題解、串講、品評、繫年、句法種種。其體例之完備，前此未之見。後來趙注散佚，但見集注所引，而所引往往箋釋文句一端而已，詳如九家注，也每每删去題解、繫年考證及對宋人之駁難，紀年編次、句法義例更是湮滅無聞。

沈曾植明鈔本後記云：

趙次公杜詩注五十九卷……雖其說散見於蔡夢弼、黄鶴、郭知達書中，而本書則明以來罕有見者。錢受之評宋代諸家注云：「趙次公以箋釋文句爲事，邊幅單窘，少所發明，其失也短……」語若曾見次公書者，然檢絳雲書目無之，而逸詩附録且沿舊本之誤，書趙次公爲趙次翁，則受之固未見也。次公此注，於歲月先後、字義援據，研究積年，用思精密。其說繁而不殺，諸家節取數語，往往失其本旨，後人據以糾駁，次公受枉多矣。

沈氏指出後人未窺全豹，所以對趙注評價片面，是符合實際的。試以杜鵑「西川有杜鵑」爲例，錢注杜詩卷六箋云：

黄鶴本載舊本題注云：「上皇幸蜀還，肅宗用李輔國謀，遷之西内，上皇悒悒而崩。此詩感是而作。」詳味此詩，仍當以舊注爲是。

錢氏持舊說，而鈔本末（丁）帙卷三杜鵑注則駁舊注云：

又謂「上皇幸蜀還，肅宗用李輔國謀，遷之西内，上皇悒悒而崩，此詩感是而作」。亦非是。蓋遷徙上皇豈獨百鳥飼杜鵑之子之不若而已哉！況上皇之遷西内在辛丑上元二年，明年遂崩，至今歲丙午大曆元年公在雲安賦詩，已六年矣，既隔肅宗，又隔當日代宗，而却方説遷徙事以爲刺哉？

趙駁是有力的，錢、趙兩注相較，當以趙注爲有所發明。

明王嗣奭杜臆卷七杜鵑條多襲趙説，今舉一端以明其餘：

杜臆：「起來四句『杜鵑有無』，皆就身之所歷，自紀其所聞……乃拘泥者見其疊用『杜鵑』，而以爲『題下注』；注則應止分『有』、『無』二項，不應將『有』、『無』參錯用之。」

趙注：「請觀其言『有杜鵑』、『無杜鵑』，『無杜鵑』、『有杜鵑』，錯綜其語，豈直是題下注邪？

王立之知其髣髴……然亦不悟其句有錯文之語，與夫雅詩四『我』之勢也。」

王氏用趙氏得意語甚明。仇兆鰲亟稱杜臆「最有發明」，則次公不應受「少所發明」之譏。再如題桃樹之注，歷來以僞虞注最負盛名，杜律虞注下卷云：

總餽貧人，謂舊日天下太平，家給食足，至高秋時桃熟，皆以分餽貧者，以其不害來歲之花，仍是滿眼，則望復結其實，此所謂有仁民之心也。於簾户，則通乳燕之往來，而不信任兒童之妄打慈鴉，此非有愛物之心而何？

楊士奇序杜律虞注云：「伯生學廣而才高，味杜之言，究杜之心，蓋得之深矣。觀其題桃樹一篇，自前輩已謂不可解，而伯生發明其旨，瞭然仁民愛物以及夫感歎之意，非深得于杜乎？」明人批杜詩，不做劉辰翁即倣僞虞注，「虞批」風行一時。然而，此注實剽竊趙注而來。鈔本末〔丁〕帙卷三題桃樹題解云：

謂作於三月半之間，而覩桃之結實，乃探言其至高秋時盡熟，皆以分餧貧者，以其不害來歲之花仍是滿眼也……來歲桃花依舊滿眼，非喜其華艷也，則又復在結實之事矣。此其爲仁民之心者乎……於簾户則通乳燕之往來，而不信任兒童妄亂打擊慈鴉，此其愛物之心乎？

九家注未引此注，遂使後人歸功於僞虞注。反之，有曲解趙注者，後人不明，反歸罪於次公。如杜臆卷一重過何氏五首云：「趙注謂『一遂所願，斯遊不可復繼』，誤矣。」杜臆所引趙注未知其所從出，今檢九家注所引作：

時公方爲布衣……而公三十九歲之冬方獻三賦，次年方召試得官，授河西尉……「斯遊恐不遂」，言此遊恐不遂其意耳。

百家注則引作：

言未霑微禄，此爲布衣時也。公方三十九歲，冬方獻三賦，次年方召試爲得官，故此言斯遊恐不遂其意也。

二本所引，「斯遊」指仕宦之遊，非山林之遊甚明，杜臆云誤，非次公之誤，則「次公受枉多矣」。趙注除了被暗用、曲解，尚有因標作「趙傁」，而讀者遂以爲次公外另一人者。事實上趙傁即次公。如錢注杜詩卷四黄河二首之二，錢引趙傁曰：

此憫蜀人之困，而願君王之無侈，如云「不寶金玉」之義。

百家注引趙注云：

此篇憫蜀人困於供給而終之以願君王之無侈靡也。如傳云「不寶金玉」之義。

二注相較，所謂趙傁云云，無非删繁就簡，與百家注所引趙注并無不同。

又，秦州雜詩二十首，玉几本集千家注杜工部詩集引趙傁曰：

寺枕秦山，下接渭水，東流長安。

而杜詩詳注引趙云：

渭水，在秦州。寺枕秦山，下接渭水，東流於長安。

又，錢注杜詩卷四漁陽，引趙傁曰：

公在梓，聞雍王授鉞，作此詩以諷河北諸將。謂飄然而來，猶恐後時，乃擁兵不入本朝，豈高計乎？末又舉禄山往事以戒之。舊注以後事傅會，錯亂殊甚。

九家注卷十一引趙注作：

時公在梓，聞雍王之勝，尚聞河北猶有未入朝者，乃諭諸將，苟飄然而來，已自後時，而不入本朝，豈高計乎？舊注模稜其説。

雖文字繁簡或異，而二注同源甚明。

更明顯的是，錢注杜詩卷十五獨坐二首「燕玉」注引趙傁曰：

燕玉，婦人也。

明鈔本成〔戊〕帙卷九趙次公注：

燕玉，以言婦人也。

錢注杜詩卷十五夜（露下天高）「步蟾」注引趙傁曰：

當以「步簷」爲正。

此條與明鈔本巳〔己〕帙卷三趙注同。又，玉几本集千家注杜工部詩集卷一樂遊園歌「閶闔晴開詄蕩蕩」句下注曰：

詄，本作「昳」，趙傁定作「詄」。

杜詩詳注卷二該句夾注云：

舊作「昳」，趙定作「詄」。

九家注卷二正文作「閶闔晴開昳蕩蕩」，夾注曰：

趙作「詄」。

仇、郭二本所謂「趙」者，依例指趙次公。又，玉几本集千家注杜工部詩集卷四望岳「西岳崚嶒竦處尊」一首引趙傁曰：

華山記：箭筈峯上有穴，纔見天。攀緣自穴中而上，有至絶頂者。

九家注卷十九趙注云：

箭栝峯，則華山記云：箭栝峯上有穴，纔見天。攀緣自穴而上，有至絶處者。

可見所謂趙傁之注，即次公之注。而次公亦自稱「傁」，見於鈔本：巳〔己〕帙卷二江漢題解有「傁既自以爲句法義例」云云；卷三登岳陽樓解，邵溥亦稱趙次公曰「傁」。則趙傁云者，無非次公壯年後之稱耳，輯佚者豈可放過。

四

趙次公處於「江西詩派」風行的南宋初，深受其影響，講究「無一字無來處」，有他的自序爲證。其得於斯，亦失於斯。

由於次公認定杜詩「往往一字緊切，必有來處」，所以對出處考求認真嚴肅，也往往能於求出處時辨僞正謬。如甲帙卷三奉贈韋左丞丈二十二韻注「賤子請具陳」云：「世有託名東坡事實，輒云：毛遂有言『賤子一一具陳之』，以爲渾語，却不引出何書。其全帙引，類皆如此。非特浼吾杜公，又浼蘇公，而罔無識，真大雅之厄，學者之不幸也。」次公對出處的嚴格核實，必然要使作僞者露出尾巴。又如丁帙卷三杜鵑注云：「世有杜鵑辯者，仙井李新元應之作也。鬻書者編入東坡外集詩話中，非矣！」是次公最早對僞蘇注進行了揭發，惜乎今人程千帆古詩考索杜詩僞書考與萬曼唐集敘録均未見引。次公求出處，甚至杜詩誤用者，亦必指出，不以「詩聖」而忽諸。如己帙卷一大曆三年春白帝城放舡出瞿唐峽「六月曠摶扶」句注云：

莊子曰：「鵬之徙於南溟也，水擊三千里，摶扶摇而上者九萬里，去以六月息者也。」所謂「摶」

者，摶聚其風也。「扶搖」者，風名也。今云「摶扶」，則無義。然起於沈佺期移禁司刑詩云：「散材仍葺廈，弱羽遽摶扶。」不知沈何故如此剪截經語，而公又取也？又如己帙卷四岳麓山道林二寺行「細學何顒免興孤」注，指出何顒在後漢書黨錮傳，「乃急義名節之士，與今詩句不相干」，應是「長於佛理，終日長蔬」的周顒。如是注，必有助於讀杜詩。

然而，「字字求出處」勢必先天地帶來形式主義的弊病。次公一面笑舊注釋「臘」字三百餘言，「却成『伏』與『臘』門類之書」（戊帙卷六秋日夔府詠懷一百韻「伏臘」注），另一面又注所不必注，至如引晉書、北史證「姨弟」出處，引史記張良傳證「多病」出處，頗近無謂。又戊帙卷五又呈吳郎「無食無兒一婦人」注：「詩人於四字疊兩件事，多有出處。」於是引莊子證「無食」，引古諺證「無兒」，引高唐賦證「一婦人」；并認爲此句暗用漢書王吉傳故事，無疑沖淡詩作原有的現實意義。「字字求出處」，也勢必導致對文學特質認識的不足，甚至以記誦代創作。戊帙卷四貽華陽柳少府注引家語、莊子、張景陽詩爲「過鳥」的出處，并發議論云：「竊怪公詩又有『身輕一鳥過』，本偶闕一『過』字，而歐陽永叔記諸大儒者不能填補〔一〇〕，豈亦不思家語、莊子與張景陽詩，及公諸詩句乎？」在次公看來，杜甫用「過」字只是個「有來處」的問題，暴露了次公對文學特質認識不足的一面，終於未能跳出王夫之對宋人注杜「總在圈繢中求活計」的批評（薑齋詩話卷下）。至於有些該注未注，或誤注，或未知出處究竟而爲後人所修正、補注者，因學問如積薪，後來自當居上，可毋庸論。

沈曾植於明鈔本後記云：「要就全書論之，自當位在蔡、黄兩家之上，薶沉七百年，復見於世，沅叔（按，傅增湘字沅叔）其亟圖鼎鐫，毋令黎氏草堂專美也。」傅增湘藏園羣書經眼録四集部上也説：「然此等秘籍埋没已七百年，一旦獲之，又適爲鄉先哲（按，傅亦蜀人）所著，自當刊傳萬本，爲古人續命。」可惜二人刊傳鈔本的願望并未實現。直至一九八二年，四川師院雷履平先生方在草堂第二期上呼吁：將趙注輯佚與殘鈔本配成完璧，并以望嶽爲例首引其端。不幸雷先生旋即病逝，未能終業。

我于一九八四年春在蕭滌非先生指導下撰寫博士學位論文。先生平生酷愛杜詩、精治杜詩，常稱歎次公注杜有篳路藍縷之功，因命學子輯校杜詩趙注。在先生指導下，寒暑二載，焚膏繼晷，終成此册百萬言。其間得先生指示迷津何可勝算！董治安師處亦頗受教益。山東大學杜甫全集校注組提供了大量資料，没有校注組同志多年辛勤收集的資料，要在短時間内完成這一著作是不可能的。此外，四川師大吴明賢、成都杜甫草堂張方伯、浙江社科院歷史所李伯重、西北大學韓理洲及曾峯諸先生，或代核秘籍，或提供資料，悉心嘉惠，深所感銘，謹此鳴謝。在修訂過程中，内子張嘉星付出大量的勞動，并誌。

林繼中　一九八六年元旦于山東大學

一九八六年十二月二十日于漳州

〔一〕雷履平記成都杜甫草堂所藏趙次公杜詩注殘帙（草堂一九八二年二期）以吴若本九日五首注云：「缺一首。」而鈔本末〔丁〕帙此詩題下注：「舊本題下注云『缺一首』，非。其一在成都詩中，今遷補之。」而吴若本刻於紹興三年，雷氏因從而斷定「次公注杜詩，當在紹興三年以後」。然云「缺一首」者，并非只吴若本一家，浙本亦云「缺一首」，當係沿二王原注，不足爲憑。説詳本文第二節。

〔二〕雷文以此條爲「黄鶴注」。今核各版鶴注，但云「詩云『巫峽蟠江路』，當是大曆二年在夔州作。按舊史，是年九月吐蕃寇邠州、靈州，京師戒嚴；故詩又云：『佳辰對羣盜。』」仇注所引鶴注當斷至此，以下係仇按。

〔三〕雷文此誤可能是受中華書局排印今人萬曼唐集敘録訛文的影響。該書頁一一一云：「宋刻卷十至十二，毛抄卷十三、十五係另一本。」「十五」當作「十四」，刊誤。

〔四〕例如清代錢曾（遵王）在述古堂宋版書目中載有宋版趙次公注杜甫集，錢氏自稱「生平所嗜，宋槧爲最」，似實有其書者，其實不然。述古堂藏書目卷二云：「趙次公注杜甫集三十六卷、三十本、宋版。」洪業杜詩引得序注四十九指出此爲九家注，而錢氏「蓋誤以爲趙書也」。今證以錢氏讀書敏求記「予覩通考經籍志云：趙次公注杜詩五十九卷。今按，趙注散見於蜀本，曾序已稱其最詳，卷帙安得有如此之富？恐端臨所考或未覈」云云，如錢氏手中果有宋版趙注本，便可直斥通考之誤，何必獻疑！可見并無錢藏宋刊趙本。

〔五〕關於草堂詩箋翻刻的混亂情況，洪業杜詩引得序論之甚詳，可參閲。

〔六〕草堂詩箋執目檢篇尚有一證：鈔本入喬口長沙北界，他本以「長沙北界」爲題下注，草堂詩箋（古逸叢書本）却誤斷作入喬口、長沙北界二題。後一首自然是「有目無篇」了。當係手民執目誤排，而輯注者未核所致。

〔七〕見臺灣學生書局編杜甫和他的詩（下）頁一五五。

〔八〕百家注目録編次除同題異文外，與鈔本殘帙歧互但有六處，其中一處删去鈔本重出之夜「露下天高秋水清」一首，一處鈔本缺頁秋興八首，實際歧異只有四處。

〔九〕因取分體本屬稿，故趙次公又有所謂紀年編次弁諸卷首。見于戊帙卷十觀公孫大娘弟子舞劍器行注云：「次公有説，具於紀年編次，甲帙中。」

〔一〇〕歐陽修六一詩話載：陳公時偶得杜集舊本，文多脱誤，至送蔡都尉詩云「身輕一鳥」，其下脱一字。陳公因與數客各用一字補之。或云「疾」，或云「落」，或云「下」，莫能定。其後得一善本，乃是「身輕一鳥過」。陳公歎服，以爲雖一字，諸君亦不能到也。

附言：

本書出版過程中，深荷漳州市政府、政協之關注與支持，張全金、張懷書、陳炳昭諸前輩之關懷，上海古籍出版社諸同志爲之付出巨大勞動，感泐之甚，耑此致以深深的謝意！

林繼中　一九九四年春節於面壁齋

修訂附言

古人不輕言著述，蓋欲止於至善，近乎完美，或悔其少作，亦良有以也。余輯校趙注，疏漏甚多，貽笑方家，能不汗顏！幸自出版以來，得莫礪鋒、陳尚君、陳慶元、許總諸多老友不吝賜教，且得張寅彭、蔡錦芳、韓成武、周金標、王新芳、孫微諸君補正指瑕，趁此再版機會，擇善而從，稍作修訂。（其中承蔡錦芳君提示，乃用國圖再造善本之杜工部草堂詩箋重輯趙傁注，參校古逸叢書本，得益良多。）余輯趙注，本不敢望畢功一役，雖有增補，疏漏仍多，完善之趙注本，尚俟博聞。至於諸君所賜，感泐莫名，耑此致謝！

二〇一一年瓜時繼中識於面壁齋

重印附言

前人云，整理古籍如掃落葉，隨掃隨落。良是。前承曾祥波君示其大作杜詩考釋，對趙次公先後解編次問題頗多發明，受益非淺。本應從善如流，重新檢討，以期納入新版。然則，編年問題牽一髮而動全身，非打一兩個補丁可解決者，自忖年齒徒增而學業日退，恐難再作馮婦矣！趙注面目一新，尚待來哲。

林繼中　二〇二〇年秋謹記

凡例

一　是編甲、乙、丙三帙之輯佚，以中華書局影印南宋寶慶元年曾噩刊本新刊校定集注杜詩（簡作九家注）爲底本，校以清嘉慶刻本（簡作「清刻本」），及王狀元集百家注編年杜陵詩史（貴池劉氏玉海堂影宋本，簡作百家注）、門類增廣十注杜工部詩（北京圖書館藏宋刻殘本，簡作十家注）、分門集注杜工部詩（四部叢刊影宋本，簡作分門集注）、黄氏補千家集注杜工部詩史（北京圖書館藏宋刻本，簡作黄氏補注）、集千家注分類杜工部詩（廣勤堂刻本，簡作分類集注）、集千家注杜工部詩集（明玉几山人刻本）、杜臆（中華書局影印上海圖書館藏杜臆稿本）、諸名家評本錢牧齋箋注杜詩（宣統三年時中書局刊本）、杜詩詳注（有康熙五十二年附記之後刻本）。此外諸注本偶有遺珠，亦盡量蒐輯，並注出處。丁、戊、己三帙以北京圖書館藏明鈔殘卷新定杜工部古詩近體詩先後并解（簡作明鈔本）爲底本，校以成都杜甫草堂藏清鈔先後解殘卷，及九家注。

二　是編分甲、乙、丙、丁、戊、己六帙（説詳前言）。前三帙復原盡量依明鈔本體例，如題下注明古體、近體，有題解等。前三帙分卷參照百家注目録所標示之時、地，兼及篇幅長短酌定。趙注間有涉及者，則依趙注。如北鄰，明鈔本趙注有云在丙帙卷二，今斷北鄰以下爲卷二。編次亦略依百家注（説詳前言），參照趙注而定。如草堂，百家注原編在上元二年成都詩内，而趙注云在廣德二年春晚所作，且云「後篇四松」，今編在丙帙卷十四松前。有同題異文者，參照趙注酌定。如遣興五首，百家注原用「蟄龍三冬卧」一組編在秦州雜詩之下，今改用「天用莫如龍」一組，因末首趙注有云在秦州作。凡百家注未編次且今存趙注亦未涉及者，姑依九家注編次插入，或附諸卷後。

三　甲、乙、丙三帙之集佚，以九家注爲底本，凡九家注所未引，補以百家注，他本相類者不引。他本有九家注、百家注所未引或有歧互者，則補入。趙注以九家注採録最多，爲省繁冗，皆冠以「趙云」，不再舉其書名；他本則標書名，作「某書引趙曰」。各本所引趙注間以空格，以醒眉目。

四　甲、乙、丙三帙杜詩正文依九家注，間有與注文所引歧互者，從趙注。如九家注卷二一堂成：「暫止飛鳥將數子」，引趙注：「『暫下』，一作『暫止』。『止』字不如『下』字之穩。」則從趙注以「下」字爲正，並注明：「下」一作「止」。與趙注無關涉之異文不録。

五　凡無趙注之杜詩，則存白文。其編次參照百家注、九家注；二本咸未編次者，參照杜詩詳注。

六　九家注引趙注，時有「見前」、「見某篇」，并非趙注原文，往往是就九家注的體例編次而言。如冬到金華山觀因得故拾遺陳公學堂「雪嶺日色死」句下注：「雪嶺，見上古柏行注。」事實上明鈔本古柏行編在夔州詩中，當作「見下」。九家注因古柏行依舊本編在成都詩内，故云「見上」。今輯佚編次未能完全復原，九家注所云「見前」、「見某卷」，亦姑仍其舊，以免造成新的混亂。

七　丁、戊、己三帙以明鈔本爲底本。原鈔注文或分屬每段正文之下，或渾成一篇，往往雜而無序。爲便利讀者，這次整理時將注文加上數碼，分隸正文句下。或有數句一氣串講者，則盡量保留其完整性，以免割裂餖飣。爲統一體例，每條注前皆冠「次公曰」。

八　丁、戊、己三帙明鈔本有缺文，則以草堂藏本補足；兩鈔本俱缺，如戊帙卷六秋日夔府詠懷一百韻，鈔本缺「肅其千千。潘岳在懷縣作」十字。上四字據文選籍田賦補足；下六字則據九家注補足。全篇缺者，如秋興八首，則依甲、乙、丙帙之例輯佚。

九　凡正文與注文所引杜詩有歧互，而據注文可判斷其正誤者，如送殿中楊監赴蜀見相公，鈔本正文「汲舟巨石横」，「汲」字注文引作「汎」，「汲」字顯誤，則從注文改，出校。未能判定者，姑仍其舊。

十　凡趙注所引詩文及其作者有明顯訛、奪、衍、倒者，均加以校改、補足，出校。因古籍版本素極紛紜，難斷其所自，是以凡與今本異文而可通者，概仍其舊。凡底本不誤而他本有誤者，不出校。

十一　趙注所引史書，非盡原文，如有較大出入，或引對話有明顯訛誤，均據殿本二十四史校改，并以（ ）、〔 〕號示別。（ ）號中字係原鈔刻字樣，〔 〕號中字爲校本字樣。因此類情況甚多，爲省繁冗，不一一出校。引十三經中文字有明顯訛、奪，則據阮元十三經注疏改補，仍以（ ）、〔 〕號示別，不出校。其他詩文疑誤不通處出校，亦以（ ）、〔 〕號示別。其中校本以中華書局影印胡刻本文選引用最多，兹簡作「影胡刻本文選」。

十二　趙注自身錯誤，非傳鈔之誤，如引史實不符合詩意、文理欠通、疏忽誤解者，皆保留原貌（例見戊帙卷六巫峽弊廬奉贈侍御四舅别之澧朗注〔一〕校記）。

十三　趙注引文，作者、篇目或有張冠李戴者，如「天際識歸舟」爲謝脁詩，而引作「謝惠連」；「局趣效轅下駒」是漢武帝語，而引作漢景帝語；「拖豪猪」字出長楊賦，却引作上林賦。諸如此類，一經發現，便加以改正，不出校。

十四　凡屬版刻、鈔寫明顯之錯别字、異體字、避諱字，均逕改不出校。

十五　凡訛、衍、倒，皆加（　）號，校改、增補文字則加〔　〕號。趙注引文多爲節録或引意而已，故一律不加引號，而於注文中文意轉換處空一格，以清眉目。趙注引書多用簡稱，如禮記或作禮，或作記，皆加書名綫。

十六　目録中之詩題或有删節，則依百家注目録。又，趙注原爲正誤而作，故多涉舊注，今於目録詩題下以數碼標明九家注卷數，以便讀者對照。

目録

甲帙

卷一　開元間留東都所作

卷二　天寶以來在東都及長安所作

卷三

卷四

卷五

乙帙

卷六　乾元元年夏六月出爲華州司功，冬末以事之東都，至乾元二年七月立秋後欲棄官所作

卷七　乾元二年秋七月棄官居秦州以後所作

卷八

丙帙

卷一　上元元年庚子在成都所作

卷二

卷三　上元二年辛丑在成都，公年五十歲

卷四

卷七　歸成都迎家遂徑往梓、十一月往射洪通泉所作

卷八　廣德元年春在梓、之綿、之閬復歸梓所作

卷九　自梓暫往閬所作

卷十　廣德二年自梓州挈家再往閬州

卷十一　春末再至成都不後作

丁帙

卷一　永泰元年五月挈家下戎、渝、忠，八月至雲安所作

卷二

卷三

卷四　大曆元年三月移居夔州所作

卷五　大曆元年秋在夔舟居繼遷西閣所作

卷六　大曆元年秋在西閣所作

戊帙

卷一　大曆二年正月在夔州西閣，尋遷赤甲所作

卷四　在曆二年秋在瀼西所作

卷八　大曆二年秋九月在夔州瀼西、東屯往來所作

卷九

卷十　大曆二年冬在夔州瀼西、東屯所作

卷十一

己帙

卷一　大曆三年春在夔，迤邐出峽到荊南所作

卷四　大曆四年春離岳州至潭州所作

卷五　大曆四年夏至秋在潭州所作

甲帙卷之一

遊龍門奉先寺（古詩）

已從招提遊，更宿招提境。陰壑生虚籟，月林散清影。天闕象緯逼，雲卧衣裳冷〔一〕。欲覺聞晨鐘，令人發深省。

〔一〕趙云：惟蔡伯世云：古作天闚，極是。惜乎知引莊子以管闚天而已，所以又起或者之疑。莊子曰：至人者上窺青天，下潛黄淵。後漢郅惲傳曰：非闚天者不可與圖遠。若引此不亦明乎？孟浩然：雲卧晝不起。百家注引趙曰：後漢郅惲傳：惲明天文曆數，仰占玄象。其説逯並（目）〔曰〕：非窺天者，不可與圖遠。鮑照升天行有雲卧恣行天。

贈李白（古詩）

趙云：新唐書載：白隱岷山，後更客任城，居徂徠山。按，任城屬濟州，時白方在東都，將游梁、宋而往也，故公詩及之。

二年客東都，所歷厭機巧〔一〕。野人對羶腥，蔬食常不飽〔二〕。豈無青精飯，使我顔色好。苦乏大藥資，山林迹如掃〔三〕。李侯金閨彦，脱身事幽討〔四〕。亦有梁宋遊，方期拾瑶草〔五〕。

〔一〕趙云：周公居東二年。東都，今之西京也。起于班孟堅作兩都賦，名之曰東都，故得承以爲言也。木華海賦云：不悟所歷之近遠。潘安仁悼亡：望廬思其人，入室想所歷。詩序：其人機巧。而江文通擬張綽詩：胸中去機巧。

〔二〕趙云：語云：飯蔬食。詩云：今也每食不飽。孟子：雖蔬食菜羹，未嘗不飽也。百家注引趙曰：此意似雖日見羶腥之物，而其食猶未厭乎藜藿，所以對之而增愧，則甫之貧困無資可見矣。

【校】所引孟子原句當作：雖蔬食菜羹瓜祭，必齊如也。

〔三〕趙云：四句通義，離爲兩端則語意不相接。蓋詩人不以文害辭，以青精石飯之法，内見五藏，色如嬰孺，豈不謂之大藥乎？而青精飯法，其所用之物，如以南燭草木葉煮取汁漬青稻米炊之。張君房云：青稻米，如豫章西山青米，吴、越青龍稻草是也。此亦費尋討，不亦謂之大藥資乎？百家注引趙曰：蓋詩人不以文害辭，以青精飯可謂之大藥矣。真誥云：霍山有道者鄧元伯，受青精石飯之法，内見五藏，色如嬰孺。豈不謂之大藥乎？

【校】所引真誥云云，九家注作杜田正謬注，非趙注。鄧元伯，學津討原本真誥作鄧伯元，無色如嬰孺四字。

〔四〕百家注引趙曰：李白宜通籍金閨，以不得志，遂浮遊四方，此爲事幽討也。

〔五〕趙云：梁謂汴州，今之東京。宋謂宋州，今之南京。百家注引趙曰：瑶草事，雖出於山海經：姑瑶之山，帝女死焉。化爲瑶草，服之者媚于人。而瑶草字，江淹登廬山詩：瑶草正翕艴。別賦云：惜瑶草之徒芳。蓋以仙境之物美言之耳。今子美正承江淹而用之也。

望嶽（古詩）

趙云：嶽，一作岳。甫詩集有三望嶽：東嶽一名岱宗，故曰岱宗夫如何；其二南嶽，故曰南嶽配朱鳥；其三乃望西嶽，故曰：西嶽崚嶒聳處尊。

岱宗夫如何？齊魯青未了〔一〕。造化鍾神秀，陰陽割昏曉〔二〕。盪胸生曾雲，決眥入歸鳥〔三〕。會當凌絶頂，一覽衆山小〔四〕。

〔一〕趙云：言其山之長大。東嶽謂之岱宗。書云東巡狩，至于岱宗是也。

〔二〕趙云：曹毗對儒篇云：大人達觀，任化昏曉。上句言其山之靈異，如劉禹錫言九華山爲造化一尤物也。下句又言其山之長大，如史記言崑崙，日月所相避隱爲光明也。百家注引趙曰：割字，如大制不割之割。割者，分也。

〔三〕趙云：陸機文賦有曾雲之峻。曾，積也。曾積之雲，其潤尤多，可以盪滌人匈。以言山之高。百家注引趙曰：盪，滌也。舊注引南都賦涓水盪其胸，本言水流如盪滌地之胸，今言盪胸生曾雲，則借言雲之潤氣盪滌人胸也。

趙云：屈原思美人云：因歸鳥而致辭。百家注引趙曰：眥，目睫也，音牆細切。按子虛賦本言射而決裂獸之眥，詩人取好字，穩則借用之。蓋〔史〕〔決〕眥人歸鳥，則人目眥決裂，入鳥之歸處，言望之遠也。集千家注杜工部詩集引趙曰：司馬相如賦：弓不虛發，中必決眥。此借用其字。

【校】涓水盪其胸：影胡刻本文選涓作湇。

〔四〕趙云：沈休文早發定山詩云：絶頂復孤圓。劉義慶世説載云：江左地促，不如中國，若使阡陌條暢，則一覽而盡。

登兖州城樓（近體詩）

東郡趨庭日，南樓縱目初〔一〕。浮雲連海岱，平野入青徐〔二〕。孤嶂秦碑在，荒城魯殿餘〔三〕。從來多古意，臨眺獨躊躇〔四〕。

〔一〕趙云：公在夔峽賦熱詩有云：何似兒童歲，風涼出舞雩。則〔小〕〔少〕年在兖州矣。意者，公之父爲官於兖，而公隨侍乃若鯉趨而過庭耳。今此當壯年爲布衣時再遊兖。縱目初，則追言兒童時耳。下四句皆縱目事，末句又言臨眺，則今再臨眺也。

〔二〕趙云：海、岱是兩字，東海與岱宗也，故對青、徐。此言縱目之景物，其開廣如此。

〔三〕趙云：秦碑，謂泰山上刻所立石之辭。此兩句則想像之而已。

〔四〕趙云：斷句所以結秦碑、魯殿，爲古意；自趨庭日至今，爲從來矣。

對雨書懷走邀許主簿（近體詩）

東嶽雲峯起，溶溶滿太虛〔一〕。震雷翻幕燕，驟雨落河一作溪魚〔二〕。座對賢人酒，門聽長者車〔三〕。相邀愧泥濘，騎馬到階除〔四〕。

〔一〕趙云：楚辭云：雲容容兮雨冥冥；字異而義同。

〔二〕趙云：舊本一作溪魚，非。蓋幕燕字出左傳，不應以溪魚無出處爲對。河魚，固言河中之魚，亦以左傳有河魚腹。疾雨中魚落，今亦有之。

〔三〕趙云：座對賢人酒，則徒有酒而已，故聽長者車之相訪也。既未有過之者，於是相邀許簿矣。

〔四〕趙云：魏都賦：中逵泥濘。山簡傳云：時時能騎馬。登樓賦：循階除而下降。

【校】魏都賦：據影胡刻本文選當作吴都賦。

臨邑舍弟書至苦雨黄河泛溢隄防之患簿領所憂因寄此詩用寬其意（近體詩）

二儀積風雨，百谷漏波濤。聞道黄河坼，遥連滄海高〔一〕。職司憂悄悄，郡國訴嗷嗷〔二〕。舍弟卑棲邑，防川領簿曹。尺書前日至，版築不時操〔三〕。難假鼋鼍力，空瞻烏鵲毛〔四〕。燕南吹畎畝，濟上没蓬蒿〔五〕。螺蚌滿近郭，蛟螭乘九皐〔六〕。徐關深水府，碣石小秋毫〔七〕。白屋留孤樹，青天失萬艘〔八〕。吾衰同泛梗，利涉想蟠桃〔九〕。賴倚天涯釣，猶能掣巨鼇〔一〇〕。

〔一〕趙云：易有太極是生兩儀，言天地也。廣雅云：天地曰二儀，以人參之曰三才。薛道衡祭江文：帷蓋静於波濤。兩都賦：帶以洪河、涇、渭之川。選：東燭滄海。又：東臨滄海。

〔二〕趙云：詩：憂心悄悄。後漢有郡國志。選詩：衆人何嗷嗷。職司，指上位之人也。郡國，則水所及者非一州。

〔三〕趙云：此言書中云：水遽至，不得即時操版築以防之也。古詩：客從遠方來，遺我尺素書。顔師古注云：今俗言尺書，或言尺牘，乃其遺語耳。

〔四〕趙云：言無是物爲橋梁也。紀年曰：周穆王三十七年，東至於九江，比鼋鼍以爲梁。百家注引趙曰：舊注所引不知本始。趙云：古傳七夕鵲爲橋，以渡織女也。

【校】紀年：集千家注杜工部詩集作汲冢紀年。

〔五〕趙云：孟子：畎畝之中。

〔六〕趙云：爲羸爲蚌。選：或載蛟螭。詩：鶴鳴于九皐。

【校】載：清刻本作藏。

〔七〕趙云：燕南、濟上、徐關、碣石，皆齊州近境。後有送舍弟（頻）〔穎〕赴齊〔州〕三首，有曰長瞻碣石鴻，可以推見。

【校】送舍弟頻赴齊三首：清刻本齊字下有詩字。　今按，舍弟頻：杜甫有弟曰穎、曰觀、曰豐、曰占，無曰頻者。頻當係穎之訛。

〔八〕趙云：上句言屋已漂矣，惟孤樹存。下句言萬艘乘漲速去，青天長遠之間，頃刻之中望之若失矣。　吴志趙咨傳：魏文帝曰：吴王頗知書否？　咨曰：吴王浮江萬艘，帶甲百萬。

【校】屋：百家注作白屋。

〔九〕趙云：論語：甚矣，吾衰也。　周易：利涉大川。　齊地接東海，而蟠桃在東海，故因水漲而觀萬艘去之之速，可以利涉，想望之也。　百家注引趙曰：蟠桃正在齊地東海度索山，故因水漲，可以涉舟望之也。

〔一〇〕趙云：釣鼇，亦東海中事。　百家注引趙曰：列子言龍伯之國人，一舉釣六鼇。

劉九法曹鄭瑕丘石門宴集（近體詩）

趙云：瑕丘，縣名。鄭知縣來而劉宴之也。

秋水清無底，蕭然靜客心〔一〕。掾曹乘逸興，鞍馬到荒林一作去相尋〔二〕。能吏逢聯璧，華筵直一金〔三〕。晚來橫吹好，泓下亦龍吟〔四〕。

〔一〕趙云：上句雖實事，而無底字專出，列子載海之東有無底之谷。沈休文詩題有新安江水至清淺深見底，又似挨傍而翻用，於字爲典實。

〔二〕百家注引趙曰：題是與劉法曹，故云曹掾。　趙云：別作到荒林，舊作去相尋，則荒林方成對，且二君之宴，公在其間，所以賦詩無專言劉尋鄭之義，此蓋劉爲主人也。　鮑明遠：鞍馬光照地。

〔三〕趙云：能吏，指二公也。　直一金字，亦挨傍古人云此劍直百金，又壺直百金者也。　班彪符命論：饑寒道路，所願不過一金；　王導傳：與朝賢俱制練布端衣，於是士人翕然競服。練遂踴貴，端至一金。

〔四〕趙云：横吹好，則當似龍吟矣，所以感龍吟於泓下，以應之也。　横吹雖云胡樂，縱非笛，而别是一物，公今只是借字以言横笛耳。

巳上人茅齋（近體詩）

巳公茅屋下，可以賦新詩〔一〕。枕簟入林僻，茶瓜留客遲〔二〕。江蓮摇白羽，天棘蔓青絲〔三〕。空忝許詢輩，難酬支遁詞〔四〕。

〔一〕趙云：潘安仁秋興賦序云：偃息不過茅屋茂林之下。蘇子卿云：可以慰嘉賓。阮嗣宗云：可以慰我心。劉公幹云：可以薦嘉賓。下四句乃可賦者也。嵇叔夜琴賦云：臨清流，賦新詩。〔詩〕：衡門之下，可以棲遲。

【校】衡門之下二句：非琴賦中語，刻本奪詩字。

〔二〕趙云：枕簟字，禮記：斂枕簟。　百家注引趙曰：詩有入林僻之語，亦一幽居之僧耳。

【校】斂枕簟：禮記全句作：斂枕篋簟席。

〔三〕趙云：天棘蔓青絲，其蔓字是歐陽文忠家善本。未見善本已前，惑於夢字之義，羣説紛紛。如洪駒父云：嘗問於山谷，山谷云不解；又問王仲至，仲至云出異書。洪覺範作冷齋夜話，又引高秀實之言。蔡伯世又以近傳東坡事實所引王逸少詩爲證，其説不一。然東坡事實乃輕薄子所撰，豈有王羲之詩既不見本集，而不載别書乎？且既使真是王詩，亦何所據而謂之柳乎？此因王元之詩句而添撰也。又有所謂杜陵句解者，南中李歜所爲也，且云聞於東坡，云是天棘弄青絲。此求夢字之説不得，遂取夢字同韻之字補之，然弄字於青絲爲無交涉矣。高秀實之説頗爲是，明矣。杜田亦知引此。余竊謂王元之詩天棘舞金絲正是用杜詩，若指言天文冬，亦自有金絲之實，本草注又云葉細似蘊而微黄是也。洪覺範安知王元之不見杜詩善本，知蔓青絲之義而用之，乃遂强解之爲柳乎？若山谷、仲至皆大儒博雅，以不見善本，爲夢字所迷，而仲至不爲無可譏也。且其題自是巳上人茅齋，亦一幽居僧耳，茅齋前有何非煙非霧之異物乎？其言江蓮摇白羽，亦不過種之盆罋中，而花如白羽之摇，以明其雖種於茅齋之前，而蓮乃江蓮也。則對天棘蔓青絲，乃是種天門冬，其枝條延蔓如青絲之長，自足以形容幽居之景物，何遠求他物以當天棘邪？江之蓮，天之棘，抑亦公自造耳。孟子曰：（猶）白羽之白。蕭子範之言馬曰：纚以紫縷，繫以青絲。百家注引趙曰：歐陽文忠公善本夢作蔓字。蔡伯世云此句最疑學者。或以天棘爲柳，妄引近傳東坡事〔實〕載王逸少詩湖上春風舞天棘，非有奥義，疑非坡説。以余考之，本草圖經云：天門冬，春生，藤蔓高至丈餘，其葉如絲而散。則天棘爲天門冬，明矣。杜田見歐陽善本，亦知引此。

〔四〕趙云：蓋言我空忝爲許詢之流，而難酬對支遁，所以美巳上人也。百家注引趙曰：支遁講維摩經，許詢常設問難。

與李十二白同尋范十隱居（近體詩）

李侯有佳句，往往似陰鏗〔一〕。余亦東蒙客，憐君如弟兄〔二〕。醉眠秋共被，攜手日同行〔三〕。更想幽期處，還尋北郭生〔四〕。入門高興發，侍立小童清〔五〕。落景聞寒杵，屯雲對古城〔六〕。向來吟橘頌，誰欲討蓴羹〔七〕？不願論簪笏，悠悠滄海情〔八〕。

〔一〕趙云：鏗詩雖見藝文類聚，恨無全集可考。

〔二〕趙云：東蒙，山名，乃詩所謂龜蒙之一也。以其在東，故謂之東蒙。公在兗州，故曰東蒙客。此兩句却不對，不知此格何以謂之近體也？

〔三〕趙云：前句云憐君如弟兄，故於共被中暗使姜肱事。又，晉祖逖、劉琨情好綢繆，共被而寢。

〔四〕趙云：北郭生，指言范十隱居也。舊注引列子所載，乃南郭生耳。

【校】乃南郭生耳：百家注下接非是二字。

〔五〕趙云：殷仲文詩云：獨有清秋日，能使高興盡。鮑照園中秋散詩云：臨歌不知調，發興誰與歡？黄帝曰：異哉，小童。

〔六〕趙云：梁元帝纂要曰：晚照謂之落景。列子：望之若雲屯焉。謝靈運詩：巖高白雲屯。

〔七〕趙云：橘頌主意言其受命之不遷耳。蓴羹事，即是張翰在齊王冏府，冏時執權，翰憂禍及，因見秋風起，乃思吴中菰菜、蓴羹、鱸魚鱠，曰：人生貴得適志，何能覊宦數千里以要名爵乎？遂命駕而歸。俄而冏敗，人以爲見幾。今詩作意謂其身與李白、范隱居并吟誦屈原之橘頌，守己之有素，又誰肯待倦遊、睹秋風而後思蓴羹乎？舊注皆非。

〔八〕趙云：惟其前句如此，故無復簪笏之願，而欲寄情滄海也。

房兵曹胡馬（近體詩）

胡馬大宛名，鋒稜瘦骨成〔一〕。竹批雙耳峻，風入四蹄輕〔二〕。所向無空闊，真堪託死生〔三〕。驍騰有如此，萬里可横行。

〔一〕趙云：古詩：胡馬嘶北風。李陵書云：舉刃指麾，胡馬奔走。陸士衡漢高祖功臣頌曰：韓王窘執，胡馬洞開。蓋凡西北之馬，皆謂之胡馬。漢天子初發易卜，曰：神馬當從西北來。得烏孫馬好，名之曰天馬。及得大宛國汗血馬，益壯，遂更名烏孫馬曰西極馬，而以天馬名大宛之馬。如是，則胡馬得大宛名者，豈不貴乎！

〔二〕趙云：後魏賈思勰載相馬經：耳欲鋭而小，如削筒。則所謂竹批矣。故公李丈人胡馬行又曰：頭上鋭耳批秋竹。魯國黄伯仁爲龍馬頌云：雙耳如剡筩。相馬法不取三羸、五駑。其一羸是大蹄，其一駑是緩耳。而劉義恭白馬賦有竦身輕足，故公詩於耳言峻，於蹄言輕也。

〔三〕趙云：兩句是一義，如世説載劉備之初奔劉表，屯於樊城。表左右欲因會取備。備覺，如廁，便出所乘馬的顱，曰：今日厄，可不努力！的顱達備意，一踴三丈，得過。又如劉牢之爲慕容垂所逼，策馬跳五丈澗而脫。此其事也。

畫鷹（近體詩）

素練風一作如霜起，蒼鷹畫作殊〔一〕。㧐身思狡兔，側目似愁胡〔二〕。絛鏇光堪擿，軒楹勢可呼〔三〕。何當擊凡鳥，毛血灑平蕪〔四〕。【校】㧐身，清刻本作攫身。

〔一〕趙云：素練，絹也。因其畫鷹，故風霜起。若作如霜，則止言練之白而已，又起字無分付，非是。

〔二〕趙云：㧐音竦，義亦同。鷹事中有竦翮而升之語。鷹常傾側其目，故傅玄賦曰：左看若側，右視如傾。晉孫楚鷹賦：深目蛾眉，狀如愁胡。故公於王兵馬使二角鷹詩亦云：目如愁胡視天地。

〔三〕趙云：上句則所畫絆鷹之絛鏇也，光而堪擿取焉。下句則置畫於軒楹之間，其勢如真可呼也。孫楚賦云：麾則應機，招則易呼。魏彦深鷹賦：姦而難誘，往不可呼。

〔四〕趙云：陳孔璋爲曹洪與魏文帝書有園囿凡鳥之語。而吕安見嵇喜，題門作鳳字，譏其凡鳥，則又出於此。毛血灑字亦暗使鷹事：有獻鷹於楚文王者，王時獵雲夢，鷹聳翮而升，須臾毛墮若雪，血灑如雨，有大鳥墜地。博物君子曰：此大鵬雛也。言其畫之真，有翻鞲掣臂，搏噬之志可見矣。公於楚姜公畫角鷹落句乃云：梁間燕雀休驚怕，未必摶風上九天。則以譏徒有形而無其實者。一曰何當，一曰未必，詩人變化之妙如此。

【校】楚姜公畫角鷹：原題作姜楚公畫角鷹歌。

暫如臨邑至𡸣山湖亭奉懷李員外率爾成興（近體詩）

趙云：臨邑縣屬齊州。𡸣，玉篇：助麥切。或曰：𡸣山湖，即鵲山湖。非也。地志云：齊州治歷城。歷城縣東門外十步有歷水，入鵲山湖。今公云如臨邑至𡸣山湖，按本朝王存九域志：臨邑去州北百四十里。而𡸣字之音又與鵲不同，則所謂𡸣山湖，又别湖之名。

野亭逼湖水，歇馬高林間。鼉吼風奔浪，魚跳日映山〔一〕。暫遊阻詞伯，卻望懷青關〔二〕。靄靄生雲霧，唯應促駕還〔三〕。

〔一〕百家注引趙曰：鼉吼在有風而浪起之時，魚以日暖而跳當日映山之時，皆紀實事。

〔二〕趙云：詞伯，指李員外矣。王充論衡：文詞之伯也。李應在青關，故回望。

〔三〕趙云：此言景物之可愁矣，故當速駕而返。

陪李北海宴歷下亭 時邑人蹇處士等在坐（古詩）

東藩駐皂蓋，北渚凌清河〔一〕。海右此亭古，濟南名士多〔二〕。雲山已發興，玉珮仍當歌〔三〕。修竹不受暑，交流空湧波〔四〕。蘊真愜所遇，落日將如何〔五〕。貴賤俱物役，從公難重過〔六〕。

〔一〕百家注引趙曰：邕爲青州太守，京師爲東，故稱東藩，則上林賦齊列爲東藩也。趙云：屈原湘夫人云：帝子降兮北渚。其後張平子南都賦云：亂北渚兮揭南涯。清河，則指言濟河，濟河謂之清濟故也。燕王曰：吾聞齊有清濟、濁河以爲固。是已。

〔二〕趙云：海在東而州在西，則謂之海右，宜矣。濟南，則指齊州。百家注引趙曰：名士，則題注所謂邑人蹇處士等也。

〔三〕百家注引趙曰：言既有雲山之清興，又有玉佩之人歌以侑酒，取詩瓊琚玉佩者也。薛列左傳佩玉蘂以爲證，乃是佩玉，非玉佩。趙云：鮑照園中秋散云：臨歌不知調，發興誰與歡？詩：瓊（琚）〔瑰〕玉佩。魏武帝短歌行云：對酒當歌。師楚辭玉佩兮陸離離。

〔四〕趙云：楚辭：嬋娟之修竹。曹大家東征賦：望河洛之交流。鮑照詩：不受外嫌猜。魏文帝浮淮賦曰：驚風泛湧，波駭其後。左太沖蜀都賦云：沛若濛汜之湧波。

〔五〕百家注引趙曰：蘊真字，江淹曾使，言藏蘊真趍也。詩云：悠悠蘊真（趍）〔趣〕。下言落日，則惜其景之幽真而酒筵將散也。

【校】悠悠蘊真趍：影胡刻本文選作悠悠蘊真趣。今按，下言落日一句，九家注引未標注家，依例當作王洙注，待考。

〔六〕趙云：易云：貴賤，位矣。文選有：牽以物役。詩：從公于邁。左傳：繾綣從公。此兩句非特言邕當之官而各别，又見公之不趨貴以爲詩矣。彼淺丈夫者，冀宵燭之末光，分玉斝之餘瀝而不知耻，與公有間哉！

登歷下古城員外新亭 時李之芳自尚書郎出齊州司馬，製此亭。（北海太守李邕作）

【校】清刻本題作：登歷下古城新亭亭本北海太守李邕作。

吾宗固神秀，體物寫謀長〔一〕。形制開古跡，曾冰延樂方〔二〕。太山雄地里，巨壑眇雲莊〔三〕。高興泊煩促，永懷清典常。含宏知四大，出入見三光。負郭喜粳稻，安時歌吉祥〔四〕。

〔一〕百家注引趙曰：題下公自注云：李之芳出齊州司馬，製此亭。今公言吾宗，蓋指李之芳耳。此景甚易曉。

趙云：書：（爾乃）〔汝〕不謀長。

〔二〕趙云：舊有此亭，而之芳新之，杜公所謂海右此亭古也。曾字音層，與曾雲之曾同。謝靈運苦寒行曰：峨峨曾冰食。樂方，猶言樂土。

【校】峨峨曾冰食：影宋本藝文類聚作：歲歲層冰合。今按，藝文類聚歲歲誤，蓋此句出楚辭招魂：層冰峨峨。趙注曾冰食却無義，當從藝文類聚作層冰合。

〔三〕趙云：上句言東嶽之大，於地理爲雄。下句言東海之廣，視雲路可渺小之。列子曰：渤海之東，不知幾億萬里，有大壑焉。則海可言壑矣。北齊祖孝徵望海詩曰：登高臨巨壑。雲莊，大路也。雲路至闊大者，而海猶渺小之。

〔四〕百家注引趙曰：蘇秦曰：使我有洛陽負郭田二頃，安能佩六國相印乎？莊子：安時處順。趙云：邕詩雖亦兩字多有出處，似同杜公法門，而句法類皆枯瘠僻澀。然公集中録首唱之人無幾，而公今録邕此詩於集，豈亦取其同法門邪？

【校】百家注所引趙注，九家注標作新添。兩字多有出處：清刻本作：用字多有出處。

同李太守登歷下古城員外新亭（古詩）

趙云：李北海唱之於前，而公和之於後。

【校】清刻本題作同前，題下注云：公自注：亭對鵲湖。

新亭結構罷，隱見清湖陰〔一〕。跡籍臺觀舊，氣冥海嶽深〔二〕。圓荷想自昔，遺堞感至今〔三〕。芳宴此時俱，哀絲千古心〔四〕。主稱壽尊客，筵秩宴北林〔五〕。不阻蓬蓽興，得兼梁甫吟〔六〕。

〔一〕趙云：孟浩然詩：結構竟不淺。又云：結構依空林。百家注引趙曰：亭對鵲湖，故云。或隱或見於清湖之陰者，言昏明異候也。句如謝惠連行雲星隱見是也。趙云：梁簡文帝梔子花詩：日斜光隱見，風還影合離。

【校】竟不淺：四部叢刊本孟浩然集竟作意。

〔二〕趙云：亭之形跡，憑藉臺觀之舊製。籍字言圖籍所載，舊有臺觀之跡，於義皆通。百家注引趙曰：言東海、太山之氣，相與冥接也。趙云：此句乃接巫峽、通雪山之法。

〔三〕趙云：指物感慨，蓋詩人之興。

〔四〕百家注引趙曰：言後人視今，猶今之視昔矣。記云：絲聲哀。故云哀絲。

〔五〕趙云：記曰：尊客之前不叱狗。詩云：鬱彼北林。因所宴實在北林，故借用也。然上有芳宴字，今又有宴字，公應不緊重，必誤也。

〔六〕百家注引趙曰：蓽，音畢，官韻注云：藩落也。謂亭處幽遠，故有蓬蓽之興。諸葛亮登山作梁甫吟，蓋在野之一歌也。其詩曰：步出齊城門，遥望蕩陰里。里中有三墳，纍纍正相似。問是誰家冢，田彊古冶子。力能排南山，文能絶地理。一朝被讒言，二桃殺三士。誰能爲此謀？相國齊晏子。觀此則見公之深意矣。

與任城許主簿遊南池（近體詩）

秋水通溝洫，城隅集小船〔一〕。晚涼看洗馬，森木亂鳴蟬〔二〕。菱熟經時雨，蒲荒八月天〔三〕。晨朝降白露，遥憶舊青氈〔四〕。

〔一〕趙云：詩：俟我乎城隅。

〔二〕趙云：古有太子洗馬。月令有：寒蟬鳴。

〔三〕趙云：蒲當八月，未至於荒，其荒者以經時之雨故然邪。此范元實之説。公詩有云：風斷青蒲節，霜埋翠竹根。乃窮冬事也，推此可見矣。

〔四〕趙云：白露降，則月令孟秋之候也。承八月下言之，則八月尤是有露。百家注引趙曰：當白露降，故憶青氈。

贈比部蕭郎中十兄甫從姑之子　（近體詩）

有美生人傑，由來積德門〔一〕。漢朝丞相系，梁日帝王孫。蘊藉爲郎久，魁梧秉哲尊〔二〕。詞華傾後輩，風雅靄孤騫〔三〕。宅相榮姻戚，兒童惠討論〔四〕。見知真自幼，謀拙愧諸昆〔五〕。漂蕩雲天闊，沈埋日月奔。致君時已晚，懷古意空存〔六〕。中散山陽鍛，愚公野谷村〔七〕。寧紓長者轍，歸老任乾坤〔八〕。

〔一〕趙云：此篇是正格，破題便對。詩：有美一人。生人傑，應是生民傑。唐太宗名世民，故每改世爲代，改民爲人。孟子云：自生民以來，未有如孔子者。易：其所由來者，漸矣。詩人多用積德字，庾信周齊王銘曰胄其積德，必有君臨也。此以引下句。

〔二〕趙云：張良贊：聞張良之智勇，以爲其貌魁梧奇偉。注：魁，大貌。梧，言其可驚悟。雖音去聲，而公作平聲，蓋當時皆讀爲吾焉，顔師古自言之矣。司馬相如以貲爲郎；卜式不願爲郎。書：經德秉哲。

〔三〕趙云：騫字從鳥，虛言切，飛舉之貌也。此屬元字韻中。若其下從馬而爲騫字，却是起虔切，注云：馬腹縶；又，虧也。乃屬先字韻。學者多誤，故爲明之。

〔四〕趙云：蕭兄杜家之外孫，故比之魏舒。　百家注引趙曰：方兒童時，得蕭兄惠以討論之益也。

〔五〕趙云：言見知於蕭兄，已自幼時。而自後謀拙，則每愧諸兄。書盤庚：予亦拙謀，作乃逸。

【今按】此條九家注未標注家，依例當爲王洙注，待考。

〔六〕趙云：某謀拙者，飄蕩於外而不能仕進以致君也。魏應璩與從弟君胄書曰：思致君於有虞，濟蒸民於塗炭。懷古，則選曰：盼山川而懷古。又曰：慨長思而懷古。其飄蕩於外，乃在齊魯。下句使山陽、愚谷事，乃是齊魯相近之地。地理志：山陽，漢屬兗州。愚公谷在青州臨淄。考之地圖，青州在兗之東，而臨淄縣在州西北四十里，則山陽與愚谷相近審矣。既在齊魯，則爲雲天闊；既漂蕩之久，則爲日月奔。日月既奔，則致君遂晚，而徒餘懷古之意存耳。

〔七〕趙云：嵇康居在山陽。初，康貧，與向秀鍛於大樹之下，自贍給。潁川鍾會，貴公子也，精練有才辯，故往造焉。康不爲之禮，而鍛不輟。良久，會去。康謂曰：何所聞而來？何所見而去？會以此憾之，譖康於帝，卒有東市之刑。公在山陽之間，因懷古感慨。　韓子：齊桓公逐鹿入谷，見一老。問是何谷？對曰：爲愚公谷。以臣名之。桓公曰：視公儀狀非愚人，何爲以愚公名之？對曰：臣故畜牸牛，生子大，賣之而買駒。少年曰：牛，不能生馬。遂持駒去。傍鄰以臣爲愚，故名愚公。管仲再拜，曰：此夷吾之過也。使堯在上，咎繇爲理，安有取駒者乎！舊注所引，豈可謂之野谷村哉！公在愚谷之間，因懷古感慨焉。懷愚公之村，則有强者凌轢之思矣。

〔八〕趙云：公在山陽、愚谷之間，自以其地僻矣，而蕭兄臨之，故有此句。言不煩蕭兄之枉顧，姑任乾坤而歸老，則蕭兄必是向西北人，自此歸矣。感動蕭兄，我亦將自飄蕩，亡所歸焉。蓋孤憤之辭也。

過宋員外之問舊莊員外季弟執金吾，見知於代，故有下句。（近體詩）

宋公舊池館，零落首陽一作守陽阿〔一〕。枉道秖從入，吟詩許更過〔二〕。淹留問耆老，寂寞向山河〔三〕。更識將軍樹，悲風日暮多〔四〕。

〔一〕趙云：伯夷、叔齊隱於首陽山。史記注云：在河東蒲坂，華山之北，河曲之中。之問乃汾州人，去河中皆晉地，則宜爲首陽矣。舊作守陽，則無義。況詩有首陽之巔、首陽之下；而潘岳詩有首陽岑，則（守）〔首〕陽阿依倣爲熟。或云：公方在齊地，而此使驀大河在晉地爲可疑。然隔此一篇，是送蔡希魯還隴右，則已在長安矣。

【校】而此使驀大河：清刻本使作便。

〔二〕趙云：凡枉道而遊者，猶任其入，況能吟詩者而不許其過乎！則公自負可知矣。蓋以宋公平生好詩故也。

〔三〕趙云：淹留，駐迹之義，欲問耆老員外平日事。員外亡矣，其莊空存，對此山河徒寂寞耳。楚辭：胡爲乎淹留。莊子：恬淡寂寞。禮記：秋食耆老。劉越石云：如彼山河。孟子：乃屬其耆老而告之。

〔四〕趙云：公題下自注云云，則以馮異比員外之弟也。考之唐史，之問有二弟，曰之悌者，史載其以驕勇聞。又曰：長八尺，開元中歷劍南節度使，既坐事流竄，復爲擊蠻總管。但止附之問傳尾，而無正傳，不載其爲金吾將軍，今因公自注見之。之悌既爲金吾將軍，則公題莊舍指其大樹，宜矣。

夜宴左氏莊（近體詩）

風林纖月落，衣露淨琴張〔一〕。暗水流花徑，春星帶草堂〔二〕。檢書燒燭短，看劍引杯長〔三〕。詩罷聞吴詠，扁舟意不忘〔四〕。

〔一〕趙云：纖月，初生月也。古兩頭纖纖詩曰：兩頭纖纖月初生。衣露淨琴張，此句亦似艱闕，蓋言當月落之際，衣上有露，而拂於琴以張之，則淨也。莊子之書，人名率用義理寓言爲之，有子琴張，用張琴爲名也。此琴张因可使矣。東坡詩云：新琴空高張，絲聲不附木。亦有琴張字。

〔二〕趙云：吴都賦云：帶朝夕之濬池，佩長洲之茂苑。注云：帶、佩，猶近也。又魏都賦曰：列宿分其野，荒裔帶其隅。則帶字又可單用，不必以襟帶、佩帶爲類也。

〔三〕趙云：謂之檢書，則必尋討事出之類。檢或未獲，宜乎燒燭至於短，此理之常然。因看劍而豪氣生於此，快飲亦宜引杯長矣。東坡有云：引杯看劍話偏長，正使此句。一作煎茗，無義。又作説劍，亦未必因之而長引杯。又説劍犯莊子，不應只用檢書爲對。

〔四〕趙云：惟其聞吴詠，故動扁舟之興。

甲帙卷之二

冬日洛城北謁玄元皇帝廟（近體詩）

趙云：玄元皇帝，李老君也。

配極玄都閟，憑高禁籞長〔一〕。守祧嚴具禮，掌節鎮非常〔二〕。碧瓦初寒外，金莖一氣旁〔三〕。山河扶繡户，日月近雕梁〔四〕。仙李蟠根大，猗蘭奕葉光〔五〕。世家遺舊史，道德付今王〔六〕。畫手看前輩，吴生遠擅場〔七〕。森羅移地軸，妙絶動宫牆〔八〕。五聖聯龍衮，千官列雁行〔九〕。冕旒俱秀發，旌旆盡飛揚〔一〇〕。翠柏深留景，紅梨迥得霜。風箏吹玉柱，露井凍銀牀〔一一〕。身退卑周室，經傳拱漢皇。谷神如不死，養拙更何鄉〔一二〕。

〔一〕趙云：此首兩句已對。詩家第二字側入謂之正格，如今篇兩句是也。第二字平入謂之偏格，如後篇諫官非不達，詩義早知名是也。唐名賢輩詩多用正格，如公律詩用偏格者十無一二，沈存中筆談嘗論之矣。配極之義，杜補遺以爲配紫極，是。蓋紫極，北極也。晉謝安建宫室，體合辰極，乃其義矣。舊注引老子是謂配天古之極，輒裁其語，云是謂配天極，以傅會其説。殊不知是謂配天，乃是句絶，而古之極次之也。以廟在城之北，故曰配極。　范靖妻沈氏登樓曲：憑高川陸近。則人憑其高。而杜公以義行語，則言處所憑附於高，故公詩又云户牖憑高發興新，又云招提憑高岡也。　玄都，丹臺，仙真之所也，故用玄都言廟。舊注云玄都觀，非是。

百家注引趙曰：舊注言玄都觀也。妄引妄注，惑亂義理。

〔二〕趙云：周禮：守祧。既尊玄元爲聖祖，故監廟者得謂之守祧。必有御賜之信以爲鎮，故得借掌節以爲言。此詩人之功用也。　漢景帝詔曰：禮官具禮儀。

〔三〕趙云：葛洪神仙傳載蔡少霞夢人託書新宫銘，有云：碧瓦鱗差，瑶階肪截。　初寒，是十月，題云冬日來謁也。字則風土記曰：九月九日折茱萸房以插頭，言辟除惡氣而禦初寒。　金莖，廟中未必有，詩人言之，以壯宫殿之形勢耳。　潘安仁西征賦：化一氣而甄三才。

〔四〕趙云：吴起言魏有山河之固。　詩：瞻彼日月。　檀約陽春歌曰：白日映雕梁。　碧瓦在初寒之外，金莖在一氣之旁，而繡户爲山河所扶，雕梁相近日月，皆言廟之高大也。與日月低秦樹，乾坤繞漢宫同法。今四句皆言廟之據高，而句法雄大耳。

〔五〕趙云：此以紀玄元之盛美，言自老子盤根而來，至唐又如蘭之猗猗，爲累世有光也。　仙李對猗蘭，蓋起於猗蘭操，孔子所作也。舊注及杜田引漢殿名爲證，非。杜公以李氏之世譬之猗蘭，蓋亦孔子所謂蘭爲王者香也。虞詡云：盤根錯節。　晉潘安仁作楊仲武誄云：伊子之先，奕葉熙隆。

〔六〕趙云：本傳曰：老子著書上下篇，言道德之意。　西京賦曰：學乎舊史氏。　顔延年赭白馬賦云：訪國美於舊史。　孟子云：今王發政施仁；　今王田獵，鼓樂於此。

〔七〕趙云：梁張纘别離賦曰：太常劉侯，前輩宿達。又，選有：喜謗前輩。　擅場，蓋取鬬雞之勝者言之。

〔八〕趙云：肇論曰：萬象森羅。　魏文帝與吴質書曰：公幹五言詩之善者，妙絶時人。　海賦云：又似地軸挺拔而爭迴。宫牆，則論語有：譬之宫牆。

〔九〕趙云：荀卿曰：天子千官。詩：兩驂雁行。應劭漢官儀載：典職楊喬糾羊柔曰：柔知丞郡雁行，威儀有序。

【校】所引漢官儀云云，叢書集成本漢官儀無之，而見於漢官典職儀式選用引文選責躬詩注、與陳伯之書注，係漢官儀之逸文。其中郡作郎。

〔一〇〕趙云：今句正言五聖之像。舊注更引諸侯、大夫、士之制，惑後學矣。左思蜀都賦：王褒暐曄而秀發。旌旆，旌之有旆也。陸士衡詩：長旌誰爲旆。飛揚，於旌旆之義，則選賦云：蜺旌飄以飛揚。

【校】王褒暐曄：影胡刻本文選暐作韡。

〔一一〕趙云：四句寫所見之景物也。翠柏在冬，其實與葉皆翠。左九嬪松柏賦云：列翠實之離離。魏收庭柏詩云：淩塞翠不奪。是矣。紅梨，言梨葉得霜而紅也。梁庾肩吾尋周處士詩云：梨紅大谷晚，桂白小山秋。迥，遠也。深與迥，則柏、梨皆非一株矣。風箏，今内地有之。玉柱字，使柳惲七夕詩：秋風吹玉柱。又參使袁淑正情賦曰：陳玉柱之鳴箏。露井，露地之井也。湯僧濟詩：昔日倡家女，插花露井邊。銀牀字，舊注引古雖是而非。銀牀兩字所出，蓋如庾肩吾侍宴九日詩：銀牀落井桐。庾丹秋閨云：空汲銀牀井。

〔一二〕趙云：兩句又以紀玄元之事實。乃杜公因落句自言其身，而起此句。謂老子之引退，爲周室日以卑削之故。卑字是句之腰，便用作斡旋之字矣。其經所傳之人，可用之以拱翼漢皇，指言文、景之間崇黄老之教也。如此，則老子之道不亦大乎？故杜公以爲吾之谷神如不死，則養拙更何鄉而可乎？惟以老子之道而已。潘安仁閑居賦云：仰衆妙而絶思，終優游以養拙。鄉，如所謂道德之鄉與出入無時，莫知其鄉之鄉同義，不必指洛城也。一作方，亦此義耳，而字不若鄉之典。

龍門（近體詩）

趙云：韋述東都記云：龍門號雙闕，與大内對峙，若天闕焉。東都，乃今之西京。地志曰：河南縣闕塞山，一名伊闕，而俗名龍門耳。

龍門横野斷，驛樹出城來〔一〕。氣色皇居近，金銀佛寺開〔二〕。往還時屢改，川水日悠哉〔三〕。相閲征途上，生涯盡幾回〔四〕？

〔一〕趙云：言驛樹，則相近必有驛，故下云相閲征途上，宜乎有驛矣。

〔二〕趙云：謝惠連西陵詩：氣色久諧和。孟浩然上張吏部詩：神仙餘氣色。又夕次蔡陽館詩：章陵氣色微。皇居近，則以其對大内也。禰衡表曰：帝室皇居。佛寺，則公古詩所謂遊龍門奉先寺也。佛家謂其所居之莊嚴，多言金銀七寶；相如子虚賦有：錫碧金銀。郭璞詩：但見金銀臺。

〔三〕趙云：列子有云：入火往還。選有：趣走往還。陸機云：川閲水以成川。選：積水成川。詩云：悠哉悠哉。

〔四〕趙云：末句蓋言在龍門閲視征行之人，盡此生涯能幾回也？生涯，見莊子。

兵車行（古詩）

車轔轔，馬蕭蕭，行人弓箭各在腰。耶娘妻子走相送，塵埃不見咸陽橋〔一〕。牽衣頓足攔道哭，哭聲直上干雲霄〔二〕。道旁過者問行人，行人但云點行頻。或從十五北防河，便至四十西營田。去時里正與裹頭，歸來頭白還戍邊。邊庭流血成海水，武皇開邊意未已〔三〕。君不聞漢家山東二百州，千村萬落生荊杞〔四〕。縱有健婦把鋤犂，禾生隴畝無東西〔五〕。況復秦兵耐苦戰，被驅不異犬與雞。長者雖有問，役夫敢伸恨。且如今年冬，未休關西卒。縣官急索租，租稅從何出？信知生男恶，反是生女好：生女猶是嫁比鄰，生男埋没隨百草〔六〕。君不見青海頭，古來白骨無人收〔七〕。新鬼煩寃舊鬼哭，天陰雨溼聲啾啾〔八〕。

〔一〕趙云：此詩直道其事，氣質類古樂府，故多使俗語。如耶娘字，俗書作爺孃，而此詩用耶娘字，蓋木蘭歌有：不聞耶娘唤女聲。黄魯直跋木蘭歌後云：杜子美兵車行引此詩。推耶娘字所出，以知古人用字，其與俗書不同，皆有所本。

〔二〕趙云：前漢楊惲報孫會宗書：頓足起舞。

〔三〕趙云：選詩有羽檄起邊亭、烽火列邊亭。

〔四〕趙云：山東者，太行山之東也。漢史所謂山東出相，杜牧謂：山東，王不得，不王。昔言山東，即古之晉地，今之河北也。今言山東，則謂太山之東，乃古之齊地，今之京東路也。坡詩於飛狐上黨天下脊之下云削成山東二百郡，乃言河北矣。引通典置天下州郡，誤矣。錢箋杜詩引趙曰：唐都長安，故以河北爲山東。

〔五〕趙云：古詩隴西行：健婦持門户，勝一大丈夫。王仲宣從軍詩：不能效沮溺，相隨把鋤犂。

〔六〕趙云：比鄰，乃曹子建詩，舊引爲王粲，誤矣。又陳琳云：生男慎莫舉，生女哺用脯。杜公以役夫之苦，故云生男惡。白居易以楊妃恩寵之隆，則曰：遂令天下父母心，不重生男重生女。詩人興致，各有所主。史記衛皇后傳：生男無喜，生女無怒。前漢孫寶傳：祭竈請比鄰。

〔七〕趙云：時有事於吐蕃，乃青海之地，哥舒翰所立功之處也。公言古來者，蓋託之以興也。左傳：吾收爾骨焉。

〔八〕百家注引趙曰：啾字，王逸楚辭注曰：鳴聲也。閑居賦：管啾啾而並吹。

今夕行（古詩）

今夕何夕歲云徂，更長燭明不可孤〔一〕。咸陽客舍一事無，相與博塞爲歡娱〔二〕。馮陵大叫呼五白，袒跣不肯成梟盧〔三〕。英雄有時亦如此，邂逅豈即非良圖〔四〕？君莫笑，劉毅從來布衣願，家無儋石輸百萬。

〔一〕趙云：孤乃孤（貧）〔負〕之孤。李陵書：陵雖孤恩，漢亦負德。是也。

【校】孤貧：清刻本作孤負。今按，當從清刻本作孤負，方與下引孤恩、負德合。

〔二〕趙云：梁吴筠詩：君不見長安客舍門。陸德明注莊子，引吾丘壽王以善格五待詔，謂博塞也。

【校】百家注吴筠詩一句作定功曰。

〔三〕趙云：楚辭招魂有：成梟而牟，呼五白。其注云：五白，五木也。梟，勝也。盧，勝之名也。韓非子載匡倩對齊宣王之語曰：博（者）貴梟。劉毅與劉裕樗蒲，裕厲聲叱五木，即成盧。又，慕容寶與韓黄、李根等樗蒲，寶危坐誓之曰：世言樗蒲有神，若富貴可期，頻得三盧。於是三擲盡盧。世説：袁彦道代桓温。彦道曰：卿但大唤，必作采。於是呼（祖）〔袒〕，擲必盧雉。二人齊叫，敵家頃刻失數百萬。

【校】於是三擲盡盧：百家注下接祖跣大叫四字。於是呼祖：上海古籍出版社影印王先謙校本世説新語作於是呼袒。

〔四〕趙云：如劉裕、劉毅、慕容寶等，皆一世英雄，如此蒲博，則今夕邂逅相遇，未必非良圖。所謂良圖，則毅、裕以卜成事，寶以卜富貴也。良圖，敢不良圖也。

春日憶李白（近體詩）

白也詩無數一作敵，飄然思不羣〔一〕。清新庾開府，俊逸鮑參軍〔二〕。渭北春天樹，江東日暮雲〔三〕。何時一樽酒，重與細論文〔四〕？

〔一〕趙云：此詩破頭兩句已對。呼人名爲某也，起於左傳，而回也、賜也之類，在論語尤多。今所謂白也，却犯檀弓：孔白之母死而不喪。子思曰：爲伋也妻者，是爲白也母；不爲伋也妻者，是不爲白也母。有此兩字，故對飄然。爾雅曰：回風爲飄。白是人名，飄是風名，方是可對。晉成公綏嘯賦有云：心〔條〕〔滌〕蕩而無累，志離俗而飄然。舊正作詩無敵，雖有仁者無敵，用真儒無敵於天下，用對不羣字，則史有爽邁不羣、逸志不羣、獨立不羣也。小注又作無數，則如食力無數、修爵無數。其無敵不若無數，蓋下言不羣，則已是無敵矣，不應更疊意也。今此亦杜公寄言於爲戲，露出消息以示太白，以爲對屬須字有出處，然後爲工之意乎？其云細論文亦在是也。

【校】心條蕩：影胡刻本文選作心滌蕩。

〔二〕趙云：世説注有云：文翰清新，自有摯虞之妙。俊逸，世説載謝安目支道林如九方皐相馬，略其玄黄，取其俊逸。庾、鮑，所以比白。庾信在周爲開府，鮑照在宋爲參軍。二人本傳及其文集序，與夫諸人議論，如鍾嶸詩品，初無清新、俊逸之目，則自杜公品之也。今讀其詩信然。

〔三〕趙云：此以引末句之意。公於凡寄遠及送行，或居此念彼，則於兩句内分言地之所在。渭北，指言咸陽。咸陽在終南山之南、渭水之北，故得名。時白在會稽，越州也，斯江東矣。杜臆引趙曰：渭北一聯，言彼我所寓所見，寫相望之情。

〔四〕趙云：蘇子卿云：我有一樽酒，欲以贈遠人。魏文帝著典論，有論文一篇；而庾信詩云：論文報潘岳，詠史答應璩。今云論文而至於細，則臻其妙矣，非李、杜莫造也。若兩句之勢，亦孟浩然何時一杯酒，重與（李膺）〔季鷹〕傾者矣。

【校】所引孟浩然詩，全唐詩題作永嘉别張子容。李膺作季鷹。今按，季鷹，即張翰，與張子容同姓，當以季鷹爲正。

天寶初南曹小司寇舅於我太夫人堂下累土爲山一簣盈尺以代彼朽木承諸焚香瓷甌甌甚安矣旁植慈竹蓋茲數峯嶔岑嬋娟宛有塵外格致乃不知興之所至而作是詩（近體詩）

趙云：周禮秋官：司寇掌邦刑。小司寇者，刑官之貳也。今公小司寇舅，則必爲刑部侍郎。土山上栽慈竹，故云嶔岑嬋娟。嶔岑，言山。前漢劉安招隱士詩：嶔（岑）〔崟〕碕礒。後漢仇池注引開山圖云：積石嵯峨，嶔岑隱阿。嬋娟，言竹。楚辭：蔭修竹之嬋娟。

一簣功盈尺，三峯意出羣〔一〕。望中疑在野，幽處欲生雲〔二〕。慈竹春陰覆，香爐曉勢分〔三〕。惟南將獻壽，佳氣日氤氲〔四〕。

〔一〕趙云：今句爲實道土山之三峯，而華山記有云：其三峯直上，晴霽可睹。則却有出處，故對一簣，舊注非是。盈尺，取盈尺之璧。　百家注引趙曰：舊注（云）直云猶華岳之三峯，非是。　趙云：世説載殷中軍道韓太常曰：康伯少自標置，居然是出羣器。

〔二〕趙云：詩：君子在野。又〔儀〕禮（記）：在野則曰草（莽）〔茅〕之臣。　選：河海生雲。

【校】所引禮記一句，據世界書局影印十三經注疏當作儀禮句，莽作茅。

〔三〕趙云：兩句並指實事。下句言土山上承香瓷甌，其曉煙勢與春陰分也。

〔四〕趙云：以土山之南，便可當南山以獻太夫人之壽也。字取詩：維南有箕。宋顏延之七繹有云：昵賓獻壽，中人奉膳。張正見芳樹詩：春浮佳氣裏。氛氲字，祖出楚辭。王逸注云：氛氲，盛貌。而雪賦云：氛氲蕭索。沈約芳樹詩云：氛氲非一香。

題張氏隱居二首（近體詩）

春山無伴獨相求，伐木丁丁山更幽〔一〕。澗道餘寒歷冰雪，石門斜日到林丘〔二〕。不貪夜識金銀氣，遠害朝看麋鹿遊〔三〕。乘興杳然迷出處，對君疑是泛虛舟〔四〕。

右一

〔一〕趙云：劉越石四言詩云：獨〔坐〕〔生〕無伴也。詩：伐木丁丁。公今此句亦喧中有靜矣。

〔二〕趙云：此在春時言之，故首句言春山。莊子：肌膚若冰雪。舊注合字，非是也。

〔三〕趙云：古人有地鏡圖之書，以觀地下之物，曰：黄金之氣赤黄，銀之氣夜正白，流散在地。今言性雖不貪，而能夜識金銀之氣。舊注云以不貪故識，非是。相如子虛賦有：錫碧金銀。而郭景純遊仙詩：神仙排雲出，但見金銀臺。左傳：我以不貪爲寶。傳云：全身遠害。麋鹿之遊，本在山中，人在山中，則爲遠市朝之害矣，故得朝看麋鹿遊也。

〔四〕趙云：公言其乘興而來，欲出欲留，杳然以迷，蓋對張君如泛虛舟耳。舊注却似指言張隱居，非是。

之子時相見，邀人晚興留。霽潭鱣發發，春草鹿呦呦〔一〕。杜酒偏勞勸，張梨不外求〔二〕。前村山路險，歸醉每無愁〔三〕。

右二

〔一〕趙云：之子，出詩，言此子也。

〔二〕趙云：不外求，言不必求之大谷也。杜酒、張梨，以人著物言之，此亦使字之一格，須是當體穩貼，又時復用之耳。

〔三〕趙云：北齊幼主爲無愁之曲，自謂無愁天子。

鄭駙馬宅宴洞中（近體詩）

主家陰洞細烟霧，留客夏簟清琅玕〔一〕。春酒杯濃琥珀薄，冰漿椀碧瑪瑙寒〔二〕。誤疑茅堂過江麓，已入風磴霾雲端〔三〕。自是秦樓壓鄭谷，時聞雜佩聲珊珊〔四〕。

〔一〕趙云：琅玕，寶樹名，美物也，故詩家多以比竹。今言竹簟之美耳。舊注作竹既非是，杜田所引又作青琅玕，以附會青者爲勝之説。今詩句義直是：主家陰洞煙霧細，留客夏簟琅玕清；而句法深穩，當言細煙霧、清琅玕。此又如硯寒金井水，簷動玉壺冰。朱鶴齡輯注杜工部詩集引趙曰：太白題王處士水亭詩：拂拭青玉簟，爲予置金樽。亦非真以青玉爲簟也。

〔二〕趙云：本言琥珀杯，舊注以爲酒色，非是。

〔三〕趙云：兩句言在富貴之家，都城之地，而有幽逸之興，故誤疑其人自己所結之茅堂，過越江麓，已深入風磴霾藏雲端之處也。

〔四〕趙云：此言主家本是秦女之樓，而氣象幽邃，壓鄭子真之谷口矣。雖其幽趣壓鄭谷，而終自富貴，故時聞佩聲也。詩：雜佩以贈之。選有：拂墀聲之珊珊。

李監宅（近體詩）

趙云：按靈怪録：李令問開元中爲祕書監，左遷集州長史。令問好服翫飲饌，以奢聞於天下。其炙驢罌鵝之屬，慘毒取味，天下言飲饌者莫不祖述李監，以爲美談。今公詩題李監宅，而有異味重之句，豈李監者乃李令問乎？開元中左遷集州，今豈自集州歸，賦詩者尚從故稱乎？

【校】好服翫飲饌：集千家注杜工部詩集作：好美服珍饌。

尚覺王孫貴，豪家意頗濃〔一〕。屏開金孔雀，褥隱繡芙蓉〔二〕。且食雙魚美，誰看異味重〔三〕。門闌多喜色，女壻近乘龍〔四〕。

〔一〕趙云：宋書恩倖傳論曰：（都）〔郡〕縣掾吏，並出豪家。今李監蓋大富之家，其姓李，又是宗室之富者。首句似言人之所貴重者，莫過於王孫，然尚覺王孫所貴慕豪家之意爲最濃盛。

〔二〕趙云：此言其富貴。於屏畫孔雀，亦富貴家常事。舊注所引，在隋書並北史並無之。屏言開，則崔融新體云：屏幃幾處開。又徐彦伯芳樹詩云：金縷畫屏開。吴均述夢詩云：以親芙蓉褥。而繡芙蓉出崔顥盧姬篇云：魏王綺樓十二重，水精簾箔繡芙蓉。隱者，蔽也，如王維暮省隱花枝之隱。

【校】暮省：乾隆刻本趙殿成王右丞集箋注晚春閨思作暮雀。

〔三〕趙云：此微誚之也。言我但知食雙魚之美耳，誰復顧其異味之多也。古詩：客從遠方來，遺我雙鯉魚。左傳云：吾食指動，必嘗異味。

〔四〕趙云：今云近乘龍，則公詩下字輕重可見。舊注引門闌事，是。蓋明帝紀注引續漢志云：五伯、鈴下、侍閤、門闌部署、街里走卒，皆有程品，多少隨所典領。則門闌之品，貴家方有之。

送孔巢父謝病歸遊江東兼呈李白（古詩）

巢父掉頭不肯住，東將入海隨烟霧〔一〕。詩卷長留天地間，釣竿欲拂珊瑚樹〔二〕。深山大澤龍蛇遠，春寒野陰風景暮〔三〕。蓬萊織女一作仙人玉女回雲車，指點虚無引一作是歸路〔四〕。自是君身有仙骨，世人那得知其故〔五〕。惜君只欲苦死留，富貴何如草頭露〔六〕？蔡侯靜者意有餘，清夜置酒臨前除〔七〕。罷琴惆悵月照席，幾歲寄我空中書〔八〕？南尋禹穴見李白，道甫問訊今何如。一作：深山大澤龍蛇遠，華繁草青風景暮。仙人玉女回雲車，指點虛無引歸路。若逢李白騎鯨魚，道甫問訊今何如〔九〕。

〔一〕百家注引趙曰：掉頭者，於事不可之狀。莊子：鴻蒙掉頭曰，吾不知也。東將入海，則如擊磬襄入于海之入海耳。舊注引北東入於海，却是水也。趙云：江文通〔雜〕擬詩：畫作秦王女，乘鸞入煙霧。

〔二〕趙云：晉書樂志有釣竿篇曰：釣竿何冉冉。古詩：人生天地間。珊瑚樹，一作三珠樹，非是。蓋山海經云：三珠樹生赤水上，其樹如柏，葉皆爲珠。雖亦貴物，而非海底爲釣竿所拂者。百家注引趙曰：珊瑚樹生海底石上，見晉書大秦國事。以其在海底，故以拂言之也。言巢父歸江東之後，遂可入海有此興也。

【校】擬詩：上奪雜字，據影胡刻本文選補。入煙霧：胡刻本作向煙霧。

〔三〕趙云：上句蓋言巢父經行之地，下句蓋言其去之時候如此也。左傳曰：入山不逢不若，魑魅魍魎，莫能逢旃。下既云巢父有仙骨，則其行也雖經深山大澤，而龍蛇亦自遠遁，可以經行無疑，況當春時其物尚蟄，亦爲遠矣。梁庾肩吾詩：早花餘少雪，春寒極晚秋。顏延年贈王太常詩云：庭昏見野陰。而疊春寒野陰四字，如素問天寒日陰之勢也。世説曰：過江諸人，每暇輒相要出新亭，藉卉飲宴。周侯中坐而歎曰：風景不殊，舉目有山河之異。

〔四〕趙云：一作仙人玉女回雲車，指點虛無引歸路。蓋蓬萊，海中三山之一，織女係之無義。又，是字緊重下自是。仙人玉女四字，古詩：仙人王子喬，難可與等期。魯靈光殿賦：玉女窺窗而下視。曹植云：虛無求列仙。王母嘗乘五雲之車。謝靈運初發都詩：始得傍歸路。朱鶴齡輯注杜工部詩集引趙曰：當從別本作仙人玉女。

〔五〕趙云：以與李白嘗隱於徂萊山，則有仙風道骨矣。神仙傳：有神謂墨翟曰：子有仙骨。詩云：慘不知其故。世説：謝公問王子敬：君書何如君家尊？答曰：當不同。公曰：外論不知爾。王曰：外人那得知！

【校】李白：清刻本作巢父。外論不知爾：上海古籍出版社影印光緒十七年思賢講舍刻本世説新語作：外人論殊不爾。

〔六〕趙云：巢父既謝病而歸，則爲輕富貴矣，孰能留之、惜之者？雖苦死相留，豈知富貴如草露之易滅哉！

〔七〕趙云：謝靈運詩：還得静者便。

〔八〕趙云：與孔爲別時，是蔡侯者作主人，而蔡又善琴矣。既別去而望其寄書也。謂之空中書，則以巢父有仙骨，寄書乃在空中來也。

〔九〕百家注引趙曰：禹穴，在會稽山上。史記曰：太史公登會稽，探禹穴。白時在會稽矣，乃巢父欲入海之路也。又注云：若逢李白騎鯨魚，蓋賀知章以白爲謫仙人，其與巢父皆有學仙之質，則可以騎鯨矣。揚雄羽獵賦：乘鉅鱗，騎鯨魚。注：鯨，大魚也。

冬日有懷李白（近體詩）

寂寞書齋裏，終朝獨爾思。更尋嘉樹傳，不忘角弓詩〔一〕。短一作裋褐風霜入，還丹日月遲〔二〕。未因乘興去，空有鹿門期〔三〕。

〔一〕趙云：晉韓宣子聘魯，公享之。宣子賦角弓，蓋言兄弟之國宜相親也。公前有詩於白云：余亦東蒙客，憐君如弟兄。故今詩云：更尋嘉樹傳，不忘角弓詩。此與醉眠秋共被暗使姜肱兄弟事合矣。以事出昭二年傳，故云嘉樹傳。以在書齋而思白，故於讀書之中，更尋得此傳。因尋此傳，故不忘角弓，言兄弟相親之意。東坡送宋希元詩云：它時莫忘角弓篇。又題萬松詩云：慇懃記取角弓詩。皆由杜公發之也。

〔二〕趙云：裋褐，當以短爲正。又杜公詠懷云：賜浴皆長纓，與宴非短褐。以長對短，其義尤明。短褐言白之貧，還丹言白有仙風道骨，其所燒還丹，可以遲延日月。賀知章號曰謫仙人，白與道士司馬子微遊，則還丹在白爲當體。

〔三〕趙云：公自言無因乘興如子猷訪戴而去，徒與白有效龐德公隱鹿門山之期約也。

飲中八仙歌（古詩）

趙云：此篇謂之歌，其歌八疊，每一疊各就一公事實，以其好飲美之，且戲之。謂之八仙，則已有意矣。爲其各言一公之事，故得重用韻。所重用者，船字二，眠字二，天字二，前字三也。古詩蓋有重押韻之格，如阮籍秋懷曰：如何當路子，罄折忘所歸。又云：鴻鵠遊四海，中路將安歸。謝靈運述祖德詩曰：段生藩魏國，展季救魯人。又曰：惠物辭所賞，勵志絶故人。陸機行行重行行云：此思亦何思，思君徽與音。又曰：驚飈褰友信，歸雲難寄音。似此之類不一。説者謂爲八首，蓋不知有此格也，況詩又乃八疊乎。又緣道書之論丹，有八仙歌，雖是八箇仙人歌，爲有八仙歌三字，因倚以爲題。

【校】勵志絶故人，影胡刻本文選作勵志故絶人。

知章騎馬似乘船，眼花落井水底眠〔一〕。汝陽三斗始朝天，道逢麴車口流涎，恨不移封向酒泉〔二〕。左相日興費萬錢，飲如長鯨吸百川，銜杯樂聖稱世賢〔三〕。宗之蕭灑美少年，舉觴白眼望青天，皎如玉樹臨風前〔四〕。蘇晉長齋繡佛前，醉中往往愛逃禪〔五〕。李白一斗詩百篇，長安市上酒家眠，天子呼來不上船，自稱臣是酒中仙〔六〕。張旭三杯草聖傳，脱帽露頂王公前，揮毫落紙如雲烟〔七〕。焦遂五斗方卓然，高談雄辨驚四筵〔八〕。

〔一〕百家注引趙曰：公以知章在馬上，傲中如乘舡，戲之也。　趙云：知章吴人，唯知乘船，其馬上傲兀，如人眼花落井，則言醉而眼生昏花。落井而眠於水底，又言其安於水也。　山簡傳：時時能騎馬。前漢有乘船危。　吴均雜絶句有云：夢中難言見，終成亂眼花。　水底眠又暗用事，抱朴子曰：時有葛仙公者，每飲酒醉，嘗入人家門陂水中卧，竟日乃出。

〔二〕趙云：汝陽王，李璡也。以其宗室，既受封汝陽矣，猶以酒泉城下有泉味如酒，欲移封也。又使姚馥渴羌事：晉有羌人姚馥，但言渴於酒，人呼爲渴羌。武帝授以朝歌守，馥願且爲馬圉，時賜美酒，以樂餘年。帝曰：朝歌，紂之舊都，地有酒池，使老羌不復呼渴。遂遷酒泉太守。　百家注引趙曰：言恨不移封酒泉，亦以戲之也。　趙云：麴，所以造酒。才見麴車而便流涎，戲其好飲之急也。曹操對其叔父詐作中風狀，口流涎沫。逢麴車而流涎，有用對過屠門而大嚼，人以爲的對。

〔三〕趙云：謂之日興，言每日興起便如此也。如陸遜云：世務日興。　異物志云鯨魚長者有數千里，故也。亦以戲之。

〔四〕趙云：劉琨云：舉觴對膝，白眼望天。言其飲之傲，亦所以戲之也。

〔五〕趙云：逃禪，言逃去而禪坐耳。此蘇東坡所謂蒲褐禪、同夜禪者也。以晉好佛，故戲之云爾。

【校】此條百家注作修可曰。

〔六〕趙云：詩百篇，言其能詩也。酒家眠，言其真率也。欒布爲酒家保。酒家眠亦暗用事：阮籍鄰家少婦當壚酤酒，籍嘗詣婦飲，醉便卧其側也。不上船，此乃長安方言，襟謂之船也。薛蒼舒補遺更引詩曰：何以舟之。乃自解云：舟亦船也，其來遠矣。蓋舟自訓服耳，所以服之字從舟也。杜田又引范傳正李翰林新墓碑，曰用爲舟船之船，亦又非是。蓋在翰苑被酒，則自長安市中來而扶以登舟。則竟上船矣，非不上船也。

百家注引趙曰：不上船，世共疑之，舊注不解，此乃長安方言，襟謂之舡也。薛蒼舒引詩：何以舟之。舟亦舡也。杜〔公〕〔田〕又引李翰林墓碑，云玄宗泛白蓮池，召公作序。公以被〔酒〕，命力士扶以登舟。以此之意，則竟上舡矣，非不上舡也。亦又非是。

【校】公以被：下奪酒字，據九家注所引杜注補。

〔七〕百家注引趙曰：漢張芝善草書，號草聖，故以比之。號旭爲張顛，故有脱帽露頂之句。如後漢班超傳：單于脱帽徒跣。旭爲人酒禿，脱帽則露頂矣。乃所以戲之，蘇東坡所謂顛張醉素兩禿翁。末句美其寫字之疾也。

趙云：後漢〔班超〕〔梁慬〕傳：單于脱帽徒跣。又有云：單于脱帽避帳，詣梁王謝罪。潘安仁作楊荆州誄云：動翰若飛，落紙如雲。後漢高義方清誡曰：抗志凌雲煙。

【校】單于脱帽徒跣，此句當在後漢書梁慬傳中。

〔八〕趙云：世説載王敦晝寢，卓然驚寤。又云：諸名賢論莊子逍遥遊，支道林卓然標新理於三家之表。又江淹擬張廷尉詩云：卓然凌風矯。又僧惠遠製涅槃經疏，咒其筆曰：如合聖意，此筆不墜。乃擲於空中卓然。新唐書云：李白自知不爲親近所容，益驁放不修，與焦遂等爲酒八僊。則遂亦平昔驁放之流耳。飲至五斗而方特卓，乃所以戲之。末句又以美之。劉孝標廣絶交論云：騁黄馬之劇談，縱碧雞之雄辯。選詩有：高談一何綺。疊用四字有兩出而後工也。謝宣遠九日詩曰：四筵霑芳醴。驚字，則前漢陳驚坐之驚也。

送韋書記赴安西（近體詩）

夫子欻通貴，雲泥相望縣〔一〕。白頭無藉一作籍在，朱紱有哀憐〔二〕。書記赴三捷，公車留二年〔三〕。欲浮江海去，此别意茫然。

〔一〕趙云：欻音許勿切，有所吹起貌。忽然而貴也。詳公詩意，則韋君亦貧困矣，忽然通貴，遂有雲泥之隔。揚雄解嘲：當塗者入青雲，失路者委溝渠。吳蒼與矯慎書遂有乘雲行泥之語。晉丁彬書：雲泥異途，邈矣懸絶。

〔二〕趙云：上句公自言也。謂無所倚藉，故用對哀憐字。或一作籍，爲通籍之籍，非唯不對，又不連接上句，又不指言誰人。蓋以言韋君則既爲官矣，以言公身則作此詩時未曾有官也。蓋後篇重過何氏云：何路霑微禄，歸山買薄田。豈不明甚。下句言韋爲書記，則服緋矣。有哀憐，則言朱紱之人有哀憐於我。

〔三〕趙云：三赴戰勝之地，指安西主將也，又以言韋君。公車留二年，則公自謂。公自負其才，既見韋之通貴，而身留公車，故欲去而之江海矣。公三十九歲之冬上三大禮賦，四十歲之春後，方召試得官。此三十九歲已前未有官詩，蓋嘗有詣公車之事矣。應是三大禮賦已前，屢進賦而無報，所以云留於公車也。

贈韋左丞丈濟 （近體詩）

左轄頻虚位，今年得舊儒〔一〕。相門韋氏在，經術漢臣須〔二〕。時議歸前列，天倫恨莫俱〔三〕。鴒原荒宿草，鳳沼接亨衢〔四〕。有客雖安命，衰容豈壯夫〔五〕！家人憂几杖，甲子混泥塗〔六〕。不謂矜餘力，還來謁大巫〔七〕。歲寒仍顧遇，日暮且踟躕〔八〕。老驥思千里，饑鷹待一呼〔九〕。君能微感激，亦足慰榛蕪〔一〇〕。

〔一〕趙云：自此至接亨衢八句，皆以紀韋左丞也。　魏晉以來，左丞得彈奏八座，故傅咸云：斯乃皇朝之司直，天臺之管轄。後人用左轄字，義起於此，非是取左轄星之名。

〔二〕趙云：濟乃嗣立之子，承慶之侄。嗣立、承慶，並爲宰相，故得引漢韋氏爲言。　相門字，魏志陳思王傳載諺云：相門有相。　經術字，如史云：不務經術。

〔三〕趙云：嗣立有二子，恒、濟知名，故有是句。　禮記：龜爲前列。

〔四〕趙云：易：何天之衢，亨。言濟兄弟是前輩，爲時議所歸，惜其一亡，至於宿草已荒，然濟由左丞可以接鳳池亨衢，又美其可爲中書之貴也。

〔五〕趙云：公自謂也。詩：有客有客。　壯夫字，出揚子。　百家注引趙曰：此足以慰榛蕪。

〔六〕趙云：禮：七十（者）杖於（家）〔國〕。以年老須几杖，故爲家人之憂。

〔七〕趙云：論語：行有餘力，則以學文。正謂矜誇餘力之文也。

〔八〕趙云：以公顧遇，故雖日暮猶踟躕而不欲行也。詩：搔首踟躕。

〔九〕趙云：權翼之言慕容垂曰：猶鷹也，饑則附人，飽則高飛。鮑照蕪城賦有云：饑鷹厲吻。劉表有呼鷹臺也。雖饑矣，猶待呼，則不苟就食也。一呼字，亦借使振臂一呼，又仰天一呼，不必泥。漢書注音去聲。

〔一〇〕趙云：此又不能無所求之情也。一云折骨效區區，又有以報其施矣。感激字，祖出趙岐孟子章指曰：千載聞之，猶有感激。選云：伊洛榛蕪。然一云之語，非報其施，亦何至言折骨也。

陪鄭廣文遊何將軍山林十首（近體詩）

趙云：此詩十篇，蓋春末夏初之作。有曰千章夏木清，有曰茵蔯春藕香，有曰醉把青荷葉；有曰巢鶯，曰肥梅；有言芹，言筍也。

不識南塘路，今知第五橋〔一〕。名園依緑水，野竹上青霄。谷口舊相得，濠梁同見招〔二〕。平生爲幽興，未惜馬蹄遥。

右一

〔一〕趙云：此兩句是對。南塘、第五橋之名，於志在萬年縣郭外之西南。後有鄭十八虔貶台州司户而題其居云：第五橋邊流恨水，皇陂岸北結愁亭。則第五橋與皇陂當是目前相近之處。長安皇子陂在萬年縣西南二十五里，以秦葬皇子、起冢陂北原上得名。以皇子陂推之，第五橋可見。如是，則何將軍山林所過之地矣，故於首句言之。

〔二〕趙云：指言廣文也，相親爲莊、惠也。

【校】相親：百家注作相視。

百頃風潭上，千章夏木清〔一〕。卑枝低結子，接葉暗巢鶯〔二〕。鮮鯽銀絲鱠，香芹碧澗羹〔三〕。翻疑柂樓底，晚飯越中行〔四〕。

右二

〔一〕趙云：此篇直道景物。舊本作千重，非是。師民瞻本作章。漢食貨志注：大木曰章。夏木，則言其功用在夏而清也。

〔二〕趙云：魏文帝芙蓉池作云：卑枝拂羽蓋。

〔三〕趙云：言所煮之羹，乃碧澗之香芹也。薛補遺：碧澗，地名。唐〔劉〕長卿有碧澗别墅詩。百家注引趙曰：碧澗皆狀物之語，而薛公補遺以爲地名。名偶同耳，非是。

〔四〕趙云：公往時在越州，今言何將軍山林之景似之也。

萬里戎王子，何年别月支？異花開絶域，滋蔓匝清池〔一〕。漢使徒空到，神農竟不知〔二〕。露翻兼雨打，開拆漸離披〔三〕。

右三

〔一〕趙云：戎王子，説者以爲花名，義固然也，下句云異花，自分明矣。言萬里，則其來遠。言月支，是必月支之物。

〔二〕百家注引趙曰：張騫於西域止移胡桃、石榴、苜蓿，而不移此所謂戎王子，是爲徒空到矣。舊注因不省戎王子之謂，模稜其説也。言此絶域異花不載於神農本草。

〔三〕趙云：雨打雖是常語，而涅槃經有風雨所打。宋玉云：白露下衆草兮，奄梧楸以離披。舊注所引非祖出。

【校】白露下衆草兮，奄梧楸以離披：影胡刻本文選此句作：白露既下降百草兮，奄離披此梧楸。

旁舍連高竹，疏籬帶晚花〔一〕。碾渦深没馬，藤蔓曲藏蛇。詞賦工無益，山林迹未賒〔二〕。盡捻書籍賣，來問爾東家〔三〕。

右四

〔一〕趙云：漢高祖紀：高祖適從旁舍來。

〔二〕趙云：時公方爲布衣，故曰：詞賦工無益。又言我之蹤迹亦不遠在山林也。

〔三〕趙云：王粲傳：蔡邕見而奇之曰：吾家書籍文章，盡當與之。魯有東家丘。問字，蓋問舍之問。百家注引趙曰：王叔艾嗜酒，家貧，常挾祖父所蓄書籍賣，酬酒價。

【今按】百家注所引云云，未標出處，不合趙注重出處之體例，且語類僞東坡注，姑存待考。

【校】不遠：百家注作不久。

右五

來。興移無灑掃，隨意坐莓苔〔三〕。

朥水滄江破，殘山碣石開〔一〕。綠垂風折笋，紅綻雨肥梅〔二〕。銀甲彈箏用，金魚換酒

〔一〕趙云：任彥昇詩：滄江路窮此。故對碣石，禹貢地名。碣石，以其碣起之石矣。所謂碑碣，蓋取此。滄江破而爲朥水，碣石開而爲殘山。朥水殘山，杜公之新語。宋子京得之，於唐書中有殘膏朥馥之句。朥，俗作剩。

〔二〕趙云：上句義言風折笋垂綠，下言雨肥梅綻紅。句法以倒言爲老健。

〔三〕趙曰：此尤見其野逸之興。

風磴吹陰雪，雲門吼瀑泉〔一〕。酒醒思卧簟，衣冷得裝綿〔二〕。野老來看客，河魚不取

錢〔三〕。只疑淳樸處，自有一山川〔四〕。

〔一〕百家注引趙曰：磴，石梯之道也。讀杜詩愚得引趙曰：雲門，謂雲擁翼山門。

【校】讀杜詩愚得所引，百家注、分門集注、分類集注、黄氏補注作師曰。

〔二〕趙云：得字似問辭，言衣之冷矣，得裝綿乎？宜裝綿也。

〔三〕趙云：丘希範詩：野老時一望。左傳：河魚腹疾。

〔四〕趙云：淳樸者，太古之世也。以其山野，乃淳樸處矣。

右七

棘樹寒雲色，茵蔯春藕香。脆添生菜美，陰益食單涼〔一〕。野鶴清晨出，山精白日藏〔二〕。石林蟠水府，百里獨蒼蒼〔三〕。

〔一〕趙云：四句連義。脆添生菜美，言生菜非一矣，而茵蔯春藕之香脆，又添其美也。陰益食單涼，言鋪食單於棘樹之下，陰益其涼也。謂之益，則山中已涼而又涼也。

〔二〕趙云：嵇紹昂昂然如野鶴之在雞羣。蜀帝得山精以爲妻。庾信詩：山精鏤寶刀。

〔三〕趙云：水府，則積水之府。庾信温泉碑云：貝闕龍宫，沉淪於水府。

憶過楊柳渚，走馬定昆池〔一〕。醉把青荷葉，狂遺白接䍦〔二〕。刺船思郢客，解水乞吴兒〔三〕。坐對秦山晚，江湖興頗隨〔四〕。

右八

〔一〕趙云：皆何將軍山林所經。

〔二〕趙云：陳祖孫登詩有：青荷（葉）〔承〕日暉。及古詩有：荷葉何田田。故合用之。

【校】葉日暉：百家注作乘日暉。影宋本藝文類聚作承日暉。

〔三〕趙云：宋玉對問云：客有歌於郢中者。可化用郢客矣。南人謂北人爲傖父，北人謂南人爲吴兒，皆常語也。暗使晉書夏仲御能隨水爲戲，操柁正櫓折旋中流。繼而賈充以鹵簿妓女繞其舡，統若無所聞。充曰：此吴兒是木人石心也。又可證其解水之字。

〔四〕趙云：言雖在秦地，而其山清幽，有江湖之興也。

牀上書連屋，階前樹拂雲〔一〕。將軍不好武，稚子總能文〔二〕。醒酒微風入，聽詩靜夜分。絺衣挂蘿薜，涼月白紛紛〔三〕。

右九

〔一〕趙云：公於竹詩亦云：會見拂雲長。郭景純遊仙詩有逸翮思拂霄。

〔二〕趙云：魏武帝令曰：往歲造百辟刀五枚，先以一與五官將，其餘四。吾諸子中有不好武而好文學，將以次與之。

〔三〕趙云：月白謂之紛紛，言其影在薜蘿之間。如此蘿薜者，藤蘿與薜荔也。詩人每使薜蘿，謂是兩物，故得倒用。東坡亦嘗摘此爲句云：九衢人散月紛紛。

幽意忽不愜，歸期無奈何〔一〕。出門流水住，回首白雲多一作雜花多〔二〕。自笑燈前舞，誰憐醉後歌。祇應與朋好，風雨亦來過〔三〕。

右十

〔一〕趙云：幽意所以不愜者，以須有歸期故也。世説云：左太沖作三都賦，初思意甚不愜。摘而用之。

〔二〕趙云：雜花多，非。流水住，則又見其處所當水平慢不流之處爲平地矣。

〔三〕趙云：朋好，朋之相好也。顔延年作陶徵士誄：詢諸友好。

重過何氏五首（近體詩）

問訊東橋竹，將軍有報書〔一〕。倒衣還命駕，高枕乃吾廬〔二〕。花妥鶯捎蝶，溪喧獺趁魚〔三〕。重來休沐地，真作野人居〔四〕。

右一

〔一〕趙云：言欲重過主人，所以託爲問訊其竹，而報許之也，故有下句速往之義。

〔二〕趙云：命駕字，起於每一相思，千里命駕，言往之速也。　史云：不得高枕而卧。又，解嘲有：庸夫高枕而有餘。

〔三〕趙云：上句言見聞之景物也，而句法則：花枝安妥之際，有鶯捎掠於蝶；溪聲喧沸之中，是獺趁魚也。

〔四〕趙云：漢制，有官者賜休沐。張安世傳：休沐未嘗出。今何氏山林本休沐之地，而真作野人居，則幽静可知矣。

山雨樽仍在，沙沉榻未移。犬迎曾宿客，鴉護落巢兒〔一〕。雲薄翠微寺，天清皇一作黄子陂〔二〕。何來幽興極，步屧過東籬〔三〕。

右二

〔一〕趙云：此言重來所見之事：樽與榻皆前日之所設，樽在而榻未移，又見將軍之好客也。護字，公嘗使：蒼隼護巢歸。皆道實事之句。

〔二〕趙云：長安志載：翠微宮在萬年縣外終南山之上。又云：長安縣南六十里，元和中改爲翠微寺。時在公死三十餘年之後，而今詩云寺，爲可疑。然二縣皆倚郭，雖分縣名，其實相連亘，不足疑矣。翠微既在終南之上，其山之長遠，又屬萬年，或屬長安，只以地界言之，又不足疑。惟宮、寺之名，本出臨時，而宮可謂之寺，寺可謂之宮，於義無害，故公使字偶爾犯邪。當俟博聞者辨之。若志所載，止有皇子陂，在萬年縣西南二十五里，以秦葬皇子，起冢陂北原上得名，別無黄子之稱。舊本作黄字，誤矣。公前篇云：今知第五橋，而題鄭十八著作虔詩云：第五橋邊流恨水，皇陂岸北結愁亭。正相近之地，則黄子當爲皇子矣。

〔三〕趙云：言幽興之極，已自前時，今重來步屧直過東籬，言其熟也。屧，無根之履，音所佘切。

落日平臺上，春風啜茗時〔一〕。石欄斜點筆，桐葉坐題詩〔二〕。翡翠鳴衣桁，蜻蜓立釣絲。自今幽興熟，來往亦無期。

右三

〔一〕百家注引趙曰：此篇直書景物耳。平臺，應是平穩之臺，別無他義。舊注引梁孝王傳，非是也。

〔二〕趙云：置硯於石欄之上也。百家注引趙曰：題詩於桐葉之上。

頗怪朝參懶，應耽野趣長。雨抛金鎖甲，苔卧緑沉槍〔一〕。手自移蒲柳，家纔足稻粱〔二〕。看君用幽意，白日到羲皇〔三〕。

右四

〔一〕趙云：甲言金鎖，以金線連鎖之也。苻堅所造，乃其類也。槍言緑沉，以緑色之物，沉抹其柄也。薛蒼舒所引是。至引北史隋文帝所賜張奫，妄意解爲精鐵，非也。杜田所引，則可以見弓也、甲也、筆也、槍也，或緑漆之，或緑塗之，皆謂之緑沉。

〔二〕趙云：上句以言野趣之真。蒲柳，一物耳，即所謂楊也。是木有楊、有柳。爾雅曰旄，澤柳；楊，蒲柳是也。下句言其野趣之安。稻粱，九穀之二物。詩云：不能蓺稻粱。

〔三〕趙云：言到羲皇，則身到其土，即同其人。到字最爲著力。韓退之送僧澄觀言僧伽者云：僧伽後出淮泗上，勢到衆佛尤瑰奇。乃此到字矣。言白日字，有雍容閑暇不盡之意，如落花遊絲白日静也。

到此應嘗宿，相留可判年。蹉跎暮容色，悵望好林泉。何路霑微禄，歸山買薄田。斯遊恐不遂，把酒意茫然〔一〕。

右五

〔一〕趙云：時公方爲布衣，當在三十九歲冬之前。蓋次篇杜位守歲詩曰：四十明朝過。而公三十九歲之冬方獻三賦，次年方召試得官，授河西尉，不行，爲右率府胄曹也。斯遊恐不遂，言此遊恐不遂其意耳。百家注引趙曰：言未霑微禄，此爲布衣時也。公方三十九歲，冬方獻三賦，次年方召試得官，故此言斯遊恐不遂其意也。

【校】此條杜臆引趙曰：一遂所願，斯遊不可復繼。今按杜臆所引，未見他本，且云：趙注謂一遂所願，斯遊不可復繼。誤矣。蓋杜家長安，非難到也。與九家注所引不合。蓋九家注所引，斯遊當指何路霑微禄，即仕宦之遊，非山林之遊。百家注此意尤豁。杜臆所引疑誤，不取。

杜位宅守歲（近體詩）

守歲阿戎家，椒盤已頌花〔一〕。盍簪喧櫪馬，列炬散林鴉。四十明朝過，飛騰暮景斜〔二〕。誰能更拘束？爛醉是生涯。

〔一〕趙云：東坡詩云：頭上春幡笑阿咸。又云：欲喚阿咸來守歲，林烏櫪馬鬭喧譁。則杜詩善本當是阿咸字，衆本皆作阿戎，而舊注引王戎事，大誤。意者，杜位小字阿咸也。晉劉臻妻元日獻椒花頌。舊注非事祖矣。

【校】杜位小字阿咸也：清刻本咸字作戎。

〔二〕趙云：過，踰過也。公所以感歎，頗有深意。蓋記曰：四十曰强而仕。公於天寶九載三十九歲之冬，預獻明年三大禮賦，表云：甫行四十載矣，沉埋盛時。則亦急於仕矣。天寶十五載，方召試授官，得河西尉。不行。則（所）〔正〕當强仕之年，官猶未定，宜其感歎之切矣。故下云：飛騰暮景斜。而（撲）〔末〕句付之醉也。選有：羽爵飛騰。以四十對飛騰，不必以數對數，此公之妙處。景斜字，沈約傳：景斜乃出。

【校】天寶十五載：清刻本作天寶十載。則所當强仕之年：清刻本所作正。而撲句付之醉：清刻本撲作末。

甲帙卷之三

奉贈韋左丞丈二十二韻（古詩）

【校】草堂詩箋卷三此題下注云：范温以此詩爲韋見素，趙傁以此詩爲韋濟，魯訔又謂集又有上韋左相二十韻，自系曰見素，未知孰是。若從范氏、趙氏説，則此詩當題曰左相，若從魯氏説，則此詩當題曰左丞云云。據此，則趙注原題當作奉贈韋左相丈二十二韻。

紈袴不餓死，儒冠多誤身〔一〕。丈人試靜聽，賤子請具陳〔二〕：甫昔少年日，早充觀國賓〔三〕；讀書破萬卷，下筆如有神〔四〕。賦料揚雄敵，詩看子建親〔五〕；李邕求識面，王翰願卜鄰〔六〕。自謂頗挺出，立登要路津〔七〕。致君堯舜上，再使風俗淳〔八〕。此意竟蕭條，行歌非隱淪〔九〕。騎驢三十載，旅食京華春〔一〇〕。朝扣富兒門，暮隨肥馬塵〔一一〕；殘杯與冷炙，到處潛悲辛〔一二〕。主上頃見徵，欻然欲求伸〔一三〕。青冥卻垂翅，蹭蹬無縱鱗〔一四〕。甚愧丈人厚，甚知丈人真〔一五〕。每於百僚上，猥誦佳句新〔一六〕。竊效貢公喜，難甘原憲貧〔一七〕。焉能心怏怏？秖是走踆踆〔一八〕。今欲東入海，即將西去秦〔一九〕。尚憐終南山，回首清渭濱〔二〇〕。常擬報一飯，況懷辭大臣〔二一〕。白鷗没浩蕩，萬里誰能馴〔二二〕？

〔一〕趙云：梁任昉奏彈劉整云：以前代外戚，仕因紈袴。晉束晳云：丹墀步紈袴之童，東野遺白顛之叟。莊子云：伯夷、叔齊餓死首陽之山。史記云：伯夷、叔齊，積仁潔行如此而餓死。前漢周亞夫傳：許負相之曰：君後九年而餓死。鄧通傳：上使善相人者相通曰：當貧餓死。此篇雖古詩二十二韻，而第二字平側相次，又多對偶。紈袴不餓死，言貴富者之享福禄；而儒冠多誤身，言爲士者之易貧賤。公詩又曰：有儒愁餓死。則不餓死之反矣。又曰：儒術豈謀身。亦此之謂也。　百家注引趙曰：以孔子而有絶糧削迹之事，則儒冠誤身可知矣。

〔二〕趙云：吴越春秋載伍子胥謂漁父曰：性命屬天，今屬丈人。此呼人爲丈人矣。劉伯倫酒德頌有：熟視不見泰山之形，静聽不聞雷霆之聲。蜀志許靖與曹公書云：豈可具陳。古詩：歡樂難具陳。世有託名東坡事實，輒云：毛遂有言：賤子一一具陳之。以爲渾語，卻不引出何書。其全帙引，類皆如此，非特浼吾杜公，又浼蘇公，而罔無識，真大雅之厄，學者之不幸也。

〔三〕趙云：沈休文别范安成云：平生少年日。充字，晁錯傳：以臣充賦。　集千家注杜工部詩集引趙曰：易：觀國之光，利用賓于王。

【校】所引沈休文詩一句，百家注標作定功曰。　集千家注杜工部詩集所引，九家注、百家注咸作僞王洙注。

〔四〕趙云：梁孝元帝之敗，焚圖書一四萬卷，曰：讀書萬卷，猶有今日！故焚之。中著一破字，則字著力而新奇矣。

【校】梁孝元帝之敗：清刻本作：梁元帝紀：兵敗。

〔五〕趙云：雄傳曰：顧常好辭賦，每擬相如。故公於賦則言敵揚雄。鍾嶸爲詩品，其品子建詩云：植詩原出於國風，氣骨高奇，辭彩華茂，超越今古，卓爾不羣。故公於詩言親子建也。親字，親近之親，言與之近也。

〔六〕趙云：新書（今按，指新唐書）誤矣！蓋惑於後篇有陪李北海宴歷下亭而言之耳。殊不知公在洛陽時，李邕先與相見；其後邕爲北海太守，遇公於齊州，又相見；至青州，又相見。何以明之？陪李北海宴歷下亭，則相見於齊州，蓋歷下亭在齊州也；八哀詩於李邕篇云：伊昔臨淄亭，酒酣託末契。則相見於青州，蓋臨淄亭在青州也。又云：重敘東都別，朝陰改軒砌。則追言洛陽相見事，蓋洛陽則東都也。豈不先識面於洛陽，而在齊地再相見乎？則新唐書之誤，以再見爲始識面矣。百家注引趙曰：李邕、王翰，唐文苑一時之文人也。以李邕而有識面之求，以王翰而有卜鄰之願，則公之名重於時可知。

〔七〕趙云：曹子建云：人人自謂握靈蛇之珠。吕凱與雍闓檄云：諸葛丞相英材挺出。

〔八〕趙云：嵇康傳：鍾會欲害康，曰：宜因釁除之，以淳風俗。

〔九〕趙云：鮑照答客篇：此意更堅滋。鮑照發後渚詩有：蕭條背鄉心。列子載林類年且百歲，拾穗行歌。張湛注云：古之隱者也。舊注却引朱買臣行歌道中負薪，此乃窮困悲歌耳，與非隱淪之義不相接。桓譚新論曰：天下神人五，一曰神仙，二曰隱淪。郭璞江賦有：納隱淪之列真。舊注引顏延年、謝朓、鮑照、謝靈運詩，皆在新論、江賦之後。此不知本始，是謂無祖者也。世説：周顗何如庾亮？顗曰：蕭條方外，亮不如臣。

〔一〇〕趙云：後漢：李尤騎驢馳村，狐兔驚走。魏文帝與吴質書：旅食南館。郭景純遊仙詩曰：京華遊俠窟。謝靈運齋中讀書詩曰：昔余遊京華。京華繁富之地，而當春時，尤爲繁富，於此旅食，亦不能爲樂矣。

〔一一〕趙云：論語：乘肥馬。　百家注引趙曰：鮑照詩結交多貴門，出入富兒鄰是也。

〔一二〕趙云：鮑照野鵝賦云：對鐘鼓之悲辛。

〔一三〕趙云：官韻欻字注云：有所吹起貌。神仙傳：王母降大茅君，歌曰：駕我八景輿，欻然入玉清。又莊子庚桑楚篇：出無本，入無竅。注云：欻然自生非有本，欻然自死非有根。又法華經有欻然火起之語。

〔一四〕趙云：屈原悲回風云：據青冥而攄虹。王逸九思曰：玄鶴兮高飛，增逝兮青冥。注：青冥，雲也。此兩句以魚鳥爲喻，一反一正，可以爲句法。　宋玉九辯：悲蹭蹬而無歸。

〔一五〕趙云：厚，言其相待之厚，蓋如後漢云：所以慰藉之甚厚。真，言其懷抱之真，蓋如莊子云：其爲人也真。厚則相親愛，真則不藏善，乃所以爲每每誦杜公佳句也。此厚與真之義甚明。詩眼所謂，卻成杜公厚自慚愧於韋，杜公真實能知韋之賢耳。非是。蓋不省厚、真字，是詩字之足，只單著一字爲句，且用押韻，而字自有力，其義煥然也。　杜詩詳注引趙曰：厚，言其相待之厚，如世説：范（達）〔逵〕深愧其厚意。

【校】范達：思賢講舍刻本作范逵。

〔一六〕趙云：左傳：同官爲僚。書：百僚師師。　誦佳句於同僚，是時公已召試賜官也。世説載孫興公作天台賦成，以示范榮期。每至佳句，輒云：應是我輩語。而誦佳句三字，則隋煬帝善屬文，不欲人出其右。王胄死，帝誦其佳句云：庭草無人隨意緑，復能作此語耶？

〔一七〕百家注引趙曰：舊所引雖是，然無喜字，亦不謂之貢公，此乃劉孝標廣絶交論王陽登而貢公喜是也。　趙云：沈佺期傷王學士詩云：原憲貧無怨，顔回樂自持。

〔一八〕趙云：吴越春秋：吴王僚之母謂王曰：公子光心氣怏怏，常有愧恨之色。舊注卻引韓信、周亞夫傳，乃鞅鞅字，又不連心字，非公本意所引用耳。

〔一九〕百家注引趙曰：此詩人欲去之意，造語如此，非真有東海之役也。趙云：去秦，言欲捨而去之耳，乃張儀惡陳軫於秦王曰：軫欲去秦而之楚。舊注卻引李斯言天下之士退而不敢西向，裹足不入秦；卻只是不入秦矣。

〔二〇〕趙云：潘安仁西征賦言長安之境曰：南有玄（霸）〔灞〕素滻、北有清渭濁涇。故公凡言渭必曰清渭，言涇必曰濁涇，皆用此矣。終南山與清渭，以在秦地，故接去秦之下及之。

〔二一〕趙云：李固傳云：竊感古人一飯之報。注云：謂靈輒也。公所用主此。舊注更引范睢傳：一飯之德必償。自是償字。又引孔融傳：一餐之惠必報。自是餐字。以一飯之恩，嘗擬如靈輒之報宣子，況大臣相知，不獨一飯耳，其去之懷思爲如何？此詩人之情也。

〔二二〕趙云：何遜詩：可憐雙白鷗，朝夕水上遊。浩蕩雖本水，而不必專言水。或取流放之貌，如離騷云：怨靈修之浩蕩。或取曠遠之貌，如楚辭曰志浩蕩而傷懷是也。世間本多作波字，東坡定作没字，言鷗滅没於煙波間，而浩蕩遠去，尤有義理。而宋敏求謂鷗不解没，作波字，便覺一篇神氣索然也。范淑裒甫云：世有師曠禽經之書，其中曰：鳧善浮，鷗善没。則没字卻是沉没之没，與前説又相反矣。

【校】與前説又相反：清刻本與字前有即字。

奉留贈集賢院崔于二學士（近體詩）

昭代將垂白，途窮乃叫閽。氣衝星象表，詞感帝王尊〔一〕。天老書題目，春官驗討論〔二〕。倚風遺鶂路，隨水到龍門。竟與蛟螭雜，寧一作空無燕雀喧。青冥猶契闊，陵厲不飛翻〔三〕。儒術誠難起，家聲庶已存〔四〕。故山多藥物，勝概憶桃源〔五〕。欲整還鄉旆，長懷禁掖垣〔六〕。謬稱三賦在，難述二公恩。

〔一〕趙云：揚雄甘泉賦：選巫咸兮叫帝閽。氣衝星象，暗以劍爲喻。文選：上應星象。此四句言獻三大禮賦也。當天寶九載，時方隆盛。公年三十九歲，雖窮困，自負其才，獻賦而上悦之，故云。舊注引公詩，非是。蓋此方敘述其獻賦之意，而莫相疑行，舊注所云則言獻賦之後聲問輝赫，召試中書堂而文彩動上也。昭代，本是昭世字，鮑明遠云：浮生旅昭世。唐太宗諱世民，故改世爲代，如蓋世改爲蓋代，民傑改爲人傑。杜欽傳：紅陽侯與欽子業書曰：誠哀老姊垂白。

〔二〕趙云：此卻是方言試文章，所謂集賢學士如堵牆，觀我落筆中書堂時也。舊注所言又非是。蓋有詞感帝王尊，已言召試之文了，却接言初赴舉時乎？公於進封西嶽賦表云：幸得奏賦，待制於集賢，委學官試文章。則出題目者宰相，而審驗之者禮部矣。三公，謂之卿老，又謂之元老、天老，蓋天子之老也。而黄帝之臣有天老焉。

〔三〕趙云：此六句蓋公以文彩動人主矣，意其遂騰踏進用，止授河西尉，不行，改右衛率府兵曹而已。此公所以歎也。與上韋左丞古詩云主上頃見徵，欻然欲求伸；青冥卻垂翅，蹭蹬無縱鱗同意。而舊注乃以自言其不第，其誤以春官爲赴舉時，故爾。倚風遺鷁路，言倚賴風而往矣，反遭回風而遺失其所往之程路。此乃曲折之句也。龍門，在河中府。其水湍險，魚登者化爲龍。隨水到，則隨水到之而已，不能過也。到龍門而不過，則猶雜蛟螭；遺鷁路而不進，則不免羣燕雀而受其喧也。寧無，作空無，非也。青冥，雲也。祖出楚辭，而任彦昇爲王儉文集序：勗以丹霄之價，宏以青冥之期。詩：死生契闊。凌厲者，徑上跨越之義。劉歆遂初賦曰：登句注以凌厲。而嵇叔夜承之云：凌厲中原。飛翻，則王粲詩曰：苟非鴻鵰，孰能飛翻。百家注引趙曰：左傳云：鶂退飛過宋都，風也。

【校】此條九家注未標注家，依例爲王洙注，待考。又按，左傳僖十六年鶂作鷁；作鶂爲穀梁傳文。前均有六字。

〔四〕趙云：儒術誠難起，乃儒冠多誤身之意。荀子：儒術行，則天下富。司馬子長曰：李陵頽其家聲。

〔五〕趙云：故山，則襄陽也。甫本襄陽人，徙河南鞏縣。其在長安，則居於杜陵。今在長安作詩而思故山，乃言襄陽矣。桃源，在今鼎州。襄陽之於鼎，雖隔江而頗近。蓋以地志考之，自襄州至鼎界，總無三百里耳。

〔六〕趙云：整旆字，如劉公幹整駕之整。長懷，則懷崔、于二學士也，蓋集賢院在禁中矣。

醉時歌（古詩）

諸公袞袞登臺省，廣文先生官獨冷〔一〕；甲第紛紛厭粱肉，廣文先生飯不足。先生有道出羲皇，先生有才過屈宋〔二〕。德尊一代常坎軻，名垂萬古知何用〔三〕？杜陵野客人更嗤，被褐短窄鬢如絲〔四〕。日糴太倉五升米，時赴鄭老同襟期〔五〕。得錢即相覓，沽酒不復疑，忘形到爾汝，痛飲真吾師〔六〕。清夜沈沈動春酌，燈前細雨簷花落〔七〕。但覺高歌有鬼神，焉知餓死填溝壑〔八〕？相如逸才親滌器，子雲識字終投閣〔九〕。先生早賦歸去來，石田茅屋荒蒼苔〔一〇〕。儒術於我何有哉！孔丘盜跖俱塵埃〔一一〕。不須聞此意慘愴，生前相遇且銜杯〔一二〕。

〔一〕百家注引趙曰：袞袞，出王濟云：張華説漢史，袞袞可聽。言其議論不絶也。趙云：唐人以祠部無事，謂之冰廳。冰音去聲，趙璘云：言其清且冷也。百家注引趙曰：明皇愛鄭虔之才，置左右。以其不事事，更爲置廣文館處之，則爲冷官可知。

〔二〕趙云：陶潛自謂羲皇上人。杜審言嘗云：吾文當得屈、宋作衙官也。

〔三〕趙云：楚辭七諫云：年既過半百兮，愁轗軻而滯留。玉臺新詠載宋孝武作丁都護歌云：坎軻戎途間，何由見（子歡）〔歡子〕。孟子：天下有達尊三：爵一，齒一，德一。

【校】七諫句：中華書局聚珍倣宋版楚辭補注本作：年既已過太半兮，然埳軻而留滯。見子歡：成都古籍書店影印吴兆宜注本玉臺新詠作見歡子。

〔四〕趙云：地名杜陵，起於漢地理志云：故杜伯國，宣帝更名。有周右將軍杜主祠四所。百家注引趙曰：公家於杜陵，故云。又言杜陵有布衣，又言杜陵野老也。被褐短窄，使貧者衣短褐耳。

〔五〕趙云：同襟一作同衾，非是。同衾却嫌於涉夫婦、兄弟事矣。曹植閑居賦云：願同衾於寒女。則夫婦之同衾也。又贈白馬王彪詩曰：何必同衾幬，然後展殷勤。則兄弟之同衾也。同襟，則江淹傷友人賦云：固齊術而共徑，豈異袹而同襟。蓋言氣味之同也。

〔六〕趙云：左傳：子産不毁鄉校，曰：其所善者吾則行之，其所惡者吾則改之，是吾師也。羊祜亦曰：疏廣是吾師也。

〔七〕趙云：曹子建公宴詩：清夜遊西園。鮑照夜坐吟云：冬夜沉沉夜坐吟。劉邈雜詩曰：簷花初照月，洞户未垂帷。又沈如筠雜怨詩云：簷花坐蒙冪，孤帳日愁寂。李暇擬古歌云：簷花照月鶯對棲，空留可憐暗中啼。徐侍中爲人贈婦詩云：但看依井蝶，共取落簷花。簷花，近乎簷邊之花也。學者不知所出，或以簷雨之細如花，或遂以簷花爲簷雨之名，故特爲詳之。

〔八〕趙云：選有：抗音高歌。後漢公孫述傳：政事修理，郡中謂有鬼神。列女傳：梁高行曰：妾夫不幸早死，先狗馬填溝壑。又趙左師觸龍荐其子曰：願及未填溝壑而託之。

〔九〕趙云：漢史：辭莫麗於相如。故公言逸才。揚雄能作奇字，故公言識字。世説：禰衡有逸才。陸士衡辨亡論云：長沙(威)〔桓〕王逸才命世。任昉述異記載：蒼頡墓在北海，呼爲藏書臺。周人當時莫識其書，遂藏之書府。至秦時李斯識八字，云：上天作命皇辟迭王。至叔孫通識十二字。此所謂識字，言識古字也。揚雄之作奇字，顔師古注云：文之異者。即此之謂矣。

〔一〇〕趙云：石田茅屋，言石田上所結茅屋。左傳曰：猶獲石田也，無所用之。後漢：王霸隱居止茅屋。淮南子曰：窮谷之汙，生以蒼苔。

〔一一〕趙云：荀子曰：儒術行，天下富。論語：何有於我哉。莊子自云：何加於我哉。舊注改加字，非是。

丘、跖俱塵埃，意倣伯夷死名於首陽之上，盜跖死利於東陵之下，其於殘生傷性，均也。

〔一二〕趙云：王仲宣四言詩：慘愴增歎。劉伶云：銜杯漱醪。陸士衡苦寒行云：慘愴常鮮歡。

戲簡鄭廣文兼呈蘇司業（古詩）

廣文到官舍，繫馬堂階下〔一〕。醉則騎馬歸，頗遭官長駡〔二〕。才名三十年，坐客寒無氈〔三〕。賴有蘇司業，時時與酒錢。

〔一〕趙云：劉琨：繫馬長松下。

〔二〕趙云：山簡傳：日暮倒載歸，酩酊無所知。時時能騎馬，倒著白接䍦。

〔三〕趙云：後漢禰衡傳：曹操以其才名，不欲殺之。周禮：天官，其屬六十〔掌邦治〕，大事則從其長。世説德行第一篇：爲官長當清，當慎，當勤。百家注引趙曰：唐史稱鄭虔在官貧約，澹如也，乃引杜甫嘗贈以詩曰：才名三十年，坐客寒無氈。則知公之作真詩史矣。

投贈哥舒開府翰二十韻（近體詩）

今代麒麟閣，何人第一功〔一〕？君王自神武，駕馭必英雄〔二〕。開府當朝傑，論兵邁古風〔三〕。先鋒百勝在，略地兩隅空〔四〕。青海無傳箭，天山早挂弓〔五〕。廉頗仍走敵，魏絳已和戎〔六〕。每惜河湟棄，新兼節制通〔七〕。智謀垂睿想，出入冠諸公〔八〕。日月低秦樹，乾坤繞漢宮〔九〕。胡人愁逐北，宛馬又從東〔一〇〕。受命邊沙遠，歸來御席同〔一一〕。軒墀曾寵鶴，畋獵舊非熊〔一二〕。茅土加名數，河山誓始終〔一三〕。策行遺戰伐，契合動昭融〔一四〕。勳業青冥上，交親氣概中〔一五〕。未爲珠履客，已見白頭翁〔一六〕。壯節初題柱，生涯獨轉蓬〔一七〕。幾年春草歇，今日暮途窮〔一八〕。軍事留孫楚，行間識呂蒙。防身一長劍，將欲倚崆峒〔一九〕。

〔一〕趙云：諸本多誤以麒麟作騏驎，惟此篇方不誤。蕭何第一功。所謂麒麟閣、第一功，各是一端實事，故可爲實對矣。

〔二〕趙云：英雄，所以指翰也。君王字，左傳曰：與君王哉。餘見上君王問長卿注。易：神武而不殺。

〔三〕趙云：此至和戎，通四韻以言翰爲開府之事。翰於天寶十一載加開府儀同三司故也。陸瑜仙人攬六箸篇：避敵情思巧，論兵勢重新。

〔四〕趙云：如馬謖傳：有魏延、吴壹，論者皆言宜令爲先鋒。漢高祖紀陳涉遣武臣等略地。翰嘗攻吐蕃石堡城，遂以赤嶺爲西塞；豈略地之事實邪？謂兩隅，意其在西北也。

〔五〕趙云：胡人每起兵，則傳箭爲號，如今雲南蠻刻牌之類。百家注引趙曰：或曰：守城之法，更夜傳箭，以警其睡。杜詩詳注引趙曰：外寇起兵，則傳箭爲號。無傳箭，息兵也。趙云：薛仁貴傳：將軍三箭定天山，將士長歌入漢關。天山，即祁連山。匈奴謂天爲祁連。早挂弓，則不復用。

〔六〕趙云：廉頗爲趙將，破齊勝魏，功爲多。後免，歸趙。復使伐魏之繁陽，拔之。今公詩以此兩句繼早挂弓之後，此必中間議不用兵，故言廉頗仍可以走敵，而魏絳和戎之策已行也。惜乎無以考之。

〔七〕趙云：此而下，至歸來御席同，通五韻以言翰加節度之事。翰十一載冬入朝，十二載春進封涼國公，兼河西節度使。蓋以河湟之久棄，欲得翰收復之，故使之節度河西也。　荀子：秦之鋭士，不足以當威文之節制。

〔八〕趙云：惟其方往謀復河湟而爲帝所系想，則入而歸朝，出而建節，其榮耀爲諸公之冠矣。明年遂復河湟。事載編年，可考矣。舊注引王忠嗣事，在復河湟之前，非是。　智謀，如智者順時而謀、智者不爲愚者謀。

〔九〕趙云：此言其收復之效也。　按傳云：攻破吐蕃洪濟、大莫門等城，收黄河九曲，以其地置洮陽郡，築神策、宛秀二軍。此所謂：日月所臨，特低秦樹；乾坤所包，獨繞漢宫。樹，則日月低而親之；宫，則乾坤匝而繞之。蓋宇宙在乎手及，揭天地以趨新之類，乃所謂開廣之句矣。

〔一〇〕趙云：賈誼云：追奔逐北。此言翰之威武：胡人既愁其攻逐而敗北矣，又得宛馬而從東來。舊注引吐蕃盜麥事，乃在節度河西前，非是。　百家注引趙曰：漢書注：師敗曰北。

〔一一〕趙云：邊沙遠，指言河西爲遠。　御席同，言復河湟而歸，寵宴之盛。此並終節制河西後來事，舊注皆在河西節度已前，非是。

〔一二〕趙云：言翰之貴寵，已如乘軒之鶴，明皇得之如文王之得吕望。杜預注云：大夫乘軒。而公今云軒墀，何也？以待博雅辨之。　百家注引趙曰：左傳：衛懿公好鶴，鶴有乘軒者。

〔一三〕趙云：此言翰進封西平郡王也。　王莽傳：先賜茅土。　名數，禮：物有名、有數也。舊注引名位不同，禮亦異數。名位自是在人言之，不可合也。　百家注引趙曰：茅土事，凡建國名，以其方色之土與之，立社，燾以黄土，苴以白茅。　趙云：陸士衡云：武功侔山河。

〔一四〕趙云：此言翰之謀策已行，可以遺落戰伐。其所合如契，而勳於顯煥也。　詩：昭明有融。

〔一五〕趙云：此四句而下，通十二句，乃公作詩針線，暗以言自己也。今四句言翰勳業之高，在青冥之上，而其待交親以氣概結之。勳業，出吴志：張昭謂孫權曰：爲人後者，貴能負荷先軌，以成勳業。又潘安仁作誄文有曰：勳業未融。青冥，猶言青雲也。交親，起於記云：非禮不交、不親。而曹植贈丁儀有云：親交義不薄。贈徐幹云：親交義在敦。今兩字豈倒用耶？

〔一六〕趙云：白頭翁雖常語，然漢書：壺(丘)〔關〕三老上書曰：白頭翁教我。又文虔之禱霽，夜夢見白頭翁曰云云，明日乃霽。句意則使魏文帝與吴質書曰：已成老翁，但未頭白耳。江表傳：曾有白鳥集殿前，孫權曰：此何鳥也？諸葛恪曰：白頭翁。張昭自以坐中最老，疑恪以鳥戲之。

【校】白頭翁教我：漢書車千秋傳載車千秋曰：臣嘗夢見一白頭翁教臣言。今按，查漢書，壺關三老上書無此語，語在車千秋傳中，趙注當係誤記。

〔一七〕趙云：莊子：吾生也有涯。兩字所合，則王績先用也。

〔一八〕趙云：梁元帝：既看春草歇，還見雁南飛。謝靈運：芳草亦未歇。

〔一九〕趙云：公欲有所冀於翰，故先引以爲言曰：以軍事則能留孫楚，異乎石苞之不容；以行間則識吕蒙如孫策者。如此，則我所防身之長劍，亦欲倚之於崆峒也。崆峒，取隴右高山，翰所臨之地，以比翰也。

麗人行（古詩）

三月三日天氣新，長安水邊多麗人〔一〕。態濃意遠淑且真，肌理細膩骨肉匀。繡羅衣裳照暮春，蹙金孔雀銀麒麟〔二〕。頭上何所有？翠微㔩葉垂鬢脣。背後何所見？珠壓腰衱穩稱身〔三〕。就中雲幕椒房親，賜名大國虢與秦〔四〕。紫駝之峯出翠釜，水精之盤行素鱗〔五〕。犀筯厭飫久未下，鸞刀縷切空紛綸〔六〕。黄門飛鞚不動塵，御廚駱驛一作絲絡送八珍〔七〕。簫鼓哀吟感鬼神，賓從雜遝實要津〔八〕。後來鞍馬何逡巡，當軒下馬入錦茵〔九〕。楊花雪落覆白蘋，青鳥飛去銜紅巾〔一〇〕。炙手可熱勢絶倫，慎莫近前丞相嗔〔一一〕。

〔一〕趙云：晉、宋諸人，侍宴曲水，皆以三月三日爲題。唐開元中，都人遊賞於曲江，莫盛乎中和、上巳節，此所以水邊多麗人也。舊注徒引三月三日事，爲泛矣。王右軍蘭亭曲水序曰：天朗氣清，惠風和暢。亦此天氣新之謂。禮記：天氣下降。陸機曰：遲遲暮春日，天氣柔且和。梁孝元帝詠霧詩有曰：時如佳氣新。

〔二〕趙云：蹙金，實事，唐人常語，故（杜）〔趙〕牧自謂其詩云：蹙金結繡，而無痕跡。

【校】杜牧：唐摭言「海敘不遇」條作「趙牧」，是。

〔三〕趙云：頭上、背後之句，此亦曹子建美女篇頭上金雀釵，腰佩翠琅玕之勢也。蓋舉頭與腰之飾，而一身之服備矣。翠微一作翠爲。㔩一作匌。㔩音烏合切。㔩綵，婦人頭花髻飾也。匌音洽，與㔩字連，曰㔩匌，而㔩音荅。重疊貌。海賦云：磊㔩匌而相逐。翠微㔩葉，則翡翠微布於㔩綵之葉；翠爲匌葉，則以翠爲匌匝之葉也。衱音居業切。爾雅曰：衱謂之裾。郭璞曰：衣後裾也。謂之腰衱，則裙腰耳。以珠綴之，故言珠壓腰衱。此篇公所鋪敘至此，詳味語句，蓋特見麗人之後耳。故東坡先生題背面美人，名之曰：續麗人行，而其詩云：杜陵饑客眼長寒，蹇驢破帽隨雕鞍。隔花臨水時一見，只許腰支背後看。

【校】以珠綴之，故言珠壓腰衱：杜詩詳注引作：綴珠其上，壓而下垂也。

〔四〕趙云：言玉真妃也。成帝設雲幕於甘泉紫殿。椒房，則皇后所居殿名。秦、虢乃玉真之姐妹，故曰雲幕椒房親也。大姨封虢國，八姨封秦國，非是。以長安志考之，虢國八姨也，則秦國乃大姨也。百家注引趙曰：并承恩出入宮掖，勢傾天下。

【校】此條九家注未標注家，依例當作王洙注，待考。

〔五〕趙云：言其食之奢也。曹子建詩：豐膳出中廚。師宋鄭鮮之經子房廟詩：紫煙翼丹虬，靈媪悲素鱗。觀此即知素鱗乃蛟龍也。杜意亦謂攀龍。酉陽雜俎：明皇恩寵禄山，所賜之物有金平脱、犀頭匙、筯。百家注引趙曰：此言食之美甚也。酉陽雜俎載食饌之美，有將軍曲良翰作駝峯炙。正以駝背一肉如峯，最美。

〔六〕趙云：方筯未下之間，又復有縷切之多，此所以言其食之奢。

〔七〕趙云：不動塵，因以狀其善騎。詩家造句法也。駱驛，相續不斷之義。後漢：袁術與吕布書曰：今送米二十萬斛，非唯止此，當駱驛復致。舊本正字作絲絡，而薛蒼舒爲之説。元無絲絡字本出。若駱驛，以言寵予之隆，義自分明。若絲絡，亦天子御物常事耳，却何足道也。

〔八〕趙云：此言作樂以宴賓，且微言以譏其男女之糅雜。大人賦：雜遝膠輵以方馳。甘泉賦：駢羅列布，鱗以雜沓兮。洛神賦：衆靈雜遝。

〔九〕趙云：言其氣勢洋洋，旁若無人。徐悱贈内詩：忽有當軒樹，兼含映日花。史：秦人開關延敵，六國之師逡巡不敢進。

〔一〇〕趙云：鞍馬之多，必至觸楊花而覆白蘋。青鳥，應如鸚鵡之類，豢養馴熟，飛銜紅巾。此正借西王母以青鳥爲使名之，且以託言昵戲之事矣。紅巾，蓋婦人之飾。如王勃落花篇云：羅袂紅巾往復還。

〔一一〕趙云：炙手可熱，言勢炎之熏灼也。舊注引代宗時事，在杜公之後，非是。杜田之説，當時素有此言矣。傳毅舞賦：姿絶倫之妙態。丞相嗔，以指言國忠，而詩句則後漢桓帝時童謡云梁下有懸鼓，我欲擊之丞卿怒之勢也。觀新書國忠傳，言國忠盛氣驕愎，百僚莫敢相可否，而公詩直鋪敘二國衣服飲食之盛，聲樂賓從之多，中間著寵予之意，又譏其糅雜昵狎之事，而終之以直指丞相之熏灼，則公之不畏彊禦可見矣！古樂府：當時近前臉發紅。

送高三十五書記（古詩）

崆峒小麥熟，且願休王師〔一〕。請公問主將，焉用窮荒爲〔二〕？飢鷹未飽肉，側翅隨人飛〔三〕。高生跨鞍馬，有似幽并兒〔四〕。脱身簿尉中，始與捶楚辭〔五〕。借問今何官，觸熱何武威〔六〕？答云一書記，所愧國士知。人實不易知，更須慎其儀〔七〕。十年出幕府，自可持旌麾。此行既特達，足以慰所思〔八〕。男兒功名遂，亦在老大時〔九〕。常恨結歡淺，各在一天涯〔一〇〕。又如參與商，慘慘中腸悲〔一一〕。驚風吹鴻鵠，不得相追隨〔一二〕。黄塵翳沙漠，念子何當歸〔一三〕。邊城有餘力，早寄從軍詩〔一四〕。

【校】一天涯：清刻本作天一涯。

〔一〕趙云：曹操云：麥熟更來。

〔二〕趙云：窮荒，謂適爲書記，隨翰遠事於吐蕃也。舊以爲佐翰守潼關，乃在天寶十二年之後，誤矣。主將指哥舒翰。吳書張紘傳：紘諫孫權曰：主將乃籌謀之所自出。孔子云：焉用彼相。

〔三〕趙云：鮑照蕪城賦：饑鷹厲吻。

〔四〕趙云：幽并兒，蓋遊俠者。高以文士而從軍，故云。鞍馬，吴質答東阿王書曰：情踴躍於鞍馬。舊注引鮑照詩云：鞍馬光照地。在後矣。

〔五〕趙云：適舉有道科，中第，調封丘尉。翰表用之，故云。漢紀：張良曰：脱身去，間至軍矣。路温舒云：捶楚之下，何求不得？

〔六〕趙云：武威，唐涼州也。今脱身一尉，爲翰見知而辟用，雖熱行而不憚矣。

〔七〕趙云：詩：九十其儀。

〔八〕趙云：易乾卦：體仁足以長人。曹子建責躬四言：威靈所加，足以没齒。

〔九〕趙云：男兒字，起於剖竹視之，得一男兒也。功名遂字，老子：功成名遂之摘文也。

〔一〇〕趙云：左傳：楚子使椒舉如晉，曰：君願結歡於二三君。

〔一一〕趙云：揚子曰：吾不觀參辰之相比也。鮑照行路難：朝悲慘慘遂成滴。阮籍詩：容好結中腸。

〔一二〕趙云：離别之言。曹子建詩：飛蓋相追隨。

〔一三〕趙云：曹子建賦云：大風隱其四起，揚飛塵之冥冥。李陵歌曰：徑萬里兮渡沙漠。鮑照北風涼行有云：問君得行何當歸？

〔一四〕趙云：史記：士蔿曰：邊城少寇。而長楊賦：永無邊城之警。曹子建白馬篇：邊城多警急。論語：行有餘力。

送蔡希魯都尉還隴右寄高三十五書記（近體詩）

蔡子勇成癖，彎弓西射胡〔一〕。健兒寧鬭死，壯士耻爲儒〔二〕。官是先鋒得，材緣挑戰須〔三〕。身輕一鳥過，槍急萬人呼〔四〕。雲幕隨開府，春城赴上都〔五〕。馬頭金匼匝，駝背錦模糊〔六〕。咫尺雪山路，歸飛西海隅〔七〕。上公猶寵錫，突將且前驅〔八〕。漢使黄河遠，涼州白麥枯〔九〕。因君問消息，好在阮元瑜〔一〇〕？

〔一〕趙云：前漢：士不敢彎弓而報怨。西射胡，義自分明，舊注却引曹子建詩：控弦破左的，右發摧月支。左的，自是射的；月支，自是射貼名，假使錯認月支是胡名，亦何干也。

〔二〕百家注引趙曰：强健之兒也，故對壯士。蓋自是今日以黥面者爲健兒，故學者致疑耳。如項羽目樊噲曰：壯士也。趙云：耻爲儒，此乃治天下當用長槍大劍，何用毛錐子之類。舊注非。公嘗有句云：健兒勝腐儒。百家注引趙曰：舊注引沛公溺冠事，非矣。

〔三〕趙云：〔三〕國志蜀馬謖傳云：魏延、吴壹，論者皆言宜令爲先鋒。

〔四〕趙云：前敘其得官之因，今方以美之也。盧陵嘗云：陳公從易，初得杜集，至身輕一鳥其下脱一字，因與數客各補之。或云疾，或云落，或云起，或云下，莫能定。及得善本，乃過字。陳公歎服，雖一字不能到也。雖然，過字蓋使家語見飛鳥過及莊子猶鳥雀蚊虻之過乎前。又張景陽雜詩：人生瀛海内，忽如鳥過目。而公亦屢使鳥過字，如愁窺高鳥過，諸君獨不至，是亦未之思耳。然兩句好處，尤在槍急字，非身輕而槍急，何以致萬人之呼？

〔五〕趙云：此言哥舒入奏也。唐史：天寶十一載，翰加開府儀同三司。冬，入朝。今公云春城，豈由冬末而涉春乎？凡大將則有幕府，見李廣傳注。古樂府：春城起風色。開府字，晉、宋以來官號亦用矣。班固賦云：隆上都而觀萬國也。百家注引趙曰：大將則有幕府，蓋以幕爲府也。

〔六〕趙云：金叵匝，言金絡頭，其狀密而叵匝。鮑照白紵歌云：雕屏叵匝祖帳舒。駝背負物，而以錦帕蒙之，此之謂模糊。公詩有云：子璋髑髏血模糊。亦遮蓋之義。叵匝、模糊，皆方言。

〔七〕趙云：此謂希魯先勒還隴右，視雪山咫尺，不以爲遠，故歸飛西海隅也。

〔八〕趙云：上公，言哥舒翰，猶有錫命未已，固當少住；則蔡子突將，當往爲前驅以先歸。舊注以爲錫賚希魯，非是。詩：爲王前驅。石季倫王明君辭：前驅已抗旌。

〔九〕趙云：翰爲河西節度使，故言黄河遠，暗用張騫比之。下句言其地、其時也。公詩送高書記亦云崆峒小麥熟，且願休王師。亦言麥以志時矣。

〔一〇〕趙云：此題所謂因寄高書記也。記室，乃書記之任。

贈田九判官梁丘　（近體詩）

崆峒使節上青霄，河隴降王款聖朝〔一〕。宛馬總肥春苜蓿，將軍只數漢嫖姚〔二〕。陳留阮瑀誰爭長，京兆田郎早見招〔三〕。麾下賴君才並入，獨能無意向漁樵〔四〕。

〔一〕趙云：此詩乃哥舒翰獻捷之事。崆峒，隴右之名山也。翰於天寶八載爲隴右節度使，與吐蕃戰於石堡城，更號神武軍。上青霄，言入朝見天子也。蓋領吐蕃降王以朝矣。

【校】石堡城下百家注有敗之拔其城五字。

〔二〕趙云：上句則得吐蕃之馬矣。大宛最出善馬，而吐蕃亦連彼一帶，馬無不善者。苜蓿，所以飼馬肥。春苜蓿，則其入朝在春時也。下句指言翰也。嫖姚字，在漢書音去聲，而今作平聲使。又嘗曰：借問大將誰？恐是霍嫖姚。沈存中筆談亦嘗論矣。豈杜公傳受爲平聲邪？無害於義。蓋周庾信畫屏風詩押飄字韻，末句云：寒衣須及早，將寄霍嫖姚。又梁蕭子顯日出東南隅行云押霄字韻，而云：漢馬三萬匹，夫婿仕嫖姚。

〔三〕趙云：以比田九也。誰爭長，則瑀在七子之中爲勝，太祖辟之爲軍謀祭酒也。左傳：滕侯、薛侯來朝爭長。〔下句〕又以比田九，取其同姓。見招字，翻使左太沖詩：馮公豈不偉，白首不見招。百家注引趙曰：以比田九也。以其爲判官，故比之阮瑀，見上好在阮元瑜注。又以（此）〔比〕田九也。田鳳入奏事，靈帝目送之，曰：堂堂乎京兆田郎。

〔四〕趙云：言主將麾下賴田君之才，與諸俊并入，可獨能無意而甘心向於漁樵乎？舊注以公自謂，公時是布衣，亦豈有便干人提挈入大將幕之理邪？

奉贈鮮于京兆二十韻（近體詩）

王國稱多士，賢良復幾人〔一〕？異才應間出，爽氣必殊倫〔二〕。始見張京兆，宜居漢近臣〔三〕。驊騮開道路，鷹隼離風塵〔四〕。侯伯知何算，文章實致身〔五〕。奮飛超等級，容易失沈淪〔六〕。脱略磻溪釣，操持郢匠斤〔七〕。雲霄今已逼，台衮更誰親〔八〕？鳳穴雛皆好，龍門客又新〔九〕。義聲紛感激，敗績自逡巡〔一〇〕。途遠欲何嚮，天高難重陳。學詩猶孺子，鄉賦忝嘉賓。不得同鼂錯，吁嗟後郄詵〔一一〕。計疏疑翰墨，時過憶松筠〔一二〕。獻納紆皇眷，中間謁紫宸〔一三〕。且隨諸彦集，方覬薄才伸〔一四〕。破膽遭前政，陰謀獨秉鈞〔一五〕。微生霑忌刻，萬事益酸辛〔一六〕。交合丹青地，恩傾雨露辰〔一七〕。有儒愁餓死，早晚報平津〔一八〕。

〔一〕趙云：言王者之國，號稱多士，而賢良無幾也。賢良，如周禮以親賢良之義，非指科目。

〔二〕趙云：以言鮮于京兆。魏鄧敘志賦：無匡時之異才，每寤寐以歎息。選有：自前代之間出。又曰：山川間出。王徽之云：西山朝來致有爽氣。

〔三〕趙云：以張敞比之。張，守京兆之有稱者，當時語曰：前有趙、張。孟子云：觀近臣以其所爲主。

〔四〕趙云：以比其俊，言其得路。公每使馬與鷹況人材。

〔五〕趙云：此言侯伯多矣，而鮮于之致身，則實以文章，此微言而含不盡之意。算字，雖是論語：何足算也，而此則顔延年作陶徵士誄序有云：貴賤何算。論語：事君能致其身。

〔六〕趙云：詩云：不能奮飛。月令：貴賤之等級。潘安仁西征賦云：無等級以寄言。東方朔云：談何容易。言惟其奮飛而超邁於官之等級，故其離去沈淪也易而不難，故有下句。

〔七〕趙云：脱略其鈞，則乃起而操郢斤也。　江淹恨賦：脱略公卿。

〔八〕趙云：密雲曰雲，薄雲曰霄。　上公應天上三台。　三公一命袞，故得稱袞。　更誰親，言惟我也。

〔九〕趙云：下句言其門下客來者，一番又新矣。　李膺有重名而接士，登其門者號登龍門。　已暗引入公之自謂矣。

〔一〇〕趙云：言鮮于之義聲雖紛然感激之多，而我之敗績，則自逡巡而不進也。　選有：雖欲逡巡。

〔一一〕趙云：晁錯對策高第。　郄詵對策爲天下第一，自曰：猶桂林一枝，崑山片玉。　此公本傳謂其舉進士不中也。

〔一二〕趙云：上句乃憤歎之語，與文章憎命達，儒術誠難起同義。　下句言時已過矣，則思隱於山林。　舊注謂歲寒，非是。　禮記：時過（而）〔然〕後學。　歸田賦曰：揮翰墨以奮藻。

〔一三〕趙云：唐書李林甫傳載：帝詔天下士有一藝者得詣闕就選，林甫恐士對詔斥己，即建言士皆草茅，未知禁忌，徒以狂言亂聖聽，請悉付尚書試問，而無一中程者。　林甫因賀上，以爲野無遺留才。　今兩句鋪敘其赴闕就選之語。　西都賦序：朝夕獻納。　紆者，縈繫也。　紫宸殿，在東内大明宫，即内衙之正殿。　中間謁紫宸，則未對詔問，豈亦見帝乎？

〔一四〕趙云：謝靈運：二三諸彦。　列子云：薄於才而厚於命。

〔一五〕趙云：言公之對詔，意本望高選，而爲林甫所沮，故言破膽遭前政。　觀其言多士狂惑聖聽，則爲破膽矣。　後漢申屠剛傳：衆賢破膽。　以陰謀秉鈞，非林甫而何！

〔一六〕趙云：阮嗣宗詠懷云：對酒不能言，悲愴懷酸辛。　忌刻，言林甫忌賢而慘刻也。

〔一七〕趙云：丹青地，指言爲公卿之地也。　鹽鐵論云：公卿者，神化之丹青。

〔一八〕趙云：此言交遊合聚於丹青之地，而獨以餓死爲愁，所賴者在鮮于京兆如公孫弘爾。　分類集注引趙曰：

公以獨餓死爲愁，所賴者在鮮于京兆如公孫弘，故人賓客仰給衣食焉。平津侯，公孫弘也。

寄高三十五書記（近體詩）

歎息高生老，新詩日又多〔一〕。美名人不及，佳句法如何〔二〕？主將收才子，崆峒足凱歌〔三〕。聞君已朱紱，且得慰蹉跎〔四〕。

〔一〕趙云：漢蔡邕瞽師賦曰：詠新詩以悲歌。

〔二〕趙云：句法，本是佛書有法句、經偈，而詩句之有法亦然，故公於詩句，問其法如何。

〔三〕趙云：主將，哥舒翰也。翰爲河西節度使，以適爲掌書記。崆峒，隴右山名。足凱歌，言其必勝也。軍捷而還，則奏凱歌。出周禮。

〔四〕趙云：朱紱：雖出易，乃芾字，而曹子建用則是朱紱字；江淹雜體詩用韍字，義皆同。朱紱，則賜緋之謂。

秋雨歎三首（古詩）

雨中百草秋爛死，階下決明顔色鮮〔一〕。着葉滿枝翠羽蓋，開花無數黄金錢。涼風蕭蕭吹汝急，恐汝後時難獨立〔二〕。堂上書生空白頭，臨風三嗅馨香泣〔三〕。

右一

〔一〕趙云：百草以秋而又雨，則爛死也宜矣；而決明方以鮮明之色，黃花翠葉而獨榮。以譬君子在患難之中而獨立之譬也。

〔二〕趙云：念涼風之吹急，恐獨立之後時。乃詩人憂傷之意也。荆軻：風蕭蕭兮易水寒。

〔三〕趙云：孔子歎山雌之得時，所以傷己之不遇，至於子路共之，三嗅而作，則亦傷之而不苟食故也。今也臨風三嗅，則亦傷其徒馨之意。

闌風伏雨秋紛紛，四海八荒同一雲〔一〕。去馬來牛不復辨，濁涇清渭何當分〔二〕？木頭生耳黍穗黑，農夫田父無消息〔三〕。城中斗米換衾裯，相許寧論兩相直？

右二

〔一〕趙云：闌珊之風，沉伏之雨，言其風雨之不已也。闌，如謝靈運闌暑之闌；伏，如左傳夏無伏陰之伏。其久可知也。百家注引趙曰：舊引楚辭：光風泛崇蘭。以伏爲三伏，非是。趙云：莊子：遠在八荒之外。蓋八荒又在四海之外。一本作四海萬里，則聲律不穩，而萬里字却小矣。

【校】其久可知也：清刻本下有舊注非是四字。

〔二〕趙云：於馬曰去，於牛曰來，此正左氏風馬牛不相及之義。蓋馬趁逆風，牛趁順風，故爾。以多雨而水漲岸遠，所以不辨。　濁涇清渭，鮑照學阮步兵體云：涇渭分清濁，視彼谷風詩。又鮑照賣玉器者詩有云：涇渭不可雜，珉玉當早分。西征賦：濁涇清渭。漢史曰：涇水一石，其泥數斗。關中記曰：涇入渭，合流三百里，清濁不相雜。則涇與渭之清濁固自分辨，而多雨混之爾。

〔三〕趙云：唐俚語云：春雨甲子，赤地千里。夏雨甲子，乘船入市。秋雨甲子，木頭生耳。出朝野僉載。一本作禾頭，非。蓋禾無生耳者。木頭生耳，則栮是已。黍穗黑則壞爛矣，故農夫無所望也。詩云：食我農夫。嗟我農夫。選有：邑老田父。薛道衡應詔詩：一去無消息。

長安布衣誰比數，反鎖衡門守環堵〔一〕。老夫不出長蓬蒿，稚子無憂走風雨。雨聲颼颼催早寒，胡雁翅溼高飛難〔二〕。秋來未省見白日，泥污后土何時乾？

右三

〔一〕趙云：黄歇曰：太子不歸，則咸陽一布衣耳。晉諸葛長民曰：今日欲爲丹徒布衣不可得也。

〔二〕百家注引趙曰：雁本高飛之物，以雨多翅溼而難於高飛，亦興物以自況。

苦雨奉寄隴西公兼呈王徵士（古詩）

今秋乃淫雨，仲月來寒風〔一〕。羣木水光下，萬家一作象雲氣中〔二〕。所思礙行潦，九里信不通〔三〕。悄悄素滻路，迢迢天漢東〔四〕。願騰六尺馬，背若孤征鴻〔五〕。劃見公子面，超然懽笑同。奮飛既胡越，局促傷樊籠〔六〕。一飯四五起，憑軒心力窮〔七〕。嘉蔬没溷濁，時菊碎榛叢〔八〕。鷹隼亦屈猛，烏鳶何所蒙〔九〕。式瞻北鄰居，取適南巷翁。掛席釣川漲，焉知清興終〔一〇〕。

〔一〕趙云：此雖古詩而多對，字眼相次若近體。選詩：空房來悲風。又：玉宇來清風。

〔二〕百家注引趙曰：此盛言苦雨之狀也。萬家，一作象，非是。且既言象，則上不應言羣木也。舊引中宗時地色如水事，疑誤後學。

〔三〕百家注引趙曰：指隴西公、王徵士之所居。言爲苦雨所隔，斯乃九里不通之謂矣。趙云：張平子四愁詩：我所思兮。杜詩詳注引趙曰：謝惠連詩：九里樂同潤。

〔四〕趙云：天漢，則中渭橋之所。長安志於中渭橋引三輔黄圖曰渭水貫都，以象天漢。横橋南渡，以法牽牛是也。西征賦云：北有清渭濁涇。按長安志，滻水在縣東北，流四十里入渭。如此，則滻雖在南，渭雖北，要之皆長安水，且相通矣。杜詩詳注引趙曰：西征賦：儀景星於天漢。

〔五〕趙云：鴻鵠高飛遠舉之物，謂之孤征鴻，蓋以其羣飛則意猶詳緩，孤飛則欲逐伴而急矣。

〔六〕趙云：言如胡與越之隔也。淮南子：自異者視之，肝膽胡越。王粲云：胡越之異區。百家注引趙曰：舊引胡馬越鳥，誤矣。趙云：漢〔景〕〔武〕帝云：局〔促〕〔趣〕〔如〕〔效〕轅下駒。

〔七〕趙云：一飯四五起，亦劉公幹一日三四遷之勢也。檻板謂之軒。王粲登樓賦：憑軒檻以遥望。

〔八〕趙云：張載登白菟樓詩：原隰殖嘉蔬。謝玄暉贈西府同僚云：時菊委嚴霜。時菊，以譬賢人。惟苦雨，故没溷濁、碎榛叢。乃時政煩苛之譬，舊注非是。

〔九〕百家注引趙曰：使張華鷦鷯賦：屈猛志以服養。而舊解以爲禰衡。誤矣。趙云：鷹隼以苦雨猶屈其猛，而不能奮飛，況瑣瑣如烏鳶，何所蒙賴乎？此方是言君子、小人皆不得其所也。

〔一〇〕趙云：晉書云：不如式瞻儀度。木玄虚海賦：掛帆席。意言隴西公、王徵士既不見矣，姑近取北鄰、南巷之人而與遊也。末句乃其所以遊矣。

甲帙卷之四

上韋左相二十韻（近體詩）

鳳曆軒轅紀，龍飛四十春〔一〕。八荒開壽域，一氣轉洪鈞〔二〕。霖雨思賢佐，丹青憶老臣〔三〕。應圖求駿馬，驚代得騏驎〔四〕。沙汰江河濁，調和鼎鼐新〔五〕。韋賢初相漢，范叔已歸秦〔六〕。盛業今如此，傳經固絶倫〔七〕。豫樟深出地，滄海闊無津〔八〕。北斗司喉舌，東方領縉紳〔九〕。持衡留藻鑑，聽履上星辰〔一〇〕。獨步才超古，餘波德照鄰〔一一〕。聰明過管輅，尺牘倒陳遵〔一二〕。豈是池中物？由來席上珍〔一三〕。廟堂知至理，風俗盡還淳〔一四〕。才傑俱登用，愚蒙但隱淪〔一五〕。長卿多病久，子夏索居頻〔一六〕。回首驅流俗，生涯似衆人〔一七〕。巫咸不可問，鄒魯莫容身。感激時將晚，蒼茫興有神〔一八〕。爲公歌此曲，涕淚在衣巾〔一九〕。

〔一〕趙云：或曰：鳳曆，則少皡之紀耳，而曰軒轅紀，何邪？豈公誤指爲黄帝也？次公以爲不然。此自是一事，而公所用則應是黄帝使伶倫截嶰谷竹，聽鳳凰之聲以爲十二律；而次十二律以推十二月；十二月定而曆成矣。不亦謂之鳳曆乎？紀，則言曆之紀也。更俟博雅者辨之。登極謂之龍飛，取易〔乾〕卦九五飛龍在天之義。自明皇即位，至天寶十三載四十三年，而此言四十春，蓋詩家舉其大目耳。鳳曆對龍飛，軒轅紀對四十春，用人名對數，老手之妙。

〔二〕趙云：言時之治平也。莊子云：遠在八荒之外。潘安仁西征賦云：化一氣而甄三才。漢策：驅民於仁壽之域。其下開、轉字，可謂妙矣。

〔三〕趙云：上句指言用見素爲相也。下句非甫題下自注見素之先人，則後學無由而見。言丹青，則應見於圖畫之間也。前漢書曰：上天祐之，爲生賢佐。老臣字，多矣。如疏廣曰：此金者，聖主所以惠養老臣也，趙充國亡踰於老臣者矣。

【今按】所謂甫題下自注，今本咸未見。九家注、百家注題下有引鮑曰：韋見素襲父爵彭城郡公，十三載，拜武部尚書，從帝入蜀，詔兼左相。

〔四〕趙云：魏曹植獻文帝馬表曰：臣於先帝世，得大宛紫騂馬一匹，形法應圖。舊注引梅福傳，却是不可按圖求馬事，非干此也。此是通句一對，言見素以材而見用也。

〔五〕趙云：此句言見素爲文部侍郎時也。文部，即吏部，而當時更名耳。沙汰，乃吏部事。沙汰其濁，則清仕流矣。江河，譬也。下句言爲相時。謂之新，則由文部侍郎拜武部尚書同平章事。

〔六〕趙云：此兩句言美其爲相也。

〔七〕趙云：下句兩言如韋、范之盛業也。傳經固絶倫，則於二相之中，又如韋賢之能傳經。

〔八〕趙云：上句以言其材也。豫樟，珍材，最難長。嵇康曰：生七年，然後可覺。深出地，則拔而起矣。下句以言其量也。滄海，説文云：東海通謂之滄海。其見於文人，則甘泉賦：東臨滄海。西都賦：覽滄海之湯湯。　出地，如易雷出地奮豫、明出地上晉。　無津，雖起於書：若涉大水，其無津涯，而選詩有清濟固無津。

〔九〕趙云：周禮云：左九棘，孤卿大夫位焉，羣士在其後。　左者，東方之位。　爲左相，其秩則孤矣。　位在東方之九棘，而領卿大夫羣士，不亦謂之領縉紳乎？

〔一〇〕趙云：見素爲吏部侍郎，平判皆誦於口，銓選平允，人多德之。　藻鑑是兩字，如晉太康制云：藻鑑銓衡。又，李重言銓管九流，品藻清濁也。　持衡，銓衡之義也。　上星辰，以言其親帝之旁，猶言上雲霄也。

〔一一〕趙云：此重美其才德也。　曹子建云：仲宣獨步於漢南。　禹貢：餘波入于流沙。　其義則左傳：若波及晉國者，皆君之餘也。故顏延年陶徵士(詩)〔誄〕有云：泛餘波矣。戰國策，魯仲連遺燕將書有云：名高天下，光照鄰國。以其超大，故言獨步；　照燭傍鄰，故言餘波。此又句法也。　語：德不孤，必有鄰。　又，王坦之傳：江東獨步王文廣。

〔一二〕趙云：見素必善書矣，惜乎史所不載，因公詩見之。

〔一三〕趙云：豈是，出詩豈是不思。　由來，易：其所由來者，漸矣。

〔一四〕趙云：此言其宰相之能事畢矣。　呂氏春秋載孔子曰：修之廟堂之上，折衝千里之外。　至理即至治也。以高宗諱治，故當(曉)〔時〕避改耳。　鍾會欲害嵇康，曰：幸因釁除之，以淳風俗。　而還淳則還有允還化淳，乃倒用、摘用也。

【校】當曉避改：清刻本曉作時。

〔一五〕趙云：自此而下，公自謂也。　晉文苑傳序：吉父太沖，江左之才傑。　孔氏注若時登庸云：順是事者，將登庸之。　隱淪，見首篇注。

〔一六〕百家注引趙曰：公以二人自比也。　司馬相如常有消渴病，子夏離羣索居。　索居，蕭索也。

〔一七〕趙云：此言欲回首而驅出流俗，然爲生之涯，終似衆人也。孟子：同乎流俗。揚子：賢人則異於衆人矣。生涯，見上投贈哥舒翰注。

〔一八〕趙云：孟子章指曰：千載聞之，猶有感激。時將晚，則日暮途遠之義。蒼茫，荒寂之貌。潘安仁哀永逝文有云：視天日兮蒼茫；何遜集載何寘〔南〕詩有云：蒼茫曙月（苦）〔落〕。荒寂之間而興有神也，則感激所致，不自覺如神也。

【校】曙月苦：何水部集苦作落。

〔一九〕趙云：古詩：誰能爲此曲。宋子侯歌曰：吾欲竟此曲，此曲愁人腸。劉越石詩曰：我欲竟此曲，此曲悲且長。安仁楊荊州誄有云：涕淚霑襟。又楊仲武誄云：涕霑于巾。沈休文詩有：寧假濯衣巾。則參用之矣。巾，説文曰：佩巾也。

承沈八丈東美除膳部員外阻雨未遂馳賀奉寄此詩（近體詩）

今日西京掾，多除南省郎。通家惟沈氏，謁帝似馮唐〔一〕。詩律羣公問，儒門舊史長〔二〕。清秋便寓直，列宿頓輝光〔三〕。未暇申宴慰，含情空激揚。司存何所比，膳部默悽傷甫大門昔任此官〔四〕。貧賤人事略，經過霖潦妨。禮同諸父長，恩豈布衣忘〔五〕？天路牽騏驥，雲臺引棟梁〔六〕。徒懷貢公喜，颯颯鬢毛蒼〔七〕。

〔一〕趙云：孔融謁李膺，曰：我乃李君通家子弟也。選詩云：謁帝承明廬。馮唐，則公以自比，蓋唐以白首而見文帝，公四十歲始緣獻賦召試見明皇也。

〔二〕趙云：上句公自言其能詩，下句以言沈東美。集千家注杜工部詩集引趙曰：唐沈既濟有良史才，爲史館修撰。今詩謂儒門舊史長，則東美乃其胄也。

〔三〕趙云：上以言沈受命之時。便，平聲。下以言沈爲膳部，蓋郎官應哀鳥之星。

〔四〕趙云：論語：籩豆之事則有司存。言沈丈之司何所比擬乎？公直以比其大父也，蓋公之大父審言嘗爲此官，故因沈丈而追感矣。公自注云大門，則大父之新稱。師民瞻本直改作大父。以俟博聞者訂之。

〔五〕趙云：以尊沈丈之年。布衣，則公新召試入官，前此蓋布衣耳。

〔六〕趙云：枚乘古樂府云：美人在雲端，天路隔無期。而袁彦伯三國名臣贊曰：整轡高衢，驤首雲路。此牽騏驥之謂也。淮南子云：雲臺之高。高誘注：高際於雲，故曰雲臺。袁彦伯三國名臣贊，其言魯肅曰：荷檐吐奇，乃構雲臺。此引棟梁之謂也，郎非漢之臺名。傳云：驊騮騏驥，天下之良馬也。陸玩祝曰：莫傾人棟梁。以比沈丈得位，而引末句之意。

〔七〕趙云：貢公喜字，杜田於首篇止引劉孝標〔廣〕絶交論云：王陽登則貢公喜，罕生逝而國子悲。爲補舊注之遺。此豈獨出於劉孝標邪！陸機鞠歌行云：王陽登，貢公歡，罕生既没國子歎。孰謂前人不相依傍歟？此亦注文選所不到矣。

【校】劉孝標絶交論：影胡刻本文選題作廣絶交論。

九日寄岑參（古詩）

出門復入門，雨一作雨脚但如舊〔一〕。所向泥活活，思君令人瘦〔二〕。沉吟坐西軒，飲食錯昏晝。寸步曲江頭，難爲一相就〔三〕。吁嗟乎蒼生，稼穡不可救〔四〕。安得誅雲師？疇能補天漏〔五〕？大明韜日月，曠野號禽獸〔六〕。君子强逶迤，小人困馳驟〔七〕。維南有崇山，恐與川浸溜〔八〕。是節東籬菊，紛披爲誰秀〔九〕？岑生多新詩，性亦嗜醇酎〔一〇〕。采采黄金花，何由滿衣袖〔一一〕？

〔一〕趙云：王維代羽林騎閨人云：出門復入户，望望青絲騎。論語：出門如見大賓。記云：揖讓而入門。（禮）（左傳）：皆如其舊。　雨脚，一作雨脚。蓋雨脚，選詩雨足之義，而語是方言。公詩又云雨脚如麻未斷絶，亦此也。若人雨脚，則無義。既出門而往矣，又却入門何哉？以雨脚如舊也。

〔二〕趙云：活活雖水聲，而泥之深多，則行爲有聲也。今有禽名泥活活，則以其鳴聲云。

〔三〕趙云：此所以懷岑生也。岑應在曲江頭，猶寸步耳，以雨泥故難相就也。

〔四〕百家注引趙曰：舊本作呼，任昌叔本作乎，極是，蓋詩云：吁嗟乎騶虞。取此三字用也。尚書：海隅蒼生。注言：蒼蒼然之生草木也。閔草木而歎之，以爲苦雨稼穡已損，爲不可救也。

〔五〕趙云：蜀有地名漏天也。大人賦云：召屏翳，誅風伯，刑雨師。　百家注引趙曰：蜀有地名漏天古詩：

地近漏天終歲雨。

〔六〕趙云：記：大明生於東，月生於西。則大明主日言之。今也大明之下言韜日月，則晝夜皆雨，而日不見乎晝，月不見乎夜，皆無明矣。詩云：率彼曠野。日月之明既韜，則惟淫雨淋注，禽獸無所安其飛走，故哀號于曠野。

〔七〕趙云：以雨淫於上，泥汩於下，君子雖有車馬，亦彊逶迤而已；小人艱於行李之往來，故困馳驟。此公之語法，皆有意義。楚辭云：載雲旗兮逶迤。謝靈運溪行詩云：逶迤傍隈隩，迢遞步陘峴。君子、小人之句，亦曹子建贈丁翼云君子義休偫，小人德無儲之勢也。

〔八〕趙云：上句言南山也。詩：維南有箕。揚子雲羽獵賦：揭以崇山。周禮職方氏：九州各有其川。溜字義，漢書有云：泰山之溜，可以穿石。意則憂君子之改節也。

〔九〕趙云：梁簡文帝九日詩：是節協陽數。又大同十一月詩云：是節嚴冬暮。王子淵洞簫賦：若凱風紛披，而施惠於菊。魏文帝書：芳菊紛然獨榮。百家注引趙曰：此又言不見岑生也。

【校】若凱風紛披：影胡刻本文選凱作飄。

〔一〇〕趙云：蔡邕瞽師賦云：詠新詩以悲歌。魏都賦云：醇酎中山，流湎千日。

〔一一〕趙云：以不見岑生，意緒無聊，采之不能多也。前漢：董賢與上卧起，帝（書）〔晝〕寢，偏藉上衣袖。

奉贈太常張卿均二十韻（近體詩）

方丈三韓外，崑崙萬國西。建標天地闊，詣絶古今迷〔一〕。氣得神仙迥，恩承雨露低。

相門清議衆，儒術大名齊〔二〕。軒冕羅天闕，琳瑯識介珪〔三〕。伶官詩必誦，夔樂典猶稽〔四〕。健筆淩鸚鵡，銛鋒瑩鸊鵜〔五〕。友于皆挺拔，公望各端倪〔六〕。通籍踰青瑣，亨衢照紫泥〔七〕。靈虬傳夕箭，歸馬散霜蹄〔八〕。能事聞重譯，嘉謨及遠黎〔九〕。弼諧方一展，班序更何躋〔一〇〕。適越空顛躓，遊梁竟慘悽〔一一〕。謬知終畫虎，微分是醯雞〔一二〕。萍泛無休日，桃陰想舊蹊〔一三〕。吹噓人所羨，騰躍事仍睽〔一四〕。碧海真難涉，青雲不可梯〔一五〕。顧深慚鍛鍊，材小辱提攜〔一六〕。檻束哀猿叫，枝驚夜鵲棲〔一七〕。幾時陪羽獵，應指釣璜溪〔一八〕。

〔一〕趙云：三韓，今日之高麗也，方丈在其外。水經云：崑崙在西北，去嵩高五萬里。列子言：三山根不相連着。博物志言：崑崙從廣萬一千里。竊爲之説曰：方丈，則弱水之所隔；崑崙，則炎山之所環，是皆仙聖居集之地。齊威、宣、燕昭王，求方丈而不得，張騫尋河源而惡睹所謂崑崙。四句以譬禁掖之清切，乃神仙之地，惟有仙風道骨始能遊且承恩寵也，故下云氣得神仙迥，恩承雨露低。此指言張均父子。

〔二〕趙云：舊史載均兄弟，方其父説在中書時，已掌綸翰之任。今以公詩參之，可謂詩史矣。均，相國之子，故曰相門清議衆。舊史言均、垍俱能文，故曰儒術大名齊。曹子建云：相門出相。荀子云：儒術行而天下富。劉頌云：今清議不肅，人不立德。穀梁云：臣不專大名。

〔三〕趙云：言乘軒衣冕之人，森羅於帝闕，而就其中如琳琅，則識張卿之爲介珪爾。介珪，大珪也。詩云：以其介珪，入覲于（正）〔王〕。

〔四〕趙云：此正言其爲太常卿也。舊史載均坐珀貶建安太守。還，遷太常卿。而公詩亦云贈太常張卿，詩復用樂事，新書止云：均爲刑部尚書，坐珀貶建安，還，授大理卿。乃誤以珀自盧溪司馬還爲太常。今所取信者，杜公耳。古者採詩而伶官誦之，以諫王焉。太常卿，掌樂者也。張卿以誦詠所採之詩。夔樂之所典，張卿猶更稽考之。

〔五〕趙云：上句美其能文。庾信作宇文順文集序云：章表健筆，一付陳琳。下句美其才器如劍之利。王充論衡云：足不彊則跡不遠，鋒不銛則割不深。戴暠度關山詩：劍瑩鷿鵜膏。揚雄方言云野鳧也。

〔六〕趙云：此而下至嘉謨及遠黎，言均兄弟之貴且有勳業也。友于，見上裴道州詩注。海賦云：又似地軸挺拔而爭迴。下句言其兄弟負公輔之望，各有端倪，非過當也。王導嘗謂虞駿曰：孔愉有公才而無公望，丁譚有公望而無公才。兼之者其在卿乎？莊子載孔子曰：終始反覆，不知端倪。鄭處誨明皇雜録載，上幸張珀宅曰：中外大臣，才堪宰輔者，與我悉數，吾當舉而用之。珀逡巡不言。上曰：固無如愛婿。既逾月不拜，珀怏怏，意爲李林甫所排。上嘗曰：吾命宰輔，當偏舉子弟耳。其後因緣他故，不致大用。此詩所以云各有端倪也。

〔七〕趙云：通籍，通朝見之籍。漢元帝紀：禁中有青瑣門。亨衢，祖出易：何天之衢亨。百家注引趙曰：青瑣也，中有青瑣門，刻爲連瑣而青塗之。

〔八〕趙云：此言晝日之接，晚始歸也。靈虬，刻漏之體，以龍承之。箭，是刻漏浮水之物。選云金徒抱箭是也。書：歸馬華山之陽。此李善所謂文雖出彼而意殊，不以文害意也。莊子：馬蹄可以踐霜雪。曹子建白馬篇：俯身散馬蹄。西羌用兵有傳箭。守城之令，亦有夜傳箭。傳夕箭、散霜蹄，皆合成之。

〔九〕趙云。此又以美其爲太常卿也。上句言其所能之事，聞播於重譯之蠻夷矣。太常，古之宗伯，兼掌禮樂。朝會之際，蠻夷在焉。下句言其典禮之謨，又爲天下所觀，斯乃及遠方之黎庶矣。陳沈炯爲周洪辭太常表云：儻九賓闕相，封禪失儀，責以司存，云誰之咎。則所能之事豈不系望於蠻夷乎？書曰：宗伯掌邦禮，治神人，和上下。則所陳之謨豈不及黎庶乎？易曰：天下之能事畢矣。揚子：謨合皋陶謂之嘉。

〔一〇〕趙云：自此至末句，公自敘。盧諶答劉琨四言詩有曰：弼諧靡成，良謨莫陳。公云方一展，展則其陳字之義，即是翻用盧諶詩，不用皋陶謨，豈亦捨祖而用孫乎？班序字，出選：班序海内。舊注非是。

〔一一〕趙云：公初落魄，嘗適越矣。本傳所謂客吴、越、齊、趙間是也。公又嘗遊梁矣，古詩贈李白篇所謂亦有梁宋遊是也。今公雖爲右率府胄曹，然欲展弼諧於張卿，而班列次序又不可攀，則復有去而之他之意。將適越乎？空如前日之顛躓；將遊梁乎？竟如前日之慘悽。此詩人之思也。若句中用字，莊子云是今日適越而昔至也。其欲往越，故取有出處兩字言之。司馬相如傳：相如因病免，客遊梁。因其欲往梁，又取有出處兩字言之。舊注雖亦是，而字隔並倒，爲非本出矣。躓音致，與跋疐之疐同。顛躓，起左傳：杜回躓而顛。慘悽，選有：憯懷慘悽。憯音七念切。

〔一二〕趙云：公自言其謬誤所知，而事之不成也。公自言其受分微細，而局促如此。

〔一三〕趙云：萍泛，公自譬其無定。想舊蹊，乃懷念舊日見知之人也。

〔一四〕趙云：舊見知之人吹噓之，而爲人所羡矣。然至於騰躍之便，則仍乖睽如此。

〔一五〕趙云：騰躍事，如涉碧海、梯青雲之難也。

〔一六〕趙云：舊注非是。或曰：前人以注意作詩爲歲鍛月鍊，豈公自謙，言其爲詩慚於鍛鍊乎？公每以詩自負，豈有此理。又於顧深慚之下無義。以次公觀之，造刀劍者，鍛鍊而從成，張景陽七命曰：楚之陽劍，歐冶所營……銷踰羊頭，鍱越鍛成。乃鍊乃鑠，萬辟千灌。注云：鍊、鑠、辟、灌，并銷鑄鍛鍊之名。則鍛鍊者，豈刻苦成材之義乎？言張卿恩顧我雖深，而已却自慚鍛鍊之未至也。亦未敢專定，以俟博雅者明之。言才之小，辱張卿之提攜。此則分明與鍛鍊成材而可提攜之，其義相應。禮記：長者與之提攜。

〔一七〕趙云：言其有所窘束而不得逞，與蹭蹬無縱鱗同意。謝靈運云：哀猿響南巒。言其驚悸於棲止之間矣。東坡云：月明驚鵲未安枝，用此驚字。

〔一八〕趙云：孝成帝時羽獵而揚雄從焉，有羨慕其得近清光之意。末句則言不免歸釣耳。謂之釣璜溪，公使事爲新語。

贈特進汝陽王二十二韻（近體詩）

趙云：八哀詩太子太師汝陽王璡曰：汝陽讓帝子。而舊注又以此爲棣王琰之子，何自眩惑也。此詩在八哀詩所贈之先，蓋其特進時耳。特進正二品，而太子太師從一品也。

特進羣公表，天人夙德升〔一〕。霜蹄千里駿，風翮九霄鵬〔二〕。服禮求毫髮，推忠忘寢興〔三〕。聖情常有眷，朝退若無憑〔四〕。仙醴求浮蟻，奇毛或賜鷹〔五〕。清關塵不雜，中使日相乘〔六〕。晚節嬉遊簡，平居孝義稱。自多親棣萼，誰敢問山陵〔七〕？學業醇儒富，辭華哲匠能。筆飛鸞聳立，章罷鳳騫騰〔八〕。精理通談笑，忘形何友朋。寸長堪繾綣，一諾豈驕矜〔九〕？已忝歸曹植，何知對李膺〔一〇〕。招要恩屢至，崇重力難勝〔一一〕。披霧初歡夕，高秋爽氣澄〔一二〕。樽罍臨極浦，鳧雁宿張燈〔一三〕。花月窮遊宴，炎天避鬱蒸〔一四〕。硯寒金井水，簷動玉壺冰〔一五〕。瓢飲惟三徑，巖棲在百層〔一六〕。且持蠡測海，況挹酒如澠〔一七〕。鴻寶寧全祕，丹梯庶可陵〔一八〕。淮王門下客，終不愧孫登〔一九〕。

〔一〕趙云：詩：羣公先正。舜元德升聞。

〔二〕趙云：莊子：馬蹄可以踐霜雪。

〔三〕趙云：言其於禮無纖毫違背。鮑照白頭吟：毫髮一爲瑕，丘山不可勝。詩：載寢載興。

〔四〕趙云：言聖情獨眷遇之，而王謙抑焉，於朝退而若無憑恃其貴也。

〔五〕趙云：以聖情之眷，故神仙之醴則有浮蟻，奇異之毛則有鷹，皆賜之也。釋名曰：酒有泛齊，浮蟻若萍。前人集中有謝賜鷹表。

〔六〕趙云：既有殊賜，所以中官日相乘矣。乘者，一使已到，而又有一使乘駕其上也。清關塵不雜，則形容其門牆之深嚴。國語云：人神不雜。易云：剛柔相乘。

〔七〕趙云：鄒陽云：晚節末路。詩云：常棣之華，萼不（韡韡）〔韡韡〕。（哀）〔凡〕今之人，（不）〔莫〕如兄弟。似言王之謙抑，表陳其父憲，宿素退讓，不敢當大號之意。蓋明皇既追謚憲爲讓皇帝，乃號其墓爲惠陵。璡既辭其大號，況敢望山陵之名乎？舊注所引不相干。

〔八〕趙云：上句言其字有回鸞之勢者。下句言其又有鳳藻之華。舊注皆指爲書翰，非也。

〔九〕趙云：於人之寸長堪繾綣，則待之以一諾，豈更驕矜乎？一作寸腸，無義。選：宴語談笑。左傳云：慰我友朋。莊子云：寸有所長。前漢：不如得季布一諾。左氏傳：臧昭伯云：繾綣從公。而傳長虞贈何劭詩序云：〔雖〕顧其繾綣，而從之〔未〕〔末〕由。　驕矜，雖起書云：驕淫矜誇，而潘岳河陽縣作云：害盈猶矜驕。此倒用也。

【校】所引傳長虞詩：影胡刻本文選題作贈何劭王濟詩序；顧字上趙注奪雖字；未，胡刻本作末。

〔一〇〕趙云：曹植爲陳思王，故以比汝陽王。此公自言其身。蓋曹植府中有七才子，曰徐幹，曰劉楨，曰王粲之屬也。對李膺，則又以李膺比王，而不敢以杜密自比。蓋密與膺名行相次，其前有李固、杜喬，號李杜，是時人稱之亦曰李杜。　今蓋言已叨忝歸附於曹王，又何敢謂己身姓杜欲配對姓李之汝陽王乎？

〔一一〕趙云：選詩：並坐相招要。

〔一二〕趙云：梁簡文帝九日詩：是節協陽數，高秋氣已清。　王子猷云：西山朝來，致有爽氣。

〔一三〕趙云：設樽罍於浦溆之傍，故鳧雁棲宿於張燈之內。　樽罍，周禮：尊皆有罍。　鳧，詩：弋鳧與雁。皆摘文。　極浦，選詩湘君歌云：望涔湯兮極浦。　南史韋叡傳：三更起，張燈達曙。

〔一四〕趙云：此又繼是春之花月，與夏之避暑也。　劉希夷吴中少遊云：芳洲花月夜。選有：不皇遊宴。吴子夜四時歌：鬱蒸仲暑月，長〔肅北〕〔嘯出〕湖邊。　淮南子云：南方曰炎天。　顔延年夏夜云：炎天方埃鬱。

【校】長肅北湖邊：文學古籍刊行社影印宋本樂府詩集作：長嘯出湖邊。

〔一五〕趙云：惟其避鬱蒸，必置清涼之物於前，故硯則寒金井之水，而玉壺之冰輝動簷端也。　金井非一出處。西征記：太極殿上有金井。　又異物志：廬陵城中井亦名金井。　其義則是：金井水寒硯，玉壺冰動簷。而句法深穩，當如此倒用也。

〔一六〕趙云：此公自言也。舊注倒矣。　選賦云：井幹疊而百層。

〔一七〕趙云：挹字，不可以挹酒漿之挹。　公自謙損，言其窮約僻陋之人，而得從王遊，如持一蠡測大海，又況享有酒如澠水之多乎？

〔一八〕趙云：淮南王有枕中鴻寶秘書。今公以王既不秘其書，則可陵丹梯而遊仙府矣。謝玄暉詩有：游宦陵丹梯。

〔一九〕趙云：淮南王以比汝陽王。孫登見嵇康而不許之，曰：君性烈而才雋，其能免乎！其後，康作幽憤詩曰：昔慚柳下，今愧孫登。言以汝陽無鴻寶之秘，由是得遂其養生，不以嵇康之戮辱而有愧孫登也。

敬贈鄭諫議十韻（近體詩）

趙云：唐史有鄭雲逵，爲諫議大夫，乃德宗時。今此與公同時，但無所考其名耳。

諫官非不達，詩義早知名〔一〕。破的由來事，先鋒孰敢爭〔二〕。思飄雲物外，律中鬼神驚〔三〕。毫髮無遺恨，波瀾獨老成〔四〕。野人寧得所，天意薄浮生〔五〕。多病休儒服，冥搜信客旌〔六〕。築居仙縹緲，旅食歲崢嶸〔七〕。使者求顔闔，諸公厭禰衡〔八〕。將期一諾重，欻使寸心傾〔九〕。君見途窮哭，宜憂阮步兵。

〔一〕趙云：論語：欲速則不達。詩大序曰：詩有六義焉。韓退之云：試將詩義授，如以肉貫串。亦用此也。知名，史多云：某人最知名。言爲天子諫之官，非不謂之顯達；而於作詩之義，又早歲已有名，此專美之也。下句正言其詩可以知名。不達，如主父偃宦不達。早知名，如潘岳夏侯湛誄序云：少知名。

〔二〕趙云：破的，如射之中。先鋒，如戰之勇。曹子建詩：控弦破左的。而王濟與王愷射，一發破的。先鋒，見上投贈哥舒翰注。　由來，易：其所由來者，漸矣。　孰敢，如論語：孰敢不正。

〔三〕趙云：此如文賦言：神遊萬仞，精騖八極。舊注非是。　律中鬼神驚，如李白烏夜啼詩可泣鬼神。舊注又非是。　左氏：太史登觀臺以望，必書雲物。　詩序云：動天地，感鬼神。

〔四〕趙云：學者如悟此兩句，便會作好詩矣。一篇既好，其中才有一字一句不佳，雖如毫髮之小，則心自慊慊有恨矣。舊注所云，却是模稜。　波瀾，言詞源之浩汗，既有波瀾而又老成，則不徒爲泛濫矣。蓋波瀾則後者容有之，而老成難得也。　鮑照白頭吟：毫髮一爲瑕，丘山不可勝。　文賦云：常遺恨以終篇。　謝靈運登池上樓云：傾耳聽波瀾。　詩云：雖無老成人。

〔五〕趙云：自此而下，皆公自敘也。　野人，公自稱耳。其字如左氏：野人與之塊。　得所字，起於各得其所。浮生字，雖起莊子，而鮑照云：浮生旅昭代。

〔六〕趙云：前漢張良傳：良多病，未嘗持兵。　休儒服，則以多病而欲休罷之。似言欲搜討幽冥之地，信客旌所指耳。　周禮：公卿大夫，各有所建，而後世通謂之旌。如言使旌是已。

〔七〕趙云：上句言所居之高遠，蓋接上所謂冥搜而至其地也。　縹緲，在宮室言之，則王文考魯靈光殿賦：忽縹緲以響像。〔下句〕言爲旅之時，日危而易過。　魏文帝云：旅食南館。

〔八〕趙云：以築居而在仙縹緲之地，故使者求之，如求顔闔；以旅食之久，故諸公厭之，如禰衡初託曹公，又託劉表，又託黄祖，故云。

〔九〕趙云：列子：文摯謂叔龍曰：吾見子之心矣，方寸之地虚矣。　陸士衡賦有：吐滂沛乎寸心。

前出塞九首（古詩）

趙云：此詩與後出塞皆代邊士之作也。

戚戚去故里，悠悠赴交河。公家有程期，亡命嬰禍羅〔一〕。君已富土境，開邊一何多？棄絶父母恩，吞聲行負戈。

右一

〔一〕趙云：若畏公家之期程而逃亡其命，則必有收捕，禍所及矣。

出門日已遠，不受徒旅欺。骨肉恩豈斷？男兒死無時〔一〕。走馬脱轡頭，手中挑青絲〔二〕。捷下萬仞岡，俯身試搴旗。

右二

〔一〕趙云：詩：骨肉離散。

〔二〕百家注引趙曰：宛轉青絲鞚。絲，馬鞚也。

磨刀嗚咽水，水赤刃傷手〔一〕。欲輕腸斷聲，心緒亂已久〔二〕。丈夫誓許國，憤惋復何有？功名圖麒麟，戰骨當速朽〔三〕。

右三

〔一〕趙云：以磨刀於水，刀刃傷手，則邊士之辛苦尤甚。

〔二〕趙云：腸斷聲，指言嗚咽水也。言心緒久亂，欲不愁而不可得也。

〔三〕趙云：以功名自期，爲丈夫之事矣。

送徒既有長，遠戍亦有身。生死向前去，不勞吏怒嗔。路逢相識人，附書與六親。哀哉兩決絶，不復同苦辛〔一〕！

右四

〔一〕趙云：此詩題名出塞，首篇曰悠悠赴交河，大率皆戍西邊耳。舊注豈可臆度，便差排作楊國忠耶？

迢迢萬餘里，領我赴三軍〔一〕。軍中異苦樂，主將寧盡聞〔二〕？隔河見胡騎，倏忽數百羣〔三〕。我始爲奴僕，幾時樹功勳？

右五

〔一〕趙云：古詩：迢迢牽牛星。

〔二〕趙云：吳書張紘傳曰：此乃偏將之任，非主將之宜。

〔三〕趙云：似指言吐蕃之兵也。

挽弓當挽强，用箭當用長〔一〕；射人先射馬，擒賊先擒王〔二〕。殺人亦有限，列國自有疆。苟能制侵陵，豈在多殺傷〔三〕？

右六

〔一〕趙云：以言士卒之各矜其能。

〔二〕趙云：以言士卒之各欲致其功。此詩人之能道事也。百家注引趙曰：以言士卒之各致其功。舊注又引晁錯説，了不相(下)〔干〕。

〔三〕趙云：孟子曰：定于一，孰能一之？不嗜殺人者能一之。而喜開邊者，乃好大喜功之主，則公之詩豈不益於教化乎！

【校】好大喜功之主：百家注、分門集注、分類集注、黄鶴補注諸本主字咸作士。今按，九家注于後出塞豈知英雄主句下引趙注云：此譏好大喜功之主也。則士字當係後人簒改者，九家注不誤。

驅馬天雨雪，軍行入高山。逕危抱寒石，指落曾冰間。已去漢月遠，何時築城還？浮雲暮南征，可望不可攀〔一〕。

右七

〔一〕趙云：使周王褒燕歌行無復漢地關山月，唯有漢北薊城雲之意。蓋入胡地則遠於漢月，所往者西北，則美雲之南征也。宋之問詩云：明河可望不可親。

單于寇我壘，百里風塵昏。雄劍四五動，彼軍爲我奔。虜其名王歸，繫頸授轅門〔一〕。潛身備行列，一勝何足論〔二〕？

右八

〔一〕趙云：周禮：掌舍，掌王會同之舍……設車宮轅門。注：謂王行止，宿險阻之處，備非常，次車以爲藩，則仰車以其轅表門。其後行師則主將遂有轅門之制也。

〔二〕趙云：此詩士卒有功而不欲論，豈當時主將之（艱）〔暗〕故耶？

【校】主將之艱：清刻本艱作暗。

從軍十年餘，能無分寸功？衆人貴苟得，欲語羞雷同〔一〕。中原有鬭爭，況在狄與戎。丈夫四方志，安可辭固窮〔二〕。

右九

〔一〕趙云：此又代士卒有功而不欲論之詩。

〔二〕趙云：棗（彦道）〔道彦〕雜詩：士生則懸弧，有事在四方。

【校】棗彦道：影胡刻本文選標作棗道彦。今按，晉棗據，字道顔，當以胡刻本爲正。

官定後戲贈（近體詩）

趙云：此公自贈耳，故云戲也。

不作河西尉，淒涼爲折腰。老夫怕趨走，率府且逍遥〔一〕。耽酒須微禄，狂歌託聖朝。故山歸興盡，回首向風飈〔二〕。

［一］趙云：天寶九載冬，公預獻三大禮賦。明年十載，乃召試文章，初授河西尉，辭不行，更授衛率府兵曹，故得以老夫爲稱。

［二］趙云：謂須微禄，故無復歸山之興，但臨風回首而已。興盡，王子猷興盡之義。選詩有：樹頭鳴風飈。

贈李白（近體詩）

秋來相顧尚飄蓬，未就丹砂愧葛洪［一］。痛飲狂歌空度日，飛揚跋扈爲誰雄［二］？

［一］趙云：庾信燕歌行：千里飄蓬無復根。舊注雖是而非字出。集千家注杜工部詩集引趙曰：晉書：葛洪字稚川，聞交趾出丹砂，求爲勾漏令。趙云：時公有胄曹之命。白以賀知章薦而待詔，然公意以無益於身，不若稚川爲勾漏令之能養生也。

［二］趙云：北史：齊高歡謂其子曰：侯景專制河南十四年，常有跋扈飛揚之心。飛揚之義，如鷙鳥不受絆紲而飛去。跋扈之義：扈，竹籬也；每海水潮，海上人於水未至時先作竹籬以候魚之入，潮水既退，小魚獨留，其大者跳跋籬扈而出。飛揚跋扈，皆强狠不臣之謂。公意謂如吾輩之痛飲狂歌，亦空度日而已，如强狠之輩跋扈飛揚，亦何所爲而自雄？皆不若勾漏令之能養生爲有益於身也。

自京赴奉先縣詠懷五百字（古體詩）

杜陵有布衣，老大意轉拙［一］。許身一何愚？竊比稷與契［二］。居然成濩落，白首甘契闊〔三〕。蓋棺事則已，此志常覬豁〔四〕。窮年憂黎元，歎息腸内熱〔五〕。取笑同學翁，浩歌彌激烈。非無江海志，蕭灑送日月〔六〕。生逢堯舜君，不忍便永訣。當今廊廟具，構廈豈云缺〔七〕？葵藿傾太陽，物性固莫奪。顧惟螻蟻輩，但自求其穴。胡爲慕大鯨，輒擬偃溟渤〔八〕？以兹悟生理，獨恥事干謁。兀兀遂至今，忍爲塵埃没。終愧巢與由，未能易其節。沉飲聊自遣，放歌頗愁絶〔九〕。歲暮百草零，疾風高岡裂〔一〇〕。天衢陰崢嶸，客子中夜發。霜嚴衣帶斷，指直不得結。淩晨過驪山，御榻在嵽嵲。蚩尤塞寒空，蹴踏崖谷滑〔一一〕。瑶池氣鬱律，羽林相摩戛〔一二〕。君臣留懽娱，樂動殷樛葛〔一三〕。賜浴皆長纓，與宴非短褐〔一四〕。彤庭所分帛，本自寒女出〔一五〕。鞭撻其夫家，聚斂貢城闕。聖人筐篚恩，實欲邦國活。臣如忽至理，君豈棄此物？多士盈朝廷，仁者宜戰慄〔一六〕。况聞内金盤，盡在衛霍室〔一七〕。中堂舞神仙，烟霧散玉質〔一八〕。煖客貂鼠裘，悲管逐清瑟。勸客駝蹄羹，霜橙壓香橘〔一九〕。朱門酒肉臭，路有凍死骨〔二〇〕。榮枯咫尺異，惆悵難再述〔二一〕。北轅就涇渭，官渡又改轍〔二二〕。羣冰從西下，極目高崒兀。疑是崆峒來，恐觸天柱折〔二三〕。河梁幸未拆，枝撑聲窸窣〔二四〕。行李相攀援，川廣不可越〔二五〕。老妻既異縣，十口隔風雪。誰能久不顧？庶往共饑渴。入門聞號咷，幼子饑已卒。吾寧捨一哀？里巷亦嗚咽。所愧爲人父，無食致夭折。豈知秋未登，貧窶有倉卒〔二六〕。生常免租税，名不隸征伐。撫跡猶酸辛，平人固騷屑。默思失業途，因念遠戍卒〔二七〕。憂端齊終南，澒洞不可掇〔二八〕。

〔一〕百家注引趙曰：杜陵，公所居之地也。

〔二〕趙云：古樂府羅敷行云：使君一何愚。嘗謂東坡議論至此而後能見古人之心，見古人之心而後能説詩也。今杜公此篇自杜陵有布衣至浩歌彌激烈六韻，則以雖抱濟世之才，而無稷、契之位，故不免於浩歎也。

〔三〕趙云：文子云：形之與名，居然別矣。

〔四〕趙云：變韓詩外傳所載孔子云學而不已，闔棺乃止之語也。

〔五〕趙云：莊子：我其内熱矣。

〔六〕趙云：莊子曰：就藪澤，處閒曠，釣魚閒處，無爲而已矣。此江海之士，避世之人，閒暇者之所好也，可以見江海志之義矣。梁吴均詠鶴詩云：懷恩未忍去，非無江海心。

〔七〕趙云：潘尼詩：廣廈構衆材。

〔八〕趙云：韓非子曰：千丈之堤，以螻蟻之穴潰。螻蟻輩，以言不安分之人。此指言藩鎮敢自彊大之徒，公直眇之如螻蟻。謂其當自止，各求穴以安耳，而彼何爲必欲慕學大鯨之處大海乎？博物志云：鯨魚大者數千里，小者猶數十丈。博物志曰：東海之別有渤澥，故東海共稱渤海。十洲記曰：東海之別，又有溟海。而合用溟渤兩字，則鮑明遠詩有云：穿池類溟渤。

〔九〕趙云：干謁貴人，不過有所利爾。既惡如螻蟻輩之止求穴以安，而敢欲慕學大鯨之處大海，則恥事干謁矣。既不干謁以自顯，則甘心於塵土之汩没矣。巢，巢父也。由，許由也。嵇康高士傳曰：巢父，堯時隱人。年老，以樹爲巢而寢其上，故人號爲巢父。堯之讓許由也，由以告巢父。父曰：汝何不隱汝形，非吾友也！許由悵然不自得，乃遇清泠之水，洗其耳，拭其目，曰：向者聞言，負吾友。遂去，終身不相見。公之意，以爲在塵土之間，空自汩没，既愧巢與由矣，然未能變易其節，脱然引去，於是沉飲放歌而已。

〔一〇〕趙云：阮嗣宗詠懷云：凝霜披野草，歲暮亦云已。顔延年詩：歲暮臨空房。

〔一一〕百家注引趙曰：自此下言温湯之事也。御榻，指言明皇御幸之榻也。嵽，音徒結切。嵲，音臬。玉篇云：嵽嵲，小而不安貌。蚩尤，乘輿前導之旗也。塞寒空而蹴踏崖谷，言其多也。舊注乃引蚩尤之戰；又指爲星名，非是。趙云：維摩詰經：譬如龍象蹴踏，非驢所堪。

〔一二〕趙云：瑶池，以比温湯也。羽林，扈駕之軍也。其所樹之如林，故言相摩戛。

〔一三〕趙云：殷，讀從殷其雷之殷。樂聲之喧殷，聞於温湯與山嶱也。嶱，音苦葛切。釋者曰：山也。言温湯與山嶱，於義甚明，且接下句賜浴爲貫也。

〔一四〕趙云：班彪辨命論：思有短褐之襲。注：麄衣也。

〔一五〕趙云：彤庭者，天子之庭，以丹飾之也。

〔一六〕百家注引趙曰：上句皆申戒之辭。謂當君王賜予之幣帛，出於寒女之夫，鞭撻所貢，宜戰慄而求活國之事，然後爲仁也。

〔一七〕趙云：内金盤，猶今言内家合子耳。衛青、霍去病，皆以后戚而貴，以比楊國忠輩矣。

〔一八〕趙云：西京賦：促中堂之密坐。其後謝宣遠云：中堂起絲桐。

〔一九〕趙云：舞神仙、貂鼠裘、駝蹄羹、霜橙、香橘，皆富貴家事也。

〔二〇〕趙云：朱門，祖出東方朔傳，而郭璞遊仙詩：朱門何足榮，未若託蓬萊。

〔二一〕趙云：公言其與上之富貴者，一榮一枯，才咫尺之間耳。此所以惆悵也。或云，如上言朱門者，是之謂榮；言凍死者，是之謂枯。公憫其咫尺之間有異，故惆悵之焉。然謂之難再述，則在其身自言，方有意義。

〔二二〕趙云：今公自京赴奉先縣，必自東而折北，故於此言北轅矣。官渡，則涇、渭二河官所置渡也。

〔二三〕趙云：言羣冰之下，其高崒兀，於此爲雄拔之句。直比爲崆峒山之流來，將觸折天柱，重言積冰之多也。樂史寰宇記云：禹跡之內，名崆峒者三：其一在臨洮，其一在安定，而莊子述黄帝問道崆峒。今此主安定崆峒言之。按唐志涇州安定郡，而於保定縣之下載有崆峒山。北轅就涇渭，則因經度涇渭，見冰之崢嶸，其狀如崆峒山之流來。崆峒固不能來，而山蓋有飛走移徙，則有來之理矣。既以冰爲崆峒山之來，則又可寓言其觸天柱矣。此詩人張大之勢也。

【校】冰：清刻本咸作水。　此詩人張大之勢也：清刻本勢作意。

〔二四〕趙云：古詩：攜手上河梁。

〔二五〕趙云：詩：漢之廣矣，不可泳思。

〔二六〕趙云：此六韻蓋敘還家所遭之故，念生理之艱也。

〔二七〕趙云：此三韻推己念物之懷也。

〔二八〕趙云：此與詩人憂心如惔何以異？　終南者，山名。憂與之齊，則憂之積而高大如此。　澒，音胡孔切，出淮南子曰：未有天地之時，鴻濛澒洞，莫知其門。　集千家注杜工部詩集引趙曰：澒洞，上胡孔切，　下徒總切。　杜詩詳注引趙曰：謂比世亂者，未然。　曹操樂府：明明如月，何時可掇。憂從中來，不可斷絶。

橋陵詩三十韻因呈縣内諸官（古詩）

趙云：陵在蒲城縣西北二十里之豐山。唐初本屬同州，以建橋陵，改爲奉先縣，仍隸京兆府。

先帝昔晏駕，兹山朝百靈〔一〕。崇岡擁象設，沃野開天庭〔二〕。即事壯重險，論功超五丁〔三〕。坡陀因厚地，卻略羅峻屏〔四〕。雲闕虛冉冉，松風肅泠泠。石門霜露白，玉殿莓苔青。宮女晚一作曉知曙，祠官朝見星〔五〕。空梁簇畫戟，陰井敲銅瓶〔六〕。中使日繼夜一作日夜繼，惟王心不寧〔七〕。豈徒卹備享，尚謂求無形〔八〕。孝理敦國政，神凝推道經〔九〕。瑞芝產廟柱，好鳥鳴巖扃〔一〇〕。高嶽前嵂崒，洪河左瀅濙〔一一〕。金城蓄峻趾，沙苑交迴汀〔一二〕。永與奧區固，川原紛眇冥。居然赤縣立，臺榭爭岧亭〔一三〕。官屬果稱是，聲華真可聽。王劉美竹潤，裴李春蘭馨〔一四〕。鄭氏才振古，啖侯筆不停〔一五〕。遣詞必中律，利物常發硎。綺繡相展轉，琳琅愈青熒。側聞魯恭化，秉德崔瑗銘〔一六〕。太史候鳧影，王喬隨鶴翎〔一七〕。朝儀限霄漢，客思迴林坰〔一八〕。轗軻辭下杜，飄飖陵濁涇。諸生舊短褐，旅泛一浮萍〔一九〕。荒歲兒女瘦，暮途涕泗零。主人念老馬，廨宇容秋螢〔二〇〕。流寓理豈愜，窮愁醉未醒〔二一〕。何當擺俗累，浩蕩乘滄溟〔二二〕？

〔一〕百家注引趙曰：先帝，指言睿宗也。兹山，指橋陵也。趙云：史記：王稽謂范睢曰：宮車一日晏駕。舊注引漢天文志在後矣。海賦有：栖百靈。陸機作吳大帝誄有云：幽驅百靈。

〔二〕趙云：自此而下凡十五韻，言山之氣象，陵之幽寂，且言王之孝思，又言地之連固也。前漢書云：秦地沃野千里。舊注引西京賦在後矣。蜀都賦：摛藻掞天庭。

〔三〕趙云：美其有事於此陵，功力之多也。即事，祖出列子，蓋言即就其事也。謝靈運用此兩字於詩云：即事怨睽攜。漢史云：諸將論功。

〔四〕趙云：古歌辭隴西行云：却略再拜跪，然後持一杯。此義雖言健婦對客恭敬謹節之貌，却略乃退身之義也。山之退而在後，其勢亦然。

〔五〕趙云：上以其無事，晚而後知曉也。下以其勤恪而虔於從事也。

〔六〕趙云：薛道衡云：空梁落燕泥。

〔七〕趙云：唐書載裴度之討淮西：先是，諸道兵皆有中使監軍，進退不由主將。度至行營，並奏去之。則中使之名，自度已前有矣。

〔八〕趙云：禮記：備物之享。禮云：視於無形。周禮：惟王建國。詩：王心載寧、王心則寧。

〔九〕趙云：上句以言後王之孝思，下句以言先王之如在。孝理字，本是孝治之，高宗諱治字，故改治爲理。

〔一〇〕趙云：自是橋陵廟中柱耳。舊注引肅宗延英殿，非是。曹子建詩：好鳥鳴高枝。

〔一一〕趙云：高嶽，指嵩高山也。字起於崧高惟嶽。洪河，指言橋陵之左是洪河所過也。嵂崒，酋崒則用崒字。崒音才律切。韻書注云：峯頭巉嵒也。若山在左，而卒在右，則音祚骨切，乃連崪屼云矣。瀅濴兩字，韻書不載，惟玉篇有瀅字，以同滎字，音胡坰切；有濴字，音胡營切，則縈字也。滎字在大清字韻中，惟滎字在小青字韻中。如此則豈洪河、左瀅濴，可讀作縈熒，而傳寫之誤耶？

〔一二〕趙云：沙苑於橋陵同是一州之地爲相近，而金城在橋陵之西北，相去之遠，乃言及之，豈所謂蓄峻址者，其山聯亘自金城來邪？ 蓋地理家謂之來岡者乎？ 左太沖魏都賦曰：藐藐標危，亭亭峻址。

〔一三〕趙云：尹文子曰：形之與名，居然別矣。今蒲城縣在魏，本屬同州。唐開元四年，以縣之豐山建睿宗橋陵，改爲奉先縣，仍隸京兆府。十七年，昇爲赤。舊注引非是。 百家注引趙曰：十七年，昇爲赤，故公詩言赤縣。舊注引崑崙東有赤縣，非是。 趙云：世説：王丞相見衛洗馬，曰：居然有羸形。晉人用居然字甚多，姑舉其一。

〔一四〕趙云：説文：蘭，香草也。 嵇叔夜琴賦：春蘭(波)〔被〕其東。

【校】波：影胡刻本文選作被。

〔一五〕趙云：振古者，若言其才須從古中求也。 禰正平鸚鵡賦序：衡因爲賦，筆不停綴。

〔一六〕趙云：又言六君子中爲知縣者。

〔一七〕趙云：後漢：王喬者，河東人也。顯宗世，爲葉令。喬有神術，每月朔望，常自縣詣臺朝。帝怪其來數而不見車騎，密令太史伺望之。言其臨至輒有雙鳧從東南飛來。於是候鳧至，舉羅張之，但得一舄焉。乃詔尚方診視，則四年中所賜尚書官屬履。此載在後漢王喬傳，然無鶴事。今却云王喬隨鶴翎，因更用周靈王太子王子喬事貼之也。周太子王子晉亦曰王子喬。列仙傳：王子見桓良曰：告我家七月七日待我於緱氏山頭。至時乘白鶴在山頭，望之不得。舉手謝時人，數日而去。今公以六君子之中爲知縣者比之後漢王喬而太史候其履鳧之影，又就後漢王喬身中比之，爲真是周太子王喬，又乘鶴而往朝也。

〔一八〕趙云：爾雅：林外謂之坰。 自此至篇終，公自述也。知縣入朝而公不得預，此所以自歎也。

〔一九〕百家注引趙曰：使貧者衣短褐也。舊注引婁敬衣褐見，非是。

〔二〇〕趙云：公多以老馬自況，又以況人之美材，取管仲言老馬之智可用而已。 秋螢，乃車胤聚螢事。豈言容於縣宇而容其讀書乎？

〔二二〕趙云：謝靈運擬王粲詩序云：家本秦川貴公子，遭亂流寓，自傷情多也。

【校】家本句：影胡刻本文選作：家本秦川，貴公子孫，遭亂流寓，自傷情多。

〔二三〕趙云：篇終乃白鷗没浩蕩，從此辭之意，不必用言水之浩蕩也。

後出塞五首（古詩）

男兒生世間，及壯當封侯。戰伐有功業，焉能守舊丘〔一〕？占一作召募赴薊門，軍動不可留〔二〕。千金買馬鞍，百金裝刀頭〔三〕。閭里送我行，親戚擁道周〔四〕。斑白居上列，酒酣進庶羞〔五〕。少年别有贈，含笑看吴鈎〔六〕。

右一

〔一〕趙云：言不可無所展用也。鮑明遠結客少年場云：去鄉三十載，復得還舊丘。

〔二〕趙云：吴志云：中郎將周祇乞於鄱陽占募。蓋占謂自隱度而應募也。

〔三〕趙云：倣木蘭歌：西市買馬鞭，南市買轡頭。又，梁范靖妻沈氏昭君怨云千金畫雲鬢，百萬寫蛾眉也。舊注引唐刺史見觀察使，皆握刀頭候路。雖厓證刀頭字，非是。若刀頭所先，則古樂府有何當大刀頭矣。

〔四〕趙云：詩：有杕之杜，生于道周。

〔五〕趙云：周禮：庖人，供喪紀之庶羞。

〔六〕趙云：吴鉤，刀名也，刃彎。今南蠻用之，謂之葛黨刀，義或然矣。

朝進東門營，暮上河陽橋〔一〕。落日照大旗，馬鳴風蕭蕭。平沙列萬幕，部伍各見招〔二〕。中天懸明月，令嚴夜寂寥〔三〕。悲笳數聲動，壯士慘不驕。借問大將誰，恐是霍嫖姚〔四〕。

右二

〔一〕趙云：此言河陽府士卒。　東門營，自是所起士卒處東門之營也。

〔二〕趙云：士卒之多，則將各有幕，故一部伍之人各相招認以居其幕也。

〔三〕趙云：但見月懸中天，正照此夜，而人不囂譁，則令嚴可知也。東坡先生詩曰：令嚴鐘鼓三更月。乃用此也。

〔四〕趙云：句法使曹子建七哀詩：借問歎者誰？言是客子妻。又，郭景純遊仙詩借問此何誰，云是鬼谷子也。嫖姚，公作平聲字使，蓋未經顔師古改音以前，相承作服虔平聲字讀耳。蓋如庾信詠屏風詩有云：急節迎秋韻，新聲入手調。寒衣須及早，將寄霍嫖姚。則所相承者然也。　前漢：漢王問：大將誰也？

古人重守邊，今人重高勳。豈知英雄主，出師亘長雲〔一〕。六合已一家，四夷且孤軍。

遂使貔虎士，奮身勇所聞〔二〕。拔劍擊大荒，日收胡馬羣〔三〕。誓開玄冥北，拔劍奉吾君〔四〕。

右三

〔一〕趙云：此譏好大喜功之主也。今人所以重高勳者，以英雄之主出師之多，連亘長雲，則高勳不可不建矣。

〔二〕趙云：六合一家，則内外無患；内外無患，則四夷之軍孤。如此，則不必用兵。而尚用之不已，故士卒皆奮起，勇往其所聞之處矣。後所謂大荒、玄冥北是也。

〔三〕趙云：大荒，西邊之地皆是矣。古有大荒西經之書。

〔四〕趙云：玄冥，北方之神。玄冥北，則盡玄冥所主之北地也。

獻凱日繼踵，兩蕃静無虞〔一〕。漁陽豪俠地，擊鼓吹笙竽〔二〕。雲帆轉遼海，稉稻來東吴〔三〕。越羅與楚練，照耀輿臺軀〔四〕。主將位益崇，氣驕凌上都。邊人不敢議，議者死路衢。

右四

〔一〕趙云：西北已寧也。

〔二〕趙云：漁陽吹笙竽，則燕薊亦復而民樂也。

〔三〕趙云：轉遼海，則通遼東矣。百家注引趙曰：吴地無種。

〔四〕趙云：（故）〔以〕越羅楚練賜予建功之人，雖是輿臺亦照曜其身矣。

【校】故，清刻本作以。

我本良家子，出師亦多門〔一〕。將驕益愁思，身貴不足論。躍馬二十年，恐孤明主恩。坐見幽州騎，長驅河洛昏〔二〕。中夜間道歸，故里但空村。惡名幸脱免，窮老無兒孫。

右五

〔一〕趙云：左傳：晉政多門也。百家注引趙曰：東坡云：詳味此詩，蓋禄山反時，其將校有脱身歸國而禄山盡殺其妻子者。不出其姓〔名〕，可恨也。先生之言如此。

【校】此條九家注作坡云。清刻本不出其姓作不出姓名，可恨上有亦字，無先生之言如此六字。

〔二〕百家注引趙曰：言禄山之來。

玄都壇歌寄元逸人（古詩）

趙云：以公詩語考之，云獨在陰崖白茅屋，又云屋前太古玄都壇，則壇在子午谷矣。又謂之太古玄都壇，則唐以前不知何年有之。本朝宋敏求長安志編集爲最詳，於子午谷外又載子午鎮、子午關、子午水，而並不載谷中所有古迹名稱，故壇無可考。

故人昔隱東蒙峯，已佩含景蒼精龍〔一〕。故人今居子午谷，獨在陰崖結茅屋〔二〕。屋前太古玄都壇，青石漠漠常風寒〔三〕。子規夜啼山竹裂，王母晝下雲旗翻〔四〕。知君此計誠長往，芝草琅玕日應長〔五〕。鐵鏁高垂不可攀，致身福地何蕭爽〔六〕。

〔一〕趙云：故人字，祖出史記范睢傳戀戀有故人之意。　蒼精龍，劍也。春秋繁露曰：劍佩於左，蒼龍之象。上著含景字，則後漢士孫瑞劍銘有云：從革庚辛，含景吐商。其佩字又以楚辭劉向九歎之怨思篇：佩蒼龍之蚴虯兮，帶隱虹之逶迤。亦挨傍用三字。或曰：蒼精龍，應是符録名，蓋道家有：蒼龍精，東方甲乙木；赤鳳髓，南方丙丁火。謝玄暉詩：含景望芳菲。亦借用含景字。

【校】春秋繁露曰至蒼龍之象，百家注、分門集注、分類集注、黄鶴補注咸作蔡曰；後漢士至含景吐商，諸本咸作詠曰；十家注與九家注同作趙注。　今按，諸本磔裂趙注，乃商賈故伎，前言已辨析之。當從九家注作趙注。

〔二〕趙云：馬季長長笛賦：生終南之陰崖。晉潘安西征賦云：眺華岳之陰崖。　鮑照詩有：結茅野中宿。

〔三〕趙云：前漢藝文志有云：太古以來。　漠漠者，冥茫之貌。選有云：粳稻漠漠。

〔四〕趙云：子規啼而竹裂，言啼之苦也。　漢書云：南山之竹。　雲旗者，神仙之儀衛也。離騷云：載雲旗之逶迤。　杜田之説，既名爲王母使者，豈可獨用王母字而當之？且既專出於齊地，今元逸人在長安子午谷，安得有是鳥？詩以元逸人爲仙者，則王母降之有是理，何必泥以鳥名？公於昔遊言華蓋君之洞宮有曰王喬下天壇，亦以仙家事仿像其如此。

〔五〕趙云：芝草，仙藥也。琅玕，寶叢也。言靈異之地，當有之。

〔六〕趙云：鐵鏁高垂，詩人亦逆料其如此。如綿州彰明縣竇崱山有二鐵鏁，垂於山際。傳云竇氏兄弟鍊丹山上，初以鐵鏁架橋度而往，既至，則斷之以絶往來。其後兄弟三人白日仙去。又，乾州金精山女仙張麗英昇仙之地，有鐵鏁下垂。然則，詩人逆料元逸人之長往，亦復然乎？劉孝綽詩：高枝不可攀。玉臺新詠於此謂之福地。按長安志引關中記云：終南太一，左右三十里内名福地。既言有長往之計，則所往之處乃福地也。終南太一正與子午谷玄都壇相屬矣。舊注所引語是，但誤爲三秦記耳。

歎庭前甘菊花（古詩）

簷前甘菊移時晚，青蕊重陽不堪摘〔一〕。明日蕭條盡醉醒，殘花爛漫開何益〔二〕？籬邊野外多衆芳，采擷細瑣升中堂〔三〕。念兹空長大枝葉，結根失所埋風霜〔四〕。

〔一〕百家注引趙曰：菊以移晚而花遲，故爲失所爾。

〔二〕趙云：宋玉風賦：蕭條衆芳。

〔三〕百家注引趙曰：此詩蓋刺餘子碌碌皆得貴近。言芳，則非不謂之才也，特細瑣而已。言升中堂，則貴近之意。公之言傷時細碎微瑣者用，而出類者廢也。趙云：劉楨贈中郎將：萬舞在中堂。

〔四〕趙云：書：念兹在兹。漢班彪曰：本根既微，枝葉彊大。蓋言徒枝葉扶疏，如人文采之秀發，而託根不得地，反爲風霜所埋也。

醉歌行別從姪勤落第歸（古詩）

陸機二十作文賦，汝更少年能綴文〔一〕。總角草書又神速，世上兒子徒紛紛〔二〕。驊騮作駒已汗血，鷙鳥舉翮連青雲。詞源倒流三峽水，筆陣獨埽千人軍〔三〕。只今年纔十六七，射策君門期第一。舊穿楊葉真自知，暫蹶霜蹄未爲失。偶然擢秀非難取，會是排風有毛質〔四〕。汝身已見唾成珠，汝伯何由髮如漆〔五〕？春光淡沲秦東亭，渚蒲芽白水荇青〔六〕。風吹客衣日杲杲，樹攪離思花冥冥。酒盡沙頭雙玉瓶，衆賓皆醉我獨醒。乃知貧賤別更苦，吞聲躑躅涕淚零。

〔一〕趙云：班固漢書贊曰：自孔子後，綴文之士衆矣。

〔二〕趙云：草書以遲爲工，所謂匆匆不及草書是也；以速爲神，所謂一筆變化書是也。

〔三〕趙云：驊騮、鷙鳥，比其才之俊；詞源、筆陣，言其文之敏。海賦有：吹澇則百川倒流。舊注誤以澇字爲嘘，蓋水之衝激，則有到流者矣。百家注引趙曰：詞源、筆陣，以比其文之敏。三峽之水最迅，而詞源可使之倒流，詩人夸張之辭爾。詞源，則隋藝文傳：筆有餘力，詞無竭源。筆言陣，則如王羲之論字爲筆陣圖也。

〔四〕趙云：上句言科舉一日之長，搴擢英秀亦偶然爾。既偶然擢之，非難取也，而從侄之不中第何哉？然會當是排擊風雲，蓋以其終有連雲之毛質焉。此慰唁之，且復有所譏誚也。鮑明遠與妹書言水族之狀，有曰：浴雨排風。此詩好處，上言駒汗血，下言暫蹶霜蹄；上言鷙翮連雲，下言毛質排風；皆意義相應。此學詩者不可不知也。

〔五〕趙云：杜田引乃是成珠璣，非唾成珠也。此自出選詩：咳唾自成珠。公詩意言開口成文如珠。舊注非是。

〔六〕趙云：鮑照詩：春風淡蕩俠思多。淹音待可切。蒲有牙而白，荇在水而青，此春時也。指秦東亭景物而言耳。舊注引非是。杜又引詩、本草，冗矣。盧思道云：緑葉參差映水荇。

同諸公登慈恩寺塔公自注云：時高適、薛據先有此作。（古詩）

高標跨蒼天，烈風無時休〔一〕。自非曠士懷，登兹翻百憂〔二〕。方知象教力，足可追冥搜〔三〕。仰穿龍蛇窟，始出枝撐幽〔四〕。七星在北户，河漢聲西流〔五〕。羲和鞭白日，少昊行清秋〔六〕。秦山忽破碎，涇渭不可求。俯視但一氣，焉能辨皇州〔七〕？迴首叫虞舜，蒼梧雲正愁〔八〕。惜哉瑶池飲，日晏崑崙丘〔九〕。黄鵠去不息，哀鳴何所投〔一〇〕。君看隨陽雁，各有稻粱謀〔一一〕。

〔一〕趙云：舉標甚高。孫綽〔遊〕天台山賦曰：赤城霞起而建標。李善注云：立物以爲表識曰標。今云高標，言塔之高可以標表也。詩云：悠悠蒼天。〔下句〕言其高也。書曰：烈風雷雨弗迷。又尚書大傳云：成王時越裳氏重譯而來朝曰：久矣，天之無烈風迅雨，意中國其有聖人乎？如此，則烈風非所宜有，唯高處而後有之。公古柏行又曰冥冥孤高多烈風，可見矣。

【校】天台山賦：影胡刻本文選題作遊天台山賦。

〔二〕趙云：鮑照放歌行云：小人自齷齪，安知曠士懷。夫登高望遠，所以寫其憂，然其高則易生恐怖，故惟曠士而後無憂也。

〔三〕趙云：言巍樓高觀，世間無有，唯託之象教而後可營焉。

〔四〕十家注引趙曰：此塔磴道屈曲，則公有龍蛇窟之句，宜矣。塔每級之下，蓋多枝撐，至其盡級高處，則爲出枝撐幽矣。　趙云：言愈仰而上，穿過龍蛇窟，然後出離枝撐之幽隱也。

【校】十家注所云，百家注作鄭曰，此塔上有撐，抽庚切，邪柱也七字。

〔五〕趙云：吳都賦曰：開北户以白日。梁張纘秋雨賦：敞北户而披襟。於塔言户，則法華經云：佛以右指開寶塔户也。河漢，天河也。廣雅云：天河謂之天漢，亦曰河漢。以其在西，若聞其流聲焉。魏文帝雜詩云：天漢回西流。晉張協安石榴賦又曰：天漢西流，辰角南傾。詩云：三星在户。魏文帝燕歌行：星漢西流夜未央。　百家注引趙曰：言其高也。

〔六〕趙云：淮南子云：日馭曰羲和；故於白日可以言鞭之。楚辭云：青春受謝，白日〔照〕〔昭只〕。

【校】照：中華書局聚珍倣宋版楚辭補注作昭只。

〔七〕十家注引趙曰：皆言其高也。　潘岳西征賦：化一氣而甄三才。　天子之都曰皇州。

【校】潘岳以下，百家注、分門集注、分類集注、黄鶴補注咸作敏功曰。

〔八〕趙云：承上言登塔之高，莫辨皇州，於是南望而遠想蒼梧，則託虞舜而思高宗之晏駕，蓋帝王之孝莫大於虞舜也。自北户而回首，乃是南望，則可叫虞舜矣。叫，如淮南子言庶女叫天之叫。楚辭劉向九歎之遠逝篇有曰：奏虞舜於蒼梧。上言虞舜，下言蒼梧，義當如此。然必使雲字，則歸藏啓筮曰：有白雲出自蒼梧，入于大梁。謝玄暉云：雲去蒼梧野。蒼梧雲愁，以言高宗之晏駕。

〔九〕百家注引趙曰：此暗紀慈恩寺之事也。南望而遠想蒼梧，則記虞舜而思高宗之晏駕；西望而遠想瑶池，則記西王母而思文德皇后之不留也。趙云：西望而遠想瑶池，則託西王母而思文德不留，蓋以女仙之尊者名之也。惜哉，不足之辭。列女傳：柳下惠妻爲誄曰：永能厲兮，吁嗟惜哉！史記：孔子美宓子賤曰：惜哉！不齊所治者小。曹子建雜詩云：願欲一輕濟，惜哉無方舟。王仲宣詠史云：秦穆殺三良，惜哉空爾爲。今公之可惜瑶池方宴，以崑崙日晏而不得久，非以言文德之不留者乎？按〔續〕仙傳：西王母遺虞舜以白玉琯，則以王母比母后尤於舜爲一體。曹子建詩：明晨秉機杼，日晏不成文。莊子有云：崑崙之丘。

【校】仙傳：清刻本作續仙傳。

〔一〇〕趙云：易曰：自强不息。沈約白紵曲云：翡翠羣飛飛不息。詩：哀鳴嗷嗷。

〔一一〕趙云：公於前段已追思前事矣，又因黄鵠之遠去，雖若高舉遠引之士，然無所投止，而我之俯世徇身，則未免若雁之謀稻粱也。亦以自傷矣。孟浩然詩：鳥泊隨陽雁，魚藏縮項鯿。劉孝標廣絶交論云：分雁鶩之稻粱。左傳云：先軫有謀。舊注同歎山梁雌雉，非是。師民瞻云：此以譏明皇荒樂不若虞舜。瑶池言王母，以比楊妃，崑崙以比驪山，黄鵠以比張九齡之徒，雁以比楊國忠之徒。杜公因登塔觀覽，而念及此。其說不同，必有能辨之者。詩：王事靡盬，不能蓺稻粱。

示從孫濟（古詩）

平明跨驢出，未知適誰門。權門多噂沓，且復尋諸孫〔一〕。諸孫貧無事，宅舍如荒村。堂前自生竹，堂後自生萱。萱草秋已死，竹枝霜不蕃。淘米少汲水，汲多井水渾。刈葵莫放手，放手傷葵根〔二〕。阿翁賴惰久，覺兒行步奔。所來爲宗族，亦不爲盤飧。小人利口實，薄俗難可論。勿受外嫌猜，同姓古所敦〔三〕。

〔一〕趙云：楚辭曰：平明發兮蒼梧。前漢：息夫躬交游貴戚，趨走權門。又後漢明帝詔云：權門請託。魏陳孔璋檄云：輸貨權門。

〔二〕趙云：此段方有興致，蓋淘米炊、刈葵烹、少汲水、莫放手，因以興焉。族之有宗，猶水之有源，葵之有根也。水有源，勿渾之而已；葵有根，勿傷之而已；族有宗，則亦勿疏之而已。受外嫌猜者，亦猶汲水之多也。苟以嫌猜而不敦同姓，亦猶放縱其手於採葵也。後漢明帝紀：殘吏放手。注：謂貪縱爲非也。

〔三〕趙云：此亦曹子建詩有親交義在敦之義。

曲江三章章五句（古詩）

趙云：此詩蓋遊曲江感事之作。按據談録：曲江本秦時隑州。隑即碕字，巨依切。唐開元中疏鑿爲勝景，南即紫雲樓、芙蓉苑，西即杏園、慈恩寺。花卉環列，烟水明媚。都人遊賞盛于中和、上巳節。今公高秋而往，草木變衰，觸事感懷。一章歎齒髮之遲暮，二章判富貴之無心，三章喜生計之可樂也。舊注引元和中曲江關宴事，去此自五十餘年，在公死三十餘年之後，與此詩並無相干。

曲江蕭條秋氣高，菱荷枯折隨風濤〔一〕，游子空嗟垂二毛。白石素沙亦相蕩，哀鴻獨叫求其曹〔二〕。

〔一〕趙云：宋玉衆芳蕭條、班固原野蕭條之義。

〔二〕趙云：方高秋之時，非特菱荷枯折而已，水既瘦涸，石與沙亦蕩潔而出，鳴鵠失羣哀鳴而相求，皆可感之事也。哀鴻字，出選詩。舊注引禰衡賦云：哀鴻感類。輒改哀鳴字爲哀鴻，況義止謂鸚鵡之哀鳴乎。

即事非今亦非古，長歌激越梢林莽，比屋豪華固難數〔一〕。吾人甘作心似灰，弟姪何傷淚如雨〔二〕？

〔一〕趙云：列子曰：周之尹氏，有老役夫，晝則呻吟。即事，陶淵明云：即事多所欣。謝靈運云：即事怨睽攜。蘇武詩：長歌正激烈。梢林莽，言歌之聲。其義則列子云：秦青撫節悲歌，聲振林木。百家注引趙曰：曲江方盛，而於長歌激烈者，特以豪華者多，而我獨寂寞也。百家注引趙曰：公灰心久矣，弟姪不必傷此而下淚也。變詩：泣涕如雨。

【今按】百家注所引二條趙注，亦見諸九家注，然未標注家，依例爲王洙注，而與全篇之趙注頗協，疑係九家注漏標趙云者，不敢劇斷，録以備考如下：九家注云：莊子：南郭子綦形固可如槁木，而心固可如灰。當公遊此之時，曲江方盛，無可歎者，此即事之非今古也。而至於長歌激烈，何哉？特以豪華者多，而我獨寂寞也。然灰心久矣，弟姪不必用此傷之而下淚也。曲江在長安南昇道坊，蓋其左右前後近之地，甲第爲多乎？公因感之，可以意逆也。漢溝洫志：武帝歌曰：泛濫不止兮愁吾人。又，西都賦云：實列僊之攸館，非吾人之所寧。而潘岳西征賦云：陋吾人之拘攣。今言吾人，蓋自謂也。論語：何傷乎？詩：泣涕如雨。

自斷此生休問天，杜曲幸有桑麻田，故將移住南山邊〔一〕。短衣匹馬隨李廣，看射猛虎終殘年〔二〕。

〔一〕趙云：楚辭有天問篇，其序曰：天問者，屈原之所作也。何不言問天？天尊不可問，故曰天問也。管子云：行山澤，觀桑麻，有桑麻田，亦顔淵云：回有郭外之田。

〔二〕趙云：欲移住南山邊，則南山之景致足樂也。匹馬射虎，使李廣事，正在南山藍田中。此詩人因意使事也。列子曰：汝以殘年餘力。梁武帝云：短衣妾不傷。叔孫通乃變其服，短衣，楚製。

【校】叔孫通一句，清刻本作：短衣，楚製，叔孫通乃變其服。

樂遊園歌（古詩）

趙云：樂遊園之地，在秦爲宜春苑，在漢爲樂遊苑，謂之古園。

樂遊古園崒森爽，烟緜碧草萋萋長〔一〕。公子華筵勢最高，秦川對酒平如掌〔二〕。長生木瓢示真率，更調鞍馬狂歡賞〔三〕。青春波浪芙蓉園，白日雷霆夾一作甲城仗〔四〕。閶闔晴開詄一作映蕩蕩，曲江翠幕排銀牓〔五〕。拂水低回舞袖翻，緑雲清切歌聲上〔六〕。卻憶年年人醉時，只今未醉已先悲。數莖白髮那拋得？百罰一作刻深杯亦不辭〔七〕。聖朝已知賤士醜，一物自荷皇天慈〔八〕。此身飲罷無歸處，獨立蒼茫自詠詩〔九〕。

〔一〕趙云：崒音才律切。字書注云：峯頭巉巖也。句腰單用崒字，亦猶宋玉高唐賦之單用崪字也。其言蓄水之狀曰：崪中怒而特高。崒字却音祚骨切。

〔二〕趙云：張率白紵歌：列坐華筵紛羽爵。

〔三〕百家注引趙曰：長生木瓢，則木瓢修長而生者，蓋用之以酌，則始爲真率也。

〔四〕趙云：芙蓉園有水，言青春波浪，袁淑真隱傳，載鬼谷先生言河邊之樹曰：波浪盪其根。夾城，舊作甲，非。芙蓉園夾城於曲江，地皆相近。按長安志載：樂遊園與芙蓉園、曲江並出京城東延興門。

〔五〕趙云：詄字原本作映，又作昳，應是詄字。前漢禮樂志：遊閶闔，視玉臺。天門開，詄蕩蕩。公蓋取此語意，以比城門也。

〔六〕趙云：後漢王延壽魯靈光殿賦：飛陛揭孽，緣雲上征。薛夢符刊誤乃引列子載秦青之歌響遏行雲。又西京雜記：戚夫人歌，聲入雲霄。其意以爲兩事皆有雲字，遂用證之。殊不知遏雲則〔遏〕住之，且非杜公緣雲本意，唯入雲霄方有緣雲之義。大人賦：低徊陰山，翔以紆曲兮。

【校】遏雲則住之：百家注作：遏雲，則遏住之。

〔七〕趙云：百罰，一作百刻，是。蓋飲酒雖有罰，而方觀舞聽歌，何至罰酒之百也。百刻者，漏中之刻畫也。說文曰：漏，以銅盛水，刻節，晝夜百刻。或云，杯中像漏中，立箭爲刻，以記淺深之度，斟酒則浮出而可見。雖傳記無所載，而今世固有以浮花、浮仙之狀，十而分之，以酙酒者，則百刻之狀，乃細分之者矣。如此而義方可講，蓋盡百刻，舉深泛之杯無所辭拒，正以白髮之不可拋，而飲酒以遣其悲也。

〔八〕趙云：江淹思北歸賦云：況北州之賤士，爲炎土之流人。家語：孔子謂哀公曰：一物失理，亂亡之端。

〔九〕趙云：皆在景物荒寂言之也。百家注引趙曰：蒼茫，荒寂之貌。

渼陂行（古詩）

趙云：渼，音美。其字從水從美。士大夫非西人者多讀爲于亮切，乃蕩漾，其字自是從水從羕，遂使鬻書者有一本直雕作漾陂行，豈不誤學者乎？按長安志：渼陂在鄠縣西五里，出終南山諸谷，合朝公泉爲陂。朝公水，一作胡公水。說文曰：渼陂周一十四里，北流入澇水。十道志云：陂魚甚美，因名之。陂既廣大，氣象雄深，故公詩於初至之際，以天地變色，則有黿鯨風浪之憂；既而開霽可遊，則如與龍鬼仙靈相接；既而又憂雷雨。此蓋陂之廣大雄深，詩人因事起意，以爲詩，謂其有可異則不得不憂，有可喜則不能不樂，有可防則不得不戒，而詩篇之終有安不忘危，樂不忘哀之意。

岑參兄弟皆好奇，攜我遠來遊渼陂〔一〕。天地黤慘忽異色，波濤萬頃堆琉璃〔二〕。琉璃漫汗泛舟入，事殊興極憂思集〔三〕。鼉作鯨吞不復知，惡風白浪何嗟及〔四〕。主人錦帆相爲開，舟子喜甚無氛埃〔五〕。鳧鷖散亂棹謳發，絲管啁啾空翠來〔六〕。沉竿續蔓深莫測，菱葉荷花淨如拭〔七〕。宛在中流渤澥清，下歸無極終南黑〔八〕。半陂以南純浸山，動影裊窕沖融間〔九〕。船舷暝戛雲際寺，水面月出藍田關〔一〇〕。此時驪龍亦吐珠，馮夷擊鼓羣龍趨〔一一〕。湘妃漢女出歌舞，金支翠旗光有無。咫尺但愁雷雨至，蒼茫不曉神靈意〔一二〕。少壯幾時奈老何，向來哀樂何其多〔一三〕？

〔一〕趙云：岑參於唐書無傳，莫知兄弟之名也。揚雄云：子長之好，好奇也。渼陂，在鄠縣。按，地理志：鄠去府南六十里。豈不謂之遠來乎？

〔二〕趙云：百畝曰頃。後漢：黄叔度汪汪如萬頃陂。堆琉璃，指言其色之青瑩耳。

〔三〕趙云：天地黤慘，則爲可異；水如琉璃，則爲可愛。以其可愛便欲泛舟以入，則爲可憂矣。漫汗，言廣大也。事殊興極，蓋言其初，遠來之興豈不欲晴朗以爲遊乎？而初來之際，忽逢天地黤慘，則事殊矣；事之既殊，則興亦極盡； 興既極盡，則寧不憂思乎？ 憂思謂之集，王筠行路難云：百憂俱集斷人腸。

〔四〕趙云：此乃所以憂也。 謝惠連長門怨云：向夕千愁起，自悔何嗟及。 又，梁費昶長門怨曰：向日千悲起，百恨何嗟及。

〔五〕趙云：主人，指言岑參也。 陳陰鏗渡青草湖詩：平湖錦帆張。 楚辭：闢氛埃而清涼。 沈休文詩：夜靜滅氛埃。 其言無氛埃，則又倣魏都賦風無纖埃也。 前者以天地黯慘而遊者憂，今也以無氛埃而舟子喜，不亦宜乎？

〔六〕百家注引趙曰：公使漢武帝秋風辭簫鼓鳴兮發棹歌也。 趙云：啁，竹包切。 玉篇引説文：啁，嘐也。 楚辭曰：鵾雞啁哳而悲鳴。 棹歌發，則喧矣，故鳧鷖驚而散亂； 空翠來，則晴矣，故絲管乾而啁啾。

〔七〕趙云：菱葉荷花淨如拭，則水之幽深可見矣。 妙處是淨如拭三字，蓋如王僧儒至牛渚憶魏少英詩有沙岸淨如掃。

〔八〕趙云：上句以言其深，下句以言其遠。 上句譬喻，下句實指。 蓋渤澥者海也，既如渤澥之深廣而又清，此所以爲譬喻。 終南山在陂之上流，去之遠，則視之黑也，此所以爲實指。 詩：宛在水中央。 説文：東海之别有渤澥，故東海共稱渤海。 列子：無極之中復無無極。 而後人用之，如魏文帝詩曰：高高殊無極。

〔九〕趙云：鮑照與妹書：半山以下，純爲黛色。 裊窕沖融，皆言水之深。 疊使四字之勢，亦左太沖招隱詩云：峭奪青葱間，竹柏得其真。

【校】峭奪青葱間：清刻本奪作蒨。

〔一〇〕趙云：雲際（寺）〔者〕，山名，在鄠縣東南六十里，上有大定寺。 藍田關，在藍田縣東南九十八里。 船舷之戛，可聞於雲際之寺； 月出之所，可想其當於藍田關，皆以陂之廣大然。 百家注引趙曰：舊注引謝靈運詩：暝還雲際宿。以其字相犯，便妄引，以惑學者。

〔一一〕趙云：小説載：有人入仙室，見一羊吐珠。他日，問張華，云：此驪龍也。洛神賦：馮夷鳴鼓。集千家注杜工部詩集引趙曰：馮夷，河伯也。

【校】雲際寺，山名：清刻本寺作者。

〔一二〕百家注引趙曰：蒼茫，荒寂之貌，已具前篇。舊注引歌：靈之車來，冗而非是。

〔一三〕趙云：左傳：天威不違顏咫尺。此一日之間，初至而天地黯慘，乃向來所哀之多也；既而晴無氛埃，可以縱遊，乃向來所樂之多也。此一句以結一篇之事。百家注引趙曰：秋風辭：歡樂極兮哀情多，少壯幾時兮奈老何！

渼陂西南臺（古詩）

高臺面蒼陂，六月風日冷〔一〕。蒹葭離披去，天水相與永〔二〕。懷新目似擊，接要心已領。仿像識鮫人，空蒙辨漁艇〔三〕。錯磨終南翠，顛倒白閣影〔四〕。崷崒增光輝，乘陵惜俄頃〔五〕。勞生愧嚴鄭，外物慕張邴〔六〕。世復輕驊騮，吾甘雜鼁黽〔七〕。知歸俗可忽，取適事莫並〔八〕。身退豈待官，老來苦便靜〔九〕。況資菱芡足，庶結茅茨迥〔一〇〕。從此具扁舟，彌年逐清景〔一一〕。

〔一〕趙云：此兩句而下皆對。當六月炎天而在渼陂清深之地，故風日自冷，所以著言同而美之也。

〔二〕百家注引趙曰：詩：蒹葭蒼蒼。其物則陂岸有之矣。易有：天〔與〕水違行，訟。相與字，多矣，如長笛賦：乃相與集乎其庭。趙云：離披字，出文選。

〔三〕百家注引趙曰：鮫人，南海之外有之，泣則成珠，善織綃。仿像識鮫人，言其深廣若有鮫人在其中也。空蒙，出謝玄暉朝雨詩：空濛如薄霧。言若無而空，若有而濛也。蒙即濛字。

〔四〕趙云：兩句以言其於清臺之上俯湖而見山矣。

〔五〕趙云：其山之崷崒，能增湖之光輝。又思乘陵於山之上，然惜其時光只有俄頃，不能久也。此蓋詩家馳騁之意。崷音疾由切，崒音才律切。崷崒兩字字書有之，云山高貌也。廣雅云：陵，乘也。而宋玉風賦曰：乘陵高城，入於深宮。

〔六〕趙云：於此歎勞生之可媿，思物表之可慕。公所愧者，嚴君平、鄭子真也；所慕者，張良、邴曼容也。百家注引趙曰：張良貴極，願棄人間事。邴曼容免官，養老自修。

【校】百家注所引，九家注作杜正謬。

〔七〕趙云：重歎世不我知，而輕驊騮之駿，則欲隱居於陂上焉。驊騮，見上天育驃騎歌注。國語：范蠡曰：吾先君魚鼈之與處，而鼃黽之所同渚。

〔八〕趙云：此等句皆外枯而中腴，蓋言知所歸宿則世俗可忽，取適於己，則凡事無可得而並。夫世俗之事可勝言哉，此不盡之意也。選有：委篋知歸。

〔九〕趙云：老子功成、名遂、身退者也。詩句之意是公未獻賦得官時，蓋言身欲求退，豈必待於爲官之後乎　舊注引謝病不待年，混亂之矣。謝靈運云：拙疾相倚薄，還得靜者便。便音平聲。

〔一〇〕趙云：周禮：〔加〕籩〔人菱〕〔之實：蔆〕、芡、栗、脯。堯茅茨不剪。百家注引趙曰：菱，菱角也。芡，雞頭也。皆陂中可食之物也。

〔一一〕趙云：漢高祖云：吾亦從此逝矣。范蠡扁舟遊五湖。曹子建詩有明月澄清景，言澄湛其清景耳。

夏日李公見訪（古詩）

遠林暑氣薄，公子過我遊〔一〕。貧居類村塢，僻近城南樓〔二〕。傍舍頗淳樸，所願一作須亦易求〔三〕。隔屋喚西家，借問有酒不？牆頭過濁醪，展席俯長流〔四〕。清風左右至，客意已驚秋。巢多衆鳥鬭，葉密鳴蟬稠。苦遭此物聒，孰謂吾廬幽〔五〕？水花晚色靜，庶足充淹留。預恐樽中盡，更起爲君謀。

〔一〕趙云：沈約詩：遠林響咆獸，近樹聒鳴蟲。

〔二〕趙云：此所謂城南韋、杜也。

〔三〕趙云：前漢高祖紀云：高祖適從旁舍來。所願，古本作所須，極是，蓋語方快也。

〔四〕趙云：嵇康與山濤書曰：濁醪一杯。杜陵之樊鄉有樊川，而潏水則從樊川西北流經下杜城。然則，詩句有展席俯長流者，豈其居當此地耶？

〔五〕趙云：古詩言庭樹曰：此物何足貴。

遺興五首（古詩）

朔風飄胡雁，慘澹帶沙礫。長林何蕭蕭，秋草萋更碧〔一〕。北里富薰天，高樓夜吹笛。焉知南隣客，九月猶絺綌〔二〕。

右一

〔一〕趙云：曹植四言云：仰彼朔風。王正長云：朔風動秋草。其後謝玄暉：朔風吹飛雨。

〔二〕趙云：以九月授衣，而猶絺綌；花時已暖，當有春服而甘緼袍，則公之貧如此。

長陵鋭頭兒，出獵待明發〔一〕。騂弓金爪鏑，白馬蹴微雪〔二〕。未知所馳逐，但見暮光滅〔三〕。歸來懸兩狼，門户有旌節〔四〕。

右二

〔一〕趙云：詩云：明發不寐。

〔二〕趙云：言鏑上有金爪之飾，非貴人之箭不然也。蹴字見上高都護驄馬行注。

【校】不然，清刻本作不能。

〔三〕趙云：言出獵之子，馳逐未厭，而日晚當歸也。

〔四〕趙云：言其獵有所獲，乃是貴家也。　旌節，貴人所建而羅列於門者也。

漆有用而割，膏以明自煎。蘭摧白露下，桂折秋風前。府中羅舊尹，沙道尚依然。赫赫蕭京兆，今爲時所憐〔一〕。

右三

〔一〕趙云：東坡先生云：明皇雖誅蕭至忠，然常懷之。侯君集云：蹭蹬至此。至忠亦蹭蹬者耶？故杜子美云：赫赫蕭京兆，今爲時所憐。因先生之言乃知此篇全爲蕭至忠而言也。按本傳，至忠始在朝有夙望，容止閑敏，見推爲名臣。斯可比之漆、膏、蘭、桂者矣。又云，外方直，糾摘不法，而内無守，觀時輕重而去就之。參太平公主逆謀。主敗，至忠遁入南山。數日，捕誅之。考其平生：景龍元年九月相睿宗，景雲元年六月貶；是月復相，七月罷；明皇開元元年正月復相，七月誅。此漆之割、膏之煎、蘭之摧、桂之折也。雖已誅矣，然明皇賢其爲人，心愛之終不忘。後得源乾曜，亟用之。謂高力士曰：若知吾進源乾曜乎？吾以其貌言似蕭至忠。力士曰：彼不嘗負陛下乎？帝曰：至忠誠國器，但晚謬爾。其始不謂之賢哉：此可以推見當杜公時，猶爲人所憐也。舊注便差排作蕭望之，非是。百家注引趙曰：舊注引蕭望之飲鴆自殺，非是。

猛虎憑其威，往往遭急縛。雷吼徒咆哮，枝撐已在脚。忽看皮寢處，無復睛閃爍。人有甚於斯，足以勸元惡〔一〕。

右四

〔一〕趙云：書：元惡大憝。退之猛虎行亦類此。

朝逢富家葬，前後皆輝光。共指親戚大，緦麻百夫行。送者各有死，不須羡其强。君看束縛去，亦得歸山崗。

右五

甲帙卷之五

夜聽許十一誦詩愛而有作（古詩）

許生五臺賓，業白出石壁〔一〕。余亦師粲可，身猶縛禪寂〔二〕。何階子方便，謬引爲匹敵〔三〕。離索晚相逢，包蒙欣有擊。誦詩渾遊衍，四座皆辟易〔四〕。應手看捶鈎，清心聽鳴鏑〔五〕。精微穿溟涬，飛動摧霹靂〔六〕。陶謝不枝梧，風騷共推激。紫鸞一作燕自超詣，翠駮誰翦剔〔七〕？君意人莫知，人間夜寥闃〔八〕。

〔一〕趙云：言許生客居五臺，行業精白而出也。達磨嘗曰當勤白業，護持三寶也。列子載：趙襄子狩於中山，藉芿燔林，熗赫百里。有一人從石壁中出，隨烟上下也。五臺山，阿羅漢所在，謂許生爲五臺賓，因其隱跡五臺而名之，遂云出石壁，所以神異之也。黄魯直却變用入石壁事，自贊其畫云：前世寒山子，後身黄魯直。頗遭俗人惱，思欲入石壁。夫石壁之可出可入，非神異者能之乎？

【校】清刻本下接：佛經以善業爲白業，惡業爲黑業。百家注善作美。

〔二〕趙云：此兩句髣髴似對，大手段多如此，故蘇東坡亦有之。粲、可，二人之名。禪、寂是兩字也。粲則僧粲，可則慧可。按傳燈録正與達磨世次相接。公方言與許生共學性空事，故詩語用此。許生已業白而出，吾猶縛禪空而未脱。亦自慊之辭。縛字，出佛書，蓋以對解。其語曰：貪著禪味是菩薩縛。縛禪則不能解矣。

〔三〕趙云：此兩句又對。蓋言有何因階得子垂方便之行，而以之爲匹也。洪駒父引佛經稱善巧方便，是。舊注以爲田子方，非。又，玉臺新詠，載桃葉答王獻之團扇歌云：動揺郎玉手，因風託方便。應德璉詩云：伸眉路何階。梁張纘離别賦：顧龍門而掩涕，瞻郢路而何階。

〔四〕趙云：國語云：工誦詩。詩云：及爾游衍。古詩詠香爐云：四座莫不歡。

〔五〕趙云：上句言其詩之熟也。下句言其詩之清也。此亦古人所謂好詩清熟如彈丸之意。邇時黄魯直詩云：新詩如鳴弦。蓋出於此也。莊子輪扁斲輪有曰：得之於心而應之於手。晉書有曰：願陛下清心寡欲，約己便民。

〔六〕趙云：溟涬者，天地初起之氣；而可穿之，言其意思深遠也。霹靂者，所以震物之聲而反摧之，言其句法神妙也。帝系譜曰：天地初起，溟涬濛鴻。素問云：雲物飛動。北史：神武歎薛孤延之勇決，曰：延乃能與霹靂鬭。百家注引趙曰：禮記：致廣大而盡精微。舊注引莊子：大同乎涬溟。注云：自然之氣。然終非本出，杜公不敢倒用也。

〔七〕趙云：紫鸞者，是紫鳳之鸞。杜田以爲紫燕，誤矣。蓋公此篇雖云古詩，自首兩句而下，每每用對，而句眼平仄相連。若作紫燕，非止義錯，而失句眼矣。何則？鸞鳳之名，雖曰色多丹者曰鳳，故每言丹鳳；色多青者曰鸞，故每言青鸞；如鳳五色而多紫者，曰鸑鷟，但前人未嘗言紫鸑鷟，而杜公於北征詩曰：天吴及紫鳳，顛倒在短褐。則在鳳言紫矣。今曰紫鸞自超詣，固亦如紫鳳之稱。杜田正誤於卷首云見歐陽家善本作燕，遂引漢文帝九馬之一曰紫燕騮；而蔡伯世正異亦作紫燕。如此則平側不相連。又，兩句皆言馬，不亦拙乎？紫鸞玨對翠駮，以兩物比之。紫鸞自超詣，言其才之遠到如鸞鳥之超騰詣至。楚辭云：鸞鳳翔於蒼雲。則其超詣可知。公夔府詠懷詩有云紫鸞無近遠。亦超詣之意。

〔八〕趙云：寥闃者，寂靜之義。梁蕭子範直坊賦曰：何坊禁之寥闃，對長夜之蕪永。

【校】長夜：藝文類聚引作長庭。

貧交行（古詩）

趙云：後漢書云：貧賤之交不可忘。

翻手作雲覆手雨，紛紛輕薄何須數〔一〕？君不見管鮑貧時交，此道今人棄如土〔二〕。

〔一〕趙云：前漢：陸賈謂尉佗曰：越殺王降漢，如反覆手耳。又晉劉牢之曰：豈不知今日取桓玄如反覆手耳。嚴助傳：越人愚戇輕薄。光武語劉嘉：長安輕薄兒誤之。

〔二〕趙云：緩急人所有，而以有濟無，交友之道也。雲固爲雨矣，天油然作雲，而後沛然下雨。雲有渰以凄凄，而後興雨祈祈，則雨之所濟者久。雲氣不待族而雨，則雨之所濟者微。今一翻一覆手之間，而雲遂欲爲雨，其俄頃尠少可知。所爲不亦輕薄乎？管仲與鮑叔賈而獨多分財利，鮑叔弗爭，則悠久每每如此，豈翻覆手之間爲片雲過雨之霑丐耶？翻手作雲覆手雨，介父集句詩用對當面論心背面笑，竊嘗喜其工也。朱博謂議曹曰：且持此道歸，堯舜君出，爲陳説之。韓柳卿答內兄詩：此道今已微。百家注引趙曰：史載，管仲曰：吾始困時，嘗與鮑叔賈，分則利多自與，鮑叔不以我爲貪，知我貧也。而題是貧交行，則所主用在此矣。

白絲行（古詩）

繅絲須長不須白，越羅蜀錦金粟尺〔一〕。象牀玉手亂殷紅，萬草千花動凝碧〔二〕。已悲素質隨時染，裂下鳴機色相射〔三〕。美人細意熨貼平，裁縫滅盡針線跡〔四〕。春天衣著爲君舞，蛺蝶飛來黃鸝語〔五〕。落絮游絲亦有情，隨風照日同一作宜輕舉〔六〕。香汗清塵汙顏色，開新合故置何許〔七〕？君不見才士汲引難，恐懼棄捐忍羈旅〔八〕。

〔一〕趙云：須長不須白，以絲爲羅與錦，則有五色之章焉，且以之爲舞衣，則須長以足用，不必白而後授彩也。越羅蜀錦，天下之奇紋也。金粟尺，言邊幅尺度之足也。尺以金粟飾之，富貴家之物也。何遜詩云：金粟裏搔頭。

〔二〕趙云：此兩句是對，而讀者弗覺也。朱鶴齡輯注杜工部詩集引趙曰：絲織爲羅錦，遂有殷紅凝碧之色，故曰不須白。亂殷紅對動凝碧，凡文字可到，至用象牀玉手對萬草千花，不以數對數，非大手段莫能也。殷，音烏閑切。韻書云：黑赤色也。左傳曰：左輪朱殷。殷紅必是錦羅之色，下言裁舞衣，以殷紅羅錦爲之，必矣。下有隨時染之語，則殷紅豈當時之名耶？梁簡文孌童篇：玉手乍攀花。何子朗古意：新花映玉手。越羅蜀錦，其積在象牀之多，玉手擇取，則殷紅之色相亂矣。萬草千花，則言羅錦上之繁紋也。李暇古怨詩：碧玉上宮妓，出入千花林。當時禁苑有凝碧池，一曰臨碧池，池四旁必多花草。今言動羅錦上之花草，如動凝碧池焉。

【校】李暇古怨詩：全唐詩題作李暇碧玉歌，宫妓作官妓。李暇另有怨詩三首。趙注疑誤。

〔三〕趙云：素質既染，則織爲羅錦，故曰顔色相射。鮑照：繰絲復鳴機。

〔四〕百家注引趙曰：此詩句言縫爲舞衣者矣。趙云：盧思道擣衣詩：閨裏裁縫須及早。喬知（道）〔之〕從軍行云：曲房理針線，平砧擣交練。戰國策：蘇秦曰：多割楚以滅迹。

〔五〕趙云：鮑照白紵歌云：催弦急管爲君舞。蛺蝶，以況舞之輕；黄鸝，以況歌之好矣。

〔六〕趙云：曹子建七啓：長袖隨風。庾肩吾曰：桃紅柳絮白，照日復隨風。薛德音悼亡云：畫梁纔照日，銀燭已隨風。陸士衡前緩聲歌云：輕舉乘紫霞。宜輕舉作同輕舉，蓋絮絲之有情，亦若同美人之舞也。百家注引趙曰：此言舞之態，其身輕可舉而仙去。

〔七〕趙云：陳梁雜歌詩云：朱顔潤紅粉，香汗沾玉色。清塵，或作輕，非是，當以清爲正。古詩：空牀委清塵。阮籍云：良辰在何許。謂故而合之，以言人情之喜新。開新而合故不着，將於甚處置之？歎其必委棄也。崔（輔）國〔輔〕詩云：妾有羅衣裳，秦王在時作。爲舞春風多，秋來不堪著。新而用之，故而棄之，詩人興致如此。

【校】自崔輔國而下，百家注、分門集注、黄鶴補注作黄曰。

〔八〕趙云：吕相絶秦，文公恐懼。班婕妤怨歌行云：棄捐篋笥中，恩情中道絶。左傳：陳敬仲曰：羈旅之臣。注：羈，寄也。此結一篇之意。夫絲繰之難，染之難，爲羅與錦織之又難，縫爲舞衣，針線之功又難，不猶才士汲引之難乎？一旦而棄之。故爲才士者，與其既用而棄，不若甘心忍受於羈旅之末用耳。

去矣行（古詩）

趙云：鳥乃去矣，此詩有高舉遠引之意，故取去矣爲名。

君不見韝上鷹，一飽即飛掣。焉能作堂上燕，銜泥附炎熱〔一〕？野人曠蕩無靦顔，豈可久在王侯間〔二〕？未試囊中餐玉法，明朝且入藍田山。

〔一〕趙云：如鷹之飽而飛，不學燕之戀而附。此乃賢人義士不阿附於權貴之門也。

〔二〕趙云：左氏：野人予之塊。西京賦云：上平衍而曠蕩。漢書云：曠蕩之恩。沈休文奏彈王原云：明目靦顔，曾無愧畏。詩云：有靦面目。有靦顔，則能忍慚者。能忍慚，則局促佞媚無所不至。如是而可曳裾王侯之間，蓋必如谷子雲筆札、樓君卿唇舌，而并游五侯者矣。野人曠蕩而不能忍慚，宜其捨王侯而去矣。

【校】沈休文奏彈王原：影胡刻本文選作奏彈王源。百家注引趙曰：野人，公自謂也。

高都護驄馬行（古詩）

安西都護胡青驄，聲價欻然來向東〔一〕。此馬臨陣久無敵，與人一心成大功〔二〕。功成惠養隨所致，飄飄遠自流沙至〔三〕。雄姿未受伏櫪恩，猛氣猶思戰場利〔四〕。腕促蹄高如踣鐵，交河幾蹴曾冰裂〔五〕。五花散作雲满身，萬里方看汗流血〔六〕。長安壯兒不敢騎，走過掣電傾城知〔七〕。青絲絡頭爲君老，何由卻出横門道〔八〕？

〔一〕趙云：欻音許勿反，有所吹起貌。左太沖曰何爲欻來游也。言自西來東，若吹而來也。百家注引趙曰：言馬致用之地在西，而傳譽於東，若吹而來也。

〔二〕趙云：顔延年賦：婉柔心而待御。慶鄭諫晉侯曰：古者大事，必乘其産，生其水土，而知人心。今乘異産，將與人易。百家注引趙曰：臨陣成功，指言高都護所御也。

〔三〕百家注引趙曰：其至也，遠自流沙，真天馬之種也。

〔四〕百家注引趙曰：言雖之皂棧，而非馬之本心，故思奮於戰場以爲利目。

〔五〕趙云：曾，音層，是冰之名。東方朔神〔異〕（記）〔經〕曰：北方有曾冰萬里，厚百丈。有鼷鼠在冰下焉。謝靈運苦寒行曰：峩峩曾冰食，紛紛霰雪落。今公言交河西邊之地，有曾積之冰，馬幾度蹴踏之而破裂。舊注却引顔賦，非是。在馬使蹴字，出宋書：何偃對劉瑀：何不著鞭使致千里之間？曰：一蹴青雲，何至與駑馬爭路！此所謂公詩無一字無來處矣。百家注引趙曰：腕欲促，蹄欲高，又穩如踣鐵，皆馬之奇也。

【校】神記：清刻本作神異經，是。

〔六〕趙云：言馬之貴。公又曰：箇箇五花文。是也。周穆王傳：驊騮、騄耳，日馳三萬里。百家注引趙曰：汗血之姿，非萬里無以見。

〔七〕趙云：上句以善高都護之獨能騎也。下句言馬之行如電，舉國皆知。百家注引趙曰：舊注引傅玄詩：童女製電策，童兒挽雷車。非其義。

〔八〕趙云：鮑照詩：驄馬金絡頭也。言馬展效在於壹戰，則雖被青絲之飾以老，不若出横門以致功也。此與前所謂猶思戰場利之意相爲終始。漢宮殿名曰長安，有橫門。又，成帝紀注：三輔黄圖云：橫門，北面西頭第一門。橫音光。其字從木，非縱橫之橫也。

天育驃騎歌（古詩）

百家注引趙曰：名驃，則所畫馬名。

吾聞天子之馬走千里，今之畫圖無乃是〔一〕？是何意態雄且傑，駿尾蕭梢朔風起〔二〕。毛爲綠縹兩耳黄，眼有紫焰雙瞳方。矯矯龍性合變化，卓立天骨森開張〔三〕。伊昔太僕張景順，考牧攻駒閲清峻〔四〕。遂令大奴守天育，别養驥子憐神俊〔五〕。當時四十萬匹馬，張公歎其材盡下〔六〕。故獨寫真傳世人，見之座右久更新〔七〕。年多物化空形影，嗚呼健步無由騁〔八〕。如今豈無騕褭與驊騮，時無王良伯樂死即休〔九〕。

〔一〕趙云：荀勗所上穆天子傳：天子之馬走千里，勝（人）〔如〕猛獸。蓋所謂八駿者是也。今張景順畫圖，無乃是穆天子之馬乎？

【校】勝人猛獸：清刻本人作如。

〔二〕趙云：神異經載：大宛馬鬣至膝，尾委於地。則駿尾之長者，蕭梢動摇，可起朔風。言朔風，最慘烈者。舊注引非是。

〔三〕趙云：蔡邕作庾侯碑曰：英風發於天骨。袁彦伯作三國名臣贊，其言崔生曰：天骨疏朗。本言人，而今借用耳。

〔四〕趙云：太僕，官名。唐兵志云：監牧之制，其官領以太僕。今公詩所謂太僕張景順，自是開元時太僕姓张名景順者也。舊注便差排作張萬歲字景順，誤學者矣。萬歲爲太僕，自是貞觀時人。今按張説作開元十三年隴右監牧頌德之碑序云：元年牧馬二十四萬匹，十三年乃四十萬匹。上顧謂太僕少卿兼秦州都督監牧都副使張景順曰：吾馬幾何，其蕃育，卿之力也。對曰：帝之力也，仲之令也，臣何力之有。其頌曰：有霍公之掌政，擇張氏之舊令。霍公，王毛仲也；張氏，景順也。考牧攻駒，一本作監牧收駒，非是。馬亦貴清潔峭峻，若俗馬多肉，非所謂清峻矣。

〔五〕趙云：大奴，王毛仲也。毛仲，高麗人，父坐事没爲官奴。唐兵志云：毛仲領内外閑廄。所謂天育，必廄名矣。大奴之稱，公直犯毛仲之所諱而言，蓋亦欲因詩而著爲史矣。亦猶言李輔國而曰關中小兒壞紀綱，謂其以閹奴爲閑廄小兒故也。

〔六〕趙云：材下字，蕭望之云：身材下不任職。趙充國云：材下犬馬齒衰。雖皆在人言之，馬亦可用。舊引是三才之才，非此。

〔七〕趙云：崔子玉有座右銘。

〔八〕趙云：莊子曰：此之謂物化。

〔九〕趙云：韓退之有言曰：世有伯樂，然後有千里馬。千里馬常有，而伯樂不常有。此乃豈無騕褭驊騮，而時無良樂之謂。公因題畫已死之驃，故起末句死即休之意。亦猶人抱出羣之材而不遇知己以死，爲可嗟矣。

驄馬行（古詩）

趙云：竊嘗論此一篇之大意：馬乃太常梁卿所受賜於君者也。君賜之物，不可以取，亦不可以予。李鄧公者，乃愛而有之，則其取之非是，故公詩首託之以鄧公馬癖而已。且曰：夙昔傳聞思一見。則其欲之也舊矣。又曰：卿家舊賜公能取，則見鄧公以勢位取之，而梁卿不能保君賜之舊物矣。又曰：豈有四蹄疾於鳥至肯使騏驎地上行六句，其意以言馬之神駿如此，亦非人臣得而有之，當爲至尊之御，且以言卿受賜於君，公能取之而不能拒，公既奪賜於卿家，宜必爲君王之詔復取之矣。嗚呼！取非其有謂之盜，公之詩微文婉義而寓箴規之意。彼爲鄧公者，能不知恥乎？

鄧公馬癖人共知，初得花驄大宛種。夙昔傳聞思一見，牽來左右神皆竦。雄姿逸態何崷崒，顧影驕嘶自矜寵〔一〕。隅目青熒夾鏡懸，肉駿碨礧連錢動〔二〕。朝來久試華軒下，未覺千金滿高價。赤汗微生白雪毛，銀鞍卻覆香羅帕。卿家舊賜公能取，天廐真龍此其亞〔三〕。晝洗須騰涇渭深，朝趨可刷幽并夜〔四〕。吾聞良驥老始成，此馬數年人更驚。豈有四蹄疾於鳥，不與八駿俱先鳴〔五〕。時俗造次那得致，雲霧晦冥方降精〔六〕。近聞下詔喧都邑，肯使騏驎地上行。

〔一〕趙云：雄姿逸態，昔之言鷹與馬者，皆用此字。惟其雄逸，故可使矣。崒音祚骨切。在人有顧影自憐者矣，在馬亦宜然，故於自矜寵使顧影字也。

〔二〕集千家注杜工部詩集引趙曰：張衡西京賦：隅目高眶。注：隅目，謂目有角也。顔延年赭白馬賦：雙瞳夾鏡。

〔三〕趙云：天廄真龍，則天子所御之馬也。真龍之亞，自非天子所賜，人臣豈也得而有之哉：唯天子之賜，而後太常梁卿得之。今云卿家舊賜公能取，蓋非以勢迫之，則以利誘之，以百計中之矣。此其所以謂能取乎？

【校】隅目高眶：百家注眶作匡，影胡刻本文選亦作匡。

〔四〕趙云：大率言其行之疾也。

〔五〕趙云：馬得齒歲而後驄，故曰：數年人更驚。言八駿，所以引下句，將下詔取之，爲天子之御矣。

〔六〕趙云：馬既神龍之種，雲霧晦冥爲不足怪，於馬言降精，瑞應圖曰：龍馬者，河水之精。

題壁上韋偃畫馬歌（古詩）

韋侯別我有所適，知我憐君畫無敵。戲拈禿筆掃驊騮，欻見騏驎出東壁。一匹齕草一匹嘶，坐看千里當霜蹄〔一〕。時危安得真致此，與人同生亦同死〔二〕。

〔一〕百家注引趙曰：莊子：馬蹄可以踐霜雪而摘用之也。

〔二〕趙云：乃所向無空闊，真堪託死生之意。其事則世説曰：劉備之初奔劉表，表左右欲因會取備。備覺，如廁，便出。所乘馬的顱走墮襄陽城檀溪水中。備急，謂的顱曰：今日厄，何不努力！的顱一踴三丈，得過。又如劉牢之爲慕容垂所逼，馬跳五丈澗而脱。

戲題畫山水圖歌 （古詩）

十日畫一水，五日畫一石。能事不受相促迫，王宰始肯留真跡。壯哉崑崙方壺一作丈圖，挂君高堂之素壁〔一〕。巴陵洞庭日本東，赤岸水與銀河通〔二〕。中有雲氣隨飛龍。舟人漁子入浦溆，山木盡亞洪濤風〔三〕。尤工遠勢古莫比，咫尺應須論萬里。焉得并州快剪刀，剪取吴松半江水〔四〕。

〔一〕趙云：此圖應畫江山之勢闊遠，故直以爲崑崙與方壺山之圖形容之。

〔二〕百家注引趙曰：先言崑崙、方丈，特在仙山形容之。下言洞庭、赤岸水，則又壯其水之闊遠也。巴陵郡，岳州也，洞庭在焉。赤岸在真州。趙云：又狀其水之闊遠。文選枚乘七發云凌赤岸矣，後學者見郄昂作岐邠涇寧四州八馬坊碑有云：我有唐之新造國也，於赤岸澤僅得牝牡三千匹。遂惑赤岸所在。殊不知此隴右間亦有赤岸矣。巴陵之洞庭，日本國之東，真州之赤岸通銀河之水，此皆狀其遠也。

【校】岐邠涇寧四州八馬坊碑：全唐文碑字上有頌字。

〔三〕趙云：楚辭入溆浦而倒用之，則何遜詠白鷗詩云：孤飛出浦溆，獨宿下滄洲。莊子有山木篇。西京賦：

起洪濤而揚波。

〔四〕趙云：言吴地之松江也。

題李尊師松樹障子歌（古詩）

老夫清晨梳白頭，玄都道士來相訪〔一〕。握髮呼兒延入户，手提新畫青松障〔二〕。障子松林静杳冥，憑軒忽若無丹青〔三〕。陰崖却承霜雪幹，偃蓋反走虬龍形〔四〕。老夫平生好奇古，對此興與精靈聚〔五〕。已知仙客意相親，更覺良工心獨苦〔六〕。松下文人巾屨同，偶坐似是商山翁。悵望聊歌紫芝曲，時危慘澹來悲風。

〔一〕趙云：禮記云：大夫得謝，自稱曰老夫。左傳云：牽率老夫。曹子建云：雲散還城邑，清晨復來還。鄒陽云：白頭如新。又前人有白頭翁之語。

〔二〕趙云：古詩：呼兒烹鯉魚。

〔三〕趙云：楚辭曰：杳冥兮晝晦。

〔四〕趙云：登樓賦：憑軒檻以遥望。而江淹擬張綽云：憑軒詠堯老。孔子曰：霜雪既降，吾以是知松柏之茂也。

〔五〕趙云：抱朴子云：天陵偃蓋之松。故北齊魏收詩云：古松圖偃蓋，新柏寫烟崟。隋煬帝古松詩云：獨留塵尾影，猶横偃蓋陰。反走虬龍形，言松身之反走如之也。若抱朴子云：松樹皮中有聚脂，狀如龍形。乃言松脂之形，則〔柏〕〔松〕之古，身亦可狀爲虬龍矣。

【校】則柏之古：清刻本柏作松。

〔六〕趙云：古詩云：晨風懷苦心。陸士衡猛虎行云：志士多苦心。豫章行云：曾是懷苦心。則公蓋用此也。

戲爲雙松圖歌 韋偃畫 （古詩）

天下幾人畫古松，畢宏已老韋偃少。絶筆長風起纖末，滿堂動色嗟神妙〔一〕。兩株慘裂苔蘚皮，屈鐵交錯迴高枝。白摧朽骨龍虎死，黑入太陰雷雨垂。松根胡僧憩寂寞，龐眉皓首無住著〔二〕。偏袒右肩露雙脚，葉裏松子僧前落。韋侯韋侯數相見，我有一匹好東絹，重之不減錦繡段〔三〕。已令拂拭光凌亂，請公放筆爲直幹〔四〕。

〔一〕趙云：滿堂，如：滿堂爲之不樂。左傳：使者色動而言肆。

〔二〕趙云：因畫胡僧而紀詠之，故用佛書字焉。張良傳載四皓之龐眉皓首，衣冠甚偉。楞嚴經云：名無住行，名無著行。公摘其字而合用之也。然唐有中興間氣集，載鄭賢詩云：高僧無住著，何日出東林。賢與公同時人，莫知孰先用也。

〔三〕趙云：不減者，不虧也。本出左傳：不爲末減。其後晉人多言某人不減某人。

〔四〕趙云：梁吴筠行路難曰：未央採女棄鳴箎，爭見拂拭生光儀。謝朓和劉繪詩：頳紫共彬駁，雲錦相淩亂。

魏將軍歌（古詩）

趙云：古樂府有丁督護歌、臨江王節士歌，紀述其人，皆謂之歌，故公前有戲作花卿歌，今又有魏將軍歌，乃其例也。

將軍昔著從事衫，鐵馬馳突重兩銜〔一〕。被堅執鋭略西極，崑崙月窟東嶄巖〔二〕。君門羽林萬猛士，惡若哮虎子所監〔三〕。五年起家列霜戟，一日過海收風帆〔四〕。平生流輩徒蠢蠢，長安少年氣欲盡。魏侯骨聳精爽緊，華嶽峯尖見秋隼〔五〕。星纏寶校金盤陀，夜騎天駟超天河〔六〕。欃槍熒惑不敢動，翠蕤雲旓相蕩摩〔七〕。吾爲子起歌都護，酒闌插劍肝膽露，鉤陳蒼蒼玄武暮〔八〕。萬歲千秋奉明主，臨江節士安足數〔九〕！

〔一〕趙云：著從事衫，則初爲幕官於元帥府耳。馬勒重銜，則戰馬之謹也。後漢：陳衆，人號爲白馬陳從事。

【校】戰馬之謹：清刻本謹作飾。

〔二〕趙云：崑崙事，郭璞崑崙丘贊曰：崑崙月精，水之靈府。惟帝下都，西羌之宇。則崑崙於中國，固在西矣。而比之月窟，則猶在東也。揚雄：西壓月窟。注：月窟者，月之所生也。今云崑崙月窟東嶄巖，蓋言崑崙在月窟之東，其形嶄巖然也。　公詩句承略西極之下，所以狀西極之處矣。　此四句一段，言將軍立功於西邊也。

〔三〕趙云：此兩句言將軍監軍於殿前也。

〔四〕趙云：列戟，貴者之門，蓋所謂棨戟。　過海收風帆，則有事於西極，既了，過西海而還，其帆可收矣。所以承略西極之下，則爲過西海。或一日之中過海收帆，又以形容其速返。　戟謂之霜戟，帆謂之風帆，詩家造語。兩句是對也。上句言將軍之驟貴，下句言將軍遠征而速返也。

〔五〕趙云：氣欲盡，則觀將軍之富貴功名而然矣。　謝承後漢書：竇武上疏曰：奉承詔命，精爽隕越。　秋隼，清秋之隼鳥。凡鷙鳥以秋而健，公後篇曰秋鷹整翮當雲霄是已。　華嶽峯尖之上見秋隼，所以比其骨聳而精爽緊歟。　此四句可推見將軍之在長安也。

〔六〕趙云：星纏寶校，則倒使顔延年赭白馬賦全語。　薛夢符引張平子東京賦：龍輈華轙，金鋄鏤錫。方釳左纛，鉤膺玉瓖。所謂寶校，此其(具)〔次〕第尊卑之制殊耳。　天駟，言將軍之馬，乃御廄之馬也。　超天河，則以帝京之地比天上，以言將軍夜騎之，豈若金吾巡邏之事邪。

【校】此其具第：清刻本作此其次第。

〔七〕趙云：欃槍，妖星，以比寇亂。　熒惑，火星，以比强暴。　不敢動，言畏其威也。　以承天駟、天河之下，故復用天星言之。　翠蕤雲旓，以見將軍所建之旗，皆天兵之儀也。

〔八〕趙云：都護，漢官也。　漢遣王吉護匈奴南、北兩道，故曰都護。古樂府有丁督護。　督護，即都護也。　鉤陳，星名。　晉天文志：鉤陳六星，在紫宮中。　故天子殿前亦有鉤陳，所以法天地也。　蒼蒼，言其明也。　陸倕石闕銘云：把鉤陳。　注：鉤陳，兵衛之象，故王者把焉。　玄武者，闕名。　三輔舊事曰：未央宮北有玄武闕。　舊本誤以武字爲韻，云風玄武，極無義理，徒誤學者。　以鉤陳則蒼蒼，以玄武則暮，言當酒闌插劍之時如此。甘泉賦：伏鉤陳使當兵。　注：鉤陳星也。

〔九〕趙云：楚王謂安陵君曰：寡人萬歲千秋之後，誰與樂此？杜田曰：古樂府載宋陸厥臨江王節士歌曰：節士慷慨，髪上衝冠，彎弓挂若木，長劍竦雲端。此兩句上則言將軍常監軍於殿前爲宿衛，末則言將軍乃天子之節士，非特臨江王節士比也。舊注謂夔州號臨江軍，非。蓋臨江軍今屬江西，而夔州則號寧江軍也。

贈陳二補闕（近體詩）

世儒多汩没，夫子獨聲名〔一〕。獻納開東觀，君王問長卿〔二〕。皂雕寒始急，天馬老能行〔三〕。自到青冥裏，休看白髪生〔四〕。

〔一〕趙云：夫子指陳補闕。禮記：聲名洋溢乎中國。

〔二〕趙云：兩都賦序：日月獻納。

〔三〕趙云：大宛國汗血馬，謂之天馬，以其先乃天馬之種。

〔四〕趙云：楚辭載：青冥而攄虹。

贈獻納使起居田舍人（近體詩）

獻納司存雨露邊，地分清切任才賢〔一〕。舍人退食收封事，宮女開函近御筵〔二〕。曉漏追趨青瑣闥，晴窗點檢白雲篇〔三〕。揚雄更有河東賦，惟待吹噓送上天〔四〕。

〔一〕趙云：唐制，獻納使掌受封事，以獻天子，蓋取兩都賦序曰日月獻納也。論語：籩豆之事則有司存。雨露邊，則言天子施恩澤之地。此言田君之爲起居舍人，起居舍人從六品上，隸中書省，斯爲禁近矣。

〔二〕趙云：詩：退食自公。舊注引武后置理匭使，玄宗改爲獻納使，其説是在天寶九載，帝以匭聲近鬼故也。舊注又引唐以舍人、給事中知匭事，非是。蓋至德元年，方復理匭使之舊名。至寶應元年，命中書門下擇正直清白官一人知匭，以給事中、中書舍人爲理匭使。今舊注乃以中書舍人當起居舍人，以理匭使爲知匭，以寶應事當天寶，皆非。田公以起居舍人爲獻納使，故公詩有舍人字矣。

〔三〕趙云：漢宮室有青瑣門，刻爲連瑣之狀，而青塗之。點檢白雲篇，蓋言天子親昵田君如此。

〔四〕趙云：漢成帝追觀先代遺蹤，亦思欲齊其德號。揚雄以爲臨淵羨魚，不如退而結網。上自西嶽還，雄上河東賦以勸。今公自比於雄，欲有所諷諫而上河東賦，以田君爲獻納使，有吹噓之理。舊注引有薦雄者，考雄傳，薦雄時止是甘泉賦，乃附就其説。

贈翰林張四學士（近體詩）

翰林逼華蓋，鯨力破滄溟〔一〕。天上張公子，宮中漢客星〔二〕。賦詩拾翠殿，佐酒望雲亭〔三〕。紫誥仍兼綰，黄麻似六經〔四〕。内分金帶赤，恩與荔枝青〔五〕。無復隨高鳳，空餘泣聚螢〔六〕。此生任春草，垂老獨漂萍〔七〕。倘憶山陽會，悲歌在一聽〔八〕。

〔一〕趙云：又職林云：自至德後，天于召集賢學士于禁中草詔，因在翰林待進止，遂以名而置院。每在禁中，天子所在皆有待詔之所，斯爲逼華蓋矣。　滄溟，又以遊泳寬縱之地，鯨力破之，則如宗慤云願乘長風破萬里浪之破。　百家注引趙曰：天文志：華蓋所以蔽覆天帝之座。此唐上有翰林供奉，明皇初始改爲學士，置院在禁中。

〔二〕趙云：凡詩人於姓張者，得曰張公子，蓋以前漢趙皇后傳有張公子時相見；如杜牧贈張祜亦曰誰人得似張公子是也。以其在禁中，故言天上也。舊注非是。　博物志載：後漢人乘槎至天河之側，見飲牛者，使問嚴君平。嚴曰：客星犯斗牛。而公詩每作張騫爲使尋河事，蓋承用然也。如庾肩吾奉使江州船中七夕詩曰：漢使俱爲客，星槎共逐流。亦以漢使貼星槎使矣。今詩與張學士，故得用張騫事，舊注非。

〔三〕趙云：拾翠在東内大福殿東南，望雲在西内景福臺西。以其應和文章，且禮遇内宴。

【校】拾翠：百家注下有殿字。

〔四〕趙云：李肇翰林志云：凡賜與、徵召、宣索、處分曰詔，用白麻紙。慰撫、軍旅曰書，用黄麻紙。又云：南詔及清平官書用黄麻紙。　百家注引趙曰：凡拜免將相，皆用白麻，而馮鑑續事，始貞觀十一年太宗詔用黄麻紙寫詔勑文。

〔五〕趙云：楊文公談苑載：腰帶凡金、玉、犀、銀之品。自樞宰、節度使，賜二十五兩金帶。舊用荔枝、松花、御仙三品。雖是本朝名式，然稱舊用，則亦循唐故事矣。三品以荔枝爲首，本以賜樞宰、節度，今詩句則言出於殊恩，非常例故也。　謂之荔枝青，言金色之青熒也。公詩又曰：君看銀印青。

〔六〕趙云：此公自謂也。高鳳，指言張翰林。詩意蓋云：我不能更隨張翰林之高騫，而止餘泣於聚螢耳。　百家注引趙曰：舊注謂高鳳，逸民也，言翰林之貴，不復與鳳爲偶，殊無意義。豈可以人名對聚螢乎？

〔七〕趙云：此言任春時之草生幾度，更不管年華之去耳。此感慨之言，舊注非是。

〔八〕趙云：向秀思舊賦序云：與嵇康、吕安居止接近。公今所謂會字，蓋嵇、向、吕也。它日，向秀不見嵇康，作思舊賦。公今言儻憶者，正預指它日隔闊之事，意謂若以山陽之會爲可憶，則今日悲歌宜在一聽，而勿忽之也。

贈高式顔（近體詩）

趙云：高適之族姪也。見適集。

昔别是何處，相逢皆老夫〔一〕。故人還寂寞，削跡共艱虞〔二〕。自失論文友，空知賣酒壚。平生飛動意，見爾不能無〔三〕。

〔一〕趙云：是字可以對皆字，一作人，非是。

〔二〕趙云：削跡，莊子又曰：削跡捐勢。則自削藏也。削跡於衛，則人拂削其跡。今此言共艱虞，則遭人棄逐矣，此所謂寂寞也。

〔三〕趙云：魏文帝典論有論文一篇。論文最爲難事，公與李白詩云：何時一樽酒，重與細論文。則李白與公敵體，方能當之。今指高爲論文之友，則必能文者。友既相失，空知酒壚所在，不復有人可與共飲也。相如傳注云：壚者，賣酒之處。無人共飲，則亦沉滯塊處而已。忽一見高式顔，則平生飛揚轉動之意不能自已也。

沈佺期於李侍郎祭文云：思含飛動，才冠卿雲。百家注引趙曰：義當如鳥之飛，如物之動。

故武衛將軍挽歌三首（近體詩）

嚴警當寒夜，前軍落大星〔一〕。壯夫思感決，哀詔惜精靈〔二〕。王者今無戰，書生已勒銘〔三〕。封侯意疏闊，編簡爲誰青〔四〕？

右一

〔一〕趙云：軍事以嚴終，軍中謂之嚴警。

〔二〕趙云：感決，疑是敢決。蓋思其敢決邁往之氣也。或是感決，欲隨之以死。

〔三〕趙云：無戰、勒銘，言已收將軍之功而享此矣，不得蒙寵加秩而死。

〔四〕趙云：謂朝廷封侯之意已疏闊矣，則將軍無傳以書於信史，雖有編簡，爲誰而青乎？古者以竹簡寫書，凡欲書，則先殺其青，故謂之青簡。

舞劍過人絶，鳴弓射獸能。銛鋒行愜順，猛噬失蹻騰〔一〕。赤羽千夫膳，黄河十月冰〔二〕。横行沙漠外，神速至今稱〔三〕。

右二

〔一〕趙云：銛鋒，言舞劍之絶也。　猛噬，言射獸之能也。　蹻，本音巨虐切，而在唐韻又音巨嬌切。注云：驕也。

〔二〕趙云：家語：赤羽若日，白羽若月。　千夫膳，言所膳者，千兵也。

〔三〕趙云：前漢季布傳：樊噲願得十萬衆，横行匈奴中。公詩意武衛將軍止提赤羽之千兵，渡十月之冰（能）河，能横行而神速矣。兵機以速爲神。

【校】十月之冰能河：能字衍，據清刻本删。

右三

哀挽青門去，新阡絳水遥〔一〕。路人紛雨泣，天意颯風飄〔二〕。部曲精仍鋭，匈奴氣不驕〔三〕。無由覩雄略，大樹日蕭蕭！

〔一〕趙云：邵平種瓜青門外，其門在東。何以知之？蕭何傳云：平種瓜長安城東也。武衛將軍蓋絳州人，其柩歸絳，則由城東而去矣。絳水出絳山。智伯曰：絳水可以浸安邑。是已。

〔二〕趙云：杜田所引是。然曹子建本用説苑所云：鮑叔死，管仲舉上袵而哭之，泣下如雨。百家注引趙曰：詩：（漢）泣〔涕〕如雨。　杜詩詳注引趙曰：諸葛亮亡，人皆野哭。

【校】杜詩詳注所引，九家注、百家注咸作僞王洙注。

〔三〕百家注引趙曰：此言將軍之餘烈如此。

城西陂泛舟（近體詩）

趙云：此渼陂也，在鄠縣西五里。後篇有與源大少府游陂詩應爲西陂好可知也。

青蛾皓齒在樓舡，横笛短簫悲遠天〔一〕。春風自信牙檣動，遲日徐看錦纜牽〔二〕。魚吹細浪摇歌扇，燕蹴飛花落舞筵。不有小舟能蕩槳，百壺那送酒如泉〔三〕？

〔一〕趙云：宋南平王白紵舞曲曰：佳人舉袖曜青蛾。相如賦：皓齒粲爛。隋江總梅花落詩：横笛短簫悽復咽。

〔二〕趙云：古歌辭：象牙作帆檣，緑絲何萎蕤。

〔三〕趙云：槳所以隱楫之處。古詩：艇子打兩槳。酒如泉，倣左傳酒如澠之語也。

與鄠縣源大少府宴渼陂得寒字（近體詩）

應爲西陂好，金錢罄一餐。飯抄雲子白，瓜嚼水精寒〔一〕。無計迴舡下，空愁避酒難。主人情爛漫，持答翠琅玕〔二〕。

〔一〕趙云：雲子，指言菰米飯也。西陂中則有菰矣。宋玉云：主人女炊香菰之飯。惟菰米之香滑潔白，然後足以當雲子之譬。或曰：菰米本黑，不白也。然公詩有云秋菰爲黑穟，精鑿成白粲，則春之精乃白矣。雲子，出漢武帝内傳。薛蒼舒所引是，舊注非。

〔二〕趙云：情爛漫，蓋情多之意。持答翠琅玕，意以篇什當之也。

崔駙馬山亭宴集（近體詩）

蕭史幽棲地，林間踏鳥毛〔一〕。洑流何處入，亂石閉門高〔二〕。客醉揮金椀，詩成得繡袍〔三〕。清秋多宴會，終日困香醪。

〔一〕趙云：蕭史，秦女弄玉之壻，故得以言駙馬。

〔二〕趙云：皆言其幽棲。

〔三〕趙云：醉揮金椀，詩得繡袍，皆富貴家事。揮者，棄也。既醉而遂以金椀與之。史有揮橐金者。又，戴暠詩云：揮金留客坐。乃此詩揮金椀之義。武后使東方虯、宋之問賦詩，先成者得錦袍，亦此得繡袍之謂。舊注所引非是，蓋詩意不在此。

陪諸貴公子丈八溝攜妓納涼晚際遇雨二首（近體詩）

落日放舡好，輕風生浪遲。竹深留客處，荷淨納涼時〔一〕。公子調冰水，佳人雪藕絲〔二〕。片雲頭上黑，應是雨催詩〔三〕。

右一

〔一〕趙云：自梁簡文帝來，皆有納涼詩，而陳徐陵詩句有曰：納涼高樹下。簡文帝晚景納涼詩曰：鳥棲星欲見，荷淨月應來。

〔二〕趙云：貴家有以蜜或乳糖伴雪而食者，冰水言調，豈亦用香美之物調和之乎？不然，觸冰爲水爲戲耳。雪藕絲，蓋雪斷之雪。此是方言。如家語，則後人所謂洗雪之雪者矣，非此之謂。

〔三〕趙云：此蓋以爲戲也。雨甚，當速歸，而詩不了，則黑雲將欲爲雨以催之矣。東坡嘗使：纖纖入麥黄花亂，颯颯催詩白雨來。

雨來霑席上，風急打舡頭〔一〕。越女紅裙溼，燕姬翠黛愁〔二〕。纜侵堤柳繫，幔卷浪花浮〔三〕。歸路翻蕭颯，陂塘五月秋〔四〕。

右二

〔一〕趙云：涅槃經云：風雨所打。亦是方言，蓋江南有謂之打頭風者也。

〔二〕趙云：越女、燕姬，蓋枚乘七發云：越女侍側，齊姬奉後。而鮑明遠舞鶴云燕姬色沮，巴童心恥也。

〔三〕趙云：急雨當避，進舟於岸傍，故侵堤柳而繫纜也。下句幔卷於浪花浮之間，蓋雨景中看之也。卷字與梁簡文帝納涼詩珠簾影空卷及王勃珠簾暮卷西山雨之卷同。

〔四〕趙云：必著稱月者，以當五月炎天而遂成秋爲可記録。范元實詩眼嘗論其類此者。百家注引趙曰：必稱月也，以當五月炎天，而遂成秋，蓋公句法也。

陪李金吾花下飲（近體詩）

勝地初相引，徐行得自娱〔一〕。見輕吹鳥毳，隨意數花鬚〔二〕。細草稱偏坐，香醪懶再沽〔三〕。醉歸應犯夜，可怕李金吾〔四〕。

〔一〕趙云：徐行所以對勝地，其作余行，非。

〔二〕趙云：吹鳥毳、數花鬚，所以自娱。

〔三〕趙云：稱字去聲。如公嘗使偏勸腹腴愧年少、漁父忌偏醒、驥病思偏秣之義。此飲酒闌珊而歇於細草之上，惟其偏可於此坐，則不思起矣，雖酒盡亦懶再沽也。朱鶴齡輯注杜工部詩集引趙曰：偏坐，言偏宜於此坐也。

〔四〕趙云：此戲李金吾也。王褒洞簫賦云：頌有醉歸之歌。犯夜，亦有所載，世説云：王安期作東海，吏録犯夜人至。王問何處來？云從師受書還，不覺夜。王曰：鞭撻甯越以立威名，恐非致化之本。使吏送歸其家。薛夢符所引李廣霸陵事，非。言可怕，則不怕之也。與可憚、可但、可能之可同。

九日曲江（近體詩）

綴席茱萸好，浮舟菡萏衰〔一〕。季秋時欲半一作百年秋已半，九日意兼悲〔二〕。江水清源曲，荆門此路疑〔三〕。晚來高興盡，摇蕩菊花期〔四〕。

〔一〕趙云：西京雜記：九月九日佩茱萸，食〔蓬〕餌，飲菊花酒，云令人長壽。蓋傳自古，莫知其由。今學者但知費長房教恆景避災厄，令舉家縫茱萸囊繫臂事，而（又）〔引〕風土記所云，是不知本始也。

【校】食餌：漢魏叢書本西京雜記作食蓬餌。　而又風土記所云：清刻本又作引。

〔二〕趙云：一作之句無義。

〔三〕趙云：按劇談録：曲江本秦時隑州。隑即碕字，互依切。唐開元中，疏鑿爲勝景。南即紫雲樓、芙蓉苑；西即杏園、慈恩寺。花卉環列，煙水明媚。都人遊賞，盛於中和上巳節。九域志載：江陵府古跡有落帽臺，乃龍山矣。今言在曲江作重九，而疑是龍山，故曰：荆門此路疑。

〔四〕趙云：此言日晚興盡，則菊花期約又在明年今日焉。斯爲摇蕩矣。殷仲文九井作詩：獨有清秋日，能使高興盡。

虢國夫人（近體詩）

【校】一作張祜詩。

虢國夫人承主恩，平明上馬入金門。却嫌脂粉涴顔色，澹掃蛾眉朝至尊。

乙帙卷之一

春望（近體詩）

國破山河在，城春草木深。感時花濺淚，恨別鳥驚心〔一〕。烽火連三月，家書抵萬金〔二〕。白頭搔更短，渾欲不勝簪〔三〕。

〔一〕趙云：謝靈運有感時賦。或者謂花名感時花，鳥名恨別鳥，不亦穿鑿乎？

〔二〕趙云：考此詩作於天寶十五載之正月，蓋安禄山反於十四載之十月，至是則烽火連三月。惟其烽火連三月，所以家書抵萬金。此詩人之語爲有法也。今學者每見家書，遂以此句爲辭，非也。

〔三〕趙云：公時四十五歲，故得以白頭爲言。如鮑照行路難云：白髮零落不勝冠。

白水縣崔少府十九翁高齋三十韻天寶十五載五月作（古詩）

趙云：謝玄暉在宣城日，有郡内高齋閑坐答吕法曹詩一首，則高齋兩字起於此，故公取以名題。

客從南縣來，浩蕩無與適〔一〕。旅食白日長，況當朱炎赫〔二〕。高齋坐林杪，信宿遊衍闐〔三〕。清晨陪躋攀，傲睨俯峭壁〔四〕。崇岡相枕帶，曠野懷咫尺〔五〕。始知賢主人，贈此遺愁寂。危階根青冥，曾冰生淅瀝〔六〕。上有無心雲，下有欲落石。泉聲聞復息，動靜隨所激。鳥呼藏其身，有似懼彈射。吏隱適情性，茲焉其窟宅〔七〕。白水見舅氏，諸公乃仙伯〔八〕。杖藜長松陰，作尉窮谷僻〔九〕。爲我炊雕胡，逍遥展良覿〔一〇〕。坐久風頗怒，晚來山更碧。相對十丈蛟，欻翻盤渦拆。何得空裏雷，殷殷尋地脈〔一一〕。煙氛靄崷崒，魍魎森慘戚〔一二〕。崑崙崆峒巔，回首如不隔。前軒頹反照，巉絶華嶽赤〔一三〕。兵氣漲林巒，川光雜鋒鏑。知是相公軍，鐵馬雲霧積〔一四〕。玉觴淡無味，胡羯豈强敵？長歌激屋梁，淚下流衽席〔一五〕。人生半哀樂，天地有順逆。慨彼萬國夫，休明備征狄〔一六〕。猛將紛填委，廟謀畜長策〔一七〕。東郊何時開？帶甲且未釋〔一八〕。欲告清宴罷，難拒幽明迫〔一九〕。三歎酒食傍，何由似平昔〔二〇〕。

〔一〕趙云：浩蕩，悠遠不定止之貌，如浩蕩乘滄溟之義。

〔二〕趙云：魏文帝與吴質書有：旅食南館。梁元帝纂要：夏曰朱夏、炎夏。

〔三〕趙云：信宿遊衍闐，言於高齋已再宿矣，而未嘗得遊歷也。

〔四〕趙云：曹子建贈白馬王彪云：清晨發皇邑。

〔五〕趙云：詩：率彼曠野。言野雖曠遠，而懷之若咫尺也。

〔六〕百家注引趙曰：青冥者，青雲杳冥之際。楚辭：據青冥而攄虹。

〔七〕趙云：汝南先賢傳：鄭欽吏隱於蟻陂之陽。

〔八〕趙云：詩：我見舅氏。既見舅氏，又相遇諸公，皆仙伯也。此因上句吏隱引起此語。

〔九〕趙云：劉琨詩：繫馬長松下。

〔一〇〕趙云：雕胡，菰米也，爲飯極滑。宋玉風賦曰：主人之女爲臣炊彫胡之飯，露葵之羹，求勸臣食也。

〔一一〕趙云：忽聞雷聲，不知起於何處，故怪之。於此辨其殷殷之聲，而尋地脈所在，此亦詩人在南山之陽、南山之側、南山之下之理。蒙恬傳：城塹萬餘里，此其中不能無絶地脈哉。

〔一二〕趙云：煙氛，山之氣。嵳峷，山之狀。魍魎，山中之物。左傳云：入山不逢不若，螭魅魍魎，莫能逢旃。藹嵳峷，以煙氛之氣所冒，藹藹然也。森慘戚，以在煙氣之間，聞雷聲而然也。森，以言其多矣。峷，音才律切。

〔一三〕趙云：爾雅曰：落光反照於東，謂之反景。劍閣銘云：太行玄門，豈云巉絶。

〔一四〕趙云：相公，指言哥舒翰。題下本注云天寶十五載五月作，乃哥舒翰守潼關時。按翰傳：天寶十四載，禄山反，帝召翰，拜太子先鋒兵馬元帥，守潼關。明年，進拜尚書左僕射同中書門下平章事，故云相公軍也。

〔一五〕趙云：黄香天子頌曰：獻萬年之玉觴。黄庭内景經：淡然無味。言至尊旰食，雖御酒而無味，然有相公之軍，胡羯亦不足敵。詩人念王之憂，而寬之之語也。宋玉神女賦：日朝出照屋梁。

【校】自黄庭内景經至不足敵，百家注、分類集注作本中曰，分門集注作徐曰，十家注與九家注同。日朝出照屋梁：影胡刻本文選作：若白日初出照屋梁。

〔一六〕趙云：言禄山之禍起於不測，方天下休明之際，而乃備征狄也。左傳：王孫滿云：德之休明。

〔一七〕趙云：賈誼：振長策而馭宇內。舊注引匈奴傳在後矣。

〔一八〕趙云：東郊，指言潼關，以其在長安之東，故曰東郊。

〔一九〕趙云：幽明迫，所未深解。豈言夜已盡而曉逼之耶？此亦東坡所謂未必全好者矣。

〔二〇〕趙云：借用閻没女寬，當饋而三嘆。今公所歎，歎其不若往日太平之時也。

白水明府舅宅喜雨得過字　（近體詩）

吾舅政如此，古人誰復過？碧山晴又濕，白水雨偏多。精禱既不昧，歡娛將謂何？湯年旱頗甚，今日醉絃歌。

沙苑行　（古詩）

君不見左輔白沙如白水，繚以周牆百餘里〔一〕。龍媒昔是渥洼生，汗血今稱獻於此。苑中騋牝三千匹，豐草青青寒不死。食之豪健西域無，每歲攻駒冠邊鄙〔二〕。王有虎臣司苑門，入門天廄皆雲屯。驌驦一骨獨當御，春秋二時歸至尊〔三〕。至尊內外馬盈億，伏櫪在坰空大存〔四〕。逸羣絶足信殊傑，倜儻權奇難具論〔五〕。纍纍塠阜藏奔突，往往坡陀縱超越〔六〕。角壯翻同麋鹿遊，浮深簸蕩黿鼉窟〔七〕。泉出巨魚長比人，丹砂作尾黄金鱗。豈知異物同精氣，雖未成龍亦有神〔八〕。

〔一〕趙云：沙苑，在同州，於昔爲馮翊郡。州有白水縣，以其水白名之。沙苑之沙白，正如水之白，取本處事以譬之。

〔二〕趙云：蓋言寒時草當死，而沙苑之地宜草，雖寒時而不死也。以之食馬，則豪健焉，雖西域出馬之地亦無此豪健也。舊注引非是。

〔三〕趙云：虎臣所掌之馬雖多，而其中唯驌驦一種之骨充御，故一年之中春秋兩次進之。舊注引非是。

〔四〕趙云：言櫪中坰外空大存之，而不如驌驦之貴也。杜詩詳注引趙曰：空大存，言櫪中坰外，其數空存，不如苑馬之神駿也。

〔五〕趙云：謝靈運入彭蠡湖口詩：風潮難具論。

【校】驌驦之貴：百家注貴作駿異。

〔六〕趙云：蓋言沙苑之地，高者埠阜，則馬之奔突可藏；稍峻處坡陀，則馬乃能超越之。以馬適性且材健也。百家注引趙曰：文選：淩邁超越。

【校】以馬適性：百家注作：以美馬適性。

〔七〕趙云：言馬之角鬬，其壯可與麋鹿並其能，以麋鹿善走險故也。言馬浴時，浮於深處，直至摇動黿鼉穴，又因以見其多也。舊注引非是。

〔八〕趙云：書：不貴異物。易：精氣爲物。龍或魚所化，或馬所爲，故異物同精氣也。句接浮深之下，則沙苑之側有水，正馬之浴處，而水中有是魚也。舊注乃引禁原蠶事，非是。惜乎圖志不載，幸於公詩是之。

三川觀水漲二十韻

天寶十五年七月中避寇時作　（古詩）

趙云：此篇即事體物之詩，句法雄渾，讀之者見漲川之足駭矣。作當避寇時，故有反懼江海覆與何時通舟車之句，又憂及中林士也。

我經華原來，不復見平陸。北上惟土山，連天走窮谷〔一〕。火雲無時出，飛電常在目〔二〕。自多窮岫雨，行潦相豗蹙。蓊匌川氣黄，羣流會空曲〔三〕。清晨望高浪，忽謂陰崖踣〔四〕。恐泥竄蛟龍，登危聚麋鹿〔五〕。枯查卷拔樹，礧磈共充塞〔六〕。聲吹鬼神下，勢閲人代速〔七〕。不有萬穴歸，何以尊四瀆〔八〕。及觀泉源漲，反懼江海覆。漂砂圻岸去，漱壑松柏禿〔九〕。乘淩破山門，迴斡裂地軸〔一〇〕。交洛赴洪河，及關豈信宿。應沉數州没，如聽萬室哭。穢濁殊未清，風濤怒猶蓄。何時通舟車？陰氣不黲黷〔一一〕。浮生有蕩汩，吾道正羈束〔一二〕。人寰難容身，石壁滑側足。雲雷此不已，艱險路更跼。普天無川梁，欲濟願水縮〔一三〕。因悲中林士，未脱衆魚腹。舉頭向蒼天，安得騎鴻鵠〔一四〕。

〔一〕趙云：選詩：夕陰曖平陸。又：飛鞍曖平陸。左傳云深山窮谷也。

[二] 趙云：夏雲謂之火雲，出隋盧思道納涼賦云：陽風洪其長扇，火雲赫而四舉。

[三] 趙云：蓊匌，則氣之蓊鬱匌匝之貌。鮑照芙蓉賦：繞金渠之空曲。大抵空虛曲折處耳。

[四] 趙云：曹子建贈白馬王彪云：清晨發皇邑。郭璞詩：高浪駕蓬萊。馬季長長笛賦云：惟籦籠之奇生兮，于終南之陰崖。

[五] 趙云：恐泥，出論語。江賦：狖玃登危而雍容。

[六] 趙云：查，音鋤加切，水中浮木也。字書：礧磈，石也。

[七] 趙云：吹鬼神下，言其聲之吼。勢閲人代速，言其流之疾。

[八] 趙云：公之詩，作於亂離之中，意在衆所歸往，以尊王也。

[九] 趙云：圻岸去，謝靈運：圻岸屢崩奔。

[一〇] 趙云：謝惠連詠牛女詩：傾河易回斡。而梁簡文帝晚春賦云：嗟時序之回斡。

[一一] 趙云：以川漲泛濫，故舟車不通。今句之義，問何時得水落而舟車可通，(耳)〔且〕陰氣開朗而不黲黷以爲雨也。

【校】耳：百家注作且，是。百家注引趙曰：選有：上慘下黷。

[一二] 趙云：鮑照云：浮生旅昭代。孔子云：吾道其非邪？蕩汩，汩有兩音：一音古忽切，治也，又汩没也；一音越律切，水流也。選有澥汩，又有減汩。今言水之蕩汩，當從越律之音。

[一三] 趙云：普天無〔川〕梁，欲濟願水縮，此使魏文帝欲濟河無梁一句中字也。

[一四] 趙云：亦如陸士衡擬西北有高樓云：思駕歸鴻羽。

哀王孫（古詩）

長安城頭頭白烏，夜飛延秋門上呼。又何人家啄大屋，屋底達官走避胡〔一〕。金鞭斷折九馬死，骨肉不待同馳驅。腰下寶玦青珊瑚，可憐王孫泣路隅。問之不肯道姓名，但道困苦乞爲奴〔二〕。已經百日竄荆棘，身上無有完肌膚。高帝子孫盡龍準，龍種自與常人殊〔三〕。豺狼在邑龍在野，王孫善保千金軀〔四〕。不敢長語臨交衢，且爲王孫立斯須。昨夜東一作春風吹血（醒）〔腥〕，東來橐駝滿舊都〔五〕。朔方健兒好身手，昔何勇鋭今何愚〔六〕。竊聞天子已傳位，聖德北服南單于。花門剺面請雪恥，慎勿出口他人狙〔七〕。哀哉王孫慎勿疏，五陵佳氣無時無〔八〕。

【校】吹血醒：清刻本醒作腥。　今按吹血醒無義，當從清刻本作吹血腥。

〔一〕趙云：頭白烏號，不祥也。天寶十五載六月辛卯，禄山陷潼關，京師大駭。甲午，詔親征。明皇幸蜀，從延秋門出。門在禁苑之西面左邊，而禁苑在宮城之北。烏號於延秋門上，暗言乘輿既出矣，公卿寧不逃避耶？故烏又啄大屋，屋底達官走避胡也。或謂頭舊作頸，蓋烏無頭白者。

〔二〕趙云：齊建安王子真被誅，入牀下叩頭乞爲奴贖死，不從。河東王鉉聞收，欣然曰：死生，命也。終不效建安乞爲奴而不得，仰藥而死。

〔三〕趙云：隋文帝子勇，勇子儼，雲昭訓所生，乃雲定興女。文帝嘗曰：皇太孫何謂生不得其地？定興奏曰：天生龍種，所以因雲而出。

〔四〕趙云：陸士衡云願保金石軀也。而千金軀字，又用沈約雜詩云：坐喪千金軀。

〔五〕趙云：東風，應是東方之風。風，非言春也。

〔六〕趙云：曹元首六代論有：身手不能相使。

〔七〕趙云：是時回紇有助順之心，故戒王孫勿出口於他人而狙往也。按廣平王俶爲天下兵馬元帥，郭子儀副之，以朔方、安西、回紇、大食兵討安慶緒，在至德二載之閏八月。則公作此詩時，回紇初有助順之請，而剺面者，刀剺割其面皮。蠻夷感恩而或喜或悲者，多然。

〔八〕趙云：戒之以當更相收拾而勿遂疏外。王孫，蓋皆前朝諸帝之子孫，故使五陵以見之。後漢：（王）〔蘇〕伯阿望春陵城曰：氣佳哉！鬱鬱葱葱〔然〕。公之望本朝掃除妖氛復興盛也如此。佳氣連兩字，張正見芳樹詩：春浮佳氣裏，葉映彩雲前。

九日藍田崔氏莊（近體詩）

老去悲秋强自寬，興來今日盡君歡〔一〕。羞將短髮還吹帽，笑倩傍人爲正冠〔二〕。藍水遠從千㵎落，玉山高並兩峯寒〔三〕。明年此會知誰健？醉把茱萸子細看。

〔一〕趙云：列子載孔子歎榮啓期曰：善乎，能自寬者也。宋鮑照詩云：酌酒小自寬。王維詩亦云酌酒與君君自寬也。

〔二〕趙云：借用李下不正冠也。

〔三〕趙云：藍水、玉山，乃藍田之山水。考之水經：灞水，古滋水也，亦名藍谷水。有白馬谷水、勾牛谷水、圍谷水、輞谷水、傾谷水、蓼子澗水等合入之，故曰遠從千澗落。藍田山出玉，亦名玉山。述征記曰：山形如覆車之象。故又名覆車山。

崔氏東山草堂（近體詩）

愛汝玉山草堂靜，高秋爽氣相鮮新。有時自發鐘磬響，落日更見漁樵人。盤剥白鴉谷口栗，飯煮青泥坊底芹〔一〕。何爲西莊王給事，柴門空閉鎖松筠〔二〕。

〔一〕趙云：考藍田地理，魏置青泥軍於柳城内，俗謂之青泥城，此所謂青泥坊也。志雖不載白鴉谷，應是相近地名。

〔二〕趙云：落句及王摩詰者，蓋輞谷在藍田縣，謂之西莊，則在崔氏草堂之西也。唐書鄭虔傳：安禄山反，遣張通儒劫百官置東都云云。後賊平，與張通（儒）、王維並囚宣陽里。而王維傳止云：賊平，皆下獄。則今公詩注所謂禁在東山北寺者，初劫置時也。至囚宣陽里者，下獄時也。此詩追言天寶十四載十一月安禄山陷東京事。

悲陳陶（古詩）

孟冬十郡良家子，血作陳陶澤中水。野曠天清無戰聲，四萬義軍同日死〔一〕。羣胡歸來血洗箭，仍唱胡歌飲都市。都人迴面向北啼，日夜更望官軍至一作前後官軍苦如此〔二〕。

〔一〕趙云：東坡先生嘗言悲陳陶云：四萬義軍同日死。此房琯之敗也。唐書作陳濤斜，未知孰是。時琯既敗，猶欲持重有所伺，而中人邢延恩促戰，遂大敗，故次篇悲青坂云：焉得附書與我軍，忍待明年莫倉卒。先生之說如此。按至德元載十月辛丑，房琯遇賊將安守忠於盛陽之陳濤斜，琯用車戰，官軍死者四萬餘人。則先生之說明矣。　四萬義軍同日死，語用庾信哀江南賦：百萬義軍，一朝卷甲。

〔二〕趙云：羣胡歸來血洗箭，句法好處，正在血洗箭三字，蓋言洗箭上之血也。如東坡韓幹馬詩云：最後一匹馬中龍，不嘶不動尾摇風。又薄酒篇云：五更待漏靴滿霜。皆此格也。蔡伯世却取一作云雪洗箭，非是。四句言朔方、安西、回紇、大食兵相助討賊，然夷狄之性不無残擾，故房琯雖喪軍矣，而都人之心不願胡兵討賊，只望官軍至也。　此一句，其字語蓋用項伯爲漢王語項羽曰：日夜望將軍至，何敢反邪！此亦模倣依倚之勢。一云：前後官軍苦如此。此句難解，豈若正句之又有據邪？　集千家注杜工部詩集引趙曰：羣胡指朔方、安西、回紇、大食兵，相助討賊。

悲青坂（古詩）

趙云：前篇悲陳陶，則辛丑之敗也。此篇悲青坂，則乃癸卯之敗矣。青坂應與陳陶斜之地不相遠也。

我軍青坂在東門，天寒飲馬太白窟。黄頭奚兒日向西，數騎彎弓敢馳突〔一〕。山雪河冰野蕭瑟，青是烽烟白人骨〔二〕。安得附書與我軍，忍待明年莫倉卒〔三〕？

〔一〕趙云：太白，山名。飲馬太白窟五字，亦倣飲馬長城窟、飲馬韓山窟之勢也。以兩敗後，各散而歸，所以言日向西。其餘數騎猶敢馳突，以言其暴掠不改也。公於北征之言回紇，又曰：其王願助順，其俗喜馳突。

〔二〕趙云：烽燧，寇至之候。青是烽煙，則寇警方盛也。白人骨，則戰死之多也。

〔三〕趙云：舊注載王深父云：孔子行三軍好謀而成。謀之未全而敢戰，所以速敗。深父之説如此。按，房琯之戰，初以十月庚子，軍次便橋。亥丑中軍、北軍遇賊陳陶斜，戰不利。琯欲持重，而牽於邢延恩所促戰，故敗。苟見其軍之不利，於此敦陣整旅，堅壁以待，可也。而癸卯率南軍復戰，遂大敗。則公此詩忍待明年之戒，所以重傷之也。

對雪（近體詩）

戰哭多新鬼，愁吟獨老翁〔一〕。亂雲低薄暮，急雪舞迴風〔二〕。瓢棄樽無緑，爐存火似紅〔三〕。數州消息斷，愁坐正書空〔四〕。

〔一〕趙云：借左氏新鬼大也。

〔二〕趙云：爾雅：回風謂之飄。而楚辭有悲回風之篇。

〔三〕趙云：酒謂之醽醁，亦曰緑酒，故沈休文云：憂來命緑樽。

〔四〕趙云：前歲十一月，安禄山反，首陷河北諸郡。今歲十二月又陷東京，此之謂也。殷浩書空作咄咄怪事四字也。

月夜（近體詩）

今夜鄜州月，閨中只獨看〔一〕。遥憐小兒女，未解憶長安〔二〕。香霧雲鬟濕，清輝玉臂寒〔三〕。何時倚虚幌，雙照淚痕乾〔四〕？

〔一〕百家注引趙曰：天寶十五載夏五月，公以家避亂鄜州。秋八月，挺身赴朝廷，獨轉陷賊中。閨中，指其家也。公在賊中而懷鄜州耳。

〔二〕趙云：蓋言兒女在鄜州不能念長安之如何，與公之在賊中消息也。此暗使晉明帝事。帝幼而聰哲，爲元帝所寵異。數歲，嘗坐置膝前。屬長安使來，因問帝曰：汝謂日與長安孰遠？對曰：長安近，不聞人從日邊來，居然可知也。元帝異之。明日，宴羣臣，又問。對曰：日近。元帝失色，曰：何乃異昨日之言乎？對曰：舉頭則見日，不見長安。今公於月夜詩而使日事之意，以寓其兒女不解憶長安，可不謂之奇乎？又以小兒女對憶長安，非老手莫能也。

〔三〕趙云：兩句成閨中獨看之語。香霧所浥，則雲鬟濕，以其上承之故也。清輝所照，則玉臂寒，蓋必倚闌憑軒而看故也。

〔四〕趙云：江文通擬王徽詩：（練）〔鍊〕藥矚虚幌。雙照字，以言月照其夫婦相會之時也。或者謂止是言兩目之淚，既得還家，則不復有淚，故月照其雙乾耳。夫淚言雙固是常語，公詩有云：封書兩行淚。又云：亂後故人雙别淚。又云：故憑錦水將雙淚、寂寂繫舟雙下淚。此則皆言兩目之淚。而今詩句法乃云雙照淚痕，則主言照二人淚痕乾矣。

【校】擬王徽：影胡刻本文選作擬王微。　練藥：胡刻本作鍊藥。

遣興（近體詩）

驥子好男兒，前年學語時。問知人客姓，誦得老夫詩。世亂憐渠小，家貧仰母慈。鹿門攜不遂，雁足繫難期一作：鹿門攜有處，鳥道去無期〔一〕。天地軍麾滿，山河戰角悲。儻歸免相失，見日敢辭遲。

〔一〕趙云：此蓋公獨轉陷賊中而書信不通矣。若用一云鹿門攜有處，鳥道去無期之句，對鳥道，則公尚未得脱身歸鄜州也。鳥道，言其嶮窄。離長安而趨鄜，乃由鳥道矣。

乙帙卷之二

元日寄韋氏妹（近體詩）

趙云：此至德二載之元日，時公四十六歲。春猶在賊。

近聞韋氏妹，迎在漢鍾離。郎伯殊方鎮，京華舊國移〔一〕。春城回北斗，郢樹發南枝〔二〕。不見朝正使，啼痕滿面垂〔三〕。

〔一〕趙云：鍾離，在漢乃九江郡之縣也，在唐爲濠州。郎伯殊方鎮，言作牧於鍾離也。京華舊國，言長安也。移，則以禄山之亂而奔移也。莊子云：殊方偏國。又云舊國、舊都，望之暢然。

〔二〕趙云：長安城如斗，故曰北斗城。而九江郡古屬揚州，爲楚地也。方春回於北斗城之時，乃樹木發南枝於郢地之日。以紀元日，且見公在長安而妹在鍾離也。越鳥巢南枝，非專指梅，蓋鬼仙詠紅梅詩云：南枝向暖北枝寒。自是近事耳。吴邁遠樂府詩云：春城起風色。郢者，楚郢之郢。

〔三〕趙云：不見朝正使，以重紀亂離，四方之使隔絶也。

蘇端薛復筵簡薛華醉歌（古詩）

文章有神交有道，端復得之名譽早。愛客滿堂盡豪傑，開筵上日思芳草〔一〕。安得健步移遠梅，亂插繁花向晴昊。千里猶殘舊冰雪，百壺且試開懷抱〔二〕。垂老惡聞戰鼓悲，急觴爲緩憂心擣〔三〕。少年努力縱談笑，看我形容已枯槁〔四〕。座中薛華善醉歌，歌辭自作風格老〔五〕。近來海内爲長句，汝與山東李白好。何劉沈謝力未工，才兼鮑照愁絶倒。諸生頗盡新知樂，萬事終傷不自保〔六〕。氣酣日落西風來，願吹野水添金杯。如澠之酒常快意，亦知窮愁安在哉〔七〕！忽憶雨時秋井塌，古人白骨生青苔，如何不飲令心哀！

〔一〕趙云：謝靈運擬王粲詩曰：愛客不告疲。書曰：正月上日。孔安國注曰：上日，朔日也。故玉燭寶典以正月一日爲上日。

〔二〕趙云：詩：清酒百壺。莊子云：肌膚若冰雪。選有：歡娱寫懷抱。

〔三〕趙云：謝靈運擬（王粲）〔陳琳〕詩云：急觴盪幽默。

【校】擬王粲：影胡刻本文選作擬陳琳。

〔四〕趙云：吴越春秋：越人之歌曰：行行各努力。

〔五〕趙云：世説：李元禮風格秀整。

〔六〕趙云：梁柳惲江南曲云：不道新知樂，空言行路難。又沈約秋夜詩云新知樂如是，久要詎相聞也。阮籍詠懷詩云：一身不自保，何況戀妻子。嘗論此篇含蓄，意思尤在兩句。蓋自座中薛華善醉歌至才兼鮑照愁絶倒，言文章有神也，此兩句言交有道也。世人不知惟舊之可求，而樂乎新知，然臨利害、處患難，則我亦不能自保其可託矣。此爲可傷也。

〔七〕趙云：虞卿因窮愁而著書。阮籍詠懷云：簫管有遺音，梁王安在哉！

送率府程録事還鄉程攜酒饌相就取别（古詩）

鄙夫行衰謝，抱病昏妄集〔一〕。常時往還人，記一不識十。程侯晚相遇，與語才傑立。薰然耳目開，頗覺聰明入〔二〕。千載得鮑叔，末契有所及。意鍾老柏青，義動修蛇蟄。若人可數見，慰我垂白泣〔三〕。生别無淹晷，百憂復相襲。内愧突不黔，庶羞以賙給。素絲挈長魚，碧酒隨玉粒。途窮見交態，世梗悲路澀。東風吹春水，泱莽后土濕。念君惜羽翮，既飽更思戢〔四〕。莫作翻雲鶻，聞呼向禽急〔五〕。

〔一〕趙云：論語：鄙夫問於我。

〔二〕趙云：莊子：薰然慈仁謂之君子。

〔三〕趙云：杜欽傳：（紀）〔紅〕陽侯與欽子業書曰：誠哀老姊垂白。注，師古曰：垂白者，言白髮下垂也。

【校】紀陽侯：清刻本作紅陽侯，是。

〔四〕趙云：昔人言鷹曰：饑則附人，飽則飛去。今云惜羽翮，則飽而不復飛往也。

〔五〕趙云：末句則又戒之以莫聞人之所呼而急於向禽，則又以終惜羽翮之義。

憶幼子（近體詩）

驥子春猶隔，鶯歌暖正繁〔一〕。別離驚節換，聰惠與誰論〔二〕？澗水空山道，柴門老樹村〔三〕。憶渠愁只睡，炙背俯晴軒。

〔一〕趙云：鶯歌，應以其能歌俚詩，遂名之曰鶯歌也。

〔二〕趙云：公凡言此三，如世事與誰論、妙絶與誰論。

〔三〕趙云：指言鄜州寄家之地。公押村字有：愚公野谷村，月挂客愁村，與此老樹村，皆匠立村名之語。

一百五日夜對月（近體詩）

無家對寒食，有淚如金波〔一〕。斫却月中桂，清光應更多〔二〕。仳離放紅蕊，想像嚬青蛾〔三〕。牛女漫愁思，秋期猶渡河〔四〕。

〔一〕趙云：史記：馮驩（穆以金波）彈劍鋏而歌曰：長鋏歸來兮，胡爲乎無家。如載記慕容熙傳：使有司按驗，哭者有淚以爲忠孝，無則罪之。時公寄家鄜州，而身陷賊中，此所以歎其無家。金波，月也。

【校】穆以金波：清刻本無此四字，爲衍文。

〔二〕趙云：上句暗使吴剛事，語意又暗使徐孺子之意。酉陽雜俎載云：月桂高五百丈，有一人常斫之。姓吴，名剛，學仙道有過，謫令伐樹，隨創隨合。雖是杜公之後段成式所撰，而傳者舊矣。徐孺子年九歲，嘗月下戲。人語以月中無物，當極明。徐曰：不然，譬如人眼中有瞳子，無此必不明。或云此句以興姦邪蔽人主之明。當時楊國忠已死，明皇左右别無姦邪。而杜鴻漸、崔冕之徒，乃至勸太子即位，尊爲太上皇，則姦邪者其崔、杜之謂乎？雖未必然，而無害於義。

〔三〕趙云：中谷有蓷篇：有女仳離。此亦離也，音匹婢切，言夫婦之失道而離。公因其夫婦離隔，遂借用耳。謝惠連詩謂謝靈運亦曰：哲兄感仳别，相送越林坰。屈原遠遊賦：思故舊以想像。紅蕊，言寒食時花也。簡文帝列燈賦云：競紅蕊之晨舒。今公詩作於無家之際，言女方值仳離而花發，則亦愁寂而已，可想見其嚬也。舊作青蛾，當爲青娥，翠眉之謂也。公詩有云：青蛾皓齒在樓船。宋南平王白紵舞曲曰：佳人舉袖曜青蛾。李賀夜坐吟有云：鉛華笑妾顰青蛾。却使杜公字也。

〔四〕趙云：公因月夜所感，故起二星相聚之興，言二星離而終聚，其在我未知其何如耳。漫，則以不必愁思，蓋猶有渡河之期。事出齊諧記曰：桂陽城武丁者，有仙道，常在人間。忽謂其弟曰：七月七日織女渡河，諸仙悉還宫。吾已被召，不得停，與爾别矣！弟問：織女何事渡河？兄何當還？答曰：織女暫詣牽牛。吾去後三千年當還耳。明日失武丁所在。詩：將子無怒，秋以爲期。

雨過蘇端端置酒（古詩）

雞鳴風雨交，久旱雨亦好〔一〕。杖藜入春泥，無食起我早〔二〕。諸家憶所歷，一飯跡便掃。蘇侯得數過，歡喜每傾倒。也復可憐人，呼兒具梨棗。濁醪必在眼，盡醉攄懷抱。紅稠屋角花，碧委牆隅草。親賓絶談謔，喧鬧慰衰老。況蒙霈澤垂，糧粒或自保〔三〕。妻孥隔軍壘，撥棄不擬道〔四〕。

〔一〕趙云：言天欲明而有風雨交會也。

〔二〕趙云：莊子：吾無糧，吾無食。

〔三〕趙云：天雨霈澤，必成豐年，可保糧粒矣。阮籍詠懷云：一身不自保，何況戀妻子。今於糧粒或自保之。下言妻孥隔軍壘，亦使此矣。

〔四〕趙云：撥棄不擬道，亦自淵明撥置且莫念之變也。魏文帝雜詩云：棄置勿復陳。曹子建詩：去去莫復道。

塞蘆子（古詩）

五城何迢迢，迢迢隔河水。邊兵盡東征，城内空荆杞。思明割懷衛，秀巖西未已。迴略大荒來，崤函蓋虛爾。延州秦北户，關防猶可倚。焉得一萬人，疾驅塞蘆子。岐一作頃有薛大夫，旁制山賊起。近聞昆戎徒，爲退三百里。蘆關扼兩寇，深意實在此。誰能叫帝閽，胡行速如鬼。

哀江頭（古詩）

少陵野老吞聲哭，春日潛行曲江曲。江頭宫殿鎖千門，細柳新蒲爲誰緑〔一〕？憶昔霓旌下南苑，苑中萬物生顔色〔二〕。昭陽殿裏第一人，同輦隨君侍君側〔三〕。輦前才人帶弓箭，白馬嚼齧黄金勒〔四〕。翻身向天仰射雲，一笑正墜雙飛翼〔五〕。明眸皓齒今何在？血污遊魂歸不得〔六〕。清渭東流劍閣深，去住彼此無消息〔七〕。人生有情淚霑臆，江水江花豈終極〔八〕？黄昏胡騎塵滿城，欲往城南望城北〔九〕。

〔一〕趙云：公方春日潛行，當禄山之亂，宜其有細柳新蒲爲誰緑之哀矣。前漢有細柳營。選詩有：新蒲含紫茸。又新蒲節轉促。

〔二〕趙云：曲江南即芙蓉苑，今云南苑是也。

〔三〕趙云：漢武帝嘗欲與班姬同輦載，以託言楊貴妃也。詩人類皆取古事之似者以爲譬，故李太白亦言可憐飛燕倚新粧，而高力士媒孽之；竟以此不得用，悲夫！

〔四〕趙云：按明皇雜録載：上幸華清宫，貴妃姐妹各購名馬，以黄金爲銜勒，組繡爲障泥同入禁中。觀者如堵。

〔五〕趙云：曹子建云一縱兩禽連之義，而字則張九齡感（寓）〔遇〕詩：袖中一札書，欲寄雙飛翼。

〔六〕趙云：血汙遊魂，謂車駕次馬嵬，賜貴妃自盡。

【校】此條影宋本無之，據清刻本補。

〔七〕趙云：些言明皇既幸蜀矣，長安與蜀相望於數千里之間，去蜀與住長安者皆不知消息也。玉臺新詠載近代曲歌，其估客樂云：莫作瓶落井，一去無消息。趙云：渭北在京城，劍閣在蜀。時明皇西幸，尚留蜀也。

【校】渭北云云：此條影宋本無之，據清刻本補。

〔八〕趙云：周弘正送婦葬詩：先後能幾時，空使淚沾臆。曹子建詩：相思豈終極。

〔九〕趙云：胡騎塵滿城，公此詩作於至德二載之春。血污遊魂歸不得，則天寶十五載六月丁酉，上皇車駕次馬嵬，賜貴妃自盡。而細柳新蒲爲誰緑，則次年之春明矣。頃者蘇黄門嘗謂其侄在庭曰：哀江頭即長恨歌也。長恨費數百言而後成歌，杜公言太真之被寵，則昭陽殿裏第一人足矣。言富貴，則輦前才人帶弓箭，白馬嚼齧黄金勒足矣。言馬嵬之死，則血污遊魂歸不得足矣。觀常武與桓二詩，言用兵而煩簡異，則可見此。聞之石耆公云。趙云：此詩如百金戰馬，注坡驀澗，如履平地，具詩人之遺法。若白樂天詩詞甚工，然拙于紀事，寸步不遺，所以望老杜之藩垣而不能及也。

【校】此詩如百金戰馬云云，影宋本無之，據清刻本補。全用蘇轍語，見欒城集卷八，文字稍異。

大雲寺贊公房四首（古詩、近體詩）

趙云：長安大雲經寺在懷遠坊之東南隅，本名光明寺。武后時，以沙門宣政進大雲經，經中有玉女之符，因改名焉，且令天下各州置大雲經寺。今此大雲寺贊公房，蓋長安也。何以知之？後别有宿贊公房詩，本注：

京師大雲寺主謫此安置也。公家雖在鄜州，而公身轉陷賊中，往來長安則過大雲，見贊上人矣。

燈影照無睡，心清聞妙香。夜深殿突兀，風動金琅璫〔一〕。天黑閉春院，地清棲暗芳。玉繩迴斷絶，鐵鳳森翱翔〔二〕。梵放時出寺，鐘殘仍殷牀〔三〕。明朝在沃野，苦見塵沙黄。

右一

〔一〕趙云：言夜深則殿勢突兀，風動則所懸之金其聲琅璫。後人因以金琅璫可以當物之名。洪駒父詩云：琅玕嚴佛界，薜荔上僧垣。山谷改云：琅璫鳴佛屋。則正以琅璫爲所鳴物名，於義固亦無害。王立之曾話此云：山谷以爲薜荔一聲須要一聲者對，琅璫一聲也。而立之以爲不必然。今觀杜云，以突兀對琅璫，則山谷之意得矣。

〔二〕趙云：迴斷絶，則夜飲向晨也。魏武帝云：憂從中來，不可斷絶。鐵鳳，舊注引陸倕石闕銘：蒼龍玄武之刺，銅雀鐵鳳之工。其説是，蓋施雀鳳於屋脊上者。薛綜西京賦注云：圓闕上作鐵鳳，令兩翼舉，頭敷毛。故謂之森翱翔。森，則不一其物矣，蓋如謝靈運松柏森成行之森也。

【校】夜飲向晨：百家注飲作欲。石闕銘：影胡刻本文選作石闕銘。蒼龍玄武之刺：影胡刻本文選刺作製。

〔三〕趙云：僕愛此最爲匠句。蓋佛事至梵音必唱而誦之，其聲高放，故寺外可聞也。殷，上聲，而殷其雷之殷矣。單用梵字，梁元帝梁安寺刹下銘曰：宵長梵響，風遠鐘傳。周庾信送炅法師葬云：尚聞香閣梵，猶聽竹林鐘。

童兒汲井華，慣捷瓶上手〔一〕。霑灑不濡地，掃除似無箒〔二〕。明霞爛複閣，霽霧搴高牖〔三〕。側塞被徑花，飄飄委墀柳。艱難世事迫，隱遁佳期後〔四〕。晤語契深心，那能總鉗口〔五〕。奉辭還杖策，暫别終回首〔六〕。泱泱泥汙人，听听國多狗〔七〕。既未免羈絆，時來憩奔走〔八〕。近公如白雪，執熱煩何有〔九〕。

右二

〔一〕趙云：井華，以見童兒之早起。慣捷，以見其朝朝如此，且敏爲也。

〔二〕趙云：此兩句可爲掃地經。灑濡地則沮洳，掃有箒則餘塵痕也。

〔三〕趙云：陸士衡今日良宴會詩：高談一何綺，對若朝霞爛。梁元帝謂：能令雲霧搴。

【校】此條百家注、分門集注、黄鶴補注咸作修可曰。

〔四〕趙云：言可以及隱遁之期矣。以艱難世事迫，故其期爲後時也。

〔五〕趙云：詩：可與晤語。

〔六〕百家注引趙曰：奉辭，相奉而辭别之。舊注引奉辭出征，其義非。

〔七〕趙云：上句以辭别而去，猶回首而懷戀。所以回首而懷戀者何哉？以泥污人、國多狗之可惡也。

〔八〕百家注引趙曰：於此未免羈絆，則亦僅能時來憩息耳。

〔九〕趙云：孟子有白雪之白。宋玉有白雪之歌。詩云：誰能執熱，逝不以濯。

心在水精域，衣霑春雨時〔一〕。洞門盡徐步，深院果幽期〔二〕。到扉開復閉，撞鐘齊及兹〔三〕。醍醐長發性，飲食過扶衰〔四〕。把臂有多日，開懷無愧辭〔五〕。黄鸝度結構，紫鴿下芳菲〔六〕。愚意會所適，花邊行自遲。湯休起我病，微笑索題詩〔七〕。

右三

〔一〕趙云：江總大莊嚴寺碑云：俯看鷩電，影徹琉璃之道；遥拖宛虹，光遍水精之域。蓋佛宇莊嚴，皆以金寶故也。下句言一心所在，初欲往之時，乃當春雨霑衣之際。

〔二〕趙云：上句敘所趨詣，盡其徐步也。董賢傳重殿洞門注：門門相當也。言賢僭天子之制。公後有題省中院壁詩云：洞門對雪常陰陰，則言其幽邃耳。徐步，如曹植云：動霜轂以徐步。

〔三〕趙云：此書實事也。齊，讀從齋，古用此字。周禮：王齊日三舉。

〔四〕百家注引趙曰：陶（潛）〔隱〕居云：佛經稱，乳成酪，酪成酥，酥成醍醐，醍醐乃酥酪之精液也。

【校】九家注此條標作杜補遺，陶潛居作陶隱居。

〔五〕趙云：開懷，如云：苟莫開懷。左氏：祝史無愧辭。

〔六〕趙云：靈光賦云：觀其結構。而左太沖招隱詩有：巖穴無結構。楚辭云：佩江蘺之芳菲。

〔七〕趙云：湯休與鮑照同時，善詩文。以比贊公。

細軟青絲履，光明白氎巾。深藏供老宿，取用及吾身〔一〕。自顧轉無趣，交情何尚新。道林才不世，惠遠德過人。雨瀉暮簷竹，風吹青一作春井芹〔二〕。天陰對圖畫，最覺潤龍鱗〔三〕。

右四

〔一〕趙云：所以言贊公。贊公待之厚，乃交情之不替也。

〔二〕趙云：青井當作春井，蓋言春時之水井耳。

〔三〕趙云：末句則必掛畫龍圖矣。公詩原四篇，其二在古詩三川觀水漲之下，蓋作於至德二載之春。何以知之？古詩有春院，此詩有春雨、春井芹，則可知其爲春。三川觀水漲公自注云：天寶十五年七月中避寇時作。是年是月肅宗即位，改元至德，可以知次年之春爲至德二載矣。

喜晴 一云喜雨　（古詩）

皇天久不雨，既雨晴亦佳。出郭眺四郊，肅肅春增華。青熒陵陂麥，窈窕桃李花。春夏各有實，我饑豈無涯〔一〕。干戈雖横放，慘澹鬬龍蛇。甘澤不猶愈，且耕今未賒。丈夫則帶甲，婦女終在家。力難及黍稷，得種菜與麻。千載商山芝，往者東門瓜。其人骨已朽，此道誰疵瑕。英賢遇轗軻，遠引蟠泥沙。顧慚昧所適，迴首白日斜。漢陰有鹿門，滄海有靈查〔二〕。焉能學衆口，咄咄空咨嗟。

〔一〕趙云：言饑豈浩蕩無涯際乎？蓋有不饑之時矣。

〔二〕趙云：既云千載商山芝，往者東門瓜，又漢陰有鹿門，滄海有靈查，語迹似重疊而意不同。前兩句以爲比擬之事，後兩句實欲效之也。蓋方甲兵危亂之世，英賢當遠引以避，如商山之四皓，則以採芝爲事；如東門之邵平，則以種瓜爲事，是皆避秦之亂，其道爲不可貶也。顧慚昧所適，回首白日斜，則公於此欲遠引，以昧所適爲慚，將畏其遲暮矣。然所適有二柄：漢陰之鹿門可以居山而隱，滄海之靈查可以浮海而去，不特咄嗟惋憤而已。　百家注引趙曰：按張華博物志載：舊説銀河與海通，世有人居海渚者，年年八月浮槎去來不失期。人多齎糧乘槎而去，奄至一處，遥望宫中多織婦。見一丈夫牽牛渚次飲之，驚問曰：何由至此？人問此是何處，答曰：君還，至蜀訪嚴君平則知之。後至蜀問君平，曰：某年月日有客星犯牛宿。計年月日，正是人到天河時也。

得舍弟消息（古詩）

風吹紫荆樹，色與春庭暮〔一〕。花落辭故枝，風回反無處。骨肉恩書重，漂泊難相遇，猶有淚成河，經天復東注〔二〕。

〔一〕趙云：此言初别之時，當暮春也。古兄弟中事有此，故公因荆以興焉。

〔二〕趙云：顧凱之云淚如河注海也。

晦日尋崔戢李封（古詩）

趙云：此篇初段蓋叙事耳。下段因物感懷而終付之於酒以自遣也。當春有事乎田疇之際，而甲兵不休，憂國念君，不能無慨乎中矣。

朝光入甕牖，尸寢驚弊裘〔一〕。起行視天宇，春氣漸和柔。興來不暇懶，今晨梳我頭。出門無所待，徒步覺自由。杖藜復恣意，免值公與侯〔二〕。晚定崔李交，會心真罕儔。每過得酒傾，二宅可淹留。喜結仁里歡，況因令節求〔三〕。李生園欲荒，舊竹頗修修。引客看掃除，隨時成獻酬。崔侯初筵色，已畏空樽愁。未知天下士，至性有此不？草芽既青出，蜂聲亦暖遊。思見農器陳，何當甲兵休。上古葛天氏一作民，不貽黄屋一作綺憂。至今阮籍等，熟醉爲身謀〔四〕。威鳳高其翔，長鯨吞九州。地軸爲之翻，百川皆亂流。當歌欲一放，淚下恐莫收。濁醪有妙理，庶用慰沉浮〔五〕。

〔一〕趙云：禮記：孔子曰：儒有蓬户甕牖。

〔二〕趙云：莊子載：原憲杖藜應門。

〔三〕趙云：楚辭云：其何可以淹留。張平子思玄賦云：匪仁里其焉宅。魏文帝燕歌行：何爲淹留寄他方。

〔四〕趙云：葛天氏，氏一作民。不貽黄屋憂，〔屋〕一作綺。言自葛天氏，則當繼之以不貽黄綺憂；言不貽黄屋憂，則當引之以自古葛天民。不貽黄屋憂爲正。蓋言葛天氏之民，相忘其君而弗念，所以阮籍輩自藏於酒，亦特爲身謀而忘其君耳。言此者，公方以憂國念君爲心，而無可奈何，則亦姑遣之耳。

〔五〕趙云：賢者遠引，巨盜横興，天下摇動。紀綱不振如此！雖有憂國念君之心，其將孰救哉？故雖痛哭流涕，猶爲無補，則亦一付之於酒以自遣可也。當危亂之世，一沉一浮，實所未知，非付之於酒，豈能慰乎！

乙帙卷之三

避地至德二載丁酉作　（近體詩）

【校】古逸叢書本杜工部草堂詩箋逸詩拾遺題下注云：右一篇見趙次翁本，題云：至德二載丁酉作。

避地歲時晚，竄身筋骨勞。詩書遂牆壁，奴僕且旌旄。行在僅聞信，此生隨所遭。神堯舊天下，會見出腥臊。

喜達行在所三首　（近體詩）

西憶岐陽信，無人遂却迴。眼穿當落日，心死著寒灰〔一〕。霧一作茂樹行相引，連山一作蓮峯望或開〔二〕。所親驚老瘦，辛苦賊中來〔三〕。

右一

〔一〕趙云：岐陽，乃鳳翔也，名已見於周，左傳成（王）有岐陽之蒐是也。公在賊中，引首西望，欲知鳳翔行在消息，無人遂却自鳳翔回，得以問之也。惟其無人可問，則徒眼穿心死而已。莊子：哀莫大於心死。

〔二〕趙云：茂樹連山，言自出長安眼中之所見。一作蓮峯，非也。蓋蓮峯乃華山蓮花峯也，豈有却倒（長）過長安之東經同、華之境而來乎？當以茂樹連山字爲正也。鮑照詩：連山眇雲霧。

〔三〕趙云：前漢張良傳：所封皆蕭、曹故人所親愛。師古注云云，雖不指言親戚，而公之意則言親戚也。

愁思胡笳夕，淒涼漢苑春〔一〕。生還今日事，間道暫時人〔二〕。司隸章初睹，南陽氣已新〔三〕。喜心翻倒極，嗚咽淚沾巾〔四〕。

右二

〔一〕百家注引趙曰：胡笳，胡人所吹，則賊兵胡人也。言漢苑春，則追思其在賊中淒涼之時也。漢儀注：養鳥獸者通名爲苑。雖春而淒涼，言殘敝也。

〔二〕趙云：藺相如使其從者自秦間道懷璧以歸趙。

〔三〕趙云：庾信哀江南賦曰：反舊章於司隸。

〔四〕趙云：張平子四愁詩曰側身北望涕沾巾也。公使沾巾字屢矣。

死去憑誰報，歸來始自憐。猶瞻太白雪，喜遇武功天〔一〕。影靜千官裏，心蘇七校前。今朝漢社稷，新數中興年〔二〕。

右三

〔一〕趙云：太白山在郿縣。郿，則鳳翔之屬縣也。武功在唐，不屬鳳翔，但近耳。公詩兩句所以顯言歸行在也。於太白言雪，則太白之雪冬夏不銷。必曰武功天者，古語有之：武功、太白，去天三百。言最高處也。亦以寓親近行在之意乎？

〔二〕趙云：中興於漢書，中音去聲。今公詩律平側不差，所以見去聲明矣。

述懷（古詩）

去年潼關破，妻子隔絶久。今夏草木長，脱身得西走〔一〕。麻鞋見天子，衣袖露兩肘〔二〕。朝廷愍生還，親故傷老醜。涕淚授拾遺，流離主恩厚。柴門雖得去，未忍即開口〔三〕。寄書問三川，不知家在否〔四〕。比聞同罹禍，殺戮到雞狗〔五〕。山中漏茅屋，誰復依户牖？摧頽蒼松根，地冷骨未朽。幾人全性命，盡室豈相偶〔六〕。嶔岑猛虎場，鬱結回我首〔七〕。自寄一封書，今已十月後〔八〕。反畏消息來，寸心亦何有！漢運初中興，生平老躭酒。沉思歡會處，恐作窮獨叟。

〔一〕趙云：此篇敘事甚明。去年潼關破，天寶十五載六月爲賊將崔乾祐所破也。先是，公於五月挈家避地鄜州，有高齋詩及三川觀漲、塞蘆子詩。即自鄜州挺身赴朝廷，而逢潼關之敗，遂陷賊中。既而是月肅宗即位靈武，治兵鳳翔。公於至德二載夏四月自賊中亡走鳳翔，所謂今夏脱身走是也。以草木長推之，則爲四月，蓋陶潛詩云孟夏草木長也。公既至鳳翔上謁，則拜右拾遺焉。新書謂甫以天寶十五載七月中避寇寄家三川，肅宗立，自鄜州羸服欲奔行在，爲賊所得，非也。

〔二〕趙云：王琪云：子美之詩詞，有近質者，如麻鞋見天子、垢膩脚不韈之句，所謂轉石於千仞之山勢也。學者尤效之而過甚，豈遠大者難窺乎！琪之説如此。麻鞋見天子，亦紀實事，且見其奔走流離，迫於窮困而然耳。

〔三〕趙云：後有詔許至鄜州迎家，則不欲遽違天顔矣。

〔四〕趙云：詩又言去憑遊客寄，來爲附家書也。

〔五〕趙云：殺戮到雞狗，則使曹操征陶謙，雖雞狗盡殺也。

〔六〕趙云：茅屋摧頽於松傍，以地冷之故。茅雖朽而屋骨未朽也。他人少有全性命者，而吾之室家豈保其相偶聚乎？左傳：盡室以行。

〔七〕趙云：以虎譬賊之暴也。

〔八〕百家注引趙曰：十月後，非冬之十月也。何以明之？公往問家屋，乃在閏八月初吉耳。此詩在閏八月之前所作也。

彭衙行（古詩）

趙云：春秋文二年：晉侯及秦師戰于彭衙。杜預云：馮翊郃陽縣西北有彭衙城。按郃陽於唐屬同州，即馮翊郡也。今此詩乃寄彭衙知縣孫公者耳。

憶昔避賊初，北走經險艱。夜深彭衙道，月照白水山〔一〕。盡室久徒步，逢人多厚顏〔二〕。參差谷鳥吟，不見遊子還。癡女饑隨我，啼畏虎狼聞。懷中掩其口，反側聲愈嗔。小兒彊解事，故索苦李餐。一旬半雷雨，泥濘相牽攀。既無禦雨備，徑滑衣又寒。有時經契闊，竟日數里間。野果充糇糧，卑枝成屋椽。早行石上水，暮宿天邊煙。少留同家窪，欲出蘆子關。故人有孫宰，高義薄曾雲。延客已曛黑，張燈啓重門。暖湯濯我足，剪紙招我魂。從此出妻孥，相視涕闌干〔三〕。衆雛爛漫睡，喚起霑盤餐〔四〕。誓將與夫子，永結爲弟昆。遂空所坐堂，安居奉我歡。誰肯艱難際，豁達露心肝！別來歲月周，胡羯仍構患。何當有翅翎，飛去墮爾前〔五〕。

〔一〕趙云：郃陽縣與白水縣正相接，皆屬同州也。

〔二〕趙云：左傳：盡室以行。

〔三〕趙云：談藪載：王元景謝劉孝綽曰：卿勿怪我，別後當闌干。闌干者，淚連續不斷之貌。凡物之不斷皆可云闌干。如言北斗横闌干，則光之不斷也；苜蓿長闌干，則柔而不斷。

〔四〕趙云：爛漫，言睡之熟也。莊子云：性命爛漫。注：雖云分散遠貌，然亦熟爛之意。故靈光殿賦云：流離爛漫。而盧仝詩亦云鶯花爛漫君不來，皆言其多而熟也。

〔五〕百家注引趙曰：胡羯之患，蓋指言安慶緒。蓋安〔慶〕緒於正月弑父而襲僞位也。公既陷賊而脱身達行在所，故寄此詩感其恩，懷其人矣。

送長孫九侍御赴武威判官（古詩）

驄馬新鑿蹄，銀鞍被來好〔一〕。繡衣黄白郎，騎向交河道〔二〕。問君適萬里，取别何草草？天子憂涼州，嚴程須到早。去秋羣胡反，不得無電掃〔三〕。此行收遺甿，風俗方再造。族父領元戎，名聲國中老。奪我同官良，飄飖按城堡。使我不能餐，令我惡懷抱〔四〕。若人才思闊，溟漲浸絶島。鐏前失詩流，塞上得國寶〔五〕。皇天悲送遠，雲雨白浩浩〔六〕。東郊尚烽火，朝野色枯槁〔七〕。西極柱亦傾，如何正穹昊〔八〕。

〔一〕趙云：漢桓典爲御史，號嚴明，人畏憚之。每乘驄馬，當時爲之語曰：行行且止，避驄馬御史。今送長孫侍御，故得以驄馬爲言。銀鞍字多矣。如辛延年羽林郎詩曰：銀鞍何煒爚，翠蓋空踟躕。江文通别賦：龍馬銀鞍，朱軒繡軸。

〔二〕趙云：王禁字翁孺，武帝時爲繡衣侍御史，逐捕羣盜。

【校】王禁：清刻本作王賀。

〔三〕趙云：羣胡反，指吐蕃也。公前詩多以胡言安慶緒、史思明，今此接於涼州之下，則非言安、史也。後漢：閻忠説皇甫嵩曰：旬月之間，神兵電掃。范曄於吳漢贊云：電掃羣孽。

〔四〕趙云：蔡琰詩云：饑當食兮不能餐。

〔五〕趙云：班固云：賦者，古詩之流。　史云：有臣如此，國之寶也。

〔六〕趙云：言上天亦悲人之遠去，所以雲雨愁態，浩浩然白也。

〔七〕趙云：東郊，指言史思明。蓋東京雖復，而洛陽之東猶用兵也。

〔八〕趙云：西極傾，指言吐蕃侵廓、岷、霸等州，其勢方熾也。楚辭漁父篇：屈原顔色枯槁。梁元帝阿育王像碑曰：璇璣玉衡，穹昊所以紀物。

送樊二十三侍御赴漢中判官（古詩）

威弧不能弦，自爾無寧歲〔一〕。川谷血横流，豺狼沸相噬。天子從北來，長驅振凋敝。頓兵岐梁下，却跨沙漠裔〔二〕。二京陷未收，四極我得制。蕭索漢水清，緬通淮湖税。使者紛星散，王綱尚旒綴〔三〕。南伯從事賢，君行立談際〔四〕。生知七曜曆，手畫三軍勢。冰雪淨聰明，雷霆走精鋭〔五〕。幕府輟諫官，朝廷無此例。至尊方旰食，仗爾布嘉惠。補闕暮徵入，柱史晨征憩〔六〕。正當艱難時，實藉長久計。回風吹獨樹，白日照執袂〔七〕。慟哭蒼烟根，山門萬重閉。居人莽牢落，遊子方迢遰。徘徊悲生離，局促老一世〔八〕。陶唐歌遺民，後漢更列帝。恨無匡復姿一作資，聊欲從此逝〔九〕。

〔一〕趙云：揚雄河東賦曰：獿天狼之威弧。其後張平子思玄賦又云：彎威弧之拔刺。蓋因天有弧星，而用易弧矢之利，以威天下〔之〕威字貼之。

〔二〕趙云：此一段言安氏父子爲亂，而乘輿播遷肅宗駐蹕鳳翔也。自鳳翔而極西，則沙漠矣，故言跨其裔。

〔三〕趙云：此二段言二京雖陷，而邊鄙不可不安，故遣使爲多也。漢中，今之興元府，漢水在焉，與淮、湖通征税之物。樊之往漢中，正以四極不可不制，故遣使爲多。星散，所以言其不止一處。庾信寒園即日詩云：寒園星散居。乃其義也。非是李郃二使星入蜀事。

〔四〕趙云：南伯，指言漢中主將也。從事，指言樊爲判官也。言南伯與從事俱賢，相投在立談間耳。詩北山：我從事獨賢。

〔五〕趙云：聰明如冰雪之淨，精鋭如雷霆之走，所以美之也。戰國策：季良謂魏王曰：恃兵之精鋭而欲攻邯鄲。射雉賦云：欣吾志之精鋭。

〔六〕趙云：以義推之，樊判官其初必先爲補闕而召之；既爲補闕，又爲侍御，而自侍御往漢中也。晨征憩者，以晨征行，而因執别則暫憩息也。

〔七〕趙云：此言别時之景也。庾信和趙王途中詩云：迴風即送師。周王褒送葬詩：平原着獨樹，皐亭望列村。楚辭：青春受謝，白日照。其後張季鷹雜詩：白日照園林。

【校】平原着獨樹：文苑英華着作看。白日照：四部叢刊本楚辭補注大招作白日昭只。

〔八〕趙云：上林賦：牢落陸離。注：猶遼落也。

〔九〕趙云：兩句言民復而中興。其兩句又自言無能而當引去也。陶唐歌遺民，普言生民尚皆是陶唐之遺者，以明其非作亂之人。後漢更列帝，則以漢光武中興而後復有十二帝，以比肅宗中興也。

送從弟亞赴安西判官（古詩）

南風作秋聲，殺氣薄炎熾〔一〕。盛夏鷹隼擊，時危異人至〔二〕。令弟草中來，蒼然請論事〔三〕。詔書引上殿，奮舌動天意。兵法五十家，爾腹爲篋笥〔四〕。應對如轉丸，疏通略文字。經綸皆新語，足以正神器。宗廟尚爲灰，君臣俱下淚〔五〕。崆峒地無軸，清海天軒輊。西極最瘡痍，連山暗烽燧〔六〕。帝曰大布衣，藉卿佐元帥。坐看清流沙，所以子奉使〔七〕。歸當再前席，適遠非歷試。須存武威郡，爲畫長久利。孤峯石戴驛，快馬金纏轡。黄羊飫不羶，蘆酒多還醉。踴躍常人情，慘澹苦士志。安邊敵何有，反正計始遂〔八〕。吾聞駕鼓車，不合用騏驥。龍吟迴其頭，夾輔待所致。

〔一〕趙云：南風，夏日之風也，而作秋聲，故肅殺之氣倚薄炎熾也。

〔二〕趙云：月令又云：立秋之日，鷹隼擊。今節候當盛夏而鷹隼擊，則有所搏取，不得不擊。譬之時危亂，則須異人，故異人自然（未）〔來〕至也。異人，正指其弟亞矣。後漢王朗還許下，人稱其才進。或曰：不遇異人，當得異書。問之，果得王充論衡之益。

【校】自然未至：清刻本未作來。

〔三〕趙云：古詩：濟濟令弟。而謝靈運酬從弟惠連曰：末路值令弟。

〔四〕趙云：前漢藝文志有兵權謀十三家，兵形勢十一家，陰陽十六家，兵技巧十三家，總曰：凡兵書五十三家七百九十篇，圖四十三卷也。

〔五〕趙云：安慶緒盡焚九廟也。

〔六〕趙云：季布傳：瘡痍未瘳。

〔七〕趙云：流沙，亦西邊地名。書曰：西被于流沙。則在西之遠處，皆因吐蕃之亂而言之。

〔八〕趙云：此一段又期以安邊敵。何有正言吐蕃何足平哉，念天子反正，車駕歸長安，方爲計遂也。

送韋十六評事充同谷郡防禦判官（古詩）

昔没賊中時，潛與子同遊。今歸行在所，王事有去留。偪側兵馬間，主憂急良籌。子雖軀幹小，老氣横九州〔一〕。挺身艱難際，張目視寇讎。朝廷壯其節，奉詔令參謀。鑾輿駐鳳翔，同谷爲咽喉〔二〕。西扼弱水道，南鎮枹罕陬。此邦承平日，剽劫吏所羞。況乃胡未滅，控帶莽悠悠。府中韋使君，道足示懷柔。令姪才俊茂，二美又何求。受詞太白脚，走馬仇池頭。古色沙土裂，積陰雪雲稠〔三〕。羌父豪猪靴，羌兒青兕裘〔四〕。吹角向月窟，蒼山旌旆愁。鳥驚出死樹，龍怒拔老湫〔五〕。古來無人境，今代横戈矛〔六〕。傷哉文儒士，憤激馳林丘。中原正格鬭，後會何緣由〔七〕。百年賦命定，豈料沉與浮。且復戀良友，握手步道周〔八〕。論兵遠壑淨，亦可縱冥搜〔九〕。題詩得秀句，札翰特相投。

〔一〕趙云：趙書曰：劉曜討陳安於壠城，安死。人謡曰：壠城健兒有陳安，軀幹雖小腹中寬，愛養將士同心肝。

【校】趙書：影宋本，樂府詩集引晉書載記，「壠城健兒有陳安」作「隴上壯士有陳安」。

〔二〕趙云：魏都賦：正位居體者，以中夏爲喉舌。

〔三〕趙云：西邊近沙漠之地，故沙士裂。

〔四〕趙云：(上林)〔長楊〕賦有拖豪猪。宋玉招魂曰：君王親發兮憚青兕。説文曰：兕如野牛，青皮堅厚，可以爲鎧。

【校】拖豪猪：見於長楊賦，今據影胡刻本文選改。

〔五〕趙云：吴平爲句章州，門前忽生一株青桐樹，上有歌謡之聲。惡而斫之。平隨軍北虜，首尾三年。死樹欻自還立於故根上，樹巔空中歌曰：死樹今更青，吴平尋當歸。故公詩又曰君不見前者摧折桐，百年死樹中琴瑟也。

〔六〕趙云：孫興公游天台山賦序云：踐入無人之境。

【校】踐入無人之境：影胡刻本文選作：卒踐無人之境。

〔七〕趙云：格鬭字，祖出前漢，而陳琳飲馬長城窟行云：男兒寧當格鬭死，何能怫鬱長城道。禮記：傷哉，貧也。

〔八〕趙云：詩：有杕之杜，生于道周。釋文：周，曲也。

〔九〕趙云：陸瑜仙人覽六箸篇云：避敵情思巧，論兵勢重新。

奉送郭中丞兼太僕卿充隴右節度使三十韻英乂（近體詩）

詔發西山將，秋屯隴右兵〔一〕。淒涼餘部曲，燀赫舊家聲〔二〕。鵰鶚乘時去，驊騮顧主鳴〔三〕。艱難須上策，容易即前程〔四〕。斜日當軒蓋，高風卷旆旌〔五〕。松悲天水冷，沙亂雪山清〔六〕。和虜猶懷惠，防邊不敢驚〔七〕。古來於異域，鎮靜示專征〔八〕。燕薊奔封豕，周秦觸駭鯨〔九〕。中原何慘黷，餘孽尚縱横〔一〇〕。箭入昭陽殿，笳吟細柳營〔一一〕。内人紅袖泣，王子白衣行〔一二〕。宸極妖星動，園陵殺氣平〔一三〕。空餘金碗出，無復繐帷輕〔一四〕。毁廟天飛雨，焚宫火徹明。罘罳朝共落，棆桷夜同傾〔一五〕。三月師逾整，羣胡勢就烹〔一六〕。瘡痍親接戰，勇决冠垂成〔一七〕。妙譽期元宰，殊恩且列卿〔一八〕。幾時回節鉞，戮力掃欃槍。圭竇三千士，雲梯七十城〔一九〕。恥非齊説客，甘似魯諸生〔二〇〕。通籍微班忝，周行獨坐榮〔二一〕。隨肩趨漏刻，短髮寄簪纓〔二二〕。徑欲依劉表，還疑厭禰衡〔二三〕。漸衰那此别，忍淚獨含情。廢邑狐狸語，空村虎豹爭〔二四〕。人頻墜塗炭，公豈忘精誠〔二五〕。元帥調新律，前軍壓舊京〔二六〕。安邊仍扈從，莫作後功名。

〔一〕趙云：英乂先爲秦州都督，乃加隴右節度使，故云西山，正言秦州，不干山西出將事。舊注非是。

〔二〕趙云：餘部曲，餘秦州部曲也。禄山亂，英乂拜秦州都督、隴右採訪使。知運在先朝先爲隴右節度使，屯西方，戎夷畏憚，故言舊家聲。　燀音充善切。史記：威燀旁達。

〔三〕趙云：鵰鶚、驊騮，所以美英乂也。公多以此譬人材之卓傑。今此言乘時顧主，則又勸之以趨功名之會，而不忘君也。故又有下句。

〔四〕趙云：當艱難須上策之際，更無難色而容易以往焉。　詩：天步艱難。　史：周得上策。　東方朔云：談何容易。　前程字，出選。

〔五〕趙云：言行色也。梁簡文帝雨詩曰：儻今斜日照，併欲似浮絲。又，梁任昉苦熱詩：斜日照西垣。說苑：翟璜謂田子方曰：吾禄厚，得此軒蓋。而范彦龍貽張徐州詩曰：軒蓋照墟落。　詩云：悠悠旆旌。兩句之勢，蓋用夏侯湛禊賦：微雲承軒，清風卷旌。

〔六〕趙云：秦州有天水縣，又謂之天水郡。樂史寰宇記：天水縣有井，四時湛然。昔人避難於此，敵人欲漏其水，左右穿鑿，不得水脈，故云天水。　松悲，言英乂去而松爲之悲。沙亂似言人馬踐踏，有亂之理。

〔七〕趙云：和虜，指言吐蕃也。至德二載，使使來請討賊，且修好。既而侵廓、岷、霸等州，又請和也。語小人懷惠。

〔八〕趙云：言待之以靜，不時撓之，示以有必征其侵叛之理。已上敘英乂行色，至隴右者如此。

〔九〕趙云：天寶十四載十一月，禄山反於幽州，陷河北。十二月，陷東京。十五載六月，陷京師。此所謂奔突幽、薊而觸冒周、秦也。

〔一〇〕趙云：慶緒既弑禄山，復爲寇，此所謂尚縱横也。選云：絡驛縱横。

〔一一〕趙云：此一段陷京師時事。昭陽殿，漢成帝趙皇后所居，而箭入言禍亂及于宫中也。細柳營，周亞夫所營，在長安。言胡人之笳乃在漢營也。

〔一二〕百家注引趙曰：言雖是王子，以避亂之故，隱迹爲白衣而行，非是天子行幸。

〔一三〕趙云：宸極者，紫微之宫也。妖星，見晉天文志。殺氣與園陵平也。

〔一四〕趙云：金碗，寢廟及園陵中物。公詩又曰：早時金碗出人間。漢武崩後，有持金碗賣於市之事。繐帷、繐帳，皆靈帳之稱。

〔一五〕趙云：罘罳，祖出漢文帝紀：七年六月，未央東闕罘罳災，如淳曰：東闕與其兩旁罘罳皆災也。罘音浮。棆桷字，未見全出。字書棆止云木名也。豈桷以棆木爲之邪？雖師民瞻善本亦作棆角。薛蒼舒引詩陟彼景山注，以爲棆桷乃掄擇之掄。其説迂謬。棆桷二字甚可疑。若以爲櫰桷，則夜徹明之火，無所不焚，謂之傾，則櫰桷又非止傾而已。以俟博聞。青箱雜記云：漢書文帝紀云：罘罳災。崔豹古今註云：罘罳，屏也。罘者，復也；罳者，思也。臣朝君至屏外，復思所奏之事於其下。顔師古注云云，又禮記云：疏屏，天子之廟飾也。鄭注云：屏謂之樹，今浮思也。刻之爲雲氣蟲獸，如今闕上爲之矣。余按唐蘇鶚演義，稱罘罳織絲爲之，輕疎浮虚，象羅網交文之狀，蓋宫殿簷户之間也。乃引文宗實録云：大和中甘露之禍，羣臣奉上出殿北門，裂斷罘罳而去。又，杜甫天寶末詩云：罘罳朝共落，棆角夜同傾。又引温庭筠補陳武帝與王僧辨書云罘罳晝卷，閶闔晨開爲證，皆非曲閣屏障之意，反以崔豹、顔師古之徒爲大誤。又按段成式酉陽雜俎稱士林間多呼殿榱桷護雀網爲罘罳，其淺誤如此。乃引張揖廣雅曰：復思謂之屏。又，王莽性好時日小數，遣使壞渭陵、延陵園門罘罳，曰使民無復思漢也。又引魚豢魏略曰黄初三年，築諸門闕外罘罳爲證，反以絲網之説爲大謬。余謂二説皆通。以罘罳爲網，則結繩爲之，施於宫殿簷楹之間，如蘇鶚之説是也。以罘罳爲屏，則刻木爲之，施於城隅門闕之上，如成式之言是也。然就二説之中擇焉，唯段氏之説爲長。按五行志注云：罘罳，闕之屏也。玉篇云：罘罳，屏樹門外也。又云：罘罳，兔罟也，但屏上雕刻爲之。其形如網罟之狀，故謂之罘罳。音浮思，則取其復思之義耳。漢西京罘罳合版爲之，亦築土爲之，每門闕殿舍前皆有焉。于今郡國廳前亦樹之，故宋子京詩云：秋色淨罘罳。皆其義也。

〔一六〕趙云：三月，三易月也。公詩又云烽火連三月，亦是此。閏八月初，以廣平王爲天下兵馬元帥。今詩所謂元帥調新律是已。逆數閏八月以前，通爲三易月，則當是郭子儀五月及安守忠戰於青渠敗績之後，别訓練士卒，至此師逾整肅，可以擒賊矣。以上十六句敘安氏父子爲寇，而廣平王往收復京師者如此。

〔一七〕趙云：此微言英乂之敗，而激其再立功也。是年二月，李光弼敗安慶緒于太原，而是時英乂戰于武功，敗績，故有瘡痍之譬，且言其功垂成也。

〔一八〕趙云：上句美其可以爲相。且列卿，則今兼太僕也。

〔一九〕百家注引趙曰：公輸班作雲梯以攻宋。趙云：公詩有云：蒼茫城七十，流落劍三千。今云三千士者，使莊子劍士夾門而客三千餘人也。七十城，使燕樂毅下齊七十餘城。

〔二〇〕趙云：蓋謂以圭竇之貧士，尚有三千而下七十城，亦有爲雲梯之具者，如我曾無説客之談，特爲諸生之事而已。蓋自責其無補于戰也。百家注引趙曰：齊説客，謂酈食其，下齊七十城。魯諸生，出叔孫通傳，通所願徵者也。

〔二一〕趙云：周行，古注謂周之列位，而公意却是周徧之行列也。

〔二二〕趙云：上句言同入朝也。倒使五年以長，則肩隨之。漏刻，出後漢：功在漏刻。下句以言其在有位之列也。短髮，倒使左傳：髮甚短而心甚長。

〔二三〕趙云：依劉表，以王粲自比，却疑諸公如曹操、劉表、黄祖輩厭禰衡也。

〔二四〕趙云：公曰狐狸、虎豹，以比盜賊。後漢：張綱奉使，埋輪不行，曰：豺狼當路，安問狐狸！晉張孟陽七哀詩曰：季世喪亂起，盜賊如豺虎。

〔二五〕趙云：禮記：不精不誠，未有能動人也。【今按】檢禮記無此句，孟子離婁有不誠未有能動者也，趙注或當誤記。

〔二六〕趙云：元帥，指言廣平王俶，是爲代宗。前軍，指言李嗣業之軍。時代宗爲元帥，郭子儀副之，而李嗣業爲前軍。新律是師律之律。舊京，指言長安。後云仍扈從，則望長安收復而車駕復還也。

送楊六判官使西蕃（近體詩）

送遠秋風落，西征海氣寒〔一〕。帝京氛祲滿，人世別離難〔二〕。絶域遥懷怒，和親願結歡〔三〕。勑書憐贊普，兵甲望長安〔四〕。宣命前程急，惟良待士寬〔五〕。子雲清自守，今日起爲官〔六〕。垂淚方投筆，傷時即據鞍〔七〕。儒衣山鳥怪，漢節野童看〔八〕。邊酒排金盞，夷歌捧玉盤。草肥蕃馬健，雪重拂廬乾〔九〕。慎爾參籌畫，從兹正羽翰。歸來權可取，九萬一朝摶〔一〇〕。

〔一〕趙云：送遠公曾云：皇天悲送遠。但未見本出。　潘安仁有西征賦。　往吐蕃，渡青海而去。　百家注引趙曰：往吐蕃，渡青海，故云海氣寒也。

〔二〕趙云：此篇是至德二年九月前詩，蓋京師猶未復，所謂帝京氛祲滿，宜在收京師前。　祲，音千鴆切，精氣感祥也。　阮孚嘗云：氛祲既澄，日月自朗。　楚辭云：憂莫憂于生别離。句意仿此。

〔三〕趙云：絶域，指言吐蕃。　李陵書云：奉使絶域。　和親字，起於漢。　左傳：楚子使椒舉如晉，曰：寡君願結歡於二三君。　百家注引趙曰：中國以其懷怒侵叛而與之和親。

〔四〕趙云：贊普，其俗謂彊雄曰贊，丈夫曰普，故以號君長。　按唐新史吐蕃傳云：至德初，取嶲州及威武等諸城，入屯石堡。其明年，使使來請討賊，且修好。　肅宗遣給事中南巨川報聘。　然歲内侵取廓、霸、岷等州及河源莫門軍。　數來請和，帝雖審其譎，姑務紓患，乃詔宰相郭子儀、蕭華、裴遵慶等與盟。　史之所載如是而已。以公詩考之，中國以其懷怒侵叛而與之和親，所以勑書憐其君長欲窺長安之意，而急遣使與和也。　東坡詩有云：試草尺書招贊普。　依倣勑書憐贊普也。

〔五〕趙云：詳味惟良待士寬一句，爲楊判官而言。　判官者，必以事閑廢，令欲選良材以爲使，則待之以闊略而用之。　故下句有起爲官，有正羽翰之語。

〔六〕趙云：以子雲比之，取其同姓。　清自守，則微言其閑廢者矣。

〔七〕趙云：言其恰欲投筆以起，而聞帝宣命之急，則又亟據鞍而往也。

〔八〕百家注引趙曰：蘇武杖漢節牧羊。

〔九〕趙云：上兩句蓋王摩詰草(苦)〔枯〕鷹眼疾，雪盡馬蹄輕之勢也。　百家注引趙曰：吐蕃聯毳帳以居，號大小拂廬也。

【校】草苦：乾隆刻本趙殿成王右丞集箋注作草枯。

〔一〇〕趙云：正羽翰，所以引末句九萬一朝摶也。莊子言鵬之飛也，摶扶摇而上者九萬里。扶摇，風名。羽翰從兹而正，則前此爲不正。既正羽翰而摶風九萬里，特在於一朝，則楊君起於閑廢尤明。

月（近體詩）

天上秋期近，人間月影清。入河蟾不没，搗藥兔長生〔一〕。只益丹心苦，能添白髮明。干戈知滿道，休照國西營〔二〕。

〔一〕趙云：公於河係之以蟾，居水之物。古詩有云：采取神藥高山端，白兔搗作蝦蟆丸。而李白亦云：白兔搗藥秋復春。

〔二〕趙云：蓋是年閏八月，方以廣平王爲元帥收復長安，則閏八月已前，長安以西不能無兵屯處也。

哭長孫侍御（近體詩）

道爲詩書重，名因賦頌雄。禮闈曾擢桂，憲府舊乘驄。流水生涯盡，浮雲世事空〔一〕。唯餘舊臺柏，蕭瑟九原中〔二〕。

〔一〕趙云：子在川上曰：逝者如斯夫，不捨晝夜。浮雲，易散之物，孔子嘗以比不義之富貴。今以世事比之，所以悼之也。

〔二〕趙云：漢朱博爲御史大夫，其府列柏樹，常有野鳥數千棲其上，晨去暮來，號曰朝夕烏。檀弓：趙文子與叔譽觀乎九原。注雖云晉地之名，而用於葬處皆可矣，故沈休文云誰當九原上，鬱鬱望佳城也。今詩句云往日御史府所列之柏樹，今則在墓地種之而蕭瑟也。

得家書（近體詩）

去憑遊客寄一云休汝騎，來爲附家書〔一〕。今日知消息，他鄉且舊居〔二〕。熊兒幸無恙，驥子最憐渠〔三〕。臨老羈孤極，傷時會合疏。二毛趨帳殿，一命侍鑾輿。北闕妖氛滿，西郊白露初〔四〕。涼風新過雁，秋雨欲生魚。農事空山裏，眷言終荷鋤〔五〕。

〔一〕趙云：一云休汝騎，非。言出遊彼處客寄之人，去時憑仗之，日來則爲我附家書也。

〔二〕趙云：且舊居，指言寄家在鄜，已是他鄉，但恐亂離更有遷徙，故知消息而喜云。

〔三〕趙云：宗武小字驥子，然則熊兒者豈宗文耶？

〔四〕趙云：二毛字，出左傳。而潘安仁云：始見二毛。庾肩吾、劉孝綽詩曾使帳殿字。西都賦：乘鑾輿，備法駕。此詩蓋至德二載七月所作。按，公是歲竄歸鳳翔，授左拾遺，故曰一命侍鑾輿也。左傳云：一命而

（傴）〔僂〕。百家注引趙曰：時安慶緒方熾。指言長安西郊也。以白露初言之，則在七月明矣。

〔五〕趙云：上句又以紀秋色之新，而起末句之興。月令：鴻雁來在八月。而此云新過雁，則接白露爲近也。公既遭亂無緒，乃欲歸耕而已。一云終篇言荷鋤，非是。百家注引趙曰：陶淵明：帶月荷鋤。

奉贈嚴八閣老（近體詩）

扈聖登黄閣，明公獨妙年〔一〕。蛟龍得雲雨，鵰鶚在秋天〔二〕。客禮容疏放，官曹可接聯〔三〕。新詩句句好，應任老夫傳〔四〕。

〔一〕趙云：徐堅於三公事載沈約宋書云：三公黄閣。前史無義。臣按禮記云：士韠與天子同，公侯大夫即異。鄭玄注云云，疑是漢末制也。本朝楊侃撰職林，作宋忠所云，未知孰是。

〔二〕趙云：上句周瑜言劉備全語，下句應有全出。

〔三〕趙云：閣老尊矣，惟其以客禮待公而容其疏放，故雖爲官曹而卑可接聯之。

〔四〕趙云：應任老夫傳，則欲傳嚴公之好詩句。自非知音，何以至此！

【校】百家注欲字下有廣字。

留别賈嚴二閣老兩院補闕得聞字（近體詩）

趙云：唐新史楊綰傳：故事，舍人年久者爲閣老。

田園須暫往，戎馬惜離羣。去遠留詩別，愁多任酒醺。一秋常苦雨，今日始無雲。山路時一作晴吹角，那堪處處聞〔一〕。

〔一〕趙云：舊本山路時吹角，然既云處處聞，當言晴吹角，蓋言方山路之晴，稍可喜矣，却值吹角；既吹角矣，又處處聞，不亦可爲别愁乎？

乙帙卷之四

晚行口號（近體詩）

三川不可到，歸路晚山稠〔一〕。落雁浮寒水，饑烏集戍樓〔二〕。市朝今日異，喪亂幾時休。遠愧梁江總，還家尚黑頭〔三〕。

〔一〕趙云：三川，鄜州縣名。地理志注云：華池水、黑水、洛水所會。舊注乃引周三川震，却成説長安矣。蓋國語云：西周三川皆震。注云：西周，鎬京也。而三川則謂涇、渭、洛。如此則舊注非。鄜州三川所以不可到者，時喪亂，憂盜賊也。公北征詩云：坡陀望鄜畤，巖谷互出没。夜深經戰場，寒月照白骨。則舊經殘破矣。

〔二〕趙云：落雁浮寒水，與飛鴻滿野同意。饑烏集戍樓，與楚幕有烏同意。蓋言地經喪亂，寂乎無人而然也。

〔三〕趙云：江總得歸老江南，故曰遠愧也。晉王珣爲桓温掾。温曰：王掾當作黑頭公。

獨酌成詩（近體詩）

燈花何太喜，酒緑正相親〔一〕。醉裏從爲客，詩成覺有神〔二〕。兵戈猶在眼，儒術豈謀身〔三〕。共被微官縛，低頭愧野人〔四〕。

〔一〕趙云：今公得酒獨酌而用燈花事，大抵取喜事而已。

〔二〕趙云：醉裏從爲客者，任從爲客而不辭也。有神字多在詩言之，則孔文舉言禰衡之能文章曰：思若有神。公詩又云：篇什若有神。而謝靈運亦云：此語神助。

【校】正文從爲客：杜詩詳注從字下夾注曰：趙作曾，非。今按，杜詩詳注所引趙注與本條注不合，今從九家注。

〔三〕趙云：前漢戾太子贊：止息兵戈。而庾信周齊王碑序云：夏官以兵戈爲主，專謀七德。選詩：薜蘿若在眼。荀子云：儒術行而天下富。

〔四〕趙云：左傳有：野人與之塊。

九成宮（古詩）

趙云：按樂史寰宇記載，在鳳翔府，麟游縣。又按，此宮本隋之仁壽宮，在鳳翔府麟游縣西五里。義寧元年廢，唐貞觀五年復置，更名九成，隸之雍州。其宮垣千八百步。麟游於隋曾爲郡，唐初改曰鄜州。按地理志，麟游縣，其去鳳翔府東北一百一十里。麟游郡置鄜州，謂改則可，謂之廢則不可。鄜字應是麟字，諸本誤刊耳。恐惑學者，故爲詳之。

蒼山入百里，崖斷如杵臼〔一〕。曾宫憑風迴，岌嶪土囊口。立神扶棟樑，鑿翠開户牖。其陽産靈芝，其陰宿牛斗〔二〕。紛披長松倒，揭嶭怪石走〔三〕。哀猿啼一聲，客淚迸林藪〔四〕。荒哉隋家帝，製此今頽朽。向使國不亡，焉爲巨唐有？雖無新增修，尚置官居守。巡非瑶水遠，跡是雕牆後〔五〕。我來屬時危，仰望嗟歎久。天王守太白，駐馬更搔首〔六〕。

〔一〕趙云：此與玉華宫詩語異而旨同。言乘輿涉遠而冒險。易：臼杵之利。

〔二〕趙云：其陽、其陰字，使西都賦。雖兩句而盡賦鋪陳之勢矣。産靈芝，以言瑞物所生，如漢廟柱生芝。宿牛斗，以言其高。如公慈恩寺塔有云：七星在北户，河漢聲西流。

〔三〕趙云：洞簫賦：若凱風紛披。魯靈光殿賦：飛陛揭孽，緣雲上征。

〔四〕趙云：宫處乎深山之中，虞世南所謂冠山抗殿，絶壑爲池者。今以其稍不御而岑寂，則有愁絶之思矣。古歌云：猿鳴三聲淚沾裳。

〔五〕趙云：上言因隋以鑒唐也，下復申言以箴之。其去長安則亦遠矣，特比周穆王之瑶池爲不遠也，故言巡非瑶水遠。然峻宇雕牆，五子之所戒，以爲未或不亡者而乃可襲其迹之後乎？此指言唐襲隋後也。玉華宫，唐所創建，不敢指斥，故云不知何王殿。今九成宫隋所創建，當以之爲戒，故云荒哉隋家帝。

〔六〕趙云：守（者）〔音〕狩。春秋：天王守于河陽。穀梁用此字也。太白，山名。守之爲義，正言肅宗在鳳翔也。

舊注引誤以狩爲守，以太白山爲太白星矣。詩靜女篇：愛而不見，搔首踟躕。

【校】守者狩：百家注者作音。

徒步歸行 贈李特進自鳳翔赴鄜州 （古詩）

趙云：李特進，嗣業也。緣公孫弘傳起徒步，取宰相，有此兩字，故倚爲題。

明公壯年值時危，經濟實藉英雄姿〔一〕。國之社稷今若是，武定禍亂非公誰〔二〕。鳳翔千官且飽飯，衣馬不復能輕肥〔三〕。青袍朝士最困者，白頭拾遺徒步歸〔四〕。人生交契無老少，論交何必先同調〔五〕。妻子山中哭向天，須公櫪上追風驃〔六〕。

〔一〕趙云：晉石苞遷司馬景帝中護軍，而宣帝聞苞好色薄行，以責景帝。答曰：雖細行不足，而有經國才略。貞廉之士未必能經濟世務。

〔二〕趙云：魏賀拔軌稱宇文泰曰：宇文公文足經國，武能定亂。

〔三〕趙云：歎諸公之不如意也。乘肥衣輕，昔日太平時事，以值時危而不復然矣。

〔四〕趙云：重歎其身之困也。

〔五〕趙云：交契無老少，則李與公年歲必不等也。

〔六〕趙云：此借馬詩。或曰，遂欲求之也。言妻子在鄜州之山中，哭望公之歸。而今徒步爲遲，故須公櫪上之馬矣。

玉華宮（古詩）

趙云：宮在坊州宜君縣。玉華、九成，皆公歸鄜之所歷者也。

溪迴松風長，蒼鼠竄古瓦〔一〕。不知何王殿，遺構絶壁下〔二〕。陰房鬼火青，壞道哀湍瀉。萬籟真笙竽，秋色正蕭灑〔三〕。美人爲黄土，況乃粉黛假。當時侍金輿，故物獨石馬〔四〕。憂來藉草坐，浩歌淚盈把。冉冉征途間，誰是長年者？

〔一〕趙云：七發云：絶迹兮臨迴溪。而潘安仁金谷集作有云：迴溪縈曲阻。今倒用之耳。

【校】絶迹兮，影胡刻本文選作依絶區兮。

〔二〕趙云：謝靈運登（君）〔石〕門最高頂詩：晨策尋絶壁。此宫在坊州宜君縣，貞觀二十年太宗所作也。初，貞觀十七年，州廢，縣亦省。其後以宜君宫復置縣，隸雍州。次年，宫成，又常赦宜君給復縣人之自玉華宫苑中遷者。後於高宗永徽二年廢之爲寺。今詩有云：不知何王殿，遺構絶壁下。何也？此蓋詩人深意也。太宗厭禁内煩熱，營太和宫終南之上，改曰翠微宫於終南。其後未幾，復興玉華之役。自二月乙亥遊幸，至十月癸丑而復返。太宗創業之主，貞觀習治之世，勞人費財於營建，廢時逸豫於離宫，故詩人諱之曰不知何王殿也。按徐賢妃傳：妃嘗言翠微、玉華等宫，雖因山藉水，〔非〕無築架之苦，而工力和僦，不謂無煩。有道之君，以逸逸人；無道之君，以樂樂身。則公之微意可見矣。

【校】登君門最高頂：影胡刻本文選君作石。

〔三〕趙云：言遊幸之廢，景物愁絶然也。反而言之，則遊幸之時，其盛可知矣。

〔四〕趙云：有隨輦而死葬者矣。惟公相去之近，能知之。

北征（古待）

趙云：班彪自長安避地涼州，作北征賦。公亦因所往之方同，故借二字爲題耳。墨制，則行在倉卒之間所用也。此詩凡七十韻，聞之士夫言：孫莘老嘗謂老杜北征勝韓退之南山詩，王平甫以謂南山勝北征，終不能相服。時山谷尚少，乃曰：若論工巧，則北征不及南山；若書一代之事，以與國風、雅、頌相表裏，則北征不可無，而南山雖不作未害也。二公之論遂定。又嘗觀宋景文和賈侍中覽北征篇詩有云：莫肯念亂小雅怨，自然流涕袁安愁。則公賦詩之心可見矣。

皇帝二載秋，閏八月初吉。杜子將北征，蒼茫問家室〔一〕。維時遭艱虞，朝野少暇日。顧慚恩私被，詔許歸蓬蓽〔二〕。拜辭詣闕下，怵惕久未出。雖乏諫諍姿，恐君有遺失〔三〕。君誠中興主，經緯固密勿〔四〕。東胡反未已，臣甫憤所切〔五〕。揮涕戀行在，道途猶恍惚。乾坤含瘡痍，憂虞何時畢。靡靡踰阡陌，人煙眇蕭瑟。所遇多被傷，呻吟更流血。回首鳳翔縣，旌旗晚明滅。前登寒山重，屢得飲馬窟。邠郊入地底，涇水中蕩潏。猛虎立我前，蒼崖吼時裂。菊垂今秋花，石戴古車轍〔六〕。青雲動高興，幽事亦可悦。山果多瑣細，羅生雜橡栗。或紅如丹砂，或黑如點漆〔七〕。雨露之所濡，甘苦齊結實〔八〕。緬思桃源内，益歎身世拙〔九〕。坡陀望鄜時，谷巖互出没〔一〇〕。我行已水濱，我僕猶木末〔一一〕。鴟鳥鳴黄桑，野鼠拱亂穴。夜深經戰場，寒月照白骨。潼關百萬師，往者散何卒。遂令半秦民，殘害爲異物〔一二〕。況我墮胡塵，及歸盡華髮〔一三〕。經年至茅屋，妻子衣百結。慟哭松聲迴，悲泉共幽咽。平生所驕兒，顔色白勝雪。見耶背面啼，垢膩脚不襪〔一四〕。牀前二小女，補綻纔過膝。海圖坼波濤，舊繡移曲折。天吴及紫鳳，顛倒在短一作裋褐〔一五〕。老夫情懷惡，嘔泄卧數日。那無囊中帛，救汝寒凜慄。粉黛亦解苞，衾裯稍羅列。瘦妻面復光，癡女頭自櫛。學母無不爲，曉粧隨手抹。移時施朱鉛，狼籍畫眉闊〔一六〕。生還對童稚，似欲忘饑渴〔一七〕。問事競挽鬚，誰能即嗔喝〔一八〕。翻思在賊愁，甘受雜亂聒。新歸且慰意，生理焉得説。至尊尚蒙塵，幾日休練卒〔一九〕。仰看天色改，旁覺妖氣豁。陰風西北來，慘澹隨回紇一作鶻〔二〇〕。其王願助順，其俗喜馳突。送兵五千人，驅馬一萬匹。此輩少爲貴，四方服勇決。所用皆鷹騰，破敵過箭疾。聖心頗虚佇，時議氣欲奪〔二一〕。伊洛指掌收，西京不足拔。官軍請深入，蓄鋭伺俱發〔二二〕。此舉開青徐，旋瞻略恒碣。昊天積霜露，正氣有肅殺。禍轉亡胡歲，勢成擒胡月。胡命其能久，皇綱未宜絶〔二三〕。憶昨狼狽初，事與古先别。姦臣競菹醢，同惡隨蕩析。不聞夏殷衰，中自誅褒妲。周漢獲再興，宣光果明哲〔二四〕。桓桓陳將軍，仗鉞奮忠烈。微爾人盡非，于今國猶活〔二五〕。淒涼大同殿，寂寞白獸闥。都人望翠華，佳氣向金闕〔二六〕。園陵固有神，掃灑數不缺。煌煌太宗業，樹立甚宏達〔二七〕。

〔一〕趙云：皇帝，肅宗。至德二載，公自鳳翔歸鄜州，此之謂北征也。　蒼茫，荒寂之貌。　詩小明：二月初吉。

〔二〕趙云：此篇公往鄜州省家之詩。以公之詩參唐曆考之：公詩前篇曰：今夏草木長，脱身得西走。乃至德二載四月也。麻鞋見天子而涕淚授拾遺，則繼此便有除命也。房琯罷相在是年五月丁巳，則甫論琯不宜免，正在此五月也。按甫傳：帝怒，詔三司推問。宰相張鎬曰：甫若抵罪，絶言者路。帝乃解，然自是不甚省録。時所在寇奪，甫家寓鄜，彌年艱窶，孺弱至餓死，因許甫往省親。則公今詩所謂顧慚恩私被，詔許歸蓬蓽是也。公之救琯無罪在此年之五月，而王原叔作集記乃云：至德二載，竄歸鳳翔〔見〕肅宗。明年，論房琯不宜罷相，出爲華州功曹。明年乃乾元元年也，其比甫本傳差謬如此，故因此詩以辨之。

【校】竄歸鳳翔肅宗：翔字下奪見字，據清刻本補。

〔三〕趙云：甫既得往，而不忍輕去其君，尚恐君又有過舉而當諫諍之。

〔四〕趙云：中興主，指言肅宗也。　密勿，詩雖言大臣之事，而公今所云，則以肅宗之於經緯固自慎密也。

〔五〕趙云：東胡，指言安慶緒也。舊注云：東胡，禄山也，大誤。蓋至德二載正月乙卯，安慶緒已弑其父禄山而襲僞位矣。

〔六〕趙云：隆谷遷變，石上仍有轍迹也。

〔七〕趙云：或紅如丹砂，或黑如點漆，倣王逸言玉赤如雞冠，黑如純漆之勢也。

〔八〕趙云：雨露之所濡，倣莊子日月之所照、霜露之所墜之勢也。

〔九〕趙云：桃源，在鼎州。陶潛有記、有詩。今因見果實而思之也。

〔一〇〕趙云：正望其家之所在也。

〔一一〕趙云：詩：我行其野。我僕痡矣。左傳云：昭王南征不復，君其問諸水濱。張載敘行賦：轉木末於北岑。

〔一二〕趙云：言民一半爲鬼也。

〔一三〕趙云：其存者於離亂之久，見其盡老也。

〔一四〕趙云：見耶背面啼，使耶字，乃出木蘭詩不聞耶娘喚女聲句中之字。垢膩脚不襪，王琪以爲轉石於千仞山之勢。沈佺期被彈詩云：窮囚多垢膩。左傳：褚師襪而登。

〔一五〕杜詩詳注引趙曰：天吳，海圖所畫之物。紫鳳，舊繡所刺之物。剪舊物以補豎衣，故拆移而顛倒也。趙云：短褐字，長短之短，自出班彪云：貧者衣短褐。又，淮南子載甯戚飯牛歌曰：短褐單衣適止骭。故公前篇用對長纓。杜田泥爲裋褐之字，非矣。戰國策：墨子見楚王，曰：今有人於此，舍其錦繡，鄰有短褐而欲竊之。

〔一六〕趙云：剽竊舊人文章而竄首易尾者，亦云畫眉闊。漢語云：宮中好廣眉，四方多半額。

〔一七〕趙云：後漢鄧禹傳：父老童稚，垂髮戴白，滿其車下。如元魏成淹曰：羔裘玄冠不以弔，此童稚所知也。隋煬帝言薛道衡云：輕我童稚。

〔一八〕趙云：桓伊撫箏詠曹子建詩，謝安挽其鬚曰：使君於此不凡。

〔一九〕趙云：宋書徐爰傳：練卒嚴城。

〔二〇〕趙云：世説載：壹道人曰：風霜固所不論，乃先集其慘淡，郊邑正自飄瞥，林岫便已皓然。隨回紇，舊正作回鶻，當以回紇爲正。蓋當杜公時，未有回鶻之稱，至〔德〕〔憲〕宗朝而後，來請易回鶻，言捷鷙猶鶻然。凡謂書，本末不可不考。杜詩詳注引趙曰：憲宗元和四年始請易號回鶻，言捷鷙猶鶻然。

【今按】回紇改易回鶻，按之舊唐書回紇傳，當在憲宗朝，九家注引誤。

〔二一〕趙云：言主上雖虚心以待其破賊，然時議恐畢竟爲害，所以氣欲奪也。杜詩詳注引趙曰：不用外兵，而用官軍，此即當時之議。

〔二二〕趙云：此正時議以爲國家自有恢復中原之理，官軍深入自足破賊，不必專用回紇兵也。

〔二三〕趙云：蓋推天數當然，與李白胡無人曲所謂太白入月敵可摧，〔敵可摧〕，旄頭滅，履胡之腸涉胡血；縣胡青天上，埋胡紫塞旁；胡無人，漢道昌同意。蜀志：諸葛孔明食少事煩，其能久乎？

〔二四〕趙云：蓋謂古先亦有衰亂，而今日與之殊别焉。其殊别者何也？姦臣如楊國忠既誅，其黨與失勢而蕩析矣。此與古先别之一也。夏、殷亦衰矣，而褒、妲不誅；上皇乃能割情忍愛而誅貴妃，此與古先别之二也。惟其如此，故能如周之再興而有宣王，如漢之再興而有光武，以言肅宗之能中興也。褒姒、妲己，褒姒滅周而用於夏殷句之下，此乃公命語痛快，因成小誤耳。

〔二五〕趙云：東坡先生詩話有曰：北征詩云：桓桓陳將軍，仗鉞奮忠烈。此謂陳玄禮也。玄禮佐玄宗平内難，又從幸蜀，首建誅國忠之策。舊注雖知爲陳玄禮，妄添注云：首謀誅國忠、貴妃者。按唐書陳玄禮傳：宿衛宫禁。故公謂之曰陳將軍。安禄山反，謀誅楊國忠。闕下不克，至馬嵬卒誅之。又按楊貴妃傳：西幸至馬嵬，陳玄禮等以天下計，誅國忠。已死，軍不解。帝遣力士問故，曰：禍本尚在。帝不得已，與妃訣，引而去，縊路祠下。則陳將軍特建誅國忠之策而已，非首建誅貴妃也。桓桓陳將軍之句，蓋倣盧子諒之言劉琨曰桓桓撫軍之勢也。微爾人盡非，蓋取微管仲，吾其被髮左衽之意。言微陳將軍，則人至於變易而非矣。此又依傍城郭是，人民非之語。

〔二一六〕趙云：按大同殿在南內興慶宮中，勤政樓之北，曰大同門，其內大同殿。此明皇帝所游之地。白獸闥，考之唐志無此名，惟漢未央宮中有白虎門、白虎殿。豈公借用以爲比耶？大意勸車駕歸長安也。是年九月癸卯，復京師。十月癸亥，遣韋見素迎上皇于蜀郡。丁卯，車駕入長安。則公詩不徒言矣。

〔二一七〕趙云：言車駕當歸奉陵寢之掃除也。蓋高祖獻陵在三原，太宗昭陵在藍田，高宗乾陵在奉天，中宗定陵在富平，睿宗橋陵在奉先。掃灑數不缺，數，言禮數也。既掃灑園陵，當思祖宗創業，如太宗貞觀之盛，豈復有播遷之事哉！樹立，建立之謂也。晉會稽王道子傳言置官，亦曰多所樹立。陸士衡作漢高祖功臣頌云：曲逆宏達。雖只是功臣事，而注云：宏，大也；達，通也。德業之宏大通達，亦可言君矣。

行次昭陵（近體詩）

舊俗疲庸主，羣雄問獨夫〔一〕。讖歸龍鳳質，威定虎狼都〔二〕。天屬尊堯典，神功協禹謨〔三〕。風雲隨絶足，日月繼高衢〔四〕。文物多師古，朝廷半老儒〔五〕。直詞寧戮辱，賢路不崎嶇〔六〕。往者災猶降，蒼生喘未蘇。指麾安率土，盪滌撫洪鑪。壯士悲陵邑，幽人拜鼎湖〔七〕。玉衣晨自舉，鐵馬汗常趨〔八〕。松柏瞻虛殿，塵沙立暝途。寂寥開國日，流恨滿山隅〔九〕。

〔一〕趙云：自此而下至賢路不崎嶇是一段。　庸主、獨夫，指隋煬帝也。　舊俗，謂隋民疲困於庸昏之主。賈誼過秦論曰：向使子嬰有庸主之材，僅得中佐，秦猶未亡也。詩：懷其舊俗。　晉陸機辯亡論有曰：羣雄（鋒）〔蜂〕駭。

【校】鋒駭：影胡刻本文選作蜂駭。

〔二〕趙云：太宗方四歲，有書生見之，曰：龍鳳之姿，天日之表。其年幾冠，必能濟世安民。高祖以爲神，採其語，名之曰世民；故曰：讖歸龍鳳質。　蘇秦傳：秦，虎狼之國也。太宗之取天下，先定關中，故曰威定虎狼都。改姿字爲質，改國字爲都，詩司如是停等而後可。　若歸字，取劉琨言曆數有所歸之歸。　定字，取尚書：一戎衣而天下定。又穀梁取威定霸之定。豈不謂之句之領耶？

〔三〕趙云：尊堯典，謂循高祖之法度，豈亦以高祖爲神堯皇帝，故得用堯典字耶？　神功協禹謨，詩人意取帝王之成功，韻自押到，蓋所謂禹成厥功，而書有禹謨也。舊注謂親定九州，若如此，却成協禹貢矣。必謂之神功，則禹謂之神禹也。　神功字，宋謝靈運得句云：此語有神功。見鍾嶸詩品所載。

〔四〕趙云：上句言風雲之會，下句言繼高祖之明。　風雲字，多矣。如感會風雲。　絶足字，魏文帝與孫權送馬書曰：中國雖饒馬，其知名絶足亦時有之耳。　登樓賦：假高衢而騁力。

〔五〕趙云：尚書：事不師古。　百家注引趙曰：文物，如唐贊云太宗之治制度、紀綱之法。　趙云：老儒，如房、杜之屬。太宗爲天策上將軍，寇亂稍平，乃鄉儒宮作文學館，收聘賢才。如杜如晦等十八人，分番宿閣下，悉給珍膳。每暇日，訪以政事，討論墳籍。在選中者，謂之登瀛洲。及即位，儒臣之老如房、杜輩，太半在朝爲卿相。

〔六〕趙云：四句實録也。賢路不崎嶇，則不艱於進用。説苑：楚令尹虞丘子謂莊王曰：臣爲令尹，處士不升，妨賢路。潘安仁詩：在疚妨賢路。干寶云：師尹無具瞻之貴，而顛墜戮辱之禍日有。南都賦：下蒙籠而崎嶇。白鸚鵡賦云：崎嶇重阻。百家注引趙曰：如魏鄭公、王珪之諫諍。〔下句〕言不艱於進用，如用馬周之才也。

〔七〕趙云：此六句言太宗末年，有日食、太白晝見之祥；興翠微、玉華之役；高麗、龜兹之戰，相繼用師；則太宗之意，猶欲好大喜功，勤兵於遠。立思方如此，遽爾升遐，故繼之以壯士悲陵邑也。論語：往者不可諫。書：海隅蒼生。謝安：其如蒼生何。災降字，使皇天降災。蘇字，使后來其蘇也。劉向新序曰：先王之所以指麾而四海賓服者，誠德之至也。樂緯云：商湯改制，盪滌故俗。而東都賦云：因造化之盪滌。盪，音他浪切；亦上聲，音徒浪切。詩：率土之濱。用對洪爐，如禪家洪爐上一點雪。荆軻云：壯士一去不復還。易：幽人貞吉。西都賦：三選七遷，充奉陵邑。鼎湖事，黄帝鑄鼎，鼎成而仙去，後世名其地爲鼎湖。出前漢郊祀志。

〔八〕趙云：玉衣，貴人死者珍異之衣。漢儀注：以玉爲衣，如鎧狀，連綴之，以黄金爲縷。太宗雖死矣，玉衣如鎧，晨則自舉。此以意度鬼神之事。鐵馬，非戰莫用也。所像之鐵馬猶汗以趨，則太宗勤兵之意，瞑目而未終矣。

〔九〕趙云：此公自紀其過陵之實也。仲長子昌言曰：古之葬，松柏、梧桐以識其墳也。故曹植寡婦詩曰：高墳鬱兮巍巍，松柏森兮成行。謝靈運經廬陵王墓下詩曰：徂謝易永久，松柏森成行。可見矣。繁欽述行賦曰：茫茫河濱，實多沙塵。謝靈運擬阮瑀詩曰：河洲多沙塵，風悲黄雲起。然則，沙、塵兩物，可倒用乎？末句重弔其平生開國之勤勞。今死，則寂寥而流恨也。選有：列萬騎於山隅。

重經昭陵（近體詩）

草昧英雄起，謳歌曆數歸〔一〕。風塵三尺劍，社稷一戎衣〔二〕。翼亮貞文德，丕承戢武威〔三〕。聖圖天廣大，宗祀日光輝〔四〕。陵寢盤空曲，熊羆守翠微〔五〕。再窥松柏路，還見五雲飛〔六〕。

〔一〕趙云：易屯卦：天造草昧。前漢：英雄并起。劉琨：曆數有歸。隋煬失德，而李密、蕭銑、竇建德、王世充各據一方，獨唐受命，則曆數歸之謂也。

〔二〕趙云：以漢高祖、周武王言高祖也。曹元首六代論曰：漢祖奮三尺之劍。庾信獻皇祖文皇帝歌辭雖有曰：終封三尺劍，長卷一戎衣。至公風塵、社稷之語，可謂開廣矣。

〔三〕趙云：此言太宗偃武用文也。魏志：高堂隆上疏云：可使諸王君國典兵，鎮撫皇畿，翼亮帝室。又晉卞壼委質三朝，盡規翼亮。任彦升作竟陵王行狀：翼亮孝治，緝熙中教。書：伊尹：肆嗣王丕承基緒。孔子云：修文德以來之。班固云：威武者，文德之輔助。秦始皇本紀刻石之辭曰：武威旁暢，振動四極。貞，則易云：天下之動，貞夫一。戢，則左傳：兵猶火也，不戢將自焚。此又無一字無來處矣。

〔四〕趙云：此却言後王之孝祀也。宋徐爰言郊位曰：今聖圖重造，舊章畢新。孝經曰：宗祀文王於明堂。易曰：廣大配天地。其上貼天字，又宜矣。淮南子曰：光輝萬物。而古有含英揚光輝。上貼日字，則前漢李尋傳：日者陽之長，輝光所燭，萬里同晷。又於建都詩末句云：願駐長安日，光輝照北原。

〔五〕趙云：鮑照芙蓉賦：繞金渠之空曲。下句言兵衛之人，如熊如羆，屯守於翠微之際。書有：熊羆之士。翠微，祖出爾雅，山頂之名。葱翠杳微之際，取其高也。

〔六〕趙云：曹植寡婦詩曰：高墳鬱兮巍巍，松柏森兮成行。謝靈運經廬陵王墓詩曰：徂謝易永久，松柏森已行。可見陵寢矣。孝經援神契曰：王者德至，山陵則慶雲出。五雲者，乃五色之慶雲也。沈約宋書云慶雲五色是已。

羌村三首（古詩）

趙云：蔡興宗云，至德二載，歲在丁酉，秋閏八月，奉詔至鄜迎家。有九成宫徒步〔歸〕行、玉華宫、北征，及此羌村。豈在鄜州乃公寄家之地耶？當得鄜州圖經考之。

崢嶸赤雲西，日脚下平地〔一〕。柴門鳥雀噪，歸客千里至。妻孥怪我在，驚走還拭淚。世亂遭飄蕩，生理偶然遂。鄰人滿牆頭，感歎亦歔欷。夜闌更秉燭，相對如夢寐〔二〕。

右一

〔一〕趙云：此善言暮日之狀。易通卦驗之言雲有曰：赤如赤繒，則赤雲亦實道所見耳。楚辭云：載赤霄而淩太清。舊注便改作雲字，以附會其説矣。

〔二〕趙云：小説載，有人夢至帝所，見扇有書字。視之，則題云：夜深更秉燭，相對如夢寐。初不記憶其爲杜詩也，覺而悟之。然則，杜詩乃在天人之所誦矣。又劉貢父嘗言，詩人諷誦古人詩句，在心積久，或不記，往往多自爲己有，不可例以爲竊詩。如老杜羌村云：夜闌更秉燭，相對如夢寐。而梅聖俞夜賦云：官燭剪更明，相對看應似夢。昭明所選古詩：晝短苦夜長，何不秉燭游。

右二

蕭蕭北風勁，撫事煎百慮。賴知禾黍一作黍秫收，已覺糟床注〔二〕。如今足斟酌，且用慰遲暮。

晚歲迫偷生，還家少歡趣。嬌兒不離膝，畏我復却去。憶昔好追涼，故繞池邊樹〔一〕。

〔一〕趙云：晉安王薄晚逐涼詩曰：向夕紛喧屏，追涼風觀中。

【校】所引詩句爲庾肩吾作，詩題當作和晉安王薄晚逐涼北樓回望應教。風：百家注作飛。

〔二〕趙云：一作黍秫收，極是。蓋黍與秫所以造酒，方與下句相應。東坡洋川南園詩有云：桑疇雨過羅紈膩，麥隴風來餅餌香。此亦賴知黍秫收，已覺糟床注之意，蓋詩人推物理，想其事如此。

羣雞正亂叫，客至雞鬭爭。驅雞上樹木，始聞扣柴荆。父老四五人，問我久遠行。手中各有攜，傾榼濁復清。苦辭酒味薄，黍地無人耕。兵革既未息，兒童盡東征。請爲父老歌，艱難愧深情。歌罷仰天歎，四座淚縱横〔一〕。

右三

〔一〕趙云：此詩一篇之中，賓主既具，問答了然，故善論詩者以比陶潛詩：清晨聞叩門，倒裳往自開。問子爲誰與？田父有好懷。壺漿遠見候，疑我與時乖。繿縷茅簷下，未足爲高棲。一世皆尚同，願君汩其泥。深感老父言，禀氣寡所諧。紆轡誠可學，違己詎非迷。且共歡此飲，吾駕不可迴。

喜聞官軍已臨賊寇二十韻（近體詩）

胡虜潛京縣，官軍擁賊濠〔一〕。鼎魚猶假息，穴蟻欲何逃〔二〕。帳殿羅玄冕，轅門照白袍〔三〕。泰山當警蹕，漢苑入旌旄〔四〕。路失羊腸險，雲横雉尾高〔五〕。五原空壁壘，八水散風濤〔六〕。今日看天意，游魂貸爾曹。乞降那更得，尚詐莫徒勞〔七〕。元帥歸龍種，司空握豹韜〔八〕。前軍蘇武節，左將吕虔刀〔九〕。兵氣回飛鳥，威聲没巨鼇〔一〇〕。戈鋋開雪色，（弓矢向秋毫）〔一一〕。〔天步艱方盡〕，時和運更遭〔一二〕。誰云遺毒螫，已是沃腥臊〔一三〕。睿想丹墀近，神行羽衛牢〔一四〕。花門騰絶漠，拓羯渡臨洮〔一五〕。此輩感恩至，羸俘何足操〔一六〕。鋒先衣染血，騎突劍吹毛〔一七〕。喜覺都城動，悲連子女號。家家賣釵釧，只待獻春醪〔一八〕。

【校】戈鋋開雪色，弓步艱方盡，時和運更遭：中華書局影印南宋曾噩刊本原文如此，今據清刻本補正。

〔一〕趙云：至德二載，子儀以朔方兵敗安慶緒於澧水，復京師。慶緒奔於陝郡。此之謂潛京縣，京師之縣也。鮑明遠云：河陽視京縣。

【校】鮑明遠：影胡刻本文選作謝朓詩。

〔二〕百家注引趙曰：南史：丘遲與陳伯之書云：酋豪猜貳，部落攜離，方當繫頸蠻邸，縣首藁街，而將軍魚游於鼎沸之中，燕巢於飛幕之上，不亦惑乎！　趙云：蟻穴事，異苑曰：桓謙太元中，忽有人皆長寸餘，悉被鎧持槊，乘具裝馬，從埳中出。緣機登竈，尋飲食之所。或有切肉，輒來叢聚。力所能勝者，則以槊刺取，徑入穴。蔣山道士令以沸湯澆所入處，寂不復出。因掘之，有斛許大蟻死在穴中。

〔三〕趙云：帳殿者，行在之所，以帳爲殿也。庾肩吾曲水聯句曰：迴川入帳殿，列俎間芳洲。梁〔劉〕孝綽曲水宴詩曰：帳殿臨春渠。　羅玄冕，言羣臣侍也。周禮：弁師掌王之五冕，皆玄冕朱裏。雖王者之制，而三禮圖載應劭漢官儀，以爲卿大夫玄冕。曹子建責躬詩曰：冠我玄冕。陸士衡詩云：玄冕無醜士。則公侯之服。羅者，不一其人也。如鮑明遠扶宫羅將相之羅。　轅門，出周禮，雖亦王者之制，而將亦有之，見項羽傳。白袍，則以朝廷之兵如梁陳慶之所統之兵。梁與魏戰，慶之麾下悉着白袍，所向披靡。先是，洛中謡曰：名軍大將莫自牢，千兵萬馬避白袍。言白袍之可畏也。公詩又曰：未使吴兵着白袍。亦同此矣。

〔四〕趙云：上句言肅宗在鳳翔也。警蹕，出前漢：出稱警，入稱蹕，止行人也。旌旄者，析羽爲之，九旗之一也。旄，則幢也。詩：孑孑干旄。孑孑干旄。言兵往長安，爲入漢苑矣。漢苑者，上林苑也。

〔五〕趙云：安慶緒弑父之年二月，李光弼敗其衆於太原郡。隋煬帝嘗問崔賾羊腸坂。賾對有兩處：一在上黨壺關，一在太原北九十里。則今杜公所謂羊腸者，指太原也。失險者，無復有其險也。彼既失太原羊腸之險，而我勝矣。雲横，則天子所在，雲横其上。如黄帝與蚩尤戰於涿鹿之野，常有雲氣止於帝上。雉尾高，舊注所引是。羊腸却引太行，非。

〔六〕趙云：上句言賊退而壘空也。壁壘字出選。考長安志，長安、萬年二縣之外，有畢原、白鹿原、少陵原、高陽原、細柳原，正得原之名者恰有五。若樂遊原，則曰樂陽廟，而亦曰原耳。然則，五原者，殆指正名之五原乎？今古詩中崆峒五原亦無事，亦此五原。舊注便作五丈原，非是。惟其收復長安，故得言五原。八水散風濤，則言風波止息之意。顔延年詩：春江壯風濤。

〔七〕趙云：賊窘則乞降，黠則尚詐。今安賊既爲官軍所臨，欲望如是不可也。已上言賊被臨之壯，已下鋪敘所臨之人。

〔八〕趙云：時至德二載七月，以廣平王俶爲天下兵馬元帥，往收長安。後更名豫，是爲代宗也。司空郭子儀副之，故有此句。天子之子孫謂之龍種，如隋文帝子勇，勇子儼，雲昭訓所生，乃雲定興女。文帝嘗曰：皇太孫何謂生不得其地？定興奏曰：天生龍種，所以因雲而出。百家注引趙曰：太公六韜有豹韜也。

〔九〕趙云：又似言李嗣業。史載，嗣業善用陌刀。高仙芝討勃律時，嘗署嗣業爲左陌刀將，故得稱左將。李歸仁之師果因嗣業以長刀突出斬賊，則公詩雖作於聞官軍臨寇之時，而嗣業善刀之名已著，故得用吕虔刀也。

〔一〇〕趙云：舊注非是。杜時可補遺所引又穿鑿。蓋公用對威聲没巨鼇，本亦無出處。必取巨鼇者何？以巨鼇屭贔之物，威聲所加，乃至没之，此狂賊慴服之意。若用回鳥畏威之義，又犯此句，況既云鳥，一向行宫，一向幕府，乃是來集，與回義相反。　百家注引趙曰：言氣之陵噴，可彗飛鳥回也。回，如回天之回。舊注所引非。

〔一一〕趙云：戈、鋋兩物。列子：目將眇者，先暗秋毫。弓矢向之，言能中微也。

〔一二〕趙云：所謂時和歲豐。文選有：云時之未遭。又：遭遇嘉運。則時與運之下可押遭字韻矣。

〔一三〕趙云：鳌音施隻切。　腥臊字，則國語：舅犯對晉侯曰：偃之肉腥臊，將焉用之？而禰衡鸚鵡賦：忖陋體之腥臊。毒螫、腥臊，以皆以蟲鳥眇之耳。

〔一四〕趙云：蓋言車駕有可還之勢。書云：思曰睿。睿作聖。睿想，天子之念慮也。丹墀者，天子之殿上以丹塗其墀。　神行，天子之行也。　羽衛，葆羽之衛。　牢，則安而無警矣。

〔一五〕趙云：時用安西、回紇、南蠻、大食之兵。今言花門，回紇是也。拓羯，安西是也。臨洮，即洮州，謂之臨洮郡。　騰絶漠、渡臨洮，言其喜來助順也。

〔一六〕趙云：至勝賊時，果得回紇以奇兵繚賊背夾攻之。　晉書：此輩當束之高閣。　贏俘，尪羸之俘也。　操者，執俘之謂。

〔一七〕趙云：此對爲最工。先鋒、突騎皆倒使。　衣染血，南史梁武帝謂張稷有衣染天血之語。　佛書：如吹毛劍。

〔一八〕趙云：蓋舉皆望京師收復，其喜如此。九月癸卯，果復京師也。

九日楊奉先會白水崔明府（近體詩）

今日潘懷縣，同時陸浚儀〔一〕。坐開桑落酒，來把菊花枝〔二〕。天宇清霜淨，公堂宿霧披〔三〕。晚酣留客舞，鳧舄共差池。

〔一〕趙云：上句指言二令之相會也。

〔二〕趙云：劉隨善造酒，熟於桑落之辰，故酒得名焉。水經載之詳矣。庾信從蒲使君乞酒曰：蒲城桑落熟，灞岸菊花秋。又謝衛王賜桑落酒詩曰：停杯待菊花。蓋桑落，則菊花開之時。當桑葉落而酒熟，乃飲酒之候矣。舊注非。百家注引趙曰：舊注引世説及陶潛事，非是。

〔三〕趙云：公自言其得見二令。公堂，則楊奉先之公堂也。

奉先劉少府新畫山水障歌（古詩）

堂上不合生楓樹，怪底江山起烟霧〔一〕。聞君掃却赤縣圖，乘興遣畫滄洲趣〔二〕。畫師亦無數，好手不可遇。對此融心神，知君重毫素〔三〕。豈但祁岳與鄭虔，筆跡遠過楊契丹〔四〕。得非玄圃裂？無乃瀟湘翻？悄然坐我天姥下，耳邊已似聞清猿〔五〕。反思前夜風雨急，乃是蒲城鬼神入。元氣淋漓障猶濕，真宰上訴天應泣〔六〕。野亭春還雜花遠，漁翁暝踏孤舟立。滄浪水深青溟闊，欹岸側島秋毫末。不見湘妃鼓瑟時，至今斑竹臨江活〔七〕。劉侯天機精，愛畫入骨髓。自有兩兒郎，揮灑亦莫比。大兒聰明到，能添老樹巔崖裏。小兒心孔開，貌得山僧及童子〔八〕。若耶溪，雲門寺，吾獨何爲在泥滓？青鞋布襪從此始。

〔一〕趙云：此詩篇中使字，云不合，云怪底，云得非，云無乃，云似聞，云乃是，皆以形容其所畫景物之逼真也。

〔二〕趙云：史記：中國名曰赤縣神州，言比幽遠之地，明顯靈異也。後世京邑屬縣有赤，有畿。其浩穰者爲赤。奉先，乃今之蒲城縣也。縣東有蒲城，西魏亦以爲名。劉少府善畫，爲奉先之景物猶未曠遠，故杜云聞其掃赤縣圖，乘興遣劉公更作滄洲之幽趣矣。何以知其初爲奉先景物圖？以公橋陵詩云：居然赤縣立。此篇下文有云：乃是蒲城鬼神入。則所謂赤縣，正指奉先明矣。

〔三〕趙云：蓋公之意，言既遇劉公遣畫滄洲趣矣，劉公對此圖而心神融釋。無他，劉公之心亦自重其毫素而樂爲之也。融，乃列子骨肉都融之義。左太沖招隱詩：前有寒泉井，聊可瑩心神。文賦云：唯毫素之所擬。注：毫，筆也。書縑曰素。而五君詠有曰：向秀甘淡薄，深心託毫素。

〔四〕趙云：祁岳、鄭虔、楊契丹三人皆士人之善畫山水者。契，音詰。

〔五〕趙云：云玄圃，云瀟湘，云天姥，乃取仙山及人間奇境稱比之也。姥音莫五切，皆言所畫山水者此趣也。

葛仙公傳云：崑崙一曰玄圃，一曰積石，一曰閬風臺，一曰華蓋、天柱，皆仙人所居也。

〔六〕趙云：可謂佳句之雄拔者。本朝錢希白洞微志云：無雲而雨，謂之天泣。

〔七〕趙云：以狀其所畫之竹，言湘妃遠矣，不親見其鼓瑟時，但餘斑竹在耳。張華博物志：舜之二妃，淚下染竹即斑。妃死爲湘水神，故曰湘妃竹。

【校】百家注以狀上有楚字。

〔八〕趙云：禰衡有：大兒孔文舉，小兒楊德祖。

【校】百家注有作曰。

收京三首（近體詩）

仙杖離丹極，妖星照玉除〔一〕。須爲下殿走，不可好樓居〔二〕。暫屈汾陽駕，聊飛燕將書〔三〕。依然七廟略，更與萬方初〔四〕。

右一

〔一〕趙云：西都賦：玉階彤庭。改階字爲除，誤矣。

〔二〕趙云：好樓居，出史記封禪書。今公以仙人比天子也。一作：得非羣盜起，難作九重居。語白不取。

〔三〕趙云：言京城不勞兵戰而駕可復止，若魯仲連飛書而聊城自下耳。所以見收復之易也。

〔四〕趙云：兵謀謂之廟略，蓋謀之於廟也。言廟略素定，更與萬方一新。更，平聲，蓋更始之義。百家注引趙曰：今詩所言，則在七廟之中所謀略也。

生意甘衰白，天涯正寂寥。忽聞哀痛詔，又下聖明朝。羽翼懷商老，文思憶帝堯〔一〕。叨逢罪己日，霑灑望青霄〔二〕。

右二

〔一〕趙云：商老，似言郭子儀副廣平王以成功也。文思憶帝堯，指言肅宗。蓋公既被詔歸鄜州，乃聞收京，既懷郭公，又憶主上，皆跂望之心也。不以文害辭，不以辭害意，然後可解。

〔二〕趙云：感慰而望天也。

汗馬收宮闕，春城鏟賊壕〔一〕。賞應歌杕杜，歸及薦櫻桃。雜虜橫戈數，功臣甲第高〔二〕。萬方頻送喜，無乃聖躬勞。

右三

〔一〕趙云：古樂府詩：春城起風色。收復京師在九月，而公詩云春城鏟賊壕，未詳，豈自九月至正月而定乎？蓋賊在京師不無殘破更易，爲之鏟，則盡削平其迹之義也。

〔二〕趙云：戰國策：衛行人燭過免胄橫戈而進。

洗兵馬收京後作　（古詩）

中興諸將收山東，捷書夕報清晝同〔一〕。河廣傳聞一葦過，胡危命在破竹中。秖殘鄴城不日得，獨任朔方無限功〔二〕。京師皆騎汗血馬，回紇餧肉蒲萄宮〔三〕。已喜皇威清海岱，常思仙仗過崆峒〔四〕。三年笛裏關山月，萬國兵前草木風〔五〕。成王功大心轉小，郭相謀深古來少。司徒清鑒懸明鏡，尚書氣與秋天杳〔六〕。二三豪俊爲時出，整頓乾坤濟時了。東走無復憶鱸魚，南飛覺有安巢鳥〔七〕。青春復隨冠冕入，紫禁正耐煙花繞〔八〕。鶴駕通宵鳳輦備，雞鳴問寢龍樓曉〔九〕。攀龍附鳳勢莫當，天下盡化爲侯王。汝等豈知蒙帝力，時來不得誇身强〔一〇〕。關中既留蕭丞相，幕下復有張子房〔一一〕。張公一生江海客，身長九尺鬚眉蒼。徵起適遇風雲會，扶顛始知籌策良〔一二〕。青袍白馬更何有，後漢今周喜再昌〔一三〕。寸地尺天皆入貢，奇祥異瑞爭來送。不知何國致白環，復道諸山得銀甕。隱士休歌紫芝曲，詞人解撰河清頌〔一四〕。田家望望惜雨乾，布穀處處催春種〔一五〕。淇上健兒歸莫懶，城南思婦愁多夢〔一六〕。安得壯士挽天河，净洗甲兵長不用。

〔一〕趙云：山東者，今之河北也。蓋謂之山東、山西，以太行山分之也。今所謂山東，乃昔言齊地，則以泰山言之矣。安祿山反，先陷河北諸郡。至二京已復，安慶緒奔於河北之後，史思明降，嚴莊降，能元皓降，而河北諸郡漸復矣，故曰中興諸將收山東。夕者，日之晚也。詩曰：日之夕矣，牛羊下來。畫者，日之中也。莊子曰：正晝爲盜，日中穴阫。夕晚之報，與日晝同，言其好消息之真也。舊本誤作日報清晝同，所以起學者之疑。

〔二〕趙云：鄴，相州也，乃賊所窟穴。四月，以相州爲安成府，可見矣。至九月方能圍相州，十一月方能敗之，故公於作是詩時云殘者，言餘也。只殘字，是唐人語。（出）〔任〕朔方，指言郭子儀也。子儀素爲朔方節度使，後又加河西、隴右。時專任子儀，故云獨任。

【校】出朔方：正文作任朔方。

〔三〕趙云：蒲萄宮，考之長安志，載有東、西蒲萄園。景龍文館記云：中宗召近臣騎馬入櫻桃園，馬上口摘櫻桃，遂宴東蒲萄園，奏以宮樂。則所謂蒲萄宮者，雖不指其東西，而謂此園耳。舊注作漢有蒲萄宮，考之漢宮室名，別無此名也。視回紇爲虎，以言其强暴爲患也。舊唐史載：初收西京，回紇欲入城劫掠，廣平王固止之。及收東京，回紇遂入府庫取財帛，於市井、村坊剽掠三日而止，財物不可勝計。廣平王又賚之以錦罽寶貝，葉護大喜；則回紇之爲虎可知。百家注引趙曰：汗血馬，出大宛，蓋胡馬也。皆騎汗血馬，以言回紇騎胡馬之多。

〔四〕趙云：青徐諸郡皆復，天下無事，則可以問道。此所以常思其如此。

〔五〕趙云：祿山以天寶十四載反，歲在乙未。安慶緒以至德二載弑其父，歲在丁酉。是歲復二京，則爲三年。關山月，古樂府曲名。梁元帝有詩，周王褒燕歌行云：無復漢地關山月，唯有漠北薊城雲。

〔六〕趙云：本傳，至德二載，光弼加檢校司徒。新書：光弼自司徒遷司空。猶稱司徒，則新史誤也。尚書，指言王思禮。本傳，長安〔平〕，思禮先入清宮。收東京，戰數有功，遷兵部尚書。以爲房琯，非是。按，至德元載十月，琯用車戰以敗。二載，琯罷相，貶邠州刺史。舊注云作懷恩，亦非是。據本傳，復兩京，懷恩雖有功，止詔加鴻臚卿。其後，乾元二年方入爲工部尚書。令公詩是收復兩京後，豈卻是懷恩耶。百家注引趙曰：江子之以尚書爲房琯，非是。

〔七〕趙云：曹孟德詩：烏鵲南飛。大率兵亂則非特人不安，鳥亦不安。時平則鳥獸亦安矣。

【校】長安思禮先入清宫：長安下奪平字，據新唐書補。

〔八〕趙云：乾元元年正月，授皇帝以傳國璽。此時衣冠并入而定矣，故云青春復隨冠冕入。紫禁，紫宫之禁也，蓋以紫微帝座得名。

〔九〕趙云：按漢書，成帝爲太子，上嘗急召。太子出龍樓，不敢絶馳道。張晏曰：門樓上有銅龍，若白鶴、飛廉之爲名也。此龍樓本出。若王元長所用，則出於此耳。蓋王元長文合禮記與漢書兩事爲句，而社公則又出於王元長而變之也。百家注引趙曰：文王爲太子，雞初鳴至寢門外，問内豎之御者曰：今日安否何如？

【校】九家注文王爲太子一條作杜補遺。

〔一〇〕趙云：班固韓、彭等敘傳曰：雲起龍驤，化爲侯王。崔羣送符載歸蜀序亦云：不習俎豆，化爲侯王。汝等，指化侯王之人也。唐舊史載：肅宗至德二載四月，帝在鳳翔。是時府庫無畜積，專以官爵賞功。諸將出征，皆給空名告身，自開府、特進、列卿、大將軍，下至中郎、郎將，聽臨事注名。其後又聽以信牒授人官爵，有至異姓王者。諸有官者，但以職任相統攝。不復計官爵高下。大將軍告身一通，纔易一醉。凡應募入軍者，一切衣金紫，至有朝士僮僕衣金紫而身執賤役者。名器之濫，至是而極焉。今所謂盡化爲侯王，蓋言此輩也。

〔一一〕趙云：〔上句〕謂郭子儀也。

〔一二〕趙云：陸士衡樂府云：藹藹風雲會。語：顛而不扶。

〔一三〕趙云：公自謂也。庾信哀江南賦曰：青袍如草，白馬如練。於雁門公碑銘言其祖父之功曰：白馬如練，玄旗如墨；亦以形容其旗馬。侯景之亂，先有童謡云：青絲白馬壽陽來。而景以朝廷所給青布，皆用爲袍，采色尚青。景乘白馬，青絲爲轡，欲以應讖。今公詩取字用耳，非言安、史及吐蕃也。何有者，言在我者何所有哉？殊無所利也，唯知喜再昌而已。

〔一四〕趙云：公詩言此者，是歲既收京，而於七月嵐州合〔河〕關（河），黄河三十里清如（水）〔冰〕。蓋收京之祥，實昔東京既稱炎漢再受，今周曆即是酆都中興。此乃喜再昌之義。若以爲卜年卜世之周，則於今周字無出。後漢，則東京之漢。今周，則宇文之周。庾信於齊王碑序云：事也。

【校】合關河，關河互乙，當作合河關。元和郡縣志河東道：嵐州西至黄河一百八十里，河上有合河關。清如水，水當作冰，據杜詩詳注改。

〔一五〕趙云：楊惲云：田家作苦。故對布穀催耕之鳥。東坡在黄州作五禽言，自注曰：土人謂布穀爲脱却布袴。

〔一六〕趙云：淇上，衛地也。衛詩云：泉源在左，淇水在右。今衛州與相州相鄰，則指言圍相之兵矣。健兒，見上哀王孫詩注。

臘日（近體詩）

臘日常年暖尚遥，今年臘日凍全消。侵凌雲色還萱草，漏洩春光有柳條。縱酒欲謀良夜醉，還家初散紫宸朝。口脂面藥隨恩澤，翠管銀罌下九霄〔一〕。

〔一一〕趙云：紫宸，殿名，在東内大明宮之中，乃内衙之正殿也。舊注是。杜田所引却是人家下者自上其物，不干國家恩賜事。時序則恩澤乖矣。百家注引趙曰：唐制，臘日賜〔口〕脂、面藥，翠管、銀罌所以盛之也。

【校】賜脂面藥：賜字下奪口字，據正文口脂面藥隨恩澤補。

乙帙卷之五

宣政殿退朝晚出左掖（近體詩）

天門日射黄金牓，春殿晴曛赤羽旗〔一〕。宫草微微承委珮，鑪煙細細駐遊絲。雲近蓬萊常好色，雪殘鳷鵲亦多時〔二〕。侍臣緩步歸青瑣，退食從容出每遲〔三〕。

〔一〕趙云：前漢禮樂志：天門開，詄蕩蕩。神異經云：西方有宫，金牓而銀鏤，題曰：天地少女之宫。赤羽旗，如周官：析羽爲旌。家語：赤羽若日，白羽若月。詄音迭。

〔二〕趙云：蓬萊殿在紫宸殿之後，皆大明宫中也。鳷鵲，漢觀名，在甘泉宫。謝玄暉詩云：金波麗鳷鵲，玉繩低建章。則借漢宫觀名以比常時之禁掖。

〔三〕趙云：青瑣，漢門名，在未央宫。今亦借用，如范彦龍：攝官青瑣闥。詩：退食自公。

晚出左掖（近體詩）

晝刻傳呼淺，春旗簇仗齊〔一〕。退朝花底散，歸院柳邊迷。樓雪融城濕，宫雲去殿低。避人焚諫草，騎馬欲雞棲〔二〕。

〔一〕趙云：衛宏漢舊儀：使夜漏起，宮衛傳呼以爲備。陸倕以其所載爲未詳。謂傳呼淺，則在晝不若夜之遠也。

〔二〕趙云：如魏陳羣之削草，又高士廉奏議未嘗不焚稿也。詩云：雞棲于塒。舊注引文選：雞登棲而斂翼。非是。

紫宸殿退朝口號（近體詩）

户外昭容紫袖垂，雙瞻御座引朝儀〔一〕。香飄合殿隨風轉，花覆千官淑景移〔二〕。晝漏稀聞高閣報，天顏有喜近臣知〔三〕。宮中每出歸東省，會送夔龍集鳳池〔四〕。

〔一〕趙云：天祐，昭宗年號，朱全忠所立者。杜田所引，可見唐之元制矣。雙瞻御座，則應用昭容二人爲引。謂之瞻，則回瞻也。

【校】昭容：百家注引作昭儀。

〔二〕趙云：宋有合殿之名。荀子云：天子千官。博物志：海上有風山，春風所出。鮑照悲哉行有羈人感淑景之句。

〔三〕趙云：上句言晝漏之所以稀聞，以閣之高，而傳之遠也。吴越春秋載采葛婦詩曰：羣臣拜舞天顏舒。近臣，則言左右親近之臣，蓋指貂璫者耳。

〔四〕趙云：東省事，唐制，左拾遺隷門下省，而門下省在東，故曰東省。唐之初，門下省在左延明門東南，中書省在右延明門西南。此在西内者耳。至高宗居大明宮，兩省曹僚隨便安置，故宣政殿前東廊曰日華門，其東有門下省；其西曰月華門，其西有中書省焉。今公所謂歸東省，則日華門東之門下省也，故後篇答岑補闕有曰我住日華東也。題是紫宸殿退朝，而紫宸殿在東内大明宫之中，故云。

送李校書二十六韻（古詩）

代北有豪鷹，生子毛盡赤〔一〕。渥洼騏驥兒，尤異是龍脊〔二〕。李舟名父子，清峻流輩伯〔三〕。人間好妙年，不必須白晳〔四〕。十五富文史，十八足賓客。十九授校書，二十聲輝赫。衆中每一見，使我潛動魄。自恐二男兒，辛勤養無益〔五〕。乾元元年春，萬姓始安宅。舟也衣綵衣，告我欲遠適〔六〕。倚門固有望，斂衽就行役〔七〕。南登吟白華，已見楚山碧〔八〕。藹藹咸陽都，冠蓋日雲積。何時太夫人，堂上會親戚。汝翁草明光，天子正前席〔九〕。歸期豈爛漫，别意終感激〔一〇〕。顧我蓬屋姿，謬通金閨籍。小來習性懶，晚節慵轉劇。每愁悔吝作，如覺天地窄。羨君齒髮新，行已能夕惕。臨岐意頗切，對酒不能喫〔一一〕。迴身視緑野，慘澹如荒澤。老雁春忍饑，哀號待枯麥〔一二〕。時哉高飛燕，絢練新羽翮〔一三〕。長雲濕褒斜，漢水饒巨石〔一四〕。無令軒車遲，衰疾悲宿昔。

〔一〕趙云：以物之奇峻者比李舟也。晉孫楚鷹賦曰：有金剛之俊鳥，生井陘之巖阻。隋魏彦深鷹賦曰：惟兹禽之化育，實鍾山之所生。而今公言代北，未見所出也。

【校】而今公言一句：十家注引作：而今公言亦此義也。自隋魏彦深以下，百家注標作黄曰。

〔二〕趙云：前漢書曰：武帝元鼎四年，馬出渥洼水中。東方朔曰：騏驥、騄耳，天下之良馬也。爾雅曰：騮馬黄脊。騝，音乾。

〔三〕趙云：名父之子也。前漢蕭育傳：王鳳以育名父之子，除爲功曹。王導謂述名父之子，不可無禄。流輩之伯也。伯者，長之義。晉有八伯，以比八達。漢官儀曰：侍御史，周官也，爲柱下史，冠法冠。一名柱後，以鐵爲柱，言其審固不撓，常清峻也。

〔四〕趙云：左傳昭公二十六年：冉豎曰：有君子白皙。

【校】白皙：百家注皙字下有鬚字。

〔五〕趙云：淵明云：雖有五男兒，俱不好紙筆。二男兒，亦倣此矣。

〔六〕百家注引趙曰：列女傳：老萊子孝養二親，着五色綵衣，卧地爲小兒啼。

【校】此條九家注未標注家，依例爲王洙注，待考。

〔七〕趙云：戰國策：齊王孫賈之母謂賈曰：汝朝出而晚來，則吾倚門而望；汝暮出而不還，吾倚閭而望汝。

〔八〕趙云：吟白華而見楚山碧，則舟必以王事南往於漢上矣。陶淵明勸農四言云：敢不斂衽。

〔九〕趙云：後漢尚書郎含香握蘭，值宿於建禮門。太官供膳，奏事明光殿，下筆爲詔誥，出語爲誥令。其在唐，則中書舍人也。凡掌制誥，必有草，故謂之起草。春明退朝録載：凡公文，中書謂之草，樞密謂之底，三司謂之檢。又可以見中書舍人所行曰草也。武后臨朝，天授元年，壽春王成器兄弟五人初出閤，同日受册。有司撰儀注忘載册文，及百僚在列方知闕禮，宰臣相顧失色。中書舍人王勮立召書吏五人執筆，口草五王册，一時俱畢。則起草者，中書舍人之職。

〔一〇〕趙云：豈爛漫，言必不至於過期也。而別意終感激，乃人情離别之常也。莊子：道德不同而性命爛漫。孟子趙岐章指曰：千載聞之，猶有感激。

〔一一〕趙云：李陵詩：對酒不能酬。

〔一二〕趙云：漢時謡：大麥青，小麥枯。

〔一三〕趙云：赭白馬賦云：別輩超羣，絢練夐絶。注：絢練，疾也。

〔一四〕趙云：言漢上景物之愁寂，以勸其歸也。江文通雜體詩云：海濱饒奇石。

曲江二首（近體詩）

一片花飛減却春，風飄萬點正愁人〔一〕。且看欲盡花經眼，莫厭傷多酒入唇。江上小堂巢翡翠，苑邊高冢卧麒麟〔二〕。細推物理須行樂，何用浮名絆此身〔三〕。

右一

〔一〕趙云：元實之言是也。秦少游號稱善辭曲，嘗云：落紅萬點愁如海。以爲佳句，乃使風飄萬點正愁人者也。

〔二〕趙云：兩句皆紀眼前所見也。冢前有石麒麟，蓋富貴之家。百家注引趙曰：西京雜記云是秦始皇驪山墓上有此物也。今詩言卧，則冢之荒廢矣，故公落句有感焉。　趙云：舊本花邊，師民瞻本作苑邊高冢，是。蓋芙蓉苑之邊也。

【校】此條集千家注杜工部詩集又引趙注，詳引西京雜記五柞宮西有青梧觀，柏樹下有石麒麟二枚云云。今按，集千家注杜工部詩集所引與百家注不合，且百家注、九家注咸以五柞宮西云云爲王洙注，今從九家注、百家注，不取。

〔三〕趙云：前漢楊惲報孫會宗書曰：人生行樂耳，須富貴何時。

朝回日日典春衣，每日江頭盡醉歸〔一〕。酒債尋常行處有，人生七十古來稀〔二〕。穿花蛺蝶深深見，點水蜻蜓款款飛〔三〕。傳語風光共流轉，暫時相賞莫相違〔四〕。

右二

〔一〕趙云：宋〔書〕元凶劭傳：日日出行軍。　王元長古意：思淚點春衣。

〔二〕趙云：老杜不拘以數對數，如四十明朝過，飛騰暮景斜亦是此格。　沈存中乃以八尺曰尋，倍尋曰常，謂亦是數目，故對七十；何迂鑿如此。

〔三〕趙云：深深字，莊子：其息深深。　款款字，司馬遷云：效其款款之愚。

〔四〕趙云：張若虛春江月云：請語風光催後騎，併將歌舞向前溪。馮小憐春日詩：傳語春光道，先歸何處邊。今公所謂傳語，正參用此語，以風光在我輩當共流轉，相與賞玩，莫相違戾。此豈語同舍之省郎乎？　謝玄暉云：日華川上動，風光草際浮。南齊王儉詩：風光承露照，霧色點蘭暉。

曲江對酒（近體詩）

苑外江頭坐不歸，水晶春一作宮殿轉霏微〔一〕。桃花細逐楊花落，黄鳥時兼白鳥飛〔二〕。縱飲久判人共棄，懶朝真與世相違。吏情更覺滄（州）〔洲〕遠，老大悲傷未拂衣〔三〕。

〔一〕趙云：苑外者，芙蓉苑之外也。曲江在苑北。文宗常誦公詩曰：江頭宫殿鎖千門。遂思復昇平事而修紫雲樓、彩霞亭，日復增創。以此觀之，則天寶、至德時所謂春殿轉霏微雖不可考知其名，而義可推矣。月宫謂之水精宫，今以言春殿，蓋以狀其清幽也。或云：即殿名。

〔二〕趙云：黄魯直詩云：野水漸添田水滿，晴鳩却喚雨鳩歸。用此格也。

〔三〕趙云：揚雄覈靈賦曰：世有黄公者，起於滄洲，清神養性，與道逍遥。

曲江對雨（近體詩）

城上春雲覆苑牆，江庭晚色靜年芳〔一〕。林花着雨臙脂落，水荇牽風翠帶長。龍武新軍深駐輦，芙蓉別殿漫焚香〔二〕。何時詔此金錢會，暫醉佳人錦瑟旁〔三〕。

〔一〕趙云：苑牆，又言芙蓉苑之牆也。

〔二〕趙云：兩句意言車駕唯深駐曲江，不復幸芙蓉苑，則別殿焚香爲漫耳。初，玄宗以萬騎軍平韋氏，改爲左右龍武軍，皆用唐之功臣子弟，制若宿衛兵。是時良家子避征戍者，亦皆納資隸軍，分日更上，如羽林。此在新唐史兵志，最爲易考。

〔三〕趙云：似言賜錢爲宴。劇談録載：開元中，都人遊賞曲江，盛于中和、上巳節。即賜宴臣僚，會于山亭，賜太常教坊樂。推此則謂賜金錢爲宴也。金錢字，止是言錢。如前漢曹丘生數招權，顧金錢，不必真是黄金爲錢者。公宴渼陂云：應爲西陂好，金錢罄一餐。亦此金錢之謂也。杜補遺所引却是黄金爲錢矣。醉佳人傍者，賜太常教坊樂也。錦瑟字，崔顥渭城少年行曰：渭城橋頭酒新熟，金鞍白馬誰家宿。可憐錦瑟筝琵琶，玉堂清酒就君家。則錦瑟者，寶瑟、瑶瑟之謂也。或曰，是佳人名，如青琴、瑟玉、絳樹、緑珠之類。李商隱作錦瑟詩，其詞曰：錦瑟無端五十絃，一絃一柱思華年。説者云，令狐綯之妾名錦瑟，而商隱賦詩。雖載詩話，亦不明據，又况是後來事，不可引。若言教坊樂器，則自有錦瑟矣。

【校】玉堂清酒就君家：全唐詩作玉壺清酒就倡家。注云：清一作新。

奉和賈至舍人早朝大明宫舍人先世掌絲綸（近體詩）

五夜漏聲催曉箭，九重春色醉仙桃〔一〕。旌旗日暖龍蛇動，宫殿風微燕雀高〔二〕。朝罷香烟攜滿袖，詩成珠玉在揮毫〔三〕。欲知世掌絲綸美，池上于今有鳳毛〔四〕。

〔一〕百家注引趙曰：魏漢以來名夜有五，起於甲，盡於戊，故曰五夜。故公所言，指言五更初也。春色着桃酣醉然，以宫中之物故得以仙桃爲言。

〔二〕趙云：余竊謂夏文莊硯中旗影動龍蛇，徐師川旌旗不動御爐香，皆剽杜也，然工拙可見矣。硯水之中可見旌旗之影動如龍蛇，而御爐香豈干旌旗動不動乎？或者穿鑿以燕雀高比小人得位，則龍蛇動何所比乎？後學妄論杜詩有如此者。

〔三〕趙云：香烟雖是香之烟，而兩字是實，故可對珠玉。

〔四〕趙云：賈至，曾之子。曾於睿宗末年及開元初再爲中書舍人。後與蘇晉同掌制誥，皆以文辭稱，時號蘇賈焉。玄宗幸蜀，時至拜起居舍人，帝曰：昔先帝誥命，乃父爲之辭，今兹命册，又爾爲之。兩朝盛典出卿家父子，可謂繼美矣。故云。　鳳毛，有兩事：南史載：謝超宗者，謝鳳之子，作殷淑儀誄，帝大嗟賞，謂謝莊曰：超宗殊有鳳毛。而池上字，又使荀勗奪我鳳凰池事。

【附】

早朝大明宫

賈　至

銀燭朝天紫陌長，禁城春色曉蒼蒼。千條弱柳垂青（鎖）〔瑣〕，百囀流鶯滿建章。劍佩聲隨玉墀步，衣冠身染御爐香。共沐恩波鳳池裏，朝朝染翰侍君王。

題省中院壁（近體詩）

掖垣竹埤梧十尋，洞門對雪常陰陰〔一〕。落花游絲白日静，鳴鳩乳燕青春深〔二〕。腐儒衰晚謬通籍，退食遲迴違寸心[三]。衰職曾無一字補，許身愧比雙南金[四]。

〔一〕趙云：掖垣者，禁掖之垣牆也。埤字，在字書音避移反，附也，助也，補也，增也。引詩云：政事一埤益我。云埤，厚也。今公竹埤，則側聲矣。惟晉語：秦醫和曰：松柏不生埤。注：埤，下濕也。而國語音卑，又皮靡反，方是側聲而有所當生之義。

此對終南之雪也。正謬云對雪當作對霤，非是。所謂對雪常陰陰，蓋爲大明宫直終南山，每清天霽景，視終南山如指掌云。蓋對霤自是玉堂。凡是堂殿，前有天井，乃爲對霤。鄭玄禮記注曰堂前有承霤。是已。若在洞門言之，則第一重門豈對霤耶？又對承霤則明快矣，豈陰陰耶？杜云落花、乳燕，乃春深時，非可言雪，蓋終南崇山，雖春深而有積雪未消爾。

〔二〕趙云：兩句如東坡先生之説，豈不謂之偉麗耶？隋蕭慤春賦云：落花無限數，飛鳥排花渡。庾信燕歌行云：洛陽游絲百丈連。又云：數尺游絲即横路。游絲於春時空中自有之，蓋野馬之類，天地之氣也，即非蛛絲，學者多誤指之矣。月令：季春之月，鳴鳩拂其羽。疏云：按釋鳥云：鶌鳩，鶻鵃。郭景純云：鶌音九物反。鵃音嘲。鶻鵃似山鵲而小，青黑色，短尾多聲。孫炎云：鶻鵃一名鳴鳩，月令所云是也。如此，則止是鶻鵃，乃季春之鳥矣，即非唤雨之鵓鳩。學者復多誤指，雖黄魯直亦誤用云：欲雨鳴鳩日永。若以唤雨之鳩爲鳴鳩，則四時皆鳴，何乃言青春深乎？乳燕字承用之熟，在杜公前則鮑照詠採桑詩乳燕逐草蟲，巢蜂拾花蕊也。

〔三〕趙云：漢書：高祖云：腐儒幾敗乃公事！詩云：退食自公。寸心忌於列子：文摯謂叔龍曰：吾見子之心矣，方寸之地虚矣。而促用寸心，則陸士衡文賦有吐滂沛乎寸心。方生出寸心字也。若使違字，則詩云：中心有違。左傳云王心不違也。

〔四〕趙云：公前爲拾遺，故用補袞事，不必泥出處是仲山甫而爲宰相事也。一字補，蓋挨傍春秋序云。褎之一字，若華袞之贈，故對雙南金。三字出文選：美人贈我雙南金。

春宿左省（近體詩）

花隱掖垣暮，啾啾棲鳥過〔一〕。星臨萬户動，月傍九霄多〔二〕。不寢聽金鑰，因風想玉珂〔三〕。明朝有封事，數問夜如何〔四〕。

〔一〕趙云：隱者，隱蔽之也。字起于揚雄蜀都賦曰：蒼山隱天。

〔二〕趙云：漢宫千門萬户。潘岳書曰：長自絶乎塵埃，迢遊身乎九霄。而沈休文遊沈道士館云：鋭意三山上，託慕九霄中。今言九霄之間月色明偏爲多也。或曰，以九霄比禁掖，爲其在左省作詩，故云如此。

〔三〕趙云：兩句主下句有封事而欲上，故聽開門且想朝馬之鳴珂也。玉珂者，以玉爲珂，富貴事也。

〔四〕趙云：唐制，左拾遺六人，從八品上，掌供奉諷諫。大則廷議，小則上封事，故曰有封事也。詩：夜如何其？夜未央。夜未艾，夜向晨者也。

送翰林張司馬南海勒碑　相國製文（近體詩）

冠冕通南極，文章落上台〔一〕。詔從三殿去，碑到百蠻開〔二〕。野館濃花發，春帆細雨來〔三〕。不知滄海上，天遣幾時回〔四〕。

〔一〕趙云：冠冕，指言張司馬。南極，指言南海之地。

〔二〕趙云：大明宫中有麟德殿，在仙居殿之西北。此殿三面，亦以三殿爲名。李肇翰林志曰：翰林院在麟德殿西廂重廊之後，門東向。故曰詔從三殿去者，言自翰林壁經三殿而出也。舊注非。百家注引趙曰：舊注云唐有三殿學士，何所據而亂立名字邪？

〔三〕趙云：既云往南海，則用帆矣。木玄虛賦云維長綃，掛帆席是已。以春時往，故曰春帆。公又曰：冥冥細雨來。

〔四〕趙云：此句暗用博物志有人乘槎至海犯牛斗事。杜公每用，却多指爲張騫云。

曲江陪鄭八丈南史飲（近體詩）

趙云：應是鄭虔。虔爲著作，所謂南史，以左氏齊南史稱之。

雀啄江頭黄柳花，鵁鶄鸂鶒滿晴沙。自知白髮非春事，且盡芳樽戀物華〔一〕。近侍即今難浪跡，此身那得更無家〔二〕。丈人才力猶强健，豈傍青門學種瓜〔三〕。

〔一〕趙云：春事嬉遊賞玩，皆年少之所宜，故白髮非春事矣。舊注非是。

〔二〕趙云：上句所以自戚，下句所以自喜。蓋公性真率，平昔放浪，今爲近侍，故難浪跡。前此一身轉徙賊中，寄家鄜州，嘗有詩曰：無家對寒食。今既復聚，故喜而曰那得更無家也。

〔三〕趙云：阮籍詠懷有云：昔聞東陵瓜，近在青門外。注引史記：邵平者，故秦東陵侯，秦破，爲布衣，貧，種瓜於長安城東，故俗謂之東陵瓜。又注云：漢書曰霸城門，民間所謂青門，則長安城東門也。

送賈閣老出汝州 （近體詩）

趙云：此送賈至也。前篇有嚴、賈二閣老兩院補闕。公自注云：嚴武、賈至也。至爲汝州，唐史不載。

西掖梧桐樹，空留一院陰〔一〕。艱難歸故里，去住損春心〔二〕。宮殿青門隔，雲山紫邏深〔三〕。人生五馬貴，莫受二毛侵〔四〕。

〔一〕趙云：至於至德中歷中書舍人，而中書舍人隸中書省，在月華門西，故曰西掖。

〔二〕趙云：至，河南洛陽人。唐以河南府汝州隸都畿採訪使，故云。

〔三〕百家注引趙曰：王立之云，九域圖，汝州有紫邏山，故云。

〔四〕趙云：五馬，太守事。本出漢官儀：太守五馬。蓋天子六馬，而諸侯則五馬故也。漫叟詩話云：古樂府陌上桑云：五馬立踟蹰。用五馬作太守事，自西漢始然。古乘駟馬車，至漢時太守出則增一馬。事見漢官儀。潘子真詩話：禮：天子六馬，左右驂；三公九卿駟馬，右騑。漢制：九卿則中二千石，亦右驂；太守則駟馬而已。其有功德加秩中二千石如王成者，乃有右驂，故以五馬爲太守美稱。

【校】右驂：耘經樓本苕溪漁隱叢話前集作右騑。

鄭駙馬池臺喜遇鄭廣文同飲（近體詩）

不謂生戎馬，何知共酒杯。燃臍郿塢敗，握節漢臣回〔一〕。白髮千莖雪，丹心一寸灰〔二〕。別離經死地，披寫忽登臺。重對秦簫發，俱過阮宅來〔三〕。留連春夜舞，淚落强徘徊。

〔一〕趙云：燃臍郿塢敗，言慶緒奔敗如董卓也。握節漢臣回，言虔自陷賊中回，其後謫台州。公詩又云：蘇武看羊陷賊庭。蓋比之如蘇武也。

〔二〕趙云：緣有寸心字、灰心字，故云丹心一寸灰。李商隱云：一寸相思一寸灰。用杜公之語也。

〔三〕趙云：阮宅字，或曰：晉阮咸與叔籍居道南，諸阮居道北。公于叔遇侄多用此，如曰守歲阿咸家是也。則阮舍、阮宅，皆以阮咸言之。二鄭同姓，必有少長尊卑；則阮宅者，乃指言鄭駙馬家乎？

送鄭十八虔貶台州司户傷其臨老陷賊之故闕爲面別情見於詩（近體詩）

趙云：按唐史，虔遷著作郎。禄山反，遣張通儒劫百官置東都，僞授虔水部郎中，因稱風緩求攝市令，潛以密章達靈武。賊平，與張通、王維並囚宣陽里。三人皆善畫，崔圓使繪齊壁，虔等方悸死，即極意祈解於圓，卒免死，貶台州司户參軍事。莊子曰：闕然數日不見。闕爲面别，若言闕然爲面别也。

鄭公樗散鬢成絲，酒後常稱老畫師〔一〕。萬里傷心嚴譴日，百年垂死中興時。倉皇已就長途往，邂逅無端出餞遲。便與先生應永訣，九重泉路盡交期。

〔一〕趙云：莊子謂樗曰散木也，故相承用樗散焉。畫師之句，亦猶王維詩云：夙世謬詞客，前身應畫師。

題鄭十八著作丈（近體詩）

台州地闊海冥冥，雲水長和島嶼青〔一〕。亂後故人雙别淚，春深逐客一浮萍。酒酣懶舞誰相拽，詩罷能吟不復聽。第五橋東流恨水，皇陂岸北結愁亭〔二〕。賈生對鵩傷王傅，蘇武看羊陷賊庭〔三〕。可念此翁懷直道，也霑新國用輕刑〔四〕。禰衡實恐遭江夏，方朔虚傳是歲星〔五〕。窮巷悄然車馬絶，案頭乾死讀書螢〔六〕。

〔一〕趙云：台州臨海郡，本海州也。

〔二〕趙云：皇子陂在萬年縣西南二十五里。第五橋未詳。公過何將軍山林詩云：今知第五橋。蓋於此與鄭送别之地。水謂之恨水，亭謂之愁亭，乃一時傷心之言。

〔三〕趙云：上句以言虔遷謫也，下句以言虔爲賊所劫而不附賊也。

〔四〕趙云：惟其直道而不附賊，故得免死而從貶也。

〔五〕趙云：上句以言虔素才俊，嘗憂有欲殺之者矣。觀其初，集掇當世事著書八十餘篇，有窺其稿者，上書告虔私撰國史，虔倉皇焚之，由協律郎坐謫十年；其於賊平被囚也，幾死而貶，則虔嘗以死爲憂矣。下句以言虔多技能，如方朔而不得親用。博物志載，神仙傳曰：傳説上據辰尾爲箕宿，歲星降爲東方朔。傳説死後有此宿，東方生，無歲星。今公云方朔是歲星，蓋用此説。而夏侯孝若爲朔畫贊序注乃云云，却成方朔死而爲星矣。舊注止知引此，非是。

〔六〕趙云：虔既謫去矣，則平昔過從車音絶，而所居讀書之處空餘死螢也。

偪仄行 贈畢四曜 （古詩）

偪仄何偪仄，我居巷南子巷北〔一〕。可恨鄰里間，十日不一見顔色〔二〕。自從官馬送還官，行路難行澁如棘。我貧無乘非無足，昔者相遇今不得。實不是愛微軀，又非關足無力。徒步翻愁官長怒，此心炯炯君應識。曉來急雨春風顛，睡美不聞鐘鼓傳。東家蹇驢許借我，泥滑不敢騎朝天〔三〕。已令請急會通籍，男兒性命絶可憐〔四〕。焉能終日心拳拳，憶君誦詩神懔然。辛夷始花亦已落，況我與子非壯年〔五〕。街頭酒價常苦貴，方外酒徒稀醉眠〔六〕。速宜相就飲一斗，恰有三百青銅錢〔七〕。

〔一〕趙云：偪仄，言巷之隘陋也。西京賦：駢羅偪側。

〔二〕趙云：後漢肅宗賜東平王蒼詔曰：數見顔色，情重昔時。

〔三〕趙云：七諫云：駕蹇驢而無策兮，又何路之能極。

〔四〕趙云：請急，請急假也。舊注引太學生請急，自不相干也。

〔五〕趙云：言時花之開落，所以顯人之易老也。百家注引趙曰：今之木筆花也。本草云：正月、二月開花，既落而無子，夏秋復着花。

〔六〕趙云：晉書：方外司馬。

〔七〕杜詩詳注引趙曰：真宗問近臣，唐酒價幾何，衆莫能對。丁謂奏曰：每斗三百文。帝問何以知之？丁引此詩以對。帝大喜曰：子美真可謂一代之史。趙云：青銅錢，蓋銅錢中純銅之可貴者。時人語張鷟曰：有如青銅錢，萬選萬中。

留花門（古詩）

趙云：花門即回紇之別名也。

北門天驕子，飽肉氣勇決〔一〕。高秋馬肥健，挾矢射漢月。自古以爲患，詩人厭薄伐。

修德使其來，羈縻固不絶。胡爲倾國至，出入暗金闕。中原有驅除，隱忍用此物。公主歌黄鵠，君王指白日〔二〕。連營屯左輔，百家見積雪。長戟鳥休飛，哀笳曉幽咽。田家最恐懼，麥倒桑枝折。沙苑臨清渭，泉香草豐潔。渡河不用船，千騎常撇烈〔三〕。胡塵踰太行，雜種抵京室。花門既須留，原野轉蕭瑟。

〔一〕趙云：其先匈奴也，故公詩皆使匈奴事。

〔二〕趙云：乾元元年，肅宗以幼女寧國公主嫁回紇可汗，故公云。

〔三〕趙云：此指藉回紇留左輔之爲害也。　左輔，漢之馮翊郡，今之同州，在長安之東北，故謂之左輔。　沙苑之地，正在馮翊郡界。按回紇傳：葉護言：願留在沙苑，臣歸料馬，以收范陽，訖除殘盜。故公詩言及左輔與沙苑也。以長戟之多，故鳥休罷其飛。胡人吹笳，故其聲幽咽於曉。時殘害麥與桑，故田夫懼之。沙苑之句，則留馬而飲齕於此也。舊注引哥舒翰傳，知是吐蕃事矣，不干今詩句事。千騎常撇烈，則所留之馬如此。

贈畢四曜（近體詩）

才大今詩伯，家貧苦宦卑〔一〕。饑寒奴僕賤，顔狀老翁爲。同調嗟誰惜，論文笑自知〔二〕。流傳江鮑體，相顧免無兒〔三〕。

〔一〕趙云：伯，宗師之稱也。字起於論衡，有云：周長生文辭之伯，文人之所宗。而變化用之耳。新唐書云：王楊爲之伯，燕許擅其宗。亦用此字也。

〔二〕趙云：魏文帝典論有論文篇，爲無同調，故論文亦自知而已。公詩：文章千古事，得夫寸心知。亦此之謂也。

〔三〕趙云：言既無同調以共論文，則所能江鮑體之文章，止流傳於其子耳。江，謂江淹；鮑，謂鮑照。二人最能文。玄宗嘗曰：蘇瓌有子，李嶠無兒。相顧免無兒，意言各有子以傳世業，即非伯道無兒事。師民瞻本江鮑體作江左體，亦是。言江左，則不止指二人也。

酬孟雲卿（近體詩）

樂極傷頭白，更長愛燭紅。相逢難衮衮，告別莫匆匆〔一〕。但恐天河落，寧辭酒盞空〔二〕。明朝牽世務，揮淚各西東〔三〕。

〔一〕趙云：相逢既難得相繼，故不可匆匆爲別也。晉王濟云：張華説漢史，衮衮可聽。張芝云匆匆不暇草書也。

〔二〕趙云：天河謂之落，如鮑照詩。酒盞謂之空，飲盡而空也。舊注所引正與此空字不同。

〔三〕趙云：前漢：儒者通世務。揮淚字，起於家語：公父文伯卒，敬姜曰：二三子無揮淚。而蘇子卿曰：淚下不可揮。公蓋參使。

奉贈王中允維 （近體詩）

中允聲名久，如今契闊深。共傳收庾信，不得比陳琳〔一〕。一病緣明主，三年獨此心〔二〕。窮愁應有作，試誦白頭吟〔三〕。

〔一〕趙云：庾信爲梁東宫學士。侯景之亂，梁簡文帝使率宫中文武千餘人，營於朱雀航。及景至，信以衆先退，奔於江陵。梁元帝承制，除信御史中丞。共傳收庾信，以言肅宗憐維，釋其死罪，止下遷太子中允，此所謂收也。陳琳作檄謗詈曹公。曹公得之，愛之而不咎。維在賊中，禄山大晏凝碧池，悉召梨園諸工合樂。工皆泣。維聞悲甚，賦詩痛悼；則異乎陳孔璋在袁紹時詈及曹父祖矣，故曰不得比陳琳也。

〔二〕趙云：禄山以天寶十四載反，十五載陷京師，安慶緒弑其父自立，至至德二載而後京師復焉。方維在賊時，以藥下利，陽瘖。維既以不欲污賊而病，其心三年唯在明主，故云。

〔三〕趙云：白頭吟，文君所賦。今公所用，止言當老而吟賦爾。

奉陪鄭駙馬韋曲二首 （近體詩）

韋曲花無賴，家家惱殺人〔一〕。渌樽雖一作須盡日，白髮好一作不禁春〔二〕。石角鉤衣破，藤枝刺眼新。何時占叢竹，頭戴小烏巾。

右一

〔一〕趙云：古詩：白楊多悲風，蕭蕭愁殺人。公用愁殺人矣，此外更變曰：秋江思殺人。又曰：高樓思殺人。今云惱殺人，亦其變也。

〔二〕趙云：渌樽雖盡日，一本又作須盡日；白髮好禁春，一本又作不禁春；皆有義。須盡日當對以好禁春，言既老矣好禁，奈春而行樂也。不禁春則當對以雖盡日，言雖有盡日之酒，而老人却不禁春思也。沈休文和謝宣城詩云：憂來命渌樽。

野寺垂楊裏，春蛙亂水間。美花多映竹，好鳥不歸山。城郭終何事，風塵豈駐顔。誰能共公子，薄暮欲俱還〔一〕。

右二

〔一〕趙云：言城中多風塵，徒催人老耳，所以誰肯與公子共迫於暮色便欲俱還也。蓋尚欲留連之意。

奉答岑參補闕見贈（近體詩）

窈窕清禁闥，罷朝歸不同。君隨丞相後，我往日華東〔一〕。冉冉柳枝碧，娟娟花蕊紅。

故人得佳句，獨贈白頭翁。

〔一〕趙云：補闕、拾遺在百官志皆隸門下省，而門下省在日華門之東。杜公爲左拾遺，則所謂我往日華東矣。於參言君隨丞相後，則當隨往尚書省。豈參爲補闕而兼爲諸部中官邪？不然，紀當時參不坐省而隨丞相實事耳。舊注所引據楊侃職林所載，蓋按唐史，門下省有左補闕六人，從七品上；左拾遺六人，從八品上，掌供奉諷諫，大事廷議，小則上封事。其注云：武后時，垂拱元年置補闕、拾遺，左右各二員。新史所載如此，則左屬門下省，右屬中書省，豈武后時耶？然因解隨丞相後而言之，則丞相又卻是尚書省矣。恐惑後學，不得不辨。參於史無傳。其詩集杜確序之，止云：自補闕遷起居郎。起居郎又卻隸中書省也。俟博者辨之。杜工部草堂詩箋引趙曰：唐政事堂初建黄門省，裴炎中書令徙政事堂中書，參時補闕在右掖，故云隨丞相後。唐宫殿含元東廊由日華門，其東門下省。甫拾遺在左闥，故曰(往)〔往〕日華東。長安志：含元殿前有日華門，東有門下省。

【附】

寄左省杜拾遺

岑　參

聯步趨丹陛，分曹限紫微。曉隨天仗入，暮惹御香歸。白髮悲花落，青雲羨鳥飛。聖朝無闕事，自覺諫書稀。

端午日賜衣（近體詩）

宮衣亦有名，端午被恩榮。細葛含風軟，香羅疊雪輕。自天題處濕，當暑着來清〔一〕。意内稱長短，終身荷聖情〔二〕。

〔一〕趙云：自天出詩、書。當暑出論語。其他甚明。

〔二〕趙云：末句語法稍深，蓋言天子之意，内又稱量羣臣身材長短而賜之，使有實用而非止虚賜，此所以終身荷聖情也。

送許八拾遺歸江寧覲省甫昔時嘗客遊此縣於許生處乞瓦棺寺維摩圖樣志諸篇末（近體詩）

詔許辭中禁，慈顔赴北堂。聖朝新孝理，行子倍恩光一作祖席倍輝光〔一〕。内帛擎偏重，宮衣着更香。淮陰清夜驛，京口渡江航〔二〕。春隔雞人晝，秋期燕子涼。賜書誇父老，壽酒樂城隍。一云：竹引趨庭曙，山添扇枕涼。十年過父老，幾日賽城隍〔三〕。看畫曾饑渴，追蹤限淼茫。虎頭金粟影，神妙獨難忘〔四〕。

〔一〕趙云：行子倍恩光爲正。蓋孝理者，以孝治天下也；恩光則恩之光也，輝光則不對。

〔二〕趙云：淮陰，楚州；京口，潤州。蓋往江寧經歷之地。

〔三〕趙云：方春而歸，隔聞宮中報曉也。周官雞人：夜呼旦以嘂百官。秋期燕子涼，其返以秋爲期也。一作竹引趨庭曙，山添扇枕涼。趨庭，則論語：孔子嘗獨立，鯉趨而過庭。扇枕，則黄香事也。然于趨庭而言竹引，似乎無義。豈其庭下實有竹也？又下句一作賜書誇父老，壽酒樂城隍。却不及十年過父老，幾日賽城隍辭語老當，有含蓄之意。蓋謂十年不見父老而過之，又必謁廟以爲榮也。

〔四〕趙云：歐陽率更於藝文類聚則載世説：愷之爲虎頭將軍，在甘蔗門中。而洪駒父云：顧愷之小字虎頭。維摩詰是過去金粟如來，蓋據歷代名畫記耳。世説是劉義慶之書，宋于晉未遠，當可考信，而歷代名畫記則後人爲之也。以俟博聞。杜(用)〔田〕所引與駒父同。

因許八奉寄江寧旻上人（近體詩）

不見旻公三十年，封書寄與淚潺湲〔一〕。舊來好事今能否，老去新詩誰與傳〔二〕。碁局動隨幽澗竹，袈裟憶上泛湖船〔三〕。聞君話我爲官在，頭白昏昏只醉眠。

〔一〕趙云：此至德二載詩，公年四十六歲。逆數三十年，則公十六七歲耳。

〔二〕趙云：揚雄傳時有好事者載酒肴從遊學，故對新詩。其字蔡邕瞽師賦：詠新詩以悲歌。

〔三〕百家注引趙曰：袈裟，僧人之衣。詩家亦爲熟字用耳。

夏日歎（古詩）

夏日出東北，陵天經中街〔一〕。朱光徹厚地，鬱蒸何由開〔二〕。上蒼久無雷，無乃號令乖〔三〕？雨降不濡物，良田起黄埃〔四〕。飛鳥苦熱死，池魚涸其泥。萬人尚流冗，舉目唯蒿萊。至今大河北，化作虎與豺。浩蕩想幽薊，王師安在哉！對食不能餐，我心殊未諧〔五〕。眇然貞觀初，難與數子偕。

〔一〕趙云：天文書蓋以春分、秋分日出卯入酉，而夏至則出寅入戌，冬至則出辰入申。以夏至之出寅，寅東北之地也。中街，意言亭午也。

〔二〕百家注引趙曰：楚辭云：陽杲杲其朱光。

【校】朱光：中華書局聚珍倣宋版楚辭作未光。

〔三〕趙云：言君令之不時也。

〔四〕趙云：言彼相之無澤也。

〔五〕趙云：蔡琰詩曰：饑當食兮不能餐。

夏夜歎（古詩）

永日不可暮，炎蒸毒我腸。安得萬里風，飄飄吹我裳〔一〕。昊天出華月，茂林延疏

光〔二〕。仲夏苦夜短，開軒納微涼。虛明見纖毫，羽蟲亦飛揚。物情無巨細，自適固其常。青紫雖

念彼荷戈士，窮年守邊疆。何由一洗濯，執熱互相望。竟夕擊刁斗，喧聲連萬方。

被體，不如早還鄉。北城悲笳發，鸛鶴號且翔。況復煩促倦，激烈思時康。

〔一〕趙云：陸士衡前緩聲歌云：長風萬里舉。

〔二〕趙云：江文通擬劉楨詩：華月照芳池。王羲之蘭亭（記）〔序〕：有茂林修竹。

乙帙卷之六

至德二載甫自京金光門出道歸鳳翔乾元初從左拾遺移華州掾與親故別因出此門有悲往事（近體詩）

此道昔歸順，西郊胡正煩〔一〕。至今殘破膽，猶有未招魂〔二〕。近得歸京邑，移官豈至尊〔三〕。無才日衰老，駐馬望千門〔四〕。

〔一〕趙云：上句言其逃賊欲之行在，是爲歸順。在金光門道出，故曰此道昔歸順也。西郊胡正煩，則言當歸順時，正值胡在西郊之煩多也。

〔二〕趙云：殘者，餘也。漢書云：谷永破膽。宋玉有招魂一篇，以招屈原之魂也。

〔三〕趙云：上兩句言既得返長安以拾遺爲官，而移華州掾，本非至尊之意，特以自貽伊戚耳。蓋公以論房琯有才不宜廢免，坐此而貶耳。

〔四〕趙云：駐馬望千門，則傍徨不忍去，凝望於宮禁也。謂之千門，使千門萬户之語。

奉同郭給事湯東靈湫作（古詩）

東山氣濛鴻，宮殿居上頭〔一〕。君來必十月，樹羽臨九州〔二〕。陰火煮玉泉，噴薄漲巖幽〔三〕。有時浴赤日，光抱空中樓〔四〕。閬風入轍跡，曠原延冥搜〔五〕。沸天萬乘動，觀水百丈湫〔六〕。幽靈斯可佳，王命官屬休〔七〕。初聞龍用壯，擘石摧林丘。中夜窟宅改，移固風雨秋〔八〕。倒懸瑶池影，屈注滄江流〔九〕。味如甘露漿，揮弄滑且柔〔一〇〕。翠旗淡偃蹇，雲車紛少留〔一一〕。簫鼓蕩四溟，異香泱莽浮〔一二〕。蛟人獻微綃，曾祝沉豪牛〔一三〕。百祥奔盛明，古先莫能儔。坡陀金蝦蟆，出見蓋有由〔一四〕。至尊顧之笑，王母不遺收〔一五〕。復歸虛無底，化作長黄虬。飄飄青瑣郎，文采珊瑚鈎〔一六〕。浩歌渌水曲，清絶聽者愁。

〔一〕趙云：東山，驪山也。按長安志：述征記曰：長安東則驪山，西則白鹿原，北望雲陽，悉見山阜之形，而常若雲霧之中。其上殿則有飛霜、九龍、玉女、七聖、長生、四聖、明珠、鬬雞之目。又有重明閣、觀風樓、朝元閣、按歌臺、羯鼓樓等也。帝系譜曰：天地初起，溟涬濛鴻。

〔二〕趙云：詩：崇牙樹羽。江淹詩：君王澹以思，樹羽望楚城。百家注引趙曰：言温湯也。長安志云：開元後，玄宗每歲十月幸温湯，歲盡而歸。

【校】百家注所引，九家注未標注家，依例爲王洙注，待考。

〔三〕趙云：博物志：凡水源有硫黄，其泉則温。水經云：麗山温水。俗云始皇與神女戲不以禮，神唾之生瘡。始皇謝之，神女爲出温水而洗除。今公以其水温，故假陰火煮之以爲美。

〔四〕趙云：蓋言日色出，光照樓閣，此泉正是咸池耳。

〔五〕趙云：以言乘輿遠詣而冥搜也。自驪山而出，若將訪崑崙而遊廣原，此所以言其欲冥搜也。老子：善行無轍迹。而義則周穆王欲車轍馬跡遍天下之意。顔延年云：周御窮轍迹。此所以謂之延冥搜也。天台賦：遠寄冥搜。公詩意必言閶風者，以周穆王嘗西征至崑崙墟見西王母也。百家注引趙曰：崑崙一名閶風。

〔六〕趙云：鮑明遠蕪城賦：歌吹沸天。言其聲之多也。萬乘動，則所動之聲然矣。杜工部詩輯注引趙曰：水經注：泠水南出浮胏山，浮胏山乃驪山之麓也。

〔七〕趙云：言乘輿既至湫旁，遂休官屬。休，乃百工休之休。

〔八〕趙云：龍用壯而擘石，此原爲湫之始也。窟穴改而移，又言龍所居非一處。然則，湫之廣大可知矣。郭璞江賦：（瑰）奇之所窟宅。又〔遊〕天台山賦序：靈仙之所窟宅。

【校】瑰奇：影胡刻本文選作傀奇。天台山賦序：文選作遊天台山賦序。

〔九〕趙云：言湫之深廣險激。公詩又於過驪山之下曰瑶池氣鬱律者如此。蓄注引倒景以證倒懸，非是。謝朓詩：結軫青郊路，迴瞰滄江流。舊本作蒼江，非是。

〔一〇〕百家注引趙曰：揮弄，出郭璞江賦：揮弄灑珠。滑且柔，取周禮：柔而滑。

〔一一〕趙云：淡偃蹇，則在高遠間自下觀之淡如也。神仙有五雲之車也。紛少留，則嬪嬙侍御之多矣。北征賦：曾不得乎少留。登樓賦：曾何足以少留。

〔一二〕趙云：選詩：雨足灑四溟。泱漭字，舊注所引皆是。泱莽，泱音烏朗切，漭音模郎切。或注云：無疆限之貌。或注云：不明之貌。漭雖與莽同音，而終非泱莽正出。其字在上林賦言八川之流曰：過乎泱莽之野。注云：大貌。山海經所謂大荒之野也。以言水流之長遠。異香泱莽浮，則香之所浮如此，其荒遠也。

〔一三〕趙云：獻微綃，則以湫之深廣，宜有之矣。下句所以祭其湫也。詩：曾祝致告。百家注引趙曰：蛟人水居，南海之外有之，善織綃，見海賦。

〔一四〕趙云：坡陀金蝦蟆，於百祥奔盛明之下，則所以爲祥矣。唐五行志亦有載蝦蟆色如金者，則此金蝦蟆蓋是實事。或云驪山上有古碑載之。

〔一五〕趙云：王母，言貴妃也。上既以湫比瑤池，則此用王母尤宜。

〔一六〕百家注引趙曰：以明潤如玉，故比人之文采也。珊瑚鉤出纂（典）〔異〕記，載嵩岳嫁女事云：周穆王把酒，請王母歌，以珊瑚鉤擊盆而歌。

題鄭縣亭子（近體詩）

鄭縣亭子澗之濱，户牖平高發興新〔一〕。雲斷岳蓮臨大路一作道，天晴宫柳暗長春〔二〕。巢邊野雀羣欺燕，花底山蜂遠趁人〔三〕。更欲題詩滿青竹，晚來幽獨恐傷神。

〔一〕趙云：澗之濱，澗水濱也。鮑照詩：發興誰與歡。

〔二〕趙云：岳蓮，指言蓮花峯也。大路，蓋言官道耳。詩云遵大路是也。一作大道。古詩有青樓臨大道，然不成詩之聲律。蔡興宗引晉書：檀道濟從劉裕伐姚泓，至潼關，姚鸞屯大路以絶道濟糧路。遂指大路爲陝、華地名，穿鑿矣，夫岳峯所臨，豈專是地名之大路乎？若長春，則指言長春宫也，在同州朝邑縣。去此雖百里，皆華山所臨，故廣言之也。

〔三〕趙云：上兩句舊注云皆感時而作，非也。此道實事，而偶似譏耳。蓋公以論房琯有才不宜廢，乃天子怒之而出，當時無嫉之者。

望嶽（近體詩）

西嶽崚嶒竦處尊，諸峯羅列如兒孫〔一〕。安得仙人九節杖，拄倒玉女洗頭盆〔二〕。車箱入谷無歸路，箭栝通天有一門。稍待秋風涼冷後，高尋白帝問真源〔三〕。

〔一〕趙云：休文詩：崚峭起清障。張景陽七命瓊巘崚嶒也。竦，則如宋武帝登竹樂山詩曰：竦石頓飛轅。范雲登三山詩曰：叢巖竦復垂。庾肅之山贊曰岷閬天竦也。後漢張昶華山碑云：山莫尊於嶽，澤莫盛於瀆。

〔二〕趙云：此篇皆使華嶽上之名稱，有仙人九節杖，有玉女洗頭盆，有車廂谷，有箭栝峯，皆處所也。正謬所引載太平廣記。

〔三〕趙云：箭栝峰，則華山記云箭栝峰上有穴，才見天，攀緣自穴而上，有至絶處者。又按，記云：山頂上有靈泉二所，一名蒲地，一名太上泉池。豈所謂真源乎？劉孝儀和昭明太子鍾山講解詩云：降道訪真源。

至日遺興奉寄兩院遺補二首（近體詩）

去歲茲辰捧御床，五更三點入鵷行。欲知趨走傷心地，正想氛氳滿眼香。無路從容陪語笑，有時顛倒著衣裳〔一〕。何人錯憶窮愁日，愁一作白日愁隨一線長〔二〕。

右一

〔一〕趙云：詩：東方未明，顛倒衣裳。

〔二〕趙云：何人，如言別人。蓋謂別人錯思憶我窮愁之日，殊不知我愁日之愁，則隨一線長，正在此冬至日也。一作白日愁隨一線長，其句不貫於上。

憶昨逍遥供奉班，去年今日侍龍顔〔一〕。麒麟不動爐煙上，孔雀徐開扇影還〔二〕。玉几由來天北極，朱衣只在殿中間〔三〕。孤城此日堪腸斷，愁對寒雲雪滿山〔四〕。

右二

〔一〕趙云：拾遺掌供奉、諷諫，故曰供奉班。按楊侃職林載：補闕、拾遺，武太后垂拱中置，二人，以掌供奉、諷諫。自開元以來，猶爲清選。左右補闕各二人，供奉者各一人。右右拾遺亦然。夫謂之清選，可以言逍遥矣。

〔二〕百家注引趙曰：麒麟者，香爐之狀也；孔雀者，扇中所畫也。

〔三〕趙云：言至日受賀之儀。謂之由來、只在，所以懷想至尊也。周禮司几筵曰：左右玉几。論語曰：〔譬如〕北辰，居其所而衆星拱之。北極即北辰也。玉几設於左右，從來在扆扆之前，今以在外，則不能瞻覩之矣。唐禮樂志：元正受賀，皇帝服袞冕。冬至則服通天冠，絳紗袍。而在禮記内，則韠君朱之下注云：天子諸侯玄端朱裳。則絳紗袍可以言朱衣矣。只在殿中間亦言居其所也。

〔四〕集千家注杜工部詩集引趙曰：時公在外，不得預至日朝賀，思憶去年爲拾遺供奉，故爲之斷腸也。詩説雋永云：王性之嘗見唐本杜詩，愁對寒雲雪滿山乃白滿山也。

閿鄉姜七少府設鱠戲贈長歌（古詩）

杜工部草堂詩箋引趙曰：公皆冬涉春行，度潼關，東征洛陽道，史筆不書，豈公以公事行邪？閿鄉初出潼關，姜少府設鱠，乃公深冬行嵩、華道中所作也。

姜侯設鱠當嚴冬，昨日今日皆天風〔一〕。河凍未漁不易得，鑿冰恐侵河伯宫。饔人受魚鮫人手，洗魚磨刀魚眼紅〔二〕。無聲細下飛碎雪，有骨已剁觜春葱。偏勸腹腴愧年少，軟炊香飯緣老翁。落碪何曾白紙濕，放筯未覺金盤空。新歡便飽姜侯德，清觴異味情屢極〔三〕。東歸貪路自覺難，欲別上馬身無力。可憐爲人好心事，於我見子真顔色〔四〕。不恨我衰子貴時，悵望且爲今相憶。

〔一〕趙云：韓詩外傳云：昨日何生，今日何成。漢高皇后八年，太尉入未央宫擊吕産，走，天風大起。

〔二〕趙云：左傳：公膳日雙雞，饔人竊更之以鶩。海上有鮫人，泣則成珠，居於水中。今公言河凍，而漁人未可以漁，則饔人之所受者，乃鮫人授之。所以深言魚之難得而珍重之也。

〔三〕趙云：按陳周弘讓答王褒書有云：南風雅操，清觴妙曲。左傳云：必嘗異味。

【校】左傳云云：百家注、分門集注、分類集注、黄鶴補注咸作大臨曰。

〔四〕趙云：好心事，如言好心腸也。

戲贈閿鄉秦少翁短歌（古詩）

去年行宫當太白，朝迴君是同舍客。同心不減骨肉親，每語見許文章伯〔一〕。今日時清兩京道，相逢苦覺人情好。昨夜邀歡樂更無，多才依舊能潦倒〔二〕。

〔一〕趙云：王充論衡超奇篇有云：文辭之伯。而魏陳琳與吴張紘書云：此間率少於文章，易爲雄伯。

【校】百家注此段下接唐人所引乃後人述用也一句。

〔二〕趙云：北史崔贍傳云：自天保以後，重吏事，謂容止醖藉者爲潦倒，而贍終不改焉；故公於潦倒謂之能也。

李鄠縣丈人胡馬行（古詩）

丈人駿馬名胡騮，前年避胡過金牛。迴鞭却走見天子，朝飲漢水暮靈州〔一〕。自矜胡騮奇絶代，乘出千人萬人愛。一聞説盡急難材，轉益愁向駑駘輩〔二〕。頭上鋭耳批秋竹，脚下高蹄削寒玉。始知神龍别有種，不比俗馬空多肉。洛陽大道時再清，累日喜得俱東行〔三〕。鳳臆龍鬐未易識，側身注目長風生〔四〕。

〔一〕趙云：肅宗即位靈武，故迴鞭見天子，則自漢水而來靈州。

〔二〕趙云：急難材，如劉備之的顱一躍三丈過檀溪，以免劉表之追；劉牢之馬跳五丈澗，以脱慕容垂之逼也。

〔三〕趙云：已收復東京矣。

〔四〕趙云：皆馬之奇相，如劉琬馬賦曰：吾有駿馬，名曰騏雄。龍頭烏目，麟腹虎胸。

路逢襄陽少府入城戲呈楊員外綰（近體詩）

甫赴華州日許寄員外茯苓。

寄語楊員外，山寒少茯苓。歸來稍喧一作候和。暖，當爲斸青冥。翻動神仙窟，封題鳥獸形。兼將老藤杖，扶汝醉初醒。

湖城東遇孟雲卿復歸劉顥宅宿宴飲散因爲醉歌（古詩）

杜工部草堂詩箋引趙曰：閿鄉度湖城兩舍，〔經〕閿鄉、湖城，公日南邁也。

疾風吹塵暗河縣，行子隔手不相見〔一〕。湖城城南一開眼，駐馬偶識雲卿面〔二〕。況非劉顥爲地主，懶迴鞭轡成高宴〔三〕。劉侯歎我攜客來，置酒張燈促華饌。且將款曲終今夕，休語艱難尚酣戰〔四〕。照室紅爐促曙光，縈窗素月垂文練。天開地裂長安陌，寒盡春生洛陽殿〔五〕。豈知驅車復同軌，可惜刻漏隨更箭〔六〕。人生會合不可常，庭樹雞鳴淚如綫〔七〕。

〔一〕趙云：長門賦：天漂漂而疾風。鮑照〔代〕出自薊北門行有曰：疾風衝塞起，沙礫自飄揚。湖城濱河，故謂河縣。

〔二〕趙云：管子：道塗揚塵，十步不相見。識面字，與李邕求識面出處同。後漢應奉傳注：造車匠於門內出半面視奉，後奉於路見車匠，識而呼之。北齊張耀守門，云：領火至識面方開。

〔三〕趙云：越語：越王以會稽三百里爲范蠡地，曰：皇天、后土，四鄉地主正之。言地之鬼神也。左傳：地主致餼。言人爲地之主也。吳書孫奐傳：爲江夏太守，有地主之稱。

〔四〕趙云：淮南子曰：魯陽公與韓戰，戰酣日暮，援戈而揮之，日爲之反三舍。

〔五〕趙云：上句言其事，下句言其時。句法使（謝惠連）〔吳均〕與柳惲相答云：日映昆明水，春生鳷鵲樓。

【校】「日映昆明水」出吳均與柳惲相贈答六首，見玉臺新詠卷六。

〔六〕趙云：言孟雲卿同在湖城時。借用車同軌字。

〔七〕趙云：古詩云：雞鳴高樹顛。曹子建詩：庭樹微銷，落淚如綫。言不絶也，蓋欲斷復續之貌。張正見遠期詩：空閨淚如霰。江文通雜體詩：握手淚如霰。

潼關吏（古詩）

士卒何草草，築城潼關道。大城鐵不如，小城萬丈餘〔一〕。借問潼關吏，修關還備胡。要我下馬行，爲我指山隅。連雲列戰格，飛鳥不能踰。胡來但自守，豈復憂西都？丈人視要處，窄狹容單車。艱難奮長戟，千古用一夫〔二〕。哀哉桃林戰，百萬化爲魚〔三〕。請囑防關將，慎勿學哥舒。

〔一〕趙云：世有號西清詩話者，云杜詩如小城萬丈餘、大城鐵不如，則小城難爲高，大城難爲堅故也，得互相備意。此亦可笑。小城睥睨也。大城欲堅如鐵者，此世説所謂若湯池鐵城無可攻之勢，而潤州城號鐵甕城之義也。若睥睨，豈有萬丈之高乎？蓋言其長亘耳。

〔二〕趙云：此篇大意以再修潼關，當以哥舒爲戒，嚴其所守而已。託諸關吏之言，則公意以關吏猶能知守之爲利，廟謨神斷乃不能然哉？　丈人，則託潼關吏呼公之語也。言請視要害之處，才能容單車耳，豈不足守乎？　用一夫，亦李白所謂一夫當關，萬夫莫開之意，何至用百萬以戰而赴之死乎？皆所以託關吏之言而傷之也。

〔三〕趙云：易則利戰，險則利守。持重守險，古之良法。哥舒翰逼於君命，輕去潼關而戰，故敗。桃林，正言翰進戰之所，蓋潼關於唐在華州之華陰，桃林於唐乃陝州之靈寶。按哥舒翰傳：帝使使者督戰，翰窘不知所出。

六月，引師而東，慟哭出關，次靈寶西原，與賊將崔乾祐戰。由關門七十里道險隘，其南薄山阻河，既爲賊所勝。是時軍自相鬭，又棄甲而奔，陷河死者十一二。故有爲魚之喻。

石壕吏（古詩）

暮投石壕村，有吏夜捉人。老翁踰牆走，老婦出門看。吏呼一何怒，婦啼一何苦。聽婦前致詞：三男鄴城戍〔一〕，一男附書至，二男新戰死。存者且偷生，死者長已矣。室中更無人，唯有乳下孫。孫有母未去，出入無完裙。老嫗力雖衰，請從吏夜歸。急應河陽役，猶得備晨炊。夜久語聲絶，如聞泣幽咽。天明登前途，獨與老翁别。

〔一〕趙云：應璩老詩有上叟前致辭、下叟前致辭。又陌上桑云：羅敷前致辭。前年相州之役矣。

【校】老詩：苕溪漁隱叢話引作三叟詞；九家注作三叟詩。

新安吏（古詩）

客行新安道，喧呼聞點兵。借問新安吏，縣小更無丁。府帖昨夜下，次選中男行。中男絶短小，何以守王城？肥男有母送，瘦男獨伶俜〔二〕。白水暮東流，青山猶哭聲。莫自使眼枯，收汝淚縱横。眼枯却見骨，天地終無情！我軍取相州，日夕望其平。豈意賊難料，歸軍星散營〔二〕。就糧近故壘，練卒依舊京。掘壕不到水，牧馬役亦輕〔三〕。況乃王師順，撫養甚分明。送行勿泣血，僕射如父兄〔四〕。

〔一〕趙云：此篇點集新安之人以戍東都之詩也。古猛虎行曰：少年惶且怖，伶俜到他鄉。舊注引，在後。

〔二〕趙云：至德二載九月癸卯，復京師。十二月壬子，復東京。明年改元乾元，安慶緒賊復振，以相州爲成安府。九月，詔郭子儀率李光弼等九節度兵凡二十萬，討慶緒於相州，遂圍之。至明年三月，慶緒求救於史思明，王師不利，南潰。諸節度引還。郭子儀以朔方軍保河陽，詔留守東都。今公詩所謂，蓋言相州之敗，九節度兵各引還也。

〔三〕趙云：子儀留守，而所點集之丁戍於此也。宋書，徐爰有云：練卒嚴城。

〔四〕趙云：子儀事上誠，御下恕，寛厚得人，故公有父兄之稱。杜工部草堂詩箋引趙曰：至德二載，子儀〔爲〕左僕射，冬〔邦〕〔拜〕司徒，乾元元年升中書令。猶曰僕射，蓋功賞於僕射時，言者不移其初也。

新婚别（古詩）

杜工部草堂詩箋引趙曰：石壕吏、新婚别，有詩采薇之旨。是時控邊盟津。

兔絲附蓬麻，引蔓故不長〔一〕。嫁女與征夫，不如棄路旁〔二〕。結髮爲妻子，席不暖君床〔三〕。暮婚晨告别，無乃太匆忙。君行雖不遠，守邊赴河陽〔四〕。妾身未分明，何以拜姑嫜〔五〕。父母養我時，日夜令我藏。生女有所歸，雞狗亦得將〔六〕。君今往死地，沉痛迫中腸〔七〕。誓欲隨君去，形勢反蒼黄。勿爲新婚念，努力事戎行〔八〕。婦人在軍中，兵氣恐不揚。自嗟貧家女，久致羅襦裳。羅襦不復施，對君洗紅粧。仰視百鳥飛，大小必雙翔。人事多錯迕，與君永相望〔九〕。

〔一〕趙云：兔絲當附松柏而乃附蓬麻，爲不得其所矣。詩唐國風有葛生之篇，曰：葛生蒙楚，蘞曼于野。葛生蒙棘，蘞蔓于域。義以葛與蘞皆蔓生之物，施於松柏，纍於樛木，則得其託矣。

〔二〕趙云：詩曰：駪駪征夫。古樂府云：觀者滿路旁。

〔三〕趙云：結髮始成人也。謂男年二十，女年十五，取笄冠爲義也。

〔四〕趙云：河陽，孟州之縣。東都，今西京也。郭子儀初保河陽而被詔留守東都，未幾，召還，賊思明復陷東京，於是有河陽之戰。舊注：河陽，東都也。大誤。

〔五〕趙云：曹子建雜詩云：妾身守空閨。江文通古别離云：妾身長别離。陳琳飲馬長城窟行云：善事新姑嫜，時時念我故夫子。

〔六〕趙云：將字，乃百兩將之之將。蓋多而百兩，微而雞犬，皆嫁時所攜物也。

〔七〕百家注引趙曰：（鮑照）〔謝靈運〕詩：沉痛切中腸。

【校】鮑照詩：影胡刻本文選題作謝靈運廬陵王墓下作，切作結。

〔八〕趙云：褚朔雁門太守歌曰：結束事戎車。詩：元戎十乘，以先啓行。

〔九〕趙云：宋玉風賦：回穴錯迕。注云：雜錯交迕也。不施羅襦而洗紅粧，言君于行役不反。如詩云自伯之東，首如飛蓬；豈無膏沐，誰適爲容之義也。

垂老别（古詩）

四郊未寧靜，垂老不得安。子孫陣亡盡，焉用身獨完。投杖出門去，同行爲辛酸。幸有牙齒存，所悲骨髓乾。男兒既介胄，長揖別上官。老妻卧路啼，歲暮衣裳單。孰知是死別，且復傷其寒。此去必不歸，還聞勸加餐。土門壁甚堅，杏園度亦難〔一〕。勢異鄴城下，縱死時猶寬。人生有離合，豈擇衰盛端。憶昔少壯日，遲迴竟長歎。萬國盡征戍，烽火被岡巒。積屍草木腥，流血川原丹。何鄉爲樂土，安敢尚盤桓。棄絶蓬室居，塌然摧肺肝。

〔一〕趙云：雖是作此詩時土門、杏園設備以待史思明，時思明已殺安慶緒自立爲帝矣，與天寶十五載潼關既潰之後思明爲安禄山攻土門、陷常山時事皆相遠。

無家别（古詩）

寂寞天寶後，園廬但蒿藜。我里百一作萬餘家，世亂各東西。存者無消息，死者爲一作委塵泥。賤子因陣敗，歸來尋舊一作故蹊。久行見空巷，日瘦氣慘悽。但對狐與狸，豎毛怒我啼。四鄰何所有，一二老寡妻。宿鳥戀本枝，安一作敢辭且窮棲。方春獨荷鋤，日暮還灌畦。縣吏知我至，召令習鼓鞞。雖從本州役，内顧無所攜。近行止一身，遠去終轉迷。家鄉既盪盡，遠近理亦齊。永痛長病母，五年委溝谿。生我不得力，終身兩酸嘶。人生無家别，何以爲烝黎？

瘦馬行（古詩）

趙云：良馬有可任之德，以瘦而不能自奮；賢士有可用之材，以困而不能自拔。馬之瘦，惟其養之而已；士之困，惟其薦之而已。落句云：誰家且養願終惠，更試明年春草長。一篇大意可見。蔡伯世云：公出爲華州司功，以事之東都，有此詩。或曰：此詩似言房琯之斥逐。又曰：特公以自比。皆謂不然，蓋謂誰家惠養，則無所指名之義。若以房琯言之，則惠養之者必天子也，不應謂之誰家。若以公言之，則惠養之者，必貴人也。公時困謫，有所望於顧拔之者，則猶有可言，然其所喻不廣。故直以爲公因感瘦馬而託意於賢士之困，惟其所薦之，則其説廣。

東郊瘦馬使我傷，骨骼硉兀如堵牆[一]。絆之欲動轉欹側，此豈有意仍騰驤。細看六印帶官字，衆道三軍遺路傍。皮乾剥落雜泥滓，毛暗蕭條連雪霜。去歲奔波逐餘寇，驊騮不慣不得將[二]。士卒多騎内廐馬，惆悵恐是病乘黄[三]。當時歷塊誤一蹶，委棄非汝能周防。見人慘澹若哀訴，失主錯莫無晶光。天寒遠放雁爲伴，日暮不收烏啄瘡。誰家且養願終惠，更試明年春草長。

〔一〕趙云：郭璞於江賦以言石，公以言馬，謂其瘦也。如堵牆亦以言瘦。

〔二〕趙云：驊騮正以指言瘦馬，蓋太平之久，如驊騮輩，止以游乘，非慣戰之物也。既以其不慣，宜有一蹶之失，則有不得將之理矣。

〔三〕趙云：乘黄，古之神馬，魏嘗以名廐。今云内廐馬，故言恐是病乘黄也。公以瘦馬喻賢材，既以之爲驊騮，又以爲乘黄，宜矣。

義鶻（古詩）

趙云：此篇紀實事以垂鑒誡之詩也。

陰崖有蒼鷹，養子黑柏巔。白蛇登其巢，吞噬恣朝餐[一]。雄飛遠求食，雌者鳴辛酸。

力彊不可制，黄口無半存〔二〕。其父從西歸，翻身入長煙。斯須領健鶻，痛憤寄所宣。斗上捩孤影，噭哮來九天〔三〕。修鱗脱遠枝，巨顙拆老拳。高空得蹭蹬，短草辭蜿蜒。折尾能一掉，飽腸皆已穿。生雖滅衆雛，死亦垂千年〔四〕。物情有報復，快意貴目前。兹實鷙鳥最，急難心炯然。功成失所往，用捨何其賢。近經潏水湄，此事樵夫傳。飄蕭覺素髮，凜欲衝儒冠。人生許與分，只在顧盼間。聊爲義鶻行，用激壯士肝。

〔一〕趙云：長笛賦：惟籦籠之奇生兮，於終南之陰崖。楚辭：屑瓊蘂以朝餐。

〔二〕趙云：家語：孔子見羅者所得雀皆黄口也。孔子曰：黄口盡得，大雀獨不得，何也？羅者對曰：黄口從大雀者不得，大雀從黄口者〔可〕得。孔子顧謂諸弟子曰：君子慎所從。

【校】可：據漢魏叢書本説苑補。雀，該本咸作爵，字通。

〔三〕趙云：郭璞遊仙詩云：升降隨長煙。兵書：出於九天之上。

〔四〕趙云：言蛇之滅鷹雛，蛇之死於義鶻，可爲鑒戒於千年之後也。亦王仲宣詠史云生爲百夫雄，死爲壯士規之勢也。

畫鶻行（古詩）

高堂見生鶻，颯爽動秋骨。初驚無拘攣，何得立突兀？乃知畫師妙，功刮造化窟〔一〕。

寫此神俊姿，充君眼中物。烏鵲滿樛枝，軒然恐其出〔二〕。側腦看青霄，寧爲衆禽没〔三〕。長翮如刀劍，人寰可超越。乾坤空崢嶸，粉墨且蕭瑟〔四〕。緬思雲沙際，自有煙霧質〔五〕。吾今意何傷，顧步獨紆鬱〔六〕。

〔一〕趙云：李賀云：二十八宿羅心胸，筆補造化天無功。蓋出於此。

〔二〕趙云：謝玄暉敬亭詩：樛枝聳復低。

〔三〕趙云：言看青雲而軒舉，寧甘爲衆禽之滅没乎？此與傅玄長歌行曰：蒼鷹厲爪翼，恥與燕雀游。

〔四〕趙云：乾坤空自高大，而粉墨之物不能真超越之，但含蕭瑟之意。

〔五〕趙云：劉希夷邊城夢還詩：雲沙撲地起。夫既有真質，自能超越，則吾亦不必傷也。百家注引趙曰：煙霧質，所以言其真質也。摘用鮑明遠舞鶴賦煙交霧凝，若無毛質也。趙云：真質，公自況也。

〔六〕趙云：夫既有真質，自能超越，則吾亦不必傷也。紆鬱，結悶之貌。世有西清詩話者，有云：王介甫、歐陽永叔、梅聖俞，與一時聞人坐上分題賦虎圖。介甫先成，衆服其敏妙，永叔乃袖手。或以問余，余曰：此體杜甫畫鶻行耳。問者唱然。大抵前輩多模取古人意以紓急解紛，此其一也。西清之説如此。然觀介甫虎詩，與此自不同，蓋此篇雖詠畫鶻，而終於真鶻以自況。

憶弟二首（近體詩）

喪亂聞吾弟，饑寒傍濟州。人稀吾不到，兵在見何由。憶昨狂催走，無時病去憂〔一〕。

即今千種恨，惟共水東流。

右一

〔一〕趙云：公自言出奔且往行在所，如狂圖催走。公素多病，則又無時而病去，所以憂也。

且喜河南定，不問鄴城圍〔一〕。百戰今誰在，三年望汝歸〔二〕。故園花自發，春日鳥還飛〔三〕。斷絶人烟久，東西消息稀。

右二

〔一〕趙云：至德二載十月復東京，所謂河南定也。鄴城，史思明所據相州是也。東京既復，安慶緒奔於河北。次年四月，賊復振，以相州爲成安府。則公作詩時，官兵當圍相州也，故曰不問鄴城圍。

〔二〕百家注引趙曰：公自天寶十四載乙未冬因亂而相别，至乾元戊戌是爲三春，故曰三年望汝。

〔三〕趙云：今河南已定，鄴城方圍之時，而曰花自發、鳥還飛，則言方春之至，草木禽鳥各得其所而不預人事耳。百家注引趙曰：與前篇感時花濺淚，恨别鳥驚心，見之而泣，聞之而悲者異矣。

得舍弟消息（近體詩）

亂後誰歸得，他鄉勝故鄉〔一〕。直一作若爲心厄苦，久念與存亡〔二〕。汝書猶在壁，汝妾已辭房。舊犬知愁恨，垂頭傍我床。

〔一〕趙云：休明之際，則他鄉雖樂，不如還家。爲遭亂離，則他鄉安處自足居也。

〔二〕趙云：直爲，當以若爲爲正。蓋言何爲而我心厄苦？久以與弟存亡在念故也。與字，如主在與在，主亡與亡之與，故作重字用對心字也。

贈衛八處士（古詩）

人生不相見，動如參與商。今夕復何夕，共此燈燭光〔一〕。少壯能幾時，鬢髮各已蒼。訪舊半爲鬼，驚呼熱中腸〔二〕。焉知二十載，重上君子堂〔三〕。昔别君未婚，兒女忽成行。怡然敬父執，問我來何方〔四〕。問答乃未已，兒女羅酒漿。夜雨剪春韭，新炊間黄粱〔五〕。主稱會面難，一舉累十觴〔六〕。十觴亦不醉，感子故意長。明日隔山岳，世事兩茫茫〔七〕。

〔一〕趙云：廣絶交論云：龔宵燭之末光。

〔二〕趙云：阮籍詩：容好結中腸。百家注引趙曰：此乃莊子内熱之義，蓋煎熱之謂也。

〔三〕趙云：王仲宣詩：高會君子堂。

〔四〕趙云：謝玄暉云：問我勞何事。

〔五〕百家注引趙曰：見主人意殷勤而真也。

〔六〕趙云：劉琨云：舉觴對膝。

〔七〕趙云：鮑照詠史：身世兩相棄。

重題鄭氏東亭（近體詩）

華亭入翠微，秋日亂清輝〔一〕。崩石欹山樹，清漣曳水衣〔二〕。紫鱗衝岸躍，蒼隼護巢歸〔三〕。向晚尋征路，殘雲傍馬飛。

〔一〕趙云：左太沖蜀都賦云：鬱蓊薆以翠微。注：山氣之青縹者。陸倕石闕銘：上連翠微。皆言其氣之狀。入，則亭勢欲入其間。秋日之光，亂山之輝也。入字，亂字，乃詩句之好處。

〔二〕趙云：水衣，水上之青苔。出説文，而張景陽霖雨詩曰：堂上水衣生。選詩：風斷陰山樹。又云：山中有桂樹。

〔三〕趙云：蜀都賦有鮮以紫鱗，又云鏤甲紫鱗，又有華魴躍鱗，參用之也。

早秋苦熱堆案相仍時任華州司功（古詩）

七月六日苦炎蒸，對食暫餐還不能〔一〕。每愁夜中自足蠍一作夜來皆是蠍，況乃秋後轉多蠅〔二〕。束帶發狂欲大叫，簿書何急來相仍〔三〕。南望青松架短壑，安得赤脚踏層冰〔四〕。

〔一〕趙云：蔡琰詩：饑當食兮不能餐。

〔二〕趙云：蠍者，螫蟲，中原有之，南中無有。韓退之謫南方，及其歸也，有詩云：照壁喜見蠍。則每以得歸爲念，雖蠍之螫而見之反喜也。今公苦熱，固宜以足蠍爲愁。退之詩有曰：朝蠅不須驅，暮蚊不須拍。蠅蚊滿八區，可以盡力格？秋風九月至，掃不見蹤跡。今公詩却以秋後多蠅爲苦，則韓言其理，杜怪其事。

【校】正文每愁夜中自足蠍，杜詩詳注作每愁夜來皆是蠍，且云：從趙注，舊本作自足。今按九家注引趙注云：固宜以足蠍爲愁。似仍以自足爲正。

〔三〕趙云：論語：束帶立於朝。陶淵明不肯束帶見督郵。

〔四〕趙云：江文通擬謝光禄郊遊詩：風散松架險。松枝可以爲架，故因謂之架焉。層冰，見上高都護驄馬行注。

立秋後題（古詩）

日月不相饒，節敘昨夜隔。玄蟬無停號，秋燕已如客。平生獨往願，惆悵年半百。罷官亦由人，何事拘形役。

乙帙卷之七

夢李白二首（古詩）

死别已吞聲，生别常惻惻。江南瘴癘地，逐客無消息〔一〕。故人入我夢，明我長相憶。恐非平生魂，路遠不可測。魂來楓林青，魂返關塞黑〔二〕。君今在羅網，何以有羽翼？落月滿屋梁，猶疑照顏色。水深波浪闊，無使蛟龍得〔三〕。

右一

〔一〕百家注引趙曰：白坐永王璘之累，當誅，郭子儀請解官贖罪，詔長流夜郎。會赦還潯陽，坐事下獄。潯陽，今之江州也，屬江南東路。

〔二〕趙云：白謫在南，其所經歷乃楓林也。在秦與公相見，故其去又歷關塞也。

〔三〕趙云：因借夢寄以憂之且戒之也。言蛟龍，則又因歷江湖而言之也，與下篇舟楫恐失墜同意。舊注所引非是。

浮雲終日行，游子久不至〔一〕。三夜頻夢君，情親見君意〔二〕。告歸常局促，苦道來不易〔三〕。江湖多風波，舟楫恐失墜。出門搔白首，若負平生志。冠蓋滿京華，斯人獨顦顇。孰云網恢恢，將老身反累〔四〕。千秋萬歲名，寂寞身後事〔五〕。

右二

〔一〕趙云：蓋言游子之拘繫，不若浮雲之疏散也。

〔二〕趙云：其身雖不至，而三夜入夢，斯爲情親矣。

〔三〕趙云：漢武帝云：局（促）〔趣〕效轅下駒。

〔四〕趙云：此公憫白之辭也。

〔五〕趙云：公以事理寄之一歎而已。漢有鼓吹鐃歌十八曲，其上之回曲有云：千秋萬歲樂無極。

有懷台州鄭十八司户（古詩）

天台隔三江，風浪無晨暮〔一〕。鄭公縱得歸，老病不識路〔二〕。昔如水上鷗，今如罝中兔〔三〕。性命由他人，悲辛但狂顧。山鬼獨一脚，蝮蛇長如樹。呼號旁孤城，歲月誰與度？從來禦魑魅，多爲才名誤〔四〕。夫子嵇阮流，更被時俗惡。海隅微小吏，眼暗髮垂素。鳩杖近青袍一作黄帽映青袍，非供折腰具〔五〕。平生一杯酒，見我故人遇〔六〕。相望無所成，乾坤莽迴互〔七〕。

〔一〕趙云：水經載，韋昭以松江、浙江、浦陽江爲三江也，而天台在其外矣。

〔二〕趙云：暗使韓非子中事：六國時，張敏與高惠爲友，每相思不能得見，敏便於夢中往尋。但行至半道，即迷不知路，遂迴。如此者三。

〔三〕趙云：何遜詩曰：可憐雙白鷗，朝夕水上游。

〔四〕趙云：左傳曰：入山不逢不若，魑魅魍魎，莫能逢旃。而公寄李白詩云魑魅喜人過，亦使此事。多爲才名誤句法，亦古詩多爲藥使誤也。

【校】藥使誤：影胡刻本文選使作所。百家注引趙曰：指言鄭公謫爲台州司户。

〔五〕趙云：鳩杖字，一作黄帽，非是，蓋操船之人曰黄帽耳。鳩杖，老人之杖耳。在朝廷以更老待之，而乃映小官之青袍，所以非供折腰具也。

〔六〕趙云：張翰曰：不如即時一杯酒。暗用謝朓詩山川不可夢，況乃故人杯也。公言徒有平生一杯酒，欲見我故人與之相遇而同飲，今不可見矣。故有末句。

〔七〕趙云：相望無所成，而天地變移，以言時事之反覆矣。

天河（近體詩）

常時任顯晦，秋至轉一作輒分明〔一〕。縱被微雲掩，終能永夜清〔二〕。含星動雙闕，伴月落邊城〔三〕。牛女年年渡，何曾風浪生〔四〕。

〔一〕趙云：師民瞻本輒字作轉，極是。蓋秋已前非無天河也，但或顯或晦，非若秋時之轉轉分明耳。而選有云：寧顯寧晦。

〔二〕趙云：頷聯兩句雖實道其事，若以爲寄興亦可，蓋言小人終不能掩君子也。

〔三〕趙云：天河在上所臨之處，詩人皆可想。含星動雙闕，則言長安帝闕；伴月落邊城，却指秦州之城。雙闕，祖出先聖本紀曰：許由欲觀帝意，曰：帝坐華堂面雙闕，君之榮願亦足矣。其後古詩：雙闕百餘尺。鮑照結客少年行云：雙闕似雲浮。史記：士蔿曰：邊城少寇。而長楊賦：永無邊城之警。曹子建白馬篇：邊城多警急。河與星謂之動，昔漢武時，星辰影動搖。河漢與月皆謂之落，鮑明遠翫月詩云：夜移衡漢落。

〔四〕百家注引趙曰：齊諧記曰：桂陽武丁忽謂其家曰：織女渡河，諸仙悉還宫。吾向已被召，不得停。明日失丁所在。

寄岳州賈司馬六丈巴州嚴八使君兩閣老五十韻（近體詩）

衡嶽啼猿裏，巴州鳥道邊〔一〕。故人俱不利，謫宦兩悠然。開闢乾坤正，榮枯雨露偏〔二〕。長沙才子遠，釣瀨客星懸〔三〕。憶昨趨行殿，殷憂捧御筵〔四〕。討胡愁李廣，奉使待張騫〔五〕。無復雲臺仗，虚修水戰舡〔六〕。蒼茫城七十，流落劍三千〔七〕。畫角吹秦晉，旄頭俯澗瀍〔八〕。小儒輕董卓，有識笑苻堅〔九〕。浪作禽填海，那將血射天〔一〇〕。萬方思助順，一鼓氣無前〔一一〕。陰散陳倉北，晴熏太白巔〔一二〕。亂麻屍積衛，破竹勢臨燕〔一三〕。法駕還雙闕，王師下八川〔一四〕。此時霑奉引，佳氣拂周旋〔一五〕。貔虎開金甲，麒麟受玉鞭〔一六〕。侍臣諳入仗，厩馬解登仙〔一七〕。花動朱樓雪，城凝碧樹煙〔一八〕。衣冠心慘愴，故老淚潺湲〔一九〕。哭廟悲風急，朝正霽景鮮〔二〇〕。月分梁漢米，春得水衡錢〔二一〕。内蕊繁於纈，宫莎軟勝綿〔二二〕。恩榮同拜手，出入最隨肩〔二三〕。晚著華堂醉，寒重繡被眠〔二四〕。轡齊兼秉燭，書枉滿懷牋〔二五〕。每覺昇元輔，深期列大賢〔二六〕。秉鈞方咫尺，鎩翮再聯翩〔二七〕。禁掖朋從改，微班性命全。青蒲甘受戮，白髮竟垂憐〔二八〕。弟子貧原憲，諸生老伏虔〔二九〕。師資兼未達，鄉黨敬何先〔三〇〕。舊好腸堪斷，新愁眼欲穿〔三一〕。翠乾危棧竹，紅膩小湖一作池蓮〔三二〕。賈筆論孤憤，嚴詩賦幾篇〔三三〕。定知深意苦，莫使衆人傳。貝錦無停織，朱絲有斷絃〔三四〕。浦鷗防碎首，霜鶻不空拳〔三五〕。地僻昏炎瘴，山稠隘石泉〔三六〕。且將棋度日，應用酒爲年〔三七〕。典郡終微眇，治中實棄捐〔三八〕。安排求傲吏，比興展歸田〔三九〕。去去才難得，蒼蒼理又玄〔四〇〕。古人稱逝矣，吾道卜終焉〔四一〕。隴外翻投迹，漁陽復控弦〔四二〕。笑爲妻子累，甘與歲時遷。親故行稀少，兵戈動接聯。他鄉饒夢寐，失侣自迍邅。多病加淹泊，長吟阻静便〔四三〕。如公盡雄俊，志在必騰騫〔四四〕。

〔一一〕趙云：盧照鄰巫山高云：莫辨啼猿樹，徒看神女雲。南中八志曰：交趾郡治龍編縣，自興古鳥道四百里。

蓋以其險絶，獸猶無蹊，人所莫由，特上有飛鳥之道耳。沈約愍塗賦：依雲邊以知國，極鳥道以瞻家。李白蜀道難亦云西連太白有鳥道也。

〔二〕趙云：言收復二京矣。　言二公不得受聖恩而謫去也。

〔三〕趙云：賈誼謫於長沙，西征賦云：賈生洛陽之才子。所以比賈司馬。　自首句至此，言二公之謫也。　嚴陵釣於七里瀨。嘗與光武同宿，而以足加帝腹。太史占云：客星犯帝座。所以比嚴君。

〔四〕趙云：自此已下二十句，皆公自言在鳳翔所見，以至收復京師時事也。肅宗即位靈武，而駐蹕於鳳翔，公自賊中竄身至鳳翔見帝也。　殷憂，出詩。殷訓多也。

〔五〕趙云：時吐蕃既侵陷諸州郡，而又請和，故討之未捷，則愁李廣；使之未還，則待張騫。

〔六〕趙云：言行宫草創，故不嚴整法仗也。　庾信哀江南賦云：猶有雲臺之仗。　漢武帝作昆明池以習水戰，虚修戰舡則亦以吐蕃之故也。

〔七〕趙云：蒼茫者，不安之貌。　城有未復者，爲不安也。　流落，則士卒苦戰有散落者矣。

〔八〕趙云：此言安史。　前漢天文志：昴爲旄頭，胡星也。

〔九〕趙云：小儒、有識，公自謂也。　董卓廢立，凶暴無道，以尚書韓馥等爲刺史。馥等到官，與袁紹十餘人各典義兵同盟討卓。　苻堅事，違衆伐晉，遂至破敗，故爲有識所笑。　指安、史也。

〔一〇〕趙云：言安、史不知量也。

〔一一〕趙云：易曰：天之所助者，順也。　莊子：舉之無（前）〔上〕，運之無旁。

【校】所引莊子句，思賢書局本郭慶藩莊子集釋全句作：此劍直之無前，舉之無上，案之無下，運之無旁。

〔一二〕趙云：言將復京師也。　陳倉，鳳翔之屬縣，其北乃長安。　太白山在鳳翔。　陰散、晴熏，則妖氛除而佳氣生也。

〔一三〕趙云：言王師之勝賊於衛，又將臨賊之窟穴也。

〔一四〕趙云：自法駕還雙闕而下十八句，言車駕還長安所見之事也。先聖本紀曰：許由欲觀帝意，曰：帝坐華堂，面雙闕，君之榮願亦得矣。八川：涇、渭、灞、滻、酆、鎬、潦、潏，長安水名。長安既復而車駕已還，則王師又下八川以守東京也。

〔一五〕趙云：公爲拾遺，唐百官志曰左拾遺六人，從八品上，掌供奉諷諫，故云需奉引。佳氣拂長安城而周旋不散也。

〔一六〕趙云：麒麟，以言御馬。今按蘇鶚杜陽〔雜〕編：代宗嘗賜郭子儀九花虬馬并紫玉鞭轡；則有玉鞭明矣。又上嘗幸興慶宮，於複壁間得寶匣，匣中獲玉鞭。鞭末有文曰軟玉鞭，即天寶中異國所獻，光可鑑物，節文端嚴，雖藍田之美不能過也。屈之則頭尾相就，舒之則頭尾如繩。雖以斧鑕鍛斫，終不傷缺。上歎爲異物，遂以聯蟬繡爲囊，碧玉絲爲鞘。此玉鞭事也。

〔一七〕趙云：前云無復雲臺仗，則以行宮禮數未全。今則法仗復備，皆侍臣所舊諳入者矣。

〔一八〕趙云：此又以紀景物之勝。馮衍顯志賦：伏朱樓而四望。言雪，則事駕還長安，乃十月。敍其所見矣。碧樹，則江淹云：碧樹先秋落。凝字，如顔延年云：空城凝寒雲。

〔一九〕趙云：此則喜極而感也。

〔二〇〕趙云：哭廟，以成故老淚潺湲之實；朝正，以成衣冠心慘愴之實。

〔二一〕趙云：上句言百官廩給之足，下句則又言蒙賜予之優。宣帝本始二年春，以水衡錢爲平陵徙民起第。應劭曰：水衡與少府皆天子私藏爾。縣官公作當仰給司農，今出水衡錢，言宣帝即位爲異政也。

〔二二〕趙云：此又以言春時之景物。

〔二三〕趙云：自此而下二十句，公言其初與賈、嚴同在禁掖，而賈、嚴被譴，獨留在班。既敘述其身矣，且有懷二子，故腸斷眼穿也。

〔二四〕趙云：著音直略切。

〔二五〕趙云：轡齊，並轡而行也。　書杻，在禁掖時往來書尺也。

〔二六〕趙云：所以極言二公才器可爲宰輔也。

〔二七〕趙云：言爲宰輔不遠，而乃謫去，如鳥之鎩翮也。　史言：執樞秉鈞。　鎩音所介切。　淮南子云：飛鳥鎩羽。　注云：鎩，殘羽也。　江文通擬鮑照詩云：鎩翮由時至。

〔二八〕趙云：公以拾遺爲職，常有諫諍之心，故用青蒲事。　白髮字，謝靈運詩：（青青）〔星星〕白髮垂。

【校】青青：影胡刻本文選作星星。後篇趙注亦引作星星，青青當係傳鈔之誤。

〔二九〕趙云：公以貧自比原憲，以老比伏虔也。　莊子：原憲居魯，子貢往見，曰：嘻，先生何病？應之曰：憲聞之，無財謂之貧，學而不能謂之病；　憲貧也，非病也。子貢逡巡而有愧色。以其孔門之列，故曰弟子。伏虔事，本傳雖無老文，而傳云：少以清苦建志，入太學受業，有雅才。公蓋自比爲虔之老者也。以其入太學受業，故曰諸生。

〔三〇〕趙云：公以它人待之以師資，然自謙爲未達。　老子曰：善人不善人之師，不善人善人之資。孔子於季康子饋藥曰：丘未達，不敢嘗也。　下句言鄉黨之人將敬父兄而已乎？抑先敬有道德之人也？孟子載：孟季子問公都子曰：鄉人長於伯兄一歲，則誰敬？曰：敬兄。酌則誰先？曰：先酌鄉人。兩句皆參取字出以爲語耳。

〔三一〕趙云：公懷二公也。

〔三二〕趙云：自此而下二十句，以言嚴、賈所居之地，所成之制作，因戒之以防患，而終之以天理難喻也。　危棧竹，以指嚴八之巴州在棧閣之外也。　小湖蓮，以指賈六之岳州多陂湖，有蓮也。　湖，一作池，非。

〔三三〕趙云：賈曰筆，以能文；　嚴曰詩，以能詩。　南史有三筆六詩，故也。

〔三四〕趙云：貝錦以喻讒也。　鮑照詩：直如朱絲絃。　鍾子期死，伯牙絶絃。　公詩句歎二子無知音而戒之也。

【校】此句下輯注杜工部詩集又引趙曰陸放翁云云，實乃全用錢注杜詩原注，而冠趙曰者，兹不録。

〔三五〕趙云：謂二子如浦鷗，言官如霜鶻，既不空拳，期於必中，則鷗有碎首之防。　戒之至也。

〔三六〕趙云：上句言岳州近南爲有瘴矣。　下句言巴州在亂山間也。　謝靈運詩：巖峭嶺稠疊。

〔三七〕趙云：既戒之以勿使所作詩傳播，恐因掇禍，而炎瘴之地，亂山之間，復何爲哉？　以棋酒爲事而已。

〔三八〕趙云：治中，治從平聲。　二公既在禁掖而出，斯爲微眇、棄捐矣。

〔三九〕趙云：莊子：安排去適，乃入於寥天一。　莊子爲漆園吏而放傲，故時呼之爲傲吏。　求傲吏，則安排之理，求之於是人也。　陶淵明作歸去來辭曰：田園將蕪胡不歸。　言二公之比興，但展舒其歸田之思，則可矣，皆所以戒之也。　詩，三曰比，四曰興。　顔延年詩：我故非傲吏。

【校】安排去適：思賢書局本郭慶藩莊子集釋作：安排而去化。

〔四〇〕趙云：去去之語，如去國之義。　古詩云：去去復去去。　莊子曰：天之蒼蒼，其正色邪？　理又玄，則前所謂天理難喻也。　玄者，玄妙之玄。　老子曰：玄之又玄。

〔四一〕趙云：自此而下十二句，轉入公自敘述羈旅之跡也。　言古人不復見，則若終身於隱淪矣。　漢高祖曰：吾亦從此逝矣。　孔子曰：吾道其非邪？　史云：有終焉之志。

〔四二〕趙云：上句實紀其隱居也。下句指言安慶緒再盛也。匈奴傳：控弦之士十萬。子美言棄官居秦、隴，而漁陽復阻兵也。

〔四三〕趙云：謝靈運始寧墅詩：拙疾相倚薄，還得靜者便。

〔四四〕趙云：此言二公不久當復用也。一作云：公如盡憂患，何事有陶甄。句法費力，非是。然不應押兩甄字。

山寺（近體詩）

野寺殘僧少，山園細路高。麝香眠石竹，鸚鵡啄金桃。亂石一作水通人過，懸崖置屋牢。上方重閣晚，百里見纖毫〔一〕。

〔一〕趙云：此篇實道山寺之景物耳。石竹，川中繡花竹也。麝香、鸚鵡，言僧家所養者。上方，言在山上之方境也。〔亂石〕，一作亂水。

宿贊公房京師大雲寺主謫此安置（近體詩）

杖錫何來此，秋風已颯然。雨荒深院菊，霜倒半池蓮。放逐寧違性，虛空不離禪〔一〕。相逢成夜宿，隴月向人圓。

〔一〕趙云：虚空字，指言其放逐之地在空寂之處。莊子徐無鬼篇曰逃虚空者，聞人足音而喜是已。夫有道之人，豈以放逐而遂改其性？況其空寂之處正亦是禪家所宜矣。

寄高三十五詹事適（近體詩）

趙云：公於乾元初從左拾遺移華州掾。方未移時，豈不與高詹事相見乎？及其既移華州，旋於二年秋七月半棄官居秦，有寄彭州〔高〕三十五詩三十韻，則此詩在秦州寄，高尚爲詹事時詩也。

安穩高詹事，兵戈久索居〔一〕。時來如宦達，歲晚莫情疏。天上多鴻雁，池中足鯉魚〔二〕。相看過半百，不寄一行書〔三〕。

〔一〕趙云：安穩，安隱字也，出佛書：世尊安隱否。兵戈，出戾太子傳贊。

〔二〕趙云：鴻雁，則常惠事。

〔三〕百家注引趙曰：劉諭：故人各在異方，不能寄一行書通關中消息。

月夜憶舍弟

戍鼓斷人行，邊秋一雁聲。露從今夜白，月是故鄉明〔一〕。有弟皆分散一作羈旅，無家問死生〔二〕。寄書長不達，況乃未休兵。

〔一〕趙云：此篇七月中所作也。月令：孟秋之月，涼風至，白露降。今云露從今夜白者，是已。

〔二〕趙云：公之二弟，方賊亂時，一在濟州，一在陽翟，故言皆分散。無家問死生，又指其弟之無家耳。左傳：鄭莊公云：寡人有弟，不能和協，而使餬其口於四方。史記：馮驩彈劍鋏而歌曰：長鋏歸來乎，（居）無以爲家。一作有弟皆羈旅，非。

雨晴（近體詩）

天水秋雲薄，從西萬里風〔一〕。今朝好晴景，久雨不妨農。塞柳行疏翠，山梨結小紅〔二〕。胡笳樓上發，一雁入高空〔三〕。

〔一〕趙云：指言秦州之天水也。陸士衡前緩聲歌云：長風萬里舉。

〔二〕趙云：行音杭。

〔三〕趙云：張祜詩：萬人齊指處，一雁落寒空。句法亦與此同，蓋唯一雁字方好。

即事（近體詩）

聞道花門破，和親事却非。人憐漢公主，生得渡河歸〔一〕。秋思抛雲鬢，腰支賸寶衣〔二〕。羣凶猶索戰，回首意多違〔三〕。

〔一〕百家注引趙曰：回紇助討禄山有功，乾元元年請婚，肅宗以寧國公主下嫁。明年，可汗死，公主以無子得歸。

〔二〕趙云：公主以秋八月自回紇還。今云愁思拋雲鬟，腰支賸寶衣，則猶以無緒而不事梳沐且亦癯瘦也。然首兩句云聞道花門破，和親事却非，則若便有犯順之作，中國與戰而破之，所以失和親之好。然於新、舊史皆無所考。其後犯順，自是寶應二年，相去公主之歸乃四年也，而又無破之之事。豈公主才歸之後便爲寇，而中國能破敗之邪？

〔三〕趙云：末句則意與首句尤相應。蓋初爲和親之因，以藉其來助；和親既非而索戰，則所以藉之之意又違矣。觀代宗即位，又使劉清潭徵兵以修舊好，却先爲史朝義誘之而爲寇，斯乃意違之證，但非公主才歸之後耳。俟明識辨之。後漢：陳蕃上疏曰：羣凶側目，禍不旋踵。魏公九錫文曰：羣凶覬覦，連城帶邑。

歸燕（近體詩）

不獨避霜雪，其如儔侣稀〔一〕。四時無失序，八月自知歸〔二〕。春色豈相訪？衆雛還識機〔三〕。故巢儻未毁，會傍主人飛〔四〕。

〔一〕趙云：蓋燕之歸當八月，似將避霜雪而往。今又爲儔侣稀而歸，則據所見之燕，其去在衆燕之後矣。

〔二〕趙云：所謂四時無失序，八月自知歸，此亦暗有事意。周書時訓曰：立秋之日，涼風至，後五日白露降，後五日寒蜩鳴，後五日玄鳥歸。故燕之歸不失四時之序也。

〔三〕趙云：上句乃問燕之辭，言明年春色之時，豈却相訪乎？蓋有不相訪而往別家爲巢之理。衆雛還識機，言別家容有害之者，衆雛識機，以我不致害之，自再相訪也。

〔四〕趙云：末句結之云，此代燕之爲言也。

遣興三首（古詩）

下馬古戰場，四顧但茫然。風悲浮雲去，黄葉墜我前。朽骨穴螻蟻，又爲蔓草纏〔一〕。故老行歎息，今人尚開邊〔二〕。漢虜互勝負，封疆不常全。安得廉耻一作頗將，三軍同晏眠。

右一

〔一〕趙云：莊子云：在上爲烏鳶食，在下爲螻蟻食。

〔二〕趙云：使公得志廟堂，固不求邊功，不賞邊臣矣。

高秋登寒一作塞山，南望馬邑州〔一〕。降虜東擊胡，壯健盡不留。穹廬莽牢落，上有行雲愁。老弱哭道路，願聞兵甲休。鄴中事反覆，死人積如丘〔二〕。諸將已茅土，載驅誰與謀〔三〕？

右二

〔一〕趙云：舊注指爲雁門馬邑，非是。蓋公詩在秦州所作，其登山南望，豈却望北地雁門之馬邑乎？馬邑，秦州地名，今於本處有石碑標榜焉。其士人及曾遊秦州者自能言之，此所謂不行一萬里，不曉杜甫詩也。

〔二〕趙云：兩京雖復矣，而賊猶保相州。既圍復解，則士卒傷死可知矣。百家注引趙曰：鄴中，乃相州也。

〔三〕趙云：當兩京之復，各論諸將之功而加官爵矣，則破鄴之戰，誰復効力哉！宜公所以深憂也。

豐年孰云遲，甘澤不在早。耕田秋雨足，禾黍已映道。春苗九月交，顏色同日老。勸汝衡門士，勿悲尚枯槁〔一〕。時來展材力，先後無醜好。但訝鹿皮翁，忘機對芳草〔二〕。

右三

〔一〕趙云：此篇慰貧士之詩也。

〔二〕趙云：鹿皮翁，固是神仙，神仙皆遺世故。然於此言忘機，則以鹿皮翁本巧於機械，及其避世，忘去機慮，結茅岑山，坐對芳草矣。公題是遣興，見諸將以戰伐之功，富貴驕矜，而貧者寂寞，既慰之以秋成當飽，可免憔悴，又期之以時來展材力，亦當富貴，不以先者爲好，而後者爲醜也。又終之以鹿皮翁之忘機，則豈顧富貴之先後哉。鹿皮翁殆公自託耳。

赤谷西崦人家（古詩）

躋險不自安，出郊已清目。溪迴日氣暖，逕轉山田熟。鳥雀依茅茨，藩籬帶松菊〔一〕。如行武陵暮，欲問桃源宿。

〔一〕趙云：左傳：如鷹鸇之逐鳥雀。堯土階三尺，茅茨不剪。

初月（近體詩）

趙云：初月者，才出之月也，非如鉤新月之謂，與成都府古詩初月出不高同義矣。

光細弦豈上，影斜輪未安〔一〕。微升古塞外，已隱暮雲端〔二〕。河漢不改色，關山空自寒〔三〕。庭前有白露，暗滿菊花團〔四〕。

〔一〕趙云：易乾鑿度曰：月三日成魄，八日成光。在尚書三日謂之朏，則言其始出也。齊虞羲詠秋月云：初生似玉鉤，裁滿如團扇。所謂初月者，有始生之月，有纔出之月。始生之月乃似玉鉤之月也，在古人止謂之新月，梁蕭綸有詠新月詩是已。其成光之際，則名曰弦。今曆家每於八日標爲上弦。釋名論月曰：弦，半月之名也。其形一旁曲，一旁直，若張弓弦也。既爲半月之名，亦非止名新月矣。梁何遜望初月詩云：初宿長淮上，破鏡出雲明。狀之爲破鏡，亦以言月之半，而題曰初月，則以纔出之月名初月也。今公所賦亦然，非謂三日已後，八日已前之月也。梁庾肩吾望月詩曰：渡河光不濕，移輪轍詎開。在月言光與輪，此八日已後之月。今公詩首句云：光細弦豈上，影斜輪未安。蓋亦以月於八日成光，成光則名上弦矣，而光之細，則以其初出也，豈是上弦之光乎？崔豹古今注云：漢明帝作太子時，樂人以歌四章贊太子之德：一曰日重光，二曰月重輪，三曰星重曜，四曰海重潤。則輪字專以言月，不必於滿而後爲輪也。庾肩吾詩：星流時入暈，桂長欲侵輪。劉孝綽詩：輪光缺不半，扇影出將圓。謂之欲侵，謂之光缺，則不必於滿而後爲輪矣。今公以月之初出，其影尚斜，將欲滿而成輪，但未安而全露也。

〔二〕趙云：月賦云：升清質之悠悠。月之初出，自低而升高，故曰升。今公詩云微升古塞外，則言纔出之月明甚。蓋成魄之月纔出便在天半，不假言升也。與成都府古詩云初月出不高同意。爲是秦州賦詩，故著言古塞外。李陵曰：塞外草衰。有塞外字，而上貼之以古，爲古塞外。有雲端字，而上貼之以暮，爲暮雲端，此又詩人之工也。世傳魏道輔云，意主肅宗也，如韓詩：煌煌東方星。洪興祖謂其順宗時作乎？東方，謂憲宗在儲也。杜田因而立論，則好爲穿鑿者矣。蓋以月言人君，已不爲善取譬，況自至德之元逮乾元之元，肅宗即位已三年矣，豈得以月之微升比即位乎？

〔三〕趙云：言月纔出時便隱，惟河漢不以月之朓朒弦望而輒改其倬彼之色，關山當此時亦空自寒也。

〔四〕趙云：白露，則以著言初秋時矣。蓋月令：孟秋之月，白露降也。團字韻，則詩云零露漙兮，雖止是漙字，而選載謝玄暉詩：猶霑餘露團。又江文通云：簷前露已團。則用團字。張景陽詩：輕露棲叢菊。謝惠連擣衣詩：白露滋園菊。

擣衣（近體詩）

亦知戍不返，秋至拭清砧〔一〕。已近苦寒月，況經長別心。寧辭擣衣倦，一寄塞垣深。用盡閨中力，君聽空外音。

〔一〕百家注引趙曰：婦人知其夫戍邊而不返。

促織（近體詩）

促織甚微細，哀音何動人。草根吟不穩，床下夜相親〔一〕。久客得無淚，故妻難及晨。悲絲與急管，感激異天真〔二〕。

〔一〕趙云：床下夜相親，則婦女及小兒子多置於床下也。小説載宫人以金籠盛之，蓋有之矣。沈休文宿東園詩有云：樹頂鳴風飈，草根積霜雪。〔詩〕：十月蟋蟀，入我床下。

〔二〕趙云：暗用晉書：絲不如竹，竹不如肉，以其漸近自然。故絲管之聲不若蟲聲之天真也。

螢火（近體詩）

幸因腐草出，敢近太陽飛〔一〕。未足臨書卷，時能點客衣〔二〕。隨風隔幔小，帶雨傍林微。十月清霜重，飄零何處歸〔三〕？

〔一〕趙云：梁蕭和螢火賦云：見晨禽之曉征，悲扶桑之吐曜。梁沈旋詩云：雨墜弗虧光，陽昇反奪照。則螢火之不敢傍日飛矣。

〔二〕趙云：用車胤事。蓋聚螢之多，然後可以照字也。庾信：書卷滿床頭。又：天塞舟坂客衣單。

〔三〕趙云：梁朱超：可念無端失林鳥，此夜逆風何處歸。

苦竹（近體詩）

青冥亦自守，軟弱强扶持〔一〕。味苦夏蟲避，叢卑春鳥疑〔二〕。軒墀曾不重，剪伐欲無辭〔三〕。幸近幽人屋，霜根結在兹。

〔一〕趙云：楚辭：據青冥而攄虹。青冥，雲霄間之貌。蓋指苦竹在高山上者，而言苦竹本野生之物，宜在高山之上。其物叢生，軟弱則然矣。

〔二〕趙云：莊子：夏蟲不可語於（水）〔冰〕。周禮：仲春羅春鳥。

【校】郭慶藩莊子集釋全句作：夏蟲不可以語於冰。

〔三〕趙云：下四句方言種人家軒墀者，有不重而剪伐之，若在幽人之家，方有保護結根之理。

貽阮隱居昉　（古詩）

陳留風俗衰，人物世不數。塞上得阮生，迥繼先父祖〔一〕。貧知靜者性，自益毛髮古。車馬入隣家，蓬蒿翳環堵。清詩近道要，識字用心苦〔二〕。尋我草逕微，褰裳踏寒雨〔三〕。更議居遠林，避喧甘猛虎。足明箕潁客，榮貴如糞土〔四〕。

〔一〕趙云：公言阮氏自晉人之後無所聞，今日於秦州得阮昉也。杜工部草堂詩箋引趙曰：按晉春秋，籍出陳留尉氏，人物元古。昉，江左人，門第一。蓋昉居於隴外也。

〔二〕趙云：傅咸贈崔伏詩曰：人之好我，贈我清詩。字作子，言阮爲詩所以近道要者，以其用心苦也，惟杜公識之。

【今按】字作子，字下疑奪一。字一作子，則全句作識子用心苦，方與注文貫通。

〔三〕趙云：詩：褰裳涉溱。

〔四〕趙云：箕潁，出謝靈運擬徐幹詩序，非陸士衡。舊注誤。

寄張十二山人彪三十韻（近體詩）

獨卧嵩陽客，三違潁水春。艱難隨老母，慘澹向時人〔一〕。謝氏尋山屐，陶公漉酒巾。羣凶彌宇宙，此物在風塵〔二〕。歷下辭姜被，關西得孟鄰〔三〕。早通交契密，晚接道流新。靜者心多妙，先生藝絶倫〔四〕。草書何太古，詩興不無神。曹植休前輩，張芝更後身〔五〕。數篇吟可老，一字買堪貧。將恐曾防寇，深潛託所親〔六〕。寧聞倚門夕，盡力潔餐晨〔七〕。疏懶爲名誤，驅馳喪我真〔八〕。索居尤一作猶寂寞，相遇益愁辛〔九〕。流轉依邊徼，逢迎念席珍。時來故舊少，亂後别離頻。世祖修高廟，文公賞從臣〔一〇〕。商山猶入楚，源一作渭水不離秦〔一一〕。存想青龍秘，騎行白鹿馴。耕巖非谷口，結草即河濱〔一二〕。肘後符應驗，囊中藥未陳。旅懷殊不愜，良覿眇無因〔一三〕。自古皆悲恨，浮生有屈伸。此邦今尚武，何處且依仁〔一四〕。鼓角凌天籟，關山信月輪〔一五〕。官場一作壕羅鎮磧，賊火近洮岷〔一六〕。蕭索論兵地，蒼茫鬭將辰〔一七〕。大軍多處所，餘孽尚紛綸。高興知籠鳥，斯文起獲麟〔一八〕。窮秋正摇落，迴首望松筠〔一九〕。

〔一〕趙云：此言張山人自潁水而隱嵩陽，與母同在也。違者，離也。吕氏春秋載：戎夷者違齊如魯。言卧於嵩陽而離潁已三年也。

〔二〕趙云：此言其雖屐與巾，亦因艱亂而棄也。　左傳云：險阻艱難，備嘗之矣。　此物字，出選古詩言奇樹曰：此物何足貴，但感别經時。

後漢：陳蕃上疏曰：羣凶側目，禍不旋踵。

〔三〕趙云：自此至盡力潔餐晨，自述其初離齊地，與張相見於關西爲鄰居，乃迤邐鋪陳張山人之能書能詩，且以逃寇侍母也。　後漢姜肱有兄弟四人，居貧，作一大被而共之。公之諸弟在濟州，言辭姜被，則别其弟之時也。孟子之母爲孟子擇鄰，今翻言得孟鄰，則公關西之居必近張山人。山人有母，故云孟鄰。

〔四〕趙云：九流有道家者流。　謝靈運詩：拙疾相倚薄，還得静者便。　傅武仲舞賦云：絶倫之妙態。

〔五〕趙云：曹植以終言其詩之神，張芝以終言其草書之古。　選有云：喜謗前輩。又張纘别離賦曰：太常劉侯，前輩宿達。　佛書有前身、今身、後身之説。

〔六〕趙云：老子：將恐歇。　鍾繇云：張樂於洞庭之野；鳥値而高翔，魚聞而深潛。見本朝淳化法帖也。

〔七〕趙云：戰國策：齊王孫賈之母謂賈曰：汝朝出而晚來，則吾倚門而望汝。舊注所引在後矣。

〔八〕趙云：自此至亂後别離頻，公又自敘其流落與張相别也。

〔九〕趙云：漢書揚雄傳：惟寂寞，自投閣。師民瞻本取尤寂寞，是。　詩云：邂逅相遇。

〔一〇〕趙云：自此至囊中藥未陳，言肅宗反正，張山人雖隱者亦可施其術也。

〔一一〕趙云：商山，指言四皓隱處。源水，指言桃源。商山在商州。張儀説楚絶齊而交秦，請獻商於之地六百里於楚。其後，止云六里。楚王怒，使屈匄擊秦而敗。商山即商於之地也。桃源在武陵，今之鼎州，秦人避地之所。謂如商山可隱，縱使猶或入爲楚地，而桃源者，雖避地於此，然其地終是秦地焉。以譬張山人之隱淪，當此肅宗之時，皆唐宇宙之内耳。　師民瞻本作渭水不離秦。夫渭水，長安八水之一，與七水俱在秦矣，獨於渭言不離秦似無意義。

〔一二〕趙云：言張山人之耕巖，儻非似鄭子真之谷口，則所結茅屋，必如河上公之在河濱矣。

〔一三〕趙云：自此至餘孽尚紛綸，公言旅寓與張公相遠，而時猶未清，尚在兵戈，蓋安慶緒猶在也。左太沖三都賦：初意思不愜。雪賦：傷後會之無因。

〔一四〕趙云：古詩云：土風尚其武。

〔一五〕趙云：地籟，則比竹是已。天籟，則衆竅是已。古有關山月之曲。王褒詩云：無復漢地關山月。

〔一六〕趙云：官場，言官之戰場也。一作官壕。鎮磧字未詳。用對洮岷，乃洮州、岷州，則鎮、磧是兩字也。百家注引趙曰：言四鎮皆置官場，收斂以供軍也。

〔一七〕趙云：陸瑜仙人攬六箸篇：避敵情思巧，論兵勢重新。蒼茫，荒寂之貌。

〔一八〕趙云：此兩句一以譬張山人之不得已，一以言張山人之著書。如孔子春秋起於獲麟，太史公史記亦然。

〔一九〕趙云：言相思之時正值秋之摇落，而望彼松筠能保歲寒，亦因時以寓意也。宋玉云：草木摇落而變衰。

得舍弟消息二首（近體詩）

近有平陰信，遥憐舍弟存〔一〕。側身千里道，寄食一家村。烽舉新酣戰，啼垂舊血痕〔二〕。不知臨老日，招得幾人魂？

右一

〔一〕趙云：平陰於唐舊屬濟州，州廢於天寶十三載，乃屬鄆州。公前憶弟詩曰：喪亂聞吾弟，饑寒傍濟州。雖是十四載禄山反後詩，蓋猶追道故名耳。

〔二〕趙云：淮南子載：魯陽公與韓戰，戰酣日暮，援戈而麾之，日爲之反三舍。血痕，蓋使淚盡繼之以血也。杜詩詳注引趙曰：酣戰曰新，見殺伐未休。血痕曰舊，見亂離已久。

汝懦歸無計，吾衰往未期。浪傳烏鵲喜，深負鶺鴒詩〔一〕。生理何顔面，憂端且歲時。兩京三十口，雖在命如絲〔二〕。

右二

〔一〕趙云：浪傳，烏鵲雖噪，而人不歸也。詩云：鶺鴒在原，兄弟急難。公詩又曰：待汝嗔烏鵲，抛書示鶺鴒。亦此義矣。

〔二〕趙云：謝靈運發石首戍詩：寸心若不亮，微命察如絲。

【校】發石首戍：影胡刻本文選題作初發石首城。今按，本帙卷七秦州雜詩之四又引作初發石首城，則此處當係傳鈔之誤。

秦州雜詩二十首（近體詩）

滿目悲生事，因人作遠游〔一〕。遲迴度隴怯，浩蕩及關愁。水落魚龍夜，山空鳥鼠秋〔二〕。西征問烽火，心折此淹留〔三〕。

右一

〔一〕趙云：延篤與李文德書：吾誦伏羲氏之易，焕兮爛兮其滿目。史記：因人成事。楚辭有遠游賦。

〔二〕趙云：按水經，渭水有汧水入焉。水有二源，一水出五色魚，俗不敢捕，因謂是水爲魚龍水，亦名魚龍川。然則，魚龍者，魚之龍也。汧水在今隴州。又按唐地理志，鳥鼠同穴山在渭州之渭源。今公詩題謂之秦州雜詩，而用魚龍夜、鳥鼠秋，蓋舉秦、隴一帶事耳。

〔三〕趙云：潘岳有西征賦。烽火，則時有吐蕃之亂也。史記：李牧謹烽火。楚辭云：又胡爲乎淹留。

百家注引趙曰：時有吐蕃之亂。

秦州城北寺，勝跡隗囂宫。苔蘚山門古，丹青野殿空。月明垂葉露，雲逐度溪風〔一〕。清渭無情極，愁時獨向東〔二〕。

右二

〔一〕趙云：言月色明白於垂葉之露也。

〔二〕集千家注批點杜工部集引趙曰：寺枕秦山，下接渭水。渭水東流長安。杜詩詳注引趙曰：渭水在秦州。

州圖領同谷，驛道出流沙。降虜兼千帳，居人有萬家〔一〕。馬驕朱一作珠汗落，胡舞白題斜〔二〕。年少臨洮子，西來亦自誇〔三〕。

右三

〔一〕趙云：同谷郡在唐乃成州，隸山南西道採訪。今公所賦秦州詩，乃隴右道，而云州圖領同谷，何也？此因在秦州更欲西往而賦成州詩也。公於乾元中竟寓居同谷縣。

〔二〕趙云：服虔注云：謂之白題，題者，額也。其俗以白塗堊其額，故以此得名。舞則頭偏，頭偏則白題亦斜矣。漢郊祀歌：太一況，天馬下。霑赤汗，沫流赭。赤之與赭，非朱而何？百家注引趙曰：傅玄乘輿馬賦：流汗如珠。

【校】百家注所引一條，九家注作杜補遺之注。

〔三〕趙云：今之洮州也。洮州在秦州之西，故云西來亦自誇，誇其年少耳。

鼓角緣邊郡，川原欲夜時。秋聽殷地發，風散入雲悲。抱葉寒蟬靜，歸山獨鳥遲〔一〕。萬方聲一概，吾道竟何之〔二〕？

右四

〔一〕趙云：此篇詠鼓角也。　抱葉寒蟬盡，歸山獨鳥遲，當秋欲夜之景，則聞鼓角鳴聲爲可傷矣。

〔二〕趙云：時東有安史之亂，西有吐蕃之讐，故曰萬方聲一概。　楚辭曰：一概而相量。　孔子曰：吾道其非耶？　何之字，祖雖出莊子茫乎何之、忽乎何適，而謝靈運初發石首城詩云：苕苕萬里帆，茫茫終何之。而公今用竟何之也。

南使宜天馬，由來萬匹强〔一〕。浮雲連陣没，秋草徧山長〔二〕。聞説真龍種，仍殘老驌驦〔三〕。哀鳴思戰鬭，迥立向蒼蒼〔四〕。

右五

〔一〕百家注引趙曰：此篇專賦天馬也，出漢書：初，天子發易卜之曰：神馬當從西北來。得烏孫馬，號天馬。

〔二〕趙云：此以形容馬之多也。

〔三〕趙云：龍種正言天馬乃神龍之種。　左傳：唐成公如楚，有兩驌驦。　酉陽雜俎載：肅霜，本俊鳥，而馬形如之。　殘者，餘也。　唐人語，以餘爲殘。

〔四〕趙云：末句蓋言所餘之驌驦，以遺而不用於戰，故哀鳴思戰鬭也。豈非公自況耶？使當時用公如張鎬，則廟謨神算必能破賊矣。

城上胡笳奏，山邊漢節歸〔一〕。防河赴滄海，奉詔發金微〔二〕。士苦形骸黑，旌一作林疏鳥獸稀〔三〕。那堪往來戍，恨解鄴城圍〔四〕。

右六

〔一〕趙云：胡笳，胡人卷蘆葉吹之，名曰胡笳。李陵書云：胡笳互動。蘇武在匈奴中，持漢節卧起。胡笳奏，言用兵以禦吐蕃也。時吐蕃既侵陷州郡，又欲請和，而爲之通使也。

〔二〕趙云：防河赴滄海，則吐蕃雖旋請和，而出入不常，則河又不可不防矣。滄海，豈指青海耶？考之地理，洮州之北河州，河州渡河則鄯州，鄯州之北則青海也。若杜補遺所引金微，其説是。蓋僕固懷恩傳：貞觀二十年，鐵勒九姓大酋領率衆降，分置瀚海、燕然、金微、幽陵等九都督府，別爲蕃州，以僕骨歌濫拔延爲右武衛大將軍金微都督。今云發金微，則防河之士自金微而發也。

〔三〕趙云：言士卒勞苦，故形骸黑。旌疏鳥獸稀，一説謂旌旗疏零，其上所畫之鳥獸稀少矣。周禮曰：熊虎爲旗，鳥隼爲旟。此乃鳥獸之義，以暗言戰不勝而士卒勞苦，旌旗彫疏。然恐杜公不敢變旗旟二字爲旌，變熊虎鳥隼四字爲鳥獸。一説謂旌之羅列疎遠，鳥驚獸駭而稀。然旌多稠密，則方有鳥驚獸駭之理，而稀則未必然。二説如此，以俟博者辨之。惟師民瞻本作林疏鳥獸稀，亦於戍兵無説。豈以戍兵過往殘伐林木而稀邪？

〔四〕趙云：末句正言西邊既苦吐蕃之戰，而鄴城之圍既圍復解，史賊猶未平，則役戍疲於往來，所以爲恨。

莽莽萬重山，孤城山谷間。無風雲出塞，不夜月臨關〔一〕。屬國歸何晚，樓蘭斬未還〔二〕。煙塵一長望，衰颯正摧顔。

右七

〔一〕趙云：風飄則雲散，故雲出塞以其無風。月臨關，所以不夜。神仙傳：王母所居，寶樹萬條，瑶幹千尋，無風而音韻自響。江洪詠薔薇詩：不摇香已亂，無風花自飛。不夜，杜田所引是，其事已載前漢地理志注中矣。或曰，今秦州有無風塞、不夜城。蓋亦後人因杜詩而爲之名也。

〔二〕趙云：指言吐蕃之使也。公之意尚怒吐蕃之或叛或欲和，而思使者斬之也。

聞道尋源使，從天此路迴。牽牛去幾許，宛馬至今來〔一〕。一望幽燕隔，何時郡國開。東征健兒盡，羌笛暮吹哀〔二〕。

右八

〔一〕趙云：時遣使與吐蕃和，云尋源使，則借張騫以爲言也。博物志載乘槎事，以爲後漢時人，而公屢使作張騫。梁庾肩吾奉使江州船中七夕詩曰：漢使俱爲客，星槎共逐流。亦以漢使貼星槎事使，蓋因話録所謂詩家承襲也，故繼曰牽牛去幾許，正用乘槎者至天河逢見牽牛丈夫。宛馬至今來，則望吐蕃既和而西域皆通貢也。

〔二〕趙云：以幽燕未平，郡國未開，故健兒皆東征，聞羌笛而可哀也。

今日明人眼，臨池好驛亭。叢篁低地碧，高柳半天青〔一〕。稠疊多幽事，喧呼閱使星〔二〕。老夫如有此，不異在郊坰〔三〕。

右九

〔一〕趙云：叢篁、高柳，止道實景，舊注穿鑿。蓋篁之與柳，何用分君子、小人？觀下句云稠疊多幽事，正言有池、有竹、有柳爲幽事，豈有譏誚乎！

〔二〕趙云：謝靈運過始寧墅詩云：巖峭嶺稠疊。使星，指往來使吐蕃者。

〔三〕百家注引趙曰：老夫若有此亭景，則如在郊坰矣。

雲氣接崑崙，涔涔塞雨繁〔一〕。羌童看渭水，使客向河源〔二〕。煙火軍中幕，牛羊嶺上村。所居秋草靜，正閉小蓬門。

右十

〔一〕趙云：崑崙山乃河源所出，秦州詩而言雲氣接崑崙，崑崙雖云去嵩高五萬里，而大率在西方之遠地，爲張大之語，則雲氣可接爲不足怪，而夔州古柏而云月出寒通雪山白也。既云雲氣接崑崙，故又曰使客向河源。

涔字，積雨曰涔。出淮南子，又倣前漢：頭痛涔涔也。

〔二〕趙云：羌童看渭水，似言吐蕃之兵窺覷渭水，而朝廷使客如張騫之向往河源也。史記，司馬遷雖云烏睹所謂河源者哉，子長蓋以崑崙之遠，非人跡所能即至，若詩家則用其美事爾。

右十一

蕭蕭古塞冷，漠漠秋風低。黄鵠翅垂雨，蒼鷹饑啄泥。薊門誰自北？漢將獨征西〔二〕。不意書生耳，臨衰厭鼓鞞〔二〕。

〔一〕趙云：薊門，指言安、史也。出自薊門北，樂府有之，不獨鮑照耳。誰自北，則公問收復燕、薊者誰也。

〔二〕趙云：指言往吐蕃之人。漢有征西將軍。

右十二

山頭南郭寺，水號北流泉。老樹空庭得，清渠一邑傳。秋花危石底，晚景卧鐘邊〔一〕。俛仰悲身世，溪風爲颯然〔二〕。

〔一〕趙云：秋花在危石之底，晚景照卧鐘之邊，皆道實事。蓋寺有卧鐘故也。

〔二〕趙云：鮑明遠詠史詩：身世兩相棄。蘭亭序云：俛仰之間，已爲陳迹。

右十三

傳道東柯谷，深藏數十家〔一〕。對門藤蓋瓦，映竹水穿沙〔二〕。瘦地翻宜粟，陽坡可種瓜〔三〕。舡人近相報，但恐失桃花〔四〕。

〔一〕杜工部草堂詩箋引趙曰：秦州枕山麓地曰東柯谷，曰西枝村。公姪佐先卜築東柯谷，公集中有佐還東柯谷詩及有西枝村宿贊公土室詩。天水圖經：隴城邑南〔有〕唐杜工部故居、工部姪佐草堂。〔在〕東柯谷之南，麥積山瑞應寺上。山形如積麥，佛龕刳石，閣道縈旋，上下千餘尺。山下水縱横可涉。

〔二〕趙云：公後有示姪佐詩，自注云：佐草堂在東柯谷。則東柯谷乃秦州境中之地。

【校】有、在，據集千家注杜工部詩集補。

〔三〕趙云：此言東柯谷中之瘦地與陽坡也。種粟當在肥地，而瘦地翻自宜粟，言東柯谷中之地無不好者。陽坡，向陽之坡，如所謂陽崖、陽岡、陽陸、陽林也。或云：秦州有陽坡、瘦地。豈後人因杜而名耶？若元稹詩：陽地自尋蕨，村沼且漚菅。亦地名乎？種瓜正要日照，阮籍詩曰：昔日東陵瓜，今在青門外。五色曜朝日，子母相鈎帶。可見矣。

〔四〕趙云：東柯谷雖不可考，意者自秦州必乘水而往。末句用桃花字，意以東柯谷爲桃源也。船人報恐失桃花，則公欲往不往之際矣。舊注以爲桃花水，誤矣。蓋失桃花水之候，則水尤肥漲，何損於行船乎？又前篇云漠漠秋雲低，秋花危石底」，後篇云邊秋陰易夕，地僻秋將盡，皆秋時詩耳，與三月桃花水尤不相干。桃花，言桃源也。

萬古仇池穴，潛通小有天〔一〕。神魚人不見，福地語真傳。近接西南境，長懷十九泉〔二〕。何時一茅屋，送老白雲邊。

右十四

〔一〕趙云：福地，則凡名山，多有福地。世有福地記。

〔二〕趙云：詩所謂通小有、十九泉、神魚事，皆是紀實，但不見仇池記而考之耳。

未暇泛滄海，悠悠兵馬間〔一〕。塞門風落木，客舍雨連山。阮籍行多興，龐公隱不還〔二〕。東柯遂疏懶，休鑷鬢毛斑〔三〕。

右十五

〔一〕趙云：前篇之防河赴滄海，則滄海專指西海也。

〔二〕趙云：阮籍行多興，按魏氏春秋曰：籍時率意獨駕，不由徑路，車跡所窮，慟哭而返。今言多興，則紀其初行時也。龐公隱不還，龐德公攜妻子隱於鹿門山，採藥不返。隱不還，正欲慕之也。

〔三〕趙云：此句言得遂東柯谷之隱，則凡事疏懶，亦不暇鑷鬢毛矣。

東柯好崖谷，不與衆峯羣。落日邀雙鳥，晴天卷片雲。野人矜險絶，水竹會平分〔一〕。採藥吾將老，童兒未遣聞。

右十六

〔一〕趙云：野人矜險絶，則東柯之人自矜其地險絶，此已含蓄可避世之意，將與野人分水竹之景也。九辯云：皇天平分兮四時。

邊秋陰易夕，不復辨晨光〔一〕。簷雨亂淋幔，山雲低度牆。鸕鷀窺淺井，蚯蚓上深堂〔二〕。車馬何蕭索，門前百草長〔三〕。

右十七

〔一〕趙云：陶淵明：恨晨光之熹微。鮑照詩在後。

〔二〕趙云：以積雨久陰而然也。

〔三〕趙云：暗使張仲蔚所居，蓬蒿滿門，寂無車馬事。

地僻秋將盡，山高客未歸〔一〕。塞雲多斷續，邊日少光輝。警急烽常報，傳聲檄屢飛〔二〕。西戎外甥國，何得近天威〔三〕。

右十八

〔一〕趙云：客未歸者，公自謂也。

〔二〕趙云：烽，謂烽候。甘氏天文占曰：虜至則舉烽火十丈。如今井桔槔火錘其頭，若警備急，然火其頭，放之權重本低，則末仰見烽火也。飛檄字，潘安仁關中詩云：飛檄秦郊，告敗上京。漢高祖曰：吾以羽檄徵天下兵。

〔三〕趙云：指言吐蕃爲贊普尚主也。近天威，言其敢有窺帝都之心。

鳳林戈未息，魚海路常難〔一〕。候火雲峯峻，縣軍幕井乾〔二〕。風連西極動，月過北庭寒〔三〕。故老思飛將，何時議築壇？

右十九

〔一〕趙云：郭子儀取魚海五城，乃此魚海也。

〔二〕趙云：候火，烽候之火也。言烽燧在雲峯峭峻之上。謝靈運詩：滅迹入雲峯。禮：挈壺氏掌壺以令軍（事）〔井〕。其説是。井收勿幕，解者以井口曰收，勿幕則勿遮幕之。今公但使其字意，言軍旅之衆，飲井者多，而所幕之井乾，其縣示軍中之器以表此井也。舊注縣軍字偶犯耳。

〔三〕趙云：上句因吐蕃之亂，下句因幽、薊之師而有所感也。

唐堯真自聖，野老復何知〔一〕。曬藥能無婦，應門幸有兒〔二〕。藏書聞禹穴，讀記憶仇池〔三〕。爲報鴛行舊，鷦鷯在一枝〔四〕。

右二十

〔一〕趙云：唐堯，謂肅宗也。　野老，公自謂也。

〔二〕趙云：此以實事道懷耳。

〔三〕趙云：藏書聞禹穴，言禹穴藏書也。其地在南，聞之而已，未可遂往，以引下句讀記憶仇池。仇池，在同谷郡，公有欲往之意，故讀記而懷之。仇池，隴右之福地，前篇可見。

〔四〕趙云：鴛行，指言平日同禁省之人。朝臣，故謂之鴛鷺行也。　鷦鷯一枝，公自謂也。出莊子：鷦鷯巢於深林，不過一枝。

遣興五首 （古詩）

天用莫如龍，有時繫扶桑〔一〕。頓轡海徒湧，神人身更長〔二〕。性命苟不存，英雄徒自彊。吞聲勿復道，真宰意茫茫〔三〕。

右一

〔一〕趙云：繫扶桑，則楚辭劉向九歎之遠逝篇有曰：維六龍於扶桑。日賦乃本朝人吴淑所爲。

〔二〕趙云：説者謂神人指言羲和。日經海底出入，方頓轡而經海，則羲和御車同入於海。海水雖湧波，而羲和身自增長。謂之神人，不足怪也，蓋如釋氏之摩荔支天佛身湧遮日之類。

〔三〕趙云：言人生浮脆，性命不存，日運不停，則徒自爲英雄耳，故吞聲勿道，莫測真宰之意茫茫然也。鮑照詩云：吞聲躑躅不敢言。莊子云：若有真宰存焉。

地用莫如馬，無良復誰記〔一〕？此日千里鳴，追風可君意〔二〕。君看渥洼種，態與駑駘異。不雜蹄齧間，逍遥有能事〔三〕。

右二

〔一〕趙云：易曰：牝馬地類，行地無疆。一曰，王良也，言世無王良，豈知記省地用之馬乎？

〔二〕趙云：追風，秦始皇七馬之一名。此言若望王良而鳴矣，可見無良是王良也。

〔三〕趙云：一曰蹄分，皆相蹄。齧，如魏文帝齧膝之齧，蹄人、齧人，言馬之劣。又曰：蹄，則馬蹄可以踐霜雪；齧，則齕草飲水之謂。已上各有義理，言馬之閒暇，而能事可以行千里也。易：天下之能事畢矣。

陶潛避俗翁，未必能達道。觀其著詩集，頗亦恨枯槁〔一〕。達生豈是足，默識蓋不早。有子賢與愚，何其掛懷抱。

右三

〔一〕趙云：因陶潛而有所悟，故作此詩，非直詆陶也。陶集中固有恨枯槁之語矣，如怨詩楚調云：夏日長抱饑，寒夜無被眠。歲暮和張常侍云：屢闕清酤至，無以樂當年。飲酒詩云：顏淵稱爲仁，長饑至於老。雖留身後名，一生亦枯槁。又曰：意抱困窮節，饑寒飽所更。有會而作曰：弱年逢家乏，老至更長饑……惄如亞九飯，當暑厭寒衣。雜詩云：豈期過滿腹，但願飽粳糧。禦冬乏大布，鹿絺以應陽。正爾不能得，哀哉亦可傷。斯不謂之頗亦恨枯槁乎？枯槁，見楚辭漁父篇：屈原形容枯槁。而莊子有枯槁之士。

【校】鹿絺：陶澍集注靖節先生集作麤絺。

賀公雅吳語，在位常清狂。上疏乞骸骨，黄冠歸故鄉。爽氣不可致，斯人今則亡。山陰一茅宇，江海日凄涼。

右四

吾憐孟浩然，短褐即長夜〔一〕。賦詩何必多，往往凌鮑謝〔二〕。清江空舊魚，春雨餘甘蔗〔三〕。每望東南雲，令人幾悲吒〔四〕。

右五

〔一〕趙云：范曄傳：曄在獄中爲上題扇云：去白日之炤炤，即長夜之悠悠。

〔二〕趙云：往往之義，忽忽如此也。應璩百一詩云：朋等稱才學，往往見歎譽。

〔三〕趙云：是思浩然平生之事。浩然嘗有詩曰：試垂竹竿釣，果見查頭鯿。今言清江之内，空有舊魚，而人不見也。王士源爲浩然詩集序云：灌園藝圃以全高。然則，春雨餘甘蔗豈浩然嘗自營蔗區乎？惜無所明見。

〔四〕趙云：浩然襄陽人，襄陽在秦州之東南。末句思而不見，故望雲而空增悲吒耳。

遣興五首（古詩）

蟄龍三冬卧，老鶴萬里心〔一〕。昔時賢俊人，未遇猶視今〔二〕。嵇康不得死，孔明有知音〔三〕。又如壠底松，用舍在所尋。大哉霜雪幹，歲久爲枯林〔四〕。

右一

〔一〕趙云：東方朔云：三冬文史足。用諸葛孔明卧龍以比賢俊之未遇。龍卧而終起，鶴雖老終遠飛，則賢俊雖未遇而終用也。

〔二〕趙云：蓋言視今之未遇者，則可以推知昔時之賢俊也。京房傳：臣恐後之視今，猶今之視前也。

〔三〕趙云：嵇康與吕安相善，二人素爲鍾會所不喜。安以家事繫獄，辭相證引，遂復收康，棄市，此爲不得其死也。徐庶薦孔明於劉先主，先主三顧其草廬，起之爲國相，此爲有知音也，公詩謂有才者遇邪。以嵇康之才而不得其死，謂有才者不遇邪。而孔明卒有知音，則在遇不遇而已。

〔四〕趙云：歎松有霜雪幹，不用而爲枯木矣。莊子曰：孔子云，天寒既至，霜雪既降，吾是以知松柏之茂也。

昔者龐德公，未曾入州府。襄陽耆舊間，處士節獨苦。豈無濟時策，終覺畏羅罟。林茂鳥有歸，水深魚知聚。舉家隱鹿門，劉表焉得取。

右二

我今日夜憂，諸弟各異方。不知死與生，何況道路長。避寇一分散，飢寒永相望。豈無柴門歸，欲出畏虎狼〔一〕。仰看雲中鴈，禽鳥亦有行。

右三

〔一〕趙云：陶淵明田舍詩云：長吟掩柴門，聊爲壟畝民。今公所言，指其身所居之屋，歸則望諸弟之歸也。欲出畏虎狼，則諸弟之出，畏虎狼而不能也。

蓬生非無根，漂蕩隨高風。天寒落萬里，不復歸本叢〔一〕。客子念故宅，三年門巷空。悵望但烽火，戎車滿關東。生涯能幾何？常在羈旅中。

右四

〔一〕趙云：説苑：魯哀公曰：秋蓬惡其本根，美其根葉，秋風一起，根本拔矣。故子建與公皆得用之。

昔在洛陽時，親友相追攀。送客東郊道，遨遊宿南山〔一〕。烟霞阻長河，樹羽成皐間〔二〕。迴首載酒地，豈無一日還。丈夫貴壯健，慘戚非朱顏。

右五

〔一〕趙云：蓋傚張景陽詠史詩：昔在西京時，朝野多歡娱。藹藹東都門，羣公祖二疏也。詩：以遨以遊。謝靈運擬曹植詩序云：公子不及世事，但美遨遊。

〔二〕趙云：言鞏、洛之亂，成皋在鞏、洛間也。

寄贊上人（古詩）

一昨陪錫杖，卜鄰南山幽。年侵腰脚衰，未便陰崖秋〔一〕。重岡北面起，竟日陽光留。茅屋買兼土，斯焉心所求〔二〕。近聞西枝西，有谷杉漆稠。亭午頗和暖，石田又足收〔三〕。當期塞雨乾，宿昔齒疾瘳。徘徊虎穴上，面勢龍泓頭〔四〕。柴荆具茶茗，遥路通林丘。與子成二老，來往亦風流〔五〕。

〔一〕趙云：言初欲於贊公土室之處卜隣，時爲年齒所侵而腰脚衰弱，則其地爲陰崖，而當時之秋，非所便安，要須擇地也。晉潘岳西征賦云：眺華岳之陰崖。百家注引趙曰：左傳：唯隣是卜。

【校】百家注所引，分類集注作洙曰。

〔二〕趙云：四句有可卜之地，蓋山北面高起而障日，故陽光爲之留。陽光者，則非若陰崖之多蔭濕，故可結茅屋，且兼其地土買之，乃心所求者也。

〔三〕趙云：八句則於重岡北面起處聞得西枝村之西，其谷中杉漆之木稠多而和暖，其石田又可種，便可於此結茅屋矣。

〔四〕趙云：考工記云：審曲面勢。言審其曲直，面其形勢也。

〔五〕趙云：四句則公與贊老既有隣矣，可荼茗相交，往來通好也。孟子稱太公、伯夷曰：二老者，天下之大老也。

乙帙卷之八

寓目（近體詩）

趙云：左傳：得臣與寓目焉。

一縣蒲萄熟，秋山苜蓿多〔一〕。關雲常帶雨，塞水不成河。羌女輕烽燧，胡兒制駱駝〔二〕。自傷遲暮眼，喪亂飽經過〔三〕。

〔一〕趙云：此篇題名寓目，皆實道其事。蒲萄，果名；苜蓿，草名。二物本西北所有，因張騫自大宛帶種歸中國，故近西之地多有之。苜蓿以飼馬，關陝人亦食之。薛令之詩云：朝日上團團，照見先生盤。盤中何所有？苜蓿長闌干是也。梁劉孝儀北使還與永豐侯書曰：馬銜苜蓿，嘶立故墟。人獲蒲萄，歸種舊里。則二物西北之產明矣。

〔二〕趙云：關雲、塞水、羌女、胡兒，皆所寓目之事。烽燧，一物二名。燃火曰烽，舉煙曰燧。

〔三〕趙云：楚辭云：傷美人之遲暮。阮籍詠懷云：西遊咸陽中，趙李相經過。飽，厭也。蓋如石勒謂李陽云：卿亦飽孤毒手。公詩又曰：老樹飽經霜。

遣懷（近體詩）

愁眼看霜露，寒城菊自花。天風隨斷柳，客淚墮清笳。水淨樓陰直，山昏塞日斜。夜來歸鳥盡，啼殺後棲鴉〔一〕。

〔一〕趙云：此詩直道事實，末句感物以爲興耳。百家注引趙曰：以其無（拔）〔枝〕可棲，故啼之爾。

蒹葭（近體詩）

摧折不自守，秋風吹若何？暫時花戴雪，幾處葉沉波。體弱春風早，叢長夜露多。江湖後搖落，亦恐歲蹉跎〔一〕。

〔一〕趙云：末句似費解。蓋言今在秦州所見之蒹葭已搖落矣，尚餘時月之光景。江湖之上，其物在後搖落，亦恐當歲之暮，有可傷之意。九辯：草木搖落而變衰。曹子建詩：白日忽蹉跎。言其晚也。

除架（近體詩）

束薪已零落，瓠葉轉蕭疏〔一〕。幸結白花子，寧辭青蔓除〔二〕。秋蟲聲不去，暮雀意何如？寒事今牢落，人生亦有初〔三〕。

〔一〕趙云：西人方言，直謂之除架，如甜瓜之謂收園也。瓜架之初，必以薪爲之，今瓜已摘而架上之薪零落矣。瓠即瓜也。毛詩有瓠葉字。

〔二〕趙云：瓜初花，其色白。結白花，則爲瓜實矣。實既結，則其蔓可除。

〔三〕趙云：賦詩在秦州，意言寒事雖牢落，則爲客之不堪如此。然人生未嘗無初，則公之初，在太平之時，文采動上，聲譽烜赫，本不如是之牢落也。上林賦云：牢落陸離。左傳：夫魯有初。而謝靈運會吟行云：會吟自有初。

廢畦（近體詩）

秋蔬擁霜露，豈敢惜凋残。暮景數枝葉，天風吹汝寒〔一〕。緑霑泥滓盡，香與歲時闌〔二〕。生意春如昨，悲君白玉盤〔三〕。

〔一〕趙云：蔬以秋時而擁霜露，自然凋殘矣，吾豈敢惜之也。然口腹之供，所以不忍其凋殘，故於暮景之中數其枝葉餘幾也，故又自憫夫因數菜蔬之餘幾而有天風之寒，是亦豈得已哉！君子之貧爲可傷也。

〔二〕趙云：上兩句所以紀秋蔬之凋殘，泥滓又見多雨之意。

〔三〕趙云：末句言蔬當春時生意盛茂，以供采掇，猶如昨日，則今之凋殘不足於食，於我何足道哉！其登於玉盤者遂空矣，爲可悲也。君字蓋專言君王也。應劭漢官儀曰：封禪壇有白玉盤。在至尊言之尤爲當體。如昨字，選詩有昔日如昨，又，千年別如昨。

吹笛（近體詩）

吹笛秋山風月清，誰家巧作斷腸聲？風飄律吕相和切，月傍關山幾處明〔一〕。胡騎中宵堪北走，武陵一曲想南征〔二〕。故園楊柳今摇落，何得愁中却一作曲盡生〔三〕。

〔一〕百家注引趙曰：吹笛於月明之中，詩人自道到此。舊所引非。

〔二〕百家注引趙曰：此指言史朝義，借用胡笳事。笳，羌笛也。

〔三〕趙云：一本曲盡生，無義。緣笛有折楊柳之曲，故思感也。原注：折楊柳、落梅花，曲名。

天末懷李白（近體詩）

趙云：白於至德二載坐永王璘而謫夜郎。今公在秦州懷之，而遂謂之天末。天各一方，可云天末矣。

涼風起天末，君子意如何〔一〕？鴻雁幾時到，江湖秋水多〔二〕。文章憎命達，魑魅喜人過〔三〕。應共寃魂語，投詩贈汨羅〔四〕。

〔一〕趙云：（西）〔東〕京賦曰：眇天末以遠期。而陸士衡承之云：佳人眇天末。擬古詩又云：遊子眇天末，遠期不可尋。

〔二〕趙云：兩句似通句，言書信耳。問鴻雁幾時可到於白之處，江湖秋水既多，則鴻雁游泳，其到恐遲也。莊子：秋水時至。

〔三〕趙云：意與儒冠多誤身同。蓋窮者而後工於文，故文章反憎命達也。舜投四罪以禦魑魅。魑魅，厲鬼也。喜人過，則欲害之矣，以譬小人害君子之意。時白被罪流放，故云。

〔四〕趙云：此比白於賈誼也。屈原其死爲寃也，誼過汨羅有弔屈原賦。劉越石四言詩：永負寃魂。

獨立（近體詩）

空外一鷙鳥，河間雙白鷗。飄颻搏擊便，容易往來游〔一〕。草露亦多濕，蛛絲仍未收。天機近人事，獨立萬端憂〔二〕。

〔一〕趙云：爾雅曰：飄颻謂之猋。蓋風之狀也。而後人用之，則如選云：落葉飄颻。又云羅衣何飄颻也。此言白鷗往來，蓋不知鷙鳥之將搏擊，此可爲寒心矣。公後篇寄賈六嚴八詩戒其爲文爲詩莫傳於衆，而曰浦鷗防碎首，霜鶻不空拳」，則公今詩應有所憂之人乎？晉孫盛騰牋桓温曰：「進無鳳凰來儀之美，退無鷹鸇擊搏之困。」公今却用搏擊字，則翟方進傳：「搏擊豪强，京師畏之。」

〔二〕趙云：此道獨立時景兩句，或曰，「露下衆草，則將殺草」；「蛛絲未收，則將羅物」。皆有殺意。此並是天機，如人事之多患，宜公有萬端之憂也。

野望（近體詩）

清秋望不極，迢遞起層陰〔一〕。遠水兼天淨，孤城隱霧深。葉稀風更落，山迥日初沉。獨鶴歸何晚，昏鴉已滿林〔二〕。

〔一〕趙云：清秋所以望不極者，以迢遞之處起層陰也。晉陸沖詩：「層巒有層陰。」梁江淹詩：「層陰萬里生。」

〔二〕趙云：末句亦道實事耳。舊注所言未必然，蓋如夜來歸鳥盡，啼殺後棲鴉。亦豈有譏乎？獨鶴字，謝玄暉敬亭山詩：「獨鶴方朝唳，饑鼯此夜啼。」昏鴉字，則公嘗自引何遜詩：「昏鴉接翅歸。」

送靈州李判官（近體詩）

羯胡腥四海，回首一茫茫。血戰乾坤赤，氛迷日月黄。將軍專策略，幕府盛方良。近賀中興主，神兵動朔方。

示姪佐佐草堂在東柯谷（近體詩）

多病秋風落，君來慰眼前〔一〕。自聞茅屋趣，只想竹林眠〔二〕。滿谷山雲起，侵籬澗水懸。嗣宗諸子姪，早覺仲容賢。

〔一〕趙云：左傳云風落山也。

〔二〕趙云：後漢王霸隱居，止茅屋蓬户。以與姪詩，故對竹林，因實事以寓意。竹林七賢之遊，阮嗣宗與阮仲容叔姪與其二，故末句又及之。

佐還山後寄三首（近體詩）

山晚浮雲合，歸時恐路迷。澗寒人欲到，村黑鳥應棲。野客茅茨小，田家樹木低。舊諳疏懶叔，須汝故相攜〔一〕。

右一

〔一〕趙云：末句又以嵇康自處。嵇康云：性復疏懶。

白露黃粱熟，分張素有期〔一〕。已應春得細，頗覺寄來遲。味豈同金菊，香宜配緑葵〔二〕。老人他日愛，正想滑流匙。

右二

〔一〕趙云：黃粱熟於秋初白露降之時也。

〔二〕趙云：言粟而用到金菊，取其物之同時，其色之皆黃也。香宜配緑葵，則以葵爲羹矣。潘安仁閑居賦有緑葵含露。

幾道泉澆圃，交横落幔坡。葳蕤秋葉少一作菜色，隱映野雲多〔一〕。隔沼連香芰，通林帶女蘿。甚聞霜薤白，重惠意如何。

右三

〔一〕趙云：秋葉少，則日夜零落矣。前篇云：葉稀風更落。一作菜色，非。

秋日阮隱居致薤三十束（近體詩）

隱者柴門内，畦蔬繞舍秋。盈筐承露薤，不待致書求。束比青芻色，圓齊玉筯頭。衰年闕高冷，味暖併無憂〔一〕。

〔一〕趙云：薤性暖，本草載，能調中補不足。

送張二十參軍赴蜀州因呈楊五侍御（近體詩）

好去張公子，通家别恨添〔一〕。兩行秦樹直，萬點蜀山尖〔二〕。御史新驄馬，參軍舊紫髯〔三〕。皇華吾善處，於汝定無嫌〔四〕。

〔一〕趙云：通家字，使孔融語。

〔二〕趙云：張二十由秦而趨蜀，其所歷者秦樹與蜀山也。　樹直、山尖語可謂新奇矣。直，蓋直木無曲影之直。

〔三〕趙云：舊注是，但紫髯字却因孫權傳號紫髯將軍可得取而合用之。

〔四〕趙云：詩：皇皇者華。　兩句正以言楊侍御爲皇華之使，乃吾所厚善之人，則於張二十亦必無嫌，所以薦之也。舊注非是。

秦州見勑目薛三璩授司儀郎畢四曜除監察與二子有故遠喜遷官兼述索居三十韻（近體詩）

大雅何寥闊，斯人尚典刑。交期余潦倒，才力爾精靈〔一〕。二子聲同日，諸生困一經〔二〕。文章開突奥，遷擢潤朝廷〔三〕。舊好何由展，新詩更憶聽。别來頭併白，相見眼終青〔四〕。伊昔貧皆甚，同憂歲不寧〔五〕。栖遑分半菽，浩蕩逐流萍〔六〕。俗態猶猜忌，妖氛忽杳冥。獨慚投漢閣，俱議哭秦庭。還蜀柢無補，囚梁亦固扃〔七〕。華夷相混合，宇宙一羶腥。帝力收三統，天威總四溟〔八〕。舊都俄望幸，清廟肅惟馨〔九〕。雜種雖高壁，長驅甚建瓴〔一〇〕。焚香淑景殿，漲水望雲亭。法駕初還日，羣公若會星〔一一〕。宫臣仍點染，柱史正零丁〔一二〕。官忝趨棲鳳，朝回歎聚螢〔一三〕。唤人看騕褭，不嫁惜娉婷〔一四〕。掘劍知埋獄，提刀見發硎〔一五〕。侏儒應共飽，漁父忌偏醒〔一六〕。旅泊窮清渭，長吟望濁涇〔一七〕。羽書還似急，烽火未全停。師老資殘寇，戎生及近坰。忠臣辭憤激，烈士涕飄零。上將盈邊鄙，元勳溢鼎銘〔一八〕。仰思調玉燭，誰定握青萍。隴俗輕鸚鵡，原情類鶺鴒〔一九〕。秋風動關塞，高卧想儀形〔二〇〕。

〔一〕趙云：上兩句引言雅道之久喪，賢人之幸存。　下兩句一以自述，一以言二子。　大雅字，非謂詩之大雅，蓋以雅者，正也。大雅正之道，在人言之耳。　傅毅舞賦曰：攄予意以弘觀兮，繹精靈之所束。　嵇康書曰：足下舊知吾潦倒麄疏，不切事情。

〔二〕趙云：言二子由諸生而登朝廷也。　一經字，韋賢云：遺子黄金滿籯，不如教子一經。

〔三〕趙云：潤朝廷字，如富潤屋，德潤身之潤。

〔四〕趙云：頭併白，鄒陽云：古語白頭如新。

〔五〕趙云：歲不寧，左傳晉無寧歲之義。

〔六〕趙云：漢史：项羽曰：歲饑民貧，卒食半菽。

〔七〕趙云：自舊好何由展至此十四句，雜言交好之舊，今老昔貧之事，流落遭亂之故。其後四句，一句説己，一句説二子也。

〔八〕趙云：莊子云：帝力何加於我哉！　三統，周得天統，商得地統，夏得人統。收三統，言天地人皆歸之也。　左傳：天威不違顔咫尺。

〔九〕趙云：莊子：舊國舊都，望之暢然。　望幸，則司馬相如云：泰山梁父，設壇場望幸也。　舊都，指言長安。　望幸，言車駕還也。　清廟肅惟馨，言再見宗廟也。

〔一〇〕趙云：雜種，指言安史。　史有：高壁深壘。　晉書有：卷甲長驅。

〔一一〕趙云：自華夷相混合至此十二句，言安史之亂陷二京，而肅宗收復，駕還長安宫殿之事，羣臣之朝也。

〔一二〕趙云：司儀郎，東宫之官，以比給事中。　點染者，爲文字也。此以言薛璩。畢除監察，故以柱史言畢。　零丁，介獨之貌。

〔一三〕趙云：監察御史知朝堂左右廂，而含元殿西南有棲鳳閣，閣下即朝堂，則趨棲鳳者，又以言畢曜也。朝回歎聚螢，似言薛璩仍不廢讀書。蓋東宫官屬，多以經教授，以讀書爲事爾。

〔一四〕趙云：唤人看騕褭，不嫁看娉婷，以言二公初不自眩鬻，以駿馬、以佳人爲喻。

〔一五〕趙云：掘劍知埋獄，提刀見發硎，以言二公稍因遷用而後見其才也。自宫臣仍點染至此八句，因言羣臣之下紀述二子官職且美之也。

〔一六〕趙云：侏儒應共飽，以言二公猶未甚顯拔，與侏儒共飽耳。漁父忌偏醒，公自比屈原之放逐也。

〔一七〕趙云：旅泊窮清渭，長吟望濁涇，公在秦而憶長安故也。謂之窮清渭，則窮其上流，所以言秦。潘安仁西征賦云：北有清渭濁涇。

〔一八〕趙云：戎生及近坰、上將盈邊鄙，則時又有吐蕃之患矣。羽書、烽火，皆兵事。史記：李牧息烽火。左傳：師直爲壯，曲爲老。然相承而用，皆以宿師爲老耳。老子云：戎馬生於郊。

〔一九〕趙云：隴俗輕鸚鵡，公自況也。原情類鶺鴒，指與二公如兄弟之急難也。鶺鴒，鳥名，首舉而尾應。詩云：鶺鴒在原，兄弟急難。自侏儒應共飽至此十六句，引言二子，一句轉入自述，又轉入傷時兵亂未已，思平定，而終之以人不己知，且敦友誼也。末句則以懷二子之情結之。

〔二〇〕趙云：詩作於秦州，故云關塞。晉謝安傳：高崧曰：卿屢違朝旨，高卧東山。想儀形，則想望其風彩也。

寄彭州高三十五使君適虢州岑二十七長史參三十韻時患瘧疾 （近體詩）

故人何寂寞，今我獨凄涼。老去才雖盡，秋來興甚長〔一〕。物情尤可見，詞客未能忘〔二〕。海内知名士，雲端各異方〔三〕。高岑殊緩步，沈鮑得同行。意愜關飛動，篇終接混茫〔四〕。舉天悲富駱，近代惜盧王〔五〕。似爾官仍貴，前賢命可傷。諸侯非棄擲，半刺已翱翔〔六〕。詩好幾時見，書成無信將〔七〕。男兒行處是，客子鬭身强。羈旅推賢聖，沉綿抵咎殃〔八〕。三年猶瘧疾，一鬼不銷亡〔九〕。隔日搜脂髓，增寒抱雪霜。徒然潛隙地，有靦屢鮮粧〔一〇〕。何太龍鍾極，于今出處妨〔一一〕。無錢居帝里，盡室在邊疆〔一二〕。劉表雖遺恨，龐公至死藏〔一三〕。心微傍魚鳥，肉瘦怯豺狼〔一四〕。隴草蕭蕭白，洮雲片片黄〔一五〕。彭門劍閣外，虢略鼎湖傍〔一六〕。荆玉簪頭冷，巴牋染翰光〔一七〕。烏麻蒸續曬，丹橘露應嘗〔一八〕。豈異神仙宅，俱兼山水鄉。竹齋燒藥竈，花嶼讀書牀。更得新清否，遥知對屬忙〔一九〕。舊官寧改漢，淳俗本歸唐〔二〇〕。濟世宜公等，安貧亦士常〔二一〕。蚩尤終戮辱，胡羯漫猖狂〔二二〕。會待妖氛静，論文暫裹糧〔二三〕。

〔一〕趙云：此篇四句始述既不見故人，又身老且愁也。才盡字，有兩事：鮑照文辭贍逸，而文帝自謂其文人所莫及，照遂爲鄙言累句，時人以爲才盡，其實不然。又，江淹夢丈夫自稱郭璞，曰：吾有筆在卿處多年，可以見還。淹乃探懷中五色筆授之。自是，文絶無美句，人謂之才盡。又，任昉晚好著詩，用事過多，屬辭不得流便，於是有才盡之歎矣。

〔二〕趙云：物情，言世態因物情之可見其轉薄，所以未能忘詞客也。

〔三〕趙云：海内字，如武帝謂吾丘壽王曰：子自謂海内寡二。枚乘樂府詩云：美人在雲端。

〔四〕趙云：意愜關飛動，篇終接混茫，以言二子之詩，其妙如此。世説：左太沖作三都賦，初思意甚不愜。謝靈運還湖中作：慮淡物自輕，意愜理無違。篇終，則答賓戲曰：孔終篇於西狩。文賦曰常遺恨以終篇也。飛動字，沈佺期於李侍郎祭文云思合飛動，才冠卿雲也。

〔五〕趙云：富、駱、盧、王，皆文士而不容於世者，以言高、岑作貴官，則比四子爲差得意者矣。百家注引趙曰：富謂富嘉謨，駱謂駱賓王，盧謂盧照隣，王謂王勃，蓋皆文章之伯而不容於世，以言高、岑二子亦文士而作貴官，則比四子爲得志矣。

〔六〕趙云：諸侯以言高適，半刺以言岑參，則參必爲今之通判。漢書云：别駕任居刺史之半也。

〔七〕趙云：二人皆以詩名，故曰：詩好幾時見。書成無信將，則公在秦州，欲寄書於彭與虢也。自物情尤可見至書成無信將十六句，因言思二公，轉入稱美之，又以近代文人比以爲意，又言二子作官而終以懷之而欲寄書也。

〔八〕趙云：羇旅推聖賢，言聖賢皆如此，不獨我也。沉綿抵咎殃，言其病也。

〔九〕趙云：世言瘧疾有鬼，故於瘧疾而言一鬼焉。韓退之有遺瘧鬼詩，是已。

〔一〇〕趙云：世言避瘧鬼於閑隙之處，且塗畫面目。而瘧猶未校，故於潛隙地言徒然，於屢新粧言有靦。靦者，慚也。論語如豈徒然哉。詩有靦面目。

〔一一〕趙云：病則龍鍾而妨出入。卞和怨歌有云：空山歔欷涕龍鍾。又周王褒與周弘讓書云：援筆攬紙，龍鍾横集。則言涕淚之狀。韓退之醉留東野云：東野不得官，白首誇龍鍾。謂之誇，則放縱之貌。今云龍鍾，則不健而蹭蹬之意也。

〔一二〕趙云：蟲室在邊疆，若非尚在秦州寄居，則已在同谷寄居矣。　無錢，庾信擬連珠云：胸中無學，猶手中無錢。　左傳：蟲室以行也。

〔一三〕趙云：劉表、龐公事。　後漢：龐公者，南郡襄陽人也。居峴山之南，未嘗入城府。荆州刺史劉表數延請，不能屈。表歎息而去。後遂攜妻子登鹿門山，因採藥不返。公蓋以龐公自比，言其將隱不復仕也。

〔一四〕趙云：心微傍魚鳥，以言其隱於山水間之事也。嵇康游山水，觀魚鳥，而心甚樂之；簡文帝云：每覺魚鳥自來親人。可以見矣。　肉瘦怯豺狼，言荒山窮谷中，所以怯豺狼。或云，以比盜賊。

〔一五〕趙云：隴草、洮雲，則恐已在同谷，洮於同谷爲近也。　自男兒行處是，至下句洮雲片片黄二十句，轉入公自述其飄泊疾病之事也。

〔一六〕趙云：彭州謂之彭門。　漢郡國志注：湔縣前有兩石對如闕，號曰彭門。　虢略，言在鼎湖之傍。

〔一七〕趙云：荆玉，正此荆山之玉。荆山，乃在虢、華間也。荆玉簪頭冷，爲岑參而言。巴牋染翰光，爲高適而言。巴牋，蜀牋也。

〔一八〕趙云：烏麻、丹橘，雖兩處皆有之，而烏麻似言蜀地，丹橘似言虢中。於烏麻言蒸續曬，蓋服胡麻之法，九蒸九曝也。

〔一九〕趙云：新清否，言二子之才思新清也。　對屬忙，則詩貴對屬之工矣。　自彭門劍閣外至此，以言二公爲官之地也。

〔二〇〕趙云：舊官寧改漢，此所謂不圖今日復見漢官威儀，言安史雖亂而舊典不改矣。

〔二一〕趙云：濟世宜公等，言二子。　安貧亦士常，公自言也。

〔二二〕趙云：蚩尤且終取戮辱，況胡羯敢漫浪爲亂乎？

〔一三〕趙云：自舊官寧改漢至末句，言賊必平而反聚也。

病後遇王倚飲贈歌（古詩）

麟角鳳觜世莫識，煎膠續弦奇自見〔一〕。尚看王生抱此懷，在於甫也何由羨？且遇王生慰疇昔，素知賤子甘貧賤。酷見凍餒不足恥，多病沈年苦無健。王生怪我顔色惡，答云伏枕艱難遍。瘧癘三秋孰可忍？寒熱百日交相戰。頭白眼暗坐有胝，肉黄皮皺命如線〔二〕。惟生哀我未平復，爲我力致美肴膳。遣人向市賒香粳，唤婦出房親自饌。長安冬菹酸且緑，金城土酥靜如練。兼求畜豕一作富豪且割鮮，密沽斗酒諧終宴〔三〕。故人情味晚誰似？令我手脚輕欲漩。老馬爲駒總不虚，當時得意況深眷。但使殘年飽喫飯，只願無事長相見〔四〕！

〔一〕趙云：公美王生之有用於世當然，而公自以老故，已矣而無羨也。杜牧之：杜詩韓集愁來讀，似倩麻姑癢處抓。天外鳳凰誰得髓，無人解合續弦膠。此以言杜詩、韓文不可斷也。

〔二〕趙云：此敘問答之本意。蓋王素知我之甘貧賤，則深見我之無食，雖如在陳絶糧爲不足恥，不恥於無食則在貧賤而容貌不枯矣，然以多病淹久之故，而經年不健，則王生疑怪而問其顔色惡矣。禹手胼足胝。

〔三〕趙云：前漢地理志云：秦地於天官東井、輿鬼之分，西有金城、武威，蓋今蘭州也。秦有駝金城，自能爲酥，其名土酥爲不足怪。今南中傳杜陵句解者，李歜之所爲也，以土酥爲來服，但不引所出，且曰：老杜方旅貧中，豈有真酥而食？其所食者，來服耳，故以對前句冬葅。其説非是。嘗聞小説載胡人入吾地者，見萵苣云：此狼牙菜也，安可食！後却見來服，乃曰：怪其食狼牙菜，原有地酥爲解。如此，則來服名地酥耳，而歜誤爲土酥乎？然歜不詳味上句，乃王倚爲致美肴饌也，身在秦州而長安之冬葅，金城之土酥，且求畜豕割鮮焉，非肴饌之美而何？

〔四〕趙云：列子載智叟所云，有殘年餘力之語。

【校】非肴饌之美而何一句，分類集注引作非肴饌也。

西枝村尋置草堂地夜宿贊公土室二首（古詩）

出郭眄細岑，披榛得微路。溪行一流水，曲折方屢渡。贊公湯休徒，好静心迹素。昨枉霞上作，盛論巖中趣。怡然共攜手，恣意同遠步。捫蘿澀先登，陟巘眩反顧。要求陽岡暖，苦涉陰嶺沍。惆悵老大藤，沉吟屈蟠樹。卜居意未展，杖策迴且暮〔一〕。曾巓餘落日，草蔓已多露。

右一

〔一〕百家注引趙曰：字祖太公避狄，杖策去邠。

天寒鳥已歸，月出山更静〔一〕。土室延白光，松門耿疏影。躋攀倦日短，語樂寄夜永〔二〕。明燃林中薪，暗汲石底井。大師京國舊，德業天機秉。從來支許游，興趣江湖迥〔三〕。數奇謫關塞，道廣存箕潁〔四〕。何知戎馬間，復接塵事屏。幽尋豈一路，遠色有諸嶺。晨光稍朦朧，更越西南頂。

右二

〔一〕趙云：禮記：天寒既至。詩：月出皎兮。

〔二〕趙云：天寒，則時在冬，故用日短。尚書：日短星昴。

【校】尚書：百家注作：夜永，出尚書。

〔三〕趙云：支遁以比贊公，許詢公以自比。

〔四〕趙云：李善注徐敬業古詩：寄言封侯者，數奇良可歎，下注：如淳曰：數，所具切。宋景文公偶未見也。

太平寺泉眼（古詩）

招提憑高岡，疏散連草莽〔一〕。出泉枯柳根，汲引歲月古。石間見海眼，天畔縈水府〔二〕。廣深尺丈間，宴息敢輕侮。青白二小蛇，幽姿可時覩。如絲氣或上，爛漫爲雲雨〔三〕。山頭到山下，鑿井不盡土〔四〕。取供十方僧，香美勝牛乳〔五〕。北風起寒文，弱藻舒翠縷。明涵客衣淨，細蕩林影趣。何當宅下流，餘潤通藥圃。三春濕黄精，一食生毛羽。

〔一〕百家注引趙曰：招提，佛寺也。西天謂寺爲招提。

〔二〕趙云：成都記云：石筍之下是海眼。又，劉崇遠作金華子又云：北海郡因發地得五銖錢，取之不盡。得一石記云：此是海眼，以錢鎮之。

〔三〕趙云：二小蛇，蓋實事也。其吐氣則爲雨。舊注非是。

〔四〕趙云：自山頭至山下，皆石而已，不能窮盡至有土處也。鑿井之難如此，而得此泉眼爲可美矣。

〔五〕趙云：佛經每以牛乳供佛，今云泉之香美勝之，所以重言之也。

【校】供佛：百家注作供僧。

佳人（古詩）

絶代有佳人，幽居在空谷。自云良家子，零落依草木。關中昔喪敗，兄弟遭殺戮。官高何足論，不得收骨肉〔一〕。世情惡衰歇，萬事隨轉燭。夫婿輕薄兒，新人已如玉〔二〕。合昏尚知時，鴛鴦不獨宿〔三〕。但見新人笑，那聞舊人哭〔四〕。在山泉水清，出山泉水濁〔五〕。侍婢賣珠迴，牽蘿補茅屋〔六〕。摘花不插髮，采柏動盈掬〔七〕。天寒翠袖薄，日暮倚修竹〔八〕。

〔一〕趙云：此乃貴人之家，詩人蓋不欲出其名氏耳。

〔二〕趙云：光武謂鄧禹曰：孝孫素謹，當是長安輕薄兒誤之耳。

〔三〕趙云：隋江總閨怨詩曰：池上鴛鴦不獨自，帳中蘇合還空然。　百家注引趙曰：佳人自怨之辭，言物之有合有偶，而人之不若也。　崔豹古今注曰：鴛鴦，鳧類也。雌雄未嘗相離，人得其一，一思而死，故謂之匹鳥。

【校】崔豹古今注云云，九家注作杜補遺之注。

〔四〕趙云：此詩人之情也。李白亦云：新人如花雖可寵，舊人似玉由來重。古詩：新人工織縑，故人工織素。

〔五〕趙云：此佳人怨其夫之辭。晉孫綽〔三月〕三日蘭亭詩序曰：古人以水喻性，有旨哉斯談，非以停之則清，混之則濁耶？情因所習而遷移，物逐所遇而感興。公句蓋言人之同處山谷幽寂之地，則如泉水之在山，無所撓之，其清可知。其夫之出山，隨物流蕩，遂爲山下之濁泉矣。

【校】三日蘭亭詩序：全晉文題作三月三日蘭亭詩序。物逐所遇而感興：藝文類聚引作：物觸所遇而興感。自晉孫綽至物逐所遇而感興，百家注、分門集注、分類集注、黄氏補注咸作逸曰。佳人怨其夫，諸本怨作志。

〔六〕趙云：侍婢既賣珠，又使之牽蘿以補茅屋，空谷寂矣。茅屋有缺，尚即補之，其治家勤謹如此。　昭明太子開善寺法會詩：牽蘿下石磴，攀桂陟雲梁。

〔七〕趙云：古詩：穹谷饒芳蘭，采采不盈掬。　上句言不事粧飾，此詩所謂自伯之東，首如飛蓬，豈無膏沐，誰適爲容之意。　下句以言幽閑之所爲也。

〔八〕趙云：上句則天色已寒而翠袖尚薄，又似言其無衣，且無心於服飾矣。　下句則其所忌者遠矣，蓋兄弟殺戮，夫婿輕薄，豈不感慨於懷哉！

送遠（近體詩）

帶甲滿天地，胡爲君遠行〔一〕？親朋盡一哭，鞍馬去孤城。草木歲月晚，關河霜雪清。别離已昨日，因見古人情〔二〕。

〔一〕趙云：史記：（蘇）秦帶甲數十萬。莊子：原憲歌商頌，聲滿天地。

【校】莊子云云，思賢書局本郭慶藩莊子集釋全句作：原憲笑曰：曾子居衛……曳縰而歌商頌，聲滿天地。

〔二〕趙云：别離非獨今日，已是昨日如此矣。此所以見古人情也。楚辭曰：悲莫悲於生别離。則古人之情豈不可見哉？　昨日字，出莊子並韓詩外傳。

空囊（近體詩）

翠柏苦猶食，晨一作明霞朝可餐〔一〕。世人共鹵莽，吾道屬艱難〔二〕。不爨井晨凍，無衣牀夜寒。囊空恐羞澀，留得一錢看〔三〕。

〔一〕趙云：晨霞，師民瞻作明霞，是。蓋不應言晨而又言朝也。　百家注引趙曰：楚辭云：漱正陽而餐朝霞。注：陽陵子明經云：春食朝霞，日始出赤氣也。

【校】所引楚辭：中華書局聚珍倣宋版楚辭補注餐作含；陽陵子作淩陽子；赤氣作赤黄氣。

〔二〕趙云：此兩句承上句之義。公雖貧困，而所食所飲，皆神仙之物，亦以自志其清如此。無它，以世人共鹵莽不明，而吾道適值艱難不遂也。字則莊子云：耕而鹵莽之，其實也鹵莽而報予。孔子云：吾道其非耶？詩：天步艱難。

〔三〕趙云：暗用趙壹云：文籍雖滿腹，不如一囊錢。父老獻劉寵以錢，而寵留一大錢也。

送人從軍（近體詩）

弱水應無地，陽關已近天〔一〕。今君渡沙磧，累月斷人煙〔二〕。好武寧論命，封侯不計年〔三〕。馬寒防失道，雪没錦鞍韉〔四〕。

〔一〕趙云：無地，言水多也。近天，言山高也。弱水、陽關，蓋在西邊。

〔二〕趙云，沙磧，即所往之道。曹子建詩：千里無人煙。

〔三〕趙云：言其從軍乃緣好武，於是用命之秋，故不論命。有功者封侯，漢制也。不計年，所以激發之矣。

〔四〕趙云：又所以戒之自重。韓子曰：桓公伐孤竹，返而失道。管仲曰：老馬之智可用也。乃放老馬而隨之，遂得道焉。今公詩意，言馬寒、雪没亦用此也。

東樓（近體詩）

萬里流沙道，西行一作征西過此門〔一〕。但添新戰骨，不返舊精魂。樓角臨風迥，城陰帶水昏〔二〕。傳聲看驛使，送節向河源〔三〕。

〔一〕趙云：流沙，則自秦州而西往也。師民瞻本作西行過此門，是。蓋泛言西行之人出此西門耳，與征魂不相犯。

〔二〕趙云：樓角，樓之邊角也。臨風迥，以言其高。言及城陰，則樓傳於城上。何遜詩：城陰度塹黑。

〔三〕趙云：末句又以言遣使與吐蕃和。時吐蕃旋戰旋請和，故爾。又暗用張騫奉使尋河源事，所以比使者如張騫也。

夕烽（近體詩）

夕烽來不近，每日報平安〔一〕。塞上傳光小，雲邊落點殘。照秦通警急，過隴自艱難〔二〕。聞道蓬萊殿，千門立馬看〔三〕。

〔一〕趙云：光武紀修烽燧注甚悉。烽，有一炬、二炬、四炬。志每日初夜舉一炬謂之平安火，餘則隨寇多少而爲差，乃警急之報矣。餘見秦州雜詩及寓目詩注。此篇前四句言平安之報，後四句言警急之報。時吐蕃或侵害，或請和故也。

〔二〕趙云：警急字，出前漢書，而曹子建白馬篇：邊城多警急，胡虜數遷移。過隴而艱難，則安史之兵猶出没隴上矣。

〔三〕趙云：蓬萊殿，在東内大明宫。千門，則所謂千門萬户也。

觀兵（近體詩）

北庭送壯士，貔虎數尤多〔一〕。精鋭舊無敵，邊隅今若何〔二〕？妖氛擁白馬，元帥待彫戈〔三〕。莫守鄴城下，斬鯨遼海波〔四〕。

〔一〕趙云：此篇自北遣兵來之詩。貔虎，出書，蓋猛獸也。

〔二〕趙云：此詩人望其必勝而憂之之辭。戰國策：季良謂魏王曰：恃兵之精鋭，而欲攻邯鄲。

〔三〕趙云：兩句難解。似言吐蕃所乘者乃賊之白馬，妖孽氛氣擁逐而來，元帥所以待北庭之彫戈而敵之。陳陵移齊文有剪妖氛、窮巢穴之語。南史：侯景爲亂，乘白馬、青絲爲轡以應讖。左傳：晉謀元帥，趙衰曰：郤縠可。古鼎銘云：王命尸臣，官此栒邑。賜爾和鸞，黼黻彫戈。

〔四〕趙云：史思明據鄴城，圍之未下。公意謂可緩鄴城之圍，巨於遼海斬鯨，則以吐蕃爲急也。鯨以譬吐蕃之强暴。左傳：誅戮而作京觀，謂之封鯨鯢。一云，言不獨守鄴，當覆其巢穴也。

不歸（近體詩）

河間尚征伐，汝骨在空城。從弟人皆有，終身恨不平〔一〕。數金憐俊邁，總角愛聰明〔二〕。面上三年土，春風草又生。

〔一〕趙云：此篇公之從弟有死而寄骨於其處者，但無所考其名字耳。

〔二〕趙云：數金憐俊邁，數，應是上聲。數金兩字未解，以俟博聞。

日暮（近體詩）

日落風亦起，城頭烏尾訛。黄雲高未動，白水已揚波〔一〕。羌婦語還哭，胡兒行且歌〔二〕。將軍别换馬，夜出擁彫戈〔三〕。

〔一〕趙云：皆言風也。黄雲以高故，雖有風而未動；白水以在下故，得風而先揚波。淮南子：黄泉之埃，上爲黄雲。而謝靈運擬阮瑀詩云：何洲多沙塵，風悲黄雲起。江文通古别離云：黄雲蔽千里，遊子何時還。白水，言白色之水，此晉文公所謂有如白水是也。列女傳：津吏女歌曰：水揚波兮杳冥冥。少司命云：衝風至兮水揚波。西京賦曰：起洪濤而揚波。

〔二〕趙云：羌婦、胡兒，蓋秦州有寄處者耳，與前篇羌女輕烽燧，胡兒制駱駝同義。

〔三〕趙云：將軍以敵人識其所乘舊馬，所以换馬，愈自慎重，故夜出以彫戈擁衛。彫戈字，見本卷觀兵詩注。李廣傳：暫騰而上胡兒馬上。

蕃劍（近體詩）

致此自僻遠，又非珠玉裝。如何有奇怪，每夜吐光芒。虎氣必騰上，龍身寧久藏〔一〕。風塵苦未息，持汝奉明王。

〔一〕趙云：雷次宗豫章記曰：吴未亡，恒有紫氣見斗牛之間。張華問雷孔璋，孔璋曰：是寶物也，精在豫章豐城。令至縣掘獄，得二劍。其夕，牛斗氣不復見。孔璋乃留其一，匣而進之。劍至，光曜煒燁，焕若雷發。後張華遇害，此劍飛入襄城水中。孔璋臨亡，戒其子恒以劍自隨。後其子爲建安從事，經淺瀨，劍忽於腰間躍出，遂見二龍相隨焉。用對虎氣。按越絶書曰：闔閭冢在吴縣昌門外，葬以盤郢魚腸之劍。葬三日，白虎居上，號曰虎丘。亦無虎氣字。於虎曰氣，於龍曰身，豈公因事而自造語耶？以俟博聞。又世說：王喬墓有盜發之，有一劍停在空中，作龍吟虎吼，復飛上天。

病馬（近體詩）

乘爾亦已久，天寒關塞深。塵中老盡力，歲晚病傷心〔一〕。毛骨豈殊衆，馴良猶至今〔二〕。物微意不淺，感動一沈吟〔三〕。

〔一〕趙云：此篇暗使田子方事之意。田子方出遊於野，見病馬焉。問之御者，對曰：此故公家畜也，罷而不爲用，故出放之。曰：少盡其力而老棄其身，仁者不爲也。命束帛贖之。出韓詩外傳。

〔二〕趙云：公於駿馬每言其狀之異，而此云毛骨豈殊衆，則詩人之言，因以所見而感興，不必拘系也。琴賦云：愀愴傷心。

〔三〕趙云：庾亮登樓曰：老子於此興復不淺。古詩云：馳情整巾帶，沈吟聊躑躅。又如南史王琳傳有云：沈吟不決。

銅瓶（近體詩）

亂後碧井廢，時清瑶殿深。銅瓶未失水，百丈有哀音〔一〕。側想美人意，應非寒甃沉。蛟龍半缺落，猶得折黄金〔二〕。

〔一〕趙云：孟子曰：掘井九仞而不及泉，猶爲廢井也。此必銅瓶之製巧妙，所以知其爲宫殿中汲井之物矣。方時清平，瑶殿深邃，而宫人出汲，想像其銅瓶離水欲上時，有滴水之音也。

〔二〕趙云：四句言銅瓶乃是不用於汲而留於世者，非是沉在井底所得。側想美人之意，可以推見。然井中或得斷釵遺珥，有黄金蛟龍之狀，則有之矣。

觀安西兵過赴關中待命二首（近體詩）

四鎮富精鋭，摧鋒皆絶倫〔一〕。還聞獻士卒，足以靜風塵。老馬夜知道，蒼鷹饑著人〔二〕。臨危經久戰，用急始如神〔三〕。

右一

〔一〕趙云：戰國策：季良謂魏王曰：恃兵之精鋭，而欲攻邯鄲。諸葛亮與關羽書曰：未及髯之絶倫逸羣也。

〔二〕趙云：老馬譬其慣熟，蒼鷹譬其俊快，以言所獻之兵也。

〔三〕趙云：此以言去兵。臨危，又以結老馬之義；用急，又以結蒼鷹之義也。

奇兵不在衆，萬馬救中原〔一〕。談笑無河北，心肝奉至尊〔二〕。孤雲隨殺氣，飛鳥避轅門。竟日留歡樂，城池未覺喧。

右二

〔一〕趙云：公作此詩在秦州，時乾元二年也。三月，史思明殺安慶緒，九月又陷東京，又陷齊、汝、鄭、滑四州，則兵之用救中原矣。

〔二〕趙云：思明據相州，河北一帶素已陷没，今言安西兵之精鋭，主將於談笑之間可以蔑没河北。左太沖詠史詩：長嘯激清風，志若無東吴。東坡云：已覺談笑無西戎。則又出於杜也。魯仲連談笑却秦軍。

乙帙卷之九

别贊上人 （古詩）

百川日東流，客去亦不息。我生苦漂蕩，何時有終極〔一〕。贊公釋門老，放逐來上國。還爲世塵嬰，頗帶憔悴色。楊枝晨在手，豆子兩已熟〔二〕。是身如浮雲，安可限南北〔三〕。異縣逢舊友，初欣寫胸臆〔四〕。天長關塞寒，歲暮饑凍逼〔五〕。野風吹征衣，欲别向曛黑。馬嘶思故櫪，歸鳥盡斂翼。古來聚散地，宿昔長荆棘。相看俱衰年，出處各努力〔六〕。

〔一〕趙云：曹子建詩：相思無終極。

〔二〕百家注引趙曰：今取楊（柳）〔枝〕字以見贊當春方爲寺主來秦州，而已見豆熟之際矣。公宿贊公房曰：杖錫何來此，秋風（以）〔已〕颯然。字同一義。舊解惑楊（柳）〔枝〕字出佛書，更引爲齒木之用云云，徒爲贅矣。趙云：本草：豆九月採。齊民要術曰：九月中候近地葉黄者速刈之。則豆熟在九月。公以十月末離秦州，而此先别之也。一説謂豆子，眼中黑睛也，言無邪視。

【校】楊柳：據正文，當作楊枝。

〔三〕趙云：以言時序雖飄忽，於道人體上，春雖在長安，秋時在秦州，爲無南無北也。

〔四〕趙云：詩：我心寫兮。謝靈運擬曹植詩云：歡娱寫懷抱。

〔五〕趙云：一作天寒關塞遠，歲暮饑凍逼，非。蓋寒與凍字相侵也。次公以爲别留詩在十月，而句云歲暮饑寒逼，蓋言其所以往同谷之情，將爲歲暮之計以救饑寒也。

〔六〕趙云：吴越春秋載：越人送其子弟，作離别相去之辭曰：行行各努力。

發秦州

乾元二年自秦州赴同谷縣，紀行十二首（古詩）

集千家注杜工部詩集引趙曰：日在房，公起秦亭。十一月至西康，冬春之間發同谷，登劍門。其在同谷茅茨，蓋不盈月耳。

我衰更懶拙，生事不自謀。無食問樂土，無衣思南州〔一〕。漢源十月交，天氣如涼秋。草木未黄落，況聞山水幽。栗亭名更佳，下有良田疇〔二〕。充腸多薯蕷，崖蜜亦易求〔三〕。密竹復冬筍，清池可方舟〔四〕。雖傷旅寓遠，庶遂平生游。此邦俯要衝，實恐人事稠〔五〕。應接非本性，登臨未銷憂〔六〕。谿谷無異石，塞田始微收。豈復慰老夫，惘然難久留〔七〕。日色隱孤戍，烏啼蒲城頭〔八〕。中宵驅車去，飲馬寒塘流。磊落星月高，蒼茫雲霧浮〔九〕。大哉乾坤内，吾道長悠悠。

〔一〕趙云：言其行止無定也。莊子云：吾無糧，我無食。因無食，故問樂土而往就也。楚辭云：嘉南州之炎德。南州氣暖，因無衣故思南州藉其暖也。錢箋杜詩引趙曰：天水地寒，田瘠于同谷，而同谷絲麻多於秦塞故也。

〔二〕趙云：漢源、栗亭，蓋同谷地，今成州也。按九域志，二縣曰同谷，曰栗亭也。地在秦之南界首去秦一百九十五里。月令：草林黄落。

〔三〕趙云：鬼谷子之書，揣摩押闔，談説之書耳，豈曾論及名物哉！今其書在世間可考也，而洪覺範敢爾眩惑學者，今因此及之。

〔四〕趙云：謝靈運登石門最高頂詩：密竹使徑迷。方舟，並兩船。爾雅：大夫方舟。

〔五〕趙云：漢書：李燮曰：涼州天下要衝。

〔六〕趙云：王子敬過越州見潭壑澄澈，清流瀉注，乃云：山川之美，使人應接不暇。宋玉：登山臨水送將歸。王粲登樓賦云：登兹樓以四望，聊暇日以銷憂。

〔七〕趙云：以景趣言之，則谿谷無異石；以地利言之，則塞田始微收，皆不足以慰我懷抱而當去也。

〔八〕趙云：何遜詩曰：團團日隱洲。烏啼，見第一卷哀王孫注。

〔九〕趙云：古詩：兩頭纖纖新月生，磊磊落落向曙星。庾信詩：寂寞歲陰窮，蒼茫雲貌同。

赤谷（古詩）

趙云：此篇才離秦州所歷之處也。

天寒霜雪繁，游子有所之〔一〕。豈但歲月暮，重來未有期〔二〕。晨發赤谷亭，險艱方自茲。亂石無改轍，我車已載脂〔三〕。山深苦多風，落日童稚饑。悄然村墟迥，煙火何由追〔四〕。貧病轉零落，故鄉不可思。常恐死道路，永爲高人嗤〔五〕。

〔一〕趙云：孔子云：天寒既至，霜露既降。

〔二〕趙云：意言既往同谷，豈止迫此歲暮而不再返秦州，過此以往，重來無期也。

〔三〕趙云：言塗雖值亂石，業已欲前矣，不以亂石之故而改轍焉。

〔四〕趙云：王仲宣詩：四望無煙火。　百家注引趙曰：四望無煙火，公詩言童稚苦饑，而村墟尚遠，煙火無所追求以造飯。舊注非。

〔五〕趙云：光武爲賊所敗，自投高岸，遇突騎王豐下馬援之。光武謂耿弇曰：幾爲虜嗤。又，顯宗詔有：過稱虛譽，尚書皆宜抑而不省示，不爲諂子嗤也。

鐵堂峽（古詩）

趙云：此篇特紀行旅之辛苦，又逢時之多艱耳。

山風吹遊子，縹緲乘險絶〔一〕。硤形藏堂隍，壁色立積鐵。徑摩穹蒼蟠，石與厚地裂〔二〕。修纖無限竹，嵌空太始雪〔三〕。威遲哀壑底，徒旅慘不悅〔四〕。水寒長冰横，我馬骨正折。生涯抵弧矢，盜賊殊未滅〔五〕。飄蓬踰三年，迴首肝肺熱〔六〕。

〔一〕百家注引趙曰：文選賦：神仙縹緲。

〔二〕趙云：徑之屈蟠而摩天，以言其高。爾雅曰：穹，蒼天也。古歌：黄鵠摩天極高飛。張平子東京賦：豈徒跼高天，蹐厚地而已哉。

〔三〕趙云：太始雪，言其古也。易有太始。

【校】極高飛：十家注作仰高飛。

〔四〕百家注引趙曰：詩：周道倭遲。注云：歷遠貌。而變用威遲字。

〔五〕趙云：抵者，逢抵之抵。抵弧矢，則遭用兵之時也。

〔六〕趙云：飄蓬事，商君書曰：夫飛蓬遇飄風而行千里，乘風之勢也；故古詩云：轉蓬離本根，飄飄乘長風。而曹子建詩亦曰：轉蓬離本根，飄飄隨長風。晉司馬彪詩又曰：秋蓬獨何幸，飄飄隨風轉。若飄蓬兩字，則曹子建又云風飄蓬飛，載離寒暑也。踰三年，則自至德二載歲在丁酉，至乾元二年歲在己亥，爲三年矣。公後於發同谷縣自注云：乾元二年十二月一日，自隴右赴劍南也。莊子：吾生也有涯。

鹽井（古詩）

鹵中草木白，青者官鹽煙〔一〕。官作既有程，煮鹽煙在川〔二〕。汲井歲榾榾，出車日連連〔三〕。自公斗三百，轉致斛六千。君子慎止足，小人苦喧闐〔三〕。我何良歎嗟，物理固自然。

〔一〕趙云：陳琳詩云：官作自有程，舉築諧杵聲。

〔二〕趙云：詩：執訊連連。

〔三〕趙云：老子：知足不辱，知止不殆。而合用止足兩字，則張景陽詠史詩達人知止足也。

寒硤（古詩）

行邁日悄悄，山谷勢多端。雲門轉絶岸，積阻霾天寒〔一〕。寒峽不可度，我實衣裳單〔二〕。況當仲冬交，泝沿增波瀾。野人尋煙語，行子傍水餐。此生免荷殳，未敢辭路難。

〔一〕趙云：（海）〔江〕賦：絶岸萬丈。

〔二〕趙云：庾信梅詩：真（梅）〔悔〕著衣單。

【校】真梅著衣單：百家注引作真悔著衣單，是。

法鏡寺（古詩）

身危適他州，勉强終勞苦。神傷山行深，愁破崖寺古〔一〕。嬋娟碧鮮淨，蕭槭寒籜聚〔二〕。回回山根水，冉冉松上雨〔三〕。洩雲蒙清晨，初日翳復吐〔四〕。朱甍半光炯，户牖粲可數〔五〕。拄策忘前期，出蘿已亭午〔六〕。冥冥子規叫，微徑不復取〔七〕。

〔一〕趙云：神雖傷於山行之深，而愁已破散，以逢崖邊古寺也。

〔二〕趙云：碧鮮，言竹也。竹謂之嬋娟，故孟郊有三嬋娟詩曰竹嬋娟、月嬋娟、人嬋娟也。

【校】三嬋娟：全唐詩題作嬋娟篇；人嬋娟作妓嬋娟。

〔三〕趙云：楚辭：老冉冉以將至。王褒九懷之蓄英曰：上乘雲兮回回。

〔四〕趙云：曹子建：雲散迷城邑，清晨復來還。翳與吐，相對之辭。嵇叔夜雜花詩云：光燈吐輝華。

〔五〕趙云：沈佺期云：紅日照朱甍。儒行：蓬户甕牖。

〔六〕趙云：廣雅云：日在午曰亭午。

〔七〕趙云：蜀記曰：昔人有姓杜名宇，王蜀，號曰望帝。杜宇死，俗説云化爲子規。蜀人聞子規鳴，以爲望帝之魂也。莊子：至道之精，杳杳冥冥。屈原涉江云：深林杳以冥冥兮。

青陽峽（古詩）

塞外苦厭山，南行道彌惡。岡巒相經亘，雲水氣參錯〔一〕。林迥硤角來，天窄壁面削。磎西五里石，奮怒向我落。仰看日車側，俯恐坤軸弱〔二〕。魑魅嘯有風，霜霰浩漠漠〔三〕。

昨憶踰隴坂，高秋視吴岳〔四〕。東笑蓮花卑，北知崆峒薄。超然侔壯觀，已謂殷寥廓〔五〕。突兀猶趁人，及兹歎冥寞〔六〕。

〔一〕趙云：沈佺期哭蘇崔二公詩有云：親朋雲水擁，生死歲時傳。

〔二〕趙云：淮南子注云：日乘車駕以六龍。坤軸，即地軸也。地下有三千六百軸。兩句言落石之聲勢：以其聲震天而日車爲之側，其勢可以壓地而坤軸爲之弱也。

〔三〕趙云：公凡言山之幽處，多使魑魅。左傳云：入山不逢不若，魑魅魍魎，莫能逢旃。

〔四〕趙云：見青陽峽之高，乃思往昔所見以譬之也。隴坂，漢書天水郡注：有大坂，名曰隴坂。秦州記曰：隴坂九曲，不知高幾里。

〔五〕趙云：言青陽峽山超特而起，可侔吴岳之壯觀也。老子：宴處超然。壯觀字，司馬相如曰：此天下之壯觀也。舊注在後矣。殷，乃殷其雷之殷，雖言聲而與隱義同。

〔六〕趙云：言行去青陽峽山之遠，將謂其已隱空虚寥廓之間而不見矣，却突兀而趁人也。謂至其趁人之際，歎神造之冥寞不可測也。

龍門鎮（古詩）

細泉兼輕冰，沮洳棧道濕。不辭辛苦行，迫此短景急。石門雲雪隘，古鎮峯巒集。旌竿暮慘澹，風水白刃澀。胡馬屯成皋，防虞此何及〔一〕。嗟爾遠戍人，山寒夜中泣。

〔一〕趙云：成皋，鞏洛之地。意言安史之兵耳。舊以爲回紇，非也。是時乾元二年之冬，回紇未反，不可妄引也。陸士衡從軍詩。胡馬如雲屯。

石龕（古詩）

熊羆咆我東，虎豹號我西。我後鬼長嘯，我前狨又啼〔一〕。天寒昏無日，山遠道路迷。驅車石龕下，仲冬見虹霓〔二〕。伐竹者誰子，悲歌上雲梯〔三〕。爲官采美箭，五歲供梁齊〔四〕。苦云直簳盡，無以充提攜。奈何漁陽騎，颯颯驚蒸黎〔五〕。

〔一〕趙云：此四句蓋道山行所逢，雖依傍魏武帝苦寒行熊羆對我蹲，虎豹夾路啼，而四我乃公之新格，蓋劉琨扶風歌止曰鹿游我前，猴戲我側，兩句而已。

〔二〕趙云：仲冬見虹霓，怪所見也。

〔三〕趙云：墨子曰：公輸班爲雲梯取宋。而郭景純游仙詩云：靈谿可潛盤，安事登雲梯。

〔四〕趙云：爾雅：東南之美者，有會稽之竹箭也。梁齊，梁謂汴州，齊謂今之山東，皆安史之兵所在也，故采箭以供官用矣。

〔五〕趙云：漁陽騎，指言安慶緒之兵也。

積草嶺（古詩）

連峯積長陰，白日遞隱見。颼颼林響交，慘慘石狀變。山分積草嶺，路異明水縣。旅泊吾道窮，衰年歲時倦〔一〕。卜居尚百里，休駕投諸彦〔二〕。邑有佳主人，情如已會面〔三〕。來書語絶妙，遠客驚深眷。食蕨不願餘，茅茨眼中見〔四〕。

〔一〕趙云：孔子云：吾道其非耶？

〔二〕趙云：屈原有卜居篇。謝靈運擬鄴中詩序有云：二三諸彦。舊注在後矣。

〔三〕百家注引趙曰：古詩：古稱會面難。

〔四〕趙云：左太沖詠史詩：飲河期滿腹，貴足不願餘。魏文帝詩曰：眼中無故人。

泥功山（古詩）

朝行青泥上，暮在青泥中。泥濘非一時，版築勞人功。不畏道途永，乃將汩没同〔一〕。白馬爲鐵驪，小兒成老翁。哀猿透却墜，死鹿力所窮〔二〕。寄語北來人，後來莫匆匆。

〔一〕趙云：公言反同版築之汩没於泥中也。

〔二〕趙云：詩：野有死麕。故用之。鹿之所以死，以力窮於泥中走困也。

鳳凰臺（古詩）

趙云：此篇因山名鳳凰臺，乃思鳳有雛在上，恐其饑渴而起意，思有以飲食之，庶見其爲瑞於世也。

亭亭鳳凰臺，北對西康州。西伯今寂寞，鳳聲亦悠悠。石峻路絶蹤，石林氣高浮。安得萬丈梯，爲君上上頭。恐有無母雛，饑寒日啾啾。我能剖心出，飲啄慰孤愁。心以當竹實，炯然忘外求〔一〕。血以當醴泉，豈徒比清流〔二〕。所重王者瑞，敢辭微命休〔三〕。坐看綵翮長，舉意八極周〔三〕。自天銜瑞圖，飛下十二樓〔四〕。圖以奉至尊，鳳以垂洪猷〔五〕。再光中興業，一洗蒼生憂。深衷正爲此，羣盜何淹留。

〔一〕趙云：莊子曰：鳳非竹實不食，非醴泉不飲。雛在高山之上，而二物不可得，故公欲以心當竹實，以心中之血比醴泉。炯然忘外求，公自言其剖心之實，止爲鳳乃嘉瑞，憫其雛之饑而飼之，别無所圖也。

〔二〕趙云：據春秋元命苞曰：鳳凰游文王之都，故武王受鳳書之紀。今公據古而言耳，薛却引成王時事，非是。

左傳序：麟鳳五靈，王者之嘉瑞。

〔三〕趙云：鳳凰羽具五采，故謂之綵翮八極周。使王褒聖主得賢臣頌云：周流八極，萬里一息。雖言馬而借用之耳。

〔四〕趙云：十二樓事，出史記曰：天上白玉京，五城十二樓。自天衙圖，故以十二樓字終之。

〔五〕趙云：鳳凰之來，所以垂世之大，猷言其不妄下集也。薛夢符引不相干矣。

乾元中寓居同谷縣作歌七首（古詩）

有客有客字子美，白頭亂髮垂過耳〔一〕。歲拾橡栗隨狙公，天寒日暮山谷裏〔二〕。中原無書歸不得，手脚凍皴皮肉死。嗚呼一歌兮歌已哀，悲風爲我從天來。

右一

〔一〕趙云：潘安仁云：素髮颯以垂領。謝靈運云：星星白髮垂。

〔二〕趙云：莊子云：古者獸多民少，皆巢居以避之。晝拾橡栗，暮棲樹上，故命曰有巢氏。

長鑱長鑱白木柄，我生託子以爲命。黄精無苗山雪盛，短衣數挽不掩脛。此時與子空歸來，男呻女吟四壁静。嗚呼二歌兮歌始放，里閭爲我色惆悵〔一〕。

右二

〔一〕趙云：人哀其窮，正如李陵天地爲陵震動，壯士爲陵飲血之勢。

有弟有弟在遠方，三人各瘦何人强〔一〕。生别展轉不相見，胡塵暗天道路長〔二〕。東飛駕鵝後鶖鶬，安得送我置汝傍〔三〕。嗚呼三歌兮歌三發，汝歸何處收兄骨！

右三

〔一〕趙云：江子之説子美有四弟，此謂三弟者，潁、豐、觀也。一弟占，隨子美，第十三卷有詩云：久客應吾道，相隨獨爾來。其説是。集千家注杜工部詩集引趙曰：公四弟，曰潁，曰觀，曰豐，曰占。各在他郡，惟占從公入蜀。公在劍外有占歸草堂詩云：久客應吾道，相隨獨爾來。

〔二〕趙云：古詩道路阻且長也。

〔三〕趙云：因山谷中所有禽鳥而言之。駕鵝，雁也，方言以自關而東呼之云然。鶬，爾雅謂之麋鴰，注，蓋鶬類。公言眼前雖有此等物，安得乘之以見其弟乎？杜田引非是。

有妹有妹在鍾離，良人早殁諸孤癡〔一〕。長淮浪高蛟龍怒，十年不見來何時〔二〕？扁舟欲往箭滿眼，杳杳南國多旌旗〔三〕。嗚呼四歌兮歌四奏，林猿爲我啼清晝〔四〕。

右四

〔一〕趙云：鍾離，濠州也。公後有詩曰：近聞韋氏妹，迎在漢鍾離。蓋其夫已殁，而夫之兄迎在鍾離也。

〔二〕趙云：濠州，今屬淮南西路，故以長淮言之。浪高蛟龍怒，詩人狀其路之險艱也。

〔三〕趙云：自荆渚以往者，皆謂之南國。詩〔傳〕云：文王之道，被于南國。又云：滔滔江漢，南國之紀。是已。資治通鑑載：乾元二年八月乙巳，襄州將康楚元、張嘉延據州作亂，刺史王政奔荆楚。九月，稱南楚霸王。九月甲午，張嘉延襲破荆州，荆南節度使杜鴻漸棄城走。澧、朗、郢、峽、歸等州官吏聞之，爭竄山谷。按通鑑目録，是年八月甲午朔，則此九月當是甲子朔。其下又載戊辰事，則甲子乃初一日，而戊辰乃初五日，又豈誤甲子爲甲午邪？今七歌有曰枯樹，有曰木葉黄落，則秋時之作，乃聞此荆南之亂矣。

〔四〕趙云：同谷無深林，自是無猿，當以西清爲是。

四山多風溪水急，寒雨颯颯枯樹濕。黄蒿古城雲不開，白狐跳梁黄狐立〔一〕。我生胡爲在窮谷，中夜起坐萬感集〔二〕。嗚呼五歌兮歌正長，魂招不來歸故鄉。

右五

〔一〕趙云：管子曰：狐應陰陽之變，六月而一見，蓋難見之物。公以在窮谷而每見之，此爲所怪歎矣。

〔二〕趙云：陸士衡古詩有：中夜起歎息。謝靈運詩：千念集日夜，萬感盈朝昏。

南有龍兮在山湫，古木巃嵸枝相樛〔一〕。木葉黄落龍正蟄，蝮蛇東來水上游。我行怪此安敢出，拔劍欲斬且復休。嗚呼六歌兮歌思遲，溪壑爲我迴春姿。

右六

〔一〕趙云：本出上林賦：崇山矗矗，巃嵸崔嵬。巃音力孔切。嵸音總。

男兒生不成名身已老，三年饑走荒山道〔一〕。長安卿相多少年，富貴應須致身早。山中儒生舊相識，但話宿昔傷懷抱〔二〕。嗚呼七歌兮悄終曲，仰視皇天白日速〔三〕。

右七

〔一〕趙云：李少卿答蘇武書曰：男兒生以不成名，死則葬蠻夷中也。自丁酉至德二載至己亥乾元二年爲三年也。
〔二〕趙云：宿昔者，往日之謂也。曹植詩曰：歡娱寫懷抱。
〔三〕趙云：末句又變新意，以終七歌之義，蓋此一日之歌也。自一歌至七歌，歌聲既窮，而日晚暮矣。前人每言白日西匿、白日蹉跎、白日晚者，多矣。

萬丈潭同谷縣作（古詩）

趙云：按地志，一名鳳凰潭。

青溪合冥寞，神物有顯晦〔一〕。龍依積水蟠，窟壓萬丈内〔二〕。跼步凌垠堮，側身下煙靄。前臨洪濤寬，却立蒼石大。山危一徑盡，岸絶兩壁對。削成根虚無，倒影垂澹瀩〔三〕。黑如灣澴底，清見光炯碎。孤雲到來深，飛鳥不在外。高蘿成帷幄，寒木壘旌旆。遠川曲通流，嵌竇潛洩瀨。造幽無人境，發興自我輩〔四〕。告歸遺恨多，將老斯游最。閉藏修鱗蟄，出入巨石礙〔五〕。何事炎天過，快意風雨一作雲會〔六〕。

〔一〕趙云：青溪所以合而冥寞，蓋以神物所藏有顯晦也。謝莊詩：青溪如委黛，黄沙似舒金。神物，指言龍也。有顯有晦，許慎所謂能幽能明者也。晉劉琬賦曰：大哉龍之爲德，變化屈伸。隱則黄泉，出則升雲。今兼言其有顯有晦，以引下文，述其蟠隱必藉深潭也。

〔二〕趙云：文子曰：積水成海。而魏都賦曰：回淵漼積水。荀子：積水成淵，蛟龍生焉。

〔三〕趙云：西山經云：太華之山，削成而四方。

〔四〕趙云：晉人多云：此正在我輩。

〔五〕杜工部草堂詩箋引趙曰：是時深冬而龍蟄也。

〔六〕趙云：似譏龍不以時爲澤矣。蓋言其徒閉藏之深，以礙巨石而艱於出入，炎天須雨而不雨，炎天既過，何用與風雨會乎？如此則成秋霖矣。廣雅云：南方曰炎天。魏文帝芙蓉池詩：遨遊快心意。周禮：風雨之所會。一本作雲雨會，字則應德璉詩：欲因雲雨會，濯翼凌高梯。

乙帙卷之十

發同谷縣乾元〔三〕〔二〕年十二月一日自隴右赴劍南紀行　（古詩）

【校】三年：清刻本作二年。　今按，當從清刻本作二年，蓋本卷後篇成都府注〔四〕云：前於發同谷縣題下公自注云：乾元二年十二月一日，隴右赴劍南紀行。

賢有不黔突，聖有不暖席〔一〕。況我饑愚人，焉能尚安宅〔二〕。始來兹山中，休駕喜地僻。奈何迫物累，一歲四行役〔三〕。忡忡去絶境，杳杳更遠適。停驂龍潭雲，迴首白崖石。臨歧別數子，握手淚再滴。交情無舊深，窮老多慘戚〔四〕。平生懶拙意，偶值棲遁跡。去住與願違，仰慚林間翮〔五〕。

〔一〕趙云：淮南子修務訓篇曰：孔子無黔突，墨子無暖席。而班孟堅答賓戲曰：孔席不暖，墨突不黔。二書雖孔突墨席、墨突孔席之異文，而意皆聖賢之不安逸者耳。今公詩云賢有不黔突，聖有不暖席，則主用答賓戲，蓋墨子賢而孔子聖故也。舊注引文子曰：墨子無黔突，孔子不暖席。謬撰辭語，差排作文子所云，且文子周平王時人也，豈却稱孔、墨事乎？

〔二〕趙云：易云：上以厚下安宅。詩云其究安宅也。

〔三〕趙云：詩：父曰嗟予子行役。蓋嘗考是年歲在己亥，春三月，公回自東都，有新安吏、潼關吏、新婚別、垂老別、無家別詩。又按唐史，是月八日壬申，九節度之師潰於相州，公夏在華州，有夏日歎、夏夜歎。時秋七月，公棄官往居秦州，有寄賈至、嚴武詩，略曰：舊好腸堪斷，新愁眼欲穿。此一秋賦詩至多。冬則以十月赴同谷縣，有紀行十二首、七歌、萬丈潭詩。今十二月一日又自隴右赴劍南，此爲一歲之中自東都西趨華，自華而居秦，而赴同谷，自同谷而赴劍南，爲四度行役也。

〔四〕趙云：公於同谷寓居未久，蓋多新交，而惜別之情則如故舊之深遠。

〔五〕趙云：嵇康云：事與願違。

木皮嶺（古詩）

首路栗亭西，尚想鳳凰村。季冬攜童稚，辛苦赴蜀門。南登木皮嶺，艱險不易論。汗流被我體，祁寒爲之暄〔一〕。遠岫爭輔佐，千巖自崩奔〔二〕。始知五嶽外，別有他山尊〔三〕。仰干塞大一作天明，俯入裂厚坤〔四〕。再聞虎豹鬬，屢踣風水昏。高有廢閣道，摧折如短轅。下有冬青林，石上走長根。西崖特秀發，焕若靈芝繁。潤聚金碧氣，清無沙土痕。憶觀崑崙圖，目擊玄圃存〔五〕。對此欲何適，默傷垂老魂。

〔一〕趙云：漢書：周勃汗流浹背。

〔二〕趙云：爭輔佐，言輔佐木皮嶺，以見木皮嶺之高也。顧愷之云：千巖競秀，萬壑爭流。

〔三〕趙云：亦據其最高而實道以形容之，別無他譏意。惟五嶽言尊字，則後漢張昶華山碑云：山莫尊於嶽，澤莫盛於瀆也。詩：他山之石。

〔四〕趙云：仰干、俯入，指山而言也。若作仰看，則看字在人言之，又句法凡弱矣。塞大明，言其高而蔽塞日之明也。記曰：大明生於東。易曰：順而麗乎大明。舊注本作塞天明，誤矣。惟厚坤所以對大明。厚坤，以易坤厚載物而言之。

〔五〕趙云：蓋以崑崙之玄圃比木皮嶺也。水經曰：崑崙其高萬一千里。葛仙翁傳曰：崑崙，一曰玄圃，一曰閬風。此可見取高以爲言矣。孔子見温伯雪子，目擊而道存。

白沙渡（古詩）

畏途隨長江，渡口下絶岸〔一〕。差池上舟楫，杳窕入雲漢〔二〕。天寒荒野外，日暮中流半〔三〕。我馬向北嘶，山猿飲相唤〔四〕。水清石礧礧，沙白灘漫漫〔五〕。迥然洗愁辛，多病一疎散。高壁抵嶔崟，洪濤越凌亂〔六〕。臨風獨迴首，攬轡復三歎〔七〕。

〔一〕趙云：（海）〔江〕賦：絶岸千丈。

【校】海賦：影胡刻本文選題作江賦，千作萬。

〔二〕趙云：差池，緩進之貌，起於詩：燕燕于飛，差池其羽。

〔三〕趙云：孔子云：天寒既至。　主父偃云：日暮途窮。　鮑照還都道中云：茫然荒野中，舉目皆凜素。　鷗冠子云：中流失船，一壺千金。

〔四〕趙云：言身雖南行，而馬尚懷同谷，向北嘶鳴。蓋道實事以形容離同谷之不得已也。

〔五〕趙云：庾信詩云：昏昏如坐霧，漫漫（如）〔疑〕行海。

【校】漫漫如行海，藝文類聚所引如作疑，是。蓋一聯中不當兩用如字。

〔六〕趙云：選詩云：南山鬱嶔崟。　西都賦云：起洪濤而揚波。　（詩）〔謝〕惠連云：清波越凌亂。

〔七〕趙云：范滂登車攬轡。　左傳：置食三歎。　禮記：一唱三歎。

水會渡（古詩）

山行有常程，中夜尚未安。微月没已久，崖傾路何難〔一〕。大江動我前，洶若溟渤寬。篙師暗理楫，歌笑輕波瀾。霜濃木石滑，風急手足寒。入舟已千憂，陟巘仍萬盤〔二〕。迴眺積水外，始知衆星乾〔三〕。遠游令人瘦，衰疾慚加餐〔四〕。

〔一〕趙云：丘希範云：崖傾嶼難傍。

〔二〕趙云：盤字韻又倣陸士衡詩：仰陟高山盤。

〔三〕百家注引趙曰：文子云：積水成海。

〔四〕趙云：屈原有遠游賦。

飛仙閣（古詩）

土門山行窄，微徑緣秋毫。棧雲闌干峻，梯石結構牢。萬壑欹疏林，積陰帶奔濤〔一〕。寒日外淡泊，長風中怒號。歇鞍在地底，始覺所歷高。往來雜坐卧，人馬同疲勞〔二〕。浮生有定分，饑飽豈可逃？歎息謂妻子，我何隨汝曹。

〔一〕趙云：顧愷之云：萬壑爭流。

〔二〕趙云：句法使苦寒行：人馬同時饑。

五盤（古詩）

五盤雖云險，山色佳有餘。仰凌棧道細，俯映江木疏。地僻無網罟，水清至一作反多魚〔一〕。好鳥不妄飛，野人半巢居。喜見淳朴俗，坦然心神舒〔二〕。東郊尚格鬭，巨猾何時除〔三〕。故鄉有弟妹，流落隨丘墟〔四〕。成都萬事好，豈若歸吾廬。

〔一〕百家注引趙曰：揚雄云：水至清則無魚。公據所見而反用之也。

【校】此條九家注引作：云水至清則無魚，公據所見而反用之也。班超云：水清無大魚。未標注家，依例爲王洙注。今按，九家注所引，云字上顯奪揚雄二字。則此條疑係遺刻趙云者，班超云一句亦應爲趙注所引者。録此備考。

〔二〕趙云：孔安國云：坦然，明白也。左太沖云：前有寒泉井，聊可瑩心神。

〔三〕趙云：指言東京之東郊，安史之兵所在。公詩前篇屢云矣。格鬬字，出前漢，見上注。

〔四〕趙云：前篇所謂有弟在遠方、有妹在鍾離也。

龍門閣（古詩）

清江下龍門，絶壁無尺土〔一〕。長風駕高浪，浩浩自太古〔二〕。危途中縈盤，仰望垂線縷。滑石欹誰鑿，浮梁裊相拄〔三〕。目眩隕雜花，頭風吹過雨〔四〕。百年不敢料，一墜那得取〔五〕。飽聞經瞿塘，足見度大庾〔六〕。終身歷艱險，恐懼從此數。

〔一〕百家注引趙曰：謝靈運云：晨策尋絶壁。

【校】此條九家注未標注家，依例爲王洙注。

〔二〕趙云：言風駕起之。浩浩，水貌，音上聲。其在水言之，如醴泉涌而浩浩。書：浩浩滔天。

〔三〕百家注引趙曰：滑石，自是石之滑；浮梁，自是梁之浮。舊注所引雖旁見，而其義非也。

〔四〕趙云：滑石之欹，浮梁之裊，皆難行之地，故目生眩，頭生風矣。史：心亂目眩。目之昏眩，如見雜花之隕；頭或生風，如過雨之吹。皆言其地險絶而然也。目花之義，如佛書云：空本無華，病者妄執。吹雨之義，如宋齊丘化書有云：觀回瀾者頭目自旋。或謂正是目或生眩，以見雜花之隕；頭或生風，以因過雨之吹，非由地險絶而然。審如此，則何用承滑石、浮梁之下言之，而下句緊云百年不敢料，一墜那得取乎？百家注引趙曰：頭風出魏太祖讀陳琳檄草，頭風自愈。

〔五〕百家注引趙曰：劉機：百年興衰長短，吾孰敢料也。

〔六〕趙云：以龍門閣之險峻推言而比之也。瞿塘峽在巫山之下，大庾嶺在虔州之前也。

石櫃閣（古詩）

季冬日已長，山晚半天赤。蜀道多早花，江間饒奇石。石櫃曾波上，臨虚蕩高壁。清暉迴羣鷗，暝色帶遠客。羈棲負幽意，感歎向絶迹。信甘孱懦嬰，不獨凍餒迫。優游謝康樂，放浪陶彭澤。吾衰未自由，謝爾性有適。

桔柏渡（古詩）

青冥寒江渡，駕竹爲長橋〔一〕。竿濕煙漠漠，江永風蕭蕭。連笮動嫋娜，征衣颯飄颻。

急流鴇鶂散，絶岸黿鼉驕〔二〕。西轅自兹異，東逝不可要〔三〕。高通荆門路，闊會滄海潮。孤光隱顧盻，游子悵寂寥。無以洗心胸，前登但山椒。

〔一〕百家注引趙曰：楚辭：據青冥而攄虹。青青冥冥，乃高遠之貌。

〔二〕趙云：郭璞上林賦注曰：似雁無後趾也。詩鴇羽。

〔三〕趙云：言我西往於蜀，自此分異，而水則東逝而通荆門，會滄海，爲不可要挽也。

劍門（古詩）

趙云：此篇歎地險而惡負固者也，不主在德不在險之義言之。何則？保有山河，闢爲一國，曰古諸侯，則有在德不在險之義；若四海一家，統制乎天子，則爲劍門者，特方面之有險處耳，正所惡乎負固也。張孟陽劍閣銘，其所用吴起之言，特以引公孫之滅，劉氏之降，懲其負固者耳，與魏文侯自恃山河之意大不同也。有東溪先生者解杜詩十六篇，每篇爲小序而後注解，自以爲啓杜公之關鍵而傳於世。於此篇小序云：劍門，勸務德不恃險也。此正惑於吴起之言以爲説矣，大爲非是。蓋使守蜀者雖專務乎德，遂能保劍門之險，可自爲一國乎？特以此篇歎地險而惡負固耳。

惟天有設險，劍門天下壯〔一〕。連山抱西南，石角皆北向〔二〕。兩崖崇墉倚，刻畫城郭狀〔三〕。一夫怒臨關，百萬未可傍〔四〕。珠玉走中原，岷峨氣悽愴〔五〕。三皇五帝前，雞犬莫相放〔六〕。後王尚柔遠，職貢道已喪〔七〕。至今一作令英雄人，高視見霸王〔八〕。并吞與割據，極力不相讓〔九〕。吾將罪真宰，意欲鏟疊嶂〔一〇〕。恐此復偶然，臨風默惆悵〔一一〕。

〔一〕趙云：易云：天險不可升也，地險山川丘陵也。王公設險以守其國。以易出處言之，則不可升係之天，山川丘陵係之地，設險係之人。今公詩句，則參取易中字語以言劍門乃天造之險也。詩句雄壯當如此，不必泥其鬭犯也。東溪於上句注云：險出於自然也。於下句注云：地險莫能擬也。此泥於易，反成不明。

〔二〕趙云：先言地形雖險，而趨中原，自然之勢。觀劍門之山，雖抱西南而石角北向，則有面内之義，豈欲使之僻爲一區哉！東溪於連山抱西南注云：包括異域也。於石角皆北向云：朝上國而不背之也。其下句近之，而上句所云是何等語乎！

〔三〕趙云：兩崖崇墉倚而下，正言其是形勢之地，遂使負固者恃爲險絶，欲擅有其珍産之意。崇墉，言高崇之垣墉，非毛詩崇墉。蓋毛詩乃崇國之墉，此崇墉即是詩其崇如墉。張協元武館賦云：崇墉四匝，豐厦詭譎。刻畫字，多矣。如周伯仁云：刻畫無鹽。

〔四〕趙云：此言恃爲險絶也。其義起於蜀都賦曰：一人守隘，萬夫莫向。故李白蜀道難亦云：一夫當關，萬夫莫開。然公用於五言，則第三字爲腰字，最爲難下，非怒字不足以盡之。蓋其雖險，一夫可守，而非怒則猶不能爲也。莊子：螳螂怒其臂以當車轍。夫以車轍之隆，而蟲臂之怒，欲以當之，則臨關以當百萬之師者，非以一夫之怒乎？此下得怒字好矣。

〔五〕趙云：珠玉之於中原，必着走字者，按地鏡圖曰：玉之千歲者，行游諸國。後漢孟嘗傳：合浦郡不産穀實，而海出珠實。與交趾比境，常通商販，貨糴糧食。先時，宰守多貪穢，詭人採求不知紀極，珠遂漸徙於交趾郡界。嘗爲太守，革易前弊，去珠復還。此珠之所謂走也。珠玉走中原，託言珠玉之自走而向中原，其意又有避就之義，蓋若石勢皆北向，未嘗不面内也，其着走字不亦切乎？　百家注引趙曰：珠玉之於中原，必着走字者。或曰，古之言珠玉曰無翼而飛，無脛而行，非謂人之所攜持若飛走也。　岷山在成都之西，青城山是也。峨山在成都之西南，峨眉山是也。遠人困於誅求，而悽愴之氣見於岷、峨。以二山無情之物猶且悽愴，則有情之民可知矣。　趙云：珠玉走中原，而岷、峨有惜人之意，至於悽愴，此重言形勢之地，自欲爲一區而擅其珍産也。

〔六〕趙云：雞與犬相放不收，言其混同通達，無彼此之間，又豈分疆界爲限隔哉！

〔七〕趙云：惟後王函容，不加誅伐，故使守者得以跋扈而廢職貢也。彼跋扈者自不可制，公姑託以後王尚柔遠，而不敢斥言王者削弱而不能制之矣。

〔八〕趙云：惟其不能制，而不修職貢，遂使英雄者見霸王特在高視之間，可以爲之。於是并吞或割據，皆極力爲之而不少讓。今一作令。

〔九〕趙云：此指言劉備。及李特於晉元康中隨流人至劍門，箕踞四顧，太息曰：劉禪有如此地而面縛於人乎？遂密收合七千餘人進攻成都，殺刺史趙廞，自稱益州牧，改元建初。　謂之并吞與割據，是兩件事。并吞，則欲兼乎鄰壤，其字出賈誼過秦論：有并吞八荒之心。割據，則專有乎一方。字出陸士衡辨亡論云：故遂割據山川，跨制荆吴。

〔一〇〕趙云：莊子：若有真宰存焉。任彦升云：壘嶂易成響。　百家注引趙曰：〔鏟〕，韻書云：平鐵也。

〔一一〕趙云：末四句，則公忠憤之辭矣。

鹿頭山（古詩）

鹿頭何亭亭，是日慰饑渴〔一〕。連山西南斷，俯見千里豁。游子出京華，劍門不可越。及兹阻險盡，始喜原野闊。殊方昔三分，霸氣曾間發。天下今一家，雲端失雙闕〔二〕。悠然想揚馬，繼起名硉兀〔三〕。有文令人傷，何處埋爾骨。紆餘脂膏地，慘澹豪俠窟〔四〕。仗鉞非老臣，宣風豈專達〔五〕。冀公柱石姿，論道邦國活〔六〕。斯人亦何幸，公鎮踰歲月〔七〕。

〔一〕趙云：西（都）〔京〕賦之言宫室曰：狀迢迢以亭亭。陸士衡詩：願保金石軀，慰妾常饑渴。

【校】狀迢迢以亭亭：影胡刻本文選西京賦作狀亭亭以苕苕。

〔二〕百家注引趙曰：雲端，出枚乘樂府曰：美人在雲端，天路隔無期。失雙闕，天子之闕也，祖於先聖本紀曰：許由欲觀帝意，曰：帝坐華堂，面雙闕，君之榮願得矣。公詩言失雙闕者，以天下既一家，皆爲臣屬，故所僭擬天子之闕不復見矣。趙云：失字，鮑照詩霧失交河城之失。

〔三〕趙云：以二人文章之祖，故思之耳。

〔四〕趙云：上林賦曰：紆餘逶邐。而陸士衡曰：山澤紛迂餘。脂膏事，東觀漢記：孔奮字伯魚，爲姑臧長。時天下亂，河西獨安。姑臧長居數月輒致資産。奮在姑臧四年，財物不增，唯老母妻子但菜食。或謂奮曰：置脂膏中，亦不能自潤。成都富饒之地，故公指爲脂膏也。百家注引趙曰：豪俠窟，見郭璞云：京華遊俠窟。公變其字爾。

〔五〕趙云：許靖傳：昔營丘翼周，仗鉞專征。專達，言宣天子之風，而非專自己之所爲也。周禮曰：大事則從其長，小事則專達。

〔六〕趙云：前漢：辛慶忌任國柱石。田延年謂霍光曰：將軍爲國柱石。書：三公論道。周禮：坐而論道。

〔七〕趙云：言裴公爲尹，尚有歲月之期，此斯人之所以幸也。以見杜公初來成都，非爲嚴武而來。

成都府（古詩）

趙云：樂史寰宇記載：成都縣，漢舊縣，以周文王從梁山止岐山，一年成邑，三年成都，因名之。又云：蜀王據有巴蜀之地，本治廣都、樊鄉，徙居成都。秦惠王遣張儀、司馬錯定蜀，因築成都而縣之。

翳翳桑榆日，照我征衣裳〔一〕。我行山川異，忽在天一方〔二〕。但逢新人民，未卜見故鄉。大江東流去，游子去日長〔三〕。曾城填華屋，季冬樹木蒼〔四〕。喧然名都會，吹簫間笙簧。信美無與適，側身望川梁。鳥雀夜各歸，中原杳茫茫〔五〕。初月出不高，衆星尚爭光。自古有羇旅，我何苦哀傷〔六〕。

〔一〕趙云：桑榆，（記）〔晚〕日也。淮南子：日西垂，景在於樹端，謂之桑榆。光武云：失之東隅，收之桑榆。翳翳，則晚日之狀。阮嗣宗詠懷詩曰：灼灼西隤日，餘光照我衣。

【校】記曰：百家注、集千家注杜工部詩集咸作晚日。

〔二〕趙云：古詩：各在天一方。詩：我行其野。晉書：風景不殊，舉目有山河之異。

〔三〕趙云：大江指言岷江，從東來而日去不已，亦猶游子之日去未有已期。

〔四〕趙云：曾城，層起之城。淮南子：崑崙山上有曾城九重。華屋字，史記平原君傳：歃血於華屋之下。前於發同谷縣題下公自注云：乾元二年十二月一日，隴右赴劍南紀行。而今詩云：季冬樹木蒼。則至成都乃是月也。元祐中，胡資政守蜀，作草堂詩文碑引：先生至成都月日不可考。蓋不詳此也。

【校】作草堂詩文碑引一句，古逸叢書本草堂詩箋傳序碑銘題作草堂詩碑引；至成都月日作至成都之年月。

〔五〕趙云：觀衆鳥識巢而夜歸，乃思其中原故鄉之地而不得返也。

〔六〕趙云：謂杜公方以鳥雀夜歸而歎不得返中原之次，却説及肅宗，甚無謂也。觀末句所云，止自感歎而已。

丙帙卷之一

西郊（近體詩）

趙云：易：密雲不雨，自我西郊。

時出碧雞坊，西郊向草堂〔一〕。市橋官柳細，江路野梅香〔二〕。傍架齊書帙，看題檢一作減藥囊〔三〕。無人覺一作與，一作競來往，疏懶意何長〔四〕。

〔一〕趙云：益州在漢以王陽叱馭過九折坂言之，則黎雅之側，益州刺史之治在焉。成都本曰蜀郡，隸益州，其後曰益州，蜀郡又改名成都，意其貪碧雞之美名，故成都有碧雞坊，今在城北。公草堂在浣花溪之上，而浣花溪在府西七里，則所謂西郊也。草堂固是公野居之名，其在秦州亦嘗於西枝村尋草堂地矣。北山移文云：鍾山之英，草堂之靈。其先，梁簡文帝草堂傳曰：汝南周顒，昔經在蜀，以蜀草堂寺林壑可懷，乃於鍾嶺雷次宗學館立寺，因名草堂，亦號山茨。

【校】「其先」句：孔稚圭作北山移文，孔卒於齊，在梁簡文前，故不應言其先，趙次公誤記。

〔二〕趙云：江路，循江之路矣。孟浩然早發漁流潭云：日出氣象分，始知江路闊。又云：愁隨江路盡。又云：江路苦邅迴。晉陶侃傳：侃見柳，曰：此武昌官柳也。梅在官則曰官梅，臨江則曰江梅，在野則曰野梅。柳言細，則漢有細柳營也。梅言香，則梁簡文帝梅花賦云：香隨風而遠度。梁元帝詩：梅氣入風香。百家注引趙曰：市橋、江路，皆草堂所經之地。按樂史寰宇記（云）於成都府載：市橋在州之西。

【校】早發漁流潭，四部叢刊本孟浩然集作早發漁浦潭。

〔三〕趙云：庾信詠懷詩：穀皮兩書帙。戰國策：侍醫夏無且以藥囊提荊軻。檢藥囊，一本作減藥囊，非是。

〔四〕趙云：舊本作競來往；又競，一作與，俱非是。荊公本作覺來往，且曰下得覺字好也。載在鍾山語録。梁徐悱婦題甘蕉示人曰：夕泣已非疏，夢啼真太數。唯當夜枕知，過此無人覺。又，梁簡文帝冬曉詩之言婦人亦云：會是無人覺，何用早紅粧。庾信奉和言志詩：來往金張館。嵇康云：性復疏懶。古詩云：仙人騎白鹿，髮短耳何長。百家注引趙曰：舊本作競，又作執，誤矣。

【校】梁徐悱婦題甘蕉示人：百家注悱作姚。趙氏仿宋本玉臺新詠題作題甘蔗葉示人。

所思（近體詩）

趙云：張平子四愁詩每曰：我所思兮。又古詩有云：所思在遠道。

苦憶荊州醉司馬崔吏部漪，謫官樽俎定常開〔一〕。九江日落醒何處，一柱觀頭眠幾回〔二〕。可憐懷抱向人盡，欲問平安無使來〔三〕。故憑錦水將雙淚，好過瞿塘灩澦堆〔四〕。

〔一〕趙云：崔公蓋自吏部而謫爲荊州司馬也。其人必好飲者，故以醉司馬戲名之。

〔二〕趙云：九江在潯陽郡，今之江州也。樂史寰宇記云：潯陽，古之苗國，禹貢荆、揚二州之境。蓋彭蠡以東爲揚州之域，九江以西爲荆州之域。以此言之，九江看日落處則在荆州也。

〔三〕趙云：謝靈運詩：歡娱寫懷抱。

〔四〕趙云：公所居浣花溪，亦曰濯錦江。志言濯錦以此水則色鮮明，此錦水之義也。

卜居（近體詩）

百家注引趙曰：緣楚辭屈原有卜居一篇，故得倚以名詩。公又有卜居一篇，則在夔州也。

浣花流水水西頭，主人爲卜林塘幽〔一〕。已知出郭少塵事，更有澄江銷客愁〔二〕。無數蜻蜓齊上下，一雙鸂鶒對沉浮〔三〕。東行萬里堪乘興，須向山陰上小舟〔四〕。

〔一〕趙云：世傳崔寧妻任國夫人，逢一異僧，濯其袈裟於是溪，鮮花滿水，因得名浣花溪。學者以爲然。殊不知崔寧者，崔旰也；公於永泰元年離成都，正聞其亂，而公之卜居先在今春，已有浣花之名，舊矣。公之居在水之東岸江流曲處，公詩所謂田舍清江曲是也。其址既蕪没，本朝吕汲公鎮成都日，想像典刑於西岸佛舍，曰梵安寺之傍，爲草堂焉。又詩所謂主人，學者多指爲嚴武，大非也。嚴武鎮蜀之歲月已具西郊篇注，又主人之云，豈可便指府尹邪？地主或所館置之人皆可呼矣。列子云：逆旅之主人。莊子云：主人之雁。史載太公就齊封而行遲，主人曰：客何懶也？觀此，則主人之義明矣。

【校】公之居在水之東岸，杜詩詳注東岸作西岸。　今按，東岸似與首聯詩意不合，然而後篇田舍首聯九家注又引趙注云：公之草堂在水東岸之曲處。且云：西岸梵安寺之草堂，特本朝吕汲公爲帥日，想像典刑爲之耳，本非在西岸。則趙次公原注作東岸。

〔二〕趙云：爲才卜居，所以有已知之語。　孟浩然詩：平田出郭少，盤坂入雲長。陶淵明云：閑居三十載，遂與塵事冥。客愁字，黄魯直嘗云：客愁非一種，歷亂如蜂房。意其止出於杜公，而祖出未見，以俟博聞。

〔三〕趙云：雖無數、一雙字至易至熟，若無所出，而無數字如禮云哭踊無數，及云修爵無數也。一雙字，如賜虞卿白璧一雙也。　蜻蜓上下，今水面多然，乃二月已有之矣。梁簡文帝晚春詩曰：花留蛺蝶粉，竹翳蜻蜓珠。此蜻蜓之見於前人也。　吴都賦云：溪鷘鶄鶋……泛濫其上。此溪鷘之見於前人也。彼溪字加鳥，鷘字以勑在鳥傍，出乎俗字耳。按雜談録：唐河南伊闕縣前大溪，每僚佐有入臺者，即水中先有小灘漲出，石礫金沙，澄澈可愛。丞相牛僧孺爲尉，一旦報灘出，邑宰與同僚列筵於亭上觀之。有老吏云：此必分司御史，非西臺之命。若是西臺，溪上當有溪鷘雙立。僧孺自負，因舉酒曰：既能有灘，何惜一雙溪鷘？宴未終，俄而有溪鷘雙下。不旬日，拜西臺監察。　又若齊上下對沉浮，其上下字，神農時，雨師至崑崙山，隨風而上下；沉浮字，雖祖出詩云：泛泛楊舟，載沉載浮。而連字則吴都賦之言魚云葺鱗鏤甲、噞喁沉浮，亦欲使學者知公無兩字無來處矣。

〔四〕趙云：公言或乘興之間，則徑須要向往山陰傚王子猷乘舟矣，向字與上向草堂之向義同。公身在成都，便欲往吴地之山陰，似乎太遠，蓋以因萬里之名而起興故耳。　杜詩詳注引趙曰：萬里橋，在浣花之東，故以此起興耳。

春夜喜雨（近體詩）

趙云：宜雨則曰喜雨，厭雨則曰苦雨，曰愁霖。自魏晉而下，或賦或詩皆云然。曹植、張協、謝莊、謝惠連、鮑照、庾信，皆有喜雨詩。

好雨知時節，當春乃發生〔一〕。隨風潛入夜，潤物細無聲〔二〕。野徑雲俱黑，江船火獨明。曉看紅濕處，花重錦官城〔三〕。

〔一〕趙云：爾雅曰：春爲發生。

〔二〕趙云：范元實所謂聖人復生不可改也。

〔三〕趙云：梁簡文帝賦得入階雨云：漬花枝覺重。蜀人以江山明媚，錯雜如繡，故多呼錦官城也。

【校】蜀人以下，百家注作蜀城人以江山明媚云云，標洙曰。分類集注、分門集注、黄鶴補注同。

春水生二絶（近體詩）

趙云：孫權云：春水方生。而春水生三字連出，則杜預云：方春水生，難於久駐。

二月六夜春水生，門前小灘渾欲平。鸕鷀溪鶒莫漫喜，吾與汝曹俱眼明〔一〕。

右一

〔一〕趙云：二禽皆水鳥，見水生而喜，公語之以與汝曹俱眼明，則公可謂與物委蛇而同其波矣。

一夜水高二尺强，數日不可更禁當〔一〕。南市津頭有舡賣，無錢即買繫籬傍。

右二

〔一〕趙云：禁當字，亦蜀中語。

江畔獨步尋花七絶句（近體詩）

江上被花惱不徹，無處告訴只顛狂。走覓南鄰愛酒伴，經旬出飲獨空牀。自注云：斛斯融吾酒徒。〔一〕

右一

〔一〕趙云：以出飲之故，其家所寢之牀遂空也。古詩云：蕩子遊不歸，空牀難獨守。公用此意。

稠花亂蕊裹一作畏江濱，行步欹危實怕春〔一〕。詩酒尚堪驅使在，未須料理白頭人〔二〕。

右二

〔一〕趙云：裹一作畏，無義。蓋兩岸並有花，斯爲裹也。司空圖云：千英萬萼裹枝紅。蔡伯世正異：裹或作畏，乃字缺訛，當從裹。

〔二〕趙云：尚可當詩酒之役也。李靖：尚堪一行。晉書：桓温謂王徽之曰：卿在府日久，當須料理。

江深竹靜兩三家，多事紅花映白花〔一〕。報答春光知有處，應須美酒送生涯。

右三

〔一〕趙云：江水之深，竹色之靜，又止兩三家而不喧溷，此自足佳矣，故彼紅花、白花相映爲多事也。此皆公出新句。莊子云：富則多事。或云，公江上尋花，見江深竹靜處，又紅白花相映爲愜意，多事則多謝之義也，故又有下句云。

東望少城花滿煙，百花高樓更可憐〔一〕。誰能載酒開金盞，唤取佳人舞繡筵。

右四

〔一〕趙云：少城，府中第二重小城，張儀所築也。

黄師塔前江水東，春光懶困倚微風〔一〕。桃花一簇開無主，可愛深紅愛一作映淺紅〔二〕。

右五

〔一〕趙云：黄師塔，紀眼前之實也。下句言在春光之中，懶困倚風而立也。

〔二〕趙云：深紅、淺紅二種之中，愛淺紅爲多，則公之風韻高矣。一作映淺紅，於義無取。

黄四娘家花滿蹊，千朵萬朵壓枝低〔一〕。留連戲蝶時時舞，自在嬌鶯恰恰啼〔二〕。

右六

〔一〕趙云：東坡云：此詩見子美清狂野逸之態，故僕喜書之。昔者齊魯有大臣，史失其名，黄四娘獨何人哉！乃託於詩以不朽，可使覽者一笑。花蹊，亦桃李不言，下自成蹊中來也。

〔二〕趙云：北史：王晞謂盧思道曰：卿輩亦是留連之一物。自在，則佛書多有之。玉臺後集載上官儀詩云：戲蝶流鶯聚窗外。江總云：梅花落處隱嬌鶯。恰恰字，如王無功之言恰恰來也。

不是愛花即欲死，只恐花盡老相催〔一〕。繁枝容易紛紛落，嫩蕊商量細細開〔二〕。

右七

〔一〕趙云：上句意言判一死而酷愛花，如韓退之亦有都將命乞花之句。今言不是謂愛花即欲就死，只恐花盡，所以愛花，又恐老之將至爾。此皆杜公狂放之新語也。

〔二〕趙云：容易、商量，與上篇告訴、報答、喚取、留連、自在，皆使俗字，不失爲佳。

江頭五詠（近體詩）

丁香

丁香體柔弱，亂結枝猶墊。細葉帶浮毛，疏花披素艷。深栽小齋後，庶近幽人占。晚墮蘭麝中，休懷粉身念〔一〕。

〔一〕趙云：末句言結實而墮蘭麝中，俱以體香相類，雖不念粉身可也。

麗春

百草競春華，麗春應最勝〔一〕。少須好顏色，多漫枝條賸。紛紛桃李枝，處處總能移〔二〕。如何貴此重，却怕有人知〔三〕。

〔一〕趙云：春華者，春之光華也。如文選：摛藻掞春華。

〔二〕趙云：此篇深美麗春，故翻以桃李爲不足貴。阮嗣宗詠懷詩：夭夭桃李花，灼灼有輝光。

〔三〕趙云：言珍貴麗春深重，恐别人因我而來移取，甚於桃李矣。

梔子

梔子比衆木，人間誠未多。於身色有用，與道氣傷和〔一〕。紅取風霜實，青看雨露柯〔二〕。無情移得汝，貴在映江波〔三〕。

〔一〕趙云：蜀人取其色以染帛與紙，故云色有用。杜工部詩輯注引趙曰：蜀人取其色以染帛與紙，故云有用。其性寒，食之傷氣，故云傷和。或曰：本草稱梔子治五内邪氣，胃中熱氣，其能理氣明矣，此梔子之功也，作氣相和，亦是。

〔二〕趙云：實經霜則紅，雨露潤則柯青。

〔三〕趙云：謝朓牆北梔子樹詩曰：有美當階樹，霜露未能移。……還思照緑水，君階無曲池。其後梁簡文帝詩曰：素華偏可喜，的的半臨池。則因謝朓以無曲池爲歎，而自言其的的然有池之可臨矣。公今云無情移汝於它處，貴在映江波，則又以有江波之可映，蓋又勝於臨池者乎？

溪鷘

故使籠寬織，須知動損毛。看雲莫悵望，失水任呼號〔一〕。六翮曾經剪，孤飛卒未高。且無鷹隼慮，留滯莫辭勞〔二〕。

〔一〕趙云：左太沖詠史詩曰：習習籠中鳥，舉翮觸四隅。今溪鷘以羽毛之好，則寬爲之籠以防損其毛。既以籠養之，則看雲悵望，失水呼號，宜矣。

〔二〕趙云：溪鷘在籠不得高飛，然免鷹隼之患，則雖留滯，可莫辭勞倦也。此公自況，蓋退在野居，不爭名宦，亦自無患矣。　卒音猝，師民瞻正作猝字。

花鴨

花鴨無泥滓，階前每緩行。羽毛知獨立，黑白太分明〔一〕。不覺羣心妬，休牽衆眼驚。稻粱霑汝在，作意莫先鳴〔二〕。

〔一〕趙云：此篇於物則紀實，於義則自況。無泥滓，則比其潔也。每緩行，則比其雍容也。羽毛、獨立，則自比其不羣也。黑白分明，則自比其文采之明著也。選云：奮迅泥滓。老子曰：遺物而立於獨。諸葛亮謂張温，其人於清濁太明，善惡太分。後漢朱浮傳：豈不粲然黑白分明哉！

〔二〕趙云：稻粱，見上注。陸龜蒙所謂能言鴨。夫鴨之鳴，多欲呼食也，既有稻粱，乃戒之無用先鳴。亦飽食緘言以終之處亂之道，此公之自警也。

堂成（近體詩）

趙云：魏中山恭王衮疾病，令官屬曰：男子不死於婦人之手。亟以時成東堂。堂成，輿疾往居之。

背郭堂成蔭白茅，緣江路熟俯青郊〔一〕。榿林礙日吟風葉，籠竹和煙滴露梢〔二〕。暫下一作止飛烏將數子，頻來語燕定新巢〔三〕。旁人錯比揚雄宅，懶惰無心作解嘲。

〔一〕趙云：易：藉用白茅。而今所言，則莊子築特室，蓆白茅爲近。謝玄暉和徐都曹詩：結軫青郊路。青郊者，春麥蓋地，青青然也，非謂東郊爲青郊。

〔二〕趙云：榿林、籠竹，正川中之物。二物必於公卜居處先有之矣。

〔三〕趙云：暫下，一作暫止。止字不如下字之穩。列子云：鷗鳥舞而不下。賈誼於鳳凰亦曰：覽德輝而下之。

飛烏將數子，將字起於鳳凰將九子也。　定字，大則王者有定都，凡居者有定居，方可敵將字。　燕巢，起於左傳：燕巢於幕。

蜀相（近體詩）

趙云：孔明在蜀志固云丞相亮矣，而蜀相兩字如吴志嚴峻傳云：峻嘗使至蜀，蜀相諸葛亮深善之，故以蜀相爲題。

丞相祠堂何處尋？錦官城外柏森森〔一〕。映階碧草自春色，隔葉黄鸝空好音〔二〕。三顧頻煩天下計，兩朝開濟老臣心〔三〕。出師未捷身先死，長使英雄淚滿襟〔四〕。

〔一〕趙云：或以其有錦官，如銅官、鹽官之類，其説亦是。不然，止取錦而已，何以更有官字乎？　亮祠堂前有古柏，世傳亮手植，既無所據，亦未必然。　若夔州絶句云：武侯祠堂不可忘，中有松柏參天長。豈亦是手植乎？

庚子嵩目和嶠，森森如千丈松，雖磊砢有節目，施之大廈，有棟梁之用。今於柏言森森，亦可矣。

【校】或以其有錦官至何以更有官字乎一條，集千家注杜工部詩集引趙曰：余觀范至能參政爲詩，每官成一集，所著錦官集，蓋鎮成都府時作也，則身親見成都爲錦官城，故取以名之。況杜子美嘗卜居成都浣花里，其用官字必無誤。當以蜀本爲正。　杜詩詳注自余觀范至能至故取以名之，所引同。　今按，范成大字致能，生於靖康南渡時，其活動年代在趙次公後，趙不應引范。此段文字見於南宋孫奕履齋示兒編卷十，二家誤入趙注，不取。

〔二〕趙云：兩句見公來此祠廟時，乃春也，故即春之景物言之，謂其人已亡而物空自春耳。空與自兩字句法起於何遜行經孫氏陵詩：山鶯空曙響，壟月自秋暉。其後丁仙芝霍國公主舊宅云：林閑花自落，門閉水空流。若春字，則選詩云：春色滿皇州。

〔三〕趙云：頻煩，數數之義。字則如晉庾亮辭中書令表曰：頻煩省闥，出總六軍。又如元魏彭城王勰曰：臣猥何人，頻煩寵授。其見於詩，則如庾信奉和法筵應詔詩云：羈臣從散木，無以預頻煩。又潘尼贈張仲治詩：張生拔幽華，頻煩登二宫。張華游俠篇曰：信陵西反魏，秦人開濟彊。開，謂開豁其謀；濟，謂濟遂其事。兩朝開濟，以言孔明之事，主其開濟者，乃孔明所以爲老臣之心也。趙左師觸龍曰：老臣賤息舒祺最少。晉書桓宣傳稱宣開濟篤素。

〔四〕趙云：悼之深矣。亮有出師表。選有云：涕淚沾襟。而滿襟則盈襟之變也。

賓至（近體詩）

趙云：左傳云：賓至如歸。

患氣經時久，臨江卜宅新〔一〕。喧卑方避俗，疏快頗宜人〔二〕。有客過茅宇，呼兒正葛巾〔三〕。自鋤稀菜甲，小摘爲情親〔四〕。

〔一〕趙云：庾信夜聽擣衣云：臨江愁思歌。卜宅，見左傳。

〔二〕趙云：鮑照舞鶴賦云：歸人寰之喧卑。詩云：宜民宜人。

〔三〕趙云：古詩曰：呼兒烹鯉魚。

〔四〕趙云：蓋言手自鋤治者，稀疏之菜甲。因有客而小摘其嫩者，爲情意親密也。

有客（近體詩）

趙云：詩：有客有客，亦白其馬。故取兩字爲題。

幽棲地僻經過少，老病人扶再拜難〔一〕。豈有文章驚海内，謾勞車馬駐江干〔二〕。竟日淹留佳客坐，百年粗糲腐儒餐〔三〕。莫嫌野外無供給，乘興還來看藥欄〔四〕。

〔一〕趙云：阮籍詠懷詩曰：趙李相經過。舊注引謝叔源，在後矣。前漢書有：以老病罷。

〔二〕趙云：車言駐，則如北齊劉逖秋朝野望詩曰：駐車憑險岸，飛蓋立平湖。馬言駐，則魏文帝駐馬書鞭作臨渦之賦也。漢武帝云：海内寡二。梁元帝烏棲曲云：共泛江干瞻月華。

〔三〕趙云：戰國策：嚴仲子進百金於聶政，曰：以爲夫人粗糲之費。

〔四〕趙云：蓋公告客之辭，言客若不以野外荒涼無可供給爲嫌，但乘興來看藥欄也。左傳云：敢不共給。王子猷云：乘興而來。

爲農 （近體詩）

趙云：楊惲云：長爲農夫，没此生矣。故爲農名詩，非管仲農之子爲農也。

錦里煙塵外，江村八九家。圓荷浮小葉，細麥落輕花。卜宅從兹老，爲農去國賒〔一〕。遠慚勾漏令，不得問丹砂。

〔一〕趙云：左傳：晏子云：非宅是卜，唯鄰是卜。摘用之耳，故對爲農。任昉泛長溪詩：絶物甘離羣，長懷忽去國。去王國也。本於王粲詩：復棄中國去，遠身適荆蠻。

梅雨 （近體詩）

趙云：川中雖亦有此雨，而士人未識其名，今公因見有此梅雨而著之。集千家注杜工部詩集引趙曰：周處風土記云：夏至前雨，名黄梅雨。

南京西浦道，四月熟黄梅〔二〕。湛湛長江去，冥冥細雨來〔三〕。茅茨疏易濕，雲霧密難開〔三〕。竟日蛟龍喜，盤渦與岸回〔四〕。

〔一〕趙云：公詩不妄作，多紀實以詔天下後世，庶乎信而可傳。且南京西浦道之句，本是言成都西浦道，公欲著見成都改爲南京，用在詩句中，如進艇首句云南京久客耕南畝也。説文云：浦，水濱也。西浦，蓋江水西邊之浦溆，如野望云南浦清江萬里橋是已。蓋謂之浦上，則公所居正在此矣，豈非所謂西浦乎？一本作犀浦，蓋惑於今日成都屬縣之郫有犀浦鎮，殊不思下有長江之句，則犀浦道無江；又有茅茨易濕之句，則指言所居；又有蛟龍盤渦之句，則言終日所見之江如此，豈是犀浦乎？

〔二〕趙云：句有長江字，乃所以見西浦者，長江之浦也。宋玉九辯云：〔江水湛湛〕〔湛湛江水〕兮上有楓。細雨，乃所謂梅雨。楚辭云：雲容容兮雨冥冥。陳張正見詩云：細雨濯梅林。

〔三〕趙云：上句乃所以指言其所居。茅茨字，起於堯土階三尺，茅茨不剪。其在常人言之，則如羅含别傳云：桓宣武以爲别駕，以官廨寺喧擾，非靜默所處，乃於城西池小洲上立茅茨之屋，是已。疏字、濕字，則上漏下濕之義。列子曰：虹蜺也，雲霧也，皆天之積氣也。而於陰重言之，則衛瓘言樂廣云：每見此人，瑩然若開雲霧而覩青天。易云：密雲不雨。茅茨以疏而易濕，已爲可傷，而雲霧尚密，則雨意未已，其爲況如何也？

【校】江水湛湛：中華書局聚珍倣宋版楚辭補注作湛湛江水。

〔四〕趙云：人以雨而憂屋漏，蛟龍得雨而喜，則爲異於人矣。公所居之上有百花潭，則宜有蛟龍矣。高唐賦云：盤岸巑岏。則岸亦盤矣，故言與岸回也。公於夔州有詩云：盤渦鷺浴底心性。蓋龍之藏，鷺之浴，以盤渦爲樂也。

田舍（近體詩）

趙云：陶淵明有田舍二首。

田舍清江曲，柴門古道傍〔一〕。草深迷市井，地僻懶衣裳〔二〕。欅柳枝枝弱，枇杷樹樹香〔三〕。鸕鷀西日照，曬翅滿魚梁〔四〕。

〔一〕趙云：孟浩然云：悠悠清江水，水落沙嶼出。蓋公之草堂在水東岸之曲處，今成都士人謂胡蘆灘者，乃其處也。西岸梵安寺之草堂，特本朝吕汲公爲帥日，想像典刑爲之耳，本非在西岸也。柴門古道傍，則舊趙温江之路。杜元凱注左傳篳門圭竇之人云：篳門，柴門也。

〔二〕趙云：有禪師儼云：法堂前草深一丈。迷市井，則其傍有市矣。揚子云：市井相與言。

〔三〕趙云：孟浩然燕子家家入，楊花處處飛之勢也。欅柳、枇杷，川中多有之。蜀都賦云：其園則有林檎、枇杷。古詩：枝枝自相對。庾信：樹樹秋聲。

〔四〕趙云：杜臺卿淮賦云：鸕鷀吐雛於八九，鵁鶄銜翼而低昂。陶侃母責其爲魚梁吏而寄鮓。

江漲（近體詩）

江漲柴門外，兒童報急流〔一〕。下牀高數尺，倚杖没中洲〔二〕。細動迎風燕，輕摇逐浪鷗。漁人縈小楫，容易拔船頭〔三〕。

〔一〕趙云：柴門，見前田舍詩注。

〔二〕趙云：鮑明遠東武吟：倚杖牧雞豚。

〔三〕趙云：拔船頭，川中舟人之語也。拔有兩音，其音蒲撥切，義則回也。乃回船頭耳。

江村（近體詩）

趙云：孟浩然永嘉浦館送張子容云云：江村日暮時。

清江一曲抱村流，長夏江村事事幽〔一〕。自去自來堂上燕，相親相近水中鷗。老妻畫紙爲棋局，稚子敲針作釣鈎〔二〕。多病所須唯藥物，微軀此外更何求〔三〕。

〔一〕趙云：清江，是眼前江水之清也，舊注引却是施州清江縣矣。沈佺期樂府有所思云：坐看長夏曉，秋月生羅帷。百家注引趙曰：長夏，言自四月至六月也。舊注引沈詩字，誤也。趙云：吴志：張承言吕岱曰：何其事事快也？而陶淵明詩云：晨夕看山川，事事悉如昔。

〔二〕趙云：公於閑居詩每道實事耳。燕之自去自來，鷗之相親相近，禽鳥幽而自適也；妻爲棋局以弈，兒作釣鈎以釣，妻子幽而閑逸也。此之謂事事幽。

〔三〕趙云：張良多病。王充論衡有云：道家以服食藥物，輕身益氣。陸士衡詩：不惜微軀退，但懼蒼蠅前。詩云：亦又何求。而更何求字，如梁簡文帝水月詩云：萬里若消蕩，一相更何求。盛弘之荆州記載：

夷道縣乞人謂女子曰：爲何所須？女子曰：所須之物，願此山下有水。晉書：此外蕭然無辨。

石筍行（古詩）

趙云：此篇作於上元元年。是年，李輔國日離間二宫，擅權之迹甚彰，故因賦石筍而指譏李輔國也。

君不見益州城西門，陌上石筍雙高蹲。古來相傳是海眼，苔蘚食盡波濤痕〔一〕。雨多往往得瑟瑟，此事恍惚難明論。恐是昔時卿相墓，立石爲表今仍存〔二〕。惜哉俗態好蒙蔽，亦如小臣媚至尊〔三〕。政化錯迕失大體，坐看傾危受厚恩〔四〕。嗟爾石筍擅虚名，後來未識猶駿奔〔五〕。安得壯士擲天外，使人不疑見本根〔六〕。

〔一〕趙云：按唐劉崇遠作金華子書，載海眼一事云：北海郡國發得五銖錢，取之不盡，得一石記云：此是海眼。華陽風俗記曰：蜀人曰：我州之西，有石筍焉。天地之植，以鎮海眼，動則洪濤大濫。

〔二〕趙云：公亦又以意逆之，不得專指爲人墓耳。武擔土葬如上所載，又嘗觀録異記所載：乾寧二年，蜀州刺史節度參謀李師恭治第於成都錦浦里北門，第西與李冰祠鄰。距宅之北，地形漸高，崗西南與祠相接。於其堂北鑿地五六尺，得大塚，磚甓甚固。於磚外得金錢數十枚，各重十八銖，不知誰氏墓也。其地北百許步有石筍，知石筍即此之闕矣。録異記所載如此，則公所謂，恐是承古老相傳耳。

【校】爲人墓耳：清刻本爲字下有何字。

〔三〕趙云：此正以專指李輔國一内臣耳，連結張妃，肅宗信任之，呼爲阿父。乾元元年，張妃爲皇后，而輔國之權尤熾，人爭附之。公於祭房相國文云：太子即位，揖讓倉卒；小臣用權，尊貴倏忽。正以言李輔國，則今詩云如小臣媚至尊者。石筍以一堆石而蒙蔽於人，人或指爲海眼，或指爲表墓，説終不明。此可惡而俗態好其蒙蔽，如輔國之蔽肅宗，而人信好之也。

【校】此正以專指云云，百家注此字下有八句二字。

〔四〕趙云：言肅宗信任之也。言輔國之寵幸也。舊注引李林甫、楊國忠，蓋公乾元二年離同谷來蜀作此詩，時李與楊已死矣。又二公皆爲相，豈可謂之小臣耶？

〔五〕趙云：言人之爭附輔國也。

〔六〕趙云：言要使天下知其一内臣耳也。公作是詩在上元元年之夏七月，輔國果離間二宫，矯詔遷上皇于西内矣。公之遠見，不亦明乎？漢高祖：安得猛士兮守四方。宋玉：長劍耿介倚天外。

石犀行（古詩）

君不見秦時蜀太守，刻石立作三犀牛〔一〕。自古雖有厭勝法，天生江水向東流〔二〕。蜀人矜誇一千載，泛溢不近張儀樓〔三〕。今年灌口損户口，此事或恐爲神羞。終藉隄防出衆力，高擁木石當清秋。先王作法皆正道，詭怪何得參人謀。嗟爾三犀不經濟，缺訛只與長川逝〔四〕。但見元氣常調和，自免洪濤恣彫瘵〔五〕。安得壯士提天綱，再平水土犀奔茫〔六〕。

〔一〕趙云：此篇因石犀而指譏廟堂無經濟之人也。

〔二〕趙云：本朝樂史寰宇記載志云：在市北，乃李冰所立，以厭水怪。故公直以爲厭勝耳。蓋言厭勝者將欲使水東流邪？則水自然東矣，何用石犀爲厭勝也？列子曰：地不滿東南，故百川水潦歸焉。此江水東流謂之天生之義也。

〔三〕趙云：又言厭勝者詭怪之事爲不足憑，故水終有時而爲害焉。隄防者正道，故終藉人力以爲隄防也。張儀樓事，按圖經：秦張儀築少城在城西，少之爲言，小也；有樓焉，故號張儀樓。南史：始興王與蔡仲能登張儀樓，商略先言往行。可見有是樓之證矣。本朝樂史寰宇記云：張儀樓，宣明門樓也。然今宣明門之名亦不可考矣。

〔四〕趙云：此公之寓意於三犀，指譏廟堂無經濟之人甚明。夫無經濟之用，終亦缺訛隨長川而漂逝矣。乾元二年，乃吕諲、李峴、李揆、第五琦同平章事。五月，李峴言毛若虚希中人(指)〔旨〕，用刑亂法。帝怒，李揆不敢爭，出峴爲蜀州刺史。七月，吕諲以從中人馬尚書之請，爲人求官，罷。九月，第五琦鑄重規錢，非是，十月貶爲惠州刺史。公詩之作，正在次年五月、六月之間，諸公之失皆已著見，唯李揆未露。至次年，揆懼吕諲復用，乃遣吏構其過失。諲密訴諸朝，帝怒，貶揆爲袁州長史。然則，公豈不明見其非經濟者乎？經濟字，見上注。

【校】希中人指：清刻本指作旨，是。

〔五〕趙云：此公有經濟之量，知水土之平，特在乎得人。蓋宰相以燮理陰陽爲事，則調元氣之謂也。洪濤字，祖雖出四京賦鼓洪濤而揚波，而晉木華海賦云：帝嬀巨唐之世，天綱浡潏，爲彫爲瘵。洪濤瀾汗，萬里無際。武專用木華海賦之意，言水之廣大，爲天綱紀，而洪水横流，乃爲彫傷瘵病於民矣。莊子有：陰陽調和。

后嘗問陳子昂調元氣以何道？選有：稟元氣於靈和。

〔六〕趙云：梁沈約云：安得壯士駐奔曦。陳蕃傳：雖有志清天綱。而杜公所用，則取海賦以水爲天綱。

杜鵑行（古詩）

趙云：按蜀記曰：昔人有姓杜名宇，號曰望帝。宇死，俗説云：化爲子規。規，鳥名也，一名鵑。蜀人聞子規鳥，皆曰：望帝也。遂於鵑字上加以杜姓，謂之杜鵑。又直名之爲杜宇。以次公考之，此鳥乃暮春之時，農夫以爲耕候。曰規，曰鵑，其義取圓春之事也。王介甫亦於字説言之矣。然有二種：其一褐色，四川中亦有，而内地多有之，名曰子規，仿像其聲之四，云不如歸去；其一色黑，似烏而小，兩吻赤如血，而其聲二。内地亦有，而蜀中多有之，名曰杜鵑，仿像其聲之二，云杜宇。夫所謂鵑之名，自古有之：漢書謂之曰鵑；歐陽率更載臨海異物志曰題鴂，一名田鵑，春三月鳴，晝夜不止，音聲自呼，俗言取梅子塗其口，兩邊皆赤。至麥子熟，鳴乃止。率更據志以爲塗口而後赤，蓋信所傳聞耳。蜀人既傳杜宇化爲鵑而加杜姓，稱爲杜鵑，又曰杜宇，然其聲未必是呼杜宇也。蓋望帝之前，則聲云布穀，則催耕之鳥而已。杜公於長安玄都壇詩云：子規夜啼山竹裂。於雲安詩云：兩邊山木合，終日子規啼。則指不如歸去四聲者而言之。今有杜鵑行，其後又有杜鵑詩，則指杜宇之二聲者言之。惟其指杜宇之二聲者言之，故詩皆言帝王之事。

君不見昔日蜀天子，化作杜鵑似老烏。寄巢生子不自啄，羣鳥至今與哺雛。雖同君臣有舊禮，骨肉滿眼身羈孤。業工竄伏深樹裏，四月五月偏號呼。其聲哀痛口流血，所訴何事常區區。爾惟摧殘始發憤，羞帶羽翮傷形愚。蒼天變化誰料得，萬事反覆何所無！萬事反覆何所無，豈憶當殿羣臣趨〔一〕？

〔一〕趙云：鮑照行路難云：中有一鳥名杜鵑，言是古時蜀帝魂。聲音哀苦鳴不息，羽毛憔悴似人髡。飛走樹間逐蟲蟻，豈憶往日天子尊。念此死生變化非常理，心中惻愴不能言。今公所謂哀痛流血，又有摧殘之語，及末句憶羣臣趨，且云萬事反覆，蓋出於此也。

杜鵑行（古詩）

【校】杜詩詳注題下仇注曰：英華刻作司空曙。注云：又見杜甫集。蓋兩存未決也。

古時杜宇稱望帝，魂作杜鵑何微細。跳枝竄葉樹木中，搶佯一作翱瞥捩雌隨雄。毛衣慘黑貌一作自憔悴，衆鳥安肯相尊崇。隳一作陋形不敢棲華屋，短翮惟願巢深叢。穿皮啄朽觜欲禿，苦饑始得食一蟲。誰言養雛不自哺，此語亦足爲愚蒙。聲音咽咽如有謂，號啼略與嬰兒同。口乾垂血轉迫促，似欲一作欲以上訴於蒼穹。蜀人聞之皆起立，至今相效傳微風一作斅學傳遺風，迺知變化不可窮。豈思昔日居深宮，嬪嬙一作妃左右如花紅。

三絶句（古詩）

前年渝州殺刺史，今年開州殺刺史。羣盜相隨劇虎狼，食人更肯留妻子〔一〕？

右一

〔一〕百家注引趙曰：張孟陽云：賊盜如豺虎。

二十一家同入蜀，唯殘一人出駱谷。自説二女齧臂時，迴頭却向秦雲哭〔一〕。

右二

〔一〕趙云：指言當時出駱谷之人。正始四年，曹爽伐蜀。諸軍入駱谷三百餘里，不得前，牛馬驢羸以運轉死略盡。魏志曰：少帝甘露三年，蜀將姜維出駱谷，圍長安。即此谷道，其後廢塞。唐武德七年，復開。今云唯殘一人出駱谷，則自蜀歸秦，出駱谷以往也，故後有向秦雲哭之句。此其初豈避羌渾之暴來蜀中乎？二女齧臂，乃紀其實。史記：吴起與其母訣，齧臂而盟。今所用蓋飛燕事，見伶玄所作飛燕外傳。

殿前兵馬雖驍雄，縱暴略與羌渾同〔一〕。聞道殺人漢水上，婦女多在官軍中。

右三

〔一一〕趙云：言其縱暴尤甚於羌渾，即下兩句是也。

寄李十二白二十韻（近體詩）

昔年有狂客，號爾謫仙人。筆落驚風雨，詩成泣鬼神〔一〕。聲名從此大，汨没一朝伸。文彩承殊渥，流傳必絶倫〔二〕。龍舟移棹晚，獸錦奪袍新〔三〕。白日來深殿，青雲滿後塵〔四〕。乞歸優詔許，遇我宿心親〔五〕。未負幽棲志，兼全寵辱身〔六〕。劇談憐野逸，嗜酒見天真〔七〕。醉舞梁園夜，行歌泗水春〔八〕。才高心不展，道屈善無鄰〔九〕。處士禰衡俊，諸生原憲貧〔一〇〕。稻粱求未足，薏苡謗何頻〔一一〕。五嶺炎蒸地，三危放逐臣〔一二〕。幾年遭鵩鳥，獨泣向麒麟〔一三〕。蘇武先還漢，黄公豈事秦〔一四〕。楚筵辭醴日，梁獄上書辰〔一五〕。已用當時法，誰將此義陳〔一六〕？老吟秋月下，病起暮江濱。莫怪恩波隔，乘槎與問津〔一七〕。

〔一〕趙云：白别傳曰：白初自蜀至京師，賀知章聞其名，首訪之。見其烏棲曲，歎曰：此詩可以泣鬼神。筆落字，王子敬傳：桓温嘗使書扇，筆誤落，因畫作烏駮牸牛甚妙。公借字用耳。今云驚風雨，言其如風雨之快疾爲可驚也。孟浩然詩：刻燭限詩成。

〔二〕趙云：絶倫，見上注。

〔三〕趙云：范傳正李翰林新墓碑曰：玄宗泛白蓮池，公不在宴。明皇歡洽，召公作序。白既被酒於翰苑中，命高力士扶以登舟。今句蓋言停舟以待白矣。武后時，使東方虬、宋之問輩賦詩。東方虬詩成，賜以錦袍矣，之問繼進，而詩尤工，於是奪錦袍以賜之。故用此兩字，言非特初賜，而又加奪之者也。

〔四〕趙云：上句則易所謂晝日三接之意。下句言其貴寵，致身青雲也。應瑗與桓玄書：敢不策馳，敬尋後塵。

〔五〕趙云：公與太白平生相好，於公集中屢有與白詩可見矣。舊注云八仙者，子美豈在其中邪？

〔六〕趙云：謝靈運詩：資此永幽棲，豈伊年歲别。老子云：寵辱若驚。

〔七〕趙云：世説：人問支道林曰：何處來？云：今日與謝守劇談一出來。揚雄家貧，嗜酒。

〔八〕趙云：梁沈約九日四言詩曰：葉浮楚水，草折梁園。泗水、梁園，皆白之所曾遊也。

〔九〕趙云：魏應璩書有云：意不宣展。宋謝靈運詩：折麻心莫展。孔子曰：德不孤，必有鄰。左傳曰：親仁善鄰。善無鄰，蓋言無有善之而爲鄰者，此道所以屈也。

〔一〇〕趙云：此以比白也。鸚鵡賦序云：黄祖之子射，賓客大會。有獻鸚鵡者，舉酒於衡前曰：禰處士，今日無用娱賓……願先生賦之。原憲，孔門弟子，故謂之諸生。

〔一一〕趙云：馬援征交趾，載薏苡種還。人謗之，以爲明珠大貝。此言永王璘反，而譖者以白與其謀也。

〔一二〕趙云：夜郎與廣南相接，故用五嶺字。書：竄三苗于三危。三危在西，故特以比之。

〔一三〕趙云：孔子見麟而泣，曰：出非其時，吾道窮矣。王翰與公同時人，豈遂用其詩乎？

〔一四〕趙云：此以比白之得還，比武則先也。白傳云：會赦，還潯陽。黄公，四皓之一者，避秦而居商山。比白之不妄從永王璘也。

〔一五〕趙云：以言白在永王璘時，如穆生見楚王，待之不設醴，知幾而辭行也。〔下句〕以言白在永王璘時，如梁孝王下鄒陽於獄，而鄒陽上書也。此皆永王璘本待白之薄，而白豈與其謀哉！

【校】如穆生見楚王：集千家注杜工部詩集引作申公見楚元王。

〔一六〕趙云：言白之無罪，當時不省察，遂以白爲與謀而施之以法。誰人用辭醴與獄中上書之義爲之陳説也？白會赦放還，乃普天之恩也，朝廷元未知白之本不汙耳，故以此明之。按白傳：永王璘辟爲府僚佐。璘起兵，白逃歸彭澤，又〔赫〕〔赦〕還〔潘〕〔潯〕陽，坐事下獄。時宋若思將兵赴河南，道潯陽，釋白囚，辟爲參謀。

【校】又赫還潘陽：清刻本赫作赦，潘陽作潯陽。

〔一七〕趙云：上兩句蓋公自言其如此。末句蓋言如白之才器，當蒙上知而恩波頓隔，欲上天與問之也。公於老吟病起之中，思念白而起無怪之感。無怪，則本可怪之矣。梁丘遲侍宴應詔詩曰：參差别念舉，肅穆恩波被。乘槎事，見博物志：孔子使子路問津。又宋之問明河篇曰：明河可望不可親，願得乘槎一問津。

狂夫（近體詩）

趙云：左傳：狂夫阻之。題意主詩末句之義。

萬里橋西一草堂，百花潭水即滄浪〔一〕。風含翠篠娟娟静，雨裛紅蕖冉冉香〔二〕。厚禄故人書斷絶，恒饑稚子色凄涼〔三〕。欲填溝壑唯疏放，自笑狂夫老更狂〔四〕。

〔一〕趙云：按樂史寰宇記云：萬里橋，亦名篤泉橋，乃星橋之一也。以諸葛亮故名。其後，明皇至蜀，過此橋，問名於左右，對曰萬里橋。上歎曰：一行嘗謂朕更二十年，因有難，當巡遊至萬里之外，此是也。橋今在城南門外，西即浣花溪，公之草堂在焉。百花潭，浣花之上游。公言此潭即是孔子所聞孺子歌云滄浪之水也。草堂之側有此萬里橋、百花潭，可以爲詩對，故公又云萬里橋西宅，百花潭北莊，所謂恰好處不放過矣。

〔二〕趙云：翠篠，竹也。紅蕖，荷花也。娟娟，好妙之貌。古詩云：娟娟新月體。冉冉，漸多之貌。選詩云：柔條紛冉冉。又云：冉冉孤生竹。

〔三〕趙云：史云：無使素餐之人久尸厚禄。古詩云：羽書時斷絶。

〔四〕趙云：上句言將欲填溝壑而死矣，却唯只是疏放而不管，此其所以爲狂也。下句所以成不憂填溝壑，而但疏放之句。舊注却云公與田畯野老相狎，非矣。百家注引趙曰：非嚴武過之而不冠之意。

進艇（近體詩）

趙云：孔叢子之書有小爾雅一篇，其中廣器有云：小船謂之艇。故公詩中言小艇，而以進艇名篇。

南京久客耕南畝，北望傷神卧北窗〔一〕。晝引老妻乘小艇，晴看稚子浴清江。俱飛蛺蝶元相逐，並蔕芙蓉本自雙〔二〕。茗飲蔗漿攜所有，瓷罌無謝玉爲缸〔三〕。

〔一〕趙云：與上篇南京西浦道之用南京意同。北望，望中原也，此其所以傷神矣。

〔二〕趙云：元相遂、本自雙，因道實事而爲新語也。

〔三〕趙云：羊衒之洛陽伽藍記曰：彭城王勰戲謂王肅曰：明日顧我，爲君設邾莒之餐，亦有酪奴。因此復號茗飲爲酪奴。宋玉招魂云：濡鼈炰羔有蔗漿。瓷罌無謝玉爲缸，言以瓷罌盛之而已，不須謝讓富貴家之玉缸也。范曄宦者傳論有云：或稱伊、霍之勳，無謝於往載。而鮑照喜雨奉勑作云：無謝堯爲君，何用知柏皇。

野老（近體詩）

趙云：字出丘希範詩：村童忽相聚，野老時一望。又梁簡文帝曲水詩序：都人野老，雲集霧散。

野老籬前江岸迴，柴門不正逐江開。漁人網集澄潭下，賈客船隨返照來〔一〕。長路關心悲劍閣，片雲何事一作意傍琴臺〔二〕。王師未報收東郡，城闕秋生畫角哀南京同兩都，得云城闕也〔三〕。

〔一〕趙云：澄潭，則所謂百花潭矣。返照，落日也。纂要云：日西落，光返照於東，謂之返景也。

〔二〕趙云：上句回念其初來蜀時道路之難也。鮑照堂上歌行云：萬曲不關心，一曲動情多。琴臺，則司馬相如琴臺也。蓋公自比其如片雲之飄蕩，何事來蜀中親近相如舊所居乎？何事，一作何意，不如何事之快。

〔三〕趙云：去歲乾元二年之秋，史思明陷東京及齊、汝、鄭、滑四州，乃京之東郡。今復秋矣，而王師未報收復，所以悲也。惟國都而後有城闕。詩云：在城闕兮。陸士衡擬古詩云：名都一何綺，城闕鬱盤桓。成都既改爲南京，故公自注以爲得稱城闕。

雲山（近體詩）

京洛雲山外，音書静不來。神交作賦客，力盡望鄉臺〔一〕。衰疾江邊卧，親朋日暮回。白鷗元水宿，何事有餘哀〔二〕。

〔一〕趙云：京洛，言長安與洛陽也。字則陸士衡詩云：京洛多風塵。長安，則班固所謂西都，張平子所謂西京。洛陽，則班固所謂東都，張平子所謂東京。望長安、洛陽之音書而不來，故神交作賦客而已。作賦客，指言班固與張平子也。舊注差排作宋玉，誤矣。望鄉臺，亦所以望京洛也。楚工之言弓曰：臣之精力盡於此矣。

〔二〕趙云：親朋日暮回，則來相看者日暮必歸爲可傷矣，故末句託之白鷗以見興。蓋言我之卧病於江邊，如白鷗之本自水宿，何苦而哀也。古詩：慷慨有餘哀。曹子建七哀詩：悲歎有餘哀。公詩凡使者，通此三焉。

遣興（近體詩）

干戈猶未定，弟妹各何之〔一〕。拭淚沾襟血，梳頭滿面絲〔二〕。地卑荒野大，天遠暮江遲。衰疾那能久？應無見汝期。

〔一〕趙云：公有諸弟一妹，以干戈之際，各避亂而它之，古詩中所謂有弟有弟在遠方，又云有妹有妹在鍾離是也。列子載楊朱云：弟妹之所不親。莊子：茫乎何之，忽乎何適。謝靈運初發石首城詩：苕苕萬里帆，茫茫終何之？陶潛：胡爲皇皇欲何之？

〔二〕趙云：上句言以思憶而痛悼也。拭淚字，劉孝威春宵詩：回釵挂反鐶，拭淚繩春線。下句言自歎甘老也，故末句有難得相見之句。

【校】甘老：清刻本作其老。

丙帙卷之二

北鄰（近體詩）

趙云：潘尼應令詩：聖朝命方岳，爪牙司北鄰。

明府豈辭滿，藏身方告勞〔一〕。青錢買野竹，白幘岸江皋〔二〕。愛酒晉山簡，能詩何水曹〔三〕。時來訪老疾，步屧到蓬蒿〔四〕。

〔一〕趙云：明府，所以指言北鄰之人也，蓋有官之人，不太守則縣令也。謝靈運還舊園詩云：辭滿豈多秩，謝病不待年。辭滿者，辭去盈滿也，蓋知足之義。兩句則言北鄰之人，豈是辭滿，故藏身而告勞乎？

〔二〕趙云：青錢，蜀人語謂見錢也。幘謂之白幘，則白編巾、白帢、白帽之義。楚辭云：朝馳騁乎江皋。

〔三〕百家注引趙曰：山簡每出嬉遊多之池上，置酒輒醉，名之曰高陽池。

〔四〕趙云：宋書曰：袁粲爲丹陽尹，嘗步屧白楊郊野間。

南鄰（近體詩）

趙云：左太沖詠史詩云：南鄰擊鐘鼓，北里吹笙竽。

錦里先生烏角巾，園收芋粟一作栗不全貧〔一〕。慣看賓客兒童喜，得食階除鳥雀馴〔二〕。秋水纔深四五尺，野航一作艇恰受兩三人〔三〕。白沙翠竹江村暮，相對一作送柴門一作籬南月色新〔四〕。

〔一〕趙云：舊本作芋栗，非是。芋與粟所收之多，可謂之園收，若栗於園中，不過一兩樹耳。

〔二〕趙云：魏野詩云：兒童不慣見車馬，走入蘆花深處藏。則今慣看而喜矣。賓客字，如漢書：賓客滿門。緣置食在階除間，而鳥雀得之以食，所以馴擾。舊注所言爲剩義。登樓賦有循階除而下降也。左傳：有如鷹鸇之逐鳥雀也。

〔三〕趙云：世多惑於釋名云：自關而東，方舟或謂之航。豈有恰受兩三人乎？一本作艇。艇乃去聲，公進艇云：晝引老妻乘小艇。沈存中又云：當作艇。艇，小舟也。此甚費力。詩云：誰謂河廣，一葦杭之。如今言一葉舟也。杭即航也。一葦猶謂之杭，則野航者不必名其大也。宋鮑令暉詩有曰：桂吐兩三（抹）〔株〕，蘭開四五葉。

【校】兩三抹：九家注抹作株。

〔四〕趙云：皆道其實。曾子曰：白沙在泥，與之皆黑。陳張正見詩曰：翠竹梢雲自結叢。杜預左傳：篳門（蓬户）〔圭竇〕注云：今之柴門也。相送，當作相對。別本柴門一作籬南，非是。

【校】篳門蓬户：清刻本作篳門圭竇，是。

過南鄰朱山人水亭（近體詩）

趙云：此篇公歸草堂時所作也。所謂南鄰，豈仍是前者錦里先生乎？

相近竹參差，相過人不知〔一〕。幽花欹滿樹，小水細通池。歸客村非遠，殘樽席更移〔二〕。看君多道氣，從此數追隨〔三〕。

〔一〕趙云：竹參差之句，用陳賀循夾池修竹詩云緑竹影參差也。

〔二〕趙云：歸客，公自言也。

〔三〕趙云：曹子建公宴詩：飛蓋相追隨。

恨别（近體詩）

洛城一别三千里，胡騎長驅五六年〔一〕。草木變衰行劍外，兵戈阻絶老江邊〔二〕。思家步月清宵立，憶弟看雲白日眠。聞道河陽近乘勝，司徒急爲破幽燕〔三〕。

〔一〕趙云：安禄山於天寶十四載乙未十一月反，慶緒殺禄山，史思明殺慶緒，陷東京，繼亂中原，至庚子上元元年爲六年矣。公有田園在洛陽，故指洛爲家。

〔二〕趙云：上言時已秋矣，而行於劍外也。宋玉九辯曰：草木摇落而變衰。兵戈字，祖出戾太子贊。

〔三〕趙云：司徒，李光弼也。乾元二年，歲在己亥，十月李光弼及史思明戰于河陽，敗之。若以此所謂河陽近乘勝，不應至次年七、八月而後言矣。上元元年六月，李光弼及史思明戰于懷州，敗之，於七、八月爲近。亦恐傳聞之誤，而公言之，與傷春詩注：巴蜀僻遠，今已收京，而尚賦傷春耳。幽燕，史思明窟穴，蓋其於是年四月更國號大燕，改元順天，自稱應天皇帝。

散愁二首（近體詩）

久客宜懸旆，興王未息戈。蜀星陰見少，江雨夜聞多〔一〕。百萬傳深入，寰區望非他。司徒下燕趙，收取舊山河〔二〕。

右一

〔一〕百家注引趙曰：星以陰而見少。

〔二〕百家注引趙曰：望光弼之深也。弼爲檢校司（空）〔徒〕。

【校】此條九家注作：望李光弼之深也。光弼爲檢校司徒，追收河北。寶應元年進封臨淮王。未標注家，依例當爲王洙注，待考。

聞道并州鎮，尚書訓士齊。幾時通薊北？當日報關西。戀闕丹心破，霑衣皓首啼。老魂招不得，歸路恐長迷。

右二

寄楊五桂州譚因州參軍段子之任（近體詩）

五嶺皆炎熱，宜人獨桂林〔一〕。梅花萬里外，雪片一冬深〔二〕。聞此寬相憶，爲邦復好音〔三〕。江邊送孫楚，遠附白頭吟〔四〕。

〔一〕趙云：廣南之地，皆在五嶺外。五嶺，則大庾嶺、騎田嶺、都龐嶺、萌渚嶺、越城嶺也。詩：宜民宜人。

〔二〕趙云：廣南多梅。萬里外，或云自成都言之，實在一萬里之外。或云，以萬里橋言之，又況明皇言一行謂朕行萬里之外。廣南難有雪，既有梅花可翫矣，又有雪深，所以有下句之寬懷也。

〔三〕趙云：古詩：下言長相憶。顔淵問爲邦。詩云：懷我好音。

〔四〕趙云：孫楚，指言段子也，往爲桂林之參軍，而孫楚嘗爲驃騎將軍石苞之參軍，故以比之。附白頭吟，則公自以其詩爲白頭吟也。白頭吟祖事出西京雜記。雖是司馬相如將聘妾，文君作白頭吟，相如乃止。然其後遂入樂府爲題，如鮑照所作：直如朱絲繩，清如玉壺冰。何慚宿昔意，猜恨坐相仍。則意在責交好之有始終者也。

逢唐興劉主簿弟（近體詩）

分手開元末，連年絶尺書〔一〕。江山且相見，戎馬未安居〔二〕。劍外官人冷，關中驛騎疏〔三〕。輕舟下吴會，主簿意何如〔四〕？

〔一〕趙云：分手字，起於沈約。一云：平生少年日，分手易前期。一云：分手桃林崖，望别峴山嶺。古詩云：呼兒烹鯉魚，中有尺素書。

〔二〕趙云：未安居，則安慶緒既死，而史思明復熾。戎馬字，出老子。

〔三〕趙云：上句言主簿之爲冷官也。唐人以祠部無事謂之冰廳。趙璘云：言其清且冷也。此亦冷官之義矣。下句又言諸相見無書信也。何以知驛騎之爲寄書信？陸凱寄范曄詩：折梅逢驛使，寄與隴頭人。

〔四〕趙云：上句則公自言其欲往兩浙也，故下句問劉君之意以爲何如。吴會，音會計之會，指會稽也。

和裴迪登新津寺寄王侍郎王時牧蜀（近體詩）

何限倚山木，吟詩秋葉黄。蟬聲集古寺，鳥影度寒塘〔一〕。風物悲游子，登樓憶侍郎〔二〕。老夫貪佛日，隨意宿僧房〔三〕。

〔一〕趙云：謂之集，則非一蟬矣。下一集字，方可與度字敵。

〔二〕趙云：上句以言其遊寄，下句則公題下自注云王時牧蜀也。

〔三〕趙云：大抵公作佛寺詩或贈僧詩，必用佛書中字也。

暮登四安寺鐘樓寄裴十迪（近體詩）

暮倚高樓對雪峯，僧來不語自鳴鐘。孤城返照紅將斂，近市浮烟翠且重。多病獨愁常闃寂，故人相見未從容〔一〕。知君苦思緣詩瘦，太向交遊萬事慵〔二〕。

〔一〕百家注引趙曰：易曰：闃其户，闃其無人。王弼注云：闃，寂也。

〔二〕百家注引趙曰：緣（莫）〔苦〕詩之故，其在交遊也，萬事皆慵廢矣。

【校】莫：分類集注作苦，是。

敬簡王明府（近體詩）

葉縣郎官宰，周南太史公〔一〕。神仙才有數，流落意無窮〔二〕。驥病思偏秣，鷹愁怕苦籠〔三〕。看君用高義，恥與萬人同〔四〕。

〔一〕趙云：上句取王喬爲縣令，以比王明府也。王喬，顯宗世爲葉令，時謂即古仙人王子喬也。下句取太史公留滯周南以自比也。

〔二〕趙云：上句以終葉縣郎官宰之句，下句以終周南太史公之句。凡詩一句説此，一句説彼，或一句説人，一句説己，謂之雙紀格。

〔三〕趙云：此兩句則又以驥自比，而望君之偏秣；以鷹自比，而不願局促籠中也。

〔四〕趙云：王明府之高義，其待公也高出萬人之上矣。字出吴越春秋：伍子胥謂要離曰：吴王聞子高義，唯一臨之。曹子建美女篇：佳人慕高義。

重簡王明府（近體詩）

甲子西南異，冬來只薄寒。江雲何夜静，蜀雨幾時乾〔一〕。行李須相問，窮愁豈自一作有寬〔二〕。君聽鴻雁響，恐致稻粱難〔三〕。

〔一〕趙云：此四句蓋實道其事，言雖天道以六甲運行，而西南寒暑有異中原，故冬來只薄寒。而多雨又可厭矣。故公詩又曰蜀星陰見少，江雨夜來多是已。

〔二〕趙云：左傳：燭之武謂秦伯曰：行李之往來。説者以李爲古之使字，行李言行人也。公望王明府遣人來問。所以須遣人來問，無它，以我之窮愁日甚，無自寬也。家語：孔子之言榮啓期明能自寬者也。一本作有寬，非。望王明府之來問，則豈在新津而王明府乃縣令乎？史記：虞卿以窮愁而著書也。

〔三〕趙云：以鴻雁自況，正有望於稻粱，所以終其須相問之意。廣絶交論云：分雁鶩之稻粱。

寄賀蘭銛（近體詩）

朝野歡娱後，乾坤震蕩中〔一〕。相隨萬里日，總作白頭翁〔二〕。歲晚仍分袂，江邊更轉蓬〔三〕。勿云俱異域，飲啄幾回同〔四〕。

〔一〕趙云：朝野歡娱，指安禄山未反前也。黄魯直過睢陽廟云：乾坤震蕩風雲晦，愁絶宗臣陷賊時。用公下句四字。

〔二〕趙云：上句言與賀蘭同來萬里橋之日也，若作道里之萬里，則自長安來蜀不當著此字也。又以言萬里推之，則自新津歸成都府矣。

〔三〕趙云：謝惠連詩：分袂澄湖陰。曹植詩：轉蓬離本根，飄飄隨長風。袁陽源效古詩乃云：乃知古時人，所以悲轉蓬。

〔四〕趙云：俱異域，尤見賀蘭之别在它處矣。飲啄，則又以鳥爲譬矣。莊子云：澤雉十步一啄，百步一飲。言身雖各異域，至於須飲須啄則皆同之。

建都十二韻（近體詩）

趙云：此篇今歲上元元年九月已後之作。句言窮冬，則十二月也。按新史：肅宗至德二載，以蜀都爲南京，鳳翔爲西京，西京爲中京。上元元年九月，以京兆府爲上都，河南府爲東都，鳳翔府爲西都，江陵府爲南都，太原府爲北都。又按舊史肅宗紀：上元元年九月以荆州爲南都，州曰江陵府，官吏制置同京兆。所以知公之詩作於九月已後，所聞已審之時矣。舊注以蜀都爲南都，非是。如杜田正謬，雖知引上所云云，然其意專在正舊注以蜀都爲南都之謬，遂用此建都篇，止言荆州爲南都而作，又非矣。觀全篇，正包籠東南西北皆在焉，具解于後。

蒼生未蘇息，胡馬半乾坤。議在雲臺上，誰扶黄屋尊〔一〕？建都分魏闕，下詔闢荆門。恐失東人望，其如西極存〔二〕。時危當雪恥，計大豈輕論〔三〕。雖倚三階正，終愁萬國翻〔四〕。牽裾恨不死，漏網荷殊恩〔五〕。永負漢庭哭，遥憐湘水魂〔六〕。窮冬客江劍，隨事有田園〔七〕。風斷青蒲節，霜埋翠竹根〔八〕。衣冠空穰穰，關輔久一作遠昏昏〔九〕。顧枉一作駐長安日，光輝照北原〔一〇〕。

〔一〕趙云：廟堂之上，求所以尊王之術也。書云：海隅（蒼生）〔出日〕，罔不率俾。古注言蒼然而生，則謂草木之屬。而晉書：高崧戲謝安曰：安石不出，將如蒼生何？則以蒼生爲百姓矣。胡馬於東，則言史思明之兵；於西，則言吐蕃及西原蠻之兵。是歲，吐蕃陷廓州，西（京）〔原〕蠻寇邊也，故曰半乾坤。雲臺，後漢臺名，今公所云議，則廟謨之説也。黄屋，天子車之飾，以引下句建都之議爲尊王者也。

〔二〕趙云：荆門以言南都。東人望，以言東都。西極存，以言西都，而篇末之句以言北都也。建都分魏闕，凡謂之都，則有王者之制焉，斯爲分魏闕矣。其建都也，下詔闢荆門，所以爲南都。除京兆府爲上都之外，河南府爲東都，自漢已然矣，而又置南都、西都、北都，實爲異事。恐失東人望，指言河南府之人不服而有觖望之心也。其如西極存，却言以鳳翔爲西都，則所以爲西極之重，斯能保其存。

〔三〕趙云：雪者，洗雪之雪。魯公享孔子以黍雪桃。是下句則公亦議建都之議爲無益而輕發耳。

〔四〕趙云：東方朔傳云：願陳泰階六符。注云云，時肅宗即位已五年，三階不爲不正矣，而尚未平，所以愁萬國之翻也。

〔五〕趙云：此已下六句，公自謂也。公嘗爲拾遺，其職諫諍，故有牽裾之語。魏文帝欲遷冀州士以實河南，辛毗諫。帝不答而起，遂引帝裾。公既以言房琯有才不宜廢免，肅宗怒，欲終罪甫，以張鎬之救止放歸，許於鄜州看其妻孥，由是亦疏之矣，故公云然。

〔六〕趙云：兩句通義。公以賈誼自比也。誼建治安之策，有痛哭者一；使漢庭字貼之，則本傳云：漢庭公卿無出其右也。魂，指言屈原也。誼謫長沙，過汨羅之水，有賦弔屈原。

〔七〕趙云：唐録載太平公主田園遍於近甸，貨殖流於江劍，見本朝太平御覽。此杜公已前事也，又未知復有祖出否耳。陶淵明：田園將蕪胡不歸。

〔八〕趙云：兩句以成田園之義，言其田園景物有如是也。

〔九〕趙云：兩句則公之歎深矣。衣冠穰穰，雖多亦奚以爲？關輔昏昏，風塵歷年不解也。庾信云：昏昏如坐霧。久一作遠，非。

〔一〇〕趙云：長安日，正用晉明帝所言：日近，長安遠；日遠，長安近，故有此三字也。照北原之義，蓋以太原府爲北都，而陷於史思明；帝日之光所宜照之矣。枉，一作駐，非。

徐九少尹見過（近體詩）

晚景孤村僻，行軍數騎來〔一〕。交新徒有喜，禮厚愧無才〔二〕。賞靜憐雲竹，忘歸步月臺〔三〕。何當看花蕊，欲發照江梅〔四〕。

〔一〕趙云：唐以少尹爲行軍長史，若有節度使，即謂之行軍司馬。

〔二〕趙云：交新固是實事，而新字於交言之，則白頭如新也。

〔三〕趙云：此言徐少尹賞翫幽靜而又忘歸之實，蓋公所居有臺焉。

〔四〕趙云：徐君之好尋幽如此，何當再來看梅之欲發，而其花照江者乎？杜公本言照江之梅，而後人一例使，以到處梅花爲江梅，余所不省也。

投簡成華兩縣諸子（古詩）

赤縣官曹擁材傑，軟裘快馬當冰雪〔一〕。長安苦寒誰獨悲？杜陵野老骨欲折〔二〕。南山豆苗早荒穢，青門瓜地新凍裂。鄉里兒童項領成，朝廷故舊禮數絶〔三〕。自然棄擲與時異，況乃疏頑臨事拙。饑臥動即向一旬，敝衣何啻聯百結〔四〕。君不見空牆日色晚，此老無聲淚垂血〔五〕。

〔一〕趙云：京畿倚郭謂之赤縣。史記鄒衍所謂神州赤縣。成都當此時號爲南京，故公詩指兩縣得謂之赤縣。梁簡文帝與蕭臨川書：八區内侍，厭直御史之廬；九棘外府，且息官曹之務。沈約懷舊：吏部信才傑。

集千家注杜工部詩集引趙曰：京邑屬縣有赤，有畿，其浩穰者爲赤。

〔二〕趙云：蔡伯世云：此成都詩，不應言長安。其夜字之訛，故作安耳，況卒章之意明甚。其説非是。此公雖在成都，而遠念長安之寒，下句南山、青門，則言長安之地矣。杜陵屬京兆。後漢李固傳：霍光憂愧發憤，悔之折骨。

〔三〕趙云：按陶淵明所謂鄉里小人，故公又云：鄉里小兒狐白裘。項領成，言其長成而得意也。後漢吕强陳政事書有云：羣邪項領。

〔四〕趙云：重言其貧也。説苑言子思居於衛，二句九食之義。貧士傳：董先生衣百結。

〔五〕趙云：卞和獻玉而遭刖，則哭於空山；淚盡，繼之以血。

徐卿二子歌（古詩）

趙云：二子字雖是實道其事，而論語：見其二子焉。

君不見徐卿二子生絶奇，感應吉夢相追隨〔一〕。孔子釋氏親抱送，盡是天上麒麟兒。大兒九齡色清澈，秋水爲神玉爲骨。小兒五歲氣食牛，滿堂賓客皆迴頭〔二〕。吾知徐卿百不憂，積善衮衮生公侯〔三〕。丈夫生兒有如此二雛者，名位豈肯卑微休〔四〕！

〔一〕趙云：曹子建詩：飛蓋相追隨。

〔二〕趙云：世説：孔文舉有二子，大者十歲，小者五歲。晝日父眠，小者牀頭盜酒飲之。大兒謂曰：何以不拜？答曰：偷何行禮？此載年小而善言語也。管輅别傳言何晏尚書神明清澈。見世説注。陳遵傳、王莽傳皆有賓客滿堂云云也。舊注引月賦滿堂變容，不相干矣。百家注引趙曰：禰衡有云大兒孔文舉，小兒楊德祖，故公屢用也。

〔三〕百家注引趙曰：言其生不絶也。哀哀，乃不絶之義。

〔四〕趙云：左傳：名位不同。王充論衡自紀篇：位雖卑微，行苟離俗，必與之友。

歲暮（近體詩）

歲暮遠爲客，邊隅還用兵。煙塵犯雪嶺，鼓角動江城〔一〕。天地日流血，朝廷誰請纓〔二〕？濟時敢愛死，寂寞壯心驚〔三〕。

〔一〕趙云：此篇專言吐蕃之亂也。今歲上元元年歲在庚子，吐蕃陷廓州，則其兵熾於西山一帶。西山近接松、維，上有積雪，人謂之雪山。鼓角動江城，言其震驚成都。江城，言成都也。

〔二〕趙云：揚子：川谷流人之血。請纓字，終軍願請長纓以繫虜。

〔三〕趙云：公自悼其有濟時之志，而壯心已銷故也。

和裴迪登蜀州東亭送客逢早梅相憶見寄（近體詩）

東閣官梅動詩興，還如何遜在揚州〔一〕。此時對雪遥相憶，送客逢花一作春可自由〔二〕。幸不折來傷歲暮，若爲看去亂春一作鄉愁〔三〕。江邊一樹垂垂發，朝夕催人自白頭〔四〕。

〔一〕趙云：題云東亭，而詩云東閣，但皆蜀州之東耳，可以謂之亭，可以謂之閣，特一臨眺之所也。梅屬於官，故曰官梅，與官柳之義同。動詩興，指言裴迪。後人多用作杜公動詩興，誤矣。何遜在梁書卒於廣陵王記室，舊注所云固然矣，而以公詩逆之，用比裴君則何遜遊於揚，裴君寄於蜀，其詠早梅詩同也。蓋古人詠早梅，唯傳何遜一篇，而其梅是官梅耳。見於歐陽率更藝文類聚及徐堅初學記中，其題止曰：梁何遜詠早梅詩。詩曰：兔園標物序，驚時最是梅。銜霜當路發，映雪擬寒開。枝横却月觀，花遶凌風臺……知應早飄落，故逐上春來。詩首云兔園，則以梁孝王之園比之，必在揚州太守園中也。又云却月觀、凌風臺，應是園中之臺觀名。按樂史寰宇記載揚州事，有風亭、月觀、吹臺，乃宋徐湛之所營，而何遜梁人，在徐湛之後，豈在後更有此名乎？

【校】銜霜：藝文類聚作銜霜。

〔二〕趙云：上句指言裴迪登東亭之際憶我，所以有見寄之作。下句又言裴迪之見梅也。謂之送客逢花，則東亭應在蜀州城東，必矣，一作逢春，非是。蓋後句有亂春愁也。

〔三〕趙云：言裴君幸不折梅以相寄，若折來，則使我傷歲暮矣。曹子建幽思賦：感歲暮而傷心也，若何更欲往看乎？苟欲往看之，則起春思撩亂矣。此皆遭時艱難，流離於外，雖見花而感，亦詩人之情也。　春愁，一作鄉愁，非。蓋梅非專是長安有之，無見梅思鄉之義。

〔四〕趙云：言我草堂江邊，亦有一樹將發，又將傷歲暮而亂春愁，則頭白可知。

寄贈王將軍承俊（近體詩）

趙云：詩言錦城中，則指成都城内。題謂之寄贈，莫可考何地寄之。豈在浣花溪上馳往城内，便可謂之寄乎？觀後卷嚴武與公詩云寄題杜二錦江野亭，則自府中馳詩於浣花溪，可謂之寄矣。

將軍膽氣雄，臂懸兩角弓〔一〕。纏結青驄馬，出入錦城中。時危未受鉞，勢屈難爲功〔二〕。賓客滿堂上，何人高義同〔三〕？

〔一〕趙云：孫子荆書曰：并敵一向，奪其膽氣。

〔二〕趙云：賜斧鉞然後征。　受鉞，則爲大將矣。

〔三〕趙云：言王將軍之賓客皆武人耳，豈有膽氣期於爲功，如王君之高誼者乎？此微言之耳。賓客滿堂四字出漢書，於王莽傳、陳遵傳皆有之。　高義字，祖出莊子盜跖篇，而曹子建美女篇云：佳人慕高義。

少年行（近體詩）

馬上誰家白面郎一作騎馬誰家薄媚郎，臨階下馬坐人牀〔一〕。不通姓字粗豪甚，指點銀瓶索酒嘗〔二〕。

〔一〕趙云：白面郎，蓋言其富貴少年者耳。李白亦云：白玉誰家郎。或作薄媚郎，非是。夫薄媚施之娘可也。

〔二〕趙云：吳志：孫權言甘寧曰：此人雖粗豪，有不如人意時，然其計略，大丈夫也。索酒事，暗用顔延之好騎馬遊里巷，據鞍索酒也。

蕭八明府實處覓桃栽（近體詩）

奉乞桃栽一百根，春前爲送浣花村。河陽縣裏雖無數，濯錦江邊未滿園〔一〕。

〔一〕趙云：河陽，蓋以比蕭八所治之縣也，非華陽則成都矣。

憑何十一少府邕覓榿木栽（近體詩）

草堂塹西無樹林，非子誰復見幽心？飽聞榿木三年大，與致溪邊十畝陰〔一〕。

〔一〕趙云：蜀人以榿爲薪，則三年可燒。

憑韋少府班覓松樹子栽（近體詩）

落落出羣非欅柳，青青不朽豈楊梅〔一〕。欲存老蓋千年意，爲覓霜根數寸栽〔二〕。

〔一〕趙云：兩句皆指言松也。世説載殷中軍謂韓太常曰：康伯少自標置，居然是出羣器。欅柳，則蜀中所謂欅木也。公嘗云欅柳枝枝弱，則欅不若松之落落矣。楊梅，其栽易蛀，故不若松之不朽。左傳云：死且不朽。

〔二〕趙云：抱朴子有天陵偃蓋之松，與天齊其久，與地等其長，故云老蓋千年意。

又於韋處乞大邑瓷盌（近體詩）

大邑燒瓷輕且堅，扣如哀一作寒玉錦城傳〔一〕。君家白盌勝霜雪，急送茅齋也可憐。

〔一〕趙云：大邑，邛州屬縣，出瓷器，今猶然也。哀玉，一作寒玉，非。

詣徐卿覓果栽（近體詩）

草堂少花今欲栽，不問緑李與黄梅。石笋街中却歸去，果園坊裏爲求來〔一〕。

〔一〕趙云：石笋街，在今府城之西，則往公草堂之路。果園坊難考。公詩又云：邛州崔録事，聞在果園坊。公自注云，坊名，在成都。

從人覓小胡孫許寄（近體詩）

人説南州路，山猿樹樹懸。舉家聞若駭，爲寄小如拳。預哂愁胡面，初調見馬鞭〔一〕。許求聰慧者，童稚捧應癲〔二〕。

〔一〕趙云：晉傅玄鷹賦：狀如愁胡。

〔二〕劉昌詩蘆浦筆記引趙曰：合移斷章童稚奉應癲作第四句，却于許求聰惠者下云：爲寄小如拳。則一篇意義渾全，亦成對偶。

從韋二明府續處覓錦竹（近體詩）

華軒藹藹他年到，錦竹亭亭出縣高〔一〕。江上舍前無此物，幸分蒼翠拂波濤〔二〕。

〔一〕趙云：華軒，軒檻之軒。選云：珥筆華軒。他年，則一二年前也。今公所覓非華陽縣廨，則成都縣廨。題云韋二明府，則指知縣明矣。

〔二〕趙云：古詩之言奇樹曰：此物何足貴，但感别經時。拂波濤三字，恐其爲釣絲竹矣。

丙帙卷之三

百憂集行（古詩）

趙云：詩：我生之後，逢此百憂。而王筠行路難云百憂俱集斷人腸，故取爲題。

憶年十五心尚孩，健如黄犢走復來〔一〕。庭前八月梨棗熟，一日上樹能千迴。即今倏忽已五十，坐卧只多少行立〔二〕。强將笑語供主人，悲見生涯百憂集〔三〕。入門依舊四壁空，老妻覩我顔色同。癡兒未知父子禮，叫怒索飯啼門東。

〔一〕趙云：孩者，可提之童也。十五乃志學之時，心未免於孩，故云尚孩。押孩字韻，陶淵明命子四言云：日居月諸，漸免於孩。

〔二〕趙云：公生於壬子先天元年，至此則五十歲也。

〔三〕趙云：主人，蓋卜居詩所謂主人爲卜林塘幽之主人，豈地主者乎？學者多妄指以爲府尹，非也。

題新津北橋樓得郊字（近體詩）

望極春城上，開筵近鳥巢〔一〕。白花簷外朶，青柳檻前梢。池水觀爲政，廚煙覺遠庖〔二〕。西川供客眼，唯有此江郊。

〔一〕趙云：古樂府云：春城起風色。

〔二〕趙云：因眼前所見而寓意也。漢書云：書稱水曰潤下。政令順時，則水得其性，此之謂潤下。今爲見池水，則於是可貼以爲政字矣。其意則又顧子與子華遊東池，子華曰：水有四德，池爲一焉。沐浴羣生，澤流萬世，仁也；揚清激濁，滌蕩塵穢，義也；弱而難勝，勇也；導江疏河，變盈流謙，智也。顧子曰：我得汝於池上矣。孟子曰：見其生，不忍見其死；聞其聲，不忍食其肉，是以君子遠庖廚也。

奉酬李都督表丈早春作（近體詩）

力疾坐清曉，來詩一作時悲早春〔一〕。轉添愁伴客，更覺老隨人〔二〕。紅入桃花嫩，青歸柳葉新。望鄉應未已，四海尚風塵〔三〕。

〔一〕趙云：力疾，祖出越語：范蠡曰：宜爲人客剛而力疾。其後見於史，則晉卞壼拒蘇峻，力疾帥左右苦戰。又載記：姚弋仲求見石虎，虎力疾見之。又南齊世祖力疾召樂府奏正聲伎。盧照隣詩序中亦曾使矣。來詩，一本作來時，非。

〔二〕趙云：身既疾矣，而所得之詩多悲早春，故添愁覺老也。

〔三〕趙云：以四海風塵切於望鄉也。時東則有史思明，西則有吐蕃，故云。成都有望鄉臺，此望鄉字所祖。

遊修覺寺（近體詩）

野寺江天豁，山扉花竹幽。詩應有神助，吾得及春遊。徑石相縈帶，川雲自去留。禪枝宿衆鳥，漂轉暮歸愁〔一〕。

〔一〕趙云：禪枝字，庾信周新州安昌寺碑云：禪枝四靜，慧窟三明。而孟浩然東寺詩亦云：禪枝怖鴿棲。公於佛寺詩或贈僧詩多須用佛家書字，斯爲當體。

後遊（近體詩）

寺憶新遊處，橋憐再渡時。江山如有待，花柳更無私〔一〕。野闊煙光薄，沙暄日色遲。客愁全爲減，捨此復何之？

〔一〕趙云：言遊者皆得見之，無所私也。

遺意二首（近體詩）

囀枝黄鳥近，泛渚白鷗輕。一徑野花落，孤村春水生。衰年催釀黍，細雨更移橙。漸喜交遊絶，幽居不用名。

右一

簷影微微落，津流脈脈斜。野船一作松明細火，宿雁聚圓沙〔一〕。雲掩初弦月，香傳小樹花〔二〕。鄰人有美酒，稚子夜一作也能賒〔三〕。

右二

〔一〕趙云：野船，一本作野松，非是。蓋此夜景矣。

〔二〕趙云：初弦字，庾肩吾江州七夕詩：初弦值早秋。香謂之傳，梁王訓詠舞云衣香十里傳也。小樹字，法華經有云小樹枝。

〔三〕趙云：夜能賒一作也能賒，蓋由北人稱也爲夜，是以誤改耳。

漫成二首（近體詩）

野日荒荒白，春流泯泯清〔一〕。渚蒲隨地有，村徑逐門成〔二〕。只作披衣慣，常從漉酒生〔三〕。眼前無俗物，多病也身輕。

右一

〔一〕趙云：周王褒送葬詩云：寒近邊雲黑，塵昏野日黄。

【校】寒近：藝文類聚作塞近。

〔二〕趙云：梁簡文帝晚春詩：渚蒲變新節。公詩又曰：渚蒲芽白水荇青。

〔三〕趙云：言有酒之家必從之求酒飲也。

江皋已仲春，花下復清晨〔一〕。仰面貪看鳥，迴頭錯應人。讀書難字過，對酒滿壺頻。近識峨眉老，知余懶是真。

右二

〔一〕趙云：楚辭：朝馳騁兮江皋。其後謝玄暉使幽客滯江皋。清晨，出子建詩。

早起（近體詩）

趙云：孟子：早起，施從良人之所之。

春來常早起，幽事頗相關〔一〕。帖石防隤岸，開林出遠山。一丘藏曲折，緩步有躋攀〔二〕。童僕來城市，瓶中得酒還。

〔一〕趙云：頗相關，出於梁元帝别罷花枝不共攀，别後書信不相關也。蕭綜悲落葉詩：悲落葉，何時還？宿昔并根本，無復一相關。陳後主云：風流豈云盡，嬌態强相關。

〔二〕趙云：一丘對緩步，此不拘以數對數，詩之老成者也。漢書，班固書曰：夫嚴子者，棲遲於一丘，天下不易其樂。故其後謝鯤云：一丘一壑，自謂過之。緩步字，如傳云：緩步而拯溺。

三絶句（近體詩）

趙云：世有天廚禁臠者，洪覺範之書也，謂此爲遺音句法，且曰：子美詩言山間野外，意在譏刺風俗，如三絶句詩是也。余謂不然，具解於後。

楸樹馨香倚釣磯，斬新花蕊未應飛。不如醉裏風吹盡，可忍醒時雨打稀〔一〕。

右一

〔一〕趙云：斬新字，通方言也。　雨打字，即常語。涅槃經云：風雨所打。洪覺範云：上兩句言後進暴貴可榮觀也，後兩句言其恩重才薄，眼見其零落，不若未受恩眷之時。雨比天恩，以雨多故致花易壞也。又云：小人之愚弄朝廷，賢人、君子不見其成敗則已，如眼見其敗，亦不能不爲之歎息耳，故曰：可忍醒時雨打稀。如此則又自爲兩説矣。　蓋楸者，梓木也，與梗、楠、豫章同爲真材，不可比之後進也。若必欲比興，則公以自況矣。如楸梓之馨香，倚釣磯閒曠之地，其花方新，未便飛落。既不得收用，且於醉裏哀過而落盡，不忍在醒時爲雨所摧打而稀少，則雨乃所以譬患難，豈得却謂之天恩乎？　觀其謂之雨打，則非佳意矣。

門外鸕鷀久不來，沙頭忽見眼相猜。自今已後知人意，一日須來一百回〔一〕。

右二

〔一〕趙云：洪覺範云：上兩句言貪利小人畏君子之譏其短也，後兩句言君子以蒙養正，瑜瑾匿瑕，山藪藏疾，不發其惡，而小人來革面諂諛，不能愧恥也。余謂此篇正有狎鷗之意，彼以鸕鷀爲小人，亦何所取義乎？　一日來一百回，亦豈有諂諛之意乎？

無數春筍滿林生，柴門密掩斷人行。會須上番看成竹，客至從嗔不出迎〔一〕。

右三

〔一〕趙云：蜀人於竹言上番，則成竹，又曰上筤筍；下番則不成竹，亦曰下筤筍。覺範斷此全篇云：言惟守道爲歲寒也。看筍成竹，謂之觀其成材則可，豈有守道之意乎？

客至（近體詩）

舍南舍北皆春水，但見羣鷗日日來。花徑不曾緣客掃，蓬門今始爲君開。盤餐市遠無兼味，樽酒家貧只舊醅〔一〕。肯與鄰翁相對飲，隔籬呼取盡餘杯。

〔一〕趙云：左傳：盤餐寘璧。易：樽酒簋貳。潘岳作夏侯湛誄有云：重珍兼味。

春水（近體詩）

三月桃花浪，江流復舊痕〔一〕。朝來没沙尾，碧色動柴門。接縷垂芳餌，連筒灌小園。已添無數鳥，爭浴故相喧〔二〕。

〔一〕趙云：韓詩章句於溱與洧方渙渙兮注云：謂三月桃花水下時也。

〔二〕趙云：古詩曰：寄語故林無數鳥，會入羣裏比毛衣。崔植苦寒行云：但聞寒鳥喧。

江亭（近體詩）

坦腹江亭暖，長吟野望時。水流心不競，雲在意俱遲。寂寂春將晚，欣欣物自私〔一〕。故林歸未得，排悶强裁詩〔二〕。

〔一〕趙云：桓温云：爲爾寂寂，文景笑人。

〔二〕趙云：王仲宣七哀詩：飛鳥翔故林。周弘讓答王褒書云：排愁破涕。

村夜（近體詩）

風色蕭蕭暮，江頭人不行〔一〕。村舂雨外急，鄰火夜深明〔二〕。胡羯何多難，樵漁寄此生〔三〕。中原有兄弟，萬里正含情〔四〕。

〔一〕趙云：一本作蕭蕭風色暮，則銡字脹矣。又一本作肅肅風色暮，却無義矣。師民瞻本作風色蕭蕭暮，是。上官儀初春詩：風色翻露文，雪花上空碧。

〔二〕趙云：可謂善道事矣。孟浩然：鄰杵夜聲急，亦詩人偶合，蓋物理當然。李商隱云：渠濁村春急，則分明是使杜公之句。

〔三〕趙云：胡羯指言史朝義也。是年三月，史朝義弑其父思明而襲位，改元顯聖。

〔四〕趙云：王仲宣公宴詩曰：今日不極歡，含情欲待誰？而江文通登廬山香爐峯詩：臨風默含情。

可惜（近體詩）

花飛有底急，老去願春遲〔一〕。可惜歡娱地，都非少壯時〔二〕。寬心應是酒，遣興莫過詩。此意陶潛解，吾生後汝期〔三〕。

〔一〕趙云：有底，唐人語有甚底事也。韓退之詩云：有底忙時不肯來。

〔二〕趙云：孟子：霸者之民，驩虞如也。而詩人用之如：朝野多歡娱。古詩：少壯不努力。

〔三〕趙云：以酒對詩，詩人皆然。陶淵明所以高世者，此二物而已。公恨不與之同時，故曰後汝期也。

野人送朱櫻（近體詩）

西蜀櫻桃也自紅，野人相贈滿筠籠。數回細寫愁仍破，萬顆匀圓訝許同〔一〕。憶昨賜霑門下省，退朝擎出大明宫。金盤玉筯無消息，此日嘗新任轉蓬〔二〕。

〔一〕趙云：且以見櫻桃之爛熟矣。

〔二〕趙云：公嘗爲拾遺，通籍於朝，故霑櫻桃之賜也。初在門下省有宴，故享金盤玉筯之嘗矣。其餘仍許攜去，故云擎出也。轉蓬，則公傷其流落。字則曹植雜詩曰：轉蓬離本根。而袁陽源效古詩乃知古時人，所以悲轉蓬也。

落日（近體詩）

落日在簾鈎，溪邊春事幽。芳菲緣岸圃，樵爨倚灘舟〔一〕。啅雀爭枝墜，飛蟲滿院遊〔二〕。濁醪誰造汝？一酌一作酌罷散千憂〔三〕。

〔一〕趙云：芳菲之圃，緣岸而爲；樵爨之舟，倚灘而泊。此於義本是緣岸芳菲圃，倚灘樵爨舟，而句法藏巧，故云。

〔二〕趙云：蓋道實事，與夏夜歎所謂虛明見纖毫，羽蟲亦飛揚同。

〔三〕趙云：魏都賦云：清酤如濟，濁醪如河。一酌散千憂，一可以敵千，乃詩語之工也。一作酌罷，非。

獨酌（近體詩）

步屧深林晚，開樽獨酌遲〔一〕。仰蜂粘落蕊一作絮，行蟻上枯梨〔二〕。薄劣慚真隱，幽偏得自怡〔三〕。本無軒冕意，不是傲當時。

〔一〕趙云：宋書：袁粲爲丹陽尹，嘗步屧白楊郊野間，道遇一士人，便呼與酣飲。

〔二〕趙云：蜂粘花蕊是也，一作落絮，非。　行蟻，成行之蟻。

〔三〕趙云：薄劣，謝靈運詩：彼美丘園道，喟焉傷薄劣。

徐步（近體詩）

整履步青蕪，荒庭日欲晡〔一〕。芹泥隨燕嘴，花蕊上蜂鬚〔二〕。把酒從衣濕，吟詩信杖扶。敢論才見忌，實有醉如愚。

〔一〕趙云：晡，日晚也。淮南子：日至於悲谷，是謂晡時。

〔二〕趙云：公此數篇詩皆道景爲新句，前篇云仰蜂粘花蕊，行蟻上枯梨；今云芹泥隨燕嘴，花蕊上蜂鬚，真冠絶古今矣。

即事（近體詩）

百寶裝腰帶，真珠絡臂韝〔一〕。笑時花近眼，舞罷錦纏頭。

〔一〕趙云：此篇贈女人之舞者，直道其事耳。百家注引趙曰：此篇贈舞者，故云。舊注所引非。

贈花卿（近體詩）

錦城絲管日紛紛，半入江風半入雲〔一〕。此曲祇應天上有，人間能得幾回聞〔二〕？

〔一〕趙云：曹子建四言：長袖隨風，悲歌入雲。

【校】長袖：清刻本作長笑。

〔二〕趙云：此曲祇應天上有，亦詩人夸張之語，若以薛所引證，天上有，亦無害於義。然四句古歌辭所載林鐘宫水調入破第二云：錦庭絲管曉紛紛，半入靈山半入雲。此曲多應天上去，人間能得幾回聞？莫能考所以，當俟博聞。

寒食（近體詩）

寒食江村路，風花高下飛。汀煙輕冉冉，竹日淨暉暉。田父要皆去，鄰家問一作閑不違〔一〕。地偏相識盡，雞犬亦忘歸〔二〕。

〔一〕趙云：要，音平聲，言有招要則皆去也。〔下句〕言鄰家之問贈亦不違而受之，如左傳衛出公〔使〕以弓問子贛之問。舊本作閑，非。

〔二〕趙云：陶潛：心遠地自偏。

別唐十五誡因寄禮部賈侍郎（古詩）

九載一相逢，百年能幾何？復爲萬里別，送子山之阿。白鶴久同林，潛魚本同河〔一〕。未知棲集期，衰老强高歌。歌罷兩悽惻，六龍忽蹉跎〔二〕。相視髮皓白，況難駐羲和。胡星墜燕地，漢將仍橫戈〔三〕。蕭條四海内，人少豺虎多。少人慎莫投，多虎信所過。饑有易子食，獸猶畏虞羅〔四〕。子負經濟才，天門鬱嵯峨〔五〕。飄颻適東周，來往若崩波。南宫吾故人，白馬金盤陀〔六〕。雄筆映千古，見賢心靡他〔七〕。念子善師事，歲寒守舊柯〔八〕。爲吾謝賈公，病肺卧江沱。

〔一〕趙云：白鶴、潛魚，以譬聚散。

〔二〕趙云：廣雅曰：蹉跎，失足。以言日晚。王褒樂府高句麗云：不惜黄金散盡，只畏白日蹉跎。劉孝威反之，則白日云磋跎也。

〔三〕趙云：胡星墜燕地，言今歲上元二年三月，史朝義弑其父思明。漢將仍横戈，言朝義襲僞位，復爲亂，而常休明、衛伯玉、尚衡、侯希逸、來瑱之屬，復與之戰也。　横戈，戰國策：衛行人燭過，免胄横戈而進。

〔四〕趙云：人少豺虎多，以豺虎喻賊盜。張孟陽云：賊盜如豺虎。今詩實言豺虎，故有下句焉。詩話載，蕭條四海内至獸猶畏虞羅。劉貢父云：此等句真含蓄深遠，大不可模仿。信矣。虞羅，虞者之羅。

〔五〕趙云：經濟，見上石犀行注。天門，泰山之稱。記云：泰山盤道屈曲而上，凡五十餘盤，經小天門、大天門。仰視天門，如穴中視天窗。又，漢官儀：泰山東上七十里，至天門；所以稱鬱嵯峨。

【校】天門，泰山之稱：百家注上有晉石苞傳四字。

〔六〕百家注引趙曰：南宫，蓋指言賈侍郎也，故此篇末云云。舊注以南宫爲禮部，非也。

〔七〕趙云：詩：之死矢靡它。今言賈侍郎心惟存乎見賢而已，更無它也。

〔八〕趙云：歲寒守舊柯，論語：歲寒，然後知松柏之後彫。舊柯之義，則禮記：貫四時而不改柯易葉。

高柟（近體詩）

趙云：此應是下篇古詩風雨所拔之柟矣。

柟樹色冥冥，江邊一蓋青。近根開藥圃，接葉製茅亭。落景陰猶合，微風韻可聽〔一〕。尋常絶醉困，卧此片時醒。

〔一〕趙云：凡木日景晚照不全照頂，止照其旁，故陰少。今柟以高大，則其旁枝葉濃茂，故云。

惡樹（近體詩）

獨遶虛齋徑，常持小斧柯〔一〕。幽陰成頗雜，惡木翦還多〔二〕。枸杞因吾有，雞棲奈汝何〔三〕。方知不材者，生長漫婆娑〔四〕。

〔一〕趙云：六韜云：兩葉不去，將成斧柯。

〔二〕趙云：管子云：士懷耿介之心，不蔭惡木之枝。惡木尚能恥之，況與惡人同處！陸士衡猛虎行云：熱不蔭惡木陰。惡木豈無陰，志士多苦心。即用管子矣。翦字，則甘棠云：勿翦勿拜。

〔三〕趙云：以惡木蔽障而枸杞不生，因公翦去雜陰而有也。翦去木枝似妨雞棲，故云奈汝何。

〔四〕趙云：莊子云昨日山中之木以不材生也。

石鏡（近體詩）

蜀王將此鏡，送死置空山。冥寞憐香骨，提攜近玉顏〔一〕。衆妃無復歎，千騎亦虛還〔二〕。獨有傷心石，埋輪月宇間〔三〕。

〔一〕趙云：蜀王於冥寞之中，憐此女子之香骨也。冥寞，亦取謝惠連祭古冢文，號之爲冥寞君也。提攜此鏡以近女子之玉顔也。

〔二〕趙云：上句言昔日專寵衆妃，皆有嗟歎，今即死矣，則無復歎。下句言人已葬矣，送葬之千騎虚還而已。

〔三〕趙云：埋輪，借張綱埋輪爲熟字也。月宇，似言容月之宇，如蕊珠宫、廣寒宫之義，以比埋鏡月處。然非深解，以俟明識。

琴臺（近體詩）

茂陵多病後，尚愛卓文君。酒肆人間世，琴臺日暮雲〔一〕。野花留寶靨，蔓草見羅裙〔二〕。歸鳳求皇意，寥寥不復聞〔三〕。

〔一〕趙云：言以酒肆爲營生之具爾。莊子有人間世篇。江文通擬休上人詩云：日暮碧雲合。

〔二〕趙云：沈佺期梨園亭侍宴詩云：野花飄御座，河柳拂天杯。以花譬寶靨花鈿也，覩野花如文君所留之鈿。蔓草，則詩云：野有蔓草。草之色緑，如見其裙。或以白樂天裙腰細草言之，其義亦通。

〔三〕趙云：夫相如以文章冠世，固美矣，而此段終非美事。寥寥不復聞，言行媒婚姻，乃所聞者；而挑之使奔，自相如之死，如此者未之聞矣。爲賢者諱，春秋之義，今句其微言責之者乎？

聞斛斯六官未歸（近體詩）

趙云：此豈前篇所謂斛斯融者乎？絶句云南鄰愛酒伴，而自注云：斛斯融，吾酒徒。又自閬中再歸成都，則有過故斛斯校書莊以弔矣。

故人南郡去，去索作碑錢〔一〕。本賣文爲活，翻令室倒懸〔二〕。荆扉深蔓草，土銼冷疏煙〔三〕。老罷休無賴，歸來省醉眠〔四〕。

〔一〕趙云：南郡，今夔、巫之間。酈道元注水經云：秦兼天下，置立南郡。自巫而上，皆其域也。夫爲人作碑，而至遠去索錢，爲可傷矣。其求碑之人，又可鄙矣。此公詩句之奇也。

〔二〕趙云：爲活，蜀人方言。倒懸，言其室中饑餓，不啻倒懸，急於飲食之爲解也。百家注引趙曰：孟子云：如解倒懸。

〔三〕趙云：沈休文詩云：荆扉新且故。詩云：野有蔓草。

〔四〕趙云：蔡興宗傳：太尉沈慶之曰：加老罷私門，兵力頓闕。則言老而罷也，應是常語。故公又云：老罷知明鏡，悲來望白雲。

絶句漫興九首（近體詩）

趙云：題名漫興，蓋書眼前之景而漫成耳，别無譏誚。

眼見客愁愁不醒，無賴春色到江亭〔一〕。即遣花飛一作開深造次，便覺鶯語太丁寧〔二〕。

右一

〔一〕趙云：言所見之客愁如睡如醉而不醒也。下句言春色既無所倚賴而到江亭矣。時三月春暮，故有下句之可愁也。

〔二〕趙云：即便遣花飛去，此所以爲春之造次也。一本作遣花開，非是。造次，率爾之義。鶯亦惜花之飛，而其語丁寧稠疊也。師民瞻本作第九首。

手種桃李非無主，野老墻低還是家〔一〕。恰似春風相欺得，夜來吹折數枝花〔二〕。

右二

〔一〕趙云：野老，公自稱也。言親手種桃李之人，固自有主，因墻低可盡見他家之桃李，即還是我家無異矣。此足見公之不泥意於分彼此也。

〔二〕趙云：方藉見鄰家桃李以爲玩，而春風相欺，吹折數枝矣。

熟知茅齋絶低小，江上燕子故來頻。銜泥點汙琴書内，更接飛蟲打著人〔一〕。

右三

〔一〕趙云：此篇專言燕也，只道實事，無所譏。銜字，俗旁著口，非。

二月已破三月來，漸老逢春能幾回〔一〕？莫思身外無窮事，且盡生前有限杯〔二〕。

右四

〔一〕趙云：破字下得奇。沈佺期度安海入龍編詩云：別離頻破月，容鬢驟催年。亦此破之義。

〔二〕趙云：以張翰句翻起新意、新語也。

腸斷春江欲盡頭，杖藜徐步立芳洲〔一〕。顛狂柳絮隨風去，輕薄桃花逐水流〔二〕。

右五

〔一〕趙云：上句王維所謂行到水窮處也。

〔二〕趙云：作爲狂怪之語，別無所譏。百家注引趙曰：實道其景，別無所譏。

懶慢無堪不出村，呼兒日在掩柴門〔一〕。蒼苔濁酒林中靜，碧水春風野外昏〔二〕。

右六

〔一〕趙云：懶慢而無所堪任，所以不出村，乃嵇康性疏懶而有七不堪是也。柴門，杜元凱注左傳：篳門，柴門也。陶淵明歸去來云：門雖設而常關。

〔二〕趙云：此句法大似落花游絲白日静，鳴鳩乳燕青春深；而驟然誦之，初不覺也。

糝逕楊花鋪白氊，點溪荷葉疊青錢。筍根雉一作稚子無人見，沙上鳧雛傍母眠〔一〕。

右七

〔一〕趙云：筍根雉子，則雉雞之子，出古樂府，有雉子班，故用對鳧雛。西京雜記：太液池，其間鳧雛鶴子，布滿充積。雉性好伏，況其子之身小，在筍之傍難見亦可知。緣世間本有作稚子，故起紛紛之説。予問韓子蒼，子蒼曰：筍名稚子，老杜〔之意也〕，不用食筍詩亦可。覺範之説如此。夫既謂之筍根稚子，則稚子別是一物，豈仍舊却是筍邪？諸説皆非，而贊寧穿鑿尤甚，蜀中竹間有鼠大如猫，成都人豈不皆知之且識之邪？

【校】老杜不用食筍詩亦可，老杜下奪之意也三字，據釋惠洪冷齋夜話卷一補。

舍西柔桑葉可拈，江畔細麥復纖纖〔一〕。人生幾何春已夏，不放香醪如蜜甜〔二〕。

右八

〔一〕趙云：葉可拈，則三月時，葉繁茂，可引手而拈之也。

〔二〕趙云：如蜜甜，則家語載童兒之歌萍實曰甜如蜜也。　不放者，不放脱之謂。

隔户楊柳弱嫋嫋，恰似十五女兒腰〔一〕。誰謂朝來不作意，狂風挽斷最長條〔二〕。

右九

〔一〕趙云：宋鮑明遠詩：翾翾燕弄風，嫋嫋柳垂道。又，陳徐陵折楊柳云：嫋嫋河隄柳，依依魏王營。琅琊王歌云：新買五尺刀，懸著中梁柱。一日三摩挲，劇於十五女。

〔二〕趙云：師民瞻本作第一首。

戲爲六絶（近體詩）

趙云：此六篇皆言文章之難事，公雖謂之戲，而中有刀尺矣。

庾信文章老更成，凌雲健筆意縱横〔一〕。今人嗤點流傳賦，不覺前賢畏後生〔二〕。

右一

〔一〕趙云：詩云：雖無老成人，尚有典刑。老成者，以年則老，以德則成也。文章而老更成，則練歷之多，爲無敵矣，故公詩又曰波瀾獨老成也。司馬相如作大人賦，武帝讀之，飄然有凌雲之氣。庾信作宇文順文集序曰：章表健筆，一付陳琳。百家注引趙曰：庾信文章綺麗爲世所尚，江南賦尤見稱於世，謂若相如作大人賦，飄然有凌雲之氣。

〔二〕趙云：嗤點，嗤笑點檢之也。干寶晉紀總論有云：蓋共嗤點，以爲灰塵而相詬病矣。陸機豪士賦〔序〕云：巍巍之盛，仰邈前賢；洋洋之風，俯冠來籍。後生，則孔子曰：後生可畏，焉知來者之不如今也。後生，言在後時所生，不必以年少爲後生也。今人嗤點其賦，則亦公自謂矣。庾信生於前，故謂之前賢。公生於後，故謂之後生。此又反其本傳中語也。

楊王盧駱當時體，輕薄爲文哂未休〔一〕。爾曹身與名俱滅，不廢江河萬古流〔二〕。

右二

〔一〕趙云：楊炯不伏王勃而畏盧照鄰，嘗曰：愧在盧前，恥居王後。炯意欲云盧楊王駱，而公今云楊王盧駱，則公語中已見品第矣。四子之文，大率浮麗，故公以之爲輕薄爲文，而哂之未休也。孔子曰：是故哂之。下一哂字，而許與見矣。唐人玉泉子之書，載王、楊、盧、駱有文名，人議其疵曰：楊好用古人姓名，謂之點鬼簿；駱好用數對，謂之算博士。然則，公以之爲當時體，亦豈過爲抵排之説哉！

〔二〕趙云：鮑明遠升天行云：何時與爾曹，啄腐共吞腥。老子曰：名與身孰親。列子云：仁義使我先身而後名者也。與名俱滅字，則宋之問云：南史之筆，漏而不書；東嶽之魂，與名俱滅。

縱使盧王操翰墨，劣於漢魏近風騷〔一〕。龍文虎脊皆君馭，歷塊過都見爾曹〔二〕。

右三

〔一〕趙云：此篇又再舉盧、王二人，言漢魏之文去古未遠，終有風騷之氣，而照鄰與勃，轉爲輕薄之文，以文比之爲劣。

〔二〕趙云：文章之妙如龍文虎脊之馬，皆可充君王之馭，然或過都而蹶，則猶不爲良馬。爾曹，指盧、王也。王褒聖主得賢臣頌：過都越國，蹶若歷塊。

才力應難跨數公，凡今誰是出羣雄〔一〕？或看翡翠蘭苕上，未掣鯨魚碧海中〔二〕。

右四

［一］趙云：數公，指庾信、楊、王、盧、駱，與夫漢、魏諸人也。自衆人觀之，才力未易超跨之。出羣字，世説：殷中軍道韓太常曰：康伯少自標置，居然是出羣器。羣字，亦指數公。而出羣雄，則蓋自負矣。

［二］趙云：此兩句言數公者，不過文采華麗而已，而公所自負其出羣雄者，如掣鯨魚於碧海，非釣手之善，氣力之雄，安能然哉？蘭苕事，郭景純遊仙詩云云，具見薛注。郭止言珍禽芳草，交相輝映，而公取用言文章也。鯨魚有力，最難得者。木玄虚海賦云：魚則横海之鯨。潘岳西征賦曰：貫鰓屬尾，掣二牽兩。此無一字無來處矣。東方朔十洲記曰：東有碧海，廣狹浩汗與東海等。水不鹹苦，正作碧色。

右五

不薄今人愛古人，清詞麗句必爲鄰［一］。竊攀屈宋宜方駕，恐與齊梁作後塵［二］。

［一］趙云：此公之志也。古人則指言屈宋也。論語：必有鄰。爲鄰字，如天與地爲鄰也。

［二］趙云：言公竊自追攀屈原、宋玉，宜與之並駕矣。恐與字，如孔子謂子貢曰：汝與回也，孰愈之？與，言恐共齊梁之人皆作屈、宋後塵爾。一云：公所以必追逐屈宋者，唯恐不超過齊梁而翻與之作後塵，蓋齊梁詩體格輕麗，公所不取也。亦皆有義。劉孝標〔廣〕絶交論云方駕曹王，謂曹植、王粲。方，言并也。後塵，應璩與桓玄書曰：敢不策馳，敬尋後塵。

未及前賢更勿疑，遞相祖述復先誰［一］。别裁僞體親風雅，轉益多師是汝師［二］。

右六

〔一〕趙云：陸機豪士賦序云：巍巍之盛，仰邈前賢。此兩句功用，可敵陸機文賦云：必所擬之不殊，乃闇合乎曩篇。雖杼軸於予懷，怵他人之我先。則公之意矣。唐乾封郊祀詔曰：其後遞相祖述，禮儀紛雜。而在文章言之，則沈休文作謝靈運傳論曰：異軌同奔，遞先師祖。李善注文選亦曰：諸引文證，皆舉先以明後，以示作者必有所祖述也。然則，祖述者文，人烏能輒己邪？故雖孔子亦曰：祖述堯舜，豈專自己出哉！

〔二〕趙云：裁字，即孔子不知所以裁之；謝靈運傳論又曰：延年之體裁明密。凡文章皆有體；文賦曰：其爲體也屢遷。嵇康曰：才士並爲之賦頌，其體製風流，莫不相襲。公今指言浮華者，謂之僞體，故裁約之，以近風雅。亦無常師，多求之前人，以取其所長乃爲師耳。汝師者，自謂之辭。

朝雨（近體詩）

涼氣曉蕭蕭，江雲亂眼飄〔一〕。風鴛藏近渚，雨燕集深條。黄綺終辭漢，巢由不見堯〔二〕。草堂樽酒在，幸得過清朝〔三〕。

〔一〕趙云：周庾信詩曰：細塵障路起，驚花亂眼飄。

〔二〕趙云：黄公、綺公者，乃四皓中二人。既避秦矣，以漢高欲易太子之故，一出而定太子，又且入山，是爲辭漢。

晉庾闡閑居賦曰：黄綺結其雲樓，漁父欣其濯足，故公逸詩又云黄綺未稱臣也。巢由，巢父、許由也。嵇康高士傳曰：巢父，堯時隱人，年老以樹爲巢而寢其上，故人號爲巢父。堯之讓許由，由以告巢父。巢父曰：汝何不隱汝形，藏汝光？非吾友也。乃擊其膺而下之。許由悵然不自得，乃遇清冷之水，洗其耳，拭其目，曰：嚮者聞言，負吾友。遂去，終身不相見。豈非皆不見堯耶？題是朝雨，而言此者，蓋引下句草堂之興。

〔三〕趙云：言不必如黄、綺之入山，巢、由之深隱，草堂幸有樽酒，可以過此雨朝。乃詩人之高興，不必泥雨與晴也。謝惠連翫月詩：悟言不知罷，從夕至清朝。

晚晴（近體詩）

村晚驚風度，庭幽過雨霑。夕陽薰細草，江色映疏簾〔一〕。書亂誰能帙？杯乾可自添。時聞有餘論，未怪老夫潛〔二〕。

〔一〕趙云：江淹别賦：陌上草薰。

〔二〕趙云：緣王符著潛夫論，故云然。

江上值水如海勢聊短述（近體詩）

爲人性僻耽佳句，語不驚人死不休。老去詩篇渾謾與，春來花鳥莫深愁〔一〕。新添水檻供垂釣，故著浮槎替入舟。焉得思如陶謝手，令渠述作與同遊。

〔一〕百家注引趙曰：耽佳句而語驚人，言其平昔如此。今老矣，所爲詩則謾與而已，無復有意於驚人也，故寄語花鳥無用深愁耳。

【校】中華書局排印本杜詩詳注云：趙注：將愁字屬花鳥説，蓋詩人形容刻露，花鳥亦應愁怕，猶崔日用詩朝來花鳥若有情也。今按，該本標點疑誤。蓋仇氏但云趙注將愁字屬花鳥説，乃概括趙注大意，非趙注原文如此，今不取。

大雨（古詩）

西蜀冬不雪，春農尚嗷嗷。上天回哀眷，朱夏雲鬱陶〔一〕。執熱乃沸鼎，纖絺成緼袍〔二〕。風雷颯萬里，霈澤施蓬蒿。敢辭茅葦漏，已喜黍豆高。三日無行人，二江聲怒號〔三〕。流惡邑里清，矧兹遠江皋〔四〕。荒庭步鸛鶴，隱几望波濤。沉痾聚藥餌，頓忘所進勞〔五〕。則知潤物功，可以貸不毛〔六〕。陰色静壠畝，勸耕自官曹。四鄰出耒耜，何必吾家操。

〔一〕趙云：朱夏，則梁元帝纂要：夏曰朱明，亦曰朱夏。鬱陶，孟子：象謂舜：鬱陶思君爾。蓋鬱結於陶窰之義，故可使於朱夏之雲。杜詩詳注引趙曰：鬱陶，出尚書，蓋陶窑之氣鬱結。此形容夏雲也。

〔二〕趙云：莊子：緼袍無表。

〔三〕趙云：欒史寰宇記：秦李冰穿二江於成都行舟，今謂内江、外江。左思賦：帶二江之雙流。

〔四〕趙云：流惡，左傳有汾澮流其惡，言大雨所蕩，流出穢惡。邑里，祖出鶡冠子：士之居邑里者。孫楚答弘農故吏四言：皓首老成，率彼邑里。謝玄暉始出尚書省詩：邑里向疏蕪。

〔五〕趙云：言沉痾之故而聚藥餌，今得大雨清涼，頓忘供進藥餌之勞。公病肺疾，以雨涼爲便。

〔六〕趙云：易：潤萬物者，莫潤乎水。不毛者，地不生物。因雨之潤，雖不毛之地，亦假貸而生。

溪漲（古詩）

當時浣花橋，溪水纔尺餘。白石一作月明可把，水中有行車〔一〕。秋夏忽泛溢，豈唯入吾廬。蛟龍亦狼狽，况是鼈與魚〔二〕。兹晨已半落，歸路跬步疏〔三〕。馬嘶未敢動，前有深填淤〔四〕。青青屋東麻，散亂牀上書〔五〕。不意遠山雨，夜來復何如？我游都市間，晚憩必村墟〔六〕。乃知久行客，終日思其居。

〔一〕趙云：明可把，水清淺而見之。詩云：白石鑿鑿。一作白月，非。有行車，水淺可知。百家注引趙曰：水之清淺而石可見也。

〔二〕趙云：六、七月之交，水多時漲時止耳。泛溢，傳所謂泛濫衍溢。百家注引趙曰：狼與狽，本二獸名，半其體相附而行。苟失其一，則無據矣，故倉皇失據者謂之狼狽。

【校】百家注所引，九家注作：狼狽本一獸，各半其體相附而行。今按，一獸而曰各半其體，於理不通。百家注引作二獸，是。

〔三〕趙云：跬，丘弭切，與跪同，舉一足也。百家注引趙曰：荀子云：不積跬步，無以致千里。

〔四〕趙云：前漢溝洫志：填淤反壤之害。顏師古曰：壅泥也。

〔五〕趙云：苧麻，爲布者；胡麻，爲油者。苧自生至成皆青，胡始生則青，成則黄。六、七月之交而色青青，胡麻也。

〔六〕百家注引趙曰：言晝日遊成都市，晚必憩於村墟。村墟，指言草堂也。

〔唐〕杜甫 著
〔宋〕趙次公 注
林繼中 輯校

杜詩趙次公先後解輯校

修訂本

中

上海古籍出版社

丙帙卷之四

泛溪（古詩）

落景下高堂，進舟泛迴溪〔一〕。誰謂築居小，未盡喬木西〔二〕。遠郊信荒僻，秋色有餘悽。練練峯上雪，纖纖雲表霓〔三〕。童戲左右岸，罟弋畢提攜〔四〕。翻倒荷芰亂，指揮逕路迷〔五〕。得魚已割鱗，採藕不洗泥。人情逐鮮美，物賤事已睽〔六〕。吾村靄暝姿，異舍雞亦棲。蕭條欲何適，出處庶可齊〔七〕。衣上見新月，霜中登故畦。濁醪自初熟，東城多鼓鼙〔八〕。

〔一〕趙云：廣雅云：日將落曰薄暮。又，日西落光反照於東，謂之反景，故公今云落景也。迴溪字，祖出枚乘七發云：依絶區兮臨迴溪。

〔二〕趙云：言不必大屋綿亘，以盡喬木之地。

〔三〕趙云：峯上雪，應是遠言西山之上峯雪。承秋色之後而言雪，則西山謂之雪山，四時皆雪也。雪云練練，以言其白。江淹麗色賦云：色練練而欲奪。又梁吴均贈周承詩：練練波中白。皆取此義。纖纖字，古詩有兩頭纖纖之名。

〔四〕趙云：言兩岸皆有兒童嬉戲，至盡攜網罟、畢弋以取魚鳥。莊子曰：畢弋者多，鳥亂於上；網罟者多，魚亂於下。網罟者，取魚之器。畢弋者，取鳥之器。今所謂罟弋，言網罟畢弋。所謂畢提攜，却是畢盡之畢也。

〔五〕趙云：其爲嬉戲，至翻倒芰荷而亂，互相指揮，無所適從，故於逕路翻成迷惑也。陸韓卿詩：荷芰始參差。

〔六〕趙云：得魚則便割其鱗而殺之，採藕則不及洗泥而食之，皆兒童之戲也。雖是兒童之戲，而於人情以鮮美爲貴，於物以非新爲賤。物既可賤，事亦睽離矣。此龍陽君以得魚棄前魚爲恩奪而泣者也。公因目前實事起意，以雖小兒猶知好新而厭故也。

〔七〕趙云：以既無所適，遂可以處，不必出也。

〔八〕趙云：蓋言濁酒幸自初熟，可以供飲，宜安郊村之興，況東城多鼓鼙乎！濁醪字，公屢使。本出魏都賦：清酤如濟，濁醪如河。東城，東川之城也。是年四月，東川節度兵馬使段子璋反。五月，西川節度使崔光遠使牙將花驚定擊斬之。驚定乘勝大掠東蜀，至天子聞之而怒，則雖七月，兵應未定，故云。

柟樹爲風雨所拔歎（古詩）

倚江柟樹草堂前，故老相傳二百年〔一〕。誅茅卜居總爲此，五月髣髴聞寒蟬〔二〕。東南飄風動地至，江翻石走流雲氣。幹排雷雨猶力爭，根斷泉源豈天意。滄波老樹性所愛，浦上童童一車一作青蓋〔三〕。野客頻留懼雪霜，行人不過聽竽籟〔四〕虎倒龍顛委榛棘，淚痕血點垂胸臆〔五〕。我有新詩何處吟？草堂自此無顏色！

〔一〕趙云：詩：召彼故老。　相傳，如酈道元注水經秭歸縣城云：故老相傳，謂之劉備城。

〔二〕趙云：屈原問漁父：寧誅鋤草茅，以力耕乎？　屈原有卜居一篇。　五月髣髴聞寒蟬，言其高也。

〔三〕趙云：浦上，則律詩謂南京西浦道。　舊本作一青蓋，師民瞻作車蓋，是。　蓋先主舍東南有一桑，遥望之童童若車蓋。

〔四〕趙云：懼雪霜，言樹之高大而氣象慘肅。　聽竽籟，言其聲之鼓動如之，字則宋玉高唐賦：纖條悲鳴，聲似竽籟。　舊注引地籟，非。

〔五〕趙云：乃下和淚盡，繼之以血。

茅屋爲秋風所破歌（古詩）

八月秋高風怒號，卷我屋上三重茅。　茅飛度江灑江郊，高者挂罥長林梢，下者飄轉沉塘坳〔一〕。　南村羣童欺我老無力，忍能對面爲盜賊。　公然抱茅入竹去，脣焦口燥呼不得，歸來倚仗自歎息〔二〕。　俄頃風定雲墨色，秋天漠漠向昏黑。　布衾多年冷似鐵，嬌兒惡卧踏裏裂。　牀頭屋漏無乾處，雨脚如麻未斷絶。　自經喪亂少睡眠，長夜沾濕何由徹〔三〕。　安得廣廈千萬間，大庇天下寒士俱歡顔，風雨不動安如山。　嗚呼！　何時眼前突兀見此屋，吾廬獨破受凍死亦足〔四〕。

〔一〕趙云：灑字，西都賦風毛雨血，灑野蔽天之灑。一作滿，非是。

〔二〕趙云：韓詩外傳：乾喉焦脣，仰天而歎。曹子建善哉行曰：來日大難，口燥脣乾。故兩出而參用之。鮑明遠：倚仗牧鷄豚。

〔三〕趙云：公前有詩云：出門復入門，雨脚但依舊。一本作兩脚，今觀如麻，則知以雨脚爲正。睡眠字，出佛書，涅槃經亦有之。

〔四〕趙云：此五句公之用心：有一夫不獲，若己推而納諸溝中。白樂天詩：我願布裘長萬丈，與君同蓋洛陽城。蓋亦有志衣被天下者，然近乎戲語，豈有萬丈之裘乎？若公言千萬間之廣廈，則其言信而有徵。舊注引左傳楚申叔展事，與詩意大不相干。　百家注引趙曰：按舊注引楚申叔展事，明嚴武所不容，然所引事迹與意大不相同。〔上〕二詩皆上元二年之作，嚴武鎮蜀，初則廣德元年，公在梓州；再則廣德二年，公在幕中，故詩定爲上元（元）〔二〕年之秋也。假使舊注不引左氏又不誤指嚴武，直論詩意，豈有府尹不相容者乎？

【校】二詩皆上元二年之作：二字上一字模糊，分類集注、分門集注、黄鶴補注咸引作十二詩。今按，十二詩當作上二詩，即本詩與前首枏樹爲風雨所拔歎也。錢箋杜詩于此二詩正作二詩皆上元二年作，是。下引上元元年之秋亦當同此，作上元二年之秋。

赴青城縣出成都寄陶王二少尹（近體詩）

老恥妻孥笑一作老被樊籠役，貧嗟出入勞〔一〕。客情投異縣，詩態憶吾一作君曹〔二〕。東郭滄江一作浪合，西山白雪高〔三〕。文章差底病，回首興滔滔〔四〕。

〔一〕趙云：首句一作老被樊籠役，不若老恥妻孥笑之爲快。

〔二〕趙云：異縣，指言青城也。古詩：他鄉各異縣。公以旅貧之故，不免有所投矣。吾曹，指言二少尹也。吾曹一作君曹，尤爲費力。

〔三〕趙云：上句言成都之境。舊注云：蜀城之東，二水合流而南下，土人謂之合水。是。蓋今有合江亭，取此以爲名矣。公必用此以言成都，則公居浣花江上，其水十餘里，遂合城北江矣。此滄江指浣花江言之也。任彦升詩：滄江易成響。西山，則松、維州之外山也。滄江方對白雪，一作滄浪，非。

〔四〕趙云：差，去聲。差，病校也。蓋公尚投異縣以干求，自悼雖有文章，可差得何病乎？如蘇東坡謂一字不堪煮之類。回首望家，與滔滔而散漫矣。論語云：滔滔者，天下皆是也。

【校】差，病校也：杜詩詳注引作：差，病除也。如蘇東坡謂：百家注所引趙注，如字上尚有文章不足以療病亦八字。

因崔五侍御寄高彭州適（近體詩）

百年已過半，秋至轉饑寒。爲問彭州牧，何時救急難〔一〕。

〔一〕趙云：傷哉！君子之貧也。易：則思過半矣。書：外有州牧侯伯。詩：兄弟急難。

野望因過常少仙（近體詩）

趙云：北齊劉逖有秋朝野望詩，則野望兩字亦前人語矣，故公屢有野望之目。少仙，應是言縣尉也。縣尉謂之少府，而梅福爲尉有神仙之稱。

野橋齊渡馬，秋望轉悠哉〔一〕。竹覆青城合，江從灌口來。入村樵徑引，嘗果栗皺開〔二〕。落盡高天日，幽人未遣回〔三〕。

〔一〕趙云：上句言齊渡馬，非是，當作齊馬渡，蓋言下馬而與馬齊渡橋也。晉謡云：五馬齊渡江，一馬化爲龍。乃言人與馬齊渡江水。今公詩句，則言人與馬齊渡橋上，特挨傍馬齊渡而取字用耳。詩：悠哉悠哉。而單使則如謝玄暉詩云：耳目暫無擾，懷古信悠哉。

〔二〕趙云：栗皺如蝟刺之包者。栗新出而嘗之，所以開其皺而取之。此亦七月末、八月初時矣。

〔三〕趙云：高天，則秋時之天方可言高。幽人，指言常少仙也。

丈人山（古詩）

自爲青城客，不唾青城地〔一〕。爲愛丈人山，丹梯近幽意〔二〕。丈人祠西佳氣濃，緣雲擬住最高峯。掃除白髮黄精在，君看他時冰雪容〔三〕。

〔一〕趙云：唾地者，有所惡而唾也。元魏尒朱榮手毁匿名書，唾地曰云云是也。不唾其地，所以敬之也。陳徐陵作玉臺新詠，載劉勳妻王雜詩云：千里不唾井，況乃昔所奉。

〔二〕趙云：丹梯，上山之路也。謝玄暉敬亭山詩：要欲追奇趣，即此陵丹梯。靈運：躡步陵丹梯。

〔三〕趙云：按本草，黄精味甘平，補益，輕身，延年不饑。嘗讀逸史，載虞鄉、永樂縣連接，其中道者往往而過。有呂生者，居二邑間，自爲童兒時，斸黄精煮服之。十年，行若飄風。母逼令餐飯，諸妹置猪脂於酒中强飲之。乃逼於口鼻嘘吸之際，一物自口中落，長二寸餘。衆共視之，乃一黄金人子。呂生乃撲卧不起。移時，方起。先是，呂生雖年近六十，鬢髮如漆，及是皓首。觀此，則黄精有掃除白髮之功矣。漢書：掃除煩苛。莊子：姑射神人，肌膚若冰雪。

寄杜位（近體詩）

近聞寬法離新州，想見歸懷尚百憂。逐客雖皆萬里去，悲君已是十年流。干戈況復塵隨眼，鬢髮還應雪滿頭。玉壘題書心緒亂，何時更得曲江遊〔一〕。

〔一〕趙云：玉壘，在蜀州青城縣，今時自成都過青城，因寄此詩。

出郭（近體詩）

趙云：孟浩然詩：平田出郭少，盤坂入雲長。則公之前有此出郭兩字，故公詩又曰：已知出郭少塵事。又曰：出郭眄細岑。此篇與野望因過常少仙詩相連，學者遂指爲出青城之郭。以詩考之，頷聯有不合者，況下篇是過南鄰朱山人水亭，乃是成都浣花溪居之南鄰，豈不可專爲成都詩乎？成都諸城門，唯二東門曰大東郭、小東郭，則此詩公既來城中，却自城中出東郭門，繞城歸浣花溪上矣。頷聯可以推見所望之處，斷章可以見歸宿於所居也。

霜露晚淒淒，高天逐望低。遠煙鹽井上，斜景雪峯西〔一〕。故國猶兵馬，他鄉亦鼓鼙〔二〕。江城今夜客，還與舊烏啼〔三〕。

〔一〕趙云：學者執此詩接青城詩下，遂謂鹽井、雪峰指青城所接蓄地景物如此，云西山之後有土鹽一種，則有鹽井矣，殊不知西山土鹽乃取於崖縫之間，非煮井所爲者。雖雪山在青城望之爲近，然浣花溪上詩，公每言西山，則成都何處而不見邪？以其四時雪不消，故曰雪峯。今以遠煙鹽井上言之，則成都唯出大東郭，則東望簡州一帶，可以遠見鹽井之煙，西望西山，落日乃在其上，且謂之遠煙，原見其義矣。

〔二〕趙云：上句言史朝義，下句言段子璋。是年五月戊戌，史朝義殺其父思明而襲僞位，尚在公之故鄉，不無兵馬也。四月壬午，劍南東川節度兵馬使段子璋反，西川節度使崔光遠遣牙將花驚定平之，斬其首。驚定既勝，乃大掠東川，至天子聞之而怒，則至八、九月間驚定之兵方息。公在成都，可謂之他鄉聞有此鼓鼙也。公欲歸鄉，則有思明之兵；今在蜀中，則新有段子璋及花驚定之亂，是以歎耳。孟子所謂故國者，非謂有喬木之謂也。吴大帝授孫慮大將軍詔有云寵以兵馬之勢也。古詩：它鄉各異縣。禮記：鼓鼙之聲。

〔三〕趙云：江城，指言成都。公詩有曰：鼓角動江城。又曰：獨宿江城蠟炬殘。皆指成都。大抵濱江州郡可謂之江城，公詩言之不一矣。　謂今夜客，則自此歸浣花溪上之客也。　平時逐夜所聞之烏，今夜復聞之，所以謂之舊烏。　烏鳴謂之啼，而屬之於夜，則古樂府有烏夜啼也。　以烏屬之江城，則前漢書有城上烏尾畢逋也。　啼字在人言之，號也，泣也，蓋泣而有聲者。　公感亂而與烏俱啼，其傷至矣！

戲作花卿歌（古詩）

成都猛將有花卿，學語小兒知姓名。用如快鶻風火生，見賊唯多身始輕。綿州副使着柘黃，我卿掃除即日平〔一〕。子璋髑髏血模糊，手提擲還崔大夫。李侯重有此節度，人道我卿絕世無〔二〕。既稱絕世無，天子何不喚取守京都？

〔一〕趙云：高適傳云：梓州副使段子璋反；　而公今詩云綿州副使着柘黃，則梓州字誤傳爲綿州乎？　着柘黃，天子之服也。　柘黃字，或云當是赭黃。　本朝詩曰：戴了宮花賦了詩，不容重見赭黃衣。　赭，赤也。　赤與黃二色之合爲赭黃。　皆不敢輒改，併俟博聞。

〔二〕趙云：重，乃重疊之重。　蓋段子璋既攻東川，則李奐必失節度矣；　以花卿斬之，則李侯復保有節度焉。

少年行二首（近體詩）

莫笑田家老瓦盆，自從盛酒長兒孫〔一〕。　傾銀注玉一作瓦驚人眼，共醉終同卧竹根〔二〕。

右一

〔一〕趙云：楊惲傳：田家作苦。　老瓦盆，蓋川人以多年之物曰老。東坡云老櫛隨我久，亦倚杜公老瓦盆之例矣。　揚雄之言鴟夷曰：盡日盛酒，人復借酤。

〔二〕趙云：銀玉皆盛酒之器。公詩有云：指點銀瓶索酒嘗。又云：磁罌無謝玉爲缸。銀、玉，貴富家之物，所以指言少年也。舊本作注瓦，非特疊字，而與銀字豈相類乎？此詩乃少年攜酒器過田家，而田家語少年之所云，故言或傾之於銀，或注之於玉。非不驚人眼也，其與田家自瓦盆中喫酒，而共於一醉，終同卧在竹根之傍耳。竹根字，古詩云：徘徊孤竹根。杜田之説，以竹根爲飲器。夫竹根固是酒杯矣，酒杯既空，豈可謂之卧乎？又別是一物，與傾銀注玉不相接，雖傾銀注瓦，亦不接矣。

巢燕養雛渾去盡，江花結子已無多〔一〕。黄衫年少來宜數，不見堂前東逝波〔二〕。

右二

〔一〕趙云：此句蓋八月時也。

〔二〕趙云：黄衫，應是唐人貴富家之服。觀明皇雜録，載貴妃姊虢國夫人，恩傾一時。大治第宅，棟宇之盛，世無與比。其所居本韋嗣立舊宅，韋氏諸子亭午方偃息於堂廡間，忽見一婦人衣黄披衫降自步輦，有侍婢數十，笑語自若。謂韋氏諸子曰：聞此宅欲貨，其價幾何？韋氏降階言曰：先人舊廬，所未忍捨。語未畢，有工人數百登西廂撤其瓦木。以此推之，公所謂黄衫，其黄披衫乎？蓋若今或單或袷，蓋上之服矣。

送裴五赴東川（近體詩）

故人亦流落，高義動乾坤。何日通燕塞，相看老蜀門。東行應暫别，北望苦銷魂。凛凛悲秋意，非君誰與論？

奉簡高三十五使君（近體詩）

當代論才子，如公復幾人？驊騮開道路，鷹隼出風塵。行色秋將晚，交情老更親。天涯喜相見，披豁對一作道吾真。

贈蜀僧閭丘師兄（古詩）

大師銅梁秀，籍籍名家孫。嗚呼先博士，炳靈精氣奔。惟昔武皇后，臨軒御乾坤。多士盡儒冠，墨客藹雲屯。當時上紫殿，不獨卿相尊。世傳閭丘筆，峻極逾崐崙。鳳藏丹霄暮，龍去白水渾。青熒雪嶺東，碑碣舊製存。斯文散都邑，高價越璵璠。晚看作者意，妙絶與誰論〔一〕？吾祖詩冠古，同年蒙主恩。豫章來日月，歲久空深根。小子思疏闊，豈能達詞門？窮愁一揮淚，相遇即諸昆。我住錦官城，兄居祇樹園。地近慰旅愁，往來當丘樊。天涯歇滯雨，粳稻卧不翻。漂然薄游倦，始與道旅敦。景晏步修廊，而無車馬喧。夜闌接軟語，落月如金盆。漠漠世界黑，驅驅爭奪繁。唯有摩尼珠，可照濁水源。

〔一〕百家注引趙曰：（郄）〔郗〕生見王導詩，歎曰：晚見作者妙意。

送韓十四江東省覲（近體詩）

趙云：此在蜀州作。

兵戈不見老萊衣，歎息人間萬事非〔一〕。我已無家尋弟妹，君今何處訪庭闈〔二〕。黄牛峽靜灘聲轉，白馬江寒樹影稀〔三〕。此別還須各努力，故鄉猶恐未同一作堪歸〔四〕。

〔一〕趙云：兵戈字，祖出戾太子傳贊。列女傳：老萊子行年七十，著五色采〔衣〕於親側。干戈阻隔，父母妻子離散，故未嘗見之也。以此一端言之，則萬事皆非有如是也。

〔二〕趙云：韓君東省，豈不足喜？而公難之，則艱亂之故，在所疑也。束皙補亡詩云：眷戀庭闈。注言：親之所居也。

〔三〕趙云：黄牛峽，韓所經之地。白馬江，蜀州江名，今所稱亦然，乃韓與公爲别之處。盛弘之荆州記曰：宜都西陵峽中有黄牛山，江湍迂回，塗經信宿，猶見之。行者語曰：朝發黄牛，暮宿黄牛；三日三暮，黄牛如故。此則取其經歷艱苦之處言之。公詩凡寄遠及送行，或居此念彼，必兩句分言地之所在。今將經峽而往，乃自蜀州爲别，故有黄牛、白馬之句焉。舊注引爲江陵，非是。

〔四〕趙云：此以别而流落爲懷矣。吴越春秋載越人之歌曰：行行各努力。古詩：遊子悲故鄉。今指言長安，意者韓亦長安人。同歸一作堪歸，非。蓋同字與各字相應也。

酬高使君相贈（近體詩）

古寺僧牢落，空房客寓居〔一〕。故人供禄米，鄰舍與園蔬〔二〕。雙樹容聽法，三車肯載書〔三〕。草玄吾豈敢，賦或似相如〔四〕。

〔一〕趙云：牢落，上林賦：牢落陸離。注：猶遼落也。

〔二〕趙云：此實道其事爾。故人，豈正是高使君邪？

〔三〕趙云：法華經有牛車，有鹿車，有羊車，以比三乘也。

〔四〕趙云：此答高君來詩之意。揚雄傳：孝成帝時，客有薦雄文似相如者。今公詩姑以著書則不敢，爲賦則能之耳。

贈杜二拾遺

高　適

百家注引趙曰：題云：贈〔杜〕二拾遺；其官云：蜀州刺史高〔論〕〔適〕。

【校】高論：分門集注作高適，是。今按贈二拾遺，二字上奪杜字。今據正題補。

傳道招提客，詩書自討論〔一〕。佛香時入院，僧飯屢過門〔二〕。聽法還應難，尋經剩欲翻〔三〕。草玄今已畢，此後更何言？

〔一〕趙云：論語：世叔討論之。

〔二〕趙云：言燒佛香之際，杜公時入於院中；當僧之齋飯，杜公屢過其門，此所謂招提客矣。

〔三〕趙云：舊注所引非是。莊子言孔子繙十二經以説老子。其云繙者，委曲敷衍之謂，非翻譯之義也。十二經者，以爲六經六緯，非佛十二部經。

得廣州張判官叔卿書使還以詩代意

（近體詩）

鄉關胡騎遠，宇宙蜀城偏〔一〕。忽得炎州信，遥從月峽傳〔二〕。雲深驃騎幕，夜隔孝廉船〔三〕。却寄雙愁眼，相思淚點懸。

〔一〕趙云：鄉關，指言長安也。胡騎，指言史朝義之兵也。言鄉關以胡騎之阻，故去之遠也。下句言其寓居於宇宙内，在蜀城之偏僻也。舊注非是，當如陶淵明心遠地自偏耳。

〔二〕趙云：楚辭云：嘉南州之炎德。樂史寰宇記於渝州之巴縣云：有明月峽，以山壁有圓穴如月名之。舊注引非是，蓋夷陵，峽州也，地理志無之。

〔三〕趙云：上句言廣南節度使之幕，而張判官者，幕中之人也。雲深，則自成都望之，然矣。下句言張判官，用張憑比之。夜隔，則阻隔之隔，蓋不見張而空望之之意。

魏十四侍御就敝廬相别（近體詩）

有客騎驄馬，江邊問草堂〔一〕。遠尋留藥價，惜别到文場〔二〕。入幕旌旗動，歸軒錦繡香。時應念老疾，書迹及滄浪〔三〕。

〔一〕趙云：桓典爲御史，京師畏之。常乘驄馬，人爲之語曰：行行且止，避驄馬御史。故以言魏侍御也。

〔二〕趙云：上句言遠遠見尋，因留買藥之資。後漢：韓伯休賣藥，口無二價。摘字用耳。下句公自以其居爲文場。杜預贊云：元凱文場，稱爲武庫。

〔三〕趙云：四句，魏君必爲幕客，但不見在何處。謝安謂郗超曰：卿可謂入幕之賓矣。末句則公自以其居爲漁父之滄浪也。

范二員外邈吳十侍御郁特枉駕闕展待聊寄此作（近體詩）

暫往比鄰去，空聞二妙歸〔一〕。幽棲誠簡略，衰白已光輝。野外貧家遠，村中好客稀。論文或不愧，肯重欵柴扉。

〔一〕趙云：比鄰字，前漢孫寶傳：祭竈請比鄰。二妙，以言范二、吳十耳。空聞其歸，則序所云是也。

王十七侍御掄許攜酒至草堂奉寄此詩便請邀高三十五使君同到（近體詩）

老夫卧稳朝慵起，白屋寒多暖始開〔一〕。江鸛一作鶴巧當幽徑浴，鄰雞還過短墻來〔二〕。繡衣屢許攜家醖，皂蓋能忘折野梅〔三〕。戲假霜威促山簡，須成一醉習池回〔四〕。

〔一〕趙云：禮記：大夫自稱曰老夫。左傳：牽率老夫。

〔二〕趙云：一作江鶴，非是。蓋川中則多有鸛爾。庾肩吾東曉詩：鄰雞聲已傳，愁人竟不眠。

〔三〕趙云：上句指言王侍御許攜酒也。漢侍御有繡衣直指。百家注引趙曰：故公指言王侍御也。

趙云：劉惔每云：見何次道飲，令人欲傾家釀。下句指高使君。後漢書：二千石皂蓋、朱兩幡也。能忘折野梅，此有邀之之意。字則陸凱詩云：折梅逢驛使，寄與隴頭人。

〔四〕趙云：霜威，御史風霜之任也。元希聲贈皇甫侍御赴成都四言詩肅子風威，嚴子霜質也。習池，所以成山簡之語。襄陽記曰：峴山南習郁大池，依范蠡養魚法，種楸、芙蓉、菱芡。山季倫每臨此池，輒大醉而歸。常曰：此我高陽池也。城中小兒歌之曰：山公何所往，來至高陽池。日夕倒載歸，酩酊無所知。

王竟攜酒高亦同過用寒字（近體詩）

卧疾荒郊遠，通行小逕難。故人能領客，攜酒重相看。自愧無鮭一作畦菜，空煩卸馬鞍〔一〕。移罇勸山簡，頭白恐風寒。

〔一〕趙云：一作畦菜，非是。鮭音户皆切。晉人以魚爲鮭菜也。南史：庾杲之清貧自業，食唯有韭葅、瀹韭、生韭雜菜。任昉戲之曰：誰謂庾郎貧？食鮭嘗有二十七種；謂三種韭。

丙帙卷之五

陪李七司馬皂江上觀造竹橋即日成往來之人免冬寒入水聊題短作簡李公（近體詩）

伐木爲橋結構同，褰裳不涉往來通。天寒白鶴歸華表，日落青龍見水中〔一〕。顧我老非題柱客，知君才是濟川功。合歡却笑千年事，驅石何時到海東〔二〕？

〔一〕百家注引趙曰：橋前二柱曰華表柱。昔有白鶴集於柱上，有云：有鳥有鳥丁令威，三千年，吾其歸。

〔二〕趙云：言與賓客落橋之成而歡飲，因笑往事之勞，徒驅石以下海也。

觀作橋成月夜舟中有述還呈李司馬（近體詩）

把燭橋成夜，回舟客坐時。天高雲去盡，江迴月來遲。衰謝多扶病，招邀屢有期。異方乘此興，樂罷不無悲〔一〕。

〔一〕百家注引趙曰：見橋成而翻悲，何也？蓋橋所以通往來，公流落旅寓而不能歸，此其所以悲也。

李司馬橋了承高使君自成都回（近體詩）

向來江上手紛紛，三日功成事出羣。已傳童子騎青竹，總擬橋東待使君。

入奏行贈西山檢察使竇侍郎（古詩）

竇侍御，驥之子，鳳之雛。年未三十忠義俱，骨鯁絕代無〔一〕。炯如一段清冰出萬壑，置在迎風露寒一作寒露之玉壺〔二〕。蔗漿歸廚金碗凍，洗滌煩熱足以寧君軀〔三〕。政用疏通合典則，戚聯豪貴躭文儒〔四〕。兵革未息人未蘇，天子亦念西南隅。吐蕃憑陵氣頗粗，竇氏檢察應時須。運糧繩橋壯士喜，斬木火井窮猿呼。八州刺史思一戰，三城守邊却可圖〔五〕。此行入奏計未小，密奉聖旨恩宜殊。繡衣春當霄漢立，綵服日向庭闈趨〔六〕。省郎京尹必俯拾，江花未落還成都〔七〕。肯訪浣花老翁無？爲君酤酒滿眼酤，與奴白飯馬青蒭〔八〕。

〔一〕百家注引趙曰：骨鯁者，剛正之謂，蓋肉之有骨，魚之有鯁。

〔二〕趙云：鮑明遠詩：清如玉壺冰。露寒，舊本作寒露。豈傳者惑於句律而倒寫邪？公槐葉冷淘云：萬里露寒殿，開冰清玉壺。則用字初未嘗倒，信傳寫之誤。

〔三〕趙云：蔗漿，宋玉招魂：「濡鱉炮羔有蔗漿。」杜田引漢禮樂志景星歌，雖是，而在宋玉招魂之後。舊注引晉張協蔗賦，又是模稜。　足以寧君軀，言寧君王之軀也。蓋以冰清蔗美比竇矣。

【校】濡鱉炮羔有蔗漿，四部叢刊本楚辭補注作：「胹鱉炮羔有柘漿。」

〔四〕趙云：上句言政之疏通，與典則符合，雖疏通而不放也。　下句言其與豪貴聯爲親戚，耽好文儒，雖豪貴而不驕也。　戚字，意戚里之家乎？

〔五〕趙云：豈入奏八州欲戰之事乎？前年吐蕃陷廓州，今歲雖不動，而意專在窺蜀，豈八州刺史欲逆戰之乎？詳詩意可見。　百家注引趙曰：西山，三城也。

〔六〕趙云：繡衣，竇君官侍御也，故使繡衣。漢侍御史繡衣持斧。　綵服，竇君必長安人，其親在彼。

〔七〕趙云：省郎、京尹，言其所加進之官。　還成都，則入奏之返也。

〔八〕趙云：西清詩話載唐人弔杜子美云：「賦出三都上，詩須二雅求。」蓋少陵遠繼周詩法度，余嘗以經旨箋其詩云：「與奴白飯馬青芻」，雖不言主人，而待奴、馬如此，則主人可知，與詩所謂言刈其楚、言秣其馬、言刈其蔞、言秣其駒同意。「肯訪浣花老翁無」，一云「公來肯訪浣花老」，末句又云「攜酒肯訪浣花老，爲君着衫揥髭鬢」，皆不成言語。

贈别何邕（近體詩）

生死論交地，何由見一人。悲君隨燕雀，薄宦走風塵。綿谷元通漢，沱江不向秦〔一〕。

五陵花滿眼，傳語故鄉春〔二〕。

〔一〕趙云：此上句説何邕之去，必是去利州，而邕必是漢上之人也。下句公自言其在成都也。沱江，在蜀城北，自是可以向秦。不向秦，尚留蜀中，勢不能去，則公有懷故鄉之念矣。百家注引趙曰：綿谷，縣名，屬利州。言何公所往利州，而去得歸漢上也。

〔二〕趙云：惟其有不向秦之感，故末句又重言之。五陵，見上哀王孫注。馮少鄰春日詩：傳語春光道，先歸何處邊？

【校】馮少鄰：百家注引作馮小憐；傳語作付語。

贈別鄭鍊赴襄陽（近體詩）

戎馬交馳際，柴門老病身〔一〕。把君詩過日，念此別驚神。地闊峨眉晚，天高峴首春〔二〕。爲於耆舊内，試覓姓龐人。

〔一〕趙云：老子：戎馬生於郊。選云：羽檄交馳。漢書每云：以老病罷。

〔二〕趙云：上句公自言其在蜀也。峨眉山在成都之西南。下句言鄭鍊之赴襄陽也。峴首山，在（襄州）〔襄陽〕，羊叔子墮淚碑所在也。

【校】襄州，清刻本作襄陽，是。

重贈鄭鍊（近體詩）

鄭子將行罷使臣，囊無一物獻尊親〔一〕。江山路遠羈離日，裘馬誰爲感激人〔二〕。

〔一〕趙云：言罷使臣，則鄭君必在幕中而罷去也。其親必在襄陽，故稱其貧而無一物以獻也。

〔二〕趙云：言乘肥衣輕之人，有誰感激而憐鄭之貧也？　感激，見上注。

懷舊（近體詩）

趙云：此篇與下所思、不見二篇，蓋同時作。何者？公於三人，平生之所善。蘇源明已死而追悼之，題則曰懷舊；鄭虔貶台州而聞其消息，題則曰所思；李白久不見而近不得其音信，故題曰不見。懷舊，晉潘安仁追悼楊肇父子，曾作懷舊賦，故公倚以爲題。

地下蘇司業，情親獨有君〔一〕。那因喪一作衰亂後，便有一云作死生分〔二〕。老罷知明鏡，悲來望白雲〔三〕。自從失詞伯，不復更論文〔四〕。

〔一〕趙云：司業，即源明也。公於下自注地下字云：王隱晉書載：蘇韶見其弟節云：卜商、顔淵今爲地下修文郎。天寶間，源明自東平太守召爲司業，其後以秘書少監卒。今云司業，則其當時聲稱之著也。

〔二〕趙云：喪亂，一作衰亂；便有，一云便作，皆非。蓋時雖亂而非衰，便作不若便有之快。

〔三〕趙云：南史蔡興宗傳：太尉沈慶之曰：加老罷私門，兵力頓闕。知明鏡，則因明鏡而知其老罷之狀也。

李陵與蘇武詩：仰視浮雲馳。又蘇武别弟詩曰：仰視浮雲翔。

【校】仰視浮雲馳，百家注下接奄忽互相踰一句。

〔四〕趙云：王充論衡有云：文詞之伯。論文，見魏文典論。

所思得台州鄭司户虔消息（近體詩）

趙云：古樂府有云：有所思。而古詩云：所思在遠道。

鄭老身仍竄，台州信所傳〔一〕。爲農山澗曲，卧病海雲邊〔二〕。世已疏儒素，人猶乞酒錢〔三〕。徒勞望牛斗，無計斸龍泉〔四〕。

〔一〕趙云：虔遷著作郎，以安禄山之汙，免死，貶台州司户參軍。百家注引趙曰：言雖免死，而卒不免於貶。〔下句〕始得其消息也。

〔二〕趙云：前漢楊惲云：願爲農夫没此生矣。謝玄暉有在郡卧病呈沈尚書詩。卧病對爲農，公古詩亦云：卧病識山鬼，爲農知地形。

〔三〕趙云：虔好飲而貧乏。公嘗與詩云：賴有蘇司業，時時與酒錢。故今言：人猶乞酒錢，所以拈出舊語也。

〔四〕百家注引趙曰：使牛斗之間有紫氣事。龍泉，劍名也。斸之爲言掘地也，蓋以劍比公之在台州，如劍之埋於土中，雖遠望其衝斗牛之氣，而無由掘顯之故也。

不見（近體詩）

趙云：漢文帝云：吾久不見賈生。公倚以爲題。

不見李生久，佯狂真可哀〔一〕。世人皆欲殺，吾意獨憐才〔二〕。敏捷詩千首，飄零酒一杯〔三〕。匡山讀書處，頭白好歸來〔四〕。

〔一〕趙云：箕子避紂而被髮佯狂。唐新史載，白以永王璘之累，長流夜郎。會赦，還潯陽，坐事下獄。

〔二〕趙云：潯陽之獄，蓋亦衆人欲殺之證乎？

〔三〕趙云：漢書：嚴延年爲人短小精悍，敏捷於事。齊陸厥與沈約書云：楊修敏捷。謝惠連雪賦云：憑雲升降，從風飄零。王僧孺致仕表云：葷蕣朝采，飄零已及。酒一杯，素問云：飲以美酒一杯。

〔四〕趙云：詩意則公既在蜀，而白舊有讀書處，欲招其歸來也。

廣州段功曹到得楊五長史書功曹却歸聊寄此詩（近體詩）

衛青開幕府，楊僕將樓船〔一〕。漢節梅花外，春城海水邊〔二〕。銅梁書遠及，珠浦使將旋〔三〕。貧病他鄉老，煩君萬里傳〔四〕。

〔一〕趙云：上句指言廣州節度使之幕，而楊五長史者，幕中之人也。下句指楊長史也，以楊僕比之。

〔二〕趙云：上句又指言楊也。漢遣使者，必持節。大庾嶺，古云多梅花。廣州在嶺外，故言梅花外。下句指言廣州也。古樂府云：春城起風色。廣州東南至海四十里，故云海水邊。

〔三〕趙云：上句指言楊自廣有書來成都也。蜀都賦云：於東則負銅梁。下句指言段功曹之還也。珠浦，乃合浦，今之廉州。廣州，乃廣南東路，廉州乃西路，相去之遠。楊長史豈在廉州乎？故云珠浦使也。

百家注引趙曰：銅梁，蜀地名。

〔四〕趙云：公自言也。公本家長安而寓居於蜀，則他鄉老矣。

送段功曹歸廣州（近體詩）

趙云：此詩當是今歲建寅月之詩，蓋其句南海春天外故也。

南海春天外，功曹幾月程。峽雲籠樹小，湖日落一作蕩船明〔一〕。交趾丹砂重，韶州白葛輕〔二〕。幸君因估客，時寄錦官城。

〔一〕趙云：峽與湖皆歸廣南所歷之地也，故言峽雲湖日之景。一作蕩船明，是。蓋妙在蕩字，乃曰在湖中而倒射船中蕩漾也。

〔二〕趙云：交州出丹砂。葛稚川求爲岣嶁令，以丹砂之故。

畏人（近體詩）

趙云：選詩曰：客子常畏人。故公得以爲題。

早花隨處發，春鳥異方啼。萬里清江上，三年落日低〔一〕。畏人成小築，褊性合幽棲〔二〕。門逕從榛草，無心待馬蹄。

〔一〕趙云：公所居在萬里橋西。　杜詩詳注引趙曰：公自乾元二年入成都，至寶應元年春，爲三年矣。

〔二〕趙云：謝靈運詩：資此永幽棲。

遭田父泥飲美嚴中丞（古詩）

步屧隨春風，村村自花柳〔一〕。田翁逼社日，邀我嘗春酒。酒酣誇新尹，畜眼未見有。

迴頭指大男，渠是弓弩手。名在飛騎籍，長番歲時久〔二〕。前日放營農，辛苦救衰朽。差科死則已，誓不舉家走〔三〕。今年大作社，拾遺能住否〔四〕？叫婦開大瓶，盆中爲吾取。感此氣揚揚，須知風化首〔五〕。語多雖雜亂，説尹終在口〔六〕。朝來偶然出，自卯將及酉。久客惜人情，如何拒鄰叟？高聲索果栗，欲起時被肘〔七〕。指揮過無禮，未覺村野醜。月出遮我留，仍嗔問升斗〔八〕。

〔一〕百家注引趙曰：宋書：袁粲爲丹陽尹，嘗步屧白楊郊野間，遇士大夫便呼與酣飲。花柳字，則魏應璩與從弟君胄書曰：吟詠花柳之下。

〔二〕百家注引趙曰：效曹子建白馬篇：名編壯士籍。

〔三〕趙云：此篇多使俗語，如弓弩手，如差科，如長番等字是也。

〔四〕趙云：大作社變左傳：子產大爲社也。

〔五〕趙云：氣揚揚字，晏子傳：其御者意氣揚揚。

〔六〕趙云：語多雖雜亂，陶淵明飲酒詩：父老雜亂言，觴酌失行次。

〔七〕趙云：肘字，使史記：魏威子肘韓康子於車上。舊注非是。

〔八〕趙云：月出遮我留，使漢祖紀：三老董公遮説漢王。

嚴中丞枉駕見過自注：嚴自東川除西川，敕令兩川都節制。（近體詩）

趙云：按通鑑於廣德二年春癸卯載：劍南東西川爲一道，以黄門侍郎嚴武爲節度使。杜詩詳注引趙曰：公自注云：嚴自東川除西川，勑令都節制。則是未合爲一道時，故稱爲中丞，當是寶應元年權令兩川都節制時作。若廣德二年，武再尹成都時，公已入幕府，不應有張翰、管寧之語。

元戎小隊出郊坰，問柳尋花到野亭。川合東西瞻使節，地分南北任流萍〔一〕。扁舟不獨如張翰，白帽應兼似管寧〔二〕。寂寞江天雲霧裏，何人道有少微星〔三〕。

〔一〕趙云：此一句公自言矣。自蜀望長安，則長安爲北，而蜀爲南也。舊注非。

〔二〕趙云：此下四句皆公之自言。晉張翰字季鷹，本傳别無扁舟之文，唯云爲齊王冏曹掾，因見秋風起，思吴中菰菜蓴羹鱸鱠，遂命駕歸吴而已。既歸閑適，必有扁舟之樂也。魏志：管寧青龍中徵命不至，居海上，常著皂帽、布襦袴。杜佑通典帽門載管寧在家常著帛帽。又却是匹帛之帛。今言白帽，亦應似之也。

〔三〕趙云：少微星，公自謂也。隋天文志：少微四星在太微西，一名處士星。晉書隱逸傳謝敷：初月犯少微，占者以隱者當之，俄而敷死。

野望（近體詩）

西山白雪三城一作年戍，南浦清江萬里橋〔一〕。海内風塵諸弟隔，天涯涕淚一身遥。唯將遲暮供多病，未有涓埃報聖朝。跨馬出郊時極目，不堪人事日蕭條。

〔一一〕集千家注杜工部詩集引趙曰：趙云：西山，在松、維州之外。維州，今之威州是也。冬夏有雪，號爲雪山，所以控帶吐蕃之處。（詩）〔時〕吐蕃方入寇，故須防戍矣。高適上疏，可證三城置戍之始，舊本作三年，非。成都萬里橋，公草堂在其西。

【校】詩吐蕃方入寇：清刻本詩作時，是。

丙帙卷之六

舟前小鵝兒

漢州城西北角官池作　（近體詩）

趙云：官池，即房公湖也。琯未爲漢州刺史，止謂之官池，後人以其池經房公修之，故名之曰房公湖。

鵝兒黄似酒，對酒愛新鵝〔一〕。引頸嗔舡逼，無行亂眼多。翅開遭宿雨，力小困滄波。客散曾城暮，狐狸奈若何〔二〕。

〔一〕趙云：此篇甚明，不須强注。鵝兒黄似酒，蓋自公始爲之譬也。東坡詩云：小舟浮鴨緑，大杓瀉鵝黄。乃用此意。

〔二〕趙云：項羽歌云：虞兮虞兮奈若何。

官池春雁二首　（近體詩）

自古稻粱多不足，至今溪鶩亂爲羣〔一〕。且休悵望看春水，更恐歸飛隔暮雲〔二〕。

右一

〔一〕趙云：韓詩外傳：田饒謂魯哀公曰：黄鵠止君園池，啄君稻粱。

〔二〕趙云：公前溪鶩篇以自況，則取其身之文采。今春雁詩乃尊雁而鄙溪鶩，則又取雁之孤高。詩人變化，豈有拘礙哉！

青春欲盡急還鄉，紫塞寧論尚有霜〔一〕。翅在雲天終不遠，力微矰繳絶須防。

右二

〔一〕趙云：雁違寒就温，其來也，避北地之寒而來，至春而歸。北塞，即北地之塞也。崔豹古今注曰：秦築長城，土色皆紫，故云紫塞。鮑明遠蕪城賦：北走紫塞雁門。謝靈運詩：季秋邊朔苦，旅雁違霜雪。

水檻遣興二首（近體詩）

趙云：舊本作遣心；師民瞻作遣興，是。蓋遣心，不可謂之新語，謂之生可也。

去郭軒楹敞，無村眺望賒〔一〕。澄江平少岸，幽樹晚多花。細雨魚兒出，微風燕子斜。

城中十萬户，此地兩三家。

右一

〔一〕趙云：蒼頡篇曰：敞，高顯也。李尤高安館銘云增臺顯敞是已。有林木而後謂之村，惟其無村，所以眺望遠也。百家注引趙曰：賒者，遠也。

蜀天常夜雨，江檻已朝晴。葉潤林塘密，衣乾枕席清。不堪祇老病，何得尚浮名〔一〕。淺把涓涓酒，深憑送此生〔二〕。

右二

〔一〕趙云：祇字，起於詩：誠不以富，亦秖以異。箋云：祇之爲言，適也。據韻書只是平聲，無作入聲者。

〔二〕趙云：淺深兩字，其意工矣。

屏跡三首（近體二首，古詩一首）

用拙存吾道，幽居近物情。桑麻深雨露，燕雀半生成。村鼓時時急，漁舟箇箇輕。杖藜從白首，心迹喜雙清〔一〕。

右一

〔一〕趙云：莊子：原憲杖藜而應門。

晚起家何事，無營地轉幽。竹光團野色，舍影漾江流〔一〕。失學從兒懶，長貧任婦愁。百年渾得醉，一月不梳頭〔二〕。

右二

〔一〕趙云：東坡先生常寫此二詩，其舍影漾江流作山影漾江流。跋云：此東坡居士詩也。或者曰：此杜子美屏跡詩，居士安得竊之？居士曰：夫禾、黍、穀、麥，起於神農、后稷，今家有倉廩，不予而取輒爲盜，被盜者爲失主，若必從其初，則農、稷之物也。今考其詩，字字皆居士實録，是則居士詩也，子美安得禁吾有哉？嗚呼，先生之詼諧如此，且見深服杜公之善道事實矣。然山影乃一作舍字，是，蓋成都豈有山耶？

〔二〕趙云：嵇康絶交書云：頭面常一月、十五日不洗。公蓋用此意也。

衰年一作顏甘屏迹，幽事供高卧〔一〕。鳥下竹根行，龜開萍葉過。年荒酒價乏，日併園蔬課〔二〕。獨酌甘泉歌一作獨酌酣且歌，歌長擊樽破〔三〕。

右三

〔一〕趙云：衰年作衰顔，蓋下有年荒酒價乏也。

〔二〕趙云：年荒酒價乏，日併園蔬課。兩句通義，蓋以乏酒價之故，則併課園蔬賣之，以充沽直。

〔三〕趙云：獨酌甘泉歌，所以承上酒價乏之故，且復有真率之意。一作獨酌酣且歌，非是。擊樽破，則杜田補遺是。杜工部詩集輯注引趙曰：併課園蔬，賣之以充酤直也。酌甘泉而擊空樽，以無酒也，亦暗使王大將軍酒後擊缺唾壺事。

遠遊（近體詩）

趙云：楚辭有遠遊篇。

賤子何人記，迷方著處家〔一〕。竹風連野色，江沫擁春沙。種藥扶衰病，吟詩解嘆嗟。似聞胡騎走，失喜問京華〔二〕。

〔一〕趙云：記曰：所遊必有方。迷方，則漫行而不知所定止也。鮑照擬古云：南國有儒生，迷方獨淪誤。此之謂著處家矣。或作迷芳，非是。

〔二〕趙云：胡騎走，謂史朝義之兵稍衰者也。

奉和嚴中丞西城晚眺十韻（近體詩）

汲黯匡君切，廉頗出將頻。直詞才不世，雄略動如神〔一〕。政簡移風速，詩清立意新。層城臨暇景，絶域望餘春。旗尾蛟龍會，樓頭燕雀馴〔二〕。地平江動蜀，天闊樹浮秦〔三〕。帝念深分閫，軍須遠算緡〔四〕。花羅封蛺蝶，瑞錦送麒麟〔五〕。辭第輸高義，觀圖憶古人〔六〕。征南多興緒，事業闇相親〔七〕。

〔一〕趙云：上句以結汲黯之直言，下句以結廉頗之雄略，借以比嚴中丞也。

〔二〕趙云：大廈成而燕雀相賀之意，出淮南子。

〔三〕趙云：此兩句張大城上所望之遠也。

〔四〕趙云：馮唐曰：上古王者之遣將也，跪而推轂，曰：闑以内者寡人制之，闑以外者將軍制之。軍須，師旅之費。漢武元狩四年初算緡錢。李斐曰：緡，絲也，以貫錢。一貫千錢，出算二十。師古曰：謂有儲積錢者，計其緡貫而税之。

〔五〕趙云：言嚴公入貢，不忘朝廷也。蛺蝶羅、麒麟錦，亦蜀中當時實事。

〔六〕趙云：霍去病傳：上爲治第，令視之。對曰：匈奴未滅，無以家爲。吴越春秋載伍子胥見要離曰：吴王聞子高義。馬援傳：顯宗圖畫建武中名臣列將於雲臺。東平王蒼觀圖，言於帝曰：何故不畫伏波將軍像？

帝笑而不言。　百家注引趙曰：言嚴公可與古人爲比，當圖畫之。

〔七〕趙云：又以杜預比嚴公也。晉杜預作征南將軍，收滅吴之功，平生事業最著。如策隴右之事、議皇太子之服、造新曆、建河橋、造欹器、陳農事，皆其事業也。　興緒，興況意緒也。

奉酬嚴公寄野亭之作（近體詩）

拾遺曾奏數行書，懶性從來水竹居。奉引濫騎沙苑馬，幽棲真釣錦江魚〔一〕。謝安不倦登臨費，阮籍焉知禮法疏〔二〕。枉沐旌旗出城府，草茅無一作荒逕欲教鋤〔三〕。

〔一〕趙云：拾遺既掌供奉，則騎馬以奉引。後漢劉聖公傳：李松奉引，馬驚，奔觸北宫鐵柱，三馬皆死。顔延年赭白馬賦曰：弭雄姿以奉引。沙苑馬，言官所（破）〔牧〕馬也。　集千家注杜工部詩集引趙曰：後漢劉聖公傳：李松奉引，馬驚，則奉引之有馬可證也。

【校】所破馬：清刻本破作牧，是。

〔二〕趙云：晉書：謝安於東山營墅，樓館林竹甚盛。每擕中外子姪往來游集，肴膳亦屢費百金。此登臨費之義也。又，安寓居會稽，與王羲之處，出則漁弋山水。每往臨安山中，放情丘壑。今言費，則以嚴公有載酒移廚之費矣。

〔三〕趙云：屈原卜居賦云：寧誅鉏草茅以力耕乎。　無，一作荒，非。

寄題杜二錦江野亭

成都　尹嚴武作

漫向江頭把釣竿，懶眠沙草愛風湍。莫倚善題鸚鵡賦，何須不着鵕鸃冠〔一〕。腹中書籍幽時曬，肘後醫方靜處看。興發會能馳駿馬，終須重到使君灘〔二〕。

〔一〕趙云：杜公之才如禰衡之俊，而剛直隱淪，不喜仕官，決不肯爲侍中而冠鵕鸃廁佞臣之列也。故嚴公勸之，不必倚恃才如禰衡而鄙鵕鸃而不著也。

〔二〕趙云：此兩句乃是嚴公自云。使君灘，應是浣花相近。水經於巴郡枳縣有云：陽亮爲益州，至此而覆，懲其波瀾。蜀人至今猶名之爲使君灘。豈名偶同乎？

中丞嚴公雨中垂寄見憶一絶奉答二絶（近體詩）

雨映行雲一作宮辱贈詩，元戎肯赴野人期〔一〕。江邊老病雖無力，强擬晴天理釣絲。

右一

〔一〕趙云：山谷云：只此雨映兩字，寫出一時景物，句便雅健。余然後曉句中當無虚字。此范元實之説也。行雲，或以爲行宮。師民瞻云：明皇嘗幸蜀，故稱行宮。則嚴公雨中必在明皇往日所幸之地，尚有行宮之名存，在此處寄詩也。按通鑑，永泰元年，玄宗之離蜀也，以所居行宮爲道士觀。縱使嚴公時在此作詩寄杜，杜公亦安敢尚目之爲行宮乎？蔡伯世改作行官，謂送詩使人，實無義理。若謂之雨映行雲，意自足也。

何日雨晴雲出溪，白沙青石光無泥一云先無泥。只須伐竹開荒徑，拄杖穿花聽馬嘶一作鳥啼〔一〕。

右二

〔一〕趙云：聽嚴公之馬嘶。此又終前篇肯赴野人期之意。馬嘶，一作鳥啼，無意思。先字去聲讀。

謝嚴中丞送青城山道士乳酒一瓶（近體詩）

山瓶乳酒下青雲，氣味濃香幸見分。鳴鞭走送憐漁父，洗盞開嘗對馬軍公自注云：軍州謂驅使騎爲馬軍〔一〕。

〔一〕趙云：謝惠連詩：鳴鞭適太阿。漁父，公自謂也。公前篇有理釣絲之句，莊子有漁父篇。以漁父對馬軍，字爲工矣。

戲贈友二首（古詩）

元年建巳月，郎有焦校書〔一〕。自誇足膂力，能騎生馬駒〔二〕。一朝被馬踏，脣裂板齒無。壯心不肯已，欲得東擒胡〔三〕。

右一

〔一〕趙云：肅宗辛丑上元二年九月壬寅，去尊號，又去上元號，稱元年，以十一月爲歲首，曰建子月。至今年建巳月，乃居常四月也。是月，庚戌朔甲寅，上皇崩，則初五日也。改元寶應，復以正月爲首呼稱。隔十一日丙寅，帝崩，則十七日也。代宗即位。今云元年建巳月，作詩應在十七日前，實歲壬寅四月也。

〔二〕趙云：書：膂力既愆。詩：老馬反爲駒。禪老亦云：馬駒踏天下人去。

〔三〕趙云：魏武帝樂府：老驥伏櫪，志在千里。烈士暮年，壯心不已。

元年建巳月，官有王司直。馬驚折左臂，骨折面如墨〔一〕。駑駘漫染泥，何不避雨色？勸君休歎恨，未必不爲福。

右二

〔一〕趙云：折臂，莊子：化予之左臂以爲雞。羊祜傳：墮馬折臂。左傳：肉食者無墨。舊注穿鑿字。百家注引趙曰：淮南子云：塞上翁馬亡入胡，人皆弔之。翁曰：何知非福？居數月，馬引胡駿馬歸。皆賀之。翁曰：何知非禍？及家富馬良，其子好騎，墮而折體。又弔之。曰：何知非福？居一年，胡人大入，丁壯戰死者十九。其子獨以跛故，父子得獲相保。

【校】百家注所引，九家注作杜田補遺。

嚴公仲夏枉駕草堂兼攜酒饌得寒字（近體詩）

竹裏行廚洗玉盤，花邊立馬簇金鞍〔一〕。非關使者徵求急，自識將軍禮數寬〔二〕。百年地闢柴門迥，五月江深草閣寒〔三〕。看弄漁舟移白日，老農何有罄交歡〔四〕。

〔一〕趙云：應劭漢官儀曰：封禪壇有白玉盤。漢武内傳曰：西王母以七月七日降帝宮，命侍女索桃。須臾，以玉盤盛桃七枚。又，古詩曰：美人贈我雙玉盤。

〔二〕趙云：上句遣使者求賢事。莊子載顔闔守陋閭，苴布之衣而自飯牛。魯君之使者至，顔闔自對之。使者曰：此顔闔之家歟？闔對曰：是也。使者致幣。顔闔曰：恐聽者謬而遺使者罪，不若審之。使者還，反審之。復求之，則不得矣。公詩以嚴公來時，自先遣使者通報，非是求之急也。自識將軍禮數寬，則廉頗傳云：不知將軍寬之至此也。

〔三〕趙云：百年地闢，以久荒蕪之地，今才闢而立柴門於此。鄰里絶鮮，所以幽迥也。五月非寒之時，以草閣臨深江，所以寒；與因驚四月雨聲寒同。

〔四〕趙云：看弄漁舟，則以言嚴公也。移白日，則終日也。老農，公自言也。字則孔子曰：吾不如老農。語曰：何有於我哉。漢書曰：郭解入關，賢豪交歡。

嚴公廳宴同詠蜀道畫圖得空字（近體詩）

日臨公館靜，畫列地圖雄。劍閣星橋北，松州雪嶺東〔一〕。華夷山不斷，吴蜀水相通〔二〕。興與煙霞會，清罇幸不空〔三〕。

〔一〕趙云：九域志於威州云：南去雪嶺二百六十里。松州，即今之威州。故在雪嶺東矣。此兩句已盡蜀道地理。百家注引趙曰：雪嶺在今威州之外，冬夏常雪。

〔二〕趙云：蜀道地里連南詔、西羌，錦江直下經楚通吴。此兩句又以終言蜀道地理。

〔三〕趙云：謝朓與江水曹詩：山中正芳月，故人清罇賞。孔融曰：罇中酒不空。

與嚴二歸奉禮别（近體詩）

别君誰暖眼，將老病纏身。出涕同斜日，臨風看去塵。商歌還入夜，巴俗自爲鄰。尚愧微軀在，遥聞盛禮新。山東羣盜散，闕下受降頻。諸將歸應盡，題書報旅人。

奉送嚴公(十韻)入朝〔十韻〕(近體詩)

【校】十韻入朝：清刻本作入朝十韻，宋本互乙。

鼎湖瞻望遠，象闕憲章新〔一〕。四海猶多難，中原憶舊臣〔二〕。與時安反側，自昔有經綸。感激張天步，從容靜塞塵。南圖回羽翮，北極捧星辰〔三〕。漏鼓還思晝，宮鶯罷囀春〔四〕。空留玉帳術，愁殺錦城人〔五〕。閣道通丹地，江潭隱白蘋〔六〕。此生那老蜀，不死會歸秦。公若登台輔，臨危莫愛身〔七〕。

〔一〕趙云：上句以言肅宗之上昇，下句以言代宗之初立。止承用此兩句，更與下憲章新尤爲顯然也。百家注引趙曰：前漢郊祀志：黄帝采首山銅鑄鼎於金山下。鼎既成，龍有垂胡鬚下迎，後世因名其處曰鼎湖。

〔二〕趙云：舊臣，指嚴公。嚴公既自朝廷來蜀，今憶之而召歸，斯爲中原舊臣矣。

〔三〕趙云：上句言嚴公入朝，如鵬之圖南也。下句言嚴公入奉天子，如孔子所謂北辰居其所，而衆星拱之也。

〔四〕趙云：其得君常思日晝而朝見，亦晝日三接之義。公到闕日，正夏時，故宮鶯罷囀春也。

〔五〕趙云：玉帳者，大帥、將軍之帳。言嚴公之歸朝，而空留玉帳之術，則錦城人愁而思戀之也。百家注引趙曰：唐藝文志有玉帳經一卷，蓋兵書也。

【校】百家注所引，九家注未標注家，依例爲王洙注。待考。

〔六〕趙云：天子殿上謂之丹墀。一説禁中謂之彤庭，言丹地也。張正見艷歌云：執戟趨丹地，豐貂入建章。下句公自言其在草堂。蓋草堂之前臨浣花江，近百花潭，故謂之江潭。爾雅曰：苹，萍也，其大者曰蘋。屈原湘夫人詞曰：登白蘋兮騁望。柳惲詩曰：汀洲採白蘋。隱於白蘋洲渚間，言蘋之多也。

〔七〕趙云：末句之意，所謂贈人以言者。語危而不持，顛而不扶，則將焉用彼相矣。

【校】爾雅云云：中華書局影印十三經注疏作：苹、蓱，其大者曰蘋。

送嚴侍郎到綿州同登杜使君江樓宴得心字（近體詩）

野興每難盡，江樓延賞心〔一〕。歸朝送使節，落景惜登臨。稍稍煙集渚，微微風動襟〔二〕。重舡依淺瀨，輕鳥度曾陰〔三〕。檻峻背幽谷，窗虚交茂林。燈花散遠近，月彩静高深〔四〕。城擁朝來客，天横醉後參。窮途衰謝意，苦調短長吟〔五〕。此會共能幾，諸孫賢至今〔六〕。不勞朱户閉，自待白河沉〔七〕。

〔一〕趙云：延展所賞之心也。謝靈運云：良辰美景，賞心樂事。

〔二〕趙云：選有煙渚字。風言動襟，則宋玉風賦曰披襟而當之也。

〔三〕趙云：淺瀨，出文選。王仲宣詩：巖阿增曾陰。

〔四〕趙云：左傳：量地遠近。謝玄暉詩：瞻望極高深。

〔五〕趙云：阮籍哭窮途。周王褒與周弘讓書：年事遒盡，容髮衰謝。選有永嘯長吟、短歌微吟。

〔六〕趙云：指言杜使君於公爲孫行也。

〔七〕趙云：朱户，謂綿州州治也。白河沉，言天河之沉隱，夜艾也。天河曰銀河，其白可知。宋之問明河篇曰：水精簾外轉逶迤，倬彼昭回如練白。則名之爲白河何疑焉？薛注非是。

奉濟驛重送嚴公四韻驛去綿三十里（近體詩）

【校】去綿：清刻本作去綿州。

遠送從此别，青山空復情〔一〕。幾時杯重把，昨夜月同行。列郡謳歌惜，三朝出入榮。江村獨歸處，寂寞養殘生。

〔一〕趙云：謝玄暉銅雀臺詩：芳襟染淚迹，嬋娟空復情。

巴西驛亭觀江漲呈竇使君二首（近體詩）

杜工部草堂詩箋引趙曰：路飛劍棧，二蜀三巴。西出地至蜀道，左轉秦、巴道，（右）〔左〕趨楚。譙周巴記：漢獻帝初平元年，分三巴。杜安簡地志：巴郡：巴、渝、集、壁。巴東：夔、忠。巴西：綿、閬。三巴記曰：閬江水曲折，三迴如巴字。譙周巴記又曰：建安六年，劉（綽）〔璋〕分巴，以永寧爲巴東〔郡〕，以墊江爲巴西郡。十道志：渝州、巴縣，并巴東、西，是爲三巴也。

【校】劉綽，後漢書郡國志巴郡注引譙周巴記曰：初平（六）〔元〕年，趙穎分巴爲二郡……建安六年，劉（綽）〔璋〕分巴，以永寧爲巴東郡，以墊江爲巴西郡。則劉綽當爲劉璋之誤，下引巴東當作巴東郡，據補。

宿雨南江漲，波濤亂遠峯。孤亭凌噴薄，萬井逼春容〔一〕。霄漢愁高鳥，泥沙困老龍。天邊同客舍，攜我豁心胸〔二〕。

右一

〔一〕趙云：學記曰：善待問者如撞鐘，叩之小則小鳴，叩之大則大鳴。待其從容，然後盡其聲。注云：從讀如富父春戈之春。春，謂擊也，以爲聲之形容。言鐘之爲體，必待其擊。每一春爲一容，然後盡其聲。今於江漲言春容，則借字以言水撞擊之狀。於古詩有云：春容轉林篁。借字以言其行之悠悠，如鐘聲一春一容之未便盡也。

〔二〕趙云：竇使君亦是客，同在驛亭中者，故云。

轉驚波作怒，即恐岸隨流。賴有杯中物，還同海上鷗。關心小剡縣，傍眼見揚州。爲接情人飲，朝來減片愁。

右二

海棕行（古詩）

趙云：海棠記載李贊皇云：花木以海爲名者，悉從海上來。

左綿公館清江濆，海棕一株高入雲〔一〕。龍鱗犀甲相錯落，蒼稜白皮十抱文。自是衆木亂紛紛，海棕焉知身出羣〔二〕。移栽北地一作辰不可得，時有西域胡僧識。

【校】北地，九家注作北辰。下注：趙本作地。今據以爲正。

〔一〕趙云：古樂府：高城上入雲。

〔二〕趙云：亂紛紛，王長元古意：況復飛螢夜，木葉亂紛紛。世説載：殷中軍道韓太常曰：康伯少自標置，居然是出羣器。

越王樓歌（古詩）

綿州州府何磊落，顯慶年中越王作〔一〕。孤城西北起高樓，碧瓦朱甍照城郭〔二〕。樓下長江百丈清，山頭落日半輪明〔三〕。君王舊跡今人賞，轉見千秋萬古情〔四〕。

〔一〕趙云：文選：雙鶬磊落。作，言作綿州也。易：神農氏作。語：作者七人。孟子：賢聖之君六七作。其間必有名世者(作)。傅咸贈何邵王濟詩序：何公既登侍中，武子俄而亦作。此作字是重字，可押住矣。

〔二〕趙云：樓在城西北，實道其事，與古詩合。玄都廟詩：碧瓦初寒外。法鏡寺詩：朱甍半光炯。葛洪神仙傳載，蔡少霞夢人託書新宫銘，有碧瓦鱗差，瑶階肪截。沈佺期詩：紅日照朱甍。謝玄暉：飛甍夾馳道。

〔三〕趙云：李白：峨眉山月半輪秋。

〔四〕趙云：時明皇、肅宗皆上仙矣，故云：千秋萬古情。

姜楚公畫角鷹歌 (古詩)

楚公畫鷹鷹戴角，殺氣森森一作森如到幽朔〔一〕。觀者貪愁掣臂飛，畫師不是無心學。此鷹寫真在左綿，却嗟真骨遂虚傳。梁間燕雀休驚怕，未必一作亦未搏空上九天〔二〕。

【校】未必：九家注作亦未。下注：趙作未必。今據以爲正。

〔一〕趙云：言如在幽、朔，見此鷹之殺氣，蓋名鷹出於此地。孫楚鷹賦：有金剛之俊鳥，生井陘之巖阻。森森，一作森如，其語不快。

〔二〕趙云：亦詩人變化形容其畫耳。舊注非。

觀打魚歌（古詩）

綿州江水之東津，魴魚鱍鱍色勝銀。漁人漾舟沉大網，截江一擁數百鱗。衆魚常才盡却棄，赤鯉騰出如有神。潛龍無聲老蛟怒，迴風颯颯吹沙塵。饔子左右揮霜刀，鱠飛金盤白雪高。徐州禿尾不足憶，漢陰槎頭遠遁逃。魴魚肥美知第一，既飽歡娱亦蕭瑟〔一〕。君不見朝來割素鬐，咫尺波濤永相失。

〔一〕趙云：廣州記：魴魚廣而肥甜，魚之美者。

又觀打魚（古詩）

蒼江漁子清晨集，設網提綱萬魚急〔一〕。能者操舟疾若風，撑突波濤挺叉入〔二〕。小魚脱漏不可紀，半死半生猶戢戢〔三〕。大魚傷損皆垂頭，屈强泥沙有時立〔四〕。東津觀魚已再來，主人罷鱠還傾杯。日暮蛟龍改窟穴，山根鱣鮪隨雲雷〔五〕。干戈格鬬尚未止，鳳凰麒麟安在哉〔六〕！吾徒胡爲縱此樂，暴殄天物聖所哀。

〔一〕趙云：前篇使漁人，此使漁子，變文也。

〔二〕趙云：疾若風（雨），即易：撓萬物者，莫疾乎風。

〔三〕趙云：半死半生，借使七發之言桐曰：其根半死半生。

〔四〕趙云：垂頭，世説：支公好鶴，有遺以雙鶴，翅長欲飛去。支惜之，乃鎩其翮。鶴軒翥不復能飛，乃反顧翅，垂頭視之，如似懊喪意。

〔五〕百家注引趙曰：此言打魚之故，而驚動神物也。

〔六〕趙云：格鬬，舊本作干戈兵革鬬未止，非是。蓋干戈、兵革同義。所謂格鬬，是年建卯月，河東軍亂，殺其節度使鄧景山，兵馬使辛雲京自稱節度使；河中軍亂，殺李國正及其節度使荔非元禮；郭子儀爲兵馬副元帥，屯絳州，而七月十六日徐知道反於成都，皆其事也。

東津送韋諷攝閬州録事（近體詩）

聞説江山好，憐君更隱兼。寵行舟遠泛，惜别酒頻添。推薦非承乏，操持必去嫌。他時如按縣，不得慢陶潛。

相從歌（古詩）

【校】九家注題下注云：贈嚴二别駕，時方經崔旰之亂。據九家注所引趙注，趙次公明言：成都亂罷氣蕭瑟，言七月徐知道反，八月伏誅，劍南大亂。所指非崔旰之亂甚明，則題下注定非趙注，當删。

我行入東川，十步一回首〔一〕。成都亂罷氣蕭瑟，浣花草堂亦何有〔二〕。梓州豪俊大者誰？本州從事知名久〔三〕。把臂開樽飲我酒，酒酣擊劍蛟龍吼。烏帽拂塵青螺粟，紫衣將炙緋衣走〔四〕。銅盤燒蠟光吐日，夜如何其初促膝。黄昏始扣主人門，誰謂俄頃膠在漆。萬事盡付形骸外，百年未見歡娱畢〔五〕。神傾意豁真佳士，久客多憂今愈疾。高視乾坤又何愁，一軀交態同悠悠。垂老遇君未恨晚，似君須向古人求。

〔一〕趙云：十步一回首，李陵詩五步一彷徨之勢。

〔二〕趙云：成都亂罷氣蕭瑟，言七月徐知道反，八月伏誅，劍南大亂。楚辭：秋之爲氣也，蕭瑟兮草木摇落而變衰。傳：亦何有焉。

〔三〕趙云：豪俊大者，指嚴二。

〔四〕趙云：烏帽青螺紫衣走，言供過之人。粟，則帽之紋也，舊注非。百家注引趙曰：指言從人也。青螺粟，則帽之紋也。

〔五〕趙云：莊子：索我於形骸之外。

九日登梓州城（近體詩）

伊昔黃花酒，如今白髮翁。追歡筋力異，望遠歲時同。弟妹悲歌裏，朝廷醉眼中。兵戈與關塞，此日意無窮〔一〕。

〔一〕趙云：兵戈以言格戰，關塞以言屯戍。時吐蕃之亂，既與之戰，且有防守也。

九日奉寄嚴大夫（近體詩）

百家注引趙曰：時嚴武歸朝，以御史中丞進爲大夫，故云。

九日應愁思，經時冒險艱。不眠持漢節，何路出巴山〔一〕。小驛香醪嫩，重巖細菊斑。遥知簇鞍馬，回首白雲間〔二〕。

〔一〕趙云：武爲明皇、肅宗山陵橋道使，故云不眠持漢節也。下句則公自言，蓋公時方在梓久客而欲出耳。蜀都賦云：東則左綿、巴中，百濮所充。蓋自綿而東乃巴也。

〔二〕趙云：此言九日所遇之景物也。於此遥想其簇鞍馬而回首白雲以望之，此嚴武所謂杜二見憶者也。

嚴大夫巴嶺見答　附載

卧向巴山落月時，兩鄉千里夢相思〔一〕。可但步兵偏愛酒，也知光禄最能詩。江頭赤葉楓愁客，籬外黄花菊對誰？跛馬望君非一度，冷猿秋雁不勝悲。

〔一〕趙云：嚴、杜相去千里，各在一涯而夢想也。蓋亦千里共明月之意。

宗武生日　（近體詩）

小子何時見，高秋此日生〔一〕。自從都邑語，已伴老夫名〔二〕。詩是吾家事，人傳世上情〔三〕。熟精文選理，休覓綵衣輕〔四〕。凋瘵筵初秩，欹斜坐不成。流霞分片片，涓滴就徐傾〔五〕。

〔一〕趙云：王立之詩話云：宗武生日詩載在夔州詩中，非也。當是家在鄜州時，故曰小子何時見，自入蜀後未嘗别也。自從都邑語，所謂前年學語時，蓋老杜與家俱在長安時也。已伴老夫名者，老杜既有盛名於時，則人皆知其有是子，故曰人傳世上情也。凋瘵筵初秩，則以一生喻一筵會也。某年月日時已幾歲，謂之凋瘵之初可也。詩箋云：秩秩，肅敬也。然臨時用之，與此意不同。流霞分片片，涓滴就徐傾，雖止是言飲酒，然用項曼去家三十年止日旁事，則其身在行、在家、在鄜州決矣。又有示宗武一首，恐非是一時詩也。王立之説如此，而次公以其説未是。此乃公送嚴武至綿已別而少住間，遂有徐知道之叛，單身如梓，則爲不見宗武矣。前年學語時，則才三歲耳。今云熟精文選理，則已能誦書。自至德二載至寶應元年，已六年，則宗武九歲矣，宜其能誦書也。詩云：賓之初筵，左右秩秩。今句云凋瘵筵初秩，則以凋瘵才始，如筵之初秩，豈謂之臨時用之，與詩句不同邪？東坡詩云：君今秩初筵，我已迫旅酬。亦以初筵比事之始矣。

〔二〕趙云：都邑字，張平子西京賦云：都邑游俠，趙、張之倫。故對老夫。

〔三〕趙云：詩是吾家事，則公之祖審言，已有詩名。百家注引趙曰：既以詩擅名，而世間愛之者多，故云。

〔四〕趙云：公嘗曰：續兒誦文選。則熟精文選理者，所以責望於宗武也。公詩使字多出文選，蓋亦前作之菁英，爲不可遺也。公又曰：遞相祖述復先誰。則公之詩法豈不以有據而後用邪？綵衣事，列女傳曰：老萊子孝養二親，行年七十，妻兒自誤，著五色采衣。此雖孝子悦親之事，而亦僅同戲侮。休覓綵衣輕，則公所望其子者，在學而已。

〔五〕趙云：末句流霞事，在抱朴子，乃是項曼都自言到天上，過紫府，仙人以流霞一杯飲之，輒不饑渴。以帝前失儀而謫河東，號之爲斥仙人。王立之止云項曼，舊注又誤爲曼卿，故表出之。

嚴氏溪放歌（古詩）

趙云：送嚴武至綿，少留。繼聞徐知道亂，遂便往梓。初不見挈家之證，此詩云東遊西還，豈至此方歸成都迎家乎？但不知嚴氏溪何地耳。

天下甲馬未盡銷，豈免溝壑常漂漂。劍南歲月不可度，邊頭公卿仍獨驕。費心姑息是一役，肥肉大酒徒相要。嗚呼古人已糞土，獨覺志士甘漁樵〔一〕。況我飄轉無定所，終日戚戚忍羈旅。秋宿霜溪素月高，喜得與子長夜語。東遊西還力實倦，從此將身更何許。知子松根長茯苓，遲暮有意來同煮〔二〕。

〔一〕趙云：言邊頭公卿自爲驕縱，雖於我如此，無補於事也。指當時居邊守臣獨驕，有跋扈不遵王命之意。舊注謂郭英乂粗暴，是矣。又云，不能容甫而公有所云，則是公私一己而已，況英乂乃成都尹，豈得謂邊頭乎？非公詩本意。公直言邊之守臣不遵王命，豈若崔旰者乎？彼其獨驕而徒於我費心姑息，特一役耳，何補於事哉！所以姑息者，酒肉相招要而已。禮記：君子之愛人也以德，小人之愛人以姑息。潘安仁云：此一役也而二美具焉。韓非子曰：厚酒肥肉，甘口而病形。吕氏春秋：肥肉厚酒，務以自强。命曰明腸之食。世説：過江諸人，每暇日輒相要出新亭，藉卉飲宴。公之心以其獨驕，其專在尊王强國乎？所以又有糞土、漁樵之歎。

〔二〕趙云：蓋傷歲晚矣，欲服餌長生之藥。楚辭：傷美人之遲暮。

贈裴南部（近體詩）

塵滿萊蕪甑，堂橫單父吟。人皆知飲水，公輩不偷金。梁獄書應作，秦臺鏡欲臨。獨醒時所嫉，羣小謗能深。即出黃沙在，何須白髮侵。使君傳舊德，已見直繩心。

巴山（古詩）

巴山遇中使，云自陝城來。盜賊還奔突，乘輿恐未回。天寒召伯樹，地闊望仙臺。狼狽風塵裏，羣臣安在哉。

早花（近體詩）

西京安穩未？不見一人來。臘月巴江曲，山花已自開。盈盈當雪杏，艷艷待春梅。直恐風塵暗，誰憂客鬢催？

遣憂（近體詩）

亂離知又甚，消息苦難真。受諫無今日，臨危憶古人。紛紛乘白馬，攘攘着黃巾。隋氏留宮室，焚燒何太頻。

愁坐（近體詩）

高齋常見野，愁坐更臨門。十月山寒重，孤城水氣昏。葭萌氐種迥，（左）〔武〕擔犬戎屯。終日憂奔走，歸期未敢論。

丙帙卷之七

秋盡 （近體詩）

秋盡東行且未迴，茅齋寄在少城隈〔一〕。籬邊老却陶潛菊，江上徒逢袁紹杯。雪嶺獨看西日落，劍門猶阻北人來〔二〕。不辭萬里長爲客，懷抱何時得好開。

〔一〕百家注引趙曰：公將往於東蜀矣，姑寄草堂放成都也。　少城，城内小城也。

【校】放，分類集注放作於。

〔二〕百家注引趙曰：西山謂之雪嶺。

秋笛 （近體詩）

清商欲盡奏，奏苦血霑衣〔一〕。他日傷心極，征人白骨歸〔二〕。相逢恐恨過，故作發聲微〔三〕。不見秋雲動，悲風稍稍飛〔四〕。

〔一〕趙云：笛一曲謂之奏。方笛之吹商聲，所不堪聞，而今欲盡奏以全其曲，則聞者宜有霑衣之血，淚盡繼之以血也。庾信哀江南賦：望赤岸而霑衣。江文通詩：零淚霑衣裳。百家注引趙曰：五音惟商最悲，今欲盡奏以全其曲，則聞者必揮涕而繼之以血也。

〔二〕趙云：今日聞商聲而霑衣猶可也，它日士有死於戰而以白骨歸時，若聞此聲，尤傷心之極矣。

〔三〕趙云：於此相逢吹笛之人，所吹每恐恨過，乃故意作發聲微細，以泄其恨。此與平時吹笛不同矣。相逢兩字主聽吹笛者言之，則公自云也。

〔四〕趙云：言不獨人愁而已，雖天亦愁，故雲動而風飛也。不見者，言豈不見之乎，古詩歌行多言君不見，而此直云不見，其字起於鮑明遠。

野望（近體詩）

金華山北涪水西，仲冬風日始凄凄〔一〕。山連越嶲蟠三蜀，水散巴渝下五溪。獨鶴不知何事舞，饑烏似欲向人啼。射洪春酒寒仍緑，目極傷神誰爲攜。

〔一〕集千家注杜工部詩集引趙曰：金華山、涪水，皆屬梓州射洪縣。

冬到金華山觀因得故拾遺陳公學堂（古詩）

涪右衆山内，金華紫崔嵬。上有蔚藍天，垂光抱瓊臺〔一〕。繫舟接絶壁，杖策窮縈回〔二〕。四顧俯層巔，淡然川谷開〔三〕。雪嶺日色死，霜鴻有餘哀〔四〕。焚香玉女跪，霧裏仙人來〔五〕。陳公讀書堂，石柱仄青苔〔六〕。悲風爲我起，激烈傷雄材〔七〕。

〔一〕趙云：蔚藍，則茂蔚之藍，天之青色如此。杜田亦穿鑿，相去之遠。蓋此乃經中言東方八天首兩句之文，上句言天名，下句言帝名。既以鬱鑑玉明爲天帝隱諱，不應直言其隱名爲天而垂光也。況鬱差爲蔚，鑑差爲藍，豈有兩字改易之理耶？又豈恰是東方第一天帝之天垂光邪？今詩人言水曰挼藍水，則天之青曰蔚藍天，於義無害。孫綽〔遊〕天台山賦：瓊臺中天而縣居。今言金華山觀，得用神仙之居爲言。百家注引趙曰：近世韓子蒼出汴州即事詩云：恍然不悟身何處，水色山光盡蔚藍。

【校】杜田亦穿鑿，相去之遠。清刻本作：杜田亦穿鑿附會之説。

〔二〕趙云：吴越春秋載：古公乃杖策去邠。陸士衡詩：杖策將遠尋。李善注以魯仲連杖策而去爲祖，乃在吴越春秋事之後。百家注引趙曰：謝靈運詩：晨策尋絶壁。

〔三〕趙云：謝靈運過始寧墅：築觀基曾巔。

〔四〕趙云：雪嶺，見上古柏行注。時既冬，雪濃厚可知。日色在其上，蓋望之如死矣。

〔五〕趙云：題是道觀，故使玉女、仙人字。曹植遠遊詩：靈鼇戴方丈，神岳儼嵯峨。仙人翔其隅，玉女戲其阿。梁簡文帝望浮圖上相輪絶句：光中辨垂帶，霧裏見飛鸞。仙人、玉女四字連出，見宋書樂志歌辭。

〔六〕趙云：唐書：子昂，梓州射洪人，苦節讀書，尤善屬文。

〔七〕趙云：古詩：浩歌正激烈。漢書：武帝雄材大略。

陳拾遺故宅（古詩）

拾遺平昔居，大屋尚修椽。悠揚荒山日，慘澹故園煙。位下曷足傷，所貴者聖賢〔一〕。有才繼騷雅，哲匠不比肩〔二〕。公生揚馬後，名與日月懸〔三〕。同遊英俊人，多秉輔佐權。彦昭超玉價，郭振起通泉。到今素壁滑，灑翰銀鈎連。盛事會一時，此堂豈千年〔四〕。終古立忠義，感遇有遺編〔五〕。

〔一〕趙云：位下曷足傷，則子昂官止拾遺而已。

〔二〕趙云：有才繼騷雅，哲匠不比肩，則江左浮麗之詩，至子昂而初變，其詩本乎離騷、二雅也。殷仲文：哲匠感蕭辰。選詩：長幼不比肩。百家注引趙曰：子昂初爲感（寓）〔遇〕詩三十首，王適見而驚曰：必爲天下文宗！故公此篇言江左之詩至子昂而初變，蓋本乎離騷、二雅也。

〔三〕趙云：揚，則（揚）〔揚〕雄；馬，則司馬相如。皆蜀人，故云公在揚馬後，以顯其爲蜀之能文者。名與日月懸，使荀子：貴名起如日月。

〔四〕趙云：上兩句正用引下彦昭、郭元振，後句直言子昂與趙、郭二人題壁見在耳。趙則彦昭；郭則元振。彦昭本傳雖云以權幸進，然亦必有才智者，故以超玉價言之。元振則自通泉尉而往，先天二年爲兵部尚書，同中書門下三品，定策誅竇懷貞等。二人皆作宰相，秉輔佐權也。湛方生曰：素壁流光。索靖書勢曰：婉若銀鈎。壁上之字見在，乃其一時盛事，人將愛護之，此堂豈止千年也。與元結中興頌何千萬年之語同。原注英俊人非是，與詩之下聯意不連屬。

〔五〕趙云：子昂有感遇詩三十首。百家注引趙曰：子昂有感遇詩曰吾觀龍變化，曰聖人不利己，曰金鼎合還丹等篇者是也。

謁文公上方（古詩）

野寺隱喬木，山僧高下居。石門日色異，絳氣横扶疏。窈窕入風磴，長蘿分卷舒。庭前猛虎卧，遂得文公廬。俯視萬家邑，煙塵對階除。吾師雨花外，不下十年餘。長者自布金，禪龕只晏如〔一〕。大珠脱玷翳，白月當空虚〔二〕。甫也南北人，蕪蔓少耘鋤。久遭詩酒污，何事忝簪裾。王侯與螻蟻，同盡隨丘墟。願聞第一義，迴向心地初〔三〕。金篦刮眼膜，價重百車渠〔四〕。無生有汲引，兹理儻吹噓〔五〕。

〔一〕趙云：佛書，給孤獨長者有好園，祇陀太子以黄金布之而迎佛居止。今云長者自布金，則公言布金者是長者也，不待太子之金矣。

〔二〕趙云：大珠、白月，皆言文公之清淨。大珠，如五色摩尼珠。白月，佛書：望已前爲白月，已後爲黑月。

〔三〕趙云：第一義，如華嚴經有第一義諦；法華經：更以異方便助顯第一義。願聞字，則論語：願聞子之志。

迴向，則華嚴經有十回向。心地初，押初地字韻，倒言之也。初地，則楞嚴經：修行有十地，以歡喜爲初地。以心地字貼之，則佛書有心地法門；華嚴經梵行品：初發心。功德品亦詳此義矣。

〔四〕趙云：金篦刮眼膜，則涅槃經：如盲目人爲治目，故造詣良醫。是時，良醫即以金篦抉其眼膜。又，法苑珠林載：後周張元，其祖喪明，元憂泣。因讀藥師經盲者得視之言，遂請僧按儀轉誦。至七日夜，夢一翁以金篦療其祖目，曰：三日必差。公用此以比佛法之能刮除昏翳也。車渠，寶名，出佛書：金銀琉璃，車渠瑪瑙。

〔五〕趙云：無生字，佛云：無生法忍。汲引字，劉向更相汲引，不爲比周。自願聞第一義而下，公以稱美文公。東坡云：子美詩知名未必稱，局促商山芝；又王侯與螻蟻，同盡隨丘墟。願聞第一義，回向心地初。乃知子美詩外，別有事在。其深知公矣。

奉贈射洪李四丈（古詩）

丈人屋上烏，人好烏亦好。人生意氣豁，不在相逢早〔一〕。南京亂初定，所向色枯槁〔二〕。遊子無根株，茅齋付秋草〔三〕。東征下月峽，挂席窮海島〔四〕。萬里須十金，妻孥未相保。蒼茫風塵際，蹭蹬騏驎老。志士懷感傷，心胸已傾倒〔五〕。

〔一〕趙云：北史李延壽敘傳載：閻信謂其祖李曉之言曰：古人相知，未必在早。

〔二〕趙云：南京，成都也。肅宗至德二年，以蜀郡爲南京，鳳翔爲西京，西京爲中京。公又有云：南京西浦道。

所謂亂初定，指言前年辛丑歲四月壬午，劍南東川節度兵馬使段子璋反，僭稱王，建元黄龍。五月，崔光遠擊斬之。此亂初定也。

〔三〕趙云：茅齋付秋草，指言浣花草堂。

〔四〕趙云：挂席，則海賦：挂帆席。謝靈運：挂席拾海月。月峽，則渝州有明月峽，三峽之始。海島，海中之山。此公欲扁舟南下也。

〔五〕趙云：此三韻，公有所求於李丈矣。

早發射洪縣南途中作（古詩）

將老憂貧窶，筋力豈能及〔一〕。征途復一作乃侵星，得使諸病入〔二〕。鄙人寡道氣，在困無獨立。俶裝逐徒旅，達曙陵險澀。寒日出霧遲，清江轉山急。僕夫行不進，駑馬苦維縶〔三〕。汀洲稍疏散，風景開怏悒。空慰所尚懷，終非曩遊集。衰顔偶一破，勝事難屢挹。茫然阮籍途，更灑楊朱泣〔四〕。

〔一〕趙云：論語：不知老之將至。禮：老者不以筋力爲禮。

〔二〕趙云：復侵星，一作乃侵星，非。蓋復字接上兩句之義，言既貧老爲行人，而其行早也。

〔三〕趙云：詩：縶之維之。

〔四〕趙云：其在途也，如阮籍之窮途；其爲泣也，如楊朱之泣歧。

通泉驛南去通泉縣十五里山水作（古詩）

溪行衣自濕，亭午氣始散。冬温蚊蚋在，人遠鳧鴨亂。登頓生曾陰，欹傾出高岸〔一〕。驛樓衰柳側，縣郭輕煙畔。一川何綺麗，盡日窮壯觀〔二〕。山色遠寂寞，江光夕滋漫。傷時愧孔父，去國同王粲〔三〕。我生苦飄零，所歷有嗟歎。

〔一〕趙云：詩：高岸爲谷。

〔二〕趙云：史：天下之壯觀。

〔三〕趙云：王粲，漢獻帝西遷，粲從至長安。以西京擾亂，乃之荆州依劉表。其七哀詩云：西京亂無象，豺虎方遘患。復棄中國去，遠身適荆蠻。此之謂去國。

過郭代公故宅（古詩）

豪雋初未遇，其跡或脱略〔一〕。代公尉通泉，放意何自若。及夫登袞冕，直氣森噴薄。磊落見異人，豈伊常情度〔二〕。定策神龍後，宫中翕清廓。俄頃辨尊親，指揮存顧託。羣公有慚色，王室無削弱〔三〕。迥出名臣上，丹青照臺閣。我得行遺迹，池館皆疏鑿。壯公臨事斷，顧步涕横落。高詠寶劍篇，神交付冥漠〔四〕。

〔一〕趙云：賈誼：山東豪俊并起。梁孝王傳：豪俊之士從之。左太沖詠史詩：方其未遇時，憂在填溝壑。

〔二〕趙云：人謂蔡伯（邕）〔喈〕曰：不見異人，必得異書。

【校】蔡伯邕：蔡邕，字伯喈。當作蔡邕，或蔡伯喈。

〔三〕趙云：此敍代公平生也。公初爲尉，任俠使氣，撥去小節。如盜鑄、掠口，所謂豪俊、脱略、放意者也。先天二年，以（兵）〔中〕書同三品。蕭至忠、竇懷貞等附太平公主謀逆，明皇發兵誅之。睿宗聞變，登承天門樓，躬率兵誅懷貞等。獨公總兵扈帝。事定，宿中書十四日。所謂登衮冕而直氣噴薄，與夫定策神龍後、清宫中、辨尊親、存顧託，而羣公有慚色也。按公助誅太平，以功封代國，在先天二年癸丑歲，乃明皇即位之次年。是年改開元。若神龍，則中宗即位改元之號，歲在乙巳，去先天二年凡八年，而公云定策神龍，學者疑之，因論之曰：太平擅寵，自中宗來，則禍胎在神龍而下也。中宗盡景龍四年庚戌，凡六年。是年睿宗即位，改景雲，至延和元年内禪，歲在壬子，未（登）〔及〕三年。是年八月，明皇即位，改先天。太平擅寵，自中歷睿，至明皇始定。今杜公微意，不欲指中、睿之失，故追言神龍後，以見代公贊翊除患，召自神龍來也。猶玉華宫乃貞觀二十年太宗作爲避暑，而公詩曰：不知何王殿，蓋以太宗創業，貞觀習治，而勞費於營建，逸豫於離宫，故詩人諱之曰不知何王殿也。俄頃辨尊親，指揮存顧託，則以太平公主初有廢玄宗之意，及其既誅，則君臣之間，明皇得尊位；父子之間，明皇爲親傳。所以成睿宗顧託之意。舊注：太上皇傳位太子。非是。其云磊落見異人，以承直氣噴薄之下，是專説誅太平事，舊注又雜之以武后召見，奇之，及聘吐蕃還，上疏事，此豈可以言其同中書門下三品爲登袞冕時邪？百家往引趙曰：玄宗之平亂也，諸宰相皆走伏外省，獨元振總兵扈帝。

【校】未登三年：清刻本登作及。召自神龍來出：清刻本召作兆。

〔四〕百家注引趙曰：寶劍篇乃郭代公之奇作，所受知於武后，宜公服膺而高詠之也。

觀薛稷少保書畫壁（古詩）

少保有古風，得之陝郊篇。惜哉功名忤，但見書畫傳〔一〕。我遊梓州東，遺跡涪江邊。畫藏青蓮界，書入金牓懸〔二〕。仰看垂露姿，不崩亦不騫。鬱鬱三大字，蛟龍岌相纏〔三〕。又揮西方變，發地扶屋椽。慘淡壁飛動，到今色未填〔四〕。此行疊壯觀，郭薛俱才賢〔五〕。不知百載後，誰復來通泉？

〔一〕趙云：稷字嗣通，道衡曾孫，歷太子少保。當貞觀、永徽間，虞世南、褚遂良以書顯家，後莫能繼。稷外祖魏徵家多藏虞、褚書。稷鋭精臨倣，結體遒麗，遂以書名天下，畫又絶品。及竇懷貞伏誅，稷以知其謀賜死萬年縣獄中。此敘稷書畫甚明。有古風，傳稱以辭章自名，則詩有古風，宜矣。其功名事，傳云：稷言鍾紹京胥吏，無才望，不宜爲中書令；又與崔日用數爭帝前。非不美也，而以知懷貞之謀以死，則功名之誤。今杜公於通泉縣見其書畫之傳。

〔二〕趙云：青蓮界，佛寺也。見佛書。金牓字，取神仙事以形容之。神異經：東方有宮，青石爲牆，高三仞。左右闕高百丈，畫以五色。門有銀牓，以青石碧鏤，題曰天地長男之宫。西方有宫，白石爲牆，五色，黄門有金牓而銀鏤，題曰天地少女之宫。

〔三〕趙云：稷所書惠普寺碑上三字，字方徑三尺許，筆畫雄勁。傍有贔屭纏捧，乃龍蛇岌相纏也。今在通泉縣慶壽寺聚古堂，余嘗到寺觀之。三字之傍有贔屭纏捧，詩人道實事爲壯觀之句耳。百家注引趙曰：稷所書慧普寺碑上三字，字方徑三尺許，筆畫雄勁。然公於李潮八分小篆歌云：八分一字值千金，蛟龍盤（弩）〔拏〕肉倔强。是言八分及草書之纏糾，然後可言有蛟龍之勢也。然稷三大字乃直書，其勢豈若蛟龍耶？余嘗到慶〔壽〕寺觀之，三字之傍有贔屭纏捧，乃龍蛇岌相纏也。詩人道實事爲壯觀之句耳。

【校】蛟龍盤弩：明鈔本戊帙卷二正文弩作拏。慶寺：慶字下奪壽字，據本條注前文補。

〔四〕趙云：所畫西方變相，今亡矣。可公詩云又揮西方變，至到今色未填，指言當日所見。填字即寘字。字書云：塞也，又訓久。今公色未填，則色未昏滅之意。未詳所出。豈言其色未久，而尚如新邪？

〔五〕趙云：相如云：此天下壯觀也。疊，言其書與畫。郭、薛真所謂才賢邪。

通泉縣署屋壁後薛少保畫鶴（古詩）

薛公十一鶴，皆寫青田真〔一〕。畫色久欲盡，蒼然猶出塵。低昂各有意，磊落如長人。佳此志氣遠，豈惟粉墨新。萬里不以力，羣遊森會神。威遲白鳳態，非是倉鶊鄰。高堂未傾覆，幸得慰佳賓。曝露牆壁外，終嗟風雨頻。赤霄有真骨，恥飲洿池津〔二〕。冥冥任所往，脱略誰能馴〔三〕。

〔一〕趙云：青田，晉永嘉郡記有沐溪，野去青田九里，中有一雙白鶴，年年生伏子，長大便去，常餘父母在耳。多云神所養也。　寫真者，模寫其真形。

〔二〕趙云：楚辭：載赤霄而淩太清。在禽鳥言之，則張華鷦鷯賦序：彼鷲、鶚、鶤、鴻、孔雀、翡翠，或淩赤霄之際，或託絶垠之外。　王子年拾遺記：周昭王時，塗修國獻丹鶴，飲於溶溪之水。　江淹擬嵇康詩，其言靈鳳而曰：夕飲玉池津。　孟子：數罟不入洿池。

〔三〕趙云：揚子：鴻飛冥冥，弋人何慕焉？　江文通：脱略公卿。　顔延年詠嵇康詩：龍性誰能馴。

陪王侍御宴通泉東山野亭（近體詩）

江水東流去，清罇日復斜〔一〕。異方同宴賞，何處是京華〔二〕。亭影臨山水，村煙對浦沙。狂歌過於勝，得醉即爲家〔三〕。

〔一〕趙云：文選長歌行：百川東赴海，何時復西歸。　齊謝朓與江水曹詩：山中上芳日，故人清罇賞。又梁劉苞望夕雨詩：清罇久不薦，淹留遂待君。

〔二〕趙云：史曰：秀異產於異方。又云：進各異方。　賈誼鵩賦云：庚子日斜也。　庾信烏夜啼：御史府中何處宿。　文選昔余遊京華注云：京華，帝都也。

〔三〕趙云：過於字，如過乎恭、過乎儉之義。豈言踰過於勝絶者乎？

陪王侍御同登東山最高頂宴姚通泉晚攜酒泛江（古詩）

姚公美政誰與儔？不減昔時陳太丘〔一〕。邑中上客有柱史，多暇日陪驄馬遊〔二〕。東山高頂羅珍羞，下顧城郭銷我憂〔三〕。清江白日落欲盡，復攜美人登綵舟〔四〕。笛聲憤怒哀中流，妙舞逶迤夜未休。燈前往往大魚出，聽曲低昂如有求。三更風起寒浪湧，取樂喧呼覺船重。滿空星河光破碎，四座賓客色不動。請公臨深莫相違，迴船罷酒上馬歸。人生歡會豈有極，無使霜過一作露霑人衣〔五〕。

〔一〕趙云：荀子：在朝則美政。不減，不虧也。晉人語每云某人何不減某人。太丘，陳寔也，爲太丘長。潁川四長，陳居其一，可見太丘美政。

〔二〕趙云：上客，戰國策：六國呼蘇秦、張儀爲上客。柱史，指言王侍御。多暇日，荀子：其爲人也多暇日。特摘字用耳。驄馬事，後漢桓典爲侍御史，嘗乘驄馬。京師人畏之，語曰：行行且止，避驄馬御史。

〔三〕趙云：東山，即題所謂登東山最高頂，非謝安東山。羞者，韻書：致滋味爲羞。周禮有膳羞、庶羞、百羞。珍字，周禮有珍用八物，故合云珍羞字。舊注引曹子建詩，却是庶羞矣。詩：以寫我憂。

〔四〕趙云：美人，起於詩：有美一人。而文士用美人，如四愁云：美人贈我金錯刀。

〔五〕趙云：此一段乃晏子戒流連之樂之義。其句亦倣謝希逸月賦。臨深字，孔子如臨深淵、如履薄冰句法之義。如言請公莫違戾臨深之戒，所以有下句之囑。　霜過，一作霜露。

漁陽　（古詩）

百家注引趙曰：按通鑑，十月，以雍王适爲天下兵馬元帥。舊注以雍王受節制而不出閣，非是。

漁陽突騎猶精鋭，赫赫雍王都節制。猛將飄然恐後時，本朝不入非高計〔一〕。禄山北築雄武城，舊防敗走歸其營。繫書請問燕耆舊，今日何須十萬兵〔二〕。

〔一〕趙云：漁陽突騎，指雍王所統兵。編年通載：十月，雍王适討史朝義。甲戌，大敗之於横水，克河陽東郡。其將張獻誠以汴州降。十一月，薛嵩以相、衛、洛、邢降，張志忠以趙、定、深、常、易降。時公在梓，聞雍王之勝，尚聞河北猶有未入朝者，乃諭諸將：苟飄然而來，已自後時，而不入本朝，豈高計乎？舊注模稜其説，以雍王适領范陽、盧龍節制，而不出閣。又云，禄山已破云云，皆非。禄山死在至德元載，繼有子慶緒，又繼之以史思明，思明子朝義。自禄山天寶十四載反，至廣德元年正月安、史併滅。今於雍王爲兵馬元帥時，謂之安、史併滅可也，豈得止爲禄山平乎？朱滔反，又是德宗建中三年時事，李懷光反，又是德宗興元元年時事，豈所謂不入本朝邪？至以雍王适爲遥，李懷光爲懷仙，雕本之誤。漁陽突騎，幽州素有此兵號突騎，杜田説是。　戰國策：季良謂魏王曰：恃兵之精鋭而欲攻邯鄲。　荀子：湯、武之仁義，桓、文之節制。成公綏嘯賦：志離俗而飄然。　史云：不後時以縮。　蕭望之：志在本朝。

［二］趙云：舉往事以懲警不朝之將。魯仲連繫書約矢以射聊城中。名之曰燕耆舊，則本吾民之父老，又託之問耆舊，以警諸將耳。百家注引趙曰：此篇上兩句舉往事以懲警之也，言禄山初爲走計，而竟不保耳。

黄河二首（古詩）

趙云：前章罪海西軍不能禦寇。黄河之北，大海之西，則河北一帶之州郡也。後章憫蜀人困於供給，終之以願君王無奢侈云。

黄河北岸海西軍，椎鼓鳴鐘天下聞［一］。鐵馬長鳴不知數，胡人高鼻動成羣［二］。

右一

［一］趙云：言其飲食宴樂之雄侈。

［二］趙云：傳有虞坡之馬，望伯樂而長鳴。李陵報蘇武書：胡笳互動，牧馬悲鳴，吟嘯成羣。百家注引趙曰：此篇言椎鼓鳴鐘，體面如此，至使胡人動成羣而來。斯乃罪其不能致力於禦之乎？李陵重報蘇武書云：吟嘯成羣，聽之不覺淚下。

黄河南一作西岸是吾蜀，欲須供給家無粟［一］。願驅衆庶戴君王，混一車書棄金玉［二］。

右二

〔一〕趙云：上之人須蜀人之供給，乃至於家無粟。其字依傍陶潛瓶無儲粟。

〔二〕趙云：公所願與衆庶同心禦難伐叛，以尊戴君王，使天下車同軌、書同文，棄金玉而尚敦朴，用意深矣。書：衆非元后何戴。黄河南岸，一作西岸。師民瞻所傳任昌叔本取之，非是。蓋河自西注東，正定是南北岸，其曲處而後有東西岸也。成都路雖在中國西南，以河言之，雖遠而實南耳。時史思明未滅，車書猶未混一。車書混一，前人全語。棄金玉，傳：不寶金玉。百家注引趙曰：此篇憫蜀人困於供給，而終之以願君王之無侈靡也，如傳云不寶金玉之義。

中夜（近體詩）

中夜江山靜，危樓望北辰〔一〕。長爲萬里客，有愧百年身。故國風雲氣，高堂戰伐塵。胡雛負恩澤，嗟爾太平人〔二〕。

〔一〕趙云：北辰居其所，而衆星拱之。望北辰，則望君王之意。

〔二〕趙云：胡雛，當是史朝義之亂未除，而公興感亂階自禄山也。曹植詩：門有萬里客，問君何鄉人。高堂戰伐塵，言其所居高堂之上，亦染戰伐塵也。蓋公念其流落萬里，首因安禄山之亂所致，故追思而傷之，凡爲太平之人皆被此禍也。

花底（近體詩）

紫萼扶千蕊，黃鬚照萬花。忽疑行暮雨，何事入朝霞。恐是潘安縣，堪留衛玠車。深知好顏色，莫作委泥沙。

柳邊（近體詩）

只道梅花發，那知柳亦新。枝枝總到地，葉葉自開春。紫燕時翻翼，黃鸝不露身。漢南應老盡，灞上遠愁人。

聞官軍收河南河北（近體詩）

趙云：史朝義已滅，漸復河南、河北矣，故公遠聞而賦詩也。

劍外忽傳收薊北，初聞涕淚滿衣裳。却看妻子愁何在？漫卷詩書喜欲狂〔一〕。白日放歌須縱酒，青春作伴好還鄉。即從巴峽穿巫峽，便下襄陽向洛陽余田園在東京〔二〕。

〔一〕趙云：公每憂喪亂而妻子流離，既聞收薊北，則天下有平定之理，所以却看妻子而不知其愁之所在。下句謂讀書之際聞已收薊北，得與妻子有長聚之慶，所以漫卷之而喜欲狂也。

〔二〕趙云：此公之意欲離蜀還鄉矣。

丙帙卷之八

春日戲題惱郝使君兄（古詩）

使君意氣淩青霄，憶昨歡娛常見招〔一〕。細馬時鳴金騕褭，佳人屢出董嬌嬈〔二〕。東流江水西飛燕，可惜春光不相見。願攜王趙兩紅顔，再騁肌膚如素練。通泉百里近梓州，請公一來開我愁〔三〕。舞處重看花滿面，樽前還有錦纏頭〔四〕。

〔一〕趙云：意氣淩，乃魏劉楨射鳶詩意氣淩神仙之勢。淩青霄，乃仲長統可以淩雲霄，司馬紹統言椅桐曰上淩青雲霓，張華或淩赤霄之勢。北山移文：干青霄而直上。左太沖詠史：馮公豈不偉，白首不見招。

〔二〕趙云：騕褭，神馬名。漢武帝鑄金爲褭蹄麟趾，故有金褭蹄，而言馬則曰金騕褭也。上言馬，下言婦人，故公今詩用對董嬌嬈。後漢宋子侯董嬌嬈詩言採桑之事也。

〔三〕趙云：上兩句以興見招之後不復見佳人，故有下句願攜美人之請。意者流水以自比，而燕以比佳人乎。宋江夏王劉義恭詩：眷戀江水流。又沈約白銅鞮詩：漢水回東流。古詩：願爲雙飛燕。公在通泉，郝在梓州，欲郝自梓州攜二妓來通泉耳。其東西句法，則古東飛伯勞等歌：東飛伯勞西飛燕，黄姑織女時相見。江淹送友人别詩：遥裔發海鴻，連翩出簷燕。春秋更去來，參差不相見。

〔四〕趙云：錦纏頭字，唐人以綵賞舞者之稱。舊注引唐王元寶事，止一事耳。又如大姨以三百萬爲唐帝作纏頭錦之費，則又一事矣。

絶句（近體詩）

江邊踏青罷，迴首見旌旗〔一〕。風起春城暮，高樓鼓角悲〔二〕。

〔一〕趙云：或云，江邊踏青乃成都事，每以三月三日出郊言踐踏青草，故謂之踏青；是不知處處皆然。孟浩然大隄行云：歲歲春草生，踏青三兩日。又豈特川中邪？

【校】踏青三兩日：四部叢刊本孟浩然集三兩日作二三月。

〔二〕趙云：古樂府：春城起風色。

奉送崔都水翁下峽（近體詩）

無數涪江筏，鳴橈總發時。别離終不久，宗族忍相遺。白狗黄牛峽，朝雲暮雨祠。所過憑問訊，到日自題詩。

郪城西原送李判官兄武判官弟赴成都（近體詩）

憑高送所親，久坐惜芳辰。遠水非無浪，他山自有春[一]。野花隨處發，官柳著行新。天際傷愁別，離筵何太頻。

[一] 趙云：遠水非無浪，以言其行路之苦辛。他山自有春，言去當春時，觸處皆可行樂，故有下句。

題郪縣郭三十二明府茅屋壁（近體詩）

江頭且繫船，爲爾獨相憐。雲散灌壇雨，春青彭澤田。頻驚適小國，一擬問高天。別後巴東路，逢人問幾賢。

春日梓州登樓二首（近體詩）

行路難如此，登樓望欲迷。身無却少壯，跡有但羈栖。江水流城郭，春風入鼓鞞[一]。雙雙新燕子，依舊已銜泥。

右一

〔一〕趙云：正月，史朝義雖滅，而三月党項羌寇同州，郭子儀敗之于黄堆山，兵戈猶未可已，所以有鼓鞞。樂記：聽鼓鞞之聲，則思將帥之臣。

天畔登樓眼，隨春入故園〔一〕。戰場今始定，移柳更能存〔二〕。厭蜀交游冷，思吴勝事繁。應須理舟楫，長嘯下荆門。

右二

〔一〕百家注引趙曰：指洛陽也。

〔二〕趙云：故園之下云戰場，則又指東京而言。是時，史朝義已滅，戰場雖定而故園經盜賊，所移之柳豈更能存乎？更字，乃疑辭也。

泛江送魏十八倉曹還京因寄岑中允參范郎中季明（近體詩）

遲日深江水，輕舟送别筵。帝鄉愁緒外，春色淚痕邊。見酒須相憶，將詩莫浪傳〔一〕。若逢岑與范，爲報各衰年。

〔一〕趙云：見酒須相憶，言别後他日事也。下句公蓋自負其詩如此。郭受與公詩云：新詩海内流傳(困)〔徧〕。

豈能遏其傳哉！

【校】新詩海内流傳困：困字訛。九家注酬郭十五判官附郭受詩作偏，全唐詩作久。

送路六侍御入朝 （近體詩）

童稚情親四十年，中間消息兩茫然〔一〕。更爲後會知何地，忽漫相逢是別筵。不分桃花紅勝錦，生憎柳絮白於綿〔二〕。劍南春色還無賴，觸忤愁人到酒邊〔三〕。

〔一〕趙云：鄧禹傳：父老童稚，垂髦戴白，滿其車下。言與路相得於總角時也。

〔二〕趙云：天廚禁臠者，洪覺範之書也，以不分桃花紅勝錦，生憎柳絮白於綿謂之比興格，且曰：錦、綿色紅、白而適用。朝廷用真材，天下福也。惟真材者忠正，小人諂諛似忠，詐訐似正，故爲子美所不分而憎之。不知於桃花、柳絮何所據，而便比諂諛詐訐之小人乎？杜公造爲新語，其云不分、生憎，乃所以深言其紅、白也。

〔三〕趙云：桃花之深紅，柳絮之飃白，正是春色放蕩無所藉賴者，翻是觸忤愁人，斷送令到酒邊以散其愁。然所以愁者，以別筵故也。

泛江送客 （近體詩）

二月頻送客，東津江欲平。煙花山際重，舟楫浪前輕。淚逐勸杯落，愁連吹笛生〔一〕。

離筵不隔日，那得易爲情？

〔一〕百家注引趙曰：以其行而勸之，既别矣，淚所以落。舊注所引非。

上牛頭寺（近體詩）

青山意不盡，袞袞上牛頭〔一〕。無復能拘礙，真成浪出遊。花濃春寺静，竹細野池幽。何處鶯啼切？移時獨未休。

〔一〕百家注引趙云：王濟云：張華説史，袞袞可聽。蓋言已遊青山多矣，其意不盡，乃相續而上牛頭也。曰：袞袞，相繼不斷之義。

望牛頭寺（近體詩）

牛頭見鶴林，梯逕繞幽深。春色浮山外，天河宿一作没殿陰〔一〕。傳燈無白日，布地有黄金〔二〕。休作狂歌老，回看不住心〔三〕。

〔一〕趙云：言殿之高，若與天河相接。此與慈恩寺塔云七星在北户同意。宿，一作没，蓋不若宿字之自然。公詠江閣有云：（白）〔薄〕雲，巖際宿。與此同義。

【校】白雲：明鈔本丁帙卷六宿江邊閣作薄雲。

〔二〕趙云：謂長明燈也。止借釋書傳燈字用。白日亦有燈，故云無白日。又，佛書：祇陀太子以黄金（側）〔徧〕布給孤獨長者園中，而延佛居住，故凡言佛宇，謂之金地。又，江寧縣寺有晉長明燈，歲久不滅，火色變青而不熱。隋文帝平陳，訝其遠，至今猶在。

〔三〕百家注引趙曰：緣佛書有住相，而公摘用之，義取於無所住而生其心也。

上兜率寺（近體詩）

兜率知名寺，真如會法堂〔一〕。江山有巴蜀，棟宇自齊梁〔二〕。庾信哀雖久，何顒好不忘〔三〕。白牛車遠近，且欲上慈航〔四〕。

〔一〕趙云：真如，佛書云：真際也。公每題佛寺、紀佛僧，多用佛書中字。

〔二〕趙云：江山自有巴、蜀時便有之。此乃使羊叔子所謂自有宇宙來便有此山之義。齊、梁好佛，佛宇當是齊、梁時所建。

〔三〕百家注引趙曰：庾信作哀江南賦。所以哀者，以金陵瓦解而身竄荒谷。後漢末，黨事起，顒私入洛陽從袁紹計議，其窮困閉戹者爲求救援，以濟其患。蓋公言身已流離，有庾信之哀矣，而哀愁之中不忘交好也。何顒者，有救之之心也。趙云：然學者多疑其上佛寺詩而及此，斯亦有所感乎？

〔四〕百家注引趙曰：法華經云：有大白牛，肥壯多力，以駕寶車。蓋喻大乘也。

【校】此條九家注引作杜補遺。待考。

望兜率寺（近體詩）

樹密當山逕，江深隔寺門。霏霏雲氣重，閃閃浪花翻。不復知天大，空餘見佛尊。時應清盥罷，隨喜給孤園〔一〕。

〔一〕趙云：前便引祇陀太子求給孤獨長者園以延佛居止，故今佛宇亦稱給孤園。

數陪章梓州泛江有女樂在諸舫戲爲豔曲二首（近體詩）

趙云：一本作李梓州，非是。蓋後有陪章留後也。

上客回空騎，佳人滿近船〔一〕。江清歌扇底，野曠舞衣前。玉袖凌風並，金壺隱浪偏〔二〕。競將明媚色，偷眼豔陽年〔三〕。

右一

〔一〕趙云：客既登船，遣騎空回也。　史記平原君傳：毛先生至楚，而使趙重於九鼎，遂以爲上客。

〔二〕趙云：淩風並立，想女樂不一其人矣，所以成佳人滿近船之句。

〔三〕趙云：鮑明遠學劉公幹體詩：朔風吹朔雪，千里度龍山。集君瑤臺裏，飛舞兩楹前。兹辰自爲美，當避艷陽年。艷陽桃李節，皎潔不成妍。今公意蓋謂佳人自衒其美色，偷眼視春光以争相勝之意。

白日移歌袖，青霄近笛牀。翠眉縈度曲，雲鬢儼分行。立馬千山暮，迴舟一水香。使君自有婦，莫學野鴛鴦。

右二

登牛頭山亭子（近體詩）

路出雙林外，亭窺萬井中〔一〕。江城孤照日，山谷遠含風。兵革身將老，關河信不通〔二〕。猶殘數行淚，忍對百花叢。

〔一〕趙云：佛書云：佛説法於雙林樹下，故公題佛宇每用雙樹、雙林字。　下句言亭之高，可以窺井邑萬家也。

〔二〕趙云：時吐蕃猶盛。

陪章梓州王閬州蘇遂州李果州四使君登惠義寺章梓州一作李梓州（近體詩）

趙云：師民瞻本作章梓州，是。

春日無人境，虚空不住天〔一〕。鶯花隨世界，樓閣寄山巔〔二〕。遲暮身何得，登臨意惘然。誰能解金印，蕭灑共安禪〔三〕。

〔一〕趙云：孫綽天台賦序：踐無人之境。杜牧之傳：若涉無人（之）地。

〔二〕趙云：言當春時，處處有鶯花。世界字，又取佛書中語也。爾雅釋名：山頂曰巔。

〔三〕趙云：此二句蓋諷四刺史：誰能解所佩之金印而相與安禪聖？按，陶潛解綬去職；又，温遜嘗爲邑宰，解印綬而去。

戲題寄上漢中王三首（近體詩）

趙云：漢中王名瑀，讓皇帝之子，汝陽王璡之弟。始封隴西郡公，從明皇幸蜀至河池，封漢中王。

西漢親王子，成都老客星〔一〕。百年雙白鬢，一别五秋螢〔二〕。忍斷杯中物，秖看座右銘。不能隨皂蓋，自醉逐浮萍〔三〕。

右一

〔一〕百家注引趙曰：如嚴陵與光武同宿，史占客星犯帝座。

〔二〕趙云：公自言其老，久與漢中王别，而方得再相見。　五秋螢，蓋是别後五見螢火矣。

〔三〕百家注引趙曰：皂蓋，指言漢中王也。漢二千石朱轓皂蓋。

策杖時能出，王門異昔遊〔一〕。已知嗟不起，未許醉相留〔二〕。蜀酒濃無敵，江魚美可求。終思一酩酊，淨掃鴈池頭〔三〕。

右二

〔一〕趙云：吳越春秋云：太王避狄，杖策去邠。史記云：魯連子却秦君，平原君欲封之，遂策杖而去。　鄒陽曰：何王之門而不可曳長裾乎！　王門異昔遊，言王之斷酒爾。

〔二〕趙云：已知漢中王嗟我來見時不肯起去，意在求飲，而緣王斷酒，未許留醉也。

〔三〕趙云：天后時，高嶠詩云：駕言尋鳳侶，乘歡俯雁池。則往時素有此名，於池可以泛指爲雁池矣。　又見童歌山簡曰：日夕倒載歸，酩酊無所知。　百家注引趙曰：此梓州詩，而舊注引漢州雁水以證，豈干廣漢郡耶？

羣盜無歸路，衰顏會遠方〔一〕。尚憐詩警策，猶憶酒顛狂〔二〕。魯衛彌尊重，徐陳略喪亡〔三〕。空餘枚叟在，應念早升堂〔四〕。

右三

〔一〕趙云：上句指言僕固懷恩以吐蕃、回紇、党項之兵入寇也。

〔二〕趙云：尚憐、猶憶，蓋主漢中王言之。詩警策、酒顛狂，公自主其身而言也。百家注引趙曰：梁鍾嶸作詩品曰：陳思贈弔仲宣、七哀，公幹思友，阮籍詠懷，靈運鄴中，士衡擬古，陶公詠貧之製，惠連擣衣之作，皆五言之警策者也。

〔三〕趙云：上句公引魯衛之政兄弟之語。下句言王之賓客多喪也。

〔四〕趙云：雪賦云：召鄒生，延枚叟。語：由也升堂矣。

送何侍御歸朝（近體詩）

舟楫諸侯餞，車輿使者歸〔一〕。山花相映發，水鳥自孤飛〔二〕。春日垂霜鬢，天隅把繡衣〔三〕。故人從此去，寥落寸心違。

〔一〕趙云：上句指言章梓州作泛舟之筵也，下句言何侍御歸朝也。

〔二〕趙云：簡文帝云：山川相映發。義雖不同，而以字語之，熟用之也。

〔三〕趙云：前漢暴勝之，衣繡衣，持斧，爲直指使者。又，漢侍御史，繡衣持斧。言與何侍御把衣爲別也。

江亭送眉州辛別駕昇之得蕪字（近體詩）

柳影含雲幕，江波近酒壺〔一〕。異方驚會面，終宴惜征途〔二〕。沙晚低風蝶，天晴喜浴鳧。別離傷老大，意緒日荒蕪。

〔一〕趙云：雲幕，言幕之如雲也。字則漢成帝設雲幕於甘泉宮。

〔二〕趙云：李少卿書云：異方之樂，祇令人悲。又史云：秀異産於異方。終宴字，則曹子建詩公子敬愛客，終宴不知疲也。

歸雁（近體詩）

趙云：陳徐陵答尹義言曰：歸雁銜蘆。此歸雁字所出。

春來萬里客，亂定幾年歸？腸斷江城雁，高高正北飛〔一〕。

〔一〕趙云：萬里，言萬里橋也。自西川來東川，所以爲東來之客。今歲廣德元年史朝義死，思明父子僭號凡四年滅。公喜之，爲亂定矣。然尚留於梓，江城指言梓州。雁以春而北歸，公之歸亦向北而不能，宜有斷腸之興矣。

短歌行送祁録事歸合州因寄蘇使君（古詩）

前者途中一相見，人事經年記君面〔一〕。後生相動何寂寥，君有長才不貧賤〔二〕。君今起柁春江流，余亦沙邊具小舟〔三〕。幸爲達書賢府主，江花未盡會江樓〔四〕。

〔一〕百家注引趙曰：經年之中，徒記君面而已，不得再相見也。

〔二〕趙云：寂寥，感動也。嵇康：長才廣度，無所不淹。

【校】嵇康下百家注有云字。

〔三〕趙云：柁，所以行大舟。

〔四〕趙云：指言合州蘇使君。

惠義寺送王少尹赴成都（近體詩）

苒苒谷中寺，娟娟林表峯。欄干上處遠，結構坐來重。騎馬行春徑，衣冠起暮鐘。雲門青寂寞，此別惜相從。

惠義寺園一本無園字送辛員外（近體詩）

朱櫻此日垂朱實，郭外誰家負郭田。萬里相逢貪握手，高才仰望足離筵。

又送（近體詩）

雙峯寂寂對春臺，萬竹青青照一作送客杯。細草留連侵坐軟，殘花悵望近人開。同舟昨日何由得，并馬今朝未擬迴。直到綿州始分首一作手，江邊樹裏共誰來？

涪江泛舟送韋班歸京得山字（近體詩）

追餞同舟日，傷心一作春一水間〔一〕。飄零爲客久，衰老羨君還。花雜一作遠重重樹，雲輕處處山〔二〕。天涯故人少，更益鬢毛斑。

〔一〕趙云：同舟而濟。古詩云：相望一水間。百家注引趙曰：一作傷春，非。但不若傷心之快。

〔二〕百家注引趙曰：一作花遠，非。蓋重重樹則已有遠意，不可疊用也。

涪城縣香積寺官閣（近體詩）

寺下春江深不流，山腰官閣迴添愁。含風翠壁孤雲細，背日丹楓萬木稠。小院迴廊春寂寂，浴鳧飛鷺晚悠悠。諸天合在藤蘿外，昏黑應須到上頭〔一〕。

〔一〕趙云：蓋言其高而近天爾。

題玄武禪師屋壁（近體詩）

何年顧虎頭，滿壁畫瀛洲〔一〕。赤日石林氣，青天江水流〔二〕。錫飛常近鶴，杯渡不驚鷗〔三〕。似得廬山路，真隨惠遠遊〔四〕。

〔一〕趙云：洪駒父嘗云：顧愷之小字虎頭。維摩詰是過去金粟如來，故乞瓦棺寺顧畫摩詰之詩卒章云：虎頭金粟影，神妙極難忘。乃注云：虎頭，僧相；金粟，金地。此殊可笑也。洪之説如此。以虎頭爲愷之小字，蓋本古今畫録所云耳。然歐陽率更作類書，於甘蔗門載世説曰：顧愷之爲虎頭將軍。世説即劉義慶之書，其去晉爲未遠，而歐陽率更所據全書中引用，但更不見晉人别作虎頭將軍者。一稱小字，一是官號，當俟博物者辨之。瀛洲，神仙十洲中之一名也。

〔二〕百家注引趙曰：此自皆言所〔盡〕〔畫〕之景物也。

【校】此條九家注未標注家，依例作王洙注，待考。

〔三〕趙云：錫杯飛渡，則必畫僧之登山渡水者。以不驚鷗字貼之，取列子狎鷗之意。百家注引趙曰：傳燈録云：劉宋時杯渡者不知姓名，常乘木杯渡水。止宿一家，有金像，求之弗得，因竊以去。主人追之，至孟津，浮木杯渡河，無假風棹，輕疾如飛。

【校】錫杯飛渡：清刻本作錫飛杯渡。百家注所引，九家注作杜正謬云。今按，此條九家注作杜正謬云，另引趙云，甚分明。則百家注所引當係杜正謬之注，非趙注。

〔四〕趙云：言所畫之趣，似是廬山路，可以尋惠遠大師也。

韋諷録事宅觀曹將軍霸畫馬圖（古詩）

國初已來畫鞍馬，神妙獨數江都王〔一〕。將軍得名三十載，人間又見真乘黄〔二〕。曾貌先帝照夜白，龍池十日飛霹靂〔三〕。内府殷紅馬腦盤，婕妤傳詔才人索〔四〕。碗一作盤賜將軍拜舞歸，輕紈細綺相追飛〔五〕。貴戚權門得筆跡，始覺屏障生光輝。昔日太宗拳毛騧，近時郭家師子花。今之新圖有二馬，復令識者久歎嗟。此皆騎戰一敵萬，縞素漠漠開風沙。其餘七匹亦殊絶，迥若寒空動煙雪。霜蹄蹴踏長楸間，馬官廝養森成列。可憐九馬爭神駿，顧視清高氣深隱〔六〕。借問苦心愛者誰？後有韋諷前支遁〔七〕。憶昔巡幸新豐宫，翠華拂天來向東。騰驤磊落三萬匹，皆與此圖筋骨同〔八〕。自從獻寶朝河宗，無復射蛟江水中〔九〕。君不見金粟堆前松柏裏，龍媒去盡鳥呼風〔一〇〕！

〔一〕趙云：鮑照詩：鞍馬光照地。明皇雜録云：王維、鄭虔皆善繪畫，時稱神妙。

〔二〕趙云：以將軍所畫，其在於人間，真是乘黄也。乘黄，（乘）〔神〕馬也。瑞應圖曰：乘黄，王者輿服，有度則出。山海經曰：白氏之國，白身被髮。有乘黄，其狀如狐，背上有角，乘之壽二千歲。注云：即飛黄也。淮南子曰黄帝時飛黄服皂是已。公詩此句泛言其所畫之馬，而以乘黄比之，繼之以曾貌先帝照夜白，至輕紈細綺相追飛六句，以言其爲天子畫馬也。百家注引趙曰：江都王，宗室也。將軍，即曹將軍霸也。明皇雜録云：陳義、曹霸等善畫，時稱神妙。乘黄，神馬也。詩大叔于田：乘乘黄。

〔三〕趙云：照夜白者，乃真龍耳，故畫出照夜白，而龍池之中飛霹靂者，凡十日也。蓋畫者真龍在圖，感動龍池中龍如此。薛夢符所引意不相干。

〔四〕趙云：馬腦盤，内府之物。婕妤秩尊，故傳詔；才人秩卑，故親往索之。百家注引趙曰：碗别本作盤。

〔五〕趙云：盤賜將軍，蓋專賜之，其從者輕紈與細綺也。吴越春秋：采葛女之歌曰：羣臣拜舞天顔舒。百家注引趙曰：蓋專賜瑪瑙盤，故拜舞（婦）〔歸〕。

〔六〕趙云：自昔日太宗至氣深隱十二句，正是韋諷家所見之畫，凡九疋也。按長安志：太宗昭陵有六駿，在陵後，曰拳毛騧。師子花，亦近時郭家所有之實者。舊注不省，云漢時有九逸，而薛夢符又引西京雜記以正其爲漢文有良馬九疋，混亂旁似，疑惑後學。莊子有：馬蹄可以踐霜雪。

〔七〕趙云：支遁養真馬，韋諷藏畫馬，皆苦心所愛，蓋惟好之篤，而用心苦也。百家注引趙曰：神駿字，支遁養馬曰：余憐其神駿耳。

〔八〕趙云：因見此九馬圖畫，懷思先皇。新豐宫，則以漢高事。下句射蛟，則以漢武事。朝河宗，則以穆天子事比先皇也。高帝，沛豐邑中陽里人。太上皇懷其故鄉，特爲造新豐邑。驪山在其南，先皇所常游幸。翠華，天子之旗也。南都賦：望翠華之葳蕤。東都賦旗拂天也。自長安而幸新豐，自西而東也。今比所畫，正如先皇三萬匹，皆駿馬也。

〔九〕趙云：言先皇之出狩，而遂上昇乎。穆天子傳曰：河曰河宗，四瀆之所宗。穆天子乘八駿以遊行。穆天子傳又云：天子西征至陽紆之山。河伯、馮夷，都是爲河宗，觀春山之寶玉也。沈佺期詩云：河宗來獻寶，天子命焚裘。

〔一〇〕趙云：先皇陵寢之畔，龍媒既去，鳥徒呼風於松柏間耳，故曰鳥呼風。

【校】此條百家注又引趙曰：唐舊紀云云。九家注明標作新添，顯非趙注。今從九家注，不取。

送韋諷上閬州録事參軍（古詩）

國步猶艱難，兵革未衰息。萬方哀嗷嗷，十載供軍食〔一〕。庶官務割剥，不暇憂反側〔二〕。誅求何多門，賢者貴爲德〔三〕。韋生富春秋，洞澈有清識。操持紀綱地，喜見朱絲直。當今豪奪吏，自此無顔色〔四〕。必若救瘡痍，先應去蝥賊。揮淚臨大江，高天意悽惻〔五〕。行行樹佳政，慰我深相憶。

〔一〕趙云：此篇公憂國愛民之意切矣。詩云：國步（蔑斯）〔滅資〕。嗷嗷，衆口愁也。

〔二〕趙云：周禮云：使無敢反側，以聽王命。後漢光武紀：帝云：使反側子得以自安也。既以軍食而須求，乃且乘勢割剥，寧不憂民之怨而反側乎？此公之所遠慮也。

〔三〕趙云：賢者貴爲德，一作賢俊愧爲力，非，蓋義不足也。

〔四〕趙云：録事者，一州之紀綱。管子曰：凡輕重散斂以時，即平準；故大賈富家不得豪奪吾人也。

〔五〕趙云：前漢季布傳：瘡痍未瘳。此詩在梓州送韋，臨大江，梓州江也。

陪章留後惠義寺餞嘉州崔都督赴州（古詩）

中軍待上客，令肅事有恆〔一〕。前驅入寶地，祖帳飄金繩〔二〕。南陌既留歡，兹山亦深登〔三〕。清聞樹杪磬，遠謁雲端僧〔四〕。迴策匪新岸，所攀仍舊藤。耳激洞門飈，目存寒谷冰。出塵閟軌躅，畢景遺炎蒸。永願坐長夏，將衰棲大乘。羇旅惜宴會，艱難懷友朋。勞生共幾何，離恨兼相仍。

〔一〕趙云：中軍，以指章留後。上客，以指崔都督。左傳凡言某人中軍，則以言主將也。六國呼蘇秦、張儀爲上客。令肅事有恆，言章留後號令嚴肅，而事有定式。

〔二〕趙云：詩：伯也執殳，爲王前驅。〔下句〕善形容事實者。餞席謂之祖道。祖，蓋祭名也。前漢疏廣傳：故人邑子，爲張祖道供帳。

佛寺、佛居以七寳爲地。

〔三〕趙云：惠義寺，在梓州之南，故於南陌留爲歡宴，而復登此山也。徐敬業登琅邪城：此江稱豁險，兹山復鬱盤。

〔四〕趙云：木末曰杪。枚乘詩：美人在雲端，天路隔無期。

送竇九歸成都（近體詩）

文章亦不盡，竇子才縱横。非爾更苦節，何人符大名。讀書雲閣觀，問絹錦官城。我有浣花竹，題詩須一行。

𣚃拂子（古詩）

趙云：此篇言物微而有用，特以夏月多蠅，而拂子能除之。東溪云：明皇不明，賢人棄逐，故作是詩以諷焉。詩作於梓州，廣德元年之夏，乃是代宗時，豈干明皇邪？

𣚃拂且薄陋，豈知身効能。不堪代白羽，有足除蒼蠅。熒熒金錯刀，擢擢朱絲繩。非獨顔色好，亦用顧眄稱〔一〕。吾老抱疾病，家貧卧炎蒸。咂膚倦撲滅，賴爾甘服膺〔二〕。物微世競棄，義在誰肯徵？三歲清秋至，未敢闕緘縢〔三〕。

〔一〕趙云：言櫻拂之柄朴而無飾，非若金錯刀之熒熒。櫻拂之絲散而不長，非若朱絲繩之擢擢。彼二物之名可稱，亦非特以其金朱之好顏色耳。刀用以佩，弦用以彈，皆係乎人之顧眄焉。百家注引趙曰：續漢書曰：佩刀，諸侯王黄金錯環。鮑照云：直若朱絲繩。

〔二〕趙云：莊子曰：蚊蝱咂膚，則通夕不寐。書云：若火之燎于原，其猶可撲滅。

〔三〕趙云：末句蓋言秋至而無蠅矣，仍珍藏之，未敢使緘縢之滅裂也。莊子：緘縢扃鐍謂之固。

陪章留後侍御宴南樓（近體詩）

絶域長夏晚，兹樓清宴同〔一〕。朝廷燒棧北，鼓角漏一作滿天東〔二〕。屢食將軍第，仍騎御史驄〔三〕。本無丹竈術，那免白頭翁〔四〕。寇盜狂歌外，形骸痛飲中。野雲低渡水，簷雨細隨風。出號江城黑，題詩蠟炬紅〔五〕。此身醒復醉，不擬哭途窮〔六〕。

〔一〕趙云：李陵書：出征絶域。今公借而用之。沈佺期古樂府坐看長夏曉，亦此意也。百家注引趙曰：非吾鄉而在遠，亦可用絶域矣。

〔二〕趙云：因宴南樓而望長安也。張良燒絶棧道，今摘其字用之，言地理耳。百家注引趙曰：張良説漢高祖燒絶棧道，舊注以爲韓信，誤矣。趙云：漏天在黎州，蜀之西蕃，地多雨，故曰漏天。則梓州當在其東，所以形容其地也。蔡伯世正異：漏天乃地名，在雅州，以其地多雨也。居梓州之西，正文訛作滿。

〔三〕趙云：公自言其食於章留後之宅，以留後同上兵，故云將軍。第字，霍去病爲驃騎將軍辭第也。留後之官亦御史也。

〔四〕趙云：魏文帝云：已成一老翁，但未頭白耳。字如壺關三老云：夢白頭翁教臣也。

【校】壺關三老云云：檢漢書，壺關三老無此語，語在車千秋傳中。

〔五〕趙云：夜傳號令，此節度府之事也。當出號之時，宴中方明燭而題詩。又是紀實也。

〔六〕百家注引趙曰：言飲醉則如阮籍而哭窮途，則不擬學之。

隨章留後新亭會送諸君（近體詩）

新亭有高會，行子得良時。日動映江幕，風鳴排檻旗。絶葷終不改，勸酒欲無詞。已墮峴山淚，因題零雨詩。

臺上得涼字（近體詩）

改席臺能迴，留門月復光〔一〕。雲霄遺暑濕，山谷進風涼〔二〕。老去一杯足，誰憐屢舞長。何須把官燭，似惱鬢毛蒼。

〔一〕趙云：改席，則自南樓移於臺上也。留門，且未閉城門也。詩：月出之光。

〔二〕百家注引趙曰：臺高矣，如在雲霄之間而不知有暑氣。

對雨（近體詩）

莽莽天涯雨，江邊獨立時〔一〕。不愁巴道路，恐濕漢旌旗〔二〕。雪嶺防秋急，繩橋戰勝遲〔三〕。西戎甥舅禮，未敢背恩私〔四〕。

〔一〕趙云：於雨言莽莽，可謂新奇矣，蓋猶於日言野日荒荒白。江邊獨立，其所思者遠矣。意見下句。

〔二〕趙云：巴道路，自綿而東也。時治兵禦吐蕃，公之意謂：雖往來巴山之道路而不以爲愁，惟恐濕漢之旌旗矣。百家注引趙曰：指言梓州也。自綿而東乃巴矣，公於梓州九日寄嚴大夫云：無路出巴山。

〔三〕趙云：雪嶺，在松、維州之外，即西山也。繩橋，以岷江湍急，不可爲樑，乃以竹繩而爲之，駕虚以渡，故號繩橋。

〔四〕趙云：孟子：帝館甥于貳室。爾雅曰：謂我舅者，吾謂之甥。初，中宗景龍三年，以雍王守禮女爲金城公主，以妻贊普。其後，玄宗開元間遣使入朝，奉表言甥，言先帝舅云云。今公言望其敦甥舅之禮而勿背焉。

警急（近體詩）

趙云：警急者，言可警之急也。字祖出漢書，而魏〔曹〕植白馬篇、梁劉孝威結客少年場皆曰：邊城多警急。

百家注引趙曰：時高適代崔光遠領西川節度使。

才名舊楚將，妙略擁兵機〔一〕。玉壘雖傳檄，松州會解圍〔二〕。和親知計拙，公主漫無歸〔三〕。青海今誰得？西戎實飽飛〔四〕。

〔一〕趙云：考適傳：自諫議大夫除揚州大都督長史，淮南節度使，此所謂楚將也。百家注引趙曰：以美高適也。

〔二〕趙云：蜀都賦：包玉壘而爲宇。傳曰：三秦可傳檄而定也。言高公爲節度，可以傳羽檄而解松州之圍也。廣德元年，吐蕃取隴右。十二月，遂亡松、維、保三州。公詩在未亡松州之前。

〔三〕趙云：唐史，永泰元年乙巳，吐蕃方請和，繼而又叛。時議必再有請嫁公主爲和親計者，故公云爾。餘見留花門公主歌黄鵠注。

〔四〕趙云：新史：景龍時，吐蕃厚餉使者楊矩，請河西九曲爲公主湯沐。矩表請與其地。九曲者，水甘草良，宜畜牧，近與唐接。自是益張雄，易入寇，則青海亦爲其所有矣。公既以吐蕃既有青海，宜其勢如鷹之飽而飛揚，不就縶紲也。

王命（近體詩）

漢北豺狼滿，巴西道路難〔一〕。血埋諸將甲，骨斷使臣鞍〔二〕。牢落新燒棧，蒼茫舊築壇〔三〕。深懷喻蜀道，慟哭望王官〔四〕。

〔一〕趙云：漢與巴相連，蓋吐蕃入寇之地。吴都賦云：矜巴、漢之阻，則以爲襲險之右。可以見巴、漢之連矣。漢之北，則褒、斜也。巴之西，則綿、漢、成都也。

〔二〕趙云：廣德元年，使李之芳、崔倫往聘吐蕃，留不遣。虜破邠州，入奉天，天子幸陝。使臣，指李之芳、崔倫。曰骨斷，則憂懼而骨欲折之義也。

〔三〕趙云：時雍王适爲兵馬元帥，郭子儀副之；而禦奉天之寇，委之子儀，則舊築壇，指郭令公也。

〔四〕趙云：司馬相如有喻蜀檄，公止取喻蜀字以言蜀父老望王官之至也。舊注作段子璋反事，自是上元二年高適爲蜀州刺史時，況今篇又不關涉高適。

征夫（近體詩）

十室幾人在，千山空自多。路衢唯見哭，城市不聞歌。漂梗無安地，銜枚有荷戈〔一〕。官軍未通蜀，吾道竟如何？

〔一〕趙云：此公自言爾，蓋旅寓之人，如梗之漂蕩，於義分明。

倦夜 （近體詩）

竹涼侵卧内，野月滿庭隅〔一〕。重露成涓滴，稀星乍有無。暗飛螢自照，水宿鳥相乎。萬事干戈裏，空悲清夜徂〔二〕。

〔一〕趙云：漢書：引入卧内。又王敦謂石崇曰：誤入卿内。古詩云：秋涼野月白。百家注引趙曰：漢書：引入卧内。然凡寢所，皆可例稱。

〔二〕趙云：時吐蕃之兵方熾。

悲秋 （近體詩）

涼風動萬里，羣盜尚縱横。家遠傳書日，秋來爲客情。愁窺高鳥過，老逐衆人行〔一〕。始欲投三峽，何由見兩京。

〔一〕趙云：家語：見飛鳥過。詩：有鳥高飛。

有感五首 （近體詩）

趙云：詩意當是廣德元年史朝義正月已滅之後，吐蕃十月未陷京師之前。句有言胡滅，則指史朝義也。新交戰，則吐蕃也。覓張騫，則指奉使吐蕃者也。餘蛇豕，則指河北叛將也。虎狼、盜賊，則以指袁晁也。不臣朝，又以指河北叛將也。親賢，則指雍王适與郭子儀也。將自疑，則指僕固懷恩也。

將帥蒙恩澤，兵戈有歲年。至今勞聖主，何以報皇天。白骨新交戰，雲臺舊拓邊〔一〕。乘槎斷消息，無處覓張騫〔二〕。

右一

〔一〕趙云：言新戰之兵方橫白骨，將帥必有意於拓邊而功未立，其在雲臺畫像議功者，則是舊拓邊之功也。

〔二〕趙云：此言遣使和吐蕃未還，所以用張騫乘槎爲喻。乘槎本是前漢末事，而公多用作張騫使西域尋河源所乘之槎，豈承用之熟耶？見張華博物志。

幽薊餘蛇豕，乾坤尚虎狼〔一〕。諸侯春不貢，使者日相望。慎勿吞青海，無勞問越裳〔二〕。大君先息戰，歸馬華山陽。

右二

〔一〕趙云：左傳曰：吳爲封豕長蛇，薦食上國。史朝義雖滅，而未臣服者。餘蛇豕，指河北叛將，尚虎狼則盜賊猶自充斥也。按編年通載於前歲寶應元年載台州賊袁晁乘亂據浙東。

〔二〕趙云：慎勿吞青海，戒以無有事於西羌。無勞問越裳，戒以無有事於東夷。

右三

洛下舟車入，天中貢賦均〔一〕。日聞紅粟腐，寒待翠華春〔二〕。莫取金湯固，長令宇宙新〔三〕。不過行儉德，盜賊本王臣〔四〕。

〔一〕趙云：應是史朝義既滅，道路亦不阻絶矣，故舟車入而貢賦均。此指言長安，特用洛陽爲天地之中爲譬也。言此以責河朔諸將有不貢者。莊子云：舟車之所至。

〔二〕趙云：日聞紅粟腐，則言其儲蓄之多。寒待翠華春，翠華之春，和氣所及也。上林賦曰：建翠華之旗。蓋天子之旗也。

〔三〕趙云：莫取金湯固，長令宇宙新，又以戒之。莊子疏云：揭天地以趨新，負山嶽而捨故。宇宙新則一洗乾坤，而其命維新矣。

〔四〕趙云：盜賊，則又指袁晁者矣。書：慎乃儉德。詩：率土之濱，莫非王臣。百家注引趙曰：此公致君之胸懷矣。

丹桂風霜急，青梧日夜凋〔一〕。由來强幹地，未有不臣朝〔二〕。受鉞親賢往，卑宫制詔遥〔三〕。終依古封建，豈獨聽簫韶〔四〕。

右四

〔一〕趙云：首兩句蓋以爲譬也。丹桂，耐風霜之物，楚辭云麗桂樹之冬榮是已。青梧，易凋之物，楚辭又云白露下衆草兮，奄凋此梧楸是已。彼丹桂而值風霜之急，所以青梧日夜凋落矣。以引下句。

〔二〕趙云：若幹之强壯，則枝無勝幹之理，猶主强則臣自歸服而朝也。强幹地，則指言長安之尊崇也。未有不臣朝，則如上句諸侯春不貢事，今反言以期之也。

〔三〕趙云：去歲寶應元年，代宗既即位，五月以雍王爲天下兵馬元帥，郭子儀副之，此親與賢之往也。舊注云：時代宗爲帥，却是肅宗時矣。百家注引趙曰：受鉞者，授之以節，而使之受，所以爲元帥也。傳曰：親賢並建。

〔四〕趙云：蓋勸朝廷非特任元帥、副帥而已，終以封建之制待夫親賢。而爲天子者，豈獨聽簫韶之樂宴樂而已！意者代宗猶奏霓裳羽衣之曲乎？

胡滅人還亂，兵殘將自疑〔一〕。登壇名絶假，報主爾何遲〔二〕。領郡輒無色，之官皆有詞。願聞哀痛詔，端拱問瘡痍〔三〕。

右五

〔一〕趙云：安禄山營州柳城胡，史思明寧夷州突厥種，皆胡也。癸卯廣德元年正月，史朝義自縊死。自天寶十四載至是凡九年，而安史滅矣。　將自疑，則如僕固懷恩以疑而叛，李光弼以疑而沮者矣。

〔二〕趙云：登壇字，高祖以韓信爲大將，登壇而拜之。　名絶假，則真拜之，非特假節而已。舊注自是假王、真王，何干登壇時事邪？　諸將蒙寵如此，故責以下句之報主矣。

〔三〕趙云：末句又以望主上之卹民也。　漢武帝末年，嘗發哀痛之詔。　瘡痍，則言民之傷也。季布傳：瘡痍未瘳。

送元二適江左（近體詩）

亂後今相見，秋深復遠行。風塵爲客日，江海送君情〔一〕。晉室丹陽尹，公孫白帝城〔二〕。經過自愛惜，取次莫論兵。

〔一〕趙云：公自言其遭戰之時而飄泊於外也。　下句又以言送元之適江左也。

〔二〕趙云：丹陽，潤州也。丹陽置尹，在晉室爲然。今元二必是往潤州爲守，則舟行必經白帝城而下也。城乃公孫述所築。

章梓州水亭

時漢中王兼道士席謙在會，同用荷字韻。（近體詩）

城晚通雲霧，亭深到芰荷。吏人橋外少，秋水席邊多。近屬淮王至，高門薊子過〔一〕。荆州愛山簡，吾醉亦長歌〔二〕。

〔一〕趙云：前漢淮南王劉安於近屬中最賢而有學者，故以比漢中王。後漢薊子訓有神異之道，流名京師，士大夫皆承風嚮慕之。此言席道士，又以尊章梓州能致異人也。

【校】承風嚮慕之：百家注下接到京師，公卿以下候之者，座上常數百人一句。

〔二〕趙云：荆州以比梓州。山簡都督荆、湘、交、廣四州諸軍事，荆土豪族有佳園池，簡出嬉遊多之池上，置酒輒醉。兒童歌之曰：山公出何許？往至高陽池。日夕倒載歸，酩酊無所知。時時能騎馬，倒著白接羅。舉鞭白葛强，何如并州兒？葛强家在并州，簡愛將也。吾醉亦長歌，則欲效兒童之爲歌爾。

章梓州橘亭餞成都竇少尹

（近體詩）

秋日野亭千橘香，玉杯錦席高雲涼。主人送客何所作，行酒賦詩殊未央。衰老應爲難離別，賢聲此去有輝光。預傳籍籍新京兆，青史無勞數趙張。

送陵州路使君赴任（近體詩）

王室比多難，高官皆武臣〔一〕。幽燕通使者，岳牧用詞人〔二〕。國待賢良急，君當拔擢新。佩刀成氣象，行蓋出風塵〔三〕。戰伐乾坤破，瘡痍府庫貧。衆寮宜潔白，萬役但平均〔四〕。霄漢瞻佳士，泥塗任此身。秋天正摇落，回首大江濱〔五〕。

〔一〕趙云：自安史之亂，通九年，亦可謂多難矣。

〔二〕趙云：乾元二年，禄山父子僭號，凡三年而滅。廣德元年史思明父子僭號，凡四年而滅。安史既平，幽、燕路通矣，使命可以往來也。書觀四嶽羣牧是也。詞人者，文詞之人，指言路使君也。

〔三〕趙云：時方吐蕃之亂，道路風塵，而刺史之蓋出風塵以往也。

〔四〕趙云：公此四句以誡爲政，可謂贈人以言矣。

〔五〕趙云：佳士，又以指路君。泥塗，則公自言也。

丙帙卷之九

九日（近體詩）

去年登高郪縣北，今日重在涪江濱〔一〕。苦遭白髮不相放，羞見黄花無數新。世亂鬱鬱久爲客，路難悠悠常傍人。酒闌却憶十年事，腸斷驪山清路塵〔二〕。

〔一〕百家注引趙曰：射洪之江也。

〔二〕百家注引趙曰：驪山在臨潼縣，即明皇之華清宫也。

薄暮（近體詩）

江水最深地，山雲薄暮時。寒花隱亂草，宿鳥擇深枝〔一〕。舊國見何日，高秋心苦悲。人生不再好，鬢髮白成絲。

〔一〕趙云：史云：鳥則擇木，木豈能擇鳥？

薄遊（近體詩）

趙云：夏侯湛作東方朔畫讚序云：以爲濁世不可以富樂也，故薄遊以取位。又謝靈運初去郡詩：薄遊似邴生。公自秦入西蜀，自蜀而來東川，浮遊不定，故以此爲題。

【校】富樂：影胡刻本文選作富貴。

淅淅風生砌，團團日一作月隱牆〔一〕。遥空秋雁滅，半嶺暮雲長。病葉多先墜，寒花只暫香〔二〕。巴城添淚眼，今夕復清光〔三〕。

〔一〕趙云：梁何遜詩曰：的的帆向浦，團團日隱洲。惟其日晚，晚則低而隱牆。舊注輒改日作月，殊不知下句有秋雁滅、暮雲長，則日晚之景也。

〔二〕趙云：上句意義在病字與先字。舊注引秋興賦槁葉多殞，非是。

〔三〕趙云：公於鄜州月詩云：何時倚虚幌，雙照淚痕乾。則以還家而淚乾。今以薄遊無定，見月而添淚也。此句方是言月，然不必有月字而義自明，以今夕清光字見之矣。

【校】鄜州月詩：題當作月夜。

客夜（近體詩）

客睡何曾著，秋天不肯明〔一〕。入簾殘月影，高枕遠江聲。計拙無衣食，途窮仗友生〔二〕。老妻書數紙，應悉未歸情。

〔一〕趙云：睡著、天明，通中國之常語，實道其事而句可謂詣理矣。

〔二〕百家注引趙曰：顔延年詠阮籍詩：途窮能無慟。

客亭（近體詩）

秋窗猶曙色，落木更天風。日出寒山外，江流宿霧中。聖朝無棄物，老病已成翁〔一〕。多少殘生事，飄零似轉蓬〔二〕。

〔一〕趙云：老子：長善救物，故無棄物。陳徐陵別毛永嘉詩：嗟余今老病，此別恐長離。此蓋公不怨天，不尤人之意，與孟浩然不才明主棄，多病故人疏之語有間矣。王粲傳〔注〕：魏太子與吴質書云：行年長大，所懷萬端……已成老翁，但未白頭耳。以謂聖世才無大小，皆量能適用，無棄擲者，而公亦自歎其老矣，不能用也。

〔二〕趙云：曹植雜詩曰：轉蓬離本根，飄飖隨長風。類此客遊子，捐軀遠從戎。而袁陽源效古詩云：乃知古時人，所以悲轉蓬。按淮南子曰：聖人觀轉蓬而爲車。此借用其字以言人之飄零如蓬之轉也。

閬州東樓筵奉送十一舅往青城縣得昏字（古詩）

曾城有高樓，制古丹雘存〔一〕。迢迢百餘尺，豁達開四門。雖有車馬客，而無人世喧〔二〕。游目俯大江，列筵慰别魂。是時秋冬交，節往顔色昏。天寒鳥獸伏，霜露在草根。今我送舅氏，萬感集清罇〔三〕。豈伊山川間，迴首盜賊繁〔四〕。高賢意不暇，王命久崩奔〔五〕。臨風欲慟哭，聲出已復吞〔六〕。

〔一〕趙云：曾城有高樓，則西北有高樓之勢。淮南子：崑崙山之上，有曾城九重。

〔二〕趙云：鮑明遠舞鶴賦云：歸人寰之喧卑。

〔三〕趙云：我送舅氏，詩渭陽篇全語。齊謝朓與江水曹詩：山中上芳月，故人清樽賞。

〔四〕趙云：言一别之後，豈只是山川間隔，回首則有盜賊繁多爲可憂。蓋吐蕃之勢未已，有吞蜀之意。鮑明遠云：豈伊白璧賜，將起黄金臺。

〔五〕趙云：高賢，指言十一舅。所以不遑暇給者，以王命所在，久崩奔而遵承之。

〔六〕趙云：賈誼：可爲慟哭者已。聲出已復吞，則取江淹所謂吞聲展用，而倒押爲韻。

王閬州筵奉酬十一舅惜别之作（近體詩）

萬壑樹聲滿，千崖秋氣高，浮舟出郡郭，别酒寄江濤。良會不復久，此生何太勞。窮愁但有骨，羣盜尚如毛。吾舅惜分手，使君寒贈袍。沙頭暮黄鶴，失侶亦一作自哀號〔一〕。

〔一〕百家注引趙曰：亦一作自，當以亦爲正。言人别而哀矣，黄鶴失侶之亦然也。

放船（近體詩）

送客蒼溪縣，山寒雨不開。直愁騎馬滑，故作泛舟回〔一〕。青惜峯巒過，黄知橘柚來。江流翠自在，坐穩興悠哉。

〔一〕百家注引趙曰：孟浩然云：爲多山水樂，頻作泛舟行。勢亦相似。

夜（近體詩）

絶岸風威動，寒房燭影微。嶺猿霜外宿，江鳥夜深飛。獨坐親雄劍，哀歌歎短衣。煙塵繞閶闔，白首壯心違〔一〕。

〔一〕趙云：閶闔者，天門也，指言帝都。

送李卿曄（近體詩）

王子思歸日，長安已亂兵[一]。霑衣問行在，走馬向承明[二]。暮景巴蜀僻，春風江漢清[三]。晉山雖自棄，魏闕尚含情[四]。

〔一〕趙云：王子，指李曄也。時有吐蕃之亂。

〔二〕趙云：十月，代宗出幸陝也。漢承明殿在未央宫，霍光傳太后幸未央承明殿是已。此兩句併言李曄所以去之事。漢武帝詔嚴助居承明之廬。

〔三〕趙云：歲暮之時，僻在巴蜀，公每有意爲荆楚之遊，預言其當春時在江漢間矣，故云。

〔四〕趙云：按宣室志載，唐故尚書李公鋭鎮北門時，有道士尹君者隱晉山，不食粟，嘗餌柏葉，與今公在蜀詩全不相干。按新唐書地理志，閬州晉安縣下注云：本晉城，避隱太子諱更名。此所謂晉山乎？以俟博聞。魏闕，天子之闕也。魏者，大也，所謂象魏是已。莊子云：身在江湖之上，而心馳魏闕之下。江文通詩云：臨風默含情。此兩句公自言其身在外而心常在朝廷也。

發閬中（古詩）

前有毒蛇後猛虎，溪行盡日無村塢[一]。江風蕭蕭雲拂地，山木慘慘天欲雨[二]。女病妻憂歸意速，秋花錦石誰復數〔三〕。別家三月一得書，避地何時免愁苦〔四〕。

〔一〕趙云：前有毒蛇後猛虎，實道其事，非以興託，舊注非是。

〔二〕趙云：沈休文云：高楊拂地垂。

〔三〕趙云：女病妻憂歸意速，言歸梓州也。　秋花錦石，可玩之物，以歸意速，故不復數之。此冬時歸而言秋花，豈前日所開未謝之花邪？

〔四〕趙云：公九月自梓往閬，至十二月復歸梓，其去妻孥三箇月，故云別家三月一得書。

光禄坂行（古詩）

山行落日下絶壁，西望千山萬山一作萬水赤〔一〕。樹枝有鳥亂棲一作鳴時，暝色無人獨歸客〔二〕。馬驚不憂深谷墜，草動只怕長弓射。安得更似開元中，道路即今多擁隔。

〔一〕趙云：萬山，一作萬水，非是。水豈可合山言赤乎？

〔二〕趙云：有鳥亂棲，一作亂鳴，非。蓋亂棲所以呼喚暝色字也。　言獨歸客，則公之妻孥在梓。

冬狩行（古詩）

君不見東川節度兵馬雄，校獵亦似觀成功。夜發猛士三千人，清晨合圍步驟同。禽獸已斃十七八，殺聲落日迴蒼穹。幕前生致九青兕，馲駝㠑窋垂玄熊。東西南北百里間，髣髴蹴踏寒山空〔一〕。有鳥名鸜鵒，力不能高飛。逐走蓬肉味，不足登鼎俎。胡爲見羈虞羅中，春蒐冬狩侯得同〔二〕。使君五馬一馬驄，況今攝行大將權，號令頗有前賢風〔三〕。飄然時危一老翁，十年厭見旌旗紅。喜君士卒甚整肅，爲我迴轡擒西戎。草中狐兔盡何益，天子不在咸陽宮。朝廷雖無幽王禍，得不哀痛塵再蒙？嗚呼！得不哀痛塵再蒙〔四〕。

〔一〕趙云：魏文帝、王粲皆有校獵賦。呂安與嵇茂齊書云：蹴崑崙使西倒，蹋太山令東覆。又維摩經云：譬如龍象蹴踏，非驢所堪。

〔二〕趙云：（周禮）〔左傳〕：春蒐夏苗，秋獮冬狩。本天子之事也，而諸侯同之，故云侯得同。虞羅，虞者之網羅。公詩又云：獸猶畏虞羅。

〔三〕趙云：漢制，諸侯五馬，出應劭漢官儀，其云一馬驄，則以章留後兼侍御史也。後漢桓典爲侍御史，有威名，好騎驄馬。京師語曰：行行且止，避驄馬御史。

〔四〕趙云：此篇蓋廣德二年十月已後作也。八月吐蕃入寇，十月陷邠州及奉天，車駕幸陝。又三日，吐蕃陷京師，故云不在咸陽宮。塵再蒙，則言明皇以祿山之禍已蒙塵於蜀矣，今天子又以吐蕃之故蒙塵於外。左傳：臧文仲曰：天子蒙塵於外。漢書有：下哀痛之詔。

軍中醉歌寄沈八劉叟（近體詩）

【校】杜詩詳注題下標曰：英華載暢當作。

酒渴愛江清，餘酣一作甘漱晚汀。軟沙欹坐穩，冷石醉眠醒。野膳隨行帳，華音發從伶。數盃君不見，都一作醉已遺沉冥。

丹青引贈曹將軍霸（古詩）

將軍魏武之子孫，於今爲庶爲清門〔一〕。英雄割據雖已矣，文彩風流今尚存〔二〕。學書初學衛夫人，但恨無過王右軍〔三〕。丹青不知老將至，富貴於我如浮雲〔四〕。開元之中常引見，承恩數上南薰殿〔五〕。淩煙功臣少顔色，將軍下筆開生面〔六〕。良相頭上進賢冠，猛將腰間大羽箭。褒公鄂公毛髮動，英姿颯爽來酣戰〔七〕。先帝天馬玉花驄，畫工如山貌不同。是日牽來赤墀下，迥立閶闔生長風〔八〕。詔謂將軍拂絹素，意匠慘澹經營中〔九〕。斯須九重真龍出，一洗萬古凡馬空〔一〇〕。玉花却在御榻上，榻上庭前屹相向。至尊含笑催賜金，圉人太僕皆惆悵〔一一〕。弟子韓幹早入室，亦能畫馬窮殊相。幹唯畫肉不畫骨，忍使驊騮氣凋喪。將軍盡善蓋有神，必逢佳士亦寫真〔一二〕。即今漂泊干戈際，屢貌尋常行路人。窮途返遭俗眼白，世上未有如公貧。但看古來盛名下，終日坎壈纏其身〔一三〕。

〔一〕趙云：魏武，則曹公操也。北史咸陽王禧傳有言：清修之門。

〔二〕趙云：英雄割據、文彩風流，皆以言曹公。公雖至其子丕即帝位，然本割據。阮籍云：時無英雄，使孺子成名。陸士衡辨亡論：故遂割據山川，跨制荆吴。司馬遷書：恨文彩不表於後世。又，韋元成不及父賢，而文彩過之。百家注引趙曰：晉書：天下之言風流者，推王衍、樂廣。

〔三〕趙云：衛夫人云：有一弟子號王逸少，用筆咄咄逼人也。

〔四〕趙云：吕氏童蒙訓：謝無逸云：老杜有自然不做底語到極至處者，如丹青不知老將至，富貴於我如浮雲。此自然不做底語到極至處者也。如金鐘大鏞在東序，冰壺玉衡懸清秋。此雕琢語到極至處者也。

〔五〕趙云：南薰殿，長安志未載，蓋其所遺忘也。

〔六〕趙云：貞觀中，太宗畫李靖等二十四人於凌煙閣，至開元時顔色已暗，而曹將軍重爲之畫，故云。開生面，蓋因左氏狄人歸先軫之元，面如生也。

〔七〕趙云：淮南子曰：魯陽公與韓戰酣，日暮，援戈而揮之，日爲之反三舍。已上言曹將軍之傳神。

〔八〕趙云：閶闔者，天門名也。其風曰閶闔風。吴越春秋載：子胥爲吴立閶門，以象天門通閶闔。李善注云：天有紫微宫，門名曰閶闔。則天子之門可言閶闔。師民瞻本作迴立，非是。迴立，則首向殿陛而尾向殿門，豈非迴立乎？馬之立而生風，以其神駿也。龍馬有生風字，又於閶闔爲有情矣。

〔九〕趙云：意匠字，摘使文賦：意司契而爲匠。慘澹，肅然之意。晉壹道人言欲雪之狀曰：乃先集其慘澹。古樂府云：淺立經營中。

〔一〇〕趙云：一洗萬古凡馬空乃古今奇句。

〔一一〕趙云：玉花驄，先帝之馬也。畫手精妙，盡得其真，至尊賞之，揮涕而賜金可也，乃笑而賜。若圉人、太僕，却知感慨，爲之惆悵，則公詩微意可推矣。

〔一二〕趙云：繼論幹所畫，以推見曹將軍之盡善，則骨肉俱畫而有神也。公於畫取畫骨及肉，而曰將軍盡善蓋有神。若於書，不取肥失真，而曰書貴瘦硬方通神。然則，公蓋通書畫之妙矣。梁簡文帝詠美人看畫詩云：可憐俱是畫，誰能辨寫真？

〔一三〕趙云：王立之詩話：世有注杜詩者，君不見古來盛名下，乃引新唐書房琯贊云：盛名之下難居。終日坎壈纏其身，乃引孟子少坎軻，真可以發觀者之一笑。

【今按】所引杜詩君不見：正文作但看。

桃竹杖引贈章留後　（古詩）

江心蟠石生桃竹，蒼波噴浸尺度足〔一〕。斬根削皮如紫玉，江妃水仙惜不得〔二〕。梓潼使君開一束，滿堂賓客皆歎息。憐我老病贈兩莖，出入爪甲鏗有聲。老夫復欲東南征，乘濤鼓枻白帝城。路幽必爲鬼神奪，杖劍或與蛟龍爭。重爲告曰：杖兮杖兮，爾之生也甚正直，慎勿見水踴躍學變化爲龍，使我不得爾之扶持，滅跡於君山湖上之青峯〔三〕。噫，風塵澒洞兮豺虎咬人，忽失雙杖兮吾將曷從〔四〕。

〔一〕趙云：蜀都賦云：其中則有靈壽桃枝。注云：靈壽，木名也，出涪陵縣。桃枝，竹屬也，出墊江縣。二者可以爲杖。今此桃竹杖生於江心之盤石。爾雅云：桃枝四寸有節，相去四寸。其調直修長中杖者，亦自難得，故云尺度足。北史楊津傳：受絹依公尺度。百家注引趙曰：爾雅謂桃皮，山海經謂桃枝竹也。

〔二〕趙云：江賦云：江妃含顰而縹緲。舊注引列仙傳曰：江妃二女出遊江濱。蓋鄭交甫所挑者。其水仙，則呂向注江賦冰夷倚浪以傲睨之下曰：冰夷，水仙人也。

〔三〕趙云：即使葛陂事。神仙傳曰：壺公遣費長房歸，以一竹杖與之騎，此當還家，以投葛陂中。長房騎杖忽然如眠，便到家。以竹投葛陂，顧之，乃青龍也。戰國策：蘇秦曰：多割楚以滅跡。又李陵書：滅跡掃塵。謝靈運詩：滅跡入靈峯。

〔四〕趙云：吴華覈上疏曰：卒有風塵不虞之變。淮南子云：未有天地之時，鴻濛澒洞，莫知其門。王粲詩曰：賊盜如豺虎。觀公重告之辭，以正直美之，以學爲龍戒之，其所望於章留後可謂忠矣。

寄題江外草堂梓州作，寄成都故居 （古詩）

我生性放誕，雅欲逃自然。嗜酒愛風竹，卜居必林泉。遭亂到蜀江，卧痾遺所便〔一〕。誅茅初一畝，廣地方連延。經營上元始，斷手寶應年〔二〕。敢謀土木麗，自覺面勢堅〔三〕。臺庭隨高下，敞豁當清川。雖有會心侶，數能同釣船〔四〕。干戈未偃息，安得酣歌眠。蛟龍無定窟，黄鵠摩蒼天〔五〕。古來達士志，寧受外物牽。顧惟魯鈍姿，豈識悔吝先〔六〕。偶攜老妻去，慘澹陵風煙〔七〕。事迹無固必，幽貞愧雙全〔八〕。尚念四小松，蔓草易一作已拘纏。

霜骨不堪一作甚長，永爲隣里憐〔九〕。

〔一〕趙云：謝靈運登池上樓詩：卧痾對空（牀）〔林〕。

【校】牀：影胡刻本文選作林，是。

〔二〕趙云：公以乾元（元）〔二〕年十二月末至成都，明年即上元元年，乃公建草堂之始。又二年，即寶應元年乃公成草堂之日。　詩靈臺：經之營之。　斷手字，晉魏以來之語。齊民要術言種小豆：初伏斷手爲中時，中伏斷手爲下時。本朝淳化法帖中載唐高宗勑云：使至，知玄堂已成，不知諸作早晚得斷手。凡營造了，當言斷手者矣。

【校】乾元元年：集千家注杜工部詩集作乾元二年。　今按，乾元元年之明年，乃乾元二年，不得如下引謂明年即上元元年。乾元二年之明年，方爲上元元年，集千家注杜工部詩集所引是。

〔三〕趙云：土木被文繡。　考工記云：審曲面勢，以飭五材。注云：察五材曲直方面形勢之宜。

〔四〕趙云：會合心意之朋侶。晉簡文在華林園謂左右：會心處不必在遠，翛然林外，便有濠濮間之趣。

〔五〕趙云：譬諭以言賢達之士無常居止，齷齪者則有所拘矣。　古烏生八九子歌曰：黄鵠摩天極高飛。

〔六〕趙云：上兩句雖曰自謙，而實言君子行留當在先見。

〔七〕趙云：慘澹，肅然之意。慘澹字見前注。

〔八〕趙云：秦本紀云：本原事迹。幽而不貞，非君子之幽也。易曰：蹇利幽人之貞。故云貴雙全。

【校】本原事迹：今本史記秦本紀無此句，疑誤。　貴雙全：正文作愧雙全。　今按，貴雙全，當係趙注另有所本。

〔九〕趙云：公有四松詩云：四松初移時，大抵三尺强。别來忽三歲，離立如人長。今此懷念之。易拘纏一作已拘纏；不堪長一作不甚長，皆非。蓋易字、堪字方工。

山寺 章留後同遊，得開字（古詩）

野寺根石壁，諸龕遍崔嵬。前佛不復辨，百身一莓苔。雖有古殿存，世尊亦塵埃。如聞龍象泣，足令信者哀〔一〕。使君騎紫馬，捧擁從西來。樹羽静千里，臨江久徘徊〔二〕。山僧衣藍縷，告訴棟梁摧〔三〕。公爲顧賓徒，咄嗟檀施開〔四〕。吾知多羅樹，却倚蓮花臺〔五〕。諸天必歡喜，鬼物無嫌猜。以兹撫士卒，孰曰非周才。窮子失淨處，高人憂禍胎〔六〕。歲晏風破肉，荒林寒可迴。思量入道苦，自哂同嬰孩〔七〕。

〔一〕趙云：公題僧寺、紀僧詩，必用佛書中字，以爲當體。今云世尊亦塵埃，實道其事。或曰：下句歲晏風破肉，十二月也。十月以吐蕃寇奉天之故，車駕幸陝州。十二月甲午，雖車駕已至自陝矣，而巴蜀僻遠未聞，猶以爲在外，則公今所云者，無乃微寄意乎？其説亦是。龍象，言僧也。杜田正謬引維摩經、傳燈録出處並是。然解其義云：乃鱗毛類中最巨者，則其意分爲二物：鱗頭中最巨爲龍，毛頭中最巨爲象。然維摩經所謂龍象蹴踏，非驢所堪。曰蹴踏，則龍無蹴踏之義。龍象，乃龍之象耳，如言龍馬者乎？以俟明識。

〔二〕趙云：詩：崇牙樹羽。本言樂，而今所謂樹羽，則軍旅所設之物。江淹别集登紀南城詩：君王濬以思，樹羽望楚城。則若旗幟之屬矣。　靜千里，則章留後境内無戰也。

〔三〕趙云：衣藍縷，杜田引方言，其説是。

〔四〕趙云：石崇咄嗟而辨。

〔五〕趙云：吾知多羅樹，卻倚蓮花臺，以形容寺既修建如此。　多羅樹，見酉陽雜俎。如已經所譯之經，在涅槃經有湧身高七多羅樹。或云，一多羅樹。　蓮花臺，佛所坐之臺。其字如涅槃經：猶如鴛鴦處蓮花臺。則指水中蓮花所生之苞。故佛言蓮花有鬚、有臺，止借字用耳。　槃，音盤，佛書字也。

〔六〕趙云：窮子失淨處，是法華經中事，言窮子之所以窮，以其失淨處。高人之所以高，以能憂禍胎。楞伽經：樂不淨處如飛蠅。　禍胎，雖起於福生有基，禍生有胎，兩字連出，如齊武帝謂臨賀王曰：汝包藏禍胎。　窮子，指言藍縷之山僧。高人，指言章留後。　章公所以修建僧寺，意欲諸僧得其清淨，而免梁棟摧壓之禍。

〔七〕趙云：上句言風淒緊，至於破肉，況在荒林，其寒豈可遂迴乎？　可迴者，言不可迴。　後句公自傷也。　老子：若嬰兒之謂孩。　言入道如小童之就學辛苦。

將適吴楚留别章使君留後兼幕府諸公得柳字　（古詩）

我來入蜀門，歲月亦已久。豈唯長兒童，自覺成老醜。常恐性坦率，失身爲杯酒〔一〕。近辭痛飲徒，折節萬夫後〔二〕。昔如縱壑魚，今如喪家狗。既無游方戀，行止復何有〔三〕。相逢半新故，取别隨薄厚。不意青草湖，扁舟落吾手〔四〕。眷眷章梓州，開筵俯高柳。樓前出騎馬，帳下羅賓友。健兒簸紅旗，此樂幾難朽〔五〕。日車隱崑崙，鳥雀噪户牖。波濤未足畏，三峽徒雷吼。所憂賊盜多，重見衣冠走。中原消息斷，黄屋今安否〔六〕。終作適荆蠻，安排用莊叟〔七〕。隨雲拜東皇，挂席上南斗〔八〕。有使即寄書，無使長回首〔九〕。

〔一〕趙云：喪失其身，特是爲愛酒耳。舊注失意杯酒間，非是。

【校】舊注：百家注下接引古詩三字。

〔二〕趙云：折節者，摧折其節而悔過之義。前漢郭解年長，更折節爲儉也。

〔三〕百家注引趙曰：禮記：所遊必有方。言父母在堂，當不遠遊也。公已無父母，故無此戀矣。舊注非。趙云：可行則行，可止則止。

〔四〕趙云：自不意青草湖，扁舟落吾手，以言將適吴、楚，可謂奇句矣。

〔五〕趙云：六句紀宴會之實事。

〔六〕趙云：此段言日已向晚，别筵之散，遂有行矣。然登舟而親波濤，猶未足以慰沃吾欲去之心，則三峽徒爲雷吼之聲而已。我之所憂，則憂在盜賊多而衣冠奔逃，至尊未知消息也。此吐蕃陷京師，代宗出狩，而地遠所未知也。

〔七〕趙云：莊子：造適不及笑，獻笑不及排，安排而去化，乃入於寥天一。注：安其推移而忘其變化也。

〔八〕百家注引趙曰：屈原九歌有東皇太一。東皇，所以言楚。春秋説題云：南斗，吴地也。東皇之廟，隨雲而拜之；南斗之地，（排）〔挂〕席而上之，非適楚而然乎？趙云：海賦云：挂帆席。

〔九〕趙云：玉臺新詠所載近代西曲歌：有客數寄書，無客心相憶。

送裴二虬作尉永嘉（近體詩）

孤嶼亭何處？天涯水氣中〔一〕。故人官就此，絶境與誰同〔二〕？隱吏逢梅福，遊山憶謝公〔三〕。扁舟吾已就，把釣待秋風〔四〕。

〔一〕趙云：永嘉，乃唐之温州，倚郭縣，屬江南道，故曰水氣中。孤嶼亭，想是永嘉縣尉司景物。

〔二〕趙云：故人，則指裴二就此。絶境，則指孤嶼亭矣。

〔三〕趙云：指言裴二也。謝公，謂謝靈運爲永嘉守，好遊山水，當時號之謝公。今積穀山南有謝公巖焉。郡又有東山，公登東山望海詩云：開春獻初歲，白日出悠悠。可以見其遊山之實矣。舊注非。

【校】舊注非：百家注作舊注妄引謝安，非是。

〔四〕趙云：待秋風而把釣，是時鱸魚可鱠也。張翰吴郡人，正是吴中事。

遊子（近體詩）

趙曰：公時欲南下，而尚在巴蜀，故是篇有留滯之歎。

巴蜀愁難語，吴門興杳然。九江春草外，三峽暮帆前〔一〕。厭就成都卜，休爲吏部眠〔二〕。蓬萊如可到，衰白問羣仙〔三〕。

〔一〕趙云：九江、三峽，正是南下之所歷也。

〔二〕趙云：公意已厭住成都，言休爲酒而眠，更留滯於此。　百家注引趙曰：言不思再往成都，以嚴君〔平〕賣卜於成都市。

【校】嚴君：前引多處咸作嚴君平。

〔三〕趙云：非止南下遊吴而已，蓬萊仙山可到，則亦往矣。

將赴荆南寄別李劍州弟（近體詩）

使君高義驅今古，寥落三年坐劍州。但見文翁能化俗，焉知李廣未封侯。路經灧澦雙蓬鬢，天入滄浪一釣舟〔一〕。戎馬相逢更何日，春風回首仲宣樓〔二〕。

〔一〕百家注引趙曰：灧澦堆，在巫峽之口。　滄浪，則楚漁父所謂滄浪之水也。公將南下，故言滄浪，以明其所往之處。入滄浪之天，乃我之扁然之釣舟也。

〔二〕百家注引趙曰：方當戎馬之亂，相逢果何日乎？　仲宣樓，雖起於王粲，字仲宣，自長安來依劉表，登荆州之樓而有登樓賦，故云仲宣樓。　舊注遂謂荆州有仲宣樓，非也。

奉寄别馬巴州時甫除京兆功曹，在東川　（近體詩）

勳業終歸馬伏波，功曹非復漢蕭何。扁舟繫纜沙邊久，南國浮雲水上多〔一〕。獨把漁竿終遠去，難隨鳥翼一相過。知君未愛春湖色，興在驪駒白玉珂。

〔一〕百家注引趙曰：公欲爲荆楚之行，尚留東川，故繫纜久而空望南國也。此詩蓋公雖除京兆府功曹，乃有南往之興而不赴矣。

述古三首　（古詩）

赤驥頓長纓，非無萬里姿〔一〕。悲鳴淚至地，爲問馭者誰？鳳凰從天來，何意復高飛〔二〕？竹花不結實，念子忍朝饑〔三〕。古時君臣合，可以物理推。賢人識定分，進退固其宜〔四〕。

右一

〔一〕趙云：王褒聖主得賢臣頌云：周流八極，萬里一息。

〔二〕趙云：鳳凰來而復飛，此與劉公幹詩同意。

〔三〕趙云：莊子曰：鵷鶵非梧桐不棲，非練實不食，非醴泉不飲。郭象注：練實，竹實也。其色白如練。薛夢符引劉公幹魯都賦：竹則翠實離離，鳳鸞攸食。

〔四〕趙云：四句以結一篇之義。驥以無善馭而頓纓，鳳以無竹實而飛去，實賢者進退之義也。

市人日中集，於利競錐刀〔一〕。置膏烈火上，哀哀自煎熬〔二〕。農人望歲稔，相率除蓬蒿。所務穀爲本，邪贏無乃勞〔三〕。舜舉十六相，身尊道何高〔四〕。秦時任商鞅，法令如牛毛〔五〕。

右二

〔一〕趙云：市井之利，以譬商鞅之任末也；耕農之利，以譬元凱之務本也。左傳昭六年云：錐刀之末，將盡爭之。舊注引江文通云，在後矣。

〔二〕趙云：人之爭利，如膏火自煎。莊子云：膏以明自煎。

〔三〕趙云：農人專在務本種穀，故指市人之孳孳爲利爲勞矣。張衡西京賦云：何必昏於作勞，邪贏優而足恃。注云：昏，勉也；邪，僞也；優，饒也。何必當勉力作勤勞之事乎？欺僞之事自餘贏豐饒足恃也。當衡作賦，以美市利爲主，故鄙農夫種田之勞；今詩以務本爲主，故翻用衡賦邪贏無乃勞也。

〔四〕百家注引趙曰：東坡先生云：子美詩自許稷、契，人未必許也。然此詩言舜舉十六相，與秦任法之事，句法自是稷、契輩人口中語也。

〔五〕趙云：如牛毛者，言其多也。治亂之本在任人，故爲國者貴知本。商以利爲業，甚末爾，非本也。農以稼爲業，差似近本。然以穀爲本非先務，故孟子陳堯舜之道以闢許行、陳相，蓋務穀者農之本，務人者治之本。得其人則治，如舜之舉十六相是也；非其人則亂，如秦任商鞅是也。明皇初用姚、宋，猶前；終用林甫、國忠，猶後。此其驗也。詳彼所注之意，分爲三：以商之爲末，不如農爲本，〔農爲本〕不如任人之爲本。夫任人者，君也，豈可與商、農爲甲乙哉！此詩止是以商比商鞅，以農比十六相耳，識者宜審之。

【校】不如農之爲本：清刻本此句下又有農爲本三字，據補。

漢光得天下，祚永固有開。豈惟高祖聖，功自蕭曹來。經綸中興業，何代無長才〔一〕。吾慕寇鄧勳，濟時信良哉。耿賈亦宗臣，羽翼共徘徊〔二〕。休運終四百，圖畫在雲臺。

右三

〔一〕趙云：此篇大意，言中興者必得其人耳。易云：君子以經綸。

〔二〕趙云：班固之傳蕭、曹云：漢之宗臣，是謂相國。今於耿、賈，所以又謂之亦也。羽翼徘徊，乃高祖云羽翼已成者也。

丙帙卷之十

閬山歌（古詩）

趙云：春正月，自梓州挈家再往閬中。三月之半，聞嚴武再鎮蜀，遂離閬歸成都途中所作之詩。

閬州城東靈山白，閬州城北玉臺碧。松浮欲盡不盡雲，江動將崩未一作已崩石〔一〕。那知根無鬼神會，已覺氣與嵩華敵〔二〕。中原格鬬且未歸，應結茅齋看青壁〔三〕。

〔一〕趙云：未崩石，舊本正作已崩石，非。蓋欲盡不盡、將崩未崩，方成語脈。已崩矣，豈復能動邪？況下有已覺氣與嵩華敵也。

〔二〕趙云：那知根無鬼神會，已覺氣與嵩華敵，兼言靈山與玉臺也。五嶽之名，雖参摘兩字而用，今以鬼神熟字對嵩華，則潘岳晉武帝誄有等壽嵩華爲連文，有出處。

〔三〕趙云：中原格鬬，乃去歲廣德元年吐蕃十月陷京師、邠州，寇奉天、武功，車駕幸陜。十二月，陷松、維、保三州。至今歲之春，干戈豈息邪？

閬水歌 （古詩）

嘉陵江山何所似，石黛碧玉相因依〔一〕。正憐日破浪花出，更復春從沙際歸〔二〕。巴童盪槳欹側過，水雞銜魚來去飛〔三〕。閬中勝事可腸斷，閬州城南天下稀〔四〕。

〔一〕趙云：謝安石内集，問諸子曰：白雪紛紛何所似？阮籍詩：寒鳥相因依。謝靈運詩：蒲稗相因依。

〔二〕趙云：日破浪花出，以日出正照水也，如云日出破浪花矣。謂之破浪花，取南史宗慤願乘長風破萬里浪。春從沙際歸，則何處無春，而眼中所見，城南之沙際花草明媚，爲自沙際回歸。句意蓋如費昶雜詞：水逐桃花去，春隨楊柳歸。

〔三〕趙云：槳所以摇楫之處，杜補遺之説是。蓋古歌云艇子打兩槳者，扶兩楫而來也。

〔四〕趙云：上云閬中，又云閬州，舉全部言之曰閬中。名山志：閬山多仙聖遊集。圖經曰：閬山四合於郡，故曰閬中，亦謂之閬内。閬州城南，則指錦屏山也。

南池 （古詩）

峥嶸巴閬間，所向盡山谷。安知有蒼池，萬頃浸坤軸〔一〕。呀然閬城南，枕帶巴江腹〔二〕。芰荷入異縣，粳稻共比屋〔三〕。皇天不無意，美利戒止足〔四〕。高田失西成，此物頗豐熟〔五〕。清源多衆魚，遠岸富喬木。獨歎楓香林，春時好顔色。南有漢王祠，終朝走巫祝。歌舞散靈衣，荒哉舊風俗。高堂亦明王，魂魄猶正直。不應空陂上，縹緲親酒食。淫祀自古昔，非唯一川瀆〔六〕。干戈浩茫茫，地僻傷極目〔七〕。平生江海興，遭亂身局促〔八〕。駐馬問漁舟，躊躇慰羈束。

〔一〕趙云：坤軸，海賦：又似地軸挺拔而爭迴。

〔二〕趙云：巴江，則杜田引三巴記，杜説是。

〔三〕趙云：異縣，出古詩他鄉各異縣。比屋，董仲舒：堯舜在上，比屋可封。芰荷入異縣，則池之大如此。粳稻共比屋，則以灌溉所致也。

〔四〕趙云：美利，易：乾〔始〕能以美利利天下。止足，祖出老子：知足不辱，知止不殆。晉張景陽詠史：達人知止足，遺榮忽如無。

〔五〕趙云：西成，書：平秩西成。此物，左傳載叔向之母言美婦人曰：三代之亡皆此物也。古詩之言奇樹曰：此物何足貴，但感别經時。皇天不無意至此物頗豐熟四句，以結芰荷入異縣，粳稻共比屋也。高田，則灌溉所不及者。言高田不豐，而失西成，故此粳稻之物爲池水所溉者，却豐熟焉。無它，乃皇天之意使人止足之分也。池水所溉之田豐熟矣，彼水所不及之田雖失西成，亦豈不足乎？

〔六〕趙云：十句因實事而戒淫祀。公詩蓋有補於教化矣。左傳：聰明正直之謂神。傳云：非所祭而祭，名曰淫祀。

【校】左傳云云，莊三十二年全句作：神聰明正直而壹者也。

〔七〕趙云：傷極目，摘用楚辭。

〔八〕趙云：局促，漢(景)〔武〕帝：局促如轅下駒。

【校】漢景帝云云，檢史記，當作漢武帝語：局趣效轅下駒。

苦戰行（古詩）

苦戰身死馬將軍，自云伏波之子孫〔一〕。干戈未定失壯士，使我歎恨傷精魂〔二〕。去年江南討狂賊，臨江把臂難再得〔三〕。别時孤雲今不飛，時獨看雲淚橫臆〔四〕。

〔一〕趙云：伏波者，將軍之號，後漢馬援也。

〔二〕趙云：干戈未定，則吐蕃去冬陷松、維、保三州，用兵豈便息邪？　晉阮籍詠懷詩：容色改平常，精魂自漂淪。　謝靈運詩：異人秘精魂。

〔三〕趙云：江南，蓋言閬州江之南，如夔州社日云：今日江南老，它年渭北童。所謂江南，亦言夔江之南，非江南道也。　言去年，則與下篇去秋行之義同。　臨江把臂，則公必與馬別時在閬州江上。

〔四〕趙云：末句變使李少卿詩：良時不再至，離别在須臾。屏營衢路側，執手野踟蹰。仰視浮雲馳，奄忽互相踰。　蘇子卿詩：俯觀江漢流，仰視浮雲翔。良交遠離别，各在天一方。詳味公詩，因馬將軍死，追悼之。

去秋行（古詩）

趙云：此廣德二年詩，不是言段子璋事。何以言之？上元二年四月壬午，劍南東川節度兵馬使段子璋反，僭稱王，建元黄龍。五月，崔光遠擊斬之，當年夏時已平矣。今云去秋涪江木落時，應是公在彼有九日詩之際，乃廣德元年也。公眼見其去，是以有感而作。

去秋涪江木落時，臂槍走馬誰家兒〔一〕。到今不知白骨處，部曲有去皆無歸。遂州城中漢節在，遂州城外巴人稀〔二〕。戰場寃魂每夜哭，空令野營猛士悲〔三〕。

〔一〕趙云：按樂史寰宇記：涪江在射洪縣。

〔二〕趙云：意者應如廣南市舶使吕太一反，逐其節度使張休。逐而不殺，則有漢節在之理。遂州城外巴人稀，則所以討叛亂者，皆梓、閬之兵。意者敗績而死亡者多，則有巴人稀之實。

〔三〕趙云：劉越石四言：永負寃魂。漢高祖：安得猛士兮守四方。

泛江（近體詩）

方舟不用楫，極目總無波〔一〕。長日容杯酒，深江淨綺羅。亂離還奏樂，飄泊且聽歌。

故園流清渭，如今花正多。

〔一〕趙云：方舟，並舟也，字出爾雅。

收京（近體詩）

復道收京邑，兼聞殺犬戎。衣冠却扈從，車駕已還宫。尅復誠如此，扶持在數公。莫令回首地，慟哭起悲風。

陪王使君晦日泛江就黄家亭子二首（近體詩）

山豁何時斷？江平不肯流。稍知花改岸，始驗鳥隨舟。結束多紅粉，歡娱恨白頭〔一〕。非君愛人客，晦日更添愁〔二〕。

右一

〔一〕百家注引趙曰：言有妓也。古詩：娥娥紅粉粧。

〔二〕百家注引趙曰：時景遷移已盡矣，不爲不愁。

有徑金沙軟，無人碧草芳。野畦連蛺蝶，江檻俯鴛鴦〔一〕。日晚煙花亂，風生錦繡香〔二〕。不須吹急管，衰老易悲傷。

右二

〔一〕百家注引趙曰：相連之蝶也。裴子野雪詩云：棲葉如連蝶。

【校】棲草：藝文類聚作拂草。

〔二〕百家注引趙曰：言花錦繡之香也。

傷春五首（近體詩）

天下兵雖滿，春光日自濃〔一〕。西京疲百戰，北闕任羣凶〔二〕。關塞三千里，煙花一萬重〔三〕。蒙塵清路急，御宿且誰供〔四〕？殷復前王道，周遷舊國容〔五〕。蓬萊足雲氣，應合總從龍〔六〕。

右一

〔一〕趙云：上句謂廣德元年吐蕃陷京師，車駕幸陝。

〔二〕趙云：吐蕃留京師，聞郭子儀軍至，驚潰。子儀遂復長安。下句謂程元振、魚朝恩之徒。按史載柳伉疏：吐蓄犯順，罪由元振。請斬之以謝天下！以元振等弄權，故呼爲羣凶。

〔三〕趙云：公在蜀，望乘輿所在，隔三千里關塞之遠。以春時，故言煙花萬重也。

〔四〕趙云：御宿，乃帝御所宿也。漢以爲地名，見揚雄校獵賦。

〔五〕趙云：成王營洛，平王東遷，此所以爲周遷舊國容也。

〔六〕趙云：蓬萊殿也。公正憂羣臣有徇身而辭難者，故言合從龍也。百家注引趙曰：豈言蓬萊殿乎？蓋言羣臣當盡隨駕。易：雲從龍也。雲以比羣臣，龍以比天子。

鶯入新年語，花開滿故枝。天清風卷幔，草碧水通池。牢落官軍速，蕭條萬事危。鬢毛元自白，淚點向來垂。不是無兄弟，其如有別離。巴山春色靜，北望轉逶迤。

右二

日月還相鬬，星辰屢合圍〔一〕。不成誅執法，焉得變危機〔二〕。大角纏兵氣，鈎陳出帝畿〔三〕。煙塵昏御道，耆舊把天衣〔四〕。行在諸軍闕，來朝大將稀〔五〕。賢多隱屠釣，王肯載同歸〔六〕？

右三

〔一〕趙云：晉天文志云：元帝大興四年二月癸亥日鬭。漢高祖七年月暈，圍參、畢七重。此則日、月、星辰有爭鬭凌犯之義也。如此皆主兵革。

〔二〕趙云：執法，雖出於晉天文志：南宮南四星名執法。應在下如御史之官，而非今句之謂。李善於辨命論宋公一言，法星三徙之下注，引廣雅曰：熒惑謂之罰星，或謂之執法。今此指熒惑而言也。蓋公之意，以譏程元振之徒熒惑人主，時柳伉上書：吐蕃犯順，罪由程元振用事，請斬之以謝天下。

〔三〕趙云：鈎陳，亦星名。西都賦云：周以鈎陳之位，衛以嚴更之署。注：鈎陳，王者法之，主行宫也。今隨車駕出狩，故曰出帝畿。百家注引趙曰：京師兵又滿矣，故曰纏兵氣。西都賦云：兵纏紫微。

〔四〕趙云：天子從御道經行而出，爲煙塵所昏。下句言父老不欲車駕之出，皆牽挽帝衣也。煙塵字，孫子荆書：煙塵俱起，震天駭地。三國志注多引襄陽耆舊傳。天衣字，借小説郭翰傳云：天衣本非針線爲耳。

〔五〕百家注引趙曰：言軍士稀少，言藩鎮不朝。

【校】此條九家注未標注家，依例當作王洙注，待考。

〔六〕趙云：公亦微自見意矣。吕望釣於渭川，文王載之以歸，而舉伐紂之兵。若屠事，則如朱亥殺晉鄙而奪兵符者。大意言屠釣中有人，亦不必泥事實也。

再有朝廷亂，難知消息真。近傳一作聞王在洛，復道使歸秦〔一〕。奪馬悲公主，登車泣貴嬪。蕭關迷北上，滄海欲東巡。敢料安危體，猶多老大臣〔二〕。豈無嵇紹血，霑灑屬車塵。

右四

〔一〕趙云：詳此篇尤見車駕出幸東都，傳之未審也。

〔二〕趙云：上兩句亦所傳聞，以爲車駕或議北上蕭關，或欲東巡滄海，兩皆迷惑而不定也。如此，則敢料安危體乎？朝廷尚有老臣可與議也。

聞説初東幸，孤兒却走多〔一〕。難分太倉粟，競棄魯陽戈〔二〕。胡虜登前殿，王公出御河。得無中夜舞，宜憶大風歌〔三〕。春色生烽燧，幽人泣薜蘿〔四〕。君臣重修德，猶足見時和〔五〕。

右五

〔一〕趙云：此篇聞官軍逃亡之詩。　却走，則退却而走也。

〔二〕趙云：言其既走，則雖有太倉之粟，難與之也。戈以麾戰而反棄之，爲可痛矣。百家注引趙曰：言戈乃魯陽之戈，可以麾戰而反棄之，爲可痛矣。

〔三〕趙云：晉祖逖與司空劉琨雄豪著名，同辟司州主簿，情好綢繆。共被而寢，中夜聞雞起舞，曰：此非惡聲。每語世事，或中宵起坐，相謂曰：若四海鼎沸，豪傑並起，吾與足下相避中原爾。漢高祖大風歌曰：大風起兮雲飛揚，安得猛士兮守四方。言誰復憶省大風歌中有思猛士之語乎？百家注引趙曰：此又見公之忠義深矣。

〔四〕趙云：幽人，公自謂也。方春之時，而惟有烽燧，此薜蘿之中，幽人無如之何，所以但泣而已。

〔五〕趙云：末句尤見公之經濟矣。

城上（近體詩）

草滿巴西緑，空城白日長〔一〕。風吹花片片，春動水茫茫。八駿隨天子，羣臣從武皇〔二〕。遥聞出巡守，早晚遍遐荒〔三〕。

〔一〕趙云：按新唐書地理志：閬州本隆州巴西郡，以避玄宗諱改焉。

〔二〕趙云：列子：穆王命駕八駿之乘。其云隨天子，則穆王謂之穆天子也。〔下句〕漢武帝也。帝初幸汾陰，至洛陽始巡幸郡縣，寖尋於泰山矣。其所巡幸，周萬八千里，羣臣之從可知也。

〔三〕趙云：代宗廣德元年十月，吐蕃寇奉天、武功，丙子車駕幸陝州。戊寅，吐蕃陷京師。末句不敢言天子蒙塵，姑以巡守微言之耳，而云遍巡狩，則以巴閬僻遠，雖今歲猶未知車駕去歲便歸長安之實，但傳聞或議北上鄜關，或欲東巡滄海，且又欲徙洛陽也。尚書：五載一巡狩。

登樓（近體詩）

趙云：此在閬中已聞代宗車駕還長安之作，又言吐蕃陷松、維、保州事。舊本在成都往新津詩中，遂指爲登新津樓而妄説紛紛，正如古柏行乃夔州詩，實言其氣接巫峽長而有廣大之語以爲説者矣。

花近高樓傷客心，萬方多難此登臨〔一〕。錦江春色來天地，玉壘浮雲變古今〔二〕。北極朝廷終不改，西山寇盗莫相侵〔三〕。可憐後主還祠廟，日暮聊爲梁甫吟〔四〕。

〔一〕趙云：古詩：西北有高樓。　謝靈運詩：客心非外獎。　又有登臨海嶠詩。

〔二〕趙云：兩句可謂雄麗含蓄之句，乃傷時多難而景物不移也。　成都江曰錦江，謂以其水濯錦，則錦色愈明也。蜀都賦曰：包玉壘而爲宇。注云：玉壘，山名也，湔水出焉，在成都西北。　一作錦江春水流天地，此惑於登新津樓，見成都江之來也，便不如錦江春色來天地之含蓄，而蔡伯世取之，非矣。公又曰：錦江春色逐人來，於義則春色之來，在天地中一氣浩大，不可名狀，時無古無今，皆有變態如浮雲。　選詩云：春色滿皇州。論語云：於我如浮雲。

〔三〕趙云：北極者，北辰也。語曰：譬如北辰〔居其所〕，而衆星拱之。則朝廷之尊安如此。　寇盗，指言吐蕃。蓋去年十月，吐蕃陷京師。十五日，聞郭子儀軍至，衆驚潰。子儀復長安。則朝廷似乎改矣，而車駕已還，此其終不改也。而十二月，吐蕃陷松、維、保三州，成都大震，則來相侵矣。故公告之以朝廷如北極終不改移，爾吐蕃特寇盗耳，無用相侵犯也。以此相應頷聯兩句，見登樓時望全蜀氣象如此。舊注崔旰起兵於西山，非是。崔旰反在永泰元年，歲在乙巳，相去三年，不相干矣。或云：既在閬中作詩，而詩及錦江、玉壘，何也？　蓋公初未聞已收宫闕，遂有傷春五首與城上之作；　今此已聞車駕之復矣，登樓遠望，感去年吐蕃又陷松、維、保州事，故詩主言蜀中之大疆界也。

〔四〕趙云：按資治通鑑：廣德元年十二月丁亥，車駕發陝州。左丞顔真卿請先謁陵廟然後還宫，元載不從。真卿怒曰：朝廷豈堪相公再壞耶！載由是銜之。所載如此而已，代宗竟謁陵廟與否，無所考也。以意逆之，公於二年春作傷春詩，時尚未知車駕當年十二月已還京師矣，故傷之而有作。繼聞有承宏之事，所以言朝廷終不改。又聞顔真卿之請，所以有還祠廟之句。今以爲閬中所作，自謂灼然矣。公託言後主之還祠廟，又自謂諸葛可以爲之輔也。考後主傳及諸葛亮傳，並無祠廟之文，唯後主傳注載禪謂亮曰：政由葛氏，祭（即）〔則〕寡人。斯以祠廟爲事矣。諸葛作梁甫吟，意在譏罪晏子之爲相，今公以諸葛自處而爲其吟，所以罪元載乎？梁甫吟之詞曰：步出齊城門，遥望蕩陰里。里中有三墳，纍纍正相似。問是誰家冢？田疆古冶子。力能排南山，文能約地理。一朝被讒言，二桃殺三士。誰能爲此謀？國相齊晏子。

遣憤（近體詩）

聞道花門將，論功未盡歸〔一〕。自從收帝里，誰復總戎機〔二〕。蜂蠆終懷毒，雷霆可震威〔三〕。莫令鞭血地，再濕漢臣衣。

〔一〕趙云：花門，回紇也。壬寅寶應元年，回紇請助國討賊。次歲癸卯廣德元年，史朝義自縊死。

〔二〕趙云：言既復帝里，誰人總兵柄乎？恐回紇恃功難制而作逆也。百家注引趙曰：〔帝里〕，長安也。

〔三〕趙云：蜂蠆，言回紇也。公於此疑回訖。其比之爲蜂蠆，詩人眇之之辭也。雷霆，以言人君之威。賈山傳百家注引趙曰：大意以回紇助順討史朝義，恐其恃功驕暴難制，故欲早加以威而絶其如此。云：人主之威，非特雷霆也，震之以威，豈有不摧折者哉！欲制回紇以威爾。

釋悶（古詩）

趙云：詩六韻，謂之古詩；而中四韻盡對，謂之近體；而字眼不順，句之平側不拘，蓋所謂吴體者乎？

四海十年不解兵，犬戎也復臨咸京〔一〕。失道非關出襄野，揚鞭忽是過湖城〔二〕。豺狼塞路人斷絶，烽火照夜屍縱横〔三〕。天子亦應厭奔走，羣公固合思升平〔四〕。但恐誅求不改轍，聞道嬖孽能全生〔五〕。江邊老翁錯料事，眼暗不見風塵清。

〔一〕趙云：自天寶十四載歲乙未安禄山反，至廣德元年歲癸卯吐蕃復陷京師。此詩二年歲在甲辰春半已聞車駕歸京師之作，吐蕃之兵未已。禄山於天寶十五載嘗陷京師，而今吐蕃再陷焉，故云。

〔二〕趙云：犬戎犯京師，代宗車駕幸陝，湖城之句，皆以黄帝言之。湖城，則黄帝鼎湖所在，今幸陝所經過之地。

〔三〕趙云：豺狼，以譬賊盗。張孟陽詩：賊盗如豺虎。

〔四〕趙云：車駕雖歸長安，而有乞遷洛巡海之説，故云：天子亦應厭奔走，羣公固合思升平。

〔五〕趙云：嬖孽，指程元振，此猶未知其死也。

青絲（古詩）

青絲白馬誰家子，粗豪且逐風塵起〔一〕。不聞漢主放妃嬪，近靜潼關掃蜂蟻〔二〕。殿前兵馬破汝時，十月即爲虀粉期〔三〕。未如面縛歸金闕，萬一皇恩下玉墀〔四〕。

〔一〕趙云：青絲，所以言鞚，梁元帝詩是已。白馬，馬中驕貴者。游俠少年多騎白馬。古樂府有白馬字。南史侯景傳：初，大同中童謡曰：青絲白馬壽陽來。及景叛，乘白馬青絲爲轡，欲以應讖。而崔顥輕薄少年詩：青絲白馬冶遊園，能使行人駐馬看。則矜詩馳騁者然矣。必當時有良家子之惡少者爲賊盜也。粗豪字，吴志孫權言甘寧是已。風塵多，以言征戰。盜賊逐風塵起，則乘此爲盜者矣。

〔二〕趙云：此公戒約粗豪子之辭。

〔三〕趙云：告以必破亡之證。莊子：宋王之猛，非直驪龍也。子能得珠，必遭其睡也。使宋王而寤，子爲虀粉。夫虀之爲言，若以菜爲虀。粉之爲言，散全物爲屑。

〔四〕趙云：此篇蔡伯世以爲五谷盜賊事，其説是。按通鑑於廣德二年正月載吐蕃入長安也，諸軍亡卒及鄉曲無賴子弟相聚爲盜。吐蕃既去，猶竄伏南山、子午等五谷，所在爲患。丁巳，以太子賓客薛景仙爲南山、五谷防禦使，討之。按正月己亥朔至丁巳，則十九日也。此詩蓋公於春初聞盜賊之事，未聞薛景仙討之之命所作，所以有殿前兵馬破汝時之句。莊子知北遊：萬分未得處一焉。百家注引趙曰：教以悔過歸命而庶幾皇恩寬宥之也。

江亭王閬州筵餞蕭遂州（近體詩）

離亭非舊國，春色是他鄉。老畏歌聲繼，愁從舞曲長。二天開寵餞，五馬爛生光。川路風煙接，俱宜下鳳凰〔一〕。

〔一〕百家注引趙曰：閬州與遂州相接也。

巴西聞收京送班司馬入京（近體詩）

聞道收京廟，鳴鑾自陜歸。傾都看黄屋，正殿引朱衣。劍外春天遠，巴西敕使稀。念君輕世亂，匹馬向王畿。

送司馬入京（近體詩）

羣盜至今日，先朝忝從臣。歎君能戀主，久客羡歸秦。黄閣長司諫，丹墀有故人。向來論社稷，爲話涕霑巾。

滕王亭子二首 亭在玉臺觀内，王曾典此州 （近體詩）

君王臺榭枕巴山，萬丈丹梯尚可攀。春日鶯啼修竹裏，仙家犬吠白雲間。清江碧石傷心麗，嫩蕊濃花滿目斑〔一〕。人到於今歌出牧，來遊此地不知還。

右一

〔一〕百家注引趙曰：麗矣，而謂之傷心，則追感滕王之殁，空餘景在耳。

寂寞春山路，君王不復行。古牆猶竹色，虚閣自松聲。鳥雀荒村暮，雲霞過客情。尚思歌吹入，千騎把霓旌。

右二

玉臺觀二首 滕王造 （近體詩）

趙云：觀在高處，其中有臺號曰玉臺也。

中天積翠玉臺遥，上帝高居絳節朝〔一〕。遂有馮夷來擊鼓，始知嬴女善吹簫。江光隱見黿鼉窟，石勢參差烏鵲橋〔二〕。更有紅顔生羽翰，便應黄髮老漁樵。

右一

〔一〕百家注引趙曰：以臺之高而在道觀，故直指爲上帝之高居而羣仙絳節所朝之處也。

〔二〕百家注引趙曰：石自高處望之，其勢參差，可以想見其如烏鵲之狀。

浩劫因王造，平臺訪古遊〔一〕。綵雲蕭史駐，文字魯恭留〔二〕。宫闕通羣帝，乾坤到十洲〔三〕。人傳有笙鶴，時過北山頭。

右二

〔一〕趙云：道書：惟有元始浩劫之家。梁孝王有平臺。

〔二〕趙云：又以魯恭比滕王也。以詩意推之，滕王必有文書遺跡在焉。

〔三〕百家注引趙曰：以臺在道觀中，於天地之間，由此可以到神仙十洲也。

渡江（近體詩）

春江不可渡，二月已風濤。舟楫欹斜疾，魚龍偃卧高〔一〕。渚花兼一作張素錦，汀草亂青袍〔二〕。戲問重綸客，悠悠見汝曹。

〔一〕百家注引趙曰：以水漲爲便也。

〔二〕百家注引趙曰：非時白花如素錦而已，看一兼字可推見其意。古詩：青袍似春草。

絶句二首（近體詩）

遲日江山麗，春風花草香〔一〕。泥融飛燕子，沙暖睡鴛鴦。

右一

〔一〕百家注引趙曰：爲春日所照，景象佳麗也。

江碧鳥逾白，山青花欲燃。今春看又過，何日是歸年。

右二

送韋郎司直歸成都（近體詩）

竄身來蜀地，同病得韋郎。天下兵戈滿，江邊筵月長。别筵花欲暮，春日鬢俱蒼。爲

問南溪竹，抽梢合過牆。余草堂在(城)〔成〕都西郭浣花里。〔一〕

〔一〕百家注引趙曰：公自注余草堂在成都西郭，則南溪者，又草堂傍近之名。集千家注杜工部詩集引趙曰：南溪，即浣花溪之南也。

奉侍嚴大夫（近體詩）

殊方又喜故人來，重鎮還須濟世才。常怪偏裨終日待，不知旌節隔年回。欲辭巴徼啼鶯合，遠下荊門去鷁催〔一〕。身老時危思會面，一生襟抱向誰開？

〔一〕百家注引趙曰：此言船，蓋船首畫鷁以驚水怪。

奉寄高常侍（近體詩）

汶上相逢年頗多，飛騰無那故人何〔一〕。總戎楚蜀應全未，方駕曹劉不啻過〔二〕。今日朝廷須汲黯，中原將帥憶廉頗。天涯春色催遲暮，別淚遥添錦水波〔三〕。

〔一〕百家注引趙曰：高適與公皆拜拾遺，其後高公至爲散騎常侍，則其飛騰明矣。

〔二〕趙云：高適先除淮南節度，後爲西川節度，故言總戎楚蜀。百家注引趙曰：總戎，大將之事。適先除揚州大都督，淮南節度使，以李輔國之毁，出爲彭、蜀二州刺史。蓋言雖總戎於楚與蜀，而猶未焉。

〔三〕百家注引趙曰：時高常侍在成都，起發赴召，故云。

奉寄章十侍御（近體詩）

淮海維揚一俊人，金章紫綬照青春〔一〕。指麾能事迴天地，訓練强兵動鬼神〔二〕。湘西不得歸關羽，河内猶宜借寇恂。朝覲從容問幽仄，勿云江漢有垂綸〔三〕。

〔一〕百家注引趙曰：章侍御必揚州人，故用淮海也。

〔二〕百家注引趙曰：指麾所能之事，雖天地亦可迴，所以重大言之。陸士衡有云：迴天倒日之力。〔下句〕言威力所致然。

〔三〕百家注引趙曰：公自言其身而其義甚明。

春遠（近體詩）

肅肅花絮晚，菲菲紅素輕〔一〕。日長唯鳥雀，春遠獨柴荆〔二〕。數有關中亂，何曾劍外清。故鄉歸不得，地入亞夫營〔三〕。

〔一〕百家注引趙曰：兩句通義。紅所以言花，絮所以言素也。

〔二〕百家注引趙曰：言無往來之人，故獨柴荆而已。

〔三〕百家注引趙曰：此指言長安屯兵，乃公之故鄉而爲軍營矣。亞夫營在長安，其事則文帝〔時〕，單于入寇，三分將軍，軍棘門、灞上與細柳，而細柳營則周亞夫之所軍也。

暮寒（近體詩）

霧隱平郊樹，風含廣岸波〔一〕。沉沉春色静，慘慘暮寒多。戍鼓猶長擊，林鶯遂不歌〔二〕。忽思高宴會，朱袖拂雲和〔三〕。

〔一〕百家注引趙曰：言霧遮掩其樹。

〔二〕百家注引趙曰：言吐蕃之亂，至今春尚防戍也。

〔三〕百家注引趙曰：漢祖置〔官〕〔酒〕高會。周禮大司樂：雲和之琴瑟。注：地名也，以其産良材而中爲琴瑟。然後人承用，直以雲和便當琴瑟名。朱袖，紅袖也。用字新奇矣。

【校】置官高會：分類集注官作酒，是。

雙燕（近體詩）

旅食驚雙燕，啣泥入此堂。應同避燥濕，且復過炎涼。養子風塵際，來時道路長〔一〕。今秋天地在，吾亦離殊方〔二〕。

〔一〕百家注引趙曰：梁吴均燕詩：問余來何遲，山川幾紆直。

〔二〕百家注引趙曰：言當秋而身於天地之間存在，亦如燕捨此而去也。

喜雨（古詩）

春旱天地昏，日色赤如血〔一〕。農事都已休，兵戎況騷屑。巴人因軍須，慟哭厚土熱〔二〕。滄江夜來雨，真宰罪一雪。穀根小蘇息，沴氣終不滅〔三〕。何由見寧歲，解我憂思結。崢嶸羣山雲，交會未斷絶〔四〕。安得鞭雷公，滂沲洗吴越〔五〕。時聞浙右多盜賊。

〔一〕趙云：日赤色如血，公極言旱日之可畏。舊注引前漢：河平元年，日色赤如血。河平者，成帝年號也。成帝本紀及漢天文志並無之，乃晉光熙元年五月壬辰癸巳，日光四散，赤如血流，照地皆赤。甲午又如之，占曰：君道失明。又，永嘉五年三月庚申，日散光如血下流，所照皆赤。舊注模稜，妄引年號，有誤後學，故爲詳出之也。

〔二〕趙云：按本朝樂史寰宇記載閬州閬中郡，春秋之巴國也。有渝水，爲前漢高祖紀所謂巴渝之舞是已。公詩每有巴字，皆多閬州詩矣。厚土，經傳只使后土，至厚地字，方使厚薄之厚。今公厚土，蓋因有厚地，故用厚坤，又用厚土耳。舊注便改左傳作：皇天厚土，實聞此言。非是。

〔三〕趙云：沴氣，陰陽錯謬之氣也。沴，音戾。莊子曰：陰陽之氣有沴。

〔四〕趙云：交會字，周禮：陰陽之所交，風雨之所會，而合成。

〔五〕趙云：滂沲，言大雨也。詩云：月離於畢，俾滂沲矣。

送梓州李使君之任故陳拾遺射洪人也（近體詩）

籍甚黄丞相，能名自潁川。近看除刺史，還喜得吾賢。五馬何時到，雙魚會早傳〔一〕。老思筇竹杖，冬要錦衾眠〔二〕。不作臨歧恨，唯聽舉最先。火雲揮汗日，山驛醒心泉〔三〕。遇害陳公殞，于今蜀道憐。君行射洪縣，爲我一潸然。

〔一〕趙云：漢官儀：太守五馬。蓋天子六馬，而諸侯五馬也。古樂府：客從遠方來，遺我雙鯉魚。呼兒烹鯉魚，中有尺素書。

【校】古樂府：百家注前有囑李使君早寄書也一句。

〔二〕趙云：笻竹與錦，皆蜀中所出，公從李使君求此二物也。百家注引趙曰：蜀都賦云：笻竹緣嶺。注云：中實而高節，可以作杖。錦衾，雖是錦被，而字出詩：錦衾爛兮。蜀中有錦被，故公及之。

〔三〕百家注引趙曰：隋盧思道納涼詩：火雲赫而四舉。史記云：臨淄揮汗如雨。

天邊行（古詩）

趙云：詩中與大麥行皆有胡與羌字，則廣德元年十二月吐蕃陷松、維、保三州等處以後之事。此篇云臨大江哭，則閬州之江。大麥行云大麥乾枯，則今歲廣德二年三月半間也。

天邊老人歸未得，日暮東臨大江哭〔一〕。隴右河源不種田，胡騎羌兵入巴蜀〔二〕。洪濤滔天風拔木，前飛禿鶖後鴻鵠〔三〕。九度附書向洛陽，十年骨肉無消息〔四〕。

〔一〕趙云：天邊老人，公在長安居杜陵，而有田在洛陽，無日不思歸，故曰歸未得也。大江，指言閬水，乃嘉陵江至此而大矣。酈道元注水經，每言某山某處臨大江。

〔二〕趙云：下兩句蓋言吐蕃爲患。今歲廣德二年，公自梓州再至閬中。去年廣德元年，吐蕃七月陷隴右諸州，則隴右、河源不種田矣。十二月陷松、維、保三州，則胡騎、羌兵入巴蜀矣。謂之胡騎羌兵，羌與胡素自交結，觀今歲廣德二年七月，僕固懷恩以吐蕃、回紇、党項兵入寇，吐蕃雖曰羌，而有回紇在焉，非胡而何？巴蜀，巴與蜀也。樂史寰宇記於閬州青石縣載：昔巴、蜀爭界，山爲自裂，若引繩分之。觀此巴、蜀蓋相連，其陷松、維、保州，必有入巴蜀之事，但史不載，無所考證，唯資治通鑑云：吐蕃陷松、維、保三州，及雲山新築二城，西川節度使高適不能救，於是劍南、西山諸州，亦入於吐蕃矣。其言入巴蜀，亦何怪哉！

〔三〕趙云：上句亦盛言之，以比禍亂，其語則選有鼓洪濤。書：浩浩滔天。古詩：枯桑知天風。鶖，音秋，玉篇：水鳥也。公於同谷七歌之一，言弟在遠方云：東飛駕鵝後鶖鶬，安得送我至汝旁。亦因物以起思矣。

【校】之一：清刻本作之三。

〔四〕趙云：言洛陽、隴右陷之故。今歲廣德二年甲辰，逆數十年，歲在乙未。天寶十四載十一月，禄山反，其後禄山子與二史、吐蕃更爲患，是爲十年；而公田舍在洛陽之偃師，宜道路隔絶寄書而骨肉無消息也。字則玉臺新詠載近代西曲歌：莫作瓶落井，一去無消息。

大麥行（古詩）

大麥乾枯小麥黄，婦女行泣夫走藏。東至集壁北一作西梁洋，問誰腰鐮胡與羌〔一〕。豈無蜀兵三千人，部領辛苦江山長。安得如鳥有羽翅，託身白雲還故鄉。

〔一〕趙云：圖經：集壁在閬之東，梁洋雖在東而退近北。其一作西字，非是。百家注引趙曰：此又言吐蕃與回紇也。鮑明遠東武吟：腰鐮刈葵藿，倚杖牧雞豚。

自閬州領妻子却赴蜀山行三首 （近體詩）

汩汩避羣盜，悠悠經十年。不成向南國，復作遊西川〔一〕。物役水虛照，魂傷山寂然〔二〕。我生無倚著，盡室畏途邊〔三〕。

右一

〔一〕百家注引趙曰：指言自閬中而欲南下之計不成。

〔二〕趙云：物役水虛照，言身爲物所役，水亦徒相照，不得優游觀賞之也。

〔三〕趙云：左傳：盡室以行。莊子：夫畏途者十殺一，則父子兄弟相戒也。百家注引趙曰：盡室，全家也。

長林偃風色，迴復意猶迷。衫裛翠微潤，馬銜青草嘶〔一〕。棧懸斜避石，橋斷却尋溪。何日兵戈盡，飄飄愧老妻。

右二

〔一〕百家注引趙曰：言山中翠微之氣潤裛衣服也。

行色遞隱見，人煙時有無〔一〕。僕夫穿竹語，稚子入雲呼。轉石驚魑魅，抨弓落狖鼯〔二〕。直供一笑樂，似欲慰窮途。

右三

〔一〕百家注引趙曰：言山有高下，林木有蔽虧，其行李物色或見或隱也。

〔二〕百家注引趙曰：山中之人以其有魑魅而轉石驚之。趙云：抨，披耕切，訓擊彈也。

【校】趙云一條，分類集注標鄭曰。十家注、百家注、分門集注咸作趙曰。

别房太尉墓（近體詩）

他鄉復行役，駐馬别孤墳。近淚無乾土，低空有斷雲〔一〕。對棋陪謝傅，把劍覓徐君。惟見林花落，鶯啼送客聞。

〔一〕百家注引趙曰：言淚多而濕之也。

將赴成都草堂途中有作先寄嚴鄭公五首（近體詩）

得歸茅屋赴成都，真爲文翁再剖符。但使閭閻還揖讓，敢論松竹久荒蕪〔一〕。魚知丙穴猶來美，酒憶郫筒不用酤〔二〕。五馬舊曾諳小徑，幾回書札待潛夫〔三〕。

右一

〔一〕百家注引趙曰：兩句通義。今之心在愛人，不私一己矣。

〔二〕百家注引趙曰：言酒不須沽而從嚴公飲耳。

〔三〕百家注引趙曰：言嚴公昔曾枉駕之熟，今有書札來相待其歸矣。後漢王符隱居著書，號潛夫論。

處處青江帶白蘋，故園猶得見殘春〔一〕。雪山斥候無兵馬，錦里逢迎有主人。休怪兒童延俗客，不教鵝鴨惱比鄰〔二〕。習池未覺風流盡，況復荆州賞更新。

右二

〔一〕百家注引趙曰：爾雅：萍之大者曰蘋。故園，指成都也。

〔二〕百家注引趙曰：公於嚴公有故舊之好，而能如此，則公之厚德與夫慎重可見矣。比鄰者：比近之鄰也。

竹寒沙碧浣花溪，菱刺藤梢咫尺迷〔一〕。過客徑須愁出入，居人不自解東西〔二〕。書籤藥裹封蛛網，野店山橋送馬蹄〔三〕。肯藉荒庭春草色，先判一飲醉如泥？

右三

〔一〕百家注引趙曰：公離草堂之久，宜其荒蕪矣。

〔二〕百家注引趙曰：以蓬蒿之礙也。

〔三〕百家注引趙曰：言橋與店空送馬蹄於道中往來而已，蓋公不在草堂故也。

常苦沙崩損藥欄，也從江檻落風湍。新松恨不高千尺，惡竹應須斬萬竿〔一〕。生理秖憑黃閣老，衰顏欲付紫金丹。三年奔走空皮骨，信有人間行路難。

右四

〔一〕百家注引趙曰：公指言所種四松，故欄之新松。

錦官城西生事微，烏皮几在還思歸〔一〕。昔去爲憂亂兵入，今來已恐鄰人非。側身天地更懷古，回首風塵甘息機。共説總戎雲鳥陣，不妨遊子芰荷衣〔二〕。

右五

〔一〕百家注引趙曰：謝脁詠烏皮隱几詩曰：蟠木生附枝，刻削豈無施。末句：曲躬奉微用，聊承終宴疲。

〔二〕百家注引趙曰：總戎以言嚴公。遊子，公自謂也。

行次鹽亭縣聊題四韻奉簡嚴遂州蓬州兩使君咨議諸昆季（近體詩）

馬首見鹽亭，高山擁縣青。雲溪花淡淡，春郭水泠泠〔一〕。全蜀多名士，嚴家聚德星〔二〕。長歌意無極，好爲老夫聽。

〔一〕趙云：花淡淡，以其在雲溪，故也。陸士衡文賦：音泠泠而盈耳。

〔二〕百家注引趙曰：多名士，指言當日之人，以引下句。趙云：三嚴，或以爲嚴震之昆季。按唐史，震，梓州鹽亭人，西川節度使嚴武署押衙。武卒，罷歸。今公聞嚴武再鎮蜀，自閬歸成都過此而見嚴氏，則非嚴震家矣。更俟博聞。

倚杖（近體詩）

百家注引趙曰：鮑照有倚杖〔牧〕雞豚之句，故公倚以爲題。

【校】倚杖雞豚，前引多處咸作倚仗牧雞豚。

看花雖郭内，倚杖即溪邊。山縣早休市，江橋春聚船〔一〕。狎鷗輕白日一作浪，歸雁喜青天〔二〕。物色兼生意，淒涼憶去年。

〔一〕趙云：山縣早休市，道事的當，蓋如小市常爭米矣。

〔二〕趙云：言可狎之鷗，游泳乎白日之中而不知光景之可重也，勝一作〔浪〕遠矣。

漢州王大録事宅作（古詩）

南溪老病客，相見下肩輿。近髮看烏帽，催尊煮白魚。宅中平岸水，身外滿床書。憶爾才名叔，含悽意有餘。

陪王漢州留杜綿州泛房公西湖（近體詩）

舊相恩追後，春池賞不稀〔一〕。闕庭分未到，舟楫有光輝〔二〕。豉化蓴絲軟，刀鳴鱠縷飛〔三〕。使君雙皂蓋，灘淺正相依〔四〕。

〔一〕趙云：按新唐書：房琯於乾元元年以宰相貶出爲邠州刺史。政聲流聞，召拜太子賓客，遷禮部尚書，爲晉、漢兩州刺史。　恩追後，則指言於恩追而未行之間，其必數數遊湖。此追道其實也。

〔二〕趙云：言未到天子闕庭，且於此遊湖，而當承恩命時，則舟楫爲有光輝矣。　東京賦云：闕庭神麗。　書高宗云：用汝作舟楫。

〔三〕百家注引趙曰：潘安仁西征賦云：饔人切縷，鑾刀若飛。　趙云：蓴鱠，言湖中所有也。

〔四〕趙云：雙皂蓋，言王、杜二使君也。　漢制，中二千石。二千石皆皂蓋，朱兩轓，出後漢輿服志。

得房公池鵝（近體詩）

房相西亭鵝一羣，眠沙泛浦白於雲。鳳凰池上應回首，爲報籠隨王右軍〔一〕。

〔一〕趙云：鵝有鳳池之望，恐爲王右軍籠去，此蓋公以自興也。　鳳池事，荀勗罷中書令爲尚書，人賀之，乃曰：奪我鳳凰池，何賀我耶？　右軍事，王羲之性愛鵝，見山陰道士有羣鵝，爲寫道德經，遂籠鵝而歸。　今公詩意，蓋以興己之不必望趨華近，已甘從高人所愛，而隨之以飲啄也。

答楊梓州（近體詩）

閟到房公池水頭，坐逢楊子鎮東州。却向青溪不相見，回船應載阿戎遊〔一〕。

〔一〕趙云：青溪，應地名偶同，不然指水之青碧爲青溪，若緑水、白水之義。古詩云：青溪如委黛。載阿戎遊，必是紀其載兒以遊也。阮籍謂王渾曰：共卿言，不如與阿戎談。阿戎，王戎也，渾之子。

投簡梓州幕府簡韋十郎官（近體詩）

幕下郎君安隱無？從來不奉一行書〔一〕。固知貧病人須棄，能使韋郎跡也疏。

〔一〕趙云：隱，讀從穩。佛書：問訊世尊安隱否。

莫相疑行（古詩）

男兒生無所成頭皓白，牙齒欲落真可惜〔一〕。憶獻三賦蓬萊宮，自怪一日聲輝赫。集賢學士如堵牆，觀我落筆中書堂〔二〕。往時文彩動人主，此日饑寒趨路傍〔三〕。晚將末契託少年，當面論一作輸心背面笑〔四〕。寄謝悠悠世上兒，不爭好惡莫相疑。

〔一〕趙云：李陵書：男兒生無所成名。

〔二〕趙云：天寶九載，明皇納處士之議，以明年朝獻太清宫，朝享太廟，有事於南郊。公獻三賦以預言其事，於是待制於集賢。

〔三〕趙云：李蕭遠運命論：封已養高，勢動人主。劉公幹詩：行者盈路傍。百家注引趙曰：至德二載，公受左拾遺。及房琯罷相，甫上疏論琯不宜廢。肅宗怒，出甫爲華州司功。屬關輔饑亂，棄官寓同谷。自負薪採梠，餔糒不給，遂入蜀，卜居成都。

〔四〕趙云：當面論心背面笑，孔毅夫集句用對翻手作雲覆手雨，亦工。論一作輸字，雖新而費力。百家注引趙曰：陸機歎逝賦云：託末契於後生。

丙帙卷之十一

寄司馬山人十二韻（近體詩）

關内昔分袂，天邊今轉蓬。驅馳不可説，談笑偶然同。道術曾留意，先生早擊蒙。家家迎薊子，處處識壺公。長嘯峨嵋北，潛行玉壘東。有時騎猛虎，虚室使仙童。髮少何勞白，顏衰肯更紅？望雲悲轗軻，畢景羡沖融。喪亂形仍役，淒涼信不通〔一〕。懸旌要路口，倚劍短亭中〔二〕。永作殊方客，殘生一老翁。相哀骨可换，亦遣馭清風〔三〕。

〔一〕百家注引趙曰：陶淵明云：既自以身爲形役。

〔二〕趙云：史記云：摇摇懸旌，無所終薄。

〔三〕趙云：莊子曰：夫列子御風而行，泠然善也。

春歸（近體詩）

趙云：此言歸時當春也，非謂春色之歸至，又非謂春色之歸往也。

苔逕臨江竹，茅簷覆地花〔一〕。別來頻甲子，歸到忽春華〔二〕。倚杖看孤石，傾壺就淺沙〔三〕。遠鷗浮水靜，輕燕受風斜。世路雖多梗，吾生亦有涯。此身醒復醉，乘興即爲家。

〔一〕趙云：言竹生苔徑而臨江，花倚茅簷而覆地耳。古燕歌行云：楊柳覆地亦千條。又云：桃抽覆地春光舒。非花落而在地也。題云春歸，蓋言久出，當時而歸，非言春色歸往也。若誤認題意，遂有落花之義。下句云歸到忽春華，可見矣。

〔二〕趙云：別來者，別上句之竹與花也。公於四松古詩曰：別來忽三歲，離立如人長。與此同義。公初自成都遊梓、閬，踰三歲焉，故於甲子得謂之頻。歸到，則言歸成都也。忽春華，言倏忽之間是春。公於四松詩又云：避賊今始歸，春草滿空堂。乃此忽春華之義矣。左傳襄三十年：絳縣人云：臣生之歲正月甲子朔，四百有四十五甲子矣。春華字，如摛藻艷春華。

〔三〕趙云：鮑明遠詩：倚杖牧雞豚。

歸來（近體詩）

客裏有所過，歸來知路難〔一〕。門開野鼠走，散秩壁魚乾〔二〕。洗杓開新醞，低頭拭小盤。憑誰給麴糵，細酌老江干〔三〕。

〔一〕百家注引趙曰：此篇敘其久往東劉而歸也。【校】東劉：劉字疑訛。　今按，此詩九家注、百家注咸編在閬州詩後，應是東川歸成都之作，劉當作川。

〔二〕百家注引趙曰：壁魚，白魚也，在文書中爾。

〔三〕百家注引趙曰：意欲得之以造酒。司空飲酒詩：開君一壺酒，細酌對春風。【校】司空：下疑奪一字。

草堂即事（近體詩）

趙云：孔德璋北山移文云：鍾山之英，草堂之靈。李善引梁簡文帝草堂傳曰：汝南周顒，昔經在蜀，以蜀草堂寺林壑可懷，乃於鍾嶺雷次宗學館立寺，因名草堂，亦號山茨。今公所建茅屋，取此草堂兩字名之，蓋有所據也。

荒村建子月，獨樹老夫家〔一〕。雪裏江船渡，風前逕竹斜。寒魚依密藻，宿鷺起圓沙。蜀酒禁愁得，無錢何處賒〔二〕。

〔一〕百家注引趙曰：肅宗上元元年歲在辛丑，於九月壬寅大赦，去尊號，又去上元號，稱元年，以十一月爲歲首，以斗所建辰爲名。今公作詩以紀著事，蓋有意於後世之所考信者矣。　趙云：此詩正以紀著事始，既著朝廷改月號之始，又著其所居之處，止有獨樹，豈不可謂之詩史乎？周王褒送葬詩：平原看獨樹，高亭望列村。

〔一一〕趙云：六句皆實道景與事矣。圓沙者，禽鳥宿於沙上，其有隱沙之跡必圓，如魚没痕圓之義。無錢字，庾信擬連珠曰：胸中無學，如手中無錢。

草堂（古詩）

昔我去草堂，蠻夷塞成都。今我歸草堂，成都適無虞〔一〕。請陳初亂時，反覆乃須臾。大將赴朝廷，羣小起異圖〔二〕。中宵斬白馬，盟歃氣已粗。西取邛南兵，北斷劍閣隅。布衣數十人，亦擁專城居即楊子琳、柏正節之徒〔三〕。其勢不兩大，始聞蕃漢殊〔四〕。西卒却倒戈，賊臣互相誅〔五〕。焉知肘腋禍，自及梟獍徒。義士皆痛憤，紀綱亂相踰。一國實三公，萬人欲爲魚〔六〕。唱和作威福，孰肯辨無辜〔七〕？眼前列杻械，背後吹笙竽〔八〕。談笑行殺戮，濺血滿長衢。到今用鉞地，風雨聞號呼〔九〕。鬼妾一作人妾與鬼馬，色悲充爾娱〔一〇〕。國家法令在，此又足驚吁。賤子且奔走，三年望東吴〔一一〕。弧矢暗江海，難爲遊五湖。不忍竟舍此，復來薙榛蕪〔一二〕。入門四松在，步屧一作堞萬竹疏〔一三〕。舊犬喜我歸，低徊入衣裾。鄰舍喜我歸，沽酒攜胡蘆一作提榼壺。大官喜我來，遣騎問所須。城郭喜我來，賓客隘村墟〔一四〕。天下尚未寧，健兒勝腐儒〔一五〕。飄飄風塵際，何地置老夫？於時見疣贅，骨髓幸未枯。飲啄愧殘生，食薇不敢餘〔一六〕。

〔一〕趙云：蔡伯世以此詩爲今歲廣德二年甲辰春晚所作，蓋前二年寶應元年壬寅四月代宗即位，成都尹嚴武入爲太子賓客，二聖山陵以武爲橋道使。六月，以兵部侍郎爲西川節度使，未到，而七月劍南西川兵馬使徐知道反，拒武不得前，成都大亂。别無蠻夷事。豈徐知道引蕃兵來耶？下云始聞蕃漢殊，又（去）〔云〕西卒却倒戈，可見矣。

〔二〕趙云：大將指嚴武，入爲太子賓客。詩：愠於羣小。

〔三〕趙云：古羅敷行：四十專城居。布衣擁專城，專一城以居，言其爲守也。似指徐知道遂爲守，而數十布衣擁扶之。公自有本注謂即楊子琳、柏正節之徒。是時，二人必白衣而已。後三年，乃永泰元年乙巳，楊子琳、柏正節各以牙將同討崔旰之亂，自别一事，蓋杜公注直云楊子琳、柏正節之徒可也，而上更有即字。作詩在後三年，是時二人已爲牙將，乃著即字明之。其言亦擁專城居，罪之辭也，義在一亦字矣。

〔四〕趙云：左傳：物莫能兩大。

〔五〕趙云：西卒，豈西山之卒，乃蕃兵乎？書：前徒倒戈。

〔六〕趙云：昭元年，劉定公歎禹之功曰：微禹，吾其魚乎！字則光武紀：百萬之衆，可使爲魚。則初無沉溺之意，特言其爲害如此耳。

【校】可使爲魚：清刻本下接：以其有沉溺之患，今云萬人欲爲魚。

〔七〕趙云：洪範：臣無有作福作威。

〔八〕趙云：詠史詩：南鄰擊鐘磬，北里吹笙竽。

〔九〕趙云：左傳：至於用鉞。

〔一〇〕趙云：鬼妾與鬼馬，已殺其主矣，則妾謂之鬼妾，馬謂之鬼馬，如匈奴以亡者之妻爲鬼妻也。一作人妾，非是。

〔一一〕趙云：後篇四松云：別來忽三歲，離立如人長。避賊今始歸，春草滿空堂。蔡伯世以爲公自閬攜家歸蜀，再依嚴武。今句奔走三年，則其遊梓、閬三年也。此在今歲廣德二年，則甲辰明矣。

〔一二〕趙云：薙，音涕，除草之謂。周禮有薙氏之官。

〔一三〕趙云：步堞乃步屧，如宋袁粲爲丹陽尹，常步屧白楊郊野間。公詩又有步屧尋春風、步屧深林晚。舊作城堞之堞，無義。

〔一四〕趙云：此四韻木蘭歌格也。其辭：耶娘聞女來，出郭相扶將。阿姊聞妹來，當户理紅粧。小弟聞姊來，磨刀霍霍向猪羊。攜胡盧，一作提榼壺，非。古詩用字以快、老爲貴。

〔一五〕趙云：健兒，見上哀王孫詩注。

〔一六〕趙云：疣贅，則公自傷見剩其身在天地間。一飲啄，以禽鳥自比。食薇不敢餘，倣古詩食薇不願餘。百家注引趙曰：莊子云：附贅掛疣。

除草（古詩）

草有害於人，曾何生阻修〔一〕。其毒甚蜂蠆，其多彌道周〔二〕。清晨步前林，江色未散憂。芒刺在我眼，焉得待高秋。霜雪一霑凝一作衣，蕙葉亦難留〔三〕。荷鋤先童稚，日入仍討求〔四〕。轉致水中央，豈無雙釣舟〔五〕。頑根易滋蔓，敢使依舊丘〔六〕。自兹藩籬曠，更覺松竹幽〔七〕。芟夷不可闕，疾惡信如讎。

〔一〕趙云：此主除惡之義，以惡薋草之爲害也。言其直生平地近處。〔詩〕：道阻且修。舊注非。

【校】道阻且修：清刻本上有詩字，據補。

〔二〕趙云：蜂蠆，薋上皆芒刺，觸之能螫人。彌道周。薋最蔓生。字則詩：生于道周。

〔三〕趙云：在眼字，謝靈運詩：想見山中人，薜蘿若在眼。又欲先秋除去之，若待秋，則霜雪一霑，蕙與薋草同一衰落，亦美惡俱盡矣。謝靈運詩：崖傾光難留。霑凝，自在草上，一作霑衣，非。

〔四〕趙云：陶潛詩：帶月荷鋤歸。舊注在後。後漢鄧禹傳：父老童稚，滿其車下。莊子：日入而息。

〔五〕趙云：水中央，詩：宛在水中央。

〔六〕趙云：舊丘，自閬州歸成都，指草堂之居。草堂斷手賓應年，是夏送嚴武至綿，遂往梓、閬，至今年廣德二年春末又歸，故得指爲舊丘。

〔七〕趙云：藩籬字，賈誼：無有藩籬之限。

四松（古詩）

四松初移時，大抵三尺强。别來忽三歲，離立如人長〔一〕。會看根不拔，莫計枝凋傷。幽色幸秀發，疏柯亦昂藏〔二〕。所插小藩籬，本亦有隄防〔三〕。終然振撥損，得愧千葉黄。敢爲故林主，黎庶猶未康〔四〕。避賊今始歸，春草滿空堂。覽物歎衰謝，及兹慰淒涼。清風爲我起，灑面若微霜〔五〕。足爲一作以送老資，聊待偃蓋張〔六〕。我生無根蔕，配爾亦茫茫。

有情且賦詩，事迹可兩忘〔七〕。

〔一〕趙云：禮記：離坐離立。以人譬之。

〔二〕趙云：蜀都賦：王褒韡曄而秀發。

〔三〕趙云：藩籬，祖出史記賈誼之言曰：無藩籬之限。張茂先鷦鷯賦：長於藩籬之下。禮記：修利隄防。

〔四〕趙云：王仲宣詩：飛鳥翔故林。

〔五〕趙云：風言灑，則張茂先言穆如灑清風。陸機連珠云：秋風夕灑。

〔六〕趙云：足爲送老資，言可爲送老之資助。蓋公自言年漸老，四松更長，所以資助送老之玩矣。偃蓋字於松爲當體。抱朴子：天陵偃蓋之松，與天齊其久，與地等其長。故有下句：我生無根蔕，配爾亦茫茫。

〔七〕趙云：事跡字，史記秦本紀云：本原事迹。

水檻（古詩）

蒼江多風飇，雲雨晝夜飛。茅軒駕巨浪，焉得不低垂。遊子久在外，門户無人持。高岸尚爲谷，何傷浮柱欹〔一〕。扶顛有勸誡，恐貽識者嗤。既殊大廈傾，可以一木支〔二〕。川林視萬里，何必欄檻爲。人生感故物，慷慨有餘悲〔三〕。

〔一〕趙云：張平子西京賦：跱遊極於浮柱（浩）〔結〕重欒以相承。注：三輔名梁爲極，作遊梁置浮柱上也。

【校】浩重欒：影胡刻本文選浩作結。

〔二〕趙云：可以字，如蘇子卿：鹿鳴思野草，可以喻嘉賓。阮嗣宗：獨有延年術，可以慰我心。

〔三〕趙云：感故物而悲，則如韓詩外傳載孔子出游少原之野，有婦人哭甚哀，問之。婦人曰：向刈蓍薪，亡吾簪，是以哀。非傷亡簪，不亡故也。又，田子方出見老馬於道，喟然有志焉，以問於御者曰：此何馬也？御曰：故公家畜也。罷而不用，故出放之。田子方曰：少而盡其力，老而棄其身，仁者不爲也。束帛而贖之。窮士聞之，知所歸心。舊注引漢祖過沛，亦可證慷慨之意。

破船（古詩）

平生江海心，宿昔具扁舟〔一〕。豈惟清溪上，日傍柴門遊〔二〕。蒼惶避亂兵，緬邈懷舊丘〔三〕。鄰人亦已非，野竹獨修修。船舷不重扣，埋没已經秋〔四〕。仰看西飛翼，不愧東逝流〔五〕。故者或可掘，新者亦易求。所悲數奔竄，白屋難久留〔六〕。

〔一〕趙云：江海心，謝靈運：本自江海人，忠義感君子。

〔二〕百家注引趙曰：此言志在江海，豈局促於青溪上，傍柴門而遊爲事乎。趙云：公屢以浣花溪爲清溪，則水色青之溪也。謝莊詩：青溪如委黛，黄花似散金。

〔三〕趙云：舊丘，言浣花。舊丘字，則鮑明遠：復得還舊丘。

〔四〕趙云：扣舷事，晉夏仲御以足扣船，歌吴曲。

〔五〕趙云：仰看西飛翼，不愧東逝流。則傷不能長往自如，若飛鳥之飛，若水之注也。如此寧不藉船乎？

〔六〕趙云：今故者亦可掘於沙埋之間，新者亦可求買，唯悲在奔竄不定，而不寧居於白屋耳。此又反覆曲折，詩人之情也。荀子：周公待白屋之士。百家注引趙曰：白屋，貧者之居也。

王録事許修草堂貲不到聊小詰（近體詩）

爲嗔王録事，不寄草堂貲。昨屬愁春雨，能忘欲漏時。

寄邛州崔録事（近體詩）

邛州崔録事，聞在果園坊。久待無消息，終朝有底忙？應愁江樹遠，怯見野亭荒。浩蕩風塵外，誰知酒熟香。

過故斛斯校書莊二首（近體詩）

此去已云殁，鄰人嗟亦休。竟無宣室召，徒有茂陵求。妻子寄他食，園林非昔遊。空餘繐帷在，淅淅野風秋。

右一

燕入非傍舍，鷗歸秖故池〔一〕。斷橋無復板，卧柳自生枝〔二〕。遂有山陽作，多慚鮑叔知。素交零落盡，白首淚雙垂。

右二

〔一〕百家注引趙曰：燕仍入其舍。

〔二〕百家注引趙曰：梁〔劉〕孝威詩：卧柳尚還生。

揚旗（古詩）

趙云：後漢孝〔威〕〔桓〕帝校獵廣〔成〕〔城〕，遂幸函谷關上林苑，陳蕃諫曰：今有三空，豈宜揚旗耀武、騁心輿馬之觀乎。揚旗字，公取爲詩名。

江一作風雨颯長夏，府中有餘清。我公會賓客，肅肅有異聲。初筵閱軍裝，羅列照廣庭。庭空六一作四馬入，駊騀揚旗旌。迴迴偃飛蓋，熠熠迸流星。來纏一作衝風飈急，去擘山岳傾〔一〕。材歸俯身盡，妙取略地平〔二〕。虹蜺就掌握，舒卷隨人輕〔三〕。三州陷犬戎，但見西嶺青〔四〕。公來練猛士，欲奪天邊城。此堂不易升，庸蜀日已寧。吾徒且加餐，休適蠻與荆〔五〕。

〔一〕趙云：江雨一作風雨，六馬一作四馬，來纏一作來銜，皆非。
〔二〕趙云：略地字，借取漢書攻城略地。
〔三〕趙云：虹蜺，以言旗卷舒。隨人輕，所以結騎士揚舉之妙。
〔四〕趙云：上兩句言去年十二月，吐蕃陷松、維、保三州，在西山之地。三州陷，則西嶺者，其色徒青耳。
〔五〕百家注引趙曰：相勸加餐飯而不必捨去，以嚴公之故也。

立秋日雨院中有作（近體詩）

山雲行絶塞，大（小）〔火〕復西流。飛雨動華屋，蕭蕭梁棟秋。窮途愧知己，暮齒借前籌〔一〕。已費清晨謁，那成長者謀〔二〕。解衣開北户，高枕對南樓〔三〕。樹濕風涼進，江喧水氣浮。禮寬心有適，節爽病微瘳〔四〕。主將歸調鼎，吾還訪舊丘。

【校】大小：清刻本作大火，方爲有義。

〔一〕趙云：公謂晚年得預嚴府參謀也。百家注引趙曰：〔上句〕指嚴鄭公也。

〔二〕百家注引趙曰：又自謀之辭。

〔三〕百家注引趙曰：北户、南樓，自是當時實事，舊注所引徒紛紛。

〔四〕趙云：禮寬心有適，謂嚴武待以禮數之寬。病微瘳，公素有肺病也。百家注引趙曰：時節清爽，乃題所謂立秋日。公素有肺疾，惟氣爽則少蘇也。

奉和嚴鄭公軍城早秋（近體詩）

秋風嫋嫋動高旌，玉帳分弓射虜營〔一〕。已收滴博雲間戍，更奪蓬婆雪外城〔二〕。

軍城早秋　嚴武作

昨夜秋風入漢關，朔雲邊雪滿西山。更催飛將追驕勇，莫放沙場匹馬還。

〔一〕百家注引趙曰：帳，大將軍之帳。

〔二〕百家注引趙曰：滴博，城名。雲間戍，以言其高也。蓬婆，吐蕃城名，以其遠在雪山之外。

院中晚晴懷西郭茅舍（近體詩）

幕府秋風日夜清，澹雲疏雨過高城。葉心朱實堪時落，階面青苔先自生。復有樓臺銜暮景，不勞鐘鼓報新晴。浣花溪裏花饒笑，肯信吾兼一作今吏隱名〔一〕。

〔一〕趙云：汝南先賢傳：鄭欽吏隱於蟻陂之陽。百家注引趙曰：言浣花之開，似能獻笑，必笑我離草堂而宿院此中，有公家事，亦不信我兼爲吏隱也。兼一作今。

到村（近體詩）

碧澗雖多雨，秋沙先少泥。蛟龍引子過，荷芰逐花低。老去參戎幕，歸來散馬蹄〔一〕。稻粱須就列，榛草即相迷〔二〕。蓄積思江漢，頑疏惑町畦〔三〕。暫酬知己分，還入故林棲〔四〕。

〔一〕百家注引趙曰：爲劍南節度參謀也。

〔二〕百家注引趙曰：言既離草堂而入使院，則路逕生草，反相迷矣。

〔三〕百家注引趙曰：言其稟性頑疏，所惑者但在町畦之間，故雖朝夕在院，仍思欲一歸也。

【校】所惑者：十家注作所感者。

〔四〕百家注引趙曰：知己謂嚴公。言既稍酬報知己之分，乃因遂歸故林爾。

宿府 （近體詩）

清秋幕府井梧寒，獨宿江城蠟炬殘〔一〕。永夜角聲悲自語，中天月色好誰看？風塵荏苒音書絶，關塞蕭條行路難。已忍伶俜十年事，强移棲息一枝安。

〔一〕百家注引趙曰：魏明帝詩：雙梧生枯井。詩用井梧自此始矣。

遣悶奉呈嚴公二十韻 （近體詩）

白水魚竿客，清秋鶴髮翁〔一〕。胡爲來幕下？秖合在舟中。黄卷真如律，青袍也自公〔二〕。老妻憂坐痺，幼女問頭風。平地專攲倒，分曹失異同〔三〕。禮甘衰力就，義忝上官通〔四〕。疇昔論詩早，光輝仗鉞雄〔五〕。寬容存性拙，翦拂念途窮。露裛思藤架，煙霏想桂叢。信然龜觸網，直作鳥窺籠〔六〕。西嶺紆村北，南江繞舍東。竹皮寒舊翠，椒實雨新紅。浪簸舡應坼，杯乾甕即空。藩籬生野徑，斤斧任樵童。束縛酬知己，蹉跎效小忠。周防期稍稍，太簡遂匆匆。曉入朱扉啓，昏歸畫角終。不成尋別業，未敢息微躬。烏鵲愁銀漢，駑駘怕錦幪。會希全物色，時放倚梧桐〔七〕。

〔一〕百家注引趙曰：鶴髮，老者之相。庾信作賦：子老矣，鶴髮雞皮。

〔二〕百家注引趙曰：自不是黄卷聖賢之義，意其以黄紙所寫之法令合如何之内，故云真如律。

〔三〕百家注引趙曰：言其散秩，在府中所坐之曹，不專其事而分之，不知爲異爲同也。

〔四〕百家注引趙曰：公得預府幕，忝關通於上官矣。上官指嚴武也。

〔五〕百家注引趙曰：與嚴論詩，已在早年矣。

〔六〕百家注引趙曰：上兩句則身雖在幕府，而有山林之念，故如龜之在網，鳥之在籠也。下八句有懷草堂之意。

〔七〕百家注引趙曰：言如烏鵲之微，力不任於填河；駑駘之蹇，不足以被錦幪之飾。則所望於故人知己者，幸全其物色而放令倚於梧桐也。

西山三首（近體詩）

夷界荒山頂，蕃州積雪邊〔一〕。築城依白帝，轉粟上青天〔二〕。蜀將分旗鼓，羌兵助鎧鋋一作井泉〔三〕。西戎背和好，殺氣日相纏〔四〕。

右一

〔一〕趙云：唐松、維二州，維，今之威州，一帶皆號西山，與吐蕃分界。其山最高，故云夷界荒山頂。

〔二〕百家注引趙曰：兩句通義。公孫述自號白帝，其所築城在高山上，本曰白帝城是已。今公言高山之上築城，依倣白帝，所以轉粟之艱難如上青天也。趙云：秦州記曰：金城郡，漢元始六年置。應劭曰：初築城得金，故名。鄒陽上吴王書曰：轉粟流輸，千里不絶。晉史：披雲霧而睹青天。依，則依如之也。

〔三〕趙云：以吐蕃陷松、維、保三州，其勢迫蜀，故分旗鼓以禦之。下句蓋言僕固懷恩與之爲寇也。按唐史，廣德二年七月，僕固懷恩以吐蕃、回紇、党項等兵數十萬人入寇。井泉字無義。

〔四〕趙云：以吐蕃背先帝時盟好，而爲寇不已，殺氣日相纏結矣。

右二

辛苦三城戍，長防萬里秋。煙塵侵火井，雨雪閉松州〔一〕。風動將軍幕一作蓋，天寒使者裘〔二〕。漫山賊營壘，迴首得無憂？

〔一〕趙云：松州已陷，閉於雨雪之中。按唐地理志：松州以地産甘松，故名。百家注引趙曰：火井雖在邛州，大率是蜀地名，言吐蕃迫蜀中也。

〔二〕趙云：廣德元年吐蕃没松州，是時既遣將以禦敵，又遣使以和親，故有是句。幕，謂戎幕，一作蓋，非是。

子弟猶深入，關城未解圍〔一〕。蠶崖鐵馬瘦，灌口米船稀〔二〕。辯士安邊策，元戎決勝威〔三〕。今朝烏鵲喜，欲報凱歌歸〔四〕。

右三

〔一〕趙云：子弟，言充兵之人也。漢書：解平城之圍。

〔二〕趙云：鬣崖，則西山之關隘處也。雪多草枯，故馬不足充戰而瘦。灌口，在今永康軍，亦近西川以漕運之多而不繼，故船稀。百家注引趙曰：米船以船運之多不繼而稀，此爲可憂矣，故有下句。

【今按】亦近西川一句，與上文通讀，似當作亦近西山，待考。

〔三〕趙云：莊子曰：子之談類辯士。前漢車千秋贊：此乃所以安邊境。

〔四〕趙云：周禮：奏凱歌也。傳曰：王師大凱，奏雅歌。

贈王二十四侍御契四十韻（近體詩）

往往雖相見，飄飄愧此身。不關輕紱冕，俱是避風塵〔一〕。一別星橋夜，三移斗柄春〔二〕。敗亡非赤壁，奔走爲黄巾。子去何蕭灑，余藏異隱淪。書成無過雁，衣故有懸鶉。恐懼行裝數，伶俜卧疾頻。曉鶯工迸淚，秋月解傷神〔三〕。會面嗟黧黑，含悽話苦辛〔四〕。接輿還入楚，王粲不歸秦〔五〕。錦里殘丹竈，花溪得釣綸〔六〕。消中祇自惜，晚起索誰親〔七〕？伏柱聞周史，乘槎似漢臣〔八〕。鴛鴻不易狎，龍虎未宜馴〔九〕。客即挂冠至，交非傾蓋新。由來意氣合，直取性情真。浪跡同生死，無心恥賤貧〔一〇〕。偶然存蔗芋，幸各對松筠。粗飯依他日，窮愁怪此辰。女長裁褐穩，男大卷書勻〔一一〕。瀕口江如練，蠶崖雪似銀〔一二〕。名園當翠巘，野棹没青蘋。屢喜王侯宅，時邀江海人〔一三〕。追隨不覺晚，欵曲動彌旬。但使芝蘭秀，何須棟宇鄰〔一四〕。山陽無俗物，鄭驛正留賓〔一五〕。出入並鞍馬，光輝參席珍〔一六〕。重遊先主廟，更歷少城闉。石鏡通幽魄，琴臺隱絳脣〔一七〕。送終惟糞土，結愛獨荆榛。置酒高林下，觀棊積水濱〔一八〕。區區甘累趼，稍稍息勞筋〔一九〕。網聚粘圓鯽，絲繁煮細蓴〔二〇〕。長歌敲柳癭，小睡憑藤輪。農月須知課，田家敢忘勤。浮生難去食，良會惜清晨。列國兵戈暗，今王德教淳。要聞除猰㺄，休作畫麒麟〔二一〕。洗眼看輕薄，虚懷任屈伸〔二二〕。莫令膠漆地，萬古重雷陳〔二三〕。

〔一〕百家注引趙曰：紱綬冕冠也。公以左拾遺出爲華州功曹而遂自罷官，若輕紱冕者，但以風塵之警，不得不避亂也。

〔二〕百家注引趙曰：以志時也。斗杓隨時而指於昏，指東則爲春，三移則三年矣。

〔三〕百家注引趙曰：春鶯秋月，人所賞玩，而鶯所工者在於遊人之淚，月所解者在於傷人之神，則以亂離疾病之所感也。

〔四〕百家注引趙曰：列子載楊朱之語曰：面目黧黑。

〔五〕百家注引趙曰：王粲，秦川貴公子也，遭亂流寓。公取其不歸長安，故又以王粲爲比。

〔六〕百家注引趙曰：以景物明焕錯雜如錦，故曰錦里。　別賦云：守丹竈而不顧。〔下句〕言前此不在浣花，而人往往得之。

〔七〕百家注引趙曰：公自言也，取古人以（此）〔比〕。　消中，消渴也。司馬相如常有消渴病。　爲況蕭索無親之者。又音求索之索，言將求誰親我乎？亦通。以俟明識。

〔八〕百家注引趙曰：兩句指言王侍御。上句以御史之官，故用老子比之。老子爲周柱下史。下句豈王侍御嘗使吐蕃乎？別篇有云：魂斷使臣鞍，楂上似張騫。

〔九〕百家注引趙曰：言王侍御如鴛鴻龍虎之莫能狎馴也。

〔一〇〕百家注引趙曰：言共遭亂離而爲友，即同生同死也。

〔一一〕百家注引趙曰：四句通義，言粗糲之飯依如他日。所以窮愁者，繼以女長男大，則婚嫁之事迫矣。

〔一二〕百家注引趙曰：此以下言王侍御所居也。　樂史寰宇記：李冰擁江作（搠）〔湔〕口。　湔偃，在導江縣。

〔一三〕百家注引趙曰：王侯宅，普言之，而王侍御亦在其中矣。　江海人，公自況也。

〔一四〕百家注引趙曰：陶淵明答龐參軍四言詩：歡心孔洽，棟宇唯鄰。公居成都浣花，王侍御在導江，故有此句也。

〔一五〕百家注引趙曰：史記：鄭莊爲太子舍人，嘗置驛馬於長安諸郊，請謝賓客，夜以繼日。

〔一六〕百家注引趙曰：鮑明遠云：鞍馬光照地。

〔一七〕百家注引趙曰：蜀王葬其妃，徇以石鏡。　琴臺，則司馬相如彈琴之所。

〔一八〕百家注引趙曰：此以結上句。初以石鏡送終，今墓中之人已糞土矣；以琴結夫婦之情，今則徒生荆棘矣。既往之事爲可弔，則置酒觀棋以遣懷耳。

〔一九〕百家注引趙曰：趼，足瘡也。莊子云：百舍重趼而不〔敢〕息。【校】不息：不字下奪敢字，據思賢書局本莊子集釋補。

〔二〇〕百家注引趙曰：此又言歸成都之樂也。　網聚，則漁者非一人之網耳。謂之絲繁，以言其多。本草云：鯽魚合蓴作羹食良。

〔二一〕百家注引趙曰：但以除猰貐爲心，不必志於閣，畫麒麟閣上也。

〔二二〕百家注引趙曰：輕薄，言交道之不終者，蓋公有激而云。

〔二三〕百家注引趙曰：公之望王侍御者，至矣。

送舍弟穎赴齊州三首（近體詩）

岷嶺南蠻北，徐關東海西〔一〕。此行何日到，送汝萬行啼。絶域惟高枕，清風獨杖藜〔二〕。危時暫相見，衰白意都迷。

〔一〕趙云：徐關，齊地。言弟自岷蜀起發而之齊耳。

〔二〕百家注引趙曰：公自中原而來蜀，則亦以蜀爲絶域，大抵言異方也。

風塵暗不開，汝去幾時來？兄弟分離苦，形容老病催。江通一柱觀，日落望鄉臺。

客意長東北，齊州安在哉！

右二

諸姑今海畔，兩弟亦山東〔一〕。去傍干戈覓，來看道路通。短衣防戰地，匹馬逐秋風〔二〕。莫作俱流落，長瞻碣石鴻。

右三

〔一〕趙云：徐州近海，則是山東矣。

【校】徐州：清刻本、百家注咸作齊州。今按，第一首有云：徐關東海西，則應以徐關近海爲近是，待考。

〔二〕百家注引趙曰：公自言也。時吐蕃未息，故戎服以在防戰之地。〔下句〕言（地）〔弟〕潁之征行也。

嚴鄭公堦下小松得霑字（近體詩）

弱質豈自負，移根方爾瞻。細聲聞玉帳，疏翠近珠簾。未見紫煙集，虛蒙清露霑。何當一百丈，欹蓋擁高簷〔一〕。

〔一〕百家注引趙曰：欹蓋，抱朴子云：偃蓋之松也。

嚴鄭公宅同詠竹得香字　（近體詩）

綠竹半含籜，新梢纔出牆。色侵書帙晚，陰過酒樽涼。雨洗娟娟淨，風吹細細香。但令無翦伐，會見拂雲長。

奉觀嚴鄭公廳事岷山沱江畫圖十韻得忘字　（近體詩）

沱水臨中座，岷山到北堂〔一〕。白波吹粉壁，青嶂插雕梁。直訝杉松冷，兼疑菱荇香。雪雲虛點綴，沙草得微茫。嶺雁隨毫末，川蜺飲練光〔二〕。霏紅洲蕊亂，拂黛石蘿長。暗谷非關雨，丹楓不爲霜〔三〕。秋成玄圃外，景物洞庭傍〔四〕。繪事功殊絕，幽襟興激昂。從來謝太傅，丘壑道難忘。

〔一〕百家注引趙曰：此篇句句皆盡，義甚分明。

〔二〕百家注引趙曰：亦只是畫作清川之景，自有蜺飲練光之態，不必畫蜺也。

〔三〕百家注引趙曰：暗谷處非真是雨而暗，丹楓葉不爲真是遭霜而丹，皆以言畫也。

〔四〕百家注引趙曰：（昔）〔借〕以形容其畫乃其景也。

晚秋陪嚴鄭公摩訶池泛舟得溪字。池在府内，蕭摩訶所開，因是得名。（近體詩）

湍駛風醒酒，船回霧起隄。高城秋自落，雜樹晚相迷。坐觸鴛鴦起，巢傾翡翠低。莫須驚白鷺，爲伴宿清溪〔一〕。

〔一〕趙云：清溪，公指浣花溪爾。

初冬（近體詩）

垂老戎衣窄，歸休寒色深〔一〕。漁舟上急水，獵火著高林。日有習池醉，愁來梁父吟〔二〕。干戈未偃息，出處遂何心。

〔一〕百家注引趙曰：時方戍屯，以防吐蕃。

〔二〕趙云：日有習池醉，謂陪嚴武出也。愁來梁父吟，公以諸葛亮自比也。百家注引趙曰：山簡在襄陽，習氏有佳園池，簡日醉焉。

太子張舍人遺織成褥段 （古詩）

客從西北來，遺我翠織成〔一〕。開緘風濤涌，中有掉尾鯨〔二〕。逶迤羅水族，瑣細不足名。客云充君褥，承君終宴榮。空堂魑魅走，高枕形神清〔三〕。領客珍重意，顧我非公卿。留之懼不祥，施之混柴荆。服飾定尊卑，大哉萬古程。今我一賤老，裋褐更無營〔四〕。煌煌珠宮物，寢處禍所嬰〔五〕。歎息當路子，干戈尚縱横。掌握有權柄，衣馬自肥輕〔六〕。李鼎死岐陽，實以驕貴盈〔七〕。來瑱賜自盡，氣豪直阻兵。皆聞黄金多，坐見悔吝生。奈何田舍翁，受此厚貺情。錦鯨卷還客，始覺心和平。振我粗席塵，愧客茹藜羹〔八〕。

〔一〕趙云：織成者，綵物之名。後漢輿服志云：織成者多。

〔二〕趙云：顔延年詩：春江壯風濤。

〔三〕趙云：曹子建詩：公子敬愛客，終宴不知疲。公言其可以爲褥，而爲褥之用有三：一則可承終盡之宴；二則設之於高堂，而魑魅見其上海獸怪狀必驚而走；三則寢於其上，可以除魔去魘，神魂自清也。於一句五字中意各存矣。

〔四〕趙云：簡册所載有短褐，有裋褐。公每對屬處則用短褐，蓋短窄之褐也。裋褐，取童竪之褐爲義。今單句云裋褐更無營，則用裋褐亦可。大率貧者之服耳。

〔五〕趙云：珠宫，指言龍宫也。楚辭云：貝闕兮珠宫。蓋言以此褥而寢處，非卑賤者所宜，懼嬰於禍，又以成不祥之義也。說文云：嬰，繞也。如曹子建四言云：咨我小子，兇頑是嬰。

〔六〕趙云：今當用兵之時，其當路得勢之人，乘此干戈擾攘操握權柄，自然乘肥馬，衣輕裘，非我所預也。孟子曰：夫子當路於齊。淮南子：置鑒燧掌握之中。

〔七〕趙云：李鼎於史無傳，唯見姓名於舊史崔光遠傳：上元元年以李鼎代光遠爲鳳翔節度使。又，新唐書載於上元二年二月云：奴剌、党項羌寇寶雞，焚大散關，寇鳳州。鳳翔尹李鼎敗之。此李鼎之可見者。史有侍寵驕盈。

〔八〕趙云：莊子云：藜羹不糝。舊注所引在後，又字倒矣。

至後（近體詩）

冬至至後日初長，遠在劍南思洛陽〔一〕。青袍白馬有何意，金谷銅駝非故鄉。梅花欲開不自覺，棣萼一別永相望。愁極本憑詩遣興，詩成吟詠轉淒涼。

〔一〕百家注引趙曰：漢時宫中繡工以線量日影，冬至後添一線也。舊注所引周禮，乃是立表求地中之說，非此也。

舍弟占歸草堂檢校聊示此詩（近體詩）

久客應吾道，相隨獨爾來〔一〕。孰知江路近，頻爲草堂回。鵝鴨宜長數，柴荆莫浪開。

東林竹影薄，臘月更須(裁)〔栽〕。【校】裁：百家注作栽，方爲有義。

〔一〕百家注引趙曰：家語載孔子陳、蔡之厄曰：吾道其非耶？

觀李固請司馬弟山水圖三首（近體詩）

簡易高人意，匡牀竹火爐〔一〕。寒天留遠客，碧海挂新圖。雖對連山好，貪看絶島孤。羣仙不愁思，冉冉下蓬壺。

右一

〔一〕百家注引趙曰：莊子：(騎)〔麗之〕姬與晉公同(匡)〔筐〕牀而食。

【校】所引莊子語，思賢書局本郭慶藩莊子集釋全句作：麗之姬……晉國之始得之也，涕泣沾襟。及其至於王所，與王同筐牀，食芻豢，而後悔其泣也。

方丈渾連水，天台總映雲。人間長見畫，老去恨空聞。范蠡舟偏小，王喬鶴不羣〔一〕。此生隨萬物，何處出塵氛？

右二

〔一〕百家注引趙曰：其圖必畫舟與鶴，故以范蠡、王喬比之。王喬鶴事，見昔遊詩注。

高浪垂飜屋，崩崖欲壓牀。野橋分子細，沙岸繞微茫。紅浸珊瑚短，青懸薜荔長。浮查並坐得，仙老暫相將。

右三

贈別賀蘭銛（古詩）

黄雀飽野粟，羣飛動荆榛〔一〕。今君抱何恨，寂寞向時人〔二〕。老驥倦驤首，蒼鷹愁易馴〔三〕。高賢世未識，固合嬰饑貧。國步初返正，乾坤尚風塵〔四〕。悲歌鬢髮白，遠赴湘吴春。我戀岷下芋，君思千里蓴〔五〕。生離與死別，自古鼻酸辛〔六〕。

〔一〕趙云：黄雀羣飛，比時人之蹇淺。

〔二〕趙云：傷賀蘭而問之，如下句所云。

〔三〕趙云：戰國策：汗明見春申君曰：夫驥之齒長矣，服鹽車而上太行。漉汗灑地，白汗交流，中坂遷延，負轅不能上。伯樂遭之，下車，攀而哭之，解紵衣以冪之。驥於是俛而噴，仰而鳴，聲造於天，仰見伯樂之知己。今云倦，則以無伯樂也。〔下句〕暗使呂布與慕容垂事。愁，則以苟於食養而愁也。百家注引趙曰：權翼、慕容垂，由鷹饑則附人，飽則高飛。

〔四〕趙云：國步返正，是廣德元年十二月車駕已自既還長安，而吐蕃繼陷松、維州。次年，史載僕固懷恩以吐蕃、回紇、党項兵數十萬入寇，朝廷大恐。十月，寇邠州，先驅至奉天。詔郭子儀屯奉天，堅壁不戰。十一月，吐蕃軍潰。又云，是歲嚴武破吐蕃於當狗城，克鹽州城。公以嚴武再尹成都，三月自閬州還。今詩所云國步初返正，言車駕之還長安未多時。乾坤尚風塵，言吐蕃等之亂。舊注模稜不考之語，若以爲安史之事，則復京師在至德二年，史思明殺安慶緒在乾元二年，事不相接也。下又云：我戀岷下芋，君思千里蓴。則此詩豈不是公再還成都乎？

〔五〕趙云：我戀岷下芋，説在西蜀。君思千里蓴，説賀蘭赴湘、吴。岷下芋，出貨殖傳：卓王孫岷山之下沃野千里，下有蹲鴟，至死不饑。師古註：蹲鴟，芋也。千里蓴，出晉陸機：千里蓴羹，未下鹽豉。

〔六〕趙云：鼻酸辛，高唐賦：孤子寡婦，寒心酸鼻。

送王侍御往東川放生池祖席（近體詩）

東川詩友合，此贈怯輕爲。況復傳宗匠舊作近，空然惜别離。梅花交近野，草色向平池。儻憶江邊卧，歸期願早知。

正月三日歸溪上有作簡院内諸公（近體詩）

野外堂依竹，籬邊水向城。蟻浮仍臘味，鷗泛已春聲。藥許鄰人斸，書從稚子擎〔一〕。白頭趨幕府，深覺負平生〔二〕。

〔一〕百家注引趙曰：公之不吝如此。言文書多任稚子也。

〔二〕百家注引趙曰：公歎老而猶仕耳。公與嚴故人，故顯言之，別無指旨，舊注非。

敝廬遣興奉寄嚴公（近體詩）

野水平橋路，春沙映竹村。風輕粉蝶喜，花暖蜜蜂喧。把酒宜深酌，題詩好細論。府中瞻暇日，江上憶詞源〔一〕。跡忝朝廷舊，情依節制尊。還思長者轍，恐避席爲門〔二〕。

〔一〕趙云：隋文藝傳云：筆有餘力，詞無竭源。

〔二〕趙云：公欲枉嚴公之駕，故用陳平事以邀之。

【校】邀：百家注作激。

春日江村五首（近體詩）

農務村村急，春流岸岸深。乾坤萬里眼，時序百年心。茅屋還堪賦，桃源自可尋。艱難昧生理，飄泊到如今。

右一

迢遞來三蜀，蹉跎又六年〔一〕。客身逢故舊，發興自林泉。過懶從衣結，頻遊任履穿。藩籬頗無限，恣意向江天。

右二

〔一〕趙云：蜀郡、廣漢郡、犍爲郡爲三蜀。百家注引趙曰：公自乾元二年冬到蜀，至今乾元七年凡六年矣。

【校】乾元七年：分門集注引黄鶴曰：公以乾元冬入蜀，至永泰元年乃六年。趙注云至今乾元七年凡六年，乾元安得有七年？

種竹交加翠，栽桃爛漫紅。經心石鏡月，到面雪山風。赤管隨王命，銀章付老翁〔一〕。

豈知牙齒落，名玷薦賢中。

右三

〔一〕百家注引趙曰：銀章方賜。朱，朱服也，故次篇有垂朱紱之句也。

扶病垂朱紱，歸休步紫苔。郊扉存晚計，幕府愧羣材〔一〕。燕外時絲卷，鷗邊水葉開。鄰家送魚鼈，問我數能來。

右四

〔一〕百家注引趙曰：衛青傳云：開幕府。蓋設幕以爲府也。

羣盜哀王粲，中年召賈生〔一〕。登樓初有作，前席竟爲榮。宅入光賢傳，才高處士名〔二〕。異時懷二子，春日復含情。

右五

〔一〕百家注引趙曰：王粲避亂，客荆州。文帝召賈誼至宣室。

〔二〕百家注引趙曰：以誼洛陽之才子，異乎處士矣。

長吟（近體詩）

江渚翻鷗戲，官橋帶柳陰。花飛競渡日，草見踏青一作春心。已撥形骸累，真爲爛熳深。賦詩新一作歌句穩，不覺一作免自長吟。

絶句四首（近體詩）

堂西長笋別開門，塹北行椒却背村〔一〕。梅熟許同朱老喫，松高擬對阮生論。朱、阮劍外相知。

右一

〔一〕趙云：行椒，蓋成行者。

欲作魚梁雲覆湍，因驚四月雨聲寒。青溪先有蛟龍窟，竹石如山不敢安〔一〕。

右二

〔一〕百家注引趙曰：魚梁，劈竹積石，横截中流以爲聚魚之區也。以溪下有蛟龍，時興雲雨，雖以魚梁人之所利也，而公不敢犯害以就利，異乎世人徑行直前，惟利是謀矣。

兩箇黄鸝鳴翠柳，一行白鷺上青天。窗含西嶺千秋雪，門泊東吴萬里船〔一〕。

右三

〔一〕趙云：公之志，每欲南下。今言所泊門外之船，乃欲往東吴萬里之船也。

藥條藥甲潤青青，色過棕亭入草亭。苗滿空山慚取譽，根居隙地怯成形〔一〕。

右四

〔一〕百家注引趙曰：公自喻也。藥者，如本草所載，各以其土地知名於世。今所種之藥在空隙之地，欲成以物之形而怯於人之所易見也。

營屋（古詩）

趙云：詩：經之營之。謂之營，别有所營建。

我有陰江竹，能令朱夏寒。陰通積水内，高入浮雲端。甚疑鬼物憑，不顧剪伐殘〔一〕。東偏若面勢，户牖永可安。愛惜已六載，兹晨去千竿〔二〕。蕭蕭見白日，洶洶開奔湍。度堂匪華麗，養拙異考槃〔三〕。草茅雖薙葺，衰疾方少寬。洗然順所適，此足代加餐〔四〕。寂無斤斧響，庶遂憩息歡〔五〕。

〔一〕趙云：欲竹間起屋之作。首六句言竹之茂盛。　朱夏字，梁元帝纂要：夏曰朱明，亦曰朱夏。　積水字，文子：積水成海。魏都賦：回淵漼，積水深。　雲端字，枚乘詩：美人在雲端。　剪伐字，詩：勿剪勿伐。

〔二〕趙云：自東偏若面勢而下，則言欲起屋矣。用愛惜已六載之語推之，此今歲永泰元年詩。公之草堂云：經營上元始，斷手寶應年。上元元年歲在庚子，寶應元年歲在壬寅，則有竹已在庚子歲，今永泰元年乙巳是爲六載也。與上江村五首之一云迢遞來巴蜀，蹉跎又六年同。　東偏字，左傳：居我東偏。　面勢字，考工記：審曲面勢。　户牖字，老子：鑿户牖以爲室。

〔三〕趙云：度堂字，考工記：室中度以几，堂上度以筵。　考槃字，詩之篇名。其詩：老槃在阿、考槃在澗。考，成也。槃，樂也。言於此養拙而已，非若碩人之在阿、在澗而後成其樂也。

〔四〕趙云：加餐字，古詩：上言加餐飯。代加餐，則以新屋之成，疾寬而順適所致然也。

〔五〕趙云：寂無斤斧響，言屋成而無復用斤斧聲，於是乎有憩息之樂。百家注引趙曰：甘棠：勿翦勿敗，召伯所憩。注：憩，息也。

王十五司馬弟出郭相訪兼遺營茅堂貲（近體詩）

客裏何遷次，江邊正寂寥〔一〕。肯來尋一老，愁破是今朝〔二〕。憂我營茅棟，攜錢過野橋〔三〕。他鄉唯表弟，還往莫辭遥〔四〕。

〔一〕趙云：玉臺後集載楊令公令陳後主妹樂昌公主作詩，其詩云：今日何遷次，新官對舊官。

〔二〕趙云：一老，公自謂也。祖出左傳：魯哀公誄孔子曰：天不憖遺一老。杜田所引是。又謂無祖也。

〔三〕趙云：沈休文詩：茅棟嘯愁鴟。崔豹詩：野橋行路斷。

〔四〕趙云：古詩：他鄉各異縣。

絶句三首（近體詩）

聞道巴山裏，春船正好還一作行。都將百年興，一望九江山一作城〔一〕。

右一

〔一〕【今按】此三首九家注、百家注咸未編入。杜詩詳注於行下注云：趙作還；於城下注云：趙作山。今以還、山爲正。

水檻温江口，茅堂石筍西。移船先主廟，洗藥浣花溪。

右二

謾道春來好，狂風太放顛。吹花隨水去，翻却釣魚船。

右三

去蜀（近體詩）

五載客蜀郡，一年居梓州。如何關塞阻，轉作瀟湘遊。萬事已黄髮，殘生隨白鷗。安危大臣在，不必淚長流。

狂一作短歌行贈四兄（古詩）

與兄行年校一歲，賢者是兄愚者一作是弟。兄將富貴等浮雲，弟竊一作切功名好權勢。

長安秋雨十日泥，我曹鞴馬聽晨雞。公卿朱門未開鎖，我曹已到肩相齊。吾兄睡穩方舒膝，不襪不巾踏曉日。男啼女哭莫我知，身上須繒腹中實。今年思我來嘉州，嘉州酒重一作香花繞一作滿樓。樓頭吃酒樓下卧，長歌短咏一作歌迭一作還，一作遠相酬。四時八節還拘禮，女拜弟妻男拜弟。幅巾鞶帶不掛身，頭脂足垢何曾洗。吾兄吾兄巢許倫，一生喜怒長任真。日斜枕肘寢已熟，啾啾唧唧爲何一作何爲人。

丁帙卷之一

乙巳永泰元年，時公五十四歲。四月盡，嚴武既死，公於五月挈家下戎、渝、忠，至八月末，至雲安縣，遂泊舟而居——所存之詩。

夏五月，自戎州迤邐而下。

宴戎州楊使君東樓一首（近體詩）

次公曰：東樓，蓋郡治登臨之所也。傳云治舊在對岸，今徙矣。

勝絶驚身老，情忘發興奇〔一〕。座從歌妓密，樂任主人爲〔二〕。重碧拈春酒，輕紅擘荔枝〔三〕。樓高欲愁思，横笛未休吹〔四〕。

〔一〕次公曰：此篇破頭已對，蓋言勝雖絶矣，而驚見在之身則老；情雖忘矣，而發所對之興則奇也。身老字，禮記云：忘身之老也。中發興字，鮑照園中秋散詩云：臨歌不知調，發興誰與歡。而公屢使此兩字，如題鄭縣亭子云：鄭縣亭子澗之濱，户牖憑高發興新。則亦如發興奇者矣。其它如陪李北海宴歷下亭云：雲山已發興，玉佩仍當歌。萬丈潭云：造幽無人境，發興自我輩。則用發興對造幽。春日江村之二云：客身逢故舊，發興自林泉。則用發興對客身。與李白同尋范十云：入門高興發，侍立小童清。則主在高興，以對小童，而發字、清字貼之耳。此篇之句，却以興奇爲主，以對身老，而驚字、發字貼之，詩人變化不常如此。

〔二〕次公曰：座從歌妓密，則命妓使歌，與之間坐而密近也。樂任主人爲，言歡樂之事任從主人所爲也。近世座上賭酒，有射握中之物，而數中者勝，道暗書之數而字合者罰，似此之類皆是已。句所用字蓋出論語：不圖爲樂之至於斯。將爲樂倒而展用，故對密座，亦倒而展用。密座字，傅武仲舞賦云：鄭衛之樂，所以娱密座，接歡欣也。其從與任字，公詩又云：失學從兒懶，長貧任婦愁。

〔三〕次公曰：舊本拈春酒作酤字，非。今就其字誤爲酤而言之，酤當與論語沽酒市脯同，前漢陳遵傳揚雄酒箴云：鴟夷滑稽，腹大如壺。盡日盛酒，人復借酤。是已。或者又惑於官韻有三音：一則攻乎切，一則侯古切，注皆云，一宿酒也；一則古慕切，注云，賣也。一宿酒之語出詩伐木篇：有酒湑我，無酒酤我。按毛、鄭解此兩句不同，毛云：湑，茜之也。酤，一宿酒也。鄭云：酤，買也。王有酒則泲茜之，王無酒則沽買之，其意以爲族人陳王之恩厚於我曹。雖以王之厚意也。其意以有酒則須泲茜使清而後飲，無酒則雖一宿未清者亦飲，乃侈言王之盛意，然豈有天子而沽酒乎？詩人必不如此窮相。此鄭之失也。今杜公詩之酤字，若用毛萇一宿曰酤言之，則不成詩句；用鄭玄酤，買也言之，二千石設筵，必有公帑，豈亦沽酒乎？或者遂以爲拓字，謂開瓶封之義，則平側不律矣。善本作拈，當以爲正。拈字則元積元日詩云：羞看稚子先拈酒，悵望平生舊採薇。白樂天歲假詩云：歲酒先拈辭不得。如此則拈酒乃唐人之語也。杜公又云：門外柔桑葉可拈。又云：試拈禿筆掃驊騮。亦拈字之義。拈與擘皆在主及賓身上言之。詩云：爲此春酒，以介眉壽。荔枝雖是當時果名，而見于上林賦，故用對春酒爲稱。食荔枝而飲春酒，蓋煮酒也。謂之重碧，以酒之色重碧也。或謂酒以色輕爲上，杜公言重碧所以譏戎州酒之惡，大非是。曹子建七啓云：蒼梧縹清。注：縹，深碧色。又列仙傳曰：

安期先生與神女會圓丘，酣玄碧之酒。則春酒之色重碧，以見其濃美也。輕紅，謂荔枝膜粉紅。蓋荔枝種色雖多，有皮之深紅者，有半紅半緑者，有黄皮者，有緑皮者，而膜皆帶粉紅。故擘去其皮而見膜之輕紅，則供嘗矣。黄魯直在戎州，有詩云：王公權家荔枝緑，廖致平家緑荔枝。試傾一杯重碧色，快剥千顆輕紅肌。潑醅蒲萄未足數，堆盤馬乳不同時。誰能共此勝絶味？唯有老杜東樓詩。觀此領聯，深曉杜公重碧輕紅之義矣。又觀東坡先生在惠州，有四月十一日初食荔枝詩云：海山仙人絳羅襦，紅紗中單白玉膚。不須更待妃子笑，風骨自是傾城姝。海山仙人，指言荔子也；中單，今之汗衫。其外殼則爲絳襦，其中紅膜則爲中單，此杜公輕紅言膜之義尤明。後學見玄怪録有載：曹惠得木偶二女人，自稱輕紅、輕素，且云將爲廬山神之舞妓。又乾饌子有載：柳參軍所逢之崔氏女，其青衣名輕紅。遂指杜公所謂重碧、輕紅爲二妾名，非獨於酤春酒而專使重碧，於擘荔枝而專使輕紅，已是可笑；又豈有太守而使婢妾酤酒乎？又殊不知玄怪録乃牛僧孺所作，乾饌子乃（皮日休）〔温庭筠〕所作，皆在杜公之後；又以重碧名妾，不幾於粗笨乎？此因誤一拈字而生此紛紛，使次公費辭如此。若輕紅字，梁簡文帝梁塵詩云：依帷濛重翠，帶日聚輕紅。簡文用之於塵，公用之於荔枝，各有意義，爲無嫌。以此觀之，重碧、輕紅，簡文之重翠、輕紅，特因物以行語。如公詩又云：竹皮寒舊緑，椒實雨新紅。又云：寵光蕙葉與多碧，點注桃花舒小紅。其舊緑、新紅、多碧、小紅，各隨所宜言之，與重碧之言酒、輕紅之言荔枝何以異？今日戎州官庫酒有重碧之名，荔枝品有輕紅之名，却是好事者取杜公詩句名之也。然以杜公言荔枝膜之輕紅，遂以名其皮色之品，則又惑誤學者矣。

【校】毛云：湑，莤之也。九家注作：毛云：湑，莤，音所六切。

〔四〕次公曰：末句蓋言樓高而愁思欲生，何横笛之未肯休罷其吹以起我愁也。公於月夜憶舍弟云：寄書長不達，況乃未休兵。句法同此。笨音蒲本切，莤音所六切，泲音子禮切。

渝州候嚴六侍御不到先下峽一首（近體詩）

次公曰：所謂峽者，明月峽也。庾仲雍荆州記曰：巴楚有明月峽、廣德峽、東突峽，今謂之巫峽、秭歸峽、歸鄉峽。按唐地理志：渝州南平郡，天寶元年更名；而樂史寰宇記於渝州之巴縣云：本漢江州縣，有明月峽，以壁有圓穴如月名之。又按酈道元注水經：江水又（東）左逕明月峽，江之（西）〔兩〕岸有枳縣，在江州巴郡東四百里。則渝州言先下峽者，豈非明月峽乎？

【校】案之文學古籍刊行社影印永樂大典本水經注，江水又東左逕明月峽，東字衍。江之西岸，西作兩。

聞道乘驄發，沙邊待至今〔一〕。不知雲雨散，虛費短長吟〔二〕。山帶烏蠻闊，江連白帝深〔三〕。舡經一柱過，留眼共登臨〔四〕。

〔一〕次公曰：題是候嚴六侍御不到，故使乘驄字。後漢：桓典爲侍御史，有威名，人畏之。常乘驄馬，人爲之語曰行行且止，避驄馬御史也。

〔二〕次公曰：雲雨散字，隋江總别袁昌州詩：不言雲雨散，更似東西流。短長吟，則古詩有是名也。

〔三〕次公曰：嶲州西有烏、白蠻，渝州之山連之。公孫述自號白帝，築城於山上，今號白帝城，在夔州之側，而渝州水連之。公於夔州秋日書懷亦云：絶塞烏蠻北，孤城白帝邊。則今所謂烏蠻闊，言其山一帶所連矣。

〔四〕次公曰：末句一柱者，觀名。宋臨川王劉義慶代江夏王鎮江陵，於羅公洲上立觀，甚大而唯一柱。出渚宫故事。其經一柱字，又用梁劉孝綽寄劉之遴詩云經過一柱觀，出入三休臺也。既言白帝，又言一柱，則公自渝州而下，其興南往如此。留眼，舊一作留滯，非。

撥悶一首（近體詩）

次公曰：舊在前卷至後，登高之間，上下二篇既已錯亂，而此詩次公必遷入于此，蓋以下峽消愁四字定之也。下峽則前篇所謂先下峽，乃明月峽也。自明月峽而下，則至雲安矣。公於後子規詩云：峽裏雲安縣，謂之峽裏，則渝州明月峽之下，夔州諸峽之上，雲安在其中矣。三峽之説詳於後篇。詩名撥悶，句云消愁，主往雲安飲酒也。題下一注贈嚴二别駕，非。或曰：别駕今之通判也，豈在渝州爲此詩而示所謂嚴二别駕者乎？故有贈之云也。亦無害於義。

聞道雲安淘米春，纔傾一盞即醺人〔一〕。乘舟取醉非難事，下峽銷愁定幾巡。長年三老遥憐汝，捩柂開頭捷有神〔二〕。已辦清錢防雇直，當令美味入吾脣〔三〕。

〔一〕次公曰：東坡詩有云：淘米春香並舍聞。富以淘米爲善本，舊本作麴米，非。酒名謂之春，具載李肇國史補，有土窟春、凍醪春、松醪春也。

〔二〕次公曰：長年三老，乃川中呼舟師之名。汝，則公自命也。謂之遥憐汝，則公止爲飲酒而下渝州之峽，經歷忠州、萬州、涪州，以往雲安，不亦憐其用意之遥遠乎？捩柂開頭之疾捷，所以言長年三老之所爲。一作捩柂鳴鐃，非。鳴鐃無有神之義也。

〔三〕次公曰：清錢舊作青錢，非。蓋川人謂不以別物準折，而一色見錢爲清錢，義詳丙帙卷二北鄰篇中。清錢防雇直，乃後漢桓帝紀云：以見錢雇直也。

聞高常侍亡忠州作一首（近體詩）

次公曰：高常侍者，高適也。

歸朝不相見，蜀使忽傳亡〔一〕。虚歷金華省，何殊地下郎〔二〕。致君丹檻折，哭友白雲長〔三〕。獨步詩名在，秪令故舊傷〔四〕。

〔一〕次公曰：蜀使忽傳亡，言有使蜀來傳其亡也。

〔二〕次公曰：金華省，金華殿之省也。班固敘傳：鄭寛中、張禹入説尚書、論語於金華殿。注：在未央宫。適爲左散騎常侍而亡，故云虚歷金華省也。王隱晉書，載蘇韶已死，見其弟節。節問地下事，韶言顔淵、卜商今爲修文郎，修文郎有八人，韶自言其一也。公又云：修文地下深。高君有文，故其死曰何殊地下郎也。

〔三〕次公曰：致君丹檻折，以言高之諫　。觀唐新史載：適遷侍御史，擢諫議大夫，負氣敢言，權近側目可見矣。致君字，則魏應璩與從弟君胄書云：思致君於有虞，濟蒸民於塗炭。丹檻折事，前漢：朱雲上書求見，曰：願賜尚方斬馬劍，斷佞臣一人。上問：誰也？對曰：安昌侯張禹。上大怒曰：小臣居下訕上，廷辱師傅，罪死不赦。御史將雲下。雲攀殿檻，檻折。雲呼曰：臣得下從龍逢、比干遊於地下，足矣！未知聖朝如何耳。左將軍辛慶忌叩頭流血解之，上意解。後當治檻，上曰：勿易。因而輯之，以旌直臣。哭友白雲長，則自渝州望長安而哭，爲白雲長矣。哭友字，則禮記：孔子曰：朋友，〔吾〕哭諸寢門之外。

〔四〕次公曰：末句獨步字，曹子建與楊德祖書曰：僕少好文章，迄至於今二十五。然今世作者，可得略而言：昔仲宣獨步於漢南，孔璋鷹揚於河朔。杜時可又引南史：王筠字元禮。沈約謂筠文章之美，可謂後來獨步，蓋出於子建矣。秖字，音支適切。

宴忠州使君姪宅一首（近體詩）

出守吾家姪，殊方此日歡〔一〕。自須遊阮舍，不是怕湖灘〔二〕。樂助長歌送，林饒旅思寬。昔曾如意舞，牽率强爲看〔三〕。

〔一〕次公曰：出守字，顏延年詠阮始平詩曰：一麾乃出守，故對殊方。其字則文子云：殊方偏國。

〔二〕次公曰：晉阮族有南阮，有北阮。咸與籍居道南，諸阮居道北，而竹林之遊，叔籍與姪咸皆預焉。今所謂阮舍，則公自比阮籍，而目忠州爲阮咸也。湖灘，舊注云：忠州下惡灘，今有此灘。

〔三〕次公曰：末句如意者，所執之物，王戎嘗以如意起舞。牽率字，出左傳：牽率老夫。

禹廟一首忠州作（近體詩）

禹廟空山裏，秋風落日斜。荒庭垂橘柚，古屋畫龍蛇〔一〕。雲氣嘘青壁，江聲走白沙〔二〕。早知乘四載，疏鑿控三巴〔三〕。

〔一〕次公曰：頷聯亦道實事耳。公於東屯茅屋有云：山險風煙僻，天寒橘柚垂。築場看斂積，一學楚人爲。蓋九月、十月之交也。今禹廟詩既定爲八月之作，而曰垂橘柚，則橘柚在秋八月間雖青而盡結實矣，所以皆謂之垂也。公在夔州八月十七夜對月云：茅齋依橘柚，清切露華新。則今詩乃八月之作明矣。梁皇太子謝賜城邊橘啟曰：垂陰陽塹。劉孝儀啟：垂華金堞。此垂字之證。其橘柚字相連，則禹貢云：厥包橘柚。畫龍蛇三字，招魂云：仰觀刻桷，畫龍蛇。而兩句之勢則盧照隣文翁講堂詩云空梁無燕雀，古壁有丹青也。

〔二〕次公曰：嘘青壁，一作生虚壁，當以嘘青壁爲正，蓋嘘字新且工矣，又青壁對白沙亦工。

〔三〕次公曰：末句四載，則尚書禹貢曰：予乘四載。而史記河渠書有：陸行乘車，水行乘舟，泥行乘橇，山行乘橋也。疏鑿字，則郭璞江賦云：巴東之峽，夏后疏鑿。一作流落字，則於按三巴無義。謂之三巴者，舊注引周武王封其子於巴；後漢獻帝分巴爲二部，而劉璋分巴郡、永寧郡、固陵郡之目，其後又改永寧郡爲巴郡，以固陵爲巴東，徙龐羲爲巴西太守，是爲三巴。今按，樂史寰宇記於渝州記云：閬、白二水東南流，三曲如巴字，是爲三巴。則非有分其地之定名，當俟博聞訂之。

題忠州龍興寺所居院壁一首（近體詩）

次公曰：題所居院壁，則在忠州稍住矣。

忠州三峽内，井邑聚雲根〔一〕。小市嘗爭米，孤城早閉門〔二〕。空看過客淚，莫覓主人恩〔三〕。淹泊仍愁虎，深居賴獨園〔四〕。

〔一〕次公曰：三峽之名與其所在簡册所載不同，庾仲雍荆州記曰：巴楚有明月峽、廣德峽、東突峽，今謂之巫峽、秭歸峽、歸鄉峽。唐地理志：渝州南平郡，本巴郡，天寶元年更名。樂史寰宇記於渝州巴縣稱漢之江州縣，載明月峽，以山壁有圓穴名之。然又於利州綿谷縣載：三峽曰巫峽、曰巴峽，而北有明月峽。利州與渝州相屬爲山南西道，則明月峽可以兩載之乎？樂史又于夔州奉節縣載：巴東三峽，西峽、巫峽、歸鄉峽也。夫樂史一人之手，而三處所載自爲不同如此。其指渝州巴縣爲漢之江州縣，而酈道元注水經，於江水東至枳縣注云：江水又東，右逕黄葛峽，山高險，全無人居。江水又左逕明月峽，東至梨鄉，歷鷄鳴峽，江之兩岸有枳縣治。乃引華陽記曰：枳縣在江州巴郡東四百里。以此觀之，明月峽三字，經庾仲雍、樂史、酈道元三人言之，而渝州乃江州，則樂史與酈道元相符；渝州乃巴郡，則樂史與庾仲雍又相符。雖酈道元於明月峽之旁近又有黄葛峽、雞鳴峽之二峽，蓋非險惡著名之峽乎？如嘉州亦有平羌峽之類矣。且酈道元之注水經，於大江標出峽名，此明月峽最爲先出，至夔州，則水經先云：江水又東，逕南鄉峽，在赤甲山之前；次云：江水又東，逕廣溪峽。酈注云：斯乃三峽首也。峽中有瞿唐、黄龕二灘。酈所載曰灘而已，則今所謂瞿唐峽，乃昔所稱黄德峽矣。酈且云：郭景純所謂巴東之峽，夏禹疏鑿，則專指此廣溪峽爲巴東峽，而禹之所鑿焉。水經又云：江水又東，逕巫峽。酈注云：杜宇所鑿，以通江水也。水經又云：江水又東，逕西陵峽。酈注云：宜都記曰：自黄牛灘東入西陵界，至峽口一百許里，山水紆曲而兩岸高山重嶂，非日中夜半不見日月。絶壁或千許丈，其彩色形容，多所像類。林木高茂，略盡冬春。猿鳴至清，山谷傳響，泠泠不絶。所謂三峽，此其一也。在荆州記則曰：明月峽、廣德峽、東突峽，又曰巫峽、秭歸峽、歸鄉峽。在寰宇記則曰巫峽，曰巴峽，曰明月峽；又曰西峽、巫峽、歸鄉峽。在水經則曰：明月峽、南鄉峽、廣溪峽、巫峽、西陵峽。其數或三或五，亦自不同。以次公考之，明月峽在庾仲雍謂之巴楚，而渝即巴郡。酈道元謂之江州，而樂史於渝州巴縣稱，即漢之江州縣，三家並同。但樂史於夔州所載又有西峽之名，無乃渝州在夔州之西，乃明月峽者乎？大江下水，初逢險峽，是爲西峽矣。庾仲雍有秭歸峽、歸鄉峽，其歸鄉之名，樂史同之，而秭歸、歸鄉二名皆今之歸州，仲雍應是據所傳不細考而重出。然水經有西陵峽，西陵即是峽州，水經峽名盡於此處。仲雍東突峽之名，居其第三，而又云：今謂秭歸峽、歸鄉峽。無乃歸州、峽州在夔州之東，乃歸鄉峽、西陵峽又總名東突峽者乎？大江上水，初逢險峽，是爲東突峽矣。所謂廣德峽、巴峽、巫峽、南鄉峽、廣溪峽，名雖不同，乃西東中間之峽耳。庾仲雍、酈道元皆杜公之前，樂史雖是本朝，所引據亦古人之書，則杜公言三峽者，以明月峽爲首，巴峽、巫峽之類爲中，東突峽爲盡矣。抑又庾仲雍所謂廣德峽者，乃西東中間之峽總名乎？今此忠州詩而句云忠州三峽内，則忠州在渝州之下，夔州之上，斯乃杜公所謂三峽内也。公有暮春詩云：卧病擁塞在峽中，瀟湘洞庭虚映空。又有贈薛十二丈詩：忽忽峽中睡，悲風（才）〔方〕一醒。此言峽中，亦與峽内同義，又與峽裏雲安縣同義。公夔州詩多言三峽，又言巫峽，遂以當夔州之地。夫三峽正使相連，亦在夔州城郭之下，巫峽雖近，亦未能望見，而詩人以其著名之地形容言之也，亦猶江漢水合，自在荆渚，而夔州詩亦言江漢也。世有吾西蜀之子，自據耳目之私，直云下水出峽則是峽外，上水出峽則是峽內，故忠州言三峽內。然試問之：上水出峽謂之峽內，不知以何處爲止乎？若渝州而上，瀘州、戎州亦可謂之峽內乎？雖江濱匹夫，亦知其不可也。井邑聚雲根，雲根言石也。張協詩：雲根臨八極，雨足散四溟。蓋取五岳之雲觸石而出。則石者，雲之根也。唐人詩多指雲根爲石用之。

〔二〕【校】悲風才一醒：才當作方，據戊帙卷十一奉酬薛十二丈見贈改。雨足散四溟：影胡刻本文選散作灑。

〔三〕次公曰：兩句雖實道其事，而早閉門字，戰國策有：邊境早閉晚開也。

〔四〕次公曰：莫覓主人恩，則公在此忠州無顧之者，而空自留也。

【校】此條九家注作：公寓僧寺居而無顧之者，故有是句。

次公曰：言淹泊，則滯留於龍興寺之居。獨園，指言龍興寺。給孤獨長者有園，佛嘗居之，故佛寺謂之給孤園，又謂之獨園。

哭嚴僕射歸櫬一首（近體詩）

次公曰：嚴公再尹成都時，乃以封鄭國公加檢校吏部尚書。永泰元年四月盡，卒，贈尚書左僕射。今題云哭嚴僕射歸櫬，則以死聞而朝廷贈官之後矣。其死也必有尚留成都治行之理，而公宴戎州東樓詩云輕紅擘荔枝，則五月間也。秋時稍住忠州，其題忠州龍興寺所居院壁云：忠州三峽內，井邑聚雲根。今詩尾云：一哀三峽暮，遺後見君情。則歸襯過忠州而哭之，故可以廣言三峽暮矣。

素幔隨流水，歸舟返舊京〔一〕。老親如宿昔，部曲異平生〔二〕。風送蛟龍雨，天長驃騎營〔三〕。一哀三峽暮，遺後見君情〔四〕。

〔一〕次公曰：歸櫬舟行，故曰素幔隨流水。歸舟返舊京，舊京字，盧子諒贈崔温詩：北眺沙漠垂，南望舊京路。舊注便只模稜曰故國而已。

〔二〕次公曰：老親如宿昔，部曲異平生，言嚴公有母在，棄之而去，其母之健尚如宿昔耳。公既死，若一旦不能管部曲，爲異平生矣。舊注不知何自得别本，爲老親知宿昔，便引新史：武卒，母哭且曰：今而後，吾知免爲官婢矣。如此則公云老親知宿昔，不亦成嘲辭乎？宿昔字，馮衍答任武書曰：敢不陳露宿昔之意。故對平生，其字則論語：久要不忘平生之言也。

〔三〕次公白：蛟龍以譬嚴公。周瑜言劉先主曰：蛟龍得雲雨，終非池中物。以嚴公爲蛟龍，則風送之雨，乃蛟龍雨也。驃騎營事，晉書：齊王攸遷驃騎將軍，時驃騎當罷營兵，〔兵〕士數千人戀攸恩德，不肯去。今取此，言送嚴公之歸者皆戀恩德之兵也。

〔四〕次公曰：末句蓋公言今爲之一哀，正當三峽暮色之淒涼，所以遺傳於後世，見君有恩德於公之情如此也。

【校】末句至暮色之淒涼：九家注作：言悲哀之極，而江山亦爲之動色。

贈鄭十八賁一首（古詩）

次公曰：鄭賁蓋雲安知縣也。何以知之？句云異味煩縣尹，知之也。何以知公之八月末到雲安？其在忠州禹廟云荒庭垂橘柚，乃八月之物，而此詩有句云追隨飯葵堇，亦七、八月之物，且下篇接雲安九日詩也。

温温士君子，令我懷抱盡〔一〕。靈芝冠衆芳，安得闕親近〔二〕。遭亂意不歸，竄身跡非隱〔三〕。細人尚姑息，吾子色愈謹〔四〕。高懷見物理，識者安肯哂。卑飛欲何待，捷徑應未忍〔五〕。示我百篇文，詩家一標準〔六〕。羈離交屈宋，牢落值顔閔〔七〕。水陸迷畏途，藥餌駐脩軫〔八〕。古人日已遠，青史字不泯〔九〕。步趾詠唐虞，追隨飯葵堇〔一〇〕。數盃資好事，異味煩縣尹〔一一〕。心雖在朝謁，力與願矛盾〔一二〕。抱病排金門，衰容豈爲敏。

〔一〕次公曰：温温字，詩云：温温恭人。士君子字，詩〔既醉序〕云：人有士君子之行焉。舊注引律曆志：以銅有似士君子之行。在後矣。盡字，在韻書在忍切，又津忍切，皆以上聲讀也。今作去聲，才刃切之呼，韻書所不載矣。懷抱盡字，公詩又云：懷抱向人盡。豈只是懷抱字如謝靈運詩歡娱寫懷抱，而貼之以盡字乎？雖抱字在韻書亦讀從上聲矣。

〔二〕次公曰：靈芝，又以比鄭。蓋靈芝，人之所喜見者，故不可闕於親近之也。韓退之云：若鳳凰芝草，爭先睹之爲快。亦是意矣。親近字，出前漢書，言親之、近之也。

【校】爭先睹之爲快：九家注引作賢愚以爲美瑞。

〔三〕次公曰：兩句則公自言也。不歸字，如詩式微：胡不歸。非隱字，如山濤吏非吏，隱非隱。公又云：行歌非隱淪。

〔四〕次公曰：姑息字，記云：君子之愛人也以德；細人之愛人也以姑息。

〔五〕次公曰：卑飛欲何待，捷徑應未忍，言鄭十八甘心於下位，而不求捷徑以僥倖者也。捷徑字，祖出離騷經云：夫惟捷徑以窘步。王逸注曰：徑，邪道也。今貼以應未忍，則張衡應（問）〔閒〕曰捷徑邪至，我不忍以投步也。杜田更引曹大家東征賦：遵通衢之大道兮，求捷徑欲從誰？及唐盧藏用傳：士大夫指嵩少爲仕途捷徑。斯爲冗矣，況唐事乎。

〔六〕次公曰：示我百篇文，下所謂把文驚小陸者也。

【校】九家注嵩少下有終南二字。

〔七〕次公曰：交屈宋，屈則屈原，宋則宋玉。值顔閔，顔則顔淵，閔則閔子騫。屈、宋、顔、閔，以比鄭十八。交與值，自公言之也。

〔八〕次公曰：上兩句又公自言也。

〔九〕次公曰：青史者，殺青竹簡之史也。蓋猶或黄絹或黄紙所書，而謂之黄卷耳。劉峻答劉秣陵書曰：青簡尚新。江文通云：俱啟丹册，並圖青史。而薛夢符補遺乃引應劭風俗通曰青史善著書，即青史者，人姓名也。不知薛何自而得此風俗通之謬與？或别有所紀，字偶相犯，亦不可知。不泯字多矣，如詩云：靡國不泯。選云：盛德不泯。

〔一〇〕次公曰：詠唐虞而飯葵堇，非樂道而然耶？堇音几隱切，與葵皆菜之美者。古詩云：蓼蟲避葵堇。蓋蓼之味辛。食辛之蟲所以避葵堇也。或曰，詩云：七月亨葵及菽。則葵甘滑之菜可以養老。又云：周原膴膴，堇荼如飴。堇，芹菜也。荼，苦菜也。堇辛荼苦，而如飴之甘，則以周原之膴厚也，而謂堇與葵皆菜之美，可乎？

次公答以杜公但據古詩葵堇字連出，以言所可食之菜耳，況古言葵堇，葵有言露葵，而堇亦有言露堇者矣，乘露而美乃秋間之物也。選有云：嚴冬而思堇，以其不可得矣。

〔一一〕次公曰：下兩句通義，鄭十八蓋好事之人而爲縣尹也。

〔一二〕次公曰：矛盾者，相背之謂，蓋矛所以刺，而盾所以蔽也。事出韓非子。嵇康曰：事與願違。今云力與願矛盾，即力與願違之義矣。

九月在雲安縣

雲安九日鄭十八攜酒陪諸公宴一首（近體詩）

寒花開已盡，菊蘂獨盈枝〔一〕。舊摘人頻異，輕香酒暫隨〔二〕。地偏初衣裌，山擁更登危。萬國皆戎馬，酣歌淚欲垂。

〔一〕次公曰：凡涉秋之花，皆謂之寒花。

〔二〕次公曰：舊摘人頻異，言舊時採摘菊花之人，頻改易而不同，見公所逢九日之地不一也。

答鄭十七郎一絶（近體詩）

雨後過畦潤，花殘步屐遲〔一〕。把文驚小陸，好客見當時〔二〕。

〔一〕次公曰：步屧一作步屟，非。蓋詩語以步屧爲工。

〔二〕次公曰：小陸，陸士龍也。當時，鄭當時也。皆以言鄭十八。蓋在鄭十七郎言之，故指鄭十八爲小陸。當時則以鄭十八如鄭，故又以言其好客矣。

【校】此條九家注作：小陸，陸士龍也。當時，鄭莊也。小陸，鄭十八。鄭莊好客，而比鄭十七郎爾。

懷錦水居止二首（近體詩）

軍旅西征僻，風塵戰伐多〔一〕。猶聞蜀父老，不忘舜謳歌〔二〕。天險終難立，柴門豈重過〔三〕。朝朝巫峽水，遠逗錦江波〔四〕。

右一

〔一〕次公曰：按編年通載於今歲永泰元年八月載：僕固懷恩及吐蕃、回紇、党項羌、渾奴剌衆三十萬寇邊，掠涇、邠，躪鳳翔，入醴泉、奉天，京師大震。天子自將苑中，急召郭子儀，屯涇陽。至九月而後，有周智光戰澄城之勝；十月子儀有靈臺之勝。則公此詩作於初聞寇難，而周、郭未勝之前，其八月末，九月初乎？何不繫之明年？明年三月過望，公方移居夔州，而二月吐蕃遣使來朝，則是時爲無事矣，不可言西征也。

〔二〕次公曰：自首兩句而下，公憂慮成都復遭其禍。先云猶聞蜀父老，不忘舜謳歌，則蜀人之情，常在朝廷。蜀父老三字，司馬相如有難蜀父老文也。舊本猶聞作獨聞，非。蓋關外之亂如此，蜀人聞之必駭，而所謳歌在舜，此所以謂之猶聞也。舜謳歌字，則孟子云：謳歌者，不謳歌堯之子，而謳歌舜。今義在歌頌天子而已，正可用舜以比當日之天子也。

〔三〕次公曰：次云天險終難立，柴門豈重過，則憂吐蕃能犯蜀之險矣。易曰：天險，不可升也；地險，山川丘陵也。凡山川險處，皆可謂之天險，不必劍門。舊注所引非是。柴門豈重過，則題所謂懷錦水居止也。

〔四〕次公曰：末句又所以重懷成都之意，水徒相通而不能即返焉。

右二

萬里橋西宅，百花潭北莊〔一〕。層軒皆面水，老樹飽經霜〔二〕。雪嶺界天白，錦城曛日黄。惜哉形勝地，回首一茫茫〔三〕。

〔一〕次公曰：橋西，舊本作橋南，非是。蓋公詩又云萬里橋西一草堂，百花潭北即滄浪也。

〔二〕次公曰：層軒字，宋玉招魂云：高堂邃宇，幽檻層軒。飽經霜三字皆有出。飽霜字，則亦從俗語中出。四時纂要云：冬瓜飽霜後收之。纂要又乃前人之書也。經霜字，則梁吴筠行路難曰：洞庭水上一株桐，經霜觸浪困叢風也。

【校】幽檻層軒：四部叢刊本楚辭補注作檻層軒些。

〔三〕次公曰：後四句一段。雪嶺，則吐蕃中山。界天字，如斜漢左界之界，蓋其高界破於天也。曛日，晚日也。一句言吐蕃之雪嶺，一句言中國之錦城，相望如此，而西山有戍存焉。然恐失守，則蜀受其禍，故嘆惜形勝之地而憂之也。形勝地字，張孟陽劍閣銘。

【校】憂之：九家注作不忘於懷。

八哀詩并序八首（古詩）

傷時盜賊未息，興起王公、李公，歎舊懷賢，終於張相國。八公前後存没，遂不詮次焉。

次公曰：八詩舊本在夔州詩中，幾乎成丙午大曆元年詩，而蔡伯世指爲大製作，特取冠夔州之古詩。今次公定作詩先後，不問製作之大小也。必定爲今歲乙巳永泰元年九月詩，何也？按編年通載，是歲八月僕固懷恩及吐蕃、回紇、党項羌、渾、奴剌，衆三十萬寇邊，掠涇、邠，躪鳳翔，入醴泉、奉天，京師大震。公此詩當九月間以所聞而作也。或曰，公之傷時盜賊未息，則復有盜賊者乎？次公答以登樓詩云西山寇盜莫相侵，蓋嘗指言吐蕃矣。選詩有七哀詩之名，曹子建、王仲宣、張景陽皆作焉。詩止一首而名之曰七哀詩，特取其義耳。注云：七哀，謂痛而哀，義而哀，感而哀，怨而哀，耳目聞見而哀，口歎而哀，鼻酸而哀也。子建之詩爲漢末征役別離婦人哀歎，仲宣之詩專哀漢亂，景陽之詩雖再賦，而前詩則哀人事遷化，後詩則哀帝室漸衰。今公自有八篇以哀八公，而名之曰八哀詩，亦挨傍選詩題目聲氣之熟耳，乃顔延年五君詠之比也。東坡爲李承之挽詞嘗曰：淒涼五君詠，沉痛八哀詩。最爲工切。八人者，皆已故矣，舊本獨四篇作故字，而四篇作贈字，本之誤也。蓋傳本惑於公所謂八公前後存没之語乎？公特言八公之存没或前或後，如某甲歿時某乙猶存，而詩不能詮次其歿之前後耳。記曰：我欲作九原。又曰：死而可作，吾誰與歸？王公思禮，李公光弼，皆良將，善於戰伐，公傷盜賊之未息，欲作二公之死以爲用，故主二公以爲八哀之首。興起者，作之謂矣。至歎舊懷賢之語，則通言下之六公也。

故司空王公思禮

次公曰：舊本作贈字。

司空出東夷，童稚刷勁翮〔一〕。追隨燕薊兒，穎脱物不隔〔二〕。服事哥舒翰，意無流沙磧〔三〕。未甞拔行間，犬戎大充斥〔四〕。短小精悍姿，屹然强寇敵〔五〕。貫穿百萬衆，出入猶咫尺〔六〕。馬鞍懸將首，甲外控鳴鏑〔七〕。洗劍青海外，刻銘天山石〔八〕。九曲非外藩，其王轉深壁〔九〕。飛兔不近駕，鷙鳥資遠擊〔一〇〕。曉達兵家流，飽聞春秋癖〔一一〕。胸襟日沉静，肅肅自有適〔一二〕。潼關初潰散，萬乘猶辟易〔一三〕。偏裨無所施，元帥見手格〔一四〕。太子入朔方，至尊狩梁益〔一五〕。胡馬纏伊洛，中原氣甚逆〔一六〕。肅宗登寶位，塞望勢敦迫〔一七〕。公時徒步至，請罪將厚責。際會清河公，間道傳玉册〔一八〕。天王拜跪畢，讜議果冰釋〔一九〕。翠華卷飛雪，熊虎亘阡陌〔二〇〕。屯兵鳳皇山，帳殿涇渭闢〔二一〕。金城賊咽喉，詔鎮雄所搤〔二二〕。禁暴靖無雙，爽氣春淅瀝〔二三〕。巷有從公歌，野多青青麥〔二四〕。及夫哭廟後，復領太原役〔二五〕。恐懼禄位高，帳望王土窄〔二六〕。不得見清時，嗚呼就窀穸〔二七〕。永繫五湖舟，悲甚田横客〔二八〕。千秋汾晉間，事與雲水白〔二九〕。昔觀文苑傳，豈述廉藺績〔三〇〕。嗟嗟鄧大夫，士卒終倒戟〔三一〕。

右八哀之一

〔一〕次公曰：思禮上元元年加司空，次年薨。雖贈太尉，而以其薨時之官稱之。按史，高麗人，故云出東夷。童稚字，雖是從來常語，如後漢鄧禹傳：父老童稚，垂髪戴白，滿其車下。此所常見者。又如元魏成淹曰：羔裘玄冠不以弔，此童稚所知也。又如隋煬帝言薛道衡云：我少时與之行役，輕我童稚。勁翮字，陳孔璋爲曹洪與魏文帝書有云：揮勁翮。張景陽七命有云：落勁翮。而刷字，則如沈休文和謝宣城詩：將隨渤澥去，刷羽汎清源。

〔二〕次公曰：按史云：思禮高麗人，入居營州，父爲朔方將軍。思禮習戰鬭，此所謂追隨燕薊兒也。追隨字，曹植詩云：飛蓋相追隨。燕薊兒，猶山簡傳所謂幽并兒也。穎脱字，平原君傳：毛遂曰：使遂早得處囊中，乃穎脱而出。

〔三〕次公曰：按史，哥舒翰爲隴右節度使，思禮與中郎將周秘事翰，以功授右衛將軍關西兵馬使，從討九曲。九曲接西戎之地，而流沙在其外。意無流沙磧，言其輕視西戎，不以爲意。其無字，則左太沖詩志若無東吴也。蘇東坡云已覺談笑無西戎，則又用杜公矣。

〔四〕次公曰：按史，加金城太守，安禄山反，翰爲元帥，奏思禮赴軍。玄宗曰：河隴精鋭，悉在潼關，吐蕃有釁，唯倚思禮耳。今句犬戎，指言吐蕃也。充斥字，左傳云：盜賊充斥。

〔五〕次公曰：短小精悍，前漢：嚴延年爲人短小精悍，敏捷於事。王司空爲人必亦如此，故公取短小精悍四字言之。其後李紳，元和時人，史亦稱其短小精悍，於詩最有名，號短李也。屹然强寇敵，言屹如山，而爲强寇之敵也。時吐蕃跳梁方熾，可謂强寇矣。觀玄宗之言，則思禮在金城時能敵吐蕃可知。

〔六〕次公曰：舊本出入由字，應是猶字，方有義。

〔七〕次公曰：馬鞍懸將首句，倣蔡琰詩馬鞍懸虜頭也。嗚鏑字，前漢匈奴傳：冒頓作嗚鏑。注云：髐箭也。

〔八〕次公曰：洗劍於青海之外，刻銘於天山之石，皆言其戰勝而深入也。青海、天山，皆西戎之地。

〔九〕次公曰：九曲非外藩，其王轉深壁，按唐會要：景龍四年，贊普請婚，以左衛大將軍楊矩爲送金城公主使。後矩爲鄯州都督，吐蕃厚賂之，因請河西九曲之地，以爲公主湯沐之邑，矩遂奏與之。吐蕃既得九曲，其地肥良，又與唐地接近，自是復叛。矩懼，飲藥而死。而思禮傳：事哥舒翰，以功授右衛將軍、關西兵馬使，從討九曲。此九曲之證事。思禮既從討九曲，則非外藩矣。其王轉深壁，則言吐蕃之主遠逃矣。深壁者，於深遠之地爲壁壘也。

〔一〇〕次公曰：飛兔，古之神馬。陳孔璋答東阿王牋曰：飛兔流星，超越山海。鷙鳥，則鷹隼之屬。傳云：鷙鳥之擊。而月令云：鷹隼早擊。是已。

〔一一〕次公曰：兵家流，則漢藝文志云：兵家者流，凡百八十二家也。春秋癖，則晉杜預雖爲將軍，而有左傳癖也。

〔一二〕次公曰：肅肅字，多矣。在人言之，則裴楷目夏侯玄云：肅肅如入宗廟中，但見禮樂器也。

〔一三〕次公曰：辟易，辟讀從闢；易音周易之易。字出項籍傳：楊喜騎追羽，羽還叱之，喜人馬俱驚，辟易數里。師古曰：辟易，謂開張而易其本處。今云萬乘猶辟易，則言明皇乘輿播遷也。蓋（至德）〔天寶〕十五年六月辛卯，吐蕃將火拔歸仁執哥舒翰叛降于賊，遂陷潼關，京師大駭。甲午詔親征，遂幸蜀也。

【校】至德十五年：至德止二年，係天寶十五年之誤。

〔一四〕次公曰：元帥，指言哥舒翰。見手格，則爲敵手所格而去矣。

〔一五〕次公曰：太子，指言肅宗。七月丁卯，以皇太子爲天下兵馬元帥，北收兵至靈武，裴冕等奉皇太子甲午即皇帝位，是爲肅宗。至尊狩梁益，又申言明皇也。

〔一六〕次公曰：胡馬纏伊洛，言安禄山之兵在東京也。中原氣甚逆，則長安一帶也。

〔一七〕次公曰：易曰：聖人之大寶曰位。此寶位祖出也。塞望勢敦迫，言塞天下之望，其勢出於裴冕等所迫也。

〔一八〕次公曰：新史云：潼關失守，思禮與吕崇賁、李承光同走行在，肅宗責不堅守，引至纛下將斬之，宰相房琯諫以爲可收後效，遂獨斬承光，赦思禮等。

〔一九〕次公曰：天王拜跪畢，則言跪受房公之玉册也。肅宗初欲誅思禮，以房公可收後效讜直之語，故冰釋其所欲誅之意矣。兹事難顯言之，故公微拂略如此。冰釋字，莊子云：涣若冰將釋。

【校】九家注下接左傳序涣然冰釋七字。

〔二〇〕次公曰：翠華者，天子之旗。上林賦云：建翠華之葳蕤。卷飛雪，則以言其時之在冬。一作雪中飛，非。蓋語不若卷飛雪之健也。周禮曰：熊虎爲旗。亘阡陌言此兵旗之多也。舊注引書：如熊、如羆、如虎、如貔。却是摘字言兵旅，非矣。下句言屯兵鳳凰山，方是言兵旅也。

【校】建翠華之葳蕤：影胡刻本文選葳蕤作旗。子虚賦則有錯翡翠之威蕤。

〔二一〕次公曰：帳殿者，行宫設帳帷以爲殿也。字則曲水聯句，庾肩吾云：迴川入帳殿，列俎間芳洲。劉孝綽曲水宴詩云：皇心睠樂飲，帳殿臨春渠。鳳皇山，即鳳翔之山。時駐兵鳳翔也。帳殿闢於涇、渭，則在平凉，乃渭州也。

〔二二〕次公曰：金城者，唐蘭州郡名，今武功也。前漢：昭帝始元六年，置金城郡。臣瓚曰：稱金，取其堅固也，乃（黑）〔墨〕子金城湯池之義。師古曰：一云以郡在京師之西，故謂金城。金，西方之行也。公有詩曰金城蓄峻址；又曰金城土酥淨如練，即此地也。史云：中夏爲咽喉。搤字，音乙革切。婁敬云：夫與人鬭，不搤其亢，拊其背，未能全勝。今陛下入關而都，按秦之故〔地〕，此亦搤天下之亢而拊其背也。注，亢，喉嚨也。音岡。又下郎反。新史云：思禮副房琯戰便橋，不利，更爲關內行營節度、河西隴右伊西行營兵馬使，守武功。此搤金城之咽喉也。

【校】黑子：九家注引作墨子，是。

〔二三〕次公曰：禁暴字，左傳：武有七德。而禁暴居其首。事則本傳言其持法嚴整，士不敢犯也。靖無雙，一作清無雙，非。蓋清字不若靖之老也。爽氣字，借用晉王徽之云：西山朝來致有爽氣。今言山川之氣清爽，方春之時，如雪霰之淅瀝也。霰淅瀝字，出雪賦。

〔二四〕次公曰：巷有從公歌，巷字，則詩云：巷無居人。從公字，詩云：無小無大，從公于邁。歌，則歌此也。野多青青麥，言賊不敢犯也。字則莊子云：青青之麥，生於陵陂。

〔二五〕次公曰：哭廟事，太廟時爲賊所焚，至德二載，郭子儀收復兩京，權移神主於大內長安殿，上皇謁廟請罪，其哭可知。今於思禮詩而用哭廟字，由思禮先入清宮故也。新史云：長安平，思禮先入清宮。乾元二年，代李光弼爲河東節度副大使，然謂之復領太原役，則已前亦嘗在太原矣，而史不載，無可考也。

〔二六〕次公曰：在我之禄位，則恐其高；本朝之土地，則恨其窄。又以美其謙忠也。

〔二七〕次公曰：此一段言其死矣。上元二年歲在辛丑，思禮薨。後二年，廣德元年歲在癸卯，而史朝義滅，故痛其不見時之清也。　窀穸字，左傳：惟是〔春秋〕窀穸之事。

〔二八〕次公曰：永繫五湖舟，傷其不得功成名遂身退而終老也。范蠡事勾踐，既滅吴，乘扁舟泛五湖。今云永繫其舟，則不能行矣。　田横客事，横死，賓客聞之，從死者五百人。今言思禮賓客尤哀傷多也。

〔二九〕次公曰：汾晉所以言河東也。前句云復領太原役，則必兩次在太原，宜有顯績，歷千年如雲水之白矣。

〔三〇〕次公曰：上兩句以形容思禮文不足而英武有餘也。廉頗、藺相如，古之名將，豈必書其文采於文苑傳乎？漢史有文苑傳故也。

〔三一〕次公曰：末句正譏文勝者不能武略，徒以取禍。如鄧景山，曹州人，以文吏見稱，爲太原尹北京留守。至太原，以鎮撫紀綱爲己任，檢覆軍吏隱没者，衆懼。有一偏將罪當死，諸將合請贖其罪，景山不許。其弟請以身代其兄，又不許。其弟請納馬一匹以贖兄罪，景山許其減死。衆咸怒，謂景山曰：我等人命，輕如一馬乎？軍衆怒憤，遂殺景山。上以景山撫馭失所，不復驗其罪。然則必用鄧大夫，正以太原一事形容思禮之能撫馭矣。倒戟字，左傳：晉靈輒報趙宣子一飯之恩，倒戟於公徒。

故司徒李公光弼

司徒天寶末，北收晉陽甲〔一〕。胡騎攻吾城，愁寂意不愜〔二〕。人安若泰山，薊北斷右脅〔三〕。朔方氣乃蘇，黎首見帝業〔四〕。二（京）〔宫〕泣西郊，九廟起頹壓〔五〕。未散河陽卒，思明僞臣妾〔六〕。復自碣石來，火焚乾坤獵〔七〕。高視笑禄山，公又大獻捷〔八〕。異王册崇勳，小敵信所怯〔九〕。擁兵鎮河汴，千里初妥帖〔一〇〕。青蠅紛營營，風雨秋一葉〔一一〕。内省未入朝，死淚終映睫〔一二〕。大屋去高棟，長城掃遺堞〔一三〕。平生白羽扇，零落蛟龍匣〔一四〕。雅望與英姿，惻愴槐里接〔一五〕。三軍晦光彩，烈士痛稠疊〔一六〕。直筆在史臣，將來洗箱篋〔一七〕。吾思哭孤冢，南紀阻歸楫〔一八〕。扶顛永蕭條，未濟失利涉〔一九〕。疲（薾）〔茶〕竟何人，灑涕巴東峽〔二〇〕。

【校】二京：注文引作二宫，九家注亦作二宫。

右八哀之二

〔一〕次公曰：光弼加檢校司徒在至德二載，尋遷司徒矣。今止云司徒，則據其爲司徒已前事而稱其官耳，如後爲臨淮王，則又起頭云異王册崇勳也。按史云：安禄山反，郭子儀薦其能，持節河東節度副大使，知節度事。晉陽則河東之太原也。今詩云北收晉陽甲，則言用河東太原之兵矣。傳雖不著，可以意逆之。晉陽甲三字，公羊定十三年晉趙鞅取晉陽之甲，討君側之惡。有此晉陽甲三字，恰好使着。

〔二〕次公曰：胡騎攻吾城，則傳言史思明、李立節、蔡希德攻饒陽者矣。胡騎字，如晉劉琨長嘯而胡騎退却也。意不愜字，世説：左太沖作三都賦，初意思甚不愜。

〔三〕次公曰：安若泰山字，傳有云：其安若泰山，危如累卵也。右脅字，在佛書爲多，如左脅卧、右脅卧之語。而斷右脅則挨傍斷匈奴右臂爲言也。觀公爲華州郭使君進滅殘寇形勢圖狀云：平盧兵馬在賊左脅。則今所謂右脅正此義也。

〔四〕次公曰：帝業字，前漢高祖五載而成帝業。光弼屢戰勝，所以斷薊北之脅，蘇朔方之氣，使萬民得見帝業也。

〔五〕次公曰：此至德二載事。郭子儀收復兩京，權移神主於大内長安殿，上皇謁廟請罪。今云二宫，蓋并肅宗言之。西郊，則上皇自蜀歸京師之郊也。九廟字，天子七廟而王莽增爲九廟，詩人蓋取其盛者言之。兩句用引下段光弼又大捷之事。

〔六〕次公曰：唐史曰：史思明乘勝西（響）〔嚮〕，光弼敦陣徐行，趨東京，謂留守韋陟曰：賊新勝，難與爭鋒，欲屈之以計。然洛無見糧，危偪難守，公計安出？陟曰：益陝兵，公保潼關，可以持久。光弼曰：兩軍相敵，尺寸地必爭，今委五百里而守關，賊得地，勢益張。不如移軍河陽，北阻澤潞，勝則出，敗則守，表裏相應，賊不得西，此猨臂勢也。遂悉軍趍河陽。賊帥周摯與安太清攻北城，光弼禽周摯及徐璜玉、李秦授矣，惟太清挺身走。思明未知，猶攻南城，光弼驅所俘示之，思明大懼，築壘以拒官軍。太清襲懷州，守之。光弼又降賊之二將高暉、李日越，決丹水灌懷州。王師乘城，擒太清、楊希仲，送之京師，獻俘太廟。今詩云未散河陽卒，則方悉軍河陽時也。思明僞臣妾，則思明必嘗僞降。

〔七〕次公曰：自碣石來與火獵皆不載於傳，而固有此事也。碣石，海畔山，在冀州之域，則兵仍自北來也。

〔八〕次公曰：高視笑祿山，則言思明笑祿山而自矜也。（獻）大〔獻〕捷，則傳所謂獻俘太廟矣。其繼九廟起頹壓之句，又爲貫穿。

【校】獻大捷：正文作大獻捷，當係倒文。

〔九〕次公曰：異王，異姓之王也。光弼封臨淮郡王，按新史在寶應元年，其封王之後，書收許州，破走史朝義，不見怯小敵。鎮河汴事，若相州北邙之敗，則魚朝恩爲之，又非可言小敵也，又乃在封王之前，當俟博聞。小敵怯字，後漢：光武見小敵則怯。

〔一〇〕次公曰：妥帖字，出文賦：或妥帖而易施。

〔一一〕次公曰：唐史曰：相州、北邙之敗，朝恩羞其策謬，故深忌光弼切骨，而程元振尤嫉之。二人用事，日謀有以中傷者。及來瑱爲元振讒死，光弼益恐。吐蕃寇京師，代宗詔入援。光弼畏禍，遷延不敢行。及帝幸陝，猶倚以爲重，數存問其母，以解嫌疑。帝還長安，因拜東都留守，察其去就。光弼以久須詔書不至歸徐州收租賦爲解。帝令郭子儀自河中輦其母還京。二年，光弼疾篤，奉表上前後所賜實封，詔不許。薨年五十七，詔百官送葬延平門外。今詩云青蠅紛營營，則指言魚與程也。青蠅，詩篇名，以刺讒也，言讒如青蠅之汙物。風雨秋一葉，言其危也。舊注云以其晚節稍變於讒口，義不分明矣。

〔一二〕次公曰：内省未入朝，則光弼既當人援京師而不行，又拜東都留守，若遂就之、當由長安朝而後往，正復以内自省過而未敢就也。死淚終映睫，則恐懼以至於死，而淚之映睫，終不忘君矣。内省字，即論語云：内省不疚。睫字韻，則孟嘗君涕淚承睫。

〔一三〕次公曰：上兩句言其死如之也。高棟，言爲國之棟幹。長城，則如李勣之賢長城。

〔一四〕次公曰：平生白羽扇，以諸葛亮比之也。武侯持白羽扇指揮三軍。零落蛟龍匣，言其扇羽之零落也。蛟龍匣，應是劍匣，言劍之如蛟如龍在匣，而扇羽零落其間，因以言劍不用而空在匣也。

〔一五〕次公曰：雅望字，世説載：魏武將見匈奴使，自以形陋不足以雄遠國，使崔季珪代己，自捉刀立牀頭。既畢，令間諜問焉。曰：魏王如何？匈奴使答曰：魏王雅望非常；然牀頭捉刀人，此乃英雄也。魏武聞之，止而殺此使。英姿字，二十八將論有云：英姿茂績。四字疊兩出，此又公之法門也。槐里，豈葬地乎？以詔百官送葬延平門外觀之，按長安志，延平門乃外郭城西三門之南曰延平門，而前漢槐里屬古扶風，武帝茂陵、昭帝平陵在焉；右扶風，今之鳳翔府，正在長安之西矣，謂之接，則其所葬之地連接之。

〔一六〕次公曰：上兩句重言光弼之死可惜，人思慕之也。史云：初與郭子儀齊名，世稱李、郭，而戰功惟爲中興第一。其代子儀朔方也，營壘士卒麾幟無所更，而光弼一號令之，氣色乃益精明。觀此則其死也，三軍之光彩爲晦矣。又云光弼用兵，謀定而後戰，能以少覆衆，治師訓整，天下服其威名，軍中指顧，諸將不敢仰視。觀此則其死也，英烈之士思其威重，痛感不一而止矣。　稠疊字，選詩：巖峭嶺稠疊。

〔一七〕次公曰：下兩句蓋言史以直筆書光弼之功業，不幸遭讒，致公恐懼之事。將來洗箱篋之汙辱，此必當時猶有以相州、北邙之敗歸罪光弼者矣。　直筆字，載記慕容盛傳云：時無直筆之史，後儒承其誤謬。　箱篋字，漢書：箱篋刀筆之任。

〔一八〕次公曰：南紀，楚之分。若儘南下，則歷南紀而往歸長安，則可以哭光弼之家，今阻而不能，故云。

〔一九〕次公曰：然扶顛、利涉之句，重傷光弼之死，無斯人以爲用矣。　扶顛字，論語云：顛而不扶。　蕭條字多矣，如西都賦云原野蕭條。　未濟，易之卦名。利涉字，易云：利涉大川。　或曰，扶顛以言大廈之傾，意若用棟梁比之。　書曰：若（涉大）〔濟巨〕川，用汝作舟楫。　利涉，則以舟楫比之。　然前句已有大屋去高棟，指爲公之句意重疊。　殊不知公正用論語扶顛字，則豈止指爲扶大廈之顛乎。　左傳曰：本必先顛；　則木之顛也。又曰自下射之顛，杜回躓而顛，則人之顛也。　漢史云：興國救顛。　選有云：暴興疾顛。　則顛亦不在屋言矣。

〔二〇〕次公曰：疲（薾）〔苶〕，起於莊子：（薾）〔苶〕然疲役。　公自傷其疲困勞役，畢竟是如何之人，不能往哭光弼之家，徒灑涕於此耳。　巴東峽，乃指言夔州。　古詩云：巴東之峽巫峽長。　雲安乃夔州之上游屬縣，去夔州不滿百五十里，可以言巴東峽矣。　舊注指爲在荆州，非是。

故左僕射鄭國公嚴公武

次公曰：舊本又作贈字，非。　新、舊史所載武之歷職，互有同異。　今參具之云：武初以蔭調太原府參軍，事隴右節度使哥舒翰，奏充判官，累遷殿中侍御史。　玄宗入蜀，擢諫議大夫。　至德初，赴肅宗行在，房琯薦爲給事中。　已收長安，拜京兆少尹兼御史中丞。　坐琯事，貶巴州刺史。　舊史却云綿州。　久之，遷東川節度使。　上皇合劍南爲一道，擢武成都尹、劍南節度使。舊史却又云：遷御史大夫，入爲太子賓客，遷京兆尹，爲二聖山陵橋道使。新史於此封鄭國公，還黄門侍郎。舊史未言其封國，却云：罷兼御史大夫，改兼吏部侍郎，尋還黄門侍郎耳。復出尹成都、節度劍南。既破吐蕃兵，加檢校吏部尚書。舊史於此方云：封鄭國公。永泰初卒，贈尚書左僕射。新、舊史所載互有同異如此。次公竊觀巴州有嚴武所賦光福寺楠木歌其碑刻見存，題下云：衛尉少卿兼御史嚴武。夫武在巴州，既有碑刻之證，則新史爲是；舊史言綿州者非。官銜謂之衛尉少卿兼御史而已，應自御史中丞降御史也。又觀通鑑於上元二年夏五月載：西川節度使崔光遠與東川節度使李奐共攻綿州，斬段子璋。而杜公有嚴中丞枉駕見過詩，題下注云：嚴自東川除西川，勑令兩川都節制。乃是寶應元年二月間詩，則夏五月之後，李奐去東川，而後嚴公爲東川節度使，替李奐。崔光遠去西川，嚴公却自東川除西川，替崔光遠。勑命一時指揮，令兩川都節制耳，未是專以兩川合爲一道也。寶應是代宗年號，如此則史云上皇合劍南爲一道，擢武成都尹、劍南節度使，其説非也。武寶應元年初來成都，既而四月遂歸朝，則在成都才四箇月而已。又按通鑑於當年六月壬戌載：以兵馬使徐知道反，以兵守要害拒，武不得進。此武第二次來成都，雖不得進，而其官乃是兵部侍郎，其任却只是西川節度使，尤可推見前日止是勑命一時指揮，合兩川都節制也。中間公有寄嚴大夫詩，而題九日，所寄則在六月，以兵部侍郎爲西川節度使，而不得進之後，却爲御史大夫矣。又按通鑑於廣德二年春癸卯，載劍南東、西川爲一道，以黄門侍郎嚴武爲節度使。舊史於此稱武破吐蕃加檢校吏部尚書，封鄭國公。此第三次來成都，方專是合兩川爲一道也。次年，永泰元年四月，遂薨。公詩有云主恩前後三持節，今哀之之詩云三掌華陽兵，豈不是寶應元年春初爲兩川都節制，次以兵部侍郎來，雖不得進，而專節度西川：廣德二年，代宗方以東、西川爲一道，而武以黄門侍郎來，斯爲三持節與三掌華陽兵乎？嚴公之謫(也)〔巴〕州，非綿州，以碑刻證之；嚴公之節度東、西川，或兼或專，以通鑑及公詩證之；

見新、舊史之不足憑，使次公費辭如此。其它嚴公未來成都已前，別無所考，則新、舊史之得失莫知也。

【校】也州：九家注作巴州，是。

鄭公瑚璉器，華岳金天晶〔一〕。昔在童子日，已聞老成名〔二〕。嶷然大賢後，復見秀骨清〔三〕。開口取將相，小心事友生〔四〕。閱書百紙盡，落筆四座驚〔五〕。歷職匪父任，嫉邪嘗力爭〔六〕。漢儀尚整肅，胡騎忽縱横〔七〕。飛傳自河隴，逢人問公卿〔八〕。不知萬乘出，雪涕風悲鳴。受詞劍閣道，謁帝蕭關城〔九〕。寂寞雲臺仗，飄颻沙塞旌〔一〇〕。江山少使者，笳鼓凝皇情〔一一〕。壯丁血相視，忠臣氣不平〔一二〕。密論貞觀體，揮發岐陽征〔一三〕。感激動四極，聯翩收二京。西郊牛酒再，原廟丹青明〔一四〕。匡汲俄寵辱，衛霍竟哀榮〔一五〕。四登會府地，三掌華陽兵〔一六〕。京兆空柳色，尚書無履聲〔一七〕。羣烏自朝夕，白馬休横行〔一八〕。諸葛蜀人愛，文翁儒化成。公來雪山重，公去雪山輕〔一九〕。記室得何遜，韜鈐延子荆〔二〇〕。四郊失壁壘，虚館開逢迎〔二一〕。堂上指圖畫，軍中吹玉笙〔二二〕。豈無成都酒，憂國只細傾〔二三〕。時觀錦水釣，問俗終相并〔二四〕。意待犬戎滅，人藏紅粟盈〔二五〕。以兹報主願，庶獲裨世程〔二六〕。炯炯一心在，沉沉二豎嬰〔二七〕。顏回竟短折，賈誼徒忠貞〔二八〕。飛旐出江漢，孤舟轉荆衡〔二九〕。虚無馬融笛，悵望龍驤塋〔三〇〕。空餘老賓客，身上愧簪纓〔三二〕。

右八哀之三

〔一〕次公曰：子謂子貢曰：汝器也。曰：何器也？曰：瑚璉也。其見於禮記曰：有虞氏之兩敦，夏后氏之四璉，殷之六瑚，周之八簋；蓋宗廟之器也。武封鄭國公，故以鄭公稱之。云瑚璉器，言其爲宗廟之器也。武，挺之之子，華州華陰人也。爾雅曰：華爲西岳。公言其降爲武，故云金天，而武乃其晶也。金天字，古有帝王之號曰金天氏。　晶音精。字書：精，光也。漢史有云：天陽之晶。選有云：晶茹、金晶。皆參用之也。

〔二〕次公曰：本傳云：武字季鷹，幼豪爽。母不爲挺之所答，獨厚其妾英。武始八歲，怪問其母，母語之故。武奮然以鐵鎚就英寢，碎其首。左右驚白挺之曰：郎(君)戲殺英。武辭曰：安有大臣厚妾而薄妻者，兒故殺之，非戲也。父奇之，曰：真嚴挺之(之)子！觀此，則云昔在童子日，已聞老成名，信然矣。　老成字，詩云：雖無老成人，尚有典刑。

〔三〕次公曰：大賢，指言嚴挺之。舊注云謂嚴子陵，非是。按新史嚴挺之傳云：姿質軒秀。舊史武傳云：神氣俊爽。則已見其父，又見其子也。如是，大賢爲挺之明矣。

〔四〕次公曰：開口字，莊子云：開口而笑。　小心字，詩云：小心翼翼。　將相字多矣。　友生字，詩云：不如友生。開口取將相，言其自許之高，若言凡開口只欲爲將爲相。傳云：遷黄門侍郎，與元載厚相結，求宰相，而事不遂。是已。小心事友生，蓋普言其實。舊注引甫與武世契也，嘗醉登武牀，呼斥其父名，而武不之忤。

其説拘矣，況史云最厚杜甫，然欲殺甫者數矣乎？

〔五〕次公曰：閱書字，後漢王充，家貧無書，嘗遊洛陽市肆閱所賣書，一見則能誦憶。百紙盡，猶五行俱下之義，言其疾也。一作百氏盡，非。蓋六經諸史，何獨百氏乎。落筆字，王子敬傳：桓温嘗使書扇，筆誤落，因畫作烏駮牸牛，甚妙。雖畫事而借字用耳。公寄李白云：筆落驚風雨。又古詩自言云：觀我落筆中書堂。

〔六〕次公曰：史云：武初以蔭調太原府參軍事，累遷殿中侍御史。此兩句正言其初雖補蔭，而其後致身自得爲侍御史也。按殿中侍御史，魏置也，二人，居殿中伺察非法，故其官名云然。則所謂嫉邪者，乃御史之職，而嘗力爭，則武之能矣。舊注引武爲給事中，乃在肅宗時，又與力爭、嫉邪有何相干？父任字，漢書有云：父任爲郎。

〔七〕次公曰：上句又以武爲侍御史，所以肅清官儀也。下句則武方爲侍御史之際，值禄山之亂，而從玄宗入蜀也。漢儀字，光武爲司隸校尉時，三輔東迎更始，見諸將過，皆冠幘而服婦人衣，莫不笑之，或有畏而走者。及見司隸僚屬，皆歡喜不自勝。老吏或垂涕曰：不圖今日復見漢官威儀。用對胡騎，其字則如劉琨傳：清嘯而胡騎退却也。

〔八〕次公曰：史云：玄宗入蜀，擢爲諫議大夫。則天寶末武在蜀中矣。飛傳，則傳（遽）〔遞〕之報也。傳音張戀反。河隴，則會、蘭、熙、河、洮、岷，入階、文州，西來蜀中之道，蓋肅宗即位靈武，而前路梗澀，多由此路而來蜀中也。有飛傳自河隴來，武必詢問公卿爲誰，或問某人在亡。武之憂君而欲知其輔翊者何如也。

【校】傳遽：九家注作傳遞，是。

〔九〕次公曰：上兩句以言肅宗，蓋肅宗七月丁卯即位靈武，又十月癸未次彭原郡。在蜀之遠，亦不知萬乘所出之的，所以雪涕悲嗚，則其忠義之情如此矣。於是請於玄宗，乞往行在也，故曰受詞劍閣道，謁帝蕭關城。蕭關在原州，所謂平涼郡，即今原州也。舊注云：河隴、劍閣、蕭關城事，新、舊二史皆不載。何自蔽如此。

〔一〇〕次公曰：上句言行宮儀衛之草創也。　雲臺仗字，庾信哀江南賦：非無北闕之兵，猶有雲臺之仗。　沙塞，又指言河隴行在之地。

〔一一〕次公曰：上兩句則道路阻絶，於王國江山之内，少使者相通，而日聞笳鼓，凝結皇帝之情也。江山字多矣，故對笳鼓。其字則顔延年：笳鼓震溟洲。　凝皇情，亦變延年窮遠凝聖情也。

〔一二〕次公曰：别賦云刎血相視，蓋忠憤之氣也。忠臣氣不平，指言武也。

〔一三〕次公曰：貞觀體，則言太宗朝事。　岐陽征，岐陽固指鳳翔而道實事，然亦挨傍左傳云：成（王）有岐陽之蒐也。　史云：至德初，赴肅宗行在，房琯以其名臣子，薦爲給事中。已收長安，拜京兆少尹。　則中間建議收復爲不足怪，則有密論、揮發之事矣。

〔一四〕次公曰：西郊者，長安之西郊也。乃二駕還復之所經，故人爲具牛酒者再焉。蓋至德二年九月癸卯，復京師；　十月丁卯，車駕入長安，則已具牛酒矣。十二月丙午，上皇至自蜀郡，則又具牛酒，斯所以謂之再歟。牛酒，謂擊牛釃酒以饗士卒也。沈休文碑云：牛酒日至，壺漿塞陌。是已。舊注云：西郊謂文王也。大爲非是。若云公因有西郊字出如自我西郊方敢使，則可。　原廟丹青明，則賊陷京師，焚毀九廟，車駕既入，首營建之。原廟字，叔孫通諫云：願爲原廟。注：原，重也。先有廟矣，今更立之也。　丹青，固宫室之飾。其字則如修張良廟教云：可改構棟宇而修丹青。

〔一五〕次公曰：匡，則匡衡；　汲，則汲黯。此以言鄭公之諫　如之。既拜京兆少尹矣，而坐房琯事，貶巴州刺史，此則寵之所辱也。　衛，則衛青；　霍，則霍去病。此以言鄭公之能用兵如之。　竟哀榮，言爲東川節度使、劍南節度使，則遷謫之中雖可哀而復榮也。哀榮兩字，則自其生也榮，其死也哀而摘用之。

〔一六〕次公曰：會府，則指京兆府、成都府。鄭公爲京兆少尹，又爲京兆尹、成都尹、劍南節度，又復節度劍南，此爲四登會府也。　三掌華陽兵，其事實具于題下注中。書曰：華陽黑水惟梁州。則東川、西川皆華陽也。

〔一七〕次公曰：上句又申言其兩爲京兆之舊迹。柳色事，用張敞爲京兆尹，走馬章臺街，而章臺有柳，唐人詩所謂章臺柳是已。若作柳市，非，蓋語村矣。　下句又言其在外加檢校吏部尚書，而未嘗以尚書之職見上。履聲事，前漢：哀帝擢鄭崇爲尚書僕射，數求見諫，上納用之。每見曳革履，上笑曰：我識鄭尚書履聲。今云無履聲，則未嘗以尚書之職見上也。

〔一八〕次公曰：上句又申言其爲殿中侍御史也。漢成帝時，御史府中列柏株，常有野烏數千棲宿其上，晨去暮來，號曰朝夕烏。今言自朝夕，則鄭公曾爲是府侍御史而遷爲別官，故烏但自朝夕也。　下句言其爲諫議大夫也。漢制，諫議大夫無常員，皆名儒宿德爲之，隸光禄勳。而張湛爲光禄大夫，數陳正議，常乘白馬。光武每有異政，輒曰：白馬生且復諫矣。休横行，則言其常乘白馬矣。今爲別官，則休止馬之横行也。或云，侯景爲亂，乘白馬以青絲爲轡而應讖。公詩屢使白馬以言賊，則此方只説嚴公耳，語脈不接也。

〔一九〕次公曰：四句言其爲鎮成都也。諸葛與文翁，皆取其在蜀以比之。陳壽云：蜀人愛亮，雖甘棠之詠召公，鄭人之歌子產，未足爲過也。此之謂諸葛蜀人愛。西漢文翁之守蜀，召下縣子弟以爲學官，弟子爲除更繇，高者補郡吏，以爲孝悌力田，繇是大化，蜀之學於京師者比齊魯；此之謂文翁儒化成。　雪山在松、維州之外，今之威、茂州也。積雪雖夏不消，故號雪山，乃緊與吐蕃爲界。公來雪山重，公去雪山輕。重，言安而不摇，謂吐蕃畏公，不敢動摇而輒犯順，所以爲重也。蓋公嘗敗之於當狗城，而克鹽川城西，則吐蕃之畏公可知矣。今其去也，雪山豈不輕乎？　此詩人之情也。若輕、重字，亦如鹽鐵論言賢者所在國重，所去國輕近之矣。

〔二〇〕次公曰：上兩句言鄭公所辟幕客皆美材也，而公實與焉。梁書：何遜爲建安王記室，王愛文學之士，日與遊宴。又爲廬陵王記室，復隨府江州，此得何遜也。晉孫楚字子荆，參石苞驃騎軍事，此延子荆也。

〔二一〕次公曰：四郊失壁壘，言鎮静無事也。禮記曰：四郊多壘，〔此〕卿大夫之辱也。虚館開逢迎，言開閤以禮士也。公孫弘起徒步，數年至宰相，封侯。於是起客館，開東閤以延賢人，與參謀議。

〔二二〕次公曰：堂上指圖畫，軍中吹玉笙，則政治優游可見矣。

〔二三〕次公曰：上兩句又言其以國步多艱而不敢盛爲宴飲也。

〔二四〕次公曰：下兩句又言其車騎之出，非專爲閒游，終以問俗爲事也。問俗字，（傳）〔禮記〕曰：入國而問俗。成都、錦水，蓋以蜀之地名言之。

〔二五〕次公曰：犬戎，言吐蕃也。鄭公再節度劍南日，破吐蕃七萬衆于當狗城，遂克鹽川城西。然其意終待其盡滅，而人免誅求，家給人足也。紅粟，言紅字，則漢書云：太倉之粟紅腐而不可食也。

〔二六〕次公曰：下兩句甚明。庶獲一作庶或，非。蓋或者，疑辭也，鄭公願裨世程，何疑之有！

〔二七〕次公曰：此下言其死矣。二豎事，成十年傳：晉侯病，求醫于秦，秦伯使緩爲之。未至，公夢疾爲二豎子曰：彼良醫也，懼傷我焉，逃之。其一曰：居肓之上、膏之下，若我何？醫至，曰：不可爲也。在肓之上、膏之下，攻之不可，達之不及，藥不至焉，不可爲也。公曰：良醫也。厚爲之禮而歸之。

〔二八〕次公曰：顔回年二十九蚤死，故云短折，以比鄭公死年止四十也。賈誼陳治安之策，乃心朝廷，而竟出爲長沙王傅，故云徒忠貞。短折字，書洪範：六極，（六）〔一〕曰凶短折。故對忠貞。其字如褚淵碑云忠貞允亮也。

〔二九〕次公曰：鄭公死於蜀，靈櫬舟行而歸，故今句云然。飛旐字，潘安賦云：飛旐翻以啟路。孤舟字，則陶淵明云：或棹孤舟。

【校】翻以啟路：影胡刻本文選翻作翩。

〔三〇〕次公曰：後漢：馬融字季長，性好音樂，作長笛賦。今云虚無馬融笛，則鄭公好笛可知矣。悵望龍驤塋，舊注：王濬以龍驤將軍平陳，及卒，以龍驤名墓。非是。杜田補遺：晉征吴，童謡曰：阿童復阿童，銜刀飛渡江。不畏岸上獸，但畏水中龍。阿童，王濬小字。武帝因以謡言拜濬爲龍驤將軍。太康六年卒，葬柏谷山，大營塋域，葬垣周四十五里，面别開一門，松柏茂盛。本傳所載止此，非以龍驤名墓也。其説是。

〔三一〕次公曰：老賓客，公自言也。　愧簪纓，公蓋感歎其因武之辟爲參謀，而官爲工部員外郎賜緋者也。

【今按】明鈔本此頁附云：詩皆大篇，解文煩多，其後五篇分在下册。

丁帙卷之二

乙巳永泰元年，時公五十四歲。九月雲安所存之詩。

八哀詩下〔一〕

故太子太師汝陽郡王璡

次公曰：舊本又作贈字，非。

汝陽讓帝子，眉宇真天人〔二〕。虬鬚似太宗，色映塞外春〔三〕。往者開元中，主恩視遇頻。出入獨非時，禮異見羣臣〔四〕。愛其謹絜極，倍此骨肉親。從容聽朝後，或在風雪晨。忽思格猛獸，苑囿騰清塵〔五〕。羽旗動若一，萬馬肅駪駪〔六〕。詔王來射雁，拜命已挺身。箭出飛鞚内，上又迴翠麟。翻然紫塞翮，下拂明月輪〔七〕。胡人雖獲多，天笑不爲新〔八〕。王每中一物，手自與金銀。袖中諫獵書，扣馬久上陳〔九〕。竟無銜橜虞，聖聰矧多仁。官免供給費，水有在藻鱗。匪唯帝老大，皆是王忠勤〔一〇〕。晚年務置醴，門引申白賓〔一一〕。道大容無能，永懷侍芳茵〔一二〕。好學尚貞烈，義形必沾巾。揮翰綺繡揚，篇什若有神〔一三〕。川廣不可泝，墓久狐兔隣〔一四〕。宛彼漢中郡王弟漢中王瑀，文雅見天倫。何以開我悲，泛舟俱遠津。温温昔風味，少壯已書紳。舊遊易磨滅，衰謝增酸辛〔一五〕。

右八哀之四

〔一〕次公曰：詩篇皆大，解文繁多，故此五篇分作下册。

〔二〕次公曰：此篇公詩甚詳明，於史無所考證。若新史云：璡眉宇秀整，性謹潔，善射，帝愛之，則出於公詩也。讓皇帝者，睿宗之子也，以其讓爲帝嗣，玄宗以其實推天下，有高世之行，非大號不稱，故追謚讓皇帝。有子十九人，其聞者璡、琎、琳、瑀四人而已。眉宇字，枚乘七發云：陽氣見於眉宇之間。天人，蓋以曹植比之。邯鄲淳見曹植曰：天人也。植於魏爲陳留王，以比汝陽王，宜矣。公嘗贈以二十韻詩曰：特進羣公表，天人夙德升。亦此之謂矣。而真天人三字，鄧禹傳注：衆皆竊言：劉公真天人也。蓋謂光武焉。

〔三〕次公曰：虬鬚似太宗，蓋實道其事。塞外，未知指何地。或曰：其就封於汝陽，爲塞外也。按後漢郡國志：汝南郡，高帝置，洛陽東南六百五十里，有上蔡焉。上蔡則蔡州也。而唐地理志：蔡州汝南郡，管縣十，其一曰汝陽。然以汝陽爲塞外，所未安。或别有所主，未見，以俟博聞。

〔四〕次公曰：禮異見羣臣句，謂禮數之異，羣臣皆見之也。

〔五〕次公曰：此一段引言帝之欲獵也。格猛獸字，江都王力格猛獸也。司馬相如諫獵書有云：犯屬車之清塵。騰清塵，則騰起車塵也。

〔六〕次公曰：羽旗字，舊注引三禮圖：全羽爲(隧)〔旞〕，析羽爲旌。全羽、析羽皆五采，繫之於(隧)〔旞〕旌之上，所謂注旄於竿首也。其説是。駪駪字，詩云：駪駪征夫。注：衆多之貌也。旗與馬所以狀帝獵之盛如此。

〔七〕次公曰：六句皆言王射雁之能。上又迴翠麟，上，言箭之直上也；翠麟，言所騎馬也。箭出馬勒之外，且既上矣，方未射落雁下之間，又急回轉馬，言其能之捷也。一作上入，無義。惟其捷，故才回轉馬，而雁下矣。紫塞翮，指言雁也。紫塞，北塞也。崔豹古今註曰：秦所築長城土色皆紫，漢亦然，故云紫塞。塞者，塞也。所以擁夷狄也。雁從北方來，故謂之紫塞翮。或引雁塞事，非。蓋雁塞乃荆州事，盛弘之荆州記曰：雁塞北接梁州汝陽郡，其間東西嶺屬天無際，雲飛風翥，望崖迴翼，唯一處爲下。朔雁達塞，矯翮裁度，故名雁塞，同於雁門也。恐學者誤惑，故具載以破其説爲非雁塞之塞也。下拂明月輪，言雁下而拂弓也。出箭於飛鞚之外，箭才上而又回轉其馬；才回轉其馬而雁落；雁既落矣，其所彎之弓盈滿如月，猶未放手，所以謂之拂明月輪也。此皆形容王騎射之精絶如此。

〔八〕次公曰：上句雖是記實，蓋京師常有胡人在焉，天子射獵，必命之獵矣；然亦挨傍長楊賦序云：上將大誇胡人，以多禽獸。令胡人手搏之，自取其獲，上親臨觀焉。以爲故事也。天笑，天子之笑也。薛倉舒引仙傳拾遺：木公與一玉女投壺，有不入者，天爲之噏嘘。注：噏嘘，開口而笑也。噏，呼監切。其説是。

〔九〕次公曰：上兩句言王雖隨射獵矣，而有書諫獵也。諫獵書三字，又暗用司馬相如以比之。扣馬字，伯夷、叔齊扣武王馬首而諫。

〔一〇〕次公曰：下六句則王諫之之效也。銜橜字，相如書曰：且夫清道而後行，中路而馳，猶時有銜橜之變。在藻字，詩曰魚在在藻也。水有在藻鱗，又言非特止獵，且不漁也。子虛、上林賦，前既敘獵，其後又言漁矣。

〔一一〕次公曰：上兩句則言王之好賓客。漢楚元王交，好書多材藝。少時嘗與魯穆生、白生、申公俱受詩於浮丘伯，元王既至楚，以穆生、白生、申公爲中大夫。初，元王敬禮申公等，穆生不嗜酒，元王每置酒，常爲穆生設醴。師古曰：醴，甘酒也。（以）〔少〕麴多米，一宿而熟，不齊之也。

〔一二〕次公曰：道大字，家語云：道大不容。無能字，如莊子云：無能者無所求。公言王以道大而容其無能，每禮待之，所以永懷侍王之芳茵也。

【校】以麴多米：九家注、百家注以作少，是。

〔一三〕次公曰：四句又申言王之所長。好學字：如論語：有顔回者好學。義形字，傳云：義形於色。若有神字，孔融薦禰衡表云：思若有神。

〔一四〕次公曰：上句則言自别之後，流落於蜀，欲泝而上見王，則川廣不可泝也。語倣詩云：漢之廣矣，不可泳思。下句則不見其死，而乃已葬之久也。張孟陽七哀詩云：借問誰家墳，皆云漢世主。又云：狐兔窟其中，蕪穢不復掃。

〔一五〕次公曰：六句言王弟之美。文雅字，劉公幹贈五官中郎將詩云：君侯多壯思，文雅縱横飛。天倫字，穀梁云：甲乙，天倫也；所以言兄弟。泛舟俱遠津，則公泛舟而往，漢中王瑀泛舟而來夔，皆阻於遠津，則又嘆其不能開此悲懷也。温温字，詩云：温温恭人。風味字，世説載支道林喪其同學法度之後，神氣賈喪，風味轉墜。少壯字，古詩云：少壯不努力。書紳字，語云：子張書諸紳。末句併悼亡與存之遊易失，當老而增悲也。衰謝字，周王褒與周弘讓書：年事道盡，容髮衰謝。

【校】甲乙：十三經注疏本穀梁傳作兄弟。

故贈祕書監江夏李公邕

次公曰：舊本又作贈字，非。李公自北海太守罪死，在天寶中，至代宗時贈秘書監，今以其死後所贈之官稱爲題。又曰，江夏李公，所未論也。按後漢郡國志：江夏郡，高帝置。而唐地理志鄂州曰：江夏郡，有江夏縣焉。李公揚州江都人，而云江夏李公，實所未諭，以俟博聞。史云杜甫以邕負謗死，作八哀詩，讀者傷之。此詩六段，自長嘯宇宙間至竟掩宣尼袂十九韻，蓋先論人才彫喪而有李公，遂言公能文章，人求其文，奉以金帛，李公得之，復以振施，而終歎其窮也；自往者武后朝至魂斷蒼梧帝，言邕之敢言，而以冤枉貶遵化尉事也；自榮枯走不暇至易力何深嚌，言邕再起再徙，以至於罪死也；自伊昔臨淄亭至鯤鯨噴迢遰，則公敘其與邕相見論文，而傷邕以文見嫉，且稱美其詩也；自坡陁青州血至舊客舟凝滯，則申言邕之死而公不得往弔慰也；末句則重懷邕之詩，可以解憂矣。一篇雖六段，今恐文字之多，各隨段更分也。

長嘯宇宙間，高才曰陵替〔一〕。古人不可見，前輩復誰繼，憶昔李公存，詞林有根柢〔二〕。聲華當健筆，灑落富清製〔三〕。風流散金石，追琢山岳鋭〔四〕。情窮造化理，學貫天人際〔五〕。干謁走其門，碑版照四裔〔六〕。各滿深望還，森然起凡例〔七〕。蕭蕭白楊路，洞澈寶珠惠〔八〕。龍宫塔廟湧，浩刧浮雲衛〔九〕。宗儒俎豆事，故吏去思計〔一〇〕。眄睞已皆虚，跋跡曾不泥〔一一〕。向來映當時，豈獨勸後世〔一二〕。豐屋珊瑚鈎，麒麟織成罽〔一三〕。紫騮隨劍几，義取無虚歲〔一四〕。分宅脱驂間，感激懷未濟。衆歸賙給美，擺落多藏穢〔一五〕。獨步四十年，風聽九皋(淚)〔唳〕〔一六〕。嗚呼江夏姿，竟掩宣尼袂〔一七〕。往者武后朝，引用多寵嬖。否臧太常議，面折二張勢〔一八〕。衰俗凜生風，排蕩秋旻霽〔一九〕。忠貞負冤恨，宫闕深旒綴。放逐早聯翩，低垂困炎屬〔二〇〕。日斜（服）〔鵩〕鳥入，魂斷蒼梧帝〔二一〕。榮枯走不暇，星駕無安税〔二二〕。幾分漢庭竹，夙擁文侯篲〔二三〕。終悲洛陽獄，事近小臣敝〔二四〕。禍階初負謗，易力何深嚌〔二五〕。伊昔臨淄亭，酒酣託末契〔二六〕。重敘東都別，朝陰改軒砌〔二七〕。論文到崔蘇，指盡流水逝〔二八〕。近伏盈川楊炯雄，未甘特進李嶠麗〔二九〕。是非張相國燕公說，相扼一危脆〔三〇〕。爭名古豈然，鍵捷欻不閉〔三一〕。例及吾家詩，曠懷掃氛翳〔三二〕。慷慨嗣真作和李大夫，咨嗟玉山桂。鐘律儼高懸，鯤鯨噴迢遰〔三三〕。坡陁青州血，蕪没汶陽瘞〔三四〕。哀贈竟蕭條，恩波延揭厲〔三五〕。子孫存如綫，舊客舟凝滯〔三六〕。君臣尚論兵，將帥接燕薊。朗詠六公篇張、桓等五王洎狄相六公憂來豁蒙蔽〔三七〕。

【校】夙听九皐淚：九家注淚作唳。是，據改。　服鳥：注文作鵩鳥，是，據改。

右八哀之五

〔一〕次公曰：長嘯，歎嘯之長也。不必真若孫登、阮籍之聲，止借用耳。公於石硯詩又曰長嘯得石硯也。　陵替字，左傳云：上陵下替。

〔二〕次公曰：爲使詞林字，故繼之以有根柢。

〔三〕次公曰：健筆字，庾信作宇文順文集序云：章表健筆，一付陳琳。

〔四〕次公曰：風流散金石，追琢山岳鋭，言刻其文於碑碣也。金石，以言碑。追琢山岳，則若磨崖碑之謂矣。

〔五〕次公曰：天人際三字，文選有云：見天人際。

〔六〕次公曰：碑版照四裔，則又四方所求之文，而刻碑也。碑版字，謝靈運詩：圖牒復磨滅，碑版誰傳聞。

〔七〕次公曰：杜預於春秋分凡例，若凡祀、凡上功之屬。森然起凡例，則以邕文有春秋之體，輕重適當，不妄作也。

〔八〕次公曰：墓間多種白楊。蕭蕭白楊路，墳墓也。墳墓之路幽昏，而得邕之文，如寶珠之洞澈以照之，所以爲惠。

〔九〕次公曰：龍宮塔廟，蓋言道觀佛宇，乃神龍宮中所湧之宇，或塔、或廟也。浩劫，無窮之劫也。度人經曰：唯有元始浩劫之家，部制我界，統乘玄都也。龍宮之塔廟，得邕之文，亘歷浩劫，而浮雲衛護之也。浮雲一作浮空，非。

〔一〇〕次公曰：宗儒俎豆事，言作修學校記、文宣王廟記之屬也。俎豆事三字，即論語：俎豆之事，則嘗聞之。故吏去思計，言使者、太守、縣令替罷，而作頌政碑、頌功德碑之屬。去思字，前漢何武傳：其所居亦無赫赫名，去後常見思。又，謝安爲吳興太守，在官無當時譽，去後爲人所思。其後摘字相承之熟，如白居易作六帖，亦標之曰去思焉。

〔一一〕次公曰：上句則其文字便應副之，於一經目間，來人已去，而虛於前矣。跋涉曾不泥，則言來人便去於跋山涉水，不留滯也。

〔一二〕次公曰：向來映當時，豈獨勸後世，言其文之光焰，已自暉映當時而歆慕之，非止勸率後來，人力學爲文也。沈休文論云：辭人才子，並標能擅美，獨映當時。是以一世之士，各相慕習。是已。

〔一三〕次公曰：豐屋，大屋也。易曰：豐其屋，蔀其家。珊瑚鈎，則其屋中之簾鈎，或帷帳之鈎，不惜以爲邕之饋餉。三字，神仙傳：王母以珊瑚鈎擊玉壺而歌。公詩又云文采珊瑚鈎也。罽，音居例切，西胡毳衣也。麒麟織成罽，則罽上所織者，麒麟也。斯亦富貴家物，以饋餉邕矣。麒麟字，舊本誤作騏驎，罽上所織乃麒麟耳。

〔一四〕次公曰：紫騮隨劍几，既有焉，又隨之以寶劍輿憑几也。義取無虚歲，則以文字得財，斯義取矣。新史云：人奉金帛，請其文，前後所受鉅萬計。

〔一五〕次公曰：上兩句則邕雖以文受人之財，而氣義好與，思古人分宅或脱驂之事，其所感激，常以未有所濟爲懷。分宅事，吴志：周瑜推道南大宅以舍孫策，與策爲友，升堂拜母，有無通共。脱驂事，史記：越石父賢，在縲絏中。晏子出，遭之途，解左驂贖之，延入爲上客。感激字，趙岐於孟子章指云：雖千載之間，猶爲感激。由此，在衆人則歸其能賙給，在邕之身則雖多藏而能擺落其穢也。擺落字，陶淵明飲酒詩：擺落悠悠談，請從（餘）〔余〕所之。

【校】餘所之：焦刻本陶淵明集餘作余。

〔一六〕次公曰：九皋（淚）〔唳〕，比之以鶴也。詩云：鶴鳴于九皋，聲聞於天。傳言帝封太山還，邕見帝汴州，詔獻詞賦。帝悦。又言：邕拜刺史，上計京師，中人臨問，索所爲文章，且進上。則聲聞於天，可以比鶴也。

〔一七〕次公曰：題云江夏李公邕，而今句云嗚呼江夏姿，尤所未喻。或云：江夏姿字，則比以黄香之無雙也。漢人語云：天下無雙，江夏黄童。此爲江夏之姿也。然出處無姿字，豈可牽强乎？以俟博聞。西狩獲麟，孔子見之，反袂拭面，稱吾道窮。公言邕雖有美姿，而出非其時，終使宣尼見而傷之也。已上是一段。

〔一八〕次公曰：否藏太常議，則邕有批韋巨源謚議。面折二張勢，傳云：宋璟奏侍臣張昌宗兄弟有不順之言，請付法斷。則天初不應。邕在階下進曰：璟言事關社稷，望陛下可其奏。則天色解，始允。宋璟既出，或謂邕曰：子名位尚卑，若不稱旨，禍將不測，何爲造次如是？邕曰：不顛不狂，其名不彰。

〔一九〕次公曰：衰俗凛生風，排蕩秋旻霽，所以結上二句之義。

〔二〇〕次公曰：下六句言初貶嶺南事。邕以忠貞，爲人所陷，則負冤恨矣。天子深居九重，不加省察，所謂宫闕深旒綴也。旒綴者，冕之垂旒。按邕傳：邕素輕張説，與相惡。會仇人告邕贓貸枉法，下獄當死。許昌男子孔璋上書天子，理之，邕得減死，貶遵化尉。唐地理志：嶺南道欽州，管縣五，遵化其一也。此放逐在早年已聯翩矣。　炎厲，指言遵化也。

〔二一〕次公曰：日斜鵩鳥入，言其愁寂如賈誼。鵩鳥賦云：庚子日斜〔兮〕，鵩集余舍。　蒼梧，今梧州也。帝舜之狩，至蒼梧而死。魂斷蒼梧帝，則邕魂斷於思帝舜之君也。使邕逢帝舜之爲君，則爲八元、八凱矣，寧復放逐哉？乃詩之深意矣。　蒼梧帝三字，梁吴筠酬鮑〔畿〕〔幾〕詩曰：依依望九疑，欲謁蒼悟帝。公詩又云：縹緲蒼梧帝。亦使此字。已上是一段。

〔二二〕次公曰：榮枯走不暇，言一榮一枯之不常，故走不暇，所以無安穩税駕之地也。榮枯一作策枯，意謂扶策枯杖也，非是。既言策杖矣，豈却更言星駕邪？　税駕者，止息其駕也。李斯曰：余未知所税駕矣。星駕，則詩云星言夙駕也。

〔二三〕次公曰：幾分漢庭竹，則邕以從中人楊思勗討嶺南賊有功，徙澧州司馬。起爲括州刺史。後歷淄、滑二州刺史，上計京師。以讒娼不得留，出爲汲郡、北海太守是也。　夙擁文侯篲，則邕之上計京師也。傳云：始，邕蚤有名，〔重〕義愛士，久斥外，不與士大夫接。既入朝，人間傳其眉目瓌異，至阡陌聚觀，後生内謁，門巷填隘。中人臨問，索所爲文章，且進上。亦可見矣。　漢庭竹事，漢制，以竹使符，分給郡守。文侯篲事，魏文侯見名士，則擁篲以迎。

〔二四〕次公曰：洛陽獄事，息夫躬傳：躬用賈惠之説，祝盜。有人上書言躬懷怨恨，非笑朝廷所進用，候星宿視天子吉兇，與巫同祝詛。上遣侍御史、廷尉監逮躬，繫洛陽詔獄，欲掠問。躬仰天大呼，因僵仆。吏就問，云已咽絶，血從鼻耳出，食頃死。又蔡邕與其叔父質，以中常侍程璜飛章言邕、質以私事請託於劉郃。質上書，不省。於是下邕、質於洛陽獄，劾以大不敬。以吕强伸請，減死一等，髡鉗。然公於李公邕詩用洛陽獄字，應是以蔡邕比之耳。小臣敝事，晉獻公之寵姬曰驪姬，置毒於胙肉中，以誣太子申生。以其胙與犬，犬斃；與小臣，小臣亦斃。邕之或榮或枯，其走不暇而不得税駕，屢爲郡守而分竹符，及爲公卿所重，如文侯之禮，其詳已見於上注矣。竟以坐柳勣之累，杖死於北海郡。新史云：邕以讒娼不得留，出爲汲郡、北海太守。天寶中，左驍衛兵曹參軍柳勣有罪下獄，邕嘗潰勣馬，故吉温使引邕嘗以休咎相語，陰遺賂。宰相李林甫素忌邕，傅以罪，遣祁順之、羅希奭就郡杖殺之。故其如蔡邕以飛章而下洛陽獄，如申生胙肉之事，是爲可悲也。兩句以結上所云也。

〔二五〕次公曰：禍階字，如易云：言語以爲階。詩云：惟厲之階。其禍之階端起於負謗，而在孤危之中，易爲力以排之。夫以易爲力可排身，而排之者何至於深嚌之乎？此公之所爲傷也。嚌音才詣切。注云：嘗至齒也。書謂太保受〔同〕，祭嚌，禮所謂君執鸞刀羞嚌。今云深嚌，則直盡之矣。此已上一段。

〔二六〕次公曰：臨淄亭在齊州。舊本公古詩首卷有陪李北海宴歷下亭之篇。末契字，陸機歎逝賦：託末契於後生，余將老而爲客。

〔二七〕次公曰：重敘東都别，則公早歲在洛陽時，豈所謂李邕求識面者邪？朝陰字，潘安仁作楊仲武〔誄〕〔誄〕云：日昃景西，望子朝陰。

〔二八〕次公曰：論文到崔蘇，公雖無顯注，崔豈崔尚者乎？公於壯遊詩云：往者十四五，出遊翰墨場。斯文崔魏徒，以我似班揚。其下自注云：崔鄭州尚，魏豫州啟心也。蘇豈蘇頲乎？頲與李乂對掌書命，帝曰：前世李嶠、蘇味道文擅當時，號蘇李；今朕得頲及乂，何媿前人哉。又景龍後與張説以文章顯，稱望略等，故時號燕許大手筆。按頲從封泰山還，卒。年五十八。考玄宗封泰山之年，在開元十三年，時杜公亦近二十歲，則亦前此得遊於蘇頲矣，與於十四五而見崔尚爲不相戾也。

〔二九〕次公曰：盈川，公自注云楊炯也。唐文苑傳：楊炯爲盈川令卒。張説曰：楊盈川文思如懸河注水，酌之不竭，既優於盧照隣，亦不減王勃。特進，公自注云李嶠也。張説論當代文章曰：李嶠之文如良金美玉，無施不可。時嶠爲特進也。

〔三〇〕次公曰：相國，指言張説也。新史云：邕素輕張説，與相惡。會（稽）〔仇〕人告邕贓貸枉法，下獄當死，竟減死貶遵化縣尉。公詩蓋言是亦非張説以相國勢力所能勝邕，特邕身危脆，易於一扼耳。

〔三一〕次公曰：鍵音巨建切，牡籥也。欻音許勿切，有所吹起貌。古語云：爭名於朝，爭利於市。老子云：善閉者不用關鍵。公今云：爭名古豈然，鍵捷欻不閉。蓋言爭名之許豈是自古如此，不足憑信，亦當牢閉關鍵，勿誇捷急，勿令開露，方是全身之道。而邕於關鍵則捷急，而欻然不閉，所以召禍。乃深悲之也。古字、然字，用魏文帝典論云文人相輕，自古而然也。

〔三二〕次公曰：惟是例及吾家詩，則公以詩自負如此。言例及，則邕與公比肩，以詩爲常例也。氛（醫）〔翳〕，指言讒謗之人也。

〔三三〕次公曰：和李大夫詩謂之嗣真作，豈其詩中之語邪？玉山桂、鐘律、鯤鯨，皆以比其詩。玉山之桂，取其秀拔；鐘律，取其聲之和雅；鯤鯨，取其勢之强壯。已上一段。

〔三四〕次公曰：青州總言山東也。書禹貢曰：海岱惟青州。周禮曰：正東曰青州。坡陁青州血，傷言杖死之也。汶水之陽在魯，今之鄆州。閔子騫曰吾在汶上矣是已。蕪没汶陽瘞，言邕權葬之處。

〔三五〕次公曰：邕以讒死，在玄宗，肅宗竟無哀贈。至代宗時，例得贈至秘書監，此爲恩波延揭厲也。恩波字，丘遲侍宴詩有曰：肅穆恩波被。

〔三六〕次公曰：子孫存如綫，傷其無後。舊客舟凝滯，則公自傷其流落於外，在此雲安，未能扁舟以走也。如綫，史云：不絶如綫。　舟凝滯字，江淹别賦云舟凝滯於水濱也。已上一段。　語曰：深則厲，淺則揭。延揭厲，所延及淺及深，乃普及之也。

〔三七〕次公曰：上兩句則歎時之多艱，當復如邕者慷慨有所陳説，故詠其所作六公篇，可以解憂也。公自注云：張、桓等五王，則桓彦範、敬暉、崔玄暉、張柬之、袁恕己也；洎狄相六公，則與狄仁傑爲六也。六公篇之詠，具載邕集。　末句豁字，晉人多云，如殷浩謂諸子曰：勿謂吾任方州豁平昔意。又，王獻之云：使人惋惋悲，政常隨事豁之耳。見本朝淳化法帖。　公於郭代公故宅斷章云：高詠寶劍篇，神交付冥漠。句法同此。　蒙蔽字，後漢張衡七辯云：予雖蒙蔽，不敏旨趣，敬授教命。

故祕書少監武功蘇公源明

武功少也孤，徒步客徐兖〔一〕。讀書東岳中，十載考墳典〔二〕。時下萊蕪郭，忍飢浮雲巘〔三〕。負米晚爲身，每食臉必泫〔四〕。夜字照爇薪，垢衣生碧蘚〔五〕。庶以勤苦志，報兹劬勞願〔六〕。學蔚醇儒姿，文包舊史善〔七〕。灑落辭幽人，歸來潛京輦〔八〕。射策君東堂，宗匠集精選。制可題未乾，乙科已大闡〔九〕。文章日自負，吏禄亦累踐。晨趨閶闔内，足踏鳳昔趼〔一〇〕。一麾出守還，黄屋朔風卷〔一一〕。不暇陪八駿，虜廷悲所遣〔一二〕。平生滿樽酒，斷此朋知展〔一三〕。憂憤病二秋，有恨石可轉〔一四〕。肅宗復社稷，得無逆順辨〔一五〕。范曄顧其兒，李斯憶黃犬〔一六〕。祕書茂松色，再扈祠壇墠。前後百卷文，枕籍皆禁臠。篆刻揚雄流，溟漲本末淺〔一七〕。青熒芙蓉劍，犀兕豈獨剸〔一八〕。反爲後輩褻，予實苦懷緬〔一九〕。煌煌齋房芝，事絶萬手搴〔二〇〕。垂之俟來者，正始貞勸勉〔二一〕。不要懸黃金，胡爲投乳贙〔二二〕。結交三十載，吾與誰遊衍〔二三〕。滎陽復冥寞，罪罟已横罥鄭詩在後〔二四〕。嗚呼子逝日，始泰則終蹇〔二五〕。長安米萬錢，凋喪盡餘喘。戰伐何當解，歸帆阻清沔。尚纏漳水疾，永負蒿里餞〔二六〕。

右八哀之六

〔一〕次公曰：此篇鋪敘甚明，特舊注亂之耳。源明，京兆武功人，其擅名鄉邑，故得直以武功名之，如滎陽言鄭虔也。新書云：少孤，寓居徐、兗。蓋出於杜詩言之耳。

〔二〕次公曰：東岳，泰山也。

〔三〕次公曰：萊蕪，乃兗州縣名。下萊蕪郭，正言其自東岳而下也。

〔四〕次公曰：子路爲親百里負米，而源明晚歲母已死矣，止爲身而負米，所以每食必泫也。泫則泫然流涕之謂也。

〔五〕次公曰：照爇薪，蓋實道其事，暗用晉中興書云：范汪家貧，好學，然薪寫書。既畢，誦讀亦竟。又文士傳：侯瑾字子瑜，家貧傭賃。暮輟，燒柴薪以讀書，如對賓客。蓋古有此事，亦是恰好處不放過也。

〔六〕次公曰：詩云：哀哀父母，生我劬勞。源明既喪父母，則勤苦爲學，所以圖報劬勞也。顛，舊一作顯字。雖孝經云：以顯父母，孝之終也。有此顯字，而不若願字之對志也。

〔七〕次公曰：醇儒字，前漢：賈山涉獵書記，不能爲醇儒。故用對舊史也。其字則左傳序：仲尼因魯史策書成文。其餘皆即用舊史也。

〔八〕次公曰：文學既贍，於是辭幽人，則離去東岳也。

〔九〕次公曰：史傳云：源明工文辭，有名天寶間。及進士第，更試集賢院。故云射策君東堂，宗匠集精選。制題未，乾乙科已大闡也。射策，量其小大，署爲甲、乙之科，列而置之，不使彰顯，有欲射者，隨其所取，得而釋之，以知優劣。

〔一〇〕次公曰：吏禄亦累踐，晨趨閶闔内，則史所謂累遷太子諭德是已。累遷，則累踐之義。太子宫在禁内，則趨閶闔内之義。夙昔趼，言其由貧賤中來也。足胝曰趼，莊子云百舍重趼是已。

〔一一〕次公曰：顔延年五君詠曰：屢薦不入官，一麾乃出守。言麾去之，遂出爲守。一麾出守還，史所謂出爲東平太守，召爲國子司業也。天子之車，其蓋之裏飾之以黄，是爲黄屋。選詩云黄屋非堯心是已。黄屋朔風卷，則明皇乘輿以安禄山反而出狩。安禄山自幽燕而反，是爲朔風卷也。

〔一二〕次公曰：源明既由東平還京，適值天子出狩，不得扈從而留虜庭，每悲恨以遣懷耳。八駿事，周穆王乘八駿以出遊也。安禄山陷京師，故京師爲虜庭矣。

〔一三〕次公曰：史云：禄山陷京師，源明以病不受僞官。又云：源明雅善杜甫、鄭虔，方源明在賊，則平生滿樽酒，斷此朋知展可知矣。

〔一四〕次公曰：詩曰：我心匪石，不可轉也。其二秋憂憤，則石可轉而吾心不可轉焉。此言源明之不汙賊也。

〔一五〕次公曰：上兩句蓋汙賊者爲逆，不汙賊者爲順。

〔一六〕次公曰：彼其汙賊之人，端受誅戮，蓋若范曄、李斯，徒有顧憶耳。范曄事坐謀反誅，臨刑醉。其子藹亦醉，取地土及果皮以擲曄，呼爲別駕數十聲。曄問曰：汝瞋我也？藹曰：今日何緣復瞋，但父子同死，不能不悲。此之謂顧其兒也。李斯事論腰斬咸陽市，顧謂其子曰：吾欲與若復牽黄犬，俱出上蔡東門逐狡兔，豈可得也？此以言汙賊而受誅之人，惟秘書則異乎是矣。

〔一七〕次公曰：源明後以祕書監卒，故得稱之以秘書。舊本祕書茂松意，師民瞻本作茂松色，而其下又有（四）〔五〕句云再扈祠壇墠；前後百卷文，枕藉皆禁臠；篆刻揚雄流，溟漲本末淺焉。茂松，雖詩所謂如松柏之茂，而兩字則有評人物者，曰：張伯威歲寒之茂松。如此則色字乃言其歲寒而不彫也。若用師民瞻本所添，則壇墠字，書云：爲三壇同墠。枕藉皆禁臠，言其文之美也。禁臠事，晉元帝始鎮建業，公私窘罄。每得一豚，以爲珍膳。項上一臠尤美，輒取以薦帝，羣下未嘗敢食，呼爲禁臠。篆刻事，揚雄謂賦爲童子雕蟲篆刻，壯夫不爲，然雄竟爲河東、長楊、羽獵賦，稱於時而傳於後，故曰揚雄流。既添四句，方接以溟漲本末淺，則謂其文之波瀾浩汗，雖溟海之漲，其本末比之猶爲淺。

〔一八〕次公曰：上句以比源明之諫，能斷割於事也。青熒字，西（京）〔都〕賦云：琳珉青熒。芙蓉劍事，吴越王允常取純鈎劍示薛燭。燭曰：沉沉如芙蓉始生於湖。犀兕豈獨剸，言臣之盡忠，有所斷割，莫不有是劍也，我豈獨擅其能哉。王子淵頌曰：巧冶鑄干將之樸，水斷蛟龍，陸剸犀兕。兩句以引下句。

〔一九〕次公曰：反爲後輩褻，子實苦懷緬，言遠慮之懷也。緬音彌兗切。注云，遠也。此事不見史傳，當以公詩爲史也。

〔二〇〕次公曰：漢武帝大興祠祭，齋房生芝而作芝房歌。肅宗時宰相王嶼以祈禬進，勸上興祠禱事，禁中禱祀窮日夜，羣臣莫敢切諫。昭應令梁鎮上書勸帝罷淫祀，而源明數言之。嘗曰：王者之於天地神祇，享之以牲幣而已。平日不祀方士。彼淫巫愚祝，妄有關説，甚爲不可。今公言其諫祈禬事，乃用漢武帝齋房芝微言之，且云事絶萬手搴，則當時佐爲淫祀，指望搴取房芝者，非一手也。

〔二一〕次公曰：垂之俟來者，正始貞勸勉，則源明所言，可以垂後世法，乃正始之道也。

【校】平日不祀方士：新唐書文藝傳作：記曰：不祈方士。

〔二二〕次公曰：不要懸黄金，胡爲投乳贙，所以美之，且危之也。乳贙，言贙之乳者，猶乳虎也。爾雅：贙有力。注：出西海大秦國，似狗多力獷惡，音畝，又音鉉。炙轂子載：贙銘曰：爰有獷獸，厥形似犬，饑則馴服，飽則反眼。出於西海，名之曰贙。蓋言佞媚則黄金可懸，而切直則犯上之怒，不啻投饑贙也。贙字用於詩，前乎公則沈佺期云且懼威非贙，寧知心是狼也。

〔二三〕次公曰：此下言源明之死，而公不得一吊酹之也。結交三十載，語倣任彦昇哭范僕射云結歡三十載，生死一交情也。遊衍字，詩云：及爾遊衍。

〔二四〕次公曰：滎陽復冥寞，罪罟已横罥，滎陽，指言鄭虔也，公自有本注。横罥，横音去聲。

〔二五〕次公曰：嗚呼子逝日，始泰則終蹇，言源明未死間猶及見肅宗反正之後，時已向泰矣，而源明死後，時復屯蹇。所以引下句長安米萬錢，凋喪盡餘喘也。舊注引是時（乘）〔承〕大盜之餘，國用覂音捧屈。史思明陷洛陽，有詔幸東京，源明以方旱饑，陳十不可以諫。上嘉其直，遂罷東幸。却是源明生前事，豈不與今詩相反乎？

〔二六〕次公曰：歸帆阻清沔，則公言其在雲安，不得泝沔以歸鄉，又且有疾。公在雲安實病矣，有句曰卧病一秋强是也，故云尚纏漳水疾。漳水事，劉公幹云余嬰沉痼疾，竄身清漳濱也。永負蒿里餞，則傷其不得一吊酹之。蒿里者，送士大夫、庶人挽歌也。

故著作郎貶台州司户滎陽鄭公虔

鶢鶋至魯門，不識鐘鼓饗〔一〕。孔翠望赤霄，愁思彫籠養〔二〕。滎陽冠衆儒，早聞名公賞。地崇士大夫，況乃氣精爽往者公在疾，蘇許公頲，位尊望重，素未相識，且愛才名，躬自哀問，後結忘年之契，遠邇嘉之〔三〕。天然生知姿，學立游夏上。神農極闕漏，黄石愧師長〔四〕。藥纂西極名，兵流指諸掌。公著薈蕞等諸書之外，又撰胡本草七卷〔五〕。貫穿無遺恨，薈蕞何技癢〔六〕。圭臬星經奥，蟲篆丹青廣〔七〕。子雲窺未遍，方朔諧太枉〔八〕。神翰顧不一，體變鍾兼兩〔九〕。文傳天下口，大字猶在牓。昔獻書畫圖，新詩亦俱往。滄洲動玉陛，寡鶴悟一響。三絶自御題，四方尤所仰〔一〇〕。嗜酒益疏放，彈琴視天壤〔一一〕。形骸實土木，親近唯几杖〔一二〕。未曾寄官曹，突兀倚書幌〔一三〕。晚就芸香閣，胡塵昏坱莽。反覆歸聖朝，點染無滌盪〔一四〕。老蒙台州掾，泛泛浙江槳〔一五〕。履穿四明雪，饑拾楢溪橡〔一六〕。空聞紫芝歌，不見杏壇文〔一七〕。天長眺東南，秋色餘魍魎〔一八〕。别離慘至今，班白徒懷曩〔一九〕。春深秦山秀，葉墜清渭朗。劇談王侯門，野税林下鞅。操紙終日酣，時物集遐想〔二〇〕。詞場竟疏闊，平昔濫推獎〔二一〕。百年見存没，牢落吾安倣〔二二〕。蕭條阮咸在，出處同世網。他日訪江樓，含悽述飄蕩。著作與今祕書監鄭君審篇翰齊價，謫江陵，故有阮咸江樓之句〔二三〕。

右八哀之七

〔一〕次公曰：鶢鶋、孔翠，所以比鄭公也。鶢鶋事，莊子至樂篇：昔者海鳥止於魯郊，魯侯御而觴之于廟，奏九韶以爲樂，具太牢以爲膳。鳥乃眩視憂悲，不敢食一臠，不敢飲一杯，三日而死。此以己養養鳥也，非以鳥養養鳥也。

〔二〕次公曰：孔翠望赤霄，則張華鷦鷯賦序：彼鷲、鶚、鵾、鴻，孔雀、翡翠，或陵赤霄之際，或託絶垠之外。翰羽足以沖天，觜距足以自衛。然皆負矰纓繳，羽毛入貢。何者？〔有〕用於人也。雕籠字，則禰衡鸚鵡賦云：閉以雕籠，剪其翅羽。　四句蓋言鄭公如鶢鶋，如孔翠，非鐘鼓所能樂之，雕籠所能拘之也。

【校】用於人也：用字上奪有字，據影胡刻本文選補。

〔三〕次公曰：名公賞事，公自有本注。地崇士大夫，言其所蒙賞之地，已崇盛在士大夫間，而況其氣自精爽乎。精爽字，左傳云：心之精爽。其句以引下所鋪陳。

〔四〕次公曰：生知，即論語生而知之者，上也。學立游夏上，則以四科文學子游、子夏故也。本傳云：虔長於地理，山川險易、方隅物産、兵戍衆寡，無所不詳。又云：初，虔追紬故書可誌者得四十餘篇，國子司業蘇源明名其書爲會稡。今公自注作薈蕞。按字書，稡音子骨切，䅳稡也。而䅳音蒲骨切。䅳稡，禾秀不聚向上貌。會稡之義，意言聚會稡細之物。若公所用薈蕞字，詩云：薈兮蔚兮。左傳云：蕞爾國。薈音烏外切，草多貌；蕞音徂外切，小貌。薈蕞之義，意言蕞小之物。二名字不同而義相近，當以杜公詩爲正。公下又注云：虔自著作之外，又撰胡本草七卷。故今所云神農極闕漏，以言其於藥石名件，乃神農本草所不載者也。黄石愧師長，則世有黄石公兵書三略，而前漢張良遇黄石公爲師，公且謂良曰：與長者期何後？時斯有師長之稱矣。愧，則不敢爲虔之師長也。

〔五〕次公曰：兩句所以結上句也。西極名，則胡本草之謂。兵流字，藝文志云：兵家者流。指諸掌字，即論語孔子指諸掌也。

〔六〕次公曰：遺恨字，文賦云：（常）〔恆〕遺恨以終篇。無遺恨，則翻用之。公之言詩，亦嘗曰毫髮無遺恨也。伎癢字，按顔氏家訓載應劭風俗通云：太史公記高漸離變名易姓，爲人傭保，匿作於宋子。久之，作苦，聞其家堂有擊筑，伎癢，不能無出言。按技癢者，懷其技而腸癢。潘岳射雉賦亦云：徒心煩而技癢。今史記並作徘徊，或作徬徨，不能無出言，是爲俗寫傳誤也。

【校】常遺恨以終篇：影胡刻本文選常作恆。

〔七〕次公曰：圭臬，言其善地理也。選言：陳圭置臬。圭者，土圭，所以測日景。臬者，表臬，所以度廣狹。王粲〔遊〕海賦云吐星出日，天與水際。其深不測，其廣無臬也。星經，又言能天文，二者必欲精，故所以言奥。蟲篆，言其書。字雖出揚子〔法〕言（賦）云童子雕蟲篆刻，而此言蟲篆，則必謂其篆字耳。丹青，又言能畫。字出則如續晉陽秋云：戴逵書圖畫，窮巧丹青。二者其事博，所以言廣也。

〔八〕次公曰：上句言奇字與方言也，下句虔能知荒遠之所在也。東方朔每言其所詣皆神仙之處，故云詣枉，猶太迂枉。王粲〔遊〕海賦云：章亥所不極，盧敖所不届。與今句之勢相似。

〔九〕次公曰：鍾兼兩，杜時可引書苑：虔善草隸。吕總云：虔書如風送雲收，霞催月上。鍾兼兩，鍾繇、鍾會也。繇，魏人，字元常，善隸書，行草亦盡其妙。袁昂云：鍾書有十二種意，外巧妙，實亦多奇。會字士季，繇之子也，亦善書。羊欣云：繇行書，二王之亞。子會，書筋骨緊密，頗有父風。或謂兼兩車也。按後漢：吴恢爲南海太守，欲殺青寫書，子祐諫曰：此書若成，則〔載之〕兼兩。注：車有兩輪，故稱兩。是詩美鄭虔書翰體變，非言車也。田意謂兼二鍾，是。然田何必惑兼兩之字爲有出邪？車謂之一兩，乃去聲，其兼兩亦去聲矣。又於鍾字有何説邪？則字之變態如鍾，而其父子謂之鍾兼兩，方可解説。雖然，未敢必也，以俟明識辯之。

〔一〇〕次公曰：此三韻一事。按傳云：嘗自寫其詩并畫以獻，帝大書其尾曰：鄭虔三絶。滄洲動玉陛，言本滄洲隱淪之客，而動天子玉陛之上。舊本悮一響，或云善本是悟字，言感悟君王，在乎一響，詩曰：鶴鳴於九皋，聲聞於天。是也。今從悟字。寡鶴，獨鶴之謂。舊本正作宣鶴；師民瞻本又作宮鶴，皆無義。

〔一一〕次公曰：嗜酒字，出揚雄傳。彈琴之句，亦如嵇康手揮五絃，目送飛鴻之意。天壤字，莊子云：示之以天壤。

〔一二〕次公曰：形骸土木四字，嵇康傳云：康土木形骸。親近，言親之、近之也。如淳于長以外親親近，蓋言親近於天子，今以言几杖，則未嘗暫離之意。

〔一三〕次公曰：兩句通義：虔初坐謫，還京師。上愛其材，欲置左右，以不事事，更爲置廣文館，以虔爲博士。虔聞命，不知廣文曹司何在，而訴之，宰相曰：上增〔國〕學，置廣文館，以居賢者，令後世言廣文博士自君始，不亦美乎？

〔一四〕次公曰：魚豢典略曰：芸香辟紙魚蠹，故藏書臺稱芸臺。本傳載虔由廣文博士遷著作郎，而著作郎即典司文籍也，故云晚就芸香閣。虔才爲是官，正值禄山反，遣張通儒刼百官置東都，僞授虔水部郎中。因稱風緩求市令，潛以密章達靈武，故云：胡塵昏坱莽，反覆歸聖朝。點染無滌盪，言無一點所染，不煩滌蕩之也。

〔一五〕次公曰：賊平，與張通〔儒〕、王維並囚宣陽里。三人者皆善畫，崔圓使繪齋壁。虔等方悸死，即極思，祈解於圓。卒免死，貶台州司户參軍事。故云：老蒙台州掾，泛泛浙江槳。

【校】張通儒：新唐書文藝傳作張通。今按，張通儒爲安祿山之將領，張通爲唐臣，顯非一人。與王維并因者當爲張通。草堂藏本與九家注同誤。

〔一六〕次公曰：四明、梄溪，皆屬浙東。孫綽天台賦云：登(薩)〔陸〕則有四明、天台。注：二山相接，在台州。又云：濟梄溪而直上。履穿事，暗使東郭先生久待詔公車，貧困，敝履行雪中，〔履〕有上〔無下〕，足(跡)〔盡〕踐地。

【校】有上：史記滑稽列傳作履有上無下。足跡：史記作足盡。拾橡字，亦暗使列子云：冬日食橡栗。

〔一七〕次公曰：兩句則以四皓與漁父比之，言平生空聞四皓之有歌，漁父之年長，而今者虔足以當之也。紫芝歌事，皇甫謐高士傳：秦世道滅德消，坑黜儒術，四皓於是作歌曰：莫莫高山，深谷逶迤。曄曄紫芝，可以療饑。唐虞世遠，吾將何歸。駟馬高蓋，其憂甚大。富貴之畏人兮，不知貧賤之肆志。乃共入商洛，隱地肺山。秦滅，漢高帝徵之不至，深入終南山不能屈也。杏壇文事，莊子漁父篇云：孔子遊乎緇帷之林，休坐乎杏壇之上。弟子讀書，孔子絃歌鼓琴。奏曲未畢，有漁父者下船而來，鬚眉交白。

〔一八〕次公曰：上句則公懷想虔所往之辭，台州在東南故也。此述虔未死之事。秋色餘魍魎，則左傳云：入山不逢不若，螭魅魍魎，莫能逢旃。魍魎，蓋山中之物也。天台賦序云：始經魍魎之途，卒踐無人之境。則台州又可言魍魎之域矣。

〔一九〕次公曰：別離慘至今，班白徒懷曩，此又見前句以四皓、漁父比虔爲當體。

〔二〇〕次公曰：上兩句則公因懷思長安也。方春色之深，則秦山秀發；或秋葉之墜，則清渭明朗。是時有劇談者，則在王侯之門，而我乃稅鞅於林野，不得去也。於是方酣醉，操紙而詩與物會，集於遐遠之想，正所謂懷想鄭者矣。

〔二一〕次公曰：詞場，指言昔與鄭遊從於詞翰之場，而今竟疏遠間闊，又憶鄭之平昔，濫有推獎於己也。推獎，蓋推舉獎借之也。或作吹獎，無義。舊注因引江文通擬盧諶詩濫吹乖名實，即是齊宣王使人吹竽，東郭處士雜其間，至文王即位，一一聽之，處士乃逃，方知其濫事。如此，非徒於今句無義，又成甚句法邪？

〔二二〕次公曰：上句初言其死，百年以言人生之大數。於我百年之間，既見其存，今見其没矣。吾安倣字，孔子將死，曳杖而歌曰：泰山其頹乎！梁木其壞乎！子貢曰泰山其頹，吾將安仰；梁木其壞，吾將安倣也。

〔二三〕次公曰：阮籍與其侄咸共爲竹林之遊，今以阮咸比鄭審，故云空餘阮咸在也。舊注徒引阮咸，阮熙子也。任達不拘，雖處世不交人事，是何夢語。出處同世網，則公與鄭審在世網之中，同此出處也。審謫江陵，公客在夔之雲安，斯爲同出處矣。江樓，指言江陵之樓。

故右僕射相國張公九齡

相國生南紀，金璞無留礦。仙鶴在人間，獨立霜毛整。矯然江海思，復與雲路水〔一〕。寂寞想土階，未遑等箕潁〔二〕。上君白玉堂，倚君金華省〔三〕。碣石歲峥嶸，天地日蛙黽〔四〕。退食吟大庭，何心記榛梗〔五〕。骨驚畏曩哲，鬒變負人境〔六〕。雖蒙換蟬冠，右地恧多幸〔七〕。敢忘二疏歸，痛迫蘇耽井〔八〕。紫紱映暮年，荆州謝所領〔九〕。庾公興不淺，黄霸鎮每靜。賓客引調同，諷詠在務屏〔一〇〕。詩罷地有餘，篇終語清省〔一一〕。一陽發陰管，淑氣含公鼎〔一二〕。乃知君子心，用才文章境〔一三〕。散帙起翠螭，倚薄巫廬並〔一四〕。綺麗玄暉擁，戕誅任昉騁〔一五〕。自成一家則，未闕隻字警〔一六〕。千秋滄海南，名繫朱鳥影〔一七〕。歸老守故林，戀闕悄延頸〔一八〕。波濤良史書，蕪絶大庾嶺〔一九〕。向時禮數隔，制作難上請〔二〇〕。再讀徐孺碑，猶思理煙艇〔二一〕。

右八哀之八

〔一〕次公曰：此篇以傳考之，傳有合有遺。南紀字，杜田云：詩曰：滔滔江漢，南國之紀。説者援是詩，遂以江漢爲南紀，非也。蓋南〔紀〕乃分野名。（廣）〔唐〕天文志云：東循嶺徼，達〔東〕甌閩中，是謂南紀，所以限蠻夷也。張相國曲江人，曲江隸韶州，正嶺徼甌越之地。大抵自江漢以南，皆謂之南紀，非特江漢而已。其説是。金璞無留礦，言已爲金而不復留在礦矣。以譬張曲江出而應用，不復退縮也。杜田引圓覺經云：譬如銷金礦，金非銷故有。雖復本來金，皆以銷成就。一成真金體，無復重爲礦。則字偶犯耳。以仙鶴之譬言之，義又通貫。鶴本仙物，既下人間，整刷羽翰，固矯然有優游江海之思，而復思舊飛與雲路齊永，亦猶爲金而不復留礦之義，皆取其出而不藏也。

〔二〕次公曰：上兩句正所以結上文之意。堯土階三尺，想土階則欲造堯之庭矣。欲造堯之庭，所以未暇學許由、巢父隱於箕山、潁水焉，又引下兩句也。土階，舊一作玉階，非，蓋緊與下句白玉堂玉字相犯矣。

〔三〕次公曰：張公爲校書郎，爲左拾遺，爲右補闕，爲中書舍人，爲祕書少監，集賢院學士，此皆上白玉堂而倚金華省也。任昉爲王思遠辭侍中表有云：敷奏於金華之上，進揖於玉堂之下。皆言禁從之事也。

〔四〕次公曰：碣石，海畔山。禹嘗夾行其右，書曰夾右碣石是也。碣石歲崢嶸，似比九齡之孤高。歲崢嶸字，鮑明遠舞鶴賦云：歲崢嶸而愁暮。注云：廣雅曰：崢嶸，高貌。歲之將盡，猶物之高。今云碣石歲崢嶸，言碣石之歲歲孤高也。　天地日蛙黽，言聲之喧雜。時李林甫用事故耳。牛仙客爲尚書，九齡執不可，帝不悦。翌日，林甫進曰：仙客宰相材也，乃不堪尚書邪？九齡文吏，拘古議，失大體。帝由是決用仙客不疑。斯亦蛙黽矣。蛙黽字，出國語：蛙黽之與同渚。

〔五〕次公曰：大庭者，古至治之主也。言九齡思反淳復樸，如大庭之世，每退食自公。嘗吟詠之，不復記其有猜嫌榛梗之事也。

〔六〕次公曰：下句骨驚畏曩哲，則畏其不逮於前人。鬢變負人境，則憂其髮白而將老，皆傷功名之不立也。骨驚字，江淹別賦云：心折骨驚。故對鬢變。其字則謝玄暉詩云誰能鬢不變也。

〔七〕次公曰：上句乃侍中事，豈九齡亦加侍中而史不載邪？漢官儀云：侍中冠武弁大冠，亦曰惠文冠，加金鐺，附蟬爲文，貂尾爲飾，謂之貂蟬也。　下句則九齡以尚書右丞相罷政事。言九齡在右地，已慚恧爲多幸。何者？有林甫之嫉，仙客之憾，則得此爲幸矣。

〔八〕次公曰：二疏事，疏廣爲漢太子太傅，謂兄子受曰：吾聞知足不辱，知止不殆，豈如父子相隨出關歸老，不亦善乎？遂上疏乞骸骨。上許之。公卿設祖道供張東都門外。　蘇耽井事，神仙傳：蘇仙翁名耽，郴縣人，少孤，養母至孝。言語虚無，時人謂之癡。忽辭母云：受性應仙，當違供養。涕泗欲別。母曰：汝去之後，使我如何存活？仙翁曰：明年天下疫疾，庭中井水，簷邊橘樹，可以代養。井水一升、橘葉一枚，可療一人。縣東北五里有山，高六百餘丈，仙翁所棲遊處，因而得仙後，有見仙翁乘白馬還此山中，世因名爲馬嶺山。九齡爲工部侍郎、知制誥，乞歸養，詔不許。遷中書侍郎，以母喪解，毁不勝哀。敢忘二疏歸，以言其嘗欲引退矣。詔不許而至於母死，所痛者迫切於蘇耽之留井、橘以代養也。九齡韶州人，韶之西北與郴相接，才一百八十里耳，故得以爲言。

〔九〕次公曰：九齡爲相，薦長安尉周子諒爲監察御史。至是，子諒以妄陳休咎，帝怒，杖子諒於朝堂，流瀼州，死於道。九齡坐引非其人，左遷荆州大都督府長史。

〔一〇〕次公曰：庾公、黄霸，以守土事比之。庾亮鎮武昌，諸佐吏殷浩之徒，乘月登南樓，（我）〔俄〕而不覺亮至，將起避之。亮徐曰：諸君少住，老子於此，興（復）不淺。便據胡床與浩等談詠。其坦率如此。黄霸事，循吏傳：黄霸獨用寬和爲治，擢爲揚州刺史、潁川太守，治爲天下第一。自漢興言治民史，以霸爲首。調同，倒用謝靈運詩：異代可同調。故對務屏。其字則屏去俗務也。

【校】所引庾亮事，我當作俄，興下奪復字，據晉書補改。

〔一一〕次公曰：十四句以言九齡之能詩文而有名稱也。

〔一二〕次公曰：一陽發陰管，則黄鐘之律也。言其詩之和而可聽於耳。淑氣含公鼎，則（大亨）〔太羹〕之和也。言其詩之美而可味於口。

【校】大亨之和：無義，杜詩詳注引作太羹之和，是。

〔一三〕次公曰：乃知君子心，用才文章境，則以其爲有用之文故也。此詩前押鬢變負人境，今又押用才文章境，蓋所未解。豈人境字乃人景乎？

〔一四〕次公曰：散帙起翠螭，倚薄巫廬並，蓋言開散曲江文帙，神物欻起，其高至並巫、廬之山也。翠螭字，揚雄解難云：翠虯絳螭之將登乎天，必聳身於蒼梧之淵，階浮雲，翼疾風，虛舉而上升。廣雅云：龍有角曰螭。既皆龍屬，則翠虯、翠螭可互用也。倚薄者，相附著也。字則謝靈運云：拙疾相倚薄。巫廬，二山名。郭景純江賦云：巫廬嵬崛而比嶠。巫則巫山，在夔州；廬則廬山，在江州。

〔一五〕次公曰：謝玄暉之詩綺麗，任昉之文長於牋誄，皆言九齡可以比之也。綺麗字，陸機文賦云：或藻思綺合，清麗芊眠。摛而用之。公於偶題又云：前輩飛騰入，餘波綺麗爲。擁則言其多。騁則言其放，皆集中文字如此也。

〔一六〕次公曰：自成一家則，舊本作自我，非。師民瞻本作自成，是。蓋史記云：勒成一家。故對隻字。其字則片言隻字也。警則文賦所謂警策之警。

〔一七〕次公曰：韶州，即滄海之南。朱鳥，南方之宿。當時謂九齡爲滄海遺珠，則其有名稱矣。

〔一八〕次公曰：歸老守故林，則其在荆州，久之，封始興縣伯，請還展墓也。戀闕悄延頸，則言其心不忘君。

〔一九〕次公曰：波濤良史筆，蕪絶大庾嶺，意謂九齡之文如波濤之翻，可充良史才筆，惜乎蕪没隔絶於大庾嶺之外也。蕪絶字，恨賦云：蕪絶於異域。

【校】於異城：影胡刻本文選於作兮。

〔二〇〕次公曰：向時禮數隔，制作難上請。則帝眷已衰，難以所制作上請於朝也。此豈九齡有爲史之書邪？

〔二一〕次公曰：後漢徐穉，字孺子，漢之高士也。曲江爲之墓碣，其銘所謂靈芝無根，醴泉無源者是也。公之句意，蓋言昔嘗讀之，而起煙艇之興矣；今再讀之，而猶思理煙艇；則以慕徐孺之高風，故江漢之念不忘也。小舟曰艇。前人有言漁艇、釣艇，則煙艇釣者之所須耳。

丁帙卷之三

乙巳永泰元年，時公五十四歲。此年之冬至丙午大曆元年，時公五十五歲。其三月望前，皆在雲安所存之詩。

乙巳冬在雲安。

別常徵君一首（近體詩）

兒扶猶杖策，卧病一秋强〔一〕。白髮少新洗，寒衣寬總長〔二〕。故人憂見及，此別淚相忘〔三〕。各逐萍流轉，來書細作行〔四〕。

〔一〕次公曰：杖策字，吴越春秋云：（太）〔古〕公〔乃〕杖策（而）去邠。字書注：細木杖曰策。所以定此詩爲雲安作者，公有曰：伏枕雲安縣。而今云卧病一秋强也。

【校】太公，九家注作太王，漢魏叢書本吴越春秋全句作：古公乃杖策去邠。

〔二〕次公曰：白髮少新洗。言白髮稀少，而以病瘥之後，新才洗沐。寒衣寬總長，則衣非一件，以病瘦之後，故寬而總長大矣。

〔三〕次公曰：故人，指言常徵君。所以見及之憂，正憂其瘦也。淚相忘，則雖别而俱不能淚，所以成相忘也。

〔四〕次公曰：書細作行，囑其委曲也。字則亦漢書言詔書成文，細札十行中字矣。近時張（來）〔耒〕文潛句云：壁間有書細作行。蓋用杜公也。

折檻行一首（古詩）

次公曰：以句中使朱雲事，因取名題也。按漢成帝時，張禹以帝師位特進，甚尊重。雲上書求見，公卿在前。雲曰：今朝廷大臣，上不能匡主，下亡以益民，皆尸位素餐。孔子所謂鄙夫不可與事君，苟患失之，亡所不至者也。臣願賜尚方斬馬劍，斷佞臣一人，以厲其餘。上問：誰也？對曰：安昌侯張禹。上大怒，曰：小臣居下訕上，廷辱師傅，罪死不赦！御史將雲下。雲攀殿檻，檻折。雲呼曰：臣得下從龍逢、比干遊於地下足矣！未知聖朝何如耳。御史遂將雲去。於是左將軍辛慶忌免冠解印綬，叩頭殿下曰：此臣素著強直於世，使其言是，不可誅；其言非，固當容之。臣敢以死爭。慶忌叩頭流血。上意解，然後得已。及後當治檻，上曰：勿易。因而輯之以旌直臣。此永泰元年之作。於四月已後，皆可編次。然自三月獨孤及上疏之後，天下傳聞，當在四月末、五月間，公方流離下，船歷戎、渝、忠，至雲安縣而泊船以居，應方及之耳。故漫次八哀詩下，其詩解證如左。

嗚呼房魏不復見，秦王學士時難羨〔一〕。青衿冑子困泥塗，白馬將軍若雷電〔二〕。千載少似朱雲人，至今折檻空嶙峋〔三〕。婁公不語宋公語，尚憶先皇容直臣〔四〕。

〔一〕次公曰：房，則玄齡也；魏，則鄭公也；秦王，則太宗初爲秦王也。學士，則秦王既平天下，乃鋭意經籍，於宫城之西開文學館，以待四方之士。於是以杜如晦、房玄齡，並以本官兼弘文館學士，圖其形狀，且顯爵士，命褚亮爲像贊，藏之書府，號十八學士。給五品珍饍，分爲三番更直，宿於閣下。預入閣者，時人謂之登瀛州。

〔二〕次公曰：青衿字，舊本作青襟，非是。衿，衣系也；襟，交衽也。其物不同。詩云：青青子衿。貼以胄子，則書云：命夔教胄子。注：胄子，長子也，謂卿大夫子弟也。泥塗字，左傳：使吾子辱在泥塗。青衿胄子困泥塗，則學校之廢，非特白屋之子失學而已，雖貴胄子弟皆困辱泥塗。按通鑑於永泰元年不著月日載云：自安史之亂，國子監堂室頽壞，軍士多借居之。祭酒蕭昕上言學校不可遂廢。於大曆元年載春正月乙酉，敕復補國子學生；則學校之廢已久，而公之詩作於永泰元年蕭昕未上言之前矣。白馬將軍事，魏龐德每戰常陷陣。與關羽交戰，射羽中額。時德常乘白馬，羽軍謂爲白馬將軍，皆憚之。雷電，則言白馬之駿驟，其光揮霍似之。公於石硯詩云：其滑乃波濤，其光或雷電。亦以雷電言硯之光也。白馬將軍若雷電，大意言武人之寵幸，故其威勢如此矣。用武之世，將軍故不知其幾何人，如通鑑於永泰元年不著月日載云：初，劍南節度使嚴武奏將軍崔旰爲利州刺史，而以七寶輿自山南迎旰入成都，可推見矣。

〔三〕次公曰：千載云者，非謂自漢成帝至唐代宗永泰元年爲千載也。若考其年數之實，才七百六十六年耳。此乃謂朱雲者，千載人也。正所以美雲之正直，不畏誅戮，雖千載之悠悠，少似之者。至今折檻空嶙峋，以罪成帝初不能容而必欲誅之，賴辛慶忌之免冠叩頭流血，以死爭而救之，然後得免，至今空餘折檻之迹存在而已，竟不能疏抑張禹也。所以引下句先皇則能容直臣焉。嶙峋，高貌。左太沖魏都賦：〔陛楯〕〔階隋〕嶙峋。

〔四〕次公曰：婁公，則師德也；宋公，則璟也。言互以正直爲心。師德上元初爲監察御史，後爲天兵軍大總管，聖曆三年九月卒於會州，則其所事者高宗與武后也。本傳不載其諫　事，别無所考，今因公詩指爲直臣而知之。宋璟歷事武后、中宗、睿宗、明皇。其爲吏部侍郎也，中宗嘉其直，令兼諫議大夫。本傳載其所諫事最詳。其後張嘉貞代璟爲相，閱堂案，見其危言讜議，未嘗不失聲歎息。詳味詩意，思治世文物之盛，而聖君有諫　之臣。致君堯舜，如房，魏二人不得而見，則思其上而不得，且思其次，爲學士以文采結主知者。又至欲有所諫　，小臣如朱雲，大臣如婁公，如宋公，然爲朱雲則成帝本不能容之，惟婁、宋則先皇能容也。大意正以譏代宗亦不能容直臣矣。又按通鑑於永泰元年春載三月壬辰朔，命左僕射裴冕、右僕射郭英乂等文武之臣十三人，於集賢殿待制。左拾遺洛陽獨孤及上疏曰：陛下召冕等待制，以備詢問，此五帝盛德也。頃者陛下雖容其直，而不録其言，有容下之名，無聽諫之實，遂使諫者稍稍鈐口，飽食相招爲禄仕。此忠鯁之人所以竊歎，而臣亦恥之。觀此則公詩作於永泰元年爲審。非以譏其有容下之名，無聽諫之實，不若先皇之真能容直臣乎？直臣字，正用（漢）〔成〕帝云以旌直臣之語。

【校】陛楯嶙峋：影胡刻本文選陛楯作階陏。正用漢帝云：九家注漢帝作成帝。

别蔡十四著作一首（古詩）

賈生慟哭後，寥落無其人〔一〕。安知蔡夫子，高義邁等倫〔二〕。獻書謁皇帝，志已清風塵。流涕灑丹極，萬乘爲酸辛。天地則創痍，朝廷當正臣〔三〕。異材復間出，周道日惟新〔四〕。使蜀見知己，别顏始一伸〔五〕。主人薨城府，撫櫬歸咸秦〔六〕。巴道此相逢，會我病江濱〔七〕。憶念鳳翔都，聚散俄十春。我衰不足道，但願子意陳。稍令社稷安，自契魚水親〔八〕。我雖消渴甚，敢忘帝力勤〔九〕。尚思未朽骨，復覩耕桑民〔一〇〕。積水駕三峽，浮龍倚長津。揚舲洪濤間，仗子濟物身〔一一〕。鞍馬下征塞，王城通北辰〔一二〕。玄甲聚不散，兵久食恐貧。窮谷無粟帛，使者來相因。若馮南轅史，書札到天垠〔一三〕。

〔一〕次公曰：賈生，賈誼也。陳治安之策有：慟哭者一，流涕者二，長太息者三。

〔二〕次公曰：高義字，莊子載孔子云：聞將軍高義。等倫字，列子説符篇：爲等倫皆許諾。

〔三〕次公曰：創痍字，前漢季布傳：今創痍未瘳也。當正臣，言當須正直之臣也。舊本一作多直臣，非。正臣字，劉向云：正臣進者，治之表。此篇鋪敘甚明。

〔四〕次公曰：周道日新，即詩曰周雖舊邦，其命惟新也。

〔五〕次公曰：使蜀見知己，則郭英乂爲蜀節度使，蔡爲使往見之也。知己字，史記云：士伸於知己。

〔六〕次公曰：主人，正指言郭英乂。英乂於永泰元年閏十月爲崔旰所殺，所以言薨。而蔡著作扶護靈櫬，由舟行以歸秦也。

〔七〕次公曰：巴道，指言夔州。船泊夔州，則與公相逢也。

〔八〕次公曰：魚水親事，劉先主云：余之有孔明，猶魚之得水也。此以孔明待蔡君矣。

〔九〕次公曰：帝力字，古歌云：帝力何加於我哉！

〔一〇〕次公曰：孔子云：其人與骨俱朽。朽骨，則摘字而翻用也。

〔一一〕次公曰：積水字，文子云：積水成海。而魏都賦曰回淵漼，積水深也。駕字，如郭景純遊仙詩云：高浪駕蓬萊。浮龍倚長津，亦實道三峽中有如此事也。於此驚危之中，揚舲洪濤，則所倚杖者，濟物之身可以保其無虞也。揚舲字，劉勰彌勒石像碑有云：似揚舲游水，馳錫登山。洪濤字，則王粲〔遊〕海賦云：洪濤奮蕩。而西京賦云：起洪濤而揚波。

〔一二〕次公曰：鞍馬下秦塞，則出陸矣。北辰，言帝居也。即孔子云譬如北辰，居其所，而衆星拱之也。

〔一三〕次公曰。玄甲字，前漢云：發屬國之玄甲。又班固燕然山銘曰：玄甲耀日，朱旗絳天。注：玄甲，鐵甲也。玄甲聚不散，兵久食恐貧。窮谷無粟帛，使者來相因。四句通連以引末句。言方用兵須食，而頻遣使者來至窮谷，如此則南轅之使可憑其史而附書也。憑即讀爲憑。窮谷，指夔州也。來相因者，來不斷也。借使漢書云太倉之粟，陳陳相因之字。自長安望夔，在北而望南也，故來夔之使爲南轅。而南轅字，出左傳。史，則書史之史，使令之人也。書札字，古詩云：客從遠方來，遺我一書札。天垠，則指言夔州以遠，故云天垠。

十二月一日三首（近體詩）

今朝臘月春意動，雲安縣前江可憐。一聲何處送書雁，百丈誰家上水船〔一〕。未將梅蘂驚愁眼，要取楸花媚遠天〔二〕。明光起草人所羨，肺病幾時朝日邊〔三〕。

右一

〔一〕次公曰：百丈者，牽船篾。内地謂之笪，音彈。公凡四使此字。今云百丈誰家上水船，一也；又云百丈牽江色，二也；又云百丈内江船，三也；又云吴檣楚柂牽百丈，四也。百丈字，宋書有之。

〔二〕次公曰：未將梅蘂驚愁眼，要取楸花媚遠天，言眼前之實事，蓋梅未開而楸有花也。其句法可謂新奇矣。

〔三〕次公曰：末句明光者，殿名也。漢王商所欲借以避暑者，起草作制誥也。唐制，自至德後，天子召集賢學士於禁中草書詔，因在翰林待進止，遂以爲名。其必言明光殿者，後漢尚書郎奏事明光殿，下筆爲詔誥，出語爲誥令。本朝楊侃曰：後漢尚書郎非今之尚書郎，乃中書舍人也。肺病，亦公實自道其事，止挨傍司馬相如病肺多渴耳。日邊，言帝都也。晉明帝云：只聞人自長安來，不聞人自日邊來。其後人遂以日邊爲帝都。

寒輕市上山煙碧，日滿樓前江霧黄。負鹽出井此溪女，打鼓發舡何郡郎。新亭舉目風景切，茂陵著書消渴長〔一〕。春花不愁不爛熳，楚客唯聽棹相將〔二〕。

右二

〔一〕次公曰：此篇惟腹聯使事。新亭事，則晉王導傳：洛京傾覆，中州士人避亂江左者十六七。每至暇日，邀出新亭飲宴。周顗中坐而歎曰：風景不殊，舉目有江山之異。皆相視流涕。唯導愀然變色，曰：當共戮力尅復神州，何至相對作楚囚泣耶！茂陵事，司馬相如傳：相如口吃，而善著書，常有消渴病。又云，相如既病免，家居茂陵。新亭之句，以避亂流落，所寓如新亭之景物；茂陵，則公自比於相如之有肺疾也。

〔二〕次公曰：末句楚客，則公自指其爲楚地之客。聽棹相將，則任船所往何處看春花也。

即看燕子入山扉，豈有黄鶯歷翠微。短短桃花臨水岸，輕輕柳絮點人衣。春來準擬開懷久，老去親知見面稀。他日一杯難强進，重嗟筋力故山違〔一〕。

右三

〔一〕次公曰：方十二月一日作詩，而有燕子、黄鶯、桃花、柳絮之言，何也？此義在末句所謂他日一杯難强進者也。此蓋皆逆道其事耳。故山違之韻，於山謂之違，家語：孔子云：違山十里，猶聞蟪蛄聲也。

又雪一首（近體詩）

次公曰：公以今歲永泰元年五月離成都，至此十二月在雲安縣，初見其地之雪矣。古詩前苦寒行云：去年白帝雪在山，今年白帝雪在地。此大曆元年冬詩也。其云去年，則指今歲永泰元年矣。其云雪在山，則與今所謂南雪不到地相符矣。然題謂之又雪，則必先有一篇言雪者而不存也。

南雪不到地，青崖霑未消〔一〕。微微向日薄，脈脈去人遥。冬熱鴛鴦病，峽深豺虎驕。愁邊有江水，焉得北之朝〔二〕。

〔一〕次公曰：首兩句則非是無雪，但雪不濃，所以不到地而止着青崖耳。舊注遂引風土記云南方無雪，違背詩意，非是。青崖字，顔延年詩云：藐盼覿青崖，衍漾觀緑疇。

【校】此條九家注又有當作霑爲正五字。

〔二〕次公曰：末句蓋言當愁之際，觀江水止是朝東入海，安得却折入北朝，我乘之以歸長安而見上。此蓋詩人之情也。

子規一首

丙午大曆元年，時公五十五歲。春在雲安。（近體詩）

次公曰：子規與杜鵑是兩種，其形不同，其聲不同，次公於丙帙成都詩中杜鵑行古詩題下言之詳矣。公今專詠子規，與客居詩有云：子規晝夜啼，壯士斂精魂。皆言雲安之聞子規也。若其又有杜鵑古詩，而云雲安有杜鵑，則在雲安又聞杜鵑之聲矣。

峽裏雲安縣，江樓翼瓦齊。兩邊山木合，終日子規啼。眇眇春風見，蕭蕭夜色凄〔一〕。客愁那聽此，故作傍人低〔二〕。

〔一〕次公曰：眇眇春風見，則於春風之中，眇眇見之也。故末句有傍人低之語。

〔二〕次公曰：末句又作故傍旅人低，非。蓋上云客愁，不應更言旅人也。

客居一首（古詩）

次公曰：此雲安詩也。舊在夔州石硯詩上，合遷入於此。

客居所居堂，前江後山根。下塹萬尋岸，蒼濤鬱飛翻〔一〕。葱青衆木梢，邪豎雜石痕〔二〕。子規晝夜啼，壯士斂精魂〔三〕。峽開四千里，水合數百源〔四〕。人虎相半居，相傷終兩存〔五〕。蜀麻久不來，吴鹽擁荆門。西南失大將，商旅自星奔。今又降元戎，已聞動行軒。舟子候利涉，亦憑節制尊〔六〕。我在路中央，生理不得論〔七〕。卧愁病脚廢，徐步視小園。短畦帶碧草，悵望思王孫。鳳隨其凰去，籬雀暮喧繁〔八〕。覽物想故國，十年别荒村〔九〕。日暮歸幾翼，北林空自昏。安得覆八溟，爲君洗乾坤。稷契易爲力，犬戎何足吞〔一〇〕。儒生老無成，臣子憂四藩〔一一〕。篋中有舊筆，情至時復援〔一二〕。

〔一〕次公曰：飛翻字，出王粲四言詩曰：苟非鴻鵰，孰能飛翻。本以言禽鳥，今公轉用之於蒼濤而愈奇矣。

〔二〕次公曰：葱青字，沈休文詩：林薄杳葱青。故用對邪豎。其字則亦沈詩傾壁忽邪豎也。

〔三〕次公曰：斂精魂字：江文通恨賦云：拱木斂魂。而精魂字，則晉阮籍詠懷有云：容色改平常，精魂自漂淪。

〔四〕次公曰：峽開四千里，其千字可疑。豈自渝州明月峽至夔州西陵峽而下，有水路四千里乎？

〔五〕次公曰：相傷終兩存，蓋由老子之言人神兩不相傷而變用之也。

〔六〕次公曰：蜀麻久不來，吴鹽擁荆門，蓋以商旅不行之故也。舊注云：蜀人以麻布貨易吴鹽，其説亦是。按編年通載，永泰元年閏十月，劍南兵馬使崔旰反，殺其帥郭英乂。又按資治通鑑：大曆元年二月壬子，以杜鴻漸爲山南西道、劍南東、西川副元帥，劍南西川節度使，以平蜀亂。今云西南失大將，則崔旰殺郭英乂也。今又降元戎，則時除杜鴻漸來鎮蜀也。英乂以定襄郡王領節度，故云大將。鴻漸以宰相充（尹）山西、劍南副元帥，故云元戎。舟子候利涉，亦憑節制尊，所以結商旅星奔而麻鹽不通之句。星奔字，劉孝標廣絶交論：靡不望影星奔。舟子字，詩云：招招舟子。利涉字，易云：利涉大川。節制，則元戎之節制也。荀子云：湯、武之仁義，桓、文之節制。以言用兵也。然非特軍兵賴節制以齊一而已，雖舟子爲商賈，亦以節制而利涉，然後免攘奪之憂也。

〔七〕次公曰：我在路中央，生理不得論，則公言其欲南下以歸長安，到處留滯而未能，今尚在半路也。舊注云：甫依嚴武，武死。英乂粗暴不能容，旋有崔寧之亂。此甫所以進退不能。大非是。蓋武永泰元年四月盡日死，公五月下戎州，九月在雲安棲泊，於是有客居之堂。至今歲二月已後，聞子規時賦此詩，豈曾見郭英乂之來邪？

〔八〕次公曰：自徐步視小園而下四句，因步小園見草、見雀，乃感於物而興焉。劉安招隱辭曰：王孫遊兮不歸，春草生兮萋萋。故見短畦之碧草，則思王孫也。司馬相如琴歌云：鳳兮〔鳳兮〕歸故鄉，遨遊四海兮求其凰。故見暮雀之喧繁而懷鳳凰之遊往也。此於感興已具矣。舊注又使差排王孫作思嚴武，暮雀作崔寧、楊子琳、柏正節，甚無謂也。若用下句覽物想故國言之，則思王孫、懷鳳凰，其故國之賢省乎？

【校】鳳兮：影宋本藝文類聚作鳳兮鳳兮。

〔九〕次公曰：十年別荒村，則故國之居，十年不歸，遂爲荒村矣。

〔一〇〕次公曰：日暮歸幾翼，以譬能歸鄉者幾人。　北林空自昏，以譬故居所在徒自昏暗，而無有歸棲之翼也。此無它，道路梗澀之故耳。故繼之以安得覆八溟，爲君洗乾坤也。公又嘗曰：遥拱北辰纏寇盜，欲傾東海洗乾坤。又曰：安得壯士挽天河，盡洗甲兵長不用。皆此意。夫欲然者，但得稷、契而用之，易爲力耳。彼吐蕃、犬戎何足吞乎？　已上義自相貫。

〔一一〕次公曰：儒生老無成，臣子憂四藩，則公蓋以稷、契自處矣。公嘗曰：許身一何愚，自比稷與契。又曰：舜舉十六相，身尊道何高。則公之意可見矣。

〔一二〕次公曰：末句蓋押援筆字也。曹子建云：援筆從此辭。

客堂一首（古詩）

次公曰：詩中句云：客堂敘節改。故取兩字以名篇。

憶昨離少城，而今異楚蜀〔一〕。捨舟復深山，窅窕一林麓。棲泊雲安縣，消中内相毒〔二〕。舊疾甘載來，衰年得無足〔三〕。死爲殊方鬼，頭白免短促〔四〕。老馬終望雲，南雁意在北〔五〕。别家長兒女，欲起慙筋力〔六〕。客堂敘節改，具物對羈束〔七〕。石暄蕨牙紫，渚秀蘆筍緑。巴稼紛未稀，徼麥早向熟〔八〕。悠悠日動江，漠漠春辭木。臺郎選才俊，自顧亦已極〔九〕。前輩聲名人，埋没何所得〔一〇〕居然綰章紱，受性本幽獨〔一一〕。平生憩息地，必種數竿竹〔一二〕。事業只濁醪，營葺但草屋〔一三〕。上公有記者，累奏資薄禄〔一四〕。主憂豈濟時，身遠彌曠職〔一五〕。循文廟筭正，獻可天衢直。尚想趨朝廷，毫髮裨社稷〔一六〕。形骸今若是，進退委行色〔一七〕。

〔一〕次公曰：少城，指言成都也。蜀都賦云：亞以少城，接乎其西。注云：少城，小城也，在大城西。

〔二〕次公曰：捨舟字，謝靈運詩：捨舟眺回渚。棲泊字，義出謝惠連謂維舟而止宿也。初欲捨舟矣，乃是窈窕之一林麓，所以姑維舟而棲泊也。至云客堂敘節改，方是有屋於山中而居耳。

〔三〕次公曰：舊疾甘載來，衰年得無足，言此疾相嬰，至於衰年矣，而尚未痊去，疾亦得無足乎？此深自傷之辭。

〔四〕次公曰：死爲殊方鬼，即李陵所謂殁爲異域之鬼而變聲律以爲言也。殊方字，文子云：殊方偏國。而西都賦云：殊方異類。東都賦云：殊方別區也。頭白免短促，則又自寬之辭。

〔五〕次公曰：老馬終望雲，南雁意在北，蓋懷鄉之譬也。此乃倣胡馬嘶北風，越鳥巢南枝之意，而變文耳。

〔六〕次公曰：別家長兒女，則在外爲客之久。欲起慙筋力，則以老病爲慙。禮曰：老者不以筋力爲禮也。

〔七〕次公曰：客堂敘節改，具物對羈束，所以引下六句爲具物，而對客況之羈束也。

〔八〕次公曰：巴稼，舊本正作巴鶯，非。蓋劉章云：深耕概種，立苗欲疏。紛未稀，則苗猶多耳。稼與麥一體之物，若作鶯字，則句不相聯矣。

〔九〕次公曰：臺郎，謂省郎也。公時爲尚書工部員外郎，故目稱臺官。漢官儀云：尚書郎，初從三署郎選詣尚書臺試，每一郎缺，則試五人，先試牋奏。初入臺稱郎中，滿歲稱侍郎。故郎中、侍郎之名，猶因三署本號也。此臺郎之稱灼然矣。舊注模稜云：甫先授右拾遺，豈干臺郎字耶？

〔一〇〕次公曰：前輩聲名人，不可專指。如黄香，知古今，記羣書，無不涉獵，京師號曰：（日）〔天〕下無雙，江（下）〔夏〕黄童。京師貴戚慕其聲名，更饋衣物，拜尚書郎也。

〔一一〕次公曰：綰章紱，則所謂賜緋魚袋也。居然字，尹文子曰：形之與名，居然别矣。其後承言之熟矣。

【校】日下、江下：後漢書文苑列傳作天下、江夏。

〔一二〕次公曰：平生憩息地，必種數竿竹，雖道實事，蓋暗用王子猷所居必種竹也。

〔一三〕次公曰：事業只濁醪，雖言好酒，而語可謂新矣。濁醪字，李善注恨賦濁醪夕飲之下引嵇康與山巨源書曰：濁醪一杯，彈琴一曲。今晉書本作濁酒，則公所見者，應同李善本矣。

【校】夕飲之：影胡刻本文選作夕引。

〔一四〕次公曰：上公有記者，累奏資薄禄，此必有如柏中丞者薦之，但無可考。舊注云：嚴武奏甫受劍南參謀。其説亦乃前日一端之事。

〔一五〕次公曰：下兩句通義。主憂豈濟時，言當主之憂而不能効力以濟時事，蓋由其身遠，所以愈成閑曠職業也。舊注云：曠職，於職事無所親。雖是而不分明。

〔一六〕次公曰：上兩句創言廟堂諸公，以引下句自勉之事。以循文言之，則爲廟筭已正；以獻可言之，則在天衢能直。此廟堂諸公如此，而公於此遂起趨朝廷之想，欲以毫髮裨助社稷也。

〔一七〕次公曰：末句則乃傷其不能矣。

寄常徵君一首（近體詩）

白水青山空復春，徵君晚節旁風塵〔一〕。楚妃堂上色殊衆，海鶴堦前鳴向人〔二〕。萬事糾紛猶絶粒，一官羈絆實藏身〔三〕。開州入夏知涼冷，不似雲安毒熱新〔四〕。

〔一〕次公曰：言徵君本在白水青山之間，今以其不左，所以空復春也。故有下句言其晚節末路，乃旁風塵，豈却出爲官也？惟其旁風塵，故又有下句所云。旁，音去聲。

〔二〕次公曰：兩句皆譬喻。上句言徵君如是妃之妍，有絶衆之色。下句言徵君如海鶴之高，非堦墀之物，而在堦除鳴向人，則以其旁風塵故也。

〔三〕次公曰：詳味詩意，亦只説常徵君猶絶粒，或云辟穀之謂；或云絶糧之絶。然絶糧字方有義，蓋言愁、疾、病、苦，無事不有矣，猶更有絶糧粒之患，則其困可知。一官羈絆，則以成旁風塵之語。舊注云此公自言，則公已不爲官，不可謂之羈絆也。

〔四〕次公曰：著言開州，則官於彼矣。

寄岑嘉州一首（近體詩）

次公曰：嘉州，岑參也。詩乃吴體，故不拘詩眼。

不見故人十年餘，不道故人無素書〔一〕。願逢顔色關塞遠，豈意出守江城居〔二〕。外江三峽且相接，斗酒新詩終日疏〔三〕。謝朓每篇堪諷誦，馮唐已老聽吹噓〔四〕。泊船秋夜經春草，伏枕青楓限玉除〔五〕。眼前所寄選何物，贈子雲安雙鯉魚〔六〕。

〔一〕次公曰：故人，指言岑參。丁酉至德（元）〔二〕載，公與參同在禁省。明年夏六月，公先出爲華州司功，繼而入蜀，今又在雲安，自至德（元）〔二〕載至今歲丙午大曆元年，恰十年矣。

【今按】丁酉至德元載誤。蓋丁酉爲至德二載，杜甫與岑參同在禁省正至德二載事。下引至德元載同此誤。

〔二〕次公曰：以秦則曰秦塞，以蜀則有劍閣。今雲安屬夔州，有瞿唐關、白帝城之名，皆關塞遠之謂。山守字，選詩云：一麾乃出守。江城，指言嘉州。

【校】九家注句下接云：下臨大江、吴水（清刻本作汶水），自敍歷瀘連夔，故云與三峽相接。史云：隻雞斗酒。選云：示我新詩。終日疏，言不與岑同詩酒之樂也。

〔三〕次公曰：梓、遂之水至合州，合大江謂之外江。三峽則自渝州有明月峽，至夔有巴峽、巫峽，而雲安在其中。其水上流通嘉州江水，此所謂且相接。斗酒字，史云隻雞斗酒也。新詩字，選云示我新詩也。故疊兩山，以對外江三峽。

〔四〕次公曰：謝朓每篇堪諷誦，因上句云新詩終日疏而懷憶其詩也。馮唐已老聽吹噓，則公自以馮唐爲比，而聽有吹噓之者。

〔五〕次公曰：公初至雲安，是去年秋時，故云泊船秋夜。今又見春矣，故云經春草。伏枕，則公於此卧病也。青楓，乃以言楚地。　限玉除，則公猶念還闕見君也。玉除字，曹子建贈丁儀云：凝霜依玉除。

〔六〕次公曰：上句使素書字，末句使雙鯉魚字。古詩云客從遠方來，遺我雙鯉魚；呼兒烹鯉魚，中有尺素書也。寄雙鯉魚，則亦通書而已矣。

水閣朝霽奉簡嚴雲安一首（古詩）

次公曰：去歲之秋，有贈鄭十八賁詩句云：異味煩縣尹。則鄭十八者，雲安知縣也。今此詩題云簡嚴雲安，則又是新知縣邪？

東城抱春岑，江閣隣石面。崔嵬晨雲白，朝旭射芳甸。雨檻卧花叢，風牀展書卷。鉤簾宿露起，丸藥流鶯轉。呼婢取酒壺，續兒誦文選〔一〕。晚交嚴明府，矧此數相見。

〔一〕次公曰：詩之句義甚明。公詩兩字每使文選，嘗又示宗武詩曰：熟精文選理。今又曰續兒誦文選，則於文選爲精矣。然亦見公之不藏機杼以教人也。

杜鵑一首（古詩）

次公曰：杜鵑與子規二種，次公於丙帙杜鵑行言之矣。

西川有杜鵑，東川無杜鵑。涪萬無杜鵑，雲安有杜鵑〔一〕。我昔遊錦城，結廬錦水邊。有竹一頃餘，喬木上參天。杜鵑暮春至，哀哀叫其間。我見常再拜，重是古帝魂〔二〕。生子百鳥巢，百鳥不敢嗔。仍爲餧其子，禮若奉至尊〔三〕。鴻雁及羔羊，有禮太古前。行飛與跪乳，識序如知恩。聖賢古法則，付與後世傳〔四〕。君看禽鳥情，猶解事杜鵑。今忽暮春間，值我病經年。身病不能拜，淚下如迸泉〔五〕。

〔一〕次公曰：世有杜鵑辨者，仙井李新元應之作也，鬻書者編入東坡外集詩話中，非矣！元應之説曰：南都王誼伯書江濱驛垣，謂子美詩歷五季兵火，舛缺離異，雖經其祖父公所理，尚有疑闕者。誼伯謂西川有杜鵑，東川無杜鵑，涪萬無杜鵑，雲安有杜鵑，蓋是題下注，斷自我昔遊錦城爲首句，誼伯誤矣。且子美詩備諸家體，必非牽合程度侃侃者也。是篇句落處凡五杜鵑，豈可以文害辭、辭害意邪？原子美之意，類有所感，託物以發者也。亦六義之比興，離騷之法歟。按博物志：杜鵑生子寄之他巢，百鳥爲飼之。胡江東所謂杜宇曾爲蜀帝王，化禽飛去舊城荒。且禽鳥至微，知有所尊，故子美云：重是古帝魂。又云：禮若奉至尊。子美蓋譏當時之刺史有不禽鳥若也。唐自明皇已後，天步多棘，刺史能造次不忘於君者，可一二數也。嚴武在蜀雖横（劍）〔斂〕刻薄，而實資中原，是西川有杜鵑。其不虔王命，負固以自抗，擅軍旅，絶貢賦，如杜克遜在梓州，爲朝廷西顧憂，是東川無杜鵑耳。至於涪萬、雲安刺史，微不可考。凡其尊君者爲有也，懷貳者爲無也，不在夫杜鵑之真有無也。誼伯以爲來東川聞杜鵑聲繁而急，乃始歎子美詩跋疐紙上語。又云：子美不應疊用韻，何邪？子美自我作古，疊用韻無害於爲詩。僕所見如此，誼伯博學强（辨）〔辯〕，殆必有折衷之。李元應之説如此。次公謂元應言杜公之詩備衆體，是誠然矣。於三絶句有云：前年渝州殺刺史，今年開州殺刺史。則兩句之内，句落之處，已有兩刺史矣。於草堂詩云舊犬喜我歸，隣舍喜我歸，大官喜我來，城郭喜我來，於四韻之中，四引句之間，用樂府木蘭歌之勢，已有四喜我矣，亦豈拘尋常程度邪？今詩四句，而句落有四杜鵑，此亦詩所謂有酒湑我，無酒酤我。坎坎鼓我，蹲蹲舞我之勢也。請觀其言有杜鵑、無杜鵑，無杜鵑、有杜鵑，錯綜其語，豈直是題下注邪？王立之知其髣髴。其説云：杜公杜鵑詩與古詩之謡語無異，豈復以韻爲限。立之之説非不是也，然亦不悟其句有錯文之語，與夫雅詩四我之勢也。後又有一杜鵑，則亦八仙歌用阮籍秋懷重押歸字，謝靈運述祖德重押人字，而一篇之中有兩船字、兩眠字、兩天字、兩前字者也。次公所見，此四句真以言杜鵑之有無也。其下云：我昔遊錦城，結廬錦水邊。杜鵑暮春至，哀哀叫其間。則以成西川有杜鵑之句。下又云：君看禽鳥情，猶解事杜鵑。今忽暮春間，值我病經年。身病不能拜，淚下如迸泉。則以成雲安有杜鵑之句。詩之引結甚明。若其言尊君之義，則自在中間鋪敘，不必泥首四句便爲美刺也。況公此詩作於雲安，乃大曆元年之春，而嚴武已死於去年之夏，時郭英乂爲崔旰所殺，繼而杜鴻漸來，豈可指爲嚴武之有君邪？又雲安在唐止是夔州之屬縣耳，非有刺史也，豈可比西川、東川之列乎？則李元應之説又爲穿鑿。

〔一二〕次公曰：公所以賦杜鵑之意，舊注求其説而不得，皇惑迷謬，乃或用公在雲安有詩云：兩邊雲木合，終日子規啼。證雲安有杜鵑之實，殊不知此乃言其鳴云不如歸去之子規，與玄都壇詩子規夜啼山竹裂者同，非今所謂杜鵑也。又謂上皇幸蜀還，肅宗用李輔國謀，遷之西内，上皇悒悒而崩，此詩感是而作。亦非是。蓋遷徙上皇豈獨百鳥飼杜鵑之子之不若而已哉！況上皇之遷西内在辛丑上元二年，明年遂崩，至今歲丙午大曆元年公在雲安賦詩，已六年矣，既隔肅宗，又隔當日代宗，而却方説遷徙事以爲刺哉？若杜鵑事，則成都記曰：杜宇亦曰杜主，自天而降，稱望帝，好稼穡，教人務農。治郫城時，荆州人鱉靈死，而尸泝流而上，至汶山下復生，見望帝。望帝因以爲相，號曰開明。會巫山壅江，人遭洪水，開明爲鑿通流有大功，望帝因以其位禪。後望帝死，其魂化爲鳥，名鵑，亦曰子規。自昔至今，所傳如此。然鵑與子規兩種，其形不同，其聲不同，次公於丙帙杜鵑行已論之矣。以杜宇化爲鵑，所以公言重是古帝魂也。鮑照行路難之七云：愁思忽而至，跨馬出北門。舉頭四顧望，但見松柏荆棘鬱樽樽。中有一鳥名杜鵑，言是古時蜀帝魂。聲音哀苦鳴不息，羽毛憔悴似人髡。今公所謂喬木上參天，又謂哀哀叫其間，又云謂是古帝魂，蓋出於此也。至若常再拜而重之不能拜而淚下，則尊君親上之意，前人不到矣。若句中使字，則結廬字，陶淵明云：結廬在人境。上參天三字，則曹子建云：荆棘上參天。

〔三〕次公曰：以物飼人之謂餧。其見於經史，則張耳傳云：以肉餧虎。公於題桃樹又云：高枝總餧貧人實。不敢嗔一作不敢喧，非。蓋喧字不若嗔之情也。

〔四〕次公曰：此感杜鵑而論君臣之義矣，其中又用鴻雁、羔羊以重明之。行飛者，成行列而飛，所以謂之雁序也。跪乳，出春秋繁露：羔飲其母必跪也。識序，又以申言行飛；知恩，又以申言跪乳。此皆聖賢言之於經，以法則傳後世也。然則，公尊主之心豈不切哉。

〔五〕次公曰：末句淚下如迸泉，倣劉琨扶風行云：淚下如流泉。

題桃樹一首（近體詩）

次公曰：邵溥澤民尚書嘗云：陳恬叔易於杜詩中寫出此篇云：參得此詩，乃知杜公作詩之妙處。次公聞其語未敢率爾而對，退而論之曰：題止謂之題桃樹，非是專謂詠桃，蓋因桃樹而題其所懷也。此詩（舍）〔含〕仁民愛物之心，與夫遏亂喜治之意。首四句通義：桃遮徑而任從之，以無害於徑之直，而意在其枝條繁茂，則必結實之多，以分餧貧者。此詩作於三月半之間，觀腹聯使乳燕字知之矣。然何以定指爲三月半也？蓋過望則公遷夔州而舟居，無小徑升堂之事也。過望遷夔州之説，具於己帙卷一，大曆三年月詩所謂二十四回明句中所解。謂作於三月半之間，而覩桃之結實，乃探言其至高秋時盡熟，皆以分餧貧者，以其不害來歲之花仍是滿眼也。公雖過望遷夔，而作是詩時，初不豫謀其遷夔也，止據桃熟在高秋，當以分餧貧人耳。高秋總餧貧人實，則言就使盡將桃實以餧貧人，而引下句，蓋樂與之辭也。來歲還舒滿眼花，則歲歲年年造物之事理之必然，以承上句盡餧貧人桃實而不惜，可也。來歲桃花依舊滿眼，非喜其華艷也，則又復在結實之事矣。此其爲仁民之心者乎？公後有〔又〕呈吴郎詩云：堂前撲棗任西隣，無食無兒一婦人。不爲困窮寧有此，秖緣恐懼轉須親。意與此合。詩曰：〔彼有〕遺秉，〔此有〕滯穗，伊寡婦之利。比則公以桃實餧貧，任隣婦撲棗之心矣。莫信者，莫信任之也。於簾户則通乳燕之往來，而不信任兒童妄亂打擊慈鴉，此其愛物之心乎？末句告羣盜以天下一家矣，庶其無妄動也，非遏亂喜治之意乎？其詳在逐句之下。

【校】此詩舍仁民愛物之心：百家注舍作含。

小徑升堂舊不斜，五株桃樹亦從遮〔一〕。高秋總餧貧人實，來歲還舒滿眼花〔二〕。簾户每宜通乳燕，兒童莫信打慈鴉〔三〕。寡妻羣盜非今日，天下車書正一家〔四〕。

〔一〕次公曰：徑雖小，由之而升堂，自直而不斜，桃樹雖掩其上亦不妨也。蓋有不忍伐樹芟枝之意，以引下句，須得此桃爲用矣。所謂堂者，應是前篇客堂之謂也。五株桃字，鮑明遠行路難之八云：中庭五株桃，一株先作花。在公雖實道其事，而所謂詩人於恰好處不放過也。

〔二〕次公曰：高秋者，深秋之謂也。如梁簡文帝九日詩云是節協陽數，高秋氣已清也，故對來歲。其字祖出周禮：（利）〔涖〕卜來歲之芟，（利）〔涖〕卜來歲之稼也。或曰：九月無桃，其高秋字可疑。此乃川人止據尋常所見夏熟之桃，殊不知有秋桃也。晉傅玄桃賦云：夏日先熟，初進廟堂。辛氏踐秋，厥味益長。則言七月之桃矣。梁庾肩吾九日宴樂遊苑應令詩曰：御梨寒更紫，仙桃秋轉紅。唐中宗時李適九日侍宴應制詩曰：後騎縈堤柳，前旌拂御桃。則言九月之桃矣。九月秋桃，中原常有之，但川中少耳。餧字，以物飼人之謂。其見於經傳，則張耳傳曰：以肉餧虎也。其花開謂之舒，則何遜落日贈范岫詩曰：扶援雜花舒。梁元帝縣名詩曰：舒花堪照池。劉孝綽曲水宴詩曰：豐茸花樹舒。陳陰鏗雪裏梅詩云：梅舒雪尚飄。若專在桃言之，則周王褒燕歌行云：桃抽覆地春花舒。又梁庾肩吾曲水宴詩：桃花舒玉篚。故公詩又云點注桃花舒小紅也。

〔三〕次公曰：乳燕、慈鴉，承用呼稱之熟。而乳燕字，在公之前則宋鮑照詠採桑云：乳燕逐草蟲，巢蜂拾花蘂。慈鴉，又通天下之語，呼稱之熟矣。燕之往來於簾户，使通字可謂奇矣。王立之詩話載：洪芻駒父云見陳無己小放歌行云：不惜卷簾通一顧，怕君着眼未分明。此爲奇語，蓋通字未嘗有人道。余曰：子豈不記老杜簾户每宜通乳燕耶？王立之所載如此，極是。蓋於用字警策，有識者所宜知之也。兒童字，魏賈逵自爲兒童戲弄，常設部伍。何謂莫信？言莫信任之也。方言以許其如此謂之信任其如此；不許其如此謂之莫信任其如此，通天下之語然也。公於舍弟觀歸藍田詩曰鞍馬信清秋，蓋言鞍馬之役，信任其在秋時也。打字，則又通天下之言，謂之打鹿、打兔、打魚、打雀也。莊子曰：鳥莫智於鷾鴯，目之所不宜處，不給視，雖落其實，棄之而走。其畏人也，而襲諸人間。其疏云：鷾鴯，燕也。實，食也。智能遠害全身，鳥中無過燕子。飛入人舍，欲作窠巢，目略見處，所不是宜，便不待周給看之，即還飛出。假令銜食落地，急棄而走。其畏人如此而襲諸人間，則人愛而狎之故也。莊子之疏文如此。莊子又曰：太古之世，烏鵲之巢可俯而窺；蓋言人無害之而然。今公通乳燕於簾間，則燕無畏人之患。禁慈鴉於兒打，則鴉雖可窺而無傷，非有愛物之心而何？

〔四〕次公曰：寡妻羣盜，指言呂母事：後漢劉盆子傳：天鳳元年，琅邪海曲有呂母者，子爲縣吏，犯小罪，宰論殺之。呂母怨宰，密聚客，規以報仇。母家素豐，貲産數百萬，乃益釀醇酒，買刀劍、衣服。少年來酤，皆賒與之。視其乏者，輒假衣裳，不問多少。數年，財用稍盡。少年欲相與償之，母垂泣曰：所以厚諸君者，非欲求利，徒以縣宰不道，枉殺吾子，欲爲報怨耳。諸君寧肯哀之乎？少年壯其意，又素受恩，皆許諾。其中勇士自號猛虎，遂相聚得數十百人，因與呂母入海中，招合亡命，衆至數千。呂母自稱將軍，引兵還，攻破海（曲）〔西〕，執縣宰。諸吏叩首爲宰請。母曰：吾子犯小罪，不當死，而爲宰所殺。（令）〔殺人〕當死，又何請乎！遂斬之，以其首祭子冢，復還海中。其衆後分入赤眉。羣盜之起，由於呂母，此非寡妻羣盜之謂乎？非今日，言此輩爲盜賊，非是今日之事，蓋天下已自車同軌而書同文矣。按編年通載，大曆元年二月，吐蕃遣使入朝。至九月而後，陷原州。則自二月至八月無事矣。公此詩當作於三月末、四月間，乃所謂天下車書正一家矣。非公喜而爲此詩，遏寇亂使之勿爲，而告之以天下平治者乎？暗使天下一家字，則漢高祖謂吴王濞曰：天下同姓一家，慎毋反也。或曰：此安知非成都詩乎？次公曰：不然，非獨寡妻羣盜非今日，天下車書正一家兩句於公在成都時無所推見，而首句云小徑升堂舊不斜，所謂堂者，非成都之草堂矣。成都草堂之下豈云小徑？又豈可云舊？又五株之桃別無所見，又九月秋桃成都少有。此蓋今歲大曆元年三月半所居雲安之地，有此堂也。公在雲安有古詩兩篇，其一曰客居，其一曰客堂，而客居云：客居所居堂，前江後山根。客堂云：棲泊雲安縣，消中内相毒。則所居雲安之地有此堂明矣。小徑升堂，則山居之堂，其下小徑豈不然乎？

丁帙卷之四

丙午大曆元年，公時年五十五歲。三月過望，自雲安縣移於夔州。其説具已帙卷一大曆三年月詩所謂二十四回明月圓句中有解。終春經全夏舟居所存之詩。

移居夔州郭一首（近體詩）

伏枕雲安縣，遷居白帝城。春知催柳別，江與放船清〔一〕。農事聞人説，山光見鳥情。禹功饒斷石，且就土微平〔二〕。

〔一〕次公曰：春知催柳別，言春知人之離居，故催柳之生，以供行人爲別也。詩家於相別必用柳事，蓋古有折楊柳之曲，多言離別也。　江與放舡清，言江贈與之以放舡之清爽也。　與一作已，非，蓋無義也。

【校】催柳之生：九家注生作發生。　江與放舡清一句，九家注作：下句言春江清且平，供其泛船爾。

〔二〕次公曰：末句舊注云：沿峽開鑿而成，故少平土，惟夔州稍平，其説是。禹功字，左傳：劉子歎禹之功。饒字，江文通雜擬有云：海濱饒奇石。

舡下夔州郭宿雨濕不得上岸別王二十判官一首（近體詩）

依沙宿舸舡，石瀨月娟娟。風起春燈亂，江鳴夜雨懸。晨鐘雲外濕，勝地石堂煙〔一〕。柔艣輕鷗外，含情覺汝賢〔二〕。

〔一〕次公曰：石堂應是夔州佳處，空望其煙，此題中所謂不得上岸也。

〔二〕次公曰：末句言舡艣在輕鷗之外，忽忽遂行，不得如鷗之遊漾，所以含情而覺鷗之勝我也。汝，以指言鷗。賢字，乃子貢賢於仲尼。禮記曰：某賢於某，若干（之賢）〔純〕。賢之爲言，勝也。柔艣，舟人所謂軟艣者也。

【校】九家注又引書曰：不自滿，假惟汝賢。

漫成一絶（近體詩）

江月去人只數尺，風燈照夜欲三更〔一〕。沙頭宿鷺聯拳靜，舡尾跳魚撥剌鳴〔二〕。

〔一〕次公曰：嘗聞士大夫云：東坡先生有言：杜子美江月去人只數尺，不若孟浩然江清月近人之不費力。此公論不可廢也。月言數尺，梁虞騫詩：月光移數尺。夜三更，則熟字矣。

〔二〕次公曰：聯拳，一作依稀叫，非。蓋聯拳者，相並相續之貌。字則沈約郊居賦云：雌霓聯拳。用對撥刺爲稱，若依稀叫，則語嫩矣。撥刺，動而有聲也。字則張平子賦：控飛弧之撥刺。刺音力葛反。一作跋刺，如李太白作人贈魚詩亦云：雙鰓呀呷鰭鬣張，跋刺銀盤欲飛去。皆取其動而有聲也。

長江二首（近體詩）

衆水會涪萬，瞿塘爭一門〔一〕。朝宗人共挹，盜賊爾誰尊〔二〕。孤石隱如馬，高蘿垂飲猿〔三〕。歸心異波浪，何事即飛翻〔四〕。

右一

〔一〕次公曰：按水經：江水又東北至巴郡江州縣東，强水、涪水、漢(州)〔水〕、白水、宕渠水，水合南流注之。又東至枳縣西，延江從牂牁郡北流西屈注之。約是今涪、萬間也。水道險隘，故謂之一門，與題華岳云箭筈通天有一門之義同。

【校】漢州：文學古籍刊行社影印永樂大典本水經注作漢水。

〔二〕次公曰：朝宗人共挹，盜賊爾誰尊，兩句通義，禹貢云：江漢朝宗於海。人以其朝宗所共挹取。若盜賊者，敢有犯順之爲，將欲使誰尊爾乎。

〔三〕次公曰：孤石隱如馬，指言灧澦堆也。語曰：灧澦如馬，瞿塘不下。

〔四〕次公曰：末句無可奈何而憤激之言。蓋波浪飛翻而流去，歸心飛翻未便得往，故曰歸心自與波浪不同，何事即效其飛翻乎？　飛翻字，王仲宣詩本言禽鳥，今取字用耳。

浩蕩終不息，乃知東極臨〔一〕。衆流歸海意，萬國奉君心〔二〕。色借瀟湘闊，聲驅灩澦深〔三〕。未辭添霧雨，接上過衣襟〔四〕。

右二

〔一〕次公曰：乃知東極臨，言水之必東，至三峽，則其來已遠，可以知東極將臨逼也。押臨字韻，則東極者如西極、南極，北極之義。一作深字，則云至東而極是深矣，殊費力也。

【校】言水之必東，至三峽：九家注作：言水之萬折，必東至於三峽。

〔二〕次公曰：頷聯尊君之義甚明。

〔三〕次公曰：瀟湘在潭州，三峽之水下入洞庭，與瀟湘相連，故云色借其闊。水至灩澦而深，波瀾翻空爲聲之驅馳矣。舊本於東極臨更云一作深，故於此灩澦深却云一作沉，殊費力矣。

〔四〕次公曰：此詩在舟中作。末句蓋言江海不讓衆流以爲大，雖霧雨之微，亦可添益其流。故爲此長江者，未便辭讓霧雨添之，而舟中之人，接於其上，則先經過於衣襟間也。此必是有微雨而作，道實事以寓義理耳。衣襟字，選詩：白露霑衣襟。過字，舊本正文作遇，非是。蓋遇與接之義一也。

承聞故房相公靈櫬自閬州啓殯歸葬東都有作二首（近體詩）

次公曰：房相公，房琯也。謫漢州刺史，召而死於道。

遠聞房太尉，歸葬陸渾山〔一〕。一德興王後，孤魂久客間〔二〕。孔明多故事，安石竟崇班〔三〕。他日嘉陵淚，仍霑楚水還〔四〕。

右一

〔一〕次公曰：舊本房太守，師民瞻本作房太尉，極是。蓋琯既出爲晉、漢二刺史，寶應元年召拜刑部尚書，道病卒，贈太尉，不應呼之爲太守也。陸渾山在西京伊、洛間。題云歸葬東都，琯蓋河南人，其地即是葬陸渾山矣。

〔二〕次公曰：琯嘗爲相，廟堂之上，蓋所輔弼，則固以一德而興王矣。此後謫死，久殯閬州，故曰一德興王後，孤魂久客間也。

〔三〕次公曰：孔明事，則蜀志，陳壽與荀勗等定故蜀丞相諸葛亮故事二十四篇以進，故云多。謝安事，則安薨，帝臨於朝堂三日，賜東園秘器、朝服，贈太傅，葬加殊禮，依大司馬桓温故事。此之謂崇高其班爵也。此乃公望其如此之辭。

〔四〕次公曰：末句舊本嘉陵涕，師民瞻本作嘉陵淚，是。蓋靈櫬自閬州起發，則由嘉陵江而來，在彼舟中哭泣之淚，仍下流入楚水矣，涕不能合流也。公在夔作此詩，故有此句，然不曉所謂淚者爲誰。

丹旐飛飛日，初傳發閬州。風塵終不解，江漢忽同流〔一〕。劍動親身匣，書歸故國樓〔二〕。盡哀知有處，爲客恐長休〔三〕。

右二

〔一〕次公曰：風塵終不解，則時吐蕃猶未息也。江漢忽同流，則靈櫬所經者，江與漢矣。

〔二〕次公曰：舊本（親）〔新〕身匣，師民瞻本作親身匣，是。如此方有義。蓋俗拘新對故，遂誤也。

【今按】九家注正文作劍動新身匣，下引趙注云：師本作親，方有義。則舊本親身匣當作舊本新身匣。

〔三〕次公曰：末句雖流落天涯，盡所哀悼，亦必有處，但恐爲客遂休歇矣。此因遠送靈櫬之歸有感而言也。

贈崔十三評事公輔一首（古近體詩）

次公曰：此篇舊本繫之近體詩。上四句既是扇對，次四句並無對屬，其間彷彿似對，疑是選體古詩，不類近體。若其義，則在公詩集之中，又爲難解者，非以意逆之不可也。以其有對之多，從舊爲近體。

【校】鈔本題下標古詩，題解却云從舊爲近體。今從題解。

飄飄西極馬，來自渥洼池。颯飄寒山桂，低回風雨枝〔一〕。我聞龍正直，道屈爾何爲。

且有元戎命，悲歌識者知〔二〕。官聯辭冗長，行路洗（歌）〔欹〕危〔三〕。脱劍主人贈，去帆春色隨〔四〕。陰沈鐵鳳闕，教練羽林兒。天子朝侵早，雲臺仗數移。分軍應供給，百姓日支離。黠吏因封己，公才或守雌〔五〕。燕王買駿骨，渭老得熊羆〔六〕。活國名公在，拜壇羣寇疑〔七〕。冰壺動瑶碧，野水失蛟螭〔八〕。入幕諸彦聚，渴賢高選宜。騫騰坐可致，九萬起於斯。復進出矛戟，昭然開鼎彝〔九〕。會看之子貴，歎及老夫衰〔一〇〕。豈但江曾決，還思霧一披〔一一〕。暗塵生古鏡，拂匣照西施〔一二〕。舅氏多人物，無慚困翮垂〔一三〕。

【校】洗歌危無義，當從注文所引：作洗欹危。九家注正作洗欹危。

〔一〕次公曰：此四句是扇對。漢郊祠歌曰：天馬來，從西極。又曰：有馬生渥洼水中。今句以言崔評事有天馬之妙足，而所從來之遠也。蓋崔乃中原衣冠，而仕宦於山徼，豈非所從來之遠乎？寒山桂一作定山桂，以寒山桂爲是。出桂之地，無定山之名，而楚辭云：桂樹叢生兮山之幽，則乃寒山之義也。或云：周王褒有詠定林寺桂樹詩，然不應以定林爲定山也。選詩云：桂樹生自直。若桂者，其枝不宜低回於風雨。低回於風雨，則亦桂枝之困者矣。今句以言崔評事，如桂之美材，而困於邊徼之小官矣。飄音習。唐韻云：颯飄，大風也。

〔二〕次公曰：上兩句則又别起意以爲喻，於是比崔以龍。蓋若顔延年詠嵇康云龍性誰能訓也。直呼崔之爲爾，則崔家乃公之外家，評事其表弟耳，後有崔評事弟許相迎詩可見矣。龍性正直，而乃屈在僚屬，此公所以怪而問之也。其下蓋言屈在僚屬，以元戎之命而有行役，則不能無悲歌，而惟識者知之。其元戎指節度使也，但不知是何州耳。

〔三〕次公曰：官聯辭冗長，長字音去聲。凡物之剩者皆曰冗，皆曰長，故有謂之長物也。若兩字，則出文賦：固無取乎冗長。今此句蓋崔評事於元戎之僚屬，亦止閑散官，今以行役而往，則官聯可辭冗長矣。行路洗欹危，則以舟行，故免欹危之苦也。古於行路，每曰行路難，以其道路崎嶇故耳，由舟而行，則可以爲洗去欹危矣。何以知其然？以下句言去帆春色隨知之也。舊注不省，云當闢公正之路，穿鑿非是。

〔四〕次公曰：脱劍主人贈，主人以指元戎者。以劍贈人，亦理之常，如伍子胥解劍以贈漁父，楊修嘗以劍與魏文帝。舊注引季札以劍帶徐君墓上，却是贈死人矣，豈可用證此乎？

〔五〕次公曰：八句一段，意是崔評事帶軍糧及絹帛之類以往帝都。何以知之？以分軍應供給知之也。上兩句通義。陸佐公石闕銘曰：蒼龍玄武之制，銅雀鐵鳳之工。鐵鳳闕，蓋言帝都教羽林兒之處。羽林兒，出漢宣帝紀：有羽林孤兒。注：天有羽林，大軍之星。林，喻若林木之盛；羽，言羽翼、鷙擊之意。故以名武官焉。百官表：取從軍死事者之子，養羽林官，教以五兵，號曰羽林孤兒。今以羽林兒對鐵鳳闕，則鐵鳳闕者，所教羽林官府之闕尤明矣。天子朝侵早，以喚下句。蓋天子當多難之時，其朝侵早以訓兵練卒，故所御非一處，而移雲臺之仗也。雲臺杖字，庾信哀江南賦：猶有雲臺之仗。以其移雲臺之仗，則於此分軍矣。分軍，則當應其供給。此可以見崔評事爲帶軍糧及絹帛之類爲行役也。百姓日支離，則因以言軍之供給皆出於百姓之身，所以日支離而憔悴也。莊子寓言有支離疏之名，皆言其痩狀，可以知支離之義。既言軍之供給皆本於百姓矣，故承之以黠吏因封己，公才或守雌，蓋言貪吏乘之以爲姦，廉吏閔之而柔克也。黠吏，桀黠之吏也。字出前漢詔書。封己者，取利以入己也。字出國語：叔向曰：引黨以封己。韋昭注云：封，厚也。

而李蕭遠運命論言孔子之孫子思希聖備體而未之至，封己養高，勢動人主。公才者，公輔之才也。字出晉書：王丞相謂虞訓曰：孔愉有公才而無公望，丁潭有公望而無公才，兼之者其在君耳。　守雌字，出老子：知其雄，守其雌。公才似指言崔評事之主人，則所謂元戎者矣。以其公輔之才守雌柔之道，不乘勢刻剥以私於封己，則必有召用之理。自燕王買駿骨至野水失蛟螭六句一段，所以言召用者也。

〔六〕次公曰：燕昭王以百金市已死駿馬之骨，人知好駿馬，不遠千里而駿馬至，故曰燕王買駿骨。　買，一作賈，非，蓋字費力也。　渭老，言呂望也，釣於渭水之濱。孟子曰：太公避紂，居北海之濱，天下之大老也。故可謂之渭老。文王出畋，卜之曰：所得非熊、非羆，王者之師。於是得太公焉，故曰：渭老得熊羆。

〔七〕次公曰：活國名公在，正指言上句公才之人。　活國字，晉孫楚爲石苞與孫皓書曰：愛民活國，道家所尚。其後南史：王廣之子珍國爲南譙太守，郡境苦饑，乃發粟散財以振窮乏。高帝手敕云：卿愛人活國，甚副吾意。既言活國在乎名公，則可以拜爲大將矣。　拜爲大將，必有蕩寇之功，故爲羣寇所疑。　拜壇事，則漢高祖築壇拜韓信爲大將也。

〔八〕次公曰：冰壺動瑶碧，以言元戎之胸中，如冰壺之清，於此爲將傾動其壺中之瑶碧。鮑照詩：清如玉壺冰。瑶碧，則又以玉比冰也。　野水失蛟螭，以言元戎之離去山徼之水，如蛟螭脱於野水之中。此所謂蛟龍得雲雨，終非池中物也。元戎不知何人，而公許與如此，但未可考耳。

〔九〕次公曰：六句一段，却以美崔評事必再入幕而展其材也。　蓋入大將之幕，諸彦畢集，則必渴要賢材，而崔君高選爲宜矣。　入幕字，謝安謂郗超曰：卿可謂入幕之賓。　諸彦字，謝靈運擬鄴中詩序有云：二三諸彦。舊注引江文通别賦金閨之諸彦，在後矣。　渴賢字，史云：求賢若饑渴也。　高選字，史多有之。公於哭王彭州詩云北部初高選，亦用此也。　騫騰坐可致，九萬起於斯，兩句通義，言由此入幕而騫騰，則將若鵬飛之九昭然萬里矣。用騫騰對九萬，此公不拘以數對數也。 復進出矛戟，言崔君復於此進而出其胸中之矛戟。昭然開鼎彝，則言可書功名於鼎彝，而其理昭昭然矣。

〔一〇〕次公曰：此後八句，則接入自言其身也。之子，指言崔評事。蓋言我會看爾之顯貴，所以歎我之衰謝也。之子字，出詩多矣，故對老夫。其字則禮記：自稱曰老夫。左傳：牽率老夫也。

〔一一〕次公曰：豈但江曾決，還思霧一披，兩句通義。郭象談辯，口如懸河。而孟子曰：沛然若決江河。衛瓘見樂廣曰：若披雲霧覩青天。今此蓋言若既貴，則我豈特平昔與之談論如江河之決，當此之時，又思一披霧以相見也。雖是公之〔表〕弟，而待之爲樂廣，亦不害於理。

【校】公之弟：九家注引趙云：崔蓋公之表弟。是。

〔一二〕次公曰：暗塵生古鏡，拂匣照西施，兩句又通義。公蓋自負其有美質，而久無識者，如暗塵之生古鏡，於此時拂拭而照，則可見其美矣。此所以美崔君而責望之也。

〔一三〕次公曰：末句，舅氏之家多有好人材，必應我上所言騫騰富貴之事。今日尚此行役，無慚困苦也。詩人之情，曲折如此。

曉望白帝城鹽山一首（近體詩）

徐步移班杖，看山仰白頭。翠深看斷壁，紅遠結飛樓〔一〕。日出清江望，暄和散旅愁〔二〕。春城見松雪，始擬進歸舟〔三〕。

〔一〕次公曰：紅遠一作江遠，以紅遠爲正，其對翠深方爲工。又，下句已有清江望矣。

〔二〕次公曰：日出對暄和，清江望對散旅愁，自是不對，而公詩氣渾盛，蓋不拘也。

〔三〕次公曰：末句春城字，古樂府詩：春城起風色。松雪字，顔延年詩：山明望松雪。歸舟字，謝（惠連）〔朓〕云：天際識歸舟。而公則以必歸長安爲歸舟矣。

【校】謝惠連云：當作謝朓云，據影胡刻本文選改。

將曉二首（近體詩）

石城除擊（拆）〔柝〕，鐵鎖欲開關〔一〕。鼓角悲荒寒，星河落曙山。巴人常小梗，蜀使動無還〔二〕。垂老孤帆色，飄飄犯白蠻〔三〕。

右一

〔一〕次公曰：擊（拆）〔柝〕，所以言警夜。左傳云：擊（拆）〔柝〕相聞。曉則除罷之矣。

〔二〕次公曰：巴人常小梗，自是一句，應道當時實事。謂之小梗，亦不甚傾駭，史傳不載。然此詩乃是今歲大曆元年所作，蓋今歲三月過望，公自雲安移居夔州，然尚舟居，其所言石城，乃白帝城也。舊注便作段子璋反，子璋反在上元二年，歲在辛丑，去此隔六年事，安可亂差排耶？若用作崔旰反，殺其將郭英乂，則是永泰元年閏十月事。明年三月，張獻誠及崔旰戰於梓州，雖是今歲大曆元年，又不可謂之巴人也。蜀使動無還，又是一句，言吐蕃未息，所以蜀使輒無還者。

〔三〕次公曰：末句白蠻，則亦以荆地靠溪洞一帶爲蠻矣。王粲詩云：復棄中國去，遠身適荆蠻。正指荆州也。舊本作百蠻，非。公詩又曰：戰自青羌連白蠻。

軍吏回官燭，舟人自楚歌〔一〕。寒沙蒙薄霧，落月去清波〔二〕。壯惜身名晚，衰慚應接多。歸朝日簪笏，筋力定如何〔三〕？

右二

〔一〕次公曰：凡楚人之歌，皆曰楚歌，非是專取項籍聞軍中皆楚歌。注所引非。

〔二〕次公曰：落月去清波，則月落時離江已遠，不復有影在水中，斯爲去清波也。

【校】月落：九家注上有天曉二字。

〔三〕次公曰：定如何，晉人語。

【校】九家注又引趙云：四句公自言其衰老也。歸朝日事簪笏，恐筋力之不堪爾。

遣愁一首（近體詩）

次公曰：此初到夔州，止在舟中，未有定居之作，觀詩句可見矣。舊在孤雁詩下，却成秋詩，合遷入於此。

養拙蓬爲户，茫茫何所開。江通神女館，地隔望鄉臺〔一〕。漸惜容顔老，無由弟妹來〔二〕。兵戈與人事，回首一悲哀〔三〕。

〔一〕次公曰：儒有蓬户甕牖，貧者之居也。士至於蓬户，則亦爲生之拙矣，故養拙蓬爲户，而又茫然無可開蓬户之地，此其所以愁而作詩以遣之也。且用下句乃開蓬户之所，所謂江通神女館，地隔望鄉臺是已。蓋所以言夔州也。神女館，在巫山。宋玉高唐賦云：昔者先王嘗遊高唐，夢一婦人曰：妾巫山之女也。在巫山之陽，高丘之阻。旦爲朝雲，暮爲行雨。朝朝暮暮，陽臺之下。故爲立廟，號曰朝雲。此所謂神女館也。云江通，則夔通於巫峽矣。望鄉臺，在成都，隋蜀王秀所築，見成都記。公在成都，有詩曰：神交作賦客，力盡望鄉臺。則主望其鄉而言之。今在夔州而云地隔望鄉臺，則主隔成都而言之。

〔二〕次公曰：弟妹雖是常語，而出列子，載楊朱曰：弟妹之所不親。

〔三〕次公曰：兵戈字，祖出戾太子贊，而庾信周齊王碑序云：夏官以兵戈爲主，專謀七德。人事字，史有云：絶棄人事。

石硯詩平侍御之者 一首（古詩）

次公曰：之者，起於孔子云：知之者不如好之者，好之者不如樂之者。其後凡指人甚物甚事，皆云，故今賦家押之者爲韻矣。

平公今詩伯，秀發吾所羨〔一〕。奉使三峽中，長嘯得石硯。巨璞禹鑿餘，異狀君獨見〔二〕。其滑乃波濤，其光或雷電〔三〕。聯坳各盡墨，多水遞隱見。揮洒容數人，十手可對面〔四〕。比公頭上冠，正質未爲賤〔五〕。當公賦佳句，況得終清宴。公舍起草姿，不遠明光殿。致於丹青地，知汝隨顧眄〔六〕。

〔一〕次公曰：王充論衡有云：文詞之伯。今云詩伯，蓋如公又用詞伯、文章伯者也。秀發字，蜀都賦云：王褒曄曄而秀發。

【校】曄曄：影胡刻本文選作韡曄。

〔二〕次公曰：巨璞禹鑿餘，使鑿字，正言石也。郭景純江賦云巴東之峽，夏禹疏鑿是也。舊注云：禹開鑿以疏江河，語不親切矣。

〔三〕次公曰：波濤字，薛道衡祭江文：帷蓋靜於波濤。

〔四〕次公曰：東坡先生作文與可硯銘曰：涸陵陽之水，不足以濡之。雖亦是言其硯之大，嘗自云不若十手可對面也。先生之公論如此。

〔五〕次公曰：平公爲侍御，故云比公頭上冠。頭上冠，則獬豸冠也。獬豸，一角獸，而能觸邪。此所以爲正質。以硯比冠，特取其正直之質，且皆可貴者耳。

〔六〕次公曰：後四句因硯以美平公。起草者，中書舍人之事，翰墨之職，於硯爲親。明光，漢殿名。三秦記曰：明光殿，以金爲所玉爲階。元后傳曰：成都侯商嘗病，欲避暑，從上借明光宮。是已。丹青地，公卿之地也。鹽鐵論云：公卿者，神化之丹青。杜公屢用，如云用爾爲丹青；又曰交合丹青地。

三韻三首（古詩）

高馬勿捶面，長魚無損鱗〔一〕。辱馬馬毛焦，困魚魚有神。君看磊落士，不肯易其身。

右一

〔一〕次公曰：勿捶面一作勿唾面，當以捶爲正，然後有義。

蕩蕩萬斛船，影若揚白虹〔一〕。起檣必椎牛，挂席集衆功〔二〕。自非風動天，莫置大水中〔三〕。

右二

〔一〕次公曰：釋名曰：舡，二百斛曰舠，三百斛曰艇。而趙王石虎造萬斛之舟。今取其大者以比興也。

〔二〕次公曰：起檣必椎牛，挂席集衆功，兩句通義，椎牛所以享衆功。至於用牛，則人徒之衆可見，船之大又可知。椎牛字，張遼戰孫權，夜募敢從之士，得八百人，椎牛犒饗。韓退之征蜀聯句云：椎肥牛呼牟，亦用此椎字也。

〔三〕次公曰：自非風動天，則得大風而後可飽其帆也。風動天三字，鮑照舞鶴賦：箕風動天。

列士惡多門，小人自同調〔一〕。名利苟可取，殺身傍權要〔二〕。何當官曹清，爾輩堪一笑〔三〕。

右三

〔一〕次公曰：列士，蓋如列女之列，言就列之士也。列士惡多門，則進身者欲恩出一門耳。止借晉政多門字用之。同調字，宋謝靈運詩云：誰謂古今殊，異代可同調。而梁張纘別離賦亦曰：在百代而奚殊，雖千年而同調。在公則又嘗曰論交何必先同調也。

〔二〕次公曰：名利苟可取，殺身傍權要，此戒之之辭，如孔子所謂：富而可求也，雖執鞭之士吾亦爲之。今必欲名利而依人，則將許人以死，唯權要之是託也。論語曰：有殺身以成（人）〔仁〕者。今取殺身兩字用之。

〔三〕次公曰：詳味末句，當時蓋有依非其人而爲好官者矣。官曹字，梁簡文帝與蕭臨川書有云：九棘外府，且息官曹之務。

園官送菜并序一首 （古詩）

園官送菜把，本數日闕。苦苣、馬齒，掩乎嘉蔬，傷小人妒害君子，菜不足道也，此而作詩〔一〕。

清晨蒙菜把，常荷地主恩。守者愆實數，略有其名存〔二〕。苦苣刺如針，馬齒葉亦繁。

青青嘉蔬色，埋没在中園〔三〕。園吏未足怪，世事因堪論。嗚呼戰伐久，荆棘暗長原。乃知苦苣輩，傾奪蕙草根。小人寒道路，爲態何喧喧。又如馬齒盛，氣擁葵荏昏〔四〕。點染不易虞，絲麻雜羅紈〔五〕。一經器物内，永挂粗刺痕。志士採紫芝，放歌避戎軒〔六〕。畦丁負籠至，感動百慮端。

〔一〕次公曰：比者，三曰比之義也。

〔二〕次公曰：自敘其意甚明，而詩之鋪陳義亦相貫。　地主字，國語：越王以會稽三百里爲范蠡地，曰：後世有敢侵蠡之地者，皇天后土、四鄉地主正之。其後有土如州縣者，皆謂之地主。見三國志。

〔三〕次公曰：詳此，則園官所送者，徒多苦苣、馬齒莧爾。而所謂嘉蔬者，但没於中園，故不摘以相遺也。　嘉蔬字，張載登成都白菟樓有云：原隰植嘉蔬。郭景純江賦有云：挺自然之嘉蔬。公於苦雨詩又云：嘉蔬没溷濁，時菊碎榛叢。蓋亦以賢者之見掩也。

〔四〕次公曰：八句雖分兩段而通義。敘雖總云苦苣、馬齒，掩乎嘉蔬，而詩則奪蕙草者歸之苦苣，擁葵荏者歸之馬齒。於馬齒譬小人之又如，則前所謂苦苣者，蓋如小人可知。葵荏正以言嘉蔬。蕙草雖不可爲蔬，而要之君子之比。皆不以文害辭，不以辭害意者矣。

〔五〕次公曰：上兩句則又别引借以譬之。

〔六〕次公曰：一經器物内，永挂粗刺痕，刺音糲。此句則公所傷甚矣。夫以苦苣、馬齒二物在器物之内，所盛以爲饋餉，既出其物，則器物空矣，亦何害於事哉？而一經器物所盛，則便永遠挂其粗刺之痕，尚有可惡之意，然則君子固宜傷所染矣。惟其如此，志士所以歌紫芝而不顧也。紫芝曲事，皇甫謐高士傳：秦世道滅德消，坑黜儒術。四皓於是而作歌曰：莫莫高山，深谷逶迤。曄曄紫芝，可以療饑。唐虞世遠，吾將何歸？駟馬高蓋，其憂甚大。富貴之畏人兮，不如貧賤之肆志。乃共入商洛，隱地肺山。秦滅，漢高帝徵之不至，深入終南山不能屈也。

崔評事弟許相迎不到應慮老夫見泥雨怯出必愆佳期走筆戲簡一首（近體詩）

次公曰：佳期字，楚辭曰：與佳期兮夕張。而謝靈運云：佳期何由敦。謝玄暉云：佳期悵何許。

江閣要賓許馬迎，午時起坐自天明。浮雲不負青春色，細雨何孤白帝城〔一〕。身過花間霑濕好，醉於馬上往來輕。虛疑皓首衝泥怯，實少銀鞍傍險行。

〔一〕次公曰：此篇甚明。孤負字，所用出李陵書云：陵雖孤恩，漢亦負德。今世多用辜負字，乃俗子相承耳。

武侯廟一首（近體詩）

遺廟丹青落，空山草木長〔一〕。猶聞辭後主，不復卧南陽〔二〕。

〔一〕次公曰：丹青，所以飾廟者也。成都先主廟附以武侯祠堂，其丹青則存。故公於古柏行追言成都先主廟之實，則曰：窈窕丹青户牖空。今此廟中丹青剥落，故云遺廟丹青落。草木長字，陶潛云孟夏草木長也。

〔二〕次公曰：辭後主，則建興五年率諸軍北駐漢中，臨發，上表辭行，而竟死於軍中。今云猶聞辭後主，則想望其風采猶在也。亮家於南陽之鄧縣，在襄陽城西二十里，號曰隆中。徐（廣）〔庶〕謂先主曰：諸葛孔明者，卧龍也。將軍豈見之乎？今云不復卧南陽，則傷其已死，無昔日卧事也。

古柏行一首（古詩）

次公曰：此詩凡三段：自孔明廟前有老柏，至月出寒通雪山白八句，指言今夔州孔明廟之柏；自憶昨路遶錦亭東，至正直元因造化功八句，追言成都先主廟之柏；自大廈（雖）〔如〕傾要梁棟，至古來材大難爲用八句，總言兩處之柏。起意以嗟大材之人，且自況其身。蔡伯世作詩譜，亦敘之於松障、松圖二詩之間，乃隨舊本以爲成都詩，非是。況松障、松圖又非成都詩乎。

【校】雖傾：正文與注文咸作如傾。

孔明廟前有老柏，柯如青銅根如石〔一〕。蒼皮溜雨四十圍，黛色參天二千尺〔二〕。君臣既與時際會，樹木猶爲人愛惜〔三〕。雲來氣接巫峽長，月出寒通雪山白〔四〕。憶昨路繞錦亭東，先主武侯同閟宫〔五〕。崔嵬枝幹郊原古，窈窕丹青户牖空〔六〕。落落盤踞難得地，冥冥孤高多烈風〔七〕。扶持自是神明力，正直元因造化功〔八〕。大廈如傾要梁棟，萬牛回首丘山重〔九〕。不露文章世已驚，未辭剪伐誰能送〔一〇〕。苦心不免容螻蟻，香葉終經宿鸞鳳〔一一〕。志士幽人莫怨嗟，古來材大難爲用〔一二〕。

〔一〕次公曰：諸葛亮，字孔明。爲蜀相，謚武侯。成都則先主廟而武侯祠堂附焉。夔州則先主廟、武侯廟各別。今詠柏，專是孔明廟而已，豈不是言夔州柏乎？公詩集中，其在夔也，有諸葛廟詩云：久遊巴子國，屢入武侯祠。有上卿翁請修武侯廟遺像詩云：尚有西郊諸葛廟，卧龍無首對江濆。題下注云：時崔卿權夔州。又有武侯廟一首云：遺廟丹青落，空山草木長。有夔州古跡五首，其一言先主廟，而曰：武侯祠屋長隣近，一體君臣祭祀同。自注云：殿今爲寺廟，在宫東。則又諸葛廟近先主廟之證。又有閣夜詩云：卧龍躍馬終黄土，人事依依漫寂寥。自注云：夔州有白帝祠，郭外有孔明廟。則又孔明廟在郭外之證。又有古跡五首，其一云：諸葛大名垂宇宙，宗臣遺像肅清高。世有吾西蜀之子，曾過夔州，自據耳目之私，以爲夔州無孔明廟。假使廟今不存，或有之而未遊者，不可得而知，以公五詩證之，可厚誣爲當時無廟乎？公於夔州十絶句其一云：武侯祠堂不可忘，中有松柏參天長。彼既以夔州無孔明廟，則不信其有柏。今有廟而柏之存亡未遊者又不可得而知，以公絶句證之，可厚誣爲當時無柏乎？故次公以孔明廟前爲夔州詩，斷不移也。舊本有古柏，而一本作有老柏，師民瞻本取之，是，蓋後有枝幹郊原古相犯也。但世傳舊本之熟，云有古柏耳，題亦相宜，可謂之老柏行。而次公不改者，不敢驚俗故也。柯如青銅根如石，雖是狀柏之老者如此，猶别篇言松云屈鐵交錯回高枝之類，而乃實是柏事。任昉述異記曰：虞〔盧？〕氏縣有盧君冢，冢傍柏兩株，勁如銅石也。黄貢獻之云：在費貢夢得家，見述異志一本，正有其柯如青銅，其根如鐵石之文。則公必使青銅，尤爲有據。不然，止如銅錢之言青銅錢，銅鏡之言青銅鏡也，蓋銅以青銅爲貴耳。

【校】費貢夢得家：九家注作費多得家。

〔二〕次公曰：舊本作霜皮字，諸本皆然。而蘇東坡詩有云：多情白髮三千丈，無用蒼皮四十圍。豈善本乃蒼皮乎？公課伐木詩又曰：蒼皮成積委，素節相照燭。則善本爲蒼皮，或然矣。溜雨兩字，庾肩吾過建昌故臺詩曰：圖雲初溜雨，畫水即生苔。黛色字，鮑照與其妹書言所歷之處曰：半山以下，純爲黛色。今於柏言黛色，所以指柏之頂也，蓋頂之有葉，而丈尺既高，則望之如黛色矣。參天字，則李善嘗引古本孟子云：泰山之高參天入雲。而曹子建云：荆棘上參天。其四十圍、二千尺，又用柏事以形容今柏之長大也。四十圍，則隋均州圖經云：南陽武當南門有社柏，樹大四十圍。梁蕭欣爲郡，伐之。二千尺，則巴郡有柏樹，大可十圍，高二千尺餘。此並載樂史太平寰宇記中。公夔州絶句有云：武侯祠堂不可忘，中有松柏參天長。則夔州廟中之柏，當公賦詩時，目見其高大，故今又有參天二千尺之句。前輩既不知此是夔州詩，而又不見樂史所載柏事，乃爲紛紛之説。沈存中以四十圍乃是徑七尺，而千尺無乃太長乎？且以爲文章之病。王立之載范蜀公云：武侯廟柏今才十丈，而杜詩言二千尺，詩人好大其事也。范元實又以此兩句及氣接巫峽、寒通雪山爲激昂之語，大率皆誤以此詩全篇爲成都孔明廟柏詩，且殊不思：若論成都，止是先主廟，而孔明祠堂附焉，安可直云孔明廟前有古柏乎？又書字穩律，杜公必用四十圍，胡不云三十圍、五十圍乎？必用二千尺，胡不云一千尺、五千尺乎？此皆不知公據取柏事於此，方敢用形容其高大。

〔三〕次公曰：前一聯既以四十圍言柏之大，二千尺言柏之高矣，便可接氣謂巫峽（寒）〔長〕、通雪山，皆爲形容之句，而却插此兩句何也？曰，此公詩之妙處也。蓋柏雖有四十圍之大，二千尺之長者，而後人如蕭欣輒伐之，不能久存。惟此柏以君臣際會之休，故人愛惜以至於今也。惟其如此，然後致氣接、寒通之遠焉。今此上句君臣字，如孟達辭先主表云：際會之間，請命乞身。蜀先主云：孤之有孔明，如魚之得水。乃際會之證也。下句樹木兩字，通天下常語，故佛書有云：樹木神者。三國志注，載魏書言太祖屯兵堤南，樹木幽深，吕布疑其有伏。左傳定九年：君子曰：思其人猶愛其樹，況用其道而不恤其人乎？又前漢劉歆曰：思其人猶愛其樹，況宗其道而毁其廟乎？此乃愛惜之義也。

〔四〕

【校】巫峽寒：正文作巫峽長。

次公曰：兩句之義，巫峽主雲來言之。高唐賦曰：妾（居）〔在〕巫山之陽，高（堂）〔丘〕之阻。（朝）〔旦〕爲（行）〔朝〕雲，暮爲行雨。巫峽在夔之下。巫峽之雲來，而柏之氣與接。雪山主月出言之。雪山謂之西山。記云：月（出）〔生〕於西。雪山在夔之西。雪山之月出，而柏之寒與通，皆言其高大也。此與渼陂行言陂之廣大而曰船舷暝戛雲際寺，水面月出藍田關，體制句法正同此也。蓋渼陂在鄠縣西五里，而雲際寺在鄠縣東南六十里。藍田關却在藍田縣東南九十八里，豈不一則以形容其柏之高大，一則以形容其陂之廣大邪？又兩處後句皆指定月出之義尤明。　雲來字，東方朔别傳曰：凡占長史東耕，當視天有黄雲來覆車，五穀大熟。梁吴均詠雲詩有云：（日）〔白〕雲蒼梧來，過拂章華臺。於雲來亦使字矣。　月出，（自）則詩云月出皎兮也。公於移居入夔州宅詩有云：宋玉歸州宅，雲通白帝城。則或云通，或云接之義，皆取其理之必然矣。巫峽長三字，盛弘之荆州記載古歌曰：巴東三峽巫峽長，猿鳴三聲淚沾裳。又陳陰鏗渡青草湖詩曰：穴去茅山近，江連巫峽長。夔州雖不望見雪山，大概在蜀西之一帶。西域記：雪山積雪不消，冬夏望之皆白，故云雪山白。此言夔州之柏尤明，亦所以引下段言成都之柏在雪山之下，而此柏寒通雪山矣。如范元實以爲亦激昂之語，尤誤。

【校】妾居巫山之陽，高堂之阻。朝爲行雲，此篇所引與他篇所引不一。影胡刻本文選作：妾在巫山之陽，高丘之阻。旦爲朝雲。　日雲蒼梧來，影宋本藝文類聚日作白。

〔五〕次公曰：此乃追言成都先主廟之柏。憶昨兩字與憶昔不同。憶昨則杜公近方離成都而來夔，故止可言憶昨也。公於雲安有客堂詩曰：憶昨離少城，而今異楚蜀。亦此憶昨之義。士夫誤誦此詩句之熟，以爲憶昨路遶錦城東，又生疑惑，乃謂先主廟在成都南門外，而子美云錦城東爲不可曉。此不自知其誤誦之熟也。嚴武有寄題杜二錦江野亭詩，此豈所謂錦亭乎？或是當時先主廟西又有錦亭？雖不見所載，而以意逆志爲然。公自西郊草堂繞所謂錦亭而往，乃爲東矣。先主、武侯同閟宫，蓋又紀實也，今廟中塑先主、武侯之像。其閟宫字，詩有閟宫之篇。閟者，注云：閟而無事之義。

〔六〕次公曰：上句又以言成都柏之亦老也。郊原古，則先主廟柏在平地而古也。木謂之崔嵬，則公又云：崔嵬扶桑日，照耀珊瑚枝。蓋惟其高，則可言崔嵬矣。　枝幹字，晉孫綽爲道壹道人贊曰：譬如春圃，載芬載敷。條柯猗蔚，枝幹扶疏。見世説注。　郊原字，未見所出。郊原貼之以古，公之語也。其後大中中，盧獻卿夢人贈詩曰：卜築郊原古，青山唯四鄰。乃其死之祥。然則公之詩句冥中人亦知承用也。　下句則感物吊古，詩人之情當然，而其句法言窈窕深邃，所施丹青之户牖徒存而無人也。曹攄詩曰：窈窕山道深。謝靈運詩曰：側逕既窈窕。皆言路之深邃。而今户牖謂之窈窕，則如謝宣遠詩云：窕窈承明内。承明者，承明門也。魏文帝作建始殿，朝會皆由承明門，則承明内所以言宫殿之深邃矣。　丹青字，如修張良廟教云：可改構棟宇而修丹青。　户牖字，老子云：鑿户牖以爲室。

〔七〕次公曰：落落字，杜篤首陽山賦曰：長松落落，卉木蒙蒙。　得地字，梁沈約高松賦云：鬱彼高松，棲根得地。公於病柏詩亦云：出非不得地，盤踞亦高大。　盤踞字，即盤據也。魏奚斤言赫連昌：亡保上邽，鳩合餘燼，未有盤據之資。　冥冥孤高，則言柏之高，而望之冥冥。冥冥字多矣，如揚子云：鴻飛冥冥。孤高字，不見祖出，而元稹作公墓系有云：掩顔謝之孤高。乃在人言之，則祖出必言人。如盤踞字，而公亦借用乎。喬木易高風。其義可見矣。

烈風字，雖出尚書：烈風雷雨弗迷，而今在柏用之，則七發之言桐樹云冬則烈風之所激也。公詩有云：

〔八〕次公曰：兩句與病柏篇云：神明依正直相類。洪範云平康正直字，其正直字，則在人言之。左傳云：聰明正直之謂神。其正直字，則在神而言之。而今公所云正直，則在柏言之。若神明扶持字，則天台賦云嗟台嶽之所挺奇，實神明之所扶持也。造化功字，則列子曰：穆王見偃師歎曰：人之巧，乃與造化同功。又前漢有云：造化之功也。

〔九〕次公曰：自此而下四韻，總言兩處之柏，以況大材之人，且自況其身材器之大。大廈以比國家，如傾以言多難，梁棟以柏喻人材。公詩嘗曰：致君堯舜上，再使風俗淳。又曰：許身一何愚，自比稷與契。則在公身言梁棟可矣。大廈如傾字，即大廈將顛之義矣。傾字，如謝孚以酒酹柱曰：無傾人棟梁。要梁棟，暗使庾子嵩目和嶠森森如千丈松，施之大廈有棟梁之用也。意固如此，而公今倒使梁棟字，則後漢馮衍説辭曰：明帝復興，而大將軍爲之梁棟。

〔一〇〕次公曰：上句非公疇克堪之。常自言曰：豈有文章驚海内。此驚字之義也。柏木有文采，具在其中，故云不露文章；人已訝其高大，故云：世已驚。下句蓋自況其不憚糜軀捐身，以應器使，然誰能送致之乎？其剪伐字，則姑取其枝柯而已。公於秦州苦竹詩云：軒墀曾不重，剪伐亦無辭。

〔一一〕次公曰：上句實道眼前事以爲況。柏實與葉，其味苦，故柏心亦苦。心雖苦矣，而不免螻蟻之所穿，以況小人之見凌也。公於病柏篇又云：鴟鴞志意滿，養子穿穴内。枯柟篇云：萵孔蟲蟻萃。亦此類也。下句豈非公自況其終接鴛鸞之侶乎？柏宿鸞鳳事，謝承後漢書曰：方儲遭母憂，種松柏，鸞棲其上。

〔一二〕次公曰：志士字，孟子云：志士不忘在溝壑。幽人字，易云：幽人貞吉。公於四字疊兩出，多然也。此末句之義尤明。舊注引莊子：吾有大樹，人謂之樗。其大本擁腫而不中繩墨，其小枝拳曲而不中規矩。立之塗，匠者不顧；今予之言大而無用，衆所同去也，却成不材之木，別無所用。殊敗公本意矣。杜公此義出王充論衡效力篇云：或伐薪於山，輕小之木，合能束之。至於大木，十圍以上，引之不能動，推之不能移，則委之於山林，收所束之小木而已。由斯以論，知能之大者，其猶十圍以上木也。人力不能舉薦，其猶薪者不能推引也。孔子周流，無所留止，非聖才不能，道大難行，人不能用也。故孔子，山中巨木之類也。論衡之語如此。公所謂材大難爲用，豈不出於此乎？若大難爲用字，却是惠子言大瓠大而無用，莊子謂其拙於用大中字也。

八陣圖一首（近體詩）

功蓋三分國，名成八陣圖〔一〕。江流石不轉，遺恨失吞吴〔二〕。

〔一〕次公曰：三分，謂吴、魏、蜀也。蜀志曰：三分我九鼎。習鑿齒曰：齊桓一矜其功，而叛者九國；曹操暫自驕伐，而天下三分。此三分字所出。功蓋三分國，指言武侯之功蓋覆之也。八陣圖事，亮推演兵法，作八陣圖，咸得其要。桓温傳：初，諸葛亮造八陣圖於魚復平沙之上，壘石爲八行，相去二丈。温見之，謂此常山蛇勢也，文武皆莫能識之。按桑欽水經云：江又東，逕諸葛圖壘南。酈道元注曰：石磧平曠，望兼川陸，有亮所造八陣圖。東跨故壘，皆累細石爲之。自壘西去，聚石八行，行間相去二丈，因曰八陣。既成，自今行師庶不覆敗。皆圖兵勢行藏之權，自後深識者所不能了。今夏水漂蕩，歲月消損，高處可二三尺，下處磨滅殆盡。

酈道元之説如此。今公詩云江流石不轉，則據當時所見者言之。自杜公至今又數百年，行客云：方水落時，於石磧就視，則茫茫然一磧耳。及登高而望，乃隱隱見其行列。然則，武侯製作不亦近於神異乎？

〔二〕次公曰：吞吴之説，東坡先生云：僕嘗夢見人，云是杜子美，謂僕：世人多誤會吾詩八陣圖詩云：江流石不轉，遺恨失吞吴。世人皆以謂先主、武侯欲與關羽復仇，故恨不能滅吴。非也，我意本謂吴、蜀脣齒之國，不當相圖。晉之所以能取蜀者，以蜀有吞吴之意，以此爲恨耳。此理甚長，然子美死僅四百年，而猶不忘詩，區區自列其意者，此真書生習氣也邪。

負薪行一首（古詩）

夔州處女髮半華，四十五十無夫家〔一〕。更遭衰亂嫁不售，一生抱恨堪咨嗟。土風坐男使女立，應當門户女出入〔二〕。十有八九負薪歸，賣薪得錢當供給。至老雙環只垂頸，野花山菜銀釵并。筋力登危集市門，死生射利兼鹽井〔三〕。面粧首飾雜啼痕，地褊衣寒困石根。若道巫山女粗醜，何得此有昭君村〔四〕？

〔一〕次公曰：此篇與後篇鋪敘義甚明，蓋白樂天、元微之敘事詩之老健者。如處女字，雖今亦云，蓋由孫子曰：去如處女，敵人開户。有此字出方使也。四十、五十字，使論語：四十、五十而無聞焉。

【校】去如處子：諸子集成本孫子十家注去作始。

〔二〕次公曰：土風字，陸機詩云：土風清且嘉。應當門户字，晉（傳）〔傅〕玄豫章行曰：男兒當門户，墮地自生神。今公詩却言女當門户也。

〔三〕次公曰：登危字，（海）〔江〕賦：狐玃登危而雍容。市門字，史記：刺繡文不如倚市門。射利字，吴都賦云：乘時射利。

【校】海賦云云：此句出江賦；狐玃，影胡刻本文選作孤玃。

〔四〕次公曰：昭君事，按歸州圖經云：王昭君，南郡秭歸人。興山縣有昭君村；有香溪，昭君所遊。後漢書云：元帝時，以良家子選入掖庭。時呼韓邪來朝，帝勑以宫女五人賜之。昭君入宫數歲，不得見御，積（悲）〔怨〕，乃請掖庭令求行。呼韓邪臨辭大會，帝召五女示之。昭君豐容靚飾，光明漢宫。顧景徘徊，竦動左右。帝大驚，意欲留之，而難於失信，遂與之。今公詩句，怪巫山之女粗醜，而昭君獨美，似後篇士無英俊而屈原獨奇也。此有字義自足，舊本又一作北有，不必然矣。

最能行一首（古詩）

峽中丈夫絶輕死，少在公門多在水。富豪有錢駕大舸，貧窮取給行艓子〔一〕。小兒學問止論語，大兒結束隨商旅。欹帆側柁入波濤，撇漩捎濆無險阻〔二〕。朝發白帝暮江陵，頃來目擊信有徵〔三〕。瞿唐漫天虎鬚怒，歸州長年行最能。此鄉之人氣量窄，悮競南風疏北客〔四〕。若道士無英俊才，何得山有屈原宅〔五〕？

〔一〕次公曰：駕大舸、行艓子，舊注云：峽人富則爲商旅，貧則爲人操舟，以地居山水之間，瘠惡無以耕也。其意是。杜田引揚雄方言：南楚江、湖、湘，凡船大者謂之舸。艓，小舟名，音葉，言輕小如葉也。切韻、玉篇并不載艓字。杜解其字，是。

〔二〕次公曰：撇旋捎濆、欹帆側柁，皆公所造新語。撇字，使王褒四子講德論云：脩騰撇波而濟水，不如乘舟之逸也。捎字，則甘泉賦言乘輿之出曰：捎夔魖而抶獝狂。

【校】抶：影胡刻本文選作抶。九家注亦引作抶。

〔三〕次公曰：目擊字，則孔子見温伯雪而云：目擊道存。蓋事觸我目，謂之目擊。而信徵字，則左傳：君子之言，信而有徵。

〔四〕次公曰：長年者，川人以操舟有曰長年，有曰三老也。行最能，言行瞿唐峽與虎鬚灘甚易也。若論其氣量，則知爭競南風以爲勝耳。左傳：師曠云：南風不競，多（楚）〔死〕聲，（師）〔楚〕必無功。今摘字而翻用也。北客，公自言也。

〔五〕次公曰：屈原宅，杜田引後漢郡國志秭歸注：荆州記曰：秭歸縣北一百里，有屈平故宅，方七頃，累石爲屋基，今其地名樂平。然謂地之方七頃，豈併以其左右之田言之乎？其説是。

王十五前閣會一首（近體詩）

次公曰：此詩扶病赴客，而主人饋食以歸之作。前四句言王十五之爲會，後四句言不能食飲而主人饋食之事。

楚岸收新雨，春臺引細風〔一〕。情人來石上，鮮鱠出江中〔二〕。鄰舍煩書札，肩輿强老翁〔三〕。病身虚俊味，何幸飫兒童〔四〕。

〔一〕次公曰：上兩句言爲會之地。　引字，如江總秋日登廣州城南樓詩：秋城韻晚笛，危樹引清風。

【校】危樹：藝文類聚作危樹。

〔二〕次公曰：情人，言會中之人。其字則鮑明遠翫月城西門詩：迴軒駐輕蓋，留酌待情人。　鮮（鯉）〔鱠〕，言薦食之味，枚乘七發云：鮮鯉之鱠。

〔三〕次公曰：鄰舍煩書札，則王十五者必公之鄰也。　肩輿强老翁，則以（筍）〔肩〕輿求迎公也。

【校】筍輿：無義，從正文作肩輿。

〔四〕次公曰：病身虚俊味，則以病不能食而虚其俊美之味。　何幸飫兒童，則饋食於公，持之以歸，故宴及兒輩矣。

寄韋有夏郎中一首（近體詩）

省郎憂病士，書信有柴胡。飲子頻通（汙）〔汗〕，懷君想報珠〔一〕。親知天畔少，藥味峽中無。歸楫生衣卧，春鷗洗翅呼〔二〕。猶聞上急水，早作取平途。萬里皇華使，爲僚記腐儒〔三〕。

【校】通汙，無義，當從注文引作通汗。

〔一〕次公曰：此篇甚明。杜時可補遺載仇池翁曰：沈佺期回波辭云：姓名雖蒙齒録，袍笏未復牙緋。子美用飲子對懷君，亦齒録、牙緋之比也。又古今詩話云：古之文章自應律度，未以音韻爲主。自沈約增崇韻學之後，浮巧之語，體製漸多。始有蹉對、假對，雙聲疊韻之類。如自朱邪之狼狽，致赤子之流離，不唯赤對朱，邪對子，兼狼狽、流離，乃獸名對鳥名。又如廚人具鷄黍，（雉）〔稚〕子摘楊梅，以鷄對楊，如此之類，皆爲假對。子美以飲子對懷君，及惡樹詩枸杞因吾有，鷄棲奈爾何，殆亦所謂假對也。其所引載，是。今具録之，蓋欲學者知有此格也。按本草：柴胡爲君味苦平，主心腹，去腸胃中結氣，飲食積聚，寒熱邪氣，推陳置新。及諸家所説，并無通汗字。今公句云：飲子頻通汗，大率傷寒大小柴胡湯最通表裏之要，此所以爲通汗用對報珠，則四愁詩云何以報之明月珠也。

〔二〕次公曰：歸檝生衣卧，則以上水更不須檝，所以生衣而卧。生衣者，生水衣於其上也。此豈言韋君上水耶？春鷗洗翅呼，以紀其來時也。

〔三〕次公曰：末句皇華使，則詩皇皇者華，君遣使臣也。爲僚字，傳云：同官爲僚。腐儒字，則漢祖罵酈食其曰：腐儒。

上白帝城二首（近體詩）

江城含變態，一上一回新。天欲今朝雨，山歸萬古春〔一〕。英雄餘事業，衰邁久風塵〔二〕。取醉他鄉客，相逢故國人〔三〕。兵戈猶擁蜀，賦斂强輸秦。不是煩形勝，深慚畏損神〔四〕。

右一

〔一〕次公曰：變態字，祖出楚辭（思美人）（懷沙）篇曰：觀南人之變態。山歸萬古春，歸字有二義，一則歸至之歸，公詩有云春從沙際歸是也；一則歸往之歸，如言春歸何處也。今所謂山歸萬古春，當是歸去之歸，蓋下句言兵戈猶擁蜀，乃今歲大曆元年三月中事。以爲歸至之歸，却當是明年正月，而大曆二年絶無蜀中兵戈。所見如此，以俟明識。山歸萬古春，固是春詩，而上句云江城含變態，一上一回新，或者惑一上一回新之句，以爲屢上白帝城而在春時，當是明年之春，次公以公雖三月過望而來夔，然至春盡已兩三次上城，亦無足怪。

〔二〕次公曰：英雄，指言白帝也。公孫述自號白帝，築爲此城。衰邁久風塵，則公自言也。

〔三〕次公曰：取醉他鄉客，言取醉而爲他鄉之客。相逢故國人，雖不得其誰氏，而義自明。

〔四〕次公曰：四句通義。兵戈猶擁蜀，豈又言崔旰之亂？即永泰元年閏十月，劍南兵馬使崔旰反，殺其將郭英乂。明年，乃今歲大曆元年三月，張獻誠及崔旰戰於梓州，敗績。斯爲兵戈擁蜀乎？舊注模稜。又云，段子璋之徒未靖。子璋事在前五年，歲在辛丑，上元二年也。豈干此事。賦斂强輸秦，則通上句言其成都既叛，而殺帥自爲，但猶能强輸貢賦耳。觀旰歸朝，帝爲改名寧，則輸貢賦無疑矣。末句形勝字，張孟陽劍閣銘云：地之形勝，匪親勿居。兩句之義，蓋言不是憚煩此地之形勝而難上，所慚者，以畏懼而損我之神耳。蓋與鹿頭關詩大意相似。不是煩形勝，則與吾將罪真宰，意欲剗疊嶂之意同，皆言以地之險，遂致有恃險之心，故以形勝爲煩，以疊障可削也。賦斂强輸秦，則與珠玉走中原，岷峨氣悽愴，又曰後王重柔遠，職貢道已喪之意同，皆言其恃形勝而不誠心於職貢也。徒慚畏損神，則與恐此復偶然，臨風默惆悵之意同，蓋以畏其險而損神，翻以爲慚。疊嶂既不可剗，則付之一惆悵耳，皆無奈何之語也。

【校】地之形勝：影胡刻本文選作形勝之地。今按，蓋與鹿頭詩大意相似一句，下文所引吾將罪真宰云云，實出劍門詩，鹿頭詩當係誤記。

白帝空祠廟，孤雲自往來。江山城宛轉，棟宇客徘徊〔一〕。勇略今何在，當年亦壯哉〔二〕。後人將酒肉，虛殿日塵埃。谷鳥鳴還過，林花落又開。多慚病無力，騎馬入青苔。

右二

〔一〕次公曰：此篇甚明。江山城宛轉，言江山之間，其城宛轉。棟宇客徘徊，言棟宇之下，客於此徘徊。句法可謂奇矣。

〔二〕次公曰：勇略今何在，即前篇英雄餘事業也。

槐葉冷淘一首夏在夔州舟居（古詩）

次公曰：新麪來近市，則四月初也。或曰：付中廚則居矣。次公答以舟中庖饌之所，豈不得謂之中廚乎？

青青高槐葉，采掇付中廚〔一〕。新麪來近市，汁滓宛相俱〔二〕。入鼎資過熟，加餐愁欲無〔三〕。碧鮮俱照筯，香飯兼苞蘆〔四〕。經齒冷於雪，勸人投比珠〔五〕。願隨金騕褭，走至錦屠蘇。路遠思恐泥，興深終不渝〔六〕。獻芹則小小，薦藻明區區〔七〕。萬里露寒殿，開冰清玉壺〔八〕。君王納涼晚，此味亦時須。

〔一〕次公曰：采掇字，詩薄言采之、薄言掇之也。　中廚字，曹子建：豐膳出中廚。

〔二〕次公曰：近市字，左傳：晏子宅近市。　汁滓宛相俱，固是言槐葉，蓋揉其汁以溲麪，取其鮮碧可愛。而汁滓字，鄭玄注周禮：盎齊，言汁滓俱也。公謝酒詩嘗曰藉糟分汁滓是已。今止借字用焉。

〔三〕次公曰：加餐字，古詩：上言加餐飯。

〔四〕次公曰：香飯字，維摩經云：居士遣化菩薩於衆香國，願得世尊所食之餘，欲於娑婆世界施作佛事。香積如來以衆香鉢盛滿香飯，與化菩薩也。　苞蘆，則蘆筍之嫩者。或曰：夔州土人謂之苞蘆，理或然矣。

〔五〕次公曰：投比珠，則明月之珠，以暗投人。此摘字用耳。

〔六〕次公曰：騕褭，神馬名。漢武帝鑄金作褭蹄麟趾之狀，後之言馬者，乃曰金騕褭，所以珍稱之也。盧照鄰詩曰：漢朝金騕褭，秦代玉氛氳。公詩又曰：駿馬時看金騕褭，佳人屢出董嬌（饒）〔嬈〕。又曰：御鞍金騕褭，宮研玉蟾蜍。而今又用對錦屠蘇焉。舊本作屠蘇，字之誤也。舊注：蜀人元日入香藥酒而飲之，謂之屠蘇。偶同此兩字便差排，非是。杜田云：屠蘇，屋名。玉篇云：屠蘇，庵也。古樂府，劉孝威結客少年場行：銛腰銅匕首，障日錦屠蘇。田之説是。詳味此詩意，錦屠蘇指御前之帳屋也。　馳貢此冷淘，先置之帳屋，憩泊以俟進也。此意則善矣，然路遠恐致泥焉。恐泥字，即論語致遠恐泥，故對不渝。其字則詩：舍多命不渝。

〔七〕次公曰：獻芹事，列子云：野人有美芹而獻於君者。　薦藻字，左傳云：蘋蘩蘊藻之菜，可羞於王公，可薦於鬼神。

〔八〕次公曰：露寒，漢殿名。上林賦過鳷鵲，望露寒也。公嘗有曰：坰如一段清冰出萬壑，置在迎風寒露之玉壺。今以是詩句證之，則寒露當爲露寒審矣。

雨一首（近體詩）

萬木雲深隱，連山雨未開。風扉掩不定，水鳥去仍迴〔一〕。蛟館如鳴杼，樵舟豈伐枚〔二〕。清涼破炎毒，衰意欲登臺。

〔一〕次公曰：風扉，舟中之門也。水鳥去仍回，乃舟中所見矣。

〔二〕次公曰：蛟館如鳴杼，則以在舟中視大江之下，若有蛟人之館，而聽其鳴杼。江賦云：蛟人織綃於泉室也。詩云：遵彼汝（濆）〔墳〕，伐其條枚。樵舟豈伐枚，則以雨之故，而不能往爲樵，故云豈伐枚也。此又成連山雨未開之句。

【校】蛟人織綃：影湖刻本文選全句作：淵客築室於巖底，鮫人構館於懸流。

峽中覽物一首（近體詩）

次公曰：舊本以覽物爲之正，其下注：一云峽中覽物。今取之，蓋有峽中字與無，皆不相妨，然舊在不似雲安毒熱新、贈子雲安雙鯉魚之下，却成雲安詩矣。上二詩已遷在雲安詩中，而此詩却當次寄韋有夏郎中詩下。寄韋云藥餌峽中無，此題云峽中覽物，尤相符矣。

曾爲掾吏趨三輔，憶在潼關詩興多〔一〕。巫峽忽如瞻華嶽，蜀江猶似見黄河〔二〕。舟中得病移衾枕，洞口經春長薜蘿〔三〕。形勝有餘風土惡，幾時回首一高歌〔四〕。

〔一〕次公曰：三輔者，京兆、扶風、馮翊也。長安爲京兆，華州爲扶風，同州爲馮翊。公曾爲華州功曹，故云：曾爲掾吏趨三輔。潼關於唐則華州之華陰也。既爲華州功曹，則華州所賦詩，乃潼關之詩興矣。

〔二〕次公曰：山似山，水似水，固有是理。巫峽、蜀江，則所謂峽中覽物。華嶽、黄河，所以言華州也。

〔三〕次公曰：公初病於雲安，所謂伏枕雲安縣也。既至夔州，又病，所謂卧病擁塞在峽中也。今句蓋峽中之病矣，但洞口莫可考其何在耳。或曰：舟中得病，似言其初得病在雲安舟中，而移衾枕於客居屋舍之下，此正是在雲安時，洞口亦豈其所居雲安之地邪？次公答以：公到夔州，豈不先在舟中邪？今句云：洞口經春，則此詩四月之作。公雨詩云：清涼破炎毒，則夏雨詩也。而前句云：風扉掩不定，則已不在舟中，而在屋下矣。豈初夏已爲西閣之居乎？更俟明識。

【校】或曰云云：九家注直引作趙云。

〔四〕次公曰：形勝字，祖出荀子，而張孟陽劍閣銘云：形勝之地，匪親不居。末句意言：幾時離此風土惡之地而去，可以回首望之，寫胸懷而浩歌也。

【校】風土惡：九家注引作三峽險惡。

灧澦一首（近體詩）

次公曰：此篇與下篇白帝一首，皆夏秋詩也，不合混在秋詩中。何以言之？酈道元注水經云：水門之西，江中有孤石爲滟預石。冬出水二十餘丈，夏則没，亦有裁出矣。今公句云灩澦既没孤根深，謂之既没，非指夏時而言邪？語曰：灩澦如袱，瞿唐不觸。灩澦如馬，瞿唐不下。灩澦如鼈，瞿唐舟絶。灩澦如龜，瞿唐莫窺。見本朝樂史寰宇記所載如此。引此已不干今詩中字，而舊注又以灩澦如象，瞿唐莫上之語以亂之。若出於今常俗之語，則非杜公所聞者，故公又有云：如馬戒舟航。則又用如馬之語。

灩澦既没孤根深，西來水多愁太陰〔一〕。江天漠漠鳥雙去，風雨時時龍一吟〔二〕。舟人漁子歌回首，估客胡商淚滿襟〔三〕。寄語舟航惡年少，休翻鹽井横黄金〔四〕。

〔一〕次公曰：太陰者，陰之甚也。字出不一，若在水言之，則吴楊泉五湖賦曰：太陰之所毖，玄靈之所遊。

〔二〕次公曰：此實道其事，龍吟未必可聞，而水之深積，想其如此矣。庾信泛江云春江下白帝，畫舸向黄牛；日落江楓静，龍吟迴上游也。江天，江與天也。宋謝莊侍宴蒜山詩曰：霧罷江天分。故對風雨兩字。

〔三〕次公曰：舟人漁子歌回首，則言其習水而輕之也。舟人漁子四字，出海賦。估客胡商淚滿襟，以水之泛漲，不行則滯留，行則憂舟有傾沉之患，此所以泣也。估客字，古樂府詩有估客樂之曲。

〔四〕次公曰：此蓋言販鹽之惡年少者，不顧危亡而欲行舟，必沉溺。棄鹽於水，是横費黄金也。惡年少字，梁元帝古意詩中有：惡少年，使能專自得。公於摘蒼耳詩又曰：寄語惡少年，黄金且休擲。蓋惟惡少而後多黄金矣。翻鹽井者，翻出其物而他往也。舊注引蜀都賦：家有鹽井之泉。用證鹽井字則可，若用講此句之義，却成煎鹽井家横金矣。恐後學未悟，更爲詳之。

送李功曹之荆州充鄭侍御判官重贈一首（近體詩）

曾聞宋玉宅，每欲到荆州〔一〕。此地生涯晚，遥悲水國秋〔二〕。孤城一柱觀，落日九江流〔三〕。使者雖光彩，青楓遠自愁〔四〕。

〔一〕次公曰：宋玉宅事，杜時可引余知古渚宫故事曰：庾信因侯景之亂，自建康遁歸江陵，居宋玉故宅。宅在城北三里，故其賦云：誅茅宋玉之宅，穿逕臨江之府。子美在夔詠懷古跡云：摇落深知宋玉悲。江山故宅空文藻。又移居人夔州宅詩云：宋玉歸州宅，雲通白帝城。疑歸州亦有宋玉宅，非止於荆州也。其説是。今公事主荆州宅而言之耳。韓愈爲荆州法曹，詩亦云宋玉亭邊不見人也。

〔二〕次公曰：生涯字，起於莊子：吾生也有涯。在公之前，如王褒與周弘讓書云：還念生涯，繁憂總集。又王無功詩：人世何勞隔生涯。故可知水國指言荆州。其字，周禮云：（水）〔土〕國用人節。謂之遥悲水國秋，則探言其秋時在荆州也。

〔三〕次公曰：一柱觀事，渚宫故事，宋臨川王義慶代江夏王鎮江陵，於羅公洲上立觀，甚大而唯一柱也。九江，與荆州水相連矣，公前有詩曰：九江日落醒何處，一柱觀頭眠幾回。亦以言荆州也。

〔四〕次公曰：上句即詩所謂皇皇者華，君遣使臣也，言遠而有光華之意。爲判官於幕府，則必出使，故以使者目之。下句又是楚事。宋玉云：湛湛江水兮上有楓，（日）〔目〕極千里兮傷春心。舊引阮籍詩上有楓樹林、遠望令人悲，雖是，然阮籍詩本是六句云：湛湛長江水，上有楓樹林。皐蘭被徑路，青驪逝駸駸。遠望令人悲，春氣感我心。其首兩句即是宋玉之意，引之爲孫矣。若摘取遠字以參見公使遠字義，亦是。謂之青楓，則楚地暖，未便變爲丹，乃六月時矣。

【校】日極千里：四部叢刊本楚辭補注日作目。

白帝一首（近體詩）

白帝城頭雲若屯，白帝城下雨翻盆〔一〕。高江急峽雷霆鬬，翠木蒼藤日月昏。戎馬不如歸馬逸，千家今有百家存〔二〕。哀哀寡婦誅求盡，慟哭秋原何處村。

〔一〕次公曰：首句乃師民瞻本，舊本作白帝城中雲出門，非是，蓋用對雨翻盆。而字出則列子言化人之宇曰：望之若雲屯焉。謝靈運詩巖高白雲屯，使此屯字也。若城中雲出門則無義理。雨翻盆乃蜀人方言耳。傅玄詩云：霖雨如倒井。亦此之義。

〔二〕次公曰：戎馬字，老子云：天下有道，則戎馬生於郊。歸馬字，即書云：歸馬於華山之陽。千家、百家字，其見於前書，則千家字，如載記慕容寶傳：眭邃曰：宜令郡縣聚千家爲一堡。百家字，則如管子度地篇云：百家爲里，里十爲術。

丁帙卷之五

丙午大曆元年，時公五十五歲。秋在夔州舟居。繼遷西閣所存之詩。

七月一日題終明府水樓二首（近體詩）

高棟曾軒已自涼，秋風此日灑衣裳〔一〕。翛然欲下陰山雪，不去非無漢署香〔二〕。絶壁過雲開錦繡，疏松夾水奏笙簧。看君宜著王喬履，真賜還疑出尚方終明府，功曹也，兼攝奉節令，故有此句。佇觀奏即真也〔三〕。

右一

〔一〕次公曰：高棟字，春秋緯書有云：高棟深宇以避風雨。而見於詩人則何遜閨怨云：曉河没高棟，斜月半空城。又梁朱超對雨云：重雲吐飛電，高棟響行雷。曾軒字，齊王儉後園餞從兄詩曰：兹夕復何夕，念別開曾軒。灑衣裳三字，劉公幹贈五官中郎將詩：涕泣灑衣裳。若風言灑，則張茂先答何劭詩穆如灑春風也。

〔二〕次公曰：上句言景物之可詫而起愁思也。下句自憫其身之滯留也。陰山，匈奴中山名，其地四時常有雪。今眼前所見夔地之山，當秋七月之初，而翛然欲雪，有類陰山，斯不亦可詫異而起愁思乎？翛音先彫切。注云：往來不難之貌。　倏然兩字，出莊子：倏然而往，洞然而來也。　漢署香，指言省署也。漢制，尚書郎四人，口含鷄舌香，以其奏對，欲使氣息芬芳。公官爲工部尚書員外郎，其在省也，自應有含香之制，但以爲客不去耳，不是署中無含香之事也。豈非自憫其身之滯留者乎？

〔三〕次公曰：末句公自注其意矣。事則後漢方術傳：王喬，河東人，顯宗世爲葉令。喬有神術，每月朔，常自縣詣臺朝。帝怪其來數，而不見車騎，密令太史伺望之。言其臨至，輒有雙鳧從東南飛來。於是候鳧至，舉羅張之，但得一隻舄焉。乃詔尚方診視，則四年中所賜尚書官屬履也。　尚方字，前漢百官公卿表：尚方主作禁器物。師古曰：少府之屬官也，作供御器物。

右二

宓子彈琴邑宰日，終軍棄繻英妙時〔一〕。承家節操尚不泯，爲政風流今在兹〔二〕。可憐賓客盡傾蓋，何處老翁來賦詩〔三〕。楚江巫峽半雲雨，清簟疏簾看弈棋〔四〕。

〔一〕次公曰：宓，古伏字，乃宓羲用此字也。俗子傳訛，每以宓子賤爲密子賤讀之。宓子事，吕氏春秋曰：宓子賤治單父，身不下堂，彈琴而治之。終軍事，本傳：年十八選爲博士〔弟子〕。初，軍從濟南當詣博士，步入關。關吏與軍繻。軍問以此何爲，吏曰：爲復傳還，當以合符。軍曰：丈夫西遊，不復傳還。棄繻而去。軍爲謁者，行郡國，建節東出關。關吏識之，曰：此使者乃前棄繻生也。　貼以英妙字，則潘安仁西征賦云終童山東之英妙，賈生洛陽之少年也。

【校】少年：影胡刻本文選作才子。

〔二〕次公曰：上句以成終軍棄繻英妙時之句，下句以成宓子彈琴宰邑日之句。

〔三〕次公曰：上句言終明府之相見，皆是傾蓋如故之賓也。鄒陽曰：古語曰：白頭如新，傾蓋如故。何則？知與不知也。文穎曰：傾蓋，猶交蓋，駐車也。前人用傾蓋字，則盧諶詩：傾蓋維終朝。下句公自謂也。老翁字，魏文帝曰：已成老翁，但未頭白耳。

〔四〕次公曰：上句乃實道其事，如公詩又云：楚山不斷四時雨，巫峽長吹千里風是已。舊注引高唐賦：妾在巫山之陽，高丘之阻。旦爲朝雲，暮爲行雨。彼方見有雲雨兩字，便妄引，殊不知宋玉之語止是寓意，縱可以證巫峽雲雨，而楚江字安在也？　謂之清簟，則江淹賦云夏簟清兮晝不寐也。

夜雨一首（近體詩）

小雨夜復密，回風吹早秋〔一〕。野涼侵閉户，江滿帶維舟〔二〕。通籍恨多病，爲郎忝薄遊〔三〕。天寒出巫峽，醉别仲宣樓〔四〕。

〔一〕次公曰：小雨字，爾雅云：小雨謂之霢霂。爲是小雨，故用密字，蓋張協詩云：密雨如散絲。以言小雨也。回風字，爾雅云：回風曰飄。而楚辭九章之一有悲回風焉。公詩又云：況乃回風吹。回風吹早秋，其勢用阮嗣宗詠懷有云回風吹四壁也。

〔二〕次公曰：已閉户矣，而涼氣透入，此之謂侵閉户。字則孫敬閉户讀書也。　江以雨而水添，此之謂滿。滿字使陶潛春水滿四澤也。　維舟字，則如任彦昇有詩，其序云：贈郭桐廬出溪口見候，余既未至，郭仍進村。維舟久之，郭生方至。帶維舟，則江水既添滿，而有維舟在岸也。

〔三〕次公曰：通籍字，出前漢元帝紀注云：籍者，爲二尺竹牒記其年紀、名字、物色，懸之宫門，按省相應乃得入。公詩又云：謬通金閨籍。又云：腐儒衰晚謬通籍。又云：已令請急會通籍。皆使此字。公前者爲左拾遺，蓋嘗通禁省之籍矣。　多病字，前漢張良傳：良多病，故未嘗持兵將。　爲郎字，則如司馬相如以訾爲郎、卜式不願爲郎也。　薄遊字，夏侯湛作東方朔畫贊序云：以爲濁世不可富樂也，故薄遊以取位。又孫綽子曰：或問賈誼不遇漢文，將退耕於野乎？薄遊於朝乎？又謝玄暉詩曰：薄遊第從告，思閑願罷歸。又謝靈運初去郡詩：畢娶類尚子，薄遊似邴生。李善注：邴生，曼容也。養志自修，爲官不肯過六百名，輒自免去。如此則薄遊之義，蓋言薄薄遊宦也。公今云爲郎忝薄遊，則公官乃尚書工部員外郎，斯謂之爲郎；又嘗爲節度府參謀，則已自愧其忝竊於薄薄遊官矣。今世士人乃以出外干謁求索謂之薄遊，可笑。

〔四〕次公曰：此特想象之言，當在冬時可出巫峽，則可到荆州矣。又乘醉而別仲宣樓而歸長安也。禮記云：天寒既至，霜雪既降。此言冬時矣。　仲宣樓三字，固是因王粲字仲宣，避亂荆州，嘗登樓而作賦，懷思其故鄉，而遂名荆州樓爲仲宣樓，則梁元帝出江陵縣還詩云：朝出屠羊縣，夕返仲宣樓。以仲宣名世之士，故得指荆州樓爲仲宣樓，正類上句以屠羊説賢士，故得指江陵縣爲屠羊縣而言之。舊注模棱，言王粲字仲宣，有樓在荆州，非是。

更題一首（近體詩）

只應踏初雪，騎馬發荆州。直怕巫山雨，真傷白帝秋〔一〕。羣公蒼玉佩，天子翠雲裘。

同舍晨趨侍，胡爲淹此留〔二〕？

〔一〕次公曰：此篇又想象之詩。公以初雪爲期，離荆州而歸長安，然尚在夔州，乃巫山、白帝之側，故怕其多雨，而當秋時可傷也。

〔二〕次公曰：後四句乃思帝闕之事。蒼玉佩事，晉公卿禮秩曰：特進、尚書令、僕射、中書監令皆佩水蒼玉。韓退之云：峨峨進賢冠，耿耿水蒼佩。亦謂此也。翠雲裘字，宋玉賦云：主人之女，爲承日之華，上翠雲之裘。此宋玉夸誕之言，故主人女上之，今公直言天子矣。淹留字，離騷經云：又何足以淹留。

峽隘一首（近體詩）

聞説江陵府，雲沙淨眇然。白魚如切玉，朱橘不論錢。水有遠湖樹，人今何處舡〔一〕。青山若在眼，却望峽中天〔二〕。

〔一〕次公曰：人今何處舡，以唤下句也。言江陵府以水言之，有遠在湖邊之樹，而所謂欲往江陵之人，其舡今在何處？乃公自言也。

〔二〕次公曰：舊本各在眼，師民瞻本作青山若在眼，蓋言往江陵則必經巫山峽，若巫之青山在眼，却仰望峽中之天矣。意謂巫山兩立，才能見其天也。在眼字，謝靈運詩：想見山阿人，薜蘿若在眼。

【校】若巫之青山在眼：九家注巫字下有峽字。 巫山兩立：九家注作巫峽高峻而極窄。

寄劉峽州伯華使君四十韻（近體詩）

峽内多雲雨，秋來尚鬱蒸〔一〕。遠山朝白帝，深水謁夷陵〔二〕。遲暮嗟爲客，西南喜得朋〔三〕。哀猿更起坐，落雁失飛騰〔四〕。伏枕思瓊樹，臨軒對玉繩〔五〕。青松寒不落，碧海闊逾澄〔六〕。昔歲文爲理，羣公價盡增〔七〕。家聲同令聞，時論以儒稱〔八〕。太后常朝肅，多才接迹昇〔九〕。翠虚捎魍魎，丹極上鯤鵬〔一〇〕。宴引春壺酒，恩分夏簟冰〔一一〕。彫章五色筆，紫殿九華燈〔一二〕。學並盧王敏，書偕褚薛能。老兄真不墜，小子獨無承〔一三〕。近有風流作，聊從月繼徵〔一四〕。放蹄知赤驥，捩翅服蒼鷹。卷軸來何晚，襟懷庶可憑。會期吟諷數，益破旅愁凝〔一五〕。雕刻初誰料，纖毫欲自矜〔一六〕。神融躡飛動，戰勝洗侵淩〔一七〕。妙取筌蹄棄，高宜百萬層〔一八〕。白頭遺恨在，青竹幾人登〔一九〕。回首追談笑，勞歌跼寢興〔二〇〕。年華紛已矣，世故莽相仍〔二一〕。刺史諸侯貴，郎官列宿應〔二二〕。潘生雲閣遠，黄霸璽書曾〔二三〕。乳贙號攀石，饑鼯訴落藤。〔二四〕。藥囊親道士，灰劫問胡僧〔二五〕。憑久烏皮綻，簪稀白帽稜〔二六〕。林居看蟻穴，野食待魚罾〔二七〕。筋力皆彫喪，飄零免戰兢〔二八〕。岂爲百里宰，正似六安丞〔二九〕。姹女縈新裹，丹砂冷舊秤〔三〇〕。但求椿壽永，莫慮杞天崩〔三一〕。鍊骨調情性，張兵撓棘矜。養生終自惜，伐叛必全懲〔三二〕。政術甘疏誕，詞場愧服膺〔三三〕。展懷詩頌魯，割愛酒如澠平生所好，消渴止之。〔三四〕。咄咄寧書字，冥冥欲避矰〔三五〕。江湖多白鳥，天地有青蠅〔三六〕。

〔一〕次公曰：峽内多雲雨，普言三峽一帶之地。峽内字，與忠州三峽内同義。秋來尚鬱蒸，實道楚地之多熱；謂之秋來，則七月而來耳。

〔二〕次公曰：遠山朝白帝一句，説夔州，蓋公之所在也。深水謁夷陵一句，説峽州，蓋言劉使君之所在也。謁字，舊本一作出，非。蓋水至夷陵而愈深，所以謂之謁，以敵朝字。

【校】以敵朝字：九家注又接爲工爾三字。

〔三〕次公曰：遲暮嗟爲客，所以成在白帝之句。西南喜得朋，所以成望夷陵之句。遲暮字，楚辭云：傷美人之遲暮。下貼爲客字，則陸士衡歎逝賦云：託末契於後生，余將老而爲客。用對西南得朋，乃周易全語。朋以指言劉使君，大抵四川皆在中州之西南，此文人於恰好處更不放過。一句説夔州，一句説峽州，此雙紀格，具句法義例。

〔四〕次公曰：哀猿更起坐，則聞猿聲之哀，不覺起坐。更音平聲。落雁失飛騰，則以譬喻其身如雁之落，而失於飛騫也。

【校】失於飛騫：九家注作困於飛翔。

〔五〕次公曰：伏枕思瓊樹，以言其病。瓊樹，指言劉使君。思瓊樹事，漢李陵贈蘇武詩云：思得瓊樹枝，以解長渴饑。舊注引江淹古别離云：願一見顔色，不異瓊樹枝。乃事之孫耳，雖是李陵之意，但無思字也。杜田補遺却引世説王戎云：太尉夷甫，神姿高徹，如瑶林瓊樹，自是風塵外物。轉更無相干矣。臨軒對玉繩，則思劉使君如瓊樹之解渴饑。臨軒而坐，直至玉繩星見時也。

〔六〕次公曰：上句以言劉使君之歲寒。青松字，莊子云：松柏在冬夏青青。舊注引何敬祖詩青青陵上松，在後矣。下句以言劉使君之寬量。碧海事，則東方朔十洲記曰：東有碧海，廣狹浩汗與東海等。水不鹹苦，正作碧色。

〔七〕次公曰：言往時尚文爲治，故羣公諸儒增價也。此追言前朝，所以引下句。

〔八〕次公曰：此言劉使君祖宗家聲與公祖杜審言同休令之（問）〔聞〕望，當其時，士論并以儒之名稱歸劉、杜氏也。

【校】問望，九家注作聞望，方有義。

〔九〕次公曰：太后指言則天也。

〔一〇〕次公曰：翠虚捎魍魎，丹極上鯤鵬，言多才進用，如在碧虚、丹極之間，於是棄捐不才，如捎魍魎；賢自得君，如上鯤鵬，有九萬里之翺翔也。捎字，出東京賦：捎魍魎，斮猲狂。注云：捎，殺也。上字，則莊子云：搏扶摇而上也。

〔一一〕次公曰：上兩句言太后朝所寵賜大臣如此。春壺酒字，詩云：（春）〔清〕酒百壺。一作春壺滿，非。春壺用對夏簟，則别賦云：夏簟清兮晝不寐。

【校】春壺用對夏簟：九家注作蓋以酒對冰方當。

〔一二〕次公曰：下兩句通義。蓋彫鏤章句所用之筆，則五色筆也。江淹夢得五色筆，由是文藻日進。彫章字，杜田引齊蕭愨，字仁（顯）〔祖〕，秋夜賦詩云：芙蓉露下落，楊柳月中疏。高林以爲斯文彫章間出。又文選任彦昇作王文憲集序曰：公述作不倦，事該軍國，豈直彫章縟采而已哉。其説是。其彫章之地，在乎紫殿夜宴之時。西京雜記：元日燒九華燈於南山上，照見百里。故貼紫殿下用之，以見宴會也。紫殿字，前漢成帝紀曰：神光降集紫殿。蓋漢殿名也。舊注引謝玄暉云紫殿肅陰陰，在後矣。

〔一三〕次公曰：盧，則盧照隣；王，則王勃。唐文苑傳：盧照隣與楊炯、王勃、駱賓王以文詞齊名，海内稱爲王、楊、盧、駱，亦號爲四傑。褚，則褚遂良；薛，則薛稷。褚遂良之書得王逸少之（禮）〔體〕。稷外祖魏徵家多褚書，稷鋭意模學，時無及（時）〔之者〕。詳味此詩，豈言劉伯華之祖某，與公之祖審言乎？故謂之並與偕也。記云：名與功偕，事與時並。老兄真不墜，指言劉伯華；小子獨無承，則公自言，所以成家聲同令（問）〔聞〕，時論以儒稱之句。不墜，則不墜其祖劉某也。無承，則自謙爲不能承膳部之風也。老兄雖不必有出，而劉毅與劉裕樗蒲，毅既得雉，裕曰：老兄試爲卿答。於是成盧。自呼與呼人皆可也，故對小子。其字多矣，如論語云狂簡小子之類。

【校】時無及時：舊唐書及時作及之者。

〔一四〕次公曰：自風流作至百萬層十四句，以言劉使君之詩也。風流作，言其詩之風流，用對月繼，則月月相繼而徵索之。月繼字，師民瞻本作月窟。杜田想亦同此本，故補遺引顔延年宋郊祀歌：月竁來賓，日際奉土。注：竁，窟也。若作月窟字，則於徵求劉使君之詩爲無説矣。

【校】杜田想亦同此本：九家注作：杜田補遺作月竁。百家注亦云：舊作月竁。窟也：九家注下接一作峽，未知孰是七字。

〔一五〕次公曰：放蹄知赤驥，捩翅服蒼鷹，皆取其神駿快疾而比之也。劉使君作詩如馬行鷹飛，駿疾如此，而卷軸所寄之晚，所以怪之。而我襟懷所望，可憑倚詩卷之來也，故下句會欲數數吟諷之，而用破散旅愁之凝結焉。

【校】而我襟懷至詩卷之來也：九家注作：我之懷抱，欲憑詩以驅遣爾。

〔一六〕次公曰：雕刻初誰料，言其雕刻之妙，誰能輕料之。此蓋以造化言之也。揚子曰：如物刻而雕之，則天焉得力而給諸。一作誰解，非。　纖毫欲自矜，則纖毫皆妙，而可矜詩。公又嘗曰毫髮無遺恨者也。

〔一七〕次公曰：神融躡飛動，戰勝洗浸凌，杜田云：列子曰：心凝形釋，骨肉都融，不覺形之所倚，足之所履；隨風東西，猶木葉幹殼，竟不知風乘我耶？我乘風耶？　愚嘗熟味子美之詩，其於故事，有用其文者，有用其意者。如藻繪憶遊睢、灰劫問胡僧之類，所謂用其文也。孟子：竭力耕田，以共子職。而子美云：承顔胝手足。詩曰：沔彼流水，朝宗於海。而子美云：衆流歸海意，萬國奉君心。所謂用其意也。神融躡飛動，其亦取列子：骨肉都融，不覺形之所倚，足之所履，隨風東西之意歟？説詩者不以文害辭，不以辭害意，以意逆志，是爲得之。又韓子云：昔子夏見曾子，曰：何肥？對曰：戰勝故肥。曾子曰：何謂也？對曰：吾入見先王之義，則榮之，出見富貴，又勞之。兩者戰於胸中，未知勝負，故臞。今先王之義勝，故肥。杜説如此。其説是。公於論詩嘗曰：飛動摧霹靂。今公躡飛動亦是意。飛動字，公凡四次使。前人則沈佺期祭李侍郎文云：思合飛動，才冠卿雲也。洗侵凌，則凡作詩者，不敢與戰而侵凌之也。

〔一八〕次公曰：妙取筌蹄棄，以言其詩之不拘泥。高宜百萬層，以言其詩之不卑淺也。兩句又公不拘以數對數之格。莊子曰：得魚而忘筌，得兔而忘蹄。此棄筌蹄之義。　百萬字，則如百萬之師也。

〔一九〕次公曰：兩句則公之自歎耳。此所謂登青竹，則專主文章而言之。何則？遺恨字，出文賦云：常遺恨以終篇，豈懷盈而自足。前史蓋專有文藝傳、文苑傳，又如司馬相如、揚雄、王褒等，其班班載於史册，皆以文稱矣。

〔二〇〕次公曰：兩句則以追懷劉使君之談笑，故徒勞我之歌詠，而跼蹐於一寢一興之間也。談笑字，選有：宴語談笑。又：以當談笑。寢興字，則詩載寢載興也。

〔二一〕次公曰：世故字，則嵇康詩云：世故繁其慮。公自入仕，方遭安史之亂，而又有吐蕃之兵，則世故相仍，如草莽之多矣。

〔二二〕次公曰：上句言今日之刺史，乃古諸侯之貴也。下句則公乃尚書工部員外郎，漢明帝云郎官上應列宿故也。

〔二三〕次公曰：潘安仁曾作秋興賦，其序云：以太尉掾兼虎賁中郎將，寓直於散騎之省。高閣連雲，陽景罕曜。今因秋懷劉使君，豈遂以其所居爲潘生之雲閣乎？雲閣字，則高閣連雲是已。一作驂閣，或云乃騎閣之謂，極費力，非是。黄霸璽書曾，專言劉伯華爲太守，有政績，如黄霸之治潁川，以循吏徵入。按循吏傳云：二千石有治效者，輒報璽書勉勵。故以貼黄霸之下。璽書字有出，若改騎閣爲驂閣，尤見其非是。當以雲閣爲正。

〔二四〕次公曰：此而下則公自敘述，而終之以末句之歎傷也。乳贙，舊注云：乳虎也。非是。贙音畎。杜時可引爾雅：贙有力。注，出西海大秦國，似狗，多力獷惡。又音鉉。炙轂子載贙銘曰：爰有獷獸，厥形似犬。饑則馴服，飽則反眼。出乎西海，名之曰畎。其説是。然夔州未必有之，而公使此者，蓋亦山中之物耳。贙字，前乎杜公用之於詩，則沈佺期嘗云且懼威非贙，寧知心是狼也。乳贙號叫而攀石，鼯以訴饑而落藤，此皆道夔州山居之事。

〔二五〕次公曰：上句以其病之故，求服食於道士。藥囊字，則秦皇侍醫以藥囊提荆軻。下句以世故之多，形乎憂懼，遂有胡僧之問矣。漢武帝穿昆明池，悉是灰墨。有外國胡道人云，此是天地劫灰之餘。

〔二六〕次公曰：上句則老嬾之故。烏皮者，几也。齊謝朓有詠烏皮隱几诗曰：蟠木生附枝，刻削豈無施。取則龍文鼎，三趾獻光儀。勿言素韋潔，白沙尚推移。曲躬奉微用，聊承終宴疲。下句則髮少之故。白帽，白紗帽也。管寧常戴之。稜，俗作稜，非。

〔二七〕次公曰：上句則又閑散之事。下句則待罾中所得之魚也。

〔二八〕次公曰：筋與力兩件，故言皆彫喪。　下句則因避難而眼中不見戰伐之事，故得免戰戰兢兢之憂懼也。

【校】此條九家注引作：筋、力兩字，交當作皆，言皆彫喪。因避難而眼中不見戰伐事，故免憂懼也。詩：戰戰兢兢。

〔二九〕次公曰：旹，古時字。舊本作皆字，師民瞻本作昔字。蓋皆字、昔字俱與旹字點畫相近，當以旹爲正。此所以成郎官列宿應之句，蓋言身爲郎官，當其時自可爲百里宰矣，然正如桓譚之出耳。後漢桓譚以言事忤旨，出爲六安丞。蓋公之流落，以言房琯無罪忤肅宗，遂棄不省之也。

〔三〇〕次公曰：自姹女縈新裹至伐叛必全懲，言修煉之事，所以成藥囊親道士之句。身固欲以大藥而安，而乃遭用兵之際爲可慮。姹女者，水銀也。漢魏真人參同契云：河上姹女靈而最神，得火則飛，不染垢塵。注云：河上姹女，即是真汞也。用對丹砂。漢真丈人丹訣曰：姹女隱在丹砂中。注，姹女，汞也，是天地之至寶。丹砂，是七十二石之至尊。舊注模稜，便注云：姹女，神仙也，善煉燒，因乘煙仙去。殊不理會縈新裹是何義，而添撰附就如此。

〔三一〕次公曰：兩句則亦以求長年而已，勿以天尚有崩而不信無長年之效焉。或云，天豈有崩乎？乃杞人之過憂。此句又言君王之長久，自無慮也。　椿壽，則莊子所謂八千歲爲春，八千歲爲秋是已。杞天事，列子云：杞國有人憂天地崩墜也。

〔三二〕次公曰：上兩句言方鍊骨以調和情性，而值時吐蕃犯順，乃不皇助之，張兵而甘撓屈棘矜也。所以調和情性而撓棘矜者何也？以下句之所云也。　養生終自惜，伐叛必全懲，言我之養生，終日愛惜，而時之月兵伐叛，叛者亦必懲悔而不復犯順，如此則豈不可調情性而撓棘矜乎？　棘矜字，漢史有言：奮棘矜。伐叛一作伐數，無義。

〔三三〕次公曰：政術甘疏誕，又所以成旹爲百里宰之句。公自謙言：我於政術則甘爲疏誕，已不若劉使君之善政；若於詞場，則又以服膺爲愧也。

〔三四〕次公曰：上句以指言劉使君之爲政，又所以成刺史諸侯貴，黄霸璽書曾之句。蓋魯者，諸侯耳，而有頌者，以其德可歌詠也。下句則公自有本注。如澠字，左傳曰：晉侯與齊侯宴，中行穆子相。投壺。晉侯先，穆子曰：有酒如淮，有肉如坻。寡君中此，爲諸侯師。中之。齊侯舉矢，相者曰：有酒如澠，有肉如陵。寡君中此，與君代興。亦中之。

〔三五〕次公曰：上句又言不以世俗爲可怪也。世説：殷中軍名浩，被廢在長安，終日但畫空作字。揚州吏人尋議之，竊視，唯作咄咄怪事四字而已。下句則又有遠引之意。揚子曰：鴻飛冥冥，弋人何慕焉。又淮南子曰：雁銜蘆以避矰繳也。

〔三六〕次公曰：此言在江湖之間，天地之内，無所逃蚊蠅之害。白鳥者，蚊名，出大戴禮夏小正：丹鳥羞白鳥。丹鳥者，謂丹良也。白鳥者，謂蚊蚋也。謂其鳥者，重其養也。羞，進也。凡有翼者爲鳥，腐草爲螢而食蚊蚋，故云丹鳥以白鳥爲羞。韓退之云：朝蠅不須驅，暮蚊不須拍。蠅蚊滿八區，可與盡力格。秋風九月至，掃不見蹤跡。亦以蚊蚋之多爲歎。則杜公之詩，實道其事，而亦寓意，以言小人之多者乎？

近聞一首（古詩）

次公曰：此篇指言吐蕃。次公必定之爲今歲大曆元年之秋者，去歲八月僕固懷恩及吐蕃、回紇、党項羌、渾奴剌衆三十萬寇邊，掠涇邠，躪鳳翔，入醴泉、奉天，京師大震。十月，又有靈臺之戰。而今歲大曆元年二月，史載吐蕃遣使來朝，至九月而後陷原州。則自二月至八月爲無事矣。公之作，蓋七月、八月詩也。

近聞犬戎遠遁逃，牧馬不敢侵臨洮〔一〕。渭水逶迤白日淨，隴山蕭瑟秋雲高〔二〕。崆峒五原亦無事，北庭數有關中使〔三〕。似聞贊普更求親，舅生和好應難棄〔四〕。

〔一〕次公曰：犬戎，指言吐蕃也。本西羌屬，拜必手據地爲犬號。其俗謂强雄曰贊，丈夫曰普，故號君長曰贊普。今讀普從逋音，而杜公所用止從本字耳。遠遁逃，則匈奴傳云：聞漢兵大出，老弱奔走，〔歐〕〔敺〕畜産遠遁逃也。牧馬不敢字，則賈誼過秦論云：胡人不敢南下而牧馬。臨洮郡，今之洮州也。臨洮，今在九域志爲熙州也。

〔二〕次公曰：逶迤字，選有：紆餘逶迤。蕭瑟字。選有：蓊茸蕭瑟。白日淨、秋雲高，以形容其無事也。公詩嘗曰落花遊絲白日淨焉。渭水，則秦隴一帶所經皆是也。隴山，今之隴州也。地志云：隴山，天水大坂也。其坂九回，不知高幾許。

〔三〕次公曰：崆峒者，山名。樂史寰宇記云：禹跡之内，崆峒者三。其一在臨洮，秦築長城之所起。則洮岷一帶皆是也，而今專以言渭州。其詳見司法義例。五原，則今之鹽州西南㨨邊。北庭數有關中〔信〕〔使〕，則又言突厥通好也。或云回紇等國皆在北之地，既不附吐蕃，故亦遣使於國中，其説亦是。

〔四〕次公曰：爾雅曰：妻之父爲外舅。又曰：謂我舅者，吾謂之生。則妻父者舅也。婿者，生也。孟子言堯之於舜曰：帝館甥于貳室。迭爲賓主，是已。先帝昔嘗和親，以公主嫁贊普矣，則中國爲舅，贊普爲生。今又求親，故復有舅生之和好也。其求(新)〔親〕事,(親)〔新〕書不載,但云:永泰、大曆間再遣使者來聘而已,今因公詩而見之。

寄董卿嘉榮十韻 (近體詩)

次公曰:董嘉榮以爵則卿也,此與花驚定謂之花卿同。今詩首句云:聞道君牙帳,防秋近赤霄。則秋七月已後之作。聞道云者,在遠聞之也,故題言寄焉。吐蕃於廣德元年十月陷京師,十二月陷松、維州。廣德二年,劍南嚴武破之於當狗城。永泰元年八月,僕固懷恩與其兵同回紇、党項羌、渾奴剌衆三十萬寇邊。掠涇、邠,躪鳳翔,入醴泉、奉天,京師大震。十月,郭子儀大破其兵於靈臺。則三年之內,吐蕃爲寇無虚歲。至今歲大曆元年二月遣使來朝,九月復陷原州,則九月已前中原稍罷兵矣。故今詩曰:海内久戎服,京師今晏朝。舊在歸賦蜀山行之下,却成廣德二年春後詩。顯是失次,合遷入於此。

【校】歸賦蜀山行:九家注題作自閬州領妻子却赴蜀山行。今按該詩之結句云:我生無倚著,盡室畏途邊。略無歸賦之意,九家注題方切合詩意。疑赴訛作賦,待考。詩見丙帙卷十。

聞道君牙帳,防秋近赤霄〔一〕。下臨千雪嶺,却背五繩橋〔二〕。海内久戎服,京師今晏朝〔三〕。犬羊曾爛漫,宫闕尚蕭條〔四〕。猛將宜嘗膽,龍泉必在腰〔五〕。黄圖遭汙辱,月窟可焚燒〔六〕。會取干戈利,無令斥候驕〔七〕。居然雙捕虜,自是一嫖姚〔八〕。落日思輕騎,高天憶射鵰〔九〕。雲臺畫形象,皆爲掃氛(祅)〔妖〕〔一〇〕。

【校】氛祅，注引氛妖，九家注亦作氛妖，今據改。

〔一〕次公曰：牙帳，高牙之帳也。潘安仁關中詩云：高牙乃建。注引兵書曰：牙旗，將軍之旗。以其建於帳前，故曰牙帳。　防秋近赤霄，此必在西山矣。西山記曰：東望成都，如在井底。則防秋之處，其牙帳豈不如近赤霄之上乎？　防秋字，則明皇置防秋三戍於西山，是實事。　赤霄字，楚辭云：載赤霄而凌太清。

〔二〕次公曰：雪嶺，則西山記云：上有積雪，經夏不消，號爲雪山。　繩橋，則汦江之源，湍急不可爲梁，乃以竹繩爲橋，架虚而渡。

〔三〕次公曰：詳此兩句，此詩乃今歲大曆元年秋時無疑。是年二月，吐蕃遣使來朝，乍爾罷兵也。彼其九月復陷原州，則在公作詩之後矣。蓋以前日用兵之久，而今罷兵則可以晏朝也。　晏朝字，後漢明帝論曰：帝善刑理，法令分明。日晏坐朝，幽枉必達。

〔四〕次公曰：上句又言吐蕃前日爲患之久，下句則此寇往年前既嘗陷京師，今尚蕭條也。

〔五〕次公曰：猛將以言董嘉榮也。字則李陵書云：猛將如林。　嘗膽，則越王坐卧必仰膽，飲食亦嘗膽，曰：爾忘會稽之恥耶？　龍泉，劍名。越絶書：楚王召風湖子，令之吴越，見歐冶子、干將，使之爲鐵劍三枚，一曰龍泉也。

〔六〕次公曰：黄圖者，有三輔黄圖之書，言宫殿名號與京畿左右地理。吐蕃曾陷京師，侵擾一帶郡縣，故云黄圖遭汙辱。　舊注模稜，乃云天子圖籍，非是。　月窟，指言吐蕃巢穴。長楊賦云：西壓月窟。而吐蕃在西故也。

〔七〕次公曰：此戒董卿之辭。　干戈利，則書敵乃干，穀乃戈之義。　斥候，兵家探候者也。字出西域傳：斥候百人，五分之，夜擊刁斗。　無令其驕，則號令嚴肅也。

〔八〕次公曰：詳味詩句，必是董嘉榮再用爲將，故以馬武與霍去病比之。蓋後漢世祖建武四年拜馬武捕虜將軍。顯宗初，西羌寇隴西，覆軍殺將，朝廷患之，復拜武捕虜將軍。馬武一身而兩次爲捕虜將軍，故云居然雙捕虜，然止是一霍去病爾。霍去病先爲嫖姚校尉，而後爲票騎將軍故也。

〔九〕次公曰：此言董嘉榮往西山矣。當落日高天之際，思憶其騎射之妙也。　輕騎字，史有云：輕騎襲之。　射鵰，舊注引李廣傳匈奴射鵰者事。杜時可引北史：斛律金子光見一大禽，射之，正中其頸，形如車輪而下，乃鵰也。邢子高歎曰：此射鵰手也。人號爲落雕都督。杜之説是。　高天一作秋天，非是。蓋非止犯上句防秋字，且不若高天之不露筋骨，可對落日。

〔一〇〕次公曰：句所以激昂董卿也。後漢：雲臺畫二十八將之像，正以其有功。　氛妖字，妖氛之倒文也。陳徐陵移齊有剪妖氛、窮巢穴之語。

西閣二首（近體詩）

巫山小搖落，碧色見松林〔一〕。百鳥各相命，孤雲無自心〔二〕。層軒俯江壁，要路亦高深〔三〕。朱紱猶紗帽，新詩近玉琴〔四〕。功名不早立，衰疾謝知音〔五〕。哀世無王粲，終然學越吟〔六〕。

右一

〔一〕次公曰：小摇落，則七月也。言楚地暖，其摇落也小小而已。摇落字，宋玉云：悲哉秋之爲氣也，草木摇落而變衰。

〔二〕次公曰：鳥言相命，杜時可云：周書時訓曰：鶪始鳴。通卦驗曰：鶪，伯勞也。鳴者，相命也。又王粲登樓賦：百鳥相鳴而舉翼。李注：大戴禮夏小正云：鳴者，相命也。所引是，故對雲無自心，則陶淵明雲無心而出岫也。又孤雲字，陶云：孤雲獨無依。自心字，佛（書）〔書〕有自心、他心，乃參合用矣。

【校】所引周書語：檢周書時訓無鶪始鳴句，乃見於禮記月令疏曰：通卦驗曰：博勞鳴，蝦蟆無聲。鶪，伯勞也，此句見於爾雅釋鳥。今按，杜田所引混亂如此，今一仍其舊。

〔三〕次公曰：層軒字，招魂云：高堂邃宇，檻層軒，故對要路。其字則古詩：何不策高足，先據要路津。要路亦高深，則雖要衝之路亦在高深間，此可以見其皆山行而已。然江壁字對高深，則公詩往往不拘有如此。

〔四〕次公曰：朱紱則朝服，而紗帽則隱者之巾。公官雖省郎，而身則閑曠，故云朱紱猶紗帽。詩與琴俱不廢，故云新詩近玉琴也。新詩字，張華答何劭云：良朋〔貽〕新詩。玉琴字，如江淹去故都賦：撫玉琴兮何親。

【校】良朋新詩：朋字下奪貽字，據影胡刻本文選補。

〔五〕次公曰：功名字，多矣。衰疾字，謝靈運詩云：衰疾忽在〔斯〕。

【校】忽在：下奪斯字，據影胡刻本文選補。

〔六〕次公曰：爲在西閣，故使登樓事。魏王粲，字仲宣，山陽人。獻帝西遷，粲從至長安。以西京擾亂，乃之荆州，依劉表。其在荆州也，作登樓賦，蓋懷士之作也，故其賦有云：鍾儀幽而楚奏，莊舄顯而越吟。今公自謙，以爲雖不是王粲，而在西閣中，有同粲之登樓；又身爲尚書郎，非不顯矣，於比懷思故鄉，有如舄之吟也。越吟事，史記曰：陳軫適楚還秦，秦惠王曰：子去寡人之楚，亦思寡人不？陳軫對曰：昔越人莊舄仕楚執珪，有頃而病。楚王曰：舄故越之鄙細人也，今任楚執珪，富貴矣，亦思越不？中（射之士）〔謝〕對曰：凡人之思故，（故）在其病也。彼思越則越聲，不思越則楚聲。使人往聽之，猶尚越聲也。今臣雖棄逐之楚，豈能無秦聲者哉！

懶心似江水，日夜向滄洲〔一〕。不道含香賤，其如鑷白休〔二〕。經過凋碧柳，蕭索倚朱樓〔三〕。畢娶何時竟，消中得自由〔四〕。豪華看古往，服食寄冥搜〔五〕。詩盡人間興，兼須入海求〔六〕。

右二

〔一〕次公曰：滄洲，乃十洲之一。謝玄暉詩：既懽懷禄情，復叶滄州趣。

【校】復叶滄州趣：影胡刻本文選叶作協，州作洲。

〔二〕次公曰：含香事，杜田云：應劭漢官儀曰：始桓帝時，侍中刁存年老口臭，上出鷄舌香與含之。頗辛螫，不敢咀嚥，疑有過賜毒藥，歸舍辭家人，哀泣不知其故。僚友取其藥驗之，無不嗤笑。後尚書郎含鷄舌香始於此。鑷白事，南史：鬱林王年五歲，戲高帝傍。帝令左右鑷白髮，問王：我誰耶？答曰：太翁。帝笑，謂左右曰：豈有爲人作曾祖而拔白髮乎？即擲鏡鑷。

〔三〕次公曰：經過字，祖出阮籍詩：西遊咸陽中，趙李相經過。其後承用之熟矣。蕭索字亦然。舊本作調碧柳，或者遂曰調和也，言見柳之慣而與之和熟也。後之詞人亦有弄柳調花之句。大段費力。師民瞻本作凋碧柳，則通下一句義，蓋言秋時也，況公詩又有曰：清秋凋碧柳。

〔四〕次公曰：畢娶事，尚子平男娶女嫁畢，勑斷家事，勿復相關；故對消中。雖皆是實，而相如有此疾也。

〔五〕次公曰：豪華，一本誤作蒙華，而舊注遂云：蒙叟著南華經，大段非是。豪華字，庾信見遊春人詩云：長安有狹斜，金穴盛豪華。而唐人在公前則虞世南門有車馬客云：財雄重交結，戚里擅豪華。故對服食。其字則選詩云：服食求神仙。古往今來熟矣，故對冥搜。其字則天台賦序云：遠寄冥搜。

〔六〕次公曰：末句緣公方欲儘南而下，故宜有入海之語。

西閣雨望一首（近體詩）

樓雨霑雲幔，山寒著水城〔一〕。逕添沙面出，湍減石稜生〔二〕。菊蘂淒疏放，松林駐遠情。滂沱朱檻濕，萬慮傍簷楹〔三〕。

〔一〕次公曰：雲幔，則帶雲之幔，以西閣高故也。

〔二〕次公曰：逕添沙面出，湍減石稜生，可謂奇語矣。逕之所以添，以水落而沙面出也；湍減則石露，而其稜自生也。

〔三〕次公曰：末句，簷楹，簷邊之柱也。傍倚簷楹，固有所思矣。舊注引沈休文夕烏傍簷飛，非是。

丁帙卷之六

丙午大曆元年，時公五十五歲。秋八月、九月，在夔州西閣所存之詩。

秋八月。

上卿翁修武侯廟遺像缺落，時崔卿權夔州。一首（近體詩）

次公曰：舊次與孤雁相連，故得爲八月詩。

大賢爲政即多聞，刺史真符不必分〔一〕。尚有西郊諸葛廟，卧龍無首對江濆〔二〕。

〔一〕次公曰：多聞，言多有所傳聞之善政也。符分事，漢制，刺史分符出。文帝紀：二年九月初與郡守爲銅虎符、竹使符。師古曰：謂各分其半，右留京師，左與之。使音所吏反。真符不必，則言其權爲州也。

〔二〕次公曰：卧龍，指言武侯。徐庶謂先主曰：諸葛孔明，卧龍也。

孤雁一首（近體詩）

次公曰：舊注云：公值喪亂，羇旅南土，而見於詩者，志（嘗）〔常〕在於鄉井，故託意於孤雁也。末章譏不知我而譊譊者。其説甚迂。上六句固詠孤雁，末句則言野鴉之紛鳴，不若孤雁之獨鳴爲有意也。豈有不知我而譊譊之意邪？舊本題下又云，一作後飛雁，非。不必如此爲奇也。

孤雁不飲啄，聲聲飛念羣〔一〕。誰憐一片影，相失萬重雲〔二〕。望盡似猶見，哀多如更聞。野鴉無意緒，鳴噪自紛紛。

〔一〕次公曰：舊本正作飛鳴聲念羣，非。與下句鳴噪自紛紛相犯也。

〔二〕次公曰：范元實詩眼云：余舊日嘗愛劉夢得先主廟詩，豫章先生使余讀李義山漢宣帝詩，然後知夢得之淺近。又嘗愛崔塗孤雁詩云幾行歸塞盡者八句，豫章先生使予讀老杜孤雁不飲啄者，然後知崔塗之無可。范之説如此。彼崔塗者何敢望杜公哉！今全載其詩云：幾行歸塞盡，念爾獨何之。暮雨相呼失，寒塘欲下遲。有雲低間渡，關月冷遥隨。未必逢矰繳，孤飛可自疑。庶學者知之也。其中公用相失字，而崔用相呼失，蓋在孤雁自當使失字。梁簡文帝賦壠坻雁初飛詩，亦云霧暗早相失，沙明還其飛也。

黄草一首（近體詩）

黄草峽西舡不歸，赤甲山下人行稀。秦中驛使無消息，蜀道兵戈有是非〔一〕。萬里秋風吹錦水，誰家别淚濕羅衣〔二〕。莫愁劍閣終堪據，聞道松州已被圍〔三〕。

〔一〕次公曰：黄草峽，在涪州峽之西，則蜀中矣。赤甲山下人行稀，諸本皆作行人稀，非是。蔡伯世本作人行稀，以爲公律詩四韻盡對者凡十篇，此其一焉。蔡之説是。然此亦吴體者矣，蓋雖盡對，而字眼則不次也。水行之舡不歸，陸行之人稀少，此所以致疑道路之梗塞也。故望秦中之驛使，則無消息；聞蜀道之兵戈，或是或非，未敢必料也。

〔二〕次公曰：上兩句承蜀道兵戈之下而起思。蔡伯世謂是時蜀中多故，冬日他詩，公自注曰：傳蜀官軍自圍普，遂可見矣。秋風，言萬里橋之秋風也，錦水正在其下。誰家別淚，則行兵出戍，與夫避難逃禍者爲有離别矣。

〔三〕次公曰：末句言吐蕃圍松州。考其時，則在廣德元年。公前又有警急詩云松州合解圍，亦在廣德時詩。今詩次在今歲大曆二年之間，相去四年矣，深所未解。豈復松州而又圍之耶？若如此，則句之義蓋云：勿謂劍閣之險可恃而欲割據，雖松州在劍閣之内，已有圍之者矣。其所以戒守土之臣，勿生異意乎？若是大曆三年詩，則當年漢州刺史楊子琳反，陷成都，可以講劍閣堪據之義。更俟博聞者辯。

白鹽山一首（近體詩）

卓立羣峯外，蟠根積水邊〔一〕。他皆任厚地，爾獨近高天〔二〕。白牓千家邑，清秋萬古舡〔三〕。詞人取佳句，刻畫竟難傳〔四〕。

〔一〕次公曰：卓立字，熟矣。其亦起於顔淵云：如有所立，卓爾乎。　蟠根字，亦虞詡云盤根錯節者也。　積水字，文子曰：積水成海。而魏都賦曰回淵漼，積水深也。

〔二〕次公曰：厚地、高天字，西京賦云跼高天而蹐厚地也。

〔三〕次公曰：白牓，則言縣額以白爲牌耳。

〔四〕次公曰：末句蓋言欲以佳句專詠白鹽之狀，雖加刻畫，終難傳播，所以重言於難措辭也。刻畫字，晉庾元規語周伯仁曰：諸人皆以君方樂。周曰：樂毅邪？庾曰：不爾，方樂令。周曰：何乃刻畫無鹽，以唐突西施？

覆舟二首（近體詩）

巫峽盤渦曉，黔陽貢物秋〔一〕。丹砂同隕石，翠羽共沉舟〔二〕。羈使空斜景，龍居閟積流〔三〕。篙工幸不溺，俄頃逐輕鷗〔四〕。

右一

〔一〕次公曰：盤渦字，江賦云：盤渦谷轉。用對貢物，則書云各貢方物也。

〔二〕次公曰：丹砂、翠羽，則所貢之物，故因其物以寓沉覆之辭。僖十六年，隕石於宋五。蓋言星之隕爲石也。石者，水中之物，故丹砂之覆，貼之以同隕石。鄒陽書曰：積羽沉舟。蓋言雖至輕之物，所積既多，可以沉舟也。因舟中有翠羽而舟覆，故貼以共沉舟。共，則所沉者非專翠羽而已。

〔三〕次公曰：羃使空斜景一句，寫出押舡使者舡覆無聊之意盡矣。　龍宫閟積流，則罪龍之爲孽也。世言覆舡之物多爲龍宫所聚故耳。

〔四〕次公曰：末句能道事實矣。

竹宫時望拜，桂館或求仙〔一〕。姹女凌波日，神光照夜年〔二〕。徒聞斬蛟劍，無復爨犀舡〔三〕。使者隨秋色，迢迢獨上天〔四〕。

右二

〔一〕次公曰：詳味此篇，蓋因祠享而貢物也。上四句以言祠享，下四句以言覆舟。　竹宫事，前漢禮樂志：正月上辛用事甘泉圜丘，使童男女七十人，俱歌十九章之作，昏祠至明。夜常有神光如流星，止集於祠壇。天子自竹宫而望拜，百官侍祠者數百人，皆肅然動心。注，竹宫，以竹爲宫。　桂館事，前漢郊祀志：公孫卿曰：仙人可見，上往常遽，以故不見。今陛下可爲館如緱氏城，置脯棗，神人宜可致。且仙人好樓居。於是令長安創飛廉、桂館。師古曰飛廉及桂館，二名也。

〔二〕次公曰：上句以言神女之降，下句則上注所謂神光如流星是已。　姹女字，桓帝時，童謡云：河間姹女能數錢也。凌波字，曹子建洛神賦凌波微步，羅襪生塵也。　照夜字，多矣。若珠璧之光照夜，故用對凌波。此四句以言祠享而神降之也。

〔三〕次公曰：斬蛟劍事，荆佽飛得寶劍，渡江中流，兩蛟繞舟，幾没。佽飛拔劍斬蛟，乃得濟。　爨犀舡事，晉温嶠宿牛渚磯下，爇犀以照水怪，須臾見奇形異狀者。兩句蓋言恨無劍以斬蛟龍，無犀以照水怪，皆憤怒之辭。

〔四〕次公曰：末句上天以言見帝也。舊注引張騫兩字，亦是。蓋從江中至帝闕，故暗用此字，然使者之情爲可嗟矣。

懷灞上遊一首（近體詩）

悵望東陵道，平生灞上遊〔一〕。春濃停野騎，夜宿敞雲樓〔二〕。離別人誰在，經過老自休〔三〕。眼前今古意，江漢一歸舟〔四〕。

〔一〕次公曰：東陵道，指言長安東門外也。蕭何傳：邵平者，故秦東陵侯。種瓜長安城東，世謂東陵瓜也。灞水，在萬年縣東二十一里，自藍田縣來，合滻水北流入渭，則東陵道乃所以往灞上也。

〔二〕次公曰：停野騎、敞雲樓，則所懷之遊者也。

〔三〕次公曰：離別人誰在，則所與同遊灞上之人，今既離別，復誰在乎？又老矣，經過亦自休罷也。經過字，出阮籍詩：西遊咸陽中，趙李相經過。

〔四〕次公曰：末句正懷灞上而欲歸，蓋言灞上眼前有今古之意，特在一舟以歸耳。禹貢云：荆及衡陽惟荆州，江漢朝宗於海。注：二水經此州入海。舟泝江云江漢，則可以歸矣。歸舟字，謝玄暉詩天際識歸舟也。

存(没)〔殁〕口號二首（近體詩）

席謙不見近彈棋，畢耀人傳舊小詩〔一〕。玉局他年無限笑，白楊今日幾人悲〔二〕。

右一

〔一〕次公曰：此篇皆言二公之殁矣，故使白楊以見墓木也。彈棋，出後漢梁冀傳注：藝經曰：彈棋，兩人對局，白、黑棋各六枚。先列棋相當，更先彈也。其詳在酉陽雜俎。

〔二〕次公曰：玉局，觀也，在成都。白楊今日幾人悲，言幾人爲之悲？特有我而已。

鄭公粉繪隨長夜，曹霸丹青已白頭。天下何曾有山水，人間不解重驊騮。高士滎陽鄭虔善畫山水，曹善畫馬〔一〕。

右二

〔一〕次公曰：此篇一殁、一存也。山水言鄭虔之畫，驊騮言曹霸之畫。末句言無人珍重而藏其畫也。或曰：何曾有山水，止言鄭殁更無人會畫山水耳，於義亦通。

日暮（二）〔一〕首 （近體詩）

【校】二首：實止一首，他本咸作一首，二字當係筆誤。

牛羊下來久，各已閉柴門〔二〕。風月自清夜，江山非故園。石泉流暗壁，草露滿秋原〔三〕。頭白明燈裏，何須花燼繁〔三〕。

〔一〕次公曰：牛羊下來四字，毛詩全語。

〔二〕次公曰：滿秋原，舊本作滴秋根，蓋秋根字生，而秋原則與暗壁敵也。

〔三〕次公曰：末句，西京雜記言陸賈云：乾鵲噪而行人至，燈花然而有飲食。出處雖言有飲食，而世謂有喜事則燈結花。故公詩嘗云：燈花頻報喜。又韓退之云：惟能將喜事，來報主人翁。亦此之謂。今句蓋言頭白老矣，何用喜爲哉！故不須燈燼繁結也。

【校】所引西京雜記云云，九家注引作：西京雜記言陸賈云：乾鵲噪而行人至，蜘蛛集而百事喜。目瞤得酒食，燈花得錢財。燈花頻報喜：九家注獨酌成詩正文作燈花何太喜。今按，漢魏叢書西京雜記云：夫目瞤得飲食，燈火華得錢財。無燈花然而有飲食事，趙當係誤記。

晚晴一首 （近體詩）

次公曰：此篇句云秋分客尚在，則八月半矣。舊與回風吹早秋相連，則七月也。後篇失次，已遷出。

返照斜初徹，浮雲薄未歸〔一〕。江虹明近飲，峽雨落餘飛〔二〕。鳬雁終高去，熊羆覺自肥〔三〕。秋分客尚在，竹露夕微微。

〔一〕次公曰：返照字，纂要云：日將落曰薄暮；日西落，光返照於東，謂之反景。而隋康孟詠日詩云：光泛扶桑海，返照若華池。公詩又云：孤城返照紅將斂。亦使此字也。師民瞻本斜初徹作斜初散，恐非是。蓋公又云紅將斂，不應此却言散也。日光將收藏，不可言散。浮雲字，則論語：不義而富且貴，於我如浮雲。返照言斜，則賈誼云庚子日斜也。雲言未歸，謝靈運游南亭詩：雲歸日西馳。李善注引曹子建詩：朝雲不歸山，霖雨成川澤。且曰：雨則雲出，晴則雲歸也。今爲其薄薄尚在，故言未歸。

〔二〕次公曰：虹飲、雨飛，實道所見。黄帝占軍訣曰：攻城有虹從外南方入飲城中者，從虹擊之。異苑載晉陵薛願義熙初有虹飲其釜澳，噏響便竭。此皆飲虹之事。師民瞻本近飲作遠飲，亦非是，蓋惟其近飲，所以明見之也。

〔三〕次公曰：既晴矣，故鴻雁仍高飛而去。熊羆之覺肥，亦以晴而便於求食也。山郡所賦，宜使熊羆字，别無興託。舊注以鳬雁爲喻避世之士能高舉遠引，熊羆喻貪暴者賦民以自豐，穿鑿非是。蓋題賦晚晴，亦何用興託邪？

哭王彭州掄一首（近體詩）

次公曰：此詩二十韻，首兩句緊歎其死，其下自新文生沈謝至隱几接終朝十一韻，鋪敘王彭州之平生。而於十一韻中，又分三段。自翠石俄雙表至令子各清標六韻，鋪敘王彭州之歿後。而於六韻中又分三段。末四句則公自歎其留滯空老，不得歸長安，蓋因王君之喪不即還鄉而感傷也。

執友驚淪没，斯人已寂寥〔一〕。新文生沈謝，異骨降松喬〔二〕。北部初高選，東堂早見招〔三〕。蛟龍纏倚劍，鸞鳳夾吹簫〔四〕。歷職漢庭久，中年胡馬驕〔五〕。兵戈闇兩觀，寵辱事三朝〔六〕。蜀路江干窄，彭門地理遥。解龜生碧草，諫獵阻青霄〔七〕。頃壯戎麾出，叨陪幕府要〔八〕。將軍臨氣候，猛士塞風飈〔九〕。井漏泉誰汲，烽疏火不燒〔一〇〕。前籌自多暇，隱几接終朝〔一一〕。翠石俄雙表，寒松竟後彫〔一二〕。贈詩焉敢墜，染翰欲無聊〔一三〕。再哭經過罷，離魂去住銷〔一四〕。之官方玉折，寄葬與萍漂〔一五〕。曠望渥洼道，霏微河漢橋〔一六〕。夫人先即世，令子各清標〔一七〕。巫峽長雲雨，秦城近斗杓。馮唐毛髮白，歸興日蕭蕭〔一八〕。

〔一〕次公曰：執友，則禮記云：交遊稱其義也，執友稱其仁也。二者皆朋友，而執友厚愛尤切於交遊矣。斯人字，則祖於孔子云：斯人也，而有斯疾也。淪没字，出選。寂寥字，亦出選，多矣，如山河寂寥、晨暮寂寥也。

〔二〕次公曰：自此而下十一韻，雖鋪敘其平生，而十一韻中又分三段，則自此至鸞鳳夾吹簫，美其材器而言其初起身也。沈，則沈約；謝，則謝靈運。沈、謝六朝之能文者。以沈、謝比之，則王君必能文矣。松，則赤松子；喬，則王喬。魏文帝芙蓉池作云：壽命非松喬。以松、喬言之，則想見王君人物有仙風道骨者也。

若生字之義，或云王君之於新文，其生則沈約、謝靈運。如此則力不敵降字，蓋生乃生起之生，如傳言生死而肉骨者，非直是生仲達、生張説之生而已，故以對降。降，則降生之降，如詩言：惟嶽降神。今蓋言王之新文可以生起沈、謝於已死之後。此生字之義方爲有力。

〔三〕次公曰：謂之初高選，蓋言其初官得京畿尉也，故用北部事。曹操年二十舉孝廉，爲郎，除洛陽北部尉。所謂除，則選除之除矣。舊注云：漢有北部太守。豈有才起身而遂爲太守乎？況漢亦無此官名，彼何所據而言然？東堂早見招，言其得進見天子也。本朝宋敏求作河南志，引山謙之丹陽記云：東堂、西堂亦魏制，周之小寢也。而東堂見於晉書，如郄詵遷雍州刺史，武帝於東堂會送。問郄詵曰：卿自以爲如何？詵對曰：臣舉賢良，對策爲天下第一，猶桂林之一枝，崑山之片玉。可以見東堂乃帝所臨幸，以延賢傑之處也。高選字，非止一處，應是熟語。隋煬帝嘗謂侍臣曰：天下皆謂朕承藉緒餘而有四海，設令朕與士大夫高選，亦當爲天子矣。又如唐用户部侍郎蘇晉與齊澣爲吏部侍郎，當時以爲高選。又用中書令張説擇左右丞之事，舉王丘爲左丞，齊(潮)〔澣〕爲右丞，當時以爲高選。公於贈崔公輔詩云：渴賢高選宜。亦用此也。故對見招。其字則左太沖詠史詩云：馮公豈不偉，白首不見招。今公翻用之。公又嘗曰京兆田郎早見招也。早見招，則得用之早矣，故有下句云。

【校】齊潮：新唐書齊澣傳：中書令張説擇丞轄，以王丘爲左，澣爲右。則潮當作澣。

〔四〕次公曰：上句言禁從之地，變化者如蛟龍纏繞其所倚之劍。必言倚劍，則宋玉大言賦云：長劍耿介倚天外。今王君所佩之劍謂之倚劍，則在天子之傍矣。　下句鸞與鳳夾其所吹之簫，似言王君爲宗室女夫矣。蓋秦有蕭史者，善吹簫，爲秦公主弄玉之夫，教弄玉以吹簫而鳳凰降集。鸞與鳳夾其所吹之簫，豈非言王君爲宗室女夫乎？公詩又嘗云始知嬴女善吹簫，正以吹簫係之秦女也。舊注於此句下注王子晉三字，誤惑學者，蓋王子晉乃是吹笙，非吹簫也。假使亦是吹簫，却引王子晉於句義豈相接邪？已上三韻是一段。

〔五〕次公曰：承倚劍、吹簫之下，則方以帝戚爲侍從，而值禄山之亂也。漢庭字，漢書云：漢庭公卿，無出其右。故用對胡馬。其字則胡馬嘶北風也。

〔六〕次公曰：兵戈闇兩觀，則天寶十五載，禄山犯京師也。寵辱事三朝，則王君者，必事明皇、肅宗與當日之代宗也。兵戈字，祖出前漢戾太子傳論中，而庾信周齊王碑序云：夏官以兵戈爲主，專謀七德。故對寵辱，則老子寵辱若驚也。兩觀者，天子之觀闕，孔子誅少正卯於兩觀之下是已，故用對三朝實事。然漢有書曰三朝記，則三朝字不爲無出。此兩韻是一段。

〔七〕次公曰：上兩句言王君之出守，下兩句則王君必已自彭州替罷，而有封事於朝，雖上而不報也。不然，王君素好言事，以遠而阻也。解龜字，謝靈運詩：解龜在景平。注云：解去所佩龜印也，故對諫獵。其字則司馬長卿上諫獵書也。生碧草，言龜之閑，其上生蘚。青霄，則言丹禁深遠，如霄漢然。

〔八〕次公曰：上兩句通義。豈言嚴武節度東西川，提兵而出，亦辟王君爲幕客也？武之初來，以一時勑命指揮兩川都節制。既還朝。而第二次來，雖阻徐知道反不進，然止西川節度而已。其後辟杜公爲參謀時，即是第三次來，兼領東、西川節度，其戎麾可謂盛壯矣。公在幕府參謀，謂之叨陪幕府要，則王彭州亦在焉，而公陪之矣。

〔九〕次公曰：將軍臨氣候，所以指言總戎之人；猛士塞風飈，所以指言戰伐之士。臨氣候者，用兵之氣候，蓋風角、鳥占、孤虚之事。塞風飈者，戰鬪謂之風塵，而猛士塞之也。

〔一〇〕次公曰：泉誰汲、火不燒，此狀風塵既塞，而用兵閑暇之事。凡軍旅所在，必先論井泉；凡有驚急，必頻舉烽燧。井漏液而泉不汲，烽燧稀舉而火不用燒，則無事矣。皆以王君善爲參謀而然，故有下句云前籌自多暇，隱几接終朝也。

〔一一〕次公曰：前籌字，張良云：願借前箸而籌之。故對隱几。其字則孟子、莊子皆有焉。接終朝，則公自以其叨陪王君於幕府之中而多暇，曰日得相接。此六韻是一段，通已上十一韻，鋪敘王君之平生者如此。

〔一二〕次公曰：翠石俄雙表，則品官之高者，其死立雙石爲表，以言嚴鄭公之死也。寒松竟後彫，則言王君於主人交情如寒松之不替，然亦終於後彫，亦所以言其死也。孔子曰：歲寒，然後知松柏之後彫。

〔一三〕次公曰：贈詩、染翰兩句，言不敢以其死而廢詩篇之贈，然染翰之間，自痛悼而其情無聊矣。

〔一四〕次公曰：後兩句或云：初聞其死已哭矣，此後靈櫬從舟中歸而經過夔州，則公又再哭焉。其哭既罷，離別之魂或去夔州，或住夔州，皆自銷矣。又見公之於夔，去住未定也。別賦云：黯然銷魂，惟別而已。況死別乎！然以次公觀之，再哭之義，言已嘗哭嚴公靈櫬矣，今又再哭其幕中之王君，所以終翠石雙表、寒松後彫之句也。此三韻是一段。

〔一五〕次公曰：上兩句又追憶其才赴任而遂如玉折，又傷念其寄殯若萍泛之未安也。之官字，蕭望之便道之官。玉折字，王褒云：死如玉折。漂萍字，出選詩。此豈王君之喪，止謀寄葬，而未能歸鄉乎？故有下句。

〔一六〕次公曰：曠望渥洼道，霏微河漢橋，則言其出陸馬所經之塗，與夫渡橋而往，方在曠望之間，霏微之内矣。漢書禮樂志：元狩三年，馬生渥洼水中。而有天馬篇云：天馬徠……循東道。此所謂道也。言河漢橋，則又比夫如涉天之河，而橋則世傳七夕織女渡河而烏鵲爲橋也。此兩韻是一段。舊注於渥洼道注，謂王之亡龍馬，不可復見；於河漢橋注，謂王之魂當在仙境，是何夢語邪！

〔一七〕次公曰：兩句一段，又以實道其事。此皆於死者可歎念者也。已上通六韻所以鋪敘王君之歿後者如此。

〔一八〕次公曰：四句皆公自謂。巫峽長雲雨，則公言舟之在夔。秦城近斗杓，則公懷長安之遠。公嘗云：峽内多雲雨，固是實事，亦挨傍神女云：妾在巫山之陽，高唐之阻。旦爲朝雲，暮爲行雨。爲巫峽之雲雨有出處，故對秦城近斗杓，則長安城謂之北斗城。馮唐毛髮白，則公以自況也。其末四句公自歎其留滯空老，不得歸長安，蓋因王君之喪不即還鄉而感傷也。

【校】高唐之阻：影胡刻本文選唐作丘。

秋日寄題鄭監湖上亭三首 秋九月 （近體詩）

次公曰：題固著言秋日矣，而次公必定此作爲九月初者，以第三首句云杯迎露菊新知之也。公百韻詩注云：鄭在江陵。故今所寄題其湖上亭之作，使沅湘、昭丘也。

碧草違春意，沅湘萬里秋〔一〕。池要山簡馬，月淨庾公樓〔二〕。磨滅餘篇翰，平生一釣舟。高唐寒浪減，髣髴識昭丘〔三〕。

右一

〔一〕次公曰：江淹別賦云：春草碧色。則碧草者，春之事也。今秋而草枯矣，故謂之違背春意。江陵之下接洞庭、沅湘，爲言萬里秋，故廣言之。

〔二〕次公曰：上句則以習家池比鄭監之湖，以當日府帥比山簡。簡傳：郡民荆土豪族習郁有佳園，簡每出嬉遊，多之池上，置酒輒醉，名之曰高陽池。時有童兒歌曰：山公出何許，往至高陽池。日夕倒載歸，茗芋無所知。時時能騎馬，倒著白接䍠。舉鞭向葛彊，何如并州兒也。　下句則直比鄭監之樓爲庾亮樓矣。亮在武昌，諸佐吏殷浩之徒乘秋夜往，共登南樓，俄而不覺亮至。諸人將起避之，亮徐曰：諸君少住，老子於此處興復不淺。便據胡牀與浩等談詠竟坐。或曰，庾亮又以比帥府來登鄭監之樓。以俟明識訂之。

〔三〕次公曰：此四句則公自言也。磨滅字，尚書序云：其餘錯亂磨滅，故用對平生。祖出論語：久要不忘平生之言也。一釣舟三字，公再使矣。前嘗云天入滄浪一釣舟也。以一釣舟引落句：高唐峽水入東而浪滅，則可以行，故能髣髴望昭丘而識之。　王粲在荆州作登樓賦云：北彌陶牧，西接昭丘。注引荆州圖經曰：當陽東南七十里，有楚昭王墓。粲登樓則見所謂昭丘。

【校】則見所謂昭丘，九家注下接公時在夔，言水退則下荆南矣一句。

新作湖邊宅，還聞賓客過。自須開竹逕，誰道避雲蘿〔一〕。官序潘生拙，才名賈傅多〔二〕。捨舟應轉地，鄰接意如何〔三〕？

右二

〔一〕次公曰：自須開竹逕，承賓客過之下，蓋亦暗使蔣詡開徑者也。既開竹逕，則其逕顯豁，豈是隱避於雲蘿之間者乎。

〔二〕次公曰：官序潘生拙，潘生，潘安仁也。其閑居賦序云：岳嘗讀汲黯傳，至司馬安四至九卿，而良史書之，題以巧官之目，未嘗不慨然廢書而歎，曰：嗟乎！巧誠有之，拙亦宜然。乃自謂其拙而可以絶意乎寵榮之事。潘生所以比鄭監，蓋言其材器可以超遷，而止如潘生之拙也。其言官序，爲安仁自述其八徙官而一進階，再免，一除名，一不拜，遷職者三而已矣。斯爲官序矣。本出有官字，故對賈傳之才名。舊注引誼本傳誼年少，頗通諸家之書云云，雖是，而出處初無才字。其才字，則潘安仁西征賦云終童山東之英妙，賈生洛陽之才子也。才名而貼之以多字，又使人患才少，士衡患才多者也。

〔三〕次公曰：末句則公欲往江陵，故有鄰接之問。

【校】巧官：九家注引作巧宦，與文選同。

塹阻蓬萊閣，終爲江海人〔一〕。揮金應物理，拖玉豈吾身〔二〕。羹煑秋蓴滑，杯迎露菊新〔三〕。賦詩分氣象，佳句莫頻頻〔四〕。

右二

〔一〕次公曰：蓬萊閣，言鄭監之爲秘書監也。秘書監則漢之東觀。後漢書曰：學者稱東觀爲老氏藏室，道家蓬萊山。公前百韻詩言鄭君，亦曰蓬萊漢閣聯也。鄭君罷退，斯江海之人矣。莊子曰：就藪澤，處閒曠，釣魚閒處……此江海之士，避世之人也。舊注引沈休文詩江海事多違，是何夢語！江海人三字，謝靈運憶山中詩曰：韓亡子房奮，秦帝魯連恥。本自江（湖）〔海〕人，忠義感君子。

【校】本自江湖人：宋書謝靈運傳引作本自江海人，無題。今按，湖當作海，方合注文所謂江海人三字之出處。

〔二〕次公曰：揮金字，張景陽詠二疏詩：揮金樂當年，歲暮不留儲。乃疏廣以上及太子所賜金歸鄉里，日令家共具設酒食，請族人、故舊、賓客相與娛樂也。　應物理，則娛樂者，物理之常也。應音平聲。　拖玉豈吾身，代鄭監之辭。西征賦：飛翠緌，拖鳴玉，以出入禁門者，衆矣。言富貴榮飾，豈吾身之事乎。

〔三〕次公曰：腹聯道實事，此九月初，故云露菊新。

〔四〕次公曰：言鄭君賦詩，分得我吟詠之氣象，則佳句莫也頻頻有之乎？　此莫字與行雲莫自濕仙衣、即今龍厩水莫帶犬羊羶之莫同其類，具於句法義例。

秋清一首（近體詩）

高秋蘇肺氣，白髮自能梳。藥餌憎加減，門庭悶掃除〔一〕。杖藜還客拜，愛竹遺兒書〔二〕。十月江平穩，輕舟進所如〔三〕。

〔一〕次公曰：藥餌字，則謝靈運詩：藥餌情所止，衰疾忽在斯。故對門庭。其字則漢高祖約法三章，掃除煩苛。舊注引陳蕃不掃一室，即是掃字而已。

〔二〕次公曰：杖藜字，莊子載：原憲杖藜應門。故對愛竹。其字則王子猷愛竹也。　遺兒書，則題字於竹上。題字於竹上，其愛之至矣。

〔三〕次公曰：末句，公欲離夔儘南下也。

九（月）〔日〕諸人集于林一首　（近體詩）

九日明朝是，相要舊俗非〔一〕。老翁難早出，賢客幸知歸〔二〕。舊采黄花賸，新梳白髮微〔三〕。漫看年少樂，忍淚已霑衣。

〔一〕次公曰：九日明朝是，則八日詩也。舊本反在九日詩下，非。相要舊俗非，言夔州會集舊日之地爲非，以引下句之是。相要字，世説曰：過江諸人，每暇日輒相要出新亭，藉草飲宴。

〔二〕次公曰：賢客幸知歸，言知所歸往，以言其是，乃集於林之謂也。

〔三〕次公曰：賸字，俗作剩，非。

九日五首　（近體詩）

次公曰：舊本題下注云：闕一首。非也，其一在成都詩中，今還補之。

重陽獨酌杯中酒，抱病起登江上臺〔一〕。竹葉於人既無分，菊花從此不須開〔二〕。殊方日落玄猿哭，舊國霜前白雁來〔三〕。弟妹蕭條各何往？干戈衰謝兩相催。

右一

〔一〕次公曰：舊本正作豈登，師民瞻本取起登字，是。

〔二〕次公曰：竹葉者，酒名也。張華輕薄篇曰：蒼梧竹葉清，宜城九醖酒。張景陽七命曰：乃有荆南烏程、豫北竹葉。則所出非止一處矣，但爲佳酒而已。首句云獨酌杯中酒，又却云竹葉於人既無分，則公以病肺斷酒，雖酌而竟不飲也，故别篇又云潦倒新停濁酒杯也。

〔三〕次公曰：殊方字，文子云：殊方偏國。故對舊國，則莊子舊國舊都也。玄猿哭，則峽中多猿。古歌云巴(山)〔東〕之峽巫(山)〔峽〕長，猿(啼)〔鳴〕三聲淚霑裳也。使玄猿字，則上林賦曰：玄猿素雌。而晉書五行志射妖云：蜀車騎將軍鄧芝，征涪陵，射玄猿。猿自拔矢，卷木葉塞射瘡。芝歎曰：傷物之性，吾其死矣。斯乃玄猿之事實。用對白雁，則沈存中云：北方有白雁，似雁而小，色白，秋深則來，來則霜降。河北人謂之霜信。杜甫詩曰：故國霜前白雁來。即此也。舊注云：漢武太子婚，得白雁於上林，以爲贄。不知據何書而言然？此自是唐高宗咸亨中事，止云會苑中獲白雁耳。若新語曰：梁君出獵，見白雁，欲自射之。道上有驚雁駭者，梁王怒，命射此人，其御諫之而止。斯乃白雁之事實。

【校】巴山之峽巫山長，猿啼三聲淚霑裳：四部叢刊本水經注引作巴東之峽巫峽長，猿鳴三聲淚霑裳。今按，鈔本趙注多次引用此歌，而文字不一，蓋憑記憶爲之，當以水經注所載爲正。下不一一誌明。

舊日重陽日，傳杯不放杯。即今蓬鬢改，但愧菊花開。北闕心長戀，西江首獨回〔一〕。茱萸賜朝士，難得一枝來〔二〕。

右二

〔一〕次公曰：北闕心長戀，則不忘君也。北闕在前漢未央宫殿，雖南嚮，而上書、奏事、謁見之徒，皆詣北闕。又關中記曰：未央宫東有蒼龍闕，北有玄武闕，所謂北闕也。西江首獨回，則意欲下荆渚也。莊子云：激西江之水。疏云：蜀江謂之西江，以其從西來，此在楚人指之爲西江矣。

〔二〕次公曰：末句，唐制，九日賜宴，賜朝臣以茱萸，故公有感云。所以成戀北闕之句。西江之詳，見句法義例。

舊與蘇司業，兼隨鄭廣文〔一〕。采花香泛泛，坐客醉紛紛。野樹欹還倚，秋砧醒却聞。歡娱兩冥寞，西北有孤雲〔二〕。

右三

〔一〕次公曰：蘇司業，源明也。鄭廣文，虔也。前四句言當時之事，後兩句則公述其今日在夔之況。

〔二〕次公曰：末句歡娱兩冥寞，言昔日與蘇、鄭之歡娱，則以二人之死亡而冥寞；今日在夔之歡娱，則以流落寄寓而冥寞，故云兩也。或云，兩字指蘇與鄭，於義淺矣。冥寞字，顔延年詩衣冠終冥寞也。西北有孤雲句，倣魏文帝西北有浮雲，而義則懷望長安也。

【校】九家注下接漢一作寞四字。

故里樊川菊，登高素滻源〔一〕。他時一笑後，今日幾人存。巫峽蟠江路，終南對國門〔二〕。繫舟身萬里，伏枕淚雙痕〔三〕。爲客裁烏帽，從兒具渌樽〔四〕。佳辰對羣盜，愁絶更堪論。

右四

〔一〕次公曰：樊川、素滻，皆指言長安也。樊川在長安萬年縣南三十五里。十道志曰：其地即杜陵之樊鄉。漢高祖至櫟陽，以將軍樊噲灌廢丘之功爲最，賜噲食邑於此，故曰樊川。滻水在長安萬年縣東北，流四十里入渭。其謂之素滻，則潘安仁西征賦云：南有玄灞素滻，北有清渭濁涇。

〔二〕次公曰：上句言其在夔之地，次句又言長安，乃其懷憶之情也。

〔三〕次公曰：繫舟身萬里，伏枕淚雙痕，正所以言其流落且病也。

〔四〕次公曰：爲客裁烏帽，爲音去聲。平時疏散，往往不巾，其裁烏帽以爲客而已。渌樽字，沈休文云：憂來命渌樽。用對烏帽，未見所出。公又曰：烏帽拂塵青螺粟。惟管寧傳云常着皂帽耳。東坡云時見烏帽出復没，應却出於杜也。

風急天高猿嘯哀，渚淸沙白鳥飛回〔一〕。無邊落木蕭蕭下，不盡長江衮衮來〔二〕。萬里悲秋常作客，百年多病獨登臺〔三〕。艱難苦恨繁霜鬢，潦倒新停濁酒杯〔四〕。

右五舊本題名登高，在成都哭嚴僕射歸櫬相近，合遷入於此，補所謂闕一首者。

〔一〕次公曰：風急字，如潘安仁云：勁風凄急。天高字，宋玉云：天高而氣清。四字兩出，合使方工。木葉蕭蕭，則楚辭有風颯颯兮木蕭蕭也。

〔二〕次公曰：其下字，使楚辭洞庭波兮木葉下。其餘甚明，亦不必牽强引所出。

〔三〕次公曰：多病獨登臺，與首篇抱病起登江上臺相應。

〔四〕次公曰：末句言霜鬢而已。必着繁霜字，則言其多。詩云正月繁霜也。潦倒字，濁酒杯字，並出嵇康，蓋云潦倒粗疏，又曰濁酒一杯也。若潦倒義，則北史崔瞻傳云：自天保以後，重吏事，謂容止醖藉者爲潦倒，瞻終不改焉。如此則潦倒亦非不佳之語，故公又曰多材依舊能潦倒也。新停濁酒杯，則公以病肺斷酒，與首篇竹葉於人既無分相應。

諸將五首（近體詩）

次公曰：按編年通載，今歲二月，吐蕃雖遣使來朝，而九月又陷原州，則兵甲終未息矣。公詩蓋責諸將之不力戰，追言前事以諷之。第五篇獨美嚴公，蓋公第三次來成都時，先破吐蕃於當狗城，克鹽川城西，此所以深望諸將如之也。

漢朝陵墓對南山，胡虜千秋尚入關。昨日玉魚蒙葬地，早時金盌出人間〔一〕。見愁汗馬西戎逼，曾閃朱旗北斗閑〔二〕。多少材官守涇渭，將軍且莫破愁顔〔三〕。

右一

〔一〕次公曰：此四句所以激怒諸將也。漢朝天子之陵，大臣之墓，多對南山，千秋萬歲，以爲固矣，而胡虜尚能入關，不無侵掘也。　玉魚事，舊注引兩京雜記：長安大明宮宣政殿初就，每夜見數十騎衣鮮麗遊往其間。高宗使巫祝劉門奴、王湛然問其所由。鬼云：我是漢楚王戊太子，死葬於此。門奴等曰：按漢書，戊與七國反，誅死無後，焉得有子葬於此？鬼曰：我當時入朝，以路遠不從坐。後病死，天子於此葬我，漢書自有遺誤耳。門奴因宣詔與改葬。鬼喜曰：我昔日亦是近屬豪貴，今在天子宮内，出入不安，改卜極爲甚幸。今在殿東北入地丈餘，我死時天子斂我玉魚一雙，猶未朽，必以此相送，勿見奪也。門奴以事奏聞，有勑改葬苑外。及發掘，玉魚宛然見在，棺柩之屬朽爛已盡。自是其事遂絶。　金碗事，舊注引盧充與崔少府女幽婚，得崔女金碗，詣市賣。崔女姨曰：我妹之女嫁而亡，贈以金碗著棺中。云云。而杜田補遺云：沈炯行經漢武通天臺，爲表奏之。其略曰：甲帳珠簾，一朝零落；茂陵玉碗，遂出人間。是詩首句云漢朝陵墓對南山，即碗出人間乃茂陵事也，但金、玉異爾，原注引盧充金碗事恐不類。田之説仔細如此。沈炯傳載在南史。田殊不知題是諸將，止言將臣之貴者，常蒙玉魚之賜，且有金碗在墓而出，皆人臣事耳。止用出人間三字，全出己見，有發墓之意，不必泥金碗上是女人之事也。　師民瞻本作出人寰，蓋爲後句改北斗閑爲北斗間而然矣。公兩句蓋以激怒諸將，而以下句責其吐蕃之難又不勤王也。

【校】兩京雜記：九家注引作西京雜記，杜詩詳注引作兩京新記。今按，檢現存西京雜記無此條，且西京雜記係六朝僞書，不當有大明宫宣政殿字樣。九家注引誤。復檢現存溥良南菁札記所收兩京新記、上海涵芬樓影印佚存叢書所收兩京新記殘卷，咸無此條。然此條故事與現存兩京新記所載者頗類，疑係佚文。所引劉門奴，九家注、杜詩詳注咸作劉明奴。

〔二〕次公曰：前四句言既有胡虜之禍，發掘冢墓矣；今繼有吐蕃之難，而諸將不知憤激，遠來長安禦戎也。汗馬字，公孫弘云：臣愚駑，無汗馬之勞。朱旗字，東京賦云：高祖仗朱旗而建大〔旒〕〔號〕。北斗，言長安。長安號北斗城也。諸將所以汗馬者，以西戎之逼也。然閃朱旗於北斗城中，而翻閑暇焉，則以不措意於勤王，及犬戎之既去爲不及事也。蔡伯世本改作北斗殷，師民瞻本改作北斗間，蓋皆牽於杜公父名閑，必不使閑字，而以意改耳。左傳曰：左輪朱殷。以血染之而後殷也。朱旗之閃何至殷北斗乎？若北斗間，則間字語弱，別無含蓄之意，又乃指其所之辭，亦與逼字不敵矣。兼自閑字，公亦嘗使曰：（翩翩）〔娟娟〕戲蝶（閑過慢）〔過閑幔〕。不可改閑字作别字。今所云北斗閑，皆臨文不諱。如韓退之父名卿，而退之豈不使卿字邪？

【校】建大旒，影胡刻本文選旒作號，九家注所引亦作號。翩翩戲蝶閑過慢，鈔本巳帙小寒食日舟中作正文作娟娟戲蝶過閑幔，今據改。

〔三〕次公曰：上六句皆是已往之事，已責之矣。今此言費材官以守涇渭之水，則深防寇賊之禍，爲將軍者且莫破愁顔而爲樂也。高適嘗言於明皇曰：監軍諸將不卹軍務，以倡優、蒲塞相娱樂。則公今有且莫破愁顔之戒，宜矣。

韓公本意築三城，擬絶天驕拔漢旌。豈謂盡煩回紇馬，翻然遠救朔方兵〔一〕。胡來不覺潼關隘，龍起猶聞晉水清。獨使至尊憂社稷，諸君何以答昇平〔二〕。

右二

〔一〕次公曰：韓公事，杜田補遺云：韓國公張仁愿於河北築三受降城，二壘相距各四百里，其北皆大磧，置烽候千八百所。自是突厥不敢踰山牧馬。其説是。天驕，指言匈奴。漢匈奴傳：匈奴自稱爲天之驕子。而回紇者，匈奴之種也，故亦得稱天驕。公於留花門詩亦曰：花門天驕子，飽食氣勇決。是已。拔漢旌，拔字使韓信傳拔趙幟，立漢幟之拔。擬絶天驕拔漢旌，蓋言三城之築，所以止絶匈奴搴拔漢家之旗者也。既止匈奴搴拔漢家之旗矣，彼回紇者，匈奴之別種，豈謂國家煩其兵馬救朔方兵之困敗，以助討賊邪！蓋至德元載閏八月，廣平王俶爲天下兵馬元帥，郭子儀副之，以朔方、安西、回紇、南蠻、大食兵討安慶緒。其後，回紇遂至恃功侵擾中國。此公之所以歎也。必言回紇馬，則其戰每在騎戰也。故公嘗云渡河不用船，千騎常撇烈；又云京師皆騎汗血馬也。

〔二〕次公曰：潼關非不隘也，而胡來不覺其隘，蓋以失守也。此以譏哥舒翰之敗。然所以平禍亂者，自是肅宗即位之所致，豈在煩回紇之兵乎！當時諸將不能盡忠竭節，獨貽天子之憂，乃有煩回紇兵之事。其後賊既已平，諸君有何功效而報答哉！此責其徒享高爵厚禄者矣。言晉水清，則河北者晉地也，乃安賊所起之地。肅宗龍飛，而晉水復清矣。

洛陽宫殿化爲烽，休道秦關百二重〔一〕。滄海未全歸禹貢，薊門何處盡堯封〔二〕。朝廷衮職誰爭補，天下軍儲不自供〔三〕。稍喜臨邊王相國，肯銷金甲事春農〔四〕。

右三

〔一〕次公曰：上句亦挨曹子建詩：洛陽何寂寞，宫殿盡燒焚。（然）〔化〕爲烽，則謂舉烽燧於殿上也。秦關百二事，前漢：田肯賀高祖曰：陛下治秦中。秦，形勝之國也，帶河阻山，縣隔千里，持戟百萬，秦得百二焉。注曰：百二，得百中之二，二萬人也。秦地險，固二萬人足當諸侯百萬人也。今云百二重，則既百二，而又得百二也。舊注引張孟陽劍閣銘：秦得百二，併吞山河。乃是使田肯事，是爲無祖矣。

〔二〕次公曰：滄海，指言山東。薊門，指言河北。古詩云出自薊北門也。禹貢，則尚書有此篇。堯封，則董仲舒云：堯舜在上，比屋可封。何處盡堯封，則何處是堯可封之民？亦以言爲吐蕃所陷也。

〔三〕次公曰：上句舊本作雖多預，師民瞻本作誰爭補，是。詩曰：衮職有闕，〔維〕仲山甫補之。今不能然，公是以罪之也。下句則公亦歎其無如之何之辭，言郡國不修貢賦，須上求索而後供，非以其職而自供者也。

〔四〕次公曰：王相國，舊注云：王縉也。新書本傳不見其事。廣德二年，歲在甲辰，劉晏、李峴罷，王縉、杜鴻漸同平章事。至大曆十二年元載坐贓賄伏誅，貶王縉爲括州刺史，乃在公死七年之後。此見於編年通載，而新書王縉附兄王維傳止云爲尚書左丞。若以公此句爲指王縉，則縉自廣德二年同平章事之後，於大曆二年前，豈嘗出而臨邊乎？新書既脱略，無所考也。臨邊字，文中子云：折衝樽俎，不必臨邊。金甲字，蔡文姬詩：金甲耀日光。

回首扶桑銅柱標，冥冥氛祲未全銷〔一〕。越裳翡翠無消息，南海明珠久寂寥〔二〕。殊錫曾爲大司馬，總戎皆插侍中貂〔三〕。炎風朔雪天王地，只在忠臣翊聖朝〔四〕。

右四

〔一〕次公曰：上句則扶桑與銅柱標也。扶桑以言王國之東；銅柱以言王國之南。馬援南征，建銅柱標以勒功伐。氛祲字，晉阮孚云：氣祲既澄，日月自朗。

〔二〕次公曰：頷聯兩句所以結氛祲未銷之所致也。越裳者，西方之遠國。尚書大傳云：昔周公相成王，越裳氏重九〔譚〕〔譯〕獻白雉。譯曰：吾受命之日久矣，天之無烈風淫雨，意中國有聖人乎？盍往朝之。今言翡翠，取白雉之類耳。南海明珠，則珠多出於南海，如交趾産明璣，合浦出大珠也。

【校】四部叢刊本尚書大傳全句作越裳以三象重譯而獻白雉……其使請曰：吾受命吾國之黄耇曰：久矣，天之無烈風澍雨，意者中國有聖人乎？有則盍往朝之。

〔三〕次公曰：此深責諸君徒享高爵厚恩，而不能輸忠者也。以殊錫言之，則有爲大司馬者矣。以總戎言之，則有爲侍中者矣。大司馬事，如晉王導爲大司馬，以禦石勒，假黄鉞。侍中貂事，漢侍中冠附蟬爲文，貂尾爲飾。此借前代之事以比之也。

〔四〕次公曰：炎風言南方之地，朔雪言北方之地。詩曰：（普）〔溥〕天之下，莫非王土。故曰天王地。舊注云：天子冒風雪於外，所賴者忠臣而已。是何夢語！公詩句之意蓋以莫非王土，當修職貢。必欲其來，在忠臣翊贊天子耳。

主恩前後三持節，軍令分明數舉杯[三]。西蜀地形天下險，安危須仗出羣材[四]。

右五

[一] 次公曰：此篇專言嚴武也。公雖以去年之夏離成都，而今年至夔初見春焉，故得言錦官春色逐人來。至此又初見夔之秋也。

[二] 次公曰：嚴武鎮蜀，辟公爲參謀。望鄉臺，在成都之北，長安使來所經之地。公隨嚴僕射共登此臺以迎中使，故曰：正憶往時嚴僕射，共迎中使望鄉臺。此又以人名對處所之格。

[三] 次公曰：三持節，則言嚴公第一次寶應元年正月來，勑命權令兩川都節制，四月召還；第二次於六月，却專以節度西川來，阻徐知道反，不得進；第三次廣德二年，朝廷方正以兩川合一節度，而武以黄門侍郎來，至永泰元年四月盡日薨。其詳具于八哀詩題下所解也。舊注云：兩鎮蜀，一刺綿，非是。軍令分明數舉杯，蓋言其治軍整肅，所以不妨舉杯之頻數也。

[四] 次公曰：後句深美嚴公甚明。安危，則安其危也。公於八哀之言武云：公來雪山重，公去雪山輕。正此意矣。

月一首（近體詩）

次公曰：四更所見之月，而有開鏡之句，則乃月滿之狀，必十五夜也。豈九月之望夜乎？於一更、二更、三更爲雲遮，如塵匣之鏡。至四更在樓上忽見之，所以有作。既在夔州羣山之中，故謂之山吐月。

四更山吐月，殘夜水明樓〔一〕。塵匣元開鏡，風簾自上鉤〔二〕。兔應疑鶴髮，蟾亦戀貂裘〔三〕。斟酌姮娥寡，天寒耐九秋〔四〕。

〔一〕次公曰：此篇首兩句古今絶唱。東坡先生深曉吐字之義，故取下句爲五韻，以賦五詩。自一更至五更，皆曰山吐月。又有句云明月翳復吐也。月言吐字，出費昶省中夜聞擣衣詩云：閶闔下重關，丹墀吐明月。蓋吐露其光之謂。殘夜水明樓，言夜將盡矣，登樓看月，其明照於水，而水光照樓。句法如此，不亦奇乎？次公定此詩爲今歲大曆元年詩者，以樓字知之也。公在夔見秋者三年：今歲大曆元年在西閣，明年之秋在瀼西與東屯。瀼西、東屯之居，茅屋而已，無樓也。今歲在西閣則相近有白帝城樓矣。樓上有簾，則爲官簾者矣。

〔二〕次公曰：上句説月。古詩云：破鏡飛上天。又梁簡文帝云：形同七子鏡。則鏡以比月矣。塵匣字，則取鮑明遠擬古有云明鏡塵匣中，寶琴生網絲也。若全句之勢，則又庾信鏡詩云玉匣聊開鏡，輕灰暫拭塵也。信直用之於鏡，而公則以比月爲工矣。謂之元開鏡，則驚喜之詞也。下一元字，可以見一更、二更、三更雖有月而雲遮之也。下句言樓上之簾已自掛起，則可以分明看月也。風簾字，謝玄暉怨情詩：花叢亂數蝶，風簾入雙燕。若言風吹簾而自上鉤，則無是理。簾上鉤字，如陳蕭詮詩珠簾半上珊瑚鉤也。

〔三〕次公曰：通末句爲一段，以言看月也。上句則公又自言其老，下句則公又自言其貧。鶴髮，老者之狀。庾信竹杖賦云：子老矣，鶴髮鷄皮，蓬頭(曆)〔歷〕齒。貂裘，使蘇季子黑貂裘也。

【校】曆齒：中華書局影印本文苑英華作歷齒。

〔四〕次公曰：斟酌者，想料之也。鮑明遠和王丞詩：斟酌高代賢。玉臺後集載董思恭王昭君詩：斟酌紅顔盡，何勞鏡裏看。公於舟（中）出江陵云：經過憶鄭驛，斟酌旅情孤。皆爲料想之義。姮娥本羿妻，竊羿不死之藥而奔月，是爲月精。故月事承用之熟，杜田至引僅三百言，爲冗矣。九秋，以九十日言之也。亦有稱九夏焉。以九秋言之，則秋之三箇月將盡矣，所以知其爲九月之望夜尤明。李商隱云：姮娥却悔偷靈藥，碧海蒼天夜夜心。亦有誚姮娥寡之意。或以爲公歎其飲酒於月下者寡少，故爲詳之。

上白帝城一首（近體詩）

城峻隨天壁，樓高更女牆〔一〕。江流思夏后，風至憶襄王〔二〕。老去聞悲角，人扶報夕陽。公孫初恃險，躍馬意何長〔三〕。

〔一〕次公曰：天壁，天然自立之石壁也。城上之（牌）〔陴〕，謂之女牆。徐敬業登琅玡城詩云：登（牌）〔陴〕起遐望。注言：（牌）〔陴〕，女牆也。

〔二〕次公曰：江流思夏后，思字，則左傳：劉子見河洛而思禹功。用夏后字，則江賦：巴東之峽，夏后疏鑿。宋玉風賦：楚襄王遊於蘭臺之宮，宋玉、景差侍，有風颯然而至，王乃披襟而當之，曰：快哉此風！寡人所與庶人共者邪。宋玉對曰：此獨大王之風耳。故曰風至憶襄王。

〔三〕次公曰：末句，公孫則公孫述也。蜀都賦云：公孫躍馬而稱帝，劉宗下輦而自王。

別崔潩因寄薛據孟雲卿內弟潩赴湖南幕職一首（近體詩）

志士惜妄動，知深難固辭〔一〕。如何久磨礪，但取不磷緇〔二〕。夙夜聽憂主，飛騰急濟時〔三〕。荆州過薛孟，爲報欲論詩。

〔一〕次公曰：志士惜三字，古詩云：志士惜日短。志士本惜妄動，而受知之深，則難固辭。此以言潩赴幕職於湖南也。

〔二〕次公曰：磨礪字，左傳：磨礪以須。故對磷緇。其祖雖是磨而不磷，涅而不緇，而用磷緇字，則謝靈運云：磷緇謝清曠。句云：如何久磨礪，但取不磷緇。蓋言如何以久磨礲淬礪，便以爲利乎？所貴尚者，取磨不磷，涅不緇而已。

〔三〕次公曰：夙夜字，如詩云：夙夜匪懈。飛騰字，選有云：羽爵飛騰。濟時字，魏書：安其濟時。

宿江邊閣一首（近體詩）

暝色延山徑，高齋次水門〔一〕。薄雲巖際宿，孤月浪中翻〔二〕。鸛鶴追飛靜，豺狼得食喧。不眠憂戰伐，無力正乾坤。

〔一〕次公曰：瞑色字，謝靈運詩：林壑〔劍〕〔斂〕瞑色。

【校】劍：影胡刻本文選作斂。

〔二〕次公曰：孤月浪中翻，自是浪湧而月翻也。舊注引〔舞〕鶴賦：星翻漢回，曉月將落。與此義不同，所引非是。

【校】鶴賦：影胡刻本文選題作舞鶴賦。

殿中楊監見示張旭草書圖一首（古詩）

次公曰：公所與楊監之詩，前二詩無時節可考，但以舊本與後送別乃九月詩相連，姑從之。以次公所觀，前二篇稍遠無害，豈有同日觀書畫而便送別也。

斯人已云亡，草聖秘難得〔一〕。及兹煩見示，滿目一凄惻。悲風生微綃，萬里起古色。鏘鏘鳴玉動，落落羣松直。連山蟠其間，溟漲與筆力〔二〕。有練實先書，臨池真盡墨〔三〕。俊拔爲之主，暮年思轉極〔四〕。未知張王後，誰並百代則〔五〕？嗚呼東吴精，逸氣感清識〔六〕。楊公拂篋笥，舒卷忘寢食。念昔揮毫端，不獨觀酒德〔七〕。

〔一〕次公曰：斯人，指言張旭也。草聖字，漢張伯英善草書，人謂之草聖。

〔二〕次公曰：玉動、松直、山蟠，皆以狀其𦘔書。溟漲與筆力，言筆力浩汗，若溟渤之漲水乞與之也。

〔三〕次公曰：書練與池墨，亦伯英事。伯英凡家之衣帛，必先書而後練。又臨池學書，池水盡墨。皆以伯英比旭也。

〔四〕次公曰：俊拔爲之主，言其書之所主，由其俊拔故也。

〔五〕次公曰：未知張王後，張則伯英，王則羲之。此已捨上伯英事，而轉用張、王善書以言張旭矣。

〔六〕次公曰：東吴精，則旭乃蘇州人也。逸氣感清識，則張旭之逸氣感楊監之清識。感者，感格之感，言致得如此也。

〔七〕次公曰：末句又言旭之善飲。公詩嘗曰：張旭三杯草聖傳，脱帽露頂王公前，揮毫落紙如雲煙。故用酒德字結之。劉伶善飲而有酒德頌也。

楊監又出畫鷹十二扇一首（古詩）

近時馮紹正，能畫鷙鳥樣。明公出此圖，無乃傳其狀。殊姿各獨立，清絶心有向。疾禁千里馬，氣敵萬人將〔一〕。憶昔驪山宫，冬移含元仗〔二〕。天寒大羽獵，此物神俱王〔三〕。當時無凡材，百中見用壯〔四〕。粉墨形似間，識者一惆悵。干戈少暇日，真骨老崖嶂〔五〕。爲君除狡兔，會是翻鞲上。

〔一〕次公曰：此篇義甚明，惟句中使字耳。千里馬，則驥一日千里也。萬人將，則言可以統將萬人之材，必英雄者矣。

〔二〕次公曰：含元，殿名。

〔三〕次公曰：大羽獵，則揚子雲有羽獵賦也。神王字，出莊子曰：澤雉十步一啄，百步一飲……神雖王，不善也。

〔四〕次公曰：百中，中音去聲，即戰國策蘇厲謂周君曰養由基射，百發百中也。用壯字，易大壯：九三，小人用壯。注言：用其壯也。

〔五〕次公曰：真骨字，公屢使矣。

送殿中楊監赴蜀見相公一首（古詩）

次公曰：相公者，杜鴻漸也。句云送子清秋暮，則詩作於九月也。何以知其爲大曆元年之九月，蓋鴻漸以是年二月壬午授命劍南西川節度使以平蜀。至明年夏四月，請入朝奏事，許之。既去，不復來蜀。則九月乃元年之九月甚明。

去水絶還波，洩雲無定姿。人生在世間，聚散亦暫時〔一〕。離別重相逢，偶然豈定期。送子清秋暮，風物長年悲〔二〕。豪俊貴勳業，邦家頻出師。相公鎮梁益，軍事無孑遺〔三〕。解榻再見今，用才復擇誰〔四〕？況子已高位，爲郡得固辭。難拒供給費，慎哀漁奪私。干文未甚息，紀綱正所持。（汲）〔汎〕舟巨石横，登陸草露滋〔五〕。山門日易夕，當念居者思〔六〕。

【校】汲舟，無義，今從注所引，作汎舟。

〔一〕次公曰：此篇義又明。人生在世間，莊子曰：人生世間，若白駒之過隙。

〔二〕次公曰：長年悲三字，出淮南子云：木葉落，長年悲。

〔三〕次公曰：無孑遺字，詩云：靡有孑遺。

〔四〕次公曰：解榻事，陳蕃禮周璆與徐孺子，皆别置一榻，去則懸之，來則解焉。言杜相公之待楊監，如陳蕃之待周、徐也。用才，即是用人才。舊注引唐魏元忠曰：用人如周財。既引當時事，又輒改財字作才，以附會其説，非是。

〔五〕次公曰：汎舟巨石横，登陸草露滋，言或舟或陸，行役之苦也。

〔六〕次公曰：山門日易夕，公自言其在夔，故以山門言之。日易夕，則一别之後，光陰易换也。居者，乃公自言。字出左傳：有居者、行者之語。

丁帙卷之七

丙午大曆元年，時公五十五歲。冬在夔州西閣所存之詩。

夜宿西閣曉呈元二十一曹長一首（近體詩）

次公曰：此篇而下，或言寒江，或言寒山，或言寒空，大抵皆冬詩也。

城暗更籌急，樓高雨雪微。稍通綃幕霽，遠帶玉繩稀〔一〕。門鵲晨光起，檣烏宿處飛〔二〕。寒江流甚細，有意待人歸。

〔一〕次公曰：此篇爲義本明，特公使字有三可疑，而尋繹其義，則明矣。綃幕字，如言天之六幕也。禮樂志：天門歌云：紛紜六幕浮大海。綃幕，則又言天幕之色，其薄如綃，故云綃幕霽。若言所懸之綃幕，則無義矣，故對玉繩。謝玄暉詩云：玉繩低建章。玉繩者，星名也。於天綃幕之霽，而帶星玉繩之色稀微，乃一體事，以言夜深將曉矣。故有下句。

〔二〕次公曰：門鵲，則門之鵲也，如城鵲之類。義在起字，可以見其爲門前之鵲。古本莊子曰：鵲上高城之絶，而巢於高樹之顛。城壞巢折，凌風而起。故君子之在世也，得時則蟻行，失時則鵲起。以晨光而起，故其義在起字。杜田引謝玄暉詩：金波麗鳷鵲，以鳷鵲門名也，故曰門鵲，大爲非是。蓋鳷鵲本殿名，其所從入之門因亦得名鳷鵲門也。謝玄暉之詩，其言月色之所麗，豈專指門邪？信使杜公用鳷鵲專爲門，乃是天子宫殿事，今夜宿夔州之西閣，豈可用天子宫殿事乎？又鳷鵲爲殿名，特屋上作鳷鵲之形，所以得名，而門名又因之而已，何至截鳷鵲字便爲門鵲之真者乎？檣而繫之以烏，公屢使矣。此烏非真是屋上烏之烏也，特檣竿上刻爲烏形，以占風耳。晉令車駕出入，相風在前。正是刻烏於竿上，名之曰相風。晉傅玄相風賦云棲神烏於竿首，俟祥風之來征是已。船之檣竿，其上刻烏，乃相風之義。陳陰鏗廣陵(殿)〔岸〕送北使詩云：亭嘶背櫪馬，檣轉向風烏。於義尤明。故公有云：檣烏相背發、危檣逐夜烏。而今云檣烏宿處飛，杜(詩)〔時〕可不省，乃云檣掛帆木，而烏泊其上。假使真烏泊檣上，何至背發與夜相逐，而於宿處飛乎？況公詩又有曰：燕子逐檣烏，則真燕逐檣上之刻烏而飛也。次公以杜時可之誤，費辭如此，詳見句法義例。

西閣口號一首（近體詩）

山木抱雲稠，寒江繞上頭〔一〕。雪崖纔變石，風幔不依樓〔二〕。社稷堪流涕，安危在運籌〔三〕。看君話王室，感動幾銷憂。

〔一〕次公曰：前四句言景，後四句應是同元二十一曹長共宿，而元話當日之事乎？故感動也。寒江繞上頭，則繞西閣之上，所以流去也。上頭、下頭，是方言處所之上下耳，非高上之上也。

〔二〕次公曰：雪崖纔變石，言雪下漫崖，變其石色爲白也。風幔不依樓，言風吹幔，簸蕩而不倚著於樓也。

【校】九家注下接東方朔：銷憂者莫若酒一句。

〔三〕次公曰：流涕字，賈誼言可流涕者二。故對運籌，其字則張子房運籌帷幄之中也。

縛鷄行一首（古詩）

小奴縛鷄向市賣，鷄被縛急相喧爭〔一〕。家中厭鷄食(蟲)〔蟲〕蟻，不知鷄賣還遭烹。(蟲)〔蟲〕鷄於人何厚薄，吾叱奴人解其縛〔二〕。鷄(蟲)〔蟲〕得失無了時，注目寒江倚山閣〔三〕。

〔一〕次公曰，此篇甚明，惟縛急與解其縛字暗用事。語縛急，則吕布事。布既降曹操，曰：今日已往，天下定矣。操曰：何以言之？布曰：明公之所患，不過於布。今已服矣，令布將騎，明公將步，天下不足定也。顧謂劉備曰：玄德，卿爲坐上客，我爲降虜，繩縛我急，獨不可一言邪？操笑曰：縛虎不得不急。乃命緩布縛。劉備曰：不可。明公不見布事丁建陽、董太師乎？操頷之。

〔二〕次公曰：解其縛，則左傳僖六年秋，楚子圍許，蔡穆侯將許僖公以見楚子於武城。許男面縛銜璧，大夫衰絰，士輿櫬。楚子問諸逢伯，對曰：昔武王克殷，微子啟如是。武王親釋其縛，受其璧而祓之，焚其(櫬)〔櫬〕，〔禮〕而命之，使復其所。楚子從之。

〔三〕次公曰：一篇之妙，在乎落句。蓋鷄之所以得者，(蟲)〔蟲〕之所以失；人之所以得者，鷄之所以失。而人之得失如鷄、如(蟲)〔蟲〕，又且相仍，何時而了乎？至於注目寒江倚山閣，則所思深矣。近世惟黄魯直深達此詩之旨，其書酺池寺書堂有云：小黠大癡螳捕蟬，有餘不足夔憐蚿。退食歸來北窗夢，一江風月趁漁船。可與言詩者當自解也。

【校】蟲：九家注、百家注咸作蟲，方爲有義，今據改。

不離西閣二首 （近體詩）

江柳非時發，江花冷色頻〔一〕。地偏應有瘴，臘近已含春。失學從愚子，無家住老身。不知西閣意，肯別定留人〔二〕。

右一

〔一〕次公曰：首句疊兩江字，即謝靈運江南倦歷覽，江北曠周旋之勢也。

〔二〕次公曰：末句肯別定留人，所謂新語言。西閣之意，肯令我別乎？莫定要留人也。一作何人，無義。

西閣從人別，人今亦故亭〔一〕。江雲飄素練，石壁斷空青〔二〕。滄海先迎日，銀河倒列星〔三〕。平生耽勝事，吁駭始初經〔四〕。

右二

〔一〕次公曰：西閣從人別，則以成前篇肯別之意。人今亦故亭，西閣所以任從人別之而去者，以人之身亦如一故亭而已。

〔二〕次公曰：素練，一作素葉，無義。　空青字，杜時可云：從古詩，人無敢使者，惟子美此詩及李太白使之，而句法又相類。太白詩云：林煙横積素，山色倒空青。其説是。

〔三〕次公曰：在滄海之先，已迎日矣，以見西閣之高，而見日之早。　銀河倒列星，則已見日而星河猶分明。倒字，古今亦何嘗有人道得。

【校】九家注此條作：星河未没而見日出，所以吁嗟駭愕於始初經臨也。

〔四〕次公曰：星河未没而見日出，所以可駭。

西閣三度期大昌嚴明府同宿不到一首（近體詩）

次公曰：唐地理志：夔州雲安郡，本信州巴東郡，管縣四，大昌其一也。本朝端拱二年，以此縣隸大寧監。

問子能來宿，今疑索故要〔一〕。匣琴虚夜夜，手板自朝朝〔二〕。金吼霜鐘徹，花催臘炬銷〔三〕。早鳧江檻底，雙影漫飄颻〔四〕。

〔一〕次公曰：索者，尋索之索。要如要君之要。問子自能此宿矣，而不來者，蓋疑以我尋索，故要我也。

〔二〕次公曰：上句則期之不來，遂廢彈琴，故虚夜夜。下句則言嚴明府自持手板以入官府於朝朝也。　手板，笏也。其字之可見，則王徽之以手板拄頰。

〔三〕次公曰：兩句則以待嚴君至曉也。鐘以曉而霜氣侵之，故謂之霜鐘。古蠟字惟有臘耳，今杜公所用，即非俗字也。

〔四〕次公曰：句言雖以早來已爲漫矣。鳧影事，後漢：王喬者，河東人也。顯宗世，爲葉令。喬有神術，每月朔望，常自縣詣臺朝。帝怪其來數，而不見車騎，密令太史伺望之。言其臨至，輒有雙鳧從東南飛來。於是候鳧至，舉羅張之，但一隻舄焉。乃召尚方診視，則四年中所賜尚書官屬履也。

自平一首（古詩）

自平中官吕太一，收珠南海千餘日。近供生犀翡翠稀，復恐征伐干戈密〔一〕。蠻溪豪族小動摇，世封刺史非常朝。蓬萊殿前諸主將，才如伏波不得驕〔二〕。

〔一〕次公曰：中官字，舊本作宫中。東坡先生詩話云：杜子美詩云：自平宫中吕太一。世莫曉其義，而妄者至以爲唐時有自平宫。偶讀玄宗實録，有中官吕太一叛於廣南：杜詩蓋云自平中官吕太一，故下文有南海收珠之句。見書不廣，而輕改文字，鮮不爲笑也。東坡之説如此。而杜田乃云：按舊史代宗紀，廣德元年十二月甲辰，宦官市舶使吕太一逐廣南節度使張休，縱兵大掠廣州。則中官誤爲宫中明矣。杜田雖因東坡而爲之説，而其事乃是代宗時爲異也。次公謹按，資治通鑑亦載如此。詩話所傳，豈誤以代字爲玄字乎？東坡先生應不誤也。（官）〔宦〕者謂之中官，其傳久矣，而字出則范曄（官）〔宦〕者論云：於是中官始盛。若詩之句意，則云以中官既平，國家於南海收珠又千餘日。千餘日，蓋二年十箇月也。自廣德元年歷廣德二年、永泰元年兩全年，至今歲大曆元年十月已後，是爲千餘日矣。二年十箇月之後，近復生犀翡翠之不供，無乃煩國家征伐之干戈乎？公之憫時憂國也如此。

【校】官者論：九家注引作宦者論，則上文官者當作宦者。

〔二〕次公曰：此後段四句，又戒約溪洞蠻也。蠻溪豪族，指溪洞蠻。溪洞蠻小有動摇，便受吾唐世封爲刺史，而非是從時朝之禮者。殊不知天子殿前主兵之將，其才如馬伏波可以辨征南之事，汝輩不得輒自驕悍也。與别篇殿前兵馬破汝時，十月即爲虀粉期同意。

鷗一首（近體詩）

次公曰：此而下至鷄，凡六篇，同時所作也。然必定之爲冬詩，何也？於鷗言寒鷗，且思點明年之春苗，於猿言挂冷枝，以二篇推之，皆冬詩矣。

江浦寒鷗戲，無他亦自饒〔一〕。却思翻玉羽，隨意點春苗〔二〕。雪暗還須（俗）〔浴〕，風生一任飄〔三〕。幾羣滄海上，清影日蕭蕭。

【校】俗字，九家注作浴。今按，觀注文言鷗浴於雪中，則俗字訛，當從九家注作浴。

〔一〕次公曰：鷗雖名江鷗，亦名海鷗，而常在浦矣。梁何遜詩曰孤飛出浦溆，是已。無他，言無它憂虞也，所以亦自饒縱而浮泛。

〔二〕次公曰：下句又言鷗以浮泛江浦爲未饒縱，又思明年之春田有新苗，翻玉羽而點之，斯爲飛翻之隨意矣。點春苗，下得點字，不亦奇乎？

〔三〕次公曰：下兩句又道鷗之實事。浴於雪中，固是鷗性之耐寒，風生而飄是一事。南越志曰：江鷗一名海鷗，在漲海中隨潮上下，常以三月風至，乃還洲嶼。頗知風雲，若羣飛至岸，渡海者以此爲候，故又有末句滄海之語。

猿一首（近體詩）

裊裊啼雲壁，蕭蕭挂冷枝〔一〕。艱難人不免，隱見爾如知〔二〕。慣習元從衆，全生或用奇〔三〕。前林騰每及，父子莫相離〔四〕。

〔一〕次公曰：啼，挂，猿之實事也。宜都山川記曰：峽中猿鳴至清，諸山谷傳其響，泠泠不絶。行者歌之曰：巴東三峽猿鳴悲，猿鳴三聲淚霑衣。此其啼之事也。而盧照隣詩又曰莫辨啼猿樹焉。張載論曰：白猨玄豹，藏於欞檻，何以知其接垂條於千仞。此其挂之事也，而蕭詮詩又曰掛藤疑欲飲焉。

〔二〕次公曰：兩句似難解，豈言道路艱難，人所不免，而有出有處。是爲隱見人生不免於艱難。而經歷猿啼之處，則爲艱難矣，然不知隱見之機，若猿則知之也。蓋猿之便捷，嘗隱茂林之中。公詩又曰猿捷長難見，是已。若莊子有見巧之狙，則猿之可罪者，斯或隱或見，猿蓋如知之乎。别義以俟博聞。

【校】可罪者：九家注罪字作羅。

〔三〕次公曰：上句則言其便捷之慣，衆猿皆如此。次句則言其於便捷之中，得以全生，如搏矢避弓之事。

〔四〕次公曰：末句又以申言其意矣。

黄魚一首（近體詩）

日見巴東峽，黄魚出浪新〔一〕。脂膏兼飼犬，長大不容身〔二〕。筒桶相沿久，風雷肯爲神。泥沙卷涎沫，回首怪龍鱗〔三〕。

〔一〕次公曰：巴東峽字，古詩：巴東三峽巫（山）〔峽〕長。又江賦云：巴東之峽，夏后疏鑿也。

〔二〕次公曰：飼犬事，杜時可引鹽鐵論曰：荆山之下，以玉抵鵲；江陵之人，以魚飼犬。又王充論衡曰：鍾山之下，以玉抵鵲；彭蠡之濱，以魚食犬。其説是。舊注引韓退之詩飼犬驗今朝，正是使鹽鐵論與論衡也。

〔三〕次公曰：筒桶散布水中以繫餌，觀其没以爲驗，而隨其困以取之也。風雷肯爲神，蓋不肯爲神也，故有末句。若龍者，則風雷爲之神矣。黄魚徒大似龍鱗，乃不能起風雷，此所以爲可怪也。

白小一首（近體詩）

白小羣分命，天然二寸魚〔一〕。細微霑水族，風俗當園蔬。入肆銀花亂，傾箱雪片虚。

生成猶拾卵，盡取義何如〔二〕。

〔一〕次公曰：羣分命者，羣分之命也。易曰：物以羣分。

〔二〕次公曰：末句拾卵字，西京賦言畋獻之酷曰：擭胎拾卵，蚳蝝盡取。今言取白小生成之物，遂猶拾卵而盡取矣，蓋言白小之微細，所當宥也。

鹿一首（近體詩）

次公曰：鹿音几，字本作麠，或作麖。爾雅曰：麠，大麃，牛尾一角。麃，大麕，旄毛狗足。

永與清溪別，蒙將玉饌俱〔一〕。無才逐仙隱，不敢恨庖廚〔二〕。亂世輕全物，微聲及禍樞〔三〕。衣冠兼盜賊，饕餮用斯須〔四〕。

〔一〕次公曰：玉饌字，如梁王筠侍宴餞臨川王北伐四言詩曰：玉饌駢羅，瓊漿泛溢。

〔二〕次公曰：無才逐仙隱，則仙家嘗乘鹿車，或騎鹿也。

〔三〕次公曰：亂世輕全物，微聲及禍樞。兩句通義，又似難解。蓋似言聖世猶不至於暴殄天物，而亂世輕全生之物，才聞鹿鳴之微聲，則禍隨之矣。古詩云：白鹿在上林苑中，射工尚復得白鹿脯臘之；黄鵠摩天極高飛，後宫尚得烹煮之。此豈不輕全物乎？或曰：鹿好其類，聞鳴則聚，故人學其鳴以致之。柳子厚所謂楚之南有獵者，能吹竹爲百獸之音。嘗持弓矢罌火而即之山，爲鹿鳴以感其類。伺其至，發火而射之是已。此所以才作微聲，乃及禍。其義亦通。

〔四〕次公曰：末句言衣冠之人，行如盜賊，惟知饕餮而已。故使人多害生物，用以充庖，止在斯須之間焉。然則公之仁心於物，乃不避忌諱矣。

鸚鵡一首（近體詩）

次公曰：舊在洞房而下，提封之間。八篇蓋公因秋感歎，追念長安宮禁之事，此篇頗爲不類。今遷廁在詠諸物之列。

鸚鵡含愁思，聰明憶別離。翠衿渾短盡，紅嘴漫多知。未有開籠日，空殘宿舊枝。世人憐復損，何用羽毛奇〔一〕。

〔一〕次公曰：此篇多使禰衡賦中字意：聰明字，則才聰明以識機也。憶別，則眷西路而長懷，望故鄉而延佇。又曰痛（子母）〔母子〕之永隔，哀伉儷之生離也。翠衿、紅嘴字，則紺趾丹嘴，綠衣翠衿也。渾欲短，則顧六翮之殘毀，雖奮迅其焉如也。謾多知，則豈言語以階亂，將不密以致危也。未有開籠日，則閉以雕籠，剪其翅羽也。空殘宿舊枝，則想崑山之高峻，思鄧林之扶疏，而轉入離鳥悲舊林之意也。末句羽毛奇，則雖同族於羽毛，故殊志而異心也。舊注雖引而不全，至空殘宿舊枝下，便輒改思鄧林之扶疏，云思鄉林之故枝以附就，其説可怪。

【校】痛子母之永隔：九家注子母作母子。影胡刻本文選亦作母子。

雞一首（近體詩）

紀德名標五，初鳴度必三〔一〕。殊方聽有異，失次曉無慚〔二〕。問俗人情似，充庖爾輩堪〔三〕。氣交亭育際，巫峽漏司南〔四〕。

〔一〕次公曰：紀德字，史有紀德之碑。五德事，韓詩外傳：田饒曰：夫雞平頭戴冠，文也；足傅距，武也；敵在前敢鬭，勇也；見食相告，仁也；鳴不失時，信也。雞有五德，君猶烹而食之。其所由來近也。初鳴字，禮記：文王世子云：雞初鳴，衣服，至寢門。而度必三，則史記所謂雞三號也。謂之必三，言雞鳴之度當然，所以引下句之可怪也。必三字，出禮記喪服、大傳焉。

【校】所引禮記：全句作：文王之爲世子，朝於王季日三。鷄初鳴而衣服，至於寢門外。

〔二〕次公曰：殊方字，如史云：法籍殊方。失次字，孔氏傳尚書：畔（官）〔宫〕離次。云失次位也。有異字，則選云：有同有異。無慚字，亦出選。殊方聽有異，既云殊方，必對中國之辭。公在夔爲殊方，於殊方而聽鷄鳴，有異於中原之它日，則以鷄多失鳴之次，而天既曉矣，殊無慚赧也。此失字，乃陳壽〔三〕國志所謂失旦之鷄者矣。舊注於聽有異引祖逖與劉琨同寢，中夜聞鷄而起舞；於失次引詩：匪鷄則鳴，蒼蠅之聲。非是。

〔三〕次公曰：問俗字，如孔子云：入國而問俗。故對充庖。其字則（禮記）（公羊傳）：三曰充君之庖也。人情字，多矣。祖出禮記：何謂人情。爾輩字，出選，兩句蓋言以鷄充庖者，皆風俗人情之常爾。又引末句意。

〔四〕次公曰：言雞之所以充庖，以其生息之繁，蓋一氣之所亭育也。亭育字，梁劉孝綽謝給藥啟曰：一物之微，遂留亭育。方氣所交，以亭育萬物之際，其在巫峽之地，爲泄漏其司南之氣，則於此雞之多，可以充庖而足矣。司南字，晉輿服志有司南車，一名指南車，又云記里鼓，制如司南。其用之理，如梁劉勰文心雕龍體性篇有云：文之司南，用此道也。則言文之指迷，如司南車焉。今公又借字以言氣之司於南方耳。所見如此，更俟明識。然公此篇已上數篇，大率皆作惱語以含深意耳。

西閣曝日一首（古詩）

凛冽倦玄冬，負暄嗜飛閣〔一〕。羲和流德澤，顓頊愧倚薄〔二〕。毛髮且自私，肌膚潛沃若〔三〕。太陽信深仁，衰氣欻有託。欹傾煩注眼，容易收病脚〔四〕。流離木杪猿，翩（僊）〔躚〕山巔鶴〔五〕。朋知苦聚散，哀樂日已作。即事會賦詩，人生忽如昨〔六〕。古來遭喪亂，賢聖盡蕭索。胡爲將暮年，憂世心力弱〔七〕。

〔一〕次公曰：玄冬字，梁元帝纂要曰：冬曰玄英，亦曰玄冬。負暄字，列子楊朱篇載昔者宋國有田夫，常衣緼黂，僅以過冬。暨春東作，自曝於日，不知天下之有廣厦隩室，綿纊狐貉。顧謂其妻曰：負日之暄，人莫知者，以獻吾君，將有重賞。

〔二〕次公曰：帝曰顓（現）〔項〕，見禮記月令〔疏〕。　倚薄字，謝靈運詩云：拙疾相倚薄，猶得靜者便。倚薄，附著之謂也。

〔三〕次公曰：舊本具自和，無義。師民瞻本作且自私，是。

〔四〕次公曰：欹傾煩注眼，則光采注眼之煩，眩而欹傾也。

【校】杜工部集輯注沃若下引趙曰：言暖如湯沃然。不知其所據何本，録備考。

〔五〕次公曰：翩（僊）〔躚〕，輕舉貌。　流離木杪猿，則以日而舒散；翩（僊）〔躚〕山巔鶴，則以日而輕舉，蓋皆倦於寒凛，見日而喜也。

〔六〕次公曰：鳥獸之情，方寒見日則喜而已。而公之曝日於西閣，非徒取暖快，且有所思念焉。用是推知人之情：聚則樂，散則哀。朋友知舊苦聚散，言苦其聚而復散也。後篇有云聚散俄十春，與此聚散同義。惟其既聚而復散，此哀樂於一日之間已自作也。舊本作用知，非。於其即事而賦詩，念人生之事，忽如昨日而已，亦何用苦憂慮乎？

〔七〕次公曰：末四句又以重言不必苦憂念以困弱心力也。

月圓一首（近體詩）

孤月當樓滿，寒江動夜扉。委波金不定，照席綺逾依〔一〕。未缺空山靜，高懸列宿稀〔二〕。故園松桂發，萬里共清輝〔三〕。

[一]次公曰：委於波中，則蕩漾而金色不定； 照席上，則與綺繡相依。委字與照字，皆月身上字。月賦云：委照而吴業昌。此所謂委照，委下其照也。而照字又如晉陸機詩：照之餘有輝。梁簡文帝詩：光照悉徘徊。波金字，金波之倒也。漢樂志云：月穆穆以金波。 席綺字，綺席之倒也。六韜曰：紂時婦人以文綺爲席。而用綺席字，則如選詩云：綺席生浮埃。

[二]次公曰：未缺，言月之尚圓。記云：三五而盈，三五而缺。 高懸，言月之著象。傳云：懸若日月。 列宿稀，則月明星稀也。

[三]次公曰：萬里共三字，則亦謝莊月賦所謂隔千里兮共明月。 清輝字，則沈約望秋月云：清輝懸洞房。 松桂作松菊，非。此泥於歸去來之松菊猶存耳，殊不知菊乃秋物，觀前後篇中，乃春臘之交也。

中宵一首（近體詩）

西閣百尋餘，中宵步綺疏[一]。飛星過水白，落月動沙虚[二]。擇木知幽鳥，潛波想巨魚。親朋滿天地，兵甲少來書。

[一]次公曰：綺疏，窗也。選詩云：振風薄綺疏。又賦云：照文虹於綺疏。是已。

[二]次公曰：動字，公屢使。如星臨萬户動、寒江動夜扉，今云：落月動沙虚，只一動字，爲有精神矣。

白帝樓一首（近體詩）

漠漠虚無裏，年年睥睨侵〔一〕。樓光去日遠，峽影入江深。臘破思端綺，春歸待一金〔二〕。去年梅柳意，還欲攬邊心。

〔一〕次公曰：睥睨，城上女牆也。侵，則侵虚無之裏，言其高也。

〔二〕次公曰：端綺字，即客從遠方來，贈我一端綺也。對一金字，則韓子云：世有百金之馬，無一金之鹿也。臘破思端綺，所以禦寒，且爲新服。春歸待一金，所以充費，且以爲賞，故有末句梅柳之興。

送王十六判官一首（近體詩）

次公曰：師民瞻本有赴江陵三字，豈感於詩有沙頭字乎？殊不知嗚櫓少沙頭，則公自注所謂泊而已，非赴此爲官也。或云，公自同至蜀，亦曰赴蜀；自成都往青城，亦曰赴青城。謂之赴，其所往應在郴、衡，故腹聯有衡霍、瀟湘之語。末句有庾信宅之語，則又言其經過江陵而已。

客下荆南盡，君今復入舟。買薪猶白帝，嗚櫓少沙頭江陵吴船至，泊於郭外沙頭〔一〕。衡霍生春早，瀟湘共海浮〔二〕。荒林庾信宅，爲仗主人留〔三〕。

〔一〕次公曰：頷聯蓋言舟未行，尚在白帝城下買薪，而沙頭猶欠此舟鳴櫓而泊也。師民瞻本作已沙頭，則又非赴江陵矣，却相背戾也。

〔二〕次公曰：句及衡霍、瀟湘，則王判官所經往之地，當以郴、衡爲止乎？衡霍，以公之時言之，則一山而受二名。厥後皮日休作霍山賦，上之朝廷，以正霍之本地乃在壽州，故其騈邑曰霍山。其賦中云：自漢之後，乃易我號，而歸於衡公。今所謂衡霍，則當時言衡山猶曰衡霍也。故對瀟湘。瀟湘，則湘江也。酈道元注水經曰：瀟者，水清深也。衡霍、瀟湘，其處自江陵而往，則王判官者，豈非將往彼而後止乎？於衡霍言生春早，則送之之日，探言之也。此所以爲冬時之詩。

〔三〕次公曰：末句言庾信宅，庾信，南陽新野人，父肩吾，文學獨步江南。信仕梁，值侯景之亂，奔於江陵，則於江陵有舊宅焉。　主人，則王所至江陵之處主人也。言留而已，亦不是赴官於此。

奉送卿二翁統節度鎮軍還江陵一首（近體詩）

火旗還錦纜，白馬出江城〔一〕。嘹唳吟笳發，蕭條別浦清〔二〕。寒空巫峽曙，落日渭陽明〔三〕。留滯嗟衰疾，何時見息兵〔四〕。

〔一〕次公曰：火旗，朱旗也。　還錦纜，則軍從舟中歸矣。錦纜，雖是隋煬帝爲錦纜龍舟，乃天子事，而甘寧亦嘗爲錦纜，則富貴家事而已。　白馬出江城，則指言卿二翁騎白馬而出夔州之城，以入舟也。馬以白馬爲驕貴，蓋亦龐德好騎白馬，號白馬將軍，故使白馬字。

〔二〕次公曰：吟笳，軍中之所吹也。別浦，則舟經之處也。

〔三〕次公曰：寒空巫峽曙一句説夔州，公之所在也。落日渭陽明一句，説長安，所以懷鄉，又暗有卿二翁乃公舅翁之義也。師民瞻本作湯陽情，不必如此。

〔四〕次公曰：句則歎其留滯於夔而懷望長安，且願息戰也。留滯字，太史公云留滯周南也。

閣夜一首（近體詩）

歲暮陰陽催短景，天涯霜雪霽寒宵〔一〕。五更鼓角聲悲壯，三峽星河影動摇〔二〕。野哭幾家聞戰伐，夷歌是處起漁樵〔三〕。卧龍躍馬終黄土，城上有白帝祠，郭外有孔明廟。人事依依漫寂寥〔四〕。

〔一〕次公曰：首兩句甚明，不必注。

〔二〕次公曰：頷聯據西清詩話引禰衡撾漁陽摻，其聲悲壯。漢武故事：星辰影動摇，東方朔謂民勞之應。以爲此句是水中之鹽，又云是秘密藏。殊不知公詩大率多然。次公嘗謂其讀書之多，須用有出處字爲對，亦自易得，及其混成，則無痕迹如自己出。次公句法義例中論之詳矣。

〔三〕次公曰：野哭字，家語：夫子惡野哭者，非其所而哭。故對夷歌。其字則蜀都賦夷歌成章也。

〔四〕次公曰：卧龍，謂諸葛孔明也。徐庶謂劉先（生）〔主〕云爾。躍馬，謂公孫述也。蜀都賦公孫躍馬而稱帝，言二人英雄，皆不免於死，人事依依，何至漫自寂寥乎？　一云人事音塵日寂寥，無義。

白帝城最高樓一首（近體詩）

城尖徑仄旌旆愁，獨立縹緲之飛樓〔一〕。峽坼雲霾龍虎睡，江清日抱黿鼉遊〔二〕。扶桑西枝對斷石，弱水東影隨長流〔三〕。杖藜歎世者誰子，泣血迸空迴白頭〔四〕。

〔一〕次公曰：徑仄，舊作徑昃已誤，又一作徑翼，無義。　旌旆愁，則城上屯戍之旗也。　縹緲，高遠不明之貌。魯靈光殿賦云：忽縹緲以響像。公所用主此。舊注引海賦神仙縹緲，非此義矣。

〔二〕次公曰：頷聯言峽壁開坼，而雲氣霾龍虎之睡；江水澄清，而日光（拘）〔抱〕黿鼉之遊。

【校】拘，九家注作抱，與正文合，當從九家注。

〔三〕次公曰：腹聯則爲張大之語，以見樓之最高也。淮南子云：日出於暘谷，浴於咸池，拂於扶桑。山海經云：大荒之中，暘谷上有扶桑，十日所浴。九日居下枝，一日居上枝，皆戴烏。扶桑在東，故望見其向西之枝，且與斷石相對隔也。　弱水，蓬萊山下弱水也。道書言蓬萊隔弱水三十萬里，不可到。故謝自然欲過海，求師蓬萊，至海中，而或者以此語之，遂只往天台求司馬子微也。以弱水在東，所以言東影。舊注引禹貢弱水，非是。此與朱崖著毛髮，碧海吹衣裳之格柞類。

〔四〕杖藜字，莊子云：原憲杖藜應門。　誰子，蓋誰氏子之省文也。

覽鏡呈柏中丞一首（近體詩）

渭水流關内，終南在日邊〔一〕。瞻銷豺虎窟，淚入犬羊天〔二〕。起曉堪從事，行遲更覺仙〔三〕。鏡中衰謝色，萬一故人憐〔四〕。

〔一〕次公曰：首兩句則懷望長安。西都賦云：帶以洪河、涇、渭之川。又云：表以太華、終南之山。則渭水、終南以言長安也。　日邊，指言帝都。晉明帝云：只聞人從長安來，不聞人從日邊來。故凡言帝都者，以日邊言之。

〔二〕次公曰：頷聯兩句則傷逢時之艱。張孟陽詩曰：賊盜如豺虎。豺虎窟，所以言賊盜。史每以夷狄爲犬羊之羣，今所云兩句通義，言吐蕃以犬羊之資，輒犯中原，爲盜賊窟穴，於此所以瞻銷。其爲豺虎之地，而恨其不安本國犬羊之天也。

〔三〕次公曰：腹聯兩句，則傷其衰老。毛詩之言從事，謂從役於事也。凡仕有官守者，必早起。起晚矣，可堪從事乎？仙者身輕步疾，老而行遲矣，那更覺爲仙乎。行遲更覺仙，如此句學者頗疑其不切。豈因覽鏡見衰而遂歎其終不能仙矣乎？

〔四〕次公曰：下句則求憐於柏中丞也。衰謝字，周王褒與周弘讓書：年事道盡，容髮衰謝。

西閣夜一首（近體詩）

恍惚寒空暮，逶迤白霧昏〔一〕。山虛風落石，樓靜月侵門。擊（折）〔柝〕可憐子，無衣何處村〔二〕。時危關百慮，盜賊爾猶存〔三〕。

〔一〕次公曰：舊本寒山暮，師民瞻本作寒空暮，是。蓋下有山字也。老子曰：恍兮惚，其中有物。寒空暮上着恍惚字，亦新矣。逶迤字，多矣，如紆餘逶迤也。

〔二〕次公曰：易曰：重門擊柝，以待暴客。白帝上有屯戍，則每夜有擊柝之役。對無衣字，則詩云無衣無褐，何以卒歲也。句有無衣之歎，則冬時之作也。可憐字，祖出列子楊朱篇，載公孫朝謂子産曰：若欲以辭說亂我之心，不亦鄙而可憐哉！蓋亦語之常爾，故對何處。其字多矣，如隋江總南還尋草市宅詩云無人訪語默，何處敘寒温也。

〔三〕次公曰：百慮字，易云：一致而百慮。

瀼西寒望一首（近體詩）

水色含羣動，朝光切太虛〔一〕。年侵頻悵望，興遠一蕭疏〔二〕。猿掛時相學，鷗行炯自如。瞿塘春欲至，定卜瀼西居〔三〕。

〔一〕次公曰：朝，音陟遥切，言晨朝之光也。羣動字，陶潛云：日入羣動息。故對太虚。其字則天台賦云太虚寥廓也。

〔二〕次公曰：年侵字，陸機豫章行云：前路既已多，後塗隨年侵。

〔三〕次公曰：末句公雖有是言，而次年之春初猶在西閣。其遷居，則先在赤甲，方移瀼西也。

陪柏中丞觀宴將士二首（近體詩）

極樂三軍士，誰知百戰場〔一〕。無私齊綺饌，久坐密金章〔二〕。醉客霑鸚鵡，佳人指鳳凰。幾時來翠節，特地引紅粧〔三〕。

右一

〔一〕次公曰：極樂字，西都賦云：俛仰極樂。故對誰知。其字則詩云：誰（之）〔知〕烏之雄雌。三軍士，則傳云：三軍之士。對百戰場。百戰字，則百戰百勝，而合入戰場以云也。戰場字多矣，如化爲戰場。今句言其安樂而無戰也。

〔二〕次公曰：綺饌字，梁何遜輕薄篇曰：象牀沓繡被，玉盤傳綺食。故對金章。其字或引北山移文云：至其紐金章、綰墨綬。非也。蓋注云：金章，銅印也。銅章墨綬，縣令之章飾。而公今所言，則指將士之金帶耳。鮑明遠建除詩云：開壤襲朱紱，左右佩金章。此乃言金帶也。公所用蓋出於鮑。

〔三〕次公曰：上兩句是宴中之事。薛夢符續注霅鸚鵡云：沈約宋書：南平王鑠，上赤鸚鵡，普詔羣臣爲賦，袁淑文冠當時。又後漢黄祖之子射，大會賓客，有獻鸚鵡者，射舉酒於禰衡曰：今日無以娱賓，願先生爲之賦。衡筆不停綴，文不加點。此極非是。蓋此乃宴將士詩，非可使之賦鸚鵡也。杜田云：鸚鵡，杯名。雕刻海蠡而爲之，像鸚鵡形。昔人以之勸酒，并爲罰爵。且又引南海異物志云：鸚鵡螺，狀似覆杯，形如鳥頭，向其腹視似鸚鵡，故以爲名。又引酉陽雜俎云：梁宴魏使，酒至鸚鵡杯。徐君房飲不盡，屬魏肇師曰：海蠡蜿蜒，尾翅皆張。非以爲玩，亦以爲罰，今日直不得辭。田以爲酒杯名，是矣。既引南海異物志之説，則螺自名鸚鵡，却又先自云雕刻海螺爲之，像鸚鵡形，自爲矛盾。大率以真螺爲貴，其次刻像之耳，而田不能斷也。佳人指鳳凰，則筵上或畫圖，或繡帳之上有之，而佳人共指而言説也。杜田云：佳人指鳳凰，疑是秦女弄玉吹簫乘鳳凰飛去事，不敢强釋之。又非是。筵乃柏中丞宴將士使妓耳，豈有弄玉之事邪。末句使紅粧字尤可見矣。古詩云：娥娥紅粉粧。而紅粧字多矣，如梁簡文帝從軍行曰：紅粧來起迎。

繡段裝簷額，金花貼鼓腰〔一〕。一夫先舞劍，百戲後歌樵〔二〕。江樹城孤遠，雲臺使寂寥。漢朝頻選將，應拜霍嫖姚〔三〕。

右二

〔一〕次公曰：上句則樂工之飾，下句則工所擊之鼓。

〔二〕次公曰：歌樵，則戲爲夔峽樵歌之音也。公前篇閣夜詩曰夷歌是處起漁樵，是已。舊注本作歌鐎，乃引李廣傳注刁斗曰：以銅作鐎。然考之韻書，音焦，云温器也，三足而有柄。别無歌義。又況歌鐎之語，於詩律不愜。

〔三〕次公曰：江樹字，謝脁詩：雲中辨江樹。雲臺使寂寥，豈久無使命之來乎？且引末句而以霍比柏中丞也。

奉漢中王手札報韋侍御蕭尊師亡一首（近體詩）

秋日蕭韋逝，淮王報峽中〔一〕。少年疑柱史，多術怪仙公〔二〕。不但時人惜，祇應吾道窮〔三〕。一哀侵疾病，相識自兒童。處處隣家笛，飄飄客子蓬〔四〕。强吟懷舊賦，已作白頭翁〔五〕。

〔一〕次公曰：蕭、韋逝於秋日，其書來報峽中，則冬矣。淮王，則漢淮南王安。其人賢，以比漢中王也。

〔二〕次公曰：柱史以言韋侍御，老聃爲周柱下史，而韋以少年爲之，故疑其不似老聃也。仙公，以言蕭尊師。仙公宜有多術以延生，而死，故怪之也。仙公字，神仙傳有葛仙公矣。

〔三〕次公曰：道窮字，使（左傳序）（公羊傳）云：反袂拭面，稱吾道窮也。

〔四〕次公曰：隣家笛，使向秀聞笛事。秀思舊賦序：於時日薄虞淵，寒冰淒然。隣人有吹笛者，發聲寥亮。追想曩昔遊宴之好，感音而歎，故作賦也。客子蓬，則公自歎其飄零也。曹子建轉蓬離本根，飄飄隨長風；類此遊客子，捐軀遠從戎也。

〔五〕次公曰：懷舊賦，潘安仁所作，以懷楊肇父子。蓋懷二人也，公今所懷韋、蕭二人，可借用矣。魏文帝曰：

已成老翁，但未白頭。今既白頭，故曰已作也。其白頭翁三字，則壺關三老上書云：白頭翁教臣也。

【校】壺關三老上書：檢漢書，壺關三老無此語，語在車千秋傳。

送鮮于萬州遷巴州一首（近體詩）

次公曰：鮮于萬州名炅，仲通之子也。何以知之？按盧東美撰鮮于氏冠冕頌序曰：炅廣德中爲尚書都官郎，自將相公卿，無不相厚，皆稱交友。出守萬州，轉巴州，皆有理稱。能關忠於上，以取世資；可見矣。

京兆先時傑，琳瑯照一門〔一〕。朝廷偏注意，接近與名藩〔二〕。祖帳排舟數，寒江觸石喧〔三〕。看君妙爲政，他日有殊恩。

〔一〕次公曰：京兆者，炅父仲通也。天寶末，爲京兆尹。弟叔明，乾元中亦爲之。長安歌曰：前尹赫赫，具瞻允若；後尹熙熙，具瞻允斯。故云先時傑。琳瑯字，世説：有人詣王太尉，遇王安豐、大將軍、丞相在座，別屋見季胤、平子，還語人曰：今日之行，觸目見琳瑯珠玉。一門字，則晉史：卞壼忠孝萃於一門也。

〔二〕次公曰：巴於萬爲近，自萬遷巴，故云接近與名藩也。其餘使字，則如注意字，陸賈曰：天下安，注意相；天下危，注意將。

〔三〕次公曰：祖帳字，疏廣傳：設祖道供帳。觸石字，公羊云：泰山之雲，觸石而出也。

有歎一首（近體詩）

壯心久零落，白首寄人間〔一〕。天下兵常鬬，江東客未還〔二〕。窮猿號雨雪，老馬怯關山〔三〕。武德開元際，蒼生豈重攀〔四〕。

〔一〕次公曰：壯心字，魏武帝樂府曰：烈士暮年，壯心不已。

〔二〕次公曰：天下字，一作天泣，甚無義。但一本公自注云：傳蜀官軍自圍普、遂。此之謂兵常鬬也。江東客未還，則公有所歎者矣，不必考也。

〔三〕次公曰：窮猿字，晉書云：窮猿奔林。故對老馬。其字則管仲曰：老馬之智可用也。

〔四〕次公曰：末句武德，高祖年號，開元，明皇年號；所以追念祖宗之盛時也。

不寐一首（近體詩）

瞿唐夜水黑，城内改更籌。翳翳月沉霧，輝輝星近樓。氣衰甘少寐，心弱恨知愁〔一〕。多壘滿山谷，桃源無處求〔二〕。

〔一〕次公曰：氣衰則少寐而甘之。心既弱矣，恨其知愁，則恐以愁而尤弱也。晉史有云：吾平生不識愁，今始解愁矣。此知愁之義，舊本正作和愁，非。

〔一一〕次公曰：記曰：四郊多壘，卿大夫之辱也。多壘，言多兵壘。是時干戈未息，故云。多壘滿山谷，非若桃源之可以避地，而問桃源何處，則以仙境難造也。桃源在武陵縣，今之鼎州。陶淵明集載晉太元中，武陵人捕魚爲業，緣行忘路之遠近，忽逢桃花林。林盡水源，便得一山。山有小口，髣髴若有光，便捨舡從口入。初極狹，纔通人。復行數十步，豁然開朗，土地平曠，屋舍儼然。有良田美池桑竹之屬。黄髮垂髫，並怡然自樂。見漁人，乃大驚，問所從來，具答之。便要還家，爲設酒殺鷄作食。村中聞有此人，咸來問訊。問今是何世，乃不知有漢，無論魏、晉。此人一一爲具言所聞，皆歎悦。餘人各復延至其家，皆出酒食。停數日，辭去。此中人語云：不足爲外人道也。既出，得其船，便扶向路，處處誌之。及郡下，詣太守説如此。太守即遣人隨其往。尋向所誌，遂迷不復得路。此亦公欲南下，故及之。詳具句法義例。

灔澦堆一首（近體詩）

巨積水中央，江寒出水長〔一〕。沉牛答雲雨，如馬戒舟航〔二〕。天意存傾覆，神功接混茫〔三〕。干戈連解纜，行止憶垂堂〔四〕。

〔一〕次公曰：巨積，言積石之巨者。

〔二〕次公曰：沉牛事，楚俗，祈石而得雨，必沉牛以答神之貺。如馬事，世言：灔澦如馬，瞿塘莫下。以其險礙故也。

〔三〕次公曰：爲其有戒，乃天意之存傾覆也。選云：翦焉傾覆。故對混茫。其字則莊子：古之人在混茫之中也。公於論詩曰：篇終接混茫。蓋行語用字，當皆如此。

〔四〕次公曰：末句用垂堂字，因慮傾覆之戒而及之也。史曰：千金之子，坐不垂堂。而干戈之變，解纜之危，二者相連，可不慎乎！

白帝城樓一首（近體詩）

江度寒山閣，城高絶（寒）〔塞〕樓。翠屏宜晚對，白谷會深遊〔一〕。急急能鳴雁，輕輕不下鷗〔二〕。夷陵春色起，漸擬放扁舟〔三〕。

【校】絶寒樓：九家注作絶塞樓。今按，絶寒無義，且平仄不協，又與寒山閣重出，當從九家注作絶塞。

〔一〕次公曰：翠屏字，天台賦云：搏壁立之翠屏。用對白谷，疑是夔州谷名。公於課伐木云終朝飯其腹，持斧入白谷也。

【校】九家注下接又南極詩亦云西江白谷分也一句。

〔二〕次公曰：能鳴雁字，莊子云：主人之雁，其一能鳴，其一不能鳴。不下鷗字，列子：海上之人，有好鷗鳥者。每旦之海，從鷗鳥遊，鷗鳥之至者百，住而不止。其父曰：吾聞鷗鳥從汝遊，汝取來吾玩之。明日之海上，鷗鳥舞而不下也。此對可謂工且奇矣。

〔三〕次公曰：末句，夷陵，峽州也。公蓋期春時扁舟往矣。

寄杜位頃者，與位同在故嚴尚書幕。一首 （近體詩）

寒日經簷短，窮猿失木悲〔一〕。峽中爲客恨，江上憶君時。天地身何往，風塵病敢辭。封書兩行淚，霑洒裛新詩〔二〕。

〔一〕次公曰：窮猿失木悲，道眼前事，因以興也。峽中多猿，古歌云：巴東（之）〔三〕峽巫（山）〔峽〕長，猿鳴三聲淚霑裳。是已。窮猿字，則晉書云：窮猿奔林，豈暇擇木。而失木字，則淮南子曰：猿狖顛蹶而失木也。

【校】巴東之峽巫山長，詳見丁帙卷六九日五首注〔三〕校語。

〔二〕次公曰：兩行淚三字，孟浩然云：還將兩行淚，遥寄海西頭。

冬深一首 （近體詩）

花葉隨天意，江溪共石根〔一〕。早霞隨類影，寒水各依痕〔二〕。易下楊朱淚，難招楚客魂〔三〕。風濤暮不穩，捨棹宿誰門〔四〕。

〔一〕次公曰：花葉隨天意，似言冬深矣，其花葉亦若春夏之盛，亦隨天意而已。江溪共石根，則江與溪，皆共石根而流也。

〔二〕次公曰：早霞隨類影，言其變態不常，隨所類之影而呈現也。寒水各依痕，則舊痕有定所而依之也。

〔三〕次公曰：楊朱泣歧路，謂其可以南，可以北。公之流落，困於歧路，故云爾。宋玉哀屈原憂愁山澤，魂魄飛散，其命將落，故作招魂，欲以復其精神，延其年壽。外陳四方之惡，内崇楚國之美，以諷於君，冀其覺悟而還之。今云難招楚客魂，則以屈原自比也。

〔四〕次公曰：末句則公欲南下，以歲暮而未成行也。此篇有兩隨字，公必不重用。然皆不可改，以俟明識之能詩者。

奉送十七舅下邵桂一首（近體詩）

絶域三冬暮，浮生一病身〔一〕。感深辭舅氏，别後見何人。縹緲蒼梧帝，推遷孟母隣〔二〕。昏昏阻雲水，側望苦傷神〔三〕。

〔一〕次公曰：絶域字，李陵書云：出征絶域。故對浮生。其字熟矣，亦起於莊子云其生兮若浮者乎。

〔二〕次公曰：蒼梧，桂州也。虞舜死於蒼梧之野。蒼梧帝，指言虞舜，以述十七舅所往之處也。三字出梁吴均酬鮑幾詩：依依望九嶷，欲謁蒼梧帝。公於哀李邕詩又曰魂斷蒼梧帝矣。孟母，孟子之母也。列女傳曰：孟軻母者，即孟子母也，號曰孟母。其舍近墓，孟子之少也，嬉戲爲墓間之事，踴躍築埋。孟母曰：此非所以居處子也。乃舍市傍。其子嬉戲爲賈。又曰：此非所以居處子也。乃舍學宫之旁。其子遊戲乃設俎豆，揖遜進退。曰：此可以居處。遂居。及孟子長，學六藝，遂成大儒焉。孟母隣三字，則何平叔景福殿賦曰（侔）〔偉〕

孟母之擇隣也。今云推遷孟母隣，則孟母指言十七舅之母。意者，公本與十七舅隣居，今其去，則孟母所以與隣之意，推遷而往矣。

〔三〕次公曰：側望字，則四愁所謂側身東望、西望也。

【校】侔孟母之擇隣：影胡刻本文選侔作偉。

謁真諦寺禪師一首（近體詩）

次公曰：句云晴雪落長松，非冬則春矣。舊在秋詩中，非也。

蘭若山高處，煙霞嶂幾重〔一〕。凍泉依細石，晴雪落長松〔二〕。問法看詩忘，觀身向酒慵〔三〕。未能割妻子，卜宅近前峯〔四〕。

〔一〕次公曰：佛寺謂之蘭若，出佛書。

〔二〕次公曰：晴雪落長松，其句自明。雪以晴日所照，自高松而墜落。舊注引天台山賦：落落之長松。此落落字，乃松之狀也，豈可證乎！

〔三〕次公曰：腹聯所云，蓋是以問法之故，所以看詩而忘；以觀身之故，所以向酒則慵。

〔四〕次公曰：末句割妻子，如宋周顒長於佛理，於鍾山西立隱舍，終日長蔬。雖有妻子，獨處之。此於卜宅近寺爲可證。舊注專引費長房棄妻子以從壺公，又非是。

戊帙卷之一

丁未大曆二年，時公五十六歲。正月在夔州西閣，尋遷赤甲，至三月所存之詩。

立春一首（近體詩）

次公曰：立春必在去臘，得長曆考之，易事耳，而次公坐無此書，姑以首今年之正月。

春日春盤細生菜，忽憶兩京梅發時。盤出高門行白玉，菜傳纖手送青絲〔一〕。巫峽寒江那對眼，杜陵遠客不勝悲。此身未知歸定處，呼兒覓紙一題詩〔二〕。

〔一〕次公曰：春日而當梅發時，則在冬臘月矣，惜乎無長曆考之也。下又有巫峽寒江，正言臘月夔地寒，菜未發生也。此詩首句云：春日春盤細生菜，故頷聯一句犯盤字，一句犯菜字，方爲不偏礙也。與吹笛詩首句云：吹笛秋山風月清。而其下云：風飄吕律相和切，月傍關山幾處明。一句言風，一句言月同格。食生菜者，立春之事也。按齊人月令曰：凡立春日，生菜不可過多，取迎新之意而已。此生菜兩字出處。高門字，如于公高門。纖手字，晉成公綏洛褉賦：或振纖手，或濯素足。行白玉，行白玉盤也。應劭漢官儀曰：封禪壇有白玉盤。公於廢畦詩亦曰：生意春如昨，悲君白玉盤。其行字，則如麗人行云水精之盤行素鱗也。上四句是一段，以紀兩京當立春日已有菜矣。兩京，西京、東京也。忽憶兩京梅發時，則立春在去年之冬。

【校】此條九家注又引古詩云蘆菔白玉縷，生菜青絲盤一句。

〔二〕次公曰：下四句一段，言巫峽傍江地寒，那得此菜對眼，宜乎其悲矣。呼兒字，古詩云：呼兒烹鯉魚。

雨一首（近體詩）

冥冥甲子雨，已度立春時〔一〕。輕箑煩相向，纖絺恐自疑〔二〕。煙添纔有色，風引更如絲〔三〕。直覺巫山暮，兼催宋玉悲〔四〕。

〔一〕次公曰：兩句憂之之辭也。與人日詩云：元日到人日，未有不陰時。其用意同。何以言之？唐諺云：春雨甲子，赤地千里。言春甲子而雨，旱之祥也。按資治通鑑大曆二年正月辛亥朔至十三日甲子。但不知立春在前，相去幾日，以無長曆考之也。今立春矣，值春甲子而雨，則將有諺語千里之旱，不亦可憂乎？觀領聯扇可用，絺可着，則是日雖雨而氣暄，固憂其爲旱矣。所謂元日到人日，未有不陰時，此明年人日詩也。世有西清詩話載劉克謂客曰：此東方朔占書也：歲後八日，一曰雞，二曰犬，三曰豕，四曰羊，五曰牛，六曰馬，七曰人，八曰穀。其日晴，所主之物育；陰，則災。少陵意謂天寶亂離，人物歲歲俱災。此西清所載也。次公在彼詩所解，謂克引東方占書是矣，必謂天寶亂離歲歲俱災則非。蓋公此詩在大曆三年，自天寶十四載禄山之亂抵是，凡十三次見春矣，豈有歲歲正月不晴八日者乎？蓋公自蜀來夔，於今歲恰見自元日至人日如此，而公紀之耳。豈不猶今歲雨詩冥冥甲子雨，已度立春時，以紀春雨甲子者哉？冥冥字，楚辭云雲容容兮雨冥冥也。

〔二〕次公曰：箑音所甲切，扇也。秋興賦云：於時乃屏輕箑。絺，葛也。秋興賦云：釋纖絺。注：細葛也。扇可相向，則纖絺疑其可着矣。兩句承上言春雨而值甲子，爲旱之祥。是日雖雨而氣暄，故扇可用，葛可著。語意相貫，亦猶人日詩云：元日到人日，未有不陰時。而下句云：冰雪鶯難至，春寒花較遲。所以言天陰凡七日之積，宜其如此也。

〔三〕次公曰：晉張協雜詩曰：騰雲似涌煙，密雨如散絲。今腹聯兩句，詩人詠冥冥之雨當然，而意與字亦出於此也。

〔四〕次公曰：末句爲是在夔州賦雨詩，所以使楚地事。宋玉高唐賦云：旦爲行雲，暮爲行雨。朝朝暮暮，陽臺之下。故云：直覺巫山暮。宋玉云：悲哉秋之爲氣也。宋玉楚人，其宅在夔州之下，曰歸州者。雖是春雨，而冥冥濛濛有可悲之興，故云：兼催宋玉悲。催，則不必待秋至，而此雨已可催之。

南楚一首（近體詩）

南楚青春異，暄寒早早分〔一〕。無名江上草，隨意嶺頭雲。正月蜂相見，非時鳥共聞〔二〕。杖藜妨躍馬，不是故離羣〔三〕。

〔一〕次公曰：此篇在夔而云南楚，則夔在戰國爲楚地。寒盡而暄生矣，故云南楚青春異，暄寒早早分也。

〔二〕次公曰：相見字，用易：萬物皆相見。於蜂言之，句可謂新矣。

【校】句可謂新矣：九家注引作句意兩新。

〔三〕次公曰：末句躍馬，則言官身而在諸人之間，則必騎馬。今也，杖藜而獨往，乃放曠所然，不是故爲離羣也。躍馬字，蔡澤曰：吾躍馬食肉四十年，亦足矣。杖藜字，莊子載原憲杖藜應門。離羣字，禮記云：離羣索居。

入宅三首赤甲、白鹽二山（近體詩）

次公曰：赤甲，本岬字。按水經於江水逕永安宫之後云：江水又東南，逕赤岬西。注云：是公孫述所造。因山據勢，周回七里一百四十步，東高二百丈，西北高一千丈。連基白帝山，甚高大，不生樹木，其石悉赤。土人云，如人袒胛，故謂之赤岬山。又云：江水又東，逕廣溪峽。注云：斯乃三峽首也。其間三十里，傾巖倚木，厥勢殆交。北岸山上有神淵，淵北有白鹽崖，高可千餘丈，俯臨神淵。土人見其高白，故因名之。

奔峭背赤甲，斷崖當白鹽〔一〕。客居愧遷次，春酒漸多添〔二〕。花亞欲移竹，鳥窺新捲簾〔三〕。衰年不敢恨，勝概欲相兼。

右一

〔一〕次公曰：奔峭者，奔馳之峭處。謝靈運詩：孤客傷逝湍，行旅苦奔峭。

〔二〕次公曰：遷次字，如樂昌公主詩曰今日何遷次也。

〔三〕次公曰：花亞欲移竹，言花枝偃亞於欲將移去之竹也。

亂後居難定，春歸客未還〔一〕。水生魚腹浦，雲暖麝香山〔二〕。半頂梳頭白，過眉柱杖斑〔三〕。相看多使者，一一問函關〔四〕。

右二

〔一〕次公曰：春歸者，春至之義。公又有云春從沙際歸是也。春歸客未還，蓋言又見春矣，以居不定而尚未還故鄉也。

〔二〕次公曰：魚腹浦、麝香山，皆在夔州，不考而可知矣。杜田引後漢郡國志、夔州圖經，無害於義而冗。

【校】故鄉下九家注又有有所感發耳五字。

〔三〕次公曰：總言白頭，而頭有頂焉。半頂梳頭白，則白髮之所存者，僅半頂耳。

〔四〕次公曰：末句，吐蕃未平，所以問函關也。

宋玉歸州宅，雲通白帝城。吾人淹老病，旅食豈才名〔一〕。峽口風常急，江流氣不平〔二〕。只應與兒子，飄轉任浮生。

右三

〔一〕次公曰：吾人字，漢宣帝歌曰：泛濫不止兮愁吾人。故對旅食。其字則魏文帝云旅食南館也。吾人乃自言矣。吾人之所以淹老病而旅食，豈坐才名之故耶？乃孔子匪兕匪虎，率彼曠野，吾道其非邪之意。

〔二〕次公曰：江流氣不平，言以風急之故，江流之洶湧，如人之氣不平也。

赤甲一首（近體詩）

卜居赤甲遷居新，兩見巫山楚水春。炙背可以獻天子，美芹由來知野人〔一〕。荆州鄭薛寄詩近，蜀客郗岑非我隣〔二〕。笑接郎中評事飲，病從深酌道吾真〔三〕。

〔一〕次公曰：頷聯兩句出列子：昔者，宋國有田夫，常衣緼黂，僅以過冬。暨春東作，自曝於日，不知天下之有廣廈隩室與綿纊狐貉。顧謂其妻曰：負日之暄，人莫知者。以獻吾君，將有重賞。里之富室告之曰：昔人有美戎菽，甘枲，莖芹、萍子者，對鄉豪稱之。鄉豪取而嘗之，蜇於口，慘於腹。衆哂而怨之，其人大慚。

〔二〕次公曰：鄭、薛、郗、岑四人者，鄭豈鄭監審，岑豈岑參乎？公夔府詠懷題云：奉寄鄭監審。詩注云鄭在江陵，所以寄詩近。岑參作嘉州刺史，所以謂之蜀客。其二人不敢妄考。

〔三〕次公曰：末句，評事，則崔評事矣。郎中，未有所考。要之乃公之相見，義自明耳。道吾真，豈謂言道我之真也乎？

【校】末句，九家注作則以我爲真率也。

一室一首（近體詩）

次公曰：後漢：陳蕃云：大丈夫當掃除天下，安事一室哉！有此一室兩字，故倚以爲題。此詩自成都詩中遷出，然必以爲赤甲詩，則公之至夔，初定赤甲之居。

一室他鄉遠，空林暮景懸〔一〕。正愁聞塞笛，獨立見江船〔二〕。巴蜀來多病，荆蠻去幾年〔三〕。應同王粲宅，留井峴山前〔四〕。

〔一〕次公曰：首兩句是對。空林字，張景陽雜詩：鳴鶴聒空林。故對一室。他鄉字，古詩：他鄉各異縣。暮景字，張孟韻書有之。

〔二〕次公曰：塞笛，指言白帝城上笛也。江船，則眼前所見夔江之船也。黄魯直詩：儻有江船吾欲東。用此江船字。船字俗作舡，非。

〔三〕次公曰：公自同谷入蜀，之梓，之閬，又自蜀來夔，故云巴蜀。而樂史寰宇記於遂州載山自裂以表巴、蜀分界事，則巴與蜀相連之地也。公雖在秦，每欲適荆楚；今至夔矣，自問其自此將適荆楚，在幾何年也。一本作幾千，非是。

〔四〕次公曰：王粲詩云：終適荆與蠻。指言荆南也。末句公詩明著其事，則王粲故宅有井在襄州峴山之下，公本襄陽人，又從荆南欲歸襄州矣。

老病一首（近體詩）

老病巫山裏，稽留楚客中。藥殘他日裏，花發去年叢〔一〕。夜足霑沙雨，春多逆水風。合分雙賜筆，猶作一飄蓬〔二〕。

〔一〕次公曰：殘之爲言，餘也。前篇贈王侍御有云錦里殘丹竈，亦此殘之義。大率中原人以餘爲殘。藥裹雖是常語，然彭祖云：服藥千裹，不如獨卧。不爲無出。故公又云藥裹關心詩總廢也。

〔二〕次公曰：末句，漢官儀：尚書令、僕、丞、郎，月給赤管大筆一雙。公爲尚書工部郎，故感而有句。飄蓬事，則商君書曰：夫飛蓬遇飄風而行千里，乘風之勢也。兩字則曹子建又云風飄蓬飛，載離寒暑也。

愁强戲爲吴體一首（近體詩）

江草日日喚愁生，巫峽泠泠非世情〔一〕。盤渦鷺浴底心性，獨樹花發自分明〔二〕。十年戎馬暗萬國，異域賓客老孤城。渭水秦山得見否？人今罷病虎縱横〔三〕。

〔一〕次公曰：巫峽泠泠非世情，言水自泠泠，不徇世情，有人愁寂而感其泠泠之聲也。一作春峽，非。蓋豈可言夏峽、秋峽乎？

〔二〕次公曰：盤渦字，郭璞江賦云：盤渦谷轉。用對獨樹，則周王褒送葬詩云：平原看獨樹，臯亭望列村。虎縱横，言盜賊也。王粲詩云：盜賊如豺虎。吐蕃亦乃盜賊耳。罷音疲。

〔三〕次公曰：末句渭水秦山，則言長安也。

江雨有懷鄭典設一首（近體詩）

春雨闇闇塞峽中，早晚來自楚王宫〔一〕。亂波紛披已打岸，弱雲狼籍不禁風〔二〕。寵光惠葉與多碧，點注桃花舒小紅〔三〕。谷口子真正憶汝，岸高瀼闊限西東〔四〕。

〔一〕次公曰：此篇亦吴體矣。詩人之詩，必各當體。此詩在夔峽中作，故雨事用楚地事。楚王宫，指言高唐也。高唐賦〔序〕云：楚襄王與宋玉遊於雲夢之臺，望高唐之觀，其上獨有雲氣。王問玉曰：此何氣也？玉曰：昔者，先王嘗遊高唐，怠而晝寢。夢見一婦人，曰：妾巫山之女也……妾在巫山之陽，高丘之阻。旦爲朝雲，暮爲行雨。朝朝暮暮，陽臺之下。今言塞滿峽中之雨，其早旦晚暮，乃是自楚王高唐宫來者矣。或以塞爲關塞之塞，謂白帝城連峽爲塞峽，則無出而義費力。

〔二〕次公曰：於波言紛披，於云言狼籍，此公之新奇者。打岸字，應是方言。如風吹舡，謂之打頭風之打。劉禹錫金陵懷古云：潮打空城寂寞回。亦此打字之義。舊本分披，其字當作紛披，出選。狼籍字，淳于髡云：杯盤狼籍。

〔三〕次公曰：寵光字，起於詩注，蓼蕭篇：既見吾君子，爲龍爲光。注云：龍，寵也。箋云：爲寵爲光，言天子恩其澤光耀，被及己也。點注字，魏鍾會孔雀賦：五色點注，華羽參差。天雨之施惠於蕙葉，有寵光之義；於桃花才小開苞，有點注之狀，使字不亦新乎？若舒字，則古燕歌行云桃抽覆地春花舒也。

〔四〕次公曰：谷口子真，正以比鄭典設。揚子云：鄭子真隱於谷口也。夔有澗水出山谷間，土人名之曰瀼。又分左右曰瀼東、瀼西。以公詩考之，於古詩有阻雨不得歸瀼西甘林篇。於近體後有瀼西寒望一首，又有自瀼西荆扉且移居東屯茅屋四首。則公在瀼西，而鄭必在瀼東矣。舊注於引瀼西寒望，却云有瀼東閑望詩，不亦惑後學乎！舊本正作瀼滑，當以瀼闊爲正。滑字則無義，此惑於題是江雨也，非。

雨不絶一首（近體詩）

鳴雨既過漸細微，映空摇颺如絲飛〔一〕。階前短草泥不亂，院裏長條風乍稀〔二〕。舞石旋應將乳子，行雲莫自濕仙衣〔三〕？眼邊江舸何匆促，未待安流逆浪歸〔四〕。

〔一〕次公曰：如絲飛字，使古詩密雨如散絲。

〔二〕次公曰：院裏長條風乍稀，句法蓋以長條之垂，本自稠密，因風颺之，乍成疏稀也。

〔三〕次公曰：舞石，指言燕也。湘州記：零陵有石燕，雨過則飛如生燕。只下一舞字，已見是燕，又下乳子字，而燕之義尤明。蓋燕之子曰乳燕也。石燕於今亦有大有小，其小者可謂之乳子矣。將字又用鳳將雛之將。行雲，指言巫山神女也。高唐賦曰：妾在巫山之陽，高丘之阻。旦爲朝雲，暮爲行雨。水經〔注〕酈道元所載，朝雲作行字也。莫自濕仙衣，其莫字，非莫勿之莫，蓋言莫是自濕仙衣乎？乃問之之辭也。此公於夔峽間所賦雨詩，而夔峽去湘潭爲近，又正是高唐之處，方使石燕并神女事。此之謂當體。

〔四〕次公曰：句言眼邊之船，其歸太速，豈有未待安流而遂逆浪歸乎？怪其匆速之辭。

病柏一首（古詩）

次公曰：二病、二枯之詩，宜出乎一時所爲。蓋公流落於夔，因眼中有此物而併賦之也。次公必以爲夔州詩，何以知之？此病柏云有柏生崇岡；枯椶云嗟爾江漢人，生成復何有，崇岡則夔州自是有山，而公於夔州詩每言江漢，句法義例中詳矣。故知此夔州詩。

有柏生崇岡，童童狀華蓋〔一〕。偃蹙龍虎姿，主當風雲會〔二〕。神明依正直，故老多再拜〔三〕。豈知千年根，中路顏色壞。出非不得地，蟠據亦高大〔四〕。歲寒忽無憑，日夜柯葉改〔五〕。丹鳳領九雛，哀鳴翔其外〔六〕。鴟鴞志意滿，養子穿穴内。客從何鄉來，佇立久吁怪〔七〕。靜求元精理，浩蕩難倚賴〔八〕。

〔一〕次公曰：崇岡字，琴賦：惟椅梧之所生兮，託峻嶽之崇岡。童童，狀車蓋。此用劉先主桑樹事。蜀志：先主舍東南角籬上有桑樹生，高五丈餘，遥望見童童如小車蓋。往來者皆怪此樹非凡，或謂當出貴人。先主少時與宗中諸小兒於樹下戲，言吾必當乘此羽葆蓋車。舊注引魏文帝詩：西北有浮雲，亭亭如車蓋。非是，乃不渾語矣。

〔二〕次公曰：龍虎姿，神仙傳：麒麟客有龍虎之姿。　風雲會字，魏吴季重答魏太子牋曰：臣幸得下愚之才，值風雲之會。又晉陸機塘上行言江蘺曰：被蒙風雲會，移居華池邊。舊注模稜云：乘風雲之會。此何所出？惟史有云感會風雲、依乘風雲而已。

〔三〕次公曰：神明依三字，王文考魯靈光殿賦序神明依憑也。貼以正直字，則傳云：聰明正直之謂神。今言柏樹正直，而神明反依之也。　故老字，則詩召彼故老，訊之占夢也。

〔四〕次公曰：得地字，梁沈約高松賦云：鬱彼高松，棲根得地。　盤據字，元魏奚斤之言赫連昌曰：未有盤據之資。　高大字，古本周易云：地中生木，升，君子以積小成高大。

〔五〕次公曰：孔子曰：歲寒，然後知松柏之後彫。禮器云：若松柏之有心……貫四時而不改柯易葉。今柏病矣，故云歲寒忽無憑，日夜顔色改也。　日夜字，古詩云：日夜黄，日夜疏。言其不覺如此之義。

〔六〕次公曰：丹鳳領九雛，其語則古歌辭(嚨)〔隴〕西行曰鳳凰鳴啾啾，一母將九雛也。舊注引建康實録：鳳將九雛，再見于豐城。杜田引東海何承天除著作，年已邁，諸佐郎並少年。荀伯玉呼爲妳母。承天云：卿當言鳳凰將九子，妳母何言耶？皆偏是一事耳。　云哀鳴翔其外，則南都賦之言木：鸞鸑鵷鶵翔其上。嵇康琴賦之言桐曰翔鸞集其顛也。

【校】嚨西行：九家注作隴西行，是。

〔七〕次公曰：客從何鄉來，又倣古詩客從遠方來也。　吁怪字，李善注文選，嘗引尚書傳曰：吁，疑怪之辭。此可摘用矣。

〔八〕次公曰：元精字，後漢郎顗傳：元精所生，王之佐臣。而晉阮籍詠懷詩曰：天地烟熅，元精代序。公於祭房相國文又曰：天道闊遠，元精茫昧。

病橘一首（古詩）

次公曰：此篇直敘事、紀實而感歎之詩。舊注妄云：此詩傷物失所而至於困悴。臆度穿鑿，去詩大遠，有誤學者矣。

羣橘少生意，雖多亦奚爲〔一〕。惜哉結實小，酸澀如棠梨。剖之盡蠹蝨，采掇爽其宜〔二〕。紛然不適口，豈只存其皮〔三〕。蕭蕭半死葉，未忍别故枝〔四〕。玄冬霜雪積，況乃迴風吹〔五〕。嘗聞蓬萊殿，羅列瀟湘姿〔六〕。此物歲不稔，玉食少一云失，非光輝〔七〕。寇盜尚憑陵，當（居）〔君〕減膳時〔八〕。汝病是天意，吾愁罪有司〔九〕。憶昔南海使，奔騰獻荔支。百馬死山谷，到今耆舊悲〔一〇〕。

【校】當居減膳：注文居作君，是。今據改。

〔一〕次公曰：醉歌行云：儒術於我何有哉！雖使何有於我哉，猶加儒術字，且轉用之。至丹青引云富貴於我（好）〔如〕浮雲，方是七字使經語，特去且字。今又云：雖多亦奚爲，又五字使經語，特去以字耳。皆可爲格也。　羣橘，一作伊橘，非。蓋不唯不成語，而羣字與下多字相應也。

〔二〕次公曰：采掇字，合使詩薄言采之，薄言掇之也。

〔三〕次公曰：莊子曰：楂、梨、橘、柚，其味相反而皆可於口。今云不適口，則以其病反言之也。豈止存其皮，則以病而皮亦不可用矣。蓋橘非特肉可食，而皮可用於藥故也。

〔四〕次公曰：半死葉，借七發之言桐其根半死半生一句之中半死字用之也。故枝字，宋沈約霜來悲落（相）桐詩云：宿莖抽晚幹，新葉生故枝。又齊謝脁詠竹詩曰：南條交北葉，新筍雜故枝。

〔五〕次公曰：玄冬字，梁元帝纂要曰：冬曰玄英，亦曰玄冬。舊注引劉公幹詩自夏涉玄冬，蓋亦詩人承用之熟耳，非祖出也。

〔六〕次公曰：蓬萊殿，在東内大明宫含涼殿之前。瀟湘姿字，則橘多生於湘潭間也。張華詩曰：橘生湘水側，菲陋人莫傳。逢君金華宴，得在玉几前。公今使此意矣。

〔七〕次公曰：此物，則指其物也。古詩言庭樹云此物何足貴，故公每取用兩字。洪範云：惟辟玉食。言所食之珍貴如玉。舊注引周禮：王齋則共食玉。乃真是玉屑爲食，非此之謂矣。

〔八〕次公曰：減膳字，禮云：凶年，天子徹樂減膳。

【校】正文當居減膳：注文居作君，是。

〔九〕次公曰：吾愁罪有司，意自是天意使橘病，而不供至尊之食，不可歸罪有司也。然於是吾以罪有司者，爲不解事而可愁矣。一作諗字，非。蓋諗字義止訓告，吾告罪有司之人雖亦有義，而費力。此八句是一段。

〔一〇〕次公曰：此用獻荔支事比之，奇矣。舊注，唐書：貴妃嗜荔支，必欲生致之。乃置騎送，走數千里，味未變已到京師。此説非是。唐所貢乃涪州荔支，由子午道而往，非南海也。杜田正謬引漢和帝紀云：舊南海獻龍眼、荔支，十里一置，五里一候，奔騰險阻，死者繼路。時臨武長唐羌，縣接南海，乃上書陳狀。帝下詔曰：遠國珍羞，本以薦奉宗廟，苟有傷害，豈愛民之本。其勑太官勿復受獻。又引謝承漢書云：唐羌，字伯游。辟公府，補臨武長。縣接交州，舊貢荔支、龍眼及生鮮獻之。驛馬晝夜傳送，至有虎狼毒害，頓仆死亡不絕。道經臨武，羌乃上書諫和帝曰：臣聞上不以滋味爲德，下不以貢上爲功。故天子食大牢爲尊，不以果實爲珍。伏見交阯七郡獻生龍眼等，鳥驚風發。南州地土，惡蟲猛獸，不絶於路，至於觸犯死亡之害。死者不可復生，來者猶可救也。二物升殿，未必延年益壽。帝從之。羌即棄官還家，不應徵召。此杜時可所（以）〔引〕，是。蓋今奔騰字取和帝紀，馬死字取謝承漢書，故公後有絶句云：側生野岸及江浦，不熟丹宮滿玉壺。雲壑布衣鮐背死，勞人重馬翠眉須。却借其事以譏爲楊妃而貢茘支也。

枯椶一首（古詩）

蜀門多栟櫚，高者十八九〔一〕。其皮割剥甚，雖衆亦易朽。徒布如雲葉，青青歲寒後〔二〕。交横集斧斤，凋喪先蒲柳〔三〕。傷時苦軍乏，一物官盡取〔四〕。嗟爾江漢人，生成復何有〔五〕。有同枯椶木，使我沉歎久。死者即已休，生者何自守〔六〕？啾啾黄雀啅，側見寒蓬走〔七〕。念爾形影乾，摧殘没藜莠。

〔一〕次公曰：廣志曰：椶一名栟櫚。張平子南都賦云：其木則楈枒栟閭，結根竦本，垂條嬋媛。布緑葉之萋萋，敷華蘂之蓑蓑。今公所用栟櫚字，布葉字，皆上賦所出也。栟音并，櫚音閭。若論公所賦，指蜀中之椶，則左太沖蜀都賦有云其木則有椶、椰、楔、樅矣。

〔二〕次公曰：莊子曰：松柏在冬夏青青。孔子曰：歲寒，然後知松柏之後彫。椶葉如車輪，雖冬亦青，故借用柏松身上字以言之也。

〔三〕次公曰：交横字，阮嗣宗詠懷詩，有走獸交横馳也。蒲柳一物，乃楊之别名。世説載顧悦，梁簡文問曰：卿何以先老？答曰：蒲柳之質，望秋而落；松柏之姿，隆冬轉茂。今公言樱以多剥而彫喪，故用此語以形容之。

〔四〕次公曰：蜀人取樱皮以充用。惟軍興，誅求尤急，故曰傷時苦軍乏，一物官盡取也。一物字，家語：孔子謂哀公曰：一物失理，亂亡之端。而江文通書曰：一物之微，有足悲者。

〔五〕次公曰：下六句因樱一物以興江漢之人也。詩曰：滔滔江漢，南國之紀。此夔州詩也。而用江漢，於夔爲近也。其詳具于句法義例。

〔六〕次公曰：死者即已休，猶樱之既已剥多而枯死也。生者何自守，猶樱之未剥者終復遭剥也。

〔七〕次公曰：後四句又著樱而言矣。黄雀啅，則在樱樹之間啅也。黄雀，小鳥耳，西京賦云：翔鶡仰而不逮，况青鳥與黄雀。寒蓬走，則於樱樹之側也。此以形容其枯樹之可愁矣。

枯柟一首（古詩）

楩柟枯崢嶸，鄉黨皆莫記〔一〕。不知幾百歲，慘慘無生意〔二〕。上枝摩皇天，下根蟠厚地〔三〕。巨圍雷霆坼，萬孔蟲蟻萃〔四〕。涷雨落流膠，衝風奪佳氣〔五〕。白鵠遂不來，天雞爲愁思〔六〕。猶含棟梁具，無復霄漢志〔七〕。良工古昔少，識者出涕淚〔八〕。種榆水中央，成長何容易。截承金露盤，裊裊不自畏〔九〕。

〔一〕次公曰：楩柟枯崢嶸，則其枝之高大矣。王荆公崢嶸終日對枯柟，用此也。

〔二〕次公曰：慘慘無生意，其慘慘無三字取王仲宣登樓賦天慘慘而無色也。

〔三〕次公曰：上枝、下根字，則古香爐詩曰請説銅爐器，崔嵬象南山；上枝似松柏，下根據銅盤也。摩皇天，則變魏文帝修條摩蒼天也。皇天字，多矣。乃左傳云：皇天后土者也。故用對厚地。其字雖出於詩謂地蓋厚，而前人先用，則張平子東京賦云跼高天，蹐厚地也。舊注引易：坤厚載物。似是而非矣。蟠厚地，則揆莊子下蟠於地也。

〔四〕次公曰：此兩句言其枯也。舊注引七發夏則雷霆霹靂之所感，非特出處止言龍門之桐，又不是坼之之義。萬孔蟲蟻萃，與病柏云鴟鴞志意滿，養子穿穴内，古柏行云苦心不免容螻蟻相類也。

〔五〕次公曰：此兩句又以言其枯之狀也。凍雨舊本作凍，非。凍字音東，楚辭大司命云：命飄風兮先驅，使凍雨兮灑塵。今本楚辭亦只作涷字。爾雅：暴雨謂之涷。郭璞曰：今江東夏月暴雨爲涷雨。引楚辭使涷雨兮灑塵，然後知以涷爲正。衝風字，出楚辭少司命曰：衝風至兮水揚波。今所取者，楚辭正本耳。衝風，隧風也。見楚辭河伯又云衝風起兮水横波王逸注中。佳氣字，如梁孝元帝納涼云：高春斜日下，佳氣滿櫩楹。

〔六〕次公曰：白鵠遂不來，是不來矣。舊注引七發：獨鵠晨號乎其上。非是。白鵠字，則西京賦云：掛白鵠。又盧耽化爲白鵠也。天雞者，爾雅釋鳥篇所謂鶾者也。謝靈運湖中瞻眺詩用云：天雞弄和風。公詩又云：赤葉楓林百舌鳴，黄泥野岸天雞舞。即此天雞之謂矣。薛夢符續注曰：爾雅釋（蟲）〔鳥〕：鶾，天鷄。注云：小蟲黑身赤頭，一名莎鷄。疏云：豳詩七月：莎鷄振羽。此説非也。蓋名同耳。枯柟之上有小蟲，何足當爲愁思之語。

〔七〕次公曰：猶含棟梁具，則柟者珍材，雖枯而可充用。此又公自況矣。無復霄漢志，則充用之外，不復更望升拔也。

〔八〕次公曰：衆人之見，則以枯而不採，故有良工古昔少，識者出涕淚之句。

〔九〕次公曰：四句以榆結之，奇矣。汜勝之書曰：種木無期，因地爲時。三月榆莢，雨時高地强土可種。則榆賴潤濕而後生，故得言種之水中央也。其句中使字，則水中央三字，詩云：宛在水中央。何容易三字，東方朔云：談何容易。漢書曰：孝武作柏梁銅柱，承露仙人掌之屬。三輔故事曰：武帝作銅露盤，承天露和玉屑飲之。而梁簡文帝詩曰：定用方諸水，持添承露盤。梁元帝善覺寺碑曰：金盤上竦，非求承露。今公用承字，用金露盤字，蓋皆參用之矣。夫承露盤者，銅柱也。西都賦云：抗仙掌與承露，擢雙立之金莖。西京賦云：立修莖之仙掌，承雲表之清露。若非銅柱，而以柟爲莖，則可用也。彼榆之脆弱，烏其任哉！此蓋興小夫之承重任也。

憶昔二首（古詩）

次公曰：舊本失次於成都詩中。今第二篇末句云灑血江漢身衰疾，則夔州詩也。與枯椶詩嗟爾江漢人同。

憶昔先皇巡朔方，千乘萬騎入咸陽〔一〕。陰山驕子汗血馬，長驅東胡胡走藏〔二〕。鄴城反覆不足怪，關中小兒壞紀綱，張后不樂上爲忙。至今今上猶撥亂，勞身焦思補四方〔三〕。

我昔近侍叨奉引，出兵整肅不可當〔四〕。爲留猛士守未央，致使岐雍防西羌。犬戎直來坐御牀，百官跣足隨天王〔五〕。願見北地傅介子，老儒不用尚書郎〔六〕。

右一

〔一〕次公曰：此詩作於夔，則今歲代宗之大曆二年也。　先皇，言肅宗也。朔方郡，今之夏州。肅宗即位靈武，乃北地郡，而朔方在靈州之隣，則車駕所巡矣。既巡朔方之後，車駕歸長安，是千乘萬騎入咸陽也。千乘萬騎四字之勢，則後漢靈帝來京都，童子謡曰侯非侯，王非王，千乘萬騎上北邙也。　咸陽，秦所都，在今咸陽縣東十五里有故咸陽城是也。西京賦云：漢氏初都，在渭之涘。秦里其朔，實爲咸陽。要之皆連亘長安，故以歸長安爲入咸陽也。入咸陽三字，漢高帝紀：沛公西入咸陽也。以入咸陽託漢高言之，則巡朔方者，亦挨傍漢武帝元封元年，帝親出長城，北登單于臺至朔方乎？此蓋詩人用前代帝王事以形容之也。

〔二〕次公曰：陰山驕子，指言回紇也。至德二載閏八月，廣平王俶爲天下兵馬元帥，郭子儀副之，以朔方、安西、回紇、南蠻、大食兵討安慶緒。時回紇兵最爲有功。其曰陰山驕子者，回紇本匈奴別種，漢書匈奴傳云：胡，天之驕子也。陰山，則遼東外有陰山，東西千餘里。所謂匈奴失陰山之後，過之未嘗不哭者。　汗血馬，則以回紇多馬，故以汗血言之。漢書樂志：馬生渥洼水中，歌云：太一況，天馬下。霑赤汗，沫流赭。應劭注云：大宛馬汗血霑濡也。長驅東胡胡走藏，東胡，指言安慶緒也。爲寇在長安之東，故云東胡。時廣平王之兵戰於灃水，而慶緒敗走，故得復京師也。

〔三〕次公曰：史云時慶緒奔於河北，明年乾元元年，蔡希德、田承嗣、武令珣各以衆會安慶緒，賊復振，以相州爲成安府，改元天和。鄴城，即相州也。此所謂鄴城反覆，指言安慶緒明矣。舊注模稜，云胡走藏者，禄山敗也。鄴中反覆者，思明未服也，誤矣。蓋當回紇助順之時，安禄山已爲慶緒所殺，而史思明却未殺慶緒，年月灼然可考。

東坡先生詩話有曰：憶昔詩云關中小兒亂紀綱，謂李輔國也。張后不樂上爲忙，謂肅宗張皇后也。爲留猛士守未央，謂郭子儀奪兵柄入宿衛也。先生之説如此。今公詩云鄴城反覆不足怪，繼之以關中小兒壞綱紀，張后不樂上爲忙。公之意，寇之反覆乃是外陵，尚不足怪者，壞綱之兒與專制之后，乃是内患矣。李輔國謂之小兒者，本傳，輔國以閹奴爲閑厩小兒，其後專權，皆私判臆處，因稱制敕，未聞上也。詔書下，輔國署己，爲施行。斯不亦謂之壞紀綱乎？舊注至謂關中小兒爲越王係欲奪嫡，則自有東坡成説正其謬。張后事，肅宗爲太子時，后爲良娣，慧中而能辯，能迎意傅合。肅宗在靈武，由淑妃立爲后。能牢籠，稍豫政事，與李輔國相助，多以私謁撓權。羣臣上尊號，后亦諷尊己號翊聖，以李揆爭止。又與輔國謀徙上皇西内，以制於后，故帝不敢謁西宫。譖死建寧王倓，又屢危太子。此張后之惡也。上爲忙，指肅宗也。舊注云：上爲忙者，以代宗畏后也，非是。公下句言代宗自云至今今上猶撥亂，則分明謂之今上矣。前乎代宗在肅宗乾元二年，史思明殺安慶緒。上元二年，史朝義弑其父思明。至代宗即位，史朝義方爲亂才一年耳，年號寶應，五月以應王适爲天下兵馬元帥。十月，討史朝義，大敗之於横水，克河陽、東都。次年改元廣德，正月史朝義兵敗，奔幽州，自縊死。此代宗撥亂之實也。撥亂字，出前漢書：撥亂反正。

【校】應王适：資治通鑑寶應元年條載：甲戌，以皇子奉節王适爲天下兵馬元帥。又，八日，徙魯王适爲雍王。今按，應王疑爲雍王之訛。

次公曰：公於肅宗朝爲拾遺。唐制，左補闕六人，從七品上。左拾遺六人，從八品上，掌供奉諷諫。大事廷議，小則上封事。故言叨奉引。奉引，則供奉之事也。舊注注往在詩，全篇誤以爲代宗事，於此又引往在詩云微軀忝近臣，乃代宗享郊廟也；此詩亦代宗時事，而云我昔近侍叨奉引，然二史皆不載，故不知所任官。是何夢語！杜田補遺及引唐六典：補闕、拾遺，武后垂拱中置二人以掌供奉、諷諫。注：左右補闕、拾遺，掌供奉、諷諫，扈從乘輿。而云子美至德二年肅宗授左拾遺，明年收京，扈從還長安。蓋拾遺掌供奉扈從，故子美詩每言奉引、侍祠、扈蹕。其説是。

〔五〕次公曰：爲留猛將守未央，東坡以爲言郭子儀。蓋（所）史載子儀有定天下功，居人臣第一。程元振一心媢之，乘相州敗，醜爲詆譖。肅宗不内其語，然猶罷子儀兵，留京師。此所謂守未央也。未央，宮名。漢蕭何所建，在長安，故以守未央微言之。猛士守三字，漢高祖大風歌云安得猛士守四方也。子儀於肅宗時召還，在乾元二年之七月。既留京師，次年吐蕃入寇，陷鄜州，而岐、雍之間防賊之不暇也。犬戎所以指言吐蕃。其傳云：吐蕃本西羌屬，拜必手掘地爲犬號。直來坐御牀，則在代宗廣德元年十月陷京師時也，去陷鄜州才三年耳。蓋陷鄜州，歲在庚子，而陷京師，歲在癸卯也。坐御牀三字，南史侯景傳：齊文宣夢獮猴坐御牀也。子儀留京師而有吐蕃之禍，以舊史考之，初召子儀還京，以魚朝恩之譖，既而再出爲諸道兵馬都統管。代宗即位，又爲程元振所忌，請罷其副元帥，充肅宗山陵使，復留京師。俄而僕固懷恩阻兵於汾州，引回紇、吐蕃之衆入寇河西，吐蕃繼陷涇州，遂逼京師而陷之。天子車駕幸陝，故云百官跣足隨也。

〔六〕次公曰：公於廣德二年以嚴武再尹成都，自閬中歸武，用爲參謀，固爲尚書工部員外郎矣。今也止願見如傅介子者，使斬贊普之首，則老儒不復須尚書郎也。此爲夔州詩。又審傅介子事，本傳：北地人，持節爲使，斬樓蘭王安，歸之首，懸之北闕。封介子爲義陽侯。不用尚書郎五字，木蘭歌云：欲與木蘭賞，不用尚書郎。此又所謂詩人於恰好字更不放過也。

憶昔開元全盛日，小邑猶藏萬家室〔一〕。稻米流脂粟米白，公私倉廩俱豐實〔二〕。九州道路無豺虎，遠行不勞吉日出〔三〕。齊紈魯縞車班班，男耕女桑不相失〔四〕。宫中聖人奏雲門，天下朋友皆膠漆〔五〕。百餘年間未災變，叔孫禮樂蕭何律〔六〕。豈聞一絹直萬錢，有田種穀今流血〔七〕。洛陽宫殿燒焚盡，宗廟新除狐兔穴。傷心不忍問耆舊，復恐初從亂離説。小臣魯鈍無所能，朝廷記識蒙禄秩〔八〕。周宣中興望我皇，灑血江漢身衰疾〔九〕。

右二

〔一〕次公曰：此篇鋪敘甚明，其中使字，則全盛字，鮑明遠蕪城賦之言漢曰當昔全盛之時也。

〔二〕次公曰：倉廩豐實字，出管子：倉廩實而知禮節也。

〔三〕次公曰：無豺虎，以言無盜賊。王粲詩云盜賊如豺虎也。吉日，良日也，乃宣王詩篇名。

〔四〕次公曰：齊紈字，則班婕妤詩云：新裂齊紈素，皎潔如霜雪。婕妤所據，范子曰：紈素出齊。而公所承用，則婕妤也。魯縞字，傳曰：强弩之末，不能穿魯縞也。此疊四字，言兩般必各有出之格。車班班三字，漢桓帝初，京師童謡云車班班，入河間也。

〔五〕次公曰：雲門者，黄帝之樂名也。周禮大司樂：歌大吕，(奏)〔舞〕雲門，以祀天神。朋友膠漆事，後漢：陳重、雷義爲友，語曰：膠漆自爲堅，不如雷與陳也。

〔六〕次公曰：叔孫、蕭何事，漢高帝紀曰：蕭何次律令，叔孫通制禮儀。其詳有五句單舉二人而連用之者。揚雄解嘲云：叔孫通起於枹鼓之間，解甲投戈，遂作君臣之儀，得也……聖漢權制，而蕭何造律，宜也。公此一句以比開元之大臣矣。

〔七〕次公曰：流血，以言戰伐殺人之多。揚子云：川谷流人之血也。

〔八〕次公曰：小臣魯鈍字，劉公幹詩小臣信頑魯，僶勉安能返也。

〔九〕次公曰：言灑血江漢，則公在夔故也。詩曰：滔滔江漢，南國之紀。此夔州詩也。而用江漢字，其説具於句法義例。身衰疾，舊本正作長衰疾，非。

晝夢一首（近體詩）

二月饒睡昏昏然，不獨夜短晝分眠〔一〕。桃花氣暖眼自醉，春渚日落夢相牽〔二〕。故鄉門巷荆棘底，中原君臣豺虎邊〔三〕。安得務農息戰鬭，普天無吏横索錢〔四〕。

〔一〕次公曰：此篇吴體。上四句通義，言二月之昏睡，不獨只是春夜。短睡不足，而乃分晝之半以眠耳，蓋以氣候使然也。昏昏字，司馬遷悲士不遇賦：昏昏罔覺内生毒也。而庾信：蕭索無真氣，昏昏有欲心。晝分眠，開晝眠字用之也。後漢：邊韶弟子嘲韶曰：嬾讀書，晝日眠。

【校】言二月一句：九家注引作：中春氣候昏，令人多睡，不獨夜短。

〔二〕次公曰：觀桃花在日暖之中，薰灼人眼，已是醉悶；春渚才日落，夢已相牽挽不自由矣。

〔三〕次公曰：門巷荆棘底，則不歸之久，而生荆棘矣。如姑蘇臺上荆棘滿、銅駝在荆棘中之義也。豺虎，以言盜賊。王粲詩云：盜賊如豺虎。雖吐蕃亦盜賊耳。

〔四〕次公曰：横索錢，横音去聲。吏乘軍須之勢，又至於暴横求索，此爲可傷也。晝夢詩而後段如此，公之用心可見矣。

熟食日示宗文宗武一首（近體詩）

消渴遊江漢，羈棲尚甲兵〔一〕。幾年逢熟食，萬里逼清明〔二〕。松柏邙山路，風花白帝城〔三〕。汝曹催我老，回首淚縱横。

〔一〕次公曰：消渴，公自志其病。遊江漢，則江水、漢水，近荆南而合矣。詩云滔滔江漢，南國之紀是也。夔實楚地，南接荆南，故云遊江漢。甲兵以言吐蕃未息。

〔二〕次公曰：熟食，即寒食日，以其先作黍飯麥粥之類而冷食之，更不舉火，故謂之寒食。應是夔峽之方言乎。

〔三〕次公曰：舊本松柏邛山路，善本作邙山，極是。杜田補遺：十道志曰：邙山在洛陽縣北十里。楊佺期洛城記曰：邙山，古今東洛九原之地也。俗以寒食省墳，子美先塋在邙，而其身流寓白帝，於寒食不能展省，故有此句。其説是。

又示兩兒一首（近體詩）

令節成吾老，他時見汝心〔一〕。浮生看物變，爲恨與年深。長葛書難得，江州涕不禁〔二〕。團圓思弟妹，行坐白頭吟〔三〕。

〔一〕次公曰：令節，指言寒食。成吾老，則老者之情不堪也。他時見汝心，意言汝輩今日方年少，未知老者之情，候它日汝輩老年，方見其心如我之今日耳。

〔二〕次公曰：長葛、江州，取次是其弟、其妹所在，未可妄考。

〔三〕次公曰：白頭吟，止取老而爲詩耳。其本出則司馬相如將聘茂陵女爲妾，而文君作白頭吟以諷之。沈約宋書載古辭白頭吟曰：凄凄重凄凄，嫁娶不須啼。願得一心人，白頭不相離。其後鮑照輩作白頭吟，則譏交道不終矣。

陪諸公上白帝城頭宴越公堂之作一首（近體詩）

此堂存古製，城上俯江郊。落構垂雲雨，荒堦蔓草茅〔一〕。柱穿蜂溜蜜，棧缺燕添巢〔二〕。坐接春杯氣，心傷艷蕊梢。英靈如過隙，宴衎願投膠〔三〕。莫問東流水，生涯未即抛〔四〕。

〔一〕次公曰：垂雲雨，則雲頽而下，雨落於空，皆有垂之義。黄魯直詩云太史鎖窗雲雨垂，蓋出於此。

〔二〕次公曰：柱穿字，宋劉秀之傳：丹陽聽事上，柱有一穿。

〔三〕次公曰：英靈，指言公孫述。如過隙，則歎其已逝。語則用莊子云人生如白駒之過隙也。以公孫述之英靈，今已如過隙而逝亡，則今日宴衎，當願如膠投漆，結綢繆之好也。

【校】指言公孫述：九家注公孫述下又有楊素二字。今按，趙注不涉楊素事，當係衍文。

〔四〕次公曰：末句言不須問東流水，而便欲順流南下，我此地生涯亦未即抛棄而去也。公詩或直欲便行，或留連不忍去，詩人之言豈有拘執哉。

晴二首（近體詩）

久雨巫山暗，新晴錦繡文。碧知湖外草，紅見海東雲〔一〕。竟日鶯相和，摩霄鶴數羣〔二〕。野花乾更落，風處急紛紛。

右一

〔一〕次公曰：碧知湖外草，言洞庭湖之外也。用草字，則洞庭湖遂連青草湖。紅見海東雲，言日出之處紅雲也。似此句以言峽中之晴，不亦開廣之言乎？

【校】青草湖：九家注下接選云春草碧色，春水緑波一句。

〔二〕次公曰：摩霄字，淮南子曰：鳴鵠背負蒼天，膺摩赤霄。摘字用之也。

啼烏爭引子，鳴鶴不歸林〔一〕。下食遭泥去，高飛恨久陰〔二〕。雨聲衝塞盡，日氣射江深。回首周南客，驅馳魏闕心〔三〕。

右二

〔一〕次公曰：有烏夜啼之曲，故使啼烏字。易曰鶴鳴在陰，故使鳴鶴字。

〔二〕次公曰：下食遭泥去，所以言烏；高飛恨久陰，所以言鶴。

〔三〕次公曰：周南，今之西京也。太史公曰：余滯留周南，不得從郊祀之事。今云周南客，而公有（四）〔回〕首之念，則公適有所感，思其人，不必考也。蓋如下篇有歎云：天下兵常鬭，江東客未還。其言江東客，亦不知主名爲誰，但適有所歎而已。惟其人留滯如太史公之在周南，公以其留滯，故稱爲周南客，與下句相接。莊子曰：身在江湖之上，心存魏闕之下。若公以其身客於外，如太史公之在周南，而自況焉，於義亦通，然於回首字難講。

【校】魏闕之下：九家注下接蓋天子之門，而闕謂之象魏一句。

雨一首 （近體詩）

始賀天休雨，還嗟地出雷〔一〕。驟看浮峽過，密作渡江來。牛馬行無色，蛟龍鬬不開〔二〕。干戈盛陰氣，未必自陽臺〔三〕。

〔一〕次公曰：易曰：雷出地奮豫。今云地出雷，則雷才發聲，二月時也。

〔二〕次公曰：浮峽對渡江也。作巫峽，非。此詩是峽中賦雨，故用牛馬行無色對蛟龍鬬不開，乃是紀實事，如峽中之深水可言蛟龍矣，别無興託。

〔三〕次公曰：末句方言時事。公三月詩云今（來）春〔喜〕氣滿乾坤，繼以大曆二年調玉燭，則三月時風塵方静也。按編年通載：去歲大曆元載九月，吐蕃陷原州。至今歲方又載：九月吐蕃寇靈州，又寇邠州，郭子儀屯於涇陽。而今公二月所作詩而言干戈盛陰氣，豈非三月方静，而遂賦歌頌之詩乎？以俟博聞。惟是峽中詩，故用陽臺爲當體。神女曰：妾在巫山之陽，高山之阻。旦爲朝雲，暮爲行雨。朝朝暮暮，陽臺之下。又稽神異苑載述征記曰：蕭總遇洛神女，後逢雨，認得香氣，曰：此雲雨從巫山來。則雨有專自陽臺者，如張正見輕雨應教詩曰：陽臺帶雲聚，飄花更濯枝。則止使雨事，爲泛矣。

【校】今來春氣滿乾坤：鈔本戊帙卷二喜聞盜賊蕃寇總退口號作：今春喜氣滿乾坤。今據改。　神異苑：檢隋經籍志無此書，後代亦未見著録，疑有衍訛，待考。

戊帙卷之二

丁未大曆二年，時公五十六歲。三月在夔州，新自赤甲遷瀼西所存之詩。

卜居一首（近體詩）

次公曰：楚辭屈原有卜居篇，故得以爲名。公初入蜀有此篇名矣，浣花流水水西頭是也。今詩未必專在三月所作，以後有暮春題瀼西新賃草屋五首言之，則可以定此篇爲三月之首。

歸羡遼東鶴，吟同楚執珪〔一〕。未成遊碧海，著處覓丹梯〔二〕。雲障寬江北，春耕破瀼西〔三〕。桃紅客若至，定似昔人迷〔四〕。

〔一〕次公曰：續搜神記曰：遼東華表柱，有鶴集其上曰：有鳥丁令威，去家千年今始歸。城郭如故人民非，何不學仙冢纍纍。今云歸羡遼東鶴，則歎其不得歸鄉也。史記曰：莊舄，故越之細鄙人也，爲楚執珪，病而尚猶越聲。本出無吟字，而王粲登樓賦云莊舄顯而越吟也。今云吟同楚執珪，又以言其懷鄉矣。世有名賢詩話，載本朝熙寧初張侍郎掞，以二府成，詩賀王文公。公和曰：功謝蕭規慚漢第，恩從隗始詫燕臺。示陸農師。陸曰：蕭規曹隨，高帝論功，蕭何第一，皆摭故實；而請從隗始，初無恩字。公笑曰：子善問也。韓退之鬬鷄聯句：感恩慚隗始，若無據，豈當對功字邪？次公謂今楚執珪越聲，本無吟字，而公用王粲賦足之。此作詩用字祖法，王文公蓋自得此刀尺耳。

【校】感恩慚隗始：全唐詩作孟郊句：受恩慚始隗。

〔二〕次公曰：碧海，按十洲記云：東有碧海，廣狹皓汗，與東海等。水不鹹苦，正作碧色。而舊注引十洲記曰：扶桑在桑海之中，西萬里，大帝之宮，太真東王君所治。却是證扶桑而已。丹梯字，則謝靈運詩：躡步陵丹梯。謝玄暉詩：即此陵丹梯。今云著處覓丹梯，則常好山遊也。躡，所履切。

〔三〕次公曰：雲障，以言山聳雲而障蔽。寬江北，則夔江之北。其山稍遠，爲寬矣。夔人有江南、江北之稱，故公詩有使云：今日江南老。今蓋自赤甲而遷此江北，乃瀼西之地。瀼者，水名，音讓。

〔四〕次公曰：句使武陵事。陶淵明集載：晉太康中，武陵人捕魚爲業，緣溪行，忘路之遠近。忽逢桃花林，林盡水源，便〔得〕一山。山有小口，髣髴若有光。便捨舡從口入。初極狹，纔通人。復行數十步，豁然開朗。土地平廣，屋舍儼然。有良田、美池、桑竹之屬。黄髮垂髫，並怡然自樂。自云先世避秦時亂，率妻子邑人來此絶境，不復出焉，遂與人間隔。既出，得其舡，便扶向路，處處誌之。及郡下，詣太守説如此。即遣人隨其往，尋向所誌，遂迷不復得路。今云桃紅客若至，定似昔人迷，則公以其所居爲桃〔源〕也。

玉腕騮衛公馬也一首　（近體詩）

次公曰：舊本與卜居相連，姑從之。蓋雖紀衛公，而句云聞説，則先以聞而賦詩耳。

聞説荆南馬，尚書玉腕騮。頓驂飄赤汗，跼蹐顧長楸〔一〕。胡虜三年入，乾坤一戰收〔二〕。舉鞭如有問，欲伴習池遊〔三〕。

〔一〕次公曰：赤汗字，前漢天馬歌云：天馬下，霑赤汗。長楸字，曹子建名都篇云：走馬長楸間。蹋（蹋）〔踏〕兩字，而對頓驂，豈或頓止，或驂駕，亦是兩字乎？若言頓其驂，則不成兩字。又恐公之不拘也。以俟博聞。

〔二〕次公曰：此言馬之功矣。天寶十五載，安禄山陷京師，至德元載，安慶緒殺其父。二載復京師。以復京師爲主，斯爲三年入矣。而三年之際，遂仍收復，斯爲一戰收矣。衛公之馬，豈正於此時得用乎？

〔三〕次公曰：此句言山簡也。襄陽記：峴山南習郁大魚池，山季倫每臨此池，飲輒大醉而歸。常曰：此我高陽池也。城中小兒歌之曰：山公去何遠，來至高陽池。日夕倒載歸，酩酊無所知。時時能騎馬，倒着白接䍦。舉鞭向葛强，何如并州兒？强蓋其愛將也。今句所云，蓋用山簡騎馬以比衛公，而身比葛强矣。

暮春題瀼西新賃草屋五首（近體詩）

久嗟三峽客，再與暮春期〔一〕。百舌欲無語，繁花能幾時〔二〕。谷虛雲氣薄，波亂日華遲。戰伐何由定，哀傷不在兹〔三〕。

右一

〔一〕次公曰：樂史寰宇記：渝州有明月峽，而於標三峽之名，則曰：西峽、巴峽、巫峽。明月峽在夔州之西，即西峽矣。以夔州上游言之，有明月峽；下游言之，有巴峽、巫峽，而公客於夔，是爲三峽客矣。其説詳於丁帙卷一。　再與暮春期，則公去歲大曆元年三月過望，自雲安縣移夔州舟居，今歲大曆二年爲再見暮春也。

〔二〕次公曰：反舌無聲，在芒種後十日。今謂之欲無語，則暮春之時也。

〔三〕次公曰：末句蓋言戰伐未定，乃所哀傷者，故我之哀傷，其爲時當暮春而在僻遠之草屋乎？　兹者，指言草屋也。

【校】九家注下又引語：文不在兹乎一句。

此邦千樹橘，不見比封君〔一〕。養拙干戈際，余生麋鹿羣。畏人江北草，旅食瀼西雲〔二〕。萬里巴渝曲，三年實飽聞〔三〕。

右二

〔一〕次公曰：首兩句蓋喜草屋之地有千株之橘矣，不見從來道可以比封君乎？前漢食貨志云：蜀漢江陵千樹橘，其人皆與千户侯等。舊注更引李衡千頭木奴得絹千匹，爲冗矣。　詩家多使君不見云云，或以起頭，或以結尾，又多是長句。今於五言詩中使不見兩字，亦起於鮑照行京口至竹里詩云：不見長河水，清深俱不息。

〔二〕次公曰：畏人字，出古詩客子常畏人，公前有云畏人常早起，已使矣。用對旅食，則魏文帝云旅食南館也。畏人在於江北之草間，旅食在於瀼西之雲裏，此公之自歎也。

【校】舊注更引……爲冗矣一句：九家注作李衡種甘橘千樹，號千頭木奴。標趙云，誤。

〔三〕次公曰：巴渝曲，實道其事耳。巴，即今之巴州；渝，即今之恭州。但巴渝字，緣前漢：高祖得巴渝，與之定三秦。其後有巴渝之樂，則尤有依據。云三年飽聞，則自永泰元年八月至雲安縣居，歷大曆元年及今歲大曆二年，爲三年也。

右三

綵雲陰復白，錦樹晚來青〔一〕。身世雙蓬鬢，乾坤一草亭〔二〕。哀歌時自短，薄酒爲誰醒〔三〕。細雨荷鋤立，江猿吟翠屏〔四〕。

〔一〕次公曰：錦樹晚來青，言前日因秋而爲紅樹，今日蓬春而又爲青樹也。公前有秋詩云江邊碧樹行錦樹，可見矣。

【校】言前日一句：九家注引作言前日因花發如錦，今此春暮，密葉已穠，故青也。

〔二〕次公曰：上句言身之已老，雙鬢如蓬矣。公詩又曰路經灩澦雙蓬鬢也。下句言天地之間有此瀼西一草亭也。東坡先生詩曰：天地大逆旅，詩書一草亭。一草亭字，雖出於此，却是譬喻，與公此詩句之義不同。

〔三〕次公曰：上句言歌不終其曼聲，而忽然短住。緣古詩有長歌行、短歌行，故使短字，用對醒字。

〔四〕次公曰：荷鋤字，陶潛詩曰：晨興理荒穢，帶月荷鋤歸。翠屏字，〔遊〕天台山賦：搏壁立之翠屏。

壯年學書劍，他日委泥沙〔一〕。事主非無禄，浮生即有涯。高齋依藥餌，絶域改春華〔二〕。喪亂丹心破，王臣未一家〔三〕。

右四

〔一〕次公曰：學（劍書）〔書劍〕字，項羽傳：籍少年學書不成，去學劍。他日委泥沙，公自歎於流落也。公之流落，蓋緣避寇。公有贈王侍御詩云不關輕紱冕，俱是避風塵，是已。舊注才見似此句，便云言不見用於〔時〕，豈公之本意哉！觀下句事主非無禄，又可見矣。

【校】言不見用於下奪時字，據九家注所引舊注補。

〔二〕次公曰：高齋字，謝玄暉有高齋詩。　絶域字，李陵云：奉使絶域。

【校】明鈔本李陵下缺一字，今據草堂藏本補云字。

〔三〕次公曰：末句，王臣，蓋詩所謂率土之濱，莫非王臣也。

欲陳經濟策，已老尚書郎〔一〕。不息豺虎鬭，空慚鴛鷺行〔二〕。時危人事急，風逆羽毛傷〔三〕。落日悲江漢，中宵淚滿牀〔四〕。

右五

〔一〕次公曰：經濟字，晉石苞傳：宣帝曰：貞廉之士，未必能經濟世務。公官是尚書工部員外郎，故云：已老尚書郎。尚書郎三字，木蘭歌云木蘭不用尚書郎，故公古詩又云老儒不用尚書郎也。

〔二〕次公曰：豺虎，以言盜賊。王粲詩云：盜賊如豺虎。其鬭字，則兩虎相鬭者也。公曾任拾遺，在帝左右，故云鴛鴦行。古詩云：廁迹鴛鴦行。

〔三〕次公曰：時危人事急，又暗結不息豺虎鬭之句；風逆羽毛傷，又暗結鴛鴦行之句。上句言理，下句比興也。

〔四〕次公曰：或曰：禹貢：荆及衡陽惟荆州，江漢朝宗於海。孔氏云：二水經此州而入海。故詩云：滔滔江漢，南國之紀。今詩於夔州，每言江漢，則亦以其切近荆楚矣。其詳具於句法義例。

引水一首（古詩）

月峽瞿唐雲作頂，亂石崢嶸俗無井〔一〕。雲安沽水僕奴悲，魚復移居心力省〔二〕。白帝城西萬竹蟠，接筒引水喉不乾。人生留滯生理難，斗水何值百憂寬〔三〕。

〔一〕次公曰：此篇追言雲安已艱於得水，而今引水尚可以供也。庾仲雍荆州記曰：巴楚有明月峽、廣德峽、東突峽，今謂之巫峽、秭歸峽、歸鄉峽。而桑欽水經與酈道元所注又有多名。本朝樂史寰宇記，於渝州載有明月峽，以石穴圓似之，故以名。至夔州載三峽，則曰：西峽、巴峽、巫峽。意者西峽則明月峽也。公忠州詩曰忠州三峽內，則以言其上游渝州有明月峽，而下游夔州則巴峽、巫峽也。今詩云月峽瞿唐雲作頂，則言自明月峽至瞿唐皆是連山，所以雲作頂也。公言瞿唐，據水經，本是巴峽中灘名，當時應遂謂之瞿唐峽矣。次公於題忠州龍興寺壁詩題下注之甚詳。雲作頂而石崢嶸，所以重歎其無井，以引言引水之事。

〔二〕次公曰：雲安沽水僕奴悲，則追言雲安已艱於得水，以引魚復尚有引水之便也。有引水之便，故省心力也。魚復，即夔州矣。今之倚郭奉節縣，乃漢之魚復縣也。

〔三〕次公曰：末句，生理、百憂寬字，盧照鄰喜秋風至詩曾使云形骸歲枯槁，生理日摧殘。還思不動行，賴此百憂寬也。

甘園一首（近體詩）

春日清江岸，千甘二頃園。青雲羞葉（蜜）〔密〕，白雪避花繁〔一〕。結子隨邊使，開筒近至尊〔二〕。後於桃李熟，終得獻金門〔三〕。

〔一〕次公曰：青雲羞葉（蜜）〔密〕，白雪避花繁，本言密葉如雲，白花如雪，而變其語，乃云雲羞、雪避，此公新奇之句。舊注引郭璞柑贊花染繁霜，葉鮮翠蓋，却別是譬喻矣，況偏檢甘事，并無此文。

【校】葉蜜：九家注引作葉密，方爲有義。

〔二〕次公曰：結（使）〔子〕隨邊使，開筒近至尊，兩句通義。謂之邊使，則邊遠之義。

〔三〕次公曰：末句，舊注謂公自託意，亦是。

承聞河北諸道節度入朝歡喜口號絶句十二首（近體詩）

次公曰：自程元振用事，來瑱、李懷讓以上將誅斥，裴冕、李光弼以元勳被譖，方帥由是攜解。吐蕃入寇，詔集天下兵，無一士奔命者。自廣德元年至此，五年矣，河北諸道節度之不入朝可知。聞今入朝，宜公之歡喜也。

右一

禄山作逆降天誅，更有思明亦已無。洶洶人寰猶不定，時時鬬戰欲何須〔一〕。

〔一〕次公曰：禄山、思明，蓋追言之也。安禄山父子僭位凡三年，而滅在乾元二年，歲在己亥。史思明父子僭位凡四年，而滅在廣德元年，歲在癸丑。是歲七月，吐蕃入寇矣。

【校】九家注下接故有下句四字。

右二

社稷蒼生計必安，蠻夷雜種錯相干。周宣漢武今王是，孝子忠臣後代看〔一〕。

〔一〕次公曰：此篇望諸節度之忠孝如此。　錯相干三字，截用衛玠云非意相干，可以理遣也。

右三

喧喧道路多歌謡，河北將軍盡入朝。始是乾坤王室正，却交江漢客魂銷〔一〕。

〔一〕次公曰：末句蓋公因喜諸節度入朝，而傷其流落。未有還闕朝王之（勢）〔期〕。魂銷，則所以重歎也。舊注云言亦望朝廷徵用，豈公本意哉！此篇又使江漢，自夔州而言江漢，其義具句法義例。

【校】還闕朝王之勢：九家注勢作期。

不道諸公無表來，茫然庶事遣人猜。擁兵相學干戈鋭，使者徒勞百萬回〔一〕。

右四

〔一〕次公曰：諸節度雖亦通表於朝，然不肯入覲，此爲可猜也。公詩探其心意，且爲寬法以待之，春秋之義也。當時朝廷遣使敦諭，公詩中自見分明矣。

鳴玉鏘金盡正臣，修文偃武不無人。興王會靜妖氛氣，聖壽宜過一萬春〔一〕。

右五

〔一〕次公曰：鳴玉鏘金，言諸節度之貴。稱爲正臣，則公豈不待之以忠義邪？正臣字，劉向：正臣進考，治之表。偃武修文，書武成全語。不無人，則又責望於諸節度矣。興王字，國語：興王賞諫臣。妖氛字，陳徐陵移齋文有剪妖氛，窮巢穴之語。

英雄見事若通神，聖哲爲心小一身。燕趙休矜出佳麗，宫闈不擬選才人〔一〕。

右六

〔一〕次公曰：此篇公喜諸節度入朝。所謂節度者，河北之地也。既喜其入朝，却防其媚悦而獻佳麗，故預以爲戒。其使字，則古詩云：燕趙多佳人，美者顔玉如。　才人，宫中之爵號。唐制，才人正二千石。

抱病江天白首郎，空山樓閣暮春光。衣冠是日朝天子，草奏何時入帝鄉〔一〕。

右七

〔一〕次公曰：公晚年爲尚書工部員外郎，所謂白首郎也。其字則亦傍依馮唐白首爲郎矣。　空山樓閣，指白帝城也。城上有白帝樓，此公言則在夔峽間。末句草奏之語，則公有所激矣。

澶漫山東一百州，削成如案抱青丘。苞茅重入歸關内，王祭還供盡海頭〔一〕。

右八

〔一〕次公曰：山東，正言今日之河北也。古云山東出相，山西出將，則以太行山爲言耳。杜牧之云：山東，王不得不王，霸不得不霸。此亦河北曰山東之謂矣。今日以昔之山東專謂之河北；昔之齊地專謂之山東，故學者惑焉。公詩題云承聞河北諸道節度使入朝，而詩云山東一百州，則言河北明矣。青丘，乃齊地所連。司馬相如子虛賦之言齊獵也，曰：秋田乎青丘。服虔注云：青丘國，在東海三百里。抱青丘，則其勢遠抱之也。若其削成字，則西山經曰：太華之山削成而四方。顔延年充使云：入河起陽峽，踐華因削成。末句苞茅事，左傳：齊（威）〔桓〕公問罪楚國曰（汝）〔爾〕貢苞茅不入，王祭不供，無以縮酒也。

右九

東逾遼水北滹沱，星象風雲共喜和〔一〕。紫氣關臨天地闊，黄金臺貯俊賢多〔二〕。

〔一〕次公曰：第五篇言河北，以大河之北言之也；第八篇言（出）〔山〕東，以太行山之東言之也；今篇又廣言之。遼水在今營平長城之外，在漢曰玄菟郡。按後漢郡國志玄菟郡云：高句驪，遼山，遼水所出。注引山海經曰：遼水出白平山。郭璞曰：出塞外，銜白平山。遼山，小遼水所出。以地圖觀之，是爲中國之極東。今日東逾遼水，則又自營平而往矣。滹沱，舊本作呼沱。師民瞻本作滹沱，是。蓋河名也。光武紀：至滹沱河無船，遇冰合，得過。注：山海經云：大戲之山，滹沱之水出焉。今在代州繁畤縣，東流經定州深澤縣東南，即光武所渡處。以地圖觀之，是爲河北之北。今云北滹沱，則極燕趙之地矣。公詩句深喜節度入朝而廣言之也。　星象風雲共喜和，詩語當然。舊注引西域記贊注：譯曰：吾受命國之黄耇曰：久矣，天之無烈風、雨雷也，意中國有聖人乎？（蓋）〔盍〕往朝之。止是風、雨、雷耳，與此不相干也。

〔二〕次公曰：紫氣關，指言函谷關也。周時尹喜爲關吏，望其有紫雲氣，當有聖人入關，而老子來。今公詩句止换函谷關正名，用事爲之名耳，非主老子而言。自函谷關所臨之天地闊遠，以見天下混一也。黄金臺在燕，燕昭王所築，以禮郭隗而繼得樂毅、劇辛之屬。幽燕既平，盡屬王化，其黄金臺上，俊賢復集也。

右十

漁陽突騎邯鄲兒，酒酣並轡金鞭垂。意氣即歸雙闕舞，雄豪復遣五陵知〔一〕。

〔一〕次公曰：漁陽，燕州也。漁陽突騎四字，漢光〔武〕帝克邯鄲，置酒高會，從容謂馬武曰：吾得漁陽、上谷突騎，欲令將軍將之。武曰：駑怯無方略。光武曰：將軍久將習兵，豈與我掾史同哉！唐六典注：蔡邕曰：冀州强弩，幽州突騎，天下之精也。　邯鄲，即趙州也。邯鄲兒，如幽并兒之兒也。（闕雙）〔雙闕〕，言帝闕也。祖出先聖本紀，載許由欲觀帝意，曰：帝坐華堂，面雙闕，君之榮顧亦得矣。堯曰：余坐華堂，森然有松生於牖。雖面雙闕，無異於面鸞之榮崑崙。余安知其所以取榮哉！其後文人多承用此兩字矣。　五陵者，漢之陵也。西都賦云：南望杜霸，北眺五陵。注：漢書云：宣帝葬杜陵，文帝葬霸陵，高帝葬長陵，惠帝葬安陵，景帝葬陽陵，武帝葬茂陵，昭帝葬平陵。已上七陵，據賦分作兩句説，言陵之在此者，則曰五陵也。以五陵正是豪俠所聚，故燕、趙雄豪所以向歸帝闕之意，復遣五陵知，謂其爲王臣也。

岑相將軍擁薊門，白頭惟有赤心存。竟能盡説諸侯入，知有從來天子尊〔一〕。

右十一

〔一〕次公曰：舊本是李相將軍。若作人姓，李字則無所指名，與下將軍兩字不類，亦無義。理應是使相，蓋古使字作岑。左傳云：行岑之往來。今傳讀猶誤爲人姓李字，作行李。公蓋學古者，故以岑相爲使相字用也。如時爲百里宰，字作岢，又勞人重馬翠眉須，字作勞至重馬也。岑相，則節度使之稱相公者。將軍，則節度使之稱將軍者。岑相與將軍擁塞於薊門，乃河北諸道節度矣。舊本白頭雖老赤心存，師民瞻本作白頭惟有赤心存，是。蓋公自謂也。言諸節度在彼薊門之間，老夫赤心畢竟能盡喜説諸侯之入朝者，蓋天子從來有至尊之勢也。説音悦。

十二年來多戰場，天威已息陣堂堂。神靈漢代中興主，功業汾陽異姓王〔一〕。

右十二

〔一〕次公曰：此今歲大曆二年詩。時歲在丁未，逆數已前十二年，則天寶十四載，歲在乙未也。天寶十四載十一月，安禄山反，接之以史思明，又接之以吐蕃，至今歲大曆二年春，凡十二年矣。故曰：十二年來多戰場。至今春而兵息，故曰：天威已息陣堂堂。天威字，即左傳：天威不違顔咫尺。陣堂堂字，則孫子有云：堂堂之陣。末句，汾陽異姓王，言郭子儀也。具在本傳。

得舍弟觀書自中都已達江陵今兹暮春月末行李合到夔州悲喜相兼團圓可待賦詩即事情見乎詞一首（近體詩）

爾到江陵府，何時到峽州？亂時生有别，聚集病應瘳〔一〕。颯颯開啼眼，朝朝上水樓。老身須付託，白骨更何憂。

〔一〕次公曰：此篇甚明。生有别，楚辭云悲莫悲於生别離也。病瘳字，韻則書云：若藥弗瞑眩，厥疾弗瘳也。

喜觀即到傷題短篇二首（近體詩）

【校】傷，九家注作復。

巫峽千山暗，終南萬里春〔一〕。病中吾見弟，書到汝爲人〔二〕。意答兒童問，來經戰伐新〔三〕。泊船悲喜後，欵欵話歸秦〔四〕。

右一

〔一〕次公曰：首兩句，一句公説其在夔，故云巫峽千山暗；一句説觀自長安來，故云終南萬里春。終南山在長安也。

〔二〕次公曰：書到(爾)〔汝〕爲人，則得家書方知弟生存也。

〔三〕次公曰：意答兒童問，來經戰伐新，兩句通義。自戰伐中來，兒童見之，必有所問，己意其一一答之也。

〔四〕次公曰：末句，歸秦自是公言，却商量同歸，與上句終南萬里春言觀自長安來不相妨。話字一作議，非。詩家字，如話字方快。

右二

待爾嗔烏鵲，抛書示鶺鴒〔一〕。枝間喜不去，原上急曾經〔二〕。江閣嫌津柳，風帆數驛亭。應論十年事，撚絶始星星〔三〕。

〔一〕次公曰：西京雜記云：乾鵲噪而行人至。待弟未來，怒烏鵲之不實，故曰待爾嗔烏鵲。詩云：鶺鴒在原，兄弟急難。喜聞弟來，故抛書示之。

〔二〕次公曰：枝間喜不去，以成待爾嗔烏鵲之句，蓋嗔之者何？以其喜不去，恐徒成妄也。原上急曾經，以成示鶺鴒之句，蓋示之者何？以其急難之曾經也。

〔三〕次公曰：末句，舊本正作然絶。一作撚絶。當以撚絶爲是。星星，言鬢之白也。南史韻語詩云：鉛膏染髭鬢，欲以媚側室。青青不解久，星星行復出。

寄薛三郎中據一首（古詩）

人生無賢愚，飄飄若埃塵。自非得神仙，誰免死其身？與子俱白頭，役役常苦辛。雖爲尚書郎，不及村野人[一]。憶昔村野人，其樂難具陳[二]。藹藹桑麻交，公侯爲等倫[三]。天末厭戎馬，我輩本常貧[四]。子尚客荆州，我亦滯江濱。峽中一卧病，瘧癘終冬春。春復加肺氣，此病蓋有因。早歲與蘇鄭，痛飲情相親[五]。二公化爲土，嗜酒不失真[六]。余今委修短，豈得恨命屯。聞子心甚壯，所過信席珍[七]。上馬不用扶，每扶必怒嗔[八]。賦詩賓客間，揮灑動八垠。乃知蓋代手，才力老益神[九]。青草洞庭湖，東浮滄海漘[一〇]。君山可避暑，況是采白蘋[一一]。子豈無扁舟，往復江漢津。我未下瞿唐，空念禹功勤。聽説松門峽，吐藥攬衣巾。高秋却束帶，鼓枻視清旻[一二]。鳳池日澄碧，濟濟多士新[一三]。余病不能起。健者勿逡巡[一四]。上有明哲君，下有行化臣。

〔一〕次公曰：雖爲尚書郎，固是實道爲尚書工部員外郎之事，而木蘭歌云木蘭不用尚書郎，有此三字也。

〔二〕次公曰：難具陳字，古詩：歡喜難具陳。

〔三〕次公曰：爲等倫字，列子全語，説符篇載俠客相與言：必滅虞氏之家爲等倫。皆許諾。

〔四〕次公曰：天末字，選賦有云：雲斂天末。詩有云：佳人眇天末。戎馬字，即老子云：戎馬生於郊。

〔五〕次公曰：蘇鄭者，蘇即蘇源明；鄭即鄭虔。

〔六〕次公曰：二公化爲土，嗜酒不失真，言其以酒死也。

〔七〕次公曰：席珍字，記云：儒有席上之珍以待聘。

〔八〕次公曰：每扶，一作忽扶，非。蓋每字與必字相應也。

〔九〕次公曰：蓋代字，漢書：功業蓋代。

〔一〇〕次公曰：青草、洞庭，二湖名。杜（詩）〔時〕可引岳州圖經：洞庭湖在縣西南一里。荆州記云：巴陵南有青草湖，與洞庭湖相接，周回數百里，日月出没其中。湖之南有青草山，因以爲名。

〔一一〕次公曰：君山，洞庭中山名。博物志曰：君山，洞庭之山也。庚穆之湘州記云：昔秦始皇欲入湘觀衡山，而遇風浪，幾敗溺，而至此山而免，因號爲君山。又荆州圖經云：湘君所遊，故曰君山。有神，祈之則利涉。韓退之黄陵廟碑載山海經曰：洞庭之山，帝之二女居之。則君山者，因湘君得名，非始皇也。其説是。

〔一二〕次公曰：十二句蓋公有意於扁舟儘南而下，陳其所歷所遊之處，欲借薛郎中所往復江漢之舟而往。然末下瞿唐外，空念禹功。念禹功，則劉子所謂美哉禹功，微禹，吾其魚乎也。聞松門峽之好，則方喫藥而吐之，遽攬衣巾思去也。松門峽，無所考。豈亦如巴峽中有瞿唐灘，當時遂名爲瞿唐峽者乎？以俟博聞。高秋束帶而鼓枻，則言方是往時矣。束帶字，即論語：束帶立於朝。鼓枻字，潘安仁西征賦云：鼓枻回輪。注：郭璞方言曰：今江東人呼枻爲軸。

〔一三〕次公曰：鳳池，指言禁省之地。晉荀勗守中書監侍中，專管機事。及遷尚書令，有賀者，曰：奪我鳳凰池，諸公何賀焉？濟濟多士四字，詩之全語。

〔一四〕次公曰：健者，指言薛據。蓋有所望之也。健者兩字，後漢袁紹傳：董卓欲廢立，紹勃然曰：天下健者，豈唯董公！

喜聞盜賊蕃寇總退口號五首（近體詩）

蕭關隴水入官軍，青海黄河卷塞雲〔一〕。北極轉愁龍虎氣，西戎休縱犬羊羣〔二〕。

右一

〔一〕次公曰：蕭關，在靈州之傍。隴水，則隴州之水。入官軍，則吐蕃退而官軍盡入居矣。青海，在西，吐蕃之地。黄河，則自積石而往。卷塞雲，則無復戰殺而塞雲卷散矣。卷雲字，祖出辨命論：荆昭德音，丹雲不卷；而詩人承用之熟矣。公又云：晴天卷片雲。若李白，亦云：苦雨思白日，浮雲何由卷。韓退之云：纖雲四卷天無河。東坡云碧空卷微雲也。

【校】無復戰殺：九家注殺作陣。

〔二〕次公曰：末句，北極，指言帝座。轉愁龍虎氣，則吐蕃望之轉加憂愁矣。高祖紀：范增説項羽曰：日者使人望漢王氣，其上皆爲龍虎，成五色。犬羊羣，舊注云：以畜待戎狄耳。晉陶侃傳曰：賊尋犬羊相結，并力來攻。其説是。

贊普多教使入秦，數通和好止烟塵。朝廷忽可哥舒將，殺伐虛悲公主親〔一〕。

右二

〔一〕次公曰：此篇四句通一段事。開元二十八年，吐蕃金城公主薨，遣使來告。明年，爲發哀。吐蕃使者朝，因請和，而明皇不許。後二年，帝以哥舒翰節度隴右。翰攻拔石堡，更號神武軍，又擒其相論兀樸郭，後又破洪濟、大莫門諸城，收九曲故地列（羣）〔郡〕。於是置神策軍於臨洮西澆河郡，於積石西及宛秀軍，以實河曲。以公詩意揣之，公主既死，吐蕃亦自通和。自是朝廷不從，而使哥舒翰。翰雖有功於唐，而激吐蕃之（怒）〔怨〕亦深矣。其後安禄山亂，哥舒翰悉河隴兵東守潼關，而諸將各以所領兵討難，始號行營。邊候空虛，故吐蕃得乘隙暴（隙）〔掠〕，凡十二載，至公今所賦詩大曆二年，猶未息。則公之意，不美翰之功，而謂其招殺伐矣，是則國家虛悲公主之死而已。然則，使公在廟論，其不求邊功，不用邊臣哉。

【校】結吐蕃之怒：九家注怒作怨，是。　暴隙：九家注作暴掠，是。

崆峒西極過崑崙，駝馬由來擁國門〔一〕。逆氣數年吹路斷，蕃人聞道漸星奔〔二〕。

右三

〔一〕次公曰：崆峒，在西郡之西，而崑崙又在崆峒西極之西。今公云崆峒西極過崑崙，詩人廣大言其從化之地遠也。

〔二〕次公曰：星奔字，劉越石答盧諶四言詩云：褁糧攜弱，匍匐星奔。又劉孝標廣絶交論云：靡不望影星奔。公又嘗云商旅自星奔也。

勃律天西采玉河，堅昆碧碗最來多〔一〕。舊隨漢使千堆寶，少答胡王萬匹羅〔二〕。

右四

〔一〕次公曰：勃律、堅昆，皆西羌國名。勃律天之西，乃采玉河所在，應是于闐國也。碧碗出堅昆國。此皆紀實。薛夢符引唐書：于闐國也，距京師九千七百里。有玉河，國人夜視月光盛處，必得美玉。堅昆國在唐爲黠戛斯，匈奴西鄙也。地當伊吾之西，焉耆北，白山之旁。杜時可補遺云：晉（平）〔高〕居誨爲張〔匡〕鄴使于闐判官，作行程記云：其國采玉之地。玉河在于闐城，其源出崑山，西流一千三百里，至于闐界牛頭山，乃流爲三河：一曰白玉河，在城東三十里；二曰緑玉河，在城西二十里；三曰烏玉河，在緑玉河西七里。其源雖一，而其玉隨流而至。玉之多寡，由水之大小。至秋水退，乃可采。彼人謂之撈玉。其説是。

〔二〕次公曰：末句蓋云舊日以千堆隨漢使入貢，而中國所少答者，特萬疋羅。夫以蠻夷貢獻之多，而中國賜遺之不費，自非服化從義而然乎。

今春喜氣滿乾坤，南北東西拱至尊。大曆二年調玉燭，玄元皇帝聖雲孫〔一〕。

右五

〔一〕次公曰：此篇尤明。　玉燭字，爾雅云：四時和，(爲)〔謂之〕玉燭。言美如玉，而明如燭也。　雲孫字，亦出爾雅釋親：孫之子爲曾孫，曾孫之子爲玄孫，玄孫之子爲來孫，來孫之子爲晜孫，晜孫之子爲仍孫，仍孫之子爲雲孫。注：言輕遠如浮雲。杜時可云：唐以老子爲聖祖，封玄元皇帝，故曰聖雲孫。其説是。

即事一首（近體詩）

暮春三月巫峽長，皛皛行雲浮日光〔一〕。雷聲忽送千峯雨，花氣渾如百和香〔二〕。黄鶯過水翻迴去，燕子銜泥濕不妨。飛閣捲簾圖畫裏，虚無只少對瀟湘〔三〕。

〔一〕次公曰：此篇義甚明。　其句中使字，則暮春字，即論語：暮春者，春服既成。　巫峽長字，盛弘之荆州古歌云：巴東三峽巫峽長，猨鳴三聲(唳)〔淚〕霑裳。　皛皛字，陶淵明詩云：皛皛川上平。

〔二〕次公曰：雷聲字，如莊子：淵默而雷聲。故對花氣。其字則梁孝元帝經巴陵詩柳條恒拂岸，花氣盡薰舟也。　百和香，神仙傳曰：淮南王爲八公張錦繡之帳，燔百和之香。而古詩云：博山爐中百和香。未知(熟)〔孰〕先。

〔三〕次公曰：末句，雖眼前之山水如圖畫，而其所虚無，還只欠少瀟湘爲對也。　虚無字，上林賦云乘虚無，以責有也。

【校】以責有：影胡刻本文選作興神俱。

暮（秋）〔春〕一首（近體詩）

【校】秋，九家注、百家注作春。　今按，詩中云暮春鴛鷺立洲渚，題當以暮春爲正。

臥病擁塞在峽中，瀟湘洞庭虛映空〔一〕。楚天不斷四時雨，巫峽常吹千里風〔二〕。沙上草閣柳新閣，城邊野池蓮欲紅。暮春鴛鷺立洲渚，挾子翻飛還一叢〔三〕。

〔一〕次公曰：瀟湘洞庭虛映空，言二地之景虛在彼處映空，而我臥病於此不得見之也。與前篇虛無只少對瀟（洒）〔湘〕，其意不遠。映空字，梁簡文帝採桑詩曰：春色映空來，先發院邊梅。今公取字用於水色之映空也。蘇東坡詩：霧雨不成點，映空疑有無。則又用於微雨矣。

〔二〕次公曰：頷聯雖道實景，而四時雨，地理志載黎州之西有漏天者，四時常雨。今取字以言楚地耳。千里風，則陳陰鏗晚泊五洲詩：遥然一柱觀，欲輕千里風。

〔三〕次公曰：韻書云：叢，聚也。一叢，則鴛鷺與子爲一聚耳。

晚登瀼上堂一首（古詩）

故躋瀼岸高，頗免崖石擁。開襟野堂豁，繫馬林花動〔一〕。雉堞紛似雲，山田麥無壠。春氣晚更生，江流靜猶湧〔二〕。四序嬰我懷，羣盜久相踵。黎民困逆節，天子渴垂拱〔三〕。所思注東北，深峽轉修聳〔四〕。衰老自成病，郎官未爲冗〔五〕。凄其望吕葛，不復夢周孔〔六〕。濟世數嚮時，斯人各枯冢〔七〕。楚星南天黑，蜀月西霧重。安得隨鳥翎，迫此懼將恐〔八〕。

〔一〕次公曰：開襟字，選賦云：向北風而開襟。繫馬字，莊子云：似繫馬而止也。

〔二〕次公曰：春氣晚更生，江流静猶湧。窮理至此，其句法可謂新奇矣。

〔三〕次公曰：逆節，則胡、戎盜賊犯順爲逆節。公往在詩云：賊臣表逆節。詠懷詩云：胡雛逼神器，逆節同所歸。皆此逆節之謂也。以其逆節而用兵，因是而有誅求，有征伐，斯爲困矣。天子濶垂拱，則皇皇於廟謨，不得垂衣拱手以視天民之阜，不必指言天子播遷，舊注非是。

〔四〕次公曰：所思注東北，承天子濶垂拱之下，則我之所思注意於東北，指言長安也。乘舟由峽中轉視高山而往，斯爲深峽轉修聳矣。

〔五〕次公曰：公爲尚書工部員外郎，而郎官上應列宿，亦未爲冗矣。可以有爲於世，而歎其衰病也。

〔六〕次公曰：吕，則太公望。葛，則諸葛亮。凄其望吕葛，言不得若太公、武侯之出爲世用也。凄其字，謝靈運發石首城詩云：欽聖若旦暮，懷賢亦凄其。本朝黄魯直作陶淵明詩云凄其望諸葛，却使杜公也。不復夢周(公)孔，則以不復得用周、孔之道以經濟矣。孔子曰：甚矣，吾衰也；久矣，吾不復夢見周公。今此(廉)〔兼〕孔子之意而言之也。

〔七〕次公曰：前時濟世非無其人，而人與骨皆朽爲枯冢矣。此又重歎其無補於世而死，則東北之思其可已乎？

〔八〕次公曰：上兩句則登望之間如此，蓋以況風塵昏蔽，道路阻隔而不得即去也，故有末句隨鳥翎之望，而迫於恐懼，終不得去也。〉詩云：將恐將懼。

李潮八分小篆歌一首（古詩）

蒼頡鳥跡既茫昧，字體變化如浮雲〔一〕。陳（蒼）〔倉〕石鼓又已訛，大小二篆生八分〔二〕。秦有李斯漢蔡邕，中間作者寂不聞。嶧山之碑野火焚，棗木傳刻肥失真〔三〕。苦縣光和尚骨立，書貴瘦硬方通神〔四〕。惜哉李蔡不復得，吾甥李潮下筆親。尚書韓擇木，騎曹蔡有鄰〔五〕。開元已來數八分，潮也奄有二子成三人。况潮小篆逼秦相，快劍長戟森相向〔六〕。八分一字直千金，蛟龍盤拏肉屈强。吴郡張顛誇草書，草書非古空雄壯〔七〕。豈如吾甥不流宕，丞相中郎丈人行〔八〕。巴東逢李潮，逾月求我歌〔九〕。我今衰老才力薄，潮乎潮乎奈汝何〔一〇〕。

【校】陳蒼：當從注文所引作陳倉。

〔一〕次公曰：蒼頡，黄帝臣也，觀鳥迹而爲文字。　如浮雲字，孔子曰不義而富且貴，於我如浮雲也。

〔二〕次公曰：陳倉，屬鳳翔。　石鼓事，其略見韓退之詩：周綱凌遲四海沸，宣王憤起揮天戈。又云：鐫功勒成告萬世，鑿石作鼓隳嵯峨。則周宣之物也。其上所篆字，見東坡詩注，蓋云：我車既攻，我馬既同。又云：其魚惟何？惟鱮與鯉。何以貫之？惟楊與柳。比在東坡所見時，云惟此六句可讀，餘多不可通。不知杜公時所見如何也。　大小篆與八分事，書苑所載，具論不一。以次公觀之，蔡文姬別傳曰：臣父邕言：八分書，割李斯小篆具二分，取八分，故曰八分書。公之詩句，亦似用此。

〔三〕次公曰：李斯、蔡邕，蓋善八分之有名稱者。　嶧山碑，李斯書也，爲野火所焚。人惜其文，故以棗木傳刻。按史記：始皇二十八年，東行羣國。上鄒嶧山，刻石頌秦德。

〔四〕次公曰：苦縣光和事，杜時可引後漢桓帝紀：延熹八年春，正月，遣中常侍左悺之苦縣祠老子。注據續漢書云：詔立祠兼刻石，即蔡邕八分書也。又靈帝紀：光和五年，始置鴻都門生。注：於鴻都門内置學，其中諸生皆勑州郡三公舉，召能爲尺牘、辭賦及工書鳥篆者。而書苑云：鴻都門至者數百人。時南陽人師宜官稱八分爲最，大則一字徑丈，小則方寸千言，甚矜其能。以是考之，疑苦縣蔡邕書，光和師宜官書也。及詳觀此歌嶧山之碑野火焚，謂李斯書也；苦縣光和尚骨立，謂蔡邕書也；故初言秦有李斯漢蔡邕，次言惜哉李蔡不復得，卒言丞相中郎丈人行，未嘗一言師宜官。然苦縣之祠立於桓帝之延熹，而碑刻於光和，蓋延熹至光和纔十年之近爾。杜之説如此。然次公推公尚骨立之語，則以苦縣於前時已有蔡邕碑刻，至光和再刻之，幸未失真而尚猶骨立爲可貴。蓋公之所貴，以瘦硬爲神，故於嶧山之碑，則傷棗木之失真；於苦縣之碑，則喜光和之尚骨立也。以意逆志，如斯而已。下句李蔡不復得，重結上文，豈容光和碑更是師宜官書邪。書貴瘦硬，一作畫字，非是之甚。

〔五〕次公曰：韓擇木，昌黎人，官至工部尚書散騎常侍，工八分。師蔡邕法，風流閑媚，號伯喈中興。　蔡有隣，濟陽人，官至冑曹參軍，善八分。始拙弱，至天寶中，遂精妙。相、衛間多其筆跡。

〔六〕次公曰：秦相，李斯也。　況潮小篆逼秦相，則八分之外又美其小篆矣。

〔七〕次公曰：張顛，旭也。　旭吴郡人，官至右率府長史。特善草書，言吾見公主擔夫爭路，而得其意；　後又觀公孫氏舞劍器，而得其神。飲醉輒草書，揮筆大叫，以頭搵墨水中，天下呼爲張顛，醒後自視以爲神。人謂之草聖。

〔八〕次公曰：丞相，則李斯也。中郎，則蔡邕也。丈人行字，前漢匈奴傳云：漢天子我丈人行。千金舊本正作百金，雖亦可，而千金則尤誇重之也。

〔九〕次公曰：巴東，一作巴江，非。巴東，則言夔州也。

〔一〇〕次公曰：末句潮乎潮乎奈汝何，乃倣項羽歌云虞兮虞兮奈若何之勢也。韓退之作石鼓歌云：少陵無人謫仙死，才薄將奈石鼓何。蓋又倣此句。益見公爲退之所服如此。

醉爲馬墜諸公攜酒相看一首（古詩）

甫也諸侯老賓客，罷酒酣歌拓金戟。騎馬忽憶少年時，散蹄迸落瞿唐石〔一〕。白帝城門水雲外，低身直下八千尺。粉（蝶）〔堞〕電轉紫遊韁，東得平岡出天壁〔二〕。江村野堂爭入眼，垂鞭嚲鞚凌紫陌。向來皓首驚萬人，自倚紅顏能騎射〔三〕。安知決臆追風足，朱汗驂驔猶噴玉〔四〕。不虞一蹶終損傷，人生快意多所辱〔五〕。職當憂戚伏衾枕，況乃遲暮加煩促。朋知來問腆我顏，杖藜强起依僮僕。語盡還成開口笑，提攜別掃清谿曲。酒肉如山又一時，初筵哀絲動豪竹〔六〕。共指西日不相貸，喧呼且覆杯中淥。何必走馬來爲問，君不見嵇康養生被殺戮〔七〕！

【校】蝶，九家注作堞，是。

〔一〕次公曰：公詩兩使少年日，則沈休文云平生少年日也。今使少年時，則阮籍詩憶昔少年時也。騎馬忽憶少年時，言忽憶其少年時能騎馬也，故於此散馬蹄而迸落於瞿唐石之上。散馬蹄字，曹子建詩：低身散馬蹄。

〔二〕次公曰：粉（蝶）〔堞〕，城堞也。以堊塗之，故曰粉堞。紫遊韁字，古詩云：白馬紫遊韁。

〔三〕次公曰：向來皓首驚萬人，自倚紅顏能騎射，言人雖以我皓首爲驚，而自謂其少年時能騎射，今亦尚能也。

〔四〕次公曰：決臆者，決度於胸臆也。追風，太宗十驥之一名。公徒步歸行曰思君櫪上追風驃，皆取其俊疾之義。朱汗，即汗血也。驂驔字，崔液正月十五夜遊詩：金勒銀鞍控紫騮，玉輪朱幰駕青牛。驂驔始散東城曲，倏忽還逢南陌頭。亦用之矣。噴玉字，穆天子傳：王東遊於黃澤，宿于曲（各）〔洛〕。時人詩曰：黃之池，其馬噴沙，皇人威儀。黃之澤，其馬噴玉，皇人壽穀。安知決度胸臆，以爲返風之足，汗血其驂驔，猶有噴玉之伎，而不料出於決度之外，故有下句也。

【校】曲各：漢魏叢書本作曲洛。

〔五〕次公曰：一蹶字，王褒云：過都越國，蹶如歷塊。雖無一字，而意是矣。公嘗使之：不期歷塊誤一蹶。快意字，魏文帝芙蓉池作有曰：遨遊快心意。今摘字用也。

〔六〕次公曰：衾枕字，起於詩角枕粲兮，錦衾爛兮，而摘用之熟也。遲暮字，煩促字，杖藜字，開口笑字，初筵字，蓋皆有出：楚辭云：傷美人之遲暮。張茂先云：恬曠苦不足，煩促每有餘。莊子云：原憲杖藜應門。又載盜跖云：開口而笑，一歲之中不過四五月。詩曰：賓之初筵。是已。酒肉如山，則又倣左傳有酒如澠，有肉如陵也。

〔七〕次公曰：嵇康著養生論，後以事被誅。言何必以我不合走馬輕生以爲慰問，正若嵇康之養生而不免誅戮，則事豈可料乎？

往在一首（古詩）

次公曰：此篇六段，詳味其義，鋪敘甚明，而舊注亂之，今具解於後。

往（來）〔在〕西京時，胡來滿彤宮〔一〕。中宵焚九廟，雲漢爲之紅〔二〕。解瓦飛十里，繐帷紛曾空〔三〕。疚心惜木主，一一灰悲風〔四〕。合昏排鐵騎，清旭散錦幪〔五〕。賊臣表逆節，相賀以成功。是時妃嬪戮，連爲糞土叢〔六〕。當宁陷玉座，白間剥畫蟲〔七〕。不知二聖處，私泣百歲翁〔八〕。車駕既云還，楹角欻穹崇〔九〕。故老復涕泗，祠官樹椅桐〔一〇〕。宏壯不如初，已見帝力雄。前春禮郊廟，祀事親聖躬〔一一〕。微軀忝近臣，景從陪羣公〔一二〕。登堦捧玉册，峩冕聆金鐘〔一三〕。侍祠恧先露，掖垣邇濯龍〔一四〕。天子惟孝孫，五雲起九重〔一五〕。鏡奩換粉黛，翠羽猶葱朧〔一六〕。前者厭羯胡，後來遭犬戎〔一七〕。俎豆腐羶肉，罘罳行角弓〔一八〕。安得目西極，申命空山東。盡驅詣闕下，士庶塞關中。主將曉逆順，元元歸始終〔一九〕。一朝自罪己，萬里車書通〔二〇〕。鋒鏑供鋤犂，征戍聽所從〔二一〕。冗官各復業，土著還力農〔二二〕。君臣節儉足，朝野歡呼同〔二三〕。中興似國初，繼體如太宗。端拱納諫諍，和風日沖融。赤墀櫻桃枝，隱映銀絲籠。千春薦陵寢，永永垂無窮〔二四〕。京師不再火，涇渭開愁容。歸號故松柏，老去苦飄蓬〔二五〕。

【校】往來：九家注作往在，是。

〔一〕次公曰：此十八句述明皇天寶十五載六月，安禄山陷長安也。若句中使字，則彤宫者，天子之宫也。丹謂之彤，故丹墀謂之彤墀也。

〔二〕次公曰：天子七廟，而王莽增爲九廟，今公亦九廟，以其盛者言之也。

〔三〕次公曰：繐帷，廟中素帷也。

〔四〕次公曰：木主，神主也。史記：武王伐紂，載木主而行。

〔五〕次公曰：合昏，則黄昏也。清旭字，江賦：視氛祲於清旭。錦幪，一作錦驂。以幪爲正。蓋古樂府紫騮馬曲云：玉鐙繡纏鬃，金鞍覆錦幪。錦幪則鞍帕也。公又嘗曰：烏鵲愁銀漢，駑駘怕錦幪。是已。若驂字，則驢之别名，殊無義也。

〔六〕次公曰：嬪妃爲糞土，蓋使王昭君辭云昔爲匣中玉，今爲糞中英之義。

【校】英：明鈔本缺，據草堂藏本補。

〔七〕次公曰：當宁字，天子當宁而立也。玉座字，謝玄暉銅雀臺詩：玉座猶寂寞，況乃妾身輕。白間字，何平叔景福殿賦：皎皎白間，離離列錢。張銑注曰：白間，窗也。以白塗之，畫爲錢文，猶言綺疏、青瑣之類。剥畫蟲，則白間之上，所畫剥落也。

〔八〕次公曰：二聖，指言明皇與肅宗也。舊注於當宁陷玉座下注：時禄山及吐蕃兩陷京邑，天子出奔。則以代宗廣德元年十月事，亂明皇天寶十五載事矣。

〔九〕次公曰：此六句述肅宗至(正)德二載九月復京師也。楹角字，左傳：丹楹、刻桷也。舊注於楹角歘穹崇下注：代宗自陝還，先修九廟。則又以代宗廣德元年十二月事亂肅宗至德二載事矣。

〔一〇〕次公曰：押椅桐字，則詩云椅桐梓漆也。

〔一一〕次公曰：十二句述乾元元年四月辛亥，附神主於太廟。甲寅，朝享於太廟，有事於南郊也。但唐史所載，乃四月中事，而此詩云前春，則豈所謂前歲之義而已乎？

〔一二〕次公曰：景從字，西京賦云千官景從也。

〔一三〕次公曰：登堦捧玉册，則祭册文。聆金鐘，舊本正作耿。師民瞻本專取聆金鐘，是。蓋言聽金奏也。峨冕聆金鐘，則奉祠者皆具法服也。

〔一四〕次公曰：侍祠恧先露，則見在之身，得預其事者爲榮；其有合預侍祠，而不奉先露，所以慚恧矣。史有先朝露，以言臣之不幸者也。掖垣者，禁掖之垣也。晉天文志：太微，天子之庭，五帝之座也。南蕃中二星間曰端門，東曰左執法，西曰右執法。左執法之東，左掖門也；右執法之西，右掖門也。又曰：紫宫垣十五星，一曰紫微，大帝之座，天子之常居也。李尋傳曰：天官上相、上將，皆顓面正朝。孟康注曰：朝太微宫垣也。西垣爲上將，東垣爲上相，各專一面而正天之朝事。蓋王者之建宫室，皆取法於天，故有宫垣、宫掖、掖門之名。所謂掖垣者如此。濯龍，則池名也，而監、園、厩，皆因之以得名。張平子東京賦曰：濯龍芳林，九谷八溪。薛綜注載洛陽圖經曰：濯龍，池名，故歌曰：濯龍望如海，河橋渡似雷。則祖是池名耳。顔延年赭白馬賦：處以濯龍之奥。注：濯龍，厩名。曹植集曰：詔給濯龍厩馬三百匹。則以之名厩也。後漢百官志：濯龍監一人。則以之名監也。本注曰：濯龍亦園名。則以之名園也。後漢祭祀志：桓帝親祠老子於濯龍。則或監或園矣，大抵以池得名，而監、園、厩皆因之也。已上杜時可雖引，而字語脱誤甚多。舊注云：侍祠之官恧暴露，猶假濯龍門，即宗廟制未全備爾。是何夢語！

〔一五〕次公曰：天子惟孝孫，指言肅宗也。以其祠事先祖，故稱孝孫，詩言成王曰徂賚孝孫是已。五雲者，五色之慶雲也。孝經援神契云：王者德至山陵，則慶雲出。故公有重經昭陵詩亦云再窺松柏路，還見五雲飛也。

〔一六〕次公曰：鏡奩换粉黛，所以供后廟神御之物。後漢：明帝上太后陵。帝從席前伏仰牀，視太后鏡奩中物，感慟悲涕，令易脂澤粧具。左右皆泣，莫能仰視；可以見矣。翠羽，乃所以飾神御之物者。字則曹子建洛神賦云或拾翠羽也。

〔一七〕次公曰：前者厭羯胡，指言安、史。後來遭犬戎，指言吐蕃也。

〔一八〕次公曰：俎豆腐羶肉，罘罳行角弓。腐字一作爛，非。蓋不若腐字之恣意也。行音户郎切。此又言吐蕃汙瀆宗廟之事。蕃人所食，腥羶狼藉，故腐於俎豆。而罘罳之上，行挂角弓。罘罳字，前漢：文帝七年，未央宫東闕罘罳災。師古曰：罘罳，謂連闕曲閣也，其(刑)〔形〕罘罳然。杜時可引段成式酉陽雜俎正誤，詳則詳矣，而太冗。

〔一九〕次公曰：主將曉逆順，言曉喻之以逆順也。元元歸始終，言令終始一節爲王之臣，而無犯順也。

〔二〇〕次公曰：罪己者，罪己之詔也。傳云：禹、湯罪己，其興也勃焉。而漢帝下罪己之詔也。車書通，則車同軌、書同文者也。自罪己，一作罪己已，非。

〔二一〕次公曰：鋒鏑供鋤犂，則以兵器爲農器也。鋒鏑字，史云銷鋒鏑，是已。征戍聽所從，則不復拘留之以爲征戍，而聽其所從，或爲農，或爲民也。

〔二二〕次公曰：冗官各復業，當用兵擾攘之際，有冗濫爲官者。各復業，則復其舊業。土著還力農，則當用兵擾攘之際，雖土著户口，有失耕種，於是無事矣，還服田力穡以爲農也。

〔二三〕次公曰：歡呼同，一作歡娱同，非。

〔二四〕次公曰：上兩句因上言禍亂之初，宗廟焚毁，今既修建，則薦獻之禮不可闕也。杜時可引月令：仲夏之月，天子嘗黍羞，以含桃先薦寢廟。注：含桃，櫻桃也。漢惠帝嘗出離宫，叔孫通曰：古者有春嘗果，方今櫻桃可獻，願陛下出，因取櫻桃獻宗廟。上許之。諸果獻由此興。又唐李綽歲時記云：四月一日内園進櫻桃。寢廟薦訖，頒賜各有差。其説是。

〔二五〕次公曰：末句，號音平聲。因説朝廷宗廟之下，自亦及其先墳之思，言欲歸號哭於其祖先墳墓之間，而苦飄泊不能歸。此所以自傷也。飄蓬事，則商君曰：夫飛蓬遇飄風而行千里，乘風之勢也。飄蓬兩字，則庾信燕歌行云千里飄蓬無復根也。

【校】注字下五字模糊，今據草堂藏本補。

雨一首（古詩）

次公曰：此篇雨中有懷之作耳。

山雨不作泥，江雲薄爲霧〔一〕。晴飛半嶺鶴，風亂平沙樹。明滅洲景微，隱見巖姿露〔二〕。拘悶出門遊，曠絶經目趣〔三〕。消中日伏枕，卧久塵及屨。豈無平肩輿，莫辨望鄉路〔四〕。兵戈浩未息，蛇虺反相顧〔五〕。悠悠邊月破，鬱鬱流年度〔六〕。針灸阻朋曹，糠籺對童孺〔七〕。一命須屈色，新知漸成故〔八〕。窮荒益自卑，飄泊欲誰訴。尪羸愁應接，俄頃恐違迕。浮俗何萬端，幽人有高步。龐公竟獨往，尚子終罕遇〔九〕。宿留洞庭秋，天寒瀟湘素〔一〇〕。杖策可入舟，送此齒髮暮。

〔一〕次公曰：山雨字，陳張正見經季子廟詩有山雨濕苔碑。

〔二〕次公曰：題雖是雨，然詩句則微雨而便晴矣。上兩句所以見其微雨，下四句所以見其便晴。半嶺鶴、平沙樹，洲景、巖姿，皆新語矣。

〔三〕次公曰：曠絶之義，言空曠遠絶之處，即是經目之景趣也。或云：以雨之故，氣象昏昏，故曠隔阻絶所經目之景趣。非是。蓋上段才雨便晴，已見半嶺鶴、平沙樹，洲景、巖姿矣，不應却曠隔阻絶也。

〔四〕次公曰：平肩輿，轎子也。王子猷聞顧辟疆有名園，乘平肩輿而徑入。

【校】已見半嶺鶴，見字模糊，據草堂藏本補。

〔五〕次公曰：蛇虺反相顧，實道其事。夔已在南，多有之。或云：以比盜賊兇徒。選有云：尚爲蛇、爲虺也。

〔六〕次公曰：上句言破除之破。月破，一月而去也。公嘗有句云二月已破三月來，亦此破義，故繼之以下句。

〔七〕次公曰：上句則以伏枕之病，故須針灸以安養焉。以針灸之故，與朋曹阻隔。舊注云：針灸所以療疾，譬良友朋。非。下句言貧食糠籺，與童孺相對如此。舊注云：時既乏良朋，所對者童孺而已。糠籺言非實德，皆非。

〔八〕次公曰：上兩句似指言嚴鄭公矣。蓋嚴武辟公爲節度參謀，則所謂一命也。今公言受人之一命，則當屈色以下之。漸成故，蓋言其死也。今公言才得新知，而漸成故没，所以重歎知己之難遭也。故繼之以窮荒益自卑，飄泊欲誰訴。

〔九〕次公曰：以尫羸不堪於應接，故以之爲愁。其應接既倦而不久，則才俄頃而已，又却有違迕之憂焉，宜起高步之念而欲長往矣。高步字，左太沖詠史詩有云：高步追許由。龐公、尚子，蓋所〔謂〕高步之人，公誠慕之矣。龐，則龐德公也，攜妻子入鹿門山不返。獨往者，離俗之辭，不必以攜妻子而謂之非獨也。尚子，則子平也。隱居不仕，肆意遊五岳名山，竟不知所終。則此人罕逢遇之也。

〔一〇〕次公曰：宿留，音秀溜。出漢書，如言等候也。用對天寒，則宿留之義，蓋由星宿留待之意。公詩蓋言候秋時可以登舟而往矣。洞庭、瀟湘，言所往之處也。

寄李十五秘書二首（近體詩）

避暑雲安縣，秋風早下來。暫留魚復浦，同過楚王臺〔一〕。猿鳥千崖窄，江湖萬里開〔二〕。竹枝歌未好，畫舸莫遲回〔三〕。

右一

〔一〕次公曰：避暑雲安縣，言李秘書留身雲安，欲以避暑也。秋風早下來，約李秘書早來也。自雲安來夔，所以謂之下來。既得下來，則囑其暫於魚復寄寓，而公與之同更南下也。魚復乃漢縣舊名，今之奉節縣也。更南下，則出巫峽矣，所以過楚王臺。楚王臺，則高唐賦所謂昔日楚襄王與宋玉遊於雲夢之臺是已。

〔二〕次公曰：千崖字，簡文帝經琵琶峽詩云：百嶺相迂蔽，千崖共隱天。故對萬里，字多矣。

〔三〕次公曰：末句蓋速其來而出峽矣。竹枝歌，惟夔峽之人歌，以爲未好，則離出夔峽聽好音也。

行李千金贈，衣冠八尺身〔一〕。飛騰知有策，意度不無神。班秩兼通貴，公侯出異人〔二〕。玄成負文彩，世業豈沉淪〔三〕。

右二

〔一〕次公曰：行李千金贈，美其行贐之多。衣冠八尺身，實道其長身之好。

【校】九家注又有左傳：行李之往來、飛騰字，飛英聲而騰茂實也二句。

〔二〕次公曰：班秩兼通貴，則爲秘書矣。唐制，秘書郎從六品上，所以謂之通貴。公侯出異人，左傳曰：公侯之子孫，必復其始。李秘書必宗室之子矣。

〔三〕次公曰：末句又見李秘書世以經學相傳。玄成事，其父（矣）〔賢〕嘗曰：遺子黄金滿籯，不如一經。而玄成少好學，修父業，爲相七年，守正持重不及父，而文采過之。

【校】玄成事：九家注作蓋漢韋賢，其先韋孟，少子玄成，皆以經術名家。賢常曰：遺子黄金滿籯，不如一經。其父矣：玄成父爲韋賢，矣字誤，據漢書改。

戊帙卷之三

丁未大曆二年，時公五十六歲。夏在夔州瀼西所存之詩。

豎子至一首（近體詩）

樝梨纔綴碧，梅杏半傳黄〔一〕。小子幽園至，輕籠熟柰香。山風猶滿把，野露及新嘗。欲寄江湖客，提攜日月長〔二〕。

〔一〕次公曰：首兩句一則纔綴碧，一則半傳黄耳，未是摘來者。此四月初時，其所摘者，下句之柰也。纔綴碧，舊本正作且綴碧，非。

〔二〕次公曰：末句蓋古詩涉江采芙蓉，蘭澤多芳草：采之欲遺誰，所思在遠道之意。豎子所摘來之熟柰，正欲寄遠，而道路長阻費時日也。此其所爲恨矣。

舍弟觀歸藍田迎新婦送示兩篇（近體詩）

汝去迎妻子，高秋念却回。即今螢已亂，好與雁同來〔一〕。東望西江永，南遊北户開。

卜居期靜處，會有故人杯〔二〕。

右一

〔一〕次公曰：即今螢已亂，則觀之往也，應是三月末、四月初。好與雁同來，所以結高秋念却回之句。

〔二〕次公曰：後段四句，蓋公自言。舊本西江水，師民瞻本作西江永，是。如此方對北户開也。西江者，楚人指蜀江之名。莊子譬鮒魚求活有云：激西江之水。其疏云：蜀江從西來，故蜀江謂之西江。公欲泛舟南下，今見在夔，爲楚之上游，則西江之盡處在其東，故東望其永。永字，詩漢廣篇曰：江之永矣，不可方思。此乃參合而用也。既成南遊，則見北户之開矣。吴都賦云：開北户以向日。楚與吴相連也，既至彼，則卜居必期靜處，當有故人之來矣。卜居字，則屈原有卜居篇。靜處字，南史有云：性好靜處。故人杯三字，謝朓離夜詩山川不可夢，況乃故人杯句意。先以告觀，使之徑來彼處也。

【校】楚人指江之名，以下八字不清，據草堂藏本補。　其疏云蜀，以下十一字不清，據草堂藏本補。　則西江之，以下二字不清，據草堂藏本補。　當有故人之來矣，九家注引作當有故人相訪共飲也。

楚塞難爲别，藍田莫滯留〔一〕。衣裳判白露，鞍馬信清秋〔二〕。滿峽重江水，開帆八月舟。此時同一醉，應在仲宣樓〔三〕。

右二

〔一〕次公曰：上段四句言觀之往藍田，下段四句公又言其以八月往荆州在楚塞相別。其別難爲，則兄弟之情也。舊本正作難爲路，無義。既別之難爲，故祝之以莫滯留而歸。

〔二〕次公曰：衣裳判白露，鞍馬信清秋，兩句通義。白露降，則秋時矣。信者，信任其在清秋時也。與兒童莫信打慈鴉之信同。

〔三〕次公曰：末句約觀之回時，來會荆州也。仲宣樓事，固是王粲字仲宣，劉表時在荆州，因登樓而作賦。其後指荆州樓爲仲宣樓，則是梁元帝詩：朝出屠羊縣，夕返仲宣樓。蓋以郢有屠羊説者矣，而辭返國之賞，故指郢爲屠羊縣作故事而使耳，與仲宣樓之義一般。舊注模稜，便云王粲字仲宣，有樓在荆州城，非是。

【校】固是王以下四十二字，明鈔本模糊，據草堂藏本補。

園一首（近體詩）

仲夏流多水，清晨向小園。碧溪摇艇闊，朱果爛枝繁〔一〕。始覺江山静，終防市井喧。畦蔬繞茅屋，自足媚盤餐〔二〕。

〔一〕次公曰：碧溪摇艇闊，以成仲夏流多水之句；朱果爛枝繁，以成清晨向小園之句。

〔二〕次公曰：末句，媚者，宜也。起於毛詩：媚於天子，媚於庶人。而詩人用在公之前，則梁沈約悲哉行曰：旅遊媚年春，年春媚遊人。公詩又曰：要取楸花媚遠天。盤餐，則左傳：盤餐加璧。

【校】加璧：九家注引作寘璧。

歸一首（近體詩）

束帶還騎馬，東西却渡船。林中纔有地，峽外絶無天〔一〕。虚白高人靜，喧卑俗累牽〔二〕。他鄉悦遲暮，不敢廢詩篇。

〔一〕次公曰：林中才有地，峽外絶無天，實道其事，别無譏誚。若盧仝詩：低頭雖有地，仰面輒無天。則語涉不遜矣。

〔二〕次公曰：虚白字，出莊子：虚室生白。故用對喧卑。其字則鮑明遠舞鶴賦：歸人寰之喧卑。

諸葛廟一首（近體詩）

久遊巴子國，屢入武侯祠〔一〕。竹日斜虚寢，溪風滿薄帷〔二〕。君臣當共濟，賢聖亦同時。翊戴歸先主，并吞更出師〔三〕。蟲蛇穿畫壁，巫覡醉蛛絲〔四〕。欻憶吟梁父，躬耕起未遲〔五〕。

〔一〕次公曰：古巴子國，今夔州也。

〔二〕次公曰：薄帷字，阮嗣宗詠懷云：薄帷鑒明月。

〔三〕次公曰：先主是實名，用對出師，則亮有出師表故也。

〔四〕次公曰：巫覡事，雖出國語：在男曰覡，在女曰巫。而合用巫覡字，則張衡東京賦云巫覡操茢也。

〔五〕次公曰：末句公感孔明梁父吟事，方却思歸耕而起耳。舊本正作也未遲，非，蓋却成方欲躬耕也。諸葛亮梁父吟，蜀志不載。其辭曰：步出齊城門，遥望蕩陰里，里中有三墳，纍纍正相似。問是誰家冢？田彊古冶子。力能排南山，又能絶地理。一朝被讒言，二桃殺三士。誰能爲此謀？相國齊晏子。此見於古樂府，今表出以示學者。其傳止云：亮躬耕壠畝，好爲梁父吟。公承用此傳中之語，故有躬耕起未遲之句。

課伐木并序一首（古詩）

課隸人伯夷、辛秀、信行等，入谷斬陰木，人日四根止，維條伊枚，正直挺然。晨征暮返，委積庭内。我有藩籬，是缺是補，載伐篠簜，伊仗枝持，則旅次於小安。山有虎，知禁，若恃爪牙之利，必昏墨揁突。夔人屋壁，列樹白菊鏝爲牆，實以竹，示式遏。爲與虎近，混淪乎無良。賓客憂害馬之徒，苟活爲幸，可嘿息已。作詩示宗武誦〔一〕。

長夏無所爲，客居課奴僕〔二〕。清晨飯其腹，持斧入白谷〔三〕。青冥曾巔後，十里斬陰木〔四〕。人肩四根已，亭午下山麓〔五〕。尚聞丁丁聲，功課日各足〔六〕。蒼皮成積委，素節相照燭。藉汝跨小籬，當仗苦虛竹〔七〕。空荒咆熊羆，乳獸待人肉。不示知禁情，豈唯干戈哭。城中賢府主，處貴如白屋〔八〕。蕭蕭理體淨，蜂蠆不敢毒〔九〕。虎穴連里閭，隄防舊風俗。泊舟滄江岸，久客慎所觸。舍西崖嶠壯，雷雨蔚含蓄。牆宇資屢修，衰年怯幽獨。爾曹輕執熱，爲我忍煩促〔一〇〕。秋光近青岑，季月當泛菊。報之以微寒，共給酒一斛〔一一〕。

〔一〕次公曰：舊本列樹白菊，師民瞻本作白蓟，是。蓋菼之屬也。廬陵嘗謂杜甫無韻者不可讀，今此可見矣。

〔二〕次公曰：此篇鋪敘甚明。伐木所以爲枝持，即今俗謂之籬概是也。苦竹所以爲籬，敘所謂伐篠簜是也。

〔三〕次公曰：清晨，則曹子建贈白馬王彪詩：清晨發皇邑。持斧，則借用漢書：繡衣持斧。

〔四〕次公曰：青冥，則楚辭云：據青冥而攄虹。而張平子南都賦之言木有曰：攢立叢駢，青冥芊眠。曾巔字，則謝靈運詩葺宇臨回谿，築觀基曾巔也。於長夏伐木，故用斬陰木字。周禮山虞云：仲冬斬陽木，仲夏斬陰木。鄭玄云：陽木，生山南者；陰木，生山北者。故云青冥曾巔後，十里斬陰木也。

〔五〕次公曰：亭午字，則梁元帝纂要云：日在午曰亭午。

〔六〕次公曰：丁丁，則詩：伐木丁丁。

〔七〕次公曰：謂之（誇）〔跨〕小籬，則跨越所居而遮護之也。

〔八〕次公曰：白屋字，則周公下白屋之士，言貧者之居也。

〔九〕次公曰：理體淨，治理之體淨也。亦老子云治道貴清淨之意。又唐人避治字諱，多作理。蜂蠆不敢毒，翻使左傳：蜂蠆猶有毒。

〔一〇〕次公曰：執熱字，詩云：誰能執熱，逝不以（灌）〔濯〕。煩促字，張華詩：煩促每有餘。

〔一一〕次公曰：報之以字，倣詩云報之以瓊瑶、瓊玖也。其餘不可悉注。敘止言防虎，而詩又及熊羆，則山居所防，豈獨虎耶。其後言虎穴連里閭，則以防虎爲多。

園人送瓜一首（近體詩）

江間雖炎瘴，瓜熟亦不早。柏公鎮夔國，滯霧兹一掃。食新先戰士，共少及溪老〔一〕。傾筐蒲鴿青，滿眼顔色好。竹竿接嵌竇，引注來鳥道。沉浮亂水玉，愛惜如芝草。落刃嚼冰霜，開懷慰枯槁。許以秋蒂除，仍看小童飽〔二〕。東陵跡蕪絶，楚漢休征討。園人非故(候)〔侯〕，種此何草草〔三〕。

【校】亂水玉：玉字明鈔本模糊，草堂藏本作三。今據九家注定作玉。

〔一〕次公曰：此太守遣送官園中瓜詩也。食新字，左傳：不食新矣。雖言食麥，而此借字用耳。

〔二〕次公曰：許以秋蒂除，除乃除園之除也。秋蒂字，選四言詩云：翩若秋蒂。(白)特泛言草木，今亦借字用耳，蓋緣瓜有蒂也。舊本正作仍看小童抱。一作飽，却與全篇押韻方同是上聲，當取飽字。

〔三〕次公曰：末句史記曰：邵平者，故秦東陵侯，秦破爲布衣。貧，種瓜於長安城東。瓜美，故時俗謂之東陵瓜，自邵平始也。方邵平種瓜，正當楚項羽、漢高祖爭戰之時，今云東陵之跡則蕪絶矣，楚漢之征討則休息矣，時異事殊，園人又非故侯之貧者，而種瓜何草草？蓋又勉其勤於治園，結瓜更美之意。此篇兩押草字，既云愛惜如芝草，又云種此何草草，亦東坡先生所云兩耳義不同，故得重用邪。

信行遠修水筒一首（古詩）

汝性不茹葷，清淨僕夫内。秉心識根源，於事少滯礙。雲端水筒坼，林表山〔石〕碎。觸熱(籍)〔藉〕子修，通流與廚會。往來四十里，荒險崖谷大。日曛驚未食，貌赤愧相對。浮瓜供老病，裂餅常所愛〔一〕。於斯答恭謹，足以殊殿最。詎要方士符，何假將軍蓋〔二〕。行諸直如筆，用意崎嶇外〔三〕。

【校】山石碎：鈔本奪石字，據九家注補。　籍子修：籍當作藉方有義。據九家注改。

〔一〕次公曰：此篇又明。唯裂餅常所愛一句，蓋公食餅則裂而與之，乃常所私愛信行者也。故繼以於斯答恭謹，足以殊殿最。　裂餅字，暗使王羆與客食餅，客裂餅緣，羆曰：只是不饑。

〔二〕次公曰：方士符、將軍蓋，是求水二事。方士，意類夷道縣事，但無符字耳。夷道縣句將山下有三泉。傳云本無泉，居者皆苦遠汲，人人多賣水與之。有一女子孤貧，繼縷無以貨易。有一乞人，衣粗貌醜，瘡痍竟體。村人見之無不穢惡，唯女子獨加哀矜，割飯飴之。乞人食畢曰：我感嫗行善，欲思相報，爲何所須？女答曰：何思可報，且今所須之物，非君能得。因問所須。女子曰：正願此山下有水可汲。乞人乃取腰中書刀，刺山下三處，即飛泉涌出。因便辭去，忽然不見。將軍蓋，意是貳師事，但無蓋字耳。東觀漢記曰：耿恭爲校尉，居疏勒。匈奴來攻，城中穿井十五丈無水。恭曰：聞貳師將軍拔佩刀刺山而飛泉出，今漢德神靈，豈有窮乎！

乃正衣服向井拜，爲吏請禱。有頃，井泉濆出。

〔三〕次公曰：末句行諸字，論語子路〔問〕聞斯行諸也。言信行之行山修水筩，但使之直如筆，以其來其水也。直如筆字，勢蓋倣直如弦，而筆則特取其相函而直耳，不取筆頭之義。杜田云直如筆，言其有用而不邪曲也，故北齊古弼，太武嘉其直而有用，賜名曰筆。以其頭尖，又名之曰尖頭奴，時人呼之爲筆公，後改名曰弼。義未必然。

行〔宫〕〔官〕張望補稻畦水歸一首（古詩）

次公曰：此篇鋪敘甚明。

東屯大江北，百頃平若案〔一〕。六月青稻多，千畦碧泉亂〔二〕。插秧通云已，引溜加溉灌。更僕往方塘，決渠當斷岸〔三〕。公私各地著，浸潤無天旱〔四〕。主守問家臣，分朋見溪伴〔五〕。芊芊炯翠羽，剡剡生銀漢〔六〕。鷗鳥鏡裏來，關山雪邊看〔七〕。秋菰成黑米，精鑿傅白粲〔八〕。玉粒定晨炊，紅鮮任霞散〔九〕。終然添旅食，作苦期壯觀〔一〇〕。遺穗及衆多，我倉戒滋漫〔一一〕。

〔一〕次公曰：大江北，一作枕大江，非。蓋東屯在大江之北，實道其事。且一句中有東字、北字，詩家之工。

〔二〕次公曰：公之田，想能幾何，而云六月青稻多，千畦碧泉亂，則併凡東屯之田而言之。

〔三〕次公曰：其云更僕往方塘，則所遣之僕非一，意者衆家之僕乎？儒行曰：更僕未可終也。故對決渠。其字則西都賦決渠降雨，荷插成雲也。　方塘字，李公幹云：方塘含白水。故對斷岸。其字則鮑明遠蕪城賦：崪若斷岸，矗似長雲。又謝燮關山月云咽流喧斷岸，遊沫聚飛梁也。

〔四〕次公曰：公私各地著，則有官田在其間矣。地著字，食貨志：理民之道，地著爲本。師古曰：謂安土也。

〔五〕次公曰：主守問家臣，主守指言行官張望。　家臣，則其下所臣之人。左傳言則：公臣不足，取之家臣。又曰：輿臣皂，皂臣隸。乃臣屬之臣，不必惑君臣而後爲臣也。　何以知主守之爲行官張望也？後有行官張望刈稻向畢遣女奴阿稽阿段往問而曰：尚恐主守疏，用心未甚臧。清朝遣婢僕，寄語踰崇岡。可見其爲行（觀）〔官〕張望矣。然則家臣者，豈婢僕之謂乎？舊本分明見溪伴，師民瞻作分朋，是。蓋如此方成字對也。此一篇皆對矣。

【校】行觀：當作行官，據前文改。

〔六〕次公曰：翠羽字，曹子建洛神賦云或拾翠羽，故對銀漢。其字則廣雅云：天河，謂之天漢，亦曰銀漢也。

〔七〕次公曰：鏡裏、（雲）〔雪〕邊，皆狀畦水之明潔也。

〔八〕次公曰：成黑米事，唐本草圖經云：菰，謂之茭白。歲久者中心生白臺，如小兒臂，謂之菰手。其臺中有黑者，謂之茭鬱，至後結實，乃彫胡米也。梁庾肩吾納涼詩云黑米生菰葑，青花出稻苗是已。　精鑿字，左傳曰：粢食不鑿。音作。鑿謂治米使白，字本作糳。唐韻曰：糳，精細米也。説文曰：糯米一斛舂九斗曰糳。貼以白粲，則漢役流法有鬼薪，謂採薪以給祭祀之用。白粲，謂擇米使正白，亦以供祭祝也。

〔九〕次公曰：玉粒字，蘇秦所謂米貴於玉也，止言米粒之珍貴，下云紅鮮，方是言飯紅潤之色。　晨炊字，韓信傳：晨炊蓐食。故用對霞散。其字則謝玄暉詩餘霞散成綺也。

〔一〇〕次公曰：上兩句又公自喜之辭。終然字，詩云：終然允臧。故對作苦。其字則楊惲云：田家作苦。旅食字，魏文帝云：旅食南館。故用對壯觀。其字則史云：此天下之壯觀也。公所謂壯觀，乃下句之謂。

〔一一〕次公曰：詩云：〔彼有〕遺秉，〔此有〕滯穗，伊寡婦之利。遺秉至於及衆多之人，其可謂壯觀乎。觀此則公濟物之心，異乎多田翁之慳悋者矣。

催宗文樹雞栅一首（古詩）

吾衰怯行邁，旅次展崩迫〔一〕。（逾）〔愈〕風傳烏雞，秋卵方漫喫〔二〕。自春生成者，隨母向百翮。驅趁制不禁，喧呼山腰宅。課奴殺青竹，終日憎赤幘〔三〕。踏藉盤案翻，塞蹊使之隔。牆東有隙地，可以樹高栅。避（熟）〔熱〕時來歸，問兒所爲跡〔四〕。織籠曹其内，令入不得擲。稀間可突過，觜爪還汙席〔五〕。我寬螻蟻遭，彼免狐狸厄〔六〕。應宜各長幼，自此均勍敵〔七〕。籠栅念有修，近身見損益〔八〕。明明領處分，一一當剖析〔九〕。不昧風雨晨，亂離減憂戚〔一〇〕。其流則凡鳥，其氣心匪石〔一一〕。倚賴窮歲晏，撥煩去冰釋。未似尸鄉翁，拘留蓋阡陌〔一二〕。

【校】逾風：無義，當從注文所引，作愈風。　避熟：無義，當從注文所引作避熱。

〔一〕次公曰：上兩句蓋言不欲更有它適，且旅泊於此而舒展其崩摧逼迫也。吾衰字，孔子云：甚矣，吾衰也。

行邁字，則詩云行邁靡靡也。旅次字，則易旅卦有旅即次。又曰旅焚，其(字)〔次〕也。崩迫字，任彥昇辭奪禮啟云：不任崩迫之情。

〔二〕次公曰：愈風傳烏雞，則本草以烏雌雞治風也。秋卵方漫喫，則以春卵方可抱育，而秋卵充食而已，故接以自春生成者以明之。

〔三〕次公曰：殺青竹：舊注云：楚人以火炙竹，去其汗，謂之殺青。取其耐久義。或然矣，然爲簡册者謂之汗青，所取正如此，何獨楚人乎。赤幘，指言雄雞。小説載：空宅云有怪，或居之。中夜，有赤幘而來者，問其怪類，答曰：老雞也。今雄雞之頂雖有赤幘，而此兩字亦爲有出矣。

〔四〕次公曰：避熱時來歸，問兒所爲跡，蓋言所柵之雞以避熱之故，往往歸來宅內，所以問兒宜合如何有爲而遏止之也。下句所謂織籠曹其內是已。

〔五〕次公曰：上兩句則戒兒之辭，蓋使之密而不可踰也。

〔六〕次公曰：舊本狐(狸)〔貉〕厄。語云：狐貉之厚以居。貉，善睡之獸，其皮與狐皆可爲裘，未嘗聞其食鷄也。

【校】舊本狐狸厄：九家注狸作貉，與下文方合，是。豈狐狸字而誤邪？

〔七〕次公曰：自此均勍敵，則平時無柵與籠，必胡相鬬矣。

〔八〕次公曰：近身見損益，則於修雞柵之間，而已有損益之義，凡近身之事，可推此而見也。舊一作知，義亦同。而見字，如復共見天地之心乎之見。

〔九〕次公曰：上兩句則兒領旨命之辭。

〔一〇〕次公曰：雞鳴篇云：風雨如晦，雞鳴不已。雞鳴不以風雨而廢，所以譬君子亂世不改其度。在亂離之際而徒然憂戚，則必有失節之事，故因雞鳴而減憂戚，則不妄其所爲矣。

〔一一〕次公曰：凡鳥字，世説：吕安詣嵇康，康不在，其兄喜出見之。安題門作鳳字而去。鳳，言凡鳥也。心匪石，又以申言雞鳴之不改。詩云：我心匪石，不可轉也。

〔一二〕次公曰：上兩句蓋川人於近歲除每以雞爲饋送，則可挨傍歲晏。撥去眼前百翮之煩多，如冰之釋矣。莊子曰：涣若冰將釋。雞（云）〔去〕而便押冰釋字，則以不泥於拘留，如尸鄉翁之多養，至於填蓋阡陌也。列仙傳載：祝雞翁居尸鄉山下，養雞百餘輩，皆有名字，呼名則種别而至。於是販雞及賣其子焉。去冰釋，舊本一作及，非。

【校】雞云：九家注引作鷄去。今按，雞去方與冰釋相關，雞云則無義。今從九家注。

上後園山脚一首（古詩）

朱夏熱所嬰，清旭步北林〔一〕。小園背高崗，挽葛上崎崟。曠望延駐目，飄飄散疎襟。潛鱗恨水壯，去翼依雲深〔二〕。勿謂地無疆，劣於山有陰。石原遍天下，水陸兼浮沉〔三〕。自我登隴首，十年經碧岑〔四〕。劍門來巫峽，薄倚浩至今〔五〕。故園暗戎馬，骨肉失追尋〔六〕。時危無消息，老去多歸心。志士惜白日，久客藉黄金〔七〕。敢爲蘇門嘯，庶作梁甫吟〔八〕。

〔一〕次公曰：朱夏字，梁元帝纂要云：夏謂之朱明，亦曰朱夏。公每用清晨字，至此乃用清旭。其字則江賦云：視雰祲於清旭。公又嘗曰清旭散錦幪也。

【校】視雰祲：影胡刻本文選視作𩀁。

〔二〕次公曰：上兩字以比隱淪之士，須幽曠深遠而後可。蓋魚之潛，以淵爲安，水壯則非淵矣。鳥之棲，以深山爲安，雲深則山深矣。所以引下句勿謂地無疆，劣於山有陰也。壯字，如顔延年云：春江壯風濤。

〔三〕次公曰：舊本作石榞，學者頗疑榞字之誤。杜田補遺云：唐韻曰：榞音原，木名，皮可食，實如甘蕉。然謂之石榞，未究其旨。杜之説如此。或云，善本止是石原。蓋平地曰原，承上句山有陰之下，言山陰石之平處，雖遍天下有之，而涉水行陸以往，兼有浮沉而難到也。又引下句登隴首而經碧岑，已十年矣，亦所以自喜遂其所欲也。

〔四〕次公曰：隴首字，即顔延年詩隴首秋雲飛也。

〔五〕次公曰：劍門來巫峽，薄倚浩至今，所以成十年之語。薄倚，即（到）〔倒〕用謝靈運相倚薄也。

〔六〕次公曰：既爲客矣，不無故鄉之念，故有下云云四句也。

〔七〕次公曰：志士惜白日，則又歎功名之不立。古詩云志士惜日短也。久客藉黄金，則又歎客況之貧。舊注引古詩：徒有萬年志，欲行囊無金。雖亦是金事，而公詩句止言久客，本無行意也。

〔八〕次公曰：末句蓋言所以在山陰之居，猶藉黄金以爲生，非敢直若孫登遺世離物也，故取其嘯事以見意。庶作梁甫吟，則希諸葛亮雖高卧而猶懷經世之意也。蘇門嘯事，按晉書：阮籍嘗登蘇門山，有真人在焉。籍對之長嘯。及歸至半嶺間，聞嗗然有聲，若數部鼓吹，乃前人嘯也。梁甫吟事，蜀志：諸葛亮躬耕壟畝，常好作梁父吟。傳雖不載其吟，而見於歐陽率更類書古樂府，其辭曰：步出齊城門，遥望蕩陰里。里中有三墳，纍纍正相似。問是誰家墓？田疆古（治）〔冶〕子。力能排南山，文能絶地理。一朝被讒言，二桃殺三士。誰能爲此謀？相國齊晏子。

【校】文學古籍刊行社影宋本樂府詩集古治子作古冶子；絶地理作絶地紀。

雷一首（古詩）

大旱山岳焦，密雲復無雨〔一〕。南方瘴癘地，罹此農事苦。封内必舞雩，峽中喧擊鼓〔二〕。真龍竟寂寞，土梗空俯僂〔三〕。吁嗟公私病，税斂缺不補。故老仰面啼，瘡痍向誰數〔四〕。暴尫或前聞，鞭巫非稽古〔五〕。請先偃甲兵，處分聽人主。萬邦但各業，一物休盡取。水旱其數然，堯湯免親覩〔六〕。上天鑠金石，羣盜亂豺虎〔七〕。二者存一端，愆陽不猶愈〔八〕。昨宵殷其雷，風過齊萬弩〔九〕。復吹霾翳散，虚覺神靈聚。氣暍腸胃融，汗滋衣裳汚〔一〇〕。吾衰尤拙計，失望築場圃〔一一〕。

〔一〕次公曰：上句使莊子大旱金石流，土山焦也。次句使易：密雲不雨。

〔二〕次公曰：舞雩、擊鼓，皆救旱事。舞雩，則周禮司巫曰：若國大旱，則帥巫而舞雩。擊鼓事，神農求雨書曰：祈雨不雨，則曝巫。不雨，則積薪擊鼓而焚神山。

〔三〕次公曰：真龍字，出淮南子：葉公好畫龍，而真龍降。土梗，則以言土龍也。土梗字，出戰國策有桃梗、土梗之喻。

〔四〕次公曰：瘡痍之義出前漢書季布傳：瘡痍未（瘳）〔瘳〕。言民之傷於財役，如被瘡痍也。

〔五〕次公曰：暴尪、鞭巫事：禮記檀弓云：歲旱，穆公召縣子而問焉，曰：天久不雨，吾欲暴尪而奚若？曰：天則不雨，而暴人〔之〕疾子虐，毋乃不可歟？然則，吾欲暴巫而奚若？曰：天則不雨，而望之愚婦人，於以求之，毋乃已疏乎？或前聞字，檀弓云：未之前聞也。用對稽古，其字則出尚書也。

〔六〕次公曰：堯湯免親覩，言堯有九年之水，湯有七年之旱，豈免親見乎？

〔七〕次公曰：鑠金石，即上所謂大旱金石流。而鑠金字，又用鄒陽云衆口鑠金也。鑠石，則魏應璩與岑瑜書曰：頃者，炎日更增甚，沙礫銷鑠，草木燋卷也。羣盜亂豺虎，則張孟陽云賊盜如豺虎也。

〔八〕次公曰：二者存一端，以盜賊與旱爲二也。就二者之中言，雖愆陽而旱，不猶勝於盜賊乎？所以惡盜賊之辭也。舊注云：二者皆有傷於和氣也。愆陽伏陰，皆能爲變。是何夢語。愆陽字，則却是使左傳無愆陽矣。愆，過也。

〔九〕次公曰：殷其雷三字，是詩篇名。

〔一〇〕次公曰：暍音謁，傷熱也。莊子曰：暍者反冬乎冷風。而武王善暍是也。

〔一一〕次公曰：築場圃字，詩七月云：九月築場圃。

火一首（古詩）

楚山經月火，大旱則斯舉〔一〕。舊俗燒蛟龍，驚惶致雷雨〔二〕。爆嵌魍魎泣，崩凍嵐陰昈〔三〕。羅落沸百泓，根源皆萬古〔四〕。青林一灰燼，雲氣無處所〔五〕。入夜殊赫然，新秋照牛女。風吹巨焰作，河棹騰烟柱〔六〕。勢欲焚崑崙，光彌焮洲渚〔七〕。腥至燋長蛇，聲吼纏猛虎。神物已高飛，不見石與土〔八〕。爾寧要謗讟，憑此近熒侮〔九〕。薄關長吏憂，甚昧至精主〔一〇〕。遠邇誰撲滅，將恐及環堵〔一一〕。流汗卧江亭，更深氣如縷。

〔一〕次公曰：此燒山以求雨之詩。　大旱字，書云：若歲大旱。周禮：大旱帥巫而舞雩。　斯舉字，論語：色斯舉矣。乃借字以押韻。今云舉，則舉火之謂也。且言舉行其事也。

〔二〕次公曰：雷雨字，則易：雷雨作解。

〔三〕次公曰：昈音户，韻書注云：文彩，狀明也。崩凍嵐陰昈，則冰雪下墮，其文彩明昈於嵐陰之間也。

〔四〕次公曰：羅落沸百泓，根源皆萬古，兩句通義，言百泓之根源皆自萬古，而同沸於今日也。

〔五〕次公曰：青林一灰燼，雲氣無處所，兩句通義，言雲氣託於林木青葱之内，青林既灰燼矣，雲氣無所止泊也。　無處所三〔次〕〔字〕出宋玉高唐賦云：風止雨霽，雲無處所。

〔六〕次公曰：舊本河棹，善本作河掉。蓋言風吹巨焰高起，可遠照河水，而爲之震掉，烟直如柱也。　晉〔潘〕尼〔文〕〔火〕賦曰：芬輪紆轉，倏忽横厲。震嚮達乎八溟，流光燭乎四裔。即其義也。

【校】尼文賦：尼應作潘尼，文賦據藝文類聚卷八十火部當作火賦。

〔七〕次公曰：承河掉騰烟柱之下，勢欲焚崑崙，崑崙者，河之所自出，而書云火炎崑崗，皆參合而言之也。焮字，出左傳云：火所焮燎。

〔八〕次公曰：神物，指言蛟龍也。蛟龍已高飛而去，其飛也不礙石與土。古傳人不見風，牛不見火，龍不見石故也。

〔九〕次公曰：前句有云舊俗燒蛟龍，驚惶致雷雨，此俗人無知，以爲旱而焚山，其事如此。豈知神物安可驚恐之邪？苟必以爲然，乃爲謗讟神物而焚侮之矣。

〔一〇〕次公曰：旱之害農，至於焚山而焚侮神物，寧不觸其怒而爲人害邪？此亦宜關於長吏之所憂也。蓋水旱有數，冥冥中固有主之者矣，惟此神物，蓋其至精之主乎？民之無知，甚昧厥理，則長吏之所憂者在此。

〔一一〕次公曰：遠遷字，選有云：爛熳遠遷。故對將恐。其字則老（予）〔子〕曰將恐滅，將恐歇也。撲滅字，書云：若火之燎于原……其猶可撲滅。對環堵，其字則儒行云儒有環堵之室也。

雨一首（古詩）

峽雲行清曉，烟霧相徘徊。風吹蒼江樹，雨洒石壁來。凄凄生餘寒，殷殷兼出雷。白谷變氣候，朱炎安在哉。高鳥濕不下，居人門未開。楚宮久已滅，幽珮爲誰哀〔一〕。（待）〔侍〕臣書王夢，賦有冠古才〔二〕。冥冥翠龍駕，多自巫山臺〔三〕。

【校】待臣：注引作侍臣，是。

〔一〕次公曰：此篇主用巫山之雨爲意，故云楚宮久已滅，幽珮爲誰哀。幽珮，則以雨聲如珮，因以比神女之珮也。蓋神女賦有云於是搖珮飾，鳴玉鸞也。高蟾亦曰丁當玉珮三更雨，疑出於此。

〔二〕次公曰：侍臣，指宋玉也。賦，則高唐、神女賦也，所以載楚王之夢事。

〔三〕次公曰：翠龍駕，則又指神女也。神女曰：妾旦爲朝雲，暮爲行雨。朝朝暮暮，巫陽之下。故以雨歸之神女也。　多之爲義，非數數之多，乃十分之多也。龍駕字，公於織女詩用之曰：龍駕具曾空。本出謝朓七夕賦回龍駕之容曳。

贈李十五丈別一首（古詩）

次公曰：此篇兩段，自峽人鳥獸居至南入黔陽天，公言其在夔流落間得會十五丈而送別之也；自汧公制方隅至歡罷念歸旋，言李丈往謁汧公，而公不得俱往，且約其歸也。

峽人鳥獸居，其室附層巔。下臨不測江，中有萬里船。多病將倚薄，少留改歲年〔一〕。絶域誰慰懷，開顏喜多賢〔二〕。孤陋忝末親，等級敢比肩〔三〕。人生意氣合，相與襟袂連。一日兩遣僕，三日一共筵。揚論展寸心，壯筆過飛泉〔四〕。玄成美價存，子山舊業傳〔五〕。不聞八尺軀，常受衆目憐。且爲苦辛行，蓋被生事牽。北迴白帝棹，南入黔陽天〔六〕。汧公制方隅，迥出諸侯先〔七〕。封内如太古，時危獨蕭然。清高金莖露，正直朱絲弦〔八〕。昔在堯四岳，今之黄潁川〔九〕。于邁恨不同，所思無由宣〔一〇〕。山深水增波，解榻秋露懸〔一一〕。客遊雖云久，主要月再圓〔一二〕。晨集風渚亭，醉操雲嶠篇。丈夫貴知己，觀罷念歸旋〔一三〕。

【校】將倚薄，將字模糊，據草堂藏本補。于邁恨：恨字模糊，據草堂藏本補。

〔一〕次公曰：倚薄字，謝靈運云：拙疾相倚薄。

〔二〕次公曰：絶域字，李陵云：奉使絶域。

〔三〕次公曰：孤陋字，記云：孤陋而寡聞。

〔四〕次公曰：揚論者，揚舉言論也。師民瞻本作摧論。揚與摧雖同義，然不若揚論字之快。壯筆過飛泉，曹子建作王仲宣(誄)〔誄〕曰：發言可詠，下筆成篇。文若春華，思若湧泉。又李廣利拔刀刺山，飛泉湧出。杜田云：壯筆過飛泉，言其文之瀏亮而快利也。其説是。

〔五〕次公曰：玄成，韋玄成也。韋賢四子，少子玄成，復以明經歷位至丞相。故鄒魯諺曰：遺子黄金滿籯，不如教子一經。子山，庾信之字也。子山父肩吾，爲梁太子中庶子，掌(管)〔書〕記。徐陵及信并爲抄撰學士。信父子在東宫，出入禁闥，文並綺麗，世號徐庾。

〔六〕次公曰：南入黔陽天，則汧公在汧陽故也。

〔七〕次公曰：汧公，李勉也，乃善琴，有名琴曰響泉、韻磬者。舊注模稜，以爲李十五丈，乃云：汧，李之所封。杜田引舊史：上元初，勉爲梁州刺史、山南西道防禦使。且云：李十五丈在峽中往謁之，故子美作此詩以爲别，非李之所封也。杜之説如此。然以舊史上元初言之，則在肅宗時。上元元年歲在庚子，今公詩首句云峽人鳥獸居，分明是夔州詩。乃丁未大曆二年，相去七年矣。勉之爲山南西道防禦，新史不載，但云代宗時進工部尚書，封汧國公。滑亳節度使令狐彰且死，表勉爲代，從之。勉居鎮且八年。假令是代宗即位之初事，則乃壬寅寶應元年，其居鎮八年，則乃己酉大曆四年矣。大曆四年，公在潭州，與今所送李十五丈，時皆不合。然則，汧公又非李勉乎？以俟博聞。

〔八〕次公曰：（令）〔金〕莖露字，西都賦云：抗仙掌與承露，擢雙立之金莖。軼埃堨之混濁，鮮顥氣之清英。朱絲絃，則鮑照詩云清如玉壺冰，直若朱絲弦也。

〔九〕次公曰：堯四岳，則堯典之四岳也。黄潁川，乃黄霸，爲潁川太守，有治狀也。

〔一〇〕次公曰：于邁字，詩云：從公于邁。

〔一一〕次公曰：解榻，使陳蕃爲周璆、徐孺子下榻之義，蓋言汧公待李丈如陳蕃之待周、徐，當秋露懸之時也。

〔一二〕次公曰：客遊雖云久，主要月再圓，則汧公留李丈，必須兩月而後厭也。

〔一三〕次公曰：知己字，史記云：士伸於知己，而屈於不知己。

季夏送鄉弟韶陪黄門從叔朝謁一首（近體詩）

令弟尚爲蒼水使，名家莫出杜陵人〔一〕。比來相國兼安蜀，歸赴朝廷已入秦〔二〕。捨舟策馬論兵地，拖玉腰金報主身〔三〕。莫度清秋吟蟋蟀，早聞黄閣畫麒麟〔四〕。

〔一〕次公曰：蒼水使三字是一事，出吳越春秋：禹登衡岳，血白馬以祭。夢見赤繡衣男子，稱玄夷蒼水使者，曰：聞帝使文命於斯，故來候之。其後長沙耆舊傳：太守謂户曹掾曰：昔禹夢繡衣男子稱滄水使者。禹知水脈，故公取之以言掌水之官。一本自注云：詔比兼開江使，通成都外江下峽舟檝。

〔二〕次公曰：頷聯兩句專言叔父黄門。

〔三〕次公曰：捨舟策馬論兵地，以同行者二人，所以可論兵矣。拖玉腰金報主身，又專言叔父黄門也。

〔四〕次公曰：蟋蟀之見於經，固出詩云蟋蟀在野、蟋蟀在户。而阮籍詠懷詩云：開秋兆涼氣，蟋蟀鳴床帷。感物懷殷憂，悄悄令心悲。此爲吟蟋蟀也。舊注引潘安仁秋興賦云蟋蟀鳴乎軒屏，雖亦是用蟋蟀事，而非吟之之謂。黄閤三公之制，宋忠曰：三公黄閤，前史興有此義。按禮記：士韠與天子同，公侯、大夫則異。鄭玄注云：士賤，與君同不嫌。夫朱門洞啟，當陽之正色，三公之與天子禮秩相亞，故黄其閤以示謙，不敢斥天子。宜是漢舊制也。畫麒麟，則漢武帝畫功臣於麒麟閣上也。今詩舊本作黄（閣）〔閤〕，應是黄閤也。舊作（麒麟）〔騏驎〕字，誤。詳見句法義例。

【校】蟋蟀在野、蟋蟀在户：檢詩無此二句。今按，唐風蟋蟀有蟋蟀在堂；豳風七月有蠨蛸在户。趙注當係誤記。舊本作黄閤：九家注正文黄閤下注：一作閣。今按，舊本作黄閤方與下云應是黄閤相應。下又有：舊作麒麟字，誤。正文正作麒麟。則舊作騏驎，方可云誤。

返照一首（近體詩）

楚王宫北正黄昏，白帝城西過雨痕。返照入江翻石壁，歸雲擁樹失山村〔一〕。衰年肺病唯高枕，絶塞愁時早閉門〔二〕。不可久留豺虎亂，南方實有未招魂〔三〕。

〔一〕次公曰：返照字，梁元帝纂要云：光返照於東，謂之返景。公詩又曰孤城返照紅將斂也。歸雲字，則如陸士衡：歸雲難寄音。　失山村，其失字，鮑照詩霧失交河城也。

〔二〕次公曰：高枕字，史云：高枕而卧。　閉門，如閉門却掃。

〔三〕次公曰：南方實有未招魂，則公自言也。客於南楚，魂魄飛越，實爲未招也。

熱三首（近體詩）

雷霆空霹靂，雲雨竟虚無〔一〕。炎赫衣流汗，低垂氣不蘇。乞爲寒水玉，願作冷秋菰〔二〕。何似兒童歲，風涼出舞雩〔三〕。

右一

〔一〕次公曰：雷霆字、霹靂字，如穀梁傳云：陰陽相薄，感而爲雷，激而爲霆。又何休公羊注云：雷疾甚爲震。而五經通義云：震與霆皆霹靂也。　虚無字，則上林賦：乘虚無，與神俱。其後文賦云：課虚無以責有。今公言虚無，謂必竟之無也。

〔二〕次公曰：寒水玉、冷秋菰，非有定名也，蓋言寒水中之玉也，冷秋時之菰耳。句法蓋庾信和樂儀同苦熱云思爲鸞翼扇，願借明光宫也。

〔三〕次公曰：兒童字，魏志：賈逵自爲兒童戲弄，常設部伍。　舞雩事，則論語云：冠者五六人，童子六七人，浴乎沂，風乎舞雩，詠而歸也。然舞雩乃是兖州事，公未嘗泛用事也。若衡州新學堂古詩曰：侁侁胄子行，若舞風雩至。則用若字以擬之耳。此與登兖州城樓詩首句云東郡趨庭日，似言其父爲官於兖州，趨而過庭之日同義。

右二

瘴雲終不滅，瀘水復西來〔一〕。閉户人高卧，歸林鳥却回〔二〕。峽中都似火，江上只空雷。想見陰宫雪，風門颯踏開〔三〕。

〔一〕次公曰：瘴雲終不滅，句法又似公嘗云火雲終不移也。瀘水復西來，瀘固是夔峽之上流，必用此者，諸葛亮云：五月渡瀘，深入不毛。蓋大渡河水從南蠻炎瘴中流出也。

〔二〕次公曰：頷聯兩句，人高卧而但睡，鳥不安而又飛，則爲熱甚矣。

〔三〕次公曰：末句則亦以有雪宫故曰陰宫雪也。

【校】人高卧而但睡：九家注作人閉户而高卧。

朱李沉不冷，彫胡炊屢新。將衰骨盡痛，被暍味空頻〔一〕。歘翕炎蒸景，飄颻征戍人〔二〕。十年不解甲，爲爾一沾巾。

右三

〔一〕次公曰：暍音於歇切，傷暑也，故禹扇暍，武王亦扇暍。今方被暍而有沈水之朱李，新炊之彫胡，其味空頻，不及喫也。舊本正作被（暍）〔褐〕，無義。

【校】被暍：九家注作被褐。

〔二〕次公曰：歘翕，義即歘吸也，字則江文通擬王微詩云：歘吸鵾雞悲。又謝朓高松賦云：卷風飈之歘吸。

示獠奴阿段一首（近體詩）

山木蒼蒼落日曛，竹竿裊裊細泉分。郡人入夜爭餘瀝，竪子尋源獨不聞〔一〕。病渴三更回白首，傳聲一注濕青雲〔二〕。曾驚陶侃胡奴異，怪爾常穿虎豹羣〔三〕。

〔一〕次公曰：詳味詩意，水源在遠，以筒引水而使郡人分取之。其水咽塞，或滲漏而不通快，故郡人止爭餘瀝耳。惟阿段者，獨能尋源修筒水而至焉。

〔二〕次公曰：公有肺疾，賴此水爲多，故曰病渴三（年搔）〔更回〕白首。書懷百韻云消渴已三年，蓋公自雲安縣有消渴之疾，至此三年也。　傳聲一（炷）〔注〕濕青雲，傳聲，則水不行時初無聲，修筒之後，水來之聲自傳聞矣。上句竹竿裊裊，則公共之本筒也；今之傳聲一注，乃公家分泉之筒也。

【校】水來之聲自傳聞矣，九家注下接：濕青雲，言水筒之源流高遠也。

〔三〕次公曰：舊注云，此詩全章皆引泉事，惟陶侃胡奴，傳記不録，而薛夢符補遺云：晉書陶侃傳：媵妾數十，家僮千餘。世説：王修齡曰：修齡若饑，自當問謝仁祖索食，不須陶胡奴米船。注：胡奴，陶範小字。侃别傳曰：範，侃第十子也。可以見胡奴者，陶侃之子名。則陶侃胡奴四字，言陶侃家之胡奴也，而於阿段似無相干。薛之説如此。次公以彼不能參考其義，以逆杜詩之意。陶侃既家僮千餘，則奴僕之多如此，其子胡奴必有所稱異之者。如今日阿段能穿虎豹羣以尋水源，其在陶侃家僮千餘之中，必亦可異者矣。意似如此，而事未顯見，以俟博聞。

奉送王信州崟北〔歸〕一首（近體詩）

次公曰：信州，今之夔州也。此詩舊在潭州詩中，題是送王信州，分明是夔州詩矣，合遷入於此。

【校】題北字下奪歸字，今據草堂藏本補。今之夔州也，九家注下接見樂史寰宇記，亦見唐志十字。

朝廷防盜賊，供給愍誅求。下詔選郎署，傳聲典信州〔一〕。蒼生今日困，天子嚮時憂。井屋有烟起，瘡痍無血流〔二〕。壤歌唯海甸，畫角自山樓〔三〕。白髮寐常早，荒榛農復秋〔四〕。解龜踰卧轍，遺騎覓扁舟〔五〕。徐榻不知倦，潁川何以酬〔六〕。塵生彤管筆，寒膩黑貂裘〔七〕。高義終焉在，斯文去矣休〔八〕。别離同雨散，行止各雲浮〔九〕。林（熟）〔熱〕鳥開口，江渾魚掉頭〔一〇〕。尉佗雖北拜，太史尚南留〔一一〕。軍旅應都息，寰區要盡收。九重思諫諍，八極念懷柔。徙倚瞻王室，從容仰廟謀〔一二〕。故人持雅論，絶塞豁窮愁〔一三〕。復見陶唐理，甘爲汗漫遊〔一四〕。

【校】林熱：無義，依九家注作林熱。

〔一〕次公曰：此篇王信州替罷而北歸也。四句言其初來作守時也。夔州，古之信州，見樂史寰宇記，亦見唐志。

〔二〕次公曰：上兩句追言天子前時以蒼生之困而選王君爲守。其效至於井邑有烟，則逃亡復業矣；瘡痍無血，則誅求不再矣。

〔三〕次公曰：壤歌，則擊壤之歌也。唯海甸，則時淮海獨無虞也。畫角自山樓，則專指夔州郡樓之上，畫角以時而鳴，蓋亦無事之所致也。

〔四〕次公曰：白髮寐常早，公自言也。荒榛農復秋，言荒年之後又復有秋，亦以見王守之政矣。

〔五〕次公曰：解龜踰卧轍，以言王守之替罷。解龜字，謝靈運詩：解龜在景平。卧轍事，侯霸爲臨淮太守，被召，百姓攀轅卧轍不許去。踰卧轍，則踰越之而過也。遺騎覓扁舟，公言王守之覓其船，以張憑自比也，則真長遺騎覓張孝廉舡，見晉書。扁舟字，史記：范蠡乘扁舟浮於江湖。

〔六〕次公曰：兩句通事。後漢：徐穉，字孺子，豫章南昌人也。家貧常自耕稼，非其力不食。恭儉義讓，所(君)〔居〕服其德。屢辟公府，不起。時陳蕃爲太守，以禮請署功曹，穉不免之，既謁而退。蕃在郡不接賓客，唯穉來，特設一榻，去則懸之。公以徐穉自比，而指王崟爲陳蕃也。言崟相待如陳蕃之見徐穉，其解榻、懸榻，未嘗爲倦，則穉之於潁川將何以酬之乎？潁川，則陳氏之郡號也。

〔七〕次公曰：上兩句，皆公自言。彤管字，詩云：貽我彤管。黑貂，則蘇季子黑貂之裘弊也。

〔八〕次公曰：高義、斯文，皆指言王信州也。言王君待我之高義終在，乃却以文章之身而別去，故云去矣休。高義字，莊子載孔子曰聞將軍高義。斯文字，則論語：天之未喪斯文。終焉字，則史云：有終焉之志。去矣字，則劉越石云：去矣若浮雲。

〔九〕次公曰：雨散字，劉孝標：烟飛雨散。雲浮，則劉越石之句也。

〔一〇〕次公曰：林(熟)〔熱〕、江渾兩句，止道離時之景。

〔一一〕次公曰：尉佗雖北拜，以言叛者之既服，豈吐蕃之稍息乎？蓋大曆元年二月，遣使來朝，雖九月復陷原州，然不得如前日之熾也。太史尚南留，則公自比也。史記太史公自敘曰：是歲天子始建漢家之封，而余留滯周南，不得預從事。

〔一二〕次公曰：上六句正言息干戈而思治安之策矣。

〔一三〕次公曰：故人持雅論，指言王信州也，所以終上天子求諫諍之等句。絶塞豁窮愁，則公言聞王信州之論，可以豁其旅寓之愁也。絶塞，則指言夔州，蓋有白帝城爲塞矣。

〔一四〕次公曰：末句蓋言既見復帝堯之化，則無心從官而甘爲方外之士也。汗漫遊事，祖出淮南子，載若士謂盧敖曰：吾將與汗漫遊於九垓之上。舉臂竦身而遂入雲中也。杜田更引張景陽七命，乃其孫矣。

夔州歌十絶句（近體詩）

中巴之東巴東山，江水開闢流其間〔一〕。白帝高爲三峽鎮，夔州險過百牢關〔二〕。

右一

〔一〕次公曰：巴本春秋之國，其地今閬州。按水經載劉璋分三巴，有中巴，有巴西，有巴東。今綿州曰巴西郡，歸州曰巴東郡，而夔州則中巴矣。江水開闢，自吴主嘗見吕岱説步騭，言北欲以沙囊塞江，每讀其表，輒獨失笑：此江自開闢以來，寧可以囊塞之乎。

〔二〕次公曰：三峽者，明月峽、巫峽、歸鄉峽也。傳記所載異名，詳具於丁帙卷之一忠州詩下。峽固有三，而白帝城極高山之上，故爲之鎮。百牢關，圖經云：孔明所建，故基在今興元西縣濾口化檢玉觀山下。傍臨白馬河，東自梁、洋，北自武、興，西入金牛，三泉皆涉北河以濟。河之西兩壁山相對，六十里不斷嶓冢。漢江水流其間，與白馬河合。緣江乃入金牛、益昌。路也如此，非不險矣。而今瞿唐兩崖壁立，大江中流，無路可行，非舟莫濟，故曰險過百牢關。

白帝夔州各異城，蜀江楚峽混殊名〔一〕。英雄割據非天意，霸王并吞在物情〔二〕。

右二

〔一〕次公曰：四句皆對，上兩句通義。白帝以言公孫述之城，夔州以言劉備之城，蓋永安宫所在也。白帝城在瀼之東，夔州城在瀼之西，此所以爲異城。上流爲蜀江，下流而爲楚峽。雖楚、蜀之名不同，而二人之城皆臨之，後篇所謂峽門江腹擁城隅是已。以公孫述言之，其國號成；以劉備言之，其國號漢。二城既臨江與峽，則無復分蜀江、楚峽之名矣，故言混殊名。

〔二〕次公曰：英雄割據、霸王并吞，皆以言公孫之與劉。蓋新室之末，隗囂與公孫分據隴、蜀；獻帝之末，備與曹操、孫權列爲三分。非天意，則言天豈容其割據乎？在物情，則人必有順不順焉。英雄割據四字，兩出。英雄字，如阮籍臨廣武而歎曰：時無英雄，孺子成名。割據字，則陸士衡辨亡論曰：故遂割據山川，跨制荊吳。霸王并吞四字，亦兩出。霸王字，去聲。唐韻於王字韻注云：霸王。并吞字，賈誼過〔秦〕論云：有并吞八荒之心。天意字，如所謂天意若曰也。物情字，多矣。如范彦龍詩：物情棄庇賤。或曰：公以劉備爲割據，則亦不與劉備乎？曰：固也，公於曹將軍詩云將軍魏武之子孫；又曰英雄割據今已矣，則亦以曹操爲割據矣。

羣雄競起聞前朝，王者無外見今朝。比訝漁陽結怨恨，原聽舜日舊蕭韶〔一〕。

右三

〔一〕次公曰：舊本問前朝，師民瞻本作聞前朝，極是。蓋聞者，對見之辭也。陸機辨亡論云：羣雄（鋒）〔蜂〕駭。又選有：羣妖競機逐。今云羣雄競起，則參用之也。謂之羣雄，非一人也。蓋如秦末之陳、項，隋末之蕭、竇，則所謂聞前朝者，乃指言已前之代也。王者無外四字，公羊全語。其云見今朝，所以美當日唐朝之時也，故下句比訝漁陽結怨恨，然後言明皇朝之安禄山，故云比訝。比者，近也。禄山以怨恨起兵於漁陽，斯爲可訝者。又引下句原聽舜日舊蕭韶。舜日，則比明皇時太平爲虞舜之日。舊蕭韶，則比霓裳舞衣之新曲如蕭韶之九成。是時明皇寵待禄山，每與之宴飲，未嘗不奏霓裳之曲，是爲禄山原聽舊蕭韶矣。此句又含蓄，美中有刺如此。

【校】羣雄鋒駭：鋒影胡刻本文選作蜂。

赤甲白鹽俱刺天，閭閻繚繞接山巔〔一〕。楓林橘樹丹青合，複道重樓錦繡懸〔二〕。

右四

〔一〕次公曰：刺天字，南都賦之言木曰：森蓴蓴而刺天。

〔二〕次公曰：丹青合，以言其樹之錯雜。蓋楓青而橘丹也。錦繡懸，以言其宫室之華麗。舊注引西京雜記：終南山有樹，謂之丹青樹。非是。蓋處則終南，木則别是一物也。

瀼東瀼西一萬家，江北江南春冬花〔一〕。背飛鶴子遺瓊蘂，相趁鳧雛入蔣牙〔二〕。

右五

〔一〕次公曰：按酈道元水經注云：白帝山東傍東瀼溪，即以爲隍。今所謂瀼東、瀼西，則一東瀼溪，而其溪之左右分之曰：瀼東、瀼西耳。公江雨有懷鄭典設詩云：岸高瀼闊限西東。今詩四句皆對，一萬家對春冬花，此又不拘以數對數也。

〔二〕次公曰：背飛字，李陵贈蘇武别詩曰：雙鳧相背飛，相遠日已長。又劉孝綽詩：持此連枝樹，暫作背飛鴻。瓊蘂字，楚辭云：屑瓊蘂以爲糧。西京賦言屑瓊蘂以朝餐，則指言玉屑。而陸士衡擬古詩云：上山采瓊蘂，空谷饒芳蘭。則花之白者爲瓊蘂矣。而瓊蘂字，在鶴子使之，則有所出。魏王粲白鶴賦云：餐靈岳之瓊蘂，吸雲表之露漿。以夔州言之，雖非有靈岳之瓊蘂，而花之白者乃可名之不（擬）〔礙？〕也。蔣牙，舊本作槳牙，非是。蓋鳧雛在水中相趁，而入菰蔣牙中也。蔣字，韻書在於平聲之下，亦通上聲，音子兩切。若是槳字，則隱櫂處也。古詩曰艇子打兩槳，所以隱櫂雖可謂之牙，而無鳧雛可入之理。公後有過南岳入洞庭湖詩云：翠牙穿裹蔣，碧節上寒蒲。舊本亦是槳字，而義乃菰蔣之蔣分明矣。至若鶴子字對鳧雛，則西京雜記云：太液池，其間鳧雛、鶴子布滿充積。又木玄虚海賦云鳧雛離褷，鶴子淋滲也。

東屯稻畦一百頃，北有澗水通青苗。晴浴狎鷗分處處，雨隨神女下朝朝〔一〕。

右六

〔一〕次公曰：狎鷗，言可狎之鷗也，列子海上有狎鷗者是已。故對神女，則宋玉有神女賦是已。

蜀麻吴鹽自古通，萬斛之舟行若風。長年三老長歌裏，白晝攤錢高浪中〔二〕。

右七

〔一〕次公曰：峽人以船頭把篙相水道者爲長年，正梢爲三老。攤錢，則蜀人賭錢之名。杜時可引梁冀傳：能意錢之戲。注何承天纂文曰：詭憶一曰射意，一曰射數，即攤錢也。其説是。師民瞻本作白馬灘前高浪中，非是。公之兩句是對，便用白晝攤錢對長年三老矣。長歌裏則對高浪中也。若作白馬灘前高浪中，則不相接。按寰宇記於峽州黄牛山又有白馬穴，水經於長沙黄金浦下言：大江有獨石，世謂之白馬口。却(又)〔不？〕見白馬灘之名所在何處。

【今按】却又見，又字疑誤，據文意似當作不。

憶昔咸陽都市合，山水之圖張賣時〔一〕。巫峽曾經寶屏見，楚宮猶對碧峯疑〔二〕。

右八

〔一〕次公曰：咸陽，指言長安也。

〔二〕次公曰：楚宮猶對碧峯疑，言昔畫圖上見楚宮，今對碧峯猶疑是舊所見之畫也。

武侯祠堂不可忘，中有松柏參天長〔一〕。干戈滿地客愁破，雲日如火炎天涼〔二〕。

右九

〔一〕次公曰：祠堂，一作生祠，非。中有松柏參天長，則夔州武侯廟有之也，正與古詩古柏行黛色參天二千尺同。今詩兼言松柏，則又據眼前所見矣。參天字，古本孟子云：泰山之高，參天入雲。而曹子建詩：荆棘上參天。

〔二〕次公曰：干戈雖滿地，而見此松柏可以使客愁破；雲日雖如火，而見此松柏可以使炎天涼。此其所以不可忘也。

閬風玄圃與蓬壺，中有高堂天下無〔一〕。借問夔州壓何處，峽門江腹擁城隅〔二〕。

右十

〔一〕次公曰：葛仙公傳曰：崑崙一曰玄圃，一曰積石瑶房，一曰閬風臺，一曰華蓋，一曰天柱。皆神仙所居也。列子曰：渤海之東，有大壑焉。中有五山，一曰（黛）〔岱〕輿，二曰員嶠，三曰方壺，四曰瀛洲，五曰蓬萊。（黛）〔岱〕輿、員嶠二山流於北極，所居之人皆仙聖之種，其上臺觀皆金玉，故曰高堂天下無。

【校】黛輿：二十二子本列子湯問作岱輿。

〔二〕次公曰：末句稱美夔則直以崑崙之閬風、玄圃，海山之蓬萊、方壺比之矣。

戊帙卷之四

丁未大曆二年，時公五十六歲。秋七月，在夔州瀼西（今分上半月爲一卷）所存之詩。

七月三日亭午已後校熱退晚加涼穩睡有詩因論壯年樂事戲呈元二十一曹長一首（古詩）

今茲商用事，餘熱也已未。衰年旅炎方，生意從此活〔一〕。亭午減汗流，北鄰耐人聒〔二〕。晚風爽烏匼，筋力蘇摧折〔三〕。閉目踰十旬，大江不止渴〔四〕。退藏恨雨師，健步聞旱魃〔五〕。園蔬抱金玉，無以供採掇〔六〕。密雲雖聚散，徂暑終衰歇。前聖眘焚巫，武王親救暍。陰陽相主客，時序遞回斡〔七〕。灑落唯清秋，昏霾一空闊〔八〕。蕭蕭紫塞雁，南向欲行列〔九〕。欻思紅顔日，霜露凍堦闥。胡馬挾彫弓，鳴弦不虚發。長鈚逐狡兔，突羽當滿月〔一〇〕。惆悵白頭吟，蕭條游俠窟〔一一〕。臨軒望山閣，縹緲安可越〔一二〕。高人鍊丹砂，未念將朽骨〔一三〕。少壯迹頗疏，歡樂曾倏忽。杖藜風塵際，老醜難剪拂〔一四〕。吾子得神仙，本是池中物〔一五〕。賤夫美一睡，煩促嬰詞筆〔一六〕。

〔一〕次公曰：炎方，南方也。公在夔爲楚地，故云旅炎方。

〔二〕次公曰：亭午字，梁元帝纂要云：日在午曰亭午。汗流字，如周勃汗流浹背。

〔三〕次公曰：烏匼，烏巾也。薛夢符云：按子美曰馬頭金匼匝，所謂烏匼，即烏巾也。其説是，蓋今亦有匼頂巾之語。

〔四〕次公曰：大江不止渴，則公有肺疾痟中之病，當炎暑則渴尤甚矣。

〔五〕次公曰：退藏字，借用易退藏於密也；用對健步。公又嘗使云：安得健步移遠梅。而旱魃有健步實事。山海經曰：南方有人，長二三尺，裸身而目在頂上，走行如風，名曰魃。所見之國大旱，赤地千里。一名狢，遇者得之投圂中，乃死，旱災即消。

〔六〕次公曰：抱金玉，言其貴而難得如金玉也，與毛詩謂人之言而曰金玉爾。音同意。

〔七〕次公曰：密雲雖聚散，徂暑終衰歇，則公以理遣之辭。易曰：密雲不雨，自我西郊。密雲或聚，而散終不爲雨也。然當七月暑既徂矣，其餘熱終亦衰歇，此造化必然之理耳，故有下句陰陽相主客，時序遞回斡也。然以前聖脊焚巫，武王親救暍間於其中，何也？蓋言聖人深知陰陽寒暑之理，於其旱也，不欲焚巫。舊注引魯僖公欲焚巫而臧文仲止之，其説是。杜田補遺更引禮記：歲旱，穆公召縣子而問焉：吾欲暴巫。其事相類，無害於事，然論其親的，則舊注所引是焚巫，而杜田所引是暴巫也。世紀云：武王見暍人，王自左擁而右扇之。詩意又言聖人不敢變易天地之寒暑，但憫憐暍人，扇而救之而已。如此方深藏微意，以起時序回斡也。回斡字，如謝〔惠〕連七夕詩云：傾河易回斡。

〔八〕次公曰：時敘回斡，自有定敘，故清秋則昏霾一掃空矣。

〔九〕次公曰：觀違塞之雁，已有南向之行列，則寒之代暑，豈不可信乎？姑待之耳，不必以熱爲念也。

〔一〇〕次公曰：緣此思少年乘寒射獵之事，而感歎年老也。鳴弦不虛發，下四字，上林賦全語。　長鈚逐狡兔，鈚音批，韻書云：箭也。　突羽當滿月，突羽，又所以言箭。其羽奔突而疾，故曰突羽。其當滿月，則所以言挽弓之滿，箭當其挽滿之間也。薛夢符引家語：子路云：白羽若月，赤羽若日。非是。

〔一一〕次公曰：白頭吟，祖出雖是卓文君以司馬相如置妾之故，以其不能至於白首而爲此吟，而公所用止取白頭吟詠者耳，故對游俠窟。其字則郭景純遊仙詩云京華游俠窟也。舊注引前漢有游俠傳，即非窟字出處矣。

〔一二〕次公曰：望山閣，則望元二十一之閣也。

〔一三〕次公曰：高人，指言元君。元必好道之士，此句云丹砂，後云吾子得神仙也。

〔一四〕次公曰：此四句則又併結少年射獵，目下望高仙之事。言少壯蹤迹甚是疏散，而歡樂晢然已過。今則在風塵間，既已老醜，縱使高人念之，亦難於剪拂也。　杖藜字，莊子載原憲杖藜應門。　風塵，以言兵亂。　老醜字，倒用阮嗣宗詠懷云朝爲媚少年，夕暮成醜老也。　剪拂字，劉孝標〔廣〕絶交論言：剪拂使其長鳴。北史盧思道傳：剪拂吹噓，長其光價也。

〔一五〕次公曰：吾子得神仙，所以成高人不念我之句。　池中物字，周瑜云蛟龍得雲雨，終非池中物也。

〔一六〕次公曰：末句則言我非若子之得神仙，但美一睡而已。美一睡，而苦熱之煩促，所以嬰累詞筆而作詩也。煩促字，張華詩云：煩促每有餘。

牽牛織女一首（古詩）

次公曰：此篇戒女子之防身，婦人之守禮，蓋國風之義也。

牽牛出河西，織女處其東〔一〕。萬古永相望，七夕誰見同。神光竟難候，此事終蒙朧〔二〕。颯然精靈合，何必秋遂通〔三〕。亭亭新粧立，龍駕具曾空〔四〕。世人亦爲爾，祈請走兒童。稱家隨豐儉，白屋達公宫〔五〕。膳夫翊堂殿，鳴玉凄房櫳〔六〕。曝衣遍天下，曳月揚微風〔七〕。蛛絲小人態，曲綴瓜果中〔八〕。初筵裛重露，日出甘所終。嗟汝未嫁女，秉心鬱沖沖。防身動如律，竭力機杼中。雖無姑舅事，敢昧織作功。明明君臣契，咫尺或未容。義無棄禮法，恩始夫婦恭。小大有佳期，戒之在至公〔九〕。方圓苟齟齬，丈夫多英雄〔一〇〕。

〔一〕次公曰：河者，天河也。牽牛在西，織女在東，天文固然矣。

〔二〕次公曰：神光竟難候，竟字一作意，當以竟爲正，其義乃通。

〔三〕次公曰：颯然精靈合，何必秋遂通，此公之新意矣。

〔四〕次公曰：亭亭新粧立，指言織女也。龍駕字，南齊謝朓七夕賦云：回龍駕之容裔，亂鳳管之凄鏘。亦言織女之渡河也。

〔五〕次公曰：白屋，貧人之屋也。字出如周公下白屋之士。公宫，公侯之家也。字出則左傳有守於公宫、教於公宫、溝其公宫之類。

〔六〕次公曰：雖曰白屋達公宫，而膳夫翊堂殿，鳴玉凄房櫳兩句，則言公宫之如此。

〔七〕次公曰：曝衣事，崔寔四民月令曰：七月七日曝經書及衣裳。

〔八〕次公曰：蛛絲事，荆楚歲時記曰：七夕陳瓜果於庭中以乞巧。有喜子網於瓜上，則以爲得綴。一作掇，非是。

〔九〕次公曰：明明君臣契，咫尺或未容，於戒女子防身之下，又以君臣比其夫婦之義，言胡不觀君臣相契之事，甚分明乎，於咫尺之間，臣苟有虧，則君或不容之矣。爲人婦者，可不慎邪？故義在無棄禮法，而承恩在夫婦恭也。此蓋因織女每歲有期爲不可亂，則爲人女、爲人婦者，當慎守至公之戒也。

〔一〇〕次公曰：末句戒之尤深矣。齟齬字，楚辭九辨云：圓鑿而方枘兮，吾固知其齟齬而難入。凡相背戾，則圓鑿而方枘矣。婦人、女子，一有齟齬，爲丈夫者豈能容乎？此亦人之常情也。此詩非徒見婦女之義，知此則爲臣之義得矣。　丈夫多英雄，一作勿替丈夫雄。丈夫雄三字，雖出孔文舉論盛孝章書曰：孝章實丈夫之雄也。公詩又有云願展丈夫雄，而於今詩斷章無義。蓋丈夫多英雄，所以警女子之守節，而勿替丈夫雄，則方且開喻丈夫焉，是爲無義。蔡伯世乃不取丈夫多英雄之句，蓋未之思也。

秋行官張望催促東渚耗稻向畢清晨遣女奴阿稽豎子阿段往問一首

（古詩）

東渚雨今足，佇聞粳稻香。上天無偏頗，蒲稗各自長。人情見非類，田家戒其荒〔一〕。次公曰：舊本耗稻又一作刈，非。蓋此秋詩耳，未是收刈時也。耗稻之義，於稻中消耗其蒲稗，免相奪耳。次公定爲七月詩，蓋去蒲稗當早矣。或云耗稻是方言，其理或然。

功夫競搰搰，除草置岸傍〔二〕。穀者命之本，客居安可忘〔三〕。青春具所務，勤墾免亂常〔四〕。吴牛力容易，並驅紛遊場〔五〕。豐苗亦已槪，雲水照方塘〔六〕。有生固蔓延，静一資隄防〔七〕。督領不無人，提挈頗在綱〔八〕。荆揚風土暖，肅肅候微霜。尚恐主守疏，用心未甚臧。清朝遣婢僕，寄語踰崇岡〔九〕。西成聚必散，不獨陵我倉〔一〇〕。豈要仁里譽，感此亂世忙〔一一〕。北風吹蒹葭，蟋蟀近中堂。荏苒百工休，鬱紆遲暮傷〔一二〕。

〔一〕次公曰：無偏頗字，劉公幹詩：物類無偏頗也。其偏頗字，祖出前漢匈奴傳：天不頗覆，地不偏載。今云上天無偏頗，則亦此意矣。蒲稗，皆水草也。謝靈運云：蒲稗免相奪。上天以無偏頗不擇稻與蒲稗，而皆生長之，然人情見非類，則非類者如蒲稗，雖可亂真，人情終見之也。此亦劉章云非其種者，耡而去之之意。以在人情不容非類，故力田之家，戒田荒穢，爲蒲稗奪之也。荒，則田萊多荒之荒矣，何至引漢武帝紀野荒治苛乎！

〔二〕次公曰：搰搰字，莊子：漢陰丈人之抱甕，搰搰然用力甚多，而見功少。除草，則所謂草者，乃蒲、稗矣。

〔三〕次公曰：穀者命之本，則計然曰穀者，萬民之命，又晉書曰黎民以穀爲命也。

〔四〕次公曰：青春具所務，勤墾免亂常，追言其當春時，已備具其所務矣。所務則務農之謂也。墾，墾田也。勤於墾田，免亂務農之常，蓋以命之本，雖客居而不忘也。

〔五〕次公曰：吴牛，即水牛也。吴地多有之，故謂之吴牛。滿奮云吴牛望月而喘是已。力容易，言其力之多，不以爲難也。東方朔曰：談何容易。並驅，則雙駕之也。場者，疆場之場。紛遊場，則所用並驅之牛，非止一雙而已。亦四隣耒耜出，所以紛然也。舊本正作動莫當，非。蓋言耕而已，無動莫可當之義。

【校】注謂場者，疆場之場。今按，疆場之場，未可作場字。

〔六〕次公曰：豐苗亦已穊，則劉章所謂深耕穊種也。

〔七〕次公曰：蔓延字，選有軒檻蔓延，今言滋蔓連延，亦同義。　靜一字，前漢：韋孟諷諫四言詩：矜矜元王，恭儉靜一。注：靜守一道也。　隄防，則史云：如水之有隄防。　有生固蔓延，則又言均爲有生如蒲稗者，固蔓延於稻中矣。然靜守一道，則專在稻苗焉。欲靜一，則在除之。資隄防，則亦防其人之墮農而不致力也。

〔八〕次公曰：督領，指言行官張望也。在綱字，書云：若網在綱也。除去蒲稗，必有所役之人，督領者特提挈之，如舉綱以張目耳。

〔九〕次公曰：尚恐主守疏，主守字，又指行官張望也。公前篇行官張望補稻畦水歸詩有云：主守問家臣，分明見溪畔。則主守亦言張望，而家臣者，豈婢僕之謂乎？　故今題遣女奴阿稽、豎子阿段往問，而詩云清朝遣婢僕，寄語踰崇岡也。

〔一〇〕次公曰：此言既除去蒲稗，而稻成可收矣，則當如此段之事也。公前篇有曰：遺穗及衆多，我倉戒滋漫。而今詩曰：西成聚必散，不獨陵我倉。則公及物之胸懷如此。　陵字，乃詩如(丘)〔山〕如阜，如(京)〔坻〕如(坻)〔京〕之意。

〔一一〕次公曰：仁里字，張平子思玄賦云：匪仁里其焉宅兮，匪義跡其焉追。

〔一二〕次公曰：四句蓋又言冬候。詩曰：蒹葭蒼蒼，白露爲霜。故風吹言蒹葭。又曰：十月蟋蟀入我床下。故言近中堂。百工休三字，禮記：霜〔始〕降，百工休。　鬱紆字，陸士衡：紆鬱游子情。　遲暮字，楚辭：傷美人之遲暮。　蒲稗除矣，稻既成而收且散矣，迨此冬時，百工當休矣，然余有遲暮之傷，則詩人之情也。此詩反覆曲折，語多深隱，蓋不作尋常紆餘之詩，近乎著書也。

月一首（近體詩）

次公曰：舊本有三首，相連在雨詩還嗟地出雷，乃二月詩下。既已失次，而三首又且無先後之次。次公離之爲三，復定其次，謂此篇居三首之先。句云天河此夜新，又云蝦蟆動半輪，則定之爲今歲秋七月十一夜、十二夜詩。其中篇句云二十四回明，則定之爲明年二月望夜詩。其下篇句云春來六上弦，則定之爲明年正月初七夜、初八夜詩。彼兩篇解具本詩，今篇自解於左。

斷續巫山雨，天河此夜新〔一〕。若無青嶂月，愁殺白頭人〔二〕。魍魎移深樹，蝦蟆動半輪〔三〕。故園當北斗，直指照西秦〔四〕。

〔一〕次公曰：廣雅云：天河謂之天漢。而公之前宋之問有明河篇云：八月涼風天氣清，萬里無雲河漢明。今公謂之新，在七月河已見矣。謂之天河新，所以知其爲秋七月也。

〔二〕次公曰：愁殺人字，出古樂府。

〔三〕次公曰：魍魎字，左傳云：入山不逢不若，魑魅魍魎，莫能逢之。楚辭有山鬼一篇。惟南方有山鬼，則魍魎用之允宜。移深樹，則以月明而藏避也。蝦蟆與兔，月中之物。古詩云：白兔擣藥蝦蟆丸。古人言月之狀云隻輪，言月之端曰重輪。今謂之半輪，所以知其爲十一夜、十二夜也。

〔四〕次公曰：一説長安城有南斗、北斗之像；一説長安上直北斗，蓋廣雅云：北斗樞爲雍州。公用北斗，止從上直北斗之説，故又有詩曰北斗故臨秦，而今句云故園當北斗也。　直指，則斗指月之所照，亦挨傍史有繡衣直指也。　一作直想字，非。

奉漢中王手札一首（近體詩）

次公曰：此七月所作。何以知其然也？句云書報避暑而繼之以已覺良宵永，則七月矣。舊在忠州詩下十二月一日與又雪詩之次，合遷於此。

國有乾坤大，王今叔父尊。剖符來蜀道，歸蓋取荆門〔一〕。峽險通舟過，江長注海奔〔二〕。主人留上客，避暑得名園。前後緘書報，分明饌玉恩〔三〕。天雲浮絶壁，風竹在華軒〔四〕。已覺良（霄）〔宵〕永，何看駭浪翻。入期朱邸雪，朝傍紫微垣〔五〕。枚乘文章老，河間禮樂存〔六〕。悲秋宋玉宅，失路武陵源。淹薄俱崖口，東西異石根〔七〕。夷音迷咫尺，鬼物倚黄昏〔八〕。犬馬誠爲戀，狐狸不足論〔九〕。從容草奏罷，宿昔奉清尊〔一〇〕。

【校】良霄：無義，題下注引作良宵，是。

〔一〕次公曰：剖符來蜀道，言其以漢中王之封來蜀作守也。前有詩而公自注云王時在梓州者乎？歸蓋取荆門，則由荆門軍出陸而往矣。謂之取者，取道之取也，史多有之。

〔二〕次公曰：當從此路出陸，則峽雖險而舟已過矣，任從長江之東注也。

〔三〕次公曰：上兩句則在中塗借名園以過夏也。主人，指其爲郡之人，應是歸州。蓋由歸州一百九十里至峽州，由峽州出陸，乃取荆門之道也。上客，指言漢中王。此與上句皆王手札中所報也。何以知其爲歸州？蓋上言舟已過峽，而下言淹泊於崖口石根也。饌玉，玉食之義，前漢陳咸奢侈玉食，晉王武子鮮衣玉食。言美食如玉，却非洪範惟辟玉食也。

〔四〕次公曰：觀絶壁之天雲，對華軒之風竹。言在名園中如此也。

【校】上句九家注引作上句言得漢中王手札。

〔五〕次公曰：上句則時已秋矣。次句則自歸州至峽州，雖餘一百九十里之塗，而風水稍定，不復見浪之可駭矣。故繼之以入期朱邸雪，則以雪時爲期而至京也。唐制，諸侯各置邸京師。朱邸，言邸以朱户故也。謝玄暉云朱邸方開，效蓬心於秋實是已。紫微垣，指言帝居。天文志：紫微，大帝之座也。

【校】次句云云：九家注引作秋江浪平故也。海賦：驚浪雷奔，駭水迸集。

〔六〕次公曰：上句公自言也。梁孝王時，枚乘在諸文士之間，年爲最高，故謝惠連雪賦云召鄒生，延枚叟也。使枚乘則於漢中王爲有説。舊注所引西京雜記論枚乘、司馬相如之文章，非公本意。次句以言漢中王也。漢景十三王，而河間王獻立博士修禮樂故也。

【校】九家注又引傳曰：河間之功，江夏之略，可爲宗室標的者也。

〔七〕次公曰：宋玉宅在歸州。公詩又曰宋玉歸州宅也。今句言王在歸州，於此又如悲秋之宋玉也。武陵源，在今之鼎州。今句公自言其留於夔，未前往以訪之，如漁人之返，而太守欲復尋之，則失路也。下兩句則總結之矣。崖口、石根，言巴峽之地如此。漢中王在下流，爲東；公在夔，爲西也。

〔八〕次公曰：上句則夔之南與蠻相接，不爲不遠，而夔、巴有蠻夷之音，故公詩屢有言夷音蠻歌、蠻語者矣。咫尺字，左傳天威不違顔咫尺，言近也。公於渼陂行云咫尺但愁雲雨至，於打漁歌云咫尺波濤永相失，今言在夔於咫尺之間，語音不同，所以不省之而迷也。　下句倚一作傍，當以倚爲正。蓋前句已有朝傍紫微垣矣。又倚字義尤佳。史云：妖禽孽狐，得夜乃爲不祥。此倚黄昏之義。

〔九〕次公曰：上句則公又言其有懷君之心。曹子建表不勝犬馬戀主之情也。下句則時吐蕃或和或戰，以爲不足慮也。張綱出使而埋輪不行，曰：豺狼當道，安問狐狸。其語雖指梁冀爲豺狼，指盜賊爲狐狸，而公今所用意，以吐蕃特盜賊耳。

〔一〇〕次公曰：此言漢中王爲上草奏，既罷，當奉飲宴，蓋其奉清罇已在昔日如此矣。清罇字，謝朓與江水曹詩曰：山中上芳月，故人清罇賞。又梁劉苞望夕雨詩曰：清罇久不薦，淹留遂待君。

見螢火一首（近體詩）

巫山秋夜螢火飛，簾疏巧入坐人衣〔一〕。忽驚屋裏琴書冷，復亂簷邊星宿稀〔二〕。却繞井欄添箇箇，偶經花蘂弄輝輝。滄江白髮愁看汝，來歲如今歸未歸。

〔一〕次公曰：巧入坐人衣，言入於坐人之衣也。東坡云特去聽座人，亦此義矣。

【校】巧入一句，九家注作簾之疏闊，螢火入於坐客之衣也。公詩文有時能點客衣之句。

〔二〕次公曰：頷聯是兩句通義。以其既入屋裏，觸琴書而驚冷，所以復亂於簷邊，如星宿之稀。其餘甚明。

送十五弟侍御使蜀一首（近體詩）

喜弟文章進，添余别興牽〔一〕。數盃巫峽酒，百丈内江舡〔二〕。未息豺狼鬭，空催犬馬年〔三〕。歸朝多便道，搏擊望秋天〔四〕。

〔一〕次公曰：文章進三字，南史：丘靈鞠在沈深坐，見王儉詩。深曰：王令文章大進。曰：何如我未進時。

〔二〕次公曰：内江，舊注云：水自渝上合者，謂之内江。自渝由戎、瀘上蜀，謂之外江。其説是。上水乃使百丈，然今云内江船，豈使東蜀乎？以俟明識。

〔三〕次公曰：豺狼字，如張綱云豺狼當道。帖以鬭字，則兩虎鬭之義。犬馬年，則陶侃云臣猶謂犬馬之齒，尚可小延，而變齒爲年耳。

〔四〕次公曰：便道字，後漢：便道之官。搏擊者，鷹隼之事。在人言之，杜田引舊唐史：桓彦範爲中丞，舉楊嶠爲御史。嶠不樂搏擊之任，範曰：爲官擇人，豈待情願！遂引爲右臺御史。是詩送弟侍御使蜀，故云搏擊。一本搏作（搏）〔摶〕，蓋取莊子：水擊三千里，摶扶摇而上者九萬里。蓋非侍御事。其説是。舊注：擊搏，自辱貌。魏書：袁紹妻以兩手自搏。是何夢語！望秋天，則秋肅殺之時，鷹隼以秋而擊也。

暇日小園散病將種秋菜督勒耕牛兼書觸目一首（古詩）

次公曰：此種菜，當是七月之上半月。何以知其然？公於種萵苣序云：秋種堂下向二旬矣，而不甲（拆）

〔坼〕。謂之向二句，則在下半月矣，故次公以爲七月下半月詩之首。而今詩言將種秋菜，當是七月之上半月。

不愛入州府，畏人嫌我真〔一〕。及乎歸茅宇，旁舍未曾嗔〔二〕。老病忌拘束，應接喪精神〔三〕。江村意自於，林木心所欣。秋耕屬地濕，山雨近甚勻。冬菁飯之半，牛力晚來新〔四〕。深耕種數畝，未甚後四鄰。嘉蔬既不一，名數頗具陳。荆巫非苦寒，採擷接青春。飛來兩白鶴，暮啄泥中芹〔五〕。雄者左翮垂，損傷已及筋。一步再流血，尚驚矰繳勤〔六〕。三步六號叫，志屈悲哀頻。鸞凰不相待，側頸訴高旻〔七〕。杖藜俯沙渚，爲汝鼻酸辛〔八〕。

〔一〕次公曰：上句暗使龐德公事。襄陽耆舊傳載德公在沔水上，不入襄陽府城。　真，則真率之謂也。平時應接，以禮文蓋，皆僞耳，下句所謂老病忌拘束，應接喪精神也。

〔二〕次公曰：旁舍字，漢書：高祖適從旁舍來。

〔三〕次公曰：老病字，如前漢：以老病乞骸骨。　應接字，世説：使人應接不暇。

〔四〕次公曰：冬菁，蔓菁也。張平子南都賦酸甜滋味，百種千名。春卵夏荀，秋韭冬菁也。　飯之半，則以冬菁飯牛，是其芻之半也。　飯字，史記：甯戚飯牛於車下。　力言新，黄石公三略云：士力日新。

〔五〕次公曰：此十二句，序所謂書觸目也，然因以興焉。　飛來兩白鶴，是古樂府有此篇，公三使矣。

〔六〕次公曰：舊本正作尚經矰繳勤，經一作驚。當以驚爲正，言既傷而流血矣。尚於矰繳驚恐之勤勞也。

〔七〕次公曰：鸞鳳不相待，則有所興矣。鸞凰，蓋超擢高翔之人也。訴高旻，則鶴豈不能沖天哉！而乃困於此。

〔八〕次公曰：酸辛字，阮嗣宗詠懷：對酒不能言，悽愴懷酸辛。而上着鼻字，則宋玉賦有：寒心酸鼻。

洞房一首（近體詩）

次公曰：此而下曰宿昔，曰能畫，曰鬬雞，曰歷歷，曰洛陽，曰驪山，曰提封，通八篇，蓋一時之作也。次公必定爲秋七月者，以今篇云玉殿起秋風，則公在夔感秋風之起而追念往昔所作，乃七月也。中間有鸚鵡詩，語止是尋常鸚鵡，無在宫禁之意；又有江上詩，言荆楚秋；江漢詩，言江漢客，皆失次相附，各遷出矣。

洞房環珮冷，玉殿起秋風〔一〕。**秦地應新月，龍池滿舊宫**〔二〕。**繫舟今夜遠，清漏往時同**〔三〕。**萬里黄山北，園陵白露中**〔四〕。

〔一〕次公曰：此篇思長安而還帝闕也。首兩句通義，言洞房之所以環佩冷者，以玉殿起秋風之時也。洞房字，楚辭云：姱容修態亘洞房。而上林賦云：累臺增成，巖（窨）〔窔〕洞房。玉殿字，未見。李白亦云玉殿長愁不記春也。

【校】巖窨：影胡刻本文選作巖窔。

〔二〕次公曰：按長安志：龍池在興慶宫躍龍門南，本是平地，自垂拱初載後，因雨水流潦成小池，後又引龍首渠支分溉之以滋廣。至神龍、景龍中，彌亘數頃，澄澹皎潔，深至數丈。常有雲氣，或見黄龍出其中。今云舊宫，指言興慶宮也。　滿字，想言龍池之水不涸也。

〔三〕次公曰：此公將更南下，已入舟矣。所繫舟之處，今夜去秦地爲遠，而想像清漏與往時無異，特不得聞之也。蓋又言宮漏矣。舊注繫舟下注：莊子謂藏舟於壑，謂之固矣，然夜半有力者負之而走。非是。

〔四〕次公曰：句尤見懷長安之心切矣。黄山，舊注引東方朔傳而脱誤。今按，傳云：武帝微行而至黄山。晉灼曰：黄山，宮名，在槐里。蓋右扶風槐里縣有黄山宮，孝惠二年所起。揚雄羽獵賦序云：旁南山而西，至長楊五柞，北繞黄山，瀕渭而東；則黄山在南山之下矣。今公句云萬里黄山北，園陵白露中，則實道園陵在此地之北，不待考而知也。　白露，則著時之當秋也。

宿昔一首（近體詩）

宿昔青門裏，蓬萊仗數移〔一〕。花嬌迎雜樹，龍出喜平池〔二〕。落日留王母，微風倚少兒〔三〕。宮中行樂秘，少有外人知〔四〕。

〔一〕次公曰：青門，長安之東門也。漢書曰：霸城門，民間所謂青門也。　蓬萊者，殿名也，在東内大明宮紫宸殿之北。言仗數移，所以引下龍池之句。

〔二〕次公曰：花（驕）〔嬌〕迎雜樹，語脈分明。言雜樹之花，則桃、李、梨、杏之屬。沈約登高望春詩曰：春風摇雜樹，葳蕤緑且丹。可見矣。舊注引天寶遺録云：天寶中最重木芍藥，羣花不可比其貴盛。非是。蓋木芍藥既不可謂之雜樹，而其花又種於興慶池東沉香亭前，則却在南内矣。　龍喜出平池，舊注引柳芳傳信記云：天寶中，興慶宫小龍常遊於宫垣南溝水中； 亦却是南内，蓋龍池在南内興慶宫。由東内蓬萊殿之移仗而來，不亦勞衛從乎？ 此應是言太液池耳。按東内蓬萊殿後含涼殿，注殿後有太液池，周數十頃，池中有蓬山，嶄絶自然，奇草異木，魚鳥所集。景龍文館記：中宗登清暉閣，遇雪，令學士賦詩。宗楚客曰：太液天爲水，蓬萊雪作山。推此可見矣。

〔三〕次公曰：落日留王母，微風倚少兒。王母，以言楊貴妃； 少兒以言妃之諸姨矣。漢武帝内傳云：西王母與上元夫人降帝。少兒，則衛少兒也。衛青傳：衛媪長女君孺，次女少兒。次女則子夫。子夫者，衛皇后也。君孺爲太僕公孫賀妻。少兒故與陳掌通，上召貴掌焉。

〔四〕次公曰：末句雖道其事，而秘字暗使前漢書周仁傳：仁得幸，入卧内，於後宫秘戲，仁常在旁，終無（知）〔所〕言。 今公兩句蓋以言當時左右之人知之耳，外人不知也。

能畫一首（近體詩）

能畫毛延壽，投壺郭舍人〔一〕。每蒙天一笑，復似物皆春〔二〕。政化平如水，皇恩斷若神。時時同抵戲，亦未雜風塵〔三〕。

〔一〕次公曰：此篇雖使事而義明。毛延壽事，西京雜記：杜陵畫工毛延壽，善爲人形，醜好老少，必得其真。郭舍人事，雜記又云：武帝時，郭舍人善投壺，以竹爲矢，不用棘也。古之投壺，取其中而不求還，故實小豆中，惡其矢躍而出也。郭舍人則激矢令還，一矢百餘反，謂之爲驍，言如博之竪棋，於輩中爲驍傑也。每爲武帝投壺，輒賜金帛。

〔二〕次公曰：天一笑，杜田引仙傳拾遺曰：木公與玉女投壺，有不入者，天爲之噓嘘。注，噓嘘，開口而笑也。噓，呼監切。又引太平御覽載神異傳曰：東王公與玉女投壺，投而不接，天爲之笑。開口流光，今電是也。其説是。然仙傳拾遺天爲之噓嘘之下，又云梟而脱誤不接者，天爲之笑。則一處所出，已有天爲之笑四字矣。杜田乃略之，而引御覽也。天一笑，既使此事，對物皆春，則莊子與物爲春之語也。

〔三〕次公曰：末句抵戲，則角觝之戲也。兩兩相當，角力鬬伎，在漢有之矣。亦未雜風塵，則言至用抵戲而止，不甚雜民俗之風塵事也，豈美其不微行者乎？

鬬雞一首（近體詩）

鬬雞初賜錦，舞馬既登牀〔一〕。簾下宫人出，樓前御曲長〔二〕。仙遊終一閟，女樂久無香〔三〕。寂寞驪山道，清秋草木黄〔四〕。

〔一〕次公曰：鬬雞、舞馬，皆當時事。鬬雞，則如陳翰異聞集，載玄宗好鬬雞，人以弄雞爲事，貧者至弄假雞。又云：上生於乙酉，酉，雞辰，使人胡服鬬雞，召亂於天下矣。有賈昌者，以善養雞蒙寵。當時爲之歌云：生兒不用識文字，鬬雞走犬勝讀書。賈家小兒年十三，富貴榮華代不如。能令金（跡）〔距〕期勝負，白羅繡衫隨軟輿。推此則賜錦可知矣。舊注妄撰楊妃外傳楊國忠始以鬬雞供奉，傳中初無此語也。舞馬，則唐史載明皇嘗令教舞馬四百蹄，目之爲某家驕，其曲謂之傾杯樂，奮首鼓尾，無不應節。又施三層木牀，乘馬於上，抃轉如飛，命壯士舉焉，舞於榻上。安禄山亂，馬散落人間，田承嗣得之。一日，軍中大享，馬聞樂而舞，承嗣以爲妖而殺之。

【校】金跡：九家注作金距，是。

〔二〕次公曰：舊本樓前御柳長，一作御曲長，當以爲是。蓋方貫上下句也。

〔三〕次公曰：仙游終以言明皇上昇。明皇上昇矣，宜女樂之久無香也。曰仙遊，曰闕，自可灼見。舊注謂禄山之亂，天子出幸，女樂流散，乃模稜之語，非是。

〔四〕次公曰：末句傷嘆之也。草木黄字，秋風辭云草木黄落兮雁南〔飛〕〔歸〕也。

【校】雁南飛：影胡刻本文選飛作歸。今按，當作歸，方與上句秋風起兮白雲飛不重韻。

歷歷一首（近體詩）

歷歷開元事，分明在目前〔一〕。無端盜賊起，忽已歲時遷。巫峽西江外，秦城北斗邊〔二〕。爲郎從白首，卧病數秋天〔三〕。

〔一〕次公曰：此篇甚明。歷歷字，古詩云：天上何所有，歷歷種白榆。

〔二〕次公曰：巫峽西江外一句，自言其所在之處。蜀江至荆楚處，楚人名之曰西江。按莊子：激西江之水。疏云：蜀江從西來，故謂之西江也。巫峽在西江之上游，故曰外。秦城北斗邊一句，乃懷長安者也。長安城謂之北斗城。

〔三〕次公曰：爲郎從白首，雖實道其身，而暗用馮唐白首爲郎也。

洛陽一首（近體詩）

洛陽昔陷没，胡馬犯潼關。天子初愁思，都人慘別顔〔一〕。清笳去宫闕，翠蓋出關山。故老仍流涕，龍髯幸再攀〔二〕。

〔一〕次公曰：天寶十四載，歲在乙未。十一月，安禄山反，陷河北諸郡。十二月，陷東京，所謂洛陽昔陷没也。次年六月，遂陷潼關，京師大駭，所謂胡馬犯潼關也。　是月甲午，詔親征，遂幸蜀，所謂天子初愁思，都人慘別顔也。

〔二〕次公曰：清笳去宫闕，翠蓋出關山，則言車駕之出如此也。京師既陷，七月，車駕次蜀郡。丁卯，以皇太子爲天下兵馬元帥，北收兵至靈武。裴冕等奉皇太子甲子即皇帝位，是爲肅宗。尊皇帝曰上皇天帝。明年九月，復京師，又復東京。丁卯，車駕入長安。十二月丙午，上皇至自蜀郡。此所謂故老仍流涕，龍髯幸再攀也。龍髯事，黄帝采首山之銅，鑄鼎於荆山之上。鼎既成，龍垂胡髯下迎黄帝。帝上騎，羣臣、後宫從上七十餘人，龍乃上天。餘小臣不得上，乃悉持龍髯，拔墮黄帝之弓。百姓仰望，帝既上天，抱其弓與龍髯而號。故後代因名其處曰鼎湖，其弓曰烏號。今公以太上皇之初出，若黄帝之仙矣。其歸也，又若黄帝之返焉，此公之新意也。

驪山一首（近體詩）

驪山絶望幸，花萼罷登臨〔一〕。地下無朝燭，人間有賜金〔二〕。鼎湖龍去遠，銀海雁飛深〔三〕。萬歲蓬萊日，長懸舊羽林〔四〕。

〔一〕次公曰：前篇追言上皇出幸而復還，此篇專言上皇之山陵事也。驪山，華清宮之所在也。本太宗之湯泉宮，在臨潼縣，西去長安五十里，明皇於驪山上下益治湯水爲池，亭殿環列山谷，又於湯所置百司及公卿邸第，蓋歲幸焉。花萼者，樓名。明皇既置南内興慶宮之後，寧王憲，申王撝，岐王範，薛王業，邸第相望，環於宮側。明皇因題華萼相輝之名，取詩人棠棣之義。帝時登樓，聞諸王音樂，咸召升樓同榻宴謔。舊注模稜，但云：明皇友愛，於上都建花萼相輝之樓，爲諸王燕集之地也。若望幸字，則前漢相如封禪文云：太山梁父，設壇場望幸。師古曰：幸，臨幸也。絶望幸，罷登臨，以言上皇之上昇也。登臨字，如謝靈運有登臨海嶠詩。

〔二〕次公曰：朝音朝覲之朝。凡朝在早，則秉燭而受朝。今地下幽閟，無朝見之燭。舊注既誤以朝爲朝夕之字，而引陶潛詩：幽室一已閟，千年不復朝，則不復見晨朝之義，何干燭事？又引劉向傳：秦始皇帝葬於驪山之阿，下錮三泉，上崇山墳；石椁爲游館，人膏爲燈燭；水銀爲江海，黄金爲鳧雁。却拆朝與燭爲兩字，大非是。人間有賜金，則生賜予，留在人間，空有此金耳。

〔三〕次公曰：鼎湖龍去遠，仍是黄帝鑄鼎於荆山之上，鼎既成，龍垂胡髯而下迎也。此却正言其上昇如鼎湖之乘龍。銀海雁飛深，却是秦皇之墓中，以水銀爲海，黄金爲鳧事。而雁飛字，則何遜行經孫氏陵詩：銀海終無浪，金晃會不飛。

〔四〕次公曰：句又似難解，蓋言天子如日。平時蓬萊殿中之日，懸於殿間，今則懸在舊羽林中耳。漢有羽林孤兒之軍。舊羽林，則舊日充宿衛之兵，今則守護陵寢，乃所謂舊羽林也。

【校】天子如日：九家注日字下有之明二字。

提封一首（近體詩）

提封漢天下，萬國尚同心〔一〕。借問懸車守，何如儉德臨〔二〕。時徵俊乂入，莫慮犬羊侵〔三〕。願戒兵猶火，恩加四海深〔四〕。

〔一〕次公曰：此篇公崇德息兵之作，其義甚明。使公居廟堂得行其志，天下不亦受其賜乎？　提封字，東方朔傳云：提封頃畝。師古曰：謂提舉四方之内，總計其數也。

〔二〕次公曰：懸車字，所謂束馬懸車，蓋言必欲得形勝之地，使敵人束馬懸車而後得入。如此而後可以守，則莫若臨之以儉德也。儉德字，出書慎乃儉德，惟懷永圖。而今詩意如吴起對魏文侯曰：在德不在險。亦此之謂矣。

〔三〕次公曰：舊本正作草竊犬羊侵，一作莫慮犬羊侵，當以莫慮爲正，義方通貫。

〔四〕次公曰：末句兵猶火，字出左傳，祭仲曰：兵猶火也，弗戢將自焚也。　夫中國之所召亂者，蓋自取之也。詩〔序〕曰：小雅盡廢，則四夷交侵，中國微矣。　故召亂者，常起於人君之奢縱，則廢國事而竭民財。廢國事，則無備；竭民財，則多怨。如是而不有外侮乎？

【校】九家注下引孟子曰：故推恩足以保四海一句。

白露一首（近體詩）

次公曰：此篇舊本與前者洞房而下諸詩相續。白露降者，七月也。則次公以洞房爲七月詩審矣。

白露團甘子，清晨散馬蹄〔一〕。圃開連石樹，舡渡入江溪〔二〕。憑几看魚樂，迴鞭急鳥棲〔三〕。漸知秋實美，幽徑恐多蹊〔四〕。

〔一〕次公曰：詩云零露漙兮，乃是此漙字。而於露使團字，則出選詩云猶霑餘露團；又云簷前露已團也。白露字，出月令白露降，故對清晨。其字如曹子建名都篇：清晨復來還。散馬蹄字，亦曹子建詩：俯身散馬蹄。

〔二〕次公曰：圃開連石樹，則圃之所開，當連石之樹。舡渡入江溪，則舡之所渡，在入江之溪。

〔三〕次公曰：魚樂字，莊子：惠子遊於濠梁之上。莊子曰：從容是魚樂也。故對鳥棲。其字則如黄石公兵書：樹杌者，鳥不棲。則可用鳥棲字矣。又如曹〔願〕〔顔〕遠棲鳥去枯枝而倒用之。舊注便改王正長詩客鳥思故林作鳥思棲故枝以附就其説，豈不誤惑後學邪？迴鞭急鳥棲，則自清晨散馬蹄，至晚而歸矣。

【校】曹願遠：影胡刻本文選作曹顔遠。

〔四〕次公曰：末句公亦不自私其美實而許人採摘之，與桃詩云今秋總餧貧人實；呈吴郎詩云堂前撲棗任西隣同。多蹊字，暗使桃李不言，下自成蹊也。

孟氏一首（近體詩）

孟氏好兄弟，養親唯小園〔一〕。承顔胝手足，坐客强盤飧〔二〕。負米力葵外，讀書秋樹根〔三〕。卜鄰慚近舍，訓子學先門〔四〕。

〔一〕次公曰：好兄弟字，如唐人詩有曰蕭氏賢夫婦，茅家好弟兄，亦此也。

〔二〕次公曰：承顔胝手足，則勤勞於小園之事以養親故也。乃孟子所謂竭力耕田以供子職之意。胝手足字，莊子云：禹手胼足胝也。盤飧字，則左傳有盤飧（加）〔置〕璧。貼以强字，則若强飯之强。

〔三〕次公曰：負米正所以成養親，其事則子路負米也。力葵者，致力於治葵也，所以成唯小園之句。或云，力葵一本作夕葵。此惑於以夕對秋矣。讀書字，多矣。莊子云桓公讀書於堂上也。

〔四〕次公曰：謂題是孟氏，故使孟家本事。列女傳曰：孟軻母者，即孟子母也，號曰孟母。其舍近墓。孟子之少也，嬉戲爲墓間之事，踊躍築埋。孟母曰：此非所以居處子也。乃去，舍市傍。其子嬉戲爲賈。又曰：此非所以居處子也。乃舍學宫之傍。其子遊戲乃設俎豆，揖讓進退。曰：此可以居子。遂居。及孟子長，學六藝，卒成大儒。而卜鄰字，則左傳云：非宅是卜，唯鄰是卜。公自謙言：子之卜鄰，我慚爲近舍。蓋以子之母能教訓其子，傚學先門也。婦人以夫家爲門，如晉書云事在王門者也。

吾宗 衛倉曹崇簡 一首 （近體詩）

吾宗老孫子，質樸古人風。耕鑿安時論，衣冠與世同〔一〕。在家常早起，憂國願年豐。語及君臣際，經書滿腹中〔二〕。

〔一〕次公曰：耕鑿字，即莊子：鑿井而飲，耕田而食也。而孟浩然曾使，故對衣冠。

〔二〕次公曰：末句蓋言凡語論之間，及於君臣尊卑之際，必反覆議論，用其腹中之書而證明之也。腹中書，暗用郝隆曬腹中書之語，又邊孝先，腹便便，五經笥也。

第五弟豐獨在江左近三四載寂無消息覓使寄此二首 （近體詩）

亂後嗟吾在，羈棲見汝難。草黄騏驥病，沙晚鶺鴒寒〔一〕。楚設關城險，吴吞水府寬〔二〕。十年朝夕淚，衣袖不曾乾〔三〕。

右一

〔一〕次公曰：草黄騏驥病，公自謂也。成亂後嗟吾在之句。沙晚鶺鴒寒，憫其弟之寒也。詩云：鶺鴒在原，兄弟急難。以成羈棲見汝難之句。

〔二〕次公曰：楚設關城險，公言其身之所在；吴吞水府寬，以言五弟豐之所在。楚，則夔州爲楚之地。關城險，則白帝城乃夔之險矣。吴，則江左。至吴而積水之多，故云水府寬。水府字，多矣。其初劉（勁）〔劭〕趙都賦曰：其東則有天浪水府，百川是理。而木玄虚海賦云：爾其水府之内，極深之庭。鮑明遠與妹書曰：曾潭水府。

〔三〕次公曰：末句則見十年不相見，無日不下淚也。腹聯兩句格具句法義例。

聞汝依山寺，杭州定越州〔一〕。風塵淹别日，江漢失清秋〔二〕。影著啼猿樹，魂飄結蜃樓〔三〕。明年下春水，東盡白雲求〔四〕。

右二

〔一〕次公曰：題止云五弟豐獨在江左，不指名其州，則亦傳聞而未審，故今云聞汝依山寺，其杭州邪？豈定是越州邪？定字具句法義例。

〔二〕次公曰：風塵淹别日，言因用兵間淹滯所爲别之日。兵戈謂之風塵，蓋言風動塵起故也。齊顔之推古意詩：風塵暗天起。江、漢，兩水名。書云：荆及衡陽爲荆州，江漢朝宗于海。注云：江水、漢水經此而入海。公夔州詩每用江漢，則以其切近之也。失清秋，則言我秋時在此，而不見其弟，爲相失也。舊本一作共清秋，非。

〔三〕次公曰：啼猿樹，公自言其所在之處，故云影著。此三字乃盧照隣盧山高云：莫辨啼猿樹，徒看神女雲。盧所以使啼猿，則古歌云：巴〔山〕〔東〕三峽巫〔山〕〔峽〕長，猿〔啼〕〔鳴〕三聲淚霑裳也。公取啼猿樹字用之，故對結蜃樓。結蜃樓，言指其弟豐所在之處，故思之而魂飄。謂之結蜃樓，言蜃所結成之樓也。前漢天文志云：海旁蜃氣象樓臺；可以爲證矣。杜時可乃引陳藏器本草及古樂府注埤雅百有餘言爲冗。至公詩之妙處則不在此，蓋公詩〔有每〕〔每有〕一句言己，一句言彼者。前篇云楚設關城險，則以言己之在楚；吴吞水府寬，則以言弟之在吴。又如憶李白云：渭北春天樹，則言己之在咸陽；江東日暮雲，則以言白之在會稽。似此體格非一，杜君不知也。次公之説詳於句法義例。

【校】則古歌云一句，詳丁帙卷六九日五首之一注〔三〕校語。

〔四〕次公曰：末句東盡白雲求，又所以成杭州定越州之句。

鄭典設自施州歸一首（古詩）

次公曰：此篇鋪敘甚明，乃兩段之文。自上句至森疏見矛戟二十八句是一段。鄭典設之往謁裴施州，意氣相投，情分欵密，且言其有簡册之樂焉。下則公言嘗得裴之惠書而又美鄭能寫字也。自倒屣喜旋歸至庶脱蹉跌厄二十句是一段，言喜鄭典設之歸語行歷事，喜聞太守之賢而公動往謁之懷，當在孟冬乘輴而往。一篇雖兩段，今恐文字之多，各隨段更分也。

吾憐滎陽秀，冒暑初有適。名賢慎出處，不肯妄行役。旅兹殊俗遠，竟似屢空迫〔一〕。南謁裴施州，氣合無險僻。攀援懸根木，登頓入天石〔二〕。青山自一川，城郭洗憂慼〔三〕。

聽子話此邦，令我心悦懌。其俗則純樸，不知有主客〔四〕。温温諸侯門，禮亦如古昔。敕廚倍常羞，杯盤頗狼籍〔五〕。時雖屬喪亂，事貴當匹敵〔六〕。中宵愜良會，裴鄭非遠戚〔七〕。羣書一萬卷，博涉供務隙。他日辱銀鉤，森森見矛戟〔八〕。倒屣喜旋歸，畫地求所歷〔九〕。乃聞風土質，又重田疇闢。刺史似寇恂，列郡宜競惜〔一〇〕。北風吹瘴癘，羸老思散策〔一一〕。渚拂蒹葭塞，嶠穿蘿蔦冪〔一二〕。此身仗兒僕，高興潛有激。孟冬方首路，强飯取崖壁〔一三〕。歎爾疲駑駘，汗溝血不赤〔一四〕。終然備外飾，駕馭何所益。我有平肩輿，前塗猶準的〔一五〕。翩翩入鳥道，庶脱蹉跌厄〔一六〕。

〔一〕次公曰：殊俗字，非是詩序云家殊俗也。庾信云偏方殊俗。公自中原而來，故指夔爲殊俗。其對屢空字，則顔淵其庶乎屢空也。

〔二〕次公曰：攀援懸根木，登頓入天石，言路險如此。　攀援字，選有何可攀援。　登頓字，選有疲於登頓。又謝靈運過始寧墅詩曰：山行窮登頓。

〔三〕次公曰：城郭洗憂慼，則山林荒野之際，有人煙城郭，豈不散其憂乎？公於梓州詩亦曰下視城郭消人憂也。

〔四〕次公曰：不知有主客，以住者爲主，而遊者爲客也。

〔五〕次公曰：杯盤狼籍四字，史記淳于髡之語。

〔六〕次公曰：舊本正作賞匹敵，非。當，音去聲，言待匹敵之尚也。

〔七〕次公曰：裴鄭非遠戚，言遂如至親，非特遠戚而已。此親戚之戚，其字與憂慼字不同。上所謂憂慼，字則戚下從心，但俗混之爲一爾。

〔八〕次公曰：上兩句則言裴施州之藏書好學。他日辱銀鈎，以言裴施州之能書。森森見矛戟，又申言其書畫之快。辱，則辱其書之相及也。羣書字，劉向傳：博極羣書。銀鈎字，舊注云：字體交連，勁屈如銀鈎然。其義雖是，但止模稜，不引所出。此乃索靖敘草書云婉若銀鈎，漂若驚鸞也。矛戟字，薛夢符引北史：李義深有當世才而用心險峭，時人語曰：矛戟森森李義深。杜田又引世説：裴令目鍾士季如觀武庫，但見矛戟。皆非是。杜田却又云：詳觀是詩所謂矛戟，非心之險峭，蓋言書之快利，森森如矛戟也。書苑云：歐陽詢尤工行書，出於大令，森然如武庫之矛戟。其説是。大令，王羲之也。已上二十八句是一段，言鄭典設之往謁裴施州，意氣相投，情分欵密，且言其有簡册之樂。公又言嘗得其惠書，而能寫字也。

〔九〕次公曰：此下凡二十句一段。倒屣，不上鞋踵也。字則蔡邕聞王粲在門，倒屣而往迎之。畫地字，如鄒陽云：畫地爲牢，勢不入。

〔一〇〕次公曰：寇恂爲潁川守，罷去。百姓遮道曰：願從陛下復借寇君一年。此詩人於好事并好韻不可放過。

〔一一〕次公曰：北風吹瘴癘至高興潛有激，則鄭典設歸在秋時，而公當是時散策遨遊，拂渚穿嶠，皆散策之地也。

〔一二〕次公曰：蒹葭塞，舊本作寒，非。

〔一三〕次公曰：高興有激，則亦思往謁裴施州矣。故以孟冬爲往期。

〔一四〕次公曰：汗溝字，馬援銅馬相法曰：汗溝欲深長。而漢書曰：大宛國別邑七十餘城，多善馬。馬汗血，言其先天馬子也。

〔一五〕次公曰：既以駑駘之不可馭，則以乘轎而往。肩輿，轎也。平肩輿字，出王子敬傳：常經吴郡，聞顧辟疆有名園，先不相識，乘平肩輿徑入。

〔一六〕次公曰：鳥道字，南中八志曰：交趾郡治龍編縣，自興古鳥道四百里，蓋以其險絶，獸猶無蹊，人所莫由，特上有飛鳥之道耳。而用鳥道字，則梁沈約愍塗賦：依雲邊以知國，極鳥道以瞻家。庶脱跌蹉厄，則既乘肩輿而不騎駑駘矣，自免蹉跎困跌之厄也。已上二十句一段，言喜鄭典設之歸話行歷之事，喜聞太守之賢，而公動往謁之懷，當在孟冬乘轎而往也。

阻雨不得歸瀼西甘林一首（近體詩）

三伏適已過，驕陽化爲霖。欲歸瀼西宅，阻此江浦深。壞舟百板拆，峻岸復萬尋。篙工初一棄，恐泥勞寸心。佇立東城隅，悵望高飛禽〔一〕。草堂亂玄圃，不隔崑崙岑。昏渾衣裳外，曠絶同曾陰〔二〕。園甘長成時，三寸如黄金。諸侯舊上計，厥貢傾千林。邦人不足重，所迫豪吏侵〔三〕。客居暫封植，日夜偶瑶琴〔四〕。虚徐五株態，側塞煩胸襟。焉得輟兩足，杖藜出嶇嶔。條流數翠實，偃息歸碧潯。拂拭烏皮几，喜聞樵牧音〔五〕。令兒快搔背，脱我頭上簪〔六〕。

〔一〕次公曰：此篇甚明。今段言，雖有舡而破壞，舟人棄之而不用，故寸心有恐泥之勞也。恐泥字，論語云：致遠恐泥。公屢使此兩字。佇立東城隅，悵望高飛禽，則望瀼西而阻於渡涉，恨無羽翼以飛去也。

〔二〕次公曰：草堂亂玄圃，不隔崑崙岑，則珍重其甘林，有同玄圃。元與崑崙不相隔耳，而以雨之故，衣裳之外，氣象昏渾，其曠絶之處，同曾陰之一色也。公别篇又使曠絶字云：拘悶出門遊，曠絶經目趨。言出門遊望，其曠絶之處，乃所經目之景趨也。葛仙翁傳曰：崐崙一名玄圃，蓋崑崙山中有名玄圃者也。

〔三〕次公曰：兩句言甘可用入貢爲至尊之御，非不貴也，而邦人反不足以爲重。其反不重者無它，苦於豪吏之侵奪故耳。想見土人不復多種矣。近世蜀中官取荔支，至有荔支之家伐去不留，亦此之類也。

〔四〕次公曰：邦人既不重之，惟客居尚可封植也。封植字，左傳：季氏有佳樹，宣子譽之，則曰：敢不封植此樹。日夜偶瑶琴，言如琴瑟之不去身，朝夕玩之也。

〔五〕次公曰：烏皮几字，公屢用。齊謝朓詠烏皮隱几詩曰：蟠木生附枝，刻削豈無施。取則龍文鼎，三趾獻光儀。勿言素韋潔，白沙尚推移。曲躬奉微用，聊承終宴疲。喜聞樵牧音，則得歸瀼西聞平日之音而喜。

〔六〕次公曰：末句搔背脱巾，又見歸林下之樂如此。

又上後園山脚（古詩）

昔我游山東，憶戲東岳陽。窮秋立日觀，矯首望八一云北荒。朱崖著毫髮，碧海吹衣裳。蓐收困用事，玄冥蔚强梁，逝水自朝宗。鎮石各其方，平原獨憔悴。農力費耕桑，非關一作北闕風露凋，曾是戍役傷。於時國用富，足以守邊疆。朝廷任猛將，遠奪戎虜場。到今事反覆，故老淚萬行。龜蒙不復見，況乃懷舊鄉。肺萎屬久戰，骨出熱中腸。憂來杖匣劍，更上林北岡。瘴毒猿鳥落，峽乾南日黄。秋風亦已起，江漢始如湯。登高欲有往，蕩析川無梁。哀彼遠征人，去家死路旁。不及父祖塋，纍纍塚相當。

柴門一首（古詩）

次公曰：杜元凱注左傳篳門圭竇之人云：篳門，柴門也。

泛舟登瀼西，回首望兩崖〔一〕。東城乾旱天，其氣如焚柴〔二〕。長影没窈窕，餘光散谽谺〔三〕。大江蟠嵌根，歸海成一家〔四〕。下衝割坤軸，竦壁攢鏌鎁〔五〕。蕭颯灑秋色，氛昏霾日車〔六〕。峽門自此始，最窄容浮槎〔七〕。禹功翊造化，疏鑿就欹斜〔八〕。巨渠決太古，衆水爲長蛇〔九〕。風煙渺吴蜀，舟楫通鹽麻。我今遠遊子，飄轉混泥沙〔一〇〕。萬物附本性，約身不願奢〔一一〕。茅棟蓋一牀，清池有餘花〔一二〕。濁醪與脱粟，在眼無咨嗟〔一三〕。山荒人民少，地僻日夕佳〔一四〕。貧賤固其常，富貴任生涯。老於干戈際，宅幸蓬蓽遮。石亂上雲氣，杉清延月華。賞妍又分外，理愜夫何誇。足了垂白年，敢居高士差〔一五〕。書此豁平昔，迴首猶暮霞〔一六〕。

〔一〕次公曰：此篇鋪敘甚明。夔州惟有東瀼溪，見水經注。瀼東、瀼西，則水兩傍之名。舊注謂楚人涉此瀼水，謂之踏瀼。又曰，秦俗以堰水亦謂之瀼。原不引出處，當俟博雅考訂。今云泛舟登瀼西，則舟已泊而登其岸也。恐學者惑於踏瀼之語，遂以登字當之，故爲之解。

〔二〕次公曰：焚柴，則燔柴也。爾雅云：祭天曰燔柴。積薪樵而焚之也。

〔三〕次公曰：舊本餘光散唅呀，在韻書唅音憾，喃也；呀音虚加切，張口也。固有唅呀之字，而公今所用，無乃（唅砑）〔谽谺〕字乎？蓋（唅砑）〔谽谺〕注云：谷中也。此字然後有義。陶淵明云：既窈窕以尋壑。謝靈運詩云：長磴入窈窕。蓋言乾旱之氣，亘滿於丘壑窈窕（唅砑）〔谽谺〕之間也。若言唅呀則無義矣。

【校】唅砑：正文作谽谺。今按集韻：谽谺，谷中大空貌。無唅砑字。當以谽谺爲正。

〔四〕次公曰：嵌根，嵌巖之根也。其字則出莊子云：賢者伏於大山嵌巖之下。蓋江水至此，傍峽而行，實事矣。雖蟠曲於嵌根，而終於流出，以朝宗于海矣。

〔五〕次公曰：坤軸者，地軸也。海賦云：又似地軸挺拔而爭回。鏌鋣，劍名。巫峽之竦，蓋如劍矣。柳子厚在廣南，其詩曰：萬里秋山似劍芒。蓋皆實道其事。

〔六〕次公曰：日車事，詳於淮南子：爰止羲和，爰息六螭，是謂懸居。注云：日乘車，駕以六龍，羲和馭之。而日車字，則莊子云：乘日之車。詩人使之，則李尤歌云安得壯士翻日車也。舊本氣昏霾日車一作氛昏，當以爲正。蓋上已有其氣如焚柴，而氛昏字又寫其風土之昏也，旱固有此景矣。

〔七〕次公曰：峽門，則方入峽之門。舊注云：夔州爲峽門，剩義矣。

〔八〕次公曰：疏鑿字，江賦云：巴東之峽，夏后疏鑿。舊注雖引而輒改字爲三峽之東矣。

〔九〕次公曰：梟水爲長蛇，其比亦新矣。東坡云赴壑如長蛇，蓋出於此。

〔一〇〕次公曰：此一段公自述其爲旅而安於貧也。夫能安貧者，蓋亦出於天性矣。泥沙字，江賦云：或混淪乎泥沙。

〔一一〕次公曰：不願字，孟子：不願人之文繡，不願人之膏粱也。

〔一二〕次公曰：茅棟字，沈休文詩：茅棟嘯蹲鴟。

〔一三〕次公曰：濁醪字，如嵇康：濁醪一杯。　脱粟字，如公孫弘：脱粟飯。　在眼字，謝靈運溪行詩：薜蘿若在眼。　咨嗟字，選云：莫不咨嗟。　又云：所以咨嗟也。

〔一四〕次公曰：日夕佳三字，陶潛詩云：山氣日夕佳。

〔一五〕次公曰：足了垂白年，足了字，畢卓云：拍浮酒船中，便足了一生也。　垂白字，後漢班超與妹書：今超年已垂白也。　敢居高士差，言不敢過差，居其上也。

〔一六〕次公曰：此末句直紀其詩篇之成時，猶未晚也，別無餘意。　豁平昔三字，世説載殷仲堪每謂子弟云：勿以我受任方州，云我豁平昔時意。　然此篇用兩回首，前云回首望兩崖，今云回首猶暮霞，豈偶重耶？

貽華陽柳少府一首（古詩）

繫馬喬木間，問人野寺門〔一〕。　柳侯披衣笑，見我顔色温。　並坐堂下石，俛視大江奔。

火雲洗月露，絶壁尚朝暾〔二〕。　自非曉相訪，觸熱生病根〔三〕。　南方六七月，出入異中原。

老少多暍死，汗踰水漿翻〔四〕。　俊才得之子，筋力不辭煩〔五〕。　指揮當世事，語及戎馬存。

涕淚濺我裳，悲氣排帝閽〔六〕。　鬱陶抱長策，義仗知者論〔七〕。　吾衰卧江漢，但愧識璵璠〔八〕。文章一小技，於道未爲尊〔九〕。起予幸班白，因是託子孫〔一〇〕。俱客古信州，結廬依毁垣〔一一〕。相去四五里，徑微山葉繁。時危挹佳士，況免軍旅喧〔一二〕。醉從趙女舞，歌鼓秦人盆〔一三〕。子壯顧我傷，我歡兼淚痕。餘生如過鳥，故里今空村〔一四〕。

〔一〕次公曰：此篇義甚明。　其句中使字，則繫馬字，劉琨詩：繫馬長松下。　喬木，即詩：南有喬木。

〔二〕次公曰：火雲字，（隨）〔隋〕盧思道納（京）〔涼〕賦云：陽風洪其長扇，火雲赫而四舉。東坡云：火雲無時出，未受月露洗。翻用杜公火雲洗月露之句也。　絶壁字，世説載桓公入峽，絶壁天懸，驚波電激，乃嘆曰：爲忠臣不得爲孝子。而謝靈運登石門最高頂詩曰：晨策尋絶壁。　朝暾字，謝（惠連）〔靈運〕石門新營所在云：晚見朝日暾。

〔三〕次公曰：觸熱字，晉程曉詩：可憐襶襶子，觸熱向人家。

〔四〕次公曰：熱病謂之暍。武王下車而扇暍。而莊子曰：暍者反冬乎冷風者。是已。　汗踰水漿，世説載鍾會、鍾毓俱見魏文，毓面有汗。帝問曰：何以汗？對曰兢兢皇皇，汗出如漿也。

〔五〕次公曰：老者不以筋力爲禮，因俊才得柳少府，所以不辭筋力之煩殆而往謁也。

〔六〕次公曰：帝閽字，楚辭云：吾令帝閽開關兮。又揚雄甘泉賦云：遣巫咸兮叫帝閽。舊注引張平子思玄賦叫帝閽使闢扉，在後矣。而排字則所謂排闥而入也。

〔七〕次公曰：鬱陶字，孟子載：象謂舜曰：鬱陶思君爾。　長策字，賈誼云：振長策而馭宇内

〔八〕次公曰：璠璵，以比柳少府也，玉名多矣。專言識璵璠，不徒押韻，蓋有事實。逸論語云：璠璵，魯之寶玉也。

孔子曰：美哉璠璵！遠而望之，焕若也；近而視之，瑟若也。一則理勝，一則孚勝。而倒用璵璠字，則潘正叔四言詩云寸晷惟寶，豈無璵璠也。

〔九〕次公曰：兩句言所取少府者，道德之美，非止文章而已。後漢書楊賜傳云：造作賦説，以蟲篆小技見寵於時。此小技字祖出。至北史李渾謂魏收云：雕蟲小技，我不如卿；國論典章，卿不如我。而公之後，柳冕云：文多用寡，則是一技，君子不爲也。與公之意合。於道言尊，則老子云道尊德貴也。

〔一〇〕次公曰：起予，則論語所謂起予者商也。起予幸班白，因是託子孫。言觀柳少府有道可尊，起發予於班白衰老之間，因此相見而有子孫可託之幸也。託字，論語云：可以託六尺之孤。託子孫，如曹操少時見橋玄，謂曰：天下方亂，羣雄虎爭，能安之者，其在君乎？然君實亂世之英雄，治世之姦賊，恨吾老不見君富貴，當以子孫相託。

〔一一〕次公曰：古信州，指夔州也。結廬字，陶淵明云：結廬在人境。

〔一二〕次公曰：時危挹佳士，況免軍旅喧，時危，則普言中原之亂。免軍旅，則夔州眼前幸免爾。

〔一三〕次公曰：趙女，古稱燕歌趙舞。而趙女字，李斯傳：趙女〔不〕立於側。秦人盆，又如李斯所謂：擊甕叩缶者，真秦之聲也。盆即甕缶之變稱耳。而鼓盆字，則莊子有鼓盆而歌也。舊注引楊惲傳：家本秦地，能爲秦聲。婦，趙女也，雅善鼓瑟。字偶相犯便妄引之，爲雜矣。

〔一四〕次公曰：過鳥字，家語曰：見飛鳥過；莊子曰：如雀、蚊、虻之過乎前；又張景陽詩曰忽如鳥過目；公詩又曰愁窺高鳥過；又有難隨鳥翼一相過，雖平聲而義同。竊怪公詩又有身輕一鳥過，本偶闕一過字，而歐陽永叔記諸大儒者不能填補，豈亦不思家語、莊子與張景陽之詩，及公諸詩句乎？

〔唐〕杜甫 著
〔宋〕趙次公 注
林繼中 輯校

杜詩趙次公先後解輯校

修訂本

下

上海古籍出版社

戊帙卷之五

丁未大曆二年，時公五十六歲。秋七月，在夔州瀼西（今分下半月爲一卷）所存之詩。

種萵苣并序 一首 （古詩）

次公曰：以今歲七月所作頗多，分爲七月詩上下兩卷。然必以此篇爲七月下半月之首，何也？以今詩序云：秋種堂下向二旬矣，而不甲坼。謂之向二旬，則可以爲下半月之首。既雨已秋，堂下理小畦，隔種一兩席許萵苣，向二旬矣，而苣不甲坼，獨野莧青青。傷時君子，或晚得微禄，轗軻不進，因作此詩〔一〕。

陰陽一錯亂，驕蹇不復理〔二〕。枯旱於其中，炎方慘如燬〔三〕。植物半蹉跎，嘉生將已矣〔四〕。雲雷欻奔命，師伯集所使〔五〕。指麾赤白日，澒洞青光起〔六〕。雨聲先已風，散足盡西靡〔七〕。山泉落滄江，霹靂猶在耳〔八〕。終朝紆颯沓，信宿罷蕭灑。堂下可以畦，呼童對經始〔九〕。苣兮蔬之常，隨事藝其子〔一〇〕。破塊數席間，荷鋤功易止。兩旬不甲坼，空惜埋泥滓〔一一〕。野莧迷汝來，宗生實於比〔一二〕。比輩豈無秋，亦蒙寒露委〔一三〕。翻然出地速，滋蔓户庭毁〔一四〕。因知邪干正，掩抑至没齒〔一五〕。賢良雖得禄，守道不封己〔一六〕。擁塞敗芝蘭，衆多盛荆杞〔一七〕。中園陷蕭艾，老圃永爲恥〔一八〕。登于白玉盤，藉以如霞綺〔一九〕。莧也無所施，胡顔入筐篚〔二〇〕。

〔一〕次公曰：舊本莴苣作萎苣，必誤，蓋詩中言蓺其子，豈却言萎？又云：伊人莧青青。師民瞻本伊人字作獨野，是。

〔二〕次公曰：驕蹇不復理，言陽之驕而爲旱也。不復理，言不復整理也。乃燮理陰陽之義矣。

〔三〕次公曰：枯旱於其中，炎方慘如燬，兩句通義，言陽過而旱在，天下皆然。而於枯旱之中，在炎方則慘毒如焚燬。其字，詩云：王室如燬。

〔四〕次公曰：兩句則凡植物以旱之故，其半已蹉跎，於此所謂嘉生者又將已矣。嘉生字，出漢書：嘉生之類。然注專指爲禾。

〔五〕次公曰：雲雷字，易云：（雷電）〔雲雷〕屯。故對師伯，則言雨師風伯也。史云：雨師灑道，風伯掃塵。故可摘字耳。

〔六〕次公曰：指麾赤白日，言赤日足矣，或言白日足矣，而曰赤白日，蓋云赤然之白日也。白日，則對黑夜之辭耳。澒洞字，淮南子曰：未有天地之時，濛鴻澒洞，莫知其門。則澒洞者，氣昏之貌。青光起，則白日之赤色，變爲青光，斯雨候矣。

〔七〕次公曰：散足字，謝脁詩云：森森散雨足。風從東南來，所以西靡也。而西靡字，則皇覽云：東平思王冢在無鹽。人傳言王在國思歸京師，後葬，其冢上松柏皆西靡。則言盡西靡者，亦皆西靡之義矣。或者引選云：

望咸陽而西靡，語意不盡。

〔八〕次公曰：山泉落滄江，則雨暴至而添山泉，故樂也。餘甚明。

〔九〕次公曰：呼童對經始，言初無畦而始經營之。其字出詩：經始勿亟。

〔一〇〕次公曰：隨事藝其子，藝者，種也。　隨事，則隨所有事而種之。蓋其有事於蔬茹故也。

〔一一〕次公曰：甲坼字，出易云：百（穀）〔果〕草木皆甲坼。　泥滓字，則選云：舊迅泥滓。

〔一二〕次公曰：迷汝，言迷漫於苣也。　宗生字，揚雄蜀都賦云：其竹則宗生族攢，俊茂豐美。　苣有兩種，有苦苣，有甜苣。苦苣易生而甜苣比之難生。公於前篇園官送菜詩則以苦掩苣乎（喜）〔嘉〕蔬而罪之云：乃知苦苣輩，傾奪蕙草根。今於甜苣云：苣兮蔬之常，隨事藝其子。野莧迷汝來，宗生實於此。則罪莧之掩乎苣。然則，詩人隨物而興可見矣。

【校】掩乎喜蔬：喜字九家注作嘉，是。

〔一三〕次公曰：此輩，指野莧也。意言將謂一夏苦雨至秋，而苣方得種，以秋之故，露所肅殺，而苣出土遲。今此莧輩亦豈不係乎秋而受露委者乎？何乃生之速也？故有下邪干正之喻。

〔一四〕次公曰：滋蔓字，左傳：無使滋蔓，蔓，難圖也。

〔一五〕次公曰：没齒字，即論語：飯蔬食（飲水），没齒無怨言。

〔一六〕次公曰：兩句又以言賢良之人得位則不恣，非似邪佞之得位而封己，亦猶嘉蔬之苣，出地則不滋，非似野莧之得地而滋蔓也。　封己字，出國語：叔向曰：引黨以封己。韋昭注曰：封，厚也。而李蕭遠運命論用此兩字言孔子之孫子思：希聖備體而未之至，封己養高，勢動人主。

〔一七〕次公曰：兩句通義。蓋芝蘭之所以壅塞者，以荆杞之衆多也，非特苣耳。楚蘭之芳馨，則敗於壅塞。荆杞之可惡，則盛於衆多。此皆物理之可歎也。

〔一八〕次公曰：中園字，選詩云：蓬蒿滿中園。老圃字，即論語：吾不如老圃。中園陷蕭艾，老圃永爲恥，又廣言惡之能掩善也。

〔一九〕次公曰：白玉盤字，應劭漢官儀曰：封禪壇有白玉盤如霞綺。所以言藉之之綺如霞也。古人每言綺饌，蓋貴家以錦綺藉食，不足怪也。其字則用謝玄暉詩：餘霞散成綺。惟珍貴苣之故，則所登者玉盤，所藉者霞綺矣。

〔二〇〕次公曰：胡顏字，曹子建表云：犯詩人胡顏之戒。李善注云：胡，何也。即詩胡不遄死之義。毛萇曰：何顏而不速死也？殷仲文表曰：亦胡顏之厚。義出於此。筐篚字，即詩筐篚弊帛，以將其厚意；而采采卷耳，不盈傾筐也。

秋風二首 （古詩）

秋風淅淅吹巫山，上牢下牢修水關〔一〕。吴檣楚（施）〔柂〕牽百丈，暖向神都寒未還〔二〕。要路何日罷長戟，戰自青羌連白蠻〔三〕。中巴不曾消息好，暝傳戍鼓長雲間。

【校】楚施，無義，當從注所引作楚地。

右一

〔一〕次公曰：風淅淅字，謝惠連詩云：淅淅振條風。公嘗曰淅淅風生砌也。

〔二〕次公曰：江至於吳、楚，則用帆矣。今在夔州，則吳舡之檣，楚舡之桅，猶用百丈牽以上水也。神都者，神明之都，蓋指言吳、楚也。吳都賦曰：伊兹都之函洪，傾神州而韞櫝。則可以言神都矣。吳楚南方，暖久留而寒遲到，故曰暖向神都寒未還。百丈字，具於句法義例。

〔三〕次公曰：要路，則又指言往吳、楚之要路，其荆渚之間乎？以有羌蠻之戰，則要路之長戟滿矣。舊本連百蠻，師民瞻本作白蠻，極是。蓋巂州以西有烏蠻、白蠻也。公於夔府詠懷則云：絶塞烏蠻北。

秋風淅淅吹我衣，東流之外西日微〔一〕。天清小城擣練急，石古細路行人稀。不知明月爲誰好，早晚孤帆他夜歸。會將白髮倚庭樹，故園池臺今是非〔二〕。

右二

〔一〕次公曰：前篇言夔州人征戍戰伐之苦，今篇自敘其旅泊而不得歸之懷。東流之外西日微，寫眼前之景宛轉含蓄，道不盡凄感之意。舊注云：東流，言逝而不反；日微，言迫遲暮。似之而非矣。

〔二〕次公曰：四句爲見明月而身流落於外，所以問孤帆當將來月夜而歸，其早晚之期如何也。倚庭樹，則倚長安故居之庭樹也。既是隔絶池臺，有變易之理，故又問其今是與非也。

同元使君春陵行并序一首（古詩）

覽道州元使君結春陵行兼賊退後示官吏作二首，志之曰：當天子分憂之地，效漢官良吏之目。今盜賊未息，知民疾苦，得結輩十數公，落落然參錯天下爲邦伯，萬物吐氣，天下少安可待矣。不意復見比興體制，微婉頓挫之詞，感而有詩，增諸卷軸，簡知我者，不必寄元〔一〕。

遭亂髮盡白，轉衰病相嬰。沉緜盜賊際，狼狽江漢行。歎時藥力薄，爲客羸瘵成〔二〕。吾人詩家秀，博采世上名〔三〕。粲粲元道州，前聖畏後生〔四〕。觀乎春陵作，欻見俊哲情。復覽賊退篇，結也實國楨〔五〕。賈誼昔流慟，匡衡常引經〔六〕。道州憂黎庶，詞氣浩縱橫。兩章對秋月，一字偕華星〔七〕。致君唐虞際，純樸憶大庭〔八〕。何時降璽書，用爾爲丹青〔九〕。獄訟永衰息，豈惟偃甲兵。悽惻念誅求，薄斂近休明〔一〇〕。乃知正人意，不苟飛長纓〔一一〕。涼飇振南岳，之子寵若驚。色阻金印大，興含（滄）〔滄〕浪清〔一二〕。我多長卿病，日夕思朝廷〔一三〕。肺枯渴太甚，漂泊公孫城〔一四〕。呼兒具紙筆，隱几臨軒楹。作詩呻吟內，墨淡字欹傾。感彼危苦詞，庶幾知者聽〔一五〕。

〔一〕次公曰：元結，字次山。其春陵行序云：癸卯歲授道州刺史。道州舊四萬餘户，經賊已來，不滿四千，大半不勝賦稅。到官未五十日，承諸使徵求符牒二百餘封，皆曰：失其限者，罪至貶削。於戲！若悉應其命，則州縣破亂，刺史欲焉逃罪；若不應命，又即獲罪戾，必不免也。吾將守官，靜以安人，待罪而已。此州是春陵故地，故作春陵行，以達下情。其賊退示官吏詩序云：癸卯歲，西原賊入道州，焚掠幾盡而去。明年，賊又攻永破邵，不犯此州邊鄙而退。豈力能制敵？蓋蒙其傷憐而已。諸使何爲忍苦徵斂？故作詩一篇，以示官吏。

詩更不能載，觀序之意，則詩可見矣。

〔二〕次公曰：此六句言其老病爲客之情。歎時藥力薄，爲客羸瘵成，蓋言非不進藥，以歎時之故，憂思奪之，其病雖痊，而藥力減半也。所以羸瘵者無它，因爲客而成也。

〔三〕次公曰：吾人詩家秀，博采世上名，普説兩句。蓋言如我輩爲詩家之秀，博采有名在世間者，誰人哉？所以引下鋪陳元道州也。吾人字，前漢溝洫志上作歌有云：泛濫不止兮愁吾人。

〔四〕次公曰：孔子曰：後生可畏。謂之後生，對前人之辭，非直謂年少爲後生也。如周公爲先，則孔子爲後生；孔子爲先，則孟子爲後生。今言前聖畏後生，則道州雖晚生於唐世，乃爲前代聖哲所畏矣。若詩三百六十篇，其中周公、召、（唐）〔康〕公、家父、穆父之所作，皆有益於其君，非前聖之謂乎？公又曰：不覺前賢畏後生。亦此之義。

【校】唐公：九家注作康公，是。

〔五〕次公曰：楨幹，所以支屋也。題曰楨，旁曰幹。史以譬賢材，曰：國之楨幹。

〔六〕次公曰：賈誼、匡衡，所以比道州也。誼陳治安之策，而曰：可痛哭者一，可流涕者二，可長太息者三。貼以慟字，則如子哭之慟也；衡上疏陳便宜，及朝廷有政議，傳經以對。具載本傳。

〔七〕次公曰：兩章對秋月，言對，並皆如秋月之皎潔。一作秋水，非。一字偕華星，言無一字而不似華星之粲爛也。華星字，魏文帝詩：華星出雲間。

〔八〕次公曰：致君唐虞際，純樸憶大庭，言既致君於堯、舜之間，而又憶大庭氏之純樸，則道州之事君，豈蹇淺者哉！致君字，魏應璩與從弟〔苗〕君胄書云：思致君於有虞，濟蒸民於塗炭。公它詩云：致君堯舜上。蓋亦用此。大庭氏，上古帝王之號，事見莊子。

〔九〕次公曰：爲丹青，則藻縟王猷，粉飾治具之義，非公卿之職而可乎？鹽鐵論云公卿者，神化之丹青，故公屢用也。用爾爲丹青，句之勢則尚書用汝作舟楫、用汝作霖雨也。

〔一〇〕次公曰：息獄訟、偃甲兵、薄賦斂，此真治世之事，而公卿之任矣。休明字，左傳：王孫滿云：德之休明。

〔一一〕次公曰：乃知正人意，不苟飛長纓，以歎其不苟且在冠冕之中也。飛長纓者，冠冕之事也。陸士衡云長纓麗且光，是已。道州之正直爲國，不在榮寵也。

〔一二〕次公曰：道州在南，故以涼飈言秋時。而必曰振南岳，南岳，衡山是已。之子寵若驚，則言道州以蒙恩爲刺史，常如此。老子曰：寵辱若驚。惟其寵辱若驚，故色阻於金印之榮，而興如滄浪之水清也。孺子歌曰：滄浪之水清兮，可以濯我纓；滄浪之水濁兮，可以濯我足。孔子曰：弟子志之：清，斯濯纓；濁，斯濯足。興含滄浪清，則有洗濯昏穢之意。舊本正作滄溟清，非。滄溟，大海。不可言清。金印，則刺史之印矣。金印大三字，周伯仁云：今年殺諸賊奴，取金印如斗大繫肘。然則道州之所以憂國，爲詩豈在於榮寵之望乎！此一段方以詩意引入道州二詩之本意。

〔一三〕次公曰：司馬長卿有消渴之疾，而公亦如之。然不忘朝廷，則亦如道州矣。

〔一四〕次公曰：公孫城，指言夔州。〔普〕〔昔？〕公孫述自號白帝，而城在夔之東，曰白帝城。

【今按】普公孫述，普似昔字之訛。

〔一五〕次公曰：感彼危苦詞，彼指言道州也。此一段因以自言其心懷在憂國而已。

甘林一首（古詩）

捨舟越西岡，入林解我衣〔一〕。青芻適馬性，好鳥知人歸〔二〕。晨光映遠岫，多露見日晞〔三〕。遲暮少寢食，清曠喜荆扉〔四〕。經過倦俗態，在野無所違〔五〕。試問甘藜藿，未肯羨輕肥〔六〕。喧靜不同科，出處各天機〔七〕。勿矜朱門是，陋此白屋非〔八〕。明朝步隣里，長老可以依〔九〕。時危賦斂數，脱粟爲爾揮〔一〇〕。相攜行豆田，秋花靄菲菲。子實不得喫，貨市送王畿〔一一〕。盡添軍旅用，迫此公家威。主人長跪問，戎馬何時稀〔一二〕。我衰易悲傷，屈指數賊圍。勸其死王命，慎勿遠奮飛〔一三〕。

〔一〕次公曰：自首句而下，凡十六句一段。捨舟字，謝靈運云：捨舟眺回渚。故對入林。其字則史云：惟恐入山之不深、入林之不密也。

〔二〕次公曰：好鳥知人歸，則言好鳥之鳴，似知道人自它處歸來而喜也。好鳥字，曹子建詩：好鳥鳴高枝。

〔三〕次公曰：晨光字，陶淵明云：恨晨光之熹微。故對多露。其字則詩謂行多露也。遠岫字，謝玄暉云：窗中列遠岫。晞，乾也。詩云：白露未晞。多露見日而晞，其字則選詩云朝露待日晞也。見字，亦見晛聿消之見矣。

〔四〕次公曰：遲暮字，楚辭云：傷美人之遲暮。寢食字，即論語吾常終日不食，終夜不寢也。清曠字，選詩云：豈徒暫清曠。　荆扉字，沈休文詩云：荆扉新且故。　遲暮少寢食，清曠喜荆扉，蓋言晚年自不以寢食爲所甘嗜，不至區區於市廛，而還喜所居之荆扉也，故有下句經過倦俗態，在野無所違也。

〔五〕次公曰：經過字，阮籍詠懷詩曰：趙李相經過。　謝叔源遊西池詩曰：願言屢經過。　在野字，則書云：君子在野。

〔六〕次公曰：藜藿字，孟子云：茹藜藿，無異乎膏粱。　舊注却改莊子藜羹不糝字爲藜藿，誤矣。　輕肥字，即論語乘肥馬，衣輕裘也。

【校】清刻本九家注又引選：予甘藜藿，未暇此食也一句。

〔七〕次公曰：喧靜不同科，則市廛之喧，山林之靜，不同也。　不同科三字，則論語云：爲力不同科也。　天機，雖三出莊子，而今所用，則蚿曰：予動吾天機。　注，自然也。　即非所謂嗜欲深者天機淺之類矣。

〔八〕次公曰：朱門字，郭景純云：朱門何足榮，未若託蓬萊。　白屋字，蕭望之傳：周公致白屋之士。　師古云：白屋，謂白蓋之屋，以茅覆之，賤人所居。　此是一段，語意方相貫也。

〔九〕次公曰：此十六句又一段。　兩句則自它處歸荆扉，既越宿，而明日謁鄰老也。

〔一〇〕次公曰：脱粟字，公孫弘傳：脱粟飯。

〔一一〕次公曰：子實不得喫，言豆子雖結實矣，而長老者不得喫也。

〔一二〕次公曰：主人，又指言長老也。

〔一三〕次公曰：奮飛字，詩云：不能奮飛。　此是一段，語意又相貫也。

雨一首（古詩）

行雲遞崇高，飛雨靄而至。潺潺石間溜，汩汩松上駛。亢陽乘秋熱，百穀皆已棄。皇天德澤降，燋卷有生意〔一〕。前雨傷卒暴，今雨喜容易〔二〕。不可無雷霆，間作鼓增氣〔三〕。佳聲達中宵，所望時一致〔四〕。清霜九月天，髣髴見滯穗〔五〕。郊扉及我私，我圃日蒼翠〔六〕。恨無抱甕力，庶減臨江費。峽内無井，取江水喫〔七〕。

〔一〕次公曰：此篇鋪敘甚明。燋卷字，出應璩與岑瑜書云：頃者炎旱，日更甚。砂礫銷鑠，草木燋卷也。

〔二〕次公曰：前雨傷卒暴，今雨喜容易，可謂善道事矣。蓋方亢旱之際，雖雨而速止，是謂倉卒。及其悠久而降，斯謂容易也。若秋霖之容易，則可厭矣，旱而容易，不亦可喜乎？

〔三〕次公曰：增氣字，史有勇夫增氣。

〔四〕次公曰：均是雨也，方其霔霖，則聲爲愁聲，而及時救旱，斯爲佳聲矣。

〔五〕次公曰：此七月之詩，故想望九月天之見滯穗也。其字則詩曰：〔彼有〕遺秉，〔此有〕滯穗，伊寡婦之利。又有及物之意矣。

〔六〕次公曰：郊扉字，顔延之贈王太常詩曰：郊扉常晝閉。及我私，則言郊扉之人，自指其田爲我私，蓋對公田之語也。詩云：雨我公田，遂及我私。不必惑下句有我圃字而云一作及栽耘也。我私、我圃，二我字不同義矣。況七月矣，豈却是裁耘時乎？

〔七〕次公曰：末句公自注分明，而義則言：恨不能抱甕如漢陰丈人以汲水，乃買水於人，斯爲臨江之費矣。

別李秘書始興寺所居一首（古詩）

不見秘書心若失，及見秘書失心疾〔一〕。安爲動主理信然，我獨覺子神充實〔二〕。重聞西方之觀經，老身古寺風泠泠。妻兒待來且歸去，他日杖藜來細聽〔三〕。

〔一〕次公曰：不見、既見，則詩未見君子、既見君子之義也。心若失者，心若有所遺失也。是之謂心疾。藝文類聚載俗説：阮光禄大兒喪，哀過，遂得失心病。此心若失之失。若失字，列子有云，若亡若失也。左傳昭二十二年：楚王有心疾。此心疾兩字也。失心疾者，其疾失去而寧瘉也？兩失義不同，詩人以疊字爲老手矣。蓋如謝朓怨情云故人心尚永，故心人不見也。

〔二〕次公曰：安爲動主，義乃老子所謂静爲躁君也。以李秘書之能安以主動，故其神充實也。豈亦通佛法之妙而然乎？

〔三〕次公曰：末句以觀經結之。在於此觀經，舊注模稜曰：西方之教，其法有大觀大覺。非。杜田謂西方之觀經者，即觀西方無量壽佛經也。經云：如來今者教韋提希及未來世一切衆生，觀於西方極樂世界。以佛力故，當得見彼清淨國土，如執明鏡自見面像，凡十六觀。作是觀者，名爲正觀。若它觀者，名爲邪觀。其説是。

寄狄明府博濟一首（古詩）

次公曰：舊本止云狄明府博濟而已。蔡伯世云：考其詩，當增寄字。其説是。

梁公曾孫我姨弟，不見十年官濟濟〔一〕。大賢之後竟陵遲，浩蕩古今同一體。比看叔伯四十人，有才無命百寮底。今者兄弟一百人，幾人卓絶秉周禮〔二〕。在汝更用文章爲，長兄白眉復天啟〔三〕。汝門請從曾翁説，太后當朝多巧詆。狄公執政在末年，濁河終不汙清濟。國嗣初將付諸武，公獨廷諍守丹陛。禁中決册請房陵，前朝長老皆流涕。太宗社稷一朝正，漢官威儀重昭洗。時危始識不世才，誰爲荼苦甘如薺〔四〕。汝曹又宜列鼎食，身使門户多旌棨〔五〕。胡爲飄泊岷漢間，干謁王侯頗歷抵〔六〕。況乃山高水有波，秋風蕭蕭露泥泥〔七〕。虎之饑，下巉巖；蛟之横，出清泚。早歸來，黄土汙衣眼易眯〔八〕。

〔一〕次公曰：此篇以狄梁公傳推之甚明。姨弟，雖是常語紀實，而晉温嶠前後表稱姨弟劉羣。北史魏收傳，載其父魏子建有謂姨弟盧道虔之言云云也。

〔二〕次公曰：秉周禮，則閔元年，齊仲孫湫來省難。及歸，齊公曰：魯可取乎？對曰：不可。猶秉周禮，未可動也。幾人卓絶秉周禮，言兄弟雖多，能守梁公之法者無幾人耳，所以引下句稱道博濟兄弟也。

〔三〕次公曰：言汝非特秉周禮而已，又能以文章爲也。兼言其兄良，故以白眉言之。馬良兄弟五人，並有才名。鄉里諺曰：馬氏五常，白眉最良。眉中有白毛，因以是爲稱。　天啟字，左傳：晉侯〔賜〕畢萬封魏，卜偃曰：以是始賞，天啟之矣。而西京賦云：天啟其心。曹子建云：天啟其衷也。

〔四〕次公曰：此一段皆以言梁公。按本傳云：天授二年，以地官侍郎同鳳閣鸞臺平章事。會爲來俊臣所搆，捕送制獄。武承嗣、任知古、霍獻可三請誅之，止貶彭澤令。其後，復爲鸞臺侍郎，復同鳳閣鸞臺平章事。張易之常從容問自安計，仁傑曰：惟勸迎廬陵王可以免禍。會后欲以武三思爲太子，以問宰相，衆莫敢對。仁傑曰：臣觀天人未厭唐德。比匈奴犯邊，陛下使梁王三思募勇士於市，踰月不及千人。廬陵王代之，不浹日，輒五萬。今欲繼統，非廬陵王莫可。后怒，罷議。久之，召謂曰：朕數夢雙陸不勝，何也？於是，仁傑與王方慶俱在，二人同辭對曰：雙陸不勝，無子也。天其意者以儆陛下乎！且太子，天下本，本一搖，天下危矣。文皇帝身蹈鋒鏑，勤勞而有天下，傳之子孫。先帝寢疾，詔陛下監國。陛下掩神器而取之，十（月）〔有〕餘年，又欲以三思爲後。且姑姪與母子孰親？陛下立廬陵王，則千秋萬歲後常享宗廟；三思立，廟不祔姑。后感悟，即日遣徐彦伯迎廬陵王於房州。王至，后匿王帳中，召見仁傑語廬陵事。仁傑敷請切至，涕不能止。后乃使王出，曰：還爾太子！仁傑降拜頓首曰：太子歸，未有知者，人言紛紛，何所信？后然之。更令太子舍（銅）龍門，具禮迎還中禁。初，吉頊、李昭德數請還太子，而后意不回，唯仁傑以母子天性爲言，后雖忌忍，不能無感，故卒復唐嗣。　其句中使字，濁河字、清濟字、昭洗字，謝玄暉始出尚書省詩：紛虹亂朝日，濁河穢清濟。中區咸已泰，輕生諒昭洗。　廬陵王，高宗之太子，以武后視之，高宗是爲前朝。既決策請房陵，故前朝長老聞之，莫不流涕也。舊本一作滿朝，非。　漢官〔威〕儀字，則光武紀：人見司隸僚屬，皆歡喜不自勝。老吏或垂泣曰：不圖今日復見漢官威儀！　誰謂荼苦，其甘如薺，出毛詩谷風篇全語。此使六字之例。舊注却引選詩湌茶更如薺，可謂不知祖矣。今詩意蓋言梁公不畏武后之怒，救時危之變而極言之，如以苦荼爲甘薺也。

〔五〕次公曰：此段十二句，爲長短之句，則歌行矣，而皆以言博濟也。　列鼎食，舊本正作列土字。杜田遂引太平御覽載尚書：帝命驗曰：土者，金之父也。昔周公作雒，建大社於國中，其擅之土：東青南赤，西白北驪，中央黄。將遣諸侯，鑿其方土，苴以白茅，以土封之，故曰列土。然其下是食字，則列鼎而食也，當以爲正。家語云：子路遊楚，從車百乘，粟萬鐘，累茵而坐，列鼎而食也。　旌棨字，杜田引唐制：節度使就第，賜旌節。三品以上門立戟。明皇雜録：開元中，崔琳伯仲羣從多至大官，私第在東都，並立棨。後漢南匈奴傳：棨戟甲兵。注曰：有衣之戟曰棨。其説是。

〔六〕次公曰：頗歷抵，詳味公之意，則抵者，至也。如孔子歷聘之義，與息夫躬傳歷詆字不同。彼所謂詆，則詆呰之也。李白之〔上〕韓荆州書云十五好劍術，遍干諸侯；　三十成文章，歷抵卿相。却與公今云歷抵義合矣。

〔七〕次公曰：露泥泥字，出毛詩零露泥泥。舊注引謝〔靈運〕〔朓〕詩云：凝露方泥泥，又不知祖矣。

〔八〕次公曰：眼易眯，眯，韻書云：物入目也。　莊子曰：播糠眯目。　此篇押兩濟字，豈後段成六字爲句，或三字爲句，乃是歌行，則不拘耶？

寄韓諫議注一首（古詩）

次公曰：舊本止云韓諫議而已，此又當上有寄字也。韓公無傳記可考，其人今應在岳州，應是好道者。不然，人物清爽有仙風道骨如李白之爲人，故公詩用神仙言之。而所言神仙之事，則以玉京言帝，以宴集言君臣際會，以張良比韓諫議而歎其滯留不在朝廷也。

今我不樂思岳陽，身欲奮飛病在牀〔一〕。美人娟娟隔秋水，濯足洞庭望八荒〔二〕。鴻飛冥冥日月白，青楓葉赤天雨霜〔三〕。玉京羣帝集北斗，或騎騏驎翳鳳凰。芙蓉旌旗煙霧樂，影動倒景摇瀟湘〔四〕。星宫之君醉瓊漿，羽人稀少不在傍〔五〕。似聞昨者赤松子，恐是漢代韓張良〔六〕。昔隨劉氏定長安，帷幄未改神慘傷〔七〕。國家成敗吾豈敢，色難腥腐餐風香〔八〕。周南留滯古所惜，南極老人應壽昌〔九〕。美人胡爲隔秋水，焉得置之貢玉堂〔一〇〕。

〔一〕次公曰：（我今）〔今我〕不樂四字出詩全語。下云日月其除。身欲奮飛，則詩又有静言思之，不能奮飛。在牀字，則詩：或（偃息）〔息偃〕在牀。

〔二〕次公曰：美人，指言韓諫議。詩人以美人比君子，故詩有彼美人兮，西方之人兮，其後每然。如李白所謂美人不來空斷腸，又云美人在時花滿堂，亦此之謂。娟娟，美人貌也。隔秋水，因以言其時。莊子曰：秋水時至。公在夔而韓在岳，斯爲隔秋水矣。濯足洞庭望八荒，以韓在岳陽爲然也。濯足字，雖孺子歌有滄浪之水清兮，可以濯我足，而單言濯足，則左太沖詩：濯足萬里流。望八荒三字，淮南子：登泰山，履石封，以望八荒。又揚雄幸河東賦曰：陟西岳以望八荒。

〔三〕次公曰：兩句中言秋日之景。鴻飛冥冥四字，揚子全語，其下云：弋人何慕焉？天雨霜字，鮑照詩云：窮秋九月荷葉黄，北風驅雁天雨霜。雨，音去聲。

〔四〕次公曰：玉京，史記云：天上白玉京，五城十二樓。此其見於儒書而顯者。薛夢符引五星經云：太上白玉

京，黃金闕。杜田引靈樞金星内經曰：下離塵境，上界玉京。元君注云：玉京者，無爲之天也。其下又有四
十餘言，雖無害於義，而冗矣。　羣帝，據儒書，亦有五方之帝，而道書三十三天，各有帝云。集北斗，則會集於
北斗也。舊注云：五方各有帝，北極爲至多。是何夢語！薛夢符正誤云：按晉天文志：北極五星，北辰最
尊者也。北斗七星在太微，七政之樞機，陰陽之元本；故運乎天中，而臨制四方，以建四時而均五行；人君
之象，號令之主。注以斗爲極，誤矣。薛之説是。羣帝以言諸貴人，如諸王、三公之類。北斗以言天子。五方
之帝，三十三天之帝，雖稱帝，而於大帝爲卑，故止稱羣帝字也。騎驎翳鳳，建芙蓉之旗，言羣帝然也。集仙傳
載天人降王妙想家，乘騏驎、鳳凰、龍、鶴、犬、馬，是已。　倒景字，漢郊祀志：登遐倒景。注：在日之上反照
之，故其景倒也。旌旗在煙霧之間，而影上動倒景，所以形容羣帝神仙之事也。爲韓在岳陽，所以專言其上動
倒景，下則揺瀟湘，以引下句也。

【校】騎驎：九家注作騎麟；乘騏驎作乘麒驎。

〔五〕次公曰：星宫之君，則降於羣帝者，以況禁從之人。　瓊漿字，楚辭云：華酌既陳，有瓊漿。　羽人，則又降
於星宫之君者，以況諸通籍朝見之人。羽人字，楚辭曰：仰羽人於丹丘。而謝靈運入麻源第三谷詩羽人絶髣
髴，丹丘徒空筌也。　如韓諫議之流，皆得預宴集，然至者稀少，乃有不在傍者焉。所以指言韓諫議矣。

〔六〕次公曰：漢書張良傳：良其先韓人也。而陸士衡漢高祖功臣頌序有云：太子〔少〕傅〔留〕文成侯，韓張良。
高祖立蕭相國，良乃稱曰：家世相韓，又韓滅，不愛萬金之資，爲韓報仇强秦，天下震動。今以三寸舌爲帝者
師，封萬户，位列侯，此布衣之極，於良足矣！願棄人間事，欲從赤松子遊耳。乃學道欲輕舉。顔師古曰：赤
松子，仙人號也。神農時爲雨師。高祖曰：運籌帷幄之中，決勝千里之外，吾不〔好〕〔如〕子房。次公題下注
所謂：韓諫議者，應是好道。不然，人物清爽有仙風道骨如李白爲人，故公以羽人待之。爲其姓韓，挨傍張良

是韓國人，而從赤松子遊，緊用張良比之也。

【校】太子傅文成侯：太子下奪少字，傅下奪留字，據影胡刻本文選補。

〔七〕次公曰：神慘傷，則言可居帷幄之中，固似張良，而未能獻運籌於上，則有不足於心矣。又引下句國家成敗吾豈敢也。

〔八〕次公曰：以韓君之才，可了國家之成敗，以其在外不得參預帷幄，託韓君自謙之言吾豈敢也。吾豈敢字，孔子云：若聖與仁，則吾豈敢。又引下句之事，蓋言了國家之成敗，吾所不敢矣，爲吾之事者，不肯甘厭於腐腥，而所食者風香而已。色難字，爲論語有問孝，子曰：色難。弟子服其勞。以此學者迷罔不解。此出神仙傳：壺公留費長房於羣虎之中，皆張舌攫地，交手前來擊之。長房不恐。明日，又內長房石室中。頭上有大石，方數（文）〔丈〕，茅繩懸之，諸蛇並往嚙繩欲斷。長房不移。公往撫之曰：子可教矣。乃命噉溷，臭惡非常，中有蟲長寸許。長房色難之。公乃歎而謝遣之，曰：子不得仙也，今以子爲地上主者，可壽百餘年。腥腐字，鮑明遠升天行云：何時與汝曹，啄腐共吞腥。言既升天矣，無復此事也。今公云色難腥腐，亦是其意。　風香，未見所出，而以意逆之，則神仙所食之物也，蓋如王母所謂風實雲子者乎？

〔九〕次公曰：周南留滯古所惜，又以太史公比之。太史公曰：余留滯周南，不得預祠祭。　南極老人應壽昌，又以言韓，爲其在岳陽，故使南極老人也。晉天文志云：老人星見，主壽昌。分明有壽昌兩（子）〔字〕，舊注引春秋元命苞曰：老人星，治平則見，見則主壽。雖是而遺壽昌兩字之全語矣。

〔一〇〕次公曰：欲貢之玉堂，以結一篇之義，望其歸帝傍也。

奉送韋中丞之晉赴湖南一首 （近體詩）

寵渥徵黄漸，權宜借寇頻〔一〕。湖南安背水，峽内憶行春〔二〕。王室仍多故，蒼生倚大臣〔三〕。還將徐孺子，處處待高人〔四〕。

〔一〕次公曰：黄，則黄霸，寇，則寇恂。皆以比韋中丞。前漢循吏傳：黄霸爲潁川太守，户口歲增，治爲天下第一。（微）〔徵〕守京兆尹。今寵渥徵黄漸，言天子之寵渥，有徵召黄霸之命，漸將至矣。後漢寇恂傳：車駕南征，恂從至潁川，盜賊悉降，而竟不拜郡。百姓遮道曰：願從陛下復借寇君一年。乃留恂長社，鎮撫吏人，受納餘降。注：恂，前潁川太守，故曰復借。今云權宜而如借寇恂者頻數，言民情之不已也。

〔二〕次公曰：湖南安背水，言韋之去，一句。峽内憶行春，言韋之離此，而公有所懷憶也。背水字，韓信云：背水而陳。故對行春。其字，後漢鄭弘傳：太守行春。

〔三〕次公曰：蒼生倚大臣，大臣，指言韋中丞也。

〔四〕次公曰：徐孺子，則比韋以陳蕃，而待高人如徐孺子者也。

謁先（帝）〔主〕廟一首 （近體詩）

【校】先帝：注引作先主，九家注亦作先主。

慘澹風雲會，乘時各有人〔一〕。力侔分社稷，志屈偃經綸〔二〕。復漢留長策，中原仗老臣〔三〕。雜耕心未已，歐血事酸辛〔四〕。霸氣西南歇，雄圖曆數屯〔五〕。錦江元過楚，劍閣復通秦〔六〕。舊俗存祠廟，空山立鬼神。虚簷交鳥道，枯木半龍鱗〔七〕。竹送清溪月，苔移玉座春〔八〕。閭閻兒女换，歌舞歲時新〔九〕。絶域歸舟遠，荒城繫馬頻〔一〇〕。如何對摇落，况乃久風塵〔一一〕。孰與關張並，功臨耿鄧親〔一二〕。應天才不少，得士契無鄰〔一三〕。遲暮堪帷幄，飄零且釣緡〔一四〕。向來憂國淚，寂寞灑衣巾〔一五〕。

【校】歐血：無義，注引作嘔血，是，今據改。

〔一〕次公曰：古詩云：藹藹風雲會，佳人一何繁。范曄於二十八將論亦曰：感會風雲，奮其智力。故言君臣之遇，每以風雲爲言也。今題是謁先主廟，而云慘澹風雲會，乘時各有人，似泛言吴、魏君臣之相遇，亦各有人矣。故引下句。

〔二〕次公曰：力侔分社稷，言氣力侔等，則分社稷而爲主。分，乃三分之分。志屈偃經綸，則指言劉、葛之志不得伸，所以偃僕經綸之業也。易曰：雲雷屯，君子以經綸。故對社稷。其字則多矣。慘澹字，出具於句法義例。

〔三〕次公曰：蜀志：建安二十五年，魏文帝稱尊號，改年黄初。或傳聞漢帝見害，先主乃發喪制服，即帝位，國號漢，改元章武，以諸葛亮爲丞相。今兩句謂復漢，則言先主欲興劉氏而稱漢，其所留之長策，則留與後主劉禪老臣，則在後主也。所留長策者，欲取中原，仗諸葛老臣也。　長策字，賈誼過秦論曰：振長策而馭宇內。　老臣字，戰國策：左師觸龍，自稱老臣。言之，所以爲前朝之老臣矣。

〔四〕次公曰：接老臣之下，於是言諸葛五丈原之事。　亮本傳言：後主建興十二年春，亮悉大衆由斜谷出，以流馬運，據武功五丈原，與司馬宣王對於渭南。亮每患糧不繼，使己志不申，是以分兵屯田爲久駐之基。耕者雜於渭濱居民之間，百姓安堵，軍無私焉。故曰雜耕心未已。　心未已，則事未了而死也。亮本傳又言：亮與宣王相持百餘日，其年八月，亮疾病，卒於軍，時年五十四。而魏書曰：亮糧盡勢窮，憂恚嘔血。一夕，燒營遁走。入谷道，發病卒。漢晉春秋曰：卒於郭氏塢。臣松之以爲亮在渭濱，魏人躡迹，勝負之形未可測量而軍敗嘔血。此則引虛記以爲言也。其云入谷而卒，緣蜀人入谷發喪故也。公之意，以亮未成功而死矣，又遭嘔血之謗，故曰：嘔血事酸辛。酸辛字，阮嗣宗詠懷詩：對酒不能言，悽愴懷酸辛。

〔五〕次公曰：霸氣，指言霸王之氣。譙周等初勸進曰：西南數有霸氣，願大王應天順民。今葛亮已死，中原莫圖，則霸氣所以歇也。　書曰：天之曆數在汝躬。曆數不在，斯爲屯矣。

〔六〕次公曰：錦江、劍閣，蜀國之土地也。過楚、通秦，則言其本可以混一而不能焉。則所以傷之也。

〔七〕次公曰：此是夔州先主廟。廟在山中，故云虛簷交鳥道。鳥道，則山中之險道也。交字，一作扶，非。　枯木半龍鱗，又是眼前實景。謂之枯木，非指一物也。舊注却引成都諸葛廟前古柏，又引習隆、尚充等上表後主，乞與諸葛亮立廟於沔陽事，非徒以諸葛事解先主廟，而地理錯亂，惑學者也；　況古柏行亦自是夔州，非成都也。具於篇次。

〔八〕次公曰：清溪亦是廟前實事。　玉座，指言先主神座也。謝玄暉銅雀臺詩：玉座猶寂寞，況乃妾身輕。

〔九〕次公曰：此言夔州之人所事先主者如此，注却引成都記，以四月祀，十二月祈禱事，誤矣。

〔一〇〕次公曰：自絶域歸舟遠已下，至寂寞灑衣巾，公言其身之流落，而因先主廟乃即諸葛亮之功以自比，而感歎也。絶域字，李陵云出征絶域也。　歸舟，指言欲歸長安之舟。　字則謝（惠連）〔朓〕云：天際識歸舟。　言遠，則相去之遠。今暫留此，故於荒城之中，頻繫馬而謁此先主廟也。

〔一一〕次公曰：搖落，秋時也。宋玉云：悲哉秋之爲氣，草木搖落而變衰。　況乃久風塵，則歎其遭兵戈亂離而對之也。

〔一二〕次公曰：此蓋弔葛亮，於是問其孰與關張並。先主之臣多矣，諸葛之外，亦稱關、張焉。今言諸葛與關羽、張飛之才器孰與乎並？言不可並矣。徵士傅幹曰：劉備寬仁有度，能得人死力，諸葛達治知變，正而有謀，而爲之相；張飛、關羽勇而有義，皆萬人之敵，而爲之將。此三人者，皆人傑。以備之略，三傑佐之，何爲不濟？　諸葛傳：先主與亮情好日密，關、張等不悦。先主解之曰：孤之有孔明，猶魚之有水也，願諸君勿復言。羽、飛乃止。蓋當時有三傑之稱，然終不可並也。　功臨耿鄧親，則公評品以爲惟與耿、鄧親矣。耿，則耿弇；　鄧，則鄧禹。　後漢論云：寇、鄧之高勳，耿、賈之鴻烈。　蓋所以佐光武之中興者也。

〔一三〕次公曰：兩句又以議論劉先主，且凡興王者，莫不在乎得士也。　譙周初勸進曰：願大王應天順民。傳曰：得士者昌，失士者亡。在先主言，所謂士者，專指諸葛亮而已。舊注不省，至引諸葛爲股肱，法正爲謀主，關羽、張飛、馬超爲爪牙，許靖、麋竺、簡雍爲賓友，不亦贅乎？　應天，一作繼天，雖有義而非。蓋應天字，乃初起而王者也。兩句之義，蓋公有經綸之心，於是因言先主、諸葛，而思其身之可以佐王矣。吐蕃尚熾，兵戈未息，則運籌必有人焉。　既不得用，則亦隱於漁釣而已。故接之以遲暮堪帷幄，飄零且釣緡。

〔一四〕次公曰：遲暮字，楚辭云：傷美人之遲暮。用對飄零，其字多矣。漢書曰：張子房運籌帷幄之中。又曰：入侍帷幄，故對釣緡。其字則詩云其釣惟何，維絲伊緡也。

〔一五〕次公曰：末句尤見公之志矣。

秋野五首（近體詩）

秋野日疏蕪，寒江動碧虛。繫舟蠻井絡，卜宅楚村墟〔一〕。棗熟從人打，葵荒欲自鋤〔二〕。盤餐老夫食，分減及溪魚〔三〕。

右一

〔一〕次公曰：井絡字，左太沖蜀都賦云：岷山之精，上爲井絡。注：爲東井星之維絡。杜公所用，不過承此耳。杜田更引上下文，爲冗。着蠻字，則凡全蜀皆井絡，而公今居夔，則爲蠻井絡。其下云楚村墟是已。夔者，楚之附庸，而楚在春秋爲蠻夷也。

〔二〕次公曰：棗熟從人打，則又前所題桃樹云：今秋總餧貧人實。呈吳郎云：堂前撲棗任西鄰。又於甘子云漸知秋實美，幽徑恐多蹊之意。

〔三〕次公曰：末句亦實道其事，且見愛人及物矣。

易識浮生理，難教一物違。水深魚極樂，林茂鳥知歸。衰老甘貧病，榮華有是非〔一〕。

秋風吹几杖，不厭此山薇〔二〕。

右二

〔一〕次公曰：上兩句通義，所以引下句。蓋言浮生之理不難識也，以一物不可違其性言之，則浮生之理得矣。一物不可違者，何也？水深魚極樂，水淺則魚不樂矣。林茂鳥知歸，林淺則鳥不歸矣。以是推之，吾衰老矣，自安於貧病而無它念，正以榮華非不美也，而有是與非焉。吾老字，師民瞻本作衰老，是。蓋兩字方對榮華。

〔二〕次公曰：末句則又結一篇之義，不厭採薇而食，此其所以安貧病歟！

禮樂攻吾短，山林引興長〔一〕。掉頭紗帽仄，曝背竹書光〔二〕。風落收松子，天寒割蜜房〔三〕。稀疏小紅翠，駐屐近微香〔四〕。

右三

〔一〕次公曰：禮樂攻吾短，則嵇康所謂禮法之士，疾之如讎之意也。山林引興長，則漢史所謂山林之士，入而不能出之意也。

〔二〕次公曰：掉頭字，出莊子：鴻濛雀躍掉頭。貼以紗帽，則所戴者紗帽也。公屢使紗帽字，曰管寧紗帽淨，又雙楓浦詩曰浪足浮紗帽，則亦以閑散之服唯帽而已。晉書：桓溫詣謝安，值其理髪。安性遲緩，久而方罷，使取幘。温見，留之曰：令司馬着帽進。觀此，則帽爲閑散之服矣。曝背事，出列子：宋國有田夫，常衣緼黂僅以過冬。暨春東作，自曝於日，不知天下之有廣厦隩室、綿纊狐狢。顧謂其妻曰：負日之暄，莫有知者，以獻吾君，將有重賞。此曝背之義也。貼以竹書，則所讀竹簡之書。暗用郝隆七月七日曬腹中書事也。

〔三〕次公曰：兩句實道其事。蜜房字，出班固終南頌曰：蜜房溜其顛。其後左太沖蜀都賦：蜜房郁毓，被其阜（松）。公蓋承用此耳。杜時可引（禆）〔埤〕雅，言蜂有兩衙應潮，其王所在，衆蜂環繞如衛。採取萬芳釀蜜，其房如脾，故曰蜂房，又謂之蜜脾。雖冗而無害於義。

【校】所引蜀都賦，松字衍，九家注引無松字。據影胡刻本文選删。

〔四〕次公曰：末句蓋言秋花，故小紅翠謂之稀疏也。

遠岸秋沙白，連山照晚紅〔一〕。潛鱗輸駭浪，歸翼會高風〔二〕。砧響家家發，樵聲箇箇同〔三〕。飛霜任青女，賜被隔南宫〔四〕。

右四

〔一〕次公曰：連山字，蓋因三易之名，商曰連山，而有此字。舊注引海賦波濤如連山，在後矣。

〔二〕次公曰：潛鱗輸駭浪句，蓋言潛魚以深爲樂，而峽水之深，則輸寫駭浪。淮南子云：河水九折注海而流不絶者，有崑崙之輸也。則此輸之謂矣。歸翼會高風，乃逸乎鴻毛遇順風之義；而會則所謂風雲之會。舊注引魏文帝云適與飄風會，却成吹散之矣。

〔三〕次公曰：砧響發字，謝惠連詩：欄高砧響發。樵聲同，則以實事對之。舊注云：峽中樵人唱歌，每句多以柳青斷之。其説是。

〔四〕次公曰：公懷省署之事。青女者，霜神名。淮南子曰：青女出以降霜。高誘注：青女，天神，主霜雪。賜被事，後漢：藥崧嘗直南宮，家貧無被，帝聞而嘉之，詔太官賜尚書(郎)以下食，并給帷被。公官是尚書工部員外郎，而在外，故云隔也。

右五

身許麒麟畫，年衰鴛鷺羣〔一〕。大江秋易盛，空峽夜多聞。逕隱千重石，帆留一片雲〔二〕。兒童解蠻語，不必作參軍〔三〕。

〔一〕次公曰：麒麟，漢閣名，在未央宮。漢宮殿疏曰：天禄閣、麒麟閣，蕭何造以藏秘書。按蘇武傳，甘露三年，單于始入朝。上思股肱之美，乃圖畫其人於麒麟閣，法其形貌，著其官爵、姓名。唯霍光不名，曰：大司馬、大將軍、博陸侯，姓霍。次至蘇武，凡十一人。(許身)〔身許〕字，公嘗云：許身一何愚，(自)〔竊〕比稷與契。鴛鷺，以言侍從。古詩云：廁迹鴛鷺行。公晚方登朝，故言年衰鴛鷺羣。舊本誤作騏驎，詳於句法義例。

【校】自比稷與契：九家注於自京赴奉先縣詠懷五百字自作竊。

〔二〕次公曰：帆留一片雲，則公欲更南下，已理舟準備帆席而未行也。

〔三〕次公曰：末句蠻語事，世説：郝隆爲南蠻參軍。上巳日，作詩曰：娵隅(濯)〔躍〕清池。桓温問：何物？答曰：蠻名魚爲娵隅。温曰：何爲作蠻語？隆曰：千里投公，始得一蠻府，那得不蠻語也！

【校】濯清池：上海古籍出版社影印思賢講舍刻本世説新語濯作躍。

簡吴郎司法一首（近體詩）

有客乘舸自忠州，遣騎安置瀼西頭。古堂本買藉疏豁，借汝遷居停宴遊〔一〕。雲石熒熒高葉曙，風江颯颯亂帆秋〔二〕。却爲姻婭過逢地，許坐曾軒數散愁〔三〕。

〔一〕次公曰：借汝遷居停宴遊，則借吴司法自舟中遷來以居，而我甘心停止宴遊也。

〔二〕次公曰：腹聯兩句以言瀼西古堂所見之景物。

〔三〕次公曰：末句姻婭字，詩云：瑣瑣姻亞。古堂本公之所有，既借吴郎住，却是姻婭家之屋舍，乃爲我過逢之地耳，應仍許我坐於曾軒，數數散其愁也。數，音所角切。

又呈吴郎一首（近體詩）

堂前撲棗任西鄰，無食無兒一婦人〔一〕。不爲困窮寧有此，秖緣恐懼轉須親〔二〕。即防遠客雖多事，使插疏籬却甚真〔三〕。已訴征求貧到骨，正思戎馬淚盈巾〔四〕。

〔一〕次公曰：首句因實事而告吴郎，蓋公舊嘗見有撲棗者矣，今告吴郎以任從之也。然暗用前漢王吉傳：東家棗樹垂吉庭，其妻取棗啖吉。吉知，乃去婦。東家欲伐樹，鄰里共止之，固請吉還婦。里語曰：東家有樹，王陽婦去；東家棗完，去婦復還。蓋在王吉之清介，則不容其妻取棗於東家，而在公之樂易，則告吴郎以許西家之婦取棗於吾舍也。無食無兒一婦人，詩人於四字疊兩件事，多有出處。無食字，則莊子云吾無糧、我無食也。無兒字，則昔人語曰皇天無知，使鄧伯道無兒也。至若一婦人三字，全似無出，而宋玉高唐賦云先王晝寢，夢見一婦人也。

〔二〕次公曰：不爲困窮寧有此，祇緣恐懼轉須親，則言探斯婦之情，蓋困窮所致，又告吴郎當念其恐懼，宜更親之。此兩句，其上句有〔彼有〕遺秉，〔此有〕滯穗，（資）〔伊〕寡婦之利之意。其下句則與見竊筍而又擲與之同科。公在廟堂，其澤天下也可推矣！

〔三〕次公曰：即防遠客雖多事，使插疏籬却甚真，又言雖任隣婦取棗，然吴郎以在遠客而來，亦須謹藩籬以防他寇。所防者，非爲棗也，謂多事之不可測，使人插籬亦不害爲真意耳。此公又告吴郎之辭。

〔四〕次公曰：末句，則上句乃言取棗之隣婦已告訴爲征求所困而貧到骨；下句乃公聞其征求之語，正思因戎馬所致而淚霑巾也。

聽楊氏歌一首（古詩）

佳人絶代歌，獨立發皓齒〔一〕。滿堂慘不樂，響下清虚裹〔二〕。江城帶素月，況乃清夜起〔三〕。老夫悲暮年，壯士淚如水〔四〕。玉杯久寂寞，金管迷宫徵〔五〕。勿云聽者疲，愚智心盡死。古來傑出士，豈待一知己〔六〕。吾聞昔秦青，傾側天下耳〔七〕。

〔一〕次公曰：佳人字、絶代字、獨立字，李延年歌曰：北方有佳人，絶代而獨立。發皓齒字，阮籍詠懷詩云南國有佳人，榮華若桃李；朝遊江北岸，夕宿瀟湘沚；時俗薄朱顔，誰爲發皓齒也。

〔二〕次公曰：滿堂慘不樂，借使刑法志云：一人向隅而泣，滿堂皆爲之不樂也。夫泣則不樂，今歌而使不樂字，則以其聲之悲切故耳。清虚裏，一作浮雲裏，不取。

〔三〕次公曰：凡濱江州縣，皆可謂之江城。公詩有云：江城今夜客。有云：獨宿江城蠟炬殘。又於歲暮云：鼓角動江城。以言成都也。於寄呈漢中王云：江月滿江城。於送卿二（公）〔翁〕云：白馬出江城。與今所云江城帶素月，以言夔州也。素月字，謝希逸月賦云：素月流天。清夜字，曹子建詩：清夜游西園。舊注引中夜起長歎，却是中夜矣。

〔四〕次公曰：老夫悲暮年，壯士淚如水，則其所感如此。老夫字，如左傳：牽（帥）〔率〕老夫。故對壯士。其字則荆軻歌云壯士一去兮不復還也。暮年字，則魏武帝樂府曰烈士暮年，壯心不已也。淚如水，則與淚下如流泉同義。

【校】卿二公：明鈔本丁帙卷七題作卿二翁。

〔五〕次公曰：玉杯、金管，皆所以爲聲曲者也。玉杯，則今之所擊水盞；金管，則今之吹笛。以金玉言之，取其貴也。玉杯，所出多矣，如箕子諫紂，以爲象箸則必爲玉杯。三逸云：顔淵之箪瓢，勝慶封之玉杯。山海經：犬戎國有女子，跪進玉杯之食。皆是已。玉杯之寂寞，言其不敢爲聲。金管迷宫（微）〔徵〕，言其聲之不逮於歌。皆以形容歌聲之妙也。

【校】宫徵：九家注徵作徵。

〔六〕次公曰：傳云：士伸於知己，屈於不知己。故於傑出士下使知己字。一本作傑出事，不取。

〔七〕次公曰：秦青，一本作秦音，非。杜時可引列子曰：昔薛譚學謳於秦青，未窮青之技，自謂盡之，遂辭歸。青弗止，餞於郊衢，撫節悲歌，聲振林木，響遏行雲。譚乃謝，求反，終身不敢言歸。其説是。蓋至於傾天下之耳，則非特一知己而已。

戊帙卷之六

丁未大曆二年，時公五十六歲。秋八月，在夔州瀼西所存之詩。以文字之多，今以詠懷寄鄭監李賓客者乃百韻詩，故獨專一卷，爲八月詩上。

秋日夔府詠懷奉寄鄭監審李賓客之芳一百韻（近體詩）

次公曰：此今歲大曆二年秋八月詩也。何以言之？公前一年之秋，乃永泰元年，在雲安縣，有別常徵君詩云：兒扶猶杖策，卧病一秋强。其次篇十二月一日三首。其一云：今朝臘月春意動，雲安縣前江可憐。則前篇所謂卧病一秋强者，在雲安縣也。其一云：新亭舉目風塵切，茂陵著書消渴長。則所卧病者，消渴也。其一云：即看燕子入山扉，豈有黄鸝歷翠微。則在雲安有居山之屋，故言燕入山扉也。至大曆元年春，方來夔州，故有移居夔州郭詩云伏枕雲安縣，遷居白帝城。春知催柳别，江與放舡清也。今此詩乃今歲三月移居瀼西，至秋八月所作，以句云消渴已三年，則知其爲今歲大曆二年。又句云：局促看秋燕，蕭疏聽晚蟬。秋燕言局促，則將去而所住之景短；蟬言蕭疏，則將（書）〔晝〕而所鳴之侣稀，則知其爲秋八月也。

絶塞烏蠻北，孤城白帝邊〔一〕。飄零仍百里，消渴已三年〔二〕。雄劍鳴開匣，羣書滿繫船〔三〕。亂離心不展，衰謝日蕭然〔四〕。筋力妻孥問，菁華歲月遷〔五〕。登臨多物色，陶冶賴詩篇〔六〕。峽束蒼江起，巖排古樹圓。拂雲霾楚氣，朝海蹴吳天〔七〕。煮井爲鹽速，燒畬度地偏〔八〕。有時驚疊嶂，何處覓平川〔九〕。溪鷺雙雙舞，獮猴壘壘懸〔一〇〕。碧羅長似帶，錦石小如錢〔一一〕。春草何曾歇，寒花亦可憐〔一二〕。獵人吹戍火，野店引山泉〔一三〕。喚起搔頭急何遜云：金粟裹搔頭。扶行幾屐穿。諸阮云：一生能著幾屐？〔一四〕兩京猶薄産，四海絶隨肩〔一五〕。幕府初交辟，郎官幸備員〔一六〕。瓜時猶旅寓，萍泛苦寅緣〔一七〕。藥餌虛狼籍，秋風灑靜便〔一八〕。開襟驅瘴癘，明目掃雲煙〔一九〕。高宴諸侯禮，佳人上客前〔二〇〕。哀箏傷老大，華屋艷神仙〔二一〕。南内開元曲，常時弟子傳。法歌聲變轉，滿座涕潺湲。都督柏中丞筵，梨園弟子李山奴歌。〔二二〕吊影夔州僻，回腸杜曲煎〔二三〕。即今龍厩水，莫帶犬戎羶。兩京龍厩門、苑馬門也。渭水流苑門内。〔二四〕耿賈扶王室，蕭曹拱御筵〔二五〕。乘威滅蜂蠆，戮力効鷹鸇〔二六〕。舊物森猶在，凶徒惡未悛〔二七〕。國須行戰伐，人憶止戈鋋〔二八〕。奴僕知何禮，恩榮錯與權〔二九〕。胡星一彗孛，黔首遂拘攣〔三〇〕。哀痛絲綸切，煩苛法令蠲〔三一〕。業成陳始王，兆喜出于畋〔三二〕。宮禁經綸密，台階翊(載)〔戴〕全〔三三〕。熊羆載吕望，鴻雁美周宣〔三四〕。側聽中興主，長吟不世賢〔三五〕。音徽一柱數，道里下牢千。鄭在江陵，李在夷陵。〔三六〕鄭李光時論，文章並我先。陰何尚清省，沈宋欻聯翩〔三七〕。律比崑崙竹，音知燥濕絃〔三八〕。風流俱善價，愜當久忘筌〔三九〕。置驛常如此，登龍蓋有焉〔四〇〕。雖云隔禮數，不敢墜周旋〔四一〕。

高視收人表，虛心味道玄〔四二〕。馬來皆汗血，鶴唳必青田〔四三〕。羽翼商山起，蓬萊漢閣連〔四四〕。管寧紗帽淨，江令錦袍鮮〔四五〕。東郡時題壁，南湖日扣舷。遠遊凌絶境，佳句染華牋〔四六〕。每欲孤飛去，徒爲百慮牽〔四七〕。生涯已寥落，國步尚迍邅〔四八〕。衾枕成蕪没，池塘作棄捐。平生多病，卜築遺懷。〔四九〕別離憂（恒恒）〔怛怛〕，伏臘涕漣漣〔五〇〕。露菊班豐鎬，秋蔬影澗瀍〔五一〕。共誰論昔事，幾處有新阡〔五二〕。富貴空回首，喧爭懶著鞭〔五三〕。兵戈塵漠漠，江漢月娟娟〔五四〕。局促看秋燕，蕭疏聽晚蟬〔五五〕。雕蟲蒙記憶，烹鯉問沉綿〔五六〕。卜羨君平杖，偷存子敬氈〔五七〕。囊虛把釵釧，米盡拆花鈿〔五八〕。甘子陰涼葉，茅齋八九椽〔五九〕。陣圖沙北岸，市暨瀼西巔。八陣圖、市暨，夔人語也，江水橫通山谷處，方人謂之瀼。〔六〇〕羈絆心常折，棲遲病即痊〔六一〕。紫收岷嶺芋，一云紫秧岷下芋，非。白種陸池蓮。色好梨勝頰，穰多栗過拳〔六二〕。敕廚唯一味，求飽或三鱣〔六三〕。兒去看魚笱，人來坐馬韉〔六四〕。縛柴門窄窄，通竹溜涓涓。塹抵公畦稜，京師農人指田遠近多云幾稜。稜，音去聲。村依野廟壖。缺籬將棘拒，倒石賴藤纏〔六五〕。借問頻朝謁，何如穩晝眠〔六六〕。誰云行不逮，自覺坐能堅。霧（兩）〔雨〕銀章澀，馨香粉署妍〔六七〕。紫鸞無近遠，黃雀任翩翾〔六八〕。困學違從衆，明公各勉旃〔六九〕。聲華夾宸極，早晚到星躔〔七〇〕。懇諫留匡鼎，諸儒引服虔〔七一〕。不過輸鯁直，會是正陶甄。宵旰憂虞軫，黎元疾苦駢。雲臺終日畫，青簡爲誰編〔七二〕。行路難何有，招尋興已專〔七三〕。由來具飛檝，暫擬控鳴弦〔七四〕。身許雙峯寺，門求七祖禪〔七五〕。落帆追宿昔，衣褐向真詮〔七六〕。安石名高晉鄭高簡，得謝太傅之風。，昭王客赴燕李宗親，有燕昭之美。燕，周之裔。〔七七〕。途中非阮籍，查上似張騫〔七八〕。披拂雲寧在，淹留景不延〔七九〕。風期終破浪，水怪莫飛涎〔八〇〕。他日辭神女，傷春怯杜鵑〔八一〕。淡交相聚散，澤國遶迴旋〔八二〕。本自依迦葉，何曾藉去聲偓佺〔八三〕。鑪峯生轉眄，橘井尚高褰〔八四〕。東走窮歸鶴，南征盡跕鳶〔八五〕。晚聞多妙教，卒踐塞前愆〔八六〕。顧凱丹青列，頭陀琬琰鐫〔八七〕。衆香深黯黯，幾地肅芊芊〔八八〕。勇猛爲心極，清羸任體孱〔八九〕。金篦空刮眼，鏡象未離銓〔九〇〕。

【校】寅緣：九家注作夤緣，寅、夤通。　翊載：注文引作翊戴，是。　恒恒：注文引作怛怛，是。　霧兩：注文引作霧雨，是。今皆據改。

〔一〕次公曰：上句指言雲安縣也。嶲州以西有烏蠻、白蠻，而雲安縣當其北。　下句指言夔州也。公孫述割據，自號白帝，築城山顛，今曰白帝城，而夔州在其邊。　自此兩句至陶冶賴詩篇，通十二句，公鋪敘以自述。

〔二〕次公曰：公自中原入蜀，往來東、西蜀間，又自西蜀南下，可謂飄零矣。以病久住雲安，又移居於夔，所以謂之飄零仍百里也。　消渴，雖公有此病而實道之，然其字則馬相如有消渴之疾，故雲安詩云：茂陵著書消渴長。自永泰元年十二月有消渴之疾，歷去歲大曆元年，至今歲大曆二年，是爲三年。前有阿段修水筒詩亦曰：消渴三年搔白首。　飄零字，謝惠連雪賦有曰：從風飄零。若在人言之，則如庾信枯樹賦有云：山河阻隔，飄零離別。而孟浩然云：平生早偏露，萬里更飄零。

〔三〕次公曰：雄劍字，列士傳曰：眉間尺者，眉間闊一尺也。楚人干將、鏌鋣之子。楚王夫人常於夏納涼而抱鐵柱，心有所感，遂懷孕，後産一鐵。楚王命鏌鋣鑄此精爲雙劍，三年乃成。劍一雌一雄。鏌鋣乃留雄，而以雌進楚王。劍在匣中，常有悲鳴。王問羣臣，羣臣對曰：劍有雌雄，鳴者雌憶其雄也。王大怒，即收鏌鋣，殺之。眉間尺乃爲父殺楚王。舊注云：雷煥得其劍於酆城，有雌雄。考之張華傳及它所載，並無雌雄字，乃舊注模稜也。用對羣書，其字則劉向博極羣書也。此詩後段著言瀼西之居，而今云羣書滿繫船，則書尚在舟中也。

〔四〕次公曰：亂離字，出詩亂離瘼矣，故對衰謝。其字則周王褒與周弘讓書：年事道盡，容髮衰謝。選有云：意不宣展。又詩云折麻心莫展，則心不展者，化用之也。蕭然字，晉書：此外蕭然無辨。

〔五〕次公曰：筋力字，出禮記云：老者不以筋力爲禮。故對菁華。其字則陶徵士誄言：菁華隱没，芳流歇絶。注云：菁華，猶英華也。

〔六〕次公曰：登臨字，祖出宋玉云登山臨水。而兩字合用，則謝靈運有登臨海嶠詩，故對陶冶。其字出顔氏家訓之言文章曰：陶冶性靈，從容諷諫。舊注徒以虚辭解其義，而不引所出。薛夢符引梁鍾嶸詩評曰：阮嗣宗詩，其源出於小雅，無雕蟲之功。而詠懷之作，可以陶性靈、發幽思。又只是陶字耳。已上十二句一段。

〔七〕次公曰：舊本滄江字，師民瞻本作蒼江，石樹字作古樹，是。自峽東蒼江起至野店引山泉十六句，所以鋪陳多物色者也。拂雲霾楚氣，所以成古樹圓之句。言樹木拂雲而高，爲楚氣所昏霾之。朝海蹴吴天，所以成蒼江起之句。言江流朝宗於海，其勢蹴踏吴國之天也。

〔八〕次公曰：兩句皆實道蜀中之事。蜀都賦云：於東則左緜巴中。而繼之以其中則……濱以鹽池。劉淵林注云：鹽池，出巴東北新井縣。水出地如湧泉，可煮以爲鹽也。新井雖在東川，而夔亦有鹽井。燒畬事，舊注云：峽土瘠確，暖氣晚達，故民燒地而耕，謂之火耕，亦謂之畬田。其説是。　度音度越之度，言燒畬所至，度過其地之偏處也。

〔九〕次公曰：疊嶂字，任彦昇云：疊嶂易成響。公於劍門詩嘗曰意欲剗疊嶂，故對平川。字則如玉臺後集載沈君攸採蓮詩云：平川映曉霞，蓮舟泛浪華。

〔一〇〕次公曰：壘壘，在前人使作平字。如魏文帝善哉行云：還望故鄉，鬱何壘壘。張孟陽七哀詩云：北芒何壘壘，高陵有四五。今公用作上聲，蓋特重疊之義耳。

〔一一〕次公曰：兩句體物之語。公嘗以藻荇爲翠帶，荷葉爲青錢，乃其義也。此有錦石字，尤見〔前〕句石樹爲古樹之是。

〔一二〕次公曰：上句則倣謝靈運詩芳草亦未歇，而字則梁元帝藥名詩云：況看春草歇，還見雁南飛。公嘗使春草歇矣，今翻用之也。　寒花字，張景陽詩：寒花發黄彩。花之可憐如梁簡文帝春日詩云：桃含可憐紫，柳發斷腸青。謂之亦可憐，則亦翻用此意。蓋春日之花，固爲可憐，而寒花雖在秋日，亦爲可憐也。

〔一三〕次公曰：火謂之戍火，則有屯戍在白帝城也。獵人至其上矣。已上十六句一段。

【校】九家注又有峽民依山而居，故鮮水，常以竹引山泉而飲一句。

〔一四〕次公曰：自唤起搔頭急至明（目）〔日〕掃雲煙十二句，亦述一時之事，而因紀秋風之爽快耳。　唤起搔頭急，言寢睡之中被人唤起，頭方煩痒，以簪搔之不停手，而頗急。公自注云：何遜云：金粟裹搔頭。此自是詠婦人之詩，而公引之，所以表見搔頭兩字所出。　扶行幾屐穿，言既睡起，爲人所扶而行，凡穿破幾屐，則見其行往來之頻矣。公自注云：諸阮曰：一生能著幾屐。所謂諸阮者，阮孚也，性好屐。客有詣孚，正見蠟屐，因自歎曰：未知一生能著幾屐？神色自閑暢。公自引注，所以表見幾屐兩字所出。此非公時露消息，以其詩無兩字無來處耶？

〔一五〕次公曰：上句則公於洛陽、長安，皆有物業也。　下句則歎無交遊相隨也。　隨肩，乃禮記則肩隨之之倒文。薄産字，未見。

〔一六〕次公曰：兩句通義。　幕府，指言節度府也。　郎官則公官乃尚書工部員外郎也。前此嚴公爲東西〔川〕節度使，辟公爲參謀，而官則尚書工部員外郎。　今言於此，豈夔州節度亦嘗辟之邪？　恨無所考。　其幕府字，前漢：衛青開幕府。　注引漢官儀云：始自衛青就北漠拜大將軍，因開幕府。　沈存中云：余按晉書〔郄〕〔郗〕超傳，稱超卧桓温帳中，王坦之曰：郗生可謂入幕之賓。　則幕乃幕中之幕也。　其説是。　次公按，公詩又云雲幕隨開府、白頭趨幕府、兩都開幕府、十年出幕府、雲深驃騎幕、風動將軍幕、幕府秋風日、夜清入幕諸彦聚、幕府籌頻問，皆幕中之義耳。　用對郎官，則後漢：光武云郎官上應列宿也。

〔一七〕次公曰：瓜時，則五月、六月間也。　字出左傳：瓜時而往，及瓜而代。　今止取瓜時兩字，以志其時耳。　故用對萍泛。　其字則謝靈運詩：蘋萍泛沉深。　旅寓字，未見。　用對寅緣，其字亦未見。　惟韓退之亦云：青壁無路難寅緣。

〔一八〕次公曰：藥餌字，謝靈運詩藥餌情所止，衰疾忽在斯。　故用對秋風。　字則如楚辭云嫋嫋秋風。　狼籍，言其多也。　字出陸、賈名聲籍甚。　注言：狼籍甚盛。　故對靜便。　便，平聲。　其字則謝靈運詩拙疾相倚薄，還得靜者便也。

〔一九〕次公曰：開襟字，王仲宣登樓賦：向北風而開襟。　故對明目。　其字則書明四目。　史有明目張膽。　已上十二句一段。

〔二〇〕次公曰：自高宴諸侯禮，至滿座涕潺湲八句，因實道赴藩侯之宴會而感傷所聞之曲也。唐之藩鎮，乃古之諸侯。其爲宴也，乃諸侯之禮。舊注云：言能守臣節。是何夢語！　上客，則公自謂也。古詩云：主人愛上客。今句言其爲宴會，呼命佳人而在上客之前。

〔二一〕次公曰：哀箏字，魏文帝書：哀箏順耳。故用對華屋。其字雖祖出史（詩）〔記〕，而（記）〔詩〕則如曹子建云平生華屋處也。傷老大字，摘使老大徒悲傷，故對艷神仙，則古詩云金屋羅神仙也。

【校】祖出史詩，而記則如曹子建云，今按二句扞格難通，當係傳鈔顛倒，據文理當作祖出史記，而詩則如曹子建云。

〔二二〕次公曰：四句通義。曲，蓋法曲及霓裳曲之類。而弟子，則梨園弟子也。據明皇雜録云：天寶中，上命宫中女子數百人爲梨園弟子，皆居宜春北院。上素曉音律，時有馬仙期、李龜年、賀懷智，皆洞知律度。安禄山自范陽入覲，獻白玉簫管數百事，皆陳於梨園。自是音響殆不類人間。其後李龜年流廢江南，每遇良辰勝景，常爲人歌闋。座上聞之，莫不掩泣而罷酒。有梨園法曲及霓裳曲，至今尚存也。　言南内，則明皇初居興慶宫，謂之南内也。　已上八句一段。

〔二三〕次公曰：自吊影夔州僻，至鴻雁美周宣二十四句，言身處夔州而心思王室，因喜用賢伐叛，王業中興之效也。　吊影字，出曹子建表形影相吊。舊注引李令伯之言在後矣，故對回腸，則司馬遷腸一日而九回也。公在長安，家於杜曲，故懷杜曲而回腸煎熬也。

〔二四〕次公曰：兩句，公所憂疑也。時有吐蕃之亂，而公在夔州，不知中原消息，故憂疑之以今龍厩門邊之水，莫也爲犬羊所羶汙乎？　或又云：莫者，止之之辭，言爾犬羊莫更羶汙龍厩之水。其説亦是。龍厩，門名，見公自注。

〔二五〕次公曰：既憂吐蕃之羶汙，又思廟堂大臣有耿、賈、蕭、曹焉，可以伐叛而息兵矣。耿，則耿弇；賈，則賈復，佐光武中興之臣。蕭，則蕭何；曹則曹參，佐高祖創業之臣。

〔二六〕次公曰：乘威滅蜂蠆，蜂蠆，以譬吐蕃。臧文仲曰：君其無謂邾小，蜂蠆有毒，而況國乎？乘威，則望如四公者滅之也。勠力効鷹（羶）〔鸇〕，蓋以囑大臣。左傳：太史克曰：見無禮於其君者〔誅之〕，如鷹（羶）〔鸇〕之逐鳥雀。若乘威字，則如選有云：乘靈風而扇威。故用對勠力。其字則尚書：聿求元聖，與之勠力。又左傳：勠力（於）一心也。

〔二七〕次公曰：舊物，以言國家之大物。哀元年傳：祀夏配天，不失舊物。故用對凶徒。其字則如庾信作宇文舉墓誌有云：凶徒瓦解。

〔二八〕次公曰：戰伐字，如歐陽率更作類書，專有戰伐一門，故對戈鋋。其字則東都賦：戈鋋彗雲。鋋，音時連切。小（予）〔矛〕也。

【校】小予：九家注引作小矛，是。

〔二九〕次公曰：此則當戰伐之時，必有武夫悍卒立功而蒙寵者。然公爲此句無所畏。

【校】九家注畏字下有憚字，且下接：蓋亦痛悼其弊爾。或云：此句似專指安禄山不合付以兵柄也。

〔三〇〕次公曰：兩句又憫蒼生同受其禍矣。前漢天文志曰：旄頭，胡星也。星妖所纏，謂之彗，亦謂之孛。漢天文志又曰：彗孛飛流，日月薄食。是已。黔首，民也。秦始皇名百姓曰黔首，謂首之黑也。拘攣字，攣，力全反。後漢曹褒傳：諸寮拘攣，難與圖始。注：拘攣，猶拘束也。潘安仁西征賦已用云：陋吾人之拘攣。

〔三一〕次公曰：兩句言代宗之美也。漢武帝末年下哀痛之詔。禮記曰：王言如絲，其出如綸；王言如綸，其出如綍。絲綸切，則言詔書切至也。哀痛對煩苛，其字則高祖約法三章，掃除煩苛也。

〔三二〕次公曰：上句以成王比代宗也。詩七月〔序〕：陳王業也，是已。下句意者以呂望比郭令公乎？史記：西伯將出獵，卜之，曰：所獲非龍非彲，非虎非（罷）〔羆〕；所獲霸王之輔。於是西伯獵，果遇太公於渭陽，載與俱歸，立之爲師也。　出于畋三字，則挨傍詩篇名有叔于田也。

〔三三〕次公曰：又申言大臣之扶王室如此。其句蓋使梁竦傳云：宫省事密。又合易云君子以經綸而言之。台階，星也。晉天文志：三台六星，兩兩而居。又曰：在人曰三公，在天曰三台。又曰：三台爲三階也。合翊戴字，則傳曰：劉琨與段匹磾盟文云：古先哲王，貽厥後訓，所以翊戴天子。

〔三四〕次公曰：前句止云兆喜出于畋，則方往求賢；今云熊羆載呂望，則果得賢而歸矣。鴻雁美周宣，則又用中興之主以美代宗也。　鴻雁，詩篇名，其序曰：美宣王也。萬民離散〔不安其居〕，而能勞（求）〔來〕還定，安集之。　已上二十四句一段。

〔三五〕次公曰：自側聽中興主至不敢墜周旋十六句，言王室中興，本乎得賢，而鄭與李，乃所謂賢者，故吟詠而思之。中興主字，緊結美周宣之句。烝民云，宣王任賢使能，周室中興焉。用對不世賢三字，則曹子建之語也。　側聽字，陸士衡洛道中作云：側聽悲風響。顔延年夏夜詩：側聽風薄木。用對長吟，則選有永嘯長吟也。

〔三六〕次公曰：兩句有公自注。一柱觀在荆州。渚宫故事：宋臨川王義慶代江夏王鎮江陵，於羅公洲上立觀，甚大，而惟一柱。所以言江陵也。下牢關在峽州，所以言夷陵也。音徽一柱數，言其數通音問。　音徽字，陸士衡擬古詩云：歡友蘭時往，（迢迢）〔苕苕〕匿音徽。故用對道里。其字則傳曰：四方之貢賦，道里均焉。道里千，則相去千里也。

【校】迢迢：影胡刻本文選作苕苕。

〔一〕次公曰：御氣字，莊子云：御六氣之辨也。於雲樓敞言之，言其高也。

〔二〕次公曰：仙人張内樂，特以仙樂兩字言之耳。杜時可引宣室志云：唐玄宗夢仙子十餘輩，御卿雲而下列於廷，各執樂器而奏之。其度曲清越，殆非人世也。及樂闋，有一仙子前曰：陛下知此樂乎？此神仙紫雲曲。今傳陛下，爲唐正始音。玄宗甚喜，即傳授焉。又鄭棨開天傳信記云：玄宗謂高力士曰：吾昨夜夢遊月宮，月宮諸仙娱予以上清之樂。寥亮清越之音，非人間所聞也。酣飲久之，合奏諸樂以送客。吾歸，其曲悽楚動人，杳杳在耳。吾遂以玉笛尋之，盡得其聲。力士請曲名。上曰紫雲曲。遂載於樂篇。今太常刻石存焉。二説大同小異，故并載之。杜時可所引如此，雖冗而無害於義。王母獻桃，此使事也。漢武故事曰：西王母賫仙桃七枚，獻帝。帝欲留核種。王母笑曰：此桃一千年生，一千年結實。人壽幾何！遂指東方朔曰：仙桃三熟，此兒已三偷矣。

〔三〕次公曰：羅襪紅蕖艷，言宫人也。羅襪字，洛神賦：羅襪生塵。紅蕖艷，比其襪之如蓮。舊注引洛神賦：迫而察之，〔灼〕若芙蕖出緑波。此却是言佳麗之容矣。金羈白雪毛，以言馬也。金羈字，曹子建詩曰：白馬飾金羈。白雪毛，比其毛之鮮潔。

【校】若芙蕖：若字上奪灼字，據影胡刻本文選補。

〔四〕次公曰：舞階字，書云舞干羽於兩階也，故對走索。其字則西京賦走索而相逢。

〔五〕次公曰：聖主他年貴一句，追言明皇之昔日也。邊心此日勞，公自言其今日在邊之地而感望也。

〔六〕次公曰：末句桂江，即是潭州之水所從來也。流向北，又見北望長安之切矣。

夜一首 （近體詩）

【今按】此題明鈔重出，一在己帙卷三移居公安山館下。注文小異，今依百家注編次存此首，删前首，異文出

〔三七〕次公曰：陰、何、沈、宋，皆以美鄭、李也。陰則陰鏗，何則何遜，沈則沈佺期，宋則宋之問。陰、何前代，而二公比之彼尚清省，未爲富艷。沈、宋近代，欻然追逐，與之相聯翩也。　欻音許勿反，字書云：有所吹起貌。聯翩，亦有作連翩，字義雖同，而此聯翩字，則如文賦云浮藻聯翩，若翰鳥（櫻）〔纓〕繳，而墜（會）〔曾〕雲之峻也。

【校】櫻繳：影胡刻本文選作纓繳；　會雲作曾雲。

〔三八〕次公曰：四句以言二公之文章、行事。　前漢律（歷）〔曆〕志：黄帝使伶倫大夏之西，崑崙之陰，取竹嶰谷，斷兩節，間而吹之，以爲黄鍾之宫。　〔燥濕〕絃事，韓詩外傳載趙王之使楚者曰：時有燥濕，絃有緩急。徽指推移，不可記也。故劉孝標廣絶交論曰：撫絃徽音，未達燥濕變響。舊注引志在高山，志在流水，是何夢語！

〔三九〕次公曰：風流字，如晉書云：天下之風流者，推王樂爲首。故用對愜當。其字，則文賦云誇目者尚奢，愜心者貴當也。　善價字，即論語求善價而沽諸，故用對忘筌。其字則莊子云得魚而忘筌也。

〔四〇〕次公曰：上句以言鄭監之好客，下句以言李賓客之待士。　置驛事，鄭當時景帝時爲太子舍人，每五日洗沐，常置驛馬長安諸郊，請謝賓客，夜以繼日，至明旦，常恐不偏也。　登龍事，李膺獨持風裁，以聲名自高。士有被其容接者，名爲登龍門也。　如此字，只如儒行一篇，凡有幾矣。　有焉字，左氏曰：云云某人有焉。

〔四一〕次公曰：隔禮數，公自謙，以爲與之位貌隔也。　禮數字，雖起於左傳云：名位不同，禮亦異數。舊注止知引此，若兩字連出，則任彦昇哭范僕射詩云：平生禮數絶，式瞻在國楨。故方敢對周旋。字則左傳云：奉以周旋，罔敢失墜。　已上十六句一段。

〔四二〕次公曰：自高視收人表至佳句染華牋十二句，或併言二公，或分言之。　高視字，曹子建與楊德祖書曰：足下高視於上京。故對虚心。其字則老子云虚其心也。　人表字，任彦昇撰王文憲集序曰：經師人表，允兹實

望。人表者，言人倫之表也，故對道玄。其字則顔延年五君詠云：探道好淵玄。收人表，收，則收斂之而在己。味道玄，味，則若味道之腴之味。

〔四三〕次公曰：以馬比二公，則皆汗血；以鶴比二公，則必青田。汗血字，漢〔禮〕樂志：馬生渥洼水中，作〔歌〕云：霑赤汗，沫流赭。應劭曰：大宛馬汗血霑濡也。青田字，永嘉郡記曰：有沐溪野，去青田九里。此中有一雙白鶴，年年生伏子，長大便去，只恒餘父母一雙在耳。精〔曰〕〔白〕可愛，多云神所養也。於馬言馬來，字則漢樂歌曰天馬來，故用對鶴唳。其字則晉書云聞風聲鶴唳也。此四句乃併言二公。

〔四四〕次公曰：上句以言李賓客。賓客者，太子官也，故用四皓事。張良傳：上欲易太子，良諫不聽。及宴，置酒，太子侍。四人者從太子，年皆八十有餘，須眉皓白，衣冠甚偉。上怪，問曰：何爲者？四人前對，各言其姓名。上乃驚曰：吾求公，逃避我，今公何自從吾兒游乎？四人曰：陛下輕士善罵，臣等義不〔受〕辱，故恐而亡匿。今聞太子仁孝，恭敬愛士，天下莫不延頸願爲太子死者，故臣等來。上曰：煩公幸卒調護太子。四人爲壽已畢，趨去。上目送之，召戚夫人，指視曰：我欲易之，彼四人爲之輔，羽翼已成，誠難動矣！呂氏真乃主矣。今句言爲太子羽翼，則自商山而起也。下句以言鄭監。監者，秘書監也，故用蓬萊字。後漢書曰：學者稱東觀爲老氏藏室，道家蓬萊山。唐秘書監掌圖書秘記，即漢之東觀也。公後有寄題鄭監湖上亭詩，又云：暫阻蓬萊閣，終爲江海人。今句言爲秘書監，乃在蓬萊山，其地與漢之宫閣相連，蓋皆在禁中故也。

〔四五〕次公曰：二公之官，一則本在東宫，一則本在禁省，而皆寄於外。其閑曠則如管寧之戴紗帽；其宴遊則如江總之着錦袍。魏志：管寧，字幼安，避亂居海上，常着皂帽、布襦袴、布裙，隨時單複。又云：居宅離水七八十步，夏時詣水中澡濯手足。今公云紗帽，則以其皂紗帽也。言淨，則以其好澡濯也。公於雙楓浦詩曰：浪足浮紗帽。亦此意耳。寧著皂帽，而公於嚴中丞枉駕見過詩曰：白帽應兼似管寧。非固異也，言寧所著雖皂

帽，而我今所著白帽應兼似之矣。彼下舊注遂改本出皂帽作白帽以傅會之，非是。陳書：江總爲尚書令，與陳暄等十人從後主游宴，後庭謂之狎客。然本傳不載錦袍事，其文集自有山水納袍賦，其序云：皇儲監國餘辰，勞謙終宴，有令以納袍降賜。何以奉揚恩德，因題此賦。而賦中之語有：裁縫則萬壑縈體，針縷則千巖映目。埒符彩於雕煥，並芬芬於蘭菊。又云：嗟斑鬢之已颯，愧治袖之爲妍。則袍之華麗可知矣。今公云錦袍，則以其華麗如錦也，變皂帽爲紗帽，變納袍爲錦袍，語勢自等，而不以辭害意也。

〔四六〕次公曰：上句似專言李賓客，以成江令錦袍之句；下句似專言鄭監，以成管寧紗帽之句。何以知之？其後有寄題鄭監湖上亭三首，又有暮春陪李尚書過鄭監湖亭泛舟一首，又有重泛鄭監前湖一首，是以知南湖日扣舷者，專言鄭監也。所謂李尚書，即李賓客。後又有宴胡侍御書堂詩，自注云李尚書之芳，鄭祕監審同集也。其云東郡時題壁，豈大曆元年李賓客在夷陵時，過江陵與鄭相從，夷陵在西，江陵在東，則爲東郡者乎？故繼之以遠遊凌絶境，則遠遊以言李賓客，而絶境以言鄭監之南湖也。遠遊字，楚辭有遠遊賦。佳句字，世說：孫興公作天台賦，以示范榮期。每至佳句，則曰：是我輩語。已上十二句一段。

〔四七〕次公曰：自每欲孤飛去至蕭疏聽晚蟬，十八句，因言二公之遊賞，欲往從之而不得，且起故鄉之念。孤飛字，如江總秋日登廣州城南樓詩：不及孤飛雁，獨在上林中。故對百慮。其字則易云：一致而百慮。

〔四八〕次公曰：生涯字，起於莊子云：吾生也有涯。而前人用之於詩，則如王無功詩：人世何勞隔，生涯故可知。故用對國步。其字則詩云：國步斯頻。寥落字，謝玄暉京路夜發詩云曉星正寥落，故對迍邅。雖本於易云迍如邅如，而兩字連出則班固幽通賦：迍邅與蹇連兮，何艱多而智寡。舊本乃迍邅，師民瞻本取作尚迍邅，是。

〔四九〕次公曰：衾枕字，祖出詩云：角枕粲兮，錦衾爛兮。其後承用衾枕兩字，故對池塘。則謝靈運詩云池塘生春草也。

〔五〇〕次公曰：别離字，如楚辭悲莫悲於生别離，故用對伏臘。舊注云：臘者，夏曰嘉平，殷曰清祀，周曰大蠟，漢改爲臘。却祇是單解臘字。杜田引曆忌釋及左傳、風俗通等三百餘言，却成伏與臘門類之書。夏之有伏，冬之有臘，乃歲時之常也。禮記有蒸嘗伏臘，此蕭炅誤讀爲伏獵者也，而何至支離引證之多邪。憂怛怛，摘取詩憂心忡忡之類，與勞心怛怛言之，用對涕漣漣，則詩泣涕漣漣也。

〔五一〕次公曰：上句以言長安之産，下句言洛陽之産，前所謂兩京猶薄産也。鄠、鎬是兩字，前漢文、武興於鄠、鎬也。澗、瀍，二水名。禹貢云東北會於澗瀍也。秋蔬，舊又作菰，非，蓋公止自言園蔬在洛陽耳。

〔五二〕次公曰：新阡，以言墳墓。前漢：原涉名其母墓曰南陽阡，是已。

〔五三〕次公曰：回首字，多矣。用對着鞭，則劉琨云常恐祖生先吾着鞭也。

〔五四〕次公曰：兵戈字，前漢戾太子傳之贊曰：聖人以武禁暴整亂，止息兵戈。江漢，指言南國。詩〔傳〕云：文王之道，被于南國，美化行乎江漢之域。公在夔，於江漢之水爲近，故可以月繫之。選詩有云生煙紛漠漠，今塵漠漠用此也。又云涓涓新月體，今月娟娟用此也。

【校】末句九家注作今摘而用之。

〔五五〕次公曰：兩句以申述其在夔爲客今日之秋景也。局促字，漢〔景〕〔武〕帝曰：局〔促如〕〔趣劾〕轅下駒。用對蕭疏，則謝惠連泛南浦至石帆云：蕭疏野趣生，逶迤白雲起。已上十八句一段。

【校】漢景帝云云：檢史記，當作漢武帝語；局促如轅下駒當作局趣劾轅下駒。

〔五六〕次公曰：自雕蟲蒙記憶至倒石賴藤纏二十六句，言二公相記省其在夔爲客，因引言爲客生涯之狀也。今兩句通義。雕蟲字，揚子云：賦者，雕蟲篆刻。言二公記憶其能賦詩，故致書尺以問其病體也。烹鯉字，古詩云：客從遠方來，遺我雙鯉魚。呼兒烹鯉魚，中有尺素書。故書得謂之烹鯉。沉綿者，久疾之謂。王無功

〔五七〕久客病歸詩云：沉綿赴漳浦。

次公曰：上句自言其日羨有百錢之入。嚴君平卜筮於成都市，以爲卜筮者賤業，而可以惠衆人。有邪惡非正之問，則依蓍龜爲言利害，各因勢導之，以善從吾言者，已過半矣。裁日閱數人，得百錢足自養，則閉肆下簾而授老子。用杖字貼之，則阮宣子常以百錢掛杖頭，至酒肆便酣暢也。下句言被盜之餘，所存者無幾也。事則晉王獻之，字子敬，夜卧齋中，而有偷人入其室，盜物都盡。獻之徐曰：偷兒，青氊我家舊物，可特置之。羣盜驚走也。

〔五八〕次公曰：把釵釧、拆花鈿，皆言賣易之也。囊虚，言錢囊之虚。趙壹云：五經雖滿腹，不如一囊錢。公又嘗云：金錯囊徒罄。又云：空囊愧羞澀。乃此囊虚之義也。

〔五九〕次公曰：此公指言瀼西茅屋之實。用陰涼字對八九字，又公不拘以數對數也。

〔六〇〕次公曰：按水經云：江又東。逕諸葛圖壘南。酈道元注曰：石磧平曠，望兼川陸。有亮所造八陣圖，東跨故壘，皆累細石爲之。自壘而去，聚石八行，行間相去二丈，因曰八陣。今夏水漂蕩，歲月消損，高處可二三尺，下處磨滅殆盡。道元之説如此，自道元至公幾三百年，公據當時所見言之。

〔六一〕次公曰：兩句通義，言平昔每爲事物羈絆，故其心嘗折，今得棲遲，可以養病而痊也。心折字，江淹别賦云：心折骨驚。用對病痊，其字則莊子云：予病少痊。

〔六二〕次公曰：四句亦紀瀼西草堂所有。芋謂之岷嶺，則前漢貨殖傳：蜀卓氏曰：吾聞岷山之下，沃野千里。下有蹲鴟，至死不饑。注：蹲鴟，謂芋也。今公所言，蓋言其種自岷嶺來耳。舊本陸家蓮，一作陸池蓮，師民瞻本取之，豈言陸地所開之池乎？又挨傍維摩經云：陸地不生蓮花。而晉范寧爲豫章郡守，新塗縣廳事前陸地生一蓮花。公今所云，乃陸地所開之池也。

〔六三〕次公曰：一味字，如王羲之傳有：一味之甘，割而分之。用對三鱣，則楊震傳：雀銜三鱣魚，飛集講堂。

〔六四〕次公曰：魚笱字，則詩敝笱在梁；又云毋發我笱。注云：捕魚梁也；故得合使魚笱字，用對馬韉，是暗用事。戰國策：蘇秦少與張儀爲友。秦在趙爲相，儀至趙，使人白秦。秦心激之，令儀於城東門外，坐以馬韉，進之麤食。儀憤乃西入秦。昭王善之，拜爲相。儀歎曰：馬韉之事，乃至是乎？人來坐馬韉，貧無坐席也。杜田所引如此，頗是。舊注引晉王尼初爲護軍，小軍士胡母輔之等賫羊酒，坐馬厩下，與尼炙羊飲酒，醉飽而去。却是馬厩事，非矣。一云：俗異隣蛟室，朋來坐馬韉。語脈費力，不取。

〔六五〕次公曰：此六句甚明，公又有自注。廟壖者，廟外垣餘地也。前漢書作堧字，顔師古注曰：堧音如椽反。按申屠嘉傳：晁錯爲内史，門東出不便，更穿一門南出者，太上皇廟堧垣也。已上二十六句一段。

〔六六〕次公曰：自借問頻朝謁而下八句，又言其懶不出事也。

〔六七〕次公曰：霧雨銀章澀，則公時已朱紱銀章，既不服之，銀章所以澀。馨香粉署妍，則公時乃尚書工部員外郎，不往詣省中，徒想其官署之妍美耳。省謂之蘭省，以其詣郎官握蘭含香也，故言馨香。又謂之畫省，以粉畫之也，故言粉署。

〔六八〕次公曰：上句以譬高材之人，則不論遠近而往。下句則公自謙，如黄雀之小，徒任翺翔而已。紫鸞，紫色之鸞也。鳳之色多丹，鸞之色多青，鸑鷟之色多紫。雖所分如此，而詩人亦可參用，公詩有曰：天吴及紫鳳，顛倒在短褐。又聽許十一誦詩云：紫鸞自超詣。可見矣。　無近遠三字，梁簡文帝望月詩：可憐無遠近，光照悉徘徊。　黄雀字，戰國策：劇辛曰：黄雀俯啄白粒，仰棲茂樹，鼓翅奮翼，自以爲與人無爭；不知夫公子王孫，左挾彈，右攝丸，以其頭爲的。晝遊茂樹，夕調酸鹹耳。　紫鸞、黄雀固自有間，如劉公幹詩：鳳凰集南嶽，徘徊孤竹根。於心有不厭，奮翅凌紫氛。豈不常勤苦，羞與黄雀羣。　已上八句一段。

〔六九〕次公曰：自困學違從衆至青簡爲誰編十二句，因言己之局促如黄雀，而勉二公之爲功名也。　困學字，揚子云：困而不學，斯爲下矣。用對明公，則史有之矣。　從衆字，孔子云：吾從衆。用對勉旃，則史亦有之矣。

〔七〇〕次公曰：上句爲以言二公，故下夾字。一爲太子賓客，一爲秘書監，其聲稱亦達於朝矣。下句以上句言宸極，則以北極言天子，故接之以星躔。蓋語所謂北辰居其所，而衆星拱之，二公歸朝則各居其躔次也。　宸極字，謝安傳：宮室體宸極。　星躔字，顔延年赭白馬賦：竇校星躔。皆取字用耳。

〔七一〕次公曰：或以諫諍，則若匡衡之陳疏。本傳載衡言日食事甚切，是已。謂之匡鼎，取當時之語，曰無説詩，匡鼎來。時未有顔師古定説，即張晏以爲衡初字鼎也。或以儒術進，則如服虔之談經。虔在儒林傳也。

〔七二〕次公曰：上兩句通義。又言若留匡鼎而引服虔，則亦不過用鯁直以進，當爲正陶甄之化耳。　不過舊正作不逢，無義。　鯁直字，史云：樂軟熟而憎鯁直。用對陶甄，則鄒陽云運獨化於陶甄之上也。所以然者，上則天子軫宵旰之憂，下則黎元騈疾苦之事也。　宵旰字，前漢云：宵衣旰食。用對疾苦，則所謂問民疾苦也。既爲解天子之憂，救黎庶之苦，則功名成矣，可畫像於雲臺，而書名於史册也。　雲臺事，馬援傳：顯宗圖畫建武中名臣列將於雲臺。　青簡者，殺竹青爲簡也。杜田引後漢：吴祐父恢爲南海太守，殺青簡爲寫書。注：殺青，以火炙簡，令汗，取其青易書。劉向别録：治青竹作簡書，謂之青簡。蓋出文選劉孝標書李善注。所引是。薛夢符於青史字不泯注按云：應劭風俗通曰：青史善著書，即青史者，人姓名。殊非是。　已上十二句一段。

〔七三〕次公曰：自行路難何有至末句，蓋敘述其將離夔而往詣二公，又儘南下而訪歷佛寺，尋問佛法以終老也。行路難三字，古有此詩。

〔七四〕次公曰：由來具飛楫，暫擬控鳴弦，兩句通義，言楫飛之疾，如箭之往也。韓退之有劈箭疾，亦此謂矣。　若

飛楫字，如海賦云：飛迅鼓楫。用對控鳴弦，則匈奴傳有控弦之士。

〔七五〕次公曰：此又是通句。舊注模稜，無取。杜田引釋氏要覽云：曹溪在韶州雙峯寺下。昔晉武侯曹叔良宅，建爲寶林寺，雙峯寺即寶林寺也。又按佛書：毗婆尸佛、尸棄佛、毗舍浮佛、拘留孫佛、拘那含牟尼佛、迦葉佛、釋迦牟尼佛，謂之天竺七祖。其所説七偈乃禪源也。極是。

〔七六〕次公曰：此又兩句通義。言於彼處帆落，乃是宿昔之願，其衣褐之身，專爲依向真詮也。謂之門求，則所求之法門也。衣褐，則漢書婁敬云：衣褐衣（褐）〔謁〕見。褐者，布衣之謂。

〔七七〕次公曰：雖往韶州，而途之所經，當與鄭監、李賓客相見。以安石比鄭，以燕昭比李，自有公本注。

〔七八〕次公曰：途中非阮籍，查上似張騫，則公自比也。阮籍時率意獨駕，不由徑路，車跡所窮，輒慟哭而返。今公下水之快，故非似阮籍，而於舟上，却似張騫之乘查也。乘查事，張華博物志説近世有人居海上，每年八月見海槎來不違時。賫一年糧，乘之到天河。見婦人織，丈夫飲牛。還，問嚴君平，云某年某月日，客星犯牛斗，即此人也。乃是後漢時事，傳記雖不見是張騫，而公屢使，豈承用之熟邪？觀庾肩吾奉使江州舡中七夕詩云：漢使俱爲客，星槎苦逐流。則已傳用如此。

〔七九〕次公曰：兩句通義。言才一相見，便當去也。雲寧在，即使衛瓘見樂廣曰瑩若披雲霧而睹青天也。披拂字，選云：步幽蘭以披拂。披拂一作披晤，非。披拂乃兩字也，故用對淹留。其字則離騷經云：又何可以淹留。舊注引劉安招隱士詩云攀桂枝兮聊淹留，在後矣。

〔八〇〕次公曰：兩句通義，言我之風期必破浪而往，告爾水怪毋爲孽也。水怪字，則孔子曰：水之怪龍罔象也。破浪字，南史：宗慤字元幹，叔父少文，高尚不仕。慤年少，問其所志，答曰：願乘長風破萬里浪。故對飛涎字，則選云噴沫飛涎也。而義則餓虎垂涎之意。

〔八一〕次公曰：上兩句通義，又申言其既離夔州，而於巫峽辭别神女之日，當在春暮時也。

〔八二〕次公曰：兩句又申言見二公正是莊子所謂君子之交淡如水，故可聚可散，不必泥着，似小人之不忍離也。自此而下，則澤國，指言江陵而往，皆水澤之國矣。淡交既出莊子，故對澤國。其字則周禮有澤國用龍節也。公又言其本意止爲佛法，而儘南往矣。

〔八三〕次公曰：伽葉，佛(天)〔大〕弟子也。摩竭陀國人，姓婆羅門。於七佛之外，爲天竺二十五祖之首。具見傳燈録。偓佺，神仙也。列仙傳曰：偓佺，采藥父也。好食松實，體毛數寸，能飛行逐走馬。以松子遺堯，堯不服。時受服者皆三百歲。揚子雲甘泉賦使此名字焉。白樂天云：海山不是吾歸處，歸即應歸兜率天。亦此本自依迦葉，何曾藉偓佺之意也。

【校】末句九家注作：言其别二公之後，而淹留於江漢也。

〔八四〕次公曰：鑪峯，則江州廬山，蓋有名之山也，有香鑪峯。周景式廬山記曰：匡俗，周威王時生而神靈。廬於此山，稱廬君，故山取號焉。橘井事，神仙蘇耽鑿井種橘救鄉里之疫病者，以井泉服一橘葉即已。酈道元據列仙傳云：耽，郴州人，則橘井在郴矣。其井在馬嶺山上，故云高褰。字則嵇康四言曰：組帳高褰。今此借其字用耳。匡俗之鑪峯，一水而下，故生轉盼。公詩嘗曰轉盼拂宜都，與此義同。鑪峯在江州，而橘井則在郴州，路既不同，未得見之，爲尚高褰矣。

【校】末句九家注作：亦言事佛而不學仙也。

〔八五〕次公曰：上句則東至於海表而窮之。歸鶴事，續搜神記：遼東城門華表柱，忽有白鶴來集。歌曰有鳥有鳥丁令威，去家千年今來歸也。南征，向南征行也。梁張纘有南征賦。跕鳶事，馬援云吾在浪泊、西里間，虜未滅之時，下潦上霧，毒氣薰蒸，仰視飛鳶跕跕墮水中也。四句蓋公意之所欲遊行者。

〔八六〕次公曰：兩句通義，言晚年所聞多在於妙教，而畢竟踐履之，以塞前日之愆過也。晚聞字，莊子云：若丘之晚聞道也。用對卒踐，其字則摘用天台山賦序云：卒踐無人之境。

〔八七〕次公曰：上句言佛寺中之畫，下句言佛寺中之碑。晉顧凱之善丹青，圖寫特妙，於瓦棺寺畫維摩詰像最有名。公以佛寺中之畫，則求如凱之者而觀之。王簡棲作頭陀寺碑，取於文選，故公以佛寺中之碑，則求如頭陀寺者而觀之。杜田補遺引講頭陀兩字之義近百言，冗矣。

〔八八〕次公曰：上句又以言佛寺如衆香國之香，其深黯黯。衆香事，維摩經曰：上方界分度如四十二桓河沙。佛土有國，名衆香，佛號香積。幾地，則以佛有十地之目。言所歷佛寺者，是幾地而嚴肅以芊芊耶。肅芊芊三字，潘岳籍田賦云：蟬冕（穎）〔熲〕以灼灼兮，碧色〔肅其千千〕。〔潘岳在懷縣作〕曰：稻栽肅仟仟。注：與芊芊同。

【校】自碧色至曰，原缺十字，據文選補肅其千千四字，據九家注補潘岳在懷縣作六字。

〔八九〕次公曰：上兩句通義，言心極於聞道，而不管病體之羸弱也。勇猛字，出佛書：精進勇猛。用對清羸字，顧野王傳：體素清羸。

〔九〇〕次公曰：末兩句通義。涅槃經云：如目盲人爲治目，故造詣良醫。是時良醫即以金篦決其眼膜。又法苑珠林載一實事：後周張元，其祖喪明。元憂泣，因讀藥師經云盲者得視之言，遂請僧按儀轉誦。至七日夜，夢一翁以金篦療其祖目，曰：三日必差。又維摩經云：如鏡中像。詩句蓋求聽佛法之論，若金篦雖可以刮眼中之膜，而執鏡中之像以爲實有，則未離銓量之間。公於此又高一着，而遺行役之累也。一作平等未離銓，無義。

戊帙卷之七

丁未大曆二年，時公五十六歲。秋八月在夔州瀼西所存之詩。以文字之多，除百韻詩專爲一卷外，以衆篇爲八月詩下。

送田四弟將軍將夔州柏中丞命起居江陵節度陽城郡王衛公幕 一首 （近體詩）

次公曰：所以定此詩爲八月者，以句有燕辭、雁度知之也。

離筵罷多酒，起地發寒塘〔一〕。迴首中丞座，馳牋異姓王〔二〕。燕辭楓樹日，雁度麥城霜〔三〕。空醉仙翁酒，遥憐似葛彊〔四〕。

〔一〕次公曰：起地發寒塘，言田將軍所起發之地在夔州之寒塘也。

〔二〕次公曰：回首中丞座，則辭中丞而行，猶回首顧戀也。中丞必言座，則御史中丞謂之獨座也。異姓王，則漢有異姓諸侯王也。

〔三〕次公曰：田之行在秋之八月，故曰燕辭楓樹日，以言燕之去；雁度麥城霜，以言雁之來。必言楓樹，則楚地多楓。宋玉云：江水湛湛兮上有楓。而阮籍云湛湛長江水，上有楓樹林也。麥城，未見所出，應是楚地

之名。

〔四〕次公曰：句以山簡比柏中丞，以葛强比田將軍也。晉書：山簡鎮襄陽，郡民荆土豪族有佳園池。簡每出嬉游，多之池上，置酒輒醉，名之曰高陽池。時有兒童歌曰：山公出何許？往至高陽池。日夕倒載歸，茗艼無所知。時時能騎馬，倒著白接䍦。舉鞭向葛彊，何如并州兒？彊家在并州，簡愛將也。

白首一首（近體詩）

次公曰：舊本正作垂白，一作白首。（斯）〔師〕民瞻本取一作白首字爲題。此篇全對。

白首馮唐老，清秋宋玉悲〔一〕。江喧長少睡，樓迥獨移時〔二〕。多難身何補，無家病不辭〔三〕。甘從千日醉，未許七哀詩〔四〕。

〔一〕次公曰：師民瞻本云：白首馮唐老。今句公以自比白首爲郎也，更不必合班超妹所言垂白字耳。宋玉事顯矣，其九辯云：悲哉秋之爲氣也。

〔二〕次公曰：樓迥獨移時，句法可謂奇矣，蓋不必言登字、倚字也。

〔三〕次公曰：公入蜀，攜妻孥而來。今句云無家病不辭，豈專以故鄉爲家者乎？非若馮讙謂有妻爲家也。

〔四〕次公曰：末句千日醉，舊注云：中山有酒，飲者一醉千日。劉玄石飲之，千日乃醒。七哀詩，舊注云：曹子建、王仲宣、張夢陽皆有此作也。皆是。杜田衍載醉之本事，與七哀之義，爲冗矣。

草閣一首（近體詩）

草閣臨無地，柴扉永不關〔一〕。魚龍迴夜水，星月動秋山〔二〕。夕露清初濕，高雲薄未還〔三〕。泛舟慚小婦，飄薄損紅顔〔四〕。

〔一〕次公曰：無地字，雖出楚辭云：下崢嶸而無地，上寥廓而無天。而臨無地三字，且係於閣之下，則王棲簡頭陀寺碑云：飛閣逶迤，下臨無地。舊注所引是。至引陶淵明之門雖設而常關，用證永不關，則自背戾矣。詩人之語，各道其事，亦何常之有？若柴扉字，引范彦龍云有客欵柴扉，却是。

〔二〕次公曰：魚龍迴夜水，舊注求其説而不得，云：竊觀水落魚龍夜，自是隴右有魚龍川也，恐此魚龍。非矣。杜田正謬云：草閣、秋興詩，乃夔州所作，豈可言秦之魚龍川乎？按酈元水經〔注〕曰：魚龍（似）〔以〕秋日爲夜。龍秋分而降，蟄而寢淵，故以秋日爲夜也。且并舉魚龍寂寞秋江冷之句云：此二詩皆秋時，是以子美言魚龍迴夜水，魚龍寂寞秋江冷也。其説是。星月動秋山，其動字，使漢武（帝）故事有星辰動揺之事。

〔三〕次公曰：夕露，正作久露，非。

〔四〕次公曰：句蓋言將欲儘南而下，斯泛舟之飄泊矣。恐其小兒之婦以我飄薄之故，愁損紅顔，此其所以慚愧之乎？小婦字，出古樂府，有大婦、中婦，大婦、小婦之句。今觀則前詩所謂無家病不辭者，直念故鄉之本家者矣。

江月一首 （近體詩）

江月光如水，高樓思殺人〔一〕。天邊長作客，老去一沾巾。玉露團清影，銀河没半輪。誰家挑錦字，滅燭翠眉顰〔二〕。

〔一〕次公曰：殺人，自古人詩，如古詩蕭蕭愁殺人、梁施榮泰詩蛾眉誤殺人之類。舊注引庾肩吾詩：樓上徘徊月，窗中愁思人。似之而非矣。後兩對甚分明，不必强注。

〔二〕次公曰：挑錦字事，古有織錦回文詩，其序曰：竇（韜）〔滔〕秦州被徙沙漠，其妻蘇氏。方（韜）〔滔〕臨去，别蘇氏，〔誓〕不更娶。至沙漠便娶婦，蘇氏織錦中作回文詩以贈之。

【校】竇韜：九家注引作竇滔，是。　不更娶：上奪誓字，據九家注補。

社日兩首 （近體詩）

次公曰：此爲八月農矣。

九農成德業，百祀發光輝〔一〕。報效神如在，馨香舊不違〔二〕。南翁巴曲醉，北雁塞聲微〔三〕。尚想東方朔，詼諧割肉歸〔四〕。

右一

〔一〕次公曰：九農字，左傳：少皞氏以九扈爲九農正。　成德業，則七月之詩，皆農田事而謂之陳王業也。　百祀字，左傳云：盛德必百世祀。　共工氏有子，曰勾龍，能平水土，故祀以爲社。　爲其以農事而成王者之德業，則百世祀之於是乎發光輝矣。

〔二〕次公曰：神如在三字，論語云：祭神如神在。　用對舊不違。　違字多矣。　如王心不違也。

〔三〕次公曰：南翁巴曲醉，公自言也。　其在夔州，得稱南翁。　巴曲，實道其事，然世言巴曲渝舞，又曰巴渝之音者，以漢高祖所賞貴之也。　應劭風俗通曰：巴有賨人剽勇，高祖爲漢王時，閬中人范目説高祖募取賨人，定三秦，封目爲閬中慈鳧鄉侯，并復除目所發賨人盧、朴、沓、鄂、度、夕、襲七姓不供租賦。　閬中有渝水，賨人左右居，鋭氣喜舞。　高祖樂其猛鋭，數觀其舞，後令樂府習之，可見矣。　北雁塞聲微，則秋時雁北鄉矣。

〔四〕次公曰：東方朔事：伏日，詔賜從官肉。　太官丞日晏不來，朔獨拔劍〔割〕肉，謂其同官曰：伏日當早歸，請受賜。　即懷之肉去。　太官奏之。　朔入，上曰：昨賜肉，不待詔，以劍割肉而去之，何也？　朔免冠謝。　上曰：先生起自責也。　朔再拜曰：朔來，朔來！　受賜不待詔，何無禮也？　拔劍割肉，一何壯也？　割之不多，又何廉也？　歸遺細（有）〔君〕，何仁也？　上笑曰：使〔先〕生自之責，乃反自譽！　復賜酒一石，肉百斤，歸遺細君。　詼諧字，則方朔傳贊云：朔之詼諧也。　世有王立之詩話者，云杜老詩社日兩篇，其一曰：尚想東方朔，詼諧割肉歸。　然漢書所載朔事，乃伏日也。　立之之意，遂指杜公以伏日事爲社日，微言其誤矣。　是不知杜公之語，以爲若使東方朔當此日而分肉，相見其一詼諧而先割肉以歸，不亦（苦）〔善〕使事乎？

【校】朔獨拔劍肉：劍下奪割字，據九家注補。　不亦苦使事：九家注苦作善，是。

右二

陳平亦分肉，太史竟論功〔一〕。今日江南老，他時渭北童〔二〕。歡娱看絶塞，涕淚落秋風〔三〕。鴛鷺迴金闕，誰憐病峽中〔四〕。

〔一〕次公曰：此篇公自傷之辭。　陳平事：里中社，平爲宰，分肉甚均。里中父老曰：善！陳孺子之爲宰乎。平曰：嗟乎！使平得宰天下，亦如此肉矣。　太史論功，則言陳平初以社日分肉之均，可見其志，故載於史氏，竟論列其所載天下建立之功也。公以爲陳平之不如，故起此歎，以引下句，其義甚明。

〔二〕次公曰：公有夔州歌十絶句，其五云：瀼東瀼西一萬家，江北江南冬春花。瀼東、瀼西，則言瀼水之西岸、東岸也；江北、江南，則言大江之北岸、南岸也。公於後篇卜居詩有云：雲障寬江北，春耕破瀼西。又詩又云：畏人江北草，旅食瀼西雲。其言江北，蓋夔江之北也。今此云江南，亦是夔江之南矣，況州治之對見，有稱江南村焉。公社日在江南村，故得以江南老自名。　渭北，則咸陽也。咸陽在終南之南，渭水之北。山南曰陽，水北曰陽，故名咸陽。公昔有家焉。其春日憶李白詩云：渭北春天樹，江東日暮雲。正在咸陽所作也。句云他時渭北童，則言其爲童時社日在咸陽也。渭北，一作渭水，非是。

〔三〕次公曰：絶塞，指夔州。州以白帝城爲塞矣。其土之人歡娱，我所看者，在此絶塞；而我方流落於此，故涕淚在秋風之中落也。

〔四〕次公曰：鴛鷺，言侍從貴人也。金闕，天子之闕。言貴人之自金闕回者，誰念我乎？公嘗爲拾遺，蓋侍從之列矣。晉嵇含社賦序曰：社之在世，尚矣。自天子至於庶人，莫不咸用。則是日羣臣集於金闕爲社，而句所以言鴛鷺回金闕也。

夔府書懷四十韻（近體詩）

次公曰：此篇謂之書懷，公鋪敘其初賜官逢亂，至在夔州時仍以備亂之故。首尾所言，惟傷時憂國者耳。自昔罷河西尉，至戰瓦落丹墀十四韻，先言肅宗時至代宗時皆有兵亂，是一段。自先帝嚴（靈）〔虛〕寢至答効莫支持十韻，專追言肅宗上昇，付授今上代宗事，又是一段。自使者分王命至蜀使下何之八韻，言今日遣使，當在寡誅求、除盜賊之事，又是一段。自釣瀨疏墳籍至凡百慎交綏八韻，言身在夔之事，又是一段。

【校】嚴靈寢：正文作嚴虛寢，當從正文。

昔罷河西尉，初興薊北師〔一〕。不才名位晚，敢恨省郎遲〔二〕？扈聖崆峒日，端居灩澦時〔三〕。萍流仍汲引，樗散尚恩慈〔四〕。遂阻雲臺宿，常懷湛露詩〔五〕。翠華森遠矣，白（骨）〔首〕颯凄其〔六〕。拙被林泉滯，生逢酒賦欺。文園終寂寞，漢閣自磷（磁）〔緇〕〔七〕。病隔君臣議，慚紆德澤私〔八〕。揚鑣驚主辱，拔劍撥年衰〔九〕。社稷經綸地，風雲際會期〔一〇〕。血流昏在眼，涕灑亂交頤〔一一〕。四瀆樓舡泛，中原鼓角悲〔一二〕。賊壕連白翟，戰瓦落丹墀〔一三〕。先帝嚴虛寢，宗臣切受遺〔一四〕。恒山猶突騎，遼海競張旗〔一五〕。田父嗟膠漆，行

人避蒺藜〔一六〕。總戎存大體，降將飾卑詞〔一七〕。楚貢何年絶？堯封舊俗疑〔一八〕。長吁翻北寇，一望卷西夷〔一九〕。不必陪玄圃，超然待具茨〔二〇〕。凶兵鑄農器，講殿闢書幃〔二一〕。廟算高難測，天憂實在兹〔二二〕。形容真老倒，答効莫支持〔二三〕。使者分王命，羣公各典司〔二四〕。恐乖均賦斂，不似問瘡痍〔二五〕。萬里煩供給，孤城最怨思〔二六〕。緑林寧小患？雲夢欲難追（盗）〔二七〕。即事須嘗膽，蒼生可察眉〔二八〕。議堂猶集鳳，貞觀是元龜〔二九〕。處處喧飛檄，家家急競錐〔三〇〕。蕭車安不定，蜀使下何之〔三一〕？釣瀨疏墳籍，耕巖進弈棋〔三二〕。地蒸餘破扇，冬暖更纖絺〔三三〕。豺遘哀登楚，麟傷泣象尼〔三四〕。衣冠迷適越，藻繪憶遊睢〔三五〕。賞月延秋桂，傾陽逐露葵〔三六〕。大庭終反樸，京觀且僵尸〔三七〕。高枕虚眠晝，哀歌欲和誰〔三八〕？南宫載勳業，凡百慎交綏〔三九〕。

【校】白骨：注引作白首，并作白首解，是。　磷磻：注引作磷緇，是。今皆據改。　追盗：盗字衍，據九家注删。

〔一〕次公曰：上兩句通義。公於天寶九載三十九歲，冬末獻三大禮賦，預言明年之事。明年，召試文章，方參列選序，授河西尉，不行。其秋述之文曰：我，棄物也，四十無位。至十四載，方得免河西尉爲右衛率府兵曹。是歲十一月，安禄山反於幽州，則所謂薊北也。薊北，用對河西，蓋古詩有出自薊北門也。

〔二〕次公曰：兩句又通義。公自中原入蜀，已五年。嚴武再爲東西川節度，辟公參謀，方爲尚書工部員外郎，故云

敢恨其遲也。

〔三〕次公曰：兩句兼言初在鳳翔爲拾遺，與今日寓居夔州也。崆峒山〔在?〕岷洮，秦築長城之所起處，而渭州實當其(名)〔右?〕，古平涼也。肅宗初幸平涼，又治兵靈武，再過平涼。公爲左拾遺，其職掌供奉諷諫、扈從乘輿矣。灩澦石在瞿塘江中，所以言夔州也。

〔四〕次公曰：兩句則别言其扈聖之後、端居之前中間事。其意言代宗永泰元年召爲京兆功曹也。公自中原入蜀，若萍之漂流矣，而朝論紀録，所謂仍汲引也。汲引字，劉向云：更相汲引，不爲比周。萍流字，晉夏侯湛浮萍賦曰：既澹淡以順流。又曰：流息則寧。故用對樗散。莊子曰：有大木，人謂之樗。匠石見之且曰：散木也，無所可用。如樗之散矣，而尚恩慈，則除京兆功曹，乃君王之恩慈也。

〔五〕次公曰：遂阻雲臺宿，則公以病不得起而歸直也。雲臺，漢南宫之臺名。顯宗畫二十八將於南宫雲臺是也。宿事，則後漢鍾離意傳：藥崧家貧，爲郎常獨直宿臺上，無被枕也。湛露，周詩篇名，天子燕諸侯之詩也。懷湛露詩，則不得預宴爲懷矣。後漢書雖有偃伯靈臺，而一作靈臺伯，義不相干。

〔六〕次公曰：翠華，天子之旗也。南都賦云望翠華之葳蕤，故對白首。白首字多矣，如左太沖詩云馮公豈不偉，白首不見招也。遠矣字，如莊子君自此遠矣，故對淒其。字則詩：淒其以風。而謝靈運用云：懷賢亦淒其。

〔七〕次公曰：文園，司馬相如爲漢文帝茂陵園令，故得稱文園。漢閣，指言揚子雲也，著書於天禄閣上。公以二人自況。終寂寞，在相如身上雖無此事，特言似文園而不顯用，終寂寞耳。寂寞兩字，却取當時嘲揚雄者曰惟寂寞，自投閣也，故用對磷緇字。祖出論語：磨而不磷，涅而不緇。而今用(今)〔緇〕磷，又以緇爲平聲，則謝靈運過始寧墅之(清曠慚疲薾，貞堅自緇磷)〔磷緇謝清曠，疲薾慚貞堅〕。若言轉(從)〔徙〕流落，自爲汙

浼也。

【校】所引謝詩：九家注引作磷緇謝清曠，疲薾慚貞堅。影胡刻本文選磷緇作淄磷。今按，鈔本所引，磷不合韻，當從九家注。

〔八〕次公曰：兩句則公被召命，以病不行。不參預國論，徒荷私恩也。君臣議三字，如戰國策顏率謂齊王致九鼎之塗曰：梁之君臣，謀之暉臺之下，少海之上；楚之君臣，謀之葉庭之中。乃其意矣。德澤字，則如漢武帝制云：德澤洋溢，施乎方外也。

〔九〕次公曰：兩句言乘輿不備，天子騎馬而出，此所以爲主辱矣。鑣者，銜也。揚鑣字，出選，故對拔劍。其字則如漢（出）書云：諸將拔劍擊柱也。主辱字，范睢云：主憂臣辱，主辱臣死。故對年衰。其字則亦出選。拔劍撥年衰，則忠義之心，爲之憤怒，乃拔劍慷慨，以撥遺年衰也。

【校】漢出書：出字衍，據九家注删。

〔一〇〕次公曰：兩句所以懷羨之辭。社稷，出孟子等。經，禮記。綸字，出易經。雲字，出漢書等。際會，出史。

〔一一〕次公曰：兩句則以吐蕃之難，用兵不息也。下四句皆是其事矣。自代宗即位之初，寶應元年史思明父子滅，而吐蕃寇秦、成、渭三州。是歲台州賊袁晁乘亂據浙東，僭號，建元昇國。次年，廣德元年，吐蕃陷隴右諸州、河東，天子憂皇，駕幸陝，而京師遂陷矣。及京師既復而亘駕還，十二月又陷松、維州。廣德二年，僕固懷恩以吐蕃、回（訖）〔紇〕、党項兵數十萬入寇，朝廷大震。是歲，西（京）〔原〕蠻又陷（邵）〔邠〕州。次年，永（嘉）〔泰〕元年，吐蕃又寇邊，掠涇、邠，躪鳳翔，入醴泉、奉天，京師大震。是歲劍南兵馬使崔旰反，殺其帥郭英（化）〔乂〕。次年，大曆元年，吐蕃又陷原州。今歲九月，寇靈州，又寇邠州。今此詩乃今歲二年之作，則血

流者此也。然次公則以下句賞月延秋桂定爲八月詩，而今吐蕃之寇據云在九月，則次八月已來，故用兵矣。血流字，則用揚子云川谷流人之血，故對涕灑。其字則灑涕之倒文。在眼前字，謝靈運想見山阿人，薜蘿若在眼。故用對交頤。其字則東方朔云：吴王泣下交頤。

【校】所引吐蕃入寇事，異文據九家注校改。

〔一二〕次公曰：樓舡，大舟，所以載兵，所以運糧。漢有樓舡將軍，治水戰之兵。而公用樓舡字，於大食寶刀云：太常樓舡聲嗷嘈。送李大夫赴廣州云：樓舡過洞庭。皆大舡之義。中原鼓角悲，則兵或戰或戍，鼓角自悲矣。舊注云：人心悲憤，故鼓角之亦悲。義冗，非是。

〔一三〕次公曰：白翟在西。有赤翟，有白翟，宜吐蕃與之連矣。戰瓦落丹墀，此言陷京師時。後漢：昆陽之戰，屋瓦皆落之。丹墀者，天子之軒墀以丹塗之也。已上十四韻是一段，乃先言肅宗時至代宗時，皆有兵亂也。

〔一四〕次公曰：上句指言肅宗也。下句宗臣字，蕭何傳一代宗臣也。受遺，受領遺命也。其字則公孫弘傳讚云：受遺則霍光、（今）〔金〕日磾。虚寢，舊正作靈寢，非，蓋空虚其寢，方對受遺，但未見所出。

〔一五〕次公曰：肅宗上昇，以（謂）〔遺〕命（婦以）〔付與〕代宗，〔而〕史朝義未滅，則恒山猶爲突騎矣。恒山以言河北安、史之巢穴也。遼海者，遼東，亦連安、史起兵之地。

【校】以謂命婦以代宗：九家注作以遺命付與，如此義方相接。

〔一六〕次公曰：詳味詩意，接突騎、張旗之下，則乃實道其事。膠漆，所以爲言誅求之多，則田父以供輸爲（差）〔嗟〕。蒺藜者，鐵蒺藜，所以禦馬，所在布蒺藜於地，而行人避之。如此，義方承接。或泥後漢書云：誰謂膠漆堅，不如雷與陳，嗟膠漆言朋友之散落；又泥周易云：據於蒺藜，避蒺藜言行路梗澀，如蒺藜之害。殊不知朋友散落，於田夫言之，似不相稱。而蒺藜上着避字，則乃真避其物矣。引義以俟明識。

【校】以供輸爲差：九家注差作嗟，是。

〔一七〕次公曰：總戎者，元帥也。代宗即位，以雍王适爲天下（名）〔兵〕馬元帥，德宗是已。降將飾卑詞，則〔代宗〕即位之次年，廣德元年，史朝義兵敗奔幽州，自縊死。其將李懷仙斬其首降也。

【校】名馬：九家注作兵馬。德宗是已：九家注下引孟子：或從其大體一句。則即位之次年：則字下九家注有代宗二字。

〔一八〕次公曰：史氏既滅，於是欲問（山）〔河〕北、（河）〔山〕東一帶貢賦，自甚年絶至於今。前此，大曆元年方有聞河北諸節度入朝歡喜口號，則史氏滅年，蓋朝貢之絶矣。託之楚貢，則齊（威）〔桓〕公伐楚，責之曰爾貢包茅不入，王祭不供，無以縮酒，寡人是徵也。堯封舊俗疑，則河北、山東，蓋皆王土，其尊君戴上之俗既更變亂，可疑其忘之也。託之堯封，則董仲舒云：堯、舜之俗，比屋可封也。

【校】山北、河東：九家注引作河北、山東，是。比屋可封也：九家注下接疑，謂時無好善之民，故以可封爲疑一句。

〔一九〕次公曰：此乃公作詩日之懷也。北寇，又指言安、史也。其亂幸自滅息，則傾翻之良不易，此謂可吁歎。今則有西夷之禍，一望思欲卷掃之也，以引下句，有望親征之義。

〔二〇〕次公曰：上句言己身，以譬不必朝列也。何以言之？在葛仙公傳云：崑崙一曰玄圃，一曰積石瑶房，一曰閬雲臺，一曰華蓋，一曰天柱，皆仙人所居。則玄圃者，非以言之列仙之地乎？莊子載：黄帝將（大見）〔見大〕隗於具茨之山……至於襄城之野，七聖皆迷……（問）〔遇〕牧馬童子，問塗焉。今公心激怒，望帝親征，卷掃之。　此所以成上句之義，止借黄帝之出言之耳。如丁酉至德二載，既收兩京，公有洗兵馬古詩云：已喜皇威清海岱，常思仙〔仗〕過崆峒。亦有黄帝見廣成子於崆峒之山事。

【校】大見：思賢書局本郭慶藩莊子集釋作見大；問牧馬童子作遇牧馬童子。

〔二一〕次公曰：兩句則公之望太平如此。傳曰：兵，凶器也；戰，危事也。以凶器爲農器，傳所謂銷鋒鏑者也。漢書東(山)〔方〕朔傳云：文帝集上書囊爲殿幃。今云闢書幃，言開書囊也。幃，即囊之謂矣。講殿字，則若成帝時鄭寬中、張禹朝夕入説尚書、論語於金華殿中。

〔二二〕次公曰：兩句皆有所譏矣。公之意以爲欲望太平而鑄農器、闢書幃，此事繫於廟堂諸公之謀，欲其高論難測，獨天子之憂每在此耳。或謂天憂爲杞國之人憂天地崩墜，其爲所可憂，正以天之傾圮者，在此非是。此與後篇諸將云獨使至尊憂(旰食)〔社稷〕，諸君何以答昇平同義，故謂之天憂。

【校】憂旰食：明鈔本丁帙卷六諸將五首正文作憂社稷。

〔二三〕次公曰：此公之自傷於無補也。已上十韻是一段，乃追言肅宗上昇付授代宗之事也。

〔二四〕次公曰：兩句謂節度各以王命，而爲有司當以之誅求刻剥爲戒也。義連下句焉。使者字，多矣。如漢有繡衣使者，用對羣公。其字則羽獵賦云：羣公常伯，楊朱、墨翟之徒。此羣公，與詩雲漢羣公先正之羣公(詩)〔同義?〕。

〔二五〕次公曰：均賦斂之義出於周官。又孔子曰：不患寡而患不均。故以乖賦斂之均爲恐瘡痍，以警民傷。其義出於漢書瘡痍未瘳。而問，則所謂問民疾苦也。不似問瘡痍，言羣公之必乖賦斂，不得似有問瘡痍者。

〔二六〕次公曰：率土之濱，莫不貢賦，上(兩)句言。下句孤城言夔州。公雖寓居，而眼前所見，當爲之傷矣。

〔二七〕次公曰：上句憂嘯聚之林賊。後漢劉玄傳：諸亡命共攻離鄉聚，藏於緑林中。緑林山，今在荆州當陽縣東北。下句憂藩鎮之跋扈。韓信(之)〔傳〕：信初之國，行縣邑，陳兵出入。有告信欲〔反〕，上書聞。上患之，用陳平謀，僞遊雲夢者。信果來朝，遂擒以歸。公意以爲韓信猶可以計追，而藩鎮一跋扈，則雖欲追而不

至矣。

〔二八〕次公曰：上句以成雲夢欲難追之句。蓋禄山叛，河北諸節度不朝，能不嘗膽爲戒耶？越勾踐既脱會（嵇）〔稽〕之難，思有以報（吾）〔吴〕，行坐必仰膽，飲食必嘗膽，曰：汝忘會（嵇）〔稽〕之耻乎？下句以成緑林寧小患之句。列子載郄雍能視盗，察眉知之，千無一遺者。公意言蒼生爲盗賊之情，可得於眉睫間，但當撫綏之，則不爲盗耳。此皆句外含蓄之法。

〔二九〕次公曰：議堂者，議論之堂也。猶集鳳，又申言廟堂諸公如鳳之集。欲除上所陳之患，但以貞觀爲龜鑑可也。集鳳，借史書鳳凰集於某所，用對元龜，則又借用無逸爲元龜也。議堂，一作義堂，非。

【校】報吾：九家注作報吴，是。

〔三〇〕次公曰：上句以言驚急之頻，字則如左太沖云：邊城苦鳴鏑，羽檄飛京都。張景陽云常懼羽檄飛，神武一朝征也。下句以言誅求之細。江淹書云：競錐刀之利。公意言官司於庶民之家即之急，皆錐刀之末也。

〔三一〕次公曰：兩句通義，言使者之車，不得如蕭育之安，蓋其安無定所也。蕭育傳：哀帝時，南（羣）〔郡〕多盗，拜育爲太守。上以育（其）〔耆〕舊名臣，乃以三公使車載育入殿中受策，曰：南郡（太守）盗賊羣輩爲害，朕甚憂之。以太守威信素著，故委〔南郡太守〕之官，其〔於爲〕民除害，安元元而已。育（注）〔至〕南（羣）〔郡〕，盗賊（淨）〔靜〕也。（顔師古）〔孟康〕於三〔公〕使車下注云：使車，三公奉使之（居）〔車〕，若安（云）車也。蕭育乘安車往，止是南（羣）〔郡〕。今公句云：蕭車安不定，則言（道）〔盗〕賊繁多，車者不得如蕭育之安，所以不定矣。不定字所出不一，如左傳納而不定；莊子神生不定也。蜀使，即使李郃善知天星，知二使入蜀也。今公句云蜀使下何之，則眼前所見，入蜀之所，將何使之？亦以言盗賊禍亂之變，使者無定住而可也。何之字，楚辭云：浮雲兮容與，道余兮何之？舊注不省蕭車之義，但按世間誤本蒙求蕭之雉隨下所

誤注，引云：蕭望之爲郎，嘗有雉隨車飛翔。望之傳既無此事，又輒減望之爲蕭之；又雉隨車無安不定之義。殊不知善本乃蕭芝雉隨。出處蓋是蕭廣濟孝子傳：蕭芝至孝，除尚書郎。有雉數十頭，飲啄宿止，當上值，送至歧路，下直，入門飛鳴車前。自是孝感事也。今因正杜詩舊注之誤，且以正世間蒙求誤矣。舊注蜀使止引相如爲郎，使蜀諭巴蜀父老。按相如傳止是諭以通西南夷之事耳，而公之詩意，則取二使者覘採風謡之義焉。已上八韻是一段，乃言今日遣使當在寡誅求、除盜賊之事也。

〔三二〕次公曰：此公自(遂)〔述〕其閑隱之事。釣瀨，則以嚴陵自比，蓋陵釣於七里瀨也。耕巖，則以鄭子真自比。蓋揚子云谷口鄭子真不詘其志，耕於巖谷之下，名震於京師也。疏墳典而進弈棋，乃其閑曠而言也。

〔三三〕次公曰：兩句則夔之風土多暄也。次公定此詩爲今歲大曆二年所作，正以此兩句而得之。公以永泰元年五月離成都，至冬則在雲安縣。以今年三月過望，自雲安至夔，至冬在焉。公所親經是冬，見夔之風土多暄如此，故今言之，乃實道其事也。與次年立春後雨詩云：輕箑煩相向，纖稀恐自疑。亦以實道當日雖雨而熱也。

〔三四〕次公曰：豺遘登楚，用王粲事。粲字仲宣，七哀詩云：西京亂無象，豺虎方遘患。楚之謂豺遘，其有登樓賦，乃是登(京)〔荆〕州之樓，此之謂登楚。哀登楚者，哀登楚之人也，即言王粲。荆州在夔州之下相接，故言及之。舊注引其七哀詩，又云：南登霸陵岸，回首望長安。纔見有一登字，便胡引，非是。蓋霸陵者，文帝之陵，纔離長安而登之，豈却可用證楚耶？　麟傷(及)〔泣〕象尼，用魯事。(孔子)哀公西狩獲麟，孔子見之，掩袂拭面曰：吾道窮矣！此之謂麟傷。象尼者，孔子之生，其父母禱之於尼丘山，故名丘，字仲尼。而傳記又載孔子之首象其山，此之謂象尼。

【校】京州之樓：九家注京作荆，是。

〔三五〕次公曰：上句則言其欲將離夔而儘南下，且未能即然，所以迷於適越。越人斷髮文身(刑)〔形〕容之，莊子：

宋人資章甫而適諸越，人而文身，無所用之也。下句（言），睢音雖。舊注引漢武帝祀后土於睢水之上，止可以見水名而已。地在南都，昔之宋州也。杜田引文選陳孔璋爲曹洪與魏文帝書曰：過高唐者，效王豹之謳；遊睢涣者，學藻（繢）〔續〕之綵。李善曰：睢、涣兩水名，其處人能織藻（繢）〔續〕錦綺，天子郊廟御服出焉。尚書所謂厥篚織文者也。其説是。公少年嘗遊宋，故云憶遊睢。

【校】學藻續之綵：影胡刻本文選續作繢。李善曰：九家注作李周翰注。

〔三六〕次公曰：上句正是公今日之時。三秋皆秋桂也，作詩而非八月，不足以當之，故次公定此篇爲八月作也。賞月延秋桂，直是以月中桂爲其當秋延賞，故曰秋桂也。之舊注引沈休文詩秋風生桂枝，非是。下句言葵傾陽而吾心亦逐之也。葵藿之傾太陽，出曹子建表。

〔三七〕次公曰：上句幸天下之治平，反淳復樸也。大庭氏在莊子，與赫胥氏、栗陸氏相連，不著年載，大率至德之（率）〔世〕也。舊注便差排作神農之別號，非是。下句言爲寇者終亦誅戮也。左傳宣十二年，楚子曰：古者明王伐不敬，取其鯨鯢而封之，以爲大戮，於是乎有京觀，以懲淫慝。是已。廣大之庭，對崇京之觀，亦詩人之巧也。欲僵尸以爲京觀，此又欲一卷西夷之心也。

【校】至德之率：率無義。九家注作世，是。

〔三八〕次公曰：上句蓋用高枕字貼晝眠字也。高枕字，如言不得高枕而卧。晝眠字，邊孝先弟子嘲之曰嬾讀書，晝日眠也。下句字則摘取左太沖詩哀歌和漸離，謂若傍無人。今乃言無和我者也。

〔三九〕次公曰：此兩句殊有深意，蓋謂戒諸大臣及諸將，若欲功名之成，圖象帝閣，當交綏爲慎，勿輕使志之不堅而（也）後可也。南宮事，後漢永〔平〕中，顯宗（顯）追感前世功臣，乃圖畫二十八將於南宮雲（延）〔臺〕。凡百字，則詩所謂：凡百（詩）君子，各敬爾（儀）〔身〕。而魏應德（連）〔璉〕侍五官中郎將建章臺集詩有云：凡

百敬〔耳〕〔爾〕位，以副饑渴懷。遂指言君子矣。蓋若友于之言兄弟，貽厥之言子孫，乃文人之歇後語也。交綏字，出左傳文十二年，晉人、秦人戰於河曲。秦軍掩晉上軍，郤缺、臾〔餅〕〔駢〕不動。趙穿獨追〔人〕〔之〕不及。反，怒，將復以其屬出。宣子曰：秦獲穿也，獲一卿矣。秦以勝歸，我何以報？乃皆出戰，交綏。杜預注云：司馬法曰：逐奔不遠，從綏不及。逐奔不遠，則難誘；從綏不及，則難陷。然則，古名退軍爲綏，秦志未能堅戰，短兵未致，爭而兩退，故曰交綏。今公詩句，蓋言欲載勳業於南宫者，則無令志之不堅，猶戰者之交綏焉。

【校】凡百敬耳位：影胡刻本文選耳作爾，是。

巫峽弊〔蘆〕〔廬〕奉贈侍御四舅別之澧朗一首（近體詩）

【校】弊蘆：九家注作弊廬，方爲有義。

江城秋日落，山鬼閉門中〔一〕。行李淹吾舅，誅茅問老翁〔二〕。赤眉猶世亂，青眼只途窮〔三〕。傳語桃源客，人今出處同〔四〕。

〔一〕次公曰：山鬼閉門中，以屈原九歌有山鬼一篇，乃楚地之事，巫峽已屬楚峽矣，故得以山鬼爲言。

〔二〕次公曰：行李字，出左傳：一〔个〕〔介〕行李。又曰：行李之往來。淹吾舅，則言盧侍御之駐留也。誅茅字，屈原決於鄭詹尹曰：寧誅鋤草茅以力耕乎？問老翁，則盧侍御之史以駐留來問老子之誅茅之處也。

吾舅，以言盧侍御；老翁，則公自謂也。字則魏文帝曰：皆成老翁，但未白頭耳。

【校】按盧侍御，未見所出，當係題云弊廬致誤，今一仍其舊。

〔三〕次公曰：赤眉，賊也。光武平赤眉之亂。青眼事，阮籍善爲青白眼，以青眼待佳客，以白眼待俗客也。

【校】九家注下接：途窮輒痛哭，亦阮籍事也。

〔四〕次公曰：桃源，在朗州，即今之鼎州也。四舅之澧朗，故因以問桃源客也。人，則公自謂也。陶淵明集：晉太元中，武陵人捕魚爲業；緣溪行，忘路之遠近。忽逢桃花林，林盡水源，便得一山。山有小口，髣髴若有光。便捨船從口入。初極狹，纔通人。復行數十步，豁然開朗。土地平曠，屋舍儼然。有良田、美池、桑竹之屬。黄髮垂髫，并怡然自樂。自云先世避秦時亂，率妻子邑人來此絶境，不復出焉，遂與外人間隔。既出，得其船，便扶向路，處處誌之。及郡下，詣太守説如此。太守即遣人隨其往。尋所誌，遂迷不復得路。傳語字，石季倫王昭君詩：傳語後世人，遠嫁難爲情。

溪上一首（近體詩）

峽内淹留客，溪邊四五家〔一〕。古苔生迮地，秋竹引疏花〔二〕。塞俗人無井，山田飯有沙。西陵使船至，時復問京華〔三〕。

〔一〕次公曰：淹留客，蓋公自謂也。字則離騷云：又何足矣淹留。

【校】何足矣：中華書局聚珍版楚辭補注作何可以。

〔二〕次公曰：舊本苔生迮地，師民瞻本作古苔，是。蓋葦苔，溪上之物也。一作濕地，不工。

〔三〕次公曰：京華，自郭璞遊仙詩曰：京華遊俠窟，謝靈運齋中讀書詩曰昔余遊京華，以今人承用之熟，遂不考按，故爲出之。

樹間一首（近體詩）

岑寂雙甘樹，婆娑一院香。交柯（底）〔低〕几杖，垂實礙衣裳。滿歲如松碧，同時待菊黃〔一〕。幾回沾葉露，乘服坐胡牀。

【校】底几杖無義，九家注作低几杖，是。

〔一〕次公曰：滿歲如松碧，周滿一歲，冬夏青青如松也。橘熟於九月，則爲待菊黃矣。

八月十五夜月二首（近體詩）

滿目飛明鏡，歸心折大刀〔一〕。轉蓬行地遠，攀桂仰天高〔二〕。水路疑霜雪，林棲見羽毛。此時瞻白兔，直欲數秋毫〔三〕。

右一

〔一〕次公曰：滿目字，延篤與李文德書云：吾誦伏羲氏之易，焕兮爛兮其滿目。故對歸心，則如選詩云：邊馬有歸心。公詩首句多便對句，師民瞻本作（蓋）滿月，〔蓋〕牽於題是八月十五夜月，然無滿月字，又不若滿目之意足也。　明鏡云〔云〕，以言月之圓也。庾信磨鏡詩云：明鏡如曉月。　大刀字，古詩云：藁砧今何在？山上復有山。何當大刀頭，破鏡飛上天。吴兢樂府古樂題要解曰：藁砧何在，趺也，問夫何處也。山上復有山，重山爲出字，言夫出不在也。何當大刀頭，刀頭有鐶，問夫何時當還也。破鏡飛上天，言月半缺當還也。吴之説如此。今乃八月十五夜月，故稱之爲明鏡。言明鏡，則月之圓見矣，何乃更云滿月飛明鏡，且犯月字乎！歸心折大刀，蓋子美旅泊巫山，中秋見月，心念還耳。

〔二〕次公曰：轉蓬行地遠，公以蓬譬言其身也。曹植雜詩云：轉蓬離本根，飄飄隨長風；類此客遊子，捐軀遠從戎。而袁陽源效古詩云勤云未云已，壯年徒爲空；乃知古時人，所以悲轉蓬也。　攀桂仰天高，言月中桂也。特取攀桂有出處兩字耳，以對轉蓬。劉安招隱士云桂樹叢生兮山之幽，攀桂枝兮長淹留也。

〔三〕次公曰：後四句甚明，公在舟中，故以水路言之。

稍下巫山峽，猶銜白帝城〔一〕。氣沉全浦暗，輪灰半樓明〔二〕。刁斗皆催曉，蟾蜍且自傾〔三〕。張（公）〔弓〕倚殘魄，不獨漢家營〔四〕。

【校】張公係音訛，當從注引作張弓。

右（三）〔二〕

〔一〕次公曰：稍下、猶銜，指言月也。如上篇月詩云并點巫山出，新窺楚水清也。

〔二〕次公曰：氣沉全浦暗，以成稍下巫山峽之句，峽水中有浦也。　輪灰半樓明，以成猶銜白帝城之句，城上有樓也。

〔三〕次公曰：刁斗皆催曉，則兵戍處皆有刁斗也。李廣傳：廣與程不識俱以邊太守將〔軍〕屯。及出擊胡，廣不擊刁斗，程不識擊刁斗，俱爲名將。

〔四〕次公曰：言軍營處處皆見此月，時方與吐蕃交兵，則張弓於夜，皆倚曉月之殘魄，不獨漢營爲然，雖虜營亦然矣。　倚字，使宋玉長劍倚天外之倚。

十六夜玩月一首（近體詩）

舊挹金波爽，皆傳玉露秋〔一〕。關山隨地闊，河漢近人流〔二〕。谷口樵歸唱，孤城笛起愁。巴童渾不寢，半夜有行舟〔三〕。

〔一〕次公曰：此篇甚明。　其句中使字，則金波字：前漢樂志云：月穆穆以金波。　玉露字，如沈約謝賜甘露啓云：玉聚珠聯。隋盧思道賀甘露表云：玉散珠連。而相承云金風玉露，如李密詩曰金（鳳）〔風〕蕩佳節，玉露彫晚林也。

【校】所引李密詩，隋書本傳引作金風蕩初節。

〔二〕次公曰：關山字，則古有關山月之曲。河漢近人流，則月詩自使到河漢矣。舊注引魏文帝仰看明月光，天漢

迴西流，却可證流字。

〔三〕次公曰：巴童字，沈約秋（色）〔色〕詩：巴童暗理瑟。有行舟三（次）〔字〕，魏文帝善哉行曰：悠悠川流，中有行舟。

十七夜對月一首（近體詩）

秋月仍圓夜，江村獨老身〔一〕。捲簾還照客，倚杖更隨人〔二〕。光射潛虬動，明翻宿鳥頻〔三〕。茅齋依橘柚，清切露華新。

〔一〕次公曰：江村獨老身，言獨是老身也。

〔二〕次公曰：捲簾字，多矣。用對依杖，則鮑明遠詩：依杖牧雞豚。公於江漲詩嘗用云倚杖沒中洲也。

〔三〕次公曰：潛虬字，蜀都賦云：下高鵠，出潛虬。舊注引謝靈運詩潛虬媚幽姿，在後矣。宿鳥字，出文選。謂之鳥，則無定名。舊注引魏武帝樂府：月明星稀，烏鵲南飛；繞樹三匝，何枝可依。全不相干也。

玩月呈漢中王一首（近體詩）

次公曰：舊本晚月呈漢中王，師民瞻本晚月作玩月，是。又云杜公與漢中王詩之最先者，又非矣。此詩句之云歸舟應獨行，則王在（京）〔荆〕州避暑，有書與公，言其當以雪時到京師，故公報其手札詩則曰：入期朱邸雪。而次公以其上句有云已覺良宵永，定爲七月詩。公又有戲作寄之之詩二首，其一句云：梁苑池臺雪欲

飛。次公以爲公度王將起發，乃九月末詩。此詩舊本作戲之之詩前，應是度其將起發，在八月中先有此詩，而王又以新生子而未即行，所以又有戲作之詩(一)〔二〕首。其一云掌中貪看一珠新也。

【校】京州：依前篇夔府書懷四十韻例當作荆州。

夜深露氣清，江月滿江城〔一〕。浮客轉危坐，歸舟應獨行〔二〕。關山同一照，烏鵲自多驚〔三〕。欲得淮王術，風吹暈已生〔四〕。

〔一〕次公曰：露氣清，則秋時必以八月爲，則詩當在已覺良辰永七月詩之後也，況月莫盛於八月乎。凡濱江州縣，皆可謂之江城。公詩有曰鼓角動江城，又曰獨宿江城蠟炬殘，皆指成都；寄岑嘉州曰豈意獨守江城居，則指嘉州；登牛頭寺亭子曰江城孤照日，又歸雁曰腸斷江城雁，指梓州。其説各具本詩解。有曰江城帶素月，有曰白馬出江城，今云江月滿江城，則皆在此夔州。

〔二〕次公曰：浮客，一作遊客。師民瞻本亦只是游客。然不知游客自雖熟而無出處，若浮客字，自有所出。謝惠連詩：悽悽留子言，眷眷浮客心。注：浮，行也。如此則：留子，留住之子；浮客，浮遊之客。今公蓋自言其身也。公自華州罷官歸秦，又歸同谷，入成都，自成都之梓、之閬，又自成都來夔，可謂浮客矣，故對歸舟。字則選詩天際識歸舟也。　浮客轉危坐，轉讀從上聲，蓋言雖夜深而轉更危坐也。　歸舟應獨行，蓋漢中王自梓州替罷歸朝，而坐歸州避暑，謀取峽州出陸，由荆門路以雪時到京。公報其奉(守)〔手〕札詩中可見矣。意者以生子尚未行，故公先度其將起發，故有此玩月之寄，云歸舟應獨行也。且以其忽無書，必緣弄兒之故，故

二絶戲之。其一云掌中貪看一珠新，言其生子也。其一云〔梁〕苑池臺雪欲飛，必是九月末又度其必行也。歸(之)州去峽一百九十里，尚有舟行。今云歸舟應獨行，言之無別舟其同行，已見王久淹留於旅，歸心速，乘月而行也。然則，亦以戲之乎。

〔三〕次公曰：關山同一照，用關山字，(之)則古樂(也)府有關山月之曲。一照，則月賦千里共明月之意，而句之所主，公正言其在此，與王在彼，同一照也。烏鵲(字)〔自〕多驚事，語使魏武帝樂府云：月明星稀，烏鵲南飛。其句所主，以自興其旅寓之不安也。

【校】字多驚：字音訛，據正文改。

〔四〕次公曰：末句爲是呈漢中王，故用淮南王劉安事。淮南子曰：月隨灰而暈缺。注云：以蘆灰環月，缺其一面，暈亦隨而缺。而風吹(生已暈)〔暈已生〕之句，杜田補遺引古樂府，(宋)〔周〕王褒關山月：天寒光轉白，風多暈欲生。其説是。

【校】生已暈：倒文，據正文改。

驅豎子摘蒼耳一首（古詩）

江上秋已分，林中瘴猶劇。畦丁告勞苦，無以供夕日。蓬莠獨不燋，野蔬暗泉石〔一〕。卷耳況療風，童兒且時摘〔二〕。侵星驅之去，爛漫任遠適。放筐亭午際，洗剥相蒙冪〔三〕。登牀半生熟，下筯還小益〔四〕。加點瓜薤間，依稀橘奴跡〔五〕。亂世誅求急，黎民糠籺窄〔六〕。飽食復何心，荒哉膏粱客〔七〕。富家廚肉臭，戰地骸骨白〔八〕。寄語惡少年，黄金且

休擲〔九〕。

〔一〕次公曰：野蔬暗泉石，指卷耳言之，其物生於濕地，故云暗泉石也。

〔二〕次公曰：蒼耳，今所謂羊負來也。在詩則謂之卷耳。詩云：采采卷耳，不盈傾筐。則古人已食之矣。療風事，見本草。

〔三〕次公曰：洗剥相蒙羃，此實道其事。蓋洗則洗土，剥則剥其毛也。

〔四〕次公曰：登牀者，登食牀也。半生熟，則或作生菜、或作熟菜故也。下筯字，使何曾日食萬錢，猶謂無下筯處。還小益，則以其療風故也。

〔五〕次公曰：瓜、薤、橘，皆與卷耳同時之物。橘奴字，襄陽記曰：李衡種橘於龍陽洲，謂其子曰：吾有千頭木奴，歲可收絹數千匹。故後人承用也。

〔六〕次公曰：自亂世誅而下，公於一菜之間，而尚及此也耶？仁人之用心也。糠籺字，即糠覈也。陳平傳：家貧，與兄伯居，常耕田縱平使遊學。嫂疾平不視家生産，見其肥，曰：亦食糠覈耳。孟康曰：覈麥糠中不破者也。晉灼曰：覈音紇，京師人謂鹿屑爲覈頭。

〔七〕次公曰：膏粱字，孟子曰：不願人之膏粱也。

〔八〕次公曰：上兩句之勢，公又嘗曰朱門酒肉臭，路有凍死骨也。

〔九〕次公曰：末句惡少年字，梁元帝古意詩中有：惡少年，使能專自得。公又嘗曰：寄語舟航惡少年，休翻鹽井横黄金。

詠懷古跡五首（近體詩）

次公曰：詠懷古跡，言詠懷與古跡。前兩篇，其一紀述其身，末句以庾信自比；其一以宋爲師，而紀述所懷之事（思）實皆是詠懷。後三篇，其一專言明（云）妃，其一專言蜀先主，其一專言諸葛武侯。乃是古跡皆楚地故事，故有此五首之作。

支離東北風塵際，飄泊西南天地間〔一〕。三峽樓臺淹日月，五溪衣服共雲山〔二〕。羯胡事主終無賴，詞客哀（詩）〔時〕且未還〔三〕。庾信平生自蕭瑟，暮年詩賦動江關〔四〕。

【校】詞客哀詩：九家注詩作時，是。

右一

〔一〕次公曰：上句追言其安禄山之亂時在賊中也。公之在賊，或往河陽，或趨行在，或居秦，居同谷，是爲東北風塵際也。下句則言其入蜀，往來東、西川，且在夔也。

〔二〕次公曰：三峽，所載名不同。明月峽在渝州，所謂西峽；其二則巴峽、巫峽。詳見忠（舟）〔州〕詩解。今專言其在夔，蓋夔之上游，則（明）月峽，下游則巴峽、巫峽，故言三峽。若言樓臺，則指白帝城之屬。五溪，蠻夷所歸，馬援所征之地。與夔、施相接，衣服異制，而公歎與之雜歸也。五溪之名已見前篇。

〔三〕次公曰：專言安禄山事雖往矣，而公以因此流落之，故追歎之也。安禄山本胡人，蓋言此胡事主，畢竟無所倚

賴，而致積年之亂。詞客哀(詩)〔時〕，則公自謂也。公詩又云：胡雛負恩澤，嗟爾太平人。

〔四〕次公曰：末句則公方更欲南下，故以庾信自比。周書：庾信(自)〔字〕子山，雖位望通顯，常有鄉關之思，乃作哀江南賦以致其意。其辭略云：壯士不還，寒風蕭瑟。公南下而往，文章必遍於江南，則以信自比，宜矣。

搖落深知宋玉悲，風流儒雅亦吾師〔一〕。悵望千秋一灑淚，蕭條異代不同時〔二〕。江山故宅空文藻，雲雨荒臺豈夢思〔三〕。最是楚宫俱泯滅，舟人指點到今疑〔四〕。

右二

〔一〕次公曰：宋玉九辯曰：悲哉秋之爲氣也，蕭瑟兮草木搖落而變衰。故曰：搖落深知宋玉悲。風流儒雅四字，合兩處所出。風流，則如晉書：天下言風流，以樂廣、王衍爲首。儒雅，則漢書云：儒雅則公孫弘、董仲舒。此與丹青引合用文采風流同格。吾師字，出左傳：鄭子産不許(毀)〔毀〕鄉校，曰：是吾師也。而著人名以言吾師，則羊祜曰：疏廣是吾師也。公又嘗用云：李陵蘇武是吾師。

〔二〕次公曰：一灑淚字，謝靈運詩云：灑淚眺連岡。用對不同時，則漢武帝見司馬相如上林賦，曰：恨不與之同時。

〔三〕次公曰：上句專言歸州之宅。玉歸州有宅，而荆州又有宅也。余知(古)〔古〕渚宫故事曰：庾信因侯景之亂，自建康遁歸江陵，居宋玉故宅。宅在城北三里，故其賦云：誅茅宋玉之宅，穿逕臨江之府。此荆州宅之證也。公移居夔州入宅詩云：宋玉歸州宅，雲通白帝城，此歸州宅之證也。今公尚在夔，所賦詩則江山故宅者，言

其歸州宅耳。用對荒臺，則指言雲夢臺也。高唐賦云：昔者楚襄王與宋玉遊於雲夢之臺，望高唐之觀。注：雲夢，楚藪也，在南郡華容縣，其中有臺館，今謂之雲雨荒臺。則賦下云：楚王夢見一婦人，曰：妾巫山之女也，爲高唐之客……妾在巫山之陽，高（陽）〔丘〕之阻。旦爲朝雲，暮爲〔行〕雨。朝朝暮暮，陽臺之下。旦朝視之，如言，故爲立廟，號朝雲。陽臺，即雲夢（也）之臺也。故言雲雨荒臺。宋玉所言朝雲、行雨，託興以言夢中事，公詩句則：荒臺之雲雨，蓋誠有之，豈是夢思乎！

【校】所引高唐賦異文據影胡刻本文選補改。

〔四〕次公曰：此言楚之所謂高唐觀、朝雲廟者，無有矣，後人亦疑其當時之有無未可知也。

右三

羣山萬壑赴荆門，生長明妃尚有村〔一〕。一去紫臺連朔漠，獨留青塚向黄昏〔二〕。畫圖省識春風面，環珮空歸月夜魂〔三〕。千歲琵琶作胡語，分明怨恨曲中論歸州府有昭君村。〔四〕

〔一〕次公曰：明妃尚有村，妃舊注云：歸州有昭君村，下有香〔溪〕，俗傳因昭君草木皆香，故曰香溪。按歸州圖經云：王昭君，南郡秭歸人，興山縣有昭君村，有香溪。按歸州圖〔經〕云遊耳，謂因昭君草木皆香，蓋未必然。此舊注撰爲之説，非是。

〔二〕次公曰：一去紫臺連朔漠，此專用江淹恨賦，其辭云：若夫明妃去時，仰天太息。紫（漠）〔臺〕稍遠，關山無極。摇風忽起，白日西匿。隴雁少飛，岱雲寡色。望君王兮何（其）〔期〕，終蕪絶兮異域。李善注：紫臺，猶

紫宮也，蓋言天子之居矣。 獨留青塚向黄昏，則言昭君之墓也。青塚事，杜時可引單于既死，子達立，昭君謂達曰：將爲漢，將爲胡？ 曰：將爲胡。於是昭君服（狁）〔弦？〕毒死。單于舉國葬之胡。胡中多白草，而此塚獨青。前代詞人爲作歌詩以弔之。其説是，蓋如李太白詩亦云生乏黄金枉圖畫，死留青塚使人嗟也。

【校】紫漢：下引李善注作紫臺，是。 何其：影胡刻本文選其作期。 子達立：叢書集成本琴操達作世違。

〔三〕次公曰：上句則後人多畫昭君於圖，公自言其在畫圖中得見昭君之美態，如春風之面。杜時可但因西京雜記載漢元帝後宮既多，不得常見，乃使畫公圖其形，案圖召幸。宮人皆賂畫工，多有十萬，少不減五萬。昭君自恃其貌，獨不與，乃惡圖之。及後匈奴入朝，選美人配之，昭君之圖當行。及入辭，光彩射人，悚動左右。天子方重失信外國，悔恨不及，窮案其事。畫公有杜陵毛延壽，爲人形，老少必得其真。安陵陳（敝）〔敞〕、新豐劉白、龔寬，並工狗馬，人形不逮延壽。下杜楊望亦〔善丹〕青，尤善布衆色，皆同日棄市。却是當時毛延壽所畫事。毛延壽以不得金之故，畫美爲惡，豈於今所言春風面者乎？ 若只是散用紀述，則於杜詩別無發明矣。

環珮空歸月夜魂，又狀言魂在月中往來而歸也。 蓋環珮，美人所服也。陸機日出東南行之云金雀垂藻翹，瓊珮結瑶璠是已。蘇東坡題毛女貞云只應閑過商余老，獨自吹簫月夜歸，用此月夜（歸）〔魂〕之勢。

【校】陳敝：漢魏叢書本作陳敞。 楊望亦青：亦字下奪善丹二字，據漢魏叢書本補。

〔四〕次公曰：舊注，昭君初通匈奴，在路愁怨，遂於馬上彈琵琶以寄其恨，至今傳之，謂之昭君怨。不知何所據而輒云如此邪？ 此蓋牽於世俗所傳。昭君自能彈琵琶者，若魯交詩云一曲琵琶馬上彈，恨聲飛入單于國是已。所謂昭君怨者，自是詞人賦樂府曲以之爲名，豈昭君所彈之餘音爲今琵琶中曲邪？ 曷不觀石季倫王明君辭之序乎？ 其文曰：王明君者，本是王昭君，以觸文帝諱，改焉。匈奴盛，請婚於漢，元帝以後宮良家子昭君

配焉。昔公主嫁烏孫，令琵琶馬上作樂，以慰其道路之思，其送明君亦必爾也。其造新曲，多哀怨之聲，故敘之於紙云爾。詳味此序，則馬上彈琵琶者，乃所送昭君之人也，豈昭君自彈邪？故唐史官吴兢作樂府古題要解，亦取之以爲據。今公詩所云，亦指言昭君行（詩）〔時〕有琵琶樂曲之怨恨爾，非指言昭君自彈也。學者多誤，故次公費辭以表之。若薛夢符者，又引釋名：推於向前曰琵，却手向後曰琶，因以爲名。雖無害於義，而冗長矣。若於琵琶謂之胡語，則琵琶本胡中之樂，故一名胡琴也。

右四

蜀主窺（吾）〔吴〕幸三峽，崩年亦在永安宫〔一〕。翠華想像空山裏，（三）〔玉〕殿虚無野寺中〔二〕。古廟（三）〔杉〕松巢水鶴，歲時伏臘走村翁。武侯祠屋長隣近，一體君臣祭祀同。殿今爲寺廟，在宫東。〔三〕

【校】窺吾：音訛，當從九家注作窺吴。三殿，注文引作玉殿，是。今據改。三松：九家注作杉松。今按，首句云三峽，此句似不宜重言三，當以杉松爲是。

〔一〕次公曰：蜀主者，劉先主也。先主忿孫權襲關羽之故，伐吴，爲吴將陸遜所破其軍於猇亭，自秭歸棄舡由步道還魚復。改縣爲永安縣，卒於永安宫。

〔二〕次公曰：翠華，天子之旗也。上林賦云：建翠華之葳蕤。先主稱即（黄）〔皇〕帝位，故得用翠華字也。玉

殿虛無野寺中，則山有卧龍寺，先主祠在焉。虛無字，班固楚辭序曰：多稱虛無之語。而曹子建詩：虛無求列(先)〔仙〕。

【校】建翠華之葳蕤：影胡刻本文選葳蕤作旗。

〔三〕次公曰：後句一體字，王褒講德論云：君爲元首，臣爲股肱。明其一體，相待而成。

右五

諸葛大名垂宇宙，宗臣遺像肅清高〔一〕。三分割據紆籌策，萬古雲霄一羽毛〔二〕。伯仲之間見伊吕，指揮若定失蕭曹〔三〕。運移漢祚難終復，志決身殲軍務勞〔四〕。

〔一〕次公曰：宗臣字，漢以蕭何爲宗臣。注云，時所宗尚也。清高字，晉書：胡威曰：大人清高，何得此絹？

〔二〕次公曰：吴在江左，魏在中原，漢在西蜀，此三分之割據也。而蜀則孔明之策籌爲多，故曰三分割據紆籌策。割據字，陸士衡辨亡論云：故遂割據山川。雲霄羽毛，以高飛鳥喻之也。如張茂先鷦鷯賦序云：彼鷲鶚鶤鴻，孔雀翡翠，或凌赤霄之際，或託絶垠之外。是已。

〔三〕次公曰：伊，則伊尹；吕，則吕望。言孔明在二公之間也。伯仲之間四字，魏文帝典論：傅毅之於班固，伯仲之間耳。對指〔揮〕若定字，前漢書陳平之言楚、漢曰：誠能去兩短也，集兩長，天下指麾即定矣。其後用之於大臣則如庾信周齊王碑云：一朝指麾，六合大定。失蕭曹，蕭則蕭何，曹則曹參也。後主十二年，亮悉大衆由斜谷出，以流馬運，據武功五丈原，與司馬宣王對於渭南。亮每患糧不繼，使己志不申，是以分兵

屯田，爲久駐之基。耕者雜於渭濱居民之間，而百姓安堵，軍無私焉。相持百餘日，其年八月，亮疾病，卒于軍，時年五十四。夫亮有吞魏之志，功未成而薨。其指揮初未定也，使其事定，則一掃中原，坐通江右，天下混一，雖蕭何、曹參之功，亦隱失矣。所謂見伊吕，其見字，則桓彝一（字）見王（道向）〔導〕，云：〔向見〕管夷吾之見。此謂失蕭曹，其失字，則鮑明遠詩：霧失交河城。此兩字詩句之腰，最爲難着。

【校】其見字一條，混亂難通，據九家注補改。

〔四〕次公曰：舊本福移字，師民瞻本作運移，是。兩句重傷孔明之薨也。本傳注載魏氏春秋曰：亮使（致）〔至〕，問其寢食及其事之煩簡，不問戎。使對曰：（事）諸葛公夙興夜寐，罰二十以上者皆親（擥）〔鑒〕焉。所噉食不至數升。宣王曰：亮將死矣！則所謂志決身殲軍務勞，於此可見。

【校】亮使致：九家注致作至，是。事諸葛公：事字衍，據九家注删。親擥：九家注作親鑒。

戊帙卷之八

丁未大曆二年，時公五十六歲。秋九月在夔州瀼西、東屯往來所存之詩。以文字之多，分爲九月詩之上。

九月一日過孟十二倉曹十四主簿兄弟一首（近體詩）

藜杖侵寒露，蓬門啓曙煙〔一〕。力稀經樹歇，老困撥書眠。秋覺追隨盡，來因孝友偏〔二〕。清談見滋味，爾輩可忘年〔三〕。

〔一〕次公曰：藜杖，即倒使杖藜字。莊子：原憲杖藜應門。

〔二〕次公曰：秋覺追隨盡，自言其所追隨之處已盡，不能再往，即今所來孟氏之家，因重其兄弟孝友偏篤也。

〔三〕次公曰：末句清談謂之滋味，亦漢書所謂馮公之論將帥，有味哉。故韓退之送窮文云語言無味，亦出於此。可忘年，公自言可忘己之尊年而與之友也。禰衡始弱冠，孔融年四十，爲忘年交。

過客相尋一首（近體詩）

窮老真無事，江山已定居。地幽忘盥櫛，客至罷琴書。掛壁移留果，呼兒問煮魚〔一〕。時聞繫舟楫，及此問吾廬〔二〕。

〔一〕次公曰：掛壁字，摘使晉書：陶侃少時漁於雷澤，嘗網得一織梭，以掛於壁。有頃，雷雨，自化爲龍而去。移留果，則壁間轉所儲留之果也。呼兒問煮魚，使樂府呼兒烹鯉魚也。

〔二〕次公曰：末句則公自言凡有舟楫過往，必來見之也。此篇有兩問字，問煮魚應錯，然不可妄填改也。

孟倉曹步趾領新酒醬二物滿器見遺老夫一首（近體詩）

次公曰：步趾字，晉夏侯湛愍桐賦云：詰朝之暇，步趾前廡。

楚岸通秋屐，胡牀面夕畦〔一〕。藉糟分汁滓，甕醬落提攜〔二〕。飯糲添香味，朋來有醉泥〔三〕。理生那免俗，方法報山妻〔四〕。

〔一〕次公曰：上句言孟倉曹之步趾也。次句公自言其當孟倉曹相訪之時如此也。

〔二〕次公曰：藉糟字，劉伶酒德頌言枕麴藉糟也。汁滓字，鄭康成注周禮酒正二(日)〔曰〕醴齊云：醴，猶體也，成而汁滓相將。如今恬酒矣。舊注引後漢樊儵傳：歲獻甘醪。高誘注：醪，醇酒，汁滓相將也。已在其後。甕醬字，周禮：醬用百有二十甕。故倒用甕醬可以對藉糟。

〔三〕次公曰：飯糲添香味，以言其醬。朋來有醉泥，以言其酒。飯糲，則粗糲之飯是已。朋來，則有朋自遠方來是已。

〔四〕次公曰：末句那免俗字，用阮咸之語曰：未能免俗。

課小豎鉏斫舍北果林枝蔓荒穢淨訖移牀一首（近體詩）

次公曰：舊本三首，後兩篇一本云秋日閑居二首，是。

病枕依茅棟，荒鉏淨果林〔一〕。背堂資僻遠，在野興清深〔二〕。山雉防求敵，江猿應獨吟〔三〕。洩雲高不去，隱(凡)〔几〕亦無心〔四〕。

〔一〕次公曰：茅棟字，沈休文詩：茅棟嘯愁鴟。

〔二〕次公曰：背堂資僻遠，言果林在堂之後也。

〔三〕次公曰：果林枝蔓荒穢，則藏雉而有鬬敵之處。雉性强而善鬬，潘安仁射雉賦云：逸羣之儁，擅場挾兩。言不但欲專一場而已。又挾四雌，乃所謂雉之求敵也。舊注引詩雉鳴求其(壯)〔牡〕，却是求偶，豈求敵之義

邪？　江猿應獨吟，應字平聲，亦以鉏斫果林荒穢，淨其枝蔓，則猿來者少，應有獨吟者而已。

〔四〕次公曰：末句，洩雲字，洩音私烈反，官韻作泄。魏都賦曰：窮岫泄雲，日月常翳。謝玄暉敬亭山詩云：泄雲已漫漫，多雨亦凄凄。而公詩又曰：洩雲無定姿。却仍用洩字。　隱（凡）〔几〕字，則莊子、孟子皆有此字。孟子曰：隱（凡）〔几〕而卧。莊子曰：隱（凡）〔几〕而坐。陶潛云：雲無心而出岫。雲之不去，爲無心矣，而吾之隱（凡）〔几〕亦無心也。

【校】正文隱凡，注文隱凡而卧、隱凡而坐，咸無義。九家注作隱几，是。

秋日閑居二首（近體詩）

衆壑生寒早，長林卷霧齊。青蟲懸就日，朱果落封泥〔一〕。薄俗防人面，全身學馬蹄〔二〕。吟詩坐回首，隨意葛巾低。

右一

〔一〕次公曰：朱果落封泥，實道其事。園家愛惜好果，以泥封之。言朱果，則其熟而色赤。　落封泥，則所封之泥久而自落也。

〔二〕次公曰：薄俗防人面，使人面獸心之義，蓋言薄俗之可防也。舊注引左傳人心不同，如其面焉，止是面之不同耳，於防字無義。　全身學馬蹄，則取莊子馬蹄篇所謂：馬蹄可以踐霜雪，毛可以禦風寒。齕草飲水，翹足而

陸，此馬之真性也。

籬弱門何向，沙虚岸只摧〔一〕。日斜魚更食，客散鳥還來。寒水光難定，秋山響易哀。天涯稍曛黑，倚杖更徘徊〔二〕。

右二

〔一〕次公曰：籬弱門何向，言籬觸處損壞，門無定向也。

〔二〕次公曰：曛黑，則謝靈運云：朝遊窮曛黑。倚杖，則鮑明遠云：倚杖牧雞豚。此通上兩篇，分明與鉏果林荒穢不相干，即是秋日閑居之興。

峽口二首（近體詩）

峽口大江間，西南控百蠻〔一〕。城欹連粉堞，岸斷更青山〔二〕。開闢多天險，防虞一水關〔三〕。亂離聞鼓角，秋氣動衰顔〔四〕。

右一

〔一〕次公曰：西南控百蠻，則施、黔連五溪之蠻也。

〔二〕次公曰：城欹連粉堞，則言山上白帝城也。

〔三〕次公曰：防虞一水關，言峽口有鐵鎖爲關防也。　舊本防隅字，當是防虞。

〔四〕次公曰：鼓角，蓋城上防戍所擊吹者。以身當亂離之際聞之，所以感動衰顔也。

時清關失險，世亂戟如林。去矣英雄事，荒哉割據心〔一〕。蘆花留客晚，楓樹坐猿深。疲薾煩親故，諸侯數賜金〔二〕。

右二

〔一〕次公曰：頷聯兩句通義。公孫述、劉備皆以英雄之姿而割據一隅也。　英雄字，如阮籍臨廣武而歎曰：時無英雄，竪子成名。　割據字，陸士衡辨亡論曰：故遂割據山川。

〔二〕次公曰：末句一本公自注云：主人柏中丞頻分月俸。蓋節度、郡守，古諸侯也；因言諸侯，故所貽之金得稱賜金。

村雨一首（近體詩）

雨聲傳兩夜，寒事颯高秋。挈帶看朱紱，開箱覩黑裘〔一〕。世情只益睡，盜賊敢忘憂〔二〕。松菊新霑洗，茅齋慰遠遊。

〔一〕次公曰：公時服緋，故用朱紱字。挈帶看朱紱，開箱覩黑裘。以雨之故，恐其浥𣿦故也。朱紱，在易用朱黻字，在左傳用朱芾字，雖通於紱，而用朱紱字，則韋（賢）〔孟〕〔諷〕諫詩云黼衣朱紱也。黑裘字，則蘇季子不得用而黑貂之裘弊也。

〔二〕次公曰：世情只益睡，亦以雨悶思及世情，惟睡而已。然時方盜賊，敢忘禍亂之憂乎？

【校】韋賢諫詩：影胡刻本文選作韋孟諷諫詩。

寒雨朝行視園樹一首（近體詩）

柴門雜樹向千株，丹橘黄甘北地無〔一〕。江上今朝寒雨歇，籬邊秀色畫屏紆〔二〕。桃蹊李徑年雖故，梔子紅椒艷復殊〔三〕。鎖石藤梢元自落，倚天松骨見來枯〔四〕。林香出實垂將盡，葉蔕辭枝不重蘇。愛日恩光蒙借貸，清霜殺氣得憂虞〔五〕。衰顔動覓藜牀坐，緩步仍須竹杖扶〔六〕。散騎未知雲閣處，啼猿僻在楚山隅〔七〕。

【校】葉蔕：九家注作華蔕。葉字疑訛。

〔一〕次公曰：江南種橘，江北成枳；則甘橘自是楚地之所有耳，故曰北地無。

〔二〕次公曰：舊本籬中秀色，又云籬邊新色。師民瞻本作籬邊秀色，是。

〔三〕次公曰：桃蹊李徑，用謝玄暉詩桃李成蹊徑。舊注引李廣贊云桃李不言，下自成蹊，則止有蹊字，是不知捨祖而取孫矣。

〔四〕次公曰：元自、見來之語，皆言其久遠如此矣。東坡詩：面骨向人元自白，眉毛覆眼見來烏，蓋出於此。

〔五〕次公曰：此冬日詩，故使愛日、清霜。愛日，則左傳：冬日可愛。恩光字，則梁孔翁歸班婕妤詩：恩光隨妙舞。殺氣字，月令：仲秋之月，殺氣浸盛。

〔六〕次公曰：藜牀坐、竹杖扶，雖是熟語，而藜牀字，則管寧家貧，坐藜牀欲穿，爲學不倦。竹杖字，則費長房投竹杖於葛陂，化龍而去。

〔七〕次公曰：末句公以流落在外，別無官署之意。潘安仁爲虎賁中郎將，其秋興賦序云：寓直散騎之省，高閣連雲。今公以別無官署，故言未知雲閣處也，止在啼猿之地耳。

偶題一首（近體詩）

次公曰：此篇二十二韻，首論文章，而終之以流落懷念故國也，故名之曰偶題。

文章千古事，得失寸心知〔一〕。作者皆殊列，名聲豈浪垂〔二〕。騷人嗟不見，漢道盛於斯〔三〕。前輩飛騰入，餘波綺麗爲〔四〕。後賢兼舊利，歷代各清規〔五〕。法自儒家有，心從弱歲疲〔六〕。永懷江左逸，多病鄴中奇〔七〕。騄驥皆良馬，騏驎帶好兒。車輪徒已斲，堂構惜仍虧〔八〕。謾作潛夫論，虛傳幼婦碑〔九〕。緣情慰漂蕩，抱疾屢遷移〔一〇〕。經濟慚長策，飛

棲假一枝〔一一〕。塵沙傍蜂蠆，江峽繞蛟螭〔一二〕。蕭瑟唐虞遠，聯翩楚漢危。聖朝兼盜賊，異俗更喧卑〔一三〕。鬱鬱星辰劍，蒼蒼雲雨池〔一四〕。兩都開幕府，萬寓插軍麾〔一五〕。南海殘銅柱，東風避月支〔一六〕。音書恨烏鵲，號怒怪熊羆〔一七〕。稼穡分詩興，柴荆學士宜〔一八〕。故山迷白閣，秋水憶皇陂〔一九〕。不敢要佳句，愁來賦別離〔二〇〕。

〔一〕次公曰：兩句言文章垂不朽之事，其得其失，蓋吾心自知之。禪家嘗云如人飲水，冷暖自知，亦此之謂。寸心字，文賦云：吐滂沛乎寸心。夫自寸心而出，豈不自知哉！

〔二〕次公曰：孔子曰：作者七人矣。故凡有所興作，得相承謂之作者。作者殊列，若曰：某人能詩，某人能賦，某人能文，是之謂殊列。亦豈有無其實而有其名哉！

〔三〕次公曰：上句借指屈原、宋玉也。文章之祖，起於騷。嗟不見，則屈、宋遠矣。舊注云：世之言文章者，謂至於齊、梁之間，變而爲風、騷。是何夢語！下句則前漢先有司馬遷、相如，後有劉向、揚子雲、王褒之屬；後漢有班固父子、張平子之屬也。其嗟不見字，如：愛而不見，搔首踟躕。盛於斯，則倒用於斯爲盛也。

【校】九家注下引：前漢公孫弘等贊曰：漢之得人，於兹爲盛。文選范彦龍倣古：漢道日休明。亦以言惟漢爲盛，傷今不如也。

〔四〕次公曰：前輩字，選云：喜謗前輩。今云前輩，則楚漢以來載在典册，皆前輩也。飛騰字，使飛英聲、騰茂實也。餘波，則書云：餘波及於流沙。綺麗字，則如文賦云：或藻思綺合，清麗芊眠。亦摘字用耳。文章至於綺麗，乃騷、雅之末流矣，故謂之餘波。舊注云：綺麗，騷人之作也。是何夢語！

〔五〕次公曰：此言後輩兼取前輩之所利以爲規範，乃公所謂遞相祖述也。此已上普言之耳。

〔六〕次公曰：此則公自謂也。言文章之法，自是吾儒家者流所有，而吾之用心已自弱冠時疲苦至今也。如公之家，則又累世儒矣，蓋其祖審言，已有文稱也。

〔七〕次公曰：此則公蓋以謝靈運、鮑明遠爲懷，又以劉公幹自待也。江左，則嵇、阮、鮑、謝之徒，文選多取焉，故公永懷之。舊注云：鄴，魏所都。文帝好文，故作者多尚奇。江文通云：關西鄴下，既已罕同；河外江南，頗爲異法。按，江文通雜（擬）〔體〕詩序固有此語，舊注因其有鄴下兩字，引用却便撰云文帝好文，故作者多尚奇以附會爲鄴中奇，非是。按，魏文帝好文，其在鄴也，有七子皆能文，乃王粲、徐幹、陳琳、阮瑀、劉楨、孔融、應瑒。而其間劉楨者多病，所謂：余嬰沉痼疾，竄身清漳濱。謝靈運擬其詩，序云：劉楨卓犖偏人，而文最有氣，所得頗經奇。則多病者，指言劉楨，爲鄴中之奇也。公亦多病，故專以自比。

【校】雜擬詩序：影胡刻本文選擬作體，注〔一三〕亦引作雜體詩序。

〔八〕次公曰：四句通義，蓋言文士必有佳子，而自歎其子之文不逮於己也。騄耳、騏驥，雖是二馬，而皆良馬。騏驎之子，仍是騏驎，故云帶好兒。如輪扁者，妙於斲輪而不能傳其子。事見莊子云：臣不能以喻臣之子，臣之子亦不能以受之於臣，是以行年七十而老斲輪也。堂構之虧，則書曰：若考作室，既底法厥子，乃弗肯堂，矧肯構也。然則，題爲偶題，豈公有所感而作此詩耶？

〔九〕次公曰：此又歎其文章如比，雖兒子之不逮，而自流傳也。潛夫論事，舊注引後漢：王符字節信，隱居著書三十餘篇，以譏當時失得，不欲章顯其名，故號曰潛夫論。幼婦碑事，舊注云：曹操與楊修讀曹娥碑陰有八字曰：黃絹幼婦，外孫齏臼。修即解得。操行三十里乃悟，云：黃絹，色絲，絶字也；幼婦，少女，妙字也；外孫，女子女之子，好字也。齏臼，受辛之器，辤字也。言絶妙好辭。與楊合。操曰：有智無智，校三十里。

所引是。

〔一〇〕次公曰：緣情慰漂蕩，又言其製作緣情而生，以慰漂蕩耳。抱疾屢遷移，又申言漂蕩之實。緣情字，文賦云：詩緣情而綺靡。抱疾字，曹子建離思賦云：余抱疾以賓從，扶衡軫而不移。

〔一一〕次公曰：經濟慚長策，雖爲自謙，蓋亦自傷於不用也。經濟字，晉石苞傳：景帝之言苞曰：雖細行不足，而有經國才略。夫貞廉之士，未必能經濟世務。飛棲一枝，以鳥爲喻，又以成屢遷移之句。飛棲字，未見所出。長策字，賈誼云：振長策而馭宇内。一枝字，莊子云：鷦鷯巢於深林，不過一枝。

〔一二〕次公曰：此言其所棲託於夔州之地如此，非有譬託。舊注云避患難不暇耳，非也。

〔一三〕次公曰：蕭瑟唐虞遠，歎治古之不復見。聯翩楚漢危，傷戰爭之不能安。治古，莫過於唐虞，故以唐虞爲言。戰爭，莫切於項羽與漢高祖，故以楚漢爲言。舊注於唐虞下注：沈休文論虞夏以來，遺文不覩；於楚漢下注：江文通雜體詩序：夫楚謡漢風，既非一骨。已隔漂蕩遷移，居峽之後，豈却尚言文章邪？又與下段不接。蓋公已自緣情慰漂蕩而下，轉入悼己傷時之事矣。唐虞既遠，而楚漢可傷，其在今日，則聖朝雖聖，乃兼有盜賊，蓋前有安史，今有吐蕃是也。異俗更喧卑，則又歎其在夔爲異俗也。盜賊字，多矣。如周禮本俗六有曰：除盜賊。故用對喧卑。其字則鮑明遠舞鶴賦云：陋人寰之喧卑。

【校】陋人寰：影胡刻本文選作歸人寰。

〔一四〕次公曰：上句又以歎其埋鏟，下句又以言其潛隱。蓋言如劍之埋而未呈，如蛟龍之在池而未出也。星辰劍事，雷次宗豫章記曰：吴未亡，常有紫氣見斗牛之間，張華聞雷孔章妙達緯象，乃要宿，問天文。孔章曰：惟斗牛之間有異氣，是寶物也，精在豫章豐城。華遂以孔章爲豐城令，至縣，掘深二丈，得玉匣長八尺。開之，得二劍。其夕牛斗氣不復見。以其氣干牛斗，故得名其劍爲星辰劍。或曰，劍上有七星之狀，公於暝詩云正枕

當星劍，是已。此之謂星辰劍，理故有之，而未見所出。唯薛燭觀純鈎之劍曰：觀其文，則列星之行。然亦不分明有星辰字。雲雨池事，則周瑜之言劉備曰：蛟龍得雲雨，終非池中物。故得名狀其池，謂之雲雨池。

〔一五〕次公曰：上句則前此吐蕃陷東京，又陷京師，又掠涇、邠，躪鳳翔，入醴泉、奉天。時京師大震，則兩都曷嘗不置軍營而開幕府邪？下句則天下皆用兵矣。

〔一六〕次公曰：上句則在南亦有侵犯者，如廣德二年西原蠻陷邵州，大曆二年桂州山獠反，是已。銅柱，則馬援征南時，立銅柱而勒功其上也。殘，則幸餘此物耳。下句則月支胡在漢爲梗，今以比吐蕃也。寇自西而來，犯順於東，故東風避之。詩人行語，如李大夫自長安赴廣州而云南斗避文星也。

〔一七〕次公曰：上句則承禍亂之際，道路阻塞，怒家信之不通。西京雜記載陸賈言乾鵲噪而行人至，故於此恨烏鵲之不信也。下句又言在夔山居之所有也。

〔一八〕次公曰：上句則又言有鉏犁之事。稼穡字，多矣。故用對柴荆。其字則謝靈運〔初〕去郡詩云：促裝反柴荆。土宜字，周禮有土宜之法。

【校】去郡：影胡刻本文選題作初去郡。

〔一九〕次公曰：舊本皇陂作黄陂，其字非是。而舊注云：白閣、黄陂，皆關中山水。雖是而模稜。白閣，則終南山相附之山名。公渼陂西南臺詩又云顛倒白閣影，是已。皇陂，則皇子陂也。公於重過何氏詩有云：雲薄翠微寺，天清皇子陂。又贈鄭十八賁詩云第五橋東流恨水，皇陂岸北結愁亭是已。舊本二詩於過何氏詩中皇亦作黄，誤。黄字當作皇，今以白對皇，此廚人具鷄黍，稚子摘楊梅之格也。

〔二〇〕次公曰：愁來賦別離，則言去鄉國之遠也。別離字，楚辭云：悲莫悲於生別離。佳句字，世説載孫興公作天台賦成，以示范榮期。每至佳句，輒云：應是我輩語。公詩嘗曰：爲人性癖耽佳句，語不驚人死不休。今

却曰不敢要佳句，則詩人變化，各有所主，豈可拘哉！　詳見句法義例。

雨晴一首　（近體詩）

雨晴山不改，晴罷峽如新〔一〕。天路看殊俗，秋江思殺人〔二〕。有猿揮淚盡，無犬附書頻〔三〕。故國愁眉外，長歌欲損神。

〔一〕次公曰：首兩句言或雨或晴，山不變改。而晴之既罷，則峽又如新也。

〔二〕次公曰：天路看殊俗，言身在長安，乃天路之人，而却來此看殊俗。　天路字，枚乘詩云：美人在雲端，天路杳無期。故對秋江，其字出選。　殊俗字，庾信廣化公墓銘序云化被殊俗，威行隣境，非詩大序國異政，家殊俗中字也。　思殺人，其殺人字，古辭有愁殺人，有誤殺人也。

〔三〕次公曰：有猿揮淚盡，使荆州記載巫峽之歌云：巴〔山〕〔東〕之峽巫〔山〕〔峽〕長，猿鳴三聲淚霑裳。　揮淚字，則陸士衡赴洛詩云：親友贈予邁，揮淚廣川陰。　無犬附書頻，使陸機有犬曰黄耳，在洛中使附書歸江左也。

【校】引荆州記云云：太平御覽引荆州記作巴東三峽巫峽長，詳丁帙卷六九日五首之一注〔三〕校語。

晚晴吴郎見過北舍一首　（近體詩）

圃畦新雨潤，愧子廢鉏來〔一〕。竹杖交頭拄，柴扉掃徑開〔二〕。欲棲羣鳥亂，未去小童

催〔三〕。明日重陽酒，相迎自撥醅。

〔一〕次公曰：新雨，一作佳雨，非。蓋不必如是方爲奇也。

〔二〕次公曰：竹杖字，費長房投竹杖於葛陂，化龍而去。故對柴扉。其字則范彦龍詩有客款柴扉也。

〔三〕次公曰：未去小童催，言吴郎未歸去，間爲小童所催歸。此亦道實事耳。

解悶十二首（近體詩）

草閣柴扉星散居，浪翻江黑雨飛初〔一〕。山禽引子哺紅果，溪女得錢留白魚〔二〕。

右一

〔一〕次公曰：星散居三字，庾信寒園即目詩寒園星散居，摇落小村墟也。

〔二〕次公曰：溪女，一作溪友，當以女爲正，蓋公嘗使溪女字。如云負鹽出井此溪女，豈亦用神仙張道陵降十二溪女有溪女兩字者乎？

商胡離別下揚州，憶上西陵故驛樓〔一〕。爲問淮南米貴賤，老夫乘興欲東遊〔二〕。

右二

〔一〕次公曰：此篇亦道實事。恰有一胡商下揚州而來別，其人曾與公同上蘭陵驛樓之上，乃追言之也。

〔二〕次公曰：末句則因其行而問淮南米價，公欲儘南下也。舊注本東遊作東流，西陵又作蘭陵。師民瞻本作東遊，是。并取西陵字，亦是。然蘭陵在楚州，荀卿曾爲蘭陵令；西陵則在鄴，曹操云望吾西陵，取次是曾相見處耳。

右三

一辭故國十經秋，每見秋瓜憶故丘。今日南湖採薇蕨，何人爲覓鄭瓜州今鄭秘監審〔一〕？

〔一〕次公曰：公前有秋日寄鄭監李賓客一百韻，有云東郡時題壁，以言李賓客；南湖日扣舷，以言鄭。今又云今日南湖採薇蕨，何人爲覓鄭瓜州，則鄭監必實有瓜州之命，或舊曾守瓜州，尚有瓜州之稱；緣主鄭瓜州作詩，故首句言每見秋瓜憶故丘，以引瓜州，爲疊二瓜字，乃詩人之老句也。瓜州，一作袁州，非。蓋不著此瓜字，則與上句不相干也。憶故丘事，公長安人，長安之東門曰青門，故侯邵平種瓜於此，時號邵平瓜。一作憶故侯，於義亦通，大抵公懷鄉之語耳。

沈范早知何水部，曹劉不待薛郎中〔一〕。獨當省署開文苑，兼泛滄浪學釣翁水部郎中據〔二〕。

右四

〔一〕次公曰：薛據，乃水部郎中，故上句用何水部形容之。何水部即何遜也。言何遜與薛據俱是水部之官，而何遜能詩，早爲沈約、范雲所知，若薛據者，恨不與曹子建、劉楨同時，而言二人不待之也。

〔二〕次公曰：末句言薛在省部時，已擅文章而開文(范)〔苑〕。文(范)〔苑〕字，後漢有文苑傳也。今在荆南有江湖之樂，斯爲學釣翁。

【校】文范：當從正文作文苑。　(平)〔泛〕滄浪字，則漁父所謂滄浪之水也。平滄浪：當從正文作泛滄浪。

李陵蘇武是吾師，孟子論文更不疑〔一〕。一飯未曾留俗客，數篇今見古人詩〔二〕。

右五

〔一〕次公曰：詩先於五言，而(古)〔五〕言詩起於李陵、蘇武，今文選所載良時不再至，又骨肉緣枝葉等篇是也。蓋實公之所服膺，豈不曰是吾師乎？是吾師三字，本出左傳鄭子産不毁鄉校，曰是吾師也。而著稱人名爲是吾師，則羊祜云疏廣是吾師也。孟子論文更不疑，指孟雲卿之能文。論文字，魏文帝典論有論文一篇。

【校】古言詩：九家注作五言詩，是。

〔二〕次公曰：末句又專言孟雲卿。

復憶襄陽孟浩然，清詩句句盡堪傳。即今耆舊無新語，漫釣槎頭縮項鯿〔一〕。

右六

〔一〕次公曰：師民瞻本改縮頸作縮項，極是。鯿謂之槎頭縮項鯿者，習鑿齒襄陽耆舊傳云：漢水中鯿魚甚美，常禁人捕。以槎斷水，因謂之槎頭鯿。宋張敬兒爲刺史，齊高帝求此魚。敬兒作六櫓船置魚而獻，曰：奉槎頭縮項鯿一千八百頭。而浩然詩兩用之：冬至後過吴張二子檀溪别業云：鳥泊隨陽雁，魚藏縮項鯿。又峴山作云：試垂竹竿釣，果是楂頭鯿。即今耆舊無新語，漫釣槎頭縮項鯿，言浩然已死，今耆舊之間不能復造新語以言鯿魚，但漫釣之而已。

陶冶性靈存底物，新詩改罷自長吟〔一〕。孰知二謝將能事，頗學陰何苦用心〔二〕。

右七

〔一〕次公曰：陶冶性靈四字，全出顔氏家訓。舊注云：詩能陶冶情性，固是，不見所出而模稜。杜田補遺引梁鍾

嶸詩評：阮嗣宗詩無雕蟲之工，而詠懷之作，可以陶性靈，發幽思。故公夔府詠懷又有登臨多物色，陶冶賴詩篇之句。亦非是。蓋鍾嶸之語，止曰可以陶性靈，發幽思耳，何干陶冶字乎？此四字，則專用顔氏家訓矣。之推於論文章曰陶冶性靈，從容諷諫，是已。　存底物，言用何物以爲陶冶性靈者，惟有詩而已，故下句曰長吟。選有云：永嘯長吟。

〔二〕次公曰：孰知者，稔孰之孰。古用此字，非孰何之孰也。公自言其稔孰知謝靈運、謝惠連，將此作詩爲能事，而我亦以爲能事也。能事字，易云：天下之能事畢矣。　陰，則陰鏗，何，則何遜。　苦用心，則不苟且爲之矣。公於伎藝文章，皆以苦心爲言，如題李尊師松樹障子云：已知仙客意相親，更覺良工心獨苦。貽阮隱居云：清詩近道要，識子用心苦。姜楚公畫角鷹云：觀者貪愁掣臂飛，畫師不是無心學。偶題語文章云：法自儒家有，心從弱歲疲。言愛馬云：借問苦心愛者誰？後有韋諷前支遁。謂張九齡云：乃知君子心，用才文章境。是已。用心字，多矣。如莊子曰天王之用心，故對能事。而苦心字，則如古詩云晨風懷苦心、陸士衡云志士多苦心也。苦心之義，具載句法義例。

右八

不見高人王右丞，藍田丘壑漫寒藤。最傳秀句寰區滿，未絶風流相國能右丞弟，今相國縉〔一〕。

〔一〕次公曰：王右丞，王維也。有别墅在藍田，所謂輞川也。右丞能詩，見有集行於世。其弟相國縉亦能詩，時見

數篇于摩詰集中。本傳亦云：少好學，與兄維俱以名聞。

右九

先帝貴妃今寂寞，荔枝還復入長安。炎方每續朱櫻獻，玉座應悲白露團〔一〕。

〔一〕次公曰：今寂寞，言其不見也。謝玄暉銅雀臺詩：玉座猶寂寞，况乃妾身輕。即此寂寞之義。此篇專憶明皇時進荔支事。東坡云：天寶歲貢取之涪。以其由子午道進，所以知其爲涪也。當時貢荔支雖是涪州，特以涪州比廣南路尤可生致，而廣南之獻，則在唐爲歲獻之常矣。今末句云炎方每續朱櫻獻，則併及廣南言之。朱櫻字，左太沖蜀都賦云：朱櫻春熟，素柰夏成。朱櫻，即櫻桃也。禮記謂之含桃。月令：仲夏之月，天子嘗黍羞，以含桃先薦寢廟。漢惠帝嘗出離宫，叔孫通曰：古者有春嘗果，方今櫻桃可獻，願陛下出因取櫻桃獻宗廟。上許之。諸果獻由此興。今云朱櫻獻，則亦南方之所貢也。公往在詩曰：赤墀櫻桃枝，隱映銀絲籠；千春薦陵寢，永永垂無窮。則朱櫻固在所獻矣。玉座應悲白露團，言自楊妃死，今明皇見荔支入貢，追念而悲矣。杜時可補遺云：荔支故事載唐史遺事云：乾元初，明皇幸蜀回，適嶺南進荔支，上感念楊妃，不覺悲慟追絶。高力士於御座旁設位享之，上稍蘇息。其説是。玉座字，前所引謝玄暉銅雀臺詩：玉座猶寂寞，況乃妾身輕。露團字，在詩本是露漙。詩曰零露漙兮，而用露團，則出選詩云猶露餘露團，又云簷前露已團也。故公詩又云：白露團甘子。

憶過瀘戎摘荔支，青楓隱映石逶迤。京中舊見君顏色，紅顆酸甜只自知〔一〕。

右十

〔一〕次公曰：荔支蜀中有之，而瀘、戎爲多。今公實道其事耳。舊見君顏色，君字，指言荔支也，其亦王子猷君竹之義乎？公於它物，則爾、汝之矣。紅顆酸甜只自知，却言令所嘗食有酸有甜，自知之也。杜田補遺引扶風記、荔支譜、戎州圖幾二百言爲冗，蓋非公詩意也。

翠瓜碧李沉玉甃，赤梨蒲萄寒露成。可憐先不異枝蔓，此物娟娟長遠生〔一〕。

右十一

〔一〕次公曰：此物字祖出左傳，而選詩之言庭樹曰：此物何足貴，但感别經時。則凡所主之物曰此物。今所言此物，應言荔支也。瓜、李、梨、蒲萄，備言一歲之果。言同是果實，可憐先與荔支不異枝蔓，他處所有，而此物長於遠地，娟娟然生，所以歎異荔支之爲物也。此篇與後篇皆不犯荔支字，而意義自明。

側生野岸及江蒲，不熟丹宫滿玉壺〔一〕。雲壑布衣鮐背死，勞生讀作人字重馬翠眉須〔二〕。

右十二

〔一〕次公曰：此篇山谷云：亦貢荔支之什。蜀都賦曰：旁出龍眼，側生荔支。江蒲，則自戎僰而下，以畝爲蒲，今官私契約皆然。因以押韻。師民瞻本作江浦，非是。不熟丹宫滿玉壺，言其不生長安故耳。丹宫者，神仙之宫，以比禁苑之地。玉壺者，珍貴之器，以言至尊之奉。惟其不熟丹宫而滿玉壺，所以求之於遠也。

〔二〕次公曰：勞圭疊以重馬爲四字，殊無義。魯直云：善本是勞人重馬翠眉須，蓋言勞苦人力，重疊馳馬，只爲翠眉人之須，乃指言貴妃矣。況須字與壺字同韻，而疎字爲失韻，則魯直之説信而有證也。杜時可補遺云：武后所撰字，一生爲圭，音人，故勞圭當作勞人。其説是。又云歐本作勞人害馬，非。蓋害馬字雖莊子有云亦去其害馬者，自是言馬於羣中爲害者耳，非人害之也。勞人字，雖祖於詩云勞人草草，其後如梁大同二年地生白毛，長二尺，孫盛以爲勞人之異。重馬字，史記始皇紀有曰：河魚大上，輕車重馬東就食。司馬貞謂：言時之災異，魚大上於河岸，故人駭異而去，就食於東。則重馬者，重疊馬而行也。布衣鮐背之句，或傳魯直云，此似唐羌事。漢永元中，交趾進荔支、龍眼。十里一置，五里一候，奔騰死亡，罹猛獸毒蛇之害。唐羌，字伯游，爲臨武長，上書言狀，和帝罷之。今公詩意蓋言有欲上言罷獻荔支如唐羌者，而老死山谷。然唐羌既爲縣令，即非布衣。又詩句中字，殊無欲言而老死之意，用解此句，殊爲費力。若雲壑字，則孔德璋北山移文云：誘我松桂，欺我雲壑。布衣字，則布衣韋帶之士。鮐背，則老者之狀曰黄髮鮐背，又曰鮐背兒齒。杜田云：按楊貴妃嗜荔支，必欲生致之，乃置騎曉夜傳送至京師，色味猶未變。當是時，布衣賢士不能搜訪驛召，至於老死山谷之間，而以貴妃須荔支之故，反勞人重馬，力求於數千里之外，子美所以作是詩。

其説是。蓋徵召賢者，多令乘傳也。

復愁十二首（近體詩）

次公曰：前題曰解悶，而此題曰復愁；悶既解之以詩矣，而又有可愁之事也。

人煙生處僻，虎跡過新蹄〔一〕。野鶻翻窺草，村船逆上溪。

右一

〔一〕次公曰：人煙字，曹子建詩千里無人煙也。

釣艇收緡盡，昏鴉接翅稀〔一〕。月生初學扇，雲細不成衣〔二〕。

右二

〔一〕次公曰：昏鴉接翅稀，變何遜之語。公於有待至昏鴉之下自注：何遜云：昏鴉接翅歸。然今改一稀字，意義遂與遜詩不同矣。一作昏鷗，大非是。

〔二〕次公曰：於月言扇，於雲言衣，如劉希夷佳人春遊云：池月憐歌扇，山雲愛舞衣。又李義府堂堂辭云：鏤月

成歌扇，裁雲作舞衣。今公所用，又爲新矣。

萬國尚防寇，故園今若何？昔歸相識少，早已戰場多〔一〕。

右三

〔一〕次公曰：故園，指言長安也。昔歸相識少，言往時自外而歸，已自相識少矣，今又可知也。早已戰場多，又言京都之地早時已自爲戰場，至於今也。豈不以安、史亂於前，而吐蕃亂於後邪？

身覺省郎在，家須農事歸〔一〕。年深荒草徑，老恐失柴扉〔二〕。

右四

〔一〕次公曰：上句言覺得省郎之身在也。此牛僧孺所謂見在身矣。公爲尚書工部員外郎，故云省郎。次句家指言長安之家。公在瀼西，已親稼穡矣，則得歸長安本家，亦須以農事往也。

〔二〕次公曰：末句蓋言離去故國多年，其所居必荒蔓草，而老身又恐失柴扉而不得返矣。柴扉字，范彦龍詩云：有客欵柴扉。

金絲鏤箭鏃，皂尾製旗竿。一自風塵起，猶嗟行路難〔一〕。

右五

〔一〕次公曰：首兩句蓋貴將之物，平時所用此爲喜，至風塵起而未息，則亦厭之矣，所以有行路難之嗟也。風塵起字，隋顔之推古意詩：歌舞未終曲，風塵暗天起。行路難字，則古樂府有此名。

胡虜何曾盛，干戈不肯休。閭閻聽小子，談話覓封侯〔一〕。

右六

〔一〕次公曰：此篇公蓋憤生事邀功，濫冒榮寵者矣。苟能盡命致死，則可以一戰而滅之，惟其延歲月以用兵，反以爲胡虜之盛。蓋其意在於己身之富貴，所以雖閭閻小子，亦説取封侯耳。師民瞻本談話作談笑，亦通。

貞觀銅牙弩，開元錦獸張。花門小前好，此物棄沙場〔一〕。

右七

〔一〕次公曰：詳此詩末句，則銅牙弩、錦獸張乃貞觀、開元所以賜蠻夷者。花門回紇恃其有助順討安賊之功，輕小

前好，而銅牙弩、錦獸張者，棄之於沙場也。師民瞻本却取一作小箭好，則無義矣。杜田補遺引唐六典注：釋名曰：弩，怒也，有怒勢也；其柄曰臂，似人臂也；鉤絃曰牙，似牙齒也；牙外曰郭，爲牙之規郭也；合名之曰機，如門户樞機，開闔有節也。杜所引如此。書曰：若虞機張。則所謂錦獸張者，亦弩之物耳。杜田又引南越志云：龍川，唐時常有銅弩牙流出，水皆銀黄，雕鏤取之以製弩。父老云：其地蓋越王弩營也。此又可見銅牙弩之貴。此物字，古詩之言奇樹曰：此物何足貴，但感别經時。

右八

今日翔麟馬，先宜駕鼓車〔一〕。無勞問河北，諸將角榮華〔二〕。

〔一〕次公曰：師民瞻本翔麟作祥麟，非。薛倉舒云：按唐志：翔麟，廐名。續通典：仗内有飛龍、翔麟、鳳苑、鵷鸞、吉良、六羣等六廐。其説是。先宜駕鼓車，則公欲息兵休戰矣。駕鼓車事，漢文帝朝有獻千里馬者，帝命以駕鼓車。

〔二〕次公曰：末句，問者，餽問之問。言此馬不勞問遺河北，徒使諸將角勝於榮華而已。此公恨諸將不勤王之甚。角字，舊正作覺，非。

右九

任轉江淮粟，休添苑囿兵〔一〕。由來貔虎士，不滿鳳凰城〔二〕。

〔一〕次公曰：休添苑囿兵，則代宗嘗自治兵於苑中，長安城中必添兵矣。公意在息兵，故以不添兵爲上。而任轉粟，則但欲長安足食也。然不添苑囿兵者何故？則以有唐以來，於長安武士不多蓄也。

〔二〕次公曰：貔虎字，書云：如虎如貔。鳳凰城，則秦穆公女吹簫，鳳降其城，因號丹鳳城。其後言京都之城曰鳳城者，承用此也。李嶠單題城詩云：獨下仙人鳳，羣驚御史烏。亦用此鳳事也。然則，公之意蓋在責天下之勤王而已，不在長安之多兵也。

江上亦秋色，火雲終不移〔一〕。巫山猶錦樹，南國且黄鸝〔二〕。

右十

〔一〕次公曰：火雲當已秋而不移，則餘熱猶在矣。火雲字，隋盧思道納涼賦云：陽風洪其長扇，火雲赫而四舉。

〔二〕次公曰：末句蓋言秋時在夔，則見巫山之樹猶是錦樹；及儘南下，則在春時，且却聽黄鸝也。樹變青而丹，謂之錦樹。公詩又言今朝碧樹行錦樹也。

每恨陶彭澤，無錢對菊花〔一〕。如今九日至，自覺酒須賒〔二〕。

右十一

〔一〕次公曰：陶彭澤者，陶潛也，爲彭澤令。其對菊花事，檀道鸞續晉陽秋曰：陶潛九月九日無酒，於宅邊菊叢中摘盈把，坐其側久，望見白衣人，乃王弘送酒，即便就酌而後歸。

〔二〕次公曰：末句言酒須賒，則公自言亦無錢沽之矣。公詩又曰：稚子也能賒。無錢字，庾信云：胸中無學，猶手中無錢。

病減詩仍拙，吟多意有餘。莫看江總老，猶被賞時魚〔一〕。

右十二

〔一〕次公曰：此篇惟末句難解。謂之被魚，則被服之被；魚應是魚袋之魚。唐有賞緋魚袋，有賜緋魚袋。然公官銜則賜緋魚袋者，安得謂之賞時魚乎？按江總傳：總尤工五言、七言。則公詩首句爲言作詩而末及江總，蓋公亦喜其詩矣。

南極一首（近體詩）

南極青山衆，西江白谷分〔一〕。古城疏落木，荒戍密寒雲。歲月蛇常見，風飇虎或聞。近身皆鳥道，殊俗自人羣〔二〕。睥睨登哀柝，蝥弧照夕曛〔三〕。亂離多醉尉，愁殺李將軍〔四〕。

〔一〕次公曰：南極，乃星名老人之南極也。按晉天文志：南極在井、柳之中，正是南方之星，故公於夔州詩可用矣。其詳具於句法義例。西江，則莊子有西江之水，疏：指言蜀江。蓋楚人以蜀江爲西江也。亦具句法義例。

〔二〕次公曰：鳥道字，公屢使。本出南中八志，曰：交趾郡治龍編縣，自興古鳥道四百里。蓋以其險絶，獸猶無蹊，人所莫由，特上有飛鳥之道耳。而用鳥道字，則沈約愍塗賦依雲邊以知國，極鳥道以瞻家也，故對人羣。其字則莊子以馭人羣也。

〔三〕次公曰：睥睨，城上小城也。於此可以瞻視，故謂之睥睨焉。登哀柝，則指言白帝城上之事，有屯戍故也。舊本矛弧，善本作蝥弧，是。左傳取蝥弧以登，乃鄭之旗名也，方可對睥睨。若作矛弧，即是兩物：矛則戈矛，弧則弓弧也。必不以兩物對睥睨之一名矣。言照夕（勳）〔曛〕，則旗爲日所照，若矛在手、弧在手，亦無指言照此兩物之義。觀梁王筠和衛尉新渝侯巡城詩曰：罘罳分曉色，睥睨生秋霧。其對勻停如此，孰謂公詩之工而不能以一物對一物耶？夕曛字，謝靈運詩：夕曛嵐氣陰。

〔四〕次公曰：公以李將軍自比，蓋取故將軍之義。前漢李廣贖爲庶人，數歲與故潁陰侯屏居藍田南山中射獵。嘗夜從一騎出，從人田間飲還。至亭，霸陵尉醉，呵止廣。廣騎曰：故李將軍。尉曰：今將軍尚不得夜行，何故也！宿廣亭下。傳中言霸陵尉醉，則可使醉尉字，而杜田又引南史何敬容傳：謝郁作書戒之曰：君侯已得瞻望，出入禁門，醉尉將不敢呵斥。且云：李廣傳指言霸陵尉呵止廣，而子美使醉尉字，蓋出謝郁書云。其説亦是，但不細看廣傳耳。

摇落一首（近體詩）

摇落巫山暮，寒江東北流。煙塵多戰鼓，風浪少行舟〔一〕。鵝費羲之墨，貂餘季子裘〔二〕。長懷報明主，卧病復高秋。

〔一〕次公曰：此正是今年大曆二年詩。是年九月，吐蕃寇雲州，又寇邠州，郭子儀屯於涇陽；又桂州獠反，則爲煙塵多戰鼓矣。煙塵字，孫子荆書：煙塵俱起，震天駭地。

〔二〕次公曰：鵝費羲之墨，公以羲之自比。羲之性愛鵝，山陰道士養好鵝，羲之往觀焉。意甚悦，因求市之。道士云：爲寫道德經，當舉鵝相贈耳。羲之欣然寫畢，籠鵝而歸，甚以爲樂。然公不解書，於題於義爲不切，學者頗疑之。豈適會見鵝而起句，或有此事而公紀實耶？抑歎其貧，於鵝則必以字换之，於衣則止餘弊裘而已耶？季子裘事，戰國策：蘇秦仕趙，趙王資貂裘、黄金，使説秦。書十上而説不行，黑貂之裘弊。今云：貂餘季子裘，言貧如蘇子矣。

季秋江村一首（近體詩）

喬木村墟古，疏籬野蔓懸。素琴將暇日，白首望霜天〔一〕。登俎黄柑重，支牀錦石圓〔二〕。遠遊雖寂寞，難見此山川。

〔一〕次公曰：素琴將暇日，言將琴往江村，當暇日也。

〔二〕次公曰：支牀錦石圓，亦於江村人家見如此也。

季秋蘇五弟纓江樓夜宴崔十三評事韋少府姪三首（近體詩）

峽險江驚急，樓高月迥明。一時今夕會，萬里故鄉情。星落黄姑渚，秋辭白帝城〔一〕。老人因酒病，堅坐看君傾。

右一

〔一〕次公曰：黄姑渚三字，天河之别名也。

明月生長好，浮雲薄漸遮。悠悠照邊塞，悄悄憶京華〔二〕。清動杯中物，高隨海上查〔二〕。不眠瞻白兔，百過落烏紗〔三〕。

右二

〔一〕次公曰：悠悠字，月賦云：升素質之悠悠。悄悄，則詩：憂心悄悄。

〔二〕次公曰：杯中物者，指言酒也。陶淵明責子詩：天運苟如此，且進杯中物。舊注却引晉樂廣之客見酒杯中有蛇，既飲而疾。廣意是角弓影，乃告其所以，客意解而疾愈。非是。海查事，見博物志：舊説云，天河與海通。近世有人居海渚者，年年八月有浮槎去來不失期。人有奇志，立飛閣於槎上，多齎糧，乘槎而去。十餘日中猶觀日月星辰，自後茫茫忽忽，亦不覺晝夜。去十餘日，奄至一處，有城郭狀，屋舍甚嚴。遥望宫中，多織婦。見一丈夫牽牛渚次飲之。牽牛人乃驚問曰：何由至此？人具説來意，并問此是何處。答曰：君還，至蜀郡訪嚴君平則知之。竟不上岸，因還如期。後至蜀郡問君平，曰：某年月日，有客星犯牽牛宿。計年月，正是此人到天河時也。然公屢用作張騫尋河事，蓋所承用然矣。

〔三〕次公曰：月中有兔，其傳尚矣。楚辭天問曰夜光何德，死則又育；厥利維何，而顧兔在腹是已。舊注更引拾遺記：玄洲之南，以水精爲月，刻瑶爲兔。却是假月之兔矣。烏紗，帽也。杜佑通典帽門載矣。

對月那無酒，登樓況有江。聽歌驚白鬢，笑舞柘秋窗〔一〕。樽蟻添相續，沙鷗並一雙〔二〕。盡憐君醉倒，更覺片心降〔三〕。

右三

〔一〕次公曰：白鬢字，選有白髮生鬢。公詩又云：百年雙白鬢。秋窗字，張協玄武館賦云：春牖左開，秋窗右豁。

〔二〕次公曰：樽蟻，言酒之浮蟻也。曹子建七啓：盛以翠樽，酌以雕觴。浮蟻鼎沸，酷烈馨香。相續字，熟矣，故對一雙。其字則如賜白璧一雙；又云玉斗一雙也。

〔三〕次公曰：末句降字，詩云：我心則降。舊正作片心，一作我心。當以片心爲正，方有功矣。

送孟十二倉曹赴東京選一首（近體詩）

君行别老親，此去苦家貧。藻鏡留連客，江山憔悴人〔一〕。秋風楚竹冷，夜雪鞏梅春〔二〕。朝夕高堂念，應宜綵服新〔三〕。

〔一〕次公曰：題是送赴東京選，故用藻鏡事。出晉書，太康四年制曰：藻鏡銓衡。又唐舊史：許子儒長壽中爲天官侍郎。子儒居選部不以藻鏡爲意，但委令史。既是赴選，則須等候，藻鏡之所取，非旬日之事，故云留連客也。　江山憔悴人，則客遊所歷，雖江山之勝，亦爲憔悴矣。

〔二〕次公曰：秋風楚竹冷一句，説孟倉曹所起發之地在夔也。　夜雪鞏梅春，言孟倉曹所往之時，逢雪於鞏也。鞏縣，今西京屬縣。西京，則唐所謂東京也。

〔三〕次公曰：末句又申言其别，老親思之也。　綵服事，列女傳曰：老萊子孝養二親，行年七十，嬰兒自娱，着五色綵衣。嘗取漿上堂，跌仆，因卧地爲小兒啼。或弄烏鳥於親側。今謂之綵服新，則歸日所服宜新矣。　楚竹冷、鞏梅香，謂之雙紀格，見句法義例。

憑孟倉曹將書覓土婁舊莊一首（近體詩）

平居喪亂後，不到洛陽岑〔一〕。爲歷雲山問，無辭荊棘深。北風黄葉下，南浦白頭吟〔二〕。十載江湖客，茫茫遲暮心〔三〕。

〔一〕次公曰：前四句託孟倉曹往問莊居之荒茸何如，後四句則公言其在夔時候與處所也。

〔二〕次公曰：黄葉下，變用木葉下。白頭吟，雖是文君以相如晚年置妾而有此作，其後爲樂府，則言君臣、朋友顧遇之不終。而公今所用，又止以老年白頭所吟詠耳。

〔三〕次公曰：遲暮字，楚辭云：傷美人之遲暮。

耳聾一首（近體詩）

生年鶡冠子，歎世鹿皮翁〔一〕。眼復幾時暗，耳從前月聾。猿鳴秋淚缺，雀噪晚愁空〔二〕。黄落驚山樹，呼兒問朔風〔三〕。

〔一〕次公曰：鶡冠子事，杜田按袁俶真隱傳曰：鶡冠子者，楚人，隱居深山，衣敝履穿，以鶡爲冠，莫測其名，因服成號，著書言道家事。馮諼嘗師事之，後顯於趙，鶡冠子懼其薦己，遂與之絶。此載藝文類聚矣。按前漢書

藝文志有稱鶡冠子一篇，師古云以鶡鳥羽爲冠也。鹿皮翁事，列仙傳：鹿皮翁者，菑川人也。少爲府小吏，工巧，舉手能成器械。岑山上有神泉，人不能至。小吏白府君，請木工斧斤三十人作轉輪懸閣，意思樸至。數十日，梯道四門成。上其顛，作茅舍，留止其旁。

〔二〕次公曰：猿鳴秋淚缺，雀噪晚愁空，以耳聾之故，而幸其不聞也。古歌云：巴（山）〔東〕之峽巫（山）〔峽〕長，猿鳴三聲淚霑裳。聞猿者蓋無不下淚矣。雀噪雖無事實，而啾嘲之聲，愁人聽之爲可惡。今不聞其噪，則愁空矣。

〔三〕次公曰：末句，但見山木葉黄落而不聞風聲，所以呼兒而問也。黄落字，宋玉九辯云：悲哉秋之爲氣也，草木黄落而變衰。朔風字，曹子建有朔風篇。秋詩而言朔風，何也？楚地暖而摇落遲，故公兩言小摇落而已。今也見山樹而驚其摇落，故呼兒問之：無乃朔風乎？

【校】所引古歌，詳見丁帙卷六九日五首之一注〔三〕校語。

小園一首（近體詩）

由來巫峽水，本自楚人家〔一〕。客病留因藥，春深買爲花〔二〕。秋庭風落果，瀼岸雨頹沙〔三〕。問俗營寒事，將詩待物華〔四〕。

〔一〕次公曰：此篇蓋須水以爲用之詩也。楚俗難得水，故以爲詠矣。

〔二〕次公曰：客病留因藥，則藥須水以洗濯，故留水者因藥也。春深買爲花，則花須以水灌沃，故買水者爲花也。

〔三〕次公曰：後兩句則縱言眼前之秋景矣。

〔四〕次公曰：末句又營人家備冬寒之俗事，而不廢吟詠也。問俗字，即傳云：入國而問俗。詩之中有春、有秋、有冬，蓋題止是小園，言其所歷之時事如此。

即事一首（近體詩）

天畔羣山孤草亭，江中風浪雨冥冥〔一〕。一雙白魚不受釣，三寸黄柑猶自青。多病馬卿無日起，窮途阮籍幾時醒〔二〕。未聞細柳散金甲，腸斷秦川流濁涇〔三〕。

〔一〕次公曰：雨冥冥，則楚辭云：雷填填兮雨冥冥。

〔二〕次公曰：以司馬長卿自況，則亦病消渴也。窮途阮籍事，魏氏春秋曰：籍時率意獨駕，不由徑路。車迹所窮，輒慟哭而返。故顔延年詠之曰途窮能無慟也。貼之以幾時醒，則阮籍沉醉於酒，一飲六十日也。

〔三〕次公曰：時京畿猶有兵戎，故用細柳事，周亞夫所營之地也。營有棘門、灞上、細柳，獨取此者，以亞夫見稱於漢帝故耳。金甲字，如蔡文姬詩云金甲耀朝日也。秦川，秦地之川也，乃言長安。濁涇字，潘安仁西征賦云：北有清渭濁涇。公既懷鄉，宜有此句，不必爲弟妹在秦川。舊注剩義。

自瀼西荆扉且移居東屯茅屋四首（近體詩）

白鹽危嶠北，赤甲古城東。平地一川穩，高山四面同〔一〕。煙霜凄野日，秔稻熟天

風〔二〕。人事傷蓬轉，吾將守桂叢〔三〕。

右一

〔一〕次公曰：首兩句以引下句耳。平地一川，蓋在白鹽山之北，而赤甲城之東故也。高山四面字，謝靈運詩序有云：石門新營所住，四面高山。

〔二〕次公曰：野日字，周王褒送葬詩云：（寒）〔塞〕近邊雲黑，塵昏野日黄。公又嘗使云野日荒荒白也，故對天風。其字則周勃領北軍誅諸吕，是日天風大起，而古詩枯桑知天風也。

【校】寒近：藝文類聚作塞近。

〔三〕次公曰：蓬轉事，曹植雜詩曰：轉蓬離本根，飄飖隨長風。類此客遊子，捐軀遠從戎。而袁陽源效古云：勤役未云已，壯年徒爲空。乃知古時人，所以悲轉蓬。桂叢事，劉安招隱云：桂樹兮山之幽。

東屯復瀼西，一種住青溪〔一〕。來往皆茅屋，淹留爲稻畦。市喧宜近利西居近市，林僻此無蹊〔二〕。若訪衰翁語，須令賸客迷〔三〕。

右二

〔一〕次公曰：青溪，非水名也，水色之青而已。謝莊詩曰：青溪如委黛。公於成都浣花詩亦曰青溪，可見矣。

〔二〕次公曰：近利，易曰：巽爲近（市利）〔利市〕三倍；故對無蹊。其字則馬季長笛賦有云：間介無蹊，人迹罕到。此無蹊，此字則指東屯與瀼西也。如曹子建云置酒此河陽之此。

〔三〕次公曰：須令賸客迷，則承無蹊之下言賸，添客迷也。賸，今俗字作剩，非。

道北馮都使，高齋見一川。子能渠細石，吾亦沼清泉〔一〕。枕帶還相似，柴荆即有焉〔二〕。斫畬應費日，解纜不知年〔三〕。

右三

〔一〕次公曰：子能渠細石，吾亦沼清泉，渠字、沼字，此以字之重字爲輕字，以體爲用者也。

〔二〕次公曰：枕帶還相似，言枕山帶水也。一作枕席，淺矣。柴荆亦是，兩字蓋言荆扉、柴扉之義。而字則謝靈運初去郡云促裝反柴荆，即有焉，又言馮都使與己俱有柴荆以居也。

〔三〕次公曰：句言方移居東屯爲農夫之事，而從事於斫畬，則欲扁舟儘南下之意，且輟止矣。故解纜未知其在幾何時也。斫畬兩字，是楚人語。楚俗燒榛種田曰畬，先以刀芟治林木，曰斫畬。其刀以木爲柄，刃向曲，謂之畬刀。劉禹錫畬田行云：何處好畬田，團圓漫山腹。鑽龜得雨卦，上山燒卧木。又云：下種暖灰中，乘陽坼牙蘖。蒼蒼一雨後，苕穎如雲發。故公於秋日夔府詠懷又有燒畬度地偏，又有燒畬費火聲之句。畬音式車反。

【校】自是楚人語至劉禹錫畬田行云，九家注作又農書云：按荆楚多畬田。先縱火熂爐，候經雨下種。歷三

歲，土脈竭，不可復樹藝，但生草木。復熂旁山。劉禹錫（適）〔謫〕連州，畬田行云。以上百家注作夢符曰，無又農書云四字，按荆楚上有右字。故公於秋日夔府詠懷至式車反，九家注作：白居易子規歌云：畬田有粟何不啄。燒榛，種田也。爾雅：一歲曰菑，二歲曰新，三歲曰畬。易曰：不菑。畬皆音餘。畬田凡三歲方可復種，蓋取畬之義也。熂音餼，燹火燎草也。爐音盧，火燒山界也。以上百家注作夢符曰，何不啄下又有石楠有枝何不棲一句。今按，楚俗燒榛種田至畬音式車反一段文字，又見於戊帙卷十戲作俳諧體遣悶二首之二畬田費火耕句下注，且標明杜田云，其説是。則九家注所引趙注異文，亦當係杜田或薛夢符之説，非趙注。

牢落西江外，參差北户間〔一〕。久遊巴子宅，卧病楚人山。幽獨移佳境，清深隔遠關〔二〕。塞空見鴛鴦，回首憶朝班〔三〕。

右四

〔一〕次公曰：莊子：激西江之水。疏云：楚人以蜀江爲西江，言其從西來也。吴都賦云開北户以嚮日，齊南冥於幽都，注言日南人開北户向日以就明。則以南爲幽都，亦如中國之見北也。公居於夔，乃楚地，與荆渚、吴、越相近矣，故得言西江外、北户間也。公詩又云東望西江永，南遊北户開矣。

〔二〕次公曰：隔遠關，則指言白帝城之關。

〔三〕次公曰：末句，公嘗爲左拾遺，通籍而朝，故見鴛鷺而憶朝班也。凡侍從之臣，謂之鴛鷺行。古詩云：廁迹鴛鷺行。朝班字，左傳云：朝以正班爵之序。若連兩字，未見。

題柏大兄弟山居屋壁二首（近體詩）

叔父朱門貴，郎君玉樹高〔一〕。山居精典籍，文雅涉風騷〔二〕。江漢終吾老，雲林得爾曹〔三〕。哀絃繞白雪，未與俗人操〔四〕。

右一

〔一〕次公曰：叔父字，如謝道藴云：一門叔父，則有阿大中郎。故對郎君。郎君，則魏宋以來，貴人之子曰郎君。叔姪則亦父子，故可使郎君。朱門字，雖是常語，祖出東方朔十洲記曰：臣故韜迹而赴王庭，藏養生而待朱門矣。其後郭璞遊仙詩用朱門也。玉樹，則謝安嘗戒約子姪，因曰：子弟亦何豫人事，而正欲使其佳？玄答曰：譬如芝蘭玉樹，欲使其生於庭階耳。

〔二〕次公曰：典籍字，書序云：秦滅(三)〔先〕代典籍。風騷字，選有云：同祖風騷。

〔三〕次公曰：詩〔傳〕云：文王之道，被於南國，美化行乎江漢之域。又云：滔滔江漢，南國之紀。公欲適荆楚而南，故云終吾老也。

〔四〕次公曰：句實言其有琴，非是託喻，與後篇言馬不同也。宋玉曰：陽春白雪之(典)〔曲〕，唱彌高而和彌寡。於哀絃之中，所彈者白雪，非俗人所能操此琴也。

【校】白雪之典：九家注典作曲，是。

野屋流寒水，山籬帶薄雲。靜應連虎穴，喧已去人羣。筆架霑窗雨，書籤映隙曛。蕭蕭千里馬，箇箇五花文〔一〕。

右二

〔一〕次公曰：此篇前六句甚明，惟末句以駿馬比柏之兄弟矣。公嘗曰：五花散作雲滿身。蕭蕭言馬，則詩云蕭蕭馬鳴也。箇箇，指言五花文之箇箇，非謂馬一匹爲一箇也。

【校】九家注清刻本下：接郭隗曰：古之人君有以千金使人求千里馬者。又，漢文帝時有獻千里馬者。

暝一首（近體詩）

日下四山陰，山庭嵐氣侵。牛羊歸徑險，鳥雀聚枝深。正枕當星劍，收書動玉琴〔一〕。半扉開燭影，欲掩見清砧〔二〕。

〔一〕次公曰：星劍，則劍上有七星之像也，非是氣衝牛斗之謂。玉琴字，江淹去故鄉賦：撫玉琴兮何親。

〔二〕次公曰：末句，扉欲掩見清砧，則欲更掩其半扉之時，見已家之清砧，蓋時秋矣，皆擣衣之時也。

茅堂檢校收稻二首（近體詩）

香稻三秋末，平田百頃間。喜無多屋宇，幸不礙雲山。御裌侵寒氣，嘗新破旅顔[一]。紅鮮終日有，玉粒未吾慳[二]。

右一

〔一〕次公曰：御裌侵寒氣，言雖御裌衣矣，而寒氣猶侵之，則山居故也。

〔二〕次公曰：紅鮮，似言魚也。　玉粒，則舂稻爲米，其白如玉矣。亦不必泥蘇秦米貴於玉事。

稻米炊能白，秋葵煮復新。誰云滑易飽，老藉軟俱勻[一]。種幸房州熟，苗同伊闕春[二]。無勞映渠椀，自有色如銀[三]。

右二

〔一〕次公曰：滑易飽，滑字，與滑流匙同義。　老藉軟俱勻，與軟（吹）〔炊〕香飯緣老翁同義。

【校】軟吹：九家注作軟炊，是。

〔二〕次公曰：房州熟、伊闕春，蓋稻名也。

〔三〕次公曰：末句，渠椀，則車渠椀也。魏文帝有車渠椀賦。車渠，乃次玉耳。單使渠椀字，則梁陸倕蠡杯銘曰用邁羽杯，珍逾渠椀也。言不必用渠椀盛之以誇富貴，此飯其色自如銀矣。

夜二首（近體詩）

白夜月休弦，燈花半委眠〔一〕。號山無定鹿，落樹有驚蟬。暫憶江東鱠，兼懷雪下舡〔二〕。蠻歌犯星起，重覺在天邊〔三〕。

右一

〔一〕次公曰：上兩句通義。當此白夜，於月休隱，其所見者弦之狀，與燈花半委落之際眠卧也。

〔二〕次公曰：江東鱠事，張翰憶鱸魚鱠也。雪下舡事，王子猷訪戴安道也。

〔三〕次公曰：在天邊，言其遠也。

城郭悲笳暮，村墟過翼稀。甲兵年數久，賦斂夜深歸〔一〕。暗樹依巖落，明河繞塞微〔二〕。斗斜人更望，月細鵲休飛〔三〕。

右二

〔一〕次公曰：賦斂夜深歸，言村落之民，入市供官賦斂，以夜深而後歸也。

〔二〕次公曰：暗樹依巖落，言葉也。傳曰：木落糞本。亦遂以言葉矣。天漢謂之明河，故宋之問有明河篇也。繞塞微，則夜深矣，故末句又有斗斜、月細之語。

〔三〕次公曰：鵲休飛者，休停其飛也。古樂府云：月明星稀，烏鵲南飛。繞樹三匝，無枝何依。月細而不甚明，此鵲飛之所以休也。

【校】無枝何依：影胡刻本文選作何枝可依。

東屯月夜一首（近體詩）

抱疾漂萍老，防邊舊穀屯〔一〕。春農親異俗，歲月在衡門〔二〕。青女霜楓重，黄牛峽水喧〔三〕。泥留虎鬬跡，月挂客愁村。喬木澄稀影，輕雲倚細根〔四〕。數驚聞雀噪，暫睡想猿蹲〔五〕。日轉東方白，風來北斗昏〔六〕。天寒不成寐，無夢有歸魂。

〔一〕次公曰：東屯所以得名者，防邊而屯戍之地也。首兩句通義，蓋言抱疾病而如漂萍之老，在屯積舊穀以防邊之處也。漂萍字，古詩云：泛泛江漢萍，漂蕩水無根。舊穀，則論語云：舊穀既没也。

〔二〕次公曰：異俗字，雖禮記王制云：廣谷大川異制，民生其間者異俗。然公所用非此之謂，乃如匡衡云成、湯所以化異俗而懷鬼方者。蓋公中原人，而遠客於夔，故稱之爲異俗。公於俳諧體詩又云異俗吁可怪也。衡門

字，詩云：衡門之下，可以棲遲。

〔三〕次公曰：青女者，霜神名。淮南子曰：青女出以降霜。其云霜楓重，則選詩云曉霜楓葉丹也。盛弘之荆州記曰：宜都西陵峽中有黄牛山，江湍迂回，途經信宿，猶望見之。行者語曰：朝發黄牛，暮宿黄牛；三日三暮，黄牛如故。

〔四〕次公曰：後兩句通義。當秋木葉落，故謂之稀影。輕雲倚細根，則山中有雲，故倚喬木之細根也。

〔五〕次公曰：兩句皆以月明之故也。月照樹白，則雀驚而噪；猿以有照，不得久睡，故暫而已。

〔六〕次公曰：上兩句可謂奇矣。

東屯北崦一首（近體詩）

盗賊浮生困，誅求異俗貧〔一〕。空村惟見鳥，落日不逢人。步壑風吹面，看松露滴身。遠山回白首，戰地有黄塵〔二〕。

〔一〕次公曰：人之所以爲盗賊者，以浮生之困也。管子曰：衣食足而知榮辱。諺云：盗賊起於貧窮。觀下句則所以招盗之因也。公豈不知政哉！浮生字，起莊子：其生若浮。其後鮑照詩：浮生旅昭代。

〔二〕次公曰：戰塵謂之黄塵者，以其塵起之多，茫茫然黄也。曹子建云：大風隱其四起，揚黄塵之冥冥。

雲一首（近體詩）

龍自瞿唐會，江依白帝深〔一〕。終年常起峽，每夜必通林〔二〕。收穫辭霜渚，分明在夕岑〔三〕。高齋非一處，秀氣豁煩襟〔四〕。

〔一〕次公曰：舊本龍自正作龍以，師民瞻本取龍自瞿唐會。

〔二〕次公曰：次兩句其起字、通字，所以言雲也。

〔三〕次公曰：收穫辭霜渚，分明在夕岑，兩句通義，却是公自言其見雲之處。句謂初在霜渚中，收穫至，辭出時乃見雲在岑分明也。

〔四〕次公曰：高齋非一處，則辭東屯而出，相見人家皆有高齋可以登覽。高齋字，謝玄暉有郡内高齋閑坐答吕法曹詩。

戊帙卷之九

丁未大曆二年，時公五十六歲。秋九月，在夔州瀼西、東屯往來所存之詩。以文字之多，分爲九月詩之下。

獨坐二首（近體詩）

竟日雨冥冥，雙崖洗更清〔一〕。水花寒落岸，山鳥暮過庭。暖老須燕玉，充饑憶楚萍〔二〕。胡笳在樓上，哀怨不堪聽〔三〕。

右一

〔一〕次公曰：雨冥冥三字，出楚辭：雲容容兮雨冥冥。

〔二〕次公曰：燕玉，以言婦人也。古詩云：燕趙多佳人，美者顔如玉。故摘燕玉兩字以對楚萍。待燕玉之人而暖，則孟子所謂七十非人不暖是也。觀題云獨坐，則又可見矣。舊注云：唐寧王有暖玉鞍，又有暖玉杯，以爲飲器，不暖而自熱。則燕玉字何所據乎？又暖老之義安在也？楚萍事，家語：楚昭王渡江，有一物大如斗，圓而赤。取之以問孔子，曰：此萍實也，可剖而食之。吾昔之鄭過陳，聞童謡曰：楚王渡江得萍實，大如斗，赤如日，剖而食之甜如蜜。此亦摘楚萍兩字用之耳。

【校】七十非人不暖：孟子原句作：五十非帛不煖，七十非肉不飽。

〔三〕次公曰：末句蓋言白帝城樓上有鳴笳矣，其聲哀怨，所以不堪聽也。此皆獨坐所感如此，舊注至引劉琨事爲冗。

白狗斜臨北，黄牛更在東〔一〕。峽雲常照夜，江月會兼風〔二〕。曬藥安垂老，應門試小童。亦知行不（建）〔逮〕，苦恨耳多聾〔三〕。

【校】行不建：建九家注作逮，是，今據改。

右二

〔一〕次公曰：白狗、黄牛，皆峽名。杜田引水經注：秭歸白狗峽，蜀江中流，兩面如削。絶壁之際，隱出白石如狗，形狀具足，故以名焉。又，黄牛山在縣北四十五里，周回五十里，高三十一里。盛弘之荆州記曰：黄牛山有重嶺疊起，其最大高崖間，有石色如人負刀牽牛。人黑牛黄，其狀分明。此崖加之江湍迂回，行經信宿，猶尚望見。行者歌曰：朝發黄牛，暮宿黄牛。（一）〔三〕朝（一）〔三〕暮，黄牛如故。黄牛峽山下有廟曰洺川王。土人云：黄牛神也。臨北，在東，則公以所居言之。

【校】一朝一暮：戊帙卷八東屯月夜注〔三〕引作三日三暮。今按，檢四部叢刊本水經注，引作三朝三暮；影宋本藝文類聚引作三日三暮。則一當作三。

〔二〕次公曰：題是獨坐，後四句蓋坐之所思也。舊本江日會兼風，師民瞻本作江月，是。蓋上句言夜也。

〔三〕次公曰：末句行不逮，蓋獨坐則不復有行矣。

雨四首（近體詩）

微雨不滑道，斷雲疏復行。紫崖奔處黑，白鳥去邊明〔一〕。秋日新霑影，寒江舊落聲〔二〕。柴扉臨野碓，半濕搗香秔〔三〕。

右一

〔一〕次公曰：紫崖奔處黑，白鳥去邊明，可謂奇句矣。不勞雕刻而雨景自見。陰鏗詩有云：水隨雲度黑，山帶日歸紅。今公詩可與之敵也。

〔二〕次公曰：秋日新霑影，則以雨之故。其日影曚曨，爲霑影矣。

〔三〕次公曰：柴扉字，范彦龍云有客款柴扉也。謂之野碓，則無庇覆矣，故搗秔至於帶微雨之半濕也。

江雨舊無時，天晴忽散絲〔一〕。暮秋霑物冷，今日過雲遲。上馬迴休出，看鷗坐不辭。高軒當灔澦，潤色靜書幃。

右二

〔一〕次公曰：散絲字，晉張協雜詩云：密雨如散絲。

物色歲將晏，天隅人未歸。朔風鳴淅淅，寒雨下霏霏〔一〕。多病久加飯，衰容新授衣〔二〕。時危覺凋喪，故舊短書稀。

右三

〔一〕次公曰：風淅淅字，謝惠連淅淅振條風，故對雨霏霏。其字則詩雨雪霏霏也。

〔二〕次公曰：加飯字，古詩云上言加餐飯，故對授衣。其字則九月授衣也。

楚雨石苔滋，京華消息遲。山寒青兕叫，江晚白鷗饑〔一〕。神女花鈿落，鮫人織杼悲〔二〕。繁憂不自整，終日灑如絲〔三〕。

右四

〔一〕次公曰：青兕字，宋玉招魂曰君王親發兮憚青兕，故對白鷗。其字則何遜云：可憐雙白鷗，朝夕水上遊。

〔二〕次公曰：神女廟在巫山。鮫人，則江中所有，故言及之。巫山中花，則神女之所以爲鈿者，被雨而落，故言神女花鈿落。江賦：鮫人構館於懸流。又吴都賦云：泉客潛織而卷綃。注：泉客，鮫人也。世傳從水中

出，於人間賣綃。以雨之故，所以織杼悲愁。此皆巫、楚之事也。

〔三〕次公曰：末句，如絲字，却是沈約詩非煙復非雲，如絲復如霧中摘兩字也。

戲寄崔評事表侄蘇五表弟韋大少府諸侄一首　（近體詩）

隱豹深愁雨，潛龍故起雲〔一〕。泥多仍徑曲，心醉阻賢羣〔二〕。忍待江山麗，還披鮑謝文〔三〕。高樓憶疏豁，秋興坐氛氳〔四〕。

〔一〕次公曰：隱豹事，劉向列女傳：陶答妻謂其夫曰：妾聞南山有玄豹，霧雨七日不下食者，何也？欲以澤其衣毛而成其文章，故藏以遠害也。有霧雨字，故言隱豹深愁雨。舊注止引謝玄暉雖無玄豹姿，終隱南山霧，乃事之孫矣。易曰：潛龍勿用。又曰：雲從龍。用潛龍字合雲字，故言潛龍故起雲。因言雲雨，故以豹與龍形容之爾。

〔二〕次公曰：心醉字，列子云：見巫季咸而心醉。舊注引心醉六經，在後矣。曲徑而倒用徑曲，羣賢而倒用賢羣，義自足也。

〔三〕次公曰：江山麗，則春景也。公嘗曰遲日江山麗，今言忍待，則忍以待之也。所以傷雨之故矣。鮑謝文，鮑則鮑照，謝則謝靈運。豈以比諸公乎？

〔四〕次公曰：坐氛氳，言坐秋氣之中也。

傷秋一首（近體詩）

林僻來人少，山長去鳥微。高秋收畫扇，久客掩柴扉。懶慢頭時櫛，艱難帶減圍〔一〕。將軍猶汗馬，天子尚戎衣〔二〕。白蔣風飈脆，殷檉曉夜稀。何年減豺虎，似有故園歸〔三〕。

〔一〕次公曰：帶減圍，雖是常理，暗用沈約自言老病，百日數旬，革帶常移孔。

〔二〕次公曰：此篇吐蕃之禍未息，故云：將軍猶汗馬，天子尚戎衣。汗馬，則公孫弘云：臣愚駑無汗馬之勞。戎衣，書云：一戎衣，天下大定也。

〔三〕次公曰：末句，減豺虎，望賊盜稍息也。張孟陽詩云賊盜如豺虎也。

秋峽一首（近體詩）

江濤萬古峽，肺氣久衰翁。不寐防巴虎，全生狎楚童〔一〕。衣裳垂素髮，門巷落丹楓。常怪商山老，兼存翊贊功〔二〕。

〔一〕次公曰：此篇惟全生狎楚童與末句須解。全生狎楚童，言爲客於外，年老而不敢恃，雖童稚亦狎熟，免其猜忌爲害，乃所以全生也。

〔二〕次公曰：商山老，四皓是也。四皓雖隱，以高祖欲易太子，乃出而從侍太子。高祖一見，太子遂定。既隱而出，此爲可怪。此亦孟浩然頗嫌四皓曾多事，出爲儲王定是非之意。公棲遲峽中老矣，蕭索如隱者而實非隱也。以四老人避秦、漢不仕，真隱矣，卒能一出于漢有翊贊之功；公自歎已流落不爲世用，然不能忘有爲之志。此忠臣畎畝不忘君也。

【校】自出爲以下，明鈔本與草堂藏本咸缺葉，據九家注補。

秋興八首（近體詩）

【今按】此題八首，二鈔本俱缺，依百家注編次，輯逸補入。

玉露凋傷楓樹林，巫山巫峽氣蕭森〔一〕。江間波浪兼天湧，塞上風雲接地陰〔二〕。叢菊兩開他日淚，孤舟一繫故園心〔三〕。寒衣處處催刀尺，白帝城高急暮砧。

右一

〔一〕趙云：阮籍詩：湛湛長江水，上有楓樹林。巫山，以言山；巫峽，以言水。

〔二〕趙云：夔以白帝城爲塞，故云塞上。

〔三〕趙云：叢菊兩開他日淚，此句涵蓄。蓋公于夔州見菊者二年矣，方叢菊之兩開，皆是他日感傷之淚也。

夔府孤城落日斜，每依北一作南斗望京華〔一〕。聽猿實下三聲淚，奉使虛隨八月槎〔二〕。畫省香爐違伏枕，山樓粉堞隱悲笳〔三〕。請看石上藤蘿月，已映洲前蘆荻花〔四〕。

右二

〔一〕趙云：南斗，師民瞻作北斗。百家注引趙曰：蓋長安上直北斗，號北斗城也。舊本南斗，非。

〔二〕趙云：宜都山川記：峽中猿鳴至清，諸山谷傳其響。行者歌曰：巴中三峽猿鳴悲，猿鳴三聲淚霑衣。八月槎事，載博物志。世亦傳爲張騫奉使尋河事而不見傳記。公屢使爲張騫，蓋承用之熟也。庾肩吾奉使江州船中七夕詩：漢使俱爲客，星槎共逐流。今公雖有理州之役若奉使然，而不到天上爲虛隨矣。

〔三〕趙云：省署以粉畫之，謂之畫省，亦謂粉署。初學記載應劭漢官儀：尚書郎入直臺廨中，給女侍史二人，皆選端正指使從直。女侍史執香爐燒薰以從入臺中，給使護衣服，奏事明光殿。省中違伏枕，則違去畫省香爐者，以伏枕之故也。山樓粉堞，指白帝城。

〔四〕趙云：末句想像扁舟之往如此。北山移文：秋桂遺風，春蘿罷月。

千家山郭靜朝暉，日日江樓坐翠微〔一〕。信宿漁人還汎汎，清秋燕子故飛飛〔二〕。匡衡抗疏功名薄，劉向傳經心事違〔三〕。同學少年多不賤，五陵衣馬自輕肥〔四〕。

右三

〔一〕趙云：江樓坐翠微，樓在山間也。爾雅：山欲上曰翠微。以其氣然也。

【校】所引爾雅全句作：山未及上，翠微。

〔二〕趙云：梁張率長相思云：望雲去去遠，望鳥飛飛滅。江總別袁昌州：黄鵠飛飛遠，青山去去愁。百家注引趙曰：詩：汎汎揚舟。

〔三〕趙云：功名薄，公自言其爲左拾遺時，雖有諫諍如匡衡而緣此帝不加省以出；比之，則功名薄也。劉向講論五經於石渠，公言其心事欲如劉向之傳經于朝而乃違背不偶也。心事違，出左傳：王心不違。又史云：事與願違。百家注引趙曰：漢初立穀梁春秋，徵更生受穀梁，講論六經於石渠。

〔四〕趙云：五陵衣馬，言貴公子也。西都賦：北眺五陵。言長陵、安陵、陽陵、茂陵、平陵，皆高貴豪傑之家所居。語：乘肥馬，衣輕裘。百家注引趙曰：舊引嚴陵與光武同學，何相干耶？

聞道長安似弈棋，百年世事不勝悲。王侯第宅皆新主，文武衣冠異昔時。直北關山金鼓振，征西車馬羽書馳〔一〕。魚龍寂寞秋江冷，故國平居有所思〔二〕。

右四

〔一〕趙云：直北關山金鼓振，言夔州之北用兵，乃隴右關輔間也。舊注便云時河北尚用兵，考之大曆二年，豈有此事乎？征西車馬羽書馳，此所云西，專指吐蕃。征西者，將軍之號。晉書：征西起於漢代。舊本原作羽書遲，師民瞻本作羽書馳，是。或曰，言羽書遲，則望其奏克捷之功也。雖有義，但費力耳。羽書者，羽檄也。漢

高祖曰：吾以羽檄召天下兵。注：檄，尺有二寸之木，插羽于其上，取其疾也。百家注引趙曰：言故國平時之事，今有所思也。

〔二〕趙云：有所思字，古樂府詩題也。末句言魚龍，直以夔峽積水之府有魚龍焉。集千家注杜工部詩集引趙曰：魚龍川在秦州。

蓬萊宮闕對南山，承露金莖霄漢間〔一〕。西望瑤池降王母，東來紫氣滿函關〔二〕。雲移雉尾開宮扇，日繞龍鱗識聖顏〔三〕。一卧滄江驚歲晚，幾回青瑣照朝班〔四〕。

【校】照朝班：清刻本九家注作點朝班。

右五

〔一〕趙云：蓬萊，殿名，在東内大明宮，正對南山。金莖，注，孝武帝作柏梁銅柱，承仙人掌之屬。所謂金莖，即銅柱也。

〔二〕趙云：瑤池，則神仙傳載：王母所居宮闕在崑崙之圃，閬風之苑。玉樓十二，瓊華之闕，左帶瑤池，右環翠水。又，周穆王觴王母於瑤池之上。望瑤池，則望其自瑤池而降也。又有載尹喜所占見紫氣滿於關上。瑤池在西極，故云西望；老子自洛陽而入函谷，故云東來。

〔三〕趙云：言君王御朝而諸公入朝也。崔豹古今注：商高宗有雊雉之祥，服章多用翟羽；故有雉尾扇。韓非云：夫龍之爲蟲也，柔可狎而騎也，然其喉下有逆鱗徑尺，若人有嬰之，則必殺人。人主亦有逆鱗，説者能無嬰人主之逆鱗則幾矣。雲移雉尾，則皇帝御朝，初以扇障之，而開扇則如雲之移。帝堯本紀：望之如雲，就之

如日。天子之相曰雲日之表。雲移，則見日，故云識聖顔。

〔四〕趙云：一卧滄江者，公自謂也。幾回青瑣照朝班，則想望省中諸公之朝也。青瑣者，漢未央宫中門名。應劭曰：黄門郎每日暮，向青瑣門拜，謂之夕郎。散騎常侍范雲與王中書詩：攝官青瑣闥，遥望鳳凰池。大抵皆禁從事也。左傳：朝以正班爵之序。

瞿唐峽口曲江頭，萬里風煙接素秋〔一〕。花萼夾城通御氣，芙蓉小苑入邊愁〔二〕。珠簾繡柱圍黄鶴，錦纜牙檣起白鷗〔三〕。回首可憐歌舞地，秦中自古帝王州。

右六

〔一〕趙云：瞿唐峽口，則公今所在之處。曲江頭，則公故鄉長安之景。梁元帝纂要：秋亦曰素秋。曲江，在昇道坊，有流水屈曲，謂之曲江。司馬相如賦：臨曲江之隑洲，蓋其所也。

〔二〕趙云：花萼樓，在南内興慶宫。夾城，在修德坊。芙蓉苑，在敦化坊與立政坊相接，本隋氏離宫。大抵興慶宫、夾城、芙蓉苑皆接曲江。通御氣，則以南内爲主耳。本遊幸之地，今乃有邊愁入於其間，以紀吐蕃之亂，嘗陷京師故也。

〔三〕趙云：上句，蓋言繡窠作雙鶴，圓狀而用黄線繡爲鶴也。乃所謂鞠豹盤鳳之類。舊注引黄鶴樓在漢陽軍，非是。下句則芙蓉苑中有水可以泛舟故也。公嘗曰：青春波浪芙蓉園。

昆明池水漢時功，武帝旌旗在眼中〔一〕。織女機絲虛月夜，石鯨鱗甲動秋風。波漂菰米沉雲黑，露冷蓮房墜粉紅〔二〕。關塞極天唯鳥道，江湖滿地一漁翁〔三〕。

右七

〔一〕趙云：漢武帝元狩三年，穿昆明池。臣瓚曰：西南夷傳：越巂昆明國，有滇池方三百里。漢使求身毒國而爲昆明所閉，今欲伐之，故作昆明池象之，以習水戰。在長安西南，周回四十里，則所謂昆明池水漢時功也。食貨志又曰：時粵欲與漢用船戰，遂乃大修昆明池，治樓船高十餘丈，旗幟加其上。下句則泛言池中之景物矣。

〔二〕趙云：上句言菰米之多，其望之長遠黯黮如雲之黑也。菰米事，在周禮曰：魚宜菰。鄭玄云：菰，彫胡也。賈公彥云：今南方見有菰米。宋玉諷楚王曰：主人之女爲臣炊彫胡之飯，烹露葵之羹。宋玉，楚人也，蓋以彫胡爲珍，則菰米本南方之物而移種於是池矣。沉雲黑字，杜田引唐本草圖經：菰又謂之茭白。歲久者中心生白臺，如小兒臂，謂之菰手。其臺中有黑者，謂之茭鬱。至結實，乃彫胡米也。沉雲黑其茭鬱乎？故子美行官張望補稻畦水歸詩有秋菰成黑米之句。穿鑿非是。蓋臺中有黑，則黑在實之中間，豈望而可見乎？若秋菰成黑米，自是已爲米，則可見其黑也。蓮房墜粉紅，正謬謂蓮實上花葉墜也。爾雅：荷，芙蕖。其華菡萏，其實蓮，其中的。郭璞注：蓮，謂房也。的，房中子也。百家注引趙曰：言蓮花一朵，而諸相是花房中已自有一蓮蓬，其房中有的，其的有意，皆分明也。

〔三〕趙云：關塞，指白帝城之塞。鳥道，則一帶皆高山，故得稱鳥道。一漁翁，公自謂也。

昆吾御宿自逶迤，紫閣峯陰入渼陂〔一〕。香稻啄餘鸚鵡粒，碧梧棲老鳳凰枝〔二〕。佳人拾翠春相問，仙侣同舟晚更移〔三〕。綵筆昔遊干氣象，白頭吟望苦低垂〔四〕。

右八

〔一〕趙云：此篇紀其舊遊渼陂之事。　集千家注杜工部詩集引趙曰：昆吾、御宿，乃地名，漢書武帝廣開上林，南至宜春、鼎湖、御宿、昆吾是也。紫閣峯乃終南山之别峯，與渼陂皆在長安。

〔二〕趙云：言其昔日所見如此。　秦記：初，長安謡云鳳凰止阿房，符堅遂於阿房城植桐數萬株。可見種桐之事。貼以鳳凰枝，則莊子：鳳凰非梧桐不棲也。因言梧桐，而以鳳事飾之。　沈存中：紅稻啄餘鸚鵡粒，碧梧棲老鳳凰枝，此蓋語反而意寬。韓退之雪詩舞鏡鸞窺沼，行天馬渡橋，亦效此體，然稍牽强，不若前人之語渾也。沈之説如此。蓋以杜公詩句本是鸚鵡啄餘紅稻粒，鳳凰棲老碧梧枝，而語反焉。韓公詩句，本是窺沼鸞舞鏡，渡橋馬行天，而語反焉。韓公詩從其不反之語，義雖分明而不可誦矣，却是何聲律也？若杜公詩則不然，特紀其舊遊渼陂之所見，尚餘紅稻在地，乃宫中所供鸚鵡之餘粒。又觀所種之梧，年深即老却鳳凰所棲之枝。既以紅稻、碧梧爲主，則句法不得不然也。

〔三〕趙云：言其昔日之實事。　拾翠，起於曹子建洛神賦。而用拾翠字，則玉臺前集載費昶春郊望美人詩芳郊拾翠人，回袖掩芳春，後集載虞茂衡陽王齋閣奏妓詩拾翠天津上，回鸞鳥路中也。　春相問，方春時遊賞，佳人更相問勞也。仙侣同舟，用郭、李事。

〔四〕趙云：末句公蓋言其昔日曾攜綵筆題詩，干歷其氣象；今則老矣，正白頭中吟詠而望之，其頭苦於低垂。公有渼陂行，又有渼陂西南臺詩；又與源大少府宴渼陂詩云：飯抄雲子白，瓜嚼水精寒。則爲綵筆昔遊矣。卓文君有白頭吟。

遠遊一首（近體詩）

【今按】此題正文二鈔本俱闕，疑與秋興八首係同一闕葉。今以九家注正文鈔補。

江闊浮高棟，雲長出斷山。塵沙連越巂，風雨暗荆蠻〔一〕。雁矯銜蘆内，猿啼失木間〔二〕。弊裘蘇季子，歷國未知還〔三〕。

〔一〕次公曰：塵沙連越巂，則吐蕃之兵未息也。風雨暗荆蠻，則言當日在楚之景。詩曰：蠢爾（荆蠻）〔蠻荆〕，則荆州是也。

〔二〕次公曰：銜蘆事，淮南子曰：雁從風而飛，以愛氣力；銜蘆而翔，以避繒繳。矯字，則張華賦：又矯翼以增逝。　失木字，淮南子云：猿狖顛蹶而失木，啼，則啼猿之謂也。

〔三〕次公曰：末句公以蘇秦自比。蘇秦往秦，書十上而説不行，貂裘色弊也。　歷國，乃蘇秦實事。其字則仲尼歷聘諸國也。

從驛次草堂後至東屯茅屋二首（近體詩）

峽内歸田客，江邊借馬騎〔一〕。非尋戴安道，似向習家池〔二〕。峽險風煙僻，天寒橘柚垂〔三〕。築場看斂積，一學楚人爲〔四〕。

右一

〔一〕次公曰：歸田客者，公以張平子自比也。張平子作歸田賦，其略曰：超塵埃以遐逝，與世〔事〕乎長辭。又曰：苟縱心於物外，安知榮辱之所如。蓋以歸在田間爲樂之意也。舊注引恨賦敬通見抵，罷歸田里，却是得罪矣。以歸田字有出處，故對借馬。其字即孔子云有馬者，借人乘之也。

〔二〕次公曰：承騎馬之下，故言非尋戴安道。蓋訪戴，則乘舟而已。晉書：王徽之嘗居山陰。夜雪初霽，月色清朗，忽憶戴逵。逵時在剡，便夜乘小船詣之。經宿方至，造門不前而反。似向習家池，則以言騎馬似之。事出襄陽記曰：峴山南，習郁大魚池，依范蠡養魚法，種楸、芙蓉、菱芡。山簡每臨此池，輒大醉而歸。恒曰：此我高陽池也。城中小兒歌之曰山公何所往，來至高陽池。日夕倒載歸，茗艼無所知也。

【校】與世乎：乎字上奪事字，據影胡刻本文選補。

〔三〕次公曰：上句以言所在之地，次句以言所對之時。風煙字，江文通云風煙有鳥道，故對橘柚。其字則莊子云柤梨橘柚；而蜀都賦云户有橘柚之園也。

〔四〕次公曰：末句，築場字，則詩云：九月築場圃。楚人字，孔子云：楚人亡弓，楚人得之。

短景難高卧，衰年强此身〔一〕。山家蒸栗暖，野飯射麋新〔二〕。世路知交薄，門庭畏客頻〔三〕。牧童斯在眼，田父實爲鄰〔四〕。

右二

〔一〕次公曰：强此身，强音去聲。

〔二〕次公曰：蒸栗、射麋，皆是實事。而蒸栗字，則王逸正部論：或問玉符，有曰：黄如蒸栗。故對射麋。其字則左傳：射(左)麋麗龜。龜者，麋背之高處也。

〔三〕次公曰：世路知交薄，門庭畏客頻，兩句通義。惟其徒爲面交而不心，所以畏客來之多，徒爲紛紛也。

〔四〕次公曰：在眼字，謝靈運詩薜蘿若在眼，故對爲鄰。其字則傳云：與天爲鄰也。

晨雨一首（近體詩）

小雨晨光内，初來葉上聞。霧交纔灑地，風逆旋隨雲。暫起柴荆色，輕霑鳥獸羣〔一〕。麝香山一半，亭午未全分〔二〕。

〔一〕次公曰：柴荆字，謝靈運初去郡詩云促裝反柴荆，故對鳥獸羣，則論語云鳥獸不可與同羣也。暫起柴荆色，則雨色不久柴荆之中，暫起見之而已。此其爲微雨也。

〔二〕次公曰：末句，麝香山，按夔州圖經：麝香山，州東南一百二十五里，山出麝香，故以名之。公於入宅詩曰水生魚復浦，雲暖麝香山也。今云麝香山一半，亭午未全分，則雨氣昏之，其一半明而一半未分也。亭午，則梁元帝纂要曰：日在午，曰亭午。

天池一首（近體詩）

天池馬不到，嵐壁鳥纔通〔一〕。百頃青雲杪，曾波白石中。鬱紆騰秀氣，蕭瑟浸寒空。直對巫山峽，兼疑夏禹功〔二〕。魚龍開闢有，菱芡古今同〔三〕。聞道奔雷黑，初看浴日紅〔四〕。飄零神女雨，斷續楚王風〔五〕。欲問支機石，如臨獻寶宫〔六〕。九秋驚雁序，萬里狎漁翁〔七〕。更是無人處，誅茅在薄躬〔八〕。

〔一〕次公曰：天池，山上之池也。道險絶，故馬不到，而鳥纔通也。六句甚明。

〔二〕次公曰：巫山峽三字，方對夏禹功。舊本正作出字，非。

【今按】巫山峽：九家注峽字下注：一作出。

〔三〕次公曰：此亦言其所有之最遠。而句中使字，則開闢有，蓋因吴主嘗見吕岱説步騭，言北欲以沙囊塞江，每讀

其表，輒獨失笑：江自開闢以來，寧可以囊塞之乎？故公詩句嘗曰：岸疏開闢水。又，因孔稚圭詩云：草雜今古色，巖留冬夏霜。故公詩句嘗曰：木雜今古樹。而今因舊句又生出開闢有者，魚龍；古今同者，菱芡也。

〔四〕次公曰：奔雷字，選賦有云：雹激雷奔。故對浴日。其字則：日浴於咸池。皆倒字用也。

〔五〕次公曰：高唐賦：神女暮爲行雨。風賦：楚襄王遊於雲臺之宮，有風颯然而至。玉曰：此大王之雄風也。神女雨、楚王風，皆是楚地當體事矣，則池上有是景也。

〔六〕次公曰：上句則比之爲天河。荆楚歲時記曰：張騫尋河源，得一石，示東方朔。朔曰：此是天上織女支機石。下句則指之爲龍宫。沈佺期詩曰：河宗來獻寶。而公詩嘗曰：自從獻寶朝河宗。今蓋言獻寶之宫闕也。

〔七〕次公曰：上兩句公自言其身，以引末句。

〔八〕次公曰：雖無人之處，可以卜居。其銖鉏草茅之勞任，責於微薄之躬也。

贈韋贊善别一首（近體詩）

扶病送君發，自憐猶不歸。祇應盡客淚，復作掩荆扉〔一〕。江漢故人少，音書從此稀。往還二十載，歲晚寸心違〔二〕。

〔一〕次公曰：客淚，言爲客之淚也。雖送人之際，其身亦客，故爾。荆扉字，沈休文宿東園詩云：荆扉新且故。

〔二〕次公曰：寸心字，本於列子，載龍叔謂文摯（白）〔曰〕：吾見子之心矣，方寸之地虚矣。至陸士衡文賦乃云：

吐滂沛乎寸心。而心違字，則詩云中心有違，左傳云王心不違也。

【校】謂文摯白：白九家注作曰，是。　此條九家注清刻本下接：又文選：庾信愁賦云：且將一寸心，能容萬斛愁。又嵇叔夜幽憤詩：事與願違，遘茲淹留。又張季鷹秋日北園詩：旅途驚歲晚，歸興與心違。今按，文選成書年代在庾信前，必無庾信賦入選之理。趙注不應一誤致此，疑係所謂新添者。

大覺蘭若和尚去冬往湖南一首（古詩）

巫山不見廬山遠，松林蘭若秋風晚〔一〕。一老猶鳴日暮鐘，諸僧尚乞齋時飯〔二〕。香爐峯色隱晴湖，種杏仙家近白榆〔三〕。飛錫去年啼邑子，獻花何日許門徒〔四〕？

〔一〕次公曰：廬山遠者，廬山惠遠也。大覺和尚雖是巫山之僧，而比之爲遠公。公往謁之而不遇，故云巫山不見廬山遠。　蘭若，佛宫之名。此蓋梵語耳。

〔二〕次公曰：兩句實道其事。一老字，則漢初應曜隱於淮陽山中，與四皓俱徵，曜獨不至。時人語曰：南山四皓，不如淮陽一老。又，管寧書曰：唯陛下聽野人山藪之願，使一老者得盡微命。若本出，則魯哀公指孔子爲一老。

〔三〕次公曰：公題下注云和尚去冬往湖南，今此乃言江州廬山事，即隱晴湖是江南彭蠡湖，恐湖南字誤。　香爐峯事，遠法師廬山記曰：東南有香爐山，孤峯秀起，遊氣籠其上，氛氲若煙。　種杏事，神仙傳云：董奉居廬山爲人治病，重者種杏五株，輕者一株。於林中所在置一器杏以換穀，少者虎逐之。乃以穀賑貧窮。號董仙

〔四〕杏林。近白榆，言其所居之高，近乎星辰也。古詩曰：天上何所有？歷歷種白榆。

次公曰：言其去年往湖南也。天台山賦：應真飛錫以躡虚。注云：得真道之人，執錫杖而行於虚空，故云飛也。邑子者，同邑之子也。字出朱買臣傳：會邑子嚴助貴幸，薦買臣。獻花事，後分經載釋迦初爲淨慧仙人時，獻五蓮花於燃燈佛。此獻花之祖也。其後獻花於羅漢者，如法住記云：龍神捧鉢而曲躬，天女獻花而胡跪。門徒者，一門之徒屬也。如七十二子爲孔門之徒。又，後漢李固傳云：表舉薦達，例皆門徒。此皆一門徒屬之義。佛書所載，雖外道之黨類，亦謂之門徒。其在佛僧，則謂諸弟子之來從者爲門徒矣。

戲作寄上漢中王二首（近體詩）

次公曰：杜公所與漢中王詩凡五番。次公定此二首最爲末焉。蓋初寄三首，題下注云：王時在梓州。則廣德二年王爲梓州刺史也。何以知其爲刺史？公奉漢中王手札詩曰剖符來蜀道知之也。其次則又有奉手札詩，報韋侍御、蕭尊師亡，而句云：秋日蕭韋逝，淮王報峽中。則去年之秋也。其三乃前所謂剖符來蜀道詩，下句云歸蓋取荆門，則今年避暑在歸州，七月報其定謀在峽州出陸，由荆門歸也。其四則玩月所呈詩云夜深露氣清，則秋時；下句云江月滿江城，則月莫盛於八月，觀奉手札詩句云已覺良宵永，以言七月時猶在避暑處未行，此度其行應是八月之詩。今云：歸舟應獨行，則尤見度其起發而舟行也。今又云舟楫風還起；又云池臺雪欲飛，則必九月末又度其舟必行，而歸日乃逢雪矣。故次公以其最爲末焉也。

雲裏不聞雙雁過，掌中貪看一珠新〔一〕。秋風嫋嫋吹江漢，只在他鄉何處人〔二〕。

右一

〔一〕次公曰：上句戲其無書問也。雙雁，雖言其雌雄，而字則會稽典録曰：虞同少有孝行。爲日南太守，常有雙雁宿止廳上。　次句言其新誕明珠也。一珠字，幽明録：張華言入九館之人，所見癡龍，初一珠食之，天地等壽。雁言雲裏，則魏應璩詩曰：朝雁鳴雲中。珠言掌中，則佛書有云：如掌中珠。

〔二〕次公曰：秋風嫋嫋四字，屈原湘夫人篇云：嫋嫋兮秋風。言吹江漢，則公作此詩時在夔州也。公故於夔州，每用江漢，則二水所經，會於荆渚之下。其詳在句法義例。編詩者失次，置之於漢州詩間，豈以房公湖在今之漢州，而詩有江漢字，遂以承房公池鵝之下耶？秋風嫋嫋，方吹江漢之際，是何處人在此它鄉？所以自述也。

謝安舟楫風還起，梁苑池臺雪欲飛〔一〕。杳杳東山攜漢妓，泠泠修竹待王歸〔二〕。

右二

〔一〕次公曰：謝安以比漢中王。舟楫風還起，則王之歸，蓋取荆門，當在峽州出陸。而自歸州至峽州一百九十里之途，尚須水行，故曰：舟楫風還起。謂之還，可見矣。謝安事，安嘗與孫綽等泛海。風起浪涌，諸人並懼，安吟嘯自若。舟人以安爲悦，猶去不止。風轉急。安徐曰：如此將何歸耶？舟人默然，即回。衆咸服其雅量。

下句則王之入期，朱邸雪。而自峽州出陸，至長安，途有千里之餘。今九月末矣，而方度其舟行，是時京師之雪已欲飛矣！然則，乃所以戲之乎？用梁苑，則又以梁孝王比漢中王也。謂之梁苑，則西京雜記曰：梁孝王好宮室苑囿之樂，築兔園也。其事則謝靈運雪賦：歲將暮，時既昏。寒風積，愁雲繁。梁王不悦，遊於兔園……俄而微霰零，密雪下。舊注指捉不定，又引齊宣王見孟子於雪宮，便輒改作梁惠王，非矣。

〔二〕次公曰：上句戲言漢中王方在舟中，其攜妓東山之興尚杳杳然，又所以成謝安舟楫之句。修竹，梁孝王園名也。杜田補遺引續漢書：梁孝王兔園多植竹，即所謂修竹園。地志云：孝王東苑，方三百里，園苑中有雁池、修竹園。杜田所引是。今待王歸之語，又所以成梁苑池臺之句。

覃山人隱居一首（近體詩）

南極老人自有星，北山移文誰勒銘〔一〕？徵君已去獨松菊，哀壑無光留户庭〔二〕。予見亂離不得已，子知出處必須經〔三〕。高車駟馬帶傾覆，悵望秋天虚翠屏〔四〕。

〔一〕次公曰：老人星，一名南極，在井、柳之中，乃南方之星。其詳具句法義例。今言覃山人本隱居此地，蓋自是南極之老人星矣，而乃捨所隱以去，爲可罪也。乃用北山移文事譏之。齊書：孔稚圭字德璋。周彦倫隱鍾山，後應詔而出。德璋作北山移文，其文云：馳煙驛路，勒移山庭。南極老人貼以有星，天文志每云：有星大如某物。北山移文貼以勒銘，張載劍閣銘尾曰：勒銘山阿。

〔二〕次公曰：徵君，明言覃山人也。漢魏以來，起隱士名之曰徵君；陶淵明亦曰陶徵君者，此也。松菊字，即

使陶淵明歸去來云：三徑就荒，松菊猶存。今言獨松菊，則松菊徒在而人不在也。哀壑無光留户庭，此乃北山移文所謂誘我松竹，欺我雲壑之意。其哀壑字，則殷仲文詩云：哀壑叩虚牝。

〔三〕次公曰：上句以己微諷之也。言我所以不仕而流落於外，正亂離之故耳，而覃山人者何事而出哉？故又以能經出處譏之也。

〔四〕次公曰：句則戒之深矣，恨之切矣。揚雄解嘲曰：客徒欲朱丹吾轂，不知一跌赤吾族。此所謂高車駟馬帶傾覆也。北山移文曰：澗户摧絶無與歸，石徑荒涼徒延佇。列壑爭譏，攢峯竦誚。此所謂悵望秋天虚翠屏也。翠屏字，天台賦云：搏壁立之翠屏。

柏學士茅屋一首（近體詩）

碧山學士焚銀魚，白馬却走身巖居〔一〕。古人已用三冬足，年少今開萬卷餘〔二〕。晴雲滿户團傾蓋，秋水浮堦溜決渠〔三〕。富貴必從勤苦得，男兒須讀五車書〔四〕。

〔一〕次公曰：此篇柏君既爲學士矣，乃焚銀魚、罷騎馬，而居於茅屋之下讀書，末句又方言及富貴，豈唐有别科目而柏君將應之邪？次公嘗觀國史補云：搢紳雖位極人臣，不由進士者，終不爲美。又觀盧氏瑣雜記云：杜昇自拾遺賜緋，却應舉及第，又拜拾遺，時號著緋進士。則柏學士者，焚銀魚而别讀書，其所圖類此矣。銀魚，所以配朱紱者也。柏君之官，亦有品序矣。焚字，則北山移文所謂焚芰製而裂荷衣者也。焚銀魚三字，又倣所謂酌醴焚枯魚。白馬却走，罷騎馬也。老子曰：天下有道，却走馬以糞。今止取却字使耳。必言白

馬，則馬之驕貴者也。又挨傍詩云：有客有客，亦白其馬。巖居字，則史有巖居穴處之士。

〔二〕次公曰：三冬足字，東方朔云：三冬文史足用也。萬卷餘字，即萬餘卷也。南史：齊陸少玄家有父證書萬餘卷，張率盡讀其書。北史：魏穆士儒，其子容，少好學，無所不覽。求天下書，逢即寫録，所得萬餘卷也。公於仄聲用破字。古詩云讀書破萬卷，則願乘長風破萬里浪之破。今於平聲當用開字，則如庾子嵩讀莊子，開卷一尺便上曰：正與人意合。

〔三〕次公曰：用傾蓋字，因以見與柏君初相見也。家語曰：孔子之郯，遭程先生於途。傾蓋而語，終日盡歡。而鄒陽云傾蓋如故也。

〔四〕次公曰：五車事，莊子云：惠施多方，其書五車也。秋水浮堦溜決渠，則正道其事。決渠字，史記云：荷插如雲，決渠如雨。

贈李八秘書別三十韻（近體詩）

次公曰：此篇首兩句蓋指言李秘書也。秘書必先爲右補闕，而公鋪敘其事耳。自往時中補右至乾坤欲晏如，十六句一段，以言李秘書。而一段之中，又先説車駕還京，方言李秘書之扈從。自不才同補袞至別浦落紅蕖，十四句一段，是公自述其初與李君同居侍從，今流落而相見。自消息多旗幟至山家藥正鋤六句，又因時之用兵，以引説李秘書之行止。自台星入朝謁至沿流想疾徐，十八句是一段，言李秘書不得隨主帥趨闕，然必吹嘘薦之。因敘杜相公登對，且被寵賜，而結之以李秘書之續行，由船中去也。自沉綿疲井臼至末句，凡八句一段，又是公自言其身病貧之中，思鄉歎老也。

【今按】所謂十八句是一段，實止十六句，注〔二四〕同誤。

往時中補右，扈蹕上元初〔一〕。反氣凌行在，妖星下直廬〔二〕。六龍瞻漢闕，萬騎略姚墟〔三〕。玄朔迴天步，神都憶帝車〔四〕。一戎纔汗馬，百姓免爲魚〔五〕。通籍蟠螭印，差肩列鳳輿〔六〕。事殊迎代邸，喜異賞朱虛〔七〕。寇盜方歸順，乾坤欲晏如〔八〕。不才同補袞，奉詔許牽裾〔九〕。鴛鷺叨雲閣，騏驎滯石渠〔一〇〕。文園多病後，中散舊交疏〔一一〕。飄泊哀相見，平生意有餘〔一二〕。風煙巫峽遠，臺榭楚宮除〔一三〕。觸目非論故，新文尚起予〔一四〕。清秋凋碧柳，别浦落紅蕖〔一五〕。消息多旗幟，經過歎里閭〔一六〕。戰連脣齒國，軍急羽毛書〔一七〕。幕府籌頻問，山劍元帥杜相公，初屈幕府，參籌畫。相公朝謁，今赴後期也。山家藥正鉏。秘書比卧青城山中。〔一八〕台星入朝謁，使節有吹噓〔一九〕。西蜀災長弭，南翁憤始攄〔二〇〕。對敭抗士卒，乾没費倉儲。勢藉兵須用，功無禮忽諸〔二一〕。御鞍金騕褭，宫硯玉蟾蜍。拜舞銀鉤落，恩波錦帕舒〔二二〕。此行非不濟，良友昔相於〔二三〕。去棹依顔色，沿流想疾徐〔二四〕。沉綿疲井臼，倚薄似樵（魚）〔漁〕〔二五〕。乞去米煩佳客，鈔詩聽小胥〔二六〕。杜陵斜晚照，潏水帶寒淤。莫話青溪髮，蕭蕭白映梳〔二七〕。

【校】樵魚：注釋作樵夫漁父，魚當作漁。

〔一〕次公曰：唐制，補闕、拾遺有左、有右，掌供奉、諷諫、扈從、乘輿。今云往時中補右，則在中爲右補闕矣。王立

之詩話載潘子真云：杜詩有往時中補右，扈蹕上元初，然少陵罷拾遺時是至德初，上元乃至德後。李太沖以年譜考之，信然。子真以爲扈蹕主上之初元耳。杜時可補遺亦云：天寶十五載丁酉七月，肅宗即位於靈武，改至德元載。是時，子美自賊中竄歸鳳翔，拜左拾遺，而扈從乘輿也。乾元元年己亥，移華州司功。乾元二年棄官，自秦入蜀。上元元年辛丑，二年壬寅，並在蜀郡。以此考之，扈蹕上元初，非年號也。王定國謂扈蹕於上之初元，乃至德元載耳。若在梓州寄題草堂云經營上元始，斷手寶應年，自當作年號。王立之、杜時可二家所載大同。王以爲辨之者李太沖，杜以爲辨之者王定國，未知孰是。而杜乃以天寶十五載爲丁酉，比之編年通載差太歲一年，其下遞相差。蓋編年通載：天寶十五載乃丙申也。然諸公云云，於講上元初三字頗是，但不知何故，却以爲子美自言乎？是不省悟杜公乃爲左拾遺，而此云中補右，則言右補闕耳。却豈是杜公耶！又不省悟下段云：不才同補衮，是説與李秘書同在補衮之職也。如此，則非李秘書爲右補闕而公爲左拾遺乎？謂之往時中補右，則追言至德初之事也。扈蹕者，從駕之謂。扈，即從也。蹕，嗚蹕也。天子之出，嗚蹕以清道也。

〔二〕次公曰：肅宗即位靈武，駐蹕於鳳翔，故謂之行在。反氣，指言安禄山也。舊注引漢高祖召吳王濞相之曰：若狀有反相。却是反相，何干反氣字耶？直廬，則從官所直之廬。晉陸機詩云厭直承明廬，梁蕭子雲有歲暮直廬賦，皆是已。妖星，亦指言賊，其名曰彗，曰孛。載晉書天文志。

〔三〕次公曰：上句言乘輿在鳳翔，而瞻望長安之闕；下句則先遣兵騎略河中府而靜之矣。易曰：時乘六龍以御天。蔡邕獨斷曰：大駕千乘萬騎。故六龍字、萬騎字，皆在天子言之。謂之漢闕，則漢所舊都也。姚墟字，姚者，舜姓也。河中府則漢之蒲坂，舜所都也。

〔四〕次公曰：車駕十月二十三日還長安。玄朔，則玄冬之朔。曆家二十日以後有上朔也。神都，則天子所

居，乃神明之都也。舊注引武后以東都爲神都，遂云時天子尚在蜀，故言憶也。夫天子尚在蜀，則指言上皇也，殊不知公止取神都字使，非是指言東都。又言憶帝車者，非止憶望上皇之車而已。詩兩句通義，言冬之朔望。回天步者，以神明之都，憶帝車故也。天步字，詩云天步艱難，故用對帝車。後漢輿服志言北斗以攜龍角爲帝車也。

〔五〕次公曰：此專言肅宗親治兵以平禍亂。一戎，則書所謂一戎衣，天下大定也，用對百姓。百姓字多矣。汗馬字，公孫弘曰：臣愚駑，無汗馬之勞。師古曰：言未嘗從事軍旅也。用對爲魚。其義則昭元年，劉子曰：美哉禹功，德遠矣！微禹，吾其魚乎。而爲魚字，則光武紀：百萬之家，可使爲魚也。已上説車駕之還京。

〔六〕次公曰：此方是言李補闕之扈從。通籍字，出前漢元年紀注云：籍者，爲二尺竹牒，記其年紀、名字、物色，縣之宮門。案省相應，乃得入。蟠螭印，言所佩之印，其鼻鈕蟠爲螭文也。鳳輿，指言乘輿。與諸侍從之臣，肩相差而羅列於其側，所以言扈從也。

〔七〕次公曰：兩句通義。肅宗以皇太子爲天下兵馬元帥，北收兵至靈武。裴冕等奉皇太子即皇帝位。與漢文帝從代王入爲天子，事體不同。蓋孝惠無子，而丞相陳平、朱虚侯劉章共誅諸吕，遂奉天子法駕，迎代王於邸，立爲孝文帝。此從諸侯而入繼耳，非若肅宗以皇太子即位也。文帝既入，益封朱虚侯二千石，黄金一千斤。今既云事殊迎代邸，所以賞李秘書亦與朱虚侯異也。詳此，李秘書豈唐之宗子乎？故又用朱虚侯形容之。

〔八〕次公曰：此以結肅宗既還京而禍亂平也。時雖安賊未除，而詩人之情當如此矣。已上十六句一段。

〔九〕次公曰：詩曰：袞職有闕，〔維〕仲山甫補之。公爲左拾遺，與補闕之職皆是掌供奉諷諫，故云同補袞，又云許牽裾也。牽裾事，魏辛毗字佐治。文帝欲徙冀州士人一萬户實河南，毗諫，帝怒不答，起入。毗隨而引其裾。

帝怒，良久乃出。曰：佐治，卿持我何太急耶？ 毗曰：今徒既失人心，又已無食矣。帝遂徙其半。 諸公説杜詩者，不知詳味詩意，便於首句以中補右爲公之爲拾遺，不知讀至此，却乃云同補衮，以爲何義耶？

〔一〇〕次公曰：上句又申言其得預侍從，與李秘書同列也。古詩廁迹鴛鷺行，所以言侍從。下句却指言李秘書如騏驎駿馬，留滯石渠而不更遷擢。 雲閣字，潘安仁所謂高閣連雲也。石渠，一又作玉除，宜以石渠爲正。 蓋下又押除字也。漢東觀石渠，正是校書之處，其指言李秘書尤明。

〔一一〕次公曰：上句公又以司馬相如自比其消渴也。相如爲孝文園令，故直謂之文園。 下句又自比爲嵇康。康與吕安、向秀爲交最善，而今隔絶，所以歎其疏也。中散，則康爲中散大夫。

〔一二〕次公曰：漂泊哀相見，則公自言其與李秘書昔日同侍從之列，爾後漂泊，却得相見於夔，故下有巫山、楚宫之句。

〔一三〕次公曰：楚宫虚，一作除，宜以爲正。蓋上已押朱虚韻矣。楚宫除，則亦蕩除而不存也。

〔一四〕次公曰：上句則歎其除李秘書之外，皆非故人可論，非故事可論，非故地可論。舊注便胡引顔延年詠阮步兵詩云物故不可論；　此義自説阮嗣宗口不評論、臧否人物，可干此事乎？惑誤學者。　下句又言李秘書之文，尚能起予也。起予，則孔子曰：起予者，商也。始可與言詩已矣。

〔一五〕次公曰：兩句用紀與李秘書相見之時。　已上十四句一段。

〔一六〕次公曰：消息多旗幟，則是年乃大曆二年，秋九月，吐蕃寇靈州，又寇邠州。　經過歎里閭，言見兵所過乃公鄉里相近爲可歎也。

〔一七〕次公曰：戰連脣齒國，蓋靈州、邠州，皆長安之脣齒也。其字則出左傳：僖五年，晉侯假道於虞以伐虢。宫之奇諫曰：虢，虞之表也，虢亡，虞必從之。傳所謂輔車相依，脣亡齒寒者，其虞、虢之謂乎？脣齒之國，既

被其禍，所以軍書急馳也。　魏武奏曰：若有急，則插羽於檄，謂之羽檄也。

〔一八〕次公曰：杜相公，杜鴻漸也。永泰元年，歲在乙巳，崔旰殺郭英乂。西蜀大亂。次歲大曆元年，二月，命鴻漸以宰相兼成都尹，充山劍川副元帥，劍南西川節度使，以鎮撫之。既而今歲大曆二年夏四月，請入覲。許之。　問籌、鋤藥之句，公自有本注。蓋杜相公自到任後，雖頻有屈致李秘書充幕府之命，而李侯方且在青城山中鋤藥而不起也。

〔一九〕次公曰：今者，台星入朝謁，正言杜相公之入覲。　使節有吹噓，以言杜相公之必薦李也。

〔二〇〕次公曰：上兩句公正憂吐蕃又能爲西蜀之患。前年陷維、松州，而國家爲置三山之戍，則西蜀不爲不受其災。若得弭除西蜀之災，而後可以攄南翁之憤。公客於楚，故以南翁自謂也。南翁字，出前漢項籍傳：南公稱曰：楚雖三户，亡秦必楚。注，南公，南方之老人也。今字雖用翁，實此義矣。

〔二一〕次公曰：欲弭災而攄憤，在杜相公登對，獻君良策耳。其對敭之所抗舉，必以士卒爲言者如何？爲其乾没而費廪食也。　對敭，即對揚字。書畢命云：對揚文、武之光命。而益稷云：時而揚之。注言：揚，舉也。則其義同矣。故用對乾没。出漢書張湯傳：湯始爲小吏乾没，與長安富貴田甲、魚翁叔之屬交私。其注不一。或云：乾没，謂成敗也。或云：得利曰乾，失利曰没。而説者謂直是似陸沉兩字，言乾地沉没其利耳。今公所用，疑出於此。既云乾没費倉儲，則當去兵而後食可無費。然兵未可去，故云勢藉兵須用。則公之意以杜相公必有策以減兵而省食乜。　功無禮忽諸，則朝廷得杜相公，必有享禮矣。忽諸字，左傳：皋陶庭堅不祀忽諸。

〔二二〕次公曰：四句則朝廷所以寵賜相公之物。金騕褭，賜之以馬也。瑞應圖云：騕褭者，神馬也。與飛兔同，以明君有德則至。而漢武帝鑄黄金爲褭蹄，爲麟趾，故稱駿馬者得謂之金騕褭。盧照鄰詩云：漢家金騕褭，秦代玉氛氲。公又嘗曰駿馬時看金騕褭，佳人屢出董嬌（饒）〔嬈〕也。　玉蟾蜍者，賜之以硯滴也。

西京雜記：晉靈公家有玉蟾蜍一枚，大如拳，腹空，容五合水。光潤如新玉，取之可盛書滴。拜舞銀鉤落，所以成宮硯玉蟾蜍之句。蓋既拜舞以受賜矣，則用之以寫字。而銀鉤字，則索靖論書曰：婉若銀鉤，漂若驚鸞。恩波錦帕舒，所以成御鞍金騕褭之句。蓋恩波所及，併御鞍而賜焉，於是又以錦帕覆其鞍也。恩波字，梁丘遲侍宴詩有云：肅穆恩波被。

〔一三〕次公曰：兩句言李秘書初不能隨相公朝謁，而今續行非不有所濟。李爲杜之良友，自宿昔之相得，則必推薦之矣。又所以成使節有吹噓之句。相於字，出選。前句有彫碧柳、落紅蕖，則公送別在秋時。然則，李侯九月方行矣。

〔一四〕次公曰：去棹依李君之顏色，沿流想其或疾或除，以言李之舟行也。已上十八句一段。

〔一五〕次公曰：兩句公以言其卧病也。病之沉綿，則不能服井臼之事。井之云者，汲也。(曰)〔臼〕之云者，(春)〔春〕也。古列女傳載：周南之妻曰：親探井臼，不擇妻而娶。此井(曰)〔臼〕字所出也。倚薄字，謝靈運詩云：拙疾相倚薄，還得靜者便。言留滯於夔，即是依倚止薄，如樵夫、漁父然也。

【校】曰之云者，春也：九家注作：臼，春也。

〔一六〕次公曰：乞字，公自注：去聲。蓋音氣。自我求人謂之乞，則驅一切。自人與我謂之乞，則音氣也。詩云：於焉嘉客。佳客即嘉客也。周禮有小胥之官。雖是官名，今則言小者，胥(史)〔吏〕也。

〔一七〕次公曰：四句因李君之行趨長安，遂起懷鄉之念。杜陵，則公之所居。蓋漢宣帝陵之地也，去長安南五十里。滈水則八水之一，在長安縣南十里，東自萬年縣界流入。其滈字，音決。青溪字，公則言溪水之色青耳。謝莊詩云：青溪如委黛。已上八句一段。

送李公秘書赴杜相公幕一首（近體詩）

次公曰：師民瞻本此篇在夔府詠懷百韻之前。次公既以詠懷百韻句云賞月延秋桂，定爲去歲八月之詩；今篇云櫓搖背指菊花開，則九月詩。且與上篇彫碧柳、落紅蕖相應，蓋前贈而今送也。

青簾白舫益州來，巫峽秋濤天地迴〔一〕。石出倒聽楓葉下，櫓搖背（故）〔指〕菊花開〔二〕。貪趨相府今晨發，恐失佳期後命催。南極一星朝北斗，五雲多處是三台〔三〕。

【校】背故：注引作背指，并有辨析，是。

〔一〕次公曰：巫峽秋濤天地迴，蓋言秋濤之勢，可以回轉天地也。陸士衡四時詩云：天回地游。公又嘗使指麾能事回天地，亦回轉天地之義。

〔二〕次公曰：上句又言峽水之候。　石出者，指言灩澦之石。別本公自注云灩澦堆，蓋出商人之語曰：灩澦如袱，瞿唐莫觸。灩澦如馬，瞿唐莫下。灩澦如鼈，瞿唐舟絶。灩澦如龜，瞿唐莫窺。載在樂史寰宇記。舊注模稜，輒有如象莫上之語。石出則行之侯也。必以楓葉下爲言，則楚辭：宋玉云：江水湛湛兮上有楓。楚地多楓，指必以楓爲言也。　背指，舊本作皆指，非。師民瞻本作背指，是。櫓搖背指菊花開，又以言所往之時，蓋九月之間也

〔三〕次公曰：南極一星，以言李秘書。其在楚而往，是爲南極之星。　北斗，指言長安，蓋上直北斗而號北斗城

也。公詩有云：北斗故臨秦。三台，指言杜相公。晉天文志云：三台六星，兩兩而居三公之位也。在人曰三公，在天曰三台。則三台指言杜相公矣。舊注於北斗下引晉天文志：北極，北辰最尊者也。天運無窮，三光迭曜，而辰星不移，故曰：居其所而衆星拱之，人君之象也。非是。蓋北斗自是斡旋之七星，而北辰自是不動之五星耳。況今公所云北斗，乃是言長安北斗城，豈言天上之星邪！

大曆二年九月三十日一首（近體詩）

爲客無時了，悲秋向夕終〔一〕。瘴餘夔子國，霜薄楚王宫〔二〕。草敵虚嵐翠，花禁冷葉紅〔三〕。年年小摇落，不與故園同〔四〕。

〔一〕次公曰：爲客字，陸機云：吾將老而爲客。故對悲秋。其字則宋玉悲秋也。題是九月三十日，故云悲秋向夕終。則秋之可悲者，向夕而終盡也。

〔二〕次公曰：夔州，古夔子國也。按寰宇記：巫山縣有楚宫，云襄王所遊也。

〔三〕次公曰：草敵虚嵐翠，言草色之翠與嵐光相敵也。花禁冷葉紅，言花之紅，與葉俱耐冷也。如敵字、禁字，可謂奇矣。

〔四〕次公曰：末句蓋言楚地多暖，雖秋而草木不甚衰，時小小摇落耳。此其所以異故園也。

戊帙卷之十

丁未大曆二年，時公五十六歲。冬三箇月，在夔州瀼西、東屯往來所存之詩。以文字之多，分爲冬詩之上。

十月一日一首（近體詩）

有瘴非全歇，爲冬不亦難〔一〕。夜郎溪日暖，白帝峽風寒〔二〕。蒸裹如千室，焦糖幸一柈〔三〕。兹辰南國重，舊俗自相歡。

〔一〕次公曰：時已十月矣，而瘴尚未全歇，所以爲冬候之難也。

〔二〕次公曰：夜郎溪，於地志無所考，幸因公詩見之。

〔三〕次公曰：蒸裹、焦糖，皆夔州十月一日之事如此也。　千室字，論語所謂千室之邑。舊注引後漢千室鳴弦，在後矣，故對一柈。其字則史多用此字，按字書，乃俗槃字之真者也。

【校】九家注下又有夔人以十月旦爲初冬節，以飲食相饋遺云一句。

戲作俳諧體遣悶二首（近體詩）

次公曰：二詩泛言夔州之俗：養烏鬼、食黄魚、瓦卜、畬田，與粔籹之送饋，皆無定時，姑從舊次十月一日

詩下。

異俗可吁怪，斯人難并居〔一〕。家家養烏鬼，頓頓食黄魚〔二〕。舊識難爲態，新知已暗疏〔三〕。治生且耕鑿，只有不關渠〔四〕。

右一

〔一〕次公曰：題是戲作俳諧體遣悶，則詩蓋非美之者矣。異俗字，雖王制有民生其間者異俗，而公所用非此之謂。蓋如匡衡云：此成、湯之所以化異俗而懷鬼方。公中原人，其客於夔，故指之爲異俗也。可吁怪，出於魯靈光賦：吁其可畏。

〔二〕次公曰：烏鬼，頗有衆説。舊注云：峽俗養烏頭鬼，祭之以人。則養又當讀爲供養之養，音去聲。沈存中云：峽人謂鸕鷀爲烏鬼，以繩繫其喉，使之捕魚。又世有冷齋夜話者，謂楚人信巫，以烏爲鬼耳。雖略得其義，亦不知考證。杜時可引元稹詩曰：病賽烏稱鬼，巫占瓦代龜。注：南人染病，競賽烏鬼；楚巫列肆，悉賣瓦卜。其説是。蓋此在元稹長慶小集。所謂注，則稹自注也。稹與杜公同是唐人，聞見如此，豈不足證邪？

【校】九家注下又有或云烏蠻之鬼一句。

〔三〕次公曰：舊識難爲態，態字即一貴一賤，乃知交態之態也。難與之爲態，則其人之薄矣。楚辭曰：樂莫樂於新相知。而至於已暗疏，則其人之薄又可知，故有末句之激憤也。

〔四〕次公曰：莊子云：鑿井而飲，耕田而食。耕鑿自給，不復與薄俗相關也。耕鑿連字，則孟浩然云：予意在耕鑿。

西歷青羌坂，南留白帝城。於菟侵客恨，粔籹作人情〔一〕。瓦卜傳神語，畬田費火耕〔二〕。是非何處定？高枕笑浮生。頃歲自秦涉隴，從同谷縣出游蜀，留滯於巫山也。〔三〕

右二

〔一〕次公曰：於菟，虎也。左傳：楚人謂虎爲於菟。粔籹，角黍也。薛夢符引宋玉招魂云：粔籹蜜餌，有餦餭些。注，粔籹，以蜜、米和煎作之。粔，奇舉切。籹，音女。其説是。

〔二〕次公曰：上句即元稹所謂巫占瓦代龜也。元稹詩兩句，一句是公前篇烏鬼之事；一句是今篇瓦卜之事。豈因夔俗如此，而句出於杜公事？畬，燒田也。舊本正作費火聲，師民瞻本取一作火耕，是。蓋史記所謂火耕水耨。杜田云：楚俗燒榛種田曰畬。先以刀芟治林木，曰斫畬。其刀以木爲柄，刃向曲，謂之畬刀。劉禹錫畬田行云：何處好畬田？團團漫山腹。鑽龜得雨卦，土山燒卧木。又云：下種暖灰中，乘陽拆芽蘖。蒼蒼一雨後，苕穎如雲發。故子美秋日夔府詠懷又有燒畬度地偏，自瀼西移居又有斫畬應費日之句。畬，音式車反。其説是。

〔三〕次公曰：末句言風俗處處不同，孰是孰非，烏有定乎？但付之一睡而已。於此自笑其流徙之多也。見公自注。浮生字，鮑照：浮生旅昭代。

【校】流徙之多也：九家注下接吕后紀：酈寄説吕禄曰：足下高枕而王千里，此萬世之利也。

暫往白帝復還東屯一首（近體詩）

復作歸田去，猶殘穫稻功〔一〕。築場憐穴蟻，拾穗許村童〔二〕。落杵光輝白，除芒子粒紅。加餐可扶老，倉庾慰飄蓬〔三〕。

〔一〕次公曰：復作歸田去，言自白帝歸田也。用歸田賦字，故對穫稻。詩云十月穫稻也。

〔二〕次公曰：築場字，詩云九月築場圃，故對拾穗。其字則林類拾穗行歌也。其意則詩云〔彼有〕遺秉，〔此有〕滯穗，伊寡婦之利也。　憐蟻穴，則見公之不殘。　許村童，則見公之不吝。

〔三〕次公曰：加餐字，古詩云：上言加餐飯。　扶老者，扶吾身之老也。舊注引扶老攜幼，非也。　飄蓬事，商君書曰：夫飛蓬遇飄風而行千里，乘風之勢也。故古詩云：轉蓬離本根，飄颻畏長風。而曹子建詩亦曰：轉蓬離本根，飄颻隨長風。若飄蓬兩字，則曹子建又云：風飄蓬飛，載離寒暑。

刈稻了詠懷一首（近體詩）

稻穫空雲水，川平對石門〔一〕。寒風疏草木，旭日散鷄豚〔二〕。野哭初聞戰，樵歌稍出村。無家問消息，作客信乾坤。

〔一〕次公曰：石門事，按寰宇記：歸州巴東縣，有石門山云。劉備爲陸遜所破，退經此門。則歸州專有石門矣。今云（平川）〔川平〕對石門，以爲歸州之石門，則亦去之遠矣。豈眼前所見之石門者邪？與下篇云雙崖壯此門者是已。且其字又與上雲水字相應。舊注引蜀都賦，緣以劍閣阻以石門，尤爲非是，蓋蜀都賦注自云：石門在漢中之西，褒中之北，豈干夔州事哉！

【校】平川：當從正文作川平。

〔二〕次公曰：鷄豚字，雖出孟子，而鮑照詩倚杖牧鷄豚也。

瞿唐兩崖一首（近體詩）

三峽傳何處，雙崖壯此門〔一〕。入天猶石色，穿水忽雲根〔二〕。猱玃鬚髯古，蛟龍窟宅尊。羲和冬馭近，愁畏日車翻〔三〕。

〔一〕次公曰：上兩句通義，言三峽之中何處有雙崖之壯乎？乃壯於此門也，非直謂瞿唐便是三峽之處矣。

〔二〕次公曰：兩面壁立而高插天，故云入天猶石色。雲根，亦以言石。傳云：五岳之雲，觸石而出。故石謂之雲根。張孟陽詩曰雲根臨八極，雨足散四溟是也。其後唐人多使雲根字以名石。公詩又曰井邑聚雲根也。石色字，王維傳：維善爲石色。則所稱兩字舊矣。

〔三〕次公曰：淮南子注云：日乘車，駕以六龍，羲和爲之馭。故末句云：羲和冬馭近，愁畏日車翻。以山之高，故日去之近。然冬日景短，故畏其車翻去。日車翻字，李尤歌曰：安得猛士翻日車。尤之言翻，則翻之使回；今公言翻，則日翻而去也。舊本一作驂馭近，非。

瞿塘懷古（近體詩）

西南萬壑注，勍敵兩崖開。地與山根裂，江從月窟來。削成當白帝，空曲隱陽臺。疏鑿功雖美，陶鈞力大哉。

柳司馬至一首（近體詩）

有使歸三峽，相過問兩京。函關猶出將，渭水更屯兵〔一〕。設備邯鄲道，和親邏沙城。幽燕唯鳥去，商洛少人行〔二〕。衰謝身何補，蕭條病轉嬰。霜天到宮闕，戀主寸心明。

〔一〕次公曰：前年吐蕃雖遣使來朝，而九月又陷原州。至今歲大曆二年，其兵未息，則函關出將，渭水屯兵。

〔二〕次公曰：和親與商洛少人，皆因吐蕃而然矣。其云設備邯鄲道，則在趙州。又云幽燕唯鳥去，則北地猶不通。豈以安史雖滅，而藩鎮相繼跋扈耶？邯鄲道字，漢文帝謂慎夫人曰：此北走邯鄲道也。故對邏沙城。吐蕃傳曰：其贊普居跤布川，或邏沙川，有城郭、廬舍。則邏沙城字，亦渾語也。

孟冬一首（近體詩）

殊俗還多事，方冬變所爲〔一〕。破甘霜落爪，嘗稻雪翻匙。巫峀寒都薄，黔溪瘴遠隨〔二〕。終然減灘瀨，暫喜息蛟螭〔三〕。

〔一〕次公曰：殊俗字，如司馬相如難蜀父老云：夷狄殊俗之國。賈誼過秦論云：餘威震於殊俗。公中原人而流落巴夔，故指爲殊俗也。在中原時，固應接多事矣；雖在殊俗，却還多事矣。方冬變所爲，則至冬而後變所爲也。下句破甘嘗稻，方是變所爲矣。

〔二〕次公曰：巫峀寒都薄，則楚地暖故也。故老言施州無瘴，黔州有瘴。黔州在夔之南，則其瘴殆及夔矣，故言黔溪瘴遠隨。舊正作烏蠻瘴遠隨，非，蓋不必更遠言烏蠻也。

〔三〕次公曰：末句，水盛滿則蛟螭横。既冬，則水曰落，可以暫息蛟螭之憂也。

【校】則水曰落：正文無落字，疑當作減。

悶一首（近體詩）

瘴癘浮三蜀，風雲暗百蠻〔一〕。卷簾唯白水，隱几亦青山〔二〕。猿捷長難見，鷗輕故不還。無錢從滯客，有鏡巧催顔〔三〕。

〔一〕次公曰：夔州詩而言三蜀、百蠻，蓋夔在三蜀之下，百蠻之北，廣言之也。

〔二〕次公曰：世有西清詩話者，曰：人之好惡，固自不同。子美在蜀作悶詩，乃云：卷簾唯白水，隱几亦青山。若使(餘)〔余〕居此，應從王逸少語，吾當卒以樂死，豈復更有悶邪？次公以此乃呆男女之語。方流落蠻裔，寂寞之中，雖白水青山，日日相對之，亦豈不悶邪！

【校】使餘：九家注餘作余，方與下文通實。

〔三〕次公曰：無錢字，則庾信連珠云：胸中無學，猶手中無錢。故對有鏡。其字如西京雜記曰：高祖初入咸陽宮，有方鏡廣四尺九寸。魏武帝上雜器物疏云：有尺二金錯鏡。陸機與弟雲書曰：仁壽殿前有大方銅鏡，高五尺餘。王子年拾遺記曰：周穆王時，有如石之鏡。晉東宮舊事曰：皇太子納妃，有着衣大鏡一尺八寸。則亦摘有鏡二字。　或曰：此是落句，亦公臨時之語，不必有對。殊不知公律詩自首至尾皆對者多矣。其於無錢字，除單使而不對，如蜀酒禁愁得，無錢何處賒、南市津頭有舡賣，無錢即買繫籬傍、每恨陶彭澤，無錢對菊花是已。而於寄高適岑參詩云：無錢居帝里，盡室在邊疆。用對盡室，則左傳云盡室以行也；豈非其法門專如此乎？

雷一首（近體詩）

巫峽中霄動，滄江十月雷。龍蛇不成蟄，天地劃爭迴〔一〕。却碾空山過，深蟠絶壁來。何須妬雲雨，霹靂楚王臺〔二〕。

〔一〕次公曰：十月雷，非其時矣，故驚起龍蛇之蟄而變易天地之常也。

〔二〕次公曰：末句，爲是夔州聞十月雷，故使陽臺雲雨事。蓋宋玉高唐賦之言神女云：朝爲行雲，暮爲行雨。朝朝暮暮，陽臺之下。而今也，雷之不時，若妬神女之爲雲雨，而霹靂以震之也。

朝二首（近體詩）

次公曰：舊本在前，今次公遷之於雷詩下者，以其詩之一有句云昨夜有奔雷，可以相連矣。

清旭楚宫南，霜空萬頃含〔一〕。野人時獨往，雲木曉相參〔二〕。俊鶻無聲過，饑烏下食貪。病身終不動，摇落任江潭〔三〕。

右一

〔一〕次公曰：清旭，清朝也。江賦云：祝雺祲於清旭。楚宫，則楚王之宫也。霜空，言帶霜之空也。

【校】祝雺祲：影胡刻本文選祝作翳，九家注作視。

〔二〕次公曰：朝未甚有行人，故野人時獨往耳。

〔三〕次公曰：末句，蓋公儘欲南下而未能也。不動字，在易則云寂然不動；在佛書則總持不動也。江潭字，屈原既放於江潭。舊注引陸士衡戢翼江潭，在後矣。或云蘇東坡言：子美詩外尚有事在，故其病身曾不摇蕩，而不隨草木之摇落。公之意恐未必然。十月而言摇落，則楚地暖故也。

浦帆是初發，郊扉冷未開〔一〕。村疏黄葉墜，野靜白鷗來。礎潤休全濕，雲晴欲半迴〔二〕。巫山冬可怪，昨夜有奔雷〔三〕。

右二

〔一〕次公曰：浦帆，帆音去聲。今官韻亦收矣。師民瞻本疑之，乙其字爲帆浦，非是。然夔州詩而云浦帆，何也？蓋題是朝，詩句云：浦帆晨初發，郊扉冷未開。兩句通義，言方此晨朝之際，想江浦之中，其帆起發；而郊居之家，以冷而未開其扉也。郊扉字，顔延年贈王太常詩曰：郊扉常晝閉。

〔二〕次公曰：江淹云：山雲潤柱礎。礎者，柱下之磉石也。礎潤休全濕，休者，罷也。言礎石之潤，經夜稍乾而半濕矣。雲晴欲半迴，義亦如上句，言朝既晴霽，其宿雲半斂而回去也。

〔三〕次公曰：奔雷，公兩使矣。出三都賦之雷奔。

寫懷二首（古詩）

次公曰：題是寫懷，故前篇不管世態之曲直，次篇願終契於真如，其傷世悼俗甚矣。

勞生共乾坤，何處異風俗〔一〕。冉冉自趨競，行行見羈束〔二〕。無貴賤不悲，無富貧亦

足〔三〕。萬古一骸骨，隣家遞歌哭。鄙夫到巫峽，三歲如轉燭〔四〕。全命甘滯留，忘情任榮辱〔五〕。朝班及暮齒，日給還脱粟〔六〕。編蓬石城東，采藥山北谷〔七〕。用心霜雪間，不必條蔓緑〔八〕。非關故安排，曾是順幽獨〔九〕。達士如弦直，小人似鉤曲。曲直吾不知，負暄候樵牧〔一〇〕。

右一

〔一〕次公曰：公詩每以殊俗爲歎。今云勞生共乾坤，何處異風俗，則一視而同之，可謂新意、新語矣。

〔二〕次公曰：冉冉字，古樂府陌上桑云：盈盈公府步，冉冉幕中趨。行行，則如古詩行行重行行也。

〔三〕次公曰：上兩句於義自明，而舊注亂之。蓋賤之所以悲者，以貴形之也，故無貴則賤者不悲。貧之所以不足者，以富形之也，故無富則貧者亦足。而舊注云：言貴賤貧富，一委順之而已，所謂樂天知命者，非是。

〔四〕次公曰：巫峽以地理言之，實在夔州之下，而夔州遂可言巫峽。公以永泰元年，歲在乙巳，到雲安縣，蓋屬夔州；次年來夔，今年又在夔，此之謂三歲如轉燭。

〔五〕次公曰：上句言性命得全，雖留滯而甘心。下句言既忘好惡之情，則任其或榮或辱也。

〔六〕次公曰：公嘗爲左拾遺，今又爲尚書工部員外郎，乃通籍於朝班者，則所謂朝班；公時年五十六矣，則所謂暮齒。二者皆當奉養之厚，而日給還脱粟飯而已，蓋其貧故也。舊注以爲俸，非是。

〔七〕次公曰：編蓬石城東，言其結茅屋於瀼西。公後篇有云瞿唐石城草蕭瑟，此石城之證也。采藥山北谷，則亦

實道其事。採藥字，江文通擬許徵君詩云采藥白雲隈也。

〔八〕次公曰：用心霜雪間，不必條蔓緑，以成採藥之句。言冬采之不必待春也。

〔九〕次公曰：安排字，本出莊子：安排去適，乃入於寥天一。而故安排三字，則謝靈運詩：居常以待終，處順故安排。順幽獨，則又使謝靈運詩：安排徒空言，幽獨賴鳴琴。

【校】安排去適：思賢書局本郭慶藩莊子集釋作安排而去化。

〔一〇〕次公曰：末四句，後漢童謡云：直如絃，死道邊；曲如鉤，封公侯。公今變用之，言曲者自曲，直者自直；吾所不知，但負暄以候樵牧之至耳。負暄事，列子楊朱篇曰：昔者，宋國有田夫，常衣緼黂，僅以過冬。暨春東作，自曝於日，不知天下之有廣夏隩室、綿纊狐狢。顧謂其妻曰：負日之暄，人莫知者。以獻吾君，當有重賞。今止取負暄兩字用耳。

夜深坐南軒，明月照我膝。驚風翻河漢，梁棟已出日。羣生各一宿，飛動自儔匹。吾亦驅其兒，營營爲私實〔一〕。天寒客旅稀，歲暮日月疾。榮名忽中人，世亂如蟣蝨〔二〕。古者三皇前，滿腹志願畢〔三〕。胡爲有結繩，陷此膠與漆〔四〕。禍首燧人氏，厲階董狐筆〔五〕。君看燈燭張，轉使飛蛾密〔六〕。放神八極外，俛仰俱蕭瑟。終然契真如，得匪金仙術〔七〕。

右二

〔一〕次公曰：前篇負晚日之暄，以候樵牧之歸也；今篇蓋更宿而旦矣，又驅兒之出，以營私實也。實一作室，非。

〔二〕次公曰：上兩句傷流年之易過，下兩句歎虛名之誤世。中人，言寒暑中人。楚辭云薄寒中人也。世亂，言世之紛亂，不啻如蟣蝨之營營也。忽，舊又作或，非。

〔三〕次公曰：滿腹字，即鼹鼠飲河，不過滿腹也。

〔四〕次公曰：三皇之前，民未有知結繩之政。後民僞日起，其相附離若膠漆然。莊子曰：待繩約膠漆而固者，是侵其德也。又曰：又奚連連如膠漆墨索，而遊乎道德之間哉？今將與之結繩，則已相結約而爲膠漆矣。

〔五〕次公曰：禍首燧人氏，則火化而爭欲之心生也。厲階董狐筆，則直筆而是非之端起也。厲階字，詩云：婦有長舌，惟厲之階。

〔六〕次公曰：君看燈燭張，轉使飛蛾密，則又傷法令之苛明，而投死之多也。此一段蓋莊子駢拇及馬蹄篇之義。所謂有虞氏招仁義以撓天下；又曰：屈折禮樂以正天下之形。此亦聖人之過也。

〔七〕次公曰：傷世如此，於是雖放神在八極之外，而一俛一仰，莫不氣象蕭瑟，則淳澆朴散，無處不然也。然則如何而可？亦曰終然契真如者，惟西方佛教而已。舊本正作終契如往還之句，於義不明。當以今句爲正。舊本正作合仙術，當以金仙術爲正。放神八極外，俛仰俱蕭瑟，語亦犯莊子其疾俛仰之間，再撫四海之外也。

可歎一首（古詩）

天上浮雲如白衣，斯須改變如蒼狗〔一〕。古往今來共一時，人生萬事無不有〔二〕。近者抉眼去其夫，河東女兒身姓柳。丈夫正色動引經，酆城客子王季友〔三〕。羣書萬卷常暗

誦，孝經一通看在手〔四〕。貧窮老瘦家賣屐，好事就之爲攜酒〔五〕。豫章太守高帝孫，引爲賓客敬頗久〔六〕。聞道三年未曾語，小心恐懼閉其口。太守得之更不疑，人生反覆看亦醜〔七〕。明月無瑕豈容易，紫氣鬱鬱猶（衡）〔衝〕斗〔八〕。時危可仗真豪俊，二人得置君側否？太守頃者領山南，邦人思之比父母。王生早曾拜顔色，高山之外皆培塿〔九〕。用爲羲和天爲成，用平水土地爲厚〔一〇〕。王也論道阻江湖，李也丞疑曠前後〔一一〕。死爲星辰終不滅，致君堯舜焉肯朽〔一二〕。吾輩碌碌飽飯行，風后力牧長回首〔一三〕。

【校】衡斗：九家注作衝斗，方爲有義，是。

〔一〕次公曰：浮雲固變態不常之物，然初白衣而變爲蒼狗，則事之無定如此。以譬古今一時，而萬事之變不可名狀也。雲如狗，若北史元諧傳：雲如蹲狗去鹿。

〔二〕次公曰：古往今來四字，傳曰：四方上下曰宇，古往今來曰宙也。萬事無不有，語若應詹與陶侃書曰：其間事故，何所不有也。

〔三〕次公曰：夫萬事之變無所不有者何哉？夫婦之際，貴有始終。在女兒言之，有姓柳者，不喜見其夫，如抉眼中之物而去之。東北人方言，不喜見者每曰抉眼。一作抉眯，非是。人之動作，貴乎有義。在丈夫言之，有王季友者，能正色引經。觀此兩事，一非一是，此萬事無不有者也。王季友在唐文粹唯載其詩，觀公今全篇所云，則王佐之才者矣。

〔四〕次公曰：羣書字，劉向博極羣書。萬卷之書，公又用矣。梁孝元帝之敗，焚圖書十四萬卷。或問何意，曰：讀書萬卷，猶有今云：故焚之。一通者，一本之謂也。後漢賈逵傳：帝令逵自選高才者，教以左氏，與簡紙經傳各一通。

〔五〕次公曰：攜酒，雖是實事，暗使揚雄傳：好事者載酒肴從游學。

〔六〕次公曰：因王季友之美，其下皆紀述季友，且言其逢主人李太守，二人皆王佐才也。

〔七〕次公曰：人生反覆看亦醜，言人生相得氣合，則勿疑；若更反覆，則旁人看之亦醜矣。反覆字，北史盧貢傳：帝言，劉昉之徒皆反覆子也。

〔八〕次公曰：明月者，珠與璧皆有明月之稱，而在玉謂之無瑕，在珠謂之無纇。今言無瑕，則明月之璧矣。舊注謂明月之珠，非是。豈容易，言難得之也。東方朔曰：談何容易。紫氣（衡）〔衝〕斗，則張華識（豐）〔豐〕城劍事也。璧與劍皆以比季友。

〔九〕次公曰：高山之外皆培塿，則王生之拜太守，顏色如仰高山，其餘人真培塿矣。培塿字，左傳曰：部婁無松柏。杜預注：部婁，小阜。説文曰：培塿，小土山。方言曰：冢，秦晉之間謂之培塿。風俗通曰：培塿者，即阜之類。今齊、魯之間，山之小高者，名培塿。

【校】所引方言，漢魏叢書本全句作：冢，秦晉之間謂之墳，或謂之培……自關而東謂之甘，小者謂之塿。

〔一〇〕次公曰：堯典分命羲叔、和叔，命羲仲、和仲，以主四時。故曰：天爲成。天成，則禹貢曰：地平天成也。堯典又曰：伯禹作司空，汝平水土。故曰地爲厚地。厚，則詩云謂地蓋厚也。此又併言二公。

〔一一〕次公曰：蓋論道，則言其可爲三公。書曰：三公論道經邦。考工記曰：坐而論道，謂之王公。丞疑，則言其可爲宰相。傳曰：左輔右弼，前疑後丞。阻江湖，則留滯江湖而阻隔於致身。曠前後，則天子前後曠

闕斯人也。

〔一二〕次公曰：死爲星辰事，莊子曰：傅説得之，以相武丁。乘東維，騎箕尾，而比於列星。杜時可又（非）〔引〕夏侯湛東方朔畫贊序曰：談者又以先生……棄俗登仙，神變造化，靈爲星辰。此又奇怪恍惚不可備論；亦是爲星辰之一端矣。終不滅三字，素問：黄帝謂岐伯曰：願夫子溢志盡言其事，令終不滅。致君堯舜字，公它詩云致君堯舜上，蓋伊尹之事也。伊尹曰使是君爲堯舜之君是已。致君兩字，魏應璩與從弟君冑書曰：思致君於有虞也。

〔一三〕次公曰：上句則自謂其不（建）〔逮〕二公，徒飽飯而已。風后、力牧，黄帝七輔之二，人名。出陶淵明集聖賢羣輔録。又帝王世紀曰：黄帝夢大風，吹天下塵垢皆去；復夢人執千鈞之弩，驅羊數萬羣。帝歎曰：風大號，令垢去土后在也。豈有姓風名后者哉？千鈞之弩異力，能遠驅羊萬羣，牧民爲善。豈有姓力名牧者哉？乃得風后於海隅，力牧於大澤。長回首，則有笑吾輩飽飯之意；又以形容二公之可爲宰輔，當如風后、力牧也。

觀公孫大娘弟子舞劍器行并序一首（古詩）

大曆二年十月十九日，夔府别駕元持宅，見臨潁李十二娘舞劍器，壯其蔚跂。問其所師，曰：余公孫大娘弟子也。開元三載，余尚童稚，記於郾城觀公孫氏舞劍器渾脱，瀏灕頓挫，獨出冠時。自高頭宜春、梨園二妓坊内人，洎外供奉，曉是舞者，聖文神武皇帝初，公孫一人而已。玉貌錦衣，況余白首；今兹弟子，亦非盛顔。既辨其由來，知波瀾莫二。

撫事慷慨，聊爲劍器行。昔者吴人張旭善草書帖，數嘗於鄴縣見公孫大娘舞西河劍器，自此草書長進。豪蕩感激，即公孫可知矣。

次公曰：郾城者，潁州屬縣。時乙卯開元三年，公方四歲。吕汲公疑其誤。次公有説，具於紀年編次甲帙之中。

昔有佳人公孫氏，一舞劍器動四方。觀者如山色沮喪，天地爲之久低昂〔一〕。㸌如羿射九日落，矯如羣帝驂龍翔。來如雷霆收震怒，罷如江海凝清光〔二〕。絳唇珠袖兩寂寞，（晚）〔況〕有弟子傳芬芳〔三〕。臨潁美人在白帝，妙舞此曲神揚揚。與余問答既有以，感時撫事增惋傷。先帝侍女八千人，公孫劍器初第一。五十年間似反掌，風塵澒動昏王室〔四〕。梨園弟子散如煙，女樂餘姿映寒日〔五〕。金粟堆南木已拱，瞿唐石城草蕭瑟〔六〕。玳筵急管曲復終，樂極哀來月東出。老夫不知其所往，足繭荒山轉愁疾〔七〕。

【校】晚有弟子，注文引作況有弟子，九家注正文作晚。今按，注引作況，且作況義解云：豈況。當係舊注底本作晚，趙注取他本作況。

〔一〕次公曰：觀者如山，倣禮記矍相之射獵，觀者如堵也。天地爲之久低昂，倣李陵書天地爲陵震動也。

〔二〕次公曰：四句狀舞劍器之妙勢。如成都尹鄭公堂狀騎士揚旗之作曰迴迴偃飛蓋，熖熖迸流星；來纏風飇

急，去擘山岳傾也。　射九日事，淮南子曰：堯時十日并出，草木焦枯。堯命羿射。仰射十日，其九烏皆死，墮羽翼也。　驂龍事，晉劉琬神龍賦曰：惟天神龍，上帝之馬。　震怒字，詩云：如震如怒。　清光字，則如選詩云：秋月懸清光。

〔三〕次公曰：序使玉貌，詩使降唇。鮑照蕪城賦有蕙心紈質，玉貌絳唇也。　絳唇，言其容貌；　珠袖，言其衣服。序所謂玉貌錦衣亦是矣，故云兩寂寞。　此指言公孫大娘之已死也。　況有弟子傳芬芳，則起歎問之辭，如云：其人已死矣，豈況有弟子傳其能邪？　而不意有之，則所以爲珍異矣。下句云臨潁美人，則指十二娘之妙也。

〔四〕次公曰：風塵澒動昏王室，指言安禄山之亂也。

〔五〕次公曰：梨園弟子，序中已言之。　薛夢符又引唐書志：玄宗既知音律，又酷愛法曲，選坐部伎子弟三百，教於梨園，號皇帝梨園弟子。　宫女數百亦爲梨園弟子，居宜春北院。　其説亦是。　散如煙，既指言梨園弟子，公孫大娘在其中矣。　散如煙之義，止言如煙之散而已。　若其所謂如煙字，則晉陸機隴西行曰：我静如鏡，民動如煙。　或謂録異記載：吴王夫差女曰玉，私悦韓重，許爲之妻，事不諧而死。　其後既〔宜〕〔冥〕與重合，王欲致重之罪，玉見身於王，夫人出而抱之，正如煙焉。　遂以公用此如煙事。　其説甚迂。　蓋梨園弟子如李龜年輩，豈止女人而已乎？　女樂餘姿映寒日，又指言李十二娘也。　十月十九日見之，此所謂映寒日。

〔六〕次公曰：金粟堆，在長安明皇泰陵之北。　唐舊紀云：玄宗親拜五陵，至睿宗橋陵，見金粟山岡有龍盤鳳翥之勢，謂侍臣曰：吾千秋萬歲後，宜葬此。　暨升遐，羣臣遵先旨焉。　公今云金粟堆南，則懷想泰陵也。　公觀曹將軍畫馬圖詩又曰：金粟堆前松柏裏，龍媒去盡鳥呼風。　蓋亦言泰陵也。　木拱字，左傳：繆公謂蹇叔曰：子墓上之木拱矣。　瞿唐石城草蕭瑟，則歎與李十二娘俱在夔也。

〔七〕次公曰：末句則公又自言其去留未定，今徒足繭荒山耳。足繭字，足胝如繭也。所謂重趼累繭是已。

冬至一首（近體詩）

年年至日長爲客，忽忽窮愁泥殺人。江上形容吾獨老，天涯風俗自相親。杖藜雪後臨丹壑，鳴玉朝來散紫宸〔一〕。心折此時無一寸，路迷何處是三秦〔二〕？

〔一〕次公曰：此篇甚明。杖藜字，莊子載原憲杖藜應門，故對鳴玉。其字則西征賦：飛翠緌，拖鳴玉以出入禁門者，衆矣。丹壑字，未見。紫宸，殿名也，在東内大明宫。

〔二〕次公曰：心折字，别賦：使人意奮神駭，心折骨驚。心謂之方寸之地，故曰寸心。今句言一寸，可謂巧矣。三秦，緣項羽立三秦王，故有三秦之名。

小至一首（近體詩）

天時人事日相催，冬至陽生春又來。刺繡五紋添弱綫，吹葭六琯動浮灰〔一〕。岸容待臘將舒柳，山意衝寒欲放梅。雲物不殊鄉國異，教兒且覆掌中杯〔二〕。

〔一〕次公曰：刺繡字，史記曰：刺繡文，不如倚市門也。冬至日，世云繡添一綫，故云刺繡五紋添弱綫。續漢書：

以葭莩灰實律之端，按曆者候之。氣至，則灰飛而管通。　六琯，六律也。

〔二〕次公曰：末句使雲物字，即是至日事。左傳云：登觀臺以望，必書雲物。　不殊字，勢使世説載：過江諸人每暇日輒相要出新亭，藉草飲宴。周侯中坐而（漢）〔歎〕曰：風景不殊，舉目有江河之異也。　教兒且覆掌中杯，言掌中杯，則飲者之掌中也。豈以感傷鄉國異之故，雖父子之間，亦教令且盡飲酒也。鮑明遠三日詩云：臨流競覆杯。又秋夜詩云：願君翦衆念，且共覆前觴。

【校】漢曰：九家注引作歎曰，是。

舍弟觀赴藍田取妻子到江陵喜寄三首（近體詩）

汝迎妻子達荊州，消息真傳解我憂。鴻雁影來連峽内，鶺鴒飛急到沙頭〔一〕。嶢關險路今虚遠，禹鑿寒江正穩流〔二〕。朱紱即當隨綵鷁，青春不假報黄牛〔三〕。

右一

〔一〕次公曰：鴻雁、鶺鴒，以言兄弟。　鴻雁，則古詩云弟兄鴻雁序也。　鶺鴒，則詩云鶺鴒在原，兄弟急難也。

〔二〕次公曰：嶢關，嶢音堯，在陝右。漢書言秦王子嬰滅趙高，遣將兵距嶢關；曹參從高祖西攻嶢關。注，在上洛北、藍田南、武關之西。嶢關險路今虚遠一句，説觀所以經之地，故今虚遠矣。舊注本作燒關，遂注云：漢高祖入蜀，張良辭歸，勸高祖燒絶棧道。誤矣。　禹鑿寒江正穩流一句，却説荊州大江之處，此雙紀格，具

於句法義例。鑿字，則江賦云巴東三峽，夏禹疏鑿也。

〔三〕次公曰：公爲尚書工部員外郎，賜緋魚袋，故屢言朱紱。　綵鷁，舟也。淮南子曰：龍舟鷁首。高誘注曰：鷁，大鳥也，畫其像著船首。　黄牛者，峽名，在宜都西陵峽中。　青春不假報黄牛，言不須預報之，青春之時舡定行而經過也。

馬度秦山雪正深，（此）〔北〕來肌骨苦寒侵。他鄉就我生春色，故國移居見客心〔一〕。

欲提攜如意舞，喜多行坐白頭吟〔二〕。巡簷索共梅花笑，冷蕊疏枝半不禁。

【校】此，九家注作北，是。

右二

〔一〕次公曰：公自蜀入楚，而弟觀移居來楚，乃所以就公一處也。　春色，言春色生之時。蓋公自峽往荆，卜以春時矣，故云他鄉就我，即是生春色也。　故國，人情之所不忍離也。自故國而移居，以不得已而來。兄弟相聚，則客心可見矣。

〔二〕次公曰：如意舞，一本有小注云：王戎好作如意舞。意公自注。舊注：諸葛亮出軍，嘗以鐵如意指揮；非舞事矣。白頭吟，雖是文君緣相如晚年置妾而有此作，其後爲樂府則言君臣朋友之不終。今公所用，但以老而吟詠耳。

庾信羅含俱有宅，春來秋去作誰家〔一〕。短牆若在從殘草，喬木如存可假花〔二〕。卜築應同蔣詡徑，爲園須似邵平瓜〔三〕。比年病酒開涓滴，弟勸兄酬何怨嗟〔四〕。

右三

〔一〕次公曰：庾信宅，即宋玉故宅。信哀江南賦云誅茅宋玉之宅也。羅含宅，按渚宮故事：羅含字君章，爲桓温别駕。以廨舍喧擾，於江陵城西三里小洲上立茅屋而居，布衣蔬食晏如也。

〔二〕次公曰：喬木如存可假花，則宅既古矣，所餘喬木可種柔蔓之花，假於其上，蓋如金沙、荼蘼之屬乎？意者，楚俗多於喬木下種花，使之蔓緣也。别有它義，以俟明識。

〔三〕次公曰：邵平瓜事，蕭何傳：邵平，故秦東陵侯。秦破爲布衣，種瓜長安城東。瓜美，世俗謂之東陵瓜。

〔四〕次公曰：比年病酒開涓滴，則前此江樓夜宴云：老人因酒病，堅坐看君傾。至此方欲開酒矣。師民瞻本作七年酒病開涓滴。此大曆二年歲在丁未詩也。逆數七年，乃自上元二年歲在辛丑爲首。而公中間遭田父飲詩：月出遮我留，嗔人問升斗。豈不痛飲邪？當以比年爲正。

别李義一首（古詩）

次公曰：句云三峽冬春交，則十二月之末。

神堯十八子，十七王其門〔一〕。道國洎舒國，實惟親弟昆〔二〕。中外貴賤殊，（餘）〔余〕

亦忝諸孫〔三〕。丈人嗣王業，之子白玉温〔四〕。道國繼德業，請從丈人論〔五〕。丈人領宗卿，肅穆古制敦〔六〕。先朝納諫諍，直氣横乾坤〔七〕。子建文章壯，河間經術存〔八〕。爾克富詩禮，骨清慮王〔不?〕喧。洗然遇知己，談論淮湖奔。憶昔初見時，小襦繡芳蓀〔九〕。長成忽會面，慰我久疾魂。三峽春冬交，江山雲霧昏。正宜且聚集，恨此當離罇。莫怪執杯遲，我衰涕唾煩〔一〇〕。重問子何往，西上岷江源。願子少干謁，蜀都足戎軒〔一一〕。誤失將帥意，不如親故恩。少年早歸來，梅花已飛翻〔一二〕。努弓慎風水，豈惟數盤餐〔一三〕。猛虎卧在岸，蛟螭出無痕〔一四〕。王子自愛惜，老夫困石根。生别古所嗟，發聲爲爾吞〔一五〕。

【校】餘亦忝諸孫：九家注餘作余，是。　慮王喧：於義難解，疑訛。九家注王作不。

〔一〕次公曰：神堯，唐高祖也。按史，高祖二十二子。而今詩云神堯十八子，豈以竇皇后生建成、太宗、玄霸、元吉，而建成、元吉誅，太宗爲皇帝，玄霸在隋將，已死，於四子之外乃有十八子邪？學者尚疑之，然謂十七王其門，則又可疑也。又豈以萬妃所生智雲，亦先被害於隋末邪？其所在高祖爲唐皇帝而得封者：元景王荆，元昌王漢，元亨王酆，元方王周，元禮王徐，元嘉王韓，元則王彭，元懿王鄭，元軌王霍，元鳳王虢，元慶王道，元裕王鄧，元名王舒，靈夔王魯，元祥王江安，元曉王密，元嬰王滕。凡十七子爲得王，而各爲一門者耶。　鄱陽與梁孝王書曰：何王之門而不可曳長裾耶？此所以謂之王其門也。

〔二〕次公曰：道國，道王也。名元慶，乃第十六子；舒國，舒王也。名元名，乃第十八子。而曰實惟親弟昆，

若言同一母所生。而史載：元慶則劉婕妤所生，元名則小楊嬪所生。其同母者，乃宇文昭儀生元嘉及第十九子靈夔，則所謂實惟同弟昆者，又與史不合。然則公當時親所傳聞，與史不合，必有能辨之者矣。

〔三〕次公曰：繼之以中外貴賤殊，（餘）〔余〕亦忝諸孫。詳味詩意，則李義者，道國之裔孫；而公則舒國後裔之外孫故也。舊注不省解，却云：公自言杜與李同出於陶唐氏。是何夢語！蓋前篇與唐十八使君詩云與君陶唐後，自是杜與唐，何得輒差排爲杜與李乎？

〔四〕次公曰：丈人，指李義之父也。嗣王業，則繼嗣前王之業也。舊注云：唐制，諸子襲封者，謂之嗣王。才有字相犯，便妄引用，非是。之子，指言李義之身也。白玉温，使温其如玉也。

〔五〕次公曰：下句道國繼德業，請從丈人論，又以申言丈人乃道國之後，其能繼道國之德業者，請從李義之父言之也。

〔六〕次公曰：宗卿，則宗正卿也。唐制，宗正寺卿一人，從三品，掌天子族親屬籍，以別昭穆。領陵臺、崇玄二署。肅穆字，丘遲詩云：肅穆恩波被。

〔七〕次公曰：先朝納諫諍，考其時，當是玄宗。然未敢必也。

〔八〕次公曰：子建，魏陳留王曹植也，能文章。河間，漢孝景帝之子河間獻王德也，明於經術。此以言李義之父。

〔九〕次公曰：自上句而下，則以言李義。襦，短衣也。小襦繡芳蓀，蓋實道其事。小襦字，史記載賈誼過秦論有云：寒者利（短）〔裋〕褐。徐廣注曰：一作短，小襦也，音豎。舊注妄添選五言詩爲七字云：芳蓀紫綺爲上襦。何輒附會如此！

〔一〇〕次公曰：莫怪執杯遲，語以衆人也舉杯，我獨執之遲，蓋以涕唾煩故也。舊注引王仲宣云但訴杯行遲，却是訴

主人行杯之遲耳，何干此義乎？

〔一一〕次公曰：蜀都足戎軒，言將帥非一人也。

〔一二〕次公曰：早歸來，亦詩人之熟語。公詩又曰：匡山讀書處，頭白早歸來。飛翻字，王粲四言詩曰：苟非鴻鵰，孰能飛翻。公於言江亦曰：蒼濤鬱飛翻。

〔一三〕次公曰：數音所角反。兩句皆是實道其事。以囑之慎風水，則舟行之所當慎也。數盤餐，即加餐飯之謂。二者皆在努力，所以囑之努力。字出吴越春秋。舊注於慎風水注云：言世若風波。穿鑿，非是。

〔一四〕次公曰：猛虎卧在岸，蛟螭出無痕，却有所興寄矣。

〔一五〕次公曰：生别古所嗟，則楚辭所謂悲莫悲於生别離也。吞字，韻倒押。吞聲字，出恨賦：莫不飲恨而吞聲。

送高司直尋封閬州一首（古詩）

丹雀銜書來，暮棲何鄉樹？驊騮事天子，辛苦在道路〔一〕。司直非冗官，荒山甚無趣。借問泛舟人，胡爲入雲霧〔二〕？與子姻婭間，既親亦有故。萬里長江邊，邂逅一相遇〔三〕。長卿消渴再，公幹沉（錦）〔綿〕屢〔四〕。清談慰老夫，開卷得佳句。時見文章士，欣然談清素。伏枕聞别離，疇能忍漂寓。良會苦短促，溪行水奔注。熊羆咆空林，游子慎馳騖〔五〕。西謁巴中侯，艱險如跬步〔六〕。主人不世才，先帝常特顧〔七〕。拔爲天軍佐，崇大王法度〔八〕。淮海生清風，南翁尚思慕〔九〕。公宫造廣廈，木石乃無數。初聞伐松柏，猶卧天一

柱〔一〇〕。我病書不成，成字讀亦誤。爲我問故人，勞心練征戍〔一一〕。

【校】沉錦：無義，當從九家注作沉綿。

〔一〕次公曰：丹雀、騂騮，所以比高司直也。　丹雀事，尚書中候曰：赤雀銜丹書入豐，止於昌前。昌拜，稽首受之。舊注模稜云：文王之時，赤雀銜書，集於周社。非是。　騂騮事，列子：周穆王肆意遠遊，駕八駿之乘，有曰：右服騂騮。　謂之事天子，則以穆王稱穆天子，有傳也。司直通籍事主，故以丹雀之於文王，騂騮之於穆王比之，以引下句非冗官也。

〔二〕次公曰：既在荒山，故又怪問其泛舟何之也。　泛舟人，則指高君也。

〔三〕次公曰：邂逅相遇，詩之全語。

〔四〕次公曰：長卿、公幹，公以自言其病也。司馬長卿消渴，公與之同病，故云再。公幹，劉楨也。詩云：余嬰沉痼疾，竄身清（瘴）〔漳〕濱。　屢，則既安而復病，言不一也。王無功病後醮宅云：公幹苦沉綿，居山畏不延。

【校】瘴：影胡刻本文選作漳。

〔五〕次公曰：熊羆咆空林，亦道實事，無所興託。

〔六〕次公曰：閬爲巴中。巴中侯，則封閬州也。　艱險如跬步，則高君之不憚遠如此。

〔七〕次公曰：自主人不世才而下十句，蓋因以美封閬州之材器也。

〔八〕次公曰：拔爲天軍佐，則必嘗佐禁旅之任。

〔九〕次公曰：淮海生清風，則必嘗爲揚州等處官。　南公者，南方之老人也。項籍傳：南公曰：楚雖三户，亡秦

者必楚。

〔一〇〕次公曰：公宫字，出左傳：溝其公宫。又曰：處其公宫。公於牽牛織女詩曰：稱分隨豐儉，白屋達公宫。則凡官府貴處，謂之公宫矣。今言公宫蓋然。公宫造廣廈，乃建廣廈於官府者也。下句言天一柱，則言廊廟之具矣。神異經云：崑崙有銅柱焉。其高入天，所謂天柱也。又列子曰：昔共工與顓帝爭，怒而觸不周之山，天柱折其一。柱字，則緣荆南有一柱觀，止用一柱，故得合言天一柱。此非封閬州之爲廊廟器不足當之。舊注惑於公宫字，却注云：幕府方須材，意以指高使君言之。非是。

〔一一〕次公曰：前十句總言封閬州，方貫此下句。蓋故人字，所以指閬州也。我（疾）〔病〕所以成長卿消渴再，公幹沉綿屢之句。一作我瘦，非。書不成，豈干瘦事！

壯遊一首（古詩）

次公曰：此篇五十六韻，乃八段之文。自往昔十四五至俗物都茫茫，十四句是一段，敘述其爲學、爲性之事也；自東下姑蘇臺至欲罷不能忘，二十句一段，敘述其遊吴越之事也；自歸帆拂天姥至獨辭京尹堂，六句一段，敘述其自吴越回長安赴貢舉之事也；自放蕩齊趙間至忽如攜葛强，十句一段，敘述其既下第而遊齊趙之事也；自快意八九年至賞遊實賢王，四句一段，敘述其自齊趙回長安交友之事也；自曳裾置醴地至引古惜興亡，十八句一段，敘述其獻三大禮賦得官，而在長安見時政得失之事也；自河朔風塵起至凋瘵滿膏肓，十四句一段，敘述安禄山反，明皇幸蜀，肅宗即位用兵，而官兵敗之事也；自備員竊補衮至酸鼻朝未央，十二句一段，敘述其在行在拜拾遺言事之事也；自小臣議論絶至側佇英俊翔，十四句一段，敘述其以言事而出，流落於外，今則楚地而樂間曠之事也。公之平生出處，莫詳於此篇，而史官爲傳，當時之人爲墓誌，後人爲

集序，皆不能考此以書之，甚可惜也！

往者十四五，出遊翰墨場〔一〕。斯文崔魏徒崔鄭州尚，魏豫州啟心，以我似班揚〔二〕。七齡思即壯，開口詠鳳凰。九齡書大字，有作成一囊〔三〕。性豪業嗜酒，嫉惡懷剛腸〔四〕。脱略小時輩，結交皆老蒼〔五〕。飲酣視八極，俗物都茫茫〔六〕。東下姑蘇臺，已具浮海航〔七〕。到今有遺恨，不得窮扶桑〔八〕。王謝風流遠，闔廬丘墓荒。劍池石壁仄，長洲芰荷香〔九〕。嵯峨閶門北，清廟映迴塘〔一〇〕。每趨吳太伯，撫事淚浪浪〔一一〕。枕戈憶勾踐，渡浙想秦皇〔一二〕。蒸魚聞匕首，除道哂要章〔一三〕。越女天下白，鏡湖五月涼〔一四〕。剡溪蘊秀異，欲罷不能忘〔一五〕。歸帆拂天姥，中歲貢舊鄉〔一六〕。氣劘屈賈壘，目短曹劉牆〔一七〕。忤下考功第，獨辭京尹堂〔一八〕。放蕩齊趙間，裘馬頗清狂〔一九〕。春歌叢臺上，冬獵青丘旁〔二〇〕。呼鷹皂櫪林，逐獸雲雪岡〔二一〕。射飛曾縱鞚，引臂落鶖鶬〔二二〕。蘇侯據鞍喜監門胄曹蘇預，忽如攜葛強〔二三〕。快意八九年，西歸到咸陽。許與必詞伯，賞遊實賢王〔二四〕。曳裾置醴地，奏賦入明光〔二五〕。天子廢食召，羣公會軒裳〔二六〕。脱身無所愛，痛飲信行藏〔二七〕。黑貂不免弊，班鬢兀稱觴〔二八〕。杜曲晚耆舊，四郊多白楊〔二九〕。坐深鄉黨敬，日覺死生忙〔三〇〕。朱門任傾奪，赤族迭羅殃〔三一〕。國馬竭粟豆漢有太常三輔粟豆，官鷄輸

稻粱〔三二〕。舉隅見煩費，引古惜興亡〔三三〕。河朔風塵起，岷山行幸長。兩宫各警蹕，萬里遥相望〔三四〕。崆峒殺氣黑，少海旌旗黄〔三五〕。禹功亦命子，涿鹿親戎行〔三六〕。翠華擁英一云吴岳，螭虎噉豺狼〔三七〕。爪牙一不中，胡兵更陸梁〔三八〕。大軍載草草，凋瘵滿膏肓〔三九〕。備員竊補衮，憂憤心飛揚〔四〇〕。上感九廟焚，下憫萬民瘡。斯時伏青蒲，廷争守御牀〔四一〕。君辱敢愛死，赫怒幸無傷〔四二〕。聖哲體仁恕，宇縣復小康。哭廟灰燼中，酸鼻朝未央〔四三〕。小臣議論絶，老病客殊方〔四四〕。鬱鬱若不展，羽翮困低昂〔四五〕。秋風動哀壑，碧蕙捐微芳〔四六〕。之推避賞從，漁父濯滄浪〔四七〕。榮華敵勳業，歲暮有嚴霜。吾觀鴟夷子，才格出尋常〔四八〕。羣兇逆未定，側佇英俊翔〔四九〕。

〔一〕次公曰：上句歲數雖是實道，而阮籍云：昔年十四五，志尚好詩書。此爲恰好處不放過也。與東坡五十二歲，詩遂用孔融之語而云五十之年初過二同格也。　翰墨場三字，謝宣遠賦張子房詩云粲粲翰墨場也。

〔二〕次公曰：上句便指崔尚、魏啟心爲斯文之人也。其字則孔子曰：天之未喪斯文。　班則班固，揚則揚雄也。

〔三〕次公曰：此必實道其事。禮記曰：古者謂年齡。齒亦齡也，故言七歲曰七齡，九歲曰九齡。其字則梁劉勰文心雕龍序志篇曰：余生七齡，乃夢彩煙若錦，則攀而採之。揚雄言其子章烏曰：九齡而與我玄文是也。開口字，取莊子開口而笑。　有作字，取傳延陵有作。然此言有作，則作文章之作。

〔四〕次公曰：嗜酒字，多矣。祖出左傳：鄭良霄出奔，以嗜酒也。　嫉惡懷剛腸，嵇康與山巨源書：剛腸疾惡，輕

肆直言，遇事便發。舊注引孔文舉薦禰衡表嫉惡如讎，似之而非矣。

〔五〕次公曰：脱略字，江文通恨賦云脱略公卿也。

〔六〕次公曰：俗物字，阮籍謂王戎云：俗物已復來敗人意。　通往者十四五至此十四句爲一段，敘述其爲學、爲性之事也。

〔七〕次公曰：姑蘇臺，在今之蘇州。越絶書曰：闔閭起姑蘇臺，三年聚材，五年乃成，高見三百里。吴地記云：因山爲名，去國二十五里。　浮海航，則孔子云道不行，乘桴浮於海變使。航字，則詩云誰謂河廣，一葦航之也。

〔八〕次公曰：淮南子曰：日出扶桑。扶桑，海東也。十洲記曰：扶桑在碧海中，上有天帝宫，東王所治。樹長數千丈，二千圍，同根更相依傍，故曰扶桑。言雖具舟而不往，故不得窮扶桑也。

〔九〕次公曰：王，則諸王，不專指王戎；謝，則諸謝，不專指謝安。劉禹錫詩曰舊來王謝堂前燕，飛入尋常百姓家是已。舊注專指，非是。　闔廬丘墓事，闔廬，吴王公子光也。吴越春秋曰：闔廬死，葬於國西北，名曰虎丘。穿土爲川，積壤爲丘。發五都之士十萬人共治，千里使衆輦土。冢池四周，水深丈餘。銅椁三重，水銀爲池。池廣六十步，黄金、珠玉爲鳧雁之屬，扁諸之劍在焉。葬之三日，金精上揚爲白虎據其上，故號曰虎丘。劍池，則上所謂扁諸之劍在池中也。　長洲者，苑名。吴都賦云：佩長洲之茂苑。

〔一〇〕次公曰：閶門，則閶闔門也。吴越春秋闔閭内傳云：闔閭委計於子胥，乃使相土嘗水，象天法地，造築大城……〔六〕〔陸〕門八以象天八風，水門八以法地八〔窻〕〔聰〕……立閶門者，以象天門，通閶闔風。立蛇門者，以象地户。闔閭欲西破楚，楚在西北，故立〔閶〕〔閭〕門，以通天氣也，因復名之破楚門。　清廟，則吴孫和廟也。非文王之廟。和子皓，改葬和，號明陵。又分吴郡丹陽，爲吴興郡。置太守，四時奉祠，立寢堂，號

曰清廟。舊注惑文王清廟，便自差排，非是。蓋吴者，太伯之國；而文王者，太伯之兄子也，不容有廟於吴明矣。下句方言吴太伯。

〔一一〕次公曰：皇覽曰：太伯冢在吴縣北梅里聚，去城十里。吴太伯，弟仲雍，皆周太王之子。王季歷賢，而有聖子昌。太王欲立季歷，以及昌。於是太伯、仲雍二人乃奔荆蠻，文身斷髮，示不可用，以避季歷。季歷果立，是爲王季，而昌爲太子。太伯之奔荆蠻，自號勾吴。荆蠻義之，從而歸之。淚浪浪字，楚辭有云（淚餘）〔霑余〕襟之浪浪也。

【校】所引吴越春秋異文據漢魏叢書本校改。

〔一二〕次公曰：枕戈事，越王勾踐，允常之子也。既逃會稽之耻，反國，苦身焦思曰：汝忘會稽之耻邪？出則嘗膽，卧則枕戈。渡浙事，秦始皇本紀：三十七年十一月，行至雲夢，望祀虞舜於九疑山。浮江下，觀藉柯，渡海（者）〔渚〕。過丹陽，至錢唐。臨浙江，水波惡，乃西百二十里，從狹中渡。上會稽，祭大禹，望於南（山）〔海〕，而立石刻頌秦德。晉灼曰：江水至會稽山陰爲浙江也。

【校】淚餘：四部叢刊本楚辭補注作霑余。

【校】渡海者、望於南山：百衲本史記作渡海渚、望於南海。

〔一三〕次公曰：蒸魚事，史記刺客傳：專諸，吴堂邑人。吴公子光之欲殺王僚也，得專諸，善待之。後具酒請王僚，使專諸置匕首魚腹中而進之，以刺王僚。王僚死，光自立爲王，是爲闔廬也。除道事，朱買臣，吴人也。初，免待詔，常從會稽守邸者寄居飯食。拜爲太守，買臣衣故衣，懷其印綬步歸郡邸。值上計，時會稽吏方相與羣飲，不視買臣。買臣入室中，守邸與共食。食且飽，少見其綬。守邸怪之，前引其印，會稽太守章也。守邸驚出，語上計掾吏，皆醉，大呼曰：妄誕耳！守邸曰：試來試之。其故人素輕買臣者，入内視之，還走疾呼

曰：實然！坐中驚駭，白守丞，相推排，陳列中庭拜謁。買臣徐出户。有頃，長安廐吏乘駟馬車來迎。買臣遂乘傳去。會稽聞太守且至，發民除道。縣長吏并送迎車百餘乘。入吴界，見其故妻、妻夫治道。買臣駐車，呼令後車載其夫妻到太守舍。置園中，給食之。居一月，妻自經死。謂之哂要章，則公哂笑之也。

〔一四〕次公曰：越女，則枚乘七發云：越女侍前，齊姬奉後。鏡湖，則述異記：鏡湖，世傳軒轅氏鑄鏡湖邊，因得名。今有軒轅磨鏡石尚存，石畔常潔不生蔓草。天下白，以言其色之至美。五月涼，以言湖間不知有暑氣也。

〔一五〕次公曰：欲罷不能忘，上四字，顔淵之語。言剡溪之秀異，不能捨去也。剡溪，乃越州之奇，天下之勝景，故云蘊蓄秀異之氣。舊注誤認説人物之蘊秀異，乃注云：晉、宋間名士，多起於此。非是。通東下姑蘇臺至此二十句，爲一段。敘述吴越之事也。

〔一六〕次公曰：上句則初離越州，捨剡溪而行矣。謝靈運詩云：暝投剡中宿，明登天姥岑。則天姥正接剡溪矣。舊鄉指言長安。其得貢在此年，句則首篇所謂甫者少年日，早充觀國賓也。

〔一七〕次公曰：屈則屈原，賈則賈誼。壘，謂戰壘。以文章有戰勝之事，故比之戰壘。劘壘字，出左傳：宣十二年，（晉宣）〔楚許〕伯之言致師曰：（或）御靡旌，摩壘而（旋）〔還〕。今用劘字，則出賈山傳：自下劘上。其義一也。曹則曹植，劉則劉楨。墻，言其所藏之高下。子貢曰：夫子之墻數仞。賜之墻也及肩。今目短之，則言可窺見曹、劉之藴也。

〔一八〕次公曰：考功第事，舊注云：武德舊令，考功郎監試貢舉人。貞觀以來，乃員外郎專掌貢舉。至開元中，移貢舉於禮部。其説是。此出唐摭言也。京尹，言京兆尹也。辭京尹堂，則又離去長安矣。自歸帆拂天姥至此六句爲一段，敘其自吴、越回長安赴貢舉之事也。

〔一九〕次公曰：裘馬字，即論語乘肥馬，衣輕裘也。　清狂字，昌邑王傳：王清狂不惠。注，凡狂者，陰陽脈盡濁。今此人不狂似狂者，故言清狂。或云，名理清徐，而心不惠，曰清狂，今白癡也。前漢書所出如此。公今用於裘馬，則言注意裘馬如清狂耳。

〔二〇〕次公曰：叢臺，在趙。鄒陽云：全趙之時，武力鼎，士袨服叢臺之下者，一旦成市不能止。是已。　青丘，在齊。子虛賦所謂吞楚雲夢者八九是已。餘見紀年篇次。

〔二一〕次公曰：呼鷹、逐獸，接獵青丘之下，則皂櫪林、雲雪岡必皆在齊，乃青丘傍地，恨無所考也。　皂櫪，一作紫櫪。未知孰是。

〔二二〕次公曰：射飛、引臂，皆終言獵事。引臂，一作跛臂，非是。

〔二三〕次公曰：蘇侯，乃官於齊者乎？　自有本注。　據鞍字，馬援據鞍矍鑠。　葛強事，山簡傳：郡民荆土豪族有佳園池館，簡每出嬉遊，多之池上。置酒輒醉，名之曰高陽池。時有童兒歌曰：山公出何許，往至高陽池；日夕倒載歸，茗艼無所知；時時能騎馬，倒著白接䍦；舉鞭向葛強，何如并州兒？强家在并州，簡愛將也。

通放蕩齊趙間至此十句爲一段，敘述其下第而遊齊、趙之事也。

〔二四〕次公曰：咸陽，秦都名，即古長安也。　詞伯字，公屢使。出王充論衡有云：文辭之伯。　賢王，指言宗室之賢者。後漢：沛獻王輔在國謹節，終始如一，稱爲賢王。　此四句其自齊、趙歸長安之事。　許與，兩字而一義，故對貴遊，亦兩字而一義。一作貴遊，非。

〔二五〕次公曰：承賢王之下，故云曳裾置醴地。　曳裾字，鄒陽云：何門而不曳長裾乎？　置醴事，楚元王敬申生，置醴以代酒。　明光者，漢殿名。

〔二六〕次公曰：公於天寶九載冬進三大禮賦，待制於集賢，委學官試文章，再降恩澤。公嘗曰集賢學士如堵牆，觀我

落筆中書堂也。

〔二七〕次公曰：公召試文章，授河西尉，辭不行。改右率府胄曹掾，以不任事爲安。所謂脱身無所愛，蓋言脱身於仕宦，無所愛羡也，故惟痛飲而已。　行藏字，雖起論語：用之則行，捨之則藏。而兩字則潘安仁賦孔隨時以行藏也。

〔二八〕次公曰：上句以蘇季子自待也。蘇秦不用於秦，而黑貂之裘弊。　下句斑鬢字，潘安仁秋興賦云：斑鬢彪而承弁，素髪颯而垂領。　稱觴，舉觴也。出前漢書。

【校】斑鬢彪而承弁，素髪颯而垂領：影胡刻本文選作斑鬢髟以承弁，素髪颯以垂領。

〔二九〕次公曰：上兩句通義，言杜曲晚年之耆舊皆爲鬼録，故在四郊多墓上之白楊也。

〔三〇〕次公曰：其晚年之耆舊已多死矣，則公在鄉里爲長上，故曰坐深，而日但覺眼前死者、生者之事忙也。

〔三一〕次公曰：此兩句通義，以言大臣之取禍也。　朱門字，東方朔十洲記曰：臣故韜隱而赴王庭，藏養生而侍朱門矣。　而郭璞遊仙詩云朱門何足榮，故對赤族。　其字則揚雄云：客徒欲朱丹其轂，不知一跌赤吾之族也。

〔三二〕次公曰：上兩句通義，以言國家之横費也。　粟豆字，公自注甚明。　故對稻粱。　其字如劉孝標絶交論云：分雁鶩之稻粱。　時五坊有供奉鬬鷄故也。

任傾奪，舊一作務，非。

〔三三〕次公曰：兩句又通義。　孔子曰：舉一隅不以三隅反，則不復也。　舉隅，言可以推見之義。　既舉東，則知西、南、北矣。　既如此煩費，可以引古而驗今，知興亡之所在也。　通曳裾置醴地至此十八句爲一段。　敘述其獻賦得官，而在長安見時政之事也。

〔三四〕次公曰：風動塵起，蓋宇宙之不清明，故凡兵興謂之風塵。　天寶十四載十一月，安禄山反。　陷河北諸郡，又

陷東京。十五載六月，陷潼關，京師大駭。詔親征，遂幸蜀。故曰河朔風塵起，岷山行幸長。七月，以皇太子爲天下兵馬元帥，北收兵至靈武。裴冕等奉太子即皇帝位，是爲肅宗。改元至德，尊皇帝曰太上天帝。太上在蜀，肅宗在靈武，此所謂兩宮各警蹕，萬里遥相望也。

〔三五〕次公曰：上句指言肅宗行在之兵，下句指言廣平王俶爲天下兵馬元帥之兵。蓋肅宗初幸平涼，未知所適。裴冕、杜鴻漸勸令之靈武，起兵再過平涼。至德二載二月次于鳳翔，則用崆峒言之。閏八月，以廣平王俶爲天下兵馬元帥，則用少海言之。崆峒，山名。樂史寰宇記云：禹跡之内，山名崆峒者三：其一在臨洮，秦築長城之所起；其一在安定，二山高大，可取材用，彼人亦各於其處立廣成廟；而莊生述黄帝問道崆峒，遂言遊襄城登具茨，訪大隗，皆與此山相接，則臨洮、安定非問道之所明矣。問道之所，則專指汝州梁縣。樂史所載如此。杜公詩用崆峒者，多矣。然各有所主而言之。只如送高適云：崆峒小麥熟，且願休王師。則主臨洮崆峒而言之。蓋適從高舒翰爲書記，在黄河九曲洮陽郡處也。今此云崆峒殺氣黑，則主安定崆峒言之。蓋涇與原相接。按唐志：涇州安定郡，原州平涼郡。元和四年分原州平涼縣，名之曰行渭州。而於原州平高縣之下注：有崆峒山。樂史寰宇記亦然。又於涇州保定縣亦載有崆峒山，一名笄頭山。大抵涇、原相接，而渭在其中，則崆峒一帶之地。故今云崆峒殺氣黑，主安定崆峒言之也。肅宗之自靈武起兵後，又次於鳳翔。皆隴右一道之地矣。洗兵馬云常思仙杖過崆峒，則又主汝州問道之崆峒言之。蓋禍亂已平，可以問道如黄帝也。少海，則東宫故事，言天子比大海，太子爲少海。杜田云：或謂肅宗太子廣平王爲元帥，故云少海。詳觀此詩之意，恐非是。崆峒在西，少海在東，河朔風塵起，岷山行幸長，則東西南北皆不寧也。田之此説自爲蛇足，殊不解考上下文之義也。

【校】送高適：全題當作送高三十五書記十五韻。

〔三六〕次公曰：上句正所以成上少海之句。蓋明皇以天下兵馬元帥命肅宗矣，至肅宗又以天下兵馬元帥命廣平王俶，此所謂之亦命子也。　亦命子，其亦命字，挨傍舜亦以命禹。　下句又以指言肅宗。蓋〔皇〕〔黄〕帝與蚩尤戰於涿鹿之野，而肅宗親治兵於鳳翔，斯爲親戎行矣。

〔三七〕次公曰：翠華者，天子之旗也。上林賦云：建翠華之（萎蕤）〔旗〕。　英岳，或作吴岳，並未見。或云，太白山之名。翠華擁之，則治兵在鳳翔故也。　螭虎，以言天兵；豺狼，以言寇賊。螭虎〔噉〕豺狼，言天兵欲吞賊也。

【校】皇帝：九家注作黄帝，是。

〔三八〕次公曰：爪牙，言天子之大將。詩曰：祈父予王之爪牙。祈父者，大司馬也。爪牙一不中，正指房琯陳濤斜之敗，又以南軍戰敗之事也。　一不中，言如射，偶不中耳。

【校】建翠華之萎蕤：影胡刻本文選萎蕤作旗，子虚賦另有錯翡翠之威蕤。

〔三九〕次公曰：凋瘵滿膏肓，則傷軍須誅求之苦矣。　通河朔風塵起至此爲一段，敘述禄山反，明皇幸蜀，肅宗即位用兵，而官兵敗之事也。

〔四〇〕次公曰：備員竊補衮，乃公自言其充左拾遺而合有所言也。舊注云，譏時相也。房琯雖敗，然亦備員者。非是。公上疏論琯有才，不宜廢免。肅宗怒，貶琯邠州刺史，出公爲華州司功。故其下有伏青蒲、守御牀、敢愛死與赫怒之句。

〔四一〕次公曰：伏青蒲事，前漢史丹傳：元帝欲易太子。丹間上獨寢，直入卧内，伏青蒲上泣諫。注，以青規地曰青蒲，非皇后不得至此。　廷爭字，王陵面折庭　。

〔四二〕次公曰：君辱，即主辱也。傳云：主憂臣辱，主辱臣死。　敢愛死字，檀弓載：申生不敢愛其死。　赫怒字，

詩：王赫斯怒。幸無傷，則不至於誅戮也。

〔四三〕次公曰：聖哲體仁恕，宇縣復小康；哭廟灰燼中，鼻酸朝未央，則言肅宗還長安，先素服哭廟而後朝也。此一段十二句，敘述其身在行在，拜拾遺之事。

〔四四〕次公曰：議論絶，則以罷拾遺而出矣。殊方，指言在夔州。其字則西京賦云：殊方偏國。

〔四五〕次公曰：鬱鬱，不得志之貌。

〔四六〕次公曰：碧蕙捐微芳，以言其客於秋時。其使捐字，使微芳字，則陸士衡塘上行江蘺生幽渚，微芳不足宣；四時逝不處，繁華難久鮮；淑氣與時殞，餘芳隨風捐也。一作損，非。

〔四七〕次公曰：之推、漁父，又皆以自比。介之推從晉文公歸國，賞不及，亦不言。後避賞入山。此公言其嘗扈從，而今在外也。漁父歌曰：滄浪之水清兮，可以濯我纓；滄浪之水濁兮，可以濯我足。蓋公言其有江海之興也。

〔四八〕次公曰：榮華敵勳業，言榮華與勳業相敵，不可妄求。自傷其勳業之寡，故榮華之微也。然歲聿云暮，嚴霜必降。則傷其遲暮，無復能勵勳業以取榮華矣。所慕者，范蠡扁舟之事而已。范蠡既雪會稽之恥，以爲大名之下不可久居，遂泛舟浮海，變姓名，自號鴟夷子。其高舉遠引，此乃出尋常之才格也。

〔四九〕次公曰：末句則付之英俊，亦詩人之大情矣。通小臣議論絶至此十四句爲一段，敘述其以言事而出流落於外，今則在楚地，而樂閒曠之事。

戊帙卷之十一

丁未大曆二年，時公五十六歲。冬三箇月，在夔州瀼西、東屯往來所存之詩。以文字之多，分爲冬詩之下。

君不見簡蘇徯一首（古詩）

君不見道邊廢棄池，君不見前者摧折桐。百年死樹中琴瑟，一斛舊水藏蛟龍〔一〕。丈夫蓋棺事始定，君今幸未成老翁〔二〕。何恨憔悴在山中，深山窮谷不可處，霹靂魍魎兼狂風〔三〕。

〔一〕次公曰：死樹字，是事異苑載：吴平在勾章，州門外忽生一株桐，上有瑶歌之聲。平惡而斫之。其後，桐自還立於故根上，又聞歌聲，曰：死樹今更青，吴平尋當歸。桐材所以爲琴瑟。今言死樹猶可爲之，以譬士終有用也。庾信擬連珠有曰：日南枯蚌，猶含明月之珠；龍門死樹，尚抱咸池之曲。亦此之謂。舊注引蔡邕取爨下桐爲琴。非是。荀子曰：積水成淵，蛟龍生焉。史有兩處言蛟龍終非池中物，則蛟龍固在水，而池中之水亦有蛟龍矣。雖一斛舊水，猶可藏之。亦以譬士當守所養也。

〔二〕次公曰：丈夫蓋棺事始定，古詩云蓋棺事乃已也。　君今幸未成老翁，亦暗用魏文帝之語。文帝與吴質書

云：時有所慮，乃至通夜不瞑。志意何時，復類昔日。已成老翁，但未白頭耳！

〔三〕次公曰：末句，以不知有何所恨，而甘心憔悴於山中乎？乃陳山中不可住，招之使出矣。此亦宋玉招魂之意。

贈蘇四徯一首（古詩）

異縣昔同遊，各云厭轉蓬〔一〕。別離已五年，尚在行李中〔二〕。戎馬日衰息，乘輿安九重〔三〕。有才何栖栖，將老委所窮。爲郎未爲賤，其奈疾病攻〔四〕。子何面黧黑，不得豁心胸〔五〕。巴蜀倦剽劫，下愚成土風〔六〕。幽薊已削平，荒徼尚彎弓〔七〕。斯人脱身來，豈非吾道東〔八〕。乾坤雖寬大，所適裝囊空。肉食哂菜色，少壯欺老翁〔九〕。況乃主客間，古來偪側同〔一〇〕。君今下荆揚，獨帆如飛鴻。二州豪俠場，人馬皆自雄。一請甘饑寒，再請甘養蒙〔一一〕。

〔一〕次公曰：異縣字，古詩云：它鄉各異縣。轉蓬字，曹植雜詩曰：轉蓬離本根，飄飖隨長風。類彼客遊子，捐軀遠從戎。而袁陽源效古詩云：勤役未云已，壯年徒爲空。乃知古時人，所以悲轉蓬。

〔二〕次公曰：行李字，左傳云：（走）〔使〕一（个）〔介〕行李。又云：行李之往來。

〔三〕次公曰：戎馬日衰息，乘輿安九重，則以車駕嘗因吐蕃陷京師而幸陝，今稍平定，復還長安，爲九重之安矣。

〔四〕次公曰：四句公自言也。每自負矣，故不以言才爲嫌。　棲棲字，微生畝云丘何爲是棲棲者歟也。　將老字，即孔子云不知老之將至也。　公爲尚書工部員外郎，而今苦肺病，故云爲郎未爲賤，其奈疾病攻也。

〔五〕次公曰：上兩句方指言蘇徯。面黧黑字，列子云：面目黧黑。

〔六〕次公曰：巴蜀倦剽劫，則有段子璋之亂，又有崔旰之亂也。

〔七〕次公曰：燕薊尚彎弓，則經安史之亂，雖已削平，而猶有盜賊也。　彎弓字，史云：士不敢彎弓而報怨。

〔八〕次公曰：斯人，又指言蘇徯。在危難之間脱身來此，蓋亦以道合行於巴中，猶古人所謂吾道東也。　後漢：鄭玄學於馬融，辭歸。融喟然謂門人曰：鄭生今去，吾道東矣。

〔九〕次公曰：肉食字，左傳云：肉食者鄙。　菜色字，〔傳〕〔禮記〕云：民無菜色。

〔一〇〕次公曰：況乃主客間，古來偪側同，蓋言時之寛舒，則寛舒同；時之偪側，則偪側同也。偪側字，西京賦有云：駢羅偪仄。公專有詩曰偪側行者，亦用此耳。

【校】駢羅偪仄：影胡刻本文選作駢田偪仄。

〔一一〕次公曰：養蒙字，易云：〔以蒙〕〔蒙以〕養正也。欲其晦迹以自全耳。

別蘇徯赴湖南幕一首　（近體詩）

次公曰：此詩十韻，舊在它卷，今遷此。

故人有遊子，棄擲傍天隅〔一〕。他日憐才命，居然屈壯圖。十年猶塌翼，絶倒爲驚

呼〔二〕。消渴今如在，提攜愧老夫〔三〕。豈知臺閣舊，先拂鳳凰雛。得實翻蒼竹，棲枝把翠梧〔四〕。北辰當宇宙，南岳據江湖〔五〕。國帶風塵色，兵張虎豹符。數論封内事，揮發府中趨〔六〕。贈爾秦人策，莫鞭轅下駒〔七〕。

〔一〕次公曰：李陵詩：游子暮何之，各在天一隅。今首句取字用也。

〔二〕次公曰：下四句言蘇傒負才器而不達也。他日，前日也。前日嘗憐愛蘇之才命，以爲必超騰矣，而今居然猶壯圖之屈也。居然字，尹文子曰：形之與名，居然别矣。其後承用之多。塌翼字，陳琳檄云：忠義之佐，垂頭塌翼。絶倒字，琅邪王澄，每聞衛玠言，則歎息絶倒。故時人爲之語曰：衛玠談道，平子絶倒。義蓋氣絶而欲倒也。故笑亦謂之絶倒。

〔三〕次公曰：兩句通義。公自言其有消渴之病，不能提攜蘇徯爲愧也。如在字，借語云：祭如在也。故對老夫。其字則禮記，自稱曰老夫也。

〔四〕次公曰：四句遞遞相接，惟其以不能提攜爲愧，故豈更知其能以臺閣之舊而先獎拂鳳凰之雛也。公曾爲左拾遺，是爲臺閣舊。蜀龐統號鳳雛。又，古有鳳將雛之曲。蘇乃公故人之子，故目之爲鳳凰雛。莊子曰：鳳凰非梧桐不棲，非練實不食。練食者，竹實之白如練也。今兩句言鳳雛當如比矣。

〔五〕次公曰：上句言帝都。子曰北辰居其所而衆星共之是已。次句言湖南。據者，盤據之據。以蘇徯往爲幕客，故指其地而言。

〔六〕次公曰：是時干戈未息，故云國帶風塵色。三字蓋如庾信詠懷詩云馬有風塵氣，人多關塞衣也。師民瞻本作

煙塵，則與下句不通。　虎符、豹符，則所以發兵也。惟其如此，而蘇徯往爲幕客，則數論其湖南封内之事，於府趨之間發揮之也。暗言府趨之人非一人矣。古樂府陌上桑曰：盈盈公府步，冉冉府中趨。

〔七〕次公曰：秦人策事，文十三年傳：晉士會在秦，晉以謀復之。秦伯許其行。秦大夫繞朝贈之以策，曰：子無謂秦無人，吾謀適不用也。注，策，馬撾。臨别授之馬撾，示己所策以展情。　轅下駒字，灌夫傳：上怒内史鄭當時曰：公平生數言魏其、武安長短；今日廷論，局趣効轅下駒。應劭曰：駒者，駕著轅下。夫策所以撾馬，贈爾秦人策，則勸之以必行。駒所以駕轅，莫鞭轅下駒，則戒之以無妄舉。

反照一首（近體詩）

反照開巫峽，寒空半有無〔一〕。已低魚復暗，不盡白鹽孤。荻岸如秋水，松門似畫圖〔二〕。牛羊識童僕，既夕應傳呼。

〔一〕次公曰：梁元帝纂要曰：日西落，光反照於東，謂之反景。　開巫峽，則巫峽在東故也。開，則開豁之義。

〔二〕次公曰：荻岸如秋水，豈荻花密布，如秋水之翻波也？

向夕一首（近體詩）

畎畝孤城外，江村亂水中〔一〕。深山催短景，喬木易高風。鶴下雲汀近，鷄棲草屋同。

琴書散明燭，長夜始堪終。

〔一〕次公曰：畎遂溝洫，田水之名也。畎畝，則畎之畝也，故對江村。

曉望一首（近體詩）

白帝更聲盡，陽臺曉色分〔一〕。高峯寒上日，疊嶺宿霾雲。地坼江帆隱，天清木葉聞〔二〕。荆扉對麋鹿，應共爾爲羣〔三〕。

〔一〕次公曰：白帝者，白帝城也。陽臺，則宋玉所謂陽臺之下是已。

〔二〕次公曰：地坼，言江闊也，故江帆隱於其中耳。或曰，隱音穩。佛書：世尊得安隱否？用此字。言帆行於闊之江，所以安隱。於義亦通。公在夔州白帝，則眼前可見者也。陽臺在下流之左邊，帆則出峽。所用題方曉望，則皆遠望之，想其如此也。

〔三〕次公曰：荆扉字，沈休文宿東園詩：荆扉新且故。爲羣字，史云：貔虎爲郡也。

【校】郡：九家注作羣。

錦樹行一首（古詩）

今日苦短昨日休，歲云暮矣增離憂〔一〕。霜凋碧樹行錦樹，萬壑東逝無停留〔二〕。荒戍

之城石色古，東郭老人住青丘〔三〕。飛書白帝營斗粟，琴瑟几杖柴門幽。青草萋萋盡枯死，天馬跂足隨氂牛〔四〕。自古聖賢多薄命，姦雄惡少皆封侯。故國三年一消息，終南渭水寒悠悠。五陵豪貴反顛倒，鄉里小兒狐白裘〔五〕。生男墮地要膂力，一生富貴傾家國。莫愁父母少黄金，天下風塵兒亦得〔六〕。

〔一〕次公曰：今日、昨日字，韓詩外傳有之：昨日何生，今日何成。或便用莊子山木篇爲證，則殊不知莊子：昨日山中之木以不材生，今日主人雁以不材死。無今日字連上昨日字也。歲云暮矣，則公又使矣。蓋詩云：歲聿云暮。

〔二〕次公曰：上句則木葉經霜而紅，若錦然也。下句則逝者如斯夫之意也。碧樹字，祖出列子：吴楚之國有大木焉，其名爲柚，碧樹而冬生。萬壑字，則顧凱之之言會稽曰：千巖競秀，萬壑爭流。

〔三〕次公曰：荒城石色，則所謂石城也。東郭，指夔州之郭也。前篇云佇立東城隅。東郭老人，則公自言。住青丘，則瀼西之居在東郭，亦名青丘乎？蓋與齊地之青丘偶同名耳。

〔四〕次公曰：兩句蓋以爲譬也。草枯，則無以充天馬之飼，與氂牛無異矣。公嘗曰草枯騏驥病；又曰試看明年春草長，皆此意也。天馬字，漢書禮樂志云：天馬來從西極。氂牛，則蠻中牛也。

〔五〕次公曰：五陵謂之豪貴，漢時徙貴人之家與豪俠之家於陵寢之地，以壯大之也。五陵字，緣班固作西都賦中語。本是七陵，蓋宣帝葬杜陵，文帝葬霸陵，高帝葬長陵，惠帝葬安陵，景帝葬陽陵，武帝葬茂陵，昭帝葬平陵。而班固賦云：南望杜霸，北眺五陵。名都對郭，邑居相承。英俊之域，紱冕所興。冠蓋如雲，七相五公。

與乎州郡之豪傑，五都之貨殖。三選七遷，充奉陵邑。其後多摘五陵兩字而承用之也。若豪貴之實，則若韋賢爲丞相，徙平陵；車千秋爲丞相，徙長陵；黄霸爲丞相，徙平陵；平當爲丞相，徙平陵；魏相爲丞相，徙平陵；張湯爲御史大夫，徙杜陵；杜周爲御史大夫，徙茂陵；蕭望之爲前將軍，徙杜陵。此所謂五陵之貴者矣。又若郭解傳云：及徙豪茂陵也，解貧不中訾，吏恐，不敢不徙。衛將軍爲言：郭解家貧，不中徙。上曰：解布衣，權至使將軍，此其家不貧。解徙，諸公送者出千餘萬。此所謂五陵之豪者矣。反顛倒，蓋言其子孫也。鄉里小兒四字，挨傍陶淵明鄉里小人之語。陶云：我不能爲五斗米折腰，拳拳事鄉里小人耶。白裘，裘之至珍者也。史記：秦昭王止囚孟嘗君，謀欲殺之。孟嘗君使人抵昭王幸姬，求解。姬曰：妾願得君狐白裘。韋昭注曰：以狐之白毛爲裘。謂集狐腋之毛，言美而難得者。其下文曰：孟嘗君有一狐白裘，值千金，天下無雙。今小兒而狐白裘，爲可歎矣。

〔六〕次公曰：此四句亦閭閻聽小子，談話覓封侯之意。墮地字，佛書曰：朝生王子，一日墮地，便勝凡人。而詩句則晉傳玄豫章行云男兒當門户，墮地便生神也。一生富貴傾家國，特承上生男有膂力之故，可以用武力致功，則一生之間所取富貴傾動家國，與美人容貌一顧傾人城，再顧傾人國之傾不同。師民瞻本作生女富貴傾家國，則與上下句皆言男子之事不接矣。此蓋泥於傾字也。如公於馬云走過掣電傾城知，則又是滿一城之義。然則，不以文害辭，豈可泥哉。

赤霄行一首（古詩）

次公曰：此篇乃遭侮辱而感歎之作。

孔雀未知牛有角，渴飲寒泉逢觝觸〔一〕。赤霄玄圃須往來，翠尾金花不辭辱〔二〕。江中淘河嚇飛燕，銜泥却落羞華屋〔三〕。皇孫猶曾蓮勺困，衛莊見貶傷其足〔四〕。老翁慎莫怪少年，葛亮貴和書有篇〔五〕。丈夫垂名動萬年，記憶細故非高賢〔六〕。

〔一〕次公曰：孔雀，蓋赤霄玄圃往來之物。渴而飲泉，不得已也。不知牛有角，而逢抵觸，則值非其類也。觝觸字，文子曰：兕牛之動以抵觸。而用觝字，則嵇叔夜琴賦云觸巖觝隈也。

〔二〕次公曰：赤霄字，楚辭曰：載赤霄而凌太清。其在孔雀言之，則張茂先鷦鷯賦序彼鷲鶚鵾鴻，孔雀翡翠，或凌赤霄之際，或託絶垠之外也。玄圃，則在崑崙山上之别名。見葛仙公傳。翠尾金花，則孔雀之羽毛如此。晉左九嬪孔雀賦云戴緑碧之秀毛，擢翠尾之修莖；又，鍾會賦云丹口金輔，玄目素規是已。

〔三〕次公曰：淘河者，鵜鴣也。嚇字，莊子言鴟得腐鼠，鵷雛過之。仰而視之，曰：嚇！飛燕從江上來，爲淘河所疑，意謂燕爭其魚而嚇之。歸華堂之上，負此羞恥，銜泥而却落焉。屋字韻，上使銜泥，則古詩云：思爲雙飛燕，銜泥巢君屋。華屋字，出史記平原君傳：歃血於華屋之下。文選諸詩所用皆出此矣。孔雀與燕皆自譬也。牛與淘河以譬見辱之子。華屋，主人之屋也。豈言夔州所依之主人如柏中丞者乎？

〔四〕次公曰：蓮勺事，孝宣帝紀：初爲皇曾孫，常困於蓮勺鹵中。如淳曰：爲人所困辱也。蓮勺縣有鹽池，縱廣十餘里，鄉人名爲鹵中。蓮音輦，勺音灼。衛莊事，成十七年傳：齊靈公會伐鄭，鮑牽、高無咎處守。及公還，將至，高、鮑閉門而索客，本以備姦，而國子譖之以爲將不納君而立公子角。於是刖鮑牽而逐高無咎。仲尼曰：鮑莊子之知，不如葵，葵猶能衛其足。注，葵傾葉向日，以蔽其根。言鮑牽居亂不能危行言孫也。今句

云衛莊見貶傷其足，則言衛莊之所以見貶於孔子者，以自傷其足也。皇孫猶曾蓮勺困，所以自寬；衛莊見貶傷其足，所以自責。

〔五〕次公曰：老翁，則公自指言也。少年，則所見辱之子也。貴和事，蜀志諸葛亮傳，陳壽所上諸葛氏集目録凡二十四篇，而貴和第十一。惜乎其書今不傳於世。以諸葛貴和爲鑒，則又所以自責，蓋惟不能和，則必召辱矣，故於少年宜莫怪也。

〔六〕次公曰：此句可見公胸懷之廓落無宿憾矣。斯乃顏淵犯而不校者乎？細故字，出前漢匈奴傳：孝文遺匈奴書曰：朕與單于，皆捐細故，俱蹈大道。師古曰：細故，小事也。

前苦寒二首　（古詩）

漢時長安雪一丈，牛馬毛寒縮如蝟〔一〕。楚江巫峽冰入懷，虎豹哀號又堪記〔二〕。秦城老翁荆揚客，慣習炎蒸歲絺綌〔三〕。玄冥祝融氣或交，手持白羽未敢釋〔四〕。

右一

〔一〕次公曰：縮如蝟事，西京雜記：漢武帝時，元封二年，雪深五尺，牛馬卷縮如蝟。鮑照薊北行先用之云：馬毛縮如蝟，角弓不可張。公今云一丈，增言之也。

〔二〕次公曰：寒而牛馬毛縮，指以爲異而紀之，況虎豹至於哀號，又堪記其異矣。

〔三〕次公曰：秦城老翁，自言其長安人也。荆揚客，則言其今旅泊於外也，雖在夔而已有遊荆揚之期矣。

〔四〕次公曰：玄冥祝融氣或交，手持白羽未敢釋，則以楚地多熱，今雖苦寒，然當玄冥用事之時，而祝融之氣或相交，仍當使扇矣。白羽，以言扇也。

去年白帝雪在山，今年白帝雪在地〔一〕。凍埋蛟龍南浦縮，寒刮肌膚北風利〔二〕。楚人四時皆麻衣，楚天萬里無晶輝〔三〕。三足之烏足恐斷，羲和送將安所歸〔四〕。

右二

〔一〕次公曰：雪在山，則雪之尚少；雪在地，則多矣。

〔二〕次公曰：南浦縮，水涸少也。

〔三〕次公曰：楚地多熱，故四時麻衣，以雪爲訝也。楚天萬里無晶輝，則雪下之天如此也。

〔四〕次公曰：淮南子曰：日中有踆烏。注云，踆，趾也。謂三足烏也。羲和者，日御也。以雪寒而烏足斷，則羲和馭日車失其所歸矣。皆以形容雪深之意。

寄裴施州一首（古詩）

次公曰：句云苦寒贈我青羔裘，則直言其見時之苦寒而贈送也，故附之苦寒下。

廊廟之具裴施州，宿昔一逢無此流〔一〕。金鐘大鏞在東序，冰壺玉衡懸清秋〔二〕。自從相遇感多病，三歲爲客寬邊愁〔三〕。堯有四岳明至理，漢二千石真分憂〔四〕。幾度寄書白鹽北，苦寒贈我青羔裘〔五〕。霜雪迴光避錦袖，龍蛇動篋蟠銀鉤〔六〕。紫衣使者辭復命，再拜故人謝佳政〔七〕。將老已失子孫憂，後來況接才華盛〔八〕。

〔一〕次公曰：廊廟之具字，公再使矣。前篇云當今廊廟具也。謂之具，若所謂猶含棟梁具矣。

〔二〕次公曰：書顧命云：〔弘璧琬琰在西序〕，天球河圖在東序（金鐘大鏞在西序）。今使云金鐘大鏞在東序，則亦取國家之大器以比裴君之重，變文而言之，以對下句，爲非全語也。冰壺，即鮑照詩云：清如玉壺冰。玉衡，即書云：璇璣、玉衡。二物清瑩，又摘取以比裴君之清。懸清秋，則又當氣象之爽時，其清尤甚矣。

【校】所引書顧命一句：尚書正義顧命作：弘璧、琬琰在西序，天球、河圖在東序。未見金鐘、大鏞在西序之所出，待考。

〔三〕次公曰：三歲爲客寬邊愁，則公言其在邊地爲客，以裴君爲政三年於施，可以寬吾之愁也。

〔四〕次公曰：四岳、二千石，乃古諸侯與太守事。四岳，則書曰：四岳九官十二牧。至理字，本至治也，特避高宗諱，改治爲理耳。莊子言至治之世是已。公詩又曰廟堂知至理，又曰豆如忽至理，君豈棄此物，皆至治之謂。若論祖出，列子：均天下之至理。張湛注曰：事物皆均，則理無不至。郭象莊子注曰：至理盡於自得。而王康琚反招隱詩曰矯性識至理，與公詩句之義不相干矣。二千石事，則漢書百官公卿表云：郡守，秦官。掌治其郡，秩二千石。而漢宣帝曰：我與共理者，惟良二千石乎。

〔五〕 次公曰：白鹽者，夔州之山。公居白鹽之北。幾度(附)〔寄〕書白鹽北，義分明是裴君寄書與公，舊注却云：施州在白鹽之北。非矣。惟其寄書與贈裘，故下句有霜雪回光避錦袖，以言其裘。青羔裘，舊本一作青絲裘，非。蓋以青羔之皮爲身，而以錦爲袖也。記曰：羔裘玄(端)〔冠〕不以弔。夫羔裘貴矣，而青羔裘尤異也。霜雪回光而避之，言寒不能侵。

〔六〕 次公曰：龍蛇動篋蟠銀鉤，以言其書也。裴君必善寫字，故前篇有云：他日辱銀鉤，森疏見矛戟也。銀鉤字，索靖之言書曰：婉若銀鉤。既比其書如銀鉤，而上云龍蛇動篋，則公所盛名書真蹟之篋，其書如龍如蛇，今藏裴公銀鉤於其中，所以龍蛇動於篋也。

〔七〕 次公曰：紫衣使者，則所差來之人也。辭復命，舊本作辟復命，無義。師民瞻本作辭字，方有義也。

〔八〕 次公曰：末句，才華盛應言裴君諸子，蓋云：我雖老而免憂子孫，無它，以後來之人相接有裴君諸子才華之盛美也。失字，與前篇失心疾之失同。

奉酬薛十二丈判官見贈一首（古詩）

次公曰：舊與寄裴施州詩相連，姑從之。此篇在集中極難解者，姑以意逆之。似是公泊船處有一佳美之士，文采風流，有司馬相如挑卓氏之作。公既見其人，而又見有搜求其人而去者。所謂佳士，豈薛丈之子弟親戚乎？故及丈人安坐之語，且言國家輕刑以寬之，又言此士俊乂以勉之也。次公嘗觀太平廣記載嚴武一事云：武少時仗氣任俠，嘗於京城與一軍使隣居。軍使有室女，容色艷絶。武窺見，乃賂左右，誘至室。月餘，遂竊以逃。東出關，將匿於淮泗間。軍使既覺，且窮其跡，亦訊其家人，暴於官司，亦以上聞。有詔遣萬年縣捕賊官專往捕捉，乘遞日行。數日，隨路已得其蹤矣。武自鞏縣方雇船而下，聞制使將至，懼不免，乃以酒飲

軍使之女，中夜乘其醉，解琵琶絃縊殺之，沉於河。明日，制使至。搜捕武之船無跡，乃已。以此觀之，武，大臣之子，既爲此事，乃有制使之捕，則公詩意有類於此。未敢以爲是也，當俟博聞。今特解其句中使字、使事耳。

忽忽峽中睡，悲風方一醒〔一〕。西來有好鳥，爲我下青冥〔二〕。羽毛淨白雪，慘澹飛雲汀〔三〕。既蒙主人顧，舉翮唳孤亭。持以比佳士，及此慰揚舲〔四〕。清文動哀玉，見道發新硎〔五〕。欲學鴟夷子，待勒燕山銘〔六〕。誰重斬邪劍，致君君未聽。志在麒麟閣，無心雲母屏〔七〕。卓氏近新寡，豪家朱門扃。相如才調逸，銀漢會雙星。客來洗粉黛，日暮拾流螢。不是無膏火，勸郎勤六經〔八〕。老夫自汲澗，野水日泠泠。我歎黑頭白，君看銀印青。卧病識山鬼，爲農知地形。誰矜坐錦帳，苦厭食魚腥〔九〕。東南兩岸(拆)〔坼〕，横水注滄溟。碧色忽惆悵，風雷搜百靈。空中有白虎，赤節引娉婷。自云帝里女，噀雨鳳凰翎。襄王薄行跡，莫學冷如丁。千秋一拭淚，夢覺有微馨。人生相感動，金石兩青熒〔一〇〕。丈人但安坐，休辨渭與涇〔一一〕。龍蛇尚格鬬，灑血暗郊坰。吾聞聰明主，治國用輕刑。銷兵鑄農器，今古歲方寧。文王日儉得，俊乂始盈庭。榮華貴少壯，豈食楚江萍〔一二〕。

〔一〕次公曰：忽忽字，後漢云：忽忽不樂。

〔二〕次公曰：好鳥字，曹子建公讌詩：好鳥鳴高枝。　青冥字，楚辭云：據青冥而攄虹。言青雲之上也。

〔三〕次公曰：慘澹字，晉道壹道人之言雪曰先集其慘澹也。

〔四〕次公曰：主人顧，在好鳥而言之，則主人者，公也。若以比佳士，而在佳士言之，則主人者，豈郡刺史之徒邪？　及此慰揚舲，則逢佳士而又見好鳥，可以比之，則爲能慰公欲揚舟而下者矣。　揚舲字，劉勰彌勒石像碑云：似揚舲游水，馳錫登山。

〔五〕次公曰：上句言佳士之文清如玉聲之哀，蓋環佩之類。舊注引卞和抱玉而哭於荆山，哀其不遇也，非矣。下句言佳士之才敏。　發硎字，莊子：庖丁解牛，刀刃若新發於硎。舊注又亂改作屠羊。但誤學者矣。

〔六〕次公曰：兩句問之之辭。　鴟夷子，范蠡也。既辭越相之位，泛扁舟游五湖間。改姓名，至齊號鴟夷子。小説載其以西子而去。　李賀昌谷詩末句云：刺促成幾人，好學鴟夷子。用杜公今句四字也。　燕山銘事，竇固勒功燕然山，班固爲之名。今蓋問佳士者以擬欲學范蠡載西子而遊五湖乎？莫待如竇固立功而勒銘乎？　此大見佳士者之英俊矣。

〔七〕次公曰：上句言利器如漢朱雲所用之劍而未施。致君未聽，言有術業而君未用。故又問之曰：志在麒麟閣乎？　莫是無心雲母屏乎？　麒麟閣，則漢宣帝畫功臣之像於麒麟閣上也。雲母屏，則後漢鄭弘爲太尉時，舉將第五倫爲司空，班次在下。每正朔朝見，弘曲躬自悲。上遂聽置雲母屏風，分隔其間。由此爲故事。兩事皆是建功立名事，故又用問所謂佳士者焉。　舊本正作斬蛇劍，乃漢高祖事，不可在常人言之也。

〔八〕次公曰：此八句則佳士蓋有司馬相如之作矣。邛之富人卓氏有女文君，新寡，善琴。相如因以琴心挑之。卓氏奔之而爲夫婦。　豪家字，沈休文作恩倖傳論，有曰：郡縣掾吏，並出豪家。注，謂權勢之家。　朱門字，東方朔十洲記曰：臣故韜隱而赴王庭，藏養生而傅朱門。而郭璞遊仙詩云朱門何足榮也。　天河謂之銀

漢，出廣雅，而小説載織女渡河從牽牛，故云銀漢會雙星也。　拾螢事，車（徹）〔胤〕聚螢以照書而讀。今言如卓氏者，不留心於粉黛之飾，特爲佳士拾螢焉，豈是無膏火以照邪？欲使慕車（徹）〔胤〕之勤耳。如此則所謂佳士，所謂如卓氏者，皆足尚已。句云：客來洗粉黛，則公亦見其人矣。見客而翻洗黛，則不欲衒耀於他人，尤見其貞。

〔九〕次公曰：此八句，則公又述其在瀼西山居之事。我已黑頭白，乃公之自傷。君看銀印青，與別篇之言帶曰恩與荔枝青之青同義，蓋金銀之色晃曜，望之有青熒之光也。公於是言其卧病爲農，而錦帳何足矜乎。漢百官志：郎官給錦帳。公爲工部員外郎，故云然也。　卧病字，謝玄暉有在郡卧病呈沈黨詩，用對爲農。其字則前漢楊惲與孫會宗書曰：長爲農夫没此身矣。以在夔、楚，故用山鬼字。屈原九章有山鬼篇。用對地形，則孫子有地形篇也。　食魚腥，則又在夔之事。此方述其與佳士相見之間。

【校】沈黨：影胡刻本文選作沈尚書。

〔一〇〕次公曰：此十四句忽有搜求其如卓氏之人而去者。　東南兩岸（拆）〔坼〕，横水注滄溟，此必佳士者之在舟中，而公有揚舲之行，則亦泊船江邊，故道岸（拆）〔坼〕水注之景。緣風雷搜百靈之句，所以引下句之使者也。娉婷，指言如卓氏之人。　白虎、赤節，以狀來搜求者之聲勢。　自云帝里女，則如卓氏之人自言也。帝里女，則必京師人家之女。一作帝季女，則又皇家之女矣。　噀雨字，取其暮爲行雨，而用欒巴噀酒爲雨字言之。　鳳凰翎，則弄玉與蕭史騎鳳而仙事。以巫山神女及秦公主弄玉比如卓氏之人，又可以意逆之，爲貴家女矣。　行跡字，張景陽雜詩房櫳無行跡，又江文通擬張華詩蘭徑少行跡。　冷如丁字，俗語云冷丁丁地，蓋匠者之造丁，其初出火，頃刻之熱既已，則沉冷矣。或者謂是言丁令威，以其三千年方歸家爲沉冷也。又齊（諧）〔諧〕記，載桂陽城武丁者，有仙道。忽謂其弟曰：七日織女渡河，諸仙悉還宮。吾向已被召，不得停，與

爾别矣。弟問兄何當還。曰：吾更後三千年當還耳。明日失丁所在。兩事皆久去而後歸。爲沉冷者如此，則頗不成言語。以俟博聞。襄王薄行跡，莫學冷如丁。又託爲如卓氏之人之怨辭。襄王行跡薄少，又囑之以莫如丁之沉冷也。以襄王語所謂佳士者，又自比神女以成噀雨之義。千秋一拭淚，夢覺有微馨，則詩人謂其相逢如一夢而已。又言人心感動，終若金石之不移，此亦詩人之情矣。（捩捩）〔拭淚〕字（字），梁吴均陌上桑曰：桑䥫妾復思，拭（捩）〔淚〕且提筐。青熒字，西京賦云：琳琅青熒。

【校】齊諧記：九家注作齊諧記，是。捩捩：無義，當從正文作拭淚。拭捩且提筐；明刊本文苑英華捩作淚。

〔一一〕次公曰：於此囑丈人安坐，勿問其若渭之清與涇之濁如何也。丈人，指言薛丈，故次公輒揣所謂佳士者，豈薛丈之子弟、親戚也？丈人但安坐之句，古相逢行云：丈人且安坐，調絃未遽央。

〔一二〕次公曰：龍蛇尚格鬬而下，言君王用刑則輕典，於兵則願息，以德則儉，以人則用俊乂。所謂佳士者，爲不足慮於刑責，而且有擢用之期。言少壯，則又指言佳士者矣。江萍事，楚王渡江，有物觸其船。問之孔子，則云萍實也。以孺子之歌告王曰：楚王渡江得萍實，大如斗，赤如日，剖而食之甜如蜜。（令）〔今〕言豈食楚江萍，則佳士者豈非是留滯於夔，而公言其因此脱去者乎？其中用輕刑之義，則周禮云：刑平，國用輕典。公於題鄭十八著作虔詩亦云也霑新國用輕刑，可見慰唁佳士者之於刑亦輕而已。歲方寧，翻使國語：晉無寧歲。言今古歲方寧，如言遭遇寧歲，前無古而後無今，所以甚幸之也。盈庭字，則詩云：發言盈庭。

晚晴一首（古詩）

高唐暮冬雪壯哉！舊瘴無復似塵埃〔一〕。崖沉谷没白皚皚，江石缺裂青楓摧〔二〕。南

天三旬苦霧開，赤日照耀從西來〔三〕。六龍寒急光徘徊，照我衰顏忽落地，口雖吟詠心中哀〔四〕。未怪及時少年子，揚眉結義黄金臺〔五〕。洎乎吾生何飄零，支離委絶同死灰。

〔一〕次公曰：師民瞻本改舊本高堂作高唐，是。蓋夔州所作，宜使巫山之高唐也。

〔二〕次公曰：崖沉谷没，則雪漫之也。石缺楓摧，則雪壓之也。

〔三〕次公曰：苦霧字，舞鶴賦有嚴霜苦霧也。日從西來，則天晚而後見日故也。

〔四〕次公曰：六龍者，所以駕日之車也。淮南子謂之六螭。

〔五〕次公曰：古以燕多游俠爲稱，今言黄金臺，則燕昭王所築之臺也。

復陰一首（古詩）

方冬合沓互陰寒，昨日晚晴今日黑〔一〕。萬里飛蓬映天過，孤城樹羽揚風直〔二〕。江濤簸浪黄沙走，雲雪埋山蒼兕吼〔三〕。君不見夔子之國杜陵翁，牙齒半落左耳聾。

〔一〕次公曰：合沓字，洞簫賦：薄索合沓。注，重沓也。昨日、今日，或指莊子言木、雁事，非是。蓋莊子云昨日山中之木以不材終其天年，今主人之雁以不材死而已。其字出韓詩外傳：昨日何生，今日何成。公嘗云昨日今日皆天風；又云今日苦短昨日休，皆用（比）〔此〕也。

〔二〕次公曰：孤城樹羽，則白帝城上屯戍之旗也。　直字，公又嘗云金錯旌竿滿雲直也。

〔三〕次公曰：蒼兕字，太公誓師曰蒼兕云云。

後苦寒二首（古詩）

南紀巫廬瘴不絶，太古以來無尺雪〔一〕。蠻夷長老怨苦寒，崑崙天關凍應折〔二〕。玄猿口噤不能嘯，白鵠翅垂眼流血。安得春泥補地裂〔三〕？

右一

〔一〕次公曰：南紀字，杜田補遺云：詩曰：滔滔江漢，南國之紀。説者援是詩，以江漢爲南紀，非也。蓋南紀，乃分野名。（廣）〔唐〕（夭）〔天〕文志云：東循嶺徼，達〔東〕甌閩中，是謂南紀，所以限蠻夷也。張相國曲江人，曲江隸韶州，正嶺徼甌越之地，故八哀詩於張曲江曰：相國生南紀。大抵自江漢以南皆謂之南紀，非特江漢而已。其説是。巫廬，二山名。蓋夔州之巫山，江州之廬山也。皆在南紀矣。郭景純江賦云巫廬嵬崛而（此）〔比〕嶠是已。南國謂之炎方，故瘴不絶。太古以來四字，前漢藝文志有太古以來年紀兩篇。

【校】此嶠：影胡刻本文選作比嶠。

〔二〕次公曰：神異經曰：崑崙有銅柱焉。其高入天，所謂天柱也。圍三千里，周圓如削。銅柱下有回屋、辟方、百文。今所謂天關，豈天柱者乎？　折字，則列子曰：共工氏與顓帝爭爲帝，怒而觸不周之山，天柱折也。

〔三〕次公曰：玄猿口噤，白鵠翅垂，皆所以形容其寒。必用玄猿、白鵠。玄猿字，則司馬相如上林賦有玄猿素雌；而陸機苦寒行云：玄猿臨岸歎。白鵠字，則張平子西京賦云：挂白鵠，聯飛龍。若實有玄猿、白鵠之事，玄猿，則酈道元於水經云江水又東，至枳縣西，延江下注曰：延熙中，鄧芝伐徐巨，射玄猿於是。猿自拔矢，卷木葉塞射瘡。芝歎曰：傷物之性，吾其死矣。斯乃猿有玄猿之實。白鵠則鄧德明南康記曰：昔有盧耽，仕州爲治中。少學仙術，善解飛騰。每夕則凌虚歸家，曉則還州。嘗元會至晚，不及朝列。化爲白鵠至閣前，細翔欲下。威儀以帚掃之，得一隻履。耽驚還就列，内外左右，莫不駭異。斯乃鵠有白鵠之實。口噤字，則史記日者傳：噤口不能言。其後古樂府飛鳥行云：吾欲銜汝去，口噤不能開。垂翅字，則後漢馮異傳：始垂翅回谿，終奮翼澠池。其合用翅垂、口噤字，則公詩又曰翅垂口噤心甚勞也。裂字，老子云：地無以寧，將恐裂。

晚來江門失大木，猛風中夜吹白屋〔一〕。天兵斷斬青海戎，殺氣南行動坤軸，不爾苦寒何太酷〔二〕。巴東之峽生凌澌，彼蒼迴斡人得知〔三〕。

右二

〔一〕次公曰：吹白屋，公自言其屋也。周公下白屋之士。注：貧者所居也。

〔二〕次公曰：青海戎，指言吐蕃。坤軸，地軸也。木玄虚海賦云：又似地軸，挺拔而爭回。注引河圖括地象曰：地下有四柱，廣十萬里，有三千六百軸。今言苦寒之故，以天兵斬盡吐蕃，殺氣所至。此忠臣之心、詩人之

情也。

〔三〕次公曰：巴東之峽四字，荆州人歌曰：巴東（之）〔三〕峽巫（山）〔峽〕長，猿鳴三聲淚霑裳。彼蒼，天也。詩云：彼蒼者天。回斡，言其回轉斡旋也。寒氣酷甚，則天亦爲之回轉斡旋，人豈知之乎。所以重言其寒也。

【校】巴東之峽一句：詳丁帙卷六九日五首之一注〔三〕校語。

夜歸一首（古詩）

夜半歸來衝虎過，山黑家中已眠卧〔一〕。傍見北斗向江低，仰看明月當空大。庭前把燭嗔兩炬，峽口驚猿聞一箇〔二〕。白頭老罷舞復歌，杖藜不睡誰能那〔三〕。

〔一〕次公曰：此篇雄壯渾成，於義甚明。其中使字，如眠卧字，涅槃經有云：行止眠卧。公又曾使睡眠字，亦涅槃經有如人喜眠，睡眠滋多也。

〔二〕次公曰：庭前把燭嗔兩炬，則亦愛惜之意，實道其事也。

〔三〕次公曰：老罷字，或云，以老而罷官也。前漢書載：王莽時，夏侯勝、邴漢以老病罷。又，韋賢以老病罷歸。豈摘字用乎？義則是矣，而字出非也。南史蔡興宗傳：太尉沈慶之日加老罷，私門兵刀頓闕。方是兩字全出。杖藜字，莊子載原憲杖藜應門也。

寄柏學士林居一首（古詩）

自胡之反持干戈，天下學士亦奔波〔一〕。歎彼幽棲載典籍，蕭然暴露依山阿〔二〕。青山萬里靜散地，白羽一洗空垂蘿〔三〕。亂代飄零余到此，古人成敗子如何。荆揚春冬異風土，巫峽日夜多雲雨〔四〕。赤葉楓林百舌鳴，黄泥野岸天鷄舞〔五〕。盜賊縱横甚密邇，形神寂寞甘辛苦〔六〕。幾時高議排金門，各使蒼生有環堵。

〔一〕次公曰：此篇甚明。奔波字，宋謝靈運秋胡四言：念彼奔波，意慮回惑。

〔二〕次公曰：幽棲字，謝靈運南山詩：疑此永幽棲。山阿字，晉嵇康：採薇山阿。

〔三〕次公曰：自青山萬里靜散地而下，皆對屬。靜散地，則僻靜閑散之地也。散地字，王弼云投戈散地也。既居散地，則眼不見干戈，此所以白羽一洗也。白羽字，家語：子貢之言軍旅云：赤羽如日，白羽如月。空垂蘿，則不見白羽，但見垂蘿耳。

〔四〕次公曰：師民瞻本作兩首，以荆揚春冬異風土爲别一首，非是。此方對屬，而義貫上也。

〔五〕次公曰：天雞舞，則變鶤鷄舞也。西京雜記載公孫乘月賦曰：鶤鷄舞於蘭渚，蟋蟀鳴於西堂。而公於六絶句首篇云：竹高鳴翡翠，沙僻舞鶤鷄。已用鶤鷄舞矣。今止取舞字而變云天鷄舞。

〔六〕次公曰：此大曆二年之冬。春，則去年十二月，周智光反，據華州；今年正月，同、華將吏殺智光，傳首闕

下。九月，吐蕃寇靈州，又寇邠州。同月，桂州山獠反。斯所謂盜賊縱横矣。謂之甚密邇，言其時日之尚近也。或云，别有盜賊，去夔、荆之地爲近。其説亦通。蓋史所不載，有因公詩而見者，如〔喜〕雨詩之滂（泥）〔沱〕洗吴越；閬州詩之長弓子弟作過之類。

【今按】長弓子弟作過六字顯係傳鈔之訛。據上文，此應爲言及盜賊之詩句，疑即閬州詩光禄坂行之草動只怕長弓射一句。九家注該句下有舊注云：白日多山賊挾弓矢劫人。斯爲言及盜賊之證。

寄從孫崇簡一首（古詩）

嵯峨白帝城東西，南有龍湫北虎溪。吾孫騎曹不騎馬，業學尸鄉多養鷄〔一〕。龐公隱時盡室去，武陵春樹他人迷〔二〕。與汝林居未相失，近身藥裹酒長攜〔三〕。牧豎樵童亦無賴，莫令斬斷青雲梯〔四〕。

〔一〕次公曰：尸鄉事，列仙傳曰：祝鷄翁者，洛陽人也。居尸鄉是山下，養鷄皆有名字，千餘頭。暮棲樹，晝放散食，欲取呼名即至。販鷄及子，得千萬錢，輒置錢去。

〔二〕次公曰：龐公事，龐公者，南郡襄陽人也。居峴山之南，未嘗入城府。夫妻相敬如賓。荆州刺史劉表數延請，不能屈，乃就候之。謂曰：夫保全一身，孰若保全天下乎？龐公笑曰：鴻鵠巢於高林之上，暮而得所棲；黿鼉穴於深淵之下，夕而得所宿。夫趣舍行止，亦人之巢穴也，且各得其棲宿而已。天下，非所保也。因

釋耕於壟上，而妻子耘於前。表指而問曰：先生若居畎畝，而不肯官禄，後世何以遺子孫乎？龐公曰：世人皆遺之以危，今我獨遺之以安。雖所遺不同，未爲無所遺也。表歎息而去。後遂攜其妻子登鹿門山，因采藥不反。武陵，在今之鼎州，即桃源也。陶淵明集載：晉太元中，武陵人捕魚爲業；緣溪行，忘路之遠近。忽逢桃花林，林盡水源，便得一山。山有小口，髣髴若有光。便捨船從口入。初極狹，纔通人。復行數十步，豁然開朗。土地平曠，屋舍儼然。有良田、美池、桑竹之屬。黄髮垂髫，并怡然相樂。見漁人，乃大驚。問所從來，具答之。便要還家，爲設酒殺鷄作食。村中聞有此人，咸來問訊。問今是何世，不知有漢，無論魏晉。此人一一爲具言所聞。皆歎悦。各延至其家，皆出酒食。停數日，辭去。此中人語云：不足爲外人道也。既出，得其船，便扶向路，處處誌之。及郡下，詣太守説如此。太守即遣人隨其往。尋向所誌，遂迷不復得路。盡室，俗所謂挈家也。左傳云盡室(以)〔將〕行，故對它人。其字則詩所謂豈無(它)〔他〕人。今公詩句，蓋以言崇簡既如龐公攜妻子以隱，它日人有誤入其境，則如武陵之迷路也。

〔三〕次公曰：前兩句言方隱未隱之間。今與汝隣居，初未相失，近身者藥裹，而長攜者酒也。句則錯以成文。

〔四〕次公曰：青雲梯，所以登陟往來之道也。字則謝靈運登石門最高頂云：惜無同懷客，共登青雲梯。

奉送蜀州柏二别駕將中丞命赴江陵起居衛尚書太夫人因示從弟行軍司馬位一首 （近體詩）

次公曰：杜位宅守歲云守歲阿咸家，即阿咸乃位之小名耳，非侄也。説具本篇。

中丞問俗畫熊頻，愛弟傳書綵鷁新〔一〕。遷轉五州防禦使，起居八座太夫人〔二〕。楚宫臘送荆門水，白帝雲偷碧海春〔三〕。與報惠連詩不惜，知吾班鬢總如銀〔四〕。

〔一〕次公曰：畫熊字，漢制，刺史車畫熊於軾。中丞問俗畫熊頻一句，言夔州刺史，所謂中丞者也。愛弟傳書綵鷁新一句，言蜀州柏二别駕，應是中丞之弟。綵鷁新，則新其舟而往也。

〔二〕次公曰：五州防禦使，必是中丞者如此。隋制，以六尚書、僕射及令爲八座。唐與之同。（公）衛公，乃尚書矣，故云八座。漢文帝紀注：列侯妻稱夫人。列侯死，子復爲列侯，乃得稱太夫人。子不爲列侯，則否。今是衛尚書之母，故云太夫人也。蔡伯世以此篇爲大曆元年冬之作。稱按唐史方鎮年表，夔州兼峽、忠、歸、萬五州防禦使，隸荆南節度。故其詩曰中丞問俗畫熊頻，又曰遷轉五州防禦使。（令）〔今〕取方鎮年表觀之，乃乾元二年，以夔、峽、忠、歸、萬五州隸夔州；廣德二年，置夔、忠、涪都防禦使，於大曆未嘗有載。若至大曆有此號，而史遺之，則在二年亦何害，而苦遷之於元年乎？況公至荆南，乃三年之春，有題云賀鄧國夫人恩命，則所謂（公）〔八〕座太夫人者，鄧國夫人也。其年豈不相次邪？

【校】公座太夫人。當從正文作八座太夫人。

〔三〕次公曰：楚宫臘送荆門水一句，專指言荆州，而楚宫臘送其水，則自夔州而往故也。白帝雲偷碧海春，却以言時當白帝之春耳。白帝城，則夔州也。碧海字，東方朔十洲記曰：東有碧海，廣狹浩汗，與東海等。水不鹹苦，正作碧色。

〔四〕次公曰：惠連，以言弟行軍司馬也。謝惠連，乃靈運之弟。靈運嘉賞之云：每有篇章，對惠連輒得佳語。故

詩專以惠連爲言。班鬢字，秋興賦云：班鬢髟以承弁也。

【校】班鬢彪：影胡刻本文選作斑鬢髟。按班、斑通。

昔遊一首（古詩）

次公曰：魏文帝與吴〔季〕重書有云念昔南皮之遊；又一書云恐永不得爲昔日遊也，故今摘昔遊兩字爲題。

【校】吴重：影胡刻本作吴季重。

昔者與高李高適、李白，晚登單父臺〔一〕。寒蕪際碣石，萬里風雲來〔二〕。桑柘葉如雨，飛藿共徘徊〔三〕。清霜大澤凍，禽獸有餘哀〔四〕。是時倉廩實，洞達寰瀛開〔五〕。猛士思滅胡，將帥望三台〔六〕。君王無所惜，駕馭英雄材。幽燕盛用武，供給亦勞哉。吴門轉粟帛，泛海陵蓬萊〔七〕。肉食三十萬，獵射起黄埃〔八〕。隔河憶長眺，青歲已摧頽〔九〕。不及少年日，無復故人杯〔一〇〕。賦詩獨流涕，亂世想賢才。有能市駿骨，莫恨少龍媒〔一一〕。商山議得失，蜀主脱嫌猜〔一二〕。吕尚封國邑，傅説已鹽梅〔一三〕。景晏楚山深，水鶴去低回〔一四〕。龐公任本性，攜子卧蒼苔〔一五〕。

〔一〕次公曰：此詩今作於冬時。公因追言其昔少年日，時正值冬而日晚之際，與高、李登單父臺也。句曰寒蕪，曰

飛藿，曰清霜，可見其登臺之時是冬。最後曰（歲）〔景〕晏楚山深，又可見其作詩之時亦是冬也。世有西清詩話者，有云：唐史稱，杜甫與李白、高適同登吹臺，慨然莫測也。質之少陵昔者與高、李晚登單父臺，則知非吹臺。三人皆詞宗，累登吹臺，豈無雄詞傑倡著後世邪？而杜時可正謬云：予謂蔡氏蓋未嘗熟讀杜詩爾。遺懷詩不云乎昔我遊宋中，惟梁孝王都。名今陳留亞，劇則（具）〔貝〕魏俱：憶與高、李輩，論交入酒壚……氣酣登吹臺，懷古視平蕪。此豈非甫與李白、高適同登吹臺耶？杜之説，是。此一段當在遺懷詩氣酣登吹臺之下注之，今亦表出於此，使學者互見之。單父縣在密州宓子賤所謂宰處。臺名偃月臺，見李白詩。宓，讀從伏。乃古宓羲字，後學多讀宓爲密，故爲言之。

【校】具魏俱：已帖卷二正文作貝魏俱。

〔二〕次公曰：碣石，在海邊，而臺上可視望也。

〔三〕次公曰：飛藿共徘徊，言與桑柘之葉俱落而飛，相與徘徊。豆葉謂之藿。阮籍詠懷曰：秋風吹飛藿，零落從此（詩）〔始〕。今言飛藿，而上句桑柘之葉如雨而下，則冬而飛落之甚矣。師民瞻本作楓藿，非。蓋桑、柘與豆皆田中之物，楓木與豆藿不可相連也。

【校】從此詩：二十二家集本阮嗣宗集詩作始。

〔四〕次公曰：清霜降而大澤爲之凍，禽獸寒而哀，此所以言冬尤明。公詩又曰：是日霜風凍七澤。其凍字，則今詩又曰：金甲雪猶凍。又曰：漁父天寒網罟凍。又曰：沙村白雪猶含凍。非冬寒豈言凍耶？今此已上一段，言登臺之時是冬也。

〔五〕次公曰：遊山東乃在未獻賦之前，蓋開元之末，天寶之初也。是時倉廩實可知矣。

〔六〕次公曰：猛士思滅胡，舊注云，時任蕃將，務邊功。將帥望三台，舊注云，時邊帥有帶平章事者，故安禄山以

求宰相不得而遂反。其説是。然此普説諸邊士與將者也。至幽燕盛用武而下，方説朔方矣。蓋時有事於契丹，有事於突騎施，有事於突厥，又安禄山擊契丹，無寧歲也。

〔七〕次公曰：吴門轉粟帛，泛海陵蓬萊，正以接上句，供給幽燕之勞也。舊注云，時韋堅於望春樓下鑿潭以通漕，大置南海珍貨，舡尾相銜數十里不絶，上御樓觀之。是何夢語！

〔八〕次公曰：兩句又以言幽燕屯兵之多如此。

〔九〕次公曰：隔河憶長眺，乃公自憶其長眺之事。　青歲，青春之年歲。　已摧頽，則傷其今日之老也，故有下句所云。而舊注却注云，肅宗渡河入靈武。是何夢語！

〔一〇〕次公曰：少年日三字，出沈休文詩平生少年日，分手易前期。公今再用矣。前云甫昔少年日也。　無復故人杯，則重懷高與李也。故人杯三字，齊謝朓離夜詩：山川不可夢，況乃故人杯。公又云會有故人杯也。

〔一一〕次公曰：有能市駿骨，莫恨少龍媒，乃告之之辭。戰國策載郭隗謂燕昭王曰：臣聞古之君有以千金求千里馬者，三年不能得。涓人言於君曰：請求之。君遣之。三月得千里馬。馬已死，買其首五百金。反以報君。君大怒曰：所求者生馬，安事死馬，而捐五百金乎！對曰：死馬且買之五百金，況生馬乎，天下必以王爲能市馬。馬今至矣！於是不期年千里之馬至者三。今王誠欲致士，先從隗始。隗且見事，況賢於隗者，豈遠千里哉！於是昭王爲隗築宫而師之。樂毅自魏往，鄒衍自齊往，劇辛自趙往，士爭凑燕。言已死之骨尚能市之，何況恨無龍媒者邪！苟求之，則至。　龍媒字，出漢禮樂志云：天馬來，龍之媒。

〔一二〕次公曰：商山議得失，言漢高祖信四皓而定太子也。蜀主脱嫌猜，言孔明之遇劉先主也。先主既用孔明，關、張之徒不平，日毁之。先主曰：孤之有孔明，猶魚之得水。此之謂脱嫌猜。舊注云，劉備爲曹操嫌猜。是何夢語！

〔一三〕次公曰：吕尚封國邑，言文王用太公，而終至出封於齊爲諸侯也。傳説已鹽梅，言高宗用傳説，若作和羹，爾爲鹽梅〔是〕已。則用之之謂也。四皓隱於商山，孔明卧於南陽，吕尚釣於渭濱，傳説築於傅巖，而皆出於應用，則有以召之故也，豈不猶市駿骨而真馬出乎？此則用之胸懷不能忘君，不能忘世矣，且以言高與李皆賢才而可用也。八句一段，蓋公傷其流落不偶也。

〔一四〕次公曰：景晏楚山深，則作此詩是冬，言其在夔也。景晏字，陶淵明詩景晏步修廊、水鶴去低徊，則以興其閑曠者矣。

〔一五〕次公曰：末句言既不知上七人者爲上所信用而出，但若龐公任其隱淪，本性耳。後漢龐德公與妻子隱於鹿門山。

虎牙行一首（古詩）

北風欻吸吹南國，天地慘慘無顔色〔一〕。洞庭揚波江漢迴，虎牙銅柱皆傾側〔二〕。巫峽陰岑朔漠氣，峯巒窈窕溪谷黑〔三〕。杜鵑不來猿狖寒，山鬼幽憂雪霜逼〔四〕。楚老長嗟憶炎瘴，三尺角弓兩斛力〔五〕。壁立石城横塞起，金錯旌竿滿雲直〔六〕。漁陽突騎獵青丘，犬戎鎖甲圍丹極〔七〕。八荒十年防盜賊，征戍誅求寡妻哭，遠客中宵淚霑臆〔八〕。

〔一〕次公曰：舊本作秋風。師民瞻本作北風，是。蓋下皆冬意。欻吸字，江文通雜擬云欻吸鵾鷄悲，注：猶俄頃

也。今公用於風，則謝朓和蕭子良高松賦有卷風飈之歘吸，積霰雪之巖皚是已。慘慘無顔色，展用登樓賦天慘慘而無色也。

〔二〕次公曰：洞庭、江漢、虎牙、銅柱、巫峽，雖相去之遠，而皆南國之地。楚辭云洞庭波兮木葉下，以言秋時。今冬矣，以風吹之，故云洞庭揚波。詩云：滔滔江漢，南國之紀。今冬矣，以風吹之故，其流回轉。虎牙、銅柱，舊注以爲二灘名。（牙）〔虎〕牙，則蕭銑僭江陵日，屯兵於此，後常爲屯戍之地。杜田正謬云：是詩以風吹南國，而洞庭揚波以回江漢，故銅柱及虎牙山皆傾側。虎牙乃山，非灘也。郭璞江賦云：虎牙嵥豎以屹崒，荆門闕竦而盤薄。注：虎牙、荆門二山，夾岸相對，而江流其中。在峽州夷陵縣東南。自次公觀之，舊注以爲二灘名，則不知虎牙乃山而非灘，又不知銅柱灘之所在。杜田謂銅柱及虎牙山皆傾側，則混銅柱與虎牙皆爲山矣。按銅柱，灘名；虎牙，山名。酈道元注水經云：江水又東，逕漢平二百餘里。左自涪陵，東出百餘里，而届於横石，東爲銅柱灘；則銅柱灘在今涪陵之下也。水經正經曰：江水又東，歷荆門、虎牙之門。注云：荆門在南，上合下閉，有門像；虎牙在北，石壁色紅，門有白文，類牙形，并以物像受名。此二山，楚之西塞。則虎牙山又在銅柱灘之下也。今以風吹之故，山與灘其勢皆傾倒。

【校】荆門闕竦而盤礴：影胡刻本文選闕作闕。

〔三〕次公曰：巫峽雖在南方，今以風寒故成陰岑，而如朔漠之氣。

〔四〕次公曰：冬時近春，杜鵑亦可以來。以風寒之故，則杜鵑滆藏而不來矣。杜鵑、猿狖、山鬼，皆南國之物也。楚辭九歌有山鬼篇，故於夔峽詩多用山鬼字。言雪霜逼，則爲冬詩尤明。

〔五〕次公曰：南方炎瘴之地，今以風寒之故，楚之老人翻長嗟而憶炎瘴，與韓退之篁詩云皇天何時反炎燠之意同。三尺角弓，其斗力未多也。以風寒之故，乃堅勁難開，如兩斛之力。弓言斛力，南史：齊魚復侯子響，勇力絶

人，開弓〔西〕〔四〕斛力。

〔六〕次公曰：壁立石城橫塞起，指言白帝城，蓋其城乃山石自然之城。字則所謂石城湯池也。金錯旌旗滿雲直，時多防戍然也。金錯旌旗，如今所謂銀纏竿槍之類。

〔七〕次公曰：舊本聞丹極，師民瞻本作圍丹極，是。蓋漁陽突騎，指言安史之兵；犬戎鎖甲，指言吐蕃。公作此詩在夔，乃今歲大曆二年矣。史朝義滅於廣德元年之正月，吐蕃是年陷京師於八月，去今四年，而詩及之，蓋追言之，以引下云十年防盜賊之句也。漁陽突騎，公至此凡三使。其二指言幽燕之兵，曰漁陽突騎猶精鋭，赫赫雍王都節制；又曰漁陽突騎邯鄲（而）〔兒〕，酒酣并轡金鞭垂，今此却言安史之兵者，蓋安史之兵亦用此幽燕兵也。後漢：光武克邯鄲，置酒高會。從容謂馬武曰：吾得漁陽上（容）〔谷〕突騎，欲令將軍將之。唐六典注引蔡邕曰：冀州强弩，幽州突騎，天下之精也。今云臘青丘，青丘字，在子虛賦云：秋田乎青丘。注：青丘國在海東三百里，蓋齊天也。舊注：青丘屬洛陽。不知何所據而言然？犬戎，指言吐蕃。丹極者，地居也。以漁陽突騎言之，則獵至於青丘；以犬戎鎖甲言之，則嘗圍於丹極。

〔八〕次公曰：自亂離至此，凡十年矣，而盜賊未息，征戍未散，誅求未已，宜寡妻之哭，遠客之悲也。

晚一首（近體詩）

杖藜尋晚巷，炙背近墻暄〔一〕。人見幽居僻，吾知拙養尊。朝廷問府主，耕稼學山村〔二〕。歸翼飛棲定，寒燈亦閉門〔三〕。

〔一〕次公曰：杖藜字，莊子云：原憲杖藜應門。故對炙背。事則列子：昔（孝）宋國有田夫，常衣緼黂，僅以過冬。暨春，東作。自曝於日，不知天下之有廣廈、隩室，綿纊、狐貉。顧謂其妻曰：負日之暄，人莫知者。以獻吾君，將有重賞。用炙背字，則未見所出，惟公詩又云：炙背可以獻天子。

【校】孝宋國：諸子集成本列子楊朱篇無孝字，是。

〔二〕次公曰：此句法難解，蓋言朝廷以務農重穀之事問府主，故亦化而學山村耕稼也。然此等句法，學者不可効之也。

【校】九家注下接：舜自耕稼陶魚以至爲帝。

〔三〕次公曰：棲鳥以枝定爲安，故詩人每用定字。如公今云：歸翼飛棲定。如白樂天：風枝未定鳥難棲。如李商隱：棲鳥定寒枝。然三定優劣，必有能辨者。原其所出，則周庾信云鳥寒棲不定也。

荆南兵馬使太常卿趙公大食刀歌一首（古詩）

次公曰：此篇蓋柏梁體。分大兩段。上段十七句，押平聲；於此段之中，又分六段。下段十五句，押仄聲；於此段之中，又分三段。句云：玄冬示我胡國刀，則十二月也。

太常樓舡聲嗷嘈，問兵刮寇趨下牢。牧出令奔飛百艘，猛蛟突獸紛騰逃〔一〕。白帝寒城駐錦袍，玄冬示我胡國刀〔二〕。壯士短衣頭虎毛，憑軒拔鞘天爲高〔三〕。翻風轉日木怒號，冰翼雪淡傷哀猱〔四〕。鐫錯碧甖鸊鵜膏，鋩鍔已瑩虛秋濤〔五〕。鬼物撇捩辭坑壕，蒼水

使者捫赤絛，龍伯國人罷釣鼇〔六〕。芮公迴首顏色勞，分閫救世用賢豪〔七〕。趙公玉立高歌起，攬環結珮相終始〔八〕。萬歲持之護天子，得君亂絲與君理〔九〕。蜀江如線如針水，荆岑彈丸心未已。賊臣惡子休干紀，魑魅魍魎徒爲耳，妖腰亂領敢欣喜。用之不高亦不庳，不似長劍須天倚〔一〇〕。吁嗟光禄英雄弭，大食寶刀聊可比〔一一〕。丹青宛轉麒麟裏，光芒六合無泥滓〔一二〕。

〔一〕次公曰：此四句先言趙太常以軍事爲使也。樓舡字，漢武帝鑿昆明池，始製樓舡。上建樓櫓戈矛，四角垂幡旄，旌葆麾蓋。於是官有樓舡將軍。此漢制也，而今於趙太常以軍事乘大舟，則可用樓舡字矣。公於送李大夫赴廣州亦曰斧鉞下青冥，樓舡過洞庭也。聲嗽嘈，則鳴鑼擊鼓而鼓枻之聲也。上牢、下牢，夔已下水關之名。趨下牢，則以羌蠻之亂也。所謂寇者，指此矣。何以言之？公後於秋風詩曰秋風淅淅吹巫山，上牢下牢修水關。要路何日罷長戟，戰自青羌連白蠻也。飛百艘，則應軍須故也。百艘字，劉備遣關羽乘舡數百艘會江陵也。牧，則州牧；令，則縣令。牧出令奔，同赴軍事，督軍須之舡故也。船經山而過，故水蛟山獸，其猛突者亦驚逃矣。此言趙太常以軍事爲使之事。

〔二〕次公曰：白帝城，公孫述所築。述自號白帝，故謂之白帝城。城在夔州之東。

〔三〕次公曰：壯士短衣頭虎毛，則拔鞘取刀之人也。壯士字，荆軻歌云壯士一去兮不復還也。短衣字，莊子言劍士云：短後之衣。頭虎毛，則蓋頭者以虎頭爲飾也。憑軒字，王仲宣登樓賦云：憑軒檻以遥望兮，向

北風而開襟。

〔四〕次公曰：翻風轉日，言刀揮霍之勢。語蓋如張纘南征賦平湖夷暢，翻光轉彩也。冰翼雪淡，言刀瑩薄嚴冷之狀。木怒號，則因風起而然。莊子曰：大塊噫氣，其名爲風。是惟無作，作則萬竅怒號。（令）〔今〕言木怒號，則風鼓之故也。傷哀猱，則駭利刃之傷。言及哀猱，則因困木而及之。猱在木間之物也。詩曰毋教猱升木是已。

〔五〕次公曰：爾雅注云：鸊鵜似鳧而小其膏中瑩刀劍。故云鐫錯碧罌鸊鵜膏，鋩鍔已瑩虚秋濤。戴暠渡關山詩云：馬銜苜蓿葉，劍瑩鸊鵜膏。虚秋濤，則狀刀之瑩，色如濤。

〔六〕次公曰：鬼物，本隱藏於坑壕，見刀乃撇拔而辭頓焉。坑壕，則城下之所也。蒼水使者，是刀之事。搜神記曰：秦時，有人夜渡河。見一人丈餘，手横刀而立。叱之，乃曰：吾蒼水使者也。今以比呈刀之人乃蒼水使者矣。又，吴越春秋載禹登衡岳，血白馬以祭。夢見赤繡衣男子，稱玄夷蒼水使者，曰：聞帝使文命於斯，故來候之。此又於楚地爲切。釣鼇事，列子湯問篇：龍伯之國有大人，一釣而重六鼇，合負而趣歸其國焉。以蒼水使者提刀而呈，龍伯國人見之乃罷釣而去，則又言刀之神矣。

【校】杜工部詩集輯注赤條下引趙曰：赤條，以赤色絲爲繩，刀飾也。捫赤條，將拔刀也。不知所據，録以備考。

〔七〕次公曰：芮公，則節度荆南者也。回首顔色勞，則望趦太常之來也。傳曰：閫外之事，將軍制之。芮公分天子之閫，以救於世，則用賢豪爲切。賢豪，指言趙公太常也。公後有王兵馬使二角鷹詩又云：荆南芮公得將軍，亦如角鷹下翔雲。可見芮公之欲得賢豪者矣。

〔八〕次公曰：攬環結珮，則莊嚴其服。相終始，則成就芮公用賢豪之意也。

〔九〕次公曰：萬歲持之奉天子，則持此刀以奉天子，乃相終始之事矣。　理亂絲有二事，其一則謝承後漢書曰：方儲爲郎中，章帝使文郎居左，武郎居右，儲正住中。曰：臣文武兼備，在所施用。上嘉其材，以繁亂絲付儲，使理。儲拔刀三斷之。對曰：反經任勢，臨事宜然。其一比齊文宣帝洋，字子進，神武第二子。神武使諸子理亂絲。帝抽刀斬之，曰：亂者必斬。此刀事也。舊注引左傳：以德和民，不宜以亂。以亂猶理絲而棼之。又引漢龔遂曰：治亂民猶治亂繩，不可急也。與刀事不相干。

〔一〇〕次公曰：此七句通義。蜀江之小，才如綫，而水才如針，荆岑之地才如彈丸，而不軌之心殊未休已，故戒之以休干紀而徒爲耳也，況此刀一用，可以斬除之乎。　江如綫，如針水，錯以成文也。　彈丸字，如高適亦云爭一彈丸之地。皆以物之小者爲新譬耳。　魑魅魍魎四字，左傳：入山不逢不若，魑魅魍魎，莫能逢之。今公以比賊臣惡子也。　腰領，言所斬之處。妖腰亂領，亦公之新語。　庳者，卑也。不高不庳，則用之適宜。

〔一一〕次公曰：卿有九，而太常與光禄爲九列之首。二卿之職常兼領，故魏志：常林徙光禄，勳太常。而梁陸倕有爲王光禄轉太常謝表也。則光禄又指趙兵馬使。　英雄弭，則言其英雄弭止而未振，猶寶刀之未用也，故以末句激之。

〔一二〕次公曰：丹青宛轉麒麟裏，則使之建功而圖畫於麒麟閣，如趙充國之屬也。如是，則光芒生於六合，永滅妖氛，斯爲無泥滓矣。

【今按】明鈔本於此頁邊款有題識云：右杜詩先後解，宣和原刻，共十本，丙寅孟春重鈔。

己帙卷之一

戊申大曆三年春正月至三月望前，猶在夔州，迤邐出峽到荆南，盡三月所存之詩。正月上旬猶在夔州。

太歲日一首（近體詩）

次公曰：正月一日謂之太歲日，蓋當年太歲之始日也。

楚岸行將老，巫山坐復春〔一〕。病多猶是客，謀拙竟何人〔二〕。閶闔開黄道，衣冠拜紫宸〔三〕。榮光懸日月，賜與出金銀〔四〕。愁寂鴛行斷，參差虎穴鄰〔五〕。西江元下蜀，北斗故臨秦〔六〕。散地逾高枕，生涯脱要津〔七〕天邊梅柳樹，相見幾回新〔八〕。

〔一〕次公曰：將老字，陸機云：吾將老而爲客。

〔二〕次公曰：竟何人字，顔延年詩：存没竟何人。

〔三〕次公云：自此而下蓋言朝見賀正矣。閶闔者，上帝門也。離騷云：吾令帝閽開關兮，倚閶闔而望余。故天子之門亦謂之閶闔。　黄道，日所行之道，而天子之道布黄土於上，亦謂之黄道。　衣冠，指言百官也。　紫

宸，正殿名，在東内大明宫。

〔四〕次公曰：天子之容，謂之日月之光。榮光懸日月，則瞻天顔故也。榮光字，尚書中候曰：榮光出河，休氣四塞。　賜與字，周禮：以待賜予。與、予同。　出金銀，實道其事。而金銀字，如子虚賦云：（賜）〔錫〕碧金銀。

〔五〕次公曰：侍從行列曰鴛鷺之行。古詩云：廁迹鴛鷺行也。公嘗爲左拾遺，通籍朝見，今流落於外，故云鴛行斷。　虎穴字，班超曰：不入虎穴，安得虎子。虎穴鄰，則言其在夔州，乃與虎豹之穴相近也。

【校】賜碧：影胡刻本文選作錫碧。

〔六〕次公曰：莊子：激西江之水。疏云：楚人指蜀江爲西江，以其從西而下也。公由蜀而欲往荆渚，今尚在夔，故曰：西江元下蜀，則可以乘舟而往矣。　北斗故臨秦，則可以往而瞻望其所不能，故自歎也。長安謂北斗城。一説，又有南斗城，蓋以像南斗、北斗之形。一説，長安上值北斗，蓋廣雅云：北斗樞爲雍州。今公所用句意，蓋上直北斗者也。

〔七〕次公曰：散地，指言居夔州是閑散之地也。其字則王弼云：投戈散地，則六親不能相保。　逾高枕，則恣意逾越而高枕，言止就此一睡耳。　要津字，古詩：先據要路津。脱要津，則不在鴛鷺之列也。

〔八〕次公曰：天邊，又指言夔州。言其去中國遠，爲天之一邊也。公在夔亦三年矣，故云幾回新。

元日示宗武一首（近體詩）

汝啼吾手戰，吾笑汝身長〔一〕。處處逢正月，迢迢滯遠方。飄零還柏酒，衰病只藜牀〔二〕。訓喻青衿子，名慙白首郎〔三〕。賦詩猶落筆，獻壽更稱觴〔四〕。不見江東弟，高歌淚

數行。第五弟豐，漂泊江左，近無消息。

〔一〕次公曰：上兩句，在元日於父子言之，可謂當體而有情矣。　手戰，則老病也。　身長，則長大也。　啼笑之事，豈非换年而激父子之感乎？

〔二〕次公曰：柏酒事，四民月令云：元日進椒柏酒。椒是玉衡星精，服之令人身輕能老；柏是仙藥故也。舊注引庾信父子詩，皆出於此耳。柏酒對藜牀。其字則管寧家貧，坐藜牀欲穿，爲學不倦。

〔三〕次公曰：青衿子，指言宗武。詩曰青青子衿，蓋童子之服也。　白首郎，公自謂也。馮唐老而爲郎，左太沖詠史詩曰馮公豈不偉，白首不見招也。顔駟亦老而爲郎，張平子賦云尉厖眉而郎潛是也。

〔四〕次公曰：賦詩字、稱觴字，吴質牋曰：置酒樂飲，賦詩稱觴。

又示宗武一首（近體詩）

次公曰：此詩舊在已前宗武生日詩下，相去今所定一百篇餘。非徒詩義不合，而於題云又示之義不合。前篇云元日示宗武，今篇云又示宗武，則皆元日示之，所以爲又也。

覓句新知律，攤書解滿牀。試吟青玉案，莫羨紫羅囊〔一〕。假日從時飲，明年共我長〔二〕。應須飽經術，已似愛文章。十五男兒志，三千弟子行〔三〕。曾參與游夏，達者得升堂〔四〕。

〔一〕次公曰：張平子四愁詩有曰：美人贈我錦繡段，何以報之青玉案。試吟青玉案，則使爲詩如四愁者也。晉謝玄少好佩紫羅香囊，其叔父安患之，而不欲傷其意。因戲賭取，即焚之，於此遂止。莫羡紫羅囊，則以謝安之意戒之矣。

〔二〕次公曰：假日字，王仲宣登樓賦：假日以銷憂。假日從時飲，則雖父子之間，亦豈遂禁其飲乎？此杜公之真情也。從時飲，則從使有時而飲也。明年共我長，則元日示之之意尤明。蓋今年身材如此，至明年更長，則共我長矣。此父子之至言也。

〔三〕次公曰：公丙申至德元載陷賊中，而家在鄜州，有詩云：驥子好男兒，前年學語時。宗武小名驥子，見公自注宗武生日詩下。學語時，兩歲、三歲矣。自丙申至今年戊申，凡十三年，通學語時正十五年矣。故今詩云：十五男兒志。孔子曰吾十有五而志於學故也。孔子世家：孔子以詩、書、禮、樂教弟子，蓋三千焉。三千弟子行，則使宗武與其行列也，故引末句所云。

〔四〕次公曰：曾參，則責之以孝行；游、夏，則責之以文學。子曰：由也升堂矣。今言三子皆達於孔子之道，而後能升堂，所以終於明戒之也。

遠懷舍弟穎觀等一首（近體詩）

陽翟空知處，荆南近得書〔一〕。積年仍遠別，多難不安居。江漢春風起，冰霜昨夜除〔二〕。雲天猶錯莫，花萼尚蕭疏〔三〕。對酒都疑夢，吟詩正憶渠。舊時元日會，鄉黨羡吾廬〔四〕。

〔一〕次公曰：陽翟，屬潁川郡。潁在陽翟也。荆南，則觀新所遷居也。

〔二〕次公曰：江漢二水在荆南而會。公於夔州詩屢使江漢，以其相近也。詳見句法義例。

〔三〕次公曰：雲天猶錯莫，若言鴻雁之飛而失序。花萼尚蕭疏，若言棠棣之花不相并，皆以興兄弟之離隔也。

〔四〕次公曰：吾盧字，陶淵明詩：吾亦愛吾盧。

續得觀書迎就當陽居止正月中旬定出三峽一首（近體詩）

自汝到荆府，書來數喚吾。頌椒添諷詠，禁火卜（觀）〔歡〕娱〔一〕。舟楫因人動，形骸用杖扶。天旋夔子峽，春近岳陽湖。發日排南喜，傷神散北眸〔二〕。飛鳴還接翅，行序密銜盧〔三〕。俗薄江山好，時危草木蘇。馮唐雖晚達，終覬在皇都〔四〕。

〔一〕次公曰：椒事，固是四民月令云：元日進椒柏酒。而頌椒者，晉劉臻妻元日獻椒花頌也。舊注引周庚信正旦詩椒花逐頌來，乃事之孫矣。頌椒而諷詠，則觀於元日必有詩及公，故言添諷詠也。禁火卜歡娱，則序云：正月中旬定出三峽，於寒食必相聚矣。

〔二〕次公曰：上句言起發之日，安排往南而喜。次句則神情所傷者，北望長安而不得歸也。

〔三〕次公曰：飛鳴，以鶺鴒言之也。詩曰：題彼鶺鴒，載飛載鳴。接翅字，何遜詩云昏鴉接翅飛也。序，以雁言之也。古詩：兄弟鴻雁行。銜蘆事，淮南子曰：雁從風而飛，以愛氣力。銜蘆而飛，以避繒繳；則又以

言防患難也。

〔四〕次公曰：末句，馮唐，公以自比其白首爲郎也。

將别巫峽贈南卿兄瀼西果園四十畝一首（近體詩）

次公曰：舊本作南鄉兄，唯師民瞻本作南卿兄，是。蓋南鄉，則似地名，無義。句云託贈卿家有，則與題南卿之字相應矣。若作託贈鄉家有，又無義也。南卿之義，或云，公之族大，爲卿者非一人，或南宅之卿，或南位之卿也。或又曰：梁武帝置諸卿之位，有春卿、夏卿、秋卿、冬卿之目，而太府卿、少府卿、太僕卿是爲夏卿。豈公之兄取次充是夏卿三官之一，而公目之爲南卿乎？以俟明識。

苔竹素所好，蓬萍無定居。遠遊長兒子，幾地别林廬。雜蕊紅相對，他時錦不如。具舟將出峽，巡圃念攜鋤。正月喧鶯未，兹辰放鷁初。雪籬梅可折，風榭柳微舒。託贈卿家有，因歌野興疏〔一〕。殘生逗江漢，何處狎樵漁〔二〕。

〔一〕次公曰：果園四十畝而公直舉以贈人，此一段美事而古今未嘗揄揚。杜公之氣義良可歎也。此篇鋪敘甚明。卿家字，公於馬詩云：卿家舊賜公有之。蓋亦取晉書云卿自用卿家法之語，其中卿家兩字也。

〔二〕次公曰：末句殘生逗江漢，則又將透過江漢而去矣。

送大理封主簿五郎親事不合却赴通州主簿前閬州賢子余與主簿平章鄭女子垂欲納采鄭氏伯父京書至女子已許他族親事遂停一首（近體詩）

次公曰：禁臠去東牀，言親事不合也。趨庭赴北堂，言往通州也。風波空遠涉，申言往通州。琴瑟幾虚張，申言親事不合。渥水出騏驥，專言封主簿。崑山生鳳凰，專言鄭氏女子。尋常兩句，或皆用美一人之身，或一句説彼，一句説此，詳見句法義例，故繼之以兩家誠欵欵，中道許蒼蒼，言其初從平章也。頗謂秦晉匹，并言兩家之敵。從來王謝郎，又以言封主簿之風味。青春動才調，言主簿之年少也。白手缺輝光，言親事不合，空手而去也。玉潤終孤立，又以女婿事歎之也。珠明得闇藏，又以紀封君之美而不投合也。末句則所以紀别矣。

禁臠去東牀，趨庭赴北堂〔一〕。風波空遠涉，琴瑟幾音洎虚張〔二〕。渥水出騏驥，崑山生鳳凰〔三〕。兩家誠欵欵，中道許蒼蒼。頗謂秦晉匹，從來王謝郎〔四〕。青春動才調，白手缺輝光。玉潤終孤立，珠明得闇藏〔五〕。餘寒折花卉，恨别満江鄉。

〔一〕次公曰：禁臠事：晉謝混，字叔源。孝武帝爲晉陵公主求婿，謂王珣曰：主婿但如劉真長、王子敬便足。如王處仲、桓玄子不可，才小富貴，便豫人家事。珣對曰：謝混雖不及真長，不減子敬。帝曰：如此便足。未

幾，帝崩。袁山松欲以女妻之。珣曰：卿莫近禁臠。初，元帝始鎮建業，公私窘罄。每得一豚，以爲珍膳。項上一臠尤美，輒以薦帝，羣下未嘗敢食，於時呼爲禁臠，故珣因爲戲。混竟尚主。　東牀事，王羲之傳：太尉郗鑒使門生求女婿於王導，令就東廂徧觀子弟。門生歸，謂鑒曰：王氏諸少並佳，然聞信至，咸自矜持。惟一人在東牀坦腹食，獨若不聞。鑒曰：正此佳婿邪。訪之，乃羲之也，遂以女妻之。　趨庭，即（孔子）〔論語〕云：鯉趨而過庭也。　北堂，則母之堂也。（鄘）〔衛〕詩伯兮：焉得諼草，言樹之背。注：背，北堂也。

〔二〕次公曰：夫婦以比琴瑟。詩（鹿鳴）〔常棣〕篇云：妻子（合好）〔好合〕，如鼓（琴瑟）〔瑟琴〕。貼以虛張字，董仲舒云：琴瑟不調，而甚者必解而更張之也。　幾，公自注云：音（洎）〔洎〕。蓋巨至切。洎，及也。而幾亦恰如此之義也。杜牧詩云斧鉞朱殷幾一空，亦此之義。

〔三〕次公曰：渥水事，漢武元鼎四年，馬生渥洼水中。騏驥，則駿馬之名。　葛仙公傳曰：崑崙一名積石瑶房。古本莊子載老子曰：吾聞南方有鳥，其名爲鳳。所居積石千里。則崑山可以言生鳳凰矣。舊注引丹穴之鳳凰，却是丹穴也。

〔四〕次公曰：秦晉事，春秋（襄二十七年）〔僖二十三〕年傳：（趙孟）〔懷嬴〕曰：秦、晉匹也，何以卑我？　王謝事，晉江左以王謝爲胄族，其子弟風流也。劉禹錫亦云：舊時王謝堂前燕。

〔五〕次公曰：玉潤事，晉樂廣，字彦輔，人謂之水鏡；女婿衛玠，字叔寶，時號玉人，故時語曰婦翁冰清，女婿玉潤也。明珠，言明月之珠也。　漢鄒陽云：明月之珠，夜光之璧，以闇投人於道〔路〕，（衆莫）〔人無〕不按劍相（盼）〔眄〕。珠無所用，其明亦闇。藏而已，不以投人也。

人日兩首（近體詩）

次公曰：此四題後，乃適江陵。

元日到人日，未有不陰時〔一〕。冰雪鶯難至，春寒花較遲〔二〕。雲隨白水落，風振紫山悲〔三〕。蓬鬢稀疏久，無勞比素絲〔四〕。

右一

〔一〕次公曰：世有西清詩話云：都人劉克者，窮該典籍，人有僻書疑事，多從之質。嘗注杜子美、李義山集，與客論云：元日至人日，未有不陰時。人知其一，不知其二。四百年間，唯杜子美與克會耳。起就架上取書示客曰：此東方朔占書也。歲之八日：一曰鷄，二曰犬，三曰豕，四曰羊，五曰牛，六曰馬，七曰人，八曰穀。其日晴，所主之物育；陰，則災。少陵意天寶罹亂，四方雲擾，幅裂人物，歲歲俱災。此豈春秋書王正月意邪？深得古人用心如此。此西清詩話所載也。次公謂：歲八日之名，董勛問俗禮之書云然，已載初學記，在克之前，人所共見。其專指東方占書，雖亦是矣，必謂天寶罹亂，歲歲俱災，則非。蓋公作此詩在今歲大曆三年，自天寶十四載禄山之亂抵此，凡十三次見春矣，豈有歲歲正月不晴八日者乎？蓋公自蜀來夔，於此兩見人日，而今所見恰限如此，而公紀之耳，故有下句出之也。

〔二〕次公曰：歲既春矣，新鶯當至，以冰雪而未至；早花當開，以春寒而開遲。此所以成上兩句之言陰也。未有不陰時，止言見今所逢之歲，自一日至二日、至三日、至四日、至五日、至六日、至七日，無一日而不陰，非言歲歲俱災。劉克之説非矣。

〔三〕次公曰：白水、紫山，非是地名。白水，蓋水之白色。如晉文公云：所不與舅氏同心，有如白水。紫山，

則公前篇云紫崖奔處黑也。　風振字，莊子云風振海而不能驚也。

〔四〕次公曰：髮如素絲者，老人之狀。以其稀疏，則欲比素絲而不得，所以重自傷也。　素絲，祖於毛詩，而古詩亦云：皎皎白素絲。

此日此時人共得，一談一笑俗相看。罇前柏葉休隨酒，勝裏金花巧耐寒〔一〕。佩劍衝星聊暫拔，匣琴流水自須彈〔二〕。早春重引江湖興，直道無憂行路難〔三〕。

右二

〔一〕次公曰：柏葉，乃元日事。四民月令曰：元日進椒柏酒。椒，是玉衡精，服之令人體輕能老；柏，是仙藥。而柏葉字，則庾肩吾歲盡詩云：聊同柏葉酒，且奠五辛盤。今言休隨酒，則元日過矣，故休止柏葉之隨酒也。金勝事，荆楚歲時記曰：正月七日爲人日。以七種菜爲羹，剪綵爲人，或鏤金簿爲人，以貼屏風，亦戴之頭鬢，又造花勝相遺也。

〔二〕次公曰：拔佩劍、彈匣琴，則所以寄其愁也。　佩劍字，晉輿服志：漢自天子至百官，無不佩劍。　衝星事，晉書：斗牛之間有紫氣。雷焕曰：寳劍之精，上徹於天。　流水，則伯牙志在流水，而鍾子期曰湯湯哉者也。舊注引：琴有三峽流泉操。却是流泉操。

〔三〕次公曰：引江湖興，則將出峽而往也。　直道無憂行路難，行路難是古曲名，言以直道行之，無地而不可往，故路難爲不足憂也。　直道字，論語云：以直道而事人。

月一首（近體詩）

次公曰：舊有三首相連，此篇居後。次公既離之爲三，而以蝦蟆動半輪繫之去年七月十二、十三夜詩矣。又定此篇於今年，而合二十四回明之前。蓋二十四回明以言望，而此云六上弦，則初七、初八詩也。

萬里瞿唐峽，春來六上弦〔一〕。時時開暗室，故故滿青天〔二〕。爽合風襟靜，高當淚臉懸〔三〕。南飛有烏鵲，夜久落江邊〔四〕。

〔一〕次公曰：瞿唐峽，指言夔州。公今既在夔州賦詩以言春月，其云六上弦，則公大曆元年三月望後方自雲安來夔，而大曆二年全春在夔，乃初見三上弦；大曆三年三月半方出峽，則在夔又見三上弦，此之謂春來六上弦也。

〔二〕次公曰：開暗室、滿青天，皆言月之光也。暗室字，君子不欺暗室。青天字，若披雲霧而睹青天。

〔三〕次公曰：襟謂之風襟，宋玉風賦云披襟而當之也。公在賊中望鄜州月云：何時倚虚幌，雙照淚痕乾。以不見妻孥，故有淚痕。今言淚臉懸，則雖與妻孥俱焉，然以羈旅在外，傷時感舊，皆下淚之事矣。

〔四〕次公曰：魏武帝樂府詩云：月明星稀，烏鵲南飛。遶樹三匝，何枝可依。末句蓋用此也。惟夜久落江邊一句，用言烏鵲，則以飛困而落；用言月，則若云：任從烏鵲之南飛，直至夜久方落江邊。兩説皆有義，以俟言詩者。

江梅一首（近體詩）

次公曰：江梅者，江邊之梅也。如在嶺，則曰嶺梅；在山，則曰山梅；在野，則曰野梅；官中所種，則曰官梅。而後之學者，凡見梅便謂之江梅，誤矣。

梅蕊臘前破，梅花年後多。絶知春意好，最奈客愁何。雪樹元同色，江風亦自波〔一〕。故園不可見，巫岫鬱嵯峨〔二〕。

〔一〕次公曰：雪樹，則雪中之樹木也。

〔二〕次公曰：鬱嵯峨三字，陸士衡云：崇山鬱嵯峨。

庭草一首（近體詩）

次公曰：隋煬帝善屬文而不欲人出其右。爲燕歌行，羣臣皆以爲莫及。王胄獨不下帝，因以被害。帝誦其佳句曰：庭草無人隨意緑，能復道耶？有此庭草兩字，故公取以名題。

楚草經寒碧，庭春入眼濃。舊低收葉舉，新掩卷牙重〔一〕。步履宜輕過，開筵得屢供〔二〕。看花隨節序，不敢强爲容〔三〕。

〔一〕次公曰：舊低收葉舉，言舊低俯而收斂之葉，以春而舉也。新掩卷牙重，言新掩蔽而韜卷之牙，以春而重也。句可謂新奇矣。

〔二〕次公曰：開筵得屢供，古人以芳草爲樂，故公詩又曰開筵上日當芳草也。然不若春花之尤佳，故有末句。

〔三〕次公曰：看花則隨節序而樂之，不敢於芳草强爲容以爲好也。

月一首（近體詩）

次公曰：舊本有三首，此詩在其中，相連而又失先後之次。次公離之爲三：以首篇曰：蝦蟆動半輪，定爲去歲秋七月十一、十二夜；末篇曰：春來六上弦，爲今歲二月初七、初八詩；今篇在中所謂二十四回明，爲今歲二月望詩。

併點巫山出，新窺楚水清〔一〕。羈棲愁裏見，二十四回明〔二〕。必驗升沉體，如知進退情〔三〕。不逢銀漢落，亦伴玉繩橫〔四〕。

〔一〕次公曰：併點巫山出，點字可謂奇矣。新窺字方敵。舊注本作昭字，淺近，非是。併點、新窺，猶前卷八月十五夜月云稍下巫山峽，猶銜白帝城也。

〔二〕次公曰：羈棲愁裏見，二十四回明，此又公不拘以數對數之格。羈棲愁者，羈棲中愁也。羈棲之愁，對二十

有四，其勢暗敵。舊注本作羈棲秋，又非是。　二十四回明者，此言歷望夜凡二十四也。　公大曆元年三月過望方到夔，自四月數至十二月，則夔州見望者九。大曆二年有閏六月，則夔州見望者十三。今年三月半之前出峽，則夔州止見望者二。豈不是二十四回邪？

〔三〕次公曰：必驗升沉體，如知進退情，此公之新意。月初出曰升，既落曰沈。升則進之道，沉則退之道也。此句本言既看月出，又看至其没，寓義於其間，又引末句也。

〔四〕次公曰：末句正言看月徹夜之時候。謝玄暉云：金波麗鳷鵲，玉繩低建章。金波，月也。玉繩，星名。低，謂星下。凡夜深，則玉繩星低。（金）〔星〕言横，則曹子建云：月没參横，北斗闌干。横，亦欲低之狀。星既低下而横，然後河漢落，則夜又深矣。張正見秋河曙耿耿詩曰月下姮娥落；而宋之問明河篇曰昏見南樓清且淺，曉落西山縱復横，至河漢落，則月亦將没矣。不逢銀漢落而罷看，亦必伴玉繩星横而後止。此看月之盡夜也。　一又作不違字，非，無義矣。舊注，銀漢落，引鮑明遠詩：夜移衡漢落。玉繩横，引謝（靈運）〔朓〕詩玉繩低建章，極是，蓋杜公止承用此耳。杜田講義爲冗。

【校】則玉繩星低：九家注引趙注下作：言月隨銀漢而落，伴玉繩而低，乃望夜之月也。

大曆三年春白帝城放舡出瞿唐峽久居夔府將適江陵漂泊有詩凡四十韻（近體詩）

次公曰：此所謂春，當是二月望後，或三月初，蓋以在夔月詩二十四回明，止數到二月望也。今詩雖是鋪敘之詩，而自分段數。自老向巴人裏至夢盡失歡娱，初敘其離夔州入船所歷之景，及弔古之事；自擺闔盤渦沸至

死地脱斯須，則敘其所歷之灘險名狀； 自不有平川快至環洲納曉晡，則敘其見平川之景； 自前聞辨陶牧至朗詠劃昭蘇，又敘其前途之地； 自意遣樂還笑至懶計却區區，則起意論出處矣； 下四句又其紀所歷之佳景與奇事； 自朝士兼戎服至未必免崎嶇，則論時世衰亂，武士得勢而儒道不行之也。

【校】自前聞辨陶牧至：明鈔本至字以下闕文，據草堂藏本補。

老向巴人裏，今辭楚塞隅〔一〕。入舟翻不樂，解纜獨長吁〔二〕。窄轉深啼狖，虚随亂浴鳧〔三〕。石苔凌几杖，空翠撲肌膚。疊壁排霜劍，奔泉濺水珠〔四〕。杳溟藤上下，濃淡樹榮枯。神女峯娟妙，昭君宅有無。曲留明怨惜，夢盡失歡娱〔五〕。擺闔盤渦沸，欹斜激浪輸。風雷纏地脈，冰雪曜天衢〔六〕。鹿角真走險，狼頭如跋胡〔七〕。惡灘寧變色向者二灘名，高卧負微軀〔八〕。書史全傾撓，裝囊半壓濡。生涯臨臬兀，死地脱斯須〔九〕。不有平川决，焉知衆壑趨〔一〇〕。乾坤霾漲海，雨露洗春蕪〔一一〕。鷗鳥牽絲颺，驪龍濯錦紆〔一二〕。落霞沉（緣）〔緑〕綺，殘月壞金樞〔一三〕。泥笋苞初荻，沙茸出小蒲〔一四〕。雁兒爭水馬，燕子逐檣烏〔一五〕。絶島容煙霧，環洲納曉晡〔一六〕。前聞辨陶牧，轉眄拂宜都〔一七〕。縣郭南畿好路入松滋縣，津亭北望孤〔一八〕。勞心依憩息，朗詠劃昭蘇〔一九〕。意遣樂還笑，衰迷賢與愚。飄蕭將素髮，汩没聽洪鑪〔二〇〕。丘壑曾忘返，文章敢自誣〔二一〕。此生遭聖代，誰分哭窮途〔二二〕。

卧疾淹爲客，蒙恩早廁儒〔二三〕。廷爭酬造化，樸直乞江湖〔二四〕。灩澦險相迫，滄浪深可逾〔二五〕。浮名尋已已，懶計却區區〔二六〕。喜近天皇寺，先披古畫圖。此寺有晉右軍書，張僧繇畫孔子洎顔子十哲形像。〔二七〕應經帝子渚，同泣舜蒼梧〔二八〕。朝士兼戎服，君王按湛盧〔二九〕。旄頭初俶擾，鶉首麗泥塗〔三〇〕。甲卒身雖貴，書生道固殊〔三一〕。出塵皆野鶴，歷塊匪轅駒〔三二〕。伊吕終難降，韓彭不易呼〔三三〕。五雲高太甲，六月曠摶扶〔三四〕。回首黎元病，爭權將帥誅〔三五〕。山林託疲薾，未必免崎嶇〔三六〕。

【校】老向巴人裹至冰雪曜天衢：明鈔本闕文，據草堂藏本補。　緣綺：注引作緑綺，是，今據改。

〔一〕次公曰：巴人，則劉璋分三巴，以夔爲中巴地也。楚塞，指言白帝城爲塞。

〔二〕次公曰：入舟而不樂，解纜而長吁，則有萍梗流離之傷矣。

〔三〕次公曰：上句則舟轉於峽中之窄處，其間啼狖愈在深處矣。次句則舟虚隨泛浴之鳧，謂之亂浴，則非一二鳧耳。或云，啼狖以舟窄轉而浴，鳧深啼以舟虚隨而亂。恐句法之義不然。

〔四〕次公曰：疊壁排霜劍，指言巫山也，其立如劍。

〔五〕次公曰：；此四句通義。　神女峰，巫山十二峰中之一。言娟妙，則以神女之故，自娟妙矣。　宅有無，蓋年歲久遠，不知何在也。　曲，則昭君曲是也。樂府有昭君怨，石季倫所賦明君辭是也。　夢，則楚襄王夢神女是也。　怨惜，一作怨别，非是，蓋怨惜兩字方對歡娱。神女賦曰：寐而夢之，寤不自識。罔兮不樂，悵而失

志。則失歡娱之謂也。　已上初敘其離夔州入舡所歷之景及弔古之事者如此。

【校】注〔一〕至注〔五〕明鈔本闕文，據草堂藏本補。

〔六〕次公曰：盤渦字，郭璞江賦云：盤渦谷轉。　激浪，則賈誼云水激則悍之義。　沸字，則如波浪驚沸，駭波鴻沸也。　輸字，則如南都賦云：川瀆則箭馳風疾，長輸遠逝也。　風雷，言風雷起於其間。　江賦云：流風蒸雷也。　冰雪，言波浪之色。　地脈字，蒙恬傳：二世賜恬死，曰：恬罪當死矣！起臨洮，屬之遼東，城塹萬餘里，此其中不能無絶地脈哉！　故對天衢。　其字雖起於荷天之衢耳，而用天衢字，則龍躍天衢、飛翼天衢、坐見天衢也。

〔七〕次公曰：鹿角、狼頭，公本注：二灘名。　於鹿角下貼走險字，則左傳之言鹿曰：鋌而走險。　於狼頭下貼跋胡字，則詩曰狼跋其胡也。

〔八〕次公曰：語曰：變色而作。　今遇惡灘，寧不變色而憂懼乎？　高卧，則事有不測，爲負微軀矣。　又似言於高卧有妨，斯乃微軀之負也。　以俟明識。

〔九〕次公曰：下四句甚明。　臬兀字，易曰：困于〔甈元〕〔𦤎卼〕。　故對斯須。　其字則記云：禮不可斯須去身也已。　上敘其所歷之灘險名狀者如此。

〔一〇〕次公曰：平川決，一作快。　師民瞻本唯取決字，是。　蓋孟子云：沛然若決江河也。

〔一一〕次公曰：乾坤霾漲海，則水之渺茫闊遠矣，故以漲海比之。　雨露洗春蕪，既以紀其時，又見岸亦闊遠有春蕪矣。

〔一二〕次公曰：鷗鳥牽絲颺，羽如絲也。　謂之牽絲，則絲有牽之理，故柳絲亦曰牽也。　驪龍濯錦紆，言龍體如錦也，謂之驪龍，取莊子之語。　謂之濯錦，則成都謂之濯錦江，言水濯其錦愈明也。

〔一三〕次公曰：謝玄暉詩云：餘霞散成綺。則霞之狀如綺也。用緑綺字，則琴有緑綺之名，取此兩字貼之耳。殘月壞金樞，則殘月狀如户樞之壞脱也。用金樞字，則以海賦有大明鑣轡於金樞之穴。注云：金樞，月没之處。取此兩字貼之耳。

〔一四〕次公曰：謝靈運詩云：新蒲含紫茸，初篁苞緑籜。公今荻言苞字，蒲言茸字，蓋出於此。

〔一五〕次公曰：水馬，據薛蒼舒注，按本草，水馬生水中，善行如馬，亦謂之海馬。杜田按陳藏器本草云：水馬生海中，頭如馬形，長五六寸，蝦類也。陶隱居所稱亦同。附鷁門皆是。檣烏事，舡檣上刻爲烏形，取烏之識風，所以相風亦刻烏形者以此也。燕如逐之，此詩人着句之巧也。其詳見句法義例。

〔一六〕次公曰：絶島字，未見。環洲字，則謝靈運云環洲亦玲瓏也。曉晡兩字，早晚之義也，故對煙（霞）〔霧〕。已上敘其見平川之景者如此。

【校】煙霞：當從正文作煙霧。

〔一七〕次公曰：陶牧字，王粲登樓賦：北彌陶牧，西接昭丘。注：陶，鄉名。郊外曰牧。宜都，峽州也。劉備改夷陵爲宜都。

〔一八〕次公曰：北望孤，則又懷長安矣。

〔一九〕次公曰：詩曰：召伯所憩。箋云：憩，息也。有此憩息兩字，故用對昭蘇。其字則禮記蟄蟲昭蘇也。劃字，開豁之意。鮑照詩有怯與君劃期。公詩又云劃見公子面，亦此義也。已上又敘其前塗之地者如此。

〔二〇〕次公曰：四句通義。人情歷艱險則悲憂，逢平曠則笑樂。當是時，雖身之老，志之衰矣，豈復論賢愚哉！聽於造物而已。素髪字，潘安仁云：素髪颯以垂領。洪鑪字，如禪伯云：洪鑪上一點雪。

〔二一〕次公曰：上句所謂山林之士，往而不能返也。次句則公以文自任，雖己亦不得而誣其不能也。

〔二二〕次公曰：阮籍每行至路窮處輒痛哭而返。公以其尚可遇合，未必如阮籍之哭也。

〔二三〕次公曰：其下所以言今者卧疾，雖淹留於爲客，而往日蒙恩，得廁儒列，蓋公嘗獻三大禮賦，有詩曰往時文彩動人主也。

〔二四〕次公曰：庭爭酬造化，則又言其爲左拾遺時，嘗論房琯有才不宜廢免，是謂庭　；以酬君王顧遇之恩，是爲酬造化。樸直乞江湖，則肅宗怒，貶琯邠州刺史，出甫爲華州司功，屬關輔饑亂，棄官之秦州。又在同谷，遂入蜀，往來東、西川。今在夔，且欲之楚而南。是爲乞之以江湖矣。從人求取曰乞，音欺汔反。人惠遺之曰乞，音去既反。

〔二五〕次公曰：上句既有江湖之行，經過灧澦，其險相逼而下矣。次句滄浪之水，見禹貢。漁父歌曰滄浪之水清兮、滄浪之水濁兮，則在楚地矣。舟儘南下，故彼雖深而可逾也。

〔二六〕次公曰：公言其出處反覆曲折。初以爲衰老聽造物而已；又言其負文章，逢聖代，則不分窮途之災困；又言其嘗以文動於上，以諫忤旨而流落江湖，迫灧澦，逾滄浪，於是無意於浮名，而遂其閑懶矣。然則，公之出處，豈不分明哉？已上起意論出處者如此。

〔二七〕次公曰：天皇寺之古畫圖，公自有本注，而其詳載渚宫故事云：張僧繇避侯景之亂，來奔湘東王繹，承制拜右將軍。僧繇善畫，爲南郡之冠。常於天皇寺柏堂圖盧舍那佛像，夜有奇光發自屋壁。又於堂内圖孔子十哲像。湘東記室鮑泂岳謂曰：釋門之内寫素王之容，雖神異無方，豈可夷、夏同貫？僧繇笑曰：吾誠偶然，安知不利於後？聞者莫曉其意。及後滅三教，荆、楚祠宇莫不毁撤，惟天皇寺有宣尼聖像，遂爲國庠，時人歎其先覺。則公所謂古畫圖者如此。

〔二八〕次公曰：楚辭云：帝子降兮北渚。帝子，謂堯女娥皇、女英也。舜巡狩而死於蒼梧，今公所謂同泣蒼梧，則

公之懷舜，其意深矣。　已上紀其所歷之佳景與其事也。

〔二九〕次公曰：夫虞、舜不得而見之，於是感時世之衰亂，武士得勢而儒道不行也。　湛盧，劍名。吴越春秋：越王允常使歐冶子作名劍五。秦客薛燭善相劍，越王取湛盧示之。曰：善哉！銜金鐵之英，吐銀錫之精，寄氣託靈，服此劍可以折衝伐敵。人君有逆謀，則去之他國。允常乃以湛盧獻吴。吴公子光弒吴王僚，湛盧去如楚。君王按湛盧，此代宗欲自討吐蕃，自率六軍屯於苑中者也。鮑明遠詩云：天子按劍怒。

〔三〇〕次公曰：旄頭，胡星也。　初俶擾，言胡始爲亂也。禄山之叛在天寶十四載十一月。先陷河北諸郡。俶擾字，尚書：俶擾天紀。　鶉首，星度之名。分野則雍州也。　麗泥塗，此言廣德元年長安陷也。泥塗字，左傳：使吾子辱在泥塗。舊注引厥土惟塗泥，却是塗泥矣。

〔三一〕次公曰：兩句通義。言遭喪亂，則武士重，故甲卒貴爲節度，爲將帥。甲卒雖貴矣，時亦有書生在其中，而書生之道與甲卒自殊也。

〔三二〕次公曰：彼書生者，其出塵則如野鶴。晉嵇紹在稠人中昂昂然若野鶴之在鷄羣；是已。　其歷塊，則非轅駒。歷塊事，王褒云：過都越國，蹶如歷塊。轅駒事，灌夫傳：上怒内史曰：公平生數言魏其、武安長短，今日廷論，局（促）〔趣〕効轅下駒。應劭曰：駒者，駕著轅下。局促，蹴小貌。

〔三三〕次公曰：伊尹相湯伐桀，吕望佐武王伐紂，此書生之善用兵者。終難降，則不肯降志於甲卒之徒也。或曰：降，則天之降才，維岳降神。既已死矣，終難降生也。於義亦通。　韓者，韓信；彭者，彭越。二人皆以武夫負氣，跋扈難制，所以不易呼。以言甲卒之貴者如此。呼字，蓋折簡可呼之呼。

〔三四〕次公曰：兩句難解，學者疑之。然以意逆志，承伊吕終難降，韓彭不易呼之下，則言文人不來，武人得勢，此賢者之所以隱也。京房易飛候曰：視四方常有大雲，五色具，其下賢人隱。高太甲，則言雲高於六甲之上。但

太甲字未見明出，以俟博聞。　莊子曰：鵬之徙於南溟也，水擊三千里，摶扶摇而上者九萬里，去以六月息者也。所謂摶者，摶聚其風也。扶摇者，風名也。今云摶扶，則無義。然起於沈佺期移禁司刑詩云：散材仍葺廈，弱羽遽摶扶。不知沈何故如此剪截經語，而公又取也？六月曠摶風之勢，言賢才之不得用也。

〔三五〕次公曰：賢者隱矣，但回首觀黎元之病而已。彼所謂將帥者，皆武人也，則爭權而不免於誅。皆所以傷之也。

〔三六〕次公曰：末句，則公自傷尤深矣。疲薾字，莊子曰：薾然疲役。而謝靈運詩云：疲薾慚貞堅也。

巫山縣汾州唐使君十八弟宴別兼諸公攜酒樂相送（牽）〔率〕題小詩於屋壁一首（近體詩）

【校】牽題：無義，九家注作率題，是。

卧病巴東久，今年强作歸〔一〕。故人猶遠謫，兹日倍多違〔二〕。接宴身兼杖，聽歌淚滿衣。諸公不相棄，擁別借光輝。

〔一〕次公曰：卧病字，謝玄暉有在郡卧病呈沈尚書詩一首也。巴東郡，今雖是歸州，而實夔州一帶也。古歌云：巴東三峽巫（山）〔峽〕長。郭璞江賦云：巴東之峽，夏后疏鑿。今年强作歸，則公之南下，必出陸歸長安也。

【校】巫山長，詳丁帙卷六九日五首之一注〔三〕校語。

〔二〕次公曰：故人猶遠謫，指言汾州唐使君矣。其餘甚明。

春夜峽州田侍御長史津亭留宴得筵字一首（近體詩）

北斗三更席，西江萬里舡〔一〕。杖藜登水榭，揮翰宿春天。白髮煩多酒，明星惜此筵〔二〕。始知雲雨峽，忽盡下牢邊〔三〕。

〔一〕次公曰：西江，指蜀之盡處，荆渚是也。具於句法義例矣。

〔二〕次公曰：明星惜此筵，言夜將盡而曉，則明星行暗矣，於是筵終爲可惜也。

〔三〕次公曰：高唐賦云：巫山之陽，高丘之阻。旦爲朝雲，暮爲行雨。此所以謂之雲雨峽也。峽至下牢而盡，則實録也。

送王十五判官扶侍還黔中得開字一首（近體詩）

大家東征逐子回，風生洲渚錦帆開〔一〕。青青竹笋迎舡出，日日江魚入饌來〔二〕。離别不堪無限意，艱危深仗濟時才。黔陽信使應稀少，莫怪頻頻勸酒杯。

〔一〕次公曰：大家，指言王判官母。以班氏比之也。王判官母隨其子赴官而歸，其初赴官之地比黔中必在東方，

故用大家東征字。詩人於恰好處不放過也。回，則自東而回黔中矣。其事則後漢書曰：扶風曹〔世〕叔妻者，同郡班彪之女也。和帝數召入宫，令皇后、貴人師焉，號曰大家。子穀爲陳留長，大家隨至官。作東征賦，述所經歷也。錦帆字，陳陰鏗渡青草湖詩：平湖錦帆張。公於渼陂行亦曰主人錦帆相爲開矣。開字，則梁劉孝威詩：幸息巴人唱，聊望高帆開。

〔二〕次公曰：竹笋、江魚之句，正是孝子奉母事。竹笋，則楚國先賢傳：孟宗，字恭武。母好食竹笋。冬月無之，宗入林中哀號，笋爲之生，因以供母。時人以爲至孝所感。江魚，則後漢列女傳：姜詩并妻龐氏，并至孝。母好飲江水，嗜魚鱠，又不能獨食。夫婦常力作鱠，呼隣母共之。舍側忽有泉湧，味如江水。每旦，輒出雙鯉，常以供二母之膳。王判官將母舟行，故用迎舡字貼之，又正用江魚字，可謂善使事矣。或云：青青字，於竹爲切。旦旦字，舊本作日日，其字於魚皆爲泛。然旦旦字是。按水經酈道元注：江水過江陽縣南下。云姜詩坐取水溺死，婦至孝上通，泉出其舍側，旦旦常出鯉魚一雙以膳焉。有此旦旦兩字，爲切矣。如笋言迎舡出，其出字活矣。庾信托跋碑銘云：凍浦魚驚，寒林笋出也。師民瞻所傳任昌叔本作白白江魚，云韓詩外傳稱魚爲白白。今此書世有之，未常有此稱也。唯管子有云：齊桓公使管仲求甯戚，戚應之：浩浩乎。管仲不能知。婢子問之。仲曰：非婢子所知也。婢子曰：詩云：浩浩之水，育育之魚。未有家室，我將安居。甯子其欲室乎？仲以其言告桓公。若白白的是魚名，非不佳，却青青只是言竹笋耳，亦豈笋名乎？

宿青溪驛奉懷張員外十五兄之緒一首（古詩）

次公曰：蔡伯世以此爲嘉州犍爲縣之青溪，大誤。紀年編次中有解。

漾舟千山内，日入泊枉渚〔一〕。我生本飄飄，今復在何許〔二〕？石根青楓林，猿鳥聚儔侶〔三〕。月明游子靜，畏虎不得語〔四〕。中夜懷友朋，乾坤此深阻〔五〕。浩蕩前後間，佳期付荆楚〔六〕。

〔一〕次公曰：漾舟字，祖出蜀都賦云：漾輕舟。而謝惠連西陵遇風詩云：漾舟陶嘉月。日入字，莊子曰：日出而作，日入而息。枉渚字，選詩：通波激枉渚。公詩又曰：鵾鷄號枉渚。此已將至荆南矣。

〔二〕次公曰：在何許，問之之辭，所以引言下句。字出阮籍詠懷詩云：良辰在何許，凝霜沾衣襟。許，猶所也。

〔三〕次公曰：楚辭云：江水湛湛兮上有楓，目極千里兮傷春心。楚地多楓，故公於楚詩每用楓焉。青楓，則春時也。秋後則丹矣。

〔四〕次公曰：不得語三字，古詩：相望一水間，脈脈不得語。

〔五〕次公曰：友朋字，詩云：豈不（懷歸）〔欲往〕，畏（此）〔我〕友朋。乾坤此深阻，謂之此者，指言青溪谷也。

【校】所引詩經云云：左傳莊二十二年引逸詩作：豈不欲往，畏我友朋。其字出曹子建詩：置酒此河陽。

〔六〕次公曰：末句浩蕩前後間，佳期付荆楚，言此身浩蕩之前，事已往矣；浩蕩之後，未知所之；而其間當以付荆楚爲佳期也。張員外者，豈在荆州乎？浩蕩者，波流之貌。祖出楚辭：怨靈修之浩蕩。又曰：志浩蕩而傷懷。又曰：心飛揚兮浩蕩。杜公所用多是此，非言水之浩浩蕩蕩也。

敬寄族弟唐十八史君一首（古詩）

與君陶唐後，盛族多其人〔一〕。聖賢冠史籍，枝派羅源津。在今氣磊落，巧僞莫敢親。介立實吾弟，濟時肯殺身〔二〕。物白諱受玷，行高無汙真〔三〕。得罪永泰末，放之五溪濱〔四〕。鸞鳳有鎩翮，先儒曾抱麟〔五〕。雷霆霹長松，骨大却生筋〔六〕。一失不足傷，念子熟自珍〔七〕。泊舟楚宫岸，戀闕浩酸辛〔八〕。除名配清江，厥土巫峽鄰〔九〕。登陸將首途，筆札枉所申。歸朝跼病肺，敘舊思重陳〔一〇〕。春風洪濤壯，谷轉頗彌旬〔一一〕。我能泛中流，唐突鼉獺嗔〔一二〕。長年已省柁，慰此正良臣〔一三〕。

〔一〕次公曰：唐、杜皆出於陶唐。漢高祖贊引范宣子亦曰：祖自虞以上爲陶唐氏，在夏爲御龍氏，在商爲豕韋氏，在周爲唐、杜氏。注：唐、杜，二國名。斯可見矣。盛族多其人，則唐、杜兩族之盛，多有其人。

〔二〕次公曰：在今氣磊落，巧僞莫敢親。介立實吾弟，濟時肯殺身，四句通義，言今之氣度磊落，遠巧僞而能介立者，惟唐史君也。如此，故肯殺身以濟時矣。子曰：有殺身以成仁者。

〔三〕次公曰：上兩句所以明其得罪之由，以不受汙玷而致然也。苟使其不諱受玷，不憚汙真，而同乎流俗，合乎汙世，則豈不容於時哉！此與浩浩易污之義不同。舊注引此，非是。

〔四〕次公曰：五溪者，馬援傳：武威將軍劉尚擊武陵五溪蠻夷。注引酈道元水經〔注〕云：武陵有五溪，謂椎

溪、㮏溪、西溪、潕溪、辰溪。此蠻夷所居，皆盤瓠之子孫。今在辰州界。

〔五〕次公曰：上句使顔延年詠嵇中散詩：鸞翮有時鎩。鎩者，殘羽也。淮南子曰飛鳥鎩羽是已。下句先儒，孔子也。劉越石詩云：誰云聖達節，知命以不憂。宣尼悲獲麟，西狩涕孔丘。蓋出公羊傳曰：哀公十四年春，西狩獲麟。何以書？記異也。孔子曰：孰爲來哉！反袂拭面，涕泣沾袍。今云抱麟，則前書所紀或有載抱麟而泣也。

〔六〕次公曰：單言霹字，蓋方言也。松骨之大，其中生筋相附著，則霹不能盡破。以譬史君雖得罪，未能遂傷之也。故下句之所云。

〔七〕次公曰：熟字，稔熟之熟。言其自珍，已詳熟矣。

〔八〕次公曰：楚宫，指言夔州，蓋楚襄王所遊之宫也。樂史寰宇記於巫山縣載楚宫之名。戀闕浩酸辛，則唐史君之心不忘於君，故有戀闕之悲也。

〔九〕次公曰：施州清江郡，在夔州之南。九域志云：北至本州界一百里，自界首至夔一百二十五里。而巫山縣則在夔之東七十五里，故云厥土巫峽鄰也。前云得罪永泰末，放之五溪濱。永泰末，則歲在乙巳也。五溪濱，則辰州也。今公出峽，乃戊申大曆三年矣。寄以此詩而云除名配清江，則再加貶責矣。

〔一〇〕次公曰：八句公自言其以病肺之故，雖欲歸朝，跧跼不申也。詩云：謂天蓋高，不敢不跼。此跼爲不申之義。題是寄唐史君，則史君已在清江。公言其歸朝雖跧跼於疾病，而思敘舊以往，則有下句所云矣。蓋當春時乘舡而往，則得一見以相慰也。重陳字，劉越石云：棄置勿重陳，重陳令心傷。

〔一一〕次公曰：春風洪濤壯之句，使顔延年云：春江壯風濤。而貼以洪濤字，則王粲海賦云：洪濤奮蕩。又，西京賦云：起洪濤而揚波。谷轉字，郭景純江賦云盤渦谷轉也。

〔一二〕次公曰：中流字，漢武帝秋風辭曰：橫中流兮揚素波。而泛中流，則詩曰亦泛其流也。唐突字，如孔融汝南優劣論曰：頗有蕪菁，唐突人參。周伯仁謂庾元規曰：何乃刻畫無鹽以唐突西施？任彦昇謝記室牋曰：惟此魚目，唐突璠璵。

〔一三〕次公曰：長年，則川人謂操舟者曰長年、三老也。（施）〔柁〕，舡尾正舡之物。省柁，則將行矣。正良臣，指言唐史君，所以終一篇稱異之意。

泊松滋江亭一首（近體詩）

紗帽隨鷗鳥，扁舟繫此亭。江湖深更白，松竹遠還青。一柱全應近，高唐莫再經〔一〕。今宵南極外，甘作老人星〔二〕。

〔一〕次公曰：一柱，觀名。渚宫故事：宋臨川王義慶代江夏王鎮江陵，於羅公洲上立觀甚大，而唯一柱。

〔二〕次公曰：老人星，晉天文志曰：老人一星，在弧南，一名南極。常以秋分之旦見於丙，春分之夕没於丁。公將盡楚而往，故云南極外也。

【校】九家注下引：徐堅初學記載蘇味道在廣州，聞崔、馬二御史并拜臺郎，作詩，尾句云：遠從南極外，遥仰列星文。

行次古城店泛江作不揆鄙拙奉呈江陵幕府諸公一首（近體詩）

老年常道路，遲日復山川〔一〕。白屋花開裏，孤城麥秀邊〔二〕。濟江元自闊，下水不勞牽〔三〕。風蝶勤依槳，春鷗懶避舡〔四〕。王門高德業，幕府盛才賢〔五〕。行色兼多病，蒼茫泛愛前〔六〕。

〔一〕次公曰：使遲日字，則公次古城蓋春時也。

〔二〕次公曰：白屋，言民屋也。王莽傳：延士下及白屋。師古曰：白屋，謂庶人以茅覆屋也，故對孤城。其字則馬汧督固守孤城也。花開，固是常語，而沈約詩云開花已匝樹，故對麥秀。其字則箕子作麥秀之詩也。

〔三〕次公曰：濟江元自闊，濟者，濟涉之濟。至江陵則江闊矣。元者，本來如此之謂。具於句法義例。

〔四〕次公曰：槳，所以隱櫂者。風蝶（嘗）〔勤〕依槳，則蝶有欲泊槳上之理。或云，與前篇鳧雛入槳牙相類。則鳧雛相趁，安能入槳牙乎？故彼篇當以菰蔣之牙爲正。

〔五〕次公曰：王門，指言江陵知府乃宗室之王也。王門字，起於鄒陽曰：何王之門而不可曳長裾乎！故對幕府。其字則李廣傳注詳矣。

〔六〕次公曰：泛愛，言朋友也。孔子曰：泛愛衆。其後便使爲朋友之義。

乘雨入行軍六弟宅一首（近體詩）

次公曰：此前篇所謂從弟行軍司馬位者也。

曙角淩雲罷，春城帶雨長。水花分塹弱，巢燕得泥忙。令弟雄軍佐，凡才污省郎〔一〕。萍漂忍流涕，衰颯近中堂。

〔一〕次公曰：令弟雄軍佐，指言行軍六弟也。凡材污省郎，公爲尚書工部員外郎，而自謙之辭也。汙字，李尋云汙玉堂之署也。

宴胡侍御書堂李尚書之芳、鄭秘監審同集。歸字韻一首（近體詩）

江湖春欲暮，墻宇日猶微。闇闇書籍滿，輕輕花絮飛。翰林名有素，墨客興無違〔一〕。今夜文星動，吾儕醉不歸〔二〕。

〔一〕次公曰：翰林、墨客，併言李尚書、鄭秘監、胡侍御也。揚雄作長楊賦，藉翰林以爲主人，子墨爲客卿以諷。今取諸公皆翰墨之手也。末句文星亦然，又公在其中矣。

〔二〕次公曰：詩云不醉無歸，則醉而猶歸也。今云醉不歸，則又新語矣。

書堂飲既夜復邀李尚書下馬月下賦絶句一首（近體詩）

湖水林風相與清，殘樽下馬復同傾。久拚野鶴如雙鬢，遮莫鄰鶏下五更〔一〕。

〔一〕次公曰：野鶴如雙鬢，言鬢之白也。起於鶴髮之變。庾信竹杖賦云：今子老矣，鶴髮鶏皮，蓬頭歷齒。鄰鶏下五更，言天之曉也。野鶴字，嵇紹昂昂然如野鶴之在鶏羣，故對鄰鶏。其字則庾肩吾冬曉詩鄰鶏聲已傳，愁人竟不眠也。遮莫，則唐人語。

【校】九家注下有遮莫鼕鼕鼓，須傾灎灎杯，唐人詩也一句。

南征一首（近體詩）

次公曰：梁張纘有南征賦，故得取以爲題。

春岸桃花水，雲帆楓樹林〔一〕。偷生長避地，適遠更霑襟〔二〕。老病南征日，君恩北望心〔三〕。百年歌自苦，未見有知音〔四〕。

〔一〕次公曰：春岸字，謝靈運詩：海鷗戲春岸。梁蕭子暉春（霄）〔宵〕詩：蟲聲繞春岸。桃花水三字傳之久

矣。韓詩章句曰：溱與洧，方涣涣兮。謂三月桃花水下時。鄭國之俗，三月上巳於此水招魂續魄，祓除不祥之故也。前漢書亦有之。以三字之渾，故用對楓樹林也。桃花水，以言所往之時；楓樹林，以言南征之地。楚辭云江水湛湛兮上有楓，此是祖出，蓋楚地多楓也。舊注桃花水，乃引庾信流水桃花香，爲不知祖矣。

〔二〕次公曰：偷生字，李陵書曰：陵豈偷生之士。故對遠適。其字，王仲宣詩遠身適荆蠻也。避地字，則論語：其次避地。故對霑襟。霑襟字，多矣，如張平子四愁詩有云：側身東望涕霑襟。

〔三〕次公曰：老病南征日，則公言其將適楚也。君恩北望心，公既有京兆功曹之命，爲領君恩矣，所以北望長安也。南征字，楚辭招魂曰：汩吾南征。北望字，四愁有側身北望。

〔四〕次公曰：末句使古詩云：不愁歌者苦，但傷知音稀。

地隅一首（近體詩）

江漢山重阻，風雲地一隅〔一〕。年年非故物，處處是窮途〔二〕。喪亂秦公子，悲涼楚大夫〔三〕。平生心已折，行路日荒蕪〔四〕。

〔一〕次公曰：一隅字，祖出論語：孔子云：舉一隅，不以三隅反。而李陵詩云：各在天一隅。既使天一隅，則可云地一隅矣。

〔二〕次公曰：非故物，則遷徙不常，眼中所見非故舊之物。故物字，未見所出，用對窮途字，則顔延年詠阮籍云窮

途能無慟也。

〔三〕次公曰：上兩句皆以自況也。謝靈運擬王粲詩序云：粲家本秦川。貴公子孫。遭亂流寓，自傷情多。楚大夫，則屈原、宋玉皆是也。

〔四〕次公曰：末句，心折字，使江淹別賦：心折骨驚。

歸夢一首（近體詩）

道路時通塞，江山日寂寥〔一〕。偷生惟一老，伐叛已三朝〔二〕。雨急青楓暮，雲深黑水遥〔三〕。夢魂歸亦得，不用楚辭招〔四〕。

〔一〕次公曰：以時當用兵，道路或通或（寒）〔塞〕，故江山氣象日轉蕭索。舊注引世說：袁彦伯曰：江山遼落，居然有萬里勢。是何夢語！

〔二〕次公曰：上句公自言也。下句蓋公所眼見明皇、肅宗與其當日代宗，爲三朝，既定安史之亂，又制吐蕃之兵也。偷生字，李陵云：陵豈偷生之士。故對伐叛。字則左傳云伐叛刑也。一老字，蓋祖左傳：天不憖遺一老。而漢初應曜隱於淮陽山中，與四皓俱徵，曜獨不至。時人語曰：南山四皓，不如淮陽一老。又管寧書曰：陛下聽野人山叟之願，使一老者得盡微命。今蓋借用之耳，故對三朝。三朝是實語矣。又，古有三朝記，可以採用。

〔三〕次公曰：上句言欲南下之景，下句又却言懷望長安。何以知其言南下之景？蓋楚辭云：江水湛湛兮上有

楓。以楓言南下，則楚地多楓也。謂之青楓，在春葉青矣。何以知其懷望長安？蓋黑水在鄠、杜之間，南山之下，其去長安爲近；今也雲深而遥，則自荆、楚望之然矣。

〔四〕次公曰：舊本正作夢歸歸未得，非，當以今爲正，蓋連不用楚辭招，方有分付。宋玉哀屈原憂愁山澤之間，魂魄飛散，作招魂之辭以招之。公今正以爲方藉夢魂而歸故鄉，更不煩相招也。

奉送蘇州李二十五長史丈之任一首（近體詩）

星拆台衡地，曾爲人所憐〔一〕。公侯終必復，經術竟相傳〔二〕。食德見從事，克家何妙年〔三〕。一毛生鳳穴，三尺獻龍泉〔四〕。赤壁浮春暮，姑蘇落海邊〔五〕。客間頭最白，惆悵此離筵。

〔一〕次公曰：中台星拆，張華見誅。而今云（拆）〔星〕拆台衡地，則李二十五丈父必是台輔貴人，而有此事，惜乎無所考。故下句云曾爲人所憐。爲人所憐四字，是前漢五行志中，載歌謡全語，有曰：故爲人所羨。今爲所憐也。

〔二〕次公曰：左傳云：公侯之子孫，必復其始。言李二十五丈之父雖以罪廢，而在二十五丈必復始也。經術竟相傳，則又以韋賢之父子待之矣。賢與玄成皆以經術歷位丞相。

〔三〕次公曰：食德字，易曰：食舊德。故對克家。其字則易云子克家也。從事字，詩云：黽勉從事，不敢告勞。

故對妙年。其字則曹植表曰終軍以妙年使越也。題云二十五丈，而今句云克家何妙年，則言其自妙年已克家矣。

〔四〕次公曰：兩句承妙年之下，所以比二十五丈也。上一句三事合之。毛，則謝超宗傳：超宗者，鳳之子。作殷淑儀誄，帝大嗟賞，謂謝莊曰：超宗殊有鳳毛。而一毛則曹子建云：舜重瞳子，項羽亦重瞳子，是駑得驥一毛。又如云九牛亡一毛也。鳳穴字，則山海經云：丹穴之山，有鳥名鳳凰也。下一句亦三字而參用之。三尺字，則漢高紀云：提三尺取天下。注言，三尺者，劍也。龍泉，劍名。越絶書載：楚王召風湖子，令之吴越見歐冶子、干將，使之爲鐵劍三枚。一曰龍泉。王問其狀。對曰：如登高山，臨深淵。而獻字則吴越春秋：越王允常以湛盧之劍獻吴也。

〔五〕次公曰：上句則李丈舡所經之地。赤壁，在黄州，即吴將周瑜敗曹公於此也。爲其事顯著，故舉言赤壁以形容其所經之地也。次句則李丈往任蘇州矣。有姑蘇臺，故州以得名。（曰）〔越〕絶書曰：闔廬〔築〕姑蘇臺，三年聚材，五年乃成。高見三百里。落海邊，則東北去海一百八十里矣。

【校】闔廬：下奪築字，據漢魏叢書本補。

暮春江陵送馬大卿公恩命追赴闕下一首（近體詩）

自古求忠孝，於今信有之〔一〕。吾賢富才術，此道未（憐錙）〔磷緇〕〔二〕。玉府標孤映，霜蹄去不疑〔三〕。激揚音韻徹，籍甚衆多推〔四〕。潘陸應同調，孫吴亦異時〔五〕。北宸徵事業，南紀赴恩私〔六〕。卿月昇金掌，王春（杜）〔度〕玉墀〔七〕。薰風行應律，湛露即歌詩〔八〕。

天意高難問，人情老易悲〔九〕。樽前江漢闊，後會且深期〔一〇〕。

【校】憐錙：注引作磷錙，方與論語合。今據改。杜玉墀，注文杜作度，是。今據改。

〔一〕次公曰：後漢韋彪議曰：求忠臣必於孝子之門。注：孝，經緯之文也。晉卞壼距蘇峻，力疾戰死。二子見父没，相隨赴賊，同時見害。徵士翟陽聞之，歎曰：臣死於君，子死於父，忠孝之道萃於一門。今句則大卿之父子必有忠孝事跡，惜乎無所考也。

〔二〕次公曰：吾賢，指言馬大卿也。未磷錙，言道之不消亡也。論語云：磨而不磷，涅而不緇。而連用磷緇字，則謝靈運云：磷緇謝清曠，疲苶慚貞堅。

〔三〕次公曰：玉府字，穆天子傳所謂羣玉之府也，故對霜蹄。其字則莊子云馬蹄可以踐霜雪，而摘用之也。孤映字，北山移文云：高霞孤映。故對不疑。其字則居之不疑、示人不疑也。

〔四〕次公曰：激揚字，選云：神氣激揚。故對籍甚。其字則陸賈遊漢庭，名聲籍甚。注：言狼籍甚也。衆多，是兩字而一義，如所謂衆之多口也，故對音韻。

〔五〕次公曰：潘，則潘岳；陸，則陸機。同調字，謝靈運云：誰謂古今殊，異代可同調。又梁張纘别離賦云：在百代而奚殊，雖千年而同調。續晉陽秋曰：潘、陸之徒有文，而宗師不異。此一句言馬大卿之文。孫，則孫武；吴，則吴起。亦異時，言時異時而已，又相同也。此一句言馬大卿之武，所以成籍甚衆多之句。

〔六〕次公曰：北宸，天子所居曰紫宸，而坐北也。南紀者，南方之地總名，出〔廣〕〔唐〕天文志。其詳見於句法義例。舊注引非是。

〔七〕次公曰：卿月字，洪範云：卿士惟月。注：卿士各有所掌，如月之有別。卿月以指馬大卿也。昇金掌，則以譬其近於顯要。金掌者，金銅仙人捧露盤之掌也。上官儀詩云金掌露初晞者，亦此之謂。春秋之文，正次王，王次春；故謂之王春。王春度玉墀，則言馬大卿春時在天子之玉墀也。

〔八〕次公曰：此承上句，既以玉墀度過春矣，方夏之初，即有殊恩之命也。舜歌曰：南風之薰兮，可以解吾民之愠兮。蓋言夏時也。湛露，詩篇名，天子燕諸侯之詩。此謂之殊恩之命矣。

〔九〕次公曰：天意高難問，學者疑其送行紀贈之詩，不應有此句。蓋公自歎其身之老，而起此句也。

〔一〇〕次公曰：後會字，孔叢子載：子高遊趙，其徒曰：未知後會何期。

暮春陪李尚書李中丞過鄭監湖亭泛舟得過字韻一首（近體詩）

海内文章伯，湖邊意緒多〔一〕。玉樽移晚興，桂楫帶酣歌〔二〕。春日繁魚鳥，江天足芰荷。鄭莊賓客地，衰白遠來過〔三〕。

〔一〕次公曰：文章伯，言文章之宗伯也。起於王充論衡，有云：文詞之伯。其後唐文藝傳云：文章三變，而王、楊爲之伯。則宋子京取杜甫語用也。舊注却謂子美取而用之，何不省前後耶？海内文章伯，則併言（其）〔李〕尚書、李中丞、鄭秘監矣。

〔二〕次公曰：玉樽字，曹子建仙人篇曰：玉樽盈桂酒。桂楫字，梁元帝烏棲曲曰：沙棠作舡桂爲楫。於普言三公爲文章伯，在湖邊意緒之多，而繼之以移玉樽，則二李來遊，未必是鄭作主人也。

〔三〕次公曰：末句方言湖是鄭監之湖，故用鄭莊比之，而公自言其亦來過也。前漢：鄭當時，字莊，置驛馬長安諸郊，請謝賓客，夜以繼日。

蠶穀行一首 （古詩）

天下郡國向萬城，無有一城無甲兵〔一〕。焉得鑄甲作農器，一寸荒田牛得耕〔二〕。牛盡耕，蠶亦成。不勞烈士淚滂沱，男穀女絲行復歌〔三〕。

〔一〕次公曰：若天下郡國四字，固是熟語，而後漢載：光武按輿地圖指示鄧禹曰：天下郡國如是，今始乃得其一。又馬援謂隗囂曰：披輿地圖，見天下郡國百有六所。奈何欲以區區二邦當諸夏百有四乎！

〔二〕次公曰：若鑄甲作農器，暗使顔回之語。家語載：回曰：回願得明王、聖王輔相之。敷其五教，導之以禮樂。使民城郭不修，溝池不越，鑄戟以爲農器，放牛馬爲原藪。

〔三〕次公曰：此篇不勞解注，但末間爲舊注所自昏惑耳。烈士見平日牛不得耕，蠶無所成，則涕淚滂沱。今也見牛耕而男穀，蠶成而女絲，則喜而行歌焉。行歌字，主烈士言之也。却引揚子雲言政之思斁，而以男子畝、婦人桑爲思，至於行復歌，則人樂其政可知矣。不亦爲昏惑之説乎！

短歌行贈王郎司直一首 （古詩）

王郎酒酣拔劍斫地歌莫哀，我能拔爾（仰）〔抑〕塞磊落之奇才〔一〕。豫章翻風白日動，

鯨魚跋浪滄溟開〔二〕。且脱佩劍休徘徊〔三〕。西得諸侯棹錦水，欲向何門颯珠履〔四〕。仲宣樓頭春已深，青眼高歌望吾子〔五〕。眼中之人吾老矣〔六〕。

【校】仰塞：無義，注作引抑塞，是。

〔一〕次公曰：王郎司直，應是公之親，故雖題注下，已得稱王郎。而作者用字稱呼，非前人經道者，不創言之。王郎字，則謝安謂道藴曰：王郎逸少子，不惡。而道藴曰：不意天壤之間，乃有王郎也。故有劉郎而後得稱劉姓之人，有孫郎而後得稱孫姓之人矣。酒酣拔劍斫地歌莫哀，其義固明，而句中字與勢，蓋由史記及後漢中來耳。史記曰：武帝時，齊人有東方生，名朔。時坐席中，酒酣據地歌曰：陸沉於俗，避世金馬門。今云酒酣斫地歌，則依傍酒酣據地歌也。後漢：劉元緒將議元帝未可舉尊號，而張卬拔劍(繫)〔擊〕地曰：疑事無功，不得有二！今云拔劍斫地，則依傍拔劍擊地也。抑塞磊落之奇才，言磊落奇才而遭抑塞也。磊落字，多矣。如成公綏天地賦山岳磊落而羅峙，則在物言之也。若在人言之，如世説載桓宣武平蜀，置酒李勢殿，雄才爽氣，音調英發，其狀磊落。奇才字，晉有奇才科。郭璞詩曰：奇才應世出。

〔二〕次公曰：豫章翻風白日動，以美木比之。吴都賦云：木則楓柟豫章。鯨魚跋浪滄溟開，以大魚比之。崔豹古今註曰：鯨，海魚也。大者長數千里，小者千丈。鼓浪成雷，濆沫成雨。水族驚長逃遁，莫敢當者。跋浪，則跋跳而出，如跋扈之跋，跋馬之跋也。

〔三〕次公曰：且脱佩劍休徘徊，以單句一韻結上段而引下句也。

〔四〕次公曰：兩句是一義，謂其如豫章之高，鯨魚之大，勸其不須佩劍而遊諸侯之間。子欲西遊諸侯之間，棹錦水

而漾舟，亦將向何門而可乎。此必西諸侯之不可遊也。何門字，鄒陽云何門而不可曳長裾乎也。珠履，則孟嘗君〔客〕珠履三千人也。公之意在挽之而南下矣，故有下三句。

〔五〕次公曰：仲宣樓，指言荆州也。王粲字仲宣，自長安來荆，嘗登樓而作賦。今直以荆州樓爲仲宣樓，祖出梁元帝詩：朝出屠羊縣，夕返仲宣樓。蓋以仲宣一世名人，嘗登荆州之樓矣，故得以仲宣名之。猶天子之天禄閣，而可謂之子雲閣也。舊注模稜，乃云仲宣有樓在荆州，非是。公言春已深之時，在荆州望吾子王郎之至也。青眼，則阮籍能爲青白眼，待賢者以青眼，待不肖者以白眼。今言青眼，則以賢者待王郎矣。

〔六〕次公曰：眼中之人，直指王郎。蓋承上青眼所望之下，言王郎是我眼中之人，而呼之曰眼中之人乎，今吾老矣也。魏文帝詩曰：回頭四向望，眼中無故人。陸士龍答張士然詩云：感念桑梓城，髣髴眼中人。北齊邢子才七夕詩云：不見眼中人，誰堪機上〔識〕〔織〕。吾老矣三字，則孔子之語。詳味詩意，勸之不遊西諸侯，而相聚於荆州，此所以爲拔其抑塞之磊落奇才乎？

【校】機上識：九家注引作機上織，影宋本藝文類聚正作機上織。

喜雨一首（近體詩）

次公曰：舊本與山館詩相連，在閬州詩中。首句云南〔國〕旱無雨，是以次公遷之於此。

【校】南下奪國字，據正文補。

南國旱無雨，今朝江出雲〔一〕。入空纔漠漠，灑向已紛紛。巢燕高飛盡，林花潤色

分〔三〕。晚來聲不絶，應得夜深聞。

〔一〕次公曰：南國，荆楚也。蓋公自閬州領妻子却赴蜀山行云不成向南國，復作遊西川可見矣。詩曰：滔滔江漢，南國之紀。江水、漢水皆所以紀南國，南國則荆渚是已。無雨字，如王充論衡感類篇云：秋夏之際，陽氣尚盛，未嘗無雨也。又雷虚篇曰：百里之外，無雨之處。故對出雲。禮記云：山川出雲也。

〔二〕次公曰：林花潤色分，則分雨之潤以爲色也。

和江陵宋大少府暮春雨後同諸公及舍弟宴書齋一首（近體詩）

渥洼汗血種，天上麒麟兒〔一〕。才士得神秀，書齋聞爾爲〔二〕。棣華晴雨好，綵服暮春宜〔三〕。朋酒日歡會，老夫今始知〔四〕。

〔一〕次公曰：兩句普美相會諸公也。上句事，漢武元鼎四年秋，馬生渥洼水中，作天馬之歌。歌曰：太一況，天馬下。霑赤汗，沫流赭。注：大宛馬汗血。言汗從前肩髆出如血。下句事，南史：徐陵年數歲，家人攜見寶誌上人。誌摩其頂曰：此兒天上石麒麟也。繼之以才士得神秀，則兩句所以普美相會諸公矣。

〔二〕次公曰：才士字，陸機文賦序云：觀才士之所作。神秀字，孫綽天台賦曰：天台者，山嶽之神秀。而在人固亦言之，則李邕所謂吾宗固神秀也。

〔三〕次公曰：上句則言宋少府之兄弟。詩云棠棣之華，萼不韡韡也。下句則言宋少府之有二親。老萊戲綵衣於其二親之前也。貼以暮春字，又取暮春者，春服既成矣。

〔四〕次公曰：兩句，公之真率，欲預後會矣。豳七月云：朋酒斯饗。注：兩樽曰朋。然公之意若言朋會之酒而已，以俟明識。

宇文晁尚書之甥崔彧司業之孫尚書之子重泛鄭監〔審〕前湖（審）一首（近體詩）

次公曰：尚書，指言李之芳。不著姓，尊之也。是遊也，尚書之甥則宇文晁，而尚書之子亦預焉。下所謂尚書之子是已，非謂崔彧爲崔尚書之子也。

【校】題曰鄭監前湖審：清刻本作鄭監審前湖，是。

郊扉俗遠長幽寂，野水春來更接連〔一〕。錦席淹留還出浦，葛巾歌側未回舡〔二〕。樽當霞綺輕初散，棹拂荷珠碎却圓〔三〕。不但習池歸酩酊，君看鄭谷去（寅）〔夤〕緣〔四〕。

【校】寅緣，無義，注引作夤緣，是。

〔一〕次公曰：郊扉字，顔延之贈王太常詩曰：郊扉常晝閉。兩句是對。野水字，未見。俗遠，言去俗塵之遠也。

〔二〕次公曰：錦席、綺席，錦筵、綺筵，與夫紗帽、紗巾、葛巾、烏巾之語，皆詩隨時道之耳。如選詩言：金卮薦綺

席。又云：綺席生浮埃。而公詩又曰呼見正葛巾；又云隨意簪葛巾也。

〔三〕次公曰：霞綺字，取謝玄暉詩餘霞散成綺也。荷珠字，取梁元帝登江州百花亭詩荷珠漾水銀也。

〔四〕次公曰：習池事，襄陽記曰：峴山南習郁大魚池，依范蠡養魚法，種楸、芙蓉、菱芡。山季倫每臨此池，輒大醉而歸。常曰：此我高陽池也。城中小兒歌之曰：山公何所往，來至高陽池。日夕倒載歸，酩酊無所知。不但習池歸酩酊，則所以引下句鄭谷也。鄭子真隱於谷口。今是鄭監之湖，故用鄭谷字比之。酩酊字，晉書作茗艼。貪緣字，未見。韓退之亦云：青壁無路難貪緣。

奉賀陽城王太夫人恩命加鄧國太夫人一首（近體詩）

次公曰：一本有題下注云：陽城王衛伯玉也。前篇有起居衛尚書太夫人詩，後篇有陽城王新樓成同嚴侍御作，續一篇題云又作此奉衛王，可見矣。

衛幕（御）〔銜〕恩重，潘輿送喜頻〔一〕。濟時瞻上將，錫號戴慈親〔二〕。富貴當如此，尊榮邁等倫〔三〕。郡依封土舊，國與大名新〔四〕。紫誥鸞回紙，清朝燕賀人〔五〕。遠傳冬筍味，更覺綵衣春〔六〕。奕葉班姑史，芬芳孟母鄰〔七〕。義方兼有訓，詞翰兩如神〔八〕。委曲承顏體，騫飛報主身。可憐忠與孝，雙美畫麒麟〔九〕。

【校】御恩：注引作銜恩，并從銜恩解，當從注引。

〔一〕次公曰：衛幕，衛青之幕也。李廣傳：衛青伐匈奴，絶大漠，克獲。帝就拜大將軍於幕中，故曰幕府。幕府之名始於此，故謂之衛幕，所以比陽城郡王也。爲其姓衛，則用之尤切。潘輿，潘母之輿也。潘安仁閑居賦云：太夫人乃御板輿，升輕軒，遠覽王畿，近周家園。故謂之潘輿，所以比郡太夫人也。銜恩重，則銜天子之恩重矣。送喜頻，則王之母又有恩命之加，爲送喜事之頻矣。

〔二〕次公曰：上句又以申言郡王其節度江陵，是爲上將。次句又以申言王之母焉。

〔三〕次公曰：如此字，多矣。如禮云：好仁如此。故對等倫。其字則傳言：難乎等倫也。

〔四〕次公曰：兩句言郡封雖仍是陽城郡，而夫人之國加爲鄧國，是爲新矣。

〔五〕次公曰：紫誥，紫錦之誥也。鸞回紙，則紙上之字有回鸞之勢也。清朝，則清旦之朝。字出甯戚歌云：清朝飯牛至夜半。燕賀人，則使大厦成而燕雀來賀也。

〔六〕次公曰：孟宗後母好筍，令宗冬月求之。宗入竹林慟哭，筍爲之出。其句又以言郡王奉親之孝。老萊子孝養二親，行年七十，嬰兒自娱，着五色綵衣。其句又以言郡王亦已高年，尤見尊親之壽。

〔七〕次公曰：班姑，扶風曹世叔妻，班彪之女，名昭，字惠姬。博學高才。兄固，著漢書。其八表及天文志未竟而卒，和帝詔就東觀藏書閣踵成之。今云班姑史，則王之太夫人蓋能翰墨矣。列女傳曰：孟軻母，即孟子之母也，號曰孟母。其舍近墓。孟子之少也，嬉戲爲墓間之事，踊躍築埋。孟母曰：此非所以居處子也。乃去，舍市傍。其子嬉戲爲賈。又曰：此非所以居處子也。乃舍學宫之傍。其子遊戲，乃設俎豆，揖遜進退。曰：此可以居處子。遂舍。及孟（母）〔子〕長，學六藝，卒成大儒。何平叔景福殿賦曰偉孟母之擇鄰，則孟母隣三字又起於何平叔也。舊注引潘安仁閑居賦，此里仁所以爲美，孟母所以三徙。似是而非矣。今云孟母鄰，則王之〔太？〕夫人又能教子矣，故繼之義方兼有訓，詞翰兩如神，所以結孟母鄰、班姑史之句。

〔八〕次公曰：義方字，左傳：教子教之以義方。詞翰字，如勢仲以辭翰稱。有訓字，尚書云：皇祖有訓。如神字，禮記云：至誠如神。

〔九〕次公曰：四句通義，主在忠孝二字。事母則孝，事君則忠。（其）〔雙〕美畫麒麟，則非特畫郡王之像，亦畫夫人之像也。麒麟，前漢閣名也。今句本前漢書蘇武傳乃麒麟字。注云：在未央宫，上畫功臣霍光等之像。唯舊本每於言畫圖，却用此（麒麟）〔騏驎〕字。具於句法義例。今云雙美之畫，則又用金日磾母事：教誨兩子甚有法度，上聞而嘉之。病死，圖畫於甘泉宫，署曰：休屠王閼氏。日磾每見畫常拜，鄉之涕泣，然後乃去。

【校】却用此麒麟字：麒麟似當作騏驎，詳下卷惜别行送向卿進奉端午御衣之上都一首注〔三〕校語。

王兵馬使二角鷹一首（古詩）

悲臺蕭颯石巃嵸，哀壑杈枒浩呼洶。中有萬里之長江，回風滔日孤光動〔一〕。角鷹翻倒將士臂，將軍玉帳軒翠氣〔二〕。二鷹猛腦（絛）〔絛〕徐墜，目如愁（湖）〔胡〕視天地〔三〕。杉鷄竹兔不自惜，溪虎野羊俱辟易〔四〕。韝上鋒稜十二（隔）〔翮〕，將軍勇鋭與之敵〔五〕。將軍樹勳起安西，崑崙虞泉入馬蹄。白羽曾肉三狻猊，敢决豈不與之齊〔六〕。荆南芮公得將軍，亦如角鷹下翔雲。惡鳥飛飛啄金屋，安得爾輩開其羣，驅出六合梟鸞分〔七〕。

【校】條徐墜：注引作絛徐墜，是，今據改。愁湖，九家注作愁胡，是，今據改。十二隔，九家注作十二翮，於鷹方有義，今據改。

〔一〕次公曰：臺曰悲臺，壑曰哀壑，而長江動回風滔日之勢，皆以形容鷹之所在也。荆南枕大江之上，故爾。

〔二〕次公曰：玉帳者，將軍之帳。李白亦使。世有書曰玉帳經，言武事也。帳之深邃含藴翠氣，而壯士臂鷹於前，鷹翻倒而軒開之也。揚子雲甘泉賦：乘雲閣而上下兮，紛蒙籠以混成。曳（舡）〔紅〕彩之流離兮，颺翠氣之宛延。師古曰：宮室曠大，自然有紅紫之壯氣。杜田所引是。田又云，一本作軒昂氣，以意逆之，理或然也。此却成甚句法哉！

【校】曳舡彩：影胡刻本文選舡作紅。

〔三〕次公曰：舊本作二鷹猛腦徐侯穟。猛腦固是言鷹之腦猛厲，而徐侯穟三字殊無義理。王介父善本作絛徐（穟）〔墜〕，於理或然。若作絛徐（穟）〔墜〕，其徐（穟）〔墜〕字，則晉潘尼苦雨賦有云始蒙瀎而徐墜，終滂霈而難禁也。

【校】徐穟，當從正文作徐墜，方與所引潘賦合。穟，九家注咸作墜。

〔四〕次公曰：辟易自祖出項羽傳：楊喜追羽，羽叱之，喜人馬俱驚，辟易數里。師古曰：辟易，謂開而易其本處。辟音頻亦反。溪虎野羊俱辟易，正自言虎與羊見鷹皆畏懼而退縮。舊注引裴旻射虎，虎伏地而吼，旻馬辟易。是何夢語！

〔五〕次公曰：韝上字，鮑明遠詩昔如韝上鷹也。

〔六〕次公曰：白羽者，箭也。狻猊，獅子也。白羽曾肉三狻猊，語可謂新奇矣。與之齊字，禮記曰：信，婦德也，壹與之齊，終身不改。而魏文帝與吴質書：吾德不及，年與之齊矣。

〔七〕次公曰：惡鳥飛飛啄金屋，言可憎之惡鳥來啄富貴家之屋，當得爾角鷹之輩開破之，故有下梟鸞分之句。飛飛字，江總云：黄鵠飛飛遠。又曰：黄鳥飛飛有時度。梁張率云望鳥飛飛滅也。金屋，則漢武帝曰：阿嬌

當以黄金屋貯之。今公取其貴而用之耳。　舊注模稜，謂賊陷長安。夫陷長安豈是小事？天寶十五載安禄山陷之，廣德元年吐蕃陷之，今公詩作於大曆之元年，豈有是事耶？

己帙卷之二

戊申大曆三年夏至秋之强半，仍在荆南所存之詩。

惜别行送向卿進奉端午御衣之上都一首（古詩）

次公曰：進端午衣，則起發當在四月初矣。

肅宗昔在靈武城，指揮猛將收咸京〔一〕。向公泣血灑行殿，佐佑卿相乾坤平〔二〕。逆胡冥寞隨煙燼，卿家兄弟功名震。麒麟圖畫鴻雁行，紫極出入黄金印〔三〕。尚書勳業超千古，雄鎮荆州繼吾祖〔四〕。裁縫雲霧成御衣，拜跪題封賀端午。向卿將命寸心赤，青山落日江湖白〔五〕。卿到朝廷説老翁，漂零已是滄浪客〔六〕。

〔一〕次公曰：天寶十五載，歲在丙申。七月丁卯，以皇太子爲天下兵馬元帥，北收兵至靈武。裴冕等奉皇太子，甲子即皇帝位，是爲肅宗。明年九月癸卯，復京師。

〔二〕次公曰：向卿無所考其名。佐佑卿相乾坤平，言平乾坤者非獨卿相力，乃向公佐佑之也。

〔三〕次公曰：麒麟圖畫，則宣帝畫功臣於麒麟閣也。前漢書蘇武傳使此麒麟字。公他篇言圖畫處多使麒麟字，具於句法義例。今用此篇句字言之，則凡用(麒麟)〔騏驎〕者，應傳本之誤矣。

【校】則凡用麒麟者，應傳本之誤：今按，戊帙卷五秋野五首之五，注〔一〕引蘇武傳麒麟閣事，云：舊本誤作騏驎，詳於句法義例。則此處當作騏驎爲是。

〔四〕次公曰：尚書鎮荆州，言李之芳也。繼吾祖，則公以言杜預也。按杜預傳：帝密有滅吴之計，而朝議多違，惟預、羊(祐)〔祜〕、張華與帝意合。及祜病，舉預自代。祜卒，拜預鎮南大將軍，都督荆州諸軍事。預既至鎮，繕甲兵，耀武威。襲吴西陵督張政，大破之。

〔五〕次公曰：寸心赤，倒用赤心字，而以寸心貼之。字乃典而不虚矣。青山落日江湖白，言向卿行歷之景物也。句可謂奇矣。

〔六〕次公曰：滄浪客，公言其在閒曠者矣。漁父歌曰：滄浪之水清兮，可以濯我纓。滄浪之水濁兮，可以濯我足。

夏日楊長寧宅送崔侍御常正字入京得深字韻 一首（近體詩）

醉酒揚雄宅，升堂子賤琴〔一〕。不堪垂老鬢，還對欲分襟。天地西江遠，星辰北斗深〔二〕。烏臺俯麟閣，長夏白頭吟〔三〕。

〔一〕次公曰：以飲於楊長寧宅，故用揚雄宅事。揚雄有宅一區，其家素貧，嗜酒，人希至門。時有好事者，載酒肴從游學也。長寧者，縣名。以楊君爲長寧宰，故用子賤琴事。宓子賤治單父，彈琴不下堂而自治也。

〔二〕次公曰：天地西江遠一句，言江陵送别之處。西江字，蜀江至荆州合漢水入海之名。出莊子。具於句法義例。

星辰北斗深一句，言長安號北斗城，以上當北斗也。雙紀格，亦見句法義例。

〔三〕次公曰：漢朱博爲御史大夫，其府中列柏樹，常有野（烏）〔烏〕數千棲宿其上。晨去暮來，號曰朝夕烏，故御史謂之烏臺。漢西京未央宫中有麟閣，亦藏秘書，即揚雄校書之處。其後改秘書爲麟臺，因此也。今所謂烏臺，指言崔侍御。所謂麟閣，指言常正字。二人者同往，故得言烏臺、麟閣之相俯矣。長夏白頭吟，則言二公之閒暇，而爲此吟。白頭吟雖起於卓文君以司馬相如晚年置妾而有作，其後樂府則言人之以新間舊，不能至於白首，皆取其義，然在公處，每使白頭吟詠者耳。具於句法義例。今此又以言崔、常二公，不可執泥公自言也，若以爲公自言，則語脈不接。

夏夜李尚書筵送宇文石首赴縣聯句一首（近體詩）

次公曰：觀此聯句，乃公與李尚書之芳、崔司業孫彧，送石首知縣宇文晁之作。李、崔之句亦可預公之社矣。與韓退之、孟郊聯句相似，故公編於己集中也。

愛客尚書重，之官宅相賢子美〔一〕。酒香傾坐側，帆影駐江邊之芳〔二〕。翟表郎官瑞，鳧看令宰仙彧〔三〕。雨稀雲葉斷，夜久燭花偏子美〔四〕。數語欹紗帽，高文擲彩牋之芳〔五〕。興饒行處（落）樂，離惜醉中眠彧〔六〕。單公長多暇，河陽實少年子美〔七〕。客居逢自出，爲别幾棲

然之芳〔八〕。

【校】落字衍，據九家注删。

〔一〕次公曰：宇文石首，即李尚書之外甥也，故使宅相事。晉魏舒少爲外家甯氏所養。甯氏起宅，相者云：當出貴甥。外祖母以盛氏甥少而慧，意謂應之。舒曰：當爲外氏成此宅相。

〔二〕次公曰：題言李尚書筵，而句下標之芳字，則李尚書固是李之芳矣。公於後篇又有多病執熱奉懷李尚書，而小注之芳兩字，尤審矣。帆影駐江邊，亦自佳句。

〔三〕次公曰：彧則崔司業之孫也。漢顯宗曰：郎官出宰百里。爲言知縣，故用郎官字貼之以翟。則翟者，雉也。豈蕭芝雉隨之謂邪？蕭廣濟孝子傳：蕭芝至孝，除尚書郎。有雉數十頭，飲啄宿止。當上直，送至歧路；下直，入門飛鳴車前。所謂尚書郎，即郎官矣。鳧看宰仙，則王喬事。王喬爲葉令，有神術。每月朔望，常自縣訪臺。以舄爲鳧，東南飛至臺矣。

〔四〕次公曰：公此兩句蓋新奇矣。斷者，以言葉之斷落也。偏者，以言燭銷而花偏也。

〔五〕次公曰：紗帽字，杜公屢使。如云朱紱猶紗帽，又云浪足浮紗帽，又云管寧紗帽淨。而南史有烏紗帽、白紗帽。大率如今之頭巾也。今李尚書亦用此字，則見承用之熟矣。

〔六〕次公曰：此等句蓋亦熟語而白之道矣，然亦不惡也，故可預杜公之社。　欹一作敧，無義。

〔七〕次公曰：公之句使縣宰事二：單父，則宓子賤爲單父宰，彈琴不下堂而治，此所以爲長多暇；河陽，則潘安仁爲河陽宰，本傳云：岳少以才穎見稱，早辟司空太尉府，棲遲十年，出於河陽令，此所以爲實少年。

〔八〕次公曰：斷章則李尚書直言送外甥矣。爾雅曰：男子謂姊妹之子爲出。公羊云蓋舅出者是已。今云自出，則宇文晁乃自我而出故也。

多病執熱奉懷李尚書之芳一首（近體詩）

次公曰：多病字，張良傳：良多病，未嘗持兵將。執熱字，詩云：誰能執熱，（析）〔逝〕不以濯。公以讀書之多，每語皆典。

衰年正苦病侵凌，首夏何須氣鬱蒸〔一〕。大水淼茫炎海接，奇峯硉矹火雲昇〔二〕。思霑道暍黄梅雨，敢望宫恩玉井冰〔三〕。不是尚書期不顧，山陰野雪興難乘〔四〕。

〔一〕次公曰：首夏字，謝靈運詩：首夏猶清和。鬱蒸字，應據書曰：處涼臺而有鬱蒸之煩。

〔二〕次公曰：大水字，如書云：若涉大水，其無津涯。故對奇峯。其字則陶淵明云夏雲多奇峰也。貼以火雲，則隋盧思道納涼賦云：火雲赫而四舉。淼音渺。渺茫字，選賦有云：狀滔天以渺茫。舊本硉兀，官韻作硉矹。注云：山崖也。硉音落骨切，矹音五骨切。郭璞江賦云：巨石硉矹以前却。

〔三〕次公曰：暑病曰暍。思道暍之人以黄梅一雨霑之，此扇暍之意。公之爲仁可見矣。後漢書：靈帝光和六年冬，琅玡井冰厚丈餘。晉庾(倏)〔儵〕亦有冰井賦，則井有冰矣。而言玉井，如魚豢魏略言明帝九龍殿前有玉井綺欄。則玉井者，天子之事也。唐制，百官賜冰，而公嘗爲左拾遺，當預賜冰之列。今既遠矣，故曰敢

望宮恩玉井冰也。

【校】扇暍：九家注扇字上有武王二字。

〔四〕次公曰：前漢：陳遵嗜酒，每飲，賓客滿堂，輒閉門，取客車轄投井中，雖有急，終不得去。時北部刺史奏事，過遵。值其方飲，刺史大窮，候遵霑醉時，突入見遵母，叩頭自白當對尚書有期會狀，母乃令從後閤出去。貼以不顧字，應休璉（於）〔與〕滿公琰書曰：孟公不顧尚書之期。今題是多病執熱奉懷李尚書，而云不是尚書期不顧，山陰野雪興難乘，蓋言不是不顧尚書之期，但欲比山陰野雪之乘興爲難也。緣懷李尚書，而用尚書期不顧之語，亦是恰好處不放過矣。在執熱中翻使雪事，又爲奇矣。蓋言比山陰值雪之興爲難乘矣。亦如社日詩，却使伏日事耳。或云，此直是打諢之語，則亦韓退之以詩爲戲之義。山陰事，王徽之嘗居山陰，夜雪初（齊）〔霽〕，月色清朗，四望皓然。獨酌酒，詠左思招隱詩。忽憶（載）〔戴〕逵，逵時在剡，便夜乘小舡詣之。造門不前而反，曰：本乘興而來，興盡而返，何必見安道！

水宿遣興奉呈羣公一首 （近體詩）

次公曰：宿，則泊舡之處也。取謝靈運（以）〔次〕南城詩：雖未登雲峰，且以歡水宿。故以爲題。若詩中水宿伴鳧鷖，則又別有出處，自具於下。此詩二十韻，分兩段，每段十韻。上段蓋敍其行色，下段則有所求於羣公矣。

【校】以南城：九家注以作次。

魯鈍仍多病，逢迎遠復迷〔一〕。耳聾須畫字，髮短不勝篦〔二〕。澤國雖勤雨，炎天竟淺

泥〔三〕。小江還積浪，弱纜且長堤〔四〕。歸路非關北，行舟却向西〔五〕。暮年飄泊恨，久客亂雞啼〔六〕。童（雅）〔稚〕頻書札，盤餐詎糝藜〔七〕。我行何到此，物理且難齊。高枕翻星月，嚴城疊鼓鞞〔八〕。風號聞虎豹，水宿伴鳧鷖〔九〕。異縣驚虚往，同人惜解攜〔一〇〕。蹉跎長泛鷁，展轉屢鳴鷄〔一一〕。嶷嶷瑚璉器，陰陰桃李蹊〔一二〕。餘波期救涸，費日苦輕賫〔一三〕。支策門閑邃，肩輿翮羽低〔一四〕。自傷甘賤役，誰愍强幽棲。巨海能無釣，浮雲亦有梯。勳庸思樹立，語默可端倪。贈粟囷應指，登橋柱必題〔一五〕。丹心老未折，時訪武陵溪〔一六〕。

【校】童雅：注引作童稚，是。

〔一〕次公曰：多病字，漢書張良傳：良多病，未嘗持兵將。復迷之義，言又却迷也。兩字必有出，未見。即非易不遠復，又云迷復者，特字偶犯矣。或者遂欲引以爲證，非是。

〔二〕次公曰：耳聾、髮短，雖是實道，并俗語。而聾字，如老子：五音令人耳聾。髮，如左傳：髮短而心甚長矣。

〔三〕次公曰：澤國字，周禮有山國、水國、澤國之名。勤雨字，出穀梁傳：春正月，不雨。言不雨者，勤雨也。夏四月不雨。言不雨者，閔雨也。六月雨者，喜雨也。淺泥字，未見。

〔四〕次公曰：江雖小而積浪，則以炎天水漲也。弱纜且長堤，言且繫之於長堤也。

〔五〕次公曰：歸路非關北，言長安之不可得而歸也。行舟向西，實道其事也。

〔六〕次公曰：暮年字，如曹孟德云：（列字）〔烈士〕暮年。久客字，未見。

【校】列字：樂府詩集作烈士。

〔七〕次公曰：童稚字，多矣。如後漢鄧禹傳：父老童稚，垂髮戴白，滿其車下。故對盤餐。其字則左傳盤餐加璧也。書札字，古詩云：客從遠方來，遺我一書劄。故對糝藜。其字則孔子陳蔡間七日不火食，藜藿不糝也。

〔八〕次公曰：鼓鞞字，禮記：鼓鞞之聲歡。自分明。舊注引張景陽詩入聞鞞鼓聲，非徒在後，而字又倒矣。

〔九〕次公曰：風號字，(無)〔蕪〕城賦：風嘷雨嘯。嘷與號，字異而音同，故對水宿。其字，則蜀都賦雲飛水宿也。虎豹字，即論語虎豹之鞹，亦自分明。舊注引苦寒詩虎豹夾路啼，在後矣。其對鼉鷩，則詩篇名也。

已上一段，敘其行色。

〔一〇〕次公曰：異縣字，古樂府詩他州復異縣，故對同人。其字則易卦名。

〔一一〕次公曰：長泛鷁者，泛舟也。鷁，大鳥。舡首畫之以驚水神。相如上林賦曰泛文鷁是已。鳴鷄，則詩有鷄鳴之篇，史有長鳴鷄也。

〔一二〕次公曰：上所謂同人，已言羣公矣。於此瑚璉器、桃李蹊，皆所以言羣公也。瑚璉器，子謂子貢曰：汝，器也，瑚璉也。蓋瑚璉者，宗廟之器。禮記明堂位云有虞氏之兩敦，夏后氏之四璉，殷之六(璉)〔瑚〕，周之八簋(定)〔是〕已。桃李蹊字，則李廣傳云：桃李不言，下自成蹊。此句已有所望於羣公，以爲如桃李之實，可以及人矣。又以引下句云云。

〔一三〕次公曰：餘波字，書云：餘波(及)〔入〕於流沙。而義則左傳僖二十三年：晉文公曰：其波及晉國者，君之餘也。救涸，則以彼之盈，及此之涸耳，本無活鮒魚之意。舊注引車轍中有鮒曰吾得斗升之水然活爾，亦爲剩義。

〔一四〕次公曰：支策、肩輿，則言出謁於人矣。費日苦輕賫，則言爲客之次，消費時日，其所輕賫，苦於貿易而罄盡矣。

〔一五〕次公曰：上四句則公之懷抱所負如此，蓋不以有求於人而遂屈也。於是羣公必有所知者，則贈粟囷應指矣。指囷事，魯肅字子敬，家富於財，常散以振窮乏，結士爲務，得鄉邑(勸)〔歡〕心。時廬江周瑜爲居巢長，過之，求資糧。肅時家兩囷米，各三千斛。肅乃指一囷與瑜。瑜益奇之，乃結僑、札之交。登橋柱必題，則又公之自負矣。成都記云：昇仙橋，司馬相如初西去，題其柱曰：不乘赤車駟馬，不過汝下。後果以傳車至。其處在望鄉臺東南一里，管華陽縣。或曰：公既有所求於人，而乃自負如此，不亦忤乎？曰：惟公負重名，而名稱其實。當時羣公，蓋亦友之而不得也，安復爲忤邪。觀公果園四十畝，又委以與人，則羣公之指囷，在公亦以爲受之而無嫌矣。

【校】得鄉邑勸心：勸字，三國志吴志作歡。

〔一六〕次公曰：句又因所經之地去武陵爲近，故及之。武陵事，在今之鼎州，載陶淵明桃花源記，具於句法義例。心折字，江淹别賦：心折骨驚。老未折，則言其尚壯健也。

昔遊一首（古詩）

次公曰：此篇名昔遊，蓋公紀遊王屋山與東蒙山之實也。王屋山有華蓋峰，所謂華蓋君、董先生必是實事。詳味公之詩意可見矣。於紀實中因使神仙事以稱之也。

昔謁華蓋君，深求洞宫脚。玉棺已上天，白日亦寂寞〔一〕。莫升艮岑頂，巾几猶未却〔二〕。弟子四五人，入來淚俱落〔三〕。余時遊名山，發軔在遠壑〔四〕。良覿違夙願，含凄向

寥廓〔五〕。林昏罷幽磬，竟夜伏石閣〔六〕。王喬下天壇，微月映皓鶴〔七〕。晨溪嚮虚駛，歸徑行已昨〔八〕。豈辭青鞋胝，悵悵金匕藥〔九〕。東蒙赴舊隱，尚憶（周）〔同〕志樂〔一〇〕。休事董先生，於今獨蕭（宗）〔索〕〔一一〕。胡爲客關塞，道意久衰薄。妻子亦何人，丹砂負前諾。雖悲（鬢）〔鬒〕髮變，未憂筋力弱〔一二〕。扶藜望清秋，有興入廬霍。【校】周志：注引作同志，是。蕭宗：草堂藏本作蕭索，方爲有義。鬒髮：注引作鬢髮。今按，注云：髮之黑者曰鬒。則當從注作鬒。

〔一〕次公曰：玉棺事，後漢方術傳：王（僑）〔喬〕爲（業）〔葉〕令，其後天下玉棺，爲堂前吏人推排，終不摇動。喬曰：天帝獨召我邪？乃沐浴服飾，寢其中，蓋便立復，宿昔葬於城西。其夕，縣車牛皆流汗喘乏，而無知者。百姓乃爲立廟，號葉君祠焉。玉棺已上天，白日亦寂寞，言華蓋（言）〔君〕之上仙也。

〔二〕次公曰：洞宫、艮岑，必華蓋峰之處名。舊注講艮岑爲東北之峰，義固然矣。其云巾几猶未却，則華蓋君所戴之巾，所憑之几，尚在也。

〔三〕次公曰：弟子四五人，入來淚俱落，則公親見其弟子，豈非紀實乎？

〔四〕次公曰：發軔字，出離騷：朝發軔於蒼梧。又：朝發軔於天津。

〔五〕次公曰：公言其所遊名山之初也，欲見華蓋君而不及，所謂良覿違夙願也。良覿字，謝靈運詩：搔首訪行人，引領異良覿。

〔六〕次公曰：林昏罷幽磬，則所謂洞宫中之磬矣。

〔七〕次公曰：王喬下天壇，微月映皓鶴，直用神仙事言之也。此言王喬，却是周靈王太子王子晉者也。列仙傳

云：子晉一名喬，好吹笙作鳳鳴。遊伊（落）〔洛〕間，道士浮丘公接上山。三十餘年後，於山上告柏梁曰：告我家七月七日待我緱氏山頭。果乘白鶴駐山頭，望之不得到。舉手謝時人而去。真誥載王喬昔騎鶴而仙。故今下天壇仍見微月映其鶴也。

〔八〕次公曰：上兩句言離洞宮而歸也。蓋昨夜既伏石閣而宿，今晨之歸往，見溪嚮虛處流駛，乃昨所行者矣。

〔九〕次公曰：青鞋，山行之具也。公又嘗曰：若耶溪，雲門寺，青鞋布襪從此始。胝，足病也。莊子：手足胼胝。惆悵金匕藥，則又以不得見華蓋君而求仙藥也。

〔一〇〕次公曰：已上既敍遊王屋山，於此又敍其遊東蒙山也。公玄都壇歌寄元逸人曰：故人昔隱東蒙峰。又與李白同尋范十隱居：余亦東蒙客，憐君如弟兄。豈所謂赴舊隱與同志樂者乎？

〔一一〕次公曰：休事董先生，則東蒙山必有董先生矣。舊注便差排作董威輦，自是已往神仙矣，亦豈在東蒙山也。

〔一二〕次公曰：髮之黑者曰鬒。詩云：鬒髮如雲。鬒髮變，言變而爲白也。三字以對筋力弱。一作髮變鬒，非。

江陵望幸一首（近體詩）

次公曰：是蓋大曆三年矣，而有望幸之篇，則時吐蕃之兵未息；六月，幽州兵馬使朱希彩殺其節度使李懷仙，自稱留後；七月，瀘州刺史楊子琳反，陷成都，此其顯者，而又盜賊克斥，故巡幸。

雄都元壯麗，望幸（欲）〔欸〕威神〔一〕。地利西通蜀，天文北照秦〔二〕。風煙含越鳥，舟楫控吳人〔三〕。未枉周王駕，終期漢武巡〔四〕。甲兵分聖旨，居守付宗臣〔五〕。早發雲臺仗，

恩波起涸鱗〔六〕。

【校】欲威神：欲注引作欻，并釋作有所吹起，方爲有義。

〔一〕次公曰：雄都，指言江陵。　壯麗字，前漢高〔祖〕紀：上見宫室壯麗而怒。蕭何對曰：非壯麗不足重威。

〔二〕次公曰：地利字，孟子云：天時不如地利。　天文字，易曰：觀乎天文。而漢有天文志。　西通蜀，則江自西而來，舟舡之所通，故謂之西江。　秦，言長安，長安在荆渚之北也。

〔三〕次公曰：越鳥字，古詩云越鳥巢南枝，故對吴人。其字多矣。

〔四〕次公曰：周王駕，謂穆天子之駕也。列子載：穆王命駕八駿之乘，馳驅千里。舊注引顔延年詩，爲冗矣。

〔五〕次公曰：上句言車駕之出，則禁兵隨衛也。分，則分其半以出，留其半於京矣。下句言其有人以爲留守也。居守，出左傳：君行則居守。宗臣，可宗之臣也。其字：蕭何，漢之宗臣。

〔六〕次公曰：雲臺，在後漢之南宫。三字出庾信哀江南賦：猶有雲臺之仗。　恩波字，梁丘遲侍宴樂遊苑餞徐州刺史應詔詩曰：參差引念舉，肅穆恩波被。貼以起涸鱗，即暗使莊子：鮒魚在轍中曰：吾得斗(勝)〔升〕之水活爾。

遣悶一首（近體詩）

地闊平沙岸，舟虚小洞房〔一〕。使塵來驛道，城日避烏檣〔二〕。暑雨留蒸濕，江風借夕涼〔三〕。行雲星隱見，疊浪月光芒〔四〕。螢鑒緣帷徹，蛛絲罥鬢長〔五〕。哀箏猶憑几，鳴笛竟霑裳〔六〕。倚箸如秦贅，過逢類楚狂〔七〕。氣衝看劍匣，穎脱撫錐囊〔八〕。妖孽關東臭，兵戈隴右瘡〔九〕。時清疑武略，世亂跼文場〔一〇〕。餘力浮於海，端憂問彼蒼〔一一〕。百年從萬事，故國耿難忘〔一二〕。

〔一〕次公曰：洞房者，虚洞之房也。謝玄暉言洞房殊未曉，今云舟虚小洞房，可謂新語矣。

〔二〕次公曰：江邊有驛樓，故云使塵來驛道。泊舡之處近城，日爲城所障，不照及檣，故云城日避烏檣。此詩人之巧句也。烏檣字，舡檣上刻爲烏形，如相風之製，蓋取（猴）〔候〕風之義，而公屢使矣。具於句法義例。

〔三〕次公曰：兩句通義。當暑雨之際，留住蒸濕，而得江風借之以夕涼也。其下皆義分明而句奇壯含蓄。

〔四〕次公曰：雲今則星隱，雲過則星見，故云行雲星隱見。月光在水中，前浪後浪皆照，故云疊浪月光芒。師民瞻本作月光芒，是。若光芒則無義。

〔五〕次公曰：螢尾之光，可以照物，故曰螢鑒。

〔六〕次公曰：初聞哀箏，已可垂淚，然猶忍淚憑几聽之而已。至聞笛鳴，則情不禁矣。於是乎淚竟霑裳也。此非奇

壯含蓄之句乎？

【校】九家注下接：魏文帝與吴質書有云：高談悟心，哀箏順耳。

〔七〕次公曰：秦贅字，賈誼傳：秦人家富子壯，則出分；家貧子壯，則出贅。應劭曰：出作贅壻也。師古曰：言其不當在妻家，亦猶人體之有贅，非應有也。一説：贅，質也。家貧無有聘財，以身爲質也。贅，之鋭反。貼之以倚箸，則依附之謂也。　楚狂字，論語：楚狂接輿。貼之以過逢，則言其過逢於人如之。即論語下文云楚狂接輿歌而過孔氏之門也。　著作之著，附著之著，古只同一箸字。見羣經音辨。

〔八〕次公曰：氣衝事，張華見紫氣衝斗牛之間，以問雷煥。言劍氣也。具於句法義例。　看劍匣，則匣中之劍如此，而看之也。　穎脱事，平原君傳曰：夫賢士處世也，譬之錐。錐之處囊中，其末立見。毛遂曰：使遂早得處囊中，乃穎脱而出，非特末見而已。撫之，則自撫安之也。兩句皆借物以自喻耳。

〔九〕次公曰：兩句皆當時之實事，真只是吐蕃與盜賊耳。

〔一〇〕次公曰：時清疑武略，世亂蹋文場，兩句通義，乃議論之語也。蓋言當時之清，則以武略爲疑而不用；及世之亂，則文場蹋而不展矣。　武略，如兵書有黄石公三略。　文場字，杜預贊曰：元凱文場，稱爲武庫。

〔一一〕次公曰：餘力字，即論語云行有餘力，故對端憂。其字則月賦云：端憂多暇。　浮於海字，則孔子云：道不行，乘桴浮於海。故對問彼蒼。詩曰：彼蒼者天。而問字，則屈原有天問篇也。

〔一二〕次公曰：從萬事，則言百年之内，任從事緒之多，而惟有懷鄉不能已也。

江陵節度陽城郡王新樓成王請嚴侍御判官賦七字句同作一首（近體詩）

樓上炎天冰雪生，高飛燕雀賀新成〔一〕。碧窗宿霧濛濛濕，朱栱浮雲細細輕〔二〕。杖鉞

褰帷瞻具美，投壺散帙有餘清〔三〕。自公多暇延參佐，江漢風流萬古情〔四〕。

〔一〕次公曰：淮南子曰：南方曰炎天。高誘注曰：南方五月，建午火之中也。火性炎上，故曰炎天。顔延年夏夜詩云炎天方埃鬱者，用此。當炎天而樓上生冰雪，則其高可知矣。淮南子曰：大厦成而燕雀來賀。使高飛燕雀，又以明言樓之高。

〔二〕次公曰：窗含宿霧，栱帶浮雲，皆言其高。

〔三〕次公曰：杖鉞褰帷四字，兩事。杖鉞，則在三國書多有之矣。如許靖與曹孟德書曰：昔營丘翼周，杖鉞專征。褰帷，則賈琮爲冀州刺史。舊典，傳車驂駕，垂赤帷裳，迎於州界。及琮之部，升車言曰：刺史當遠視廣德，糾察美惡，何有反垂帷裳以自掩塞乎？乃命御者褰之。百城聞風自然竦震。投壺散帙四字，兩事。投壺，雖禮記有其篇，今蓋用祭遵雅歌投壺也。散帙字，則謝靈運酬從弟惠連詩云：散帙問所知。

〔四〕次公曰：自公多暇，亦是合成之字。自公，則詩：自公退食。多暇，則荀子云：其爲人也，而多暇日，則其出入不遠。風流事，則暗用庾亮事。庾亮鎮武昌，佐吏乘月登樓，不覺亮至。將避之。亮曰：諸君少住，老子於此興復不淺。陶侃曰：亮非惟風流，兼有爲政之實。使江漢字，則指言荆州也。具於句法義例。

又作此奉衛王一首（近體詩）

西北樓城雄楚都，遠開山岳散江湖〔一〕。二儀清濁還高下，三伏炎蒸定有無〔二〕。推轂幾年唯鎮靜，曳裾終日盛文儒〔三〕。白頭授簡焉能賦，愧似相如爲大夫〔四〕。

校，稱前首云。

露下天高秋水清，空山獨夜旅魂驚〔一〕。疏燈自照孤帆宿，新月猶懸雙杵鳴。南菊再逢人卧病，北書不至雁無情〔二〕。步檐倚杖看牛斗，銀漢遥應接鳳城〔三〕。

〔一〕次公曰：露下字，江淹别賦云：露下地而騰文。天高字，宋玉九辯云：泬寥兮天高而氣清。獨夜字，王仲宣七哀詩：獨夜不能寐。

【校】前首露下字前有：此詩甚明，其句中使字則十字。

〔二〕次公曰：疏燈自照孤帆宿，新月猶懸雙杵鳴，句法蓋言疏燈自照之夜，正是孤帆泊宿，新月未没而猶懸，正是江春之杵雙鳴也。此蓋言水碓矣。下一對言南國菊花已再逢矣，而人正卧病；北地書問不通，乃雁無情傳至也。公以大曆三年春白帝城放舡出瞿唐峽，則是年之秋在荆南見菊，今年在潭州又見菊，皆南也。北地，以言長安，故末句又有鳳城之語。

【校】前首無公以大曆三年春至皆南也一段。

〔三〕次公曰：步櫩，櫩字與簷、檐一也，舊正作步蟾，非。上林賦云：步櫩周流。李善注曰：步櫩，步廊也。謝惠連詩：房櫳引傾月，步檐結清風。劉孝綽望月詩云：微光垂步檐。庾信詩：步櫩朝未掃。是已。倚杖字，鮑明遠云：倚杖牧鷄豚。

己帙卷之六

己酉大曆四年，時公五十八歲。全冬并在潭州所存之詩。冬之初。

兩當縣吴十侍御江上宅一首（古詩）

次公曰：此篇舊在秦州詩下，合遷入於此。題蓋言兩當縣人吴侍御宅在江上，而身謫長沙不得去也。詩云：借問持斧翁，幾年長沙客？正言其客於潭州矣。首云：寒城朝煙澹，山谷落葉赤。陰風千里來，吹汝江上宅。言寒城、陰風，則冬時；言落葉赤，則近秋末而涉冬初。詳味詩意，吴侍御遷謫之因，爲辯論良民不是姦細，以此忤權貴而得罪耳。首四句以秦地之時候景物言其宅在兩當之江上，用引下段亦知故鄉樂之句。自鶡鷄號枉渚，落日傍阡陌，又以楚地之時候景物如此，而乃在長沙也。自昔〔在〕鳳翔都至失意見遷斥十二句，公自敘其與吴君同在行在所，因言吴君遷謫之事也。仲尼甘旅人至閉口休歎息，所以美吴君能處困且寬勉之也。後八句公自歎其當諫諍而不得言，有負於吴君也。

寒城朝煙澹，山谷落葉赤。陰風千里來，吹汝江上宅〔一〕。鶡鷄號枉渚，落日傍阡陌〔二〕。借問持斧翁，幾年長沙客〔三〕？哀哀失木狖，矯矯避弓翮〔四〕。亦知故鄉樂，未敢思宿昔〔五〕。昔在鳳翔都，共通金閨籍〔六〕。天子猶蒙塵，東郊暗長戟〔七〕。兵家忌間諜，此輩常接跡〔八〕。臺中領舉劾，君必慎剖析。不忍殺無辜，所以分黑白。上官權許與，失意見遷斥〔九〕。仲尼甘旅人，向子識損益〔一〇〕。朝廷非不知，閉口休歎息。余時忝諍臣，丹陛實咫尺〔一一〕。相看受狼狽，至死難塞責〔一二〕。行邁心多違，出門無與適〔一三〕。於公負明義，惆悵頭更白〔一四〕。

〔一〕次公曰：四句以秦地之時候、景物，念吴侍御有宅在兩當縣之江上，所以爲之感激也。兩當枕嘉陵江上，傳云吴侍御宅今子孫尚居之。公詩主言其故鄉之宅如此，意念其有宅而不得居，故題亦著言之。舊本見題是兩當縣吴侍御江上宅，故置之發秦州往同谷間，然亦自非所由之路矣。寒城字，謝玄暉詩：寒城一凝眺，平楚正蒼然。落葉赤，則當公作此詩之時，乃秋末冬初矣。陰風字，顏延年云：陰風振涼野。

〔二〕次公曰：兩句以楚地之時候、景物言之。鶤鷄，正實道其事，楚地有之。楚辭曰鶤鷄啁哳，乃是事祖；杜時可引相如賦亂鶤鷄，舊注引江文通擬王微詩欻吸鶤鷄鳴，在後矣。枉渚者，枉曲之渚也。楚辭有朝發枉渚，雖是地名，然地所以得名，亦以其枉曲言之耳。其後承用於詩，特以言枉曲之渚焉。如陸士龍答張士然詩云：通波激枉渚，悲風薄丘榛。是已。

〔三〕次公曰：持斧，御史事也。漢武帝時，暴勝之爲直指使者，繡衣持斧。翁，指言吴侍郎也。長沙，即潭州，賈誼所謫之地。謂當陰風之來，空吹汝兩當之宅，方鶤鷄之號，而其身在長沙，皆所以哀之也。謂之幾年長沙年，可以見還。淹乃探懷中五色筆授之。自是爲詩絶無美句，人謂之才盡也。今此用江淹矣。傷形體，則傷其老病而然也。形體字，莊子云：墮爾形體。司馬相如病渴，而公適同有此病，故對才盡字爲有出處。汙官位，其汙字，則李尋曰久汙玉堂之署也。

〔一四〕次公曰：顔色少稱遂，稱音去聲，稱意而通遂也。

〔一五〕次公曰：衆多，衆人也。鄱陽云衆多之口，故對苦辛。其字則選詩云坎坷常苦辛；又云不言懷苦辛也。

〔一六〕次公曰：崩騰戎馬際，往往殺長吏，則正言湖南兵馬使臧玠殺其團練使崔灌，遂據潭州反矣。

〔一七〕次公曰：自子干東諸侯十四句，則公贈人以言，有補於時者。

〔一八〕次公曰：書曰：民爲邦本。傳曰：重賞之下有勇夫，香餌之下有潛魚。邦以民爲本，魚餞費香餌，言當厚施予，以恤民爲本也。

〔一九〕次公曰：瘡痍者，民困病之譬也。前漢季布傳云：方今創痍未瘳。告訴皇華使，則囑顧文學告之於使人也。詩云皇皇者華，君遣使巨也，故謂之皇華使。

〔二〇〕次公曰：進德字，易云：君子進德修業。歷試字，書云：歷試諸難。使臣精所擇，進德知歷試，言朝廷所遣使臣。必擇賢者而來，可以告之矣。

〔二一〕次公曰：彼能惻隱誅求之情，賢者固異於愚人矣。

〔二二〕次公曰：列士惡苟得，俊傑思自致，列士、俊傑皆以指言顧文學，所以責望之深矣。

〔二三〕次公曰：末句，猛虎行，則又戒之以無苟從也。古猛虎行云：饑不從猛虎食，暮不從野雀棲。野雀安無巢，遊子爲誰驕。而陸士衡猛虎行云：渴不飲盜泉水，熱不息惡木陰。惡木豈無陰，志士負苦心。皆以戒遊子之慎所從也。酸鼻字，宋玉賦云：寒心酸鼻。

聶耒陽以僕阻水書致酒肉療饑荒江詩得代懷興盡本韻至縣呈聶令陸路一首（古詩）

（方）〔去〕方田驛四十里，舟行一日。時屬江漲，泊於方田。

【校】方方田驛：九家注作去方田驛，是。

耒陽馳尺素，見訪荒江渺〔一〕。義士烈女家，風流吾賢紹〔二〕。昨見狄相孫，許公人倫表〔三〕。前朝翰林後，屈跡縣邑小〔四〕。知我礙湍濤，半旬獲浩渺〔五〕。麾下殺元戎，湖邊有飛旐〔六〕。孤舟增鬱鬱，僻路殊悄悄。側驚猿猱捷，仰羨鸛鶴矯〔七〕。禮過宰肥羊，愁當置清醥〔八〕。人非西喻蜀，興在北坑趙〔九〕。方行郴岸靜，未話長沙擾。崔師乞已至，澧卒用矜少。問罪消息真，開顔憩亭沼。聞崔侍御漼乞師於洪府，師已至袁州北。楊中（承）〔丞〕琳問罪，將士自澧上達長沙。〔一〇〕。

〔一〕次公曰：耒陽，指言聶宰也。尺素字，古詩云客從遠方來，遺我尺素書也。舊本荒江（渺）〔眇〕，師民瞻本作荒江渺，是。公詩又云：江湖渺霽天。

【校】舊本荒江渺：九家注渺作眇，方與下引師本荒江渺相對。注〔五〕同此。

〔二〕次公曰：義士，則聶政也。烈女，則政之姊也。史記：刺客聶政殺韓相，自死。其姊嫈伏尸哭極哀，死政臨江樓。載聞大易義，諷詠詩家流。蘊藉異時輩，檢身非苟求〔九〕。皇皇使臣體，信是德業優〔一〇〕。楚材擇杞梓，漢苑歸驊騮〔一一〕。短章達我心，理待識者籌〔一二〕。

〔一〕次公曰：大火，一作大暑。以運金氣言之，當以大火爲正。蓋此一句止言七月之候也。詩曰七月流火，火者，大火也。月令曰孟秋之月，盛德在金。大火流而運金氣，所以爲七月矣。既已七月，則當有秋也，而荆、揚楚地，是爲炎方，故獨不知秋也。不知秋，則猶炎燠矣。舊注却引三伏之義解之，曰：五行相生，以成四時。夏，火也。秋，金也。金當代火而畏火，故金氣伏而火盛，所以熱也。與下句不相貫。

〔二〕次公曰：上句則鳥以熱而難飛也。塌翼字，陳孔璋檄：垂頭塌翼，莫所憑恃。下句則人以熱而難涉也。行舟字，則書云罔水行舟也。魏文帝善哉行云：深深川流，中有行舟。今翻用之也。

〔三〕次公曰：掃地、閉關，皆以熱之故。自此而下甚明。

〔四〕次公曰：旅次字，則易旅卦有：旅即次。又有：旅焚其次也。百憂字，則詩：逢此百憂。

〔五〕次公曰：空牀字，古詩：空牀難獨守。借用明月之璧，夜光之珠，以暗投人。

〔六〕次公曰：舊丘字，鮑照結客少年場云：去鄉三十載，復得還舊丘。

〔七〕次公曰：内弟，則題所謂崔十六弟也。晉人以姑舅兄弟爲外兄弟。劉禹錫謝崔員外與任十四兄同過詩云：何人萬里能相憶，同舍仙郎與外兄。杜公詩有白水縣崔評事，意者其諸舅之子矣，而乃云内弟，蓋所未曉。以俟博聞。執熱字，詩云：誰能執熱，逝不以濯。白頭字，鄒陽云：白頭如新。

〔八〕次公曰：束帶字，論語：束帶立於朝。負芒刺三字，霍光傳：若負芒刺。阻修字，摘詩：道阻且修。

〔九〕次公曰：蘊藉字，前漢：論其蘊藉可也。薛蒡符又引權德輿蘊藉風流，在後爲冗。檢身字，則書云：檢身如不及。

〔一〇〕次公曰：皇皇使臣體，指言崔評事，蓋必爲使也。詩云：皇皇者華。

〔一一〕次公曰：君遣使臣，是以杞梓、驊騮所以美崔。於杞梓言楚材，則左傳：云唯楚有材，晉實用之也。舊注模稜，便云：杞梓，楚之良材。非是。於驊騮言漢苑，則漢有天馬之苑。皆詩人取字貼爲詩句耳。

〔一二〕次公曰：識者，指評事也。

江邊星月二首（近體詩）

驟雨清秋夜，金波耿玉繩〔一〕。天河元自白，江浦向來澄〔二〕。映物連珠斷，緣空一鏡升〔三〕。餘光隱更漏，況乃露華凝〔四〕。

右一

〔一〕次公曰：金波以言月，前漢樂志歌云：月穆穆以金波。玉繩以言星。謝玄暉詩云：金波麗鳷鵲，玉繩低建章。故取用也。

〔二〕次公曰：元自、向來之字，公嘗使矣。蓋云：眉毛元自白，淚點向來垂。又曰：鑠石藤梢元自落，倚天松骨見來枯。其單用元字，則又如渚柳元幽僻、錦江元過楚、西江元下蜀也。東坡云面骨照人元自白，眉毛覆眼見來皇之寬大也。漢刑法志：禁網闊疏。往者字，熟矣。恭惟者，恭恪而思惟之也。今人多使矣，蓋亦從來熟語。如杜佑郊天説有曰：恭惟國章，並行二禮。

〔七〕次公曰：凡兵之地，謂之風塵。如隋顔之推古意詩云：歌舞未終曲，風塵闇天地。澒洞字，出淮南子曰：未有天地之時，鴻濛澒洞，莫知其門。而文選止使洪洞字。其音亦從去聲。如洞簫賦云風洪洞而不絶也。天地一丘墟，則人民寡而城郭荒矣。王粲詩曰：崤函復丘墟。

〔八〕次公曰：鴛鴦瓦事，魏志：文帝問周宣曰：吾夢殿屋兩瓦墜地，化爲鴛鴦，何也？宣對曰：後宫當有暴死者。帝曰：吾詐卿耳。宣曰：夫夢者，意耳。苟以形言，便占吉凶。言未卒，黄門令奏宫人相殺。翡翠簾事，西京雜記。

〔九〕次公曰：鉤陳，星名，主天子後營也。西都賦：周以鉤陳之位，衛以嚴更之署。摧徼道，則鉤陳之營，摧頹於徼道之中也。徼道字，賦又云：周廬千列，徼道綺錯。槍纍、儲胥事，揚雄長楊賦云：木擁槍纍，以爲儲胥。注：槍纍，作木槍，相纍爲栅也。儲胥，藩籬也，擁禽獸使不得出也。此文選張銑所注。其在揚雄本傳，則服虔注云：諸胥，猶言有餘也。而顔師古云：儲，峙也。胥，須也。以木擁槍及纍，繩連結以爲儲胥，言有儲畜以待所須也。公詩句直用揚雄賦而已，蓋言槍纍之壞，所以於儲胥爲失也。舊注更引武帝先作迎風館於甘泉山，後加露寒、儲胥二館。却是言甘泉宫中事矣，非是。已上四句以言京師之陷而宫殿之毁也。

〔一〇〕次公曰：巡守，指言肅宗之在鳳翔也。文物陪，則言衣冠集於此也。鴟鴞之詩曰：予手拮据。注云：拮据，撠挶也。言爲巢之至苦，其手病也。親與賢皆病，則勞於討賊之事也。

〔一一〕次公曰：猰貐，惡獸。爾雅曰：猰貐，類貙，虎牙，食人。鯨魚，大魚。左傳曰：取其鯨鯢，以爲京觀。呵猰貐、却鯨魚，以譬却退巨賊之義。

〔一二〕次公曰：蕭相，而自注云郭令公。漢書云：蕭何，國之宗臣也。勢㤝，言討賊之勢㤝順也。非一范雎，自注云諸名將。蓋秦拜范雎爲客卿，謀兵事，卒聽其謀，使五大夫綰伐魏，拔懷。後二歲，拔邢丘。其相秦也，東伐韓少曲、高平，拔之。又以其謀縱反間，賣趙。趙以其故，令馬服子代廉頗將。秦大破趙於長平，遂圍邯鄲。此皆范雎之謀，有益於秦者，故以比諸名將。舊注徒引雎逃魏齊之辱，入秦爲相，終復魏齊之讎，無干涉矣。

〔一三〕次公曰：四句言戰殺之處也。太行，在幽、燕；浚儀，在梁；（淦）〔滏〕水，光、黄之間。函關，則函谷關是已。於是復京師矣，下四句是也。

【校】正文淦口，注文淦水：九家注淦作滏。今按滏口在相州，正與詩意合。淦當從九家注作滏。

〔一四〕次公曰：言肅宗還長安也。晉天文志：紫微，大帝之座也。又，大角在攝提間，天王座也。紫微臨大角，則帝星臨王座也。洪範曰：建用皇極。史曰：乘輿返正。皇極正乘輿，則大中之道復正也。

〔一五〕次公曰：賞從字，僖二十四年傳：晉侯賞從亡者。用對殊私。其字未見。峩冕，則魏峩其冠冕也。公嘗曰：峩冕耿金鐘。今對直廬，則直宿殿廬也。

〔一六〕次公曰：豈惟高衛霍，衛，則衛青；霍，則霍去病，皆漢之大將也。曾是接應徐，應則應瑒，字德璉；徐則徐幹，字偉長。此薛公又加太子賓客之職故耶。曹丕與吴質書曰：徐、陳、應、劉，一時俱逝。蓋皆當丕爲太子時所從之人也。觀後篇哭李尚書而云：還瞻魏太子，賓客減應劉。公自注云李公歷禮部尚書，薨于太子賓客，可見矣。下四句則又兼石首公而言之矣。

〔一七〕次公曰：於降集之間，如翔鳳之翻，言兄弟之翺翔也。賈誼賦：鳳凰翔於千仞兮，覽德輝而下之。此翔字之證。相與追攀而絶衆姦之喜怒，故以狙譬焉。莊子云：朝三暮四，衆狙皆怒。蓋當時亦必有妬熱者矣。

〔二〕次公曰：衡山，山名著矣，以鄂渚對之。其字則屈原九章云：乘鄂渚而反顧。舳艫字，郭璞江賦曰：舳艫相接，萬里連檣。説文曰：舳，舟尾也。艫，船頭也。以對雲樹，則謝朓云雲中辨江樹也。洞庭在岳州。以順流言之，則由岳而至鄂；以泝流言之，則由潭而至衡，故今句所以云然。

〔三〕次公曰：舊本作裛槳，槳字在韻書音獎，云所以隱船曰槳。今詳其義，乃菰蔣之蔣耳，蓋蒲有節，而蔣有牙也。師民瞻本直作蔣，是。公詩前篇曰相趁梟雛入（槳）〔蔣〕牙，亦是蔣字。

〔四〕次公曰：病渴，公實道其身，而字則司馬相如有消渴病。其對春生，則如文子云若春氣而生，蓋夏、秋、冬則未嘗言生也。（謝惠連）〔吴均〕與柳惲相贈答云：日映昆明水，春生鳷鵲樓。先使此春生兩字，故公湖城醉歌云寒盡春生洛陽殿也。

【校】謝惠連與柳惲相贈答：據玉臺新詠卷六，謝惠連當作吴均。

〔五〕次公曰：犂雨雪、架泥塗，犂字、架字，可謂奇矣。此以實字爲虚字使也。

〔六〕次公曰：欹側、微冥字，皆出選。

〔七〕次公曰：赤壁在夏口之東，武昌之西。東坡先生謫居黄州，有赤壁賦，所謂西望夏口，東望武昌也。蒼梧，則在洞庭西南之地，乃永州也。謹按桑欽水經：湘水出零陵始安縣陽海山。而酈道元注其經歷有名營水，其水下流注於湘。而營水上流經〔九〕疑山下蒼梧之野。大舜葬九疑之陽。自洞庭而過往南嶽，則泝湘水而上，故得遠言蒼梧。

【校】疑山：九家注作九疑山，是。

〔八〕次公曰：帝子留遺恨，所以結略蒼梧之語。帝子，指舜二妃娥皇、女英也。以其堯女，故謂之帝子。屈原九歌湘夫人云：帝子降兮北渚，目眇眇兮愁予。留遺恨，則以舜南巡狩，崩於蒼梧之野故也。曹公屈壯圖，所以結回赤壁之語。曹公者，曹操也。操伐孫權，權將周瑜敗之於赤壁，故謂之屈壯圖也。

〔九〕次公曰：此四句通下兩句，所以言當時事而及其身也。蓋時上雖復長安已七八年矣，而吐蕃之孽未息，是爲駐留艱虞。於此才淑之人，有隨廝養者；名士之賢，有隱鍛鑪者。隨廝養，廝字，廝音斯。前漢蒯通傳云：隨廝養之役者，失萬乘之權。張耳傳亦有廝養卒事。注：廝，取薪者。隱鍛鑪事，嵇康初居貧，嘗與向秀共鍛於大樹之下，以自贍給。

〔一〇〕次公曰：邵平，則公自歎其不如。張翰，則公自比其歸晚。前漢蕭何傳：邵平者，故秦東陵侯。秦破，爲布衣，種瓜長安城東。公以其身不得歸長安而種瓜以自養，此所以歎其不如也。元，則元來如此，已有不如之意。晉張翰，字季鷹，吴郡吴人。齊王冏辟爲大司馬東曹掾。因見秋風起，乃思吴中菰菜、蓴羹、鱸魚膾，曰：人生貴得適志，何能羈官千里以要名爵乎！遂命駕而歸。其後齊王敗，人謂之見幾。公以其南下之遲，無知幾之明，此所以比其歸晚也。

〔一一〕次公曰：夜烏，言檣上之烏夜宿也。謂之逐，則相逐而行之船矣。檣上爲刻烏以瞻風，乃天子駕前相風之義。陰鏗廣陵岸送北使詩：亭嘶背櫪馬，檣轉向風烏。

宿青草湖一首（近體詩）

洞庭猶在目，青草續爲名。宿槳依農事，郵籤報水程〔一〕。寒冰爭倚薄，雲月遞微明〔二〕。湖雁雙雙起，人來故北征〔三〕。

〔一〕次公曰：古詩云：西北有高樓。今樓恰在西北，故用之爲宜。　遠開山岳散江湖，則樓之所臨者高，所望者遠矣。樓在楚都，故言山岳、言江湖。岳，則衡岳也。

〔二〕次公曰：二儀清濁還高下，三伏炎蒸定有無，此雄健之語。皆樓之高，所見之大，而其氣之清也。其用字，則二儀字，梁元帝纂要曰：天地曰二儀。清濁字，則清氣爲天，濁氣爲地也。高下字，則禮記云：天高地下也。

〔三〕次公曰：推轂，以言衛王奉命爲將。馮唐傳曰：推轂遣將。故對曳裾。其字則鄒陽曰：何王之門而不可曳長裾乎！

〔四〕次公曰：末句，白頭授簡，則雪賦：授簡於司馬大夫。貼以能賦字，則禮記云：登高能賦，可爲大夫也。

江漲一首（近體詩）

次公曰：公於成都嘗有江漲詩江漲柴門外，兒童報急流是也。而舊本又列此詩於戲爲六絶句後，亦作成都詩，非是。今還於此，蓋末句云輕帆好去便，浣花溪上豈使帆邪？況全篇皆是極大之江漲，其義甚明。

江發蠻夷漲，山添雨雪流〔一〕。大聲吹地轉，高浪蹴天浮〔二〕。魚鼈爲人得，蛟龍不自謀〔三〕。輕帆好去便，吾道付滄洲〔四〕。

〔一〕次公曰：荆楚之地，接乎南蠻溪洞之屬，故漲江之水，自蠻中來，以冬積雪至夏融液流出也。　發字，使江水發源之發。

〔二〕次公曰：頷聯、腹聯皆實道其事，非荆楚之江不足以言之。大聲字，揚子云：或問大聲，曰：非雷非霆，隱隱竑竑也。高浪字，郭景純云高浪架蓬萊也。大聲若吹地而轉，高浪蹴起而（吹）浮天，其勢可見其漲矣。蹴字，公百韻詩有曰朝海蹴吴天。蹴天而浮，言其水之高。東坡詩云江遠欲浮天，用此也。

〔三〕次公曰：以江漲而掀蕩，故人人可得魚鼈矣。公於溪漲詩亦曰蛟龍亦狼狽，況鼈與魚。其溪漲而言及蛟龍，則浣花溪與百花潭相近，世云其中有龍也。

〔四〕次公曰：滄洲，揚雄檄靈賦曰：世有黄公者，起於滄洲，（精）〔頤〕神養性，（於）〔與〕道浮遊。故詩人之言隱，多用滄洲字也。

【校】精神養性一句，詳本帙卷六幽人注〔二〕校語。

七月以往，至秋之强半。

毒熱寄簡崔評事十六弟一首（古詩）

大火運金氣，荆揚不知秋〔一〕。林下有塌翼，水中無行舟〔二〕。千室但掃地，閉關人事休〔三〕。老夫轉不樂，旅次兼百憂〔四〕。蝮蛇莫偃蹇，空牀難暗投〔五〕。炎宵惡明燭，況乃懷舊丘〔六〕。開襟仰内弟，執熱露白頭〔七〕。束帶負芒刺，接居成阻修〔八〕。何當清霜飛，會子烏，蓋出於此。詳見句法義例。

〔三〕次公曰：上句所以言星。史記云：五星如連珠也。次句所以言月。古詩云：破鏡飛上天。梁簡文帝詩形同七子鏡也。

〔四〕次公曰：末句，言更漏之聲隱於星月餘光之中也。此則將曉，故言況乃露華凝也。露華字，謝莊詩：露華識猿音。今言此，則星月餘光，更漏隱然，露華凝墜，其客況可知矣。

江月辭風纜，江星別霧舡。雞鳴還曉色，鷺浴自晴川〔一〕。歷歷竟誰種，悠悠何處圓。客愁殊未已，他夕始相鮮〔二〕。

右二

〔一〕次公曰：四句言曉見星月，當舡行之時也。纜言風纜，舡言霧舡，則曉之景物也。

〔二〕次公曰：四句有感而問星月也。古詩云：天上何所有，歷歷種白榆。見星之夕，所以問其誰所種之榆也。謝莊月賦云：升清質之悠悠。今所見月，未是月之圓者，故問之以在何處逢其圓也。他夕始相鮮，則又併言星與月於他夕見之，若客愁既止，己則始悦其鮮明矣。

舟月對驛近寺一首（近體詩）

更深不假燭，月朗自明舡〔一〕。金刹青楓外，朱樓白水邊〔二〕。城烏啼眇眇，野鷺宿娟娟。皓首江湖客，鈎簾獨未眠〔三〕。

〔一〕次公曰：明字，與殘夜水明樓之法相似。

〔二〕次公曰：釋氏要覽經音云：梵言刹瑟，在唐言竿，今略言刹，即幡柱也。謂之金刹，西京雜記：以黄金爲刹。青楓外，則其刹之高矣。時秋未深，而楓葉尚青，故言青楓。用青楓，則南方所有之木。朱樓，蓋驛樓也。其字則馮衍顯志賦云：伏朱樓而四望。

〔三〕次公曰：公既至江陵，而九江、洞庭在其下，斯爲江湖客矣。詩人蓋以所遇爲言也。

舟中一首（近體詩）

風餐江柳下，雨卧驛樓邊〔一〕。結纜排魚網，連檣並米舡〔二〕。今朝雪細薄，昨夜月清圓〔三〕。飄泊南庭老，祇應學水仙〔四〕。

〔一〕次公曰：風餐字，雨卧字，如宋鮑照用風餐對雲卧，唐柳明獻用霞餐對雲卧也。

〔二〕次公曰：結纜排魚網，言結纜之處，有魚網相排也。魚網字，雖是實道，而詩曰：魚網之設，鴻則離之。故對米舡。亦雖實道，而其字則如世説王修齡曰修齡爲饑，自當問謝仁祖索食，不須陶胡奴米舡也。

〔三〕次公曰：前篇言悠悠何處圓，則明猶未圓之夜。今言昨夜月清圓，則過十五夜矣。

〔四〕次公曰：南庭老，公自謂也。南庭者，南方之庭，猶北地謂之北庭耳。

遣懷一首（古詩）

昔我遊宋中，惟梁孝王都〔一〕。名今陳留亞，劇則貝魏俱〔二〕。邑中九萬家，高棟照通衢。舟車半天下，主客多歡娛〔三〕。白刃讎不義，黄金傾有無〔四〕。殺人紅塵裏，報答在斯須。憶與高李輩適、白，論交入酒壚。兩公壯藻思，得我色敷腴。氣酣登吹臺，懷古視平蕪〔五〕。芒碭雲一去，雁（鶩）〔鶩〕空相呼〔六〕。先帝正好武，寰海未凋枯。猛將收西域，長戟破林胡。百萬攻一城，獻捷不云輸。組練棄如泥，尺土負百夫。拓境功未已，元和辭大鑪〔七〕。亂離朋友盡，合沓歲月徂〔八〕。吾衰將焉託，存殁再嗚呼〔九〕。蕭條益堪愧，獨在天一隅〔一〇〕。乘黄已去矣，凡馬徒區區〔一一〕。不復見顔鮑，繫舟卧荆巫〔一二〕。臨餐吐更食，常恐違撫孤〔一三〕。

【校】雁鶩：九家注作雁鶩，是。

〔一〕次公曰：孝王都，即今之京都汴都是已。

〔二〕次公曰：陳留，在今雖爲京師屬縣之名，而在唐，則今之東京乃唐之陳留郡也。貝、魏，在河北方面，最煩劇。

〔三〕次公曰：主客者何？主，則本處人；客，則游寄者。多歡娱字，選詩：朝野多歡娱。

〔四〕次公曰：白刃下使讎字，鮑明遠詩：失意杯酒間，白刃起相讎。

〔五〕次公曰：世有西清詩話云：唐史稱，杜甫與李白、高適同登吹臺，慨然莫測也。質之少陵昔遊詩昔者與高李，晚登單父臺，則知非吹臺。三人皆詞宗，果登吹臺，豈無雄詞傑倡著後世耶？而杜田云：予謂蔡氏蓋未曾熟讀杜詩爾。遣懷詩不云乎，昔我遊宋中，惟梁孝王都。名今陳留亞，劇則貝魏俱，憶與高李輩，論交入酒爐……氣酣登吹臺，懷古視平蕪。此豈非甫與李白、高適同登吹臺耶？其説是。吹臺在今宋門外，謂之天清寺繁臺是已。於梁王時曰吹臺，蓋歌吹之臺也。一作文臺，非是。氣酣字，即酒酣氣益振。

〔六〕次公曰：芒碭，山名。芒碭雲事，前漢：高祖隱於芒碭山澤間，吕后與人俱求，常得之。高祖怪問吕后。后曰：季所居，上常有雲氣，故從往常得季。雲去，乃人亡也。不欲指言之爾。雁（鶩）〔鶩〕相呼，以興其荒寂，如麋鹿遊姑蘇，黍離麥秀之類。

〔七〕次公曰：先帝，蓋言玄宗也。玄宗盛時，開拓境土。如安禄山、王君㚟、張守珪、王忠嗣輩，皆以邊功爲己任，故張説嘗獻鬬羊箴，而上不之改。以百萬兵攻一城，豈無勝負耶？但獻捷而已，未嘗言輸而不勝也。組練字，國語云：吴人大破楚軍。楚之免者，惟組練三百而已。組，則組甲。練，被練也。組練棄如泥，則不憚物之費，爭一尺之土以百夫爲償，則不惜人之命。莊子曰：吾將以天地爲大鑪。元和辭大鑪，則政失其平和於天地之間矣，所以有安、史之亂也。

〔八〕次公曰：亂離字，詩云亂離（莫）〔瘼〕矣，故對合沓。其字則洞簫賦云：薄索合沓。注云：重沓也。朋友，所以指言高與李也。

〔九〕次公曰：吾衰字，即孔子云：甚矣，吾衰也。

〔一〇〕次公曰：天一隅字，則古詩云：各在天一隅。

〔一一〕次公曰：乘黄，神馬。指言高適、李白。

〔一二〕次公曰：顔，則顔延年，鮑，則鮑明遠。又以申比二公。公嘗與白詩云俊逸鮑參軍，則顔乃以比高適乎？

〔一三〕次公曰：常恐違撫孤，蓋恐違戾撫養高、李二公之孤也。此其爲朋友之義矣。荆巫，則荆州與〔巫〕峽也。

舟中出江陵南浦奉寄鄭少尹審一首（近體詩）

更欲投何處，飄然出此都〔一〕。形骸元土木，舟楫復江湖〔二〕。社稷纏妖氣，干戈送老儒〔三〕。百年同棄物，萬國盡窮途〔四〕。雨洗平沙淨，天銜闊岸紆〔五〕。鳴螿隨泛梗，别燕起秋菰〔六〕。棲託難高卧，饑寒迫向隅〔七〕。寂寥相呴沫，浩蕩報恩珠〔八〕。溟漲鯨波動，衡陽雁影徂。南征問懸榻，東逝想乘桴〔九〕。濫竊商歌聽，時憂卞泣誅〔一〇〕。經過憶鄭驛，斟酌旅情孤〔一一〕。

〔一〕次公曰：此篇舊注多是，今上補其闕爾。何處，蓋熟字也，然亦如周庾信烏夜啼曲曰御史府中何處宿，故對此都。其字則賈誼云：何心懷此都也。飄然字，則成公綏嘯賦云：心滌蕩而無累，志離俗而飄然。

〔二〕次公曰：形骸土木四字，嵇康土木形骸也。元字之義，具於句法義例。舟楫、江湖，雖非連出，而尚書云：

若濟巨川，用汝作舟楫。莊子云：魚相忘於江湖。字亦不閑矣。

〔三〕次公曰：社稷纏妖氣，纏字，則左太沖云兵纏紫微也。干戈送老儒，送，則史云送之以遨遊也。

〔四〕次公曰：老子云：常善救物，故無棄物。百年同棄物，言人身之盡，如同棄物爾。窮塗字，則五君詠阮籍云途窮能無慟也。萬國盡窮途，則多難之世，無適而不爲窮途也。

〔五〕次公曰：兩句道景雄健，其下句尤奇矣。紆字，於韻書云曲縈也。惟其闊，所以縈紆。周禮：冀州之澤藪曰楊紆。義蓋取此。

〔六〕次公曰：螿音將，蟬也。螿得梗而託之，故隨泛梗而鳴。菰，雕胡也。燕集於菰叢之間，時當秋，則別之而起去矣。皆以言時也。

〔七〕次公曰：上句言其身方有所棲託，難於高卧以自安也。高卧字，孔明高卧南陽也，故對向隅。其字則前漢刑法志：滿堂飲酒，一人向隅而悲泣，皆爲之不樂也。

〔八〕次公曰：莊子曰：魚相呴以濕，相濡以沫。寂寥相呴沫，則無有相賙給之者，故報恩之珠，亦浩蕩而無施也。報恩珠，傳記所載凡三事：三輔決録曰：昆明池有神泉，通白虎原。人釣魚絶綸而去。夢於漢武帝，求去鉤。帝明戲於池，見大魚銜索。帝取放之。後三日，池邊得明珠一雙。帝曰：魚之報也。又，搜神記曰：隋侯行見大蛇傷，因救治之。其後，蛇銜珠以報焉。其徑盈寸，純白而夜光可燭堂，故歷世稱隋珠。又，噲參養母至孝，曾有玄鶴爲戍人所射，窮而歸參。參收（義）〔養〕療治，瘡瘉而放之。後鶴夜到門，參秉燭視鶴，雌雄雙至，各銜明月珠報參。而報恩珠三字，則沈佺期云：漢皇靈沼上，容有報恩珠。公之所用，當以魚事爲切。

〔九〕次公曰：四句連義。溟漲鯨波動，所以引東逝想乘桴；衡陽雁影徂，所以引南征問懸榻。用字則溟漲字，謝靈運云：溟漲無端倪。衡陽雁，則應德璉詩言雁云：將就衡陽棲。南征，南往也。出楚辭，而張纘有南征賦。懸榻，有兩事：陳蕃爲青州，禮郡人周璆，名而不字。特爲置一榻，去則懸之。又禮徐孺子，亦然。乘桴字，即語云乘桴浮於海也。

〔一〇〕次公曰：商歌字，則甯戚飯牛爲商聲之歌，故七啟言：此甯子商歌之秋也。今具載事出與歌，使學者知之。淮南子曰：齊桓公郊迎客，夜開門。甯戚飯牛車下，望見桓公而悲，擊牛角而疾，爲商歌曰：南山粲，白石爛，短褐單衣適止骭。生不逢堯與舜禪，終日飼牛至夜半，長夜漫漫何時旦？桓公聞之，曰：異哉！歌者非常人也。命後車載之。卞泣，卞和之泣也。琴操曰：卞和者，楚野民。得玉，獻懷王。王使樂正子占之，言石。王以爲欺謾，斬其一足。懷王死，子平王立，和復獻之。平王又以爲欺，斬其一足。平王死，子立，爲荆王。和復欲獻之，恐復見害，乃抱其玉而哭。晝夜不止，涕盡，繼之以血。荆王遣問之。於是和隨使獻玉。王使剖之，中果有玉。乃封和爲陵陽侯。卞和辭不就而去，作退怨之歌曰：悠悠沂水經荆山，精氣鬱泱谷巖巖。中有神寶灼明明，穴山采玉難爲功。於何獻之楚先王，遇其闇昧信讒言。截斷兩足離余身，俛仰嗟歎心摧傷！紫之亂朱粉墨同，空山歔欷涕龍鐘。天鑒孔明竟以彰，沂水滂沛流於汶。進寶得刑足離分，斷者不續豈不怨！

〔一一〕次公曰：末句方以簡鄭祕監，故用鄭驛。其事則鄭莊置驛也。斟酌旅情孤，言鄭監必測度我旅情之孤也。斟酌字，如鮑照和王丞詩：斟酌高代賢。

官庭夕坐戲簡顔十少府一首（近體詩）

南國調寒杵，西江浸日車〔一〕。客愁連蟋蟀，亭古帶蒹葭〔二〕。不返青絲鞚，虚燒夜燭花〔三〕。老翁須地主，細細酌流霞〔四〕。

〔一〕次公曰：南國，楚地也。詩曰：滔滔江漢，南國之紀。故對西江。莊子：西江之水。疏云：西江，蜀江也。以自西來，故於出之地謂之西江。具於句法義例。

〔二〕次公曰：蟋蟀字，見於毛詩七月篇，以爲歲候。此所以客愁連之矣，故對蒹葭。其字則亦出詩也。杵謂之調，庾信夜聽擣衣詩云：調聲不用琴。又畫屏風詩曰：擣衣明月下，靜夜秋風飄。錦石平砧面，蓮房接杵腰。急節迎秋韻，新聲入手調。寒衣須及早，將寄霍嫖姚。

〔三〕次公曰：鞚，馬勒也。青絲爲之爾。古詩所謂青絲絡頭是也。日車字，則淮南子曰：日乘車，駕以六龍，羲和爲馭。而李尤云安得猛士翻日車也。

〔四〕次公曰：地主字，史中亦多。如吳書孫奐傳：黄武五年，權攻石陽。奐以地主使所部將軍鮮于丹，帥五千人先斷淮道。權歎其治軍諸將少能及者。流霞字，則抱朴子載：項曼都言到天上，過紫府，金牀玉几，晃晃昱昱。仙人以流霞一杯飲之，輒不饑渴。以帝前失儀而謫河東，號之爲斥仙人。細細酌字，蓋亦展細酌而用之也。鮑明遠詩曰：細酌對春風。公嘗用云細酌老江干也。

秋日荆南述懷三十韻（近體詩）

昔承推奬分，愧匪挺生材。遲暮宫臣忝，艱危衮職陪〔一〕。揚鑣隨日馭，折檻出雲臺〔二〕。罪戾寬猶活，干戈塞未開〔三〕。星霜玄鳥變，身世白駒催〔四〕。伏枕因超忽，扁舟任往來〔五〕。九鑽巴噀火，三蟄楚祠雷〔六〕。望帝傳應實，昭王問不回〔七〕。蛟螭深作横，豺虎亂雄猜〔八〕。素業行已矣，浮名安在哉〔九〕。琴（鳥）〔烏〕曲怨憤，庭鶴舞摧頽〔一〇〕。秋水漫湘竹，陰風過嶺梅〔一一〕。苦摇求食尾，常曝報恩腮〔一二〕。結舌防讒柄，探腸有禍胎〔一三〕。蒼茫步兵哭，展轉仲宣哀〔一四〕。饑藉家家米，愁徵處處杯。休爲貧士歎，任受衆人咍。得喪初難識，榮枯劃易該〔一五〕。差池分粗冕，合沓起蒿萊〔一六〕。不必伊周地，皆登屈宋才〔一七〕。漢庭和異域，晉史折中台〔一八〕。霸業尋常體，宗臣忌諱災〔一九〕。羣公紛戮力，聖慮窅徘徊〔二〇〕。數見銘鐘鼎，真宜法斗魁〔二一〕。願聞鋒鏑鑄，莫使棟梁摧〔二二〕。盤石圭多翦，凶門轂少推〔二三〕。垂旒資穆穆，祝網但恢恢〔二四〕。赤雀翻然至，黄龍詎假媒〔二五〕。賢非夢傅野，隱類鑿顔壞。自古江湖客，冥心若死灰〔二六〕。

【校】琴烏：九家注作琴烏。今注云寄之琴曲，則烏夜啼云云，則當以琴烏爲是。

〔一〕次公曰：公於至德二載，歲在丁酉，拜左拾遺。公生於先天元年，歲在壬子。至是，四十六歲矣。楚辭云傷美人之遲暮，則遲暮者，晚年也，斯爲遲暮。拾遺通籍於朝，斯爲宫臣。宫臣字，陸機詩：矯迹廁宫臣。在肅宗行在拜之，則艱危之時也。唐制，左補闕六人，從七品上。左拾遺六人，從八品上。掌供奉諷諫。大事庭議，小則上封事。斯爲袞職陪。詩云：袞職有闕，仲山甫補之。

〔二〕次公曰：上句言其扈從也。拾遺、補闕之職，皆得扈從。日馭，以言乘輿也。淮南子云日乘車，駕以六龍，羲和爲馭故也。　下句言其諫　不合而出也。房琯以陳陶斜之敗罷相，公上疏論琯有才，不宜廢免。肅宗怒，貶琯邠州刺史，出甫爲華州功曹，故用折檻事。前漢：朱雲曰：臣願賜尚方斬馬劍，斷佞臣一人頭，以厲其餘。上問：誰也？對曰：安昌侯張禹。上大怒曰：小臣居下訕上，廷辱師傅，罪死不赦！御史將雲下。雲攀殿檻，檻折。雲呼曰：臣得下從龍逄、比干遊於地下足矣。未知聖朝何如爾！御史遂將雲去。於是左將軍辛慶忌免冠解印綬叩頭殿下，曰：此臣素著狂直於世，使其言是，不可誅；其言非，固當容之。臣敢以死爭！慶忌叩頭流血。上意解，然後得已。及後當治檻，上曰：勿易，因而輯之，以旌直臣。雲臺，在後漢南宮。出雲臺，則離雲臺而出官也。舊注引寂寞雲臺杖，是何夢語！

〔三〕次公曰：上句則上初欲誅甫，賴張鎬救之而得免，止出爲華州功曹。　下句則以其一出之後，干戈日尋也。

〔四〕次公曰：玄鳥，燕也。玄鳥變，則言燕之或來或去爲變也。星霜之中見玄鳥變，則不一其年矣。舊注引古詩：玉衡指孟冬，衆星何歷歷。白露霑野草，時節忽復易。秋蟬鳴樹間，玄鳥逝安適。似之而非矣。白駒，以譬光陰之超忽，如其馳去。出莊子知北遊篇：人生天地之間，若白駒之過隙，忽然而已。又，前漢吕后之語張良，魏豹之謝酈生，皆有人生一世，如白駒過隙之語，故白駒催之上，用身世字也。

〔五〕次公曰：下句云伏枕因超忽，扁舟任往來，則所以催之如此。

〔六〕次公曰：兩句上通言九年中事，非謂十二年也。　公乾元二年歲在己亥十二月一日，自隴右赴劍南。十二月末到成都。自庚子至今歲大曆三年之清明，歲在戊申，是爲九年。公前有月詩云二十四回明，次公定爲二月望夜詩，而續有大曆三年白帝放舡出瞿唐峽詩，則猶在夔州。可見是年清明矣。　使鑽火字，則見其爲清明也。論語云鑽燧改火，而清明取新火也。後漢（變）〔欒〕巴噀酒救蜀火，謂之巴噀火。則欒巴所噀之火，以形容其在成都及東川及夔州，皆爲蜀地也。夔可以謂之蜀者，劉先主居永安宮，斯可以係之蜀矣。公以大曆三年春方離夔州，發白帝，下峽泊江陵，秋晚寓公安縣，歲暮發公安至岳州，則二年之秋八月，元年之秋八月，通三年之秋八月，在夔，在江陵。是爲雷之三蟄矣。雷以二月而奮，以八月而蟄。謂之楚祠雷，則楚人所祠之雷，蓋楚人好祠祭也。夔以寒食言之，則係之蜀；又以祠雷言之，則係之楚。蓋以夔在六國爲楚地，而其俗已有楚風，或係之蜀，或係之楚，初不相妨也。若不如此解，則九與三之義難考矣。所見如此，以俟博聞。舊注於三蟄楚祠雷之下引易云龍蛇之蟄；楚辭雷填填兮雨冥冥，是何夢語！

〔七〕次公曰：上句又以言成都之所聞。按成都記：杜宇既禪位於鼈靈，遂升西山隱。時適二月，杜鵑方鳴。民俗思宇，因號爲杜鵑，以誌其隱去之期。或曰，杜鵑即望帝精魂所化也。下句又以言在楚地之所怪。僖四年傳：齊侯之師侵蔡，蔡潰，遂伐楚。楚子使與師言曰：君處北海，寡人處南海，唯是風馬牛不相及也。不虞君之涉吾地也，何故？管仲對曰：爾貢包茅不入，王祭不共，無以縮酒，寡人是(微)〔徵〕；昭王南征而不復，寡人是問。對曰：貢之不入，寡(人)〔君〕之罪也，敢不共給。昭王之不復，君其問諸水濱。

〔八〕次公曰：兩句雖以言水宿山行之所有，而因託以興焉。蓋是時有跋扈之强臣、賊盜之巨猾故也。

〔九〕次公曰：素業字，史云：家承素業。故對浮名。其字未見。安在哉三字，公通此凡七使。蓋阮籍詠懷云：梁王安在哉。

〔一〇〕次公曰：兩句通義。其所怨憤，寄之琴曲，則烏夜啼也，而庭鶴爲之舞矣。鮑照舞鶴賦：始連軒以鳳蹌，終宛轉而龍躍。躑躅徘徊，振迅騰摧。

〔一一〕次公曰：句則因所往之地而言其時也。張華博物志曰：舜死，二妃淚下，染竹則班。妃死爲湘水神，故曰湘妃竹。秋水瀰漫流竹，則預言其秋時過湘潭也。大庾嶺多梅，人號梅嶺。當陰風時，經過於嶺上之梅，則公預言其冬時至嶺上也。

〔一二〕次公曰：既爲客矣，求食所不得已，報恩所不能忘。求食事，司馬子長報任少卿書曰：猛虎在深山，百獸震恐；及在檻穽之中，摇尾而求食，積威約之漸也。報恩言腮，則謂魚也。三輔決録曰：昆明池中有神泉，通白虎原。人〔鉤〕〔釣〕魚綸絶而去。夢於漢武帝，求去鉤。帝明戲於池，見大魚銜索。帝取放之。後三日，池邊得明珠一雙。帝曰：魚之報也。報恩字，則沈佺期詩云：漢皇靈沼上，容有報恩珠。貼以曝腮，用對摇尾。其字則三秦記：龍門，魚登者化龍，不登者點額曝腮。

〔一三〕次公曰：求食報恩者，爲客之情矣，而又結舌探腸，則以防患焉。結舌字，前漢云：博士結舌而不談。禍胎字，齊武帝謂臨賀王曰：汝包藏禍胎。舊注引禍生有胎，非是。

〔一四〕次公曰：步兵，阮籍也。爲步兵而哭塗窮。仲宣，王粲也。以避難流離，作七哀詩。

〔一五〕次公曰：兩句所以起論世人之榮枯，可以該了也。其所該了者何哉？差池分組冕，合沓起蒿萊。不必伊周地，皆登屈宋才。四句一段，以言其榮，而每兩句又通義。漢庭和異域，晉史拆中台。霸業尋常體，宗臣忌諱災。四句一段，以言其枯，而每兩句又通義。

〔一六〕次公曰：差池字，詩言：燕燕于飛，差池其羽。以飛譬之也。而分組綬、冠冕之貴，其重沓而求，則特起於蓬蒿草萊之間耳。

〔一七〕次公曰：伊，則伊尹。周，則周公。伊尹、周公之所任，則宰輔之地。今也不必於宰輔，所登用者皆如屈原、宋玉之才，則其起身也可知矣。此榮之劃易該也。

〔一八〕次公曰：上句以比當時遣使和吐蕃也。公於有感嘗云乘槎斷消息，無處覓張騫，則有遣使而不即歸者矣。次句則又必有以罪誅者。前漢匈奴傳贊：和親之論發於劉敬，賂遺單于冀以救安邊境。孝惠、高后時，遵而不違。至孝文，與通關市，妻以漢女，增厚其賂，歲以千金。此於和異域所以言漢庭。晉書張華傳：晉中台折而張華誅。晉史，則晉之太史，以天文爲告也。非是史籍之史。

〔一九〕次公曰：中國之於夷狄，甘心於和親，此霸業尋常之體也。而大臣充使，或留或誅，則宗臣以爲忌諱矣。前漢蕭何爲宗臣，義蓋可宗之臣也。至於以使而爲災，此枯之劃易該也。

〔二〇〕次公曰：自此而下，論所以致太平之事矣。羣公字，羽獵賦云羣公常伯，陽朱墨翟之徒也。羣公之戮力，至於紛紛然，又煩聖慮之軫及而窅然徘徊，則吐蕃之所因如此。

〔二一〕次公曰：上句則羣公功成，鐘鼎之可銘。下句則聖慮之號令，當法之北斗。晉天文志：北斗一至四爲魁，五至七爲杓。又云斗杓，人君之象，號令之主也。

〔二二〕次公曰：上句所以幸之也，乃家語：顔回云願鑄劍戟以爲農器之意。而鑄鋒鏑字，則取賈誼過秦論：秦收天下之兵，聚之咸陽。銷鋒鏑，鑄爲金人十二。下句以戒之也。晉陸玩拜司空，謂賓客曰：以我爲三公，是天下無人矣。索酒著柱間，祝曰：當今之材，以爾爲柱石之臣，莫傾人棟樑！舊注引衛玠卒，謝鯤哭之曰：棟梁折，不覺哀。非是。

〔二三〕次公曰：盤石，所以言諸侯也。〔文〕〔高〕帝封子弟，曰盤石之宗。剪圭事，成王封康叔，剪桐爲圭是已。圭多剪，則所以封建之也。凶門字，李靖對太宗曰：古者命將，授鉞推轂，鑿凶門。而云轂少推，望其息兵而不崇將臣也。

【校】文帝封子弟云云：史記孝文本紀作宋昌曰：高帝封王子弟，地犬牙相制，此所謂盤石之宗也。則文帝當作高帝。

〔二四〕次公曰：垂旒字，傳曰：天子垂旒，所以蔽明也。黈纊塞耳，所以蔽聰也；蓋言垂拱無事者如此。貼以資穆穆，則天子之容穆穆故也。祝網字，成湯出，見羅者方祝曰：從天下者，從地出者，四方來者，皆入吾羅。湯曰：嘻！盡之矣，非桀其孰能爲此哉！乃命解其三面，而置其一面。更教之祝曰：欲左者左，欲右者右，欲高者高，欲下者下。吾取其犯命者。漢南諸侯聞之，咸曰：湯之德，至矣！澤及禽獸，況於人乎。時歸者三十六國。貼以但恢恢，則老子云天網恢恢故也。

〔二五〕次公曰：赤雀、黄龍，則言（詳）〔祥〕瑞之至矣。遁甲曰：赤雀不見，則國無賢。白雀不降，則無後嗣。注：赤雀，主銜書，陽精也。白雀，主銜錢，陰精也，不來則國王無後嗣也。此赤雀爲瑞之證。若以往事，在王者言之，則尚書中候曰：赤雀銜丹書入〔豐〕，止於昌前。昌，則文王之名也。舊注引春秋孔演圖：鳥化爲書，孔子奉以告天，赤雀集書上，化爲黄玉。却非是王者之事矣。瑞應圖曰：黄龍者，四龍之長，四方之正道，神靈之精也。能巨細，能幽冥，能短長，乍存乍亡，王者不漉池而漁，則應和氣而遊於池沼。此黄龍爲瑞之證。若以往事在帝王言之，則龍魚河圖曰：黄龍負圖從河中出，付黄帝。帝令侍臣寫以示天下。又曰：黄龍從洛水出，詣虞舜，鱗甲成字。令左右寫文竟，龍去。其後漢文帝時，見成紀；宣帝時，見新豐；光武時，見於河；章帝時，四見；安帝時，見歷城；哀帝時，見潁川；魏時見不一。舊注止引後漢：黄龍見於譙；非特在黄帝、虞舜及前漢以後，而止一事耳。赤雀之下言至，則如孔子之鳳鳥不至之至。黄龍之下言媒，則前漢樂歌曰天馬（下）〔徠〕，龍之媒故也。

【校】銜丹書入豐：明鈔本豐字模糊，據草堂藏本補。

〔二六〕次公曰：四句則公自言也。尚書：商高宗夢得説於傅巖之野。故自謙曰：賢非夢傅野。鑿顔坏事，揚雄解嘲云：或鑿坏以遁。應劭注曰：謂顔闔也。魯君聞顔闔賢，欲以爲相。使者往聘，因鑿後垣而亡。坏，壁也。蘇林曰：坏，音陪。師古：又音普回反。心若死灰四字。莊子全文。

江上一首（近體詩）

江上日多雨，蕭蕭荆楚秋〔一〕。高風下木葉，永夜攬貂裘。勳業頻看鏡，行藏獨倚樓〔二〕。時危思報主，衰謝不能休〔三〕。

〔一〕次公曰：此篇上四句言景物，下四句則乃公之懷抱。公於毒熱簡崔評事古詩云：大火運金氣，荆揚不知秋。而今云蕭蕭荆楚秋，蓋皆作詩時所遇如此。

〔二〕次公曰：勳業字，出三國志張昭傳有云：以成勳業。又，潘安仁有云：勳業未融。行藏字，固起於孔子云：用之則行，舍之則藏。而合用行藏，則潘安仁西征（則）云：孔隨時以行藏。看鏡字，如庾信詠懷詩曰：匣中取明鏡，披圖自照看。前輩傳有一士，以品杜詩見荆公。公初未閲也，問之曰：亦有所不取者乎？曰：有之。又問曰：勳業頻看鏡，行藏獨倚樓是何品？曰：不入品。公揖之使退。

〔三〕次公曰：孔子曰：甚矣，吾衰久矣。吾不復夢見周公。隱四年傳：石碏曰：老夫耄矣，無能爲也。此古人所以惜老之衰。然則勳業頻看鏡，豈不在此乎？行藏獨倚樓，則其所念深矣。所以然者，末句之所謂是已。衰謝字，周王褒與周弘讓書：年事道盡，容髮衰謝。

江漢一首（近體詩）

次公曰：此詩自夔州詩遷於此。書曰：荆及衡陽，惟荆州。江、漢朝宗於海。注云：江水、漢水，經此而入海。今公在荆州，正用江漢爲宜。或曰：公於夔州詩已言江漢，蓋指其近而言之矣。傻既自以爲句法義例也，亦何必遷？次公曰：近江漢而已可用，何況正當其地乎？

江漢思歸客，乾坤一腐儒〔一〕。片雲天共遠，永夜月同孤。落日心猶壯，秋風病欲蘇。古來存老馬，不必取長途〔二〕。

〔一〕次公曰：劉貢父云：楊大年不喜杜公詩，謂之村夫子詩。有鄉人以杜詩强大年，大年不服。鄉人因曰：公試爲我續杜句。舉江漢思歸客，大年亦爲屬對。鄉人徐舉乾坤一腐儒，大年默然，似少屈也。然則，杜詩之全者，讀之未覺超絶，至闕一句，少一字而補之，乃爾天冠地屨矣。

〔二〕次公曰：末句，老馬，蓋管仲事也。（諱）〔韓非〕子曰：管仲、隰朋從桓公而伐孤竹。春往而冬返，迷惑失道。管仲曰：老馬之智可用也。乃放老馬而隨之，遂得道焉。公之意，蓋自比於老馬，雖不能取長途，而猶可以知道解惑也。又嘗曰老馬夜知道，亦此之謂。舊注引田子方出，見老馬於道而問焉。其御曰：故公家畜也。子方以束帛贈之，窮士歸心也。才見老馬字便引，非是。

秋日荆南送石首薛明府辭滿告别奉寄薛尚書頌德敘懷斐然之作三十韻（近體詩）

次公曰：石首縣，江陵屬縣也，以山得名。此篇以詩序言之，分作三段，而義明矣。自南征爲客久至八座幾時除，則秋日荆南送薛石首辭滿告別，歸與其兄尚書相聚，而末句因以引敘尚書之德；　自往者胡星孛至戰策兩穰苴，所以頌尚書之德而兼言其弟也；　自鑒澈勞懸鏡至休煩獨起予，所以敘己之懷也，而斷章因以望尚書之事業。頌德敘懷四字，今世所謂紀德陳情也。

南征爲客久，西候別君初〔一〕。歲滿歸鳧舄，秋來把鴈書〔二〕。荆門留美化，姜被就離居〔三〕。聞道和親入，垂名報國餘〔四〕。連枝不日並，八座幾時除〔五〕。往者胡星孛，恭惟漢網疏〔六〕。風塵相澒洞，天地一丘墟〔七〕。殿瓦鴛鴦折，宫簾翡翠虚〔八〕。鈎陳摧徼道，槍櫐失儲胥〔九〕。文物陪巡守，親賢病拮据〔一〇〕。公時呵猰貐，首唱却鯨魚〔一一〕。勢愜宗蕭相郭令公，材非一范睢諸名將〔一二〕。屍填太行道，血走浚儀渠。（淦）〔滏〕口師仍會，函關憤已攄〔一三〕。紫微臨大角，皇極正乘輿〔一四〕。賞從頻峩冕，殊私再直廬公舊執金吾，新授羽林前後二將軍〔一五〕。豈惟高衛霍，曾是接應徐〔一六〕。降集翻翔鳳，追攀絶衆狙〔一七〕。侍臣雙宋玉，戰策兩穰苴〔一八〕。鑒澈勞懸鏡，荒蕪已荷鋤〔一九〕。嚮來披述作石首處見公新文一卷，重此憶吹噓。白髮甘凋喪，青雲亦卷舒〔二〇〕。經綸功不朽，跋涉體何如公頃奉使和蕃，已見上。〔二一〕。應訝耽湖橘，常餐占野蔬〔二二〕。十年嬰藥餌，萬里狎樵漁。揚子淹投閣，鄒生惜曳裾〔二三〕。但驚飛熠燿，不記改蟾蜍〔二四〕。煙雨封巫峽，江淮略孟諸〔二五〕。湯池雖險固，遼海尚闐淤〔二六〕。努力輸肝膽，休煩獨起予〔二七〕。

〔一〕次公曰：上句公言其在江陵也。梁張纘有南征賦。西候，屬西之時候，乃秋日也。

〔二〕次公曰：鳧舄，以言薛明府之爲縣令，即王喬之乘鳧，乃尚方舄事也。具於句法義例。　歲滿而歸，則解罷矣。秋來把雁書，應是得其兄尚書之書也。雁書事，漢書曰：蘇武在匈奴中，昭帝遣使和親，常惠夜見漢使，使謂單于曰：天子射上林中，得雁。足有係帛，書言武等在某澤中。使者如其言。單于大驚，乃使武還。

〔三〕次公曰：上句分明，指言其自石首替也。江陵府在唐管縣八，而石首其一也。縣次畿，武德四年置焉。荆門於唐亦是江陵府縣名。今石首替罷，而謂之荆門留美化，其取江陵府古謂之荆州也。或云，石首縣以山得名，緣縣有石門山故也。梁邵陵王綸奉道士張京喜於此山置觀處，言鑿石開徑，其肚若門，故名。則此所以指石首爲荆門，於義亦通。　下句則言兄弟相見也。　後漢書：姜肱字伯淮，與二弟仲海、季江，俱以孝行著聞。兄弟同被而寢。　美化字，詩云美化行乎江漢之域，故對離居。其字，則書用蕩析離居也。

〔四〕次公曰：此言薛尚書之充使也。前漢匈奴傳：和親之論，發於劉敬。賂遺單于，冀以救安邊境。孝惠、高后時遵而不違。至孝文，與通關市，妻以漢女，增厚其賂，歲以千金。唐之於吐蕃，初妻以金城公主，而叛服不常。至永泰、大曆間，再遣使者來聘。於是户部尚書薛景仙往報。新書所載如此，則薛尚書者，乃薛景仙乎？

〔五〕次公曰：此又言尚書之與薛石首不日相並連枝也。　八座字，續漢書云：三公爲六曹，并令、僕二人，謂之八座。除字，漢書注云：言除故官，就新官。　此是一段。

〔六〕次公曰：上句指言安禄山也。天文志：旄頭，胡星也。凡星之妖所纏曰孛，言其蓬蓬孛孛然。　下句指言明

〔一八〕次公曰：宋玉，楚襄王大夫，有文章。今以侍臣言之，則文才如雙宋（王）〔玉〕。穰苴，善用兵，有司馬兵法。今以戰策言之，則武略如兩穰苴。乃所以美薛之兄弟也。

〔一九〕次公曰：上句公言蒙尚書之鑒照，澄澈如鏡之懸也。此樂廣謂之水鑑之意。懸鏡字，淮南萬畢術云：高懸大鏡，坐見四隣。故對荷鋤。其字則陶淵明詩：帶月荷鋤歸。荒蕪已荷鋤，言昔從事於翰墨，今則以荒蕪而乃從事於耕種矣。

〔二〇〕次公曰：青雲卷舒，言青雲之志，昔舒而今卷也。

〔二一〕次公曰：經綸功不朽，則又以言薛尚書。易曰：君子以經綸。故對跋涉。其字，則詩云：大夫跋涉。

〔二二〕次公曰：應訝魷湖橘，常餐占野蔬，兩句則又言薛公之相念也。

〔二三〕次公曰：揚子、鄒生，公以自況也。揚子著太玄之書於天禄閣上。劉歆以言祥瑞得罪於王莽，而歆常問奇字於（玄）〔雄〕。憂其連逮，遂投閣，幾死。淹投閣，則淹滯於既投閣之後也。鄒陽云何王之門而不可曳長裾，則不欲干謁諸侯也。

〔二四〕次公曰：飛熠燿、改蟾蜍，皆以記時之變易也。東山詩：熠燿宵行。熠燿，燐也。燐，螢火也。蟾蜍，乃月中之一物。直以蟾蜍名月，則張景陽詩蟾蜍四五圓也。古詩四五蟾兔缺亦是。

〔二五〕次公曰：意公初自巫峽而南來。煙雨封巫峽，則追言其舊居一句。扁舟自此儘南而下。江淮略孟諸，則指前塗之所經矣。孟諸，十（數）〔藪〕之一。爾雅曰：宋有孟諸。注：今在梁園，睢陽縣東北。此郭璞之言，而今日則南京也。

〔二六〕次公曰：湯池雖險固，普言眼前州郡。史云金城湯池者也。險固字，選云：實有險固。遶海尚闐淤，則時幽、燕猶有不順命者矣。填淤字，前漢溝洫志云：填淤反壤之害。顏師古曰：填淤，謂壅泥也。上又有填閼字。師古云：閼讀與淤同，音於據切。而公今押平聲，義同耳。

〔二七〕次公曰：末句所以激之也。努力字，祖出吴越春秋越人之歌曰：行行各努力。肝膽字，莊子云：自其異者視之，肝膽楚越。起予字，即論語：起予者商也。

哭李尚書之芳一首（近體詩）

漳濱與蒿里，逝水竟同年〔一〕。欲挂留徐劍，猶回憶戴船〔二〕。相知成白首，此别間黄泉〔三〕。風雨嗟何及，江湖涕（弦）〔泫〕然〔四〕。修文將管輅，奉使失張騫〔五〕。史閣行人在，詩家秀句傳〔六〕。客亭鞍馬絶，旅櫬網蟲懸〔七〕。復魄昭丘遠，歸魂素滻偏〔八〕。樵蘇封葬地，喉舌罷朝天〔九〕。秋色凋春草，王孫若箇邊〔一〇〕。

【校】弦然：注引作泫然，方有爲義，今據改。

〔一〕次公曰：首兩句言病而即死也。漳濱，以言其病；蒿里及逝水同年，以言其即死。漳濱事，劉公幹詩：余嬰沉痼疾，竄身清漳濱。蒿里者，挽歌也。李延年分送喪歌爲二等：薤露送王公貴人，蒿里送士夫庶人。逝水之義，起於論語：子在川上曰：逝者如斯夫，不捨晝夜。而劉公幹詩有云逝者如流水，哀此遂離分也。

〔二〕次公曰：史記曰：吴季札之初使北，過徐。徐君好季札劍，口不敢言。季札之爲使上國，未獻。還，至徐。徐君已死，乃解其寶劍繫徐君冢樹而去。欲掛留徐劍，則猶餘未贈之物也。語林曰：王子猷居山陰，大雪夜，開室命酌，四望皎然，因詠招隱詩。忽憶戴安道，時在剡，乘興棹舟，經宿方至，既造門而返。或問之，對曰：乘興而來，興盡而返，何必見戴！猶迴憶戴船，則平生過從之熟也。

〔三〕次公曰：成白首字，潘安仁詩投分寄石友，白首同所歸也。黄泉字，左傳：不及黄泉，無相見也。

〔四〕次公曰：嗟何及字，出詩：何嗟及矣。涕泫然字，文中子云：泫然流涕。

〔五〕次公曰：修文字，王隱晉書，載鬼蘇韶見其弟，謂曰：顔淵、卜商，今爲地下修文郎。修文郎有八人，韶自言其一也。貼之以將管輅，則李尚書之有奇才，應如魏之管輅也。前漢：張騫以郎應募使月氏，至大夏而竟。歸漢，拜太中大夫。劉孝標辨命論曰：臣觀管輅英偉，珪璋特秀，實海内之名傑，豈日者卜祝之流乎！將管輅，則修文郎有八人，將如管輅者亦預之矣。或曰：將，攜之而去。亦通。奉使失張騫，則李尚書充使而死也。

〔六〕次公曰：行人，又申言其奉使。周禮有行人大小之官也。史閣，則言其書之書册也。

〔七〕次公曰：此言其死於道路矣。鞍馬字，如鮑照詩：鞍馬光照地，故對網蟲。其字則沈休文詩網蟲垂户織也。

〔八〕次公曰：儀禮〔士〕喪禮有復。注：復者，有司招魂復魄也。一人升前東榮中（屈）〔屋〕，北面招以衣，曰：臯某復。謂之復魄。登樓賦云：西接昭丘。昭丘，楚昭王之墓也。按荆州圖經，在當陽東南七十里。復魄昭丘遠，則李尚書寄居荆南，其櫬歸荆南而復，則所以爲遠。素滻，長安之水也。潘安仁西征賦云：西有清渭濁涇，北有玄灞素滻。歸魂素滻偏，則李尚書乃長安人也。

〔九〕次公曰：上句，則大臣之墓，其前後左右禁樵牧也。李固云：陛下之有尚書，猶天之有北斗。北斗爲天之喉舌，尚書亦爲陛下之喉舌。喉舌罷朝天，則已死矣，不復以是任而見天子也。朝天字，公嘗云：汝陽三斗始朝天。

〔一〇〕次公曰：末句使劉安招隱云：芳草兮萋萋，王孫兮不歸。

重題一首（近體詩）

涕泗不能收，哭君余白頭。兒童相顧盡，宇宙此生浮〔一〕。江滿銘旌濕，湖風井逕秋〔二〕。還瞻魏太子，賓客減應劉公歷禮部尚書，薨於太子賓客〔三〕。

〔一〕次公曰：兒童相顧盡，一作相識盡，則言自兒童時與李尚書相識，今相識之人殆盡矣。若作相顧盡，則言與李尚書之諸子更相顧視，一一已盡而無説矣。二字以俟明識。

〔二〕次公曰：銘旌，禮記檀弓曰：銘，明旌也。故對井逕。其字則鮑明遠蕪城賦云：邊風急兮城上寒，井逕滅兮丘隴殘。注云：周禮曰：九夫爲井。又曰：夫間有遂，遂上有逕。則井、逕蓋兩字也。

〔三〕次公曰：末句公自注外，應劉字，應則應瑒，字德璉；劉則劉楨，字公幹。曹丕與吴質書曰：徐、陳、應、劉，一時俱逝。蓋皆當丕爲太子時相從之客也。公前有寄薛尚書云曾是接應徐，亦此四子中之二焉者。

獨坐一首（近體詩）

悲秋迴白首，倚杖背孤城〔一〕。江斂洲渚出，天虚風物清〔二〕。滄溟服衰謝，朱紱負平生〔三〕。仰羨黄昏鳥，投林羽翮輕。

〔一〕次公曰：舊本悲愁，師民瞻本作悲秋，是。蓋悲秋字，雖出楚辭云余萎約而悲愁，然是兩字。惟宋玉之悲秋，故對倚杖。其字則鮑明遠云：倚杖牧鷄豚。

〔二〕次公曰：以江之斂，故洲渚出。洲渚字，如謝靈運欵曲洲渚言，謝惠連蕭條洲渚際也。故對風物。其字熟矣。如晉殷仲文九井作云：景氣多幽遠，風物自凄緊。宋儋亦云：秋盡野外，草木變衰。長郊蕭條，風物凄緊。今於法帖中可見。

〔三〕次公曰：滄溟服衰謝，言在滄溟之中，甘服衰謝。此亦乾坤一腐儒之勢也。舊一作恨，而師民瞻本取之，非。衰謝字，則王褒與（郭）〔周〕弘讓書云：頃年事道盡，容髮衰謝。朱紱負平生，則公已賜緋矣。負平生，言其無所用於時也。平生字，論語：久要不忘平生之言。

暮歸一首（近體詩）

霜黄碧梧白鶴棲，城上擊柝復烏啼〔一〕。客子入門月皎皎，誰家搗練風凄凄〔二〕。南渡桂水闕舟楫，北歸秦川多鼓鞞〔三〕。年過半百不稱意，明日看雲還杖藜〔四〕。

〔一〕次公曰：霜黄碧梧，言梧之碧葉爲霜所黄也。城上，白帝城也。擊柝字，易云：重門擊柝，以待暴客。城上屯戍，宜有擊柝矣。烏啼，則後漢謡所謂城上烏，而樂府有烏夜啼之曲也。

〔二〕次公曰：客子，公自謂也。其字，則選詩云：客子常畏人。月皎皎字，古詩云：明月何皎皎，照我羅牀幃。故對風淒淒，則詩云風雨淒淒也。

〔三〕次公曰：秦川多鼓鞞，則時吐蕃之兵未息也。秦川，一作洛川，非。洛未嘗言洛川也。

〔四〕次公曰：杖藜字，莊子載原憲杖藜應門也。

哭李常侍嶧二首（近體詩）

一代風流盡，修文地下深〔一〕。斯人不重見，將老失知音〔二〕。短日行梅嶺，寒山落桂林〔三〕。長安若箇畔，猶想映貂金〔四〕。

右一

〔一〕次公曰：風流盡字，南史：張緒死，其從弟融齎酒於緒靈前酌飲慟哭曰：阿兄風流頓盡。修文事，王隱晉書載：蘇韶見其弟節，言顔淵、卜商今爲修文郎。修文郎有八人，韶自言其一也。

〔二〕次公曰：斯人對將老。斯人字，起於孔子言伯牛之疾，曰：斯人也，而有斯疾也。蓋嗟其人之賢也。其將老字，則陸機云：吾將老而爲客。將老失知音，則指李常侍如鍾子期也。曹丕與吳季質書曰：昔伯牙絶絃於鍾期，仲尼覆醢於子路；痛知音之難遇，傷門人之莫逮也。

〔三〕次公曰：大庾嶺上多梅，故又謂之梅嶺。山海經曰：桂木八樹在賁禺東。注云：八樹成林，言其大也。賁禺在廣州。又廣志曰：桂生於高山之巔，其類自爲林，間無雜樹。而桂林兩字，則郄詵曰桂林一枝也。舊本一作寒江，而師尹民瞻本取之，非，蓋桂林非可言寒江也。短日行梅嶺，寒山落桂林，則李常侍之櫬，應自廣南來也。

〔四〕次公曰：末句，必歸長安。貂金字，則侍中事。漢官儀曰：侍中冠武弁大冠，亦曰惠文冠。加金璫，附蟬爲文，貂尾爲飾，謂之貂蟬。侍中服之，則左貂，常侍服之，則爲（貂董巴）〔右貂也〕。輿服志云：金，取堅剛，百鍊不耗；蟬，取居高飲清；貂，取内勁悍，外温潤。本趙武靈王胡服之制，秦始皇破趙，得其冠，賜侍中。

【校】所引漢官儀，叢書集成本無侍中服之……則爲貂董巴一句。今按，貂董巴顯訛，據上下文，似當作右貂也。待考。

青瑣陪雙入，銅梁阻一辭〔一〕。風塵逢我地，江漢哭君時〔二〕。次第尋書札，呼兒檢贈詩〔三〕。發揮王子表，不愧史臣詞〔四〕。

右二

〔一〕次公曰：此篇追言李之平生，與悼其既死，皆是實事。青瑣，漢殿門名。陪雙入，則公昔爲左拾遺，與常侍同通籍而入也。銅梁，在東川，蓋左蜀有銅梁縣也。阻一辭，則追恨不得一别也。

〔二〕次公曰：兩句通義，言當風塵之際，相逢於江漢，而今又在江漢聞其喪而哭也。風塵對江漢，字之所出各多矣。其風塵字，如晉華覈上疏曰：卒有風塵不虞之變。其江漢字，如詩云：滔滔江漢。

〔三〕次公曰：次第對呼兒，以第對兒，此亦鷄黍對楊梅之格矣。書札贈詩，雖是實語，而書札字，則古詩云遺我一書札。贈詩，則古人有贈答詩也。

〔四〕次公曰：末句，常侍者，宗室之子也，故用王子表字，前漢書有王子侯表。

久客一首（近體詩）

羇旅知交態，淹留見俗情〔一〕。衰顔聊自哂，小吏最相輕〔二〕。去國哀王粲，傷時哭賈生〔三〕。狐狸何足道，豺虎正縱横〔四〕。

〔一〕次公曰：知交態三字，鄭當時傳：翟公大署其門曰：一死一生，乃知交情。一貧一富，乃知交態。一貴一賤，交情乃見。

〔二〕次公曰：小吏最相輕，專言小吏，豈實道當時事邪？

〔三〕次公曰：上句以自比其遭亂而流離。王粲字仲宣，其七哀詩云：西京亂無象，豺虎正遘患。復棄中〔園〕〔國〕去，遠身適荆蠻。此公之所謂去國也。下句以自比其亦有治安之策，可以匡時。賈生者，賈誼也。誼上書言時事云：痛哭者一，流涕者二，長太息者三。此公所謂傷時也。

【校】中園：影胡刻本文選作中國。

〔四〕次公曰：此止借張綱之言，以言盜賊。昔張綱充使而埋輪不行，曰：豺狼當道，安問狐狸！在綱雖以豺狼指言梁冀，而公今用其語，則豺狼者，主謂盜賊。蓋張孟陽七哀詩云季葉喪亂起，盜賊如豺虎也。時吐蕃之亂未息，公於吐蕃但指爲盜賊耳。其詩有云北極朝廷終不改，西山盜賊莫相侵是已。

己帙卷之三

戊申大曆三年接荆南之秋，乃移居公安，至己酉大曆四年春初在岳州所存之詩。

大曆三年，接荆南之秋。

雨二首（古詩）

青山澹無姿，白露誰能數〔一〕。片片水上雲，蕭蕭沙中雨。殊俗狀巢居，曾臺俯風渚，佳客適萬里，沉思情延佇〔二〕。挂帆遠色外，驚浪滿吴楚。久陰蛟螭出，寇盜復幾許〔三〕。

右一

〔一〕次公曰：此篇皆實道其事。白露誰能數，暗用佛書雨露皆有頭數之義。

〔二〕次公曰：佳客適萬里，沉思情延佇，此必有所别之人，而其人可當佳客之稱，亦不足怪。舊注便差排作思見君子，非是。

〔三〕次公曰：末四句蓋憂佳客旅興之辭。驚浪、蛟螭、寇盜，皆實言之，别無它託興。既言寇盜矣，豈復以驚浪比永王而蛟螭比賦歛者乎？況永王璘之叛，自是至德二載事。此詩以挂帆言之，則爲荆南；以白露言之，則時爲秋，乃大曆三年之秋。不亦相遠乎？　復幾許三字，古詩：迢迢牽牛星，皎皎河漢女。……河漢清且淺，相去復幾許。

空山中（霄）〔宵〕陰，微冷先枕席。迴風起清曙，萬象萋已碧。落落出岫雲，渾渾倚天石。日假何道行，雨含長江白〔一〕。連檣荆州船，有士荷矛戟。南防草鎮慘，霑濕赴遠役〔二〕。羣盜下壁山，總戎備彊敵〔三〕。水深雲光廓，鳴櫓各有適〔四〕。漁艇自悠悠，夷歌負樵客〔五〕。留滯一老翁，書時記朝夕〔六〕。

【校】中霄：九家注作中宵。

右二

〔一〕次公曰：天文至日有行黄道，有行赤道。日假何道行，以久雨陰晦，不知日之所行何道也。

〔二〕次公曰：此篇蓋當是時荆渚間有寇盜而實道其事也。前篇云：寇盜復幾許，蓋已略言之矣，而此篇特詳焉也。　南防草鎮慘，則寇盜之在草鎮者矣。

〔三〕次公曰：羣盜下壁山，壁山，蓋今日恭州之屬縣也。

〔四〕次公曰：水深雲光廓，鳴櫓各有適，則公羨慕之辭。

〔五〕次公曰：漁艇自悠悠，夷歌負樵客，則思其上遠適之興而不可得，乃思其次也。

〔六〕次公曰：漁人之舟自如，樵客之放爲夷歌，蓋亦足樂矣。而留滯於此爲客者一老翁，爲可自傷也。姑書時節之朝夕而已。

久雨期王將軍不至一首（古詩）

次公曰：此篇自上句至人生會面難再得，正言久雨而王將軍不至，敘眼前之景也。每兩句皆對。自憶爾腰下鐵絲箭，至十月荆南風怒號，則紀贈王將軍之英勇。而末句則專見作詩時是十月矣。

天雨蕭蕭滯茅屋，空山無以慰幽獨〔一〕。鋭頭將軍來何遲，令我心中苦不足〔二〕。數看黄霧亂玄雲，時聽嚴風折喬木。泉源泠泠雜猿狖，泥濘漠漠饑鴻鵠。歲暮窮陰耿未已，人生會面難再得〔三〕。憶爾腰下鐵絲箭，射殺林中雪色鹿。前者坐皮因問毛，知子歷險人馬勞。異獸如飛星宿落，應弦不礙蒼山高。安得突騎只五千，崒然眉骨皆爾曹。走平亂世相催促，一豁明主正鬱陶。憶一云恨，非昔范增碎玉斗，未使吴兵著白袍〔四〕。昏昏閶闔閉氛祲，十月荆南雷怒號〔五〕。

〔一〕次公曰：幽獨字，楚辭曰：幽獨處乎山中。而謝靈運晚出西射堂詩云：安排徒空言，幽獨賴鳴琴。

〔二〕次公曰：鋭頭將軍，以白起比王君。起頭小而鋭。王君豈亦然邪？來何遲字，史云：汝來何遲遲也。

〔三〕次公曰：會面字，古詩有：會面安可知。難再得字，李延年歌云：佳人難再得。

〔四〕次公曰：楚、漢鴻門之會，漢王使張良獻玉斗於范增。增擊碎之。蓋增以事勢去矣，而痛楚王之愛賂也。憶昔范增碎玉斗，意言姦亂之敵，終似楚王之可滅，徒勞范增怒而碎斗也。又引下句未使吳兵著白袍。白袍事，南史：梁人陳慶之麾下悉著白袍，所向披靡。先是洛中謡曰：名軍大將莫自勞，千兵萬馬避白袍。蓋江左事也。此豈吳、楚之間有戰伐之事乎？公詩前篇云：戰自青羌（運）〔連〕白蠻；而編年通載：大曆二年九月，桂州山獠反；皆南方之事也。惜乎不可詳考矣。

〔五〕次公曰：末句，閶闔，即吳之閶闔門也。舊注云：時賊叛京師。何可便差排如此！是時京師晏然矣。十月雷，又以實記其變也。

見王監兵馬使説近山有白黑二鷹羅者久取竟未能得王以爲毛骨有異他鷹恐臘後春生騫飛避暖勁翮思秋之甚眇不可見請余賦詩二首（近體詩）

雲飛玉立盡清秋，不惜奇毛恣遠游〔一〕。在野只教心力破，千人何事網羅求〔二〕？一身自獵知無敵，百中爭能恥下韝〔三〕。鵬礙九天須却避，兔藏三穴莫深憂〔四〕。

右一

〔一〕次公曰：此篇專詠白鷹。如雲之飛，如玉之立，皆言其白。至清秋之盡，則序所謂臘後春生，騫飛避暖矣。故有下句不惜奇毛恣遠遊也。

〔二〕次公曰：在野只教心力破，千人何事網羅求，兩句通義。蓋序云羅者竟未能得也。言其鷹在野，虚費千人網羅之心力矣，何所從事也。論語云：何事於仁，必也聖乎。師民瞻本作（千）〔干〕人何事，則俗所謂干他甚事之義，却成公不許人求之矣。不必泥千人不對在野也。況在野字，如書：君子在野。記云：在野，則曰草莽之臣。而干人字不若千人之有出矣。公法門無不對者。

【校】所引記云一句，檢禮記無之。儀禮士相見禮云：在野，則曰草茅之臣。孟子萬章云：在野曰草莽之臣。

〔三〕次公曰：鷹，所以用獵也。謂其野鷹，故云自獵。庾信詩云：野鷹能自獵，江鷗解獨漁。知無敵，則自人言之，決知其無敵也。無敵，自如孟子云：無敵於天下。故對下鞲。共字，東觀漢記：太守柏虞署趙勤爲督郵，貪令自去。虞歎曰：善吏如使良鷹，下鞲命中。今詩句言鷹之百中，自與其類爭能，而耻下調縱之鞲也，亦以野鷹之故耳。以自獵字，出庾信詩，故對爭能，用尚書莫與汝爭能也。上句無敵，則言禽鳥之無敵。下句爭能，則似與黑鷹之爭。

〔四〕次公曰：蓋大言之，而亦鷹之實事。孔氏志曰：楚文王少時雅好田獵，天下快狗名鷹畢聚焉。有人獻一鷹，曰：非王鷹之儔。俄而雲際有一物，凝翔飄飖，鮮白而不辨其形。鷹見之，於是竦翮而升，矗若飛電。須臾，物墮如雪，血灑如雨。良久，有一大鳥墮地而死。度其兩翅，廣數十里。喙邊有黄。衆莫能知。時有博物君子曰：此大鵬雛也。始飛焉，故爲鷹所制。文王乃厚賞獻者。舊注止云事見莊子，淺矣。鷹之任，正以搦兔。其三穴事，馮諼曰：狡兔所以（兔）〔免〕於死者，有三窟。莫深憂，則言如狡兔者，自能免其死，何用憂爲。以喻姦人之幸免歟？抑亦張綱所謂豺狼當道，安問狐狸之意邪？

黑鷹不省人間有，度海疑從北極來〔一〕。正翮摶風超紫塞，立冬幾夜宿陽臺〔二〕。虞羅自覺虛施巧，春雁同歸必見猜〔三〕。萬里寒空祇一日，金眸玉爪不凡材。

右二

〔一〕次公曰：此篇專詠黑鷹。北極，北方之極也。爾雅有四極，曰：東至於泰遠，西至於邠國，南至於濮鈆，北至於祝栗，謂之四極。北方蕭殺之氣，故鷹多生於北。如孫楚云生井陘之巖阻是已。今云北極，尤言其遠也。舊注便引春秋元命苞之瑶光爲鷹，意以瑶光爲北斗之名，則杜公豈打謎作詩乎！又北斗與北極自不同矣。又星，氣爲之耳，豈得謂從彼來乎？

〔二〕次公曰：正翮，則整翮之謂。立冬，則月令：某日立冬。紫塞，北方之塞也。崔豹古今注曰：秦所築長城，土色皆紫，漢塞亦然，故稱紫塞。立冬字，師民瞻本作玄冬，字出梁元帝纂要：冬白玄冬。然以正翮對之，則須是正定之翮爲義，别無出處。陽臺，即巫峽之陽臺。宋玉朝雲賦所謂陽臺之下是已。鷹在峽中，實道其事。

〔三〕次公曰：上句實道序所謂羅者久取，竟未能得。若魏彦深鷹賦何虞者之多端，運横羅以羈束，則言已取之。今云虛施巧，則未能得矣。次句又序所謂臘後春生，鶱飛避暖，故云與雁同歸北塞，而雁有見猜之理矣。又所以成超紫塞之句。

移居公安山館一首（近體詩）

次公曰：此篇舊在閬州詩中，遷入于此，蓋往公安途中之館也。

南國晝多霧，北風天正寒〔一〕。路危行木杪，身遠宿雲端〔二〕。山鬼吹燈滅，厨人語夜闌〔三〕。鷄鳴問前館，世亂敢求安。

〔一〕次公曰：南國字，詩云：滔滔江漢，南國之紀。江水、漢水所以紀南國。南國則荆渚而下也，此其所以非閬州詩乎？其對北風，則詩云：北風其涼。

〔二〕次公曰：木杪字，謝靈運經湖中瞻眺詩云俛視喬木杪，故對雲端。雲端字，多矣，莫先於枚乘古詩：美人在雲端，天路隔無期。公又嘗用樹杪磬對雲端僧，亦此也。

〔三〕次公曰：楚辭有山鬼篇，此山館乃楚地矣。荒山岑寂之中，自有山鬼可於燈滅，言其吹之所致矣。厨人字，則如北史：王劭數罰厨人。晉傅玄雜詩曰：厨人進藿茹，有酒不盈杯。其後，孟浩然亦用云：厨人具鷄黍，稚子摘楊梅。

送覃拾貳判官一首（近體詩）

次公曰：或曰：此篇既言卧衡州，殊不知天寒沙水清，則冬日矣，而夏月杜公已死於耒陽。次公既遷爲公安詩，則上承荆南，下接衡岳，非卧荆衡乎？

先帝弓劍遠，小臣餘此生〔一〕。蹉跎病江漢，不復謁承明〔二〕。餞爾白頭日，永懷丹鳳城〔三〕。遲遲戀屈宋，渺渺卧荆衡〔四〕。魂斷航舸失，天寒沙水清〔五〕。肺肝若稍愈，亦上赤霄行〔六〕。

〔一〕次公曰：此篇題止云送覃十二判官，而詩意直是送其往長安矣。　先帝，言肅宗也。公始以三賦受寵於玄宗，又事肅宗，即今專言肅宗，則以下不復謁承明推之也。　弓、劍，乃是兩事。前漢郊祀志：黄帝采首山銅，鑄鼎於荆山下。鼎既成，有龍垂胡髯下迎。黄帝上騎，羣臣後宫從上者七十餘人。龍乃上去。餘小臣不得上，乃悉持龍髯。龍髯拔，墮黄帝之弓。百姓仰望黄帝既上天，乃抱其弓與龍髯號，故後世因名其處曰鼎湖，其弓曰烏號。此黄帝弓事，而以先帝上昇比黄帝也，故云弓遠。劍事，當如世説曰：王子喬墓在京陵。戰國時，人有盜發之者，都無所見。唯有一劍停在空中，欲進取之，劍作龍鳴虎吼，徑飛上天。又如異苑曰：晉惠帝元康三年，武庫失火，燒孔子履、高祖斬蛇劍。咸見此劍穿屋飛去，莫知所向。弓與劍，蓋皆人君服御之物。既以黄帝之弓比先帝之弓，則或以仙人王子喬之劍，或以漢高祖之劍比先帝之劍，亦自爲當體矣，故知弓、劍應是兩事也。　前漢郊祀志云：上曰：黄帝不死，有冢何也？或對曰：黄帝以仙上天，羣臣葬其衣冠。元無劍字，而舊注乃輒云：黄帝葬於橋山南，空棺無尸，唯劍舄在。意以弓劍併爲黄帝事，不知何所據邪？

〔二〕次公曰：承明者，漢廬名。漢書曰：嚴助爲會稽太守，武帝賜書曰：君厭承明之廬。張晏注曰：承明廬，在石渠閣外。直宿所止曰廬。今云謁承明，其謁字，曹子建贈白馬王彪詩曰謁帝承明廬也。公於肅宗時爲拾遺，則嘗謁帝矣。

〔三〕次公曰：丹鳳城，指言長安帝城也。秦穆公女弄玉吹簫，鳳集其城，因號丹鳳城。李嶠城詩云：獨下仙人鳳，羣驚御史烏。正用此事，而公詩亦屢使。或曰，鳳城或鳳凰城矣。然用於長安，方爲親切，則杜公之詩是也。近世文人作詩作辭，便用京師爲鳳城，亦無謂矣。

〔四〕次公曰：戀屈宋、卧荆衡，所以言其在楚地也。屈，則屈原；宋，則宋玉。荆，則荆渚；衡，則衡山也。

〔五〕次公曰：魂斷航舸失，言望覃〔十〕二判官之去航，黯然作别而魂斷也。

【校】覃二判官：題作覃拾貳判官，則此引覃字下奪拾字。

〔六〕次公曰：亦上赤霄行，則有意於歸長安而見君矣。赤霄字，楚辭云載赤霄而凌太清，乃字之祖也。

醉歌行贈公安顔少府，請顧八題壁一首（古詩）

神仙中人不易得，顔氏之子才孤標〔一〕。天馬長鳴待駕馭，秋鷹整翮當雲霄〔二〕。君不見東吴顧文學，君不見西漢杜陵老。詩家筆勢君不嫌，詞翰升堂爲君掃〔三〕。是日霜風凍七澤，烏蠻落照銜赤壁〔四〕。酒酣耳熱忘頭白，感君意氣無所惜，一爲歌行歌主客〔五〕。

〔一〕次公曰：神仙中人四字，有兩事。世説：王恭字孝伯，美姿儀。嘗披鶴氅裘，涉雪而行。孟昶窺見之，曰：此真神仙中人也。又語林曰：王右軍目杜弘治曰：面如凝脂，眼如點漆，此神仙中人。今取字以言顔少府也。揚子曰：顔氏之子，冉氏之孫。今於少府言之，所謂文於恰好處更不放過也。

〔二〕次公曰：天馬、秋鷹，所以比顔。天馬字，前漢禮樂志有天馬歌曰：天馬徠，從西極。天馬徠，龍之媒。凡六疊，言天馬也。長鳴字，劉孝標絶交論：剪拂使其長鳴。秋鷹，則如前所謂秋隼矣。凡鷙鳥，以秋而健。公又嘗曰鵰鶚在秋天也。

〔三〕次公曰：辭翰升堂爲君掃，公自言其詩家之詞，與顧君筆勢之翰，升顔少府之堂，各爲之一掃也。辭翰兩字，出世説注云：辭翰清新，則有摯虞之妙。整翮字，晉棗腆寄石季倫詩：望風整輕翮，因虚舉雙翰。翰字去聲。

〔四〕次公曰：七澤字，子虚賦云：楚有七澤。烏蠻，施黔所連之蠻。赤壁，在黄州，周瑜敗曹操之地。在西，故銜落照於是。杜時可引王得臣赤壁辨，云有三焉云云，幾二百餘（年）〔言〕，爲冗矣。霜風之凍，遍及七澤，落照遠銜赤壁，皆詩人因所在而廣之之辭也。與九江落日、落日望鄉臺同義。

【校】二百餘年：九家注年作言，是。

〔五〕次公曰：酒酣耳熱，楊惲傳全語。舊注所引是。杜田又引魏文帝與吴質書曰：昔日遊處，行則連輿，坐則接席。每至觴酌流行，絲竹並奏，酒酣耳熱，仰而賦詩。忽然不自知其樂。則出楊惲也。末句歌主客，主則顔少府，客則公與顧八也。

移居公安敬贈衛大郎鈞一首（近體詩）

衛侯不易得，余病汝知之〔一〕。雅量極高遠，清襟照等夷〔二〕。平生感意氣，少小愛文辭。河海由來合，風雲若有期〔三〕。形容勞宇宙，質樸謝軒墀。自古幽人泣，流年壯士悲〔四〕。水煙通徑草，秋露接園葵〔五〕。入邑豺狼鬬，傷弓鳥雀饑〔六〕。白頭供宴語，烏几伴棲遲〔七〕。交態遭輕薄，今朝豁所思〔八〕。

〔一〕次公曰：不易得字，公嘗用曰：神仙之人不易得。

〔二〕次公曰：雅量字，南史：袁憲字德章，幼聰明好學，有雅量。故對清襟。其字則袁粲（於）〔與？〕王儉詩云：老夫亦何寄，之子照清襟。

〔三〕次公曰：河海由來合，以言意氣之感也。書曰：北播爲九河，同爲逆河入於海。風雲若有期，所以言其文辭之必効也。古詩風雲若會遇，亦其義矣。

〔四〕次公曰：此則公自言也。上句以言其憔悴而空老於世。下句以言無復入仕於朝廷。幽人字，即易幽人貞吉，故對壯士。其字多矣，如項羽目樊噲云壯士也。

〔五〕次公曰：上兩句述其移居公安之地也。徑草字，選詩云輕風摧徑草，故對園葵。其字則史記公儀休拔其園葵也。舊注引陸士衡園葵詩，在後矣。

〔六〕次公曰：入邑豺狼鬬，言入邑之豺狼以有所爭而相鬬也。傷弓鳥雀饑，言傷弓之鳥雀，以創病而饑也。上句以比賊盜，下句以比窮困之民。

〔七〕次公曰：白頭，公自言也。供宴語，言可以供衛之語。烏几，烏皮几也。伴棲遲，則遷於公安，惟有烏几爲伴耳。

〔八〕次公曰：交態字，翟公題門云：一貧一富，乃知交態。　輕薄字，則古詩云五陵輕薄兒也。今朝豁所思，則以美衛鈞也。

公安送韋二少府匡贊一首（近體詩）

逍遥公後世多賢，送爾維舟惜此筵〔一〕。念我常能數子至，將詩不必萬人傳〔二〕。時危兵甲黄塵裏，日短江湖白髮前〔三〕。古往今來皆涕淚，斷腸分手各風煙〔四〕。

〔一〕次公曰：逍遥公字，杜田引北史：韋夐字敬遠，孝寬之兄。志尚夷簡，淡於榮利。所居之宅枕帶林泉，對玩琴書，蕭然自適。時人號爲居士。周明帝以詩貽之曰：誰能同四隱，來參予萬機。夐願時朝謁。帝大悦，勅有司日給河東酒一斗，號曰逍遥公。又引唐史云：韋嗣立爲中書門下三品，嘗於驪山建營別業，中宗親往幸焉。自製詩序，令從官賦詩，因封嗣立爲逍遥公，名其所居爲清虚原幽棲谷。且云，以二史考之，子美稱逍遥公，乃韋夐，非嗣立也，故世系表爲韋氏九房，以夐之後爲逍遥公房，嗣立之後爲小逍遥公房，蓋以別之也。杜田殊不知嗣立之得號逍遥公，用韋夐之故事也。雖然，事論世系，必須以最先者爲名，則自當言韋夐矣。

〔二〕次公曰：頷聯言思念我，則寄將我之詩去，則不必傳之萬人也。

〔三〕次公曰：腹聯兩句，其句法不同。　上句言當時危之際，與韋二皆在兵甲黄塵之裏，蓋有兵甲則有黄塵，此時危之事也。黄塵字，曹子建感節賦：大風隱其四起，揚黄塵之冥冥。　下句則言髮已白矣，而短景中之江湖在其前，蓋指相聚之地也。

〔四〕次公曰：斷腸字，多矣。如謝靈運憶山中詩云：楚人心苦絶，越客腸今斷。鮑照東門行曰：野風吹秋木，行子心腸斷。而別賦云行子腸斷也。分守字，則謝宣遠送王撫軍詩分手東城闉；沈休文云分手易前期；而別賦云造分手而涕泗也。風煙字，劉玄暉八公山詩風煙四時犯，霜雨朝夜沐也。

贈虞十五司馬一首（近體詩）

遠師虞秘監，今喜識玄孫〔一〕。形象丹青逼，家聲器宇存〔二〕。淒涼憐筆勢，浩蕩問詞源。爽氣金天豁，清談玉露繁〔三〕。佇鳴南嶽鳳，欲化北溟鯤〔四〕。交態知浮俗，儒流不異門〔五〕。過逢連客位，日夜倒芳樽〔六〕。沙岸風吹葉，雲江月上軒〔七〕。百年嗟已半，四座敢辭喧〔八〕。書籍終相與，青山隔故園〔九〕。

〔一〕次公曰：虞秘監者，世南也。

〔二〕次公曰：形象字，如陸雲傳云：爲浚儀令，去官，百姓圖畫形象。故對家聲。其字則太史公云：李陵頽其家聲。

〔三〕次公曰：爽氣字，王獻之云：西山朝來致有爽氣。此借用於人耳，故對清談。其字則晉書：終日清談而已。露繁字，韻，董仲舒有繁露之書也。

〔四〕次公曰：南嶽鳳字，劉公幹詩：鳳凰集南嶽，徘徊孤竹根。故對北溟鯤。其字，則北溟有魚，其名爲鯤也。

〔五〕次公曰：交態字，鄭莊傳：翟公題門曰：一貧一富，乃知交態。故對儒流。其字則儒家者流也。浮俗字，熟矣。不異門，則史記云同門而異户也。

〔六〕次公曰：客位字，沈休文云：客位紫苔生。

〔七〕次公曰：月上軒字，別賦云：月上軒而飛光。

〔八〕次公曰：四座敢辭喧，此句亦難解。古詩詠香鑪詩云：四座且莫喧，願聽歌一言。今云敢辭喧，豈言敢辭去喧嘩而拘拘喑默，此所以終倒芳樽之歡也。

〔九〕次公曰：此暗用蔡邕盡舉其家所有之書與王粲。又，南史：王筠，字元禮。沈約見筠文，咨嗟而歎曰：昔蔡伯喈見王仲宣，稱曰：王公之孫，吾家書悉當相與。僕雖不敏，請附斯言。今公所云，正欲以書籍相與，但故園隔在青山之外耳。

公安縣懷古一首（近體詩）

野曠吕蒙營，江深劉備城〔一〕。寒天催日短，風浪與雲平。灑落君臣契，飛騰戰伐名〔二〕。維舟倚前浦，長嘯一含情〔三〕。

〔一〕次公曰：吴將吕蒙營於公安，劉備曾爲荆州牧，故今句及之。

〔二〕次公曰：灑落君臣契，則又言先主之與諸葛也。飛騰戰伐名，則以言吕蒙之爲將也。

〔三〕次公曰：含情，則亦吊古之意矣。

呀鶻行（古詩）

病鶻孤（一作卑）飛俗眼醜，每夜江邊宿衰柳。清秋落日（一作月）已側身，過雁歸鴉錯回首。緊腦雄姿迷所向，疎翮稀毛不可狀。彊神非（舊作迷）復皂雕前，俊才早在蒼鷹上。風濤颯颯寒山陰，熊羆欲蟄（一作縶）龍蛇深。念爾此時有一擲，失聲濺血非其心。

公安送李二十九弟晉肅入蜀余下沔鄂一首（近體詩）

次公曰：晉肅乃李賀之父也。當時以賀父名晉肅，不得令舉進士。韓退之有辯，在韓集。

正解柴桑纜，仍看蜀道行。檣烏相背發，塞雁一行鳴〔一〕。南紀連銅柱，西江接錦城〔二〕。憑將百錢卜，飄泊問君平〔三〕。

〔一〕次公曰：上句則公將下沔鄂也。次句則送晉肅入蜀也。檣烏，則船檣上刻爲烏形，如天(字)〔子〕駕前相風之製，蓋取相風之義。一往南，一往蜀，此所以爲背發也。塞雁一行鳴，則言其别之時也。檣烏之詳，見句法義例。

〔二〕次公曰：南紀字，(廣)〔唐〕天文志云：東循嶺徼，達(歐)〔甌〕閩，是謂南紀，所以限蠻夷也。非是詩云：

（湯湯）〔滔滔〕江漢，南國之紀。　銅柱，馬援所建，在驩州之東南極角也。南紀連銅柱一句，又公自言其下沔鄂而儘南往矣。莊子云：激西江之水。疏：以蜀江從西來，故謂之西江，乃楚人名之也。自西江而上泝，是爲接錦城。此一句則又言晉肅之入蜀也。

〔三〕次公曰：末句因晉肅之入蜀，故有君平之問。前漢：君平卜筮於成都市，以爲卜筮者賤業，而可以惠衆人。有邪惡非正之問，則依蓍龜爲言利害。與人子言依於孝，與人弟言依於順，與人臣言依於忠，各因導之以善，從吾言者已過半矣。裁日閲數人，得百錢足自養，則閉肆下簾而授老子。以出處有得百錢字，故云：憑將百錢卜，飄泊問君平。問君平三字，亦博物志載：有乘槎到天上者，飲牛人曰：他日成都問嚴君平則知也。

北風一首（古詩）

北風破南極，朱鳳日威垂〔一〕。洞庭秋欲雪，鴻雁將安歸〔二〕。十年殺氣盡，六合人煙稀〔三〕。吾慕漢初老，時清猶茹芝〔四〕。

〔一〕次公曰：南極，所以言楚地。公嘗曰結託老人星，又曰南極老人應壽昌，皆因楚言之也。公在楚，故所見者北風破南極，與洞庭秋欲雪也。　因南極之下，故承之以朱鳳。朱鳳者，南方之鳥故也。歐陽率更載古莊子稱老子謂孔子之言：吾聞南方有鳥，其名爲鳳。故公後篇朱鳳行曰：君不見瀟湘之山衡山高，山顛朱鳳聲嗷嗷。可見矣。

〔二〕次公曰：因洞庭之下，故（乘）〔承〕之以鴻雁，蓋雁隨陽之鳥也。魏應瑒詩曰：朝雁鳴雲中，音響一何哀。問子遊何鄉，戢翼正徘徊。言我塞門來，將就衡陽棲。又周庾信詠雁詩云：南思洞庭水，北想雁門關。洞庭乃往衡陽之路，本違寒而就温，今洞庭方秋而欲雪，則又寒矣，又將奚往乎？公詩又曰飛起洞庭羣，可見矣。朱鳳在南極，北風破南極而威垂；鴻雁過洞庭，洞庭欲雪而安歸？皆言值時如此，於是乎失所也。威垂字，蓋無氣象之貌。以威字爲言，亦如屈曲謂之威紆也，但未見所出，以俟博聞。師民瞻本乙之爲垂威，無義，非是。鳳與鴻雁皆公自況。揚子云：君子在治若鳳，在亂若（鳳）〔鴻？〕。又云：鴻飛冥冥，弋人何慕焉。周禮云大夫執雁是已。義與下句相喚，蓋亦公自歎其在風塵之際，方旅泊而未得歸矣。舊注云北風破南極，以喻小人道長，君子道消。其下率以君子、小人解之。穿鑿非是。

【校】故乘之：九家注乘作承，是。

〔三〕次公曰：此戊申大曆三年詩也。自乙未天寶十四年至此十三年矣，而云十年殺氣盛，則舉其大數爲詩句耳。殺氣盛，則安史雖滅，而吐蕃尚熾也。殺氣字，禮記月令：仲秋之月，殺氣浸盛。雖言天地肅殺之氣，而兵戈殺伐之氣亦可使。人煙字，曹子建詩：千里無人煙。

〔四〕次公曰：末句言商山四皓也。以秦之亂避之而入山，方漢之初，可以出矣，而猶茹芝焉，則以畏禍之心未能已也。詳見句法義例。舊注模棱，云漢初老隱者也。

次公曰：世有東溪先生集者，其中有釋杜工部詩十六篇，引云：擬毛詩之序，以撮其大要而判釋之，且以爲啟杜詩之關鍵。以此北風爲第二篇。序云：北風，悲燕寇衰弱王室，禍加以民。寇來自北，故況北風。此已謬誤。蓋自乙未天寶十四載十一月安禄山反，丙申至德元載正月，其子慶緒弑之；己亥乾元二年三月史思明殺慶緒，辛丑上元二年史朝義又殺思明，癸卯廣德元年正月，史朝義自縊死，安史之禍至此息矣。此後但有吐蕃之禍，連年不絕。公今句云十年殺氣盛，若逆數十年而止，則起在己亥乾元二年。至德元年安、史并滅。今此北風詩爲戊申大曆三年，言吐蕃則可，豈可更言燕寇之衰弱王室，禍加臣民乎？又豈有寇自北來之事乎？此幾成夢語矣。於北風破南極注云：寇自北來而破兩京。於朱鳳日威垂注云：天子出狩也。於洞庭秋欲雪注云：安史之亂唯不及江南，秋非雪時，時欲雪，言將及亂也。於鴻雁將安歸注云：大曰鴻，小曰雁，大小皆無所歸，與詩萬民離散同意。此其不考公賦詩之年辰與處所，直誤以爲安史之亂，故爲此注。然就其中誤兩京爲南極，夫西京天子所居，曰南極猶可，東京何預，亦可譬之南極乎？便自差排朱鳳爲天子，威垂爲出狩，則何所據乎？洞庭自是荆湖路，亦何謂之江南乎？惟以鴻雁爲民，則周詩美宣王之説，却與朱鳳譬天子之無出處反自攻矣。以此集刊傳，恐惑後學，故次公費辭辨之。

憶昔行（古詩）

次公曰：憶昔者，追憶往昔也。兩字出鮑照少年時至衰老行云：憶昔少年時，馳逐好名晨。故公有憶昔之作。止摘句首兩字爲題，然必目之所親見，身之所親歷者。憶昔先皇巡朔方、憶昔開元全盛日，此紀目之所親見也。今篇憶昔北尋小有洞，此紀身之所親歷也。世有樂府大曲，號梁州者，用長恨歌敘楊妃事，而曲首句云：憶昔開元盛際。夫言前代之事，止是追考昔日，豈可謂之憶昔乎？學者不可不知也。公在關塞時有昔遊篇，與今篇大意相應，更相發明，具列於逐段之下。公往尋華蓋君而不見，故前篇謂之昔遊，今篇謂之憶昔也。

憶昔北游小有洞，洪河怒濤過輕舸〔一〕。辛勤不見華蓋君，艮岑青輝慘幺麽〔二〕。千崖無人萬壑靜，三步回頭五步坐〔三〕。秋山眼冷魂未歸，仙賞心違淚交墮〔四〕。弟子誰依白茅室，盧老獨啟青銅鎖。巾拂香餘擣藥塵，階除灰死燒丹火〔五〕。玄圃滄洲莽空闊，金節羽衣飄婀娜。落日初霞閃餘映，倏忽東西無不可〔六〕。松風磵水聲合時，青兕黃熊啼向我。徒然咨嗟撫遺迹，至今夢想仍猶作〔七〕。秘訣隱文須內教，歲晚何（公）〔功〕使願果。更討衡陽董鍊師，〔南〕浮早鼓瀟湘舵〔八〕。

【校】何公：九家注作何功，方與注云求仙須得有功行合。浮早：浮字上兩鈔本咸闕一字。九家注作南遊，今以南字補。

〔一〕次公曰：公秦州雜詩有云：萬古仇池穴，潛通小有天。亦言此小有洞也。茅君內傳：大天之内有玄中洞三十六所，第一王屋山之洞，周回萬里，名曰小有清虚之天。第二委州之洞，周回萬里，名曰大有穴明之天。而禹貢：底柱（折）〔析〕城，至於王屋。注：三山在冀州南，河之北。疏：王屋在河東垣縣東北。今云北尋小有洞，則往王屋者，過河而北行也，故下有過輕舸之句。唐廣切韻注云：楚以大船曰舸。而類書載釋名曰：南楚江湘，凡船大者謂之舸，小舸謂之䑢。未聞出廣雅也。舊注模棱矣。其輕舸字，出文選。

〔二〕次公曰：昔遊云：昔謁華蓋君，深求洞宮脚。玉棺已上天，白日亦寂寞。暮升艮岑頂，巾几猶未却。參詳二詩之意，蓋公遊王屋，本欲謁華蓋君，適值君死也。玉棺上天，則託仙以爲言矣。華蓋字，於傳記有三焉：山有名華蓋，則葛仙公傳之言崑崙别名也；星有名華蓋，則晉天文志云：大帝上九星曰華蓋，所以覆蔽大帝之座也。肺爲華蓋，則道家、醫家之説也。今云華蓋君，應是道號，不知何所取也。舊注便引葛仙公傳事，則却是指崑崙矣。或云，王屋山有華蓋峰，則又無所據也。　艮岑，二詩皆言之，的是王屋之處。　幺麽字，幺音腰，麽音亡果切。韻書云：細也。艮岑之青輝，固不細矣，以華蓋君之不在，故慘然而細也。與昔遊篇白日亦寂寞同意。

〔三〕次公曰：千崖、萬壑字，摘兩處所出而合用之。千崖，則梁簡文帝經琵琶峽詩云：百嶺相迂蔽，千崖共隱天。萬壑，則顧凱之之言會稽云：千巖競秀，萬壑爭流。　三步回頭五步坐，則魏文帝臨高臺行之託言黄鵠曰五里一顧，六里徘徊之勢也。而三步字，則曹公祭橋玄文有曰：車過三步，腹痛莫怪。五步字，則李陵贈蘇武别詩曰：轅馬顧悲鳴，五步一彷徨。

〔四〕次公曰：上句言華蓋君，招之而不來也。下句欲爲仙賞之遊，而事與願違，所以悲泣也。　宋玉招魂有魂兮歸來者凡十二。今言魂未歸，着未字以反言之也。舊注撰引招魂云魂來兮未歸，妄矣。　嚴休復唐昌玉蕊花詩云魂銷眼冷未逢真，豈亦出於杜公耶？　當秋時在山中有所望，故云眼冷也。　仙賞心違，以賞心字貼心違也。賞心，則謝靈運云：良辰、好景、賞心、樂事，四者難并。而所賞之心，乃仙賞之心也。違字，起於左傳云：王心不違。詩云：中心有違。故公屢使寸心違、壯心違、心事違也。舊注撰陸機中心若有違，妄矣。於詩經全語中添一若字，不亦謬乎！　淚墮字，則羊叔子之碑，謂之墮淚碑也。着一文字，以對意未歸。

〔五〕次公曰：此四句實道其事，即昔遊所謂暮升艮岑頂，巾拂猶未却。弟子四五人，入來淚俱落之意。　白茅室，則莊子云築特室，席白茅也。一作白石室，非。　盧老者，之可見之人，應是華蓋君親信者，故云獨啟青銅鎖也。　巾、拂是兩物，階除亦可作兩字對。公律詩有云慣看賓客兒童喜，得食階除鳥雀馴，可見矣。一本作階前，非。

〔六〕次公曰：四句言華蓋君當在仙境往來也。玄圃，則葛仙傳云：崑崙一曰玄圃也。滄洲，則十洲之一洲也。舊注撰引茅君内傳云大海之中，崑崙、蓬萊、滄洲云云。此謬妄矣，蓋玄圃是崑崙山之別名。爾雅曰：西北（方）之美〔者〕，有崑崙（之）墟〔之〕璆琳琅玕焉。則崑崙在西北。列子云：渤海之東，有大壑，名曰歸墟。中有五山，蓬萊其一也。豈可云大海之中有崑崙、滄州、蓬萊乎？金節羽衣，則仙人之服御也。婀娜，美貌。文選有芝蘭婀娜，而韓退之元和聖德頌有旗常婀娜，亦言其美也。當玄圃與滄洲空闊之間，乃華蓋君金節羽衣之所往來矣。晚則落日之所映，早則初霞之所映。其在此時也，或東而遊滄洲，或西遊崑崙，倏然忽然，無不可者，言其任意之閑放也。餘映字，王仲宣七哀詩：山岡有餘映，巖阿增重陰。而霞映之勢，則又孔稚圭北山移文云高霞孤映也。閃者，不定之貌。

〔七〕次公曰：四句公自言其在山中之愁寂，而想華蓋君於今不忘也。風吹松而鳴，澗水激石而鳴，皆可愁矣。青兕字，出宋玉招魂曰：君王親發兮憚青兕。兕必言青，則説（又）〔文〕曰：兕如野牛，青皮堅緊，可以爲鎧。國語：晉叔向曰：昔吾先君唐叔射兕於徒林，殪以爲大甲。韋氏解亦云：兕似牛而青也。黄熊，出自六韜曰：文王囚羑里，散宜生得黄熊而獻之紂。舊注云：成王時，東夷獻黄熊。按，類書載周書云：成王時不屠國獻青熊。未嘗有獻黄熊也，蓋輒改以附會其説如此。當其在山中時，聞風松磵石之聲，青兕、黄熊之啼，愁寂不堪，徒有咨嗟撫華蓋君之遺迹，至今夢想猶見之也。舊本猶作字作佐字，當是作字，但音佐而已。此南人之語音。公詩又曰主人送客何所作，自注云音佐，可見矣。公之今句則言今猶作此夢也。

〔八〕次公曰：四句結一篇之義，以爲求仙須得有功行，而傳秘訣不見華蓋君矣，却思南遊而訪董鍊師也。與昔遊詩云杖藜望清秋，有興入廬霍同意。願果字，出佛書，故南史梁有胡僧祐者，得以願果爲字也。鼓舵字晉人多用之。真誥載紫清真妃詩曰：濯足玉天池，鼓舵牽牛河。庾闡揚都賦云：青雀飛艫，餘皇鼓舵。

宴王使君宅題二首（近體詩）

漢主追韓信，蒼生起謝安〔一〕。吾徒自飄泊，世事各艱難。逆旅招邀近，他鄉思緒寬〔二〕。不才甘朽質，高卧豈泥蟠〔三〕。

右一

〔一〕次公曰：首兩句取古二人功名之事言之。追韓信，則漢王入關，諸將多逃。蕭何獨追信，而漢王拜之爲大將也。起謝安，則安石高卧東山，爲蒼生起也。詳各具本傳。此兩句所〔以〕引下句也。

〔二〕次公曰：上兩句言皆在逆旅之中，以相招邀故，由是在他鄉而可以寬意緒也。逆旅字，出莊子逆旅者有二妻，故對他鄉。其字則古詩他鄉各異縣也。

〔三〕次公曰：末句，高卧豈泥蟠，以龍爲喻，諸葛亮高卧南陽，而當時號之爲卧龍。揚子：龍蟠於泥，蚖其肆矣。今云不才甘朽質，所以自處之語。高卧豈泥蟠，所以自謙也。不才字，左傳文十八年有言才子、不才子。朽質，則朽木不可雕也。

泛愛容霜鬢，留歡上夜關〔一〕。自吟詩送老，相勸酒開顏。戎馬今何地，鄉園獨舊山〔二〕。江湖墮清月，酩酊任扶還〔三〕。

右二

〔一〕次公曰：舊本霜髮，師民瞻本作霜鬢，是。孔子曰：汎愛衆而親仁。其後遂以汎愛爲朋友，則殷仲文南州桓公九井作云廣筵散汎愛是已。舊本正作卜夜閑。卜夜字，左傳云：臣卜其晝，未卜其夜也。一作上夜關，蓋以公父諱閑，當避閑字也。殊不知公有云（雙雙）〔娟娟〕戲蝶過閑（慢）〔幔〕，則亦臨文不諱矣。然今句當以上夜關爲正，蓋首兩句便對，而夜關字方對霜鬢也。又於留歡爲相應，蓋如陳遵閉門投轄者矣。

【校】雙雙戲蝶過閑慢：據己帙卷四小寒食日舟中作正文改。

〔二〕次公曰：戎馬字，起於老子云：戎馬生於郊。而古詩云戎馬遍九州也。

〔三〕次公曰：末句，月使墮字，奇矣。李白亦云更看江月墮清波也。

覽柏中丞兼子侄數人除官制詞因述父子兄弟四美載歌絲綸一首（古詩）

次公曰：舊本中允，師民瞻本作中丞，是。蓋近體詩有題云陪柏中丞觀宴將士也。然民瞻便指爲柏正節，非矣。詩句有戮力自元昆，意其方是柏正節也。然亦竊有疑焉。公詩又有柏學士林居、柏大兄弟詩、柏二別駕詩，皆是文人，豈可指言柏正節之家乎？俟明識辨之。記云：王言如絲，其出如綸。王言如綸，其出如綍。絲綸，以言制詞也。

紛然喪亂際，見此忠孝門〔一〕。蜀中寇亦甚，柏氏功彌存。深誠補王室，戮力自元昆〔二〕。三止錦江沸，獨清玉壘昏〔三〕。高名入竹帛，新渥照乾坤。子弟先卒伍，芝蘭疊璵璠〔四〕。同心注師律，灑血在戎軒〔五〕。絲綸實具載，紱冕已殊恩〔六〕。奉公舉骨肉，誅叛經寒温〔七〕。金甲雪猶凍，朱旗塵不翻〔八〕。每聞戰場説，欻激懦氣奔。聖主國多盜，賢臣官則尊〔九〕。方當節鉞用，必絶祲沴根〔一〇〕。吾病日回首，雲臺誰再論〔一一〕。作歌挹盛事，推轂期孤騫〔一二〕。

〔一〕次公曰：忠孝門字，晉卞壼傳：徵士翟湯歎曰：父死於君，子死於父，忠孝之道，萃於一門。

〔二〕次公曰：柏氏立功於蜀，其爲名字，於史無所考。或曰，以意逆之，必柏正節也。今所謂柏中丞，意是正節之弟。而子侄數人，則侄者，正節之子矣。此無它，以（時）〔詩〕云戮力自元昆，則言柏中丞之兄，豈乃柏正節乎？其父子兄弟有功於行陣，則詩人宜以忠孝稱之矣。　戮力字，書云：聿求元聖，與之戮力。舊注引高祖紀，在後矣。

〔三〕次公曰：沸字上着止，傳所謂以湯止沸也。　錦江，據寰宇記曰濯錦江，係之華陽縣。　公自入蜀見成都之亂。蓋寶應元年歲在壬寅七月，劍南西川兵馬使徐知道反，拒嚴武之來，不得進。永泰元年歲在乙巳，崔旰反，殺郭英乂。次年，楊子琳以瀘州牙將同邛州牙將柏正節討旰。杜鴻漸表子琳爲瀘州刺史，正節爲邛州刺史。西蜀大亂，各遣罷兵。於大曆三年歲在戊申，七月，子琳以瀘州刺史反，陷成都，蜀中又亂。此錦江之三沸也。然寶應元年徐知道反，公有草堂詩云：布衣數十人，亦擁專城居。其下句云即柏正節、楊子琳之徒。則正節乃預寶應亂之數。永泰二年，既稱討崔旰，而西蜀大亂，又云各遣罷兵，則正節乃所以亂蜀者。大曆陷成都，雖是楊子琳，而正節本其同類，不見有正節預討楊子琳事。若指柏氏爲正節，實未安也。蜀都賦云：包玉壘而爲宇。李善注云：玉壘，山名，湔水出焉，在成都西北岷山界。以今考之，永康軍是也。錦江沸，自指成都府。今又云玉疊昏，則永康軍當時亦有亂矣。亦無考也。或者又曰，永康軍緊靠威、茂，今之威州則唐之維州也。吐蕃嘗寇松、維，則玉壘不爲不擾，豈所謂玉壘昏乎？

〔四〕次公曰：芝蘭以比其子弟有香秀之美。璵璠以比其子弟如良玉之珍。此亦晉書所謂佳子弟如芝蘭玉樹，常使生於庭側者也。

〔五〕次公曰：師律字，則易云：師出以律。

〔六〕次公曰：緜蕝字，出禮(季)〔記〕。黻冕字，則孔子之言禹曰：惡衣服而致美乎黻冕。

〔七〕次公曰：奉公舉骨肉，蓋言柏公内舉不避親，併帥其子弟赴難也。誅叛經寒温，則誅叛者，前年之事，至今作詩時，已經一寒一温也。

〔八〕次公曰：金甲雪猶凍，則効力之時，在冬至，今雪猶凝於甲而凍。朱旗塵不翻，則蒙犯戰塵，重而不翻也。

〔九〕次公曰：聖主國多盜，言聖主之國今多盜賊。有能伐叛之賢臣，朝廷不惜爵賞，故官則尊也。

〔一〇〕次公曰：方當節鉞用，則以其有功，必使之膺節鉞之用，蓋言爲節度使也。爲節度使不可虛受爵賞，必絶祲沴根，以報朝廷也。

〔一一〕次公曰：上兩句則公自言其絶望於富貴，無復論畫像之事也。雲臺，則漢顯宗畫功臣於雲臺閣。

〔一二〕次公曰：下句則公自負其詩所稱美，可以推柏公而使之孤騫也。推轂之義，蓋取鄭當時傳耳。當時推轂士及官屬丞吏。注言，薦舉之人如車輪之運轉也。舊注却引馮唐傳：王者遣將，跪而推轂。又別一義，非也。

留別公安太易沙門一首（近體詩）

隱居欲就廬山遠，麗藻初逢休上人〔一〕。數問舟航留製作，長開篋笥擬心神〔二〕。沙村白雪仍含凍，江縣紅梅已放春〔三〕。先踏鑪峯置蘭若，徐飛錫杖出風塵〔四〕。

〔一〕次公曰：廬山遠，謂惠遠大師也。休上人，則詩僧湯惠休也。

〔二〕次公曰：數問舟航留製作，言來問公之舟航，而留公之製作也。長開篋笥擬心神，言爲太易而開篋笥，於是心神擬議合與其何篇也。

【校】心神擬以下七字據草堂藏本補。

〔三〕次公曰：含凍字，上林賦云其北則〔盛夏〕含凍裂地，涉冰揭河也。按公安縣四岸皆水，故謂之江縣。放春字，公詩又曰：山意沖寒欲放梅。

【校】其北則下奪盛夏二字，據影胡刻本文選補。

〔四〕次公曰：末句，公蓋言我先往廬山路香爐峯求置蘭若之地，請太易師飛錫而來也。飛錫事，孫綽〔遊〕天台山賦云：應真飛錫而躡虛。注云：得真道之人，執錫杖而行於虛空，故云飛也。

曉發公安一首數月憩息此縣。（近體詩）

次公曰：此篇蓋吳體矣。

北城擊柝復欲罷，東方明星亦不遲〔一〕。鄰雞野哭如昨日，物色生態能幾時〔二〕。舟楫眇然自此去，江湖遠適無前期〔三〕。此門轉眄已陳跡，藥餌扶吾隨所之〔四〕。

〔一〕次公曰：北城屯戍，故有擊柝。擊柝字之顯者，則易曰：重門擊柝。左傳：魯擊柝，聞於邾也。東方明星，指啟明也。詩：東有啟明。不遲字，遲暮之遲，言未失曉也。

〔二〕次公曰：鄰鷄野哭四字兩出。鄰鷄，則庾肩吾詩云：鄰鷄聲已傳，愁人竟不眠。野哭字，未見。如昨日字，張景陽雜詩曰：下車如昨日。江文通古別離曰：送君如昨日。物色生態四字，亦兩出。物色，如選詩：物色桑榆時。生態字，未見。

〔三〕次公曰：無前期，謂不知所止泊，無向前之期程也。舊注引沈休文詩：平生少年日，分手易前期。則乃未分手之前，輕易其期，如周禮前期〔羣吏戒〕（成）衆庶之前期耳，豈可用解此邪。

〔四〕次公曰：此門之義未曉。豈指石門者乎？陳跡字，則王羲之云：俛仰之間，已爲陳迹。藥餌字，謝靈運遊南亭詩云：藥餌倩所止，衰疾忽在斯。

【校】倩：影胡刻本文選作情。

歲晏行一首（古詩）

歲云暮矣多北風，瀟湘洞庭白雪中〔一〕。漁父天寒網罟凍，莫傜射雁鳴桑弓〔二〕。去年米貴闕軍食，今年米賤太傷農。高馬達官厭酒肉，此輩杼軸茅茨空〔三〕。楚人重魚不重鳥，汝休枉殺南飛鴻〔四〕。況聞處處鬻男女，割慈忍愛還租庸〔五〕。往日用錢捉私鑄，今許鉛錫和青銅〔六〕。刻泥爲之最易得，好惡不合長相蒙〔七〕。萬國城頭吹畫角，此曲哀怨何時終？

〔一〕次公曰：歲云暮字，詩云歲聿云暮也。

〔二〕次公曰：莫徭者，蠻夷名。隋地理志：長沙郡雜有夷蠻，名曰莫徭。自言其先祖有功，常免征役，故以爲名。

〔三〕次公曰：此輩杼軸，猶言斯民杼軸也。詩云：小東大東，杼軸其空。公所用特此耳。杜田云：詩曰：小東大東，杼軸其空。廣韻、玉篇軸作杼柚，蓋機具也，杼機之持緯者。揚雄方言曰：東齊土作謂之杼，木作謂之柚。兩説不同，故並載之。自爲昏亂也。

〔四〕次公曰：南飛鴻三字，沈約八詠聞夜鶴篇曰：復值南飛鴻，參差共成侶。兩句所以成莫徭之射雁，而告之如此也。不重鳥，一作不重肉，非。鳥與射字、鴻字相應。

〔五〕次公曰：租庸之制，唐制：授人以口分、世業田，凡授〔田者〕，丁歲納粟稻，謂之租。用人力歲不過二十日。不役者日爲絹三尺，謂之庸。

【校】凡授下鈔本闕二字，據九家注補。

〔六〕次公曰：私鑄事，舊注引唐制，盜鑄錢者死，没其家屬。至天寶間，盜鑄益甚，雜以鐵、錫，無復錢形，號公鑄者爲官鑪錢。此天寶時事。今公詩在大曆中作，則大曆私鑄尤多也。

〔七〕次公曰：刻泥爲之最易得，似言以泥爲錢模也，故言易得。好音好醜之好。惡音善惡之惡。錢有好有惡故也。

夜聞觱篥一首（古詩）

夜聞觱篥滄江上，衰年側耳情所嚮〔一〕。鄰舟一聽多感傷，塞曲三更欻悲壯〔二〕。積雪飛霜此夜寒，孤燈急管復風湍〔三〕。君知天地干戈滿，不見江湖行路難〔四〕。

〔一〕次公曰：觱篥者，世皆識之。杜時可引樂部幾百餘言，雖無害於義，爲冗矣。

〔二〕次公曰：句中之警，在塞曲三更欻悲壯，蓋胡笳有出塞曲入塞曲也。悲壯字，禰衡擊鼓爲漁陽摻，撾聲益悲壯。公律詩嘗曰五更鼓角聲悲壯，亦用此矣。

〔三〕次公曰：急管，復就觱篥言之也。

〔四〕次公曰：君知天地干戈滿，君，則指言吹觱篥之人。江湖行路難，則公自謂也。行路難三字，出樂府詩題。

發劉郎浦一首（古詩）

挂帆早發劉郎浦，疾風颯颯昏亭午〔一〕。舟中無日不沙塵，岸上空村盡豺虎〔二〕。十日北風風未迴，客行歲晚晚相催〔三〕。白頭厭伴漁人宿，黄帽青鞋歸去來〔四〕。

〔一〕次公曰：此公自公安縣欲往岳州所經行之處。劉郎浦，乃公安之下石首縣也。

〔二〕次公曰：岸上（孤）〔空〕村盡豺虎，乃實道其事。舊注云：言多盜賊。亦是。蓋張孟陽云盜賊如豺虎也。

〔三〕次公曰：北風風未迴，所以儘催船之南行也。

〔四〕次公曰：黄帽青鞋歸去來，則雖在江湖而猶厭與漁人爲伴，乃欲深藏高隱矣。

【校】九家注下接歸去來，則陶淵明有詞一句。

泊岳陽城下一首（近體詩）

江國踰千里，山城僅百層〔一〕。岸風翻夕浪，舟雪灑寒燈〔二〕。留滯才雖盡，艱危氣益增〔三〕。圖南未可料，變化有鯤鵬〔四〕。

〔一〕次公曰：千里字，多矣，故對百層。其字則選賦云：井幹疊而百層。

〔二〕次公曰：風翻字，未見。其對雪灑，則謝惠連云落雪灑林丘也。

〔三〕次公曰：才雖盡，使才盡字爲意也。才盡，有三事：鮑照文辭（瞻）〔澹〕逸，而文帝自謂其文人所莫及，照遂爲鄙言累句。時人以爲才盡，其實不然；又，江淹夢丈夫自稱郭璞，曰：吾有筆在卿處多年，可以見還。淹乃探懷中五色筆授之。自是爲詩絶無美句，人謂之才盡；又，任昉晚節著詩欲傾沈約，用事過多，辭不得流便，於是有才盡之談也；故對氣益增。直使增氣字也。史云：懦夫增氣。又云：勇夫增氣。舊注於才雖盡之下，引管輅云：酒不可極，才不可盡。吾欲持酒以禮，持才以愚，何患之有也？此乃字同義異，便取爲證矣。於氣益增之下引漢馬援曰：丈夫窮當益堅，老當益壯。蜀廖立見廢爲民，徙於汶山，而志氣不衰。又爲旁似矣。

〔四〕次公曰：句固是莊子：北溟有魚，其名爲鯤。化而爲鳥，其名爲鵬。鵬背若太山，翼若垂天之雲。摶扶摇羊角而上者九萬里，絶雲氣，負青天，然後圖南。然必言此者，公方儘南而往，所以及圖南之義矣。

纜船苦風戲題四韻奉簡鄭十三郎判官泛一首（近體詩）

楚岸朔風疾，天寒鶬鴰呼〔一〕。漲沙霾草樹，舞雪渡江湖〔二〕。吹帽時時落，維舟日日孤〔三〕。因聲置驛外，爲覓酒家壚〔四〕。

〔一〕次公曰：鶬鴰字，見於爾雅云：鶬，麋鴰。注：今呼鶬鴰。而西都賦云：鳥則鶬鴰，浮沉往來。

〔二〕次公曰：沙言漲字，則丘希範詩云：森森荒樹直，析析寒沙漲。雪言舞字，則鮑照效劉公幹體云胡風吹朔雪，千里度龍山。集君瑶臺下，飛舞兩楹間也。渡江湖三字，則又古詩扁舟載風雪，半夜渡江湖也。

〔三〕次公曰：吹帽，雖非九日，而取其事。孟嘉爲桓温參軍，既和而正。温甚重之。九日，温遊龍山，參僚畢集。風吹嘉帽落，不覺，如廁。公命孫盛嘲之。故對維舟。其字則爾雅云：大夫維舟。而任彦昇詩序有云：維舟久之，郭生方至。

〔四〕次公曰：末句言置驛外，則題是簡鄭十三判官，使鄭莊置驛也。壚字，則顔師古嘗注文君當壚云：賣酒之處，累土爲壚，以居酒甕。四邊隆起，其一面高，形如鍛壚，故名壚耳。

登岳陽樓一首（近體詩）

次公曰：舊本作發岳陽樓。或云，此泊船岳陽樓下，船將發而登樓所賦也，故題謂之發岳陽樓，而句有老病有孤舟，可見矣。然不若登字之分明也。范元實詩眼云：老杜詩，凡一篇皆工、拙相半，古人文章類如此。皆拙，固無取；使其皆工，則峭急而無古氣，如李賀之流是也。然後學者，當先學其工者，精神氣骨，皆在如此。如望岳詩云齊魯青未了，洞庭詩云吴楚東南坼，乾坤日夜浮，語既高妙有力，而言東岳與洞庭之大，無過於此。後來文士極力道之，終有限量，益知其不可及。望岳第二句如此，故先云岱宗夫如何。洞庭先如此，故後云親朋無一字，老病有孤舟，若前後别無奇偉，而皆如洞庭，他句雖雅健，終不工。如岱宗夫如何，雖亂道可也。今人之學詩，多先得老杜平漫處，乃鄰女之效顰者爾。范之説如此。然公今題云登岳陽樓，其頷聯自是詠洞庭兩句，其腹聯勢當述其身之所在如何，豈容更作别語乎？此亦范之强解事也。且如孟浩然岳陽樓詩，破題云：八月湖水平，含虚混太清。亦自平慢，如公今所謂昔聞洞庭水，今上岳陽樓。孟頷聯云：氣蒸雲夢澤，波動岳陽城。亦復奇偉，如公今所謂吴楚東南坼，乾坤日夜浮矣。然以孟比杜，孟則氣蒸者雲夢澤而已；杜之吴楚東南坼，則子虚賦所謂吞若雲夢者八九而不芥蔕矣，不無强弱之辨也。孟腹聯云：欲濟無舟楫，端居耻聖明。則亦豈復再爲奇偉之句而涉峭急哉？又如公今所謂親朋無一字，老病有孤舟矣。孟落句云：坐見垂釣者，空有羨魚情。復以前意結之，與公今所謂戎馬關山北，憑軒涕泗流，詩家行動體格相似矣。范君何勞苦爲之説哉！且學者之所指爲佳句者，以吴楚東南坼，乾坤日夜浮而已，殊不知親朋無一字，老病有孤舟兩句尤是含蓄有意之對。邵溥澤民侍郎云：晁之道以此爲俯仰格。次公探其説，蓋若桔槔之勢相引也。其義以既在洞庭之際，親朋相去之遠，雖無一字見及，然於病中尚賴有孤舟可以浮泛，而生涯自如也。此兩句極是含蓄有意之對，而范以爲雖雅健終不工。范實未之思耳。至若句中使字，具解於後。

【校】晁之道：九家注引作晁以道。

昔聞洞庭水，今上岳陽樓〔一〕。吴楚東南坼，乾坤日夜浮〔二〕。親朋無一字，老病有孤舟〔三〕。戎馬關山北，憑軒涕泗流〔四〕。

〔一〕次公曰：必曰洞庭水，此三字出戰國策：吴起對魏武侯曰：昔者三苗之居，左彭蠡之波，右洞庭之水。而周庾信有詠雁詩云：南思洞庭水，北想雁門關。故用對岳陽樓三字乃真實呼稱之名也。其言昔聞洞庭水，則以吴起有昔者三苗之居之言，此所以爲昔聞歟。若兩句之勢，則又似庾信矣。

〔二〕次公曰：吴與楚，地境相接。吴楚兩字，前漢：孝景三年，吴楚反。故對乾坤。乾坤兩字在易繫辭多矣。吴楚東南坼，實道洞庭闊遠之壯。乾坤日夜浮，句法蓋言在乾坤之内，其水日夜浮也。與乾坤一腐儒、乾坤水上萍之勢同。或者便用宋何承天論渾天象體之説，有曰：天形正圓，而水居其半。地中高外卑，水周其下，乃謂水浮乾坤。而公之詩句似云乾坤於日夜之間，在洞庭水中浮謬矣。何承天之説，自是渾天。其言天地之外都是水，則用言四海可也，豈於洞庭而可言乎？又況何承天亦論天者之一説耳。蘇東坡云乾坤浮水水浮空，則乃杜公之義。又如東南與日夜字，若論出處，其東南字，則周禮職方氏東南曰揚州。日夜字，則吕氏春秋云：水泉東流，日夜不休。而謝玄暉詩有云大江流日夜也。又若東南坼、日夜浮之語，亦自有所依傍。其東南坼，則秦始皇十六年，地坼東西百三十步，故又可挨傍爲東南坼也。其日夜浮，則如親友日夜疏，左太沖緑葉日夜黄之勢。此頷聯兩句非止雄健，而字典實如此。

【校】而水居其：下奪半字，據九家注補。

〔三〕次公曰：親朋字，則如宋謝瞻謂其弟晦曰：交遊不過親朋，而汝遂勢傾朝野，豈門户之福邪？　老病字，則前漢有云以老病罷、以老病乞骸骨也。　一字出處，則如褒之一字，貶之一字也。　孤舟出處，則陶潛云或棹孤舟也。不謂之無兩字無來處乎？

〔四〕次公曰：關山北，則言在長安一帶也。而關山字，則古樂府有關山月篇矣。　戎馬字，老子云：戎馬生於郊。憑軒字，王仲宣登樓賦云：憑軒檻以遠望，向北風而開襟。　涕泗流三字，張孟陽云登崖遠望涕泗流也。杜公詩比之孟浩然，其句中使字類多不閑如此。

邵子降簡謂次公曰：孟公、杜公詩如此其佳，他如可朋、李端皆有洞庭湖詩，其爲何如？次公曰：體格卑弱，直是無取。可朋曰：周極八百里，凝眸望則勞。水涵天影闊，山拔地形高。賈客停非久，漁翁轉幾遭。颯然風起處，又是鼓洪濤。李端曰：白日連天暮，洪波帶月流。風高雲夢夕，月滿洞庭秋。沙上漁人火，煙中賈客舟。西園與南浦，萬里共悠悠。朋之破題望則勞三字是何等語！端之破題緊欲造巧句，而白日連天暮直是害義。蓋言日暮，則暮天矣，豈有日與天俱暮之説乎？夫洞庭之中，遥望君山一點耳，朋之頷聯山拔地形高豈足形容之。若言湖外之山，則洞庭七百里矣，其山豈容見其拔而言高乎？既是賦洞庭詩，而端之頷聯月滿洞庭秋，何至犯題也？又特依倣孟浩然之勢，與之生光矣。又疊用月字，不工之甚。實字豈可纍也！如賈客停非久，漁翁轉幾遭，是何等語！沙上漁人火，煙中賈客舟，乃小兒子之句，雖江、河、淮、濟之詩皆可。腹聯如此，殊無己身之興，如孟如杜也。朋之落句近乎譏罵，端之落句，所指西園、南浦，不分明，又不如孟之託意於羨魚，而杜之臨風憂國也。邵子曰：叟善論詩。復曰：叟能爲賦之乎？次公曰：不可。邵强之。輒作登岳陽樓一首云：下瞰平湖水，新秋波未生。天涵青影遠，日浴赤輪明。擬作扁舟去，慚無寸效成。中原隔氛祲，回首淚如傾。邵子笑曰：誠朋、端之上，而孟、杜之亞矣。新秋波未生，叟豈取月賦之言深秋乃曰洞庭始波，而翻用之乎？天涵青影遠字勝可朋闊字。朋云：水涵天影闊，又冗水字矣。叟云浴日，豈以樓正面見東南，且暗以咸池比之乎？擬作扁舟去，慚無寸效成。叟豈取范蠡功既成遂扁舟遊五湖之事，而又翻用之乎？又足以見叟之志。此等語句皆於洞庭爲有情。末句亦杜公憂國之念，正今日事矣。請併附於解後。次公用其説而録之。

【校】叟善論詩：明鈔本此下五叟字咸書作傻，而又塗去左偏旁作叟。

陪裴使君登岳陽樓一首（近體詩）

湖闊兼雲霧，樓孤屬晚晴〔一〕。禮加徐孺子，詩接謝宣城〔二〕。雲岸叢梅發，春泥百草生〔三〕。敢違漁父問，從此更南征〔四〕。

〔一〕次公曰：上句蓋言非特水闊，而雲霧與之俱闊也。下句蓋言恰當晚晴，則樓上所見之遠也。

〔二〕次公曰：徐孺子，公自比也。後漢：徐穉字孺子，豫章南昌人也，屢辟公府不起。陳蕃爲太守，以禮請署功曹。穉不免之，既謁而退。蕃在郡不接賓客，唯穉特設一榻，去則懸之。謝宣城，蓋以比裴使君也。謝朓字玄暉，爲宣城郡太守，最能詩矣。

〔三〕次公曰：兩句實道眼前景物也。叢梅發，則新春盛發之梅。百草生三字，莊子云：春氣至而百草生。

〔四〕次公曰：漁人問事，屈原至於江濱，被髮行吟澤畔，顔色憔悴，形容枯槁。漁父見而問之曰：子非三閭大夫歟？何故而至此？屈原曰：舉世混濁我獨清，衆人皆醉我獨醒，是以見放。漁父曰：夫聖人者不凝滯於物，而能與世推移。舉世混濁，何不隨其流而揚其波？衆人皆醉，何不餔其糟而啜其釃？何故懷瑾（掘）〔握〕瑜而自令見放爲？屈原曰：吾聞之：新沐者必彈冠，新浴者必振衣。人又誰能以身之察察，受物之汶汶乎！寧赴常流而葬於江魚腹中耳，又安能以皓皓之白而蒙世之温蠖者乎！於是懷石遂自投汨羅以死。公今云：敢違漁父問，則不欲效屈原之死，所以遵漁父之語，且混世而南征矣。南征者，征往南方也。屈原云：濟沅湘以南征，就重華而陳辭。宋玉招魂云：獻歲發春兮，汨吾南征。而梁張纘有南征賦。

【校】掘瑜：四部叢刊本楚辭補注作握瑜。

贈韋七贊善一首（近體詩）

鄉里衣冠不乏賢，杜陵韋曲未央前〔一〕。爾家最近魁三象，斗魁下兩相比，爲三台。時論同歸尺五天。俚語曰：城南韋杜，去天尺五。〔二〕北走關山開雨雪，南遊花柳塞雲煙〔三〕。洞庭春色悲公子，蝦菜忘歸范蠡舡〔四〕。

〔一〕次公曰：不乏賢三字，袁粲，字景倩。幼孤，祖哀之，曰：愍孫少好學，有清才。叔父淑雅重之，語子弟曰：我門不乏賢，慜孫必當復三公。

〔二〕次公曰：最近〔魁〕三（台）象，言其祖先爲三公也。

【校】三台象：當從正文作魁三象。

〔三〕次公曰：北走關山開雨雪，則韋七北來當雨雪時也。

〔四〕次公曰：末句言韋戀南地之蝦菜而忘歸，如范蠡之遊五湖也。洞庭春色四字，本朝安定郡王以黄柑釀酒，取以爲名。其猶子德麟得之，以餉東坡，而先生爲之作賦，後又有洞庭春色詩。

己帙卷之四

己酉大曆四年接岳州之春，離岳州而往潭州，以二月到潭，至春盡在潭所存之詩。

離岳州而往潭州。

過南岳入洞庭湖一首（近體詩）

次公曰：南岳，衡山也。在潭州之西南。今題蓋欲過往南岳而入洞庭湖以去也。

洪波忽爭道，岸轉異江湖〔一〕。鄂渚分雲樹，衡山引舳艫〔二〕。翠牙穿裛蔣，碧節上寒蒲〔三〕。病渴身何去，春生力更無〔四〕。壤童犂雨雪，漁屋架泥塗〔五〕。欹側風帆滿，微冥水驛孤〔六〕。悠悠回赤壁，浩浩略蒼梧〔七〕。帝子留遺恨，曹公屈壯圖〔八〕。聖朝光御極，殘孽駐艱虞。才淑隨廝養，名賢隱鍛鑪〔九〕。邵平元入漢，張翰後歸吳〔一〇〕。莫怪啼痕數，危檣逐夜烏〔一一〕。

〔一〕次公曰：爭道字，吳王濞之子與太子博，爭道。僕嘗愛此爭道字却用於洪波之下，可謂奇矣。

〔一〕次公曰：宿槳依農事，此言楚人於湖中種田，故船槳所宿之處依之也。郵籤報水程，則舟中所用以知時者也。漏籌謂之郵籤，古詩云鷄人司漏傳更籤是已。

〔二〕次公曰：倚薄，言依倚着泊也。謝靈運詩拙疾相倚薄，故對微明。其字則老子云是謂微明也。

〔三〕次公曰：末句蓋有念鄉之意。雁乃北征人之不如也。北征字，則班叔皮有北征賦也。

宿白沙驛初過湖五里一首（近體詩）

次公曰：既離湖，則自此上湘水矣，故當以上水遺懷古詩次之。謹按桑欽水經：湘水出零陵始安縣陽海山。而酈道元注其所歷地名有與杜詩相犯者云：湘水又北，逕衡山縣東。山在西南，山經謂之岣嶁山，爲南嶽也。衡山東南二面臨映湘川，自長沙至此江湘七百里中，有九背，故漁者歌曰：泛隨湘轉，望衡九回。又曰：湘水右岸銅官浦出焉。又曰：湘水又北，逕黄陵亭，上承太湖，湖水西流，逕二妃廟南，世謂之黄陵廟也。言大舜之陟方也，二妃從征，溺於湘江，神遊洞庭之淵，出入瀟湘之浦。又曰：湘水又北，逕白沙戍西。又曰：湘水東又北爲青草湖。又曰：湘水與沅水、微水、澧水，四水同注洞庭。酈道元之次如此。今杜公詩，此白沙驛之上有青草湖詩，有洞庭湖詩，下則有湘夫人廟詩，有銅宫諸守風詩。逆而言之，爲不紊矣。若白馬潭，若喬口，無所見，蓋亦必相次也。又其上水遺懷之下古詩，皆是春時（相）詩，相次無疑。但地名無所考，不能參錯近體詩爲先後，姑於上水遺懷之下以舊次湘夫人廟詩并祠南夕望詩次之，蓋水經所載湘夫人廟去白沙戍不甚遠也。於是併以所接上水遺懷古詩凡九篇次之，而後承之以登白馬潭已下近體詩六篇，即以望嶽古詩終焉，蓋望見衡山則將至潭矣。

水宿仍餘照，人煙復此停〔一〕。驛邊沙舊白，湖外草新青〔二〕。萬象皆春氣，孤槎自客星〔三〕。隨波無限月，的的近南溟〔四〕。

〔一〕次公曰：人煙字，曹子建云：千里無人煙。

〔二〕次公曰：驛邊沙舊白，則以白沙驛故也。　湖外草新青，則以青草湖故也，可謂巧矣。

〔三〕次公曰：客星事，張華博物志載：舊説天河與海通。近世有人居海渚者，年年八月浮槎去來不失期。人有奇志，立飛閣於槎上，多齎糧，乘槎而去。十餘日中猶覩星、月、日辰，自後茫茫忽忽，亦不覺晝夜。去十餘日，奄至一處，有城郭狀，屋舍甚嚴。遥望宫中多織婦。見一丈夫牽牛渚次飲之。牽牛人乃驚問曰：何由至此？此人具説其意，并問此是何處。答曰：君還，至蜀即訪嚴君平，則知之。竟不上岸。因還。如期，後至蜀問君平。曰：某年月日，有客星犯牽牛宿。計年月日，正是此人到天河時也。

〔四〕次公曰：的的者，月色之明的也。字出梁簡文帝傷離新體詩曰：朧朧月色上，的的夜螢飛。又梔子花詩云：的的半臨池。皆言色之白也。　近南溟，則公必南征矣。

上水遣懷一首（古詩）

次公曰：此自洞庭湖上湘江往潭州也。何以明之？句云嵩崒清湘石，逆行雜林藪可見矣。按桑欽水經：湘江出零陵（姑）〔始〕安縣陽海山。而酈道元注：湘水與沅水、微水、澧水，同注洞庭。此則往潭州者，自洞庭上湘江水矣。其上水也，是春時。何以明之？公陪裴使君登岳陽樓近體詩曰春泥百草生，則自洞庭上湘水乃春時矣。舊本於此上水遣懷詩下有遣遇云開帆駕洪濤，又曰春水滿南國。有解憂詩言盤灘事，雖無時節之語，而上水應有盤灘者矣。有宿鑿石浦詩云仲春江山麗，有早行詩云碧藻非不茂，亦可以言春。有過津口詩云南嶽自兹近，湘流東逝深。則將至潭州爲近南嶽，蓋衡山在潭州之西南也。又曰春江漲雲岑，乃明言其春。有次空靈岸詩云青春猶無私，有宿花石戍云春熱西日暮，有早發詩云仰慚林花盛，有次晚洲詩云危沙折花當。於是却以近體詩登白馬潭而下，至雙楓浦次之，乃始次以望嶽。蓋至潭州，則見衡山出矣，故皆從舊次。　今此上水遣懷詩四段：自我衰太平時至常如中風走十四句，泛敘其衰病流落之〔熊〕〔態〕；自一紀出西蜀，至逆行雜林藪十四句，專敘其由蜀如楚之事；自篙工密逞巧，至何事獨罕有八句，因言操舟之神以起經濟之譬；自蒼蒼衆色晚，至吞聲混瑕垢八句，專言行路之難，有熊、蛇、羆、虎之虞，亦因以譬寇盜之充斥也。

【校】姑安縣：文學古籍刊行社影印永樂大典本水經注作始安縣，是。　流落之熊：九家注熊引作態，是。

我衰太平時，身病戎馬後。蹭蹬多拙爲，安得不皓首。驅馳四海内，童稚日餬口〔一〕。但遇新少年，少逢舊親友。低顔下色地，故人知善誘〔二〕。後生血氣豪，舉動見老醜〔三〕。窮迫挫曩懷，常如中風走〔四〕。一紀出西蜀，於今向南斗〔五〕。孤舟亂春華，暮齒依蒲柳〔六〕。冥冥九疑葬，聖者骨亦朽〔七〕。蹉跎陶唐人，鞭撻日月久〔八〕。中間屈賈輩，讒毁竟自取〔九〕。鬱没二悲魂，蕭條猶在否？崷崒清湘石，逆行雜林藪〔一〇〕。篙工密逞巧，氣若酣杯酒。歌謳互激遠，回斡明受授〔一一〕。善知應觸類，各藉穎脱手。古來經濟才，何事獨罕有〔一二〕。蒼蒼衆色晚，熊挂玄蛇吼。黄羆在樹顛，正爲羣虎守〔一三〕。羸骸將何適，履險顏益厚〔一四〕。庶與達者論，吞聲混瑕垢〔一五〕。

〔一〕次公曰：童稚日餬口，言盡室征行，諸子止食饘而已。童稚字，後漢鄧禹傳：父老童稚，垂髮戴白，滿其車下。左傳：許公曰：寡人有弟，而使餬其口於四方。注：餬，饘也。

〔二〕次公曰：低顏下色地，故人知善誘，言遇新少年，每低顏下色，不敢介亢，故人見之者，亦知我以善誘爲心耳。顏淵曰：夫子循循然善誘人。故人兩字，申言舊親友者也。

〔三〕次公曰：後生血氣豪，舉動見老醜，又以言新少年如此。血氣字，則論語云：血氣方剛也。老醜字，倒用阮籍詩：朝爲媚少年，夕暮成醜老。

〔四〕次公曰：窮迫字，倒用莊子云：迫窮禍患。挫曩懷，則挫其平生之豪氣也。如中風走，則爲風狂之人矣。朱叔元與彭寵書云：伯通獨中風狂走耳。

〔五〕次公曰：公自乾元二年歲在己亥入蜀以居，至今大曆五年歲在庚戌離蜀而在楚地，乃南斗之分，恰十二年。於是通言之，故云一紀出西蜀，於今向南斗。

〔六〕次公曰：暮齒依蒲柳，言晚年之景，依依蒲柳也。舊注引世説：顧悦與簡文帝同年而蚤白。簡文曰：卿何以先白？對曰：松柏之姿經霜而茂，蒲柳之姿望秋而落。止是衰如蒲柳，而無暮齒之實。杜時可補遺：北史韋世康與子弟書曰：耄雖未及，壯年已謝。霜早楸梧，風先蒲柳。其説是。

〔七〕次公曰：九疑葬事，山海經曰：蒼梧之川，其中有九疑山焉。九山相似，行者疑惑，故名之曰九疑，舜之所葬也。聖者，指言虞舜也。

〔八〕次公曰：陶唐，帝堯氏也。蹉跎陶唐人，則承舜葬之下，言自陶唐以來，時歲蹉跎，天下之人遭鞭撻之苦，其爲日月也久矣。蓋在國有誅求期會之急，在民有乖爭陵犯之變，斯所以致鞭撻也。

〔九〕次公曰：屈，則屈原；賈，則賈誼。屈以大夫上官靳尚之譖而沉於汨羅，賈以絳侯勃、灌嬰之害而謫於長沙，皆眼前楚地之可弔者也。

〔一〇〕次公曰：經清湘石而逆行，則公在潭而往矣。

〔一一〕次公曰：回斡者，回動斡轉其船也。字則謝惠連詠牛（如）〔女〕詩：傾河易回斡。明受授，則船之首尾皆有所操之職，而相呼相命，以求水脈，此之謂受授。

【校】詠牛如詩：如字顯誤，據影胡刻本文選改。

〔一二〕次公曰：四句所以起經濟之譬也。善能知此者，應能觸類以推，凡事皆藉鋒穎脱見之手，乃能妙絶也。然欲求經濟天下者，如操舟之妙，何獨罕有乎？蓋有才難之歎矣。善知字，如佛家言善知識。觸類字，易云：引而伸之，觸類而長之。穎脱字，起於毛遂云：使遂蚤得處囊中，乃穎脱而出，非特其未見而已。經濟字，晉石苞傳：苞稍遷景帝中護軍司馬。宣帝問，苞好色薄行，以讓景帝。帝曰：苞雖細行不足，而有經國才略。夫貞廉之士，未必能經濟世務。宣帝意乃釋。

〔一三〕次公曰：衆色晚，則日暮矣。柳子厚亦云：蒼然暮色，自遠而至。乃此蒼蒼之義也。熊言掛，好掛於樹上也。詩義疏曰：熊能攀緣上高樹，見人則顛倒投地而下也。下又云黄羆在樹顛，却專爲守虎過往而食之。柳子厚作（熊）〔羆〕説云：鹿畏貙，貙畏虎，虎畏羆。羆之狀披髮人立，絶有力而善害人焉。楚之南有獵者，能吹竹，爲百獸之音。持弓矢，罌火而即之山爲鹿鳴，以感其類。伺其至，發火而射之。貙聞其鹿也，趨而至。其人恐，因爲虎而駭之。貙走而虎至。愈恐，則又爲羆。虎亦亡去。羆聞而求其類。至，則人也，捽搏挽裂而食之。今夫不善内而恃外者，未有不爲羆之食也。以子厚之説觀之，則公詩語意以羆升樹而守虎明矣。謂之黄羆，爾雅曰：羆如熊，黄白文。爲虎守，爲音于僞反，若讀從爲作之爲，則反是虎守羆矣。

〔一四〕次公曰：顔厚字，詩云：〔顔〕之厚矣。

〔一五〕次公曰：呑聲字，江淹恨賦云莫不飲恨以呑聲也。

【校】九家注下接：左傳：國君含垢，瑾瑜匿瑕。

湘夫人廟一首（近體詩）

次公曰：韓退之作黄陵廟碑，論舜二妃不應皆稱夫人，而公今題云湘夫人廟，則據是時所標廟號而云爾。至其詩，則無害於題廟而已也。今具載退之之説，庶學者知之。退之云：秦博士對始皇帝云：湘君者，堯之二女，舜妃者也。劉向、鄭玄亦皆以二妃爲湘君，而離騷九歌既有湘君，又有湘夫人。王逸之解，以爲湘君者，自爲水神；而謂湘夫人乃二妃也，從舜南征三苗不返，道死沅、湘之間。山海經云：洞庭之山，帝之二女居之。郭璞疑其二女者，帝舜之后，不當降小君爲其夫人，則以二女爲天帝之女。以余考之，璞與王逸俱失。堯之長女娥皇，爲舜正妃，故曰君，其二女女英，自宜降曰夫人也，故九歌辭謂娥皇爲君，謂女英爲帝子，各以其盛者推言之也。禮有小君、君母，名其正自得稱君也。

肅肅湘妃廟，空牆碧水春〔一〕。蟲書玉佩蘚，燕舞翠帷塵。晚泊登汀樹，微馨借渚蘋。

蒼梧恨不盡，染淚在叢筠〔二〕。

〔一〕次公曰：此篇甚明，而句法奇巧。肅肅湘妃廟，亦取詩肅肅在廟之勢。

〔二〕次公曰：末句蒼梧恨不盡，蓋世傳舜死葬蒼梧，二妃從之不及，溺死沅、湘之間。韓退之雖有辨云不可信，而公作此詩時，止據世傳之熟爲言爾。其云染淚在（湘）〔叢〕筠，見張華博物志云：舜死，二妃淚下染竹，即班。妃死爲湘水神，故曰湘妃竹也。

祠南夕望一首（近體詩）

百丈牽江色，孤舟泛日斜〔一〕。興來猶杖屨，目斷更雲沙。山鬼迷春竹，湘娥倚暮花〔二〕。湖南清絶地，萬古一長嗟。

〔一〕次公曰：百丈字，公至此凡四用矣。其一曰百丈誰家上水船，又曰百丈内江船，又曰吴檣楚（施）〔舵〕牽百丈也。百丈字出，詳於句法義例。

〔二〕次公曰：山鬼字，以屈原九歌有山鬼之篇也，故對湘娥。事雖所謂湘夫人，而字則郭璞江賦協靈爽於湘娥也。鬼迷竹而娥倚花，亦是詩家當然。舊注於山鬼迷春竹下引山鬼詞云余處幽篁兮不見天，猶爲近似；至於湘娥倚暮花下，引湘君詞云擐薜荔兮水中，搴芙蓉兮木末，謬矣。此乃言水中無薜荔，木上無芙蓉。屈原以言己執忠信之行，以事於君，其志不合，猶入沱涉水而求薜荔，登山緣木而採芙蓉，固不可得之也。

遣遇一首（古詩）

磬折辭主人，開帆駕洪濤〔一〕。春水滿南國，朱崖雲日高〔二〕。舟子廢寢食，飄風爭所操〔三〕。我行匪利涉，謝爾從者勞〔四〕。石間采蕨女，鬻市輸官曹〔五〕。丈夫死百役，暮返空村號。聞見事略同，刻剥及錐刀〔六〕。貴人豈不仁，視汝如莠蒿〔七〕。索錢多門户，喪亂紛嗷嗷。奈何黠吏徒，漁奪成逋逃〔八〕。自喜遂生理，花時甘縕袍〔九〕。

〔一〕次公曰：磬折者，折腰如磬也。周公磬折以待白屋之士；孔子見漁父，曲腰磬折，是已。洪濤字，選詩云：泛舟越洪濤。

〔二〕次公曰：春水滿三字，陶潛詩春水滿四澤也。朱崖，海中之州也，賈捐之請罷擊者。遠言之，則以承南國之下也。

〔三〕次公曰：飄風爭所操，則藉風勢而行也。

〔四〕次公曰：利涉字，即易云：利涉大川。雖風濤中行舟，匪利涉之安，而乃舟子之效勞也。

〔五〕次公曰：鬻市，一作鬻菜，非。

〔六〕次公曰：聞見事略同，則所聞所見皆似此，應官曹之誅求也。錐刀字，左傳云：錐刀之末。刻剥及錐刀，則所刻剥，非止取其大者，雖錐刀之瑣末猶及之也。

〔七〕次公曰：貴人豈不仁，視汝如莠蒿，兩句通義，言爲貴人者豈是不仁，而以莠蒿視汝等耶？

〔八〕次公曰：其索錢多門户者，特喪亂之故，所以使嗷嗷，紛然之多也。就此索錢之中，更有黠吏者，以漁奪爲事，而成就民之逃竄矣。民之逃竄，乃黠吏驅之爾。此之謂成也。

〔九〕次公曰：花時可以單衣，不宜着緼袍，而甘緼袍則所以得遂生理，勝於逋逃之民也。

解憂一首（古詩）

次公曰：東坡先生云：減米散同舟至拳拳期勿替，杜甫詩固無敵，然自致遠以下句真村陋也。此最其瑕讁，世人雷同不復譏評，過矣，然亦不能掩其善也。東坡之説如此。然公之意，亦以藉衆力而濟險，猶資百慮而持危者矣，故曰理可廣也。

減米散同舟，路難思共濟。向來雲濤盤，衆力亦不細〔一〕。呀坑瞥眼過，飛櫓本無蒂〔二〕。得失瞬息間，致遠宜恐泥〔三〕。百慮視安危，分明曩賢計。兹理庶可廣，拳拳期勿替〔四〕。

〔一〕次公曰：雲濤盤，豈言雲濤之間盤轉米〔而?〕出，乃方言謂之盤灘者乎？舊注云：雲濤盤，灘名，極爲險阻。恐只是臆度而附會其説，且觀詩句首云：減米散同舟，則減舟中之米而散與同舟之人，乃所以謝其用力也。謝其用力，豈不以盤灘之故耶？

〔二〕次公曰：呀坑者，漩坑如口之呀開者也。一作呀帆，則無義。無蔕字，班孟堅答賓戲云：上無所蔕，下無所根。

〔三〕次公曰，致遠恐泥，論語全句。

〔四〕次公曰：百慮與拳拳，出易。一則云百慮而一致，一則云見善拳拳而服膺也。勿替，出詩：勿替引之。

宿鑿石（蒲）〔浦〕一首（古詩）

【校】蒲：九家注作浦，本卷上水遣懷題解亦引作浦，當以浦爲正。

早宿賓從勞，仲春江山麗〔一〕。飄風過無時，舟楫敢不繫〔二〕。回塘澹暮色，日没衆星嘒〔三〕。缺月殊未生，青燈死分翳。窮途多俊異，亂世少恩惠〔四〕。鄙夫亦放蕩，草草頻卒歲〔五〕。斯文憂患餘，聖哲垂彖繫〔六〕。

〔一〕次公曰：江山麗三字，公又嘗曰遲日江山麗也。

〔二〕次公曰：莊子曰：泛乎若不繫之舟。風而不繫，則流蕩矣。

〔三〕次公曰：嘒字，詩云嘒彼小星也。

〔四〕次公曰：俊異之士既多在窮途，則膏澤不下於民，而亂世少蒙其恩惠。即非是亂世少恩惠以待俊異而致俊異之窮困。舊注所解之意非也。

〔五〕次公曰：卒歲字，詩云無衣無褐，何以卒歲也。

〔六〕次公曰：易曰：作易者其有憂患乎。斯文之中，以憂患之餘而垂世者，易也，彖繫之間可見矣。

早行一首（古詩）

歌哭俱在曉，行邁有期程〔一〕。孤舟似昨日，聞見同一聲。飛鳥數求食，潛魚何獨驚。前王作網罟，設法害生成〔二〕。碧藻非不茂，高帆終日征〔三〕。干戈未揖讓，崩迫開其情〔四〕。

〔一〕次公曰：行邁字，詩云：行邁靡靡。有期程者，期日之行程也。

〔二〕次公曰：舊本潛魚亦獨驚，師民瞻本作何獨驚，是。蓋言鳥數數出求食，所以自飽；魚既潛而猶驚，所以求安。而小民利之，網羅其鳥，罟罟其魚，害物之生成，此公所以反傷前王之設法也。易曰：作結繩而爲網罟，以佃，以漁。故公云爾。此直因眼前所見而言之。公於打漁歌曰：咫尺波濤永相失。又曰：暴殄天物聖所哀。皆仁人之用心也。舊注云：網罟，先王所以養民也，而後人反以爲業。賦斂，所以平民也，而後人反以害民。穿鑿非是。

〔三〕次公曰：碧藻非不茂，又是眼前所見，以爲可留連玩愛之物，而迫於高帆之征也。高帆字，梁劉孝威渡吉陽洲詩：幸息榜人唱，聊望高帆開。

〔四〕次公曰：崩迫開其情，則開放其情懷於終日征行之間也。公詩本自相貫，而舊注云：以干戈未寧，故崩迫而情僞日開。又是穿鑿。

過津口一首（古詩）

南岳自兹近，湘流東逝深〔一〕。和風引桂楫，春日漲雲岑〔二〕。回首過津口，而多楓樹林〔三〕。白魚困密網，黄鳥喧嘉音〔四〕。物微恨通塞，惻隱仁者心〔五〕。甕餘不盡酒，膝有無聲琴。聖賢兩寂寞，眇眇獨開襟〔六〕。

〔一〕次公曰：南岳，衡山也。酈道元注水經云：湘水又北，逕衡山縣東。山在西南，有三峯。山經謂之岣嶁山，爲南岳也。又云：衡山東南二面臨映湘川，自長沙至此江湘七百里中，有九背，故漁者歌曰：泛隨湘轉，望衡九回。今公詩言南岳近而繼以湘流深，則此之謂矣。

〔二〕次公曰：桂楫字，梁元帝烏棲曲云：沙棠作船桂爲楫，夜渡江南採蓮葉。對雲岑，其字未見。

〔三〕次公曰：楓樹林三字，阮籍詠懷云：湛湛長江水，上有楓樹林。舊注云：楓，木名。可笑！

〔四〕次公曰：白魚，白鯈魚也。鯈，音條，乃莊子與惠子遊於濠梁之上，而莊子曰鯈魚出游從容者也。崔豹古今注曰：白魚小，好羣游浮水上，名曰白萍。惟其小而羣，則密網之所取無遺。斯所以爲困也。對黄鳥喧嘉音，則詩所謂睍睆黄鳥，載好其音者。

〔五〕次公曰：白魚以羣而小困於密網，物之所以塞者也。黄鳥以和風春日之際而嘉音喧然，物之所以通者也。物之通塞，雖微不足道，而仁者於物每惻隱其困塞矣。孟子曰：惻隱之心，仁之端也。夫雖有惻隱之仁，而無救於白魚之困，則亦前篇所謂前王作網罟，設法害生成者矣。

〔六〕次公曰：於此有酒可飲，有琴可玩而思聖與賢兩皆寂寞，無與言者，則亦獨開襟而自適耳。無弦琴，即陶淵明有琴而無絃也。眇眇字，九歌曰：目眇眇而愁予。開襟字，王仲宣登樓賦：向北風而開襟。

【校】無弦琴：正文作無聲琴，而注作無弦琴解，姑仍其舊。開襟：九家注下接：無聲字，蓋禮記所謂無聲之樂。

次空靈岸一首（古詩）

沄沄逆素浪，落落展清眺〔一〕。幸有舟楫遲，得盡所歷妙。空靈霞石峻，楓栝隱奔峭〔二〕。青春猶無私，白日亦偏照〔三〕。可使營吾居，終焉託長嘯。毒瘴未足憂，兵戈滿邊徼〔四〕。嚮者留遺恨，恥爲達人誚。回帆覬賞延，佳處領其要〔五〕。

〔一〕次公曰：展眺字，謝靈運七里瀨詩云：晨積展遊眺。

〔二〕次公曰：奔峭字，謝又曰：孤客傷逝湍，徒旅苦奔峭。李善注云：淮南子曰：岸峭者必陀。許慎曰：陀，落也。然奔亦落之義。入彭蠡湖口詩曰圻岸展崩奔，與此同。選詩所注如此。今公云楓栝隱奔峭，則楓與栝之木，遮隱欲奔之峭岸間耳。

〔三〕次公曰：青春猶無私，則無處而無春華，所以爲無私。白日亦偏照，則山嶺障閡，日光不及，所以爲偏照。

〔四〕次公曰：兵戈滿邊徼，又以言吐蕃之兵，蓋連年寇靈州也。兵戈字，前漢戾太子贊：止息兵戈。而庾信周齊王碑序云：天官以邦國爲基，是司六典。夏官以兵戈爲主，專謀七德。

〔五〕次公曰：鄉者留遺恨，恥爲達人誚，豈公前日經此而不能久住，故有遺恨之留，而懷達者所誚之恥，故今則雖上水矣，仍回帆以覬望賞玩之遷延，而領佳處之要也。

【校】九家注下接：司馬相如傳：邊關益斥，南至牂柯爲徼。張楫注曰：徼，謂以木、石、水爲界者也。

宿花石戍一首（古詩）

午辭空靈岑，夕得花石戍〔一〕。岸疏開闢水，木雜今古樹〔二〕。地蒸南風盛，春熱西日暮〔三〕。四序本平分，氣候何迴互〔四〕。茫茫天造一作地間，理亂豈怕數〔五〕。繫舟盤藤輪，杖策古樵路〔六〕。罷人不在村，野圃泉自注〔七〕。柴扉雖蕪没，農器尚牢固〔八〕。山東殘逆氣，吴楚守王度〔九〕。誰能扣君門，下令減征賦〔一〇〕。

〔一〕次公曰：自上水遣懷而下古詩，一一自是上水詩分明。空靈岸、花石戍，雖不可考其地，要之皆上湘水耳。舊注輒云，空靈岸在歸州，花石戍在峽州。非特乖戾公經行之地，而却是下水矣，豈得前篇云浤浤逆素浪乎？

〔二〕次公曰：開闢水字，吴主嘗見呂岱説步隲，言北欲以沙囊塞江，每讀其表輒獨失笑：此江自開闢以來，寧可以囊塞之乎？　疏字，則又江賦云巴東之峽，夏后疏鑿之疏也。一作開闢山，則非特無出，而於疏字無義。古今樹字，孔稚圭詩：草雜今古色，巖留冬夏霜。故曰木雜古今樹，因此更生出魚龍開闢有，菱芡古今同之句。

〔三〕次公曰：上句言炎方之地蒸鬱，在南風之中爲盛。次句言凡暑熱之日，至日暮則須涼，今以炎方之地，故春熱在西，日暮而不息也。

〔四〕次公曰：兩句，宋玉九辯云：皇天平分四時兮，竊獨悲此凛秋。今公蓋言時方當春，在他處亦豈有熱？而今此地熱，則於四序爲回互矣。　回互字，海賦云：乖（⿱䜌土）〔蠻〕隔夷，回互萬里也。

【校】乖⿱䜌土：影胡刻本文選作乖蠻。

〔五〕次公曰：天造字，易曰：天造草昧。　前人云：治亂惟冥數耳。今公云理亂豈怕數，蓋立爲新説者也。意以爲在政之得失而已，故下有柴扉雖蕪没，農器尚牢固之句，則公之意在於務農重穀矣。

〔六〕次公曰：繫舟，則起於泛若不繫之舟。　杖策，則太王杖策去邠；又，魯仲連杖策而入海。

〔七〕次公曰：罷人，音疲。周禮云：以嘉石平罷民也。

〔八〕次公曰：柴扉字，范彦龍詩曰：日暮款柴扉。　農器，則史云：鑄劍戟以爲農器。

〔九〕次公曰：山東，今之河北也。杜牧云山東王不得不王，霸不得不霸，所以指言燕趙之地。今言殘逆氣，則以安史之亂雖已定，而大曆三年六月，兵馬使朱希彩殺其節度李懷仙，猶有逆氣存焉。吴楚之間知所尊王，乃當時之事矣。王度字，左傳云：遵我王度。

〔一〇〕次公曰：惟吴、楚守王度，故欲扣君門而與之減征賦也。

早發一首（古詩）

有求常百慮，斯文亦吾病。以兹朋故多，窮老驅馳併〔一〕。早行篙師怠，席挂風不正〔二〕。昔人戒垂堂，今則奚奔命〔三〕。濤翻黑蛟躍，日出黄霧映〔四〕。煩促瘴豈侵，頹倚睡未醒〔五〕。僕夫問盥櫛，暮顔靦青鏡。隨意簪葛巾，仰慚林花盛。側聞夜來寇，幸喜囊中淨。艱危作遠客，干請傷直性〔六〕。薇蕨餓首陽，粟馬資歷聘。賤子欲適從，疑悮此二柄〔七〕。

〔一〕次公曰：百慮字，易曰：易一致而百慮。斯文字，即孔子曰：天之喪斯文。有求常百慮，斯文亦吾病，公之意以爲有所求人，必多爲思慮，然吾以斯文自任，衆所共知，而亦爲吾病，何也？乃下句云以兹朋故多，窮老驅馳併也。蓋人以吾任斯文者，多是朋友故舊也。朋友故舊之多，散在他處，則欲見之自是驅馳頻併矣。

〔二〕次公曰：席挂字，海賦曰：挂帆席。蓋以席爲帆故也。

〔三〕次公曰：傳曰：千金之子，坐不垂堂；所以自珍愛也。今則何爲而奔命？蓋方奔命於驅馳，其與垂堂之戒不爲異乎？奔命字，傳云一歲七奔命，又云罷於奔命也。

〔四〕次公曰：張景陽詩云：黑蜧躍重淵。黑蛟躍，亦此之類。黄霧字，鮑明遠云騰沙鬱黄霧也。

〔五〕次公曰：張茂先曰：恬曠苦不足，煩促每有餘。今云煩促瘴豈侵，則言於此困於煩促，豈是瘴欲相侵乎？故摧頹倚薄而睡未醒也。

〔六〕次公曰：艱危作遠客，干請傷直性，又申上句有求常百慮，斯文亦吾病之意。

〔七〕次公曰：史記載：伯夷、叔齊不食周粟，隱於首陽山，采薇食之而餓死。又，六國以粟、馬資張儀、蘇秦，使之曆聘。一則餓以爲高，一則聘以爲榮，此二柄也。未知所適從，故疑悮而不決矣。此所以重自傷也。適從字，傳曰：一國三公，吾誰適從。二柄字，韓非子有二柄篇曰：明王之所導制其臣者，二柄而已矣。雖言刑與德，今公取字用耳。

次晚洲一首（古詩）

參錯雲石稠，坡陀風濤壯〔一〕。晚洲適知名，秀色固異狀。棹經垂猿把，身在度鳥上〔二〕。擺浪散帙妨，危沙折花當〔三〕。（霸）〔羈〕離暫愉悦，羸老反惆悵〔四〕。中原未解兵，吾得終疏放〔五〕。

【校】霸離：無義，當從注引羈離。

〔一〕次公曰：參錯字，謝靈運詩：臨圻阻參錯。故對坡陀。其字，則哀二世賦云：登坡陀之長坂。風濤字，顔延年詩：春江壯風濤。

〔二〕次公曰：垂猿字，張載論曰：白猿玄豹藏於樠檻，何以知其接垂條於千仞。則可謂之垂猿也。度鳥字，梁虞騫詩：澄潭寫度鳥，空嶺應鳴猿。又周庾信和同泰寺浮圖詩：幡摇度鳥驚。

〔三〕次公曰：散帙字，謝靈運詩：散帙問所知。折花字，則熟矣。

〔四〕次公曰：羈離暫愉悦，承折花之下，故暫爾愉悦也。

〔五〕次公曰：末句，中原未解兵，吾得終疏放，正傷時之擾攘，吾豈得終疏放而不憂懼且流落乎。舊注云：兵未解而得疏放，以不見用於世。非是。

登白馬潭一首（近體詩）

次公曰：此而下，如喬口、如銅官、如雙楓浦，其與上古詩諸地名，雖未知先後之次合如何，但以古詩一宗壓此近體詩一宗耳。

水生春纜没，日出野船開。宿鳥行猶去，叢花笑不來。人人傷白首，處處接金杯。莫道新知要，南征且未回〔一〕。

〔一〕次公曰：此篇甚明。惟末句新知要，言爲新知之所要也。楚辭云：樂莫樂於新相知。南征且未回，則公遂南征，不得爲新知所要而留耳。南征字，屈平曰：濟沅湘以南征，就重華而陳辭。

歸雁一首（近體詩）

聞道今春雁，南歸自廣州。見花辭漲海，避雪到羅浮〔一〕。是物關兵氣，何時免客愁。年年霜露隔，不過五湖秋〔二〕。

〔一〕次公曰：見花辭漲海一句，言其去時；避雪到羅浮一句，追本其所以來時也。漲海是海名。案南海、大海之別有漲海，謝（丞）〔承〕後漢書曰：交阯七郡，貢獻皆從漲海入。所以對羅浮。其山則在廣州。按記曰：羅浮山本一羅山，自蓬萊之峯浮來而合焉。二山隱天，惟石樓一路可登。有洞通勾曲，有璇房、瑶臺七十二所。

〔二〕次公曰：末句蓋言五湖霜雪之多，雁之不宜，故隔而秋不過也。

野望一首（近體詩）

納納乾坤大，行行郡國遥〔一〕。雲山兼五嶺，風壤帶三苗〔二〕。野樹侵江闊，春蒲長雪消。扁舟空老去，無補聖明朝〔三〕。

〔一〕次公曰：納納字，出楚辭。劉向九歎有曰：裳襜襜而含風兮，衣納納而掩露。雖言納身於衣之中，所以掩蔽霜露，而公今取以對行行，則公之意以納身天地之内猶納身於衣中之義耳。行行字，則古樂府行行重行行也。

〔二〕次公曰：是詩作於潭州，故云雲山兼五嶺，風壤帶三苗。五嶺字，張耳傳云：南有五嶺之戍。蓋其地連接潭州以往矣。鄧德明南康記曰：大庾嶺，一也；桂陽甲騎嶺，二也；九德都龐嶺，三也；臨賀葫渚嶺，四也；始安越成嶺，五也。顔師古曰：嶺者，西自衡山之南，東窮於海，一山之限耳，而標名則有五。三苗，古諸侯名，其國左洞庭而右彭蠡，正是潭州一帶之地。

〔三〕次公曰：野樹侵江闊，言樹侵江闊之旁。春蒲長雪消，言蒲長於雪消之後。空老去三字，亦常俗語之好者。此詩在舟行之際野望，或遷出在到潭之後出郊野望，皆無害於不出潭州耳。

入喬口長沙北界一首（近體詩）

漠漠舊京遠，遲遲歸路賒〔一〕。殘年傍水國，落日對春華〔二〕。樹（密）〔蜜〕早蜂亂，江泥輕燕斜〔三〕。賈生骨已朽，悽惻近長沙〔四〕。

〔一〕次公曰：漠漠，冥遠之貌，字出多矣。其與今詩相近者，如陸機樂府云命駕登北山，延佇望城郭。廛里一何盛，街巷紛漠漠也。舊京字，盧諶詩：南望舊京路。遲遲字，則孟子云：孔子去魯遲遲也。歸路字，則如陶淵明云：問征夫以前路。

【校】所引孟子一句，孟子盡心全句作：孟子曰：孔子之去魯，曰：遲遲吾行也。

〔二〕次公曰：殘年，非是冬殘之年，乃一身之餘耳也。公古詩云看射猛虎終殘年是已。水國字，周禮有山國、澤國之名。春華字，多矣，若摛藻掞春華者也。

〔三〕次公曰：樹（密）〔蜜〕字，杜田云：樹（密）〔蜜〕，椇也。引崔豹古今注曰：椇，一名樹（密）〔蜜〕，一名木餳。實形拳曲，核在實外。荆湘多此木，子美以記土地之所有也。其説是。且云，説者謂（密）〔蜜〕當作密，非也。若望兜率寺詩云：樹密當山徑，江深隔寺門。自當作密。次公謂：豈有樹密却對江泥邪？

【校】正文樹密及注文所引樹密字：九家注咸作樹蜜。今按，椇之果實味甜可食，于樹蜜爲有義。綜觀上下文，當以樹蜜爲正。

〔四〕次公曰：末句，賈生正是潭州事。賈誼以絳、灌之害，天子疏之，用爲長沙王傅。誼既以謫去，又值梁王墮馬死，自傷爲傅無狀，常哭泣，後歲餘亦死也。骨朽字，則老子曰：其人與骨，皆已朽矣。

銅官渚守風一首（近體詩）

次公曰：潭州長沙縣有銅官山，云楚鑄錢處，則此渚乃以是得名乎？

不夜楚帆落，避風湘渚間〔一〕。水耕先浸草，春火更燒山〔二〕。早泊雲物晦，逆行波浪慳〔三〕。飛來雙白鶴，過去杳難攀〔四〕。

〔一〕次公曰：不夜楚帆落，言未至侵夜而落帆，非是不夜城之字。彼所謂不夜，則言其通夕明矣。

〔二〕次公曰：水耕先浸草，春火更燒山，紀楚俗之事也。

〔三〕次公曰：逆行波浪慳，着慳字以押韻，其意謂有風則波浪暴起而不慳嗇，故欲逆行則等候風定而慳嗇時。然未甚分曉，以俟明識。

〔四〕次公曰：末句飛來雙白鶴五字，全語。公今用之再矣。古詩云：飛來雙白鶴，乃從西南來。而古樂府又以爲題也。杜田所引是，而載辭爲冗矣。過去杳難攀，則以阻風而羨其飛矣。

北風 新康江口，信宿方行 一首 （近體詩）

春生南國瘴，氣待北風蘇。向晚霾殘日，初（霄）〔宵〕鼓大鑪〔一〕。爽攜卑濕地，聲拔洞庭湖〔二〕。萬里魚龍伏，三更鳥獸呼。滌除貪破浪，愁絶付摧枯〔三〕。執熱沉沉在，凌寒往往須〔四〕，且知寬疾肺，不敢恨危途。再宿煩舟子，衰容問僕夫〔五〕。今晨非盛怒，便道即長驅〔六〕。隱几看帆席，雲山湧座隅〔七〕。

【校】初霄：無義，九家注作初宵，是。

〔一〕次公曰：向晚霾殘日，初（霄）〔宵〕鼓大鑪，言日晚之後蒸鬱也，所以成春生南國瘴之句。其用字，則霾字，爾雅云：風而雨土爲霾。實言昏曀之狀也。大鑪字，莊子云：以天地爲大鑪。言如大鑪之火，則蒸熱甚矣。鼓字，史云：鼓洪鑪以燎毛髮也。

〔二〕次公曰：爽攜卑濕地，聲拔洞庭湖，言風之清爽雄大如此也，所以成氣待北風蘇之句。其卑濕地，則漢書云長沙地卑濕，故用實對洞庭湖。攜者，若提攜之而去。拔者，若拔大木之拔。兩句句勢雖如孟浩然言洞庭湖云：氣蒸雲夢澤，波動岳陽城。而句法雄健，用言潭州之風。范元實所謂：雖聖人生不可改矣。

〔三〕次公曰：此四句皆以言風。魚龍懼而藏伏，鳥獸驚而呼鳴，則風之勢可知矣。破浪字，南史：宗慤云：願乘長風破萬里浪。摧枯字，史云：若摧枯拉朽。喜於滌除煩鬱，則貪其破浪，然其所可愁絶，但付之摧枯耳，無害於事也。觀下句可見。

〔四〕次公曰：兩句則又尚苦熱，反須凌寒也。

〔五〕次公曰：再宿字，出左傳：再宿爲信。舟子字，出詩：招招舟(予)〔子〕。舊注引江賦：舟子於是搦棹。在後矣。僕夫字，詩：召彼僕夫。

〔六〕次公曰：盛怒字，指言風也。宋玉風賦：盛怒於土囊之口。便道字，史云：便道之官。長驅字，如漢書：擁篲長驅。晉書：卷甲長驅。

〔七〕次公曰：隱几字，孟子云：隱几而卧。莊子云：隱几而坐。帆席字，海賦云挂帆席也。末句雲山湧，則言浪如之矣。六句公以自言其遇風之事矣。

雙楓浦一首（近體詩）

輟棹青楓浦，雙楓舊已摧〔一〕。自驚衰謝力，不道棟梁材〔二〕。浪足浮紗帽，皮須截錦苔。江邊地有主，暫借上天回〔三〕。

〔一〕次公曰：此詩題是雙楓浦，公首句實道其事，而舊注引江水湛湛兮上有楓，何其誣杜公之謬邪。

〔二〕次公曰：兩句指言楓也，蓋直以楓爲人而自比以爲言矣。樹老而摧，如自驚駭其力衰謝，却不道材可充棟梁也。　衰謝字，劉孝標答郭峙書云：傾年事道盡，容髮衰謝。　棟梁字，則如榕棁之材，不荷棟梁之任。　力與材字所貼之義，當然矣。

〔三〕次公曰：〔四〕句通是一段。　浪足浮紗帽，以言浦水之浪。皮須截錦苔，以言楓樹之皮。　兩句用引末句之意，蓋雙楓雖摧而在浦旁，今欲乘此楓泛江而上天。於此戴紗帽而浮其上，則浦水之浪自足浮之。楓皮上有苔蘚，不能不滑，故須截去錦苔而後可乘也。師民瞻本作皮足浮紗帽，根宜截錦苔，無義矣。　若地有主字，起於地主，祖出越語：越王以會稽三百里爲范蠡地，曰：後世有敢侵蠡之地者，皇天后土，四鄉地主正之。其在人言地主，則如吴書（係）〔孫〕奂〔傳〕：黄武五年，權攻石陽，奂以地主使所部將軍鮮于丹率五千人先斷淮道。權喜歎之。　若上天回字，則又用乘槎事。張華博物志載：舊説天河與海通。近世有人居海渚者，年年八月有浮槎往來不失期。人有奇志，立飛閣於槎上，多齎糧，乘槎而去。十餘日中猶覩日月星辰，自後茫茫忽忽，亦不覺晝夜。奄至一處，見丈夫牽牛，渚次飲之。牽牛人乃驚問曰：何由至此？此人俱説來意，并問此是何處。答曰：君還蜀問嚴君平則知之。竟不上岸。因還如期。後至蜀問君平，曰：某年月日，有客星犯牛斗宿。計年月日，正是此人到天河時也。

望嶽一首（古詩）

次公曰：嶽者，南嶽衡山也。按樂史寰宇記：衡山，在潭州之湘潭縣。以其宿當翼軫，度應機衡也。而王存九域志：湘潭縣在州南一百六十里。衡山應又在其外矣。今題云望嶽，則將過湘潭而望之也。

南嶽配朱鳥，秩禮自百（里）〔王〕〔一〕。欻吸領地靈，鴻洞半炎方〔二〕。邦家用祀典，在德非馨香〔三〕。巡守何寂寥，有虞今則亡〔四〕。洎吾隘世網，行邁越瀟湘〔五〕。渴日絶壁出，漾舟清光旁〔六〕。祝融五峯尊，峯峯次低昂〔七〕。紫蓋獨不朝，爭長嶪相望〔八〕。恭聞魏夫人，羣仙挾高翔〔九〕。有時五峯氣，散風如飛霜。牽迫限脩途，未暇杖崇岡。歸來覬命駕，沐浴休玉堂〔一〇〕。三歎問府主，曷以贊我皇。牲璧忍衰俗，神其思降祥〔一一〕。

【校】百里：注引作百王，且作百王解，當從注文所引作百王。

〔一〕次公曰：荆州記曰：衡山者，五嶽之南嶽也。下踞離宫，攝位火鄉。赤帝館其嶺，祝融託其陽，故號曰南嶽。今云配朱鳥者，朱鳥南方之宿故也。蓋井、鬼、柳、星、張、翼、軫七星在南方，而井、鬼爲鶉首，柳爲鶉火。爾雅曰：柳謂之咮。注，朱鳥之口也。星、張爲鶉火，翼、軫爲鶉尾。又曰：鳥帑已上七星總曰朱鳥。前漢天文志曰：南宫朱鳥，權、衡。今南嶽在南，斯所以配朱鳥矣。秩禮自百王，秩，則尚書咸秩無文之秩。秩者，等也。所謂五嶽視三公，四瀆視諸侯是已。等秩之禮，其來久矣，故云自百王。

〔二〕次公曰：欻吸字，江文通雜擬詩欻吸鵾鷄悲。注云：猶俄頃也。又，謝朓松風賦云養風飈之欻吸，則翕忽之義，故對洪洞。其字則王褒四子講德論云：洪洞朗天。則言天地之神光洪洞相通，明朗於天也。又，洞簫賦：風洪洞而不絶。地靈字，祖出大戴禮，有集地之靈；而顔延年詩云邑社總地靈，故對炎方。其字出選。

〔三〕次公曰：在德非馨香，即書所謂黍稷非馨，明德惟馨也。

〔四〕次公曰：書舜典曰：五月，南巡狩，至于南嶽。故云巡守何寂寥，有虞今則亡。

〔五〕次公曰：公之所以行邁者，以世網隘窄，故欲曠懷於江湖之上也。行邁字，詩云：行邁靡靡。

〔六〕次公曰：濁日絶壁出，謂之濁日，則難逢日霽，以望其峯，於日如濁也，蓋如濁雨之濁。盛弘之荆州記曰：衡山有三峯極秀。一峯名芙蓉峯，最爲竦桀，自非清霽素朝不可望見。又云：紫蓋峯者，天景明，輒有一隻白鶴回翔其上。則望日之如濁也如此。絶壁字，謝靈運詩曰辰策尋絶壁也。漾舟清光傍，清光，則日之清光也。又所謂清霽素朝者歟？

〔七〕次公曰：考衡山記，其可稱者有芙蓉峯，有紫蓋峯，有石囷峯。而韓退之詩曰：紫蓋連延接天柱，石廩騰擲堆祝融。則又有天柱峯、祝融峯，其爲五峯矣。舊注輒以朱陵字補之爲峯名。此乃荆州記云衡山朱陵之靈臺一句，非言峯也。

【校】竦桀：桀字明鈔闕文，據草堂藏本補。

〔八〕次公曰：爭長字，左傳：滕侯、薛侯來朝爭長也。

〔九〕次公曰：恭聞字，周庾信西門豹廟詩曰：恭聞正直祀，良識佩韋心。魏夫人事，杜田補遺云：夫人諱華存，字賢安，晉司徒舒之女也。夫人幼純讀書，喜神仙。服胡麻散、伏靈丸。居多與家人異處。年二十四，父母彊嫁太保掾劉文。其後，四仙人降之，年如二十餘，車從鮮盛。自稱太極真人、方諸青童、暘谷神王、清虚真人。夫人既與仙者遊，盡傳其秘術，故歷年雖多而容貌不衰。咸和八年終，壽八十三。舊傳以謂夫人實不死，以杖代尸而升天。扶桑大帝君授夫人玉札金文之書，以爲子虚元君上真司命金闕君。又授青瓊之版，丹録之文，治南嶽，秩比仙公，賜曲晨飛蓋以遊九宫。蓋范邈所載如此，杜之引是，其詳在太平廣記所載集仙録矣。又引南史隱逸傳：鄧先生，名郁，隱居衡山極峻之嶺。神仙魏夫人忽來降臨。乘雲而至，從少嫗三十，並著絳紫羅繡桂襹，年皆可十七、八許，色艷桃李，質勝瓊瑤。謂郁曰：君有仙分，所以故來尋。當相候。其所引又是羣仙，則所謂四仙人、三十少嫗者矣。

〔一〇〕次公曰：玉堂，神宇之堂也。舊注引吴都賦云：玉堂對霤，石室相距。注：皆仙人所居。其説是。又云，玉堂府主所居。自爲惑亂矣。既休玉堂，由此往問府主，自不相妨。

〔一一〕次公曰：末句牲璧忍衰俗，則牲與璧之費，衰俗不忍具之，而府主忍費於衰俗之中也。

二月至潭州

小寒食日舟中作一首（近體詩）

佳辰彊飲食猶寒，隱几蕭條戴鶡冠〔一〕。春水船如天上坐，老年花似霧中看〔二〕。娟娟戲蝶過閑幔，片片輕鷗下急湍〔三〕。雲白山青萬餘里，愁看直北是長安。

〔一〕次公曰：佳辰雖彊飲而食猶是寒物，此爲小寒食言之也。鶡冠者，隱人之冠也。袁淑真隱傳：鶡冠子，或曰楚人，隱居幽山。衣敝履空，以鶡爲冠，莫測其名，因服成號。著書言道家，馮諼常師事之，後顯於趙。鶡冠子懼其薦己也，乃與諼絶。舊注引漢虎賁武騎皆鶡冠，誤矣。

〔二〕次公曰：有士夫傳黄魯直云：前人詩有水面船如天上坐，杜公改一春字而精神炯然，可謂點鐵成金。魯直之言如此，但學者未見前人何人詩也。次公獨見沈佺期釣竿篇亦曰：人如天上坐，魚似鏡中懸。豈正是此句而傳者不審邪？

〔三〕次公曰：世有王立之詩話，載老杜家諱閑，而詩中有云：〔翩翩〕〔娟娟〕戲蝶過閑幔。或云，恐傳之謬。又有晏王使君宅詩云：泛愛憐霜鬢，留歡卜夜閑。一云上夜關。余以謂皆當以閑字爲正，臨文恐不自以爲避也。立之之説如此。若次公則以上夜關於義方活。具本詩解。今則當以閑字爲正，乃臨文不諱之説。

【校】翩翩：當從正文作娟娟。

清明二首（近體詩）

次公曰：此詩在潭州作，蓋今歲大曆四年之清明也。潭州，舊曰湘州。隋改爲潭，取昭潭名之。今公詩中使定王城賈誼井事，所以知其在潭州作。公於今年春發岳陽，泛洞庭，至潭州，遂留終歲。而次年春發長沙，入衡陽，有二月紀行諸詩。則在湘潭見清明者，今歲四年也。

朝來新火起新煙，湖色春光淨客船〔一〕。繡羽銜花佗自得，紅顔騎竹我無緣〔二〕。胡童結束還難有，楚女腰支亦可憐〔三〕。不見定王城舊處，長懷賈傅井依然〔四〕。虚霑焦舉爲寒食，實藉君平賣卜錢〔五〕。鍾鼎山林各天性，濁醪粗飯任吾年〔六〕。

右一

〔一〕次公曰：按唐制，清明日賜百官新火。楊巨源有清明詩曰：榆柳芳辰火，梧桐今日花。賈島詩曰：晴風吹柳絮，新火起廚煙。皆新火之證也。以其繫舟在湘岸，故云湖色春光淨客船。羅君章湖中記曰：湘水之出於陽朔，則觴爲之舟。至洞庭，日月若出入於其中也。此湘水之連於洞庭矣。

〔二〕次公曰：繡羽者，眼前所見文禽也。銜花亦是禽之實事。唐人詩有云：鳥銜花落碧巖前。若其字，則於佛書又有鹿苑銜花之類。師民瞻本作衝花，雖無害於義，然以對騎竹，則衝花爲無出。蓋騎竹者，小兒以竹爲戲。後漢郭伋傳：童兒數百各騎竹馬於道路迎伋。李賀詩亦云竹馬梢梢騎緑尾也。若紅顔者，少年之顔。公詩又曰自倚紅顔能騎射也。繡羽(御)〔銜〕花，紅顔騎竹，此清明之景，而妙處在佗自得、我無緣六字。蓋鳥銜花而自得，人之弗如也；稚子騎竹之戲，我不復然，則老者之弗如也。

〔三〕次公曰：胡童結束，似指言陝西之事，蓋彼中有胡商居焉，則宜有之矣。今於荆湖，既難有矣，而可憐者，楚女腰支而已。

〔四〕次公曰：定王，則長沙定王。賈傅，賈誼也，爲長沙王太傅。井事，舊注，今長沙賈誼廟中有井存焉。退之井詩云賈誼宅中今始見，而杜田補遺云，盛弘之荆州記曰：湘州南寺之東賈誼宅有井，小而深，上斂下大，狀似壺，即誼所穿井。誼宅今爲陶侃廟，種柑猶有存者。庾穆之湘州記同此。杜之説皆是。大率雖爲陶侃廟，其實誼宅耳，故退之亦稱誼宅也，但舊注模棱爲賈誼廟。

〔五〕次公曰：焦舉，後漢：周舉稍遷并州刺史。太原一郡，舊俗以介之推焚骸，有龍忌之禁，至其亡月，咸言神靈不樂舉火，由是士民每冬中輒一月寒食，莫敢煙爨。老小不堪，歲多死者。舉既到州，乃作弔書以置子推之廟，言盛冬去火，殘損民命，非賢者之意。以宣示愚民，使還温食。於是衆惑稍解，風俗頗革。公詩意亦是用此。似言寒食舉火而得温食，甚爲所宜，然當客寄，不足於饌，爲虚霑耳，故有下句百錢之須也。然却謂之焦舉，豈一時之誤，或傳寫之錯，或别有姓焦名舉事出乎？　又今時寒食，非在二月，則在三月，而謂之盛冬去火殘損民食，又所不解，以俟博聞。　下句之意，昔阮宣子以百錢掛於杖頭，詣酒家飲。公意以雖百錢而難得，亦須如嚴君平賣卜而後得之。嚴君平卜筮於成都市，以爲卜筮者賤業，而可以惠衆人。有邪惡非正之問，則依蓍龜爲言利害。與人子言，依於孝；　與人弟言，依於順；　與人臣言，依於忠。各因執導之以善，從吾言者已過半矣。裁日閲數人，得百錢足自養，則閉肆下簾而授老子。此兩事合用也。

【校】損民食：九家注作損民命。

〔六〕次公曰：擊鐘而食，列鼎而享，此鐘鼎之義，富貴人之事也。　山林，則隱逸之人雖處貧賤而甘之，則與好富貴者皆天性耳。既無盛饌矣，姑爲粗飯而已。　濁醪，則以終百錢爲飲之義。

此身飄泊苦西東，右臂偏枯半耳聾〔一〕。寂寂繫舟雙下淚，悠悠伏枕左書空〔二〕。十年蹴踘將雛遠，萬里鞦韆習俗同〔三〕。旅雁上雲歸紫塞，家人鑽火用青楓〔四〕。秦城樓閣煙花裏，漢主山河錦繡中。風水中來洞庭闊，白蘋愁殺白頭翁〔五〕。

右二

〔一〕次公曰：下句雖道其事，而偏枯字出素問，黄帝之言風曰：或爲偏枯。　右臂字，則莊子云，浸假化予右臂以爲彈。

〔二〕次公曰：書空事，殷浩雖被黜放，口無怨言，夷神委命，談詠不輟。雖家人不見其有流放之慼，但終日書空作咄咄怪事四字而已。以右臂偏枯，故書空用左也。

〔三〕次公曰：蹴踘、鞦韆，皆觸處清明之風俗也。按，清明與寒食相接，太平總類於寒食門，載劉向別録曰：寒食蹴踘，黄帝所造，本兵勢也。又載古今藝術圖曰：寒食鞦韆，本北方山戎之戲，以習輕趫者也。二事在公時雖風俗之常，然而字無出處，公未嘗敢用。今上句言攜妻子在外見清明者十年矣。　將雛字，古樂府有鳳將雛之曲。成公綏嘯賦又云：似鴻雁之將雛。下句則言其去鄉之遠也。

〔四〕次公曰：旅雁之歸，亦清明時事。紫塞字，崔豹古今注：秦所築長城土皆紫也，漢塞亦然，故稱紫塞。　鑽火事，清明變火，蓋用榆柳。時訓曰：春取榆柳之火。故楊巨源清明詩云：榆柳芳辰火，梧桐今日秋。今云用青楓，則楚地多楓也。

〔五〕次公曰：四句則懷長安而歎其在湘潭也。　白蘋字，梁柳惲江南曲曰：汀洲採白蘋，日落江南春。　白頭翁字，熟矣。如（壺關三老）〔車千秋〕上書曰：夢白頭翁教之。而魏文帝書曰：已成老翁，但未頭白耳。

【校】白頭翁教之：檢漢書，壺關三老無此語，語在車千秋傳中。

風雨看舟前落花戲爲新句一首（古詩）

江上人家桃樹枝，春寒細雨出疏籬。影遭碧水潛勾引，風妬紅花却倒吹〔一〕。吹花困癲傍舟楫，水光風力俱相怯〔二〕。赤憎輕薄遮入懷，珍重分明不來接〔三〕。濕久飛遲半欲高，縈沙惹草細於毛。蜜蜂胡蝶生情性，偷眼蜻蜓避伯勞。

〔一〕次公曰：此篇句新奇而義甚明。勾引字，古樂府薄命篇云：艷花勾引落。

〔二〕次公曰：水光字，庾信畫屏風詩有云：水光連岸動，花風合樹吹。風力字，梁劉孝儀帆度吉陽洲詩曰：挂帆乘浪華，噪鼓揚風力。

〔三〕次公曰：赤憎，是方言。公嘗云：生憎柳絮白於綿。生憎，亦方言也。輕薄字，公又嘗云輕薄桃花逐水流也。入懷字，雖有窮鳥入懷之類，而此乃梁武帝春歌曰階上香入懷，庭中花照眼也。遮之爲言，輒也。如遮莫鄰鷄下五更之遮。不來接，言不來相接也。師民瞻本作不來折，非。蓋全篇言落花耳，豈便復更言人之不折乎？

岳麓山道林二寺行一首（古詩）

玉泉之南麓山殊，道林林壑爭盤紆〔一〕。寺門高開洞庭野，殿脚插入赤沙湖〔二〕。五月寒風冷佛骨，六時天樂朝香鑪〔三〕。地靈步步雪山草，僧寶人人滄海珠〔四〕。塔劫宫墻壯麗敞，香廚松道清涼俱〔五〕。蓮花一作池交嚮共命鳥，金牓雙回三足烏〔六〕。方丈涉海費時節，玄圃尋河知有無〔七〕。暮年且喜經行近，春日兼蒙暄暖扶。飄然斑白身奚適，旁此煙霞茅可誅〔八〕。桃源人家易制度，橘洲田土仍膏腴〔九〕。潭府邑中甚淳古，太守庭内不喧呼〔一〇〕。昔遭衰世皆晦迹，今幸樂國養微軀。依止老宿亦未晚，富貴功名焉足圖。久爲野客尋幽慣，細學何顒免興孤〔一一〕。一重一掩吾肺腑，山鳥山花吾友于〔一二〕。宋公放逐曾題壁，物色分留與老夫〔一三〕。

〔一〕次公曰：麓山者，衡山之麓也。山足曰麓。麓山寺事，盛弘之荆州記曰：長沙西岸有麓山，其下有精舍，左右林嶺環回。林壑字，謝靈運詩：林壑斂暝色。承道林字下使林壑，此詩人之巧也。盤紆字，子虛賦：其山則盤紆茀鬱。而用林壑盤紆，則變張平子南都賦谿壑錯謬而盤紆也。

〔二〕次公曰：洞庭湖在岳州之前，赤沙湖在永州。酉陽雜俎云：勾容赤沙湖。今（衝）〔衡〕山之麓寺而云寺門高開洞庭野，殿脚插入赤沙湖，此廣大之語，而潭州之下流爲洞庭，上流乃永州，湘（州）〔水〕所從出，亦可以言矣。正猶夔州古柏行云：雲來氣接巫峽長，月出寒通雪山白。巫峽是夔相連，而雪山在蜀之西，月出之地也。赤沙湖三字是全語，湖名，用對洞庭野，以莊子有云黄帝張樂於洞庭之野也。又猶登岳陽樓云：昔聞洞庭水，今上岳陽樓。以吴起有云：昔者三苗之國，左彭蠡之波，右洞庭之水。有洞庭水三字，方敢對岳陽樓矣。

【校】湘州：九家注作湘水。

〔三〕次公曰：冷佛骨，故對朝香鑪。舊一作冷拂骨，非。蓋不惟不對，而骨却在人言之矣。朝香鑪，直言佛寺之香鑪耳。六時天樂朝之，則壁間所畫之天樂也。舊注云：香鑪峯，却是廬山事矣。

〔四〕次公曰：地靈字，先在大戴禮有集地之靈，而顔延年云邑社總地靈，故對僧寶。其字則佛、法、僧爲三寶也。雪山草事，楞嚴經云：雪山大力白牛，食其山中肥膩香草。此牛唯飲雪山清水，其糞微細可和合旃檀。滄海珠事，則如閻立本稱狄仁傑曰：可謂滄海遺珠矣。步步字，如謝希逸作宣貴妃誄，有龍逶遲於步步；梁元帝烏棲曲：那知步步香風逐。故對人人，則曹子建云：人人自謂握靈蛇之珠。

〔五〕次公曰：塔劫，則塔之層劫也。今語猶然，謂塔幾層爲幾劫矣，故對香廚，則禪刹中有香積廚也。皆實道其事耳。

〔六〕次公曰：共命鳥，阿彌陀經：極樂國常有迦陵頻伽共命之鳥。是諸衆鳥晝夜六時出和雅音。其音演暢五根、六力、七菩提、八聖道分如是等法。金牓字，出神異經：西方有宫，白石爲墻，五色黄門。有金牓而銀鏤，題曰天地少女之宫。淮南子曰：日中有踆烏。注云：三足烏也。雙回三足烏，蓋言大字之勢如此。

〔七〕次公曰：方丈涉海，則史記：海中有三神山，一曰方丈。而孫興公〔遊〕天台〔山〕賦序云涉海則方丈、蓬萊也。玄圃，崑崙山之别名，見葛仙翁傳。而尋河事，則禹本紀言：河出崑崙。自張騫使大夏之後，窮河源，烏覩所謂崑崙者乎！兩句以言方丈、玄圃遠在何處，皆不可得往，不若今岳麓寺之傍近可即而居也，故有下句桃源、橘洲之興。

〔八〕次公曰：誅茅，所以卜居也。字則楚辭云：寧誅鋤草茅，以力耕乎？

〔九〕次公曰：桃源，在今之鼎州。陶淵明集載晉太和中漁父得往事。易制度，言其宫室樸略，所以制度易爲也。舊注云，言世更變也。是何夢語！橘洲，在武陵，正亦鼎州武陵。圖〔注〕〔經〕云：橘洲在龍縣東北五十里二百步，周回三十里。吴〔志〕〔書〕孫休傳注載盛弘之荆州記云：李衡字叔平，仕吴爲丹陽太守。每欲理産業，妻習氏輒不聽從。衡密遣人於武陵龍陽縣泛洲種柑橘千株。臨死，語其子曰：汝母惡吾營家，故貧如此，然吾於武陵泛洲種千頭木奴，下責汝衣食，後當得千疋絹，亦足用耳。衡亡後，其子以白其母。母曰：此當是種柑橘也。汝父嘗稱太史言江陵千株橘，其人與千户侯等，殆謂此矣。吴末甚盛茂，果獲千縑。晉咸熙中，猶有存者。今此洲上居民數十家，亦多有橘株，故呼爲橘洲。杜田又引橘洲有二，其一在龍陽，即李衡種甘橘之所；其一在長沙，去州十里。且云橘洲田土仍膏腴，乃長沙之橘洲，非龍陽也。鼎州與潭州與衡並一帶之地，則公所欲往皆爲無礙。然桃源在鼎州，而橘洲亦在鼎，此一州中事矣，則必指武陵之橘洲而已，又況桃源有秦人避地事，而此橘洲有李衡種橘事乎。

〔一〇〕次公曰：潭府者，曾潭之府也。梁張纘南征賦云：曾潭水府。潭州得名，正以其水之潭潭耳。緣有曾潭水府字，故得取用潭府。

〔一一〕次公曰：何顒，在後漢黨錮傳，乃急義名節之士，與今詩句不相干。或曰，應是周顒，而所傳之誤。周顒，宋人，長於佛理，終日長蔬。雖有妻子，獨處山舍。若作周顒，則於賦二寺詩并野客尋幽之下爲有説。

〔一二〕次公曰：一重一掩，言山也如吾之肺腑然。友于字，本出書：友于兄弟。而晉以來便用稱兄弟。陶淵明詩：一欣侍温顔，再喜見友于。

〔一三〕次公曰：舊本正作分留與老夫，一作待，當以待爲正。蔡伯世云：作與字意乃淺近。是。

客從一首（古詩）

次公曰：蔡伯世以此詩爲長沙詩，云：長沙當南海孔道，故有此作。極是。舊在古詩尾卷之上，合遷入於此。

客從南溟來，遺我泉客珠。珠中有隱字，欲辨不成書。緘之篋笥久，以俟公家須。開視化爲血，哀今徵斂無〔一〕。

〔一〕次公曰：此篇仿客從遠方來，遺我雙鯉魚、遺我一端綺之格，而别生新意也。珠中有隱字，欲辨不成書，則珠所從來不易得，其中若自言之者。蓋泉客珠事，任昉述異記：南海鮫人，室水居如魚，不廢機織。其眼泣則出珠。鮫人，即泉仙也，又名泉客。必言南溟來，非特取譬，乃蔡伯世所謂長沙當南海孔道，蓋公詩雖興寄亦每感於物而興之，非泛爲比也。必用泉客珠，言其珠從眼泣所出也。至於化爲血矣，猶慮公家之徵斂焉，而無以供應之，故哀其徵斂無以問之也。　世有東溪先生集者，其中有釋杜工部詩十六篇。引云：擬毛詩之序，以撮其大要而判釋，少啟杜詩之關鍵。以此客從爲第三篇。序云：客從悲遠方貢賦不入中原也。於上四句注云：時四方以玉帛貢天子，多爲盜賊所掠，不至王庭。珠小物，可匿以獻也。中有隱字，字又不成書，不敢顯書貢天子也。於下四句注云：周衰，方物不至，諸侯之國猶通王使之求金。安史之際，法廢道梗，雖欲徵斂，亦無所矣。次公同蔡伯世之見，定此詩爲潭州作，而次公又以爲到潭州之初，則今歲大曆四年作，而東溪又誤以爲安史之際，是不知安史之滅，至此已七年矣。又就誤中引解哀今徵斂無，以無字爲雖天子亦無所用其徵斂，此是何義！

絶句六首（近體詩）

日出籬東水，雲生舍北泥。竹高鳴翡翠，沙僻舞鵾鷄〔一〕。

右一

〔一〕次公曰：翡翠鳴字，公於重過何氏詩有云翡翠鳴衣桁。舞鵾鷄字，西京雜記載公孫乘月賦曰：鵾鷄舞於蘭渚，蟋蟀鳴於西堂。舊注引九辯鵾鷄嘲哳而悲鳴，却是鳴矣。

藹藹花蕊亂，飛飛蜂蝶多。幽棲身懶動，客至欲如何〔一〕。

右二

〔一〕次公曰：藹藹見於毛詩，而前人詩使多矣。飛飛字，祖出楚辭。其後如梁江總别袁昌州詩曰黄鵠飛飛遠，青江去去悠；張率長相思曰望公去去遠，望鳥飛飛滅也。幽棲字，謝靈運南山詩：疑此永幽棲。

鑿井交棕葉，開渠斷竹根〔一〕。扁舟輕裊纜，小逕曲通村。

右三

〔一〕次公曰：上句，今造井猶然，蓋不用石灰，以免水既熟而色黄之患。

急雨捎溪足，斜暉轉樹腰。隔巢黄鳥并，翻藻白魚跳〔一〕。

右四

〔一〕次公曰：捎字於雨使，可謂新矣。

舍下笋穿壁，庭中藤刺簷〔一〕。地晴絲冉冉，江白草纖纖〔二〕。

右五

〔一〕次公曰：刺一作到，到不如刺字之新奇也。

〔二〕次公曰：絲冉冉，以言遊絲。

江動月移石，溪虛（人）〔雲〕傍花。鳥棲知故道，帆過宿誰家〔一〕。

【校】人傍花：注引作雲傍花；九家注正作雲傍花。

右六

〔一〕次公曰：江動月移石，溪虛雲傍花，皆古今奇句。鳥棲知故道，因有鳥道字，而生出此句。南中八志曰：交阯郡治龍編縣，自興古鳥道四百里。蓋以其險絶，獸猶無蹊，人所莫由，特上有飛鳥之道耳。謝玄暉夜發新林詩云風雲有鳥路，即鳥道之謂。鳥棲知故道，言鳥由舊飛之道而歸也。江總攜手上河梁應詔詩曰：鳥歸猶識路，流去不知鄉。亦此之謂。舊誤作成都詩，今遷於此，說具於篇次。

奉酬寇十侍御錫見寄四韻復寄寇一首（近體詩）

往別郇瑕地，於今四十年〔一〕。來簪御府筆，故泊洞庭船〔二〕。詩憶傷心處，春深把臂前〔三〕。南瞻按百越，黄帽待君偏〔四〕。

〔一〕次公曰：郇瑕地字，左傳成六年，晉人謀去絳，諸大夫曰：必居郇瑕氏之地。注：郇瑕，古國名。河東解縣西北有郇城，在唐則河中府之解縣也。本朝則爲解州。此詩今歲己酉大曆四年，時公五十八歲，既過洞庭之後二月間潭州所作。逆數四拾年，則(巳己)〔己巳〕開元十七年，時公十八歲也。

〔二〕次公曰：簪筆，侍御事也。魏略曰：魏大會，殿中御史簪白筆側陛而坐。帝問此何官，辛毗曰：此謂御史。舊時簪筆以奏不法，當如今者直備位，但珥筆耳。注云：珥，音餌。

〔三〕次公曰：兩句以言在郇瑕相見作別之時。謂之春深把臂前，則三月、四月之交矣。把臂相見，而春深晚之候在其前也。當時賦詩必有言傷心之句，今則懷之。傷心字，本是熟語，如選云：愀愴傷心。舊注引目極千里兮傷春心，却是傷春心矣，故對把臂。其字則東觀漢記：朱暉與張堪相見，接以友道。堪至，把暉臂曰：欲以妻子託朱生。而劉孝標廣絶交論有云：把臂之英，金蘭之友。

〔四〕次公曰：黄帽字，前漢：鄧通，蜀郡南安人也。以濯船爲黄頭郎。顏師古注曰：濯船，能插濯行船也。土勝水，其色黄，故刺船之郎皆著黄帽，因號曰黄頭郎也。濯，讀曰擢，音直孝反。寇君既按百越，則所在處常艤舟以待，故其帽偏也。

上巳日徐司録林園宴集一首（近體詩）

鬢毛垂領白，花蕊亞枝紅〔一〕。欹倒衰年廢，招尋令節同。薄衣臨積水，吹面受和風〔二〕。有喜留攀桂，無勞問轉蓬〔三〕。

〔一〕次公曰：垂領字，潘安仁賦云：素髮颯以垂領。

〔二〕次公曰：積水字，文子曰：積水成海。而魏都賦曰回淵漼，積水深，故對和風。其字則東都賦云習習和風也。

〔三〕次公曰：末句攀桂事，劉安招隱士云：攀桂枝兮聊淹留。轉蓬事，曹子建詩曰：轉蓬離本根，飄颻隨長風。類此客遊子，捐軀遠從戎。而袁陽源雜詩云：乃知古詩人，所以悲轉蓬。轉蓬則以喻飄零。而攀桂事，非在南地則不可用，蓋南方多桂故也。

江南逢李龜年一首（近體詩）

岐王宅裏尋常見，崔九堂前幾度聞。正是江南好風景，落花時節又逢君。崔九，即殿中監崔滌中書令湜之弟。〔一〕

〔一一〕次公曰：見之於落花時節，則春盡矣。明皇雜録云：天寶中，上命宫中女子數百人爲梨園弟子，皆居宜春北院。上素曉音律。時有馬仙期、李龜年、賀懷智，皆洞知律度。安禄山自范陽入覲，獻白玉簫管數百事，皆陳於梨園，自是音響殆不類人間。李龜年特承顧遇，於東都大起第宅，僭侈之制逾於公侯。後流廢江南，遇良辰勝景，常爲人歌數闋，座上聞之莫不掩泣罷酒。且復全載杜公此詩。公死於衡州之耒陽，而唐志：潭州、衡州，皆江南西道也。則逢之於潭、衡間矣。逢君字，南史：沈約謂王筠曰：不謂疲暮，復逢於君。

己帙卷之五

己酉大曆四年，接潭州之春，自夏至〔秋〕并在潭州，所存之詩。

夏在潭州。

湘江宴餞裴二端公赴道州一首（古詩）

次公曰：舊本在暮秋枉裴道州手札之後，合遷於此。

白日照舟師，朱旗散廣川〔一〕。羣公餞南伯，肅肅秩初筵〔二〕。鄙人奉末眷，佩服自早年。義均骨肉地，懷抱罄所宣。盛名富事業，無取愧高賢〔三〕。不以喪亂嬰，保愛金石堅〔四〕。計拙百寮下，氣蘇君子前。會合苦不久，哀樂本相纏。交遊颯向盡，宿昔浩茫然〔五〕。促觴激萬慮，掩抑淚潺湲。熱雲集曛（里）〔黑〕，缺月未生天〔六〕。白團爲我破，華燭蟠長煙。鴰鶡催明星，解袂從此旋〔七〕。上請減兵甲，下請安井田。永念病渴老，附書遠山巔。

【校】曛里：無義，當從注引作曛黑。

〔一〕次公曰：此篇鋪敘甚明。其句中使字，則白日照三字，楚辭云：青春受謝白日照，陽氣奮發萬物遽。

〔二〕次公曰：羣公字，揚雄羽獵賦：羣公常伯，陽朱墨翟之徒。秩初筵字，詩曰：賓之初筵，左右秩秩。

〔三〕次公曰：盛名富事業，無取愧高賢，則公自謙之辭，言盛名與富事業兩件皆無所取，所以慚愧於高賢矣。高賢，指言裴端公也。

〔四〕次公曰：不以喪亂嬰，保愛金石堅，金石，謂保身之意耳。舊注云：言宜以功業著盛名，使無愧於高賢；無嬰於喪亂以變名節，宜保之若金石之固。此子美以骨肉之義，故所言及此也。是何夢語！

〔五〕次公曰：宿昔字，祖出馮衍答任武達書曰：敢不陳露宿昔之意。而曹子建、鮑明遠皆用此字。

〔六〕次公曰：曛黑字，謝靈運詩：朝遊窮曛黑。缺月字，古詩云三五明月滿，四五蟾兔缺也。

〔七〕次公曰：鴰音括，鶡音曷。曷，旦鳥也。禮記注：求旦之鳥。一云，當作括揭。謝靈運擬劉楨詩：暮坐括揭鳴。注引鷄棲於桀，桀音揭，言鷄鳴也，然今句言催明星，則求旦鳥之義。

寄李十四員外布十二韻新除司議郎兼萬州別駕。雖尚伏枕，已聞理裝。（近體詩）

次公曰：此篇舊失次於閬州詩下，歸成都詩上，合遷於此。蓋萬州在巫峽之上游，故句云巫峽將之郡，又云黃牛平駕浪，則言其經峽中上水而之任也。末句云：直作移几巾，秋帆發弊廬。惟荆州而往方使帆，豈有在閬州詩下，歸成都詩上，而言帆者乎？公自離荆南，三處有宅，曰公安，曰潭州，曰衡州。今句云秋帆發弊廬，則夏中之詩所以約之也。公安之宅，則大曆三年秋始移焉，而四年春在岳州矣。衡州之宅大曆五年二月方有，至夏乃往耒陽而卒矣。惟潭州以大曆四年春，自岳而往，至大曆五年二月方離而之衡，則潭州之宅有夏有秋也。李員外必在潭州相近寓止，公招其來，就秋涼而後發帆，故詩題謂之寄也。

名參漢望苑，職述晉題輿〔一〕。巫峽將之郡，荆門好附書〔二〕。遠行無自苦，内熱比何如〔三〕。正是炎天闊，那堪野館疏。黄牛平駕浪，畫鷁上淩虚〔四〕。試待盤渦歇，方期解纜初〔五〕。悶能過小徑，自爲摘嘉蔬。渚柳元幽僻，村花不掃除。宿陰繁素棕，過雨亂紅蕖。寂寂夏先晚，泠泠風有餘〔六〕。江清心可瑩，竹冷髮堪梳。直作移巾几，秋帆發弊廬〔七〕。

〔一〕次公曰：上句言其除司議郎。漢博望苑，武帝爲戾太子置之，使通賓客，從其所好。司議，太子府官也。下句言其兼萬州别駕也。後漢：周景爲豫州刺史，辟陳蕃爲别駕。蕃不就，景題别駕輿曰：陳仲舉坐也。今謂之晉題輿，未詳，以俟明識。

〔二〕次公曰：荆門好附書，則預囑其不相忘也。

〔三〕次公曰：内熱，以言其病。字出莊子曰：我其内熱歟。又曰：使君之内熱發於背。

〔四〕次公曰：黄牛者，峽名。盛弘之荆州記曰：宜都西陵峽中有黄牛山。江湍迂迴，經信宿猶望見之。行者語曰：朝發黄牛，暮宿黄牛。三日三暮，黄牛如故。　駕浪字，郭景純詩云高浪駕蓬萊也。　畫鷁字，淮南子曰：龍舟鷁首。張平子西京賦承之曰：浮鷁首。注云：舡頭象鷁鳥，厭水神。凌虛字，則選有飛陛凌虛；又赴險凌虛也。用上字，則上水尤明。

〔五〕次公曰：盤渦字，江賦云：盤渦谷轉。水漲則有盤渦。公於江漲詩云鎮日蛟龍喜，盤渦與岸迴也。今勸其且未行，故曰待盤渦歇。解纜字，江淹曰解纜候前侶也。八句所以言其尚伏枕，又言時之炎暑，客興之蕭條，舟行之險艱，而勸其且休行也。

〔六〕次公曰：寂寂夏先晚，則以處所幽寂，雖夏未晚而此地先晚，將似秋矣，蓋由風之泠，江之清，竹之泠也。

〔七〕次公曰：弊廬字，左傳有先人之弊廬在。六韻請李員外相訪其居止也。徑也、蔬也、柳也、花也、棕也、藥也，此蓋其所居宅中之物矣。

江閣卧病走筆寄呈崔盧兩侍御一首（近體詩）

次公曰：此篇舊本與送王信州詩相連。信州者，古之夔州，可以遷出爲夔州詩，遂惑此詩之稱江閣，有似夔州西閣，乃亦以爲夔州詩。殊不知後有江閣對雨詩，而云南紀風濤壯，則必自是潭州之江閣矣。

客子庖廚薄，江樓枕席清。衰年病祇瘦，長夏想爲情。滑意雕胡飯，香聞錦帶羹〔一〕。溜匙兼暖腹，誰欲致杯罌〔二〕。

〔一〕次公曰：此篇止是求下二物之詩。雕胡，菰米也，爲飯最滑。宋玉云：主人之女爲臣炊雕胡之飯。錦帶事，薛夢符云：按荆渚間有錦帶，春末開花，紅白如錦，其苗亦脆嫩可食。其理或然。

〔二〕次公曰：溜匙，以言彫胡之滑。暖腹，以言錦帶之美，可以理推也。

潭州送韋員外〔迢牧〕韶州（迢）一首（近體詩）

【校】韋員外韶州迢：於義不明。九家注作韋員外迢牧韶州。

炎海韶州牧，風流漢署郎。分符先令望，同舍有輝光〔一〕。白首多年疾，秋天昨夜涼。洞庭無過雁，書疏莫相忘〔二〕。

〔一〕次公曰：公亦是員外郎，故於韋員外可謂之同舍矣。

〔二〕次公曰：末句言自洞庭而往彼，雖無過雁以寄書去，而彼中書信却不可忘也。因公有此句，故其後韋有詩，公又答詩，皆翻覆其意也。此下載韋迢詩。其題曰：潭州留别杜員外院長。其下著姓氏曰韶州刺史韋迢。其詩曰：江畔長沙驛，相逢纜客舡。大名詩獨步，小郡海西偏。地濕愁飛鵩，天炎畏跕鳶。去留俱失意，把臂共潸然。此詩所云大名詩獨步，指言杜公。獨步字，曹子建與楊德祖書曰仲宣獨步於漢南，孔璋鷹揚於河朔也。小郡海西偏，則韋君自謂其韶州也。西偏字，史有：新城西偏地濕。愁飛鵩，又言杜公之在長沙。賈誼在長沙，見鵩鳥入室而有賦也。地濕，則漢書云長沙地卑濕也。天炎長跕鳶，則又韋刺史之自言。廣雅云：南方曰炎天。故倒用之曰天炎，以對地濕。跕鳶事，則馬伏波言其征南時事云：見飛鳶跕跕墮水中也。一句説人，一句説己，格亦類杜公，宜其編之集中矣。

江閣對雨有懷行營裴二端公一首（近體詩）

次公曰：裴端公應在廣南，觀詩中使南紀并銅柱可見矣。

南紀風濤壯，陰晴屢不分〔一〕。野流行地日，江入度山雲〔二〕。層閣憑雷殷，長空面水文〔三〕。雨來銅柱北，應洗伏波軍〔四〕。

〔一〕次公曰：南紀字，杜田云：詩曰：滔滔江漢，南國之紀。説者援是詩以江漢爲南紀，非也，蓋南紀乃分野名。（廣）〔唐〕天文志云：東循嶺徼，達〔東〕甌閩中，是謂南紀，所以限蠻夷也。其説是。　風濤壯字，顔延年詩：春江壯風濤。

〔二〕次公曰：行地日、度山雲，可謂新語矣。

〔三〕次公曰：層閣憑雷殷，言當雷殷之際，在層閣憑欄之時也，合對長空面水文矣。舊正作水面文，非。

〔四〕次公曰：銅柱，則在驩州之東南極角處，馬援所建。今有雨之地，宜尚在其北也。　洗軍字，昔武王伐紂，大雨，太公謂之洗兵雨；故魏武兵援要曰：大將將行，雨濡衣冠，是謂洗兵。今因雨自銅柱而來，引起馬援，則遂有洗伏波軍之句。

酬韋韶州見寄一首（近體詩）

次公曰：此韋韶州有詩寄杜公，而公酬之也。韋之詩，其題曰：早發湘潭寄杜員外院長，其下著名氏曰韋迢。其詩曰：北風昨夜雨，江上早來涼。楚岫千峯翠，湘潭一葉黄。故人湖外客，白首尚爲郎。相憶無南雁，何時有報章？次公謂此篇格律渾似杜公，但不使事，亦不使字所出。白首尚爲郎，言杜公之晚爲員外郎也。雖有馮唐、顔駟白首爲郎事，亦不是專使事也。古云：雁不過衡陽。衡陽有回雁峯，故言無南雁也。報章，雖出詩：終日七襄，〔雖則七襄〕，不成報章。義止説織女雖從旦至暮，七辰一移，而不如人織相及報成文章；而此報章字，則顔延年和謝靈運詩云：盡言非報章，聊用擴所懷。學者請觀此篇氣格，有類杜公，宜公愛而載於集也。

養拙江湖外，朝廷記憶疏。深慚長者轍，重得故人書〔一〕。白髮絲難理，新絲錦不如。雖無南過雁，看取北來魚〔二〕。

〔一〕次公曰：深慚長者轍，言見過之無人也。陳平傳：平家乃負郭窮巷，以席爲門，然門外多長者車轍。重得故人書，言書問之不至也。故人書字，陳周弘讓答王褒書曰：家兄自鎬京致書來，於穹谷故人之跡有如對面。

〔二〕次公曰：古人每於寄書言雁與魚。雁，則漢書曰：蘇武在匈奴中。昭帝遣使和親，常惠夜見漢使，教其謂單于曰：天子射上林中，得雁。足有繫帛，書言武等在某澤中。使者如其言。單于大驚，乃使武還。魚，則古詩云：客從遠方來，遺我雙鯉魚。呼兒烹鯉魚，中有尺素書。今公答韋迢無南雁之語，故以北來魚復戲之也。

樓上 （近體詩）

天地空搔首，頻抽白玉簪。皇輿三極北，身事五湖南。戀闕勞肝肺，掄（一作論）材愧杞柟。亂離難自救，終是老湘潭。

千秋節有感二首 （近體詩）

自罷千秋節，頻傷八月來。先朝常宴會，壯觀已塵埃〔一〕。鳳紀編生日，龍池塹（切）〔劫〕灰〔二〕。湘川新淚涕，秦樹遠樓臺〔三〕。寶鏡羣臣得，金吾萬國回〔四〕。衢樽不重飲，白首獨餘哀。

【校】切灰：注引作劫灰，并作劫灰解，是。

右一

〔一〕次公曰：千秋節，明皇生日之節名也。唐紀：百僚表請以每年八月五日爲千秋節。王公以下獻鏡及承露囊，上宴百官於花蕚樓下。

〔二〕次公曰：鳳紀事，前漢律曆志：黄帝使伶倫自大夏之西，崑崙之陰，取竹之解谷生，竅厚均者，斷爲兩節，間而吹之，以爲黄鐘之宫。制十二筩，以聽鳳之鳴。其雄鳴六，雌鳴亦六，比黄鐘之宫，而皆可以生之。是爲律本。而曆則起於律也，故謂之鳳曆。公前詩鳳曆軒轅紀是已。今云鳳紀，正亦是意。　龍池，則明皇實事也。唐六典注：興慶宫池，即玄宗龍潛舊宅。初居此宅，有舊井，忽湧爲小池。常有雲氣，或黄龍見其中。至景龍中，其池浸廣，遂鴻洞爲龍池焉。　塹劫灰，則言其時移事變故也。曹毗志〔怪〕曰：漢武鑿昆明池，極深，悉是灰墨，無復土。舉朝不解，以問東方朔。朔曰：臣愚不足知之，可試問西域胡。帝以朔不知，難以核問。至後漢明帝時，外國道人入來洛陽。時有憶方朔言者，乃試以武帝時灰墨問之。胡人曰：經云：天地大劫將盡，則劫燒。此劫燒之餘。乃知朔言有旨。

〔三〕次公曰：上句公自言其身之所在而感泣者也。舊注引二妃灑淚染竹成斑，謬矣。下句公言去長安之遠，遥望其樹與樓臺俱不見也。舊注引謝玄暉銅雀臺詩：鬱鬱西陵樹，詎聞歌吹聲。又爲謬矣。

〔四〕次公曰：兩句似難解，不敢强爲之説，以俟明識。

【校】杜詩瑣證引趙曰：萬國入京獻壽，金吾實伺察之。元〔玄〕宗升遐，萬國各回而不來。不知所據，録以備考。

御氣雲樓敞，含風綵殿高〔一〕。仙人張内樂，王母獻宫桃〔二〕。羅襪紅蕖艷，金羈白雪毛〔三〕。舞階御壽酒，走索背秋毫〔四〕。聖主他年貴，邊心此日勞〔五〕。桂江流向北，滿眼送波濤〔六〕。

右二

晚秋長沙蔡五侍御飲筵送殷六參軍歸澧州覲省一首（近體詩）

佳士欣相識，慈顏望遠游〔一〕。甘從投轄飲，肯作致書郵〔二〕。高鳥黄雲暮，寒蟬碧樹秋〔三〕。湖南冬不雪，吾病得淹留〔四〕。

〔一〕次公曰：佳士，指言殷六也。慈顏，則殷之母也。潘安仁賦云：壽觴舉，慈顏和。望遠遊，言望其遠遊而歸也。禮云：父母在，不遠遊。

〔二〕次公曰：上句言甘從蔡五之飲也。陳遵嗜酒，每大飲，賓客滿堂輒閉門，取客車轄投井中，雖有急，終不得去。下句言殷不苟爲人攜書也。殷洪喬爲豫章太守，都下士人因其致書者百餘函。行次石頭，皆棄水中，曰：沉者自沉，浮者自浮。殷洪喬不爲致書郵。此姓殷事，於殷六尤切矣。舊本作置書。師民瞻本置作致，方是。

〔三〕次公曰：高鳥字，韓信云：高鳥盡，良弓藏。寒蟬字，則禮記月令：孟秋之月，寒蟬鳴。黄雲字，祖出淮南子云：黄泉之埃上爲黄雲。碧樹字，祖出列子，而江淹兩使，一云碧樹先秋落；一云碧樹雲芊芊。公亦屢使矣。

〔四〕次公曰：末句蓋言荆渚尚雪而可以留也。

湖南送敬十使君適廣陵一首（近體詩）

次公曰：舊本湖南作湖中，師民瞻本作湖南，是。蓋此潭州詩，潭州在湖之南也。前後篇皆是長沙，可見矣。

相見各頭白，其如離別何。幾年一會面，今日復悲歌〔一〕。少壯樂難得，歲寒心匪佗〔二〕。氣纏霜匣滿，冰置玉匣多〔三〕。遭亂實漂泊，濟時曾琢磨。形容吾校老，膽力爾誰過。秋晚岳增翠，風高湖湧波〔四〕。騫騰訪知己，淮海莫蹉跎〔五〕。

〔一〕次公曰：會面字，古詩云會面安可知，故對悲歌。其字則撫節悲歌也。

〔二〕次公曰：少壯字，古詩云少壯不努力也，故對歲寒。其字則論語：歲寒然後知松柏之後彫也。

〔三〕次公曰：氣纏霜匣滿，則在匣中而氣騰矣。冰置玉壺多，言心之清也。鮑照詩云：清如玉壺冰。

〔四〕次公曰：湧波字，魏文帝浮淮賦云：驚風泛，湧波駭。

〔五〕次公曰：騫騰訪知己，言敬君之往廣陵者，訪求知己也，應謂揚州節度矣。書曰：淮海惟揚州。故用淮海字。

長沙送李十一衍一首（近體詩）

【校】衍：九家注作銜。

與子避地西康州，洞庭相逢十二秋〔一〕。遠愧尚方曾賜履，竟非吾土倦登樓〔二〕。久存膠漆應難并，一辱泥塗遂晚收〔三〕。李杜齊名真忝竊，朔雲寒菊倍離憂〔四〕。

〔一〕次公曰：初同避地於西康州，凡十二年，秋而復相逢於洞庭也。西康州，成州同谷縣也。唐地理志：武德元年，以同谷縣置西康州。貞觀元年，州廢，來屬成州。其後懿宗咸通十三年復置。公所用者，指武德之名言之也。

〔二〕次公曰：公嘗爲左拾遺，則蒙尚方賜履矣。賜履之證，如王喬，顯宗世爲葉令。喬有神術，每月朔望，常自縣詣臺朝。帝怪其來數，而不見車騎，密令太史伺望之。言其臨至，輒有雙鳧從東南飛來。於是候鳧至，舉羅張之，但得一隻舄焉。乃詔尚方診視，則四年中所賜尚書官屬履也。登樓正是荆州事。王粲，字仲宣，山陽人。獻帝西遷，粲從至長安。以西京擾亂，乃之荆州依劉表。於當陽縣城樓登之而作賦。其中有云：雖信美而非吾土兮，曾何足以少留。

〔三〕次公曰：膠漆以言朋友也。後漢：雷義、陳重爲友。義舉茂才，讓於陳重。刺史不聽，遂陽狂披髮走，不應命。鄉里爲之語曰：膠漆自謂堅，不如雷與陳。久存膠漆應難并，言雖有膠漆之好，而才器相遠爲難比并，蓋公自謙也。辱泥塗，言流落而汩没也。字則左傳：趙孟謂絳縣老人曰：使吾子辱在泥塗。

〔四〕次公曰：李杜齊名事，後漢杜密傳：黨事既起，密免歸本郡。與李膺俱坐，而名行相次，故時人亦稱李杜焉。蓋前有李固、杜喬，故言亦也。范滂詣獄，與母訣。母曰：汝今得與李、杜齊名，死亦何恨！正謂李膺、杜密矣。此句又公自謙，與前所謂應難并同義。

奉贈盧五丈參謀琚時丈人使自江陵，在長沙待恩旨，先支率錢米。一首（近體詩）

恭惟同自出，妙選異高標〔一〕。入幕知孫楚，披襟得鄭僑〔二〕。丈人藉才地，門閥冠雲霄〔三〕。老矣逢迎拙，相於契託饒〔四〕。賜錢傾府待，爭米駐船遥〔五〕。鄰好艱難薄，氓心杼軸焦〔六〕。客星空伴使，寒水不成潮〔七〕。素髮乾垂領，銀章破在腰〔八〕。説詩能累夜，醉酒或連朝〔九〕。藻翰惟牽率，湖山合動摇〔一〇〕。時清非造次，興盡却蕭條〔一一〕。天子多恩澤，蒼生轉寂寥〔一二〕。休傳鹿是馬，莫信鵩如鴞〔一三〕。未解依依袂，還斟泛泛瓢。流年疲蟋蟀，體物幸鷦鷯〔一四〕。孤負滄洲願，誰云晚見招〔一五〕。

〔一〕次公曰：恭惟者，恭恪而思惟之也。今人使多矣，蓋亦從來熟語。如杜佑郊天説有曰：恭惟國章，并行二禮。傳曰：我之所自出，謂我甥也。成十三年，晉吕相絶秦有曰：康公我之自出。注：晉外甥也。盧與公蓋同舅氏矣。高標字，戰國策曰：舉標甚高。而左太沖蜀都賦云：陽烏回翼乎高標。雖以言山，而實起於戰國策也。

〔二〕次公曰：上句言盧丈之爲參謀也。孫楚，字子荆。石苞都督揚州，楚爲之參軍。貼以入幕字，則謝安謂郗超曰：卿可謂入幕之賓矣。下句言江陵節度與之爲友，如季札也。左傳襄二十九年：季札聘於鄭，見子産，如舊相識。與之縞帶，子産獻紵衣焉。舊注云：孔子與爲友。是何夢語！貼以披襟字，則宋玉風賦云：乃披襟而當之。

〔三〕次公曰：丈人，指言盧五參謀也。吴越春秋：伍子胥謂漁父曰：昔者性命屬天，今屬丈人。此呼尊者爲丈人也。傳云：明其等曰閥。如後漢有云：聲榮無暉於門閥。又有史自序門閥也。

〔四〕次公曰：兩句公自謂也。言雖衰老，拙於逢迎，而與盧丈相於，所以契託饒縱也。相於字，出選。

〔五〕次公曰：兩句題注所謂支率錢米也。

〔六〕次公曰：上句言鄰國之好，以艱難而薄，則盧丈使自江陵所持之好也。下句又以成好薄之句，蓋當艱難之際，杼軸空而民心焦熬，則不可多斂以爲隣好之奉矣。

〔七〕次公曰：客星，則公自謂也。伴使，以言其伴盧之爲使星也。舊注引嚴陵，雖是客星兩字，而惑亂其義矣，況博物志載嚴君平曰：客星犯牽牛。亦豈無客星字耶？寒水不成潮，則言相伴之時如此。

〔八〕次公曰：素髮乾垂領，公自言其老。潘安仁秋興賦云：素髮颯以垂領。銀章破在腰，又自言其不達，時爲尚書工部員外郎賜緋魚袋而流落故也。

〔九〕次公曰：説詩、醉酒，皆公自言耳。

〔一〇〕次公曰：此上兩句，方言及盧丈，蓋謂華藻詞翰，其所牽率者惟盧丈耳。可以動摇湖山，則文采之妙也。牽率字，左傳：牽率老夫。動摇字，如漢志：星影動摇。

〔一一〕次公曰：時清非造次，言逢時之清爲難得，故曰非造次。當是時相見而興盡，自却蕭條也。

〔一二〕次公曰：天子多恩澤，蒼生轉寂寥，皆言當時如此。公題下注云待恩旨，先支率錢米，此豈亦恩澤之謂邪？

〔一三〕次公曰：當是時，魚朝恩用事，與元載不協，則鹿是馬者，公有激而云矣。史記曰：趙高欲爲亂，恐羣臣不聽，乃先設驗：持鹿獻二世，曰：馬也。二世笑曰：丞相誤也，謂鹿爲馬。問左右，左右或默，或言以阿順趙高；

或言鹿者，高陰中以法。　鵩如鴞，則長沙事。賈誼爲長沙王傅三年，有鵩鳥飛入誼舍，止於坐隅。鵩似鴞，不祥鳥也。誼既以謫居長沙卑濕，自傷以爲壽不得長，乃爲賦以自廣。

〔一四〕次公曰：詩云(蟋蟀)〔七月〕在野、(蟋蟀)〔九月〕在户、十月蟋蟀入我床下，所以誌時。流年疲勞蟋蟀之轉徙，則歎晚也。莊子云：鷦鷯巢於深林，不過一枝。而張茂先有鷦鷯賦，貼之以體物字，則文賦云賦體物而瀏亮也。所賦者鷦鷯，則上方不足，下比有餘，而安一枝之分焉。斯所以爲幸矣。

〔一五〕次公曰：此末句感激之言，涵蓄深遠，蓋揚雄檄靈賦曰：世有黄公者，起於滄洲。(精)〔頤〕神養性，與道(漂)〔浮〕遊。故謝玄暉之宣城詩云：既歡懷禄情，復協滄洲趣。公今詩以爲離去朝廷，本以爲滄洲之願，而徒然流落，既孤負矣，而又非晚得見招者，此其所以感也。左太沖詠史詩曰：馮公豈不偉，白首不見招。則見招者，朝廷也。李陵云：陵雖孤恩，漢亦負德。孤負字，本只是孤獨之孤字，而俗作辜負。舊本乃流傳之誤矣。

【校】精神頤養，與道漂遊：詳本帙卷六幽人注〔二〕校語。

登舟將適漢陽一首（近體詩）

春宅棄汝去，秋帆催客歸〔一〕。庭蔬尚在眼，浦浪已吹衣〔二〕。生理飄蕩拙，有心遲暮違〔三〕。中原戎馬盛，遠道素書稀〔四〕。塞雁與時集，檣烏終歲飛〔五〕。鹿門自此往，永息漢陰機〔六〕。

〔一〕次公曰：公二月到潭州，因居焉，則自春所有之宅名之曰春宅。　棄汝去，其云汝者，指春宅也。　催客歸，則公將歸秦也。

〔二〕次公曰：庭蔬，則時所寓居之庭前蔬也。　在眼字，謝靈運詩薜蘿若在眼，故對吹衣。其字則陶淵明風飄飄而吹衣也。

〔三〕次公曰：遲暮，晚年也。楚辭云：傷美人之遲暮。心違字，起於詩云中心有違；又，左傳：王心不違。

〔四〕次公曰：戎馬字，老子云戎馬生於郊，故對素書。其字則古詩云呼兒烹鯉魚，中有尺素書也。

〔五〕次公曰：塞雁與時集，言時之秋也。　塞雁者，自雁塞飛來之雁也。盛弘之荊州記曰：雁塞北接梁州汶陽郡，其間東、西嶺屬天無際。雲飛風翥，望崖迴翼，唯一處爲下。朔雁違塞，矯翮裁度，故名雁塞，同於雁門也。故公今云塞雁。　其對檣烏，則帆檣之上，刻爲烏形，取其占風，猶相風之上爲烏也。杜時可嘗以爲真烏泊於檣上，次公於句法義例論之詳矣。

〔六〕次公曰：此末句是兩事。　鹿門，則龐德公攜妻子隱於鹿門山。　漢陰機，則莊子載子貢南遊於楚，反於晉。過漢陰，見一丈人方將爲圃畦。鑿隧而入井，抱甕而出灌。搰然用力甚多，而見功寡。子貢曰：有械於此，一日浸百畦，用力甚寡而見功多。夫子不欲乎？爲圃者仰而視之曰：奈何？曰：鑿木爲機，後重前輕，挈水若抽，數如泆湯。其名爲槔。爲圃者忿然作色而笑曰：吾聞之吾師，有機械者必有機事，有機事者必有機心。機心存於胸中，則純白不備。純白不備，則神生不定。神生不定者，道之所不載也。吾非不知，羞而不爲也。且公或欲歸，或欲往滄洲，或欲隱鹿門，然則，不得志而流落者，行止其茫然哉！

重送劉十弟判官一首（近體詩）

分源豕韋派，别浦雁賓秋〔一〕。年事推兄忝，人才覺弟優〔二〕。經過辨豐劍，意氣逐吴鈎〔三〕。垂翅徒衰老，先鞭不滯留〔四〕。本枝凌歲晚，高義豁窮愁〔五〕。佗日臨江待，長沙舊驛樓。

〔一〕次公曰：上句言劉與杜同出也。漢高祖紀贊曰：春秋晉史蔡墨有言，陶唐氏既衰，其後有劉累學擾龍事孔甲，范氏其後也；而大夫范宣子亦曰：祖自虞以上爲陶唐氏，在夏爲御龍氏，在商爲豕韋氏，在周爲唐杜氏，晉主夏盟爲范氏。此劉、杜同出之證也。　雁賓秋，月令：季秋之月，鴻雁來賓也。

〔二〕次公曰：上句公自言也。年事字，劉孝標答郭峙書云：頃年事道盡，容髮衰謝。年事，蓋言年歲之事也，故對人才。舊注引張釋之兄事袁盎，非是。此才有字偶相犯，便取爲證，次公序所謂字同義異之文，而況字又缺落邪。

〔三〕次公曰：豐劍事，雷次宗豫章記曰：吴未亡，常有紫氣見牛斗之間。張華聞雷孔章妙達緯象，乃要宿，問天文。孔章曰：惟牛斗之間有異氣，是寶也。精在豫章豐城。張華遂以孔章爲豐城令。至縣，掘獄舍深二丈，得玉匣長八尺。開之，得二劍。其夕牛斗氣不復見。吴鈎事，舊注引鮑明遠詩錦帶佩吴鈎，而不講其物。沈存中云：唐人詩多有言吴鈎者。吴鈎，刀名也，刃彎。今南蠻用之，謂之葛黨刀。義或然矣。薛倉舒引吴越春秋：吴王作五劍，一曰純鈞，二曰湛盧，三曰豪曹，四曰魚腸，五曰巨闕。遂以純鈞爲吴鈞。非是。按左太沖吴都賦曰：吴鈎、越棘、純鈞、湛盧，則吴鈎與純鈞自是兩物，而薛又誤純鈞爲純鈎矣。按李善注吴鈎字，引越絶書曰：闔閭既重莫耶，乃復命國中作金鈎。有人貪王賞之重，殺其兩兒，以血釁鈎，遂成兩鈎。獻之闔閭，詣宫求賞。王曰：爲鈎者衆多，而子獨求賞，何以異於衆人之鈎乎？曰：臣之作鈎也，殺二子成兩鈎。王曰：舉鈎示之，何者是也。於是鈎師向鈎而哭呼其兩子之名吴鴻、扈稽曰：我在此，王不知汝之神也。聲未絶於口，兩鈎俱飛，著於父之背。吴王大驚，曰：嗟乎！寡人誠負子。乃賞之百金，遂服其鈎。

〔四〕次公曰：垂翅字，漢光武言馮異曰：始雖垂翅回溪，而終奮翼澠池。先鞭字，世説載晉春秋曰：祖逖字士稚，范陽人，與司空劉琨，雄豪著名。年二十四，與琨同辟司馬、州主簿。情好綢繆，共被而寢。中夜聞鷄鳴，起曰：此非惡聲。每語世事，或中宵起坐，相謂曰：若四海鼎沸，豪傑并起，吾與足下相避中原耳。劉琨與親舅書曰：吾枕戈待旦，志梟逆虜，常恐祖生先吾著鞭耳。

〔五〕次公曰：上句又言劉與杜同出，是爲本枝。高義字，莊子載孔子曰：聞將軍高義。歲晚字，越語：越王於九月問范蠡曰：今歲晚矣，子將奈何？窮愁字，虞卿因窮愁而著書也。

暮秋將歸秦留别湖南幕府親友一首（近體詩）

次公曰：前篇登舟將適漢陽云：春宅别汝去，秋帆催客歸。則秋初時也。今是次篇却云暮秋將歸秦，則九月時也。謂之湖南幕府，則是潭州也。由是觀之，則公雖欲往漢陽，而元未行。今又有欲歸秦之興，然相續其下等篇，皆只在潭州，亦言之而不行也。

水闊蒼梧野，天高白帝秋〔一〕。途窮那免哭，身老不禁愁〔二〕。大府才能會，諸公德業優。北歸衝雨雪，誰憫弊貂裘〔三〕。

〔一〕次公曰：首兩句廣言湖南上下之景也。蒼梧，桂州也。蒼梧野三字，謝玄暉詩：雲去蒼梧野。白帝城，在夔州。公自夔而來，故言及之。

〔二〕次公曰：途窮，阮籍事。顏延年詠阮君云途窮能無慟也。

〔三〕次公曰：弊貂裘，則公以蘇秦自比也。

送盧十四弟侍御護韋尚書靈櫬歸上都二十韻（近體詩）

次公曰：此詩三段。自素幕渡江遠至臺迎獮豸威，言韋尚書靈櫬至上都，而送之者盧侍御也；自深衷見士則至風流後代希，言盧侍御之登對所論事也；自對颺期特達至故就別時飛，則轉入以言己身與盧爲別也。

素幕渡江遠，朱幡登陸微〔一〕。悲鳴駟馬顧，失涕萬人揮〔二〕。參佐哭辭畢，門闌誰送歸〔三〕。從公伏事久，之子俊才稀。長路更執紼，此心猶倒衣〔四〕。感恩義不小，懷舊禮無違。墓待龍驤詔，臺迎獮豸威〔五〕。深衷見士則，雅論在兵機〔六〕。戎狄乘妖氣，塵沙落禁闈。往年朝謁斷，他日掃除非〔七〕。但促銅壺箭，休添玉帳旂〔八〕。動詢黃閣老，肯慮白登圍〔九〕。萬姓瘡痍合，羣凶嗜慾肥〔一〇〕。刺規多諫諍，端拱自光輝〔一一〕。儉約前王體，風流後代希〔一二〕。對敭期特達，衰朽再芳菲〔一三〕。空裹愁書字，山中疾採薇〔一四〕。撥杯要忽罷，抱被宿何依〔一五〕。眼冷看征蓋，兒扶立釣磯。清霜洞庭葉，故就別時飛〔一六〕。

〔一〕次公曰：朱幡，則丹旐也。舊注云：漢二千石，朱兩幡。誤矣。幡字從車，自是車幡。幡，旆也。登陸微，則以其登陸，故微見之也。

〔二〕次公曰：驅馬顧，則有戀主之意。士文伯死，其母謂衆妾曰：無揮淚。此揮字所出。

〔三〕次公曰：門闌，貴人之家也。後漢明帝紀：勞賜元氏門闌走卒。注引續漢（書）〔志〕云：五伯、鈴下、侍閤、門闌部署、街里走卒，皆有程品，多少隨所典領；則門闌之品，貴家方有之。

〔四〕次公曰：執紼字，出禮：助葬（者）〔必〕執紼。又：四十省紼也。故對倒衣。其字則詩云：（自公召之）〔東方未明〕，顛倒衣裳。言若公之猶在，蚤起而趨之也。

〔五〕次公曰：晉王濬爲龍驤將軍，卒，葬柏谷中。大營塋域，垣周四十五里。墓待龍驤詔，則言盧尚書之墓，大營塋域如王濬者，當俟詔也。亦不必惑王濬本傳葬無詔字矣。舊注云：漢加魏武九錫，曰：龍驤虎視，旁眺八方。固無干涉，而杜田引武后幸洛陽至閿鄉縣，車騎不進，巫者以爲王濬苦樵採者擾其墓，而武后爲禁之；亦自爲冗。臺迎獬豸威，言韋侍御之還朝，則還從其班序也。獬豸者，冠名。胡廣漢官儀曰：侍御史四人，持書，皆法冠，一名柱後，一名獬豸。獬豸，獸名，一角，知人曲直而觸不直者，故執法者冠之。此自無威字，益見上句詔字，出公自云爾。此已上言韋尚書靈櫬至上都，而送之者盧侍御如此。

〔六〕次公曰：士則字，世説載：鄧艾年十二，至潁川，讀陳太丘碑文曰：言爲世範，行爲士則。遂自名範，字士則。後宗族有同者，乃改今名。故對兵機。其字則史云：兵機以速爲神。

〔七〕次公曰：禁闈，天子之内也。戎狄乘妖氣，塵沙落禁闈，此言吐蕃廣德元年陷京師也。

〔八〕次公曰：往年朝謁斷，公言其去上都之久，而斷朝謁也。他日掃除非，言掃除吐蕃妖氣之不得上策，所以爲非矣。所以掃除之策：但促銅壺箭，則欲上之未明求衣而早朝也；休添玉帳旂，則言不必添兵也。玉帳者，將軍之帳也。

〔九〕次公曰：動詢黄閣老，肯慮白登圍，言天子雖屢詢大臣，而莫知以白登之圍爲慮者。此豈勸親征之徒歟？黄閣老，言三公也。宋忠曰：三公黄閣，前史無有此義。按禮記：士韠與天子同，公侯大夫則異。鄭玄云：士賤，與君同不嫌。夫朱門洞啟，當陽之正色。三公之與天子禮秩相亞，故黄其閣以示謙，不敢斥天子，宜是漢舊制也。白登事，漢高祖自將兵擊匈奴，於是冒頓縱精兵三十餘萬騎，圍高帝於白登七日。高帝使間厚遺閼氏，閼氏謂冒頓曰：兩主不相困，且漢主有神，單于察之。冒頓取閼氏之言，乃開圍一角。高帝出，得與大軍合，而冒頓遂引兵去，漢亦引兵罷。

〔一〇〕次公曰：萬姓瘡痍合，言其困於誅求役使也。羣凶嗜慾肥，言將帥乘此爲驕也。

〔一一〕次公曰：刺規多諫諍，正所以望於盧侍御也。端拱自光輝，言天子聞其諫諍，自可以垂衣拱手而治也，以引下句儉約前王體，風流後代希矣。

〔一二〕次公曰：此已上言盧侍御之登對所論事如此。

〔一三〕次公曰：對敭期特達，用結上所云，言對敭天子之前，當在特達而勿委靡，則衰朽之人再獲芳菲，言同受其榮也。

〔一四〕次公曰：晉書殷浩傳：浩雖被黜放，口無怨言，夷神委命，談詠不輟。雖家人不見其有流放之戚，但終日書空，作咄咄怪事四字而已。空裏愁書字，則愁如殷浩矣。伯夷、叔齊歌云：登彼首陽，采其薇矣。山中疾采薇，則既有再芳菲之望，亦嫌疾采薇之太清也。

〔一五〕次公曰：撥杯者，揮杯也。既别矣，撥杯之相要忽罷。平昔抱被就宿，今又何依也。

〔一六〕次公曰：末句，洞庭葉字，楚辭云洞庭波兮木葉下也。

暮秋枉裴道州手札率爾遣興寄近呈蘇渙侍御一首（古詩）

次公曰：上六句泛言諸友寄書相慰其老與窮耳。自道州手札而下至紫燕緑耳行甚速，方專言裴道州有書，因書而思道州之昔日爲慰，且言其人之俊逸也。自聖朝尚飛戰鬬塵，至舞劍霜雪吹青春十二句，言朝廷須才，道州必用，且逗留他日相會之樂也。自宴筵曾語蘇季子，至陣前部曲終日死十二句，所以呈蘇侍御。蘇時在潭州，題云近呈者是已。而詩句則言時之急難，必須蘇君輩爲功名也。末句結一篇以併簡二公矣。

【校】寄近呈：近字九家注作遞。

久客多枉友朋書，素書一月凡一束〔一〕。虚名但蒙寒温問，泛愛不救溝壑辱〔二〕。齒落未是無心人，舌存恥作窮途哭〔三〕。道州手札適復至，紙長要自三過讀。盈把那須滄海珠，入懷本倚崐山玉〔四〕。撥棄潭州百斛酒，蕪没瀟岸千株菊〔五〕。使我晝立煩兒孫，令我夜坐費燈燭〔六〕。憶子初尉永嘉去，紅顏白面花映肉〔七〕。軍符侯印取豈遲，紫燕緑耳行甚速〔八〕。聖朝尚飛戰鬭塵，濟世宜引英俊人。黎元愁痛會蘇息，夷狄跋扈徒逡巡〔九〕。授鉞築壇聞意指，頹綱漏網期彌綸〔一〇〕。郭欽上書見大計，劉毅答詔驚羣臣〔一一〕。他日更僕語不淺，明公論兵氣益振〔一二〕。傾壺簫管黑白髮，舞劍霜雪吹青春〔一三〕。宴筵曾語蘇季子，後來傑出雲孫比〔一四〕。茅齋定王城郭門，藥物楚老漁商市〔一五〕。市北肩輿每聯袂，郭南抱甕亦隱几〔一六〕。無數將軍西〔第〕成，早作丞相山東起〔一七〕。烏雀苦肥秋粟菽，蛟龍欲蟄寒沙水〔一八〕。天下鼓角何時休，陣前部曲終日死〔一九〕。附書與裴因示蘇，此生已愧須人扶。致君堯舜付公等，早據要路思捐軀〔二〇〕。

【校】將軍西：下奪第字，據九家注補。

〔一〕次公曰：素書字，古詩云：客從遠方來……中有尺素書也。一束字，詩雖有生芻一束，而南史何思澄作名紙一束也。

〔二〕次公曰：問寒温者，書牘之常也。寒温字，則晉王獻之嘗與兄徽之、操之俱詣謝安。二兄多言俗事，獻之寒温而已。下句泛愛字，起於論語：泛愛衆，而親仁。而晉、宋間遂以朋友爲泛愛。殷仲文桓公九井詩云廣筵散泛愛，蓋猶兄弟謂之友于，子孫謂之貽厥，君子謂之凡百。洪駒父云：此歇後語也。子美詩云：山鳥山花吾友于。韓退之云：誰謂貽厥無基址，未能免俗，何邪？溝壑字，多矣。孟子云：志士不忘在溝壑。

〔三〕次公曰：舌存字，張儀從楚相飲，門下意張儀盜璧，共笞掠之。其妻曰：子每讀書游説，安得此辱？儀曰：

視吾舌尚在不？妻笑曰：在。儀曰：足矣。窮途哭，則阮籍傳：時率意獨駕，不由徑路。車跡所窮，輒慟哭而反。本傳元無途窮字，而顔延年五君詠，其於籍曰：物故不可論，途窮能無慟。則公所用，蓋取顔延年之字也。

〔四〕次公曰：滄海珠字，薛夢符引閻立本稱狄仁傑曰：可謂滄海遺珠矣。狄在公之前，亦自可證，而閻立本有可謂之語，則已前固有此語矣。崑山玉，則郄詵所謂崑山片玉也。倚字，則世説：毛曾與夏侯玄共坐，時人謂蒹葭倚玉樹也。盈把字，出選。公又云：浩歌淚盈把，故對入懷。其字則如窮鳥入懷；又云：使金如粟，不以入懷也。珠與玉，所以比道州之書。

〔五〕次公曰：空得書而不相聚，故酒則撥棄，而菊則蕪没也。三過讀，其三過字，王筠於書三過五抄。

〔六〕次公曰：晝夜坐，則得書而有所思也。煩兒孫者，煩其侍立矣。

〔七〕次公曰：其所思者何？思其初爲尉之少年，且又言其進用而材之俊逸。

〔八〕次公曰：軍符，則爲節度使，爲將帥也。侯印，則封侯佩印矣。紫燕、緑耳，皆駿馬名。紫燕，則西京雜記云：文帝自代還，有良馬九疋，皆天下駿足，號爲九逸，而其一曰紫燕也。緑耳，則列子：周穆王駕八駿之馬，而左緑耳。

〔九〕次公曰：跋扈字，毛詩曰：無然畔援。鄭玄曰：畔援，猶跋扈也。張衡西京賦曰：睢盱跋扈。後漢：質帝謂梁冀跋扈將軍。齊高祖謂侯景飛揚跋扈。徒逡巡，言其空自遷延，不久掃蕩也。

〔一〇〕次公曰：授鉞築壇，言用將也。授鉞，則晉禮樂志：漢、魏故事，遣將出征，符節郎授節鉞於明堂。築壇事，則韓信傳：高祖築壇拜信也。穨綱字，文選作穨綱。漏網字，則漢書云：網漏吞舟之魚也。彌綸字，即易云彌綸天地之道也。下句郭欽、劉毅以比裴道州之必如此也。

〔一一〕次公曰：郭欽事，晉武帝時，匈奴稍因忿恨，殺害長吏，漸爲邊患。侍御史西河郭欽上疏曰：戎狄彊獷，歷古爲患。魏初人寡，西北諸郡皆爲戎居。今雖服從，百年之後，有風塵之警，胡騎自平陽、上黨，不三日而至孟津。北地、西河、太原、馮翊、安定、上郡，盡爲狄庭矣。宜及平吴之威，謀臣、猛將之略，出北地、西河、安定，復上郡，實馮翊，於平陽已北諸縣募取死罪徙三河、三魏，見士四萬家以充之，裔不亂華。漸徙平陽、弘農、魏郡、京兆、上黨雜胡，峻四夷出入之防，明先王荒服之制，萬世之長策也。帝不納。故干寶有言曰：思郭欽之謀，而寤戎狄有釁也。　劉毅事，晉武嘗顧謂劉毅曰：朕方漢之如何主？對曰：桓、靈也。帝曰：朕克己爲理，方之桓靈，不亦甚乎？對曰：桓靈賣官錢入公府，陛下賣官錢入私門，以此言，則知也。

【校】以此言，則知也：九家注引作：以此言之，殆不如也。

〔一二〕次公曰：他日，前日也。他日可以言前日，可以言後日，皆謂其非今日耳。　更僕字，儒行：孔子對魯哀公曰：遽數之，不能終其物；悉數之，乃留更僕，未可終也。注：僕，太僕也。君燕朝，則正位，掌擯相。更之者，爲久將倦，使之相代。

〔一三〕次公曰：黑白髮，言飲酒聽樂而寬愁，白髮爲之再黑。一作理字，淺矣。　霜雪，以言劍之光采。吹青春，則豪氣吹之也。　氣益振字，左太沖詩云：酒酣氣益振。

〔一四〕次公曰：蘇季子，蘇秦也。兩句通義，言於閑宴筵席之間，曾語及蘇涣侍御，乃六國時蘇秦之遠孫，可比之也。　傑出字，徐穉傳：角立傑出也。　雲孫，出爾雅：子之子爲孫，孫之子爲曾孫，曾孫之子爲玄孫，玄孫之子爲來孫，來孫之子爲晜孫，晜孫之子爲仍孫，仍孫之子爲雲孫。至是而爲孫者，七世矣，言輕遠如浮雲，故自季子至侍御，取其最遠者言之。

〔一五〕次公曰：定王城，乃潭州，則漁商市亦必是潭州之地。後五篇有聽蘇涣誦詩之作，則蘇在潭州矣。

〔一六〕次公曰：漁商市之北，乘肩輿而聯袂，以言與蘇相逐之歡。定王城之南，抱甕隱几，單言蘇之居處。抱甕事，莊子載子貢南遊於楚，及於晉。過漢陰，見一丈人方將爲圃畦。鑿隧而入井，抱甕而出灌，搰搰然用力甚多而見功寡。隱几字，莊子有隱几而卧，孟子有隱几而坐也。

〔一七〕次公曰：將軍西第事，後漢：馬融字季長，爲大將軍西第頌，以此頗爲正直所羞。舊注引衛青傳：上爲青治第，令視之，曰：匈奴未滅，無以家爲。非是，蓋云治第而已，何干西第？况無將軍第之連文也。山東起，則班固云：山西出將，山東出相也。舊注改作東山，便引謝安爲證，非是。公亦何拘於西對東邪！

〔一八〕次公曰：上句又以比無功受禄者。下句又以比賢材之潛藏。

〔一九〕次公曰：兩句又以傷時干戈之未息，以引下句激昂二公之致功名也。

〔二〇〕次公曰：致君堯舜，公再用矣。公它篇云：致君堯舜上。致君字，魏應璩與從弟君胄書云：思致君於有虞，濟蒸民於塗炭也。據要路津，則古詩云先據要路津也。捐軀字，則傳有云捐軀濟難也。

【校】九家注下接：末句則結一篇，併以簡二公矣。

奉贈李八丈判官曛一首（古詩）

我丈時英特，宗枝神堯後。珊瑚市則無，騄驥人得有〔一〕。早年見標格，秀氣衝星斗〔二〕。事業富清機，官曹貞獨守〔三〕。須來樹嘉政，皆已傳衆口。艱難體貴安，冗長吾敢取〔四〕。區區猥歷試，烱烱更持久〔五〕。討論實解頤，操割紛應手〔六〕。篋書積諷諫，宫闕限奔走〔七〕。入幕未展材，秉鈞孰爲偶〔八〕。所親問淹泊，泛愛惜衰朽〔九〕。垂白亂南翁，委身秋枯洞庭石，風颯長沙柳。高興激荆衡，知希北叟〔一〇〕。真成窮轍鮒，或似喪家狗〔一一〕。音爲回首〔一二〕。

〔一〕次公曰：神堯，唐高祖也。珊瑚生於海中之石上，以鐵網取之。謂之市，則以尋常市中所無，惟鬱林郡有珊瑚市，見梁任昉述異記，故用市字也。騄驥者，騄耳與騏驥。穆天子八駿中有之，故云人得有。騄驥兩字見文選。

〔二〕次公曰：衝星斗，以劍比之也。事則雷次宗豫章記曰：吴未亡，常有紫氣見牛斗之間。張華聞雷孔章妙達緯象，乃要宿，問天文。孔章曰：惟牛斗之間有異氣，是寶物也，精在豫章豐城。張華遂以孔章爲豐城令。至縣，掘深二丈，得玉匣八尺。開之，得二劍。其夕牛斗氣不復見。

〔三〕次公曰：清機字，曹顔遠思友詩：精義測神奥，清機發妙理。故對獨守。其字，則古詩：空牀難獨守。

〔四〕次公曰：艱難體貴安，言時方艱難，爲政不擾，所以其大體貴在安静。冗長吾敢取，凡物之剩者爲冗長。長音去聲。王恭曰平生無長物是已。而冗長兩字出陸機文賦。今言爲政，本分之外，其如物之冗長者，吾不取之。　吾字指李八丈之自言也。

〔五〕次公曰：歷試字，即書歷試諸難，故對持久。其字，則傳云曠日持久也。

〔六〕次公曰：討論字，即論語云世叔討論之，故對操割。其字則左傳云：未能操刀，而使之割也。　解頤，以言其討論之無可難也。事則前漢匡衡傳曰：匡説詩解人頤。注：使人笑不能止也。　應手，則莊子云：得之於心，應之於手。

〔七〕次公曰：兩句通義，言雖有諫書之多，積滿朝篋，而身則不能造宫闕也。上句亦挨樂羊謗書滿篋之篋。諫有五，諷諫爲上，故對奔走。其字亦詩曰駿奔走也。

〔八〕次公曰：上句言其爲判官。入幕字，世説：桓宣武與郗超議芟夷朝臣，條牒既定，其夜同宿。明晨起，呼謝安、王坦之入，擲疏示之。郗猶在帳内。謝安含笑曰：郗生可謂入幕之賓矣。故對秉鈞。其字則史曰秉鈞當軸也。秉鈞孰爲偶，言其可以爲宰相，孰可與之爲匹偶也。

〔九〕次公曰：此下則公自謂矣。所親字，則傳云愛其所親也，故對泛愛。其字則論語：泛愛衆而親仁。前人如殷仲文云：廣筵散泛愛，遂以爲朋友之呼矣。　淹泊字，謝靈運富春渚詩云：赤亭無淹薄。注引王逸楚辭注曰：泊，止也。薄，與泊同。

〔一〇〕次公曰：垂白字，杜欽傳：紅陽侯與欽子業書曰：誠哀老姊垂白。而謝靈運詩云星星白髮垂，故對委身。其字則史云：策名委身也。　南翁，南方之翁。公屢用之。前漢書項籍傳：范增説項梁云：南公稱曰：楚雖三户，亡秦必楚。服虔注云：南公，南方之老人也。翁字，在字書雖音烏紅切，然正是老稱，則以南公爲南翁，無害於義。其對北叟，則專指塞上翁也。淮南子：塞上之人馬無故亡而入胡，人皆弔之。其父曰：此何遽不爲福？居數月，其馬將胡駿馬而歸。人皆賀之。父曰：此何遽不爲禍？家富〔良〕馬，子好騎，墮而折髀。人皆弔之。父曰：此何遽不爲福？居一年，胡人大入塞，丁壯者引弦而戰。近塞之人，死者十九，此獨以跛之故，父子相保。而字則用班固也。

【校】居一年，胡人以下，鈔本闕文，據四部備要本淮南子鈔補。　而字則用班固也一句，鈔本闕文，據九家注輯補。　杜詩詳注引趙曰：班固通幽賦：北叟頗識其倚伏。指塞上之翁爲北叟也。未知所據，録以備考。

〔一一〕趙云：莊子：轍中之鮒呼莊周求斗升之水以活。是也。孔子纍纍如喪家狗，見家語與史記。

【校】本條注文及〔三〕注文，鈔本闕葉，咸據九家注輯補。

〔一二〕趙云：秋枯洞庭石，則水落石出，所以爲枯也。洞庭、長沙，荆與衡，皆相連之地。當是時之秋也，上則枯洞庭之石，而在此則風飄颯長沙之柳，故其爲興於潭之上，則激荆；於潭之下，則激衡。非以地相連爲言耶？

客，則公與吳共通金閨籍時，乃乾元元年歲在戊戌，至此公在潭州相見之歲在己酉，凡十二年矣。

〔四〕次公曰：失木狖事，淮南子曰：猿狖顛蹶而失木。　避弓融事，淮南子曰：雁銜蘆而翔，以避弋繳。　兩句以比吳之失所也。

〔五〕次公曰：故鄉字，漢高祖云：遊子思故鄉。　未敢〔悲〕〔思〕宿昔，則思往日故鄉之樂，乃所謂兩當者矣。

〔六〕次公曰：金閨，金馬門也。　通籍，則可以出入矣。　共通者，公爲左拾遺，與吳侍御共通籍也。　句法使謝玄暉詩：既通金閨籍。

〔七〕次公曰：天子蒙塵字，左傳：臧文仲曰：天子蒙塵於外，敢不奔問官守。　東郊暗長戟，指言安慶緒在西京之東爲害也。　公別篇云東郊尚烽火是已。

〔八〕次公曰：間諜，間細也。　字出李牧爲雁門，謹烽火，多爲間諜也。

〔九〕次公曰：上官權許與，則其權不許吳之所論矣。

〔一〇〕次公曰：仲尼旅人字，王弼云：仲尼旅人，則國可知矣。　向子事，後漢：向長，字子平。　潛隱於象，讀易至損益卦，喟然歎曰：吾已知富不如貧，貴不如賤，但未知死何如生耳。　杜時可所引是。　舊注指爲叔向怪鄭人鑄刑書事，全與損益不相干。

〔一一〕次公曰：余時忝侍臣，則公爲拾遺故也。　丹陛咫尺，其咫尺字，乃左傳：天威不違顏咫尺。

〔一二〕次公曰：相看受狼狽，則以見吳之斥而不能言也。

〔一三〕次公曰：行邁字，詩：行邁靡靡。　心違字，祖出詩：中心有違。　舊注引江文通詩江海事多違，非徒不是祖事，而與心違又不相干。

〔一四〕次公曰：落句則公之恨深矣。

奉寄河南韋尹丈人甫弊廬在偃師，承韋公頻有訪問，故有下句。一首　（近體詩）

次公曰：此篇舊在洛陽龍門詩下，合遷入於此。題止云奉寄河南韋丈人，則止在他處寄之而已，豈編詩者見河南兩字，便以次龍門之下邪？其詩中雖無時節可考，然當是荆、潭之詩，蓋其中曰江湖漂短褐，則非荆即潭。又曰丹砂訪葛洪，則公欲儘南下至於羅浮，則於潭又爲近之，所以定入潭州詩中。

有客傳河尹，逢人問孔融。青囊仍隱逸，章甫尚西東〔一〕。鼎食爲門户，辭場繼國風〔二〕。尊榮瞻地絶，疏放憶途窮〔三〕。濁酒尋陶令，丹砂愧葛洪〔四〕。江湖漂短褐，霜雪滿飛蓬〔五〕。牢落乾坤大，周流道術空〔六〕。謬慚知薊子，真怯笑揚雄〔七〕。盤錯神明懼，謳歌德義豐〔八〕。尸鄉餘土室，誰話祝鷄翁〔九〕。

〔一〕次公曰：此四句連義，爲言見問者，河南尹也，故得以孔融爲比，蓋李膺爲河南尹，而孔融爲上客也。郭璞受業於郭公，公以青囊書與之。孔子冠章甫之冠，嘗曰：丘也，東西南北之人也。詩句謂其身挾青囊而隱逸，冠章甫而西東。其看仍與尚字，則公言河南尹問人之辭也。

〔二〕次公曰：鼎食爲門户，以言河尹之貴。辭場繼國風，以言河尹之能詩。

〔三〕次公曰：惟其貴，故以其尊榮而瞻其地位崇絶也。任彦昇作竟陵王行狀有曰地尊禮絶是已。疏放者，公自謂也。憶途窮，則又言河尹憶問之也。

〔四〕次公曰：惟其途窮，則放意於杯酒，故濁酒尋陶令。陶令，陶淵明也，爲彭澤令。嘗曰：有身後名，不如即時一杯酒。又曰：偶有名酒，無日不傾。祈心於遐年，故丹砂訪葛洪。洪字稚川，嘗於帝乞爲勾漏令，以其出丹砂而就之也。公嘗曰：未就丹砂愧葛洪。又曰：遠慚勾漏令，不得問丹砂。彭澤在江南，交趾今廣州，皆公游江湖而欲南之地。

〔五〕次公曰：短褐字，班叔皮王命論云：思有短褐之褻，儋石之蓄。張銑注云：短褐，粗衣也。飛蓬字，詩云：自伯之東，首如飛蓬。言髮飄亂如之也。久在江湖之間，故云漂短褐。漂字貼江湖爲穩。髮如飛蓬之亂，而霜雪滿焉，言其白也。次公竊又謂霜雪非以言髮之白，乃真所謂霜雪者，蓋公詩作於潭州，適當冬時。兩句述其羈旅流落之狀。上句言處所，下句因時節以言事，謂流漾江湖，故短褐爲江湖所漂；犯冒霜雪，故飛蓬之髮爲霜雪所滿。此於義亦通，又可考作詩時節爲冬（詩）〔時？〕甚明。然自爲二説，不能審訂，以俟明識。舊本短褐，一作裋褐，非。列子雖有衣則裋褐，食則粢糲之語，音義云：裋複襦也。説文云：弊布襦也。然自是不好衣服之名，公所用對飛蓬，又用對還丹，虚實皆是短淺之衣褐耳。詩話載洪興祖者，專執列子之文，以杜詩短字爲誤，紛紜百言，是不知自出王命論也。次公於句法義例詳矣。

〔六〕次公曰：牢落字，上林賦：牢落陸離。周流字，易繫辭云：周流六虚。兩句通義，言天地廣大，而我獨流落，雖挾道術，竟於周流之際成空而無用。乾坤字，出易多矣。道術字，莊子云：古之道術，有在於是。

〔七〕次公曰：薊子訓有神異之道，京師公卿以下候之者，座上常滿。揚雄著太玄，人皆笑之，至以爲可覆醬瓿。惟其周流道術空，故繼之以今兩句。

〔八〕次公曰：上兩句以言韋尹爲政之能。虞詡曰：不遇盤根錯節，何以知利器。傳記所載謳歌事甚多，如鄭歌子產，漢歌岑君是也。

〔九〕次公曰：尸鄉在偃師。列仙傳：呪鷄翁居尸鄉，養雞有名字，呼名則至。舊本正云：難説呪鷄翁。又云：一作誰話鬭鷄翁。公題下本注云：故盧在偃師，承韋公頻訪問。以義詳之，難説字當以誰話爲正；鬭鷄翁無義，當以呪鷄翁爲正，蓋言誰人話及呪鷄翁乎？惟我韋丈人而已。或云，難説謂難得説到也。衆人難得説到，而韋丈人獨念之，亦句中有餘義者，然講解費力於誰話字。鬭鷄翁則顯然無義。

冬之窮

別董頲一首（古詩）

次公曰：於此潭州無十一月詩，或有而不存，不可知也。

窮冬急風水，逆浪開帆難〔一〕。士子甘旨闕，不知道里寒。有求彼樂土，南適小長安〔二〕。別我舟楫去，覺君衣裳單〔三〕。素聞趙公節，兼盡賓主歡〔四〕。已結門閭望，無令霜雪殘〔五〕。老夫亦解纜，脱粟朝未餐〔六〕。飄蕩兵甲際，幾時懷抱寬。漢陽頗寧静，峴首試考槃〔七〕。當念着白帽，采薇青雲端〔八〕。

〔一〕次公曰：今公詩言逆浪開帆難，若在潭州言之，逆浪則往衡州而南矣。公意蓋言往鄧州必泝江漢而上，自潭順流至岳，乃泝江、泝漢，於此深言其難者也。　下句有舟楫去之語，則以言其離潭之先順流矣。　開帆字，舟人常語也。　公詩又曰：主人錦帆相爲開。

〔二〕次公曰：樂土字，即詩：適彼樂土。　小長安，鄧州也。　光武紀注引續漢書曰：淯陽縣有小長安，故城在今鄧州南陽郡西。

【校】鄧州也：九家注下接見十道志四字。

〔三〕次公曰：舊本作到我舟楫去。　或曰，到我，言到及於我，如見訪之義。　其費力矣。　別我自分明也。　衣裳單字，沈約白馬篇云：唯見恩義重，豈覺衣裳單。

【校】舊本作：九家注所引，此句上有易：刳木爲舟，剡木爲楫。　舟楫之利，以濟不通十七字。

〔四〕次公曰：趙公必知鄧州者也。

〔五〕次公曰：已結門閭望，則董君之往鄧，以甘旨闕之故，而離其母之側，故用母望事。　齊王孫賈之母謂賈曰：汝朝出而晚來，則吾倚門而望汝；　暮出而不還，則吾倚閭而望汝。　舊本作門盧望，非。　無令霜雪殘，則囑其早歸也。

〔六〕次公曰：解纜字，謝靈運相送方山詩曰：解纜及流潮。　梁劉孝綽還渡浙江詩曰：解纜辭東越，接軸鶩西徂。　江淹擬謝惠連詩曰：解纜候前侶。　脱粟字，則前漢公孫弘脱粟飯也。　朝餐字，楚辭曰：屑瓊蕊以朝餐。

【校】解纜字：九家注引作：左氏：老夫耄矣，無能爲也。　脱粟飯也：九家注下接：言脱其殼而已，未甚精細也。

〔七〕次公曰：漢陽頗寧靜，峴首試考槃，此兩句以意逆之，則前此必有擾擾之事，今兹寧靜，故於峴山可以試考槃也。　考槃字，詩云：考槃在阿、考槃在澗。　漢陽，則漢水之陽。　峴首，在襄州，與鄧州相近。　公因董君之往鄧，故思及之。

〔八〕次公曰：白帽事，公嘗使云白帽應須似管寧，然考之管寧傳，則云常着皂帽，而杜佑通典作帛帽，豈今〔三？〕國志本誤邪？以有白帢、白霎羅言之，則白帽蓋閑散者之服耳。采薇，則四皓之事。雲端字，古詩云美人在雲端也。

【校】四皓之事：九家注下又有又伯夷、叔齊采薇首陽一句。

奉送魏六丈佑之交廣一首（古詩）

賢豪贊經綸，功成名空垂〔一〕。子孫没不振，歷代皆有之〔二〕。鄭公四葉孫，長大常苦饑〔三〕。衆中見毛骨，猶是麒麟兒〔四〕。磊落貞觀事，致君樸直詞〔五〕。家聲蓋六合，行色何其微〔六〕。遇我蒼梧陰，忽驚會面稀〔七〕。議論有餘地，公侯來未遲〔八〕。虚思黄金遺，自笑青雲期〔九〕。長卿病渴久，武帝元同時〔一〇〕。季子黑貂弊，得無妻嫂欺〔一一〕。尚爲諸侯客，獨屈州縣卑〔一二〕。南遊炎海甸，浩蕩從此辭〔一三〕。窮途仗神道，世亂輕土宜〔一四〕。解帆歲云暮，可與春風歸〔一五〕。出入朱門家，華屋刻蛟螭〔一六〕。玉食亞王者，樂張遊子悲〔一七〕。侍婢艷傾城，綃綺輕霧霏。堂中琥珀鐘，行酒雙逶迤。新歡繼明燭，梁棟星辰飛。兩情顧眄合，珠碧贈於斯〔一八〕。上貴見肝膽，下貴不相疑。心事披寫間，氣酣達所爲〔一九〕。錯揮鐵如意，莫避珊瑚枝〔二〇〕。始兼逸邁興，終慎賓主儀〔二一〕。戎馬暗天下，嗚呼生别離〔二二〕。

〔一〕次公曰：經綸字，易曰：君子以經綸。

〔二〕次公曰：没不振，左傳云：不可没振。一作不振耀。共振耀字，雖史有震耀都部，却非此振耀字，又不如没不振之老健也。

〔三〕次公曰：鄭公，魏鄭公也。

〔四〕次公曰：毛骨字，晉中興書曰：嵇紹謂其友曰：琅琊王毛骨非常，殆非人臣之相。今取毛骨兩字用耳。麒麟字，寶誌見徐陵曰：此兒天上石麒麟也。故公詩又曰：盡是天上麒麟兒。

〔五〕次公曰：貞觀事，言鄭公之諫諍也。鄭公在貞觀時，多以獻替。新史云：犯顔正諫，議者謂雖賁育不能過。是已。

〔六〕次公曰：蓋六合，其蓋字則蓋代之蓋也。行色字，莊子云：車馬有行色。

〔七〕次公曰：蒼梧，則桂州之地也。蒼梧陰，指言潭州，蓋在桂州之北也。會面稀字，古詩云：主稱會面難也。

〔八〕次公曰：有餘地字，莊子：〔游〕刃有餘地也。公侯來未遲，左傳云：公侯之子孫，必復其始也。來字，如富貴正來逼人之來也。

【校】所引莊子，刃字上奪游字，據思賢講舍本莊子集釋補。

〔九〕次公曰：方在貧困之中，故思有以黄金餽贈之者。舊正本黄金貴，非，蓋淺近矣。青雲期，則言貴達如在青雲之上，自笑其期之遠也。

〔一〇〕次公曰：長卿病渴，而公有渴病，公每以自況，學者遂疑今句爲公自言。若以爲公自言，則文理不貫矣。豈魏君亦有渴疾，故公取以況之乎？上兩句以長卿況之，次兩句以蘇秦況之，自是分明。相如傳云：相如口吃而善著書，常有消渴病。又云：蜀人楊得意爲狗監，侍上。上讀子虛賦而善之，曰：朕獨不得與此人同時哉！得意曰：臣邑人司馬相如自言爲此賦。上驚，乃召問相如。渴病與武帝所言是兩事，非相連載，但相如身上事，此所以比魏佑病而能文，不如相如之遇也。

〔一一〕次公曰：季子事，史記載蘇秦未用，黑貂裘弊。又出遊數歲，大困而歸。兄弟、嫂妹、妻妾皆竊笑之。此所以比魏佑之有才而困厄也。

〔一二〕次公曰：尚爲諸侯客，則魏丈之交廣，亦是干謁諸侯耳。獨屈州縣卑，則言其爲少府也。

〔一三〕次公曰：南遊炎海甸，申言其往交廣也。海甸，海之郊甸，猶言淮甸也。選有云：張英風於海甸。師民瞻本作海句，却爲無義。

〔一四〕次公曰：窮途字，則阮籍至窮途而哭也，故對世亂，其字則亂世之倒者也。仗神道，以正直行也。輕土宜，言其不懷土也。

〔一五〕次公曰：歲云暮字，詩歲聿云暮也。可與春風歸，言其解帆，已逼歲暮，其於交廣，同春風之歸至也，非謂暮歲去而春風時便却還歸耳。

〔一六〕次公曰：朱門字，東方朔十洲記曰：臣故韜隱而赴王庭，藏養生而侍朱門矣。其後承用，如郭景純遊仙詩云朱門何足榮也。華屋字，多矣。史記：盟於華屋之下。而曹子建云平生華屋處，零落歸山丘也。

〔一七〕玉食字，不必王者，前漢陳咸傳：奢侈玉食。師古曰：玉食，美食如玉也。又，晉王衍性豪奢，麗服玉食。皆特著其奢侈耳。舊注引洪範惟辟玉食，故以亞言之。樂張遊子悲，以其爲客故也。張字，莊子：黄帝張咸池之樂於洞庭之野。模稜之語也。

〔一八〕次公曰：必言珠碧，則交廣之所有也。

〔一九〕次公曰：氣酣，則又以飲而酣也。左太沖云酒酣氣益振是已。

〔二〇〕次公曰：石崇傳：崇與王愷爭豪，武帝每助愷。嘗以珊瑚樹賜之，高二尺許，枝柯扶疏，世所罕比。愷嘗以示崇，崇便以鐵如意擊之，應手而碎。愷既惋惜，崇曰：不足多恨。乃命左右悉取珊瑚樹高三四尺者六七株。今云錯揮鐵如意，莫避珊瑚枝，必言此則交廣諸侯甚富貴，宜多有此物也。

〔二一〕次公曰：兩句則公又戒之以義矣。雖擊碎珊瑚氣之逸邁，然賓主之儀不可不慎也。此贈人以言者乎。

〔二二〕次公曰：生別離字，楚辭云悲莫悲於生別離也。

別張十三建封一首（古詩）

次公曰：詳味此篇，蓋張建封罷爲幕官而往京師，公與之別。其詩頗慰勞稱美之也。觀後祀何疏蕪，以見裴、劉之子孫不振。潮落回鯨魚，言水之減落，鯨魚無所容，回轉而去，以見建封之罷官。君臣各有分，言遇合有數，以見其捨於此而逢於彼。雖當霰雪嚴，因紀嚴冬而比爲威嚴所侵，以見其主公之不相顧。末四句，雲臺、天衢，以見其往長安。掃碧海，則又望其功業及天下之意。

嘗讀唐實録，國家草昧初〔一〕。劉裴建首義，龍見尚躊躇〔二〕。秦王撥亂姿，一劍總兵符〔三〕。汾晉爲豐沛，暴隋竟滌除〔四〕。宗臣則廟食，後祀何疏蕪〔五〕。彭城英雄主，宜膺將相圖。爾惟外曾孫，倜儻汗血駒〔六〕。眼中萬少年，用意盡崎嶇。相逢長沙亭，乍問緒業餘〔七〕。乃吾故人子，童丱聯居諸〔八〕。揮手灑衰淚，仰看八尺軀。内外名家流，風神蕩江湖。范雲堪晚交，嵇紹自不孤。擇材征南幕，潮落回鯨魚。載感賈生慟，復聞樂毅書〔九〕。主憂急盜賊，師老荒京都。舊丘豈税駕，大廈傾宜扶〔一〇〕。君臣各有分，管葛本時須〔一一〕。雖當霰雪嚴，未覺栝柏枯〔一二〕。高義在雲臺，嘶鳴望天衢〔一三〕。羽人掃碧海，功業竟何如〔一四〕？

〔一〕次公曰：草昧字，易曰：天造草昧也。

〔二〕次公曰：劉則文靜，裴則裴寂。文靜於大業爲晉陽宫監。時唐祖鎮太原，二人察上有大志，又見太宗器度非常，乃與决大計。將發，高祖不從。文靜因裴寂開説，又介寂交於太宗，遂得進議焉。龍見字，易曰：見龍在田。龍見尚躊躇，言高祖初不從也。

〔三〕次公曰：秦王，太宗也。秦王撥亂姿，一劍總兵符，言太宗之决意也。漢書：高祖撥亂反正。又曰：提三尺劍取天下者，朕也。

〔四〕次公曰：汾晉，則唐公故鄉，比若漢高之豐沛也。

〔五〕次公曰：宗臣，指言劉、裴。漢以蕭、曹爲宗臣，則所以比之也。　廟食，是配享於廟，而云後祀何疏蕪，則其家祭祀自至於疏蕪，蓋以子孫之不顯達也。

〔六〕次公曰：倜儻字，汗血字，皆出前漢樂志：元狩三年，馬生渥洼水中作，云：太一況，天馬下。霑赤汗，沫流赭。志俶儻，精權奇。注於霑赤汗曰：大宛馬汗血霑濡也。俶儻下無注，無音。俶，蓋俶擾之俶，音昌六切，而顏延年赭白馬賦則曰志倜儻，精權奇也。

〔七〕次公曰：長沙，潭州也。時公在潭州，與建封相見也。

【校】九家注下接：舊注，世緒所業也。

〔八〕次公曰：故人子字，史有之：此吾故人之子也。居諸，日月也。詩曰：日居月諸。聯居諸，則自童丱時，已與聯日月也。

【校】此條九家注引作詩：總角丱兮。詩：日居月諸。相從之久，自童丱時已與聯日月也。

〔九〕次公曰：六句通義，蓋言若逢范雲者，則堪託晚交；若得山濤者，則嵇紹雖喪父而不孤。於此既爲幕客，而主人不禮之，故如鯨魚之去落潮矣。得無激昂慟哭，欲有陳於朝廷，而又有與主人絶之書乎？雲好節尚奇，專趣人之急。少時與領軍長史王畡善。畡亡於官舍，貧無居宅，雲乃迎喪還家，躬營唅斂。則如范雲者，堪託晚交矣。嵇康與山濤結神交。康臨誅，謂其子紹曰：山公在，汝不孤矣。則如山濤者，而後孤爲可託。按建封傳：字本立，鄧州南陽人，客隱兗州。少喜文章，能辯論，慷慨尚氣，自許以功名顯。李光弼鎮河南，盜起蘇、常間，殘掠鄉縣。代宗詔中人馬日新與光弼麾下偕討。建封見中人，請前喻賊，可不須戰。因到賊屯，開譬禍福，一日降數千人，縱還田里，由是知名。則建封之材可見矣。湖南觀察使韋之晉辟署參謀，授左清道兵曹參軍，不樂職，輒去。則所謂擇材征南幕，潮落回鯨魚者乎？蓋征南者，將軍號也。韋之晉在湖南，當時必有征南之事矣。其入幕也，初以擇材而用，忽爾不樂職罷去，故有潮落回鯨魚之譬。潮落，以譬主人之恩衰；鯨魚，以比建封之大才。賈誼弔屈文：彼尋常之汙瀆兮，豈能容吞舟之巨魚。橫江湖之鱣鯨兮，固將制於螻蟻。惟其如鯨魚之回轉而去矣，於是載感賈生慟，則陳策於朝廷。賈誼言於文帝，有痛哭者一，流涕者二，長太息者三故也。樂毅爲燕伐齊，燕惠王疑之，使騎劫代毅。毅畏誅，遂降趙。惠王遣毅書，且謝之，毅亦報書焉。夏侯玄見其書，以爲知機合道，以禮終始。復聞樂毅書，則言建封之與其主人絶也。樂毅絶燕，乃諸侯事，可使矣。詳味此六句，豈韋之晉與建封之内外兩族，有士契而不能終始之邪？

〔一〇〕次公曰：主憂字，傳云：主憂臣辱。師老字，左傳云：師直爲壯，曲爲老。兩句言國步如此，勉建封之必往也，故繼之以舊丘復税駕，大廈傾宜扶。既罷幕府，無便只歸止息於舊丘也。舊丘字，鮑照結客少年行云：去鄉三十載，復得還舊丘。税駕字，李斯：吾安所税駕哉？傾宜扶，即孔子所謂：危而不持，顛而不扶，焉用彼相。傳曰：大廈將傾，非一木之支。摘取參合而爲句也。

〔一一〕次公曰：管仲之於齊威，葛亮之於劉先主，君臣相契，蓋皆定分也。賢者之逢聖主，豈足怪哉。又以勉建封之行矣。

〔一二〕次公曰：栝柏，指言建封之材。書：杶榦栝柏。當霜霰而不枯，乃孔子所謂歲寒然後知松柏之後彫之意。

〔一三〕次公曰：高義字，多矣。如莊子載孔子之語盜跖曰：聞將軍高義。雲臺，漢之南宫雲臺也。庾信哀江南賦有云雲臺仗，則天子每在雲臺矣。如建武三年，光武聞馮魴有方略，徵詣行在所，見於雲臺。又，顯宗論諸臣之功，畫於雲臺。高義之在雲臺，言聲名上達也。或云，言其可爲雲臺之棟梁，與下句嘶鳴望天衢，則以駿馬比之可以致遠也。公於賀沈八丈東美除膳部員外郎律詩云：天路牽騏驥，雲臺引棟梁。即此之謂。是不然。何則？今公止言高義在於雲臺，豈有棟梁之意乎？惟其高義達之雲臺，所以望天衢而嘶鳴，於義自通矣，不在泥公别詩句之相犯也。

〔一四〕次公曰：羽人者，神仙也。以其飛騰如有羽毛焉，故謂之羽人。字出楚辭云：仰羽人於丹丘，留不死之舊鄉。而謝靈運入麻源第三谷詩云：羽人絶髣髴，丹丘徒空筌。則始用羽人字於詩也。碧海，則東方朔十洲記云：東有碧海，廣狹浩汗，與東海等。水不鹹苦，正作碧色。掃碧海，以言其無一塵一芥之汙也，蓋澄清天下之譬乎？以建封爲羽人，其所望之深矣。

舟中夜雪有懷盧十四侍御弟一首（近體詩）

朔風吹桂水，大雪夜紛紛。暗度南樓月，寒深北渚雲〔一〕。燭斜初近見，舟重竟無聞。不識山陰道，聽鷄更憶君〔二〕。

〔一〕次公曰：南樓、北渚，蓋潭州實有之，然南樓字，如謝惠連詩：苕亭南樓期。其對北渚，則屈原云：帝子降兮北渚。

〔二〕次公曰：末句，即雪事，語林曰：王子猷居山陰，大雪夜，開室命酌。四望皎然，因詠招隱詩，忽憶戴安道。戴時在剡，乘興棹舟，經宿方至。既造門而返。或問之，對曰：乘興而來，盡興而返，何必見戴！今句則又反言之，言身不能去，止有思憶而已。

對雪一首（近體詩）

北雪犯長沙，胡雲冷萬家。隨風且開葉，帶雨不成花〔一〕。金錯囊徒罄，銀壺酒易賒〔二〕。無人竭浮蟻，有待至昏鴉。何遜詩云：城陰度塹黑，昏鴉接翅歸。〔三〕

〔一〕次公曰：隨風且開葉，言雪隨風灑於葉上而開之也。一作間葉，雖以間字爲去聲，亦無義。帶雨不成花，則爲雨所融混，而六出花之狀不明也。今世有鄭獬者，詩云雨作雪花開不成，蓋本於此。

〔二〕次公曰：上句專指言錢也，非金錯佩刀者。漢書曰：王莽鑄大錢，又造錯刀，以金錯其文。此錢形之如刀而金錯之之證。續漢書曰：佩刀，諸侯王黄金錯鐶。謝承後〔漢〕書曰：詔賜應奉金錯把刀。此所用之刀以金錯爲飾之證。張平子四愁詩曰：美人贈我金錯刀。則主所用刀而言之。今句云囊徒罄，囊字，即趙壹（公）〔云〕：文籍雖滿腹，不如一囊錢。故云專指言錢也。公又曰：囊空恐羞澀，留得一錢看。

〔三〕次公曰：浮蟻，酒也。祖出釋名曰：酒有泛齊浮蟻在上。而張衡南都賦云浮蟻若萍，其後承用之，多矣。昏鴉，公自注：何遜詩云：（有待至昏鴉）〔昏鴉接翅歸〕。王立之作詩話云：頗嘗怪昏鴉亦常語，何必引遜句耶？甫後作絶句，却云：釣艇收緡盡，昏鴉接翅稀。立之之説如此。次公考杜集接翅稀絶句，在此對雪詩前。立之既失前後之次，又不原公之心，於第二次用昏鴉，方獨引注，蓋公時露消息，要見其詩所謂無兩字無來處矣。次公於句法義例論之尤詳。

【校】何遜詩云所引：有待至昏鴉，爲杜詩原句，何遜句當作昏鴉接翅歸。今據正文有待至昏鴉句下夾注改。

冬晚送長孫漸舍人一首（近體詩）

參卿休坐幄，蕩子不還鄉〔一〕。南客瀟湘外，西戎鄠杜傍〔二〕。衰年傾蓋晚，費日繫舟長〔三〕。會面思來札，銷魂逐去檣〔四〕。雲晴鷗更舞，風逆雁無行〔五〕。匣裏雌雄劍，吹毛任選將〔六〕。

〔一〕次公曰：參卿字，盧思道有和徐參卿秋夜擣衣詩。此載玉臺後集，一部題目并呼官爵，無呼人字者，則參卿非字矣。坐幄字，則坐籌帷幄之摘文也。今兩句公自言也。公爲劍南節度府參謀，是之謂參卿，節度屬官者，入幕之賓也。公前爲之，而今罷，此所謂休坐幄。列子曰：人有去鄉土遊於四方而不歸者，世謂爲狂蕩之人也，故古詩有蕩子之稱。觀下句又分明矣。還鄉字，則一舉還故鄉之摘文。

〔二〕次公曰：公北人也，而在湘潭，是爲南客。西戎鄠杜傍，則吐蕃之兵未息。去歲大曆三年八月，寇靈州，又寇邠州。今歲四年十一月，又寇靈州故也。

〔三〕次公曰：上句則初與長孫相見耳。傾蓋字，孔子與程子傾蓋而語也。舊注引鄒陽傾蓋如故，在後矣。下句則公又言其舟留滯而未行也。

〔四〕次公曰：上句言欲會面，則每思來札，所以預囑其寄書。下句則長孫之舟上水而往也。會面字，古詩云會面安可知，故對銷魂。其字則別賦云：黯然銷魂。

〔五〕次公曰：鷗更舞、雁無行，兩句言別時景也。鷗言舞，則列子云：鷗鳥舞而不下。雁言行，則詩云兩驂雁行也。

〔六〕次公曰：雌雄劍，公之意雖主張華與雷煥所各得之劍，而出處無雌雄字。其字則列士傳曰：眉間尺者，謂眉間闊一尺也，楚人干將、鏌鋣之子。楚王夫人常於夏納涼而抱鐵柱，必有所感，遂懷孕，後産一鐵。楚王命鏌鋣鑄此精爲劍。三年乃成，一雌一雄。鏌鋣乃留雄，而以雌進楚王。劍在匣中常有悲鳴，王問羣臣。羣臣對曰：劍有雌雄。鳴者，雌憶其雄也。王大怒，即收鏌鋣殺之。眉間尺乃爲父殺楚王。貼以吹毛，則又用劍事。佛書有云：如吹毛劍。　任選將，則二劍皆可吹毛，任長孫選將其一也。此蓋公以張華自處，而待長孫爲雷焕矣。晉書曰：斗牛之間常有紫氣。華聞雷焕妙達象緯，問之。焕曰：寶劍之精在豫章豐城縣。補焕豐城令。到縣，掘獄屋基，得一石函，光氣非常，中有雙劍。以南昌西山土拭劍，光芒艷發。送一劍與華，留一自佩。華得劍報曰：詳觀劍文，乃干將也，莫邪何爲不至？雖然，神物終當合耳。

暮冬送蘇四郎徯兵曹適桂州一首（近體詩）

飄飄蘇季子，六印佩何遲〔一〕。早作諸侯客，兼工古體詩。爾賢埋照久，吾病長年悲〔二〕。盧綰須征日，樓蘭要斬時〔三〕。歲陽初盛動，王化久磷緇〔四〕。爲入蒼梧廟，看雲哭九疑〔五〕。

〔一〕次公曰：蘇季子，蘇秦也。以連横之説，六國委用之，故嘗曰：君若有雒陽負郭田二頃，安佩六國相印乎？今用此以比蘇四郎。

〔二〕次公曰：埋照字，阮步兵云：沉醉似埋照。對長年悲，出淮南子云木葉落，長年悲也。

〔三〕次公曰：前漢：盧綰有言其欲反者，上使使召綰。綰稱病不行。上怒曰：綰果反！使樊噲擊之。會高祖崩，綰遂將其衆亡入匈奴。今云盧綰須征日，則是時必有心懷叛貳，違背朝廷者矣。傅介子至樓蘭，責其王教匈奴遮殺漢使。王謝服。後與王坐飲，陳漢物示之。飲酒皆醉。介子謂王曰：天子使我私報王。王起，隨介子入帳中屏語。壯士二人從後刺之，刃交胸，立死。其貴人、左右皆散走。介子告諭以王負漢罪，天子遣我來誅，王當更立。前太子質在漢者，漢兵方至，毋敢動，動滅國矣。遂以王首還詣闕。今云樓蘭要斬時，此則指言吐蕃之贊普矣。

〔四〕次公曰：歲陽方盛動，言十二月二陽生矣。孔子曰：不曰堅乎，靡而不磷。不曰白乎，涅而不緇。王化久磷緇，則傷時之切矣。

〔五〕次公曰：因送蘇徯適桂州而思舜。舜南巡狩，崩於蒼梧之野，而葬於九疑之山，故託蘇徯入其廟而遠望其墓以哭，則公欲堯舜其軍民之懷也。

風疾舟中伏枕書懷三十韻奉呈湖南親友（近體詩）

次公曰：湖南者，指言潭州也。此詩作於今歲大曆四年歲在己酉之冬，而涉明年之春初。何以言之？詩句有云鬱鬱冬炎瘴，云春草封歸恨，雖各有主意，而初見春草追言冬瘴，大抵春冬之接可如此言耳。

軒轅休製律，虞舜罷彈琴〔一〕。尚錯雄鳴管，猶傷半死心〔二〕。聖賢名古邈，羈旅病年侵〔三〕。舟泊常依震，湖平早見參〔四〕。如聞馬融笛，若倚仲宣襟〔五〕。故國悲寒望，羣雲慘歲陰〔六〕。水鄉霾白屋，楓岸疊青岑〔七〕。鬱鬱冬炎瘴，濛濛雨滯淫〔八〕。鼓迎非祭鬼，彈落似鴞禽〔九〕。興盡纔無悶，愁來遽不禁。生涯相汨没，時物正蕭森。疑惑樽中弩，淹（流）

〔留〕冠上簪〔一〇〕。牽裾驚魏帝，投閣爲劉歆〔一一〕。狂走終奚適，微才謝所欽〔一二〕。吾安藜不糝，女貴玉爲琛〔一三〕。烏几重重縛，鶉衣寸寸針〔一四〕。哀傷同庾信，述作異陳琳〔一五〕。十暑岷山葛，三霜楚户砧〔一六〕。叨陪錦帳（痤）〔坐〕，久放白頭吟〔一七〕。反樸時難遇，忘機陸易沉〔一八〕。應過數粒食，得近四知金〔一九〕。春草封歸恨，源花費獨尋〔二〇〕。轉蓬憂悄悄，行藥病涔涔〔二一〕。瘞天追潘岳，持危覓鄧林〔二二〕。蹉跎翻學步，感激在知音〔二三〕，却假蘇張舌，高誇周宋鐔〔二四〕。納流迷浩汗，峻址得嶔崟〔二五〕。城府開清旭，松筠起碧潯〔二六〕。披顔爭倩倩，逸足競駸駸〔二七〕。朗鑒存愚直，皇天實照臨。公孫仍恃險，侯景未知擒〔二八〕。書信中原闊，干戈北斗深〔二九〕。畏人千里井，問俗九州箴〔三〇〕。戰血流依舊，軍聲動至今。葛洪尸定解，許靖力還任〔三一〕。家事丹砂訣，無成涕作霖。伏羲造瑟，神農作琴。舜彈五絃琴，歌南風之篇，有矣。〔三二〕

【校】淹流：注引作淹留，方爲有義。　錦帳痤：無義，痤當從注作坐。

〔一〕次公曰：此詩因風疾伏枕而作。上四句所以戲爲怨恨風來之語。軒轅者，黄帝之名。前漢律志：黄帝使伶倫自大夏之西，崑崙之陰，取竹之嶰谷生，其竅厚均者，斷兩節間而吹之，以爲黄鐘之宫。制十二篇以聽鳳之鳴。其雄鳴六，雌鳴亦六，比黄鐘之宫，而皆可以生之，是爲律本。繼而曰：至治之世，天地之氣合以生風，天地之風氣正，十二律定。注云：律得風氣而成聲，風和乃律調也。此製律之事，因風而後製，故怨恨之以休製律。帝王世紀曰：舜彈五絃琴，歌南風詩曰：南風之薰兮，可以解吾民之慍兮。故怨恨之以罷彈琴。

〔二〕次公曰：雄鳴管，則前所謂十二箭，以聽鳳之鳴，其雄鳴六也。半死心，則枚乘七發之言琴曰龍門之桐，高百尺而無枝……其根半死半生也。尚錯、猶傷之語，正所以戲之也。

〔三〕次公曰：上句言造琴律之聖賢，其名已古遠矣。下句言其身之病隨年而相侵也。以上六句已言風疾矣。其下則鋪敘其流落之迹也。

〔四〕次公曰：震之卦在東方。舟泊常依震，則泊處在東邊也。舊注更引震澤，惑學者矣。參星曉見，或爲山所障，或爲樹木所蔽，則未必見之。湖平早見參，則視天闊遠，宜其早見矣。舊早一作半，非。

〔五〕次公曰：馬融〔長〕笛賦有曰正瀏（漂）〔溧〕以風冽；有曰微風纖妙，若存若亡；有曰無相奪倫，以宣八風。王粲登樓賦云：憑軒檻以遥望兮，向北風而開襟。今兩句又言風來舟中，如吹笛之所召，倚樓之所逢也。

【校】瀏漂：影胡刻本文選作瀏溧。

〔六〕次公曰：故國，長安也。悲當寒望之中。歲陰，歲晚也。神農本草云：秋冬爲陰。而陸士衡猛虎行云時往歲載陰是已。時寒雲重，所以爲慘。

〔七〕次公曰：白屋，白板屋也。字雖出周公下白屋之士，而楚俗多白板扉矣。楚辭曰：江水湛湛兮上有楓。楚岸多楓，故曰楓岸。

〔八〕次公曰：冬炎瘴，實紀其事。楚辭曰：霧雨淫淫。雨滯淫之義，蓋出於此。

〔九〕次公曰：論語曰：非其鬼而祭之，諂也。楚俗好巫祀，故云鼓迎非祭鬼。用對彈落似鴞禽，則賈誼鵩鳥賦玄鵩似鴞禽。此長沙實事也。

【校】似鴞禽：影胡刻本文選作似鴞禽。

〔一〇〕次公曰：上句多引有客詣樂廣，廣與之飲，而所懸角弓影墮杯中，其狀如蛇。客飲而病。明日，再詣廣。廣示之弓影，客病遂釋然。此乃弓事耳，非弩也。杜田引抱朴子曰：予祖郴爲汲令，以夏至日請主簿杜宣飲酒。北壁上有懸赤弩，照於杯中，如蛇。宣惡之，及飲得疾。後郴知之，延宣於舊處，置酒，其見如初。因謂宣曰：此弩影耳。宣疾遂瘳。極是。今詩句則以所惑之事有疑似者如此也。　冠簪者，卿大夫之禮也，故欲致仕閑散者，謂之投簪。沈休文詩云：聊欲投吾簪，是已。今云淹留冠上簪，則公以猶未能遂棄冠冕也。

〔一一〕次公曰：辛毗諫魏文帝，帝怒而起，毗乃牽帝之裾。今云牽裾驚魏帝，則言其曾爲左拾遺時諫房琯有才不宜罷免，而肅宗怒之也。　揚雄校書天禄閣上，以劉歆常問奇字，而歆坐言祥瑞得罪，有司誤以連逮子雲。子雲爲之投閣。今云投閣爲劉歆，則又言琯既貶邠州刺史，而公出爲華州司功也。

〔一二〕次公曰：陸士衡云：願言思所欽。微才謝所欽，以指言湖南親友，而引下句也。

〔一三〕次公曰：孔子藜羹不糝，今云吾安藜不糝，則以孔子自處也。　女，古汝字，指湖南親友也。貴玉爲琛，琛者，寶也。詩云來獻其琛是已。言其所以爲寶者，貴用玉而充之也。

〔一四〕次公曰：烏几，烏皮几也。齊謝朓有烏皮几詩。　鶉衣，即衣如懸鶉之謂也。

〔一五〕次公曰：庾信有哀江南賦。哀傷同之，則皆所以憂國也。陳琳爲袁紹作檄，謗詈曹公之父祖。及曹公得之，愛而不咎。今公句自言其無爲人作謗詈語，所以爲異也。或云，陳琳健於章表，曹公嘗見其檄而頭風愈。今公自謙，以爲其述作不能似之。於義亦通。

〔一六〕次公曰：書云：岷山導江。有此岷山兩字。而對楚户，則史記云：楚雖三户，亡秦可也。此乃楚户之所出。　岷山言葛，則蜀中出布故也。楚户言砧，則楚俗多擣寒衣故也。葛以御夏，故云暑。論語曰：當暑袗絺綌。莊子云：冬裘夏葛。是以擣衣在孟秋，故云霜。庾信夜聽擣衣詩云：秋夜擣衣聲，飛度長門城。淮南子云：七月一日蟲蟄伏，青女乃出以降霜露。此霜之所以言孟秋也。此兩句句法正與荆南述懷云九鑽巴噀火，三蟄楚祠雷同，各於一句中言年辰，言處所，所言時候又并相契無差。以清明而言，故巴噀火曰九鑽，則自庚子數至戊申，在西、東蜀，在夔，九年見清明也。以暑服而言，故岷山有曰十暑，其與上在西、東蜀，在夔者九年同，而大曆二年有閏六月，又可以當一暑矣，蓋言九暑可也，着十字以著見其閏焉。月詩云二十四回明，兼閏六月望，方敷其數，亦以著見其閏也。若述懷下句以八月而言，故楚祠雷曰三蟄。今詩下句以七月而言，故楚户砧曰三霜，豈不相契無差乎？

〔一七〕次公曰：郎官賜錦帳、綾被。叨陪（坐）錦帳〔坐〕，則公爲尚書工部員外郎故也。白頭吟，本是文君以相如晚年置妾而作，其後爲樂府，則言無終始之義。公今用之，又止以老而吟詠耳。

【校】叨陪坐錦帳：當從正文順序，作叨陪錦帳坐。

〔一八〕次公曰：老子曰：還淳反樸，則復爲太古之時也。今云反樸時難遇，蓋傷俗之澆薄矣。忘機字，未見祖出，止見唐人詩曰：我爲忘機方到此，寄言鷗鳥不須驚。以俟博聞。陸沉字，莊子載孔子之言曰：方且與世違，而心不屑與之俱，是陸沉也。其市南宜僚耶？史記：武帝時齊人東方朔坐席中，酒酣據（此）〔地〕歌曰：陸沉於俗，避世（今）〔金〕馬（文）〔門〕。選詩：道勝貴陸沉。注：無水而沉，謂之陸沉。在人則隱淪之義也。

〔一九〕次公曰：張華鷦鷯（武）〔賦〕云：巢林不過一枝，每食不過數粒。漢書：有懷金遺楊震而曰夜無人知者，震曰：天知，地知，子知，我知，是四知也。遂不受。今云應過數粒食，得近四知金，則以口腹之累，不比鷦鷯數粒而已。如是，則須金以拯客窮，所以近金而無嫌也。

〔二〇〕次公曰：劉安招隱云：王孫遊兮不歸，春草生兮萋萋。春草封歸恨，則其故園之草有懷恨以待公之歸也。

武陵桃源，在今鼎州。公既南往矣，有尋源花之便也，故云源花費獨尋。

〔二一〕次公曰：曹子建詩云：轉蓬離本根，飄颻限長風。類此客遊子，捐軀遠從戎。而袁陽源效古云：乃知古時人，所以悲轉蓬。今云轉蓬憂悄悄，則公之自傷其流落也。鮑照有行藥京城東橋詩云：照有疾服藥，行以宣（道）〔導〕之。而今云行藥病涔涔，則公自憫傷其疾病也。詩云：憂心悄悄。許皇后曰：我頭痛涔涔。今皆取字以對耳。

【校】按：照有疾服藥云云，不類詩句，疑爲序，今已佚者。行藥病涔涔句注，九家注引作下句自傷其疾病也，但許后傳岑岑字無水傍。

〔二二〕次公曰：上句則公必有喪子之禍，但無所考矣。潘岳西征賦曰：夭赤子於新安，坎路側而瘞之。亭有千秋之號，子無七旬之期。雖勉勵於延吴，實潛慟乎余慈。李善注引岳傷弱子序曰：三月壬寅，弱子生。五月之長安，壬寅次於新安之千秋亭。甲辰而弱子夭。己巳瘞於亭東。則瘞夭兩字分明矣。岳又有哀辭云：人之所愛，掌珠作儷。我珍斯子，麼物爲媲。此哀子之辭也。惜乎不見全文，止載在許敬宗累（壁）〔璧〕慈愛門中。舊注引岳有悼亡詩，乃是喪婦之詩，不可謂之瘞夭。又引岳有懷舊、寡婦二賦，亦無干涉。山海經曰：夸父逐日，渴飲河渭。不足，北飲大澤。未至，道渴而死。棄其杖，化爲鄧林。貼之以持危，則語云危而不持也。

〔二三〕次公曰：莊子云：壽陵餘子學步於邯鄲，失其故步，匍匐而歸。蹉跎翻學步，則公自傷其方隨流俗也。家語：伯牙鼓琴，鍾子期聽之。伯牙志在泰山，期曰：善哉！巍巍乎若泰山少選之閒。志在流水，子期復曰：善哉！湯湯乎若在流水。子期死，伯牙破琴絶絃，終身不復鼓。感激在知音，則公自傷其無識之者也。

〔二四〕次公曰：蘇張舌，蘇則蘇秦，張則張儀。二人以合從連横爲説客，所謂掉三寸之舌者也。莊子説劍篇曰：天子之劍，以燕谿石城爲鋒，齊岱爲鍔，晉魏爲脊，周宋爲鐔，韓魏爲鋏。今兩句通義，言雖欲爲説客，則所談者王道也。

〔二五〕次公曰：兩句以比所求見之人。其人如海之納流，而我迷其勢之浩汗。海賦云瀰漫浩汗也。其人如山之峻址，而我得其嶔崟。選詩云南山鬱嶔崟也。

〔二六〕次公曰：上句，則言諸公在幕府一句也。清旭字，舊本以其諱字改作清日，便無義理。若作清旦，猶可也。此義在衆官之入府矣。下句則公自言其舟之所在。潯，韻書云：旁深也。如楚辭弭節乎江潯是已。

〔二七〕次公曰：上句則言往披承諸公之顔，爭爲倩倩以相待。詩云：巧笑倩兮。主在乎笑也。下句則又以駿馬比諸公也。

〔二八〕次公曰：愚直，公自謂也。朗鑒存之，則所以望諸公也。皇天實照臨，則公又自言愚直可以合天心也，所以引下句。蓋當是時，節度之中有恃險如公孫述之在夔者，有攻陷城邑如侯景之陷城者。公欲攻其險而擒其人，此公之愚直矣。論語云：古之愚也直。詩云：日居月諸，照臨下土。

【校】愚直矣：九家注下接：高歡與宇文泰相持於渭曲。泰命將士皆偃戈於葦中。歡曰：縱火焚之如何？侯景曰：當生擒黑獺，以示百姓。若衆中燒死，誰復信之？

〔二九〕次公曰：北斗，指言長安。長安之城號北斗，以其上當之也。此句又見長安之旁近猶有兵焉，所以北斗在乎干戈之外爲深矣。

〔三〇〕次公曰：千里井，薛蒼舒引西山十二真君傳：許真君弟子施岑揮蜃中其股，遂奔入豫章城西門外横泉井中。真君尋井脈追之，直至長沙。非是。出處初無千里井三字也。次公竊考千里井有兩事。諺云：千里井，不瀉剉。以其有汲飲之日也。唐有蘇氏演義小説者，載金陵記云：日南計吏止於傳舍間，及將就路，以馬殘草瀉井中而去，謂無再過之期。不久，復由此，飲於此井，遂爲昔時剉節刺喉而死。故後人戒之曰：千里井，不瀉剉。或又云：千里井，不堪唾。亦是古語。故徐陵作玉臺新詠，載劉勳妻王氏雜詩云：千里不唾井，況乃昔所奉。爲客於外，所逢者皆千里之井也。然謂之畏人，則剉節刺喉，於義爲近。若畏人字，古詩：客子常畏人。揚雄傳贊曰：箴莫善於虞箴；〔故〕作州箴。晉灼曰：謂九州之箴也。今箴載在藝文類聚中。問俗字，記云：入國而問俗。問九州箴，則公之俯仰隨世可見矣。

〔三一〕次公曰：上兩句所以重〔難〕〔傷〕其遭危難而不得不流落矣，又引下句之所思：若能如葛洪，則尸定解。葛洪傳：後忽與鄧嶽疏，云當遠行尋師，剋期便發。嶽得疏，狼狽往別。而洪坐至日中，兀然若睡而卒。嶽至，遂不及見。時年八十一。視其顏色如生，體亦柔軟。舉尸入棺，甚輕如空衣。世以爲尸解得仙。今公云此，以言欲南往以求丹砂，必享此也。蜀志：許靖字文休，王朗嘗與靖書曰：足下周遊江湖，以暨南海，歷觀夷俗，可謂偏矣。如靖之力，還可勝任，又以言南往而避難也。

【校】上兩句所以重難其遭危難：九家注引無兩字，重難作重傷。

〔三二〕次公曰：家事丹砂訣是兩件事，言處辨家事及營求燒丹之訣，兩無所成，所以涕如霖也。涕如霖，則涕泣如雨之變也。

幽人一首（古詩）

孤雲亦羣遊，神物有所歸。麟鳳在赤霄，何當一來儀〔一〕。往與惠荀輩，中年滄洲期〔二〕。天高無消息，棄我忽若遺〔三〕。内懼非道流，幽人見瑕疵〔四〕。洪濤隱語笑，鼓枻蓬萊(也)〔池〕〔五〕。崔嵬扶桑日，照曜珊瑚枝〔六〕。風帆倚翠蓋，暮把東皇衣〔七〕。嚥漱元和津，所思煙霞微〔八〕。知名未足稱，局促商山芝〔九〕。五湖復浩蕩，歲暮有餘悲〔一〇〕。

【校】蓬萊也：無義，當從注引作蓬萊池。

〔一〕次公曰：陶潛詠貧士云：萬族各有託，孤雲獨無依。則孤雲所以譬幽人之畸獨者也。然以類相聚，則終至於羣遊，蓋以神物有歸，故爾又若志士之相遇也。書曰：鳳凰來儀。言鳳飛來而有威儀也。劉公幹詩曰：鳳凰集南嶽，徘徊孤竹根。於心有不厭，奮翅凌紫氛。豈不常勤苦，羞與黃雀羣。何時當來儀，將顯聖明君。以比賢人之宜來，乃賈誼所謂鳳凰翔于千仞兮，覽德輝而下之也。赤霄，丹霄也。其字則楚辭曰：載赤霄而凌太清。在鳳凰言，赤霄則張茂先鷦鷯賦序：彼鷲、鶚、鵾、鴻、孔雀、翡翠，或凌赤霄之際，或託絕垠之外。則鳳凰言在赤霄宜矣。然鳳凰云在赤霄可也，而麟亦謂之在赤霄，學者常疑之。殊不知徐陵之生，寶誌見之曰：此兒天上石麒麟。則麟自天而降，亦宜在赤霄者矣。此四句，孤雲蓋公自比，羣遊以比同志之幽人，麟鳳又以比同志之幽人。所謂同志之幽人，則下句惠荀輩。

〔二〕次公曰：惠、荀惜乎無考。杜田補遺便指爲惠遠、許詢，此自是晉人。今公詩云與惠荀輩，則當時人。其荀字是姓，即非許詢，蓋詢乃詢問之詢，豈可彊差排邪？又況公於惠遠兩謂之廬山遠，未嘗摘用惠字也。滄洲期，言隱淪之所也。海中十洲，其一曰滄洲，揚雄檄靈賦曰：世有黃公者，起於滄洲。(精)〔頤〕神養〔性〕，惟與道浮遊。故詩人之言隱，多用滄洲字。杜田又引滄浪洲，云即滄洲，非是。

【校】精神養：九家注引作頤神養性。此條影胡刻本文選謝脁之宣城出新林浦詩注引作世有黃公者，起於蒼洲，精神養性，與道浮遊。

〔三〕次公曰：棄我忽若遺，雖是郭泰機詩全語，而其祖出詩云棄予如遺也。

〔四〕次公曰：道流字，九流所謂道家者流也。　幽人見瑕疵，則指言惠、荀矣。

〔五〕次公曰：洪濤字，多矣。其先，蔡邕賦云：洪濤湧以沸騰。而曹子建輩皆在後。舊注俱引爲冗。　鼓枻字，如孫楚賦：舟人鼓枻而揚歌。　蓬萊池，言海也。謂之池，則莊子云：南溟者，天池也。

〔六〕次公曰：扶桑樹，在碧海之中。山海經曰：日出暘谷，浴於咸池，拂於扶桑。故言扶桑日也。　珊瑚生於海底石上，有五色，故日所以照曜也。

〔七〕次公曰：翠蓋字，曹植云：仰摭翠蓋。其祖出說苑鄂君張翠羽之蓋也。

〔八〕次公曰：元和津事，杜田補遺引黄庭經曰：口爲玉池太和官，漱嚥靈液災不忏。注：口中液水爲玉津。又中黄經曰：服元和，除五穀，必獲寥天得真籙。注：服元和，謂嚥津液。其說是。

〔九〕次公曰：商山者，四皓所隱，採芝於其上也。　知名字，多矣。　局促字，漢武帝曰：局促效轅下駒。所思既在乎煙霞之微，則遺世絶物矣，雖四皓知名，猶爲局促也。

〔一〇〕次公曰：此末句正歎上所思之遊爲不可得，蓋五湖可遊尚浩蕩而無期，歲晚何功使願果，亦此之謂。　歲暮悲三字，鮑照有古詩一篇，其題曰歲暮悲也。

己帙卷之七

庚戌大曆五年，時公五十九歲。春正月在潭州，二月自潭入衡州所存之詩。

春正月在潭州。

奉贈蕭二十使君一首（近體詩）

昔在嚴公幕，俱爲蜀使臣。艱危參大府，前後間清塵。嚴再領成都，余後參幕府。〔一〕起草鳴先路，乘槎動要津〔二〕。王㲈聊暫出，蕭雉只相馴〔三〕。終始任安義，荒蕪孟母鄰〔四〕。聯翩匍匐禮，意氣死生親。嚴公歿後，老母在堂。使君温清之問，甘脆之禮，名數若己之庭闈焉。太夫人傾逝，（襄）〔喪〕事又首諸孫。主典撫孤，不減骨肉，則膠漆之契可知矣。〔五〕張老存家事，嵇康有故人〔六〕。食恩慚鹵莽，鏤骨抱酸辛〔七〕。巢許山林志，夔龍廊廟珍〔八〕。鵬圖仍矯翼，熊軾且移輪〔九〕。磊落衣冠地，蒼茫土木身〔一〇〕。塤篪鳴自合，金石瑩逾新〔一一〕。重憶羅江外，同遊錦水濱〔一二〕。結歡隨過隙，懷舊憶霑巾〔一三〕。曠絶含香舍，稽留伏枕辰〔一四〕。停驂雙闕早，迴雁五湖春〔一五〕。不達長卿病，從來原憲貧〔一六〕。監河受貸粟，一起轍中鱗〔一七〕。

【校】襄事：無義。當從杜詩詳注引作喪。

〔一〕次公曰：廣德二年正月，合劍南東、西川爲一道，再以黄門侍郎嚴武爲節度使。公春晚自閬攜家歸蜀，再依武。武奏爲節度參謀。今贈蕭詩而云間清塵，則蕭是嚴公初鎮時入幕府，公在其再來時，所以爲間也。公自注之義亦明。

〔二〕次公曰：起草鳴先路，則蕭使君初自嚴幕而往，必爲舍人之職矣。唐制：舍人六人，正五品上，掌侍進奏，參議表章。凡詔旨、制敕、璽書、册命，皆起草進畫。既下，則署行。鳴先路，以駿馬比而貼之也。乘槎動要津，所以言其貴也。乘槎事，博物志載舊説云：天河與海通。近世有人居海渚者，年年八月有浮槎去來不失期。人有奇志，立飛閣於槎上，多齎糧乘槎而去。十餘日中，猶觀星月日辰，自後茫茫忽忽，亦不覺晝夜。去十餘日，奄至一處，有城郭狀，屋舍甚嚴。遥望宫中，多織婦。見一丈夫牽牛渚次飲之。牽牛人乃驚問曰：何由至此？此人具説來意，并問此是何處。答曰：君還，至蜀郡訪嚴君平，則知之。竟不上岸，因還如期。後至蜀，問君平。曰：某年月日，有客星犯牽牛宿。計年月，正是此人到天河時也。貼以要津字，則古詩云先據要路津也。

〔三〕次公曰：王舃事，後漢：王喬者，河東人也。顯宗世爲葉令。喬有神術，每月朔望常自縣詣臺朝。帝怪其來數而不見車騎，密令太史伺望之。言其臨至，輒有雙舃從東南飛來。於是候舃至，舉羅張之，但得一隻舃焉。乃詔尚方診視，則四年中所賜尚書官屬履也。蕭廣濟孝子傳：蕭芝至孝，除尚書郎。有雉數十頭，飲啄宿止。當上直，送至歧路；下直入門，飛鳴車前。今云蕭雉只相馴，則蕭使君其官應是尚書郎也。舊注既誤以爲蕭望之，又引魯恭爲中牟令，雉馴桑下，惑後學矣。

〔四〕次公曰：上句則言蕭使君之於嚴公如此。舊注：任安字少卿，爲益州刺史。司馬遷爲中書令，尊寵任職。安與遷書，責以古賢臣之義。杜田引前漢書：衛青爲大將軍，霍去病爲驃騎將軍，定令令禄秩與大將軍等。自是青日衰，而去病日益貴。故人門下多去事去病，輒得官爵，惟獨任安不肯去。子美是詩首句云：昔在嚴公幕，俱爲蜀使臣。及有塤篪、金石、食恩之語，而公自注云：嚴公殁後，老母在堂。使君温清之問，甘脆之禮，名數若己之庭闈焉。太夫人傾逝，又撫孤之情不減骨肉。以是考之，足以見蕭使君如任安之事衛青，有終始之義。舊説非是。杜田之説如此。其證任安事衛青之説則是矣，中間用公塤篪、金石之句亦以爲蕭君終始嚴公之義則非焉。此自是公言蕭使君與其交遊，和好不渝之謂，具解於後。孟母，指言嚴公之母也。孟母鄰事，列女傳曰：孟軻母者，即孟子母也，號曰孟母。孟母其舍近墓。孟子之先也，嬉戲爲墓間之事，踊躍築埋。孟母曰：此非所以居處子也。乃去，舍市傍。其子嬉戲爲賈。又曰：此非所以居處子也。乃舍學（官）〔宫〕之傍。其子遊戲，乃設俎豆，揖遜進退。曰：此可以居子。遂居。及孟子長，學六藝，卒成大儒。而孟母鄰三字，則何平叔景福殿賦：嘉班妾之辭輦，偉孟母之擇鄰。今句云荒蕪孟母鄰，則譬嚴母如孟母。既死，則所擇鄰以居止之處荒也。

〔五〕次公曰：非公自注如此分明，則誰知之？所以一部中，凡有小注，不可不謂之公自注，而删去之也。匍匐字，詩云：凡民有喪，匍匐救之。死生字，在交友言之，則所謂一死一生，乃見交情也。

〔六〕次公曰：上句，禮記檀弓：晉獻文子成室，晉大夫發焉。張老曰：美哉輪焉，美哉奂焉。歌於斯，哭於斯，聚國族於斯。文子曰：武也得歌於斯，哭於斯，聚國族於斯，是全要領以從先大夫於九京。北面再拜稽首。君子謂之善頌善禱。今句云張老存家事，則以張老比蕭使君，言能存嚴公之家事，使得令諸孫奉太夫人（襄）

〔喪〕事，哭於斯，聚族於斯，不失其家也。舊注引左傳晉侯以張老爲中軍司馬，又殊不相干也。下句，康臨死，謂其子曰：山公在，汝不孤矣。嵇康以比嚴公，故人則指言蕭使君也。

〔七〕次公曰：兩句重言蕭之報嚴如此。蓋以蕭使君之心，舊食嚴公之恩，尚慚報之鹵莽。鹵莽字，莊子曰：耕而鹵莽之，則其實亦鹵莽而報予。蕭使君銜嚴公之恩，銘鏤肌骨，常抱辛酸，故敬其母，營其家，非報恩之謂乎？酸辛字，阮嗣宗詠懷有云：對酒不能言，悽愴懷酸辛。

〔八〕次公曰：上句則公自比也。巢，則巢父；許，則許由。嵇康高士傳曰：巢父，堯時隱人。年老以樹爲巢而寢其上，故人號爲巢父。堯之讓許由也，以告巢父。巢父曰：汝何不隱汝形，藏汝光？非吾友也。乃擊其膺而下之。許由悵然不自得，乃遇清泠之水，洗其耳，拭其目，曰：嚮者聞言，負吾友。遂去，終身不相見。由乃退而遯耕於中嶽潁水之陽，箕山之下。下句則以言蕭使君也。夔，則典樂之夔；龍，則納言之龍。言如二人之材，當在廟堂之上也。

〔九〕次公曰：兩句通義，言蕭使君如大鵬之圖南，仍矯奮其翼，固當遂晉擢矣，而且爲太守，故憑熊軾以移輪也。熊軾，郡刺史之制。白樂天作類書，亦云隼旟、熊軾也。

〔一〇〕次公曰：上兩句則公又自言也。嵇康土木形骸，公言其身如之，而亦在衣冠之列也。

〔一一〕次公曰：於是再與蕭相見，如塤篪之合，而金石不移，所以瑩逾新也。杜田於終始任安義之下引此兩句，合前所謂食恩慚鹵莽，皆以爲終始之義，已辨之於前段矣。

〔一二〕次公曰：羅江，屬綿州。錦水，則成都也。成都在羅江之外，所以紀實也。

〔一三〕次公曰：結歡字，左氏傳曰：楚子使椒舉如晉，曰：寡〔君〕〔人〕願結歡於二三君。故對懷舊。其字，則向秀有懷舊賦也。過隙，言日月之疾也。莊子曰：人生一世，如白駒之過隙。故對霑巾。其字則選有涕霑巾矣。

〔一四〕次公曰：含香，省郎事。後漢：尚書郎含香握蘭，直宿於建禮門。又云，口含鷄舌香，以其奏事答對，欲使氣芬芳也。公爲工部員外郎，而不得坐省，所以爲曠絶其舍。下句則公言其病也。伏枕字，韓詩云：寤寐無爲，展轉伏枕。而張茂先詩云：伏枕終遥昔，寤言莫（子）〔予〕應。舊注誤爲傅休奕詩矣。

〔一五〕次公曰：上句則又言其不得朝謁，而思入朝之士。下句則言其在湘、潭之間時候也。周禮：揚州其浸五湖。張勃吴録：五湖者，太湖之别名，以其周行五百里，故名之。或説太湖、射貴湖、上湖、洮湖、滆湖。按國語吴越戰於五湖，直在笠澤一湖戰耳，則知或説非也。蓋太湖一名震澤，一名笠澤，一名洞庭也。古稱雁不過南，故衡山有回雁峯。

【校】莫子應：影胡刻本文選子作予。

〔一六〕次公曰：上句長卿有消渴之疾，而公亦同之，故自怪其不省解如此。家語載端木賜結駟連騎以從原憲。憲居蓬蒿中，并日而食。子貢曰：甚矣，子之病也！憲曰：予貧也，非病也。公每以原憲自比其貧。

〔一七〕次公曰：句則有求於蕭使君矣。莊子曰：莊周家貧，故往貸粟於監河侯。監河侯曰：我將得邑金，貸子三百金。周忿然作色曰：周昨來，有中道而呼者，顧視車轍有鮒魚焉。問之曰：子何爲者耶？對曰：我東海波臣也。君豈有斗升之水而活我哉？周曰：諾。我將南遊吴越之王，激西江之水而迎於子，可乎？鮒魚忿然作色曰：吾得升斗之水然活爾。君乃言此，曾不如早索我枯魚之肆！

奉送二十三舅録事之攝郴州崔偉一首（近體詩）

賢良歸盛族，吾舅盡知名〔一〕。徐庶高交友，劉牢出外孫〔二〕。泥塗豈珠玉，環堵但柴荆〔三〕。衰老悲人世，驅馳厭甲兵〔四〕。氣春江上别，淚血渭陽情〔五〕。舟鷁排風影，林烏反哺聲〔六〕。永嘉多北至，勾漏且南征〔七〕。必見公侯復，終聞盜賊平〔八〕。郴州頗涼冷，橘井尚凄清〔九〕。從役何蠻貊，居官志在行〔一〇〕。

〔一〕次公曰：賢良字，周禮：友行以尊賢良。賢，則行之傑；良，則才之美，故漢以爲科目。知名字，史多矣。

〔二〕次公曰：上句以言崔舅。徐庶，字元直。其所與遊者，諸葛亮、龐士元、司馬德操之流，故云高交友。下句則公以何無忌自待也。桓玄曰：何無忌，劉牢之外甥，酷似其舅。今舉大事，孰謂無成？

〔三〕次公曰：上句又以言崔舅，謂明珠白玉之質，豈宜辱在泥塗乎？下句則又公自言耳。柴荆字，謝靈運初去郡云：促裝反柴荆。

〔四〕次公曰：兩句公又自言年之衰老，在人世爲可悲。公之所以驅馳流寓，豈不厭當時有甲兵之亂乎？

〔五〕次公曰：氣春江上别，實道其别之時與别之處。淚血，則所謂淚盡繼之以血。渭陽情三字，晉書：世無渭陽情。

〔六〕次公曰：上句言崔舅之舡，下句則崔舅應侍太夫人以行也。晉成公(婑)〔綏〕烏賦序曰：烏之爲瑞，久矣。以其反哺識養，故爲吉鳥。李善注文選，有曰：純黑而反哺者，烏也。而林烏字，則束晳補亡詩云：嗷嗷林烏，受哺于子。

〔七〕次公曰：永嘉之亂，元帝渡江，衣冠多自北至。今句言崔舅自北而來也。葛洪求爲勾漏令，以其有丹砂耳。今句言崔舅往郴州也。南征字，出楚辭，而梁張纘有南征賦。

〔八〕次公曰：左傳曰：公侯之子孫，必復其始。今句可以見崔舅貴人孫也。

〔九〕次公曰：上句蓋亦據風土而實言之也，蓋以南方多熱，而此郡獨涼矣。橘井，在郴州。神仙蘇耽於山下鑿井種橘，救鄉里之疾病者，以井泉服一橘葉即已。

〔一〇〕次公曰：末句，子曰：言忠信，行篤敬，雖蠻貊之邦行也。又左傳曰：當官而行，何强之有？今參用之矣。

送魏二十四司直充嶺南掌選崔郎中判官兼寄韋韶州一首（近體詩）

次公曰：韋韶州者，即前所謂韋員外，名迢者。

選曹分五嶺，使者歷三湘〔一〕。才美應推薦，君行佐紀綱〔二〕。佳聲期共遠，雅節在周防。明白山濤鑒，嫌疑陸賈裝〔三〕。故人湖外少，春日嶺南長〔四〕。憑報韶州牧，新詩昨寄將。

〔一〕次公曰：選曹分五嶺，言崔郎中之充嶺南掌選也。使者歷三湘，則崔郎中出爲使，經歷三湘而往也。三湘之名，按樂史寰宇記云：湘潭、湘鄉、湘源也。五嶺，初見後漢吴祐傳云：踰越五（嶺）〔領〕。止用領字。注云：領者，西自衡山之南，東至于海，一山之限耳，别標名則有五焉。裴氏廣（川）〔州〕記云：大庾、始安、臨賀、桂陽、〔揭陽〕，是爲五嶺。鄧（得）〔德〕明南康記曰：大庾，一也；桂陽甲騎，二也；九真都龐，三也；臨賀萌渚，四也；始安越城，五也。裴氏之説，則爲審矣。唐章懷太子賢所注如此。

〔二〕次公曰：上句又以言魏爲人所薦而爲判官也。下句則言魏君之行佐崔君之紀綱也。紀綱字，如書亂其紀綱、禮云以爲紀綱是已。舊至引紀綱之僕，何其下也。

〔三〕次公曰：上句則魏、崔皆著佳聲而共遠矣。次句則戒魏之佐選事如下句也。明白山濤鑒，則戒之以公也。山濤前後選舉，周徧内外，而并得其才。再居選職，十有餘年。每一官闕，輒啟擬數人，詔旨有所向，然後顯奏。隨帝意所欲爲先，故帝之所用，或非舉首。衆情不察，以濤輕重任意。或譖之於帝，手詔戒濤曰：夫用人惟才，不遺疏遠單賤，天下便化矣。濤行之。自若一年之後，衆情乃寢。濤所奏，甄别人物，各爲題目，時稱山公啟事。今句云：明白山濤鑒，則戒之以不必覷上意以爲輕重也。嫌疑陸賈裝，又戒之以廉也。賈説南越尉佗，賜賈橐中裝直千金，佗送亦千金。今魏君往嶺南充掌選判官，苟有千金之裝如陸賈，則爲嫌疑。

〔四〕次公曰：故人湖外客，此是韋迢詩一句。公改一字，而精神健矣。或云，因其詩句而翻答之。是不然。迢之詩曰：故人湖外客，白首尚爲郎。則所謂客者，指言杜公也。今公云湖外少，則言交舊之少耳。義自不同，非翻答也。

送趙十七明府之縣一首（近體詩）

連城爲寶重，茂宰得材新〔一〕。山雉迎舟楫，江花報邑人〔二〕。論交翻恨晚，卧病却愁春〔三〕。惠愛南公悦，餘波及老身〔四〕。

〔一〕次公曰：連城事，言和氏之璧也。史記曰：趙惠王得和氏璧。秦昭王聞之，使人遺趙王書，願以十五城易璧。趙王得秦王書，與大將廉頗諸大臣謀：欲與秦璧，城恐不可得而見欺；欲勿與，即患秦兵之來。計未定，求令報秦者，未得。（官）〔宦〕者令繆賢曰：臣舍人藺相如可使。王召見，問藺相如。趙王遂令相如奉璧西入秦。秦王坐章臺見相如，相如奉璧奏秦王。秦王大喜。相如視秦王無意償趙城，乃前曰：璧有微瑕，請指示王。王授璧相如。相如持璧却立倚柱，怒髮上衝冠曰：觀大王無償趙城意，故臣復取璧。大王必欲急臣，臣頭今與璧俱碎於柱矣！相如持其璧睨柱，欲以擊柱。秦王恐其破璧，乃辭，請以十五都與趙。相如度秦王特以詐僞爲予趙城，實不可得，乃使從者衣褐裹璧，從徑道亡歸璧於趙。秦乃不以城與趙，趙亦終不與璧。此出處雖無連城兩字，而盧子諒覽古詩云：連城既僞往，荆玉亦真還。今句云連城爲寶重，所以美趙十七也。茂宰字，謝玄暉和伏武昌登孫權故城詩：雄圖悵若兹，茂宰深遐睠。故李太白亦用此兩字。其贈義興宰云：天子思茂宰，天枝得英材。舊注輒指爲卓茂，誤矣。

〔二〕次公曰：上句則禽鳥知所馴，下句則草木知所喜。皆美言之，蓋言江花時節報君之到也。

〔三〕次公曰：論交字，公詩又云生死論交地，未見所出。翻恨晚，則與趙十七晚方相論也。卧病字，如謝玄暉有在郡卧病呈沈尚書詩一首。

〔四〕次公曰：蓋言施惠愛而南人喜悦，公自謂老身亦霑其餘波也。南公字，前漢項籍傳：南公稱曰：楚雖三户，亡秦必楚！餘波及三字，禹貢云：餘波(及)〔入〕於流沙。而義則左傳云：其波及晉國者，君之餘也。

追酬故高蜀州人日見寄并序　一首　（古詩）

次公曰：高蜀州，高適也。適於肅宗時，以諫議大夫除揚州大都督府長史。李輔國數短毁之，下除太子詹事。未幾，蜀亂。出爲彭州刺史，又遷蜀州。按房琯作蜀州先主廟碑，載州將高公適修建。其末云：公頃自彭遷蜀，而新唐史高適傳云：出爲蜀、彭刺史。先蜀而後彭，誤矣。與公唱和者，當時蓋多矣，而得編集中，非特公之至交，蓋亦其詩於公有取焉爾。此篇亦或類公，覽者可見也。其題云人日寄杜二拾遺，其下著名氏云：高適。其詩云：人日題詩寄草堂，遥憐故人思故鄉。柳條弄色不忍見，梅花滿枝空斷腸。身在南蕃無所預，心懷百憂復千慮。今年人日空相憶，明年此日知何處。一卧東山三十春，豈知書劍老風塵。龍鍾還忝二千石，愧爾東西南北人。次公爲之解曰：人日，正月七日也。荆楚歲時記曰：正月七日爲人日。此應是壬寅寶應元年之人日，蓋辛丑上元二年秋，高公尚在彭州，至冬造橋時，方在蜀州也。柳條弄色，梅花滿枝，所以思故鄉也。夫梅柳觸處有之，而思故鄉，則思其時之事矣。梁簡文帝春日詩有云：桃含可憐紫，柳發斷腸青。柳不忍見，而梅空斷腸，亦此意也。今蜀州刊高適詩集，一士人書其集後，引此兩句云：頗致意於君子、小人之際，真欲逼子美矣。次公探其意，蓋以梅言君子，柳言小人，非是。緣近世學者於(社)〔杜〕公詩，每以君子、小人分解其詩句，如市橋官柳細，江路野梅香；又如麝香眠石竹，鸂鶒啄金桃。皆以爲君子在野，小人在位者。次公於丙帙成都西郊詩嘗論之矣。身在南蕃，指言蜀州於國爲南蕃也。傳有稱爲南蕃，史有竊爲東蕃，此南蕃之例也。豈當成都改爲南京，而蜀州在成都之南，故多南蕃乎？百憂千慮，合使兩出。百憂字，詩云：罹此百憂。千慮字，傳云：智者千慮，必有一失。此格大似杜公，如云千崖萬壑也。一卧東山，高君自言也。適渤海人，少落魄，不治生事。客梁、宋間。杜公又有詩云：昔者與高李，晚登單父臺。高，謂高適，李，謂李白。單父在齊，則適又遊齊。今云東山者，豈皆在長安之東乎？書劍字，荆軻好讀書擊劍。又，項羽傳：初學書不成，去學劍。後人言書劍，所以爲干謁之具。風塵字，古人或止以言塵埃，則陸士衡云：京洛多風塵是也；或以言兵塵，則顔之推雲風塵暗天起是也。今此以言兵塵矣。豈知書劍老風塵，則言所學書劍豈知其徒老於兵戈之際耶。舊本正作與風塵，説者以爲卧東山三十春，所以不復知有書劍之用，且不知有風塵之變。此説費力矣。老風塵，又所以引末句之言，蓋初以書劍從事，而至老却遭風塵，然雖龍鍾而還爲太守，有愧於杜公爲東西南北之人也。孔子曰：丘也，東西南北之人也。則以孔子之歷聘比杜公矣。龍鍾字，詩人承用之熟。琴操載卞和怨歌曰：空山歔欷涕龍鍾。周王褒與周弘讓書曰：援筆攬紙，龍鍾橫集。則皆以爲涕淚之貌，大率不能收斂之意。故韓退之言孟郊亦曰白首詩龍鍾也。二千石，漢刺史之秩也。適初爲彭州，今又爲蜀州，此所以謂之還忝歟？

開文書帙中，檢所遺忘，因得故高常侍適往居在成都——時高任蜀州刺史——人日相憶見寄詩。淚灑行間，讀終篇末，自枉詩已十餘年，莫記存没又六、七年矣。老病懷舊，生意可知。今海内忘形故人，獨漢中王瑀與昭州敬使君超先在，愛而不見，情見乎辭。大曆五年正月二十一日却追酬高公此作，因寄王及敬弟〔一〕。

自蒙蜀州人日作，不意清詩久零落〔二〕。今晨散帙眼忽開一作明，非，迸淚幽吟事如昨〔三〕。嗚呼壯士多慷慨，合沓高名動寥廓〔四〕。歎我悽悽求友篇，感時鬱鬱匡君略〔五〕。錦里春光空爛熳，瑶墀侍臣已冥漠〔六〕。瀟湘水國旁黿鼉，鄠（社）〔杜〕秋天失鵰鶚〔七〕。東西南北更堪論，白首扁舟病獨存〔八〕。遥拱北辰纏寇盜，欲傾東海洗乾坤〔九〕。邊塞西蕃最充斥，衣冠南渡多崩奔〔一〇〕。鼓瑟至今悲帝子，曳裾何處覓王門〔一一〕。文章曹植波瀾闊，服食劉安德業尊〔一二〕。長笛誰能亂愁思，昭州詞翰與招魂〔一三〕。

〔一〕次公曰：所云枉詩，其枉字，謝靈運酬從弟惠連云：傾想遲嘉音，果枉濟江篇。故公又云昨枉霞上作，亦此枉字也。

〔二〕次公曰：此篇既有自序，補敘甚明。其句中使字與事，則清詩字，如傅咸贈崔伏詩曰：人之好我，贈我清詩。

〔三〕次公曰：散帙字，謝靈運酬從弟惠運詩云：散帙問所知。

〔四〕次公曰：合沓字，洞簫賦云：蕭索合沓。注：言重沓也。嗚呼壯士多慷慨，合沓高名動寥廓，指言高君有慷慨之節，有飛動之名也。

〔五〕次公曰：上句謂高君歎我而悽悽，所以有人日之寄，斯謂求友篇也。求友字，詩：相彼鳥矣，猶求友聲也。下句對時而感，則感其志鬱鬱，不得申其匡君之謀略，忝二千石而已，斯爲匡君略之不申也。

〔六〕次公曰：錦里春光空爛熳，序所謂往居在成都時，高任蜀州刺史，人日相憶見寄詩，今於正月二十一日方和，所以歎言成都時景一句也。瑶墀侍臣已冥漠，則適爲刑部侍郎左散騎常侍，乃天子玉墀之從臣，今追言其死而冥冥也。

【校】九家注下引：錦里，言成都山川景物錯雜如錦，故以謂之錦里也。

〔七〕次公曰：瀟湘水國旁黿鼉，則公今和詩之地在潭州，故言潭州一句也。鄠（社）〔杜〕秋天失鵰鶚，則久離長安，每當秋時，不見鄠（社）〔杜〕間縱放鵰鶚之樂，蓋言獵於此地。鄠（社）〔杜〕，屬長安也。鵰鶚以秋天而尤健，公又嘗曰鵰鶚在秋天，可見矣。

【校】鄠社：九家注咸作鄠杜。今按，社當作杜，蓋鄠杜乃鄠邑、杜陵，皆屬長安之地。屬長安也：九家注下又有鄠邑、杜陵也五字。

〔八〕次公曰：上兩句以答高君所謂愧爾東西南北人之句，且言其扁舟在潭也。

〔九〕次公曰：北辰，以言天子之居。孔子曰：北辰居其所，而衆星拱之。遥想北長，言雖在遠欲拱對於天子之居，而爲寇盜所纏繞，不得去也。此又指言吐蕃矣，蓋三年寇靈州及邠州，四年冬又寇靈州也。於是欲傾東海，一洗乾坤矣。公又嘗云：安得壯士挽天河，淨洗甲兵長不用也。

〔一〇〕次公曰：上句指言吐蕃。左傳云：盜賊充斥。次句則公之扁舟儘欲南下，亦是矣。晉元帝渡江，而衣冠皆南渡。今因借用其字耳。

〔一一〕次公曰：悲帝子，則公在潭州，故用潭州事以爲悲焉。屈原九歌湘夫人篇云：帝子降兮北渚。帝子謂堯女也。堯二女：娥皇、女英，隨舜不及，墮於湘水之渚，是爲湘靈。而曰湘靈鼓瑟者，由江賦有此句而承用之，世傳以爲然也。爲引下句思漢中王瑀，故因用潭州所悲之事以先之，而用帝子對王門也。鄒陽與梁孝王書曰：何王之門而不可曳長裾乎？今以不見漢中王，故云何處覓王門也。

〔一二〕次公曰：兩句所以稱美漢中王，蓋曹植，魏之陳留王也，最能文章。於文章言波瀾，公（常）〔嘗〕論詩曰毫髮無遺恨，波瀾獨老成也。劉安，漢之淮南王也，與八公著書言神仙之事。服食字，古詩云：服食求神仙，多爲藥所誤。兩句可見漢中王必能文而好道術也。

〔一三〕次公曰：末句必言長笛，則又以追思高蜀州而及之。向子期作思舊賦，以思嵇康。序云：鄰人有吹笛者，發聲寥亮。追思曩昔遊宴之好，感音而歎，故作賦云。今言吹長笛者是誰，乃能亂我愁思乎？方追思高蜀州聞笛而愁之間，魂將散亂之間，憑仗敬昭州與招其魂也。宋玉憫屈原之離索，作辭以招之，命曰招魂。舊本一作愁笛鄰家亂愁思。鄰家字雖是本出，而用字偪實，不如誰能字之宛轉乜。詞翰是兩字 世説注云：辭翰清新，則有摯虞之妙。公詩又曰：詞翰兩如神。

蘇(文)〔大〕侍御涣靜者也旅於江側凡是不交州府之客人事都絶久矣肩輿江浦忽訪老夫舟檝而已茶酒内余請誦近詩肯吟數首才力素壯詞句動人接對明日憶其湧思雷出書篋几杖之外殷殷留金石聲賦八韻記異亦記老夫傾倒於蘇至矣一首　（古詩）

次公曰：靜者字，謝靈運詩：抽疾相倚薄，還得靜者便平聲。肩輿，轎也。王子敬乘平肩輿徑入顧辟疆之園。殷殷，音上聲，詩殷其雷是也。此序云賦八韻記異，而詩止有七韻，不知是八字之誤，或詩脱一韻也？然詩意則貫耳。

【校】題曰蘇文云云：九家注作蘇大。

龐公不浪出，蘇氏今有之〔一〕。再聞誦新作，突過黄初詩〔二〕。乾坤幾音洎反覆，揚馬宜同時〔三〕。今晨清鏡中，勝食齋房芝〔四〕。余髪喜却變，白間生黑絲〔五〕。昨夜舟火滅，湘娥簾外悲〔六〕。百靈未敢散，風破寒江遲〔七〕。

〔一〕次公曰：龐公，後漢龐德公也。本傳：龐公者，南郡襄陽人。居峴山之南，未嘗入城府。

〔二〕次公曰：黄初，魏文帝即位年號。文帝爲魏太子，當後漢建安末，在鄴宫，七子從之遊，皆能詩。如謝靈運、江文通至皆擬其作，則其詩之善可知矣。建安盡二十四年，歲在己亥。改元延康，歲在庚子。十月，漢帝遜位於文帝，是爲魏，即於是年十月二十九日即位，改延康爲黄初元年。突過黄初詩，則言蘇涣新作如建安七子之流也。

〔三〕次公曰：揚，則揚雄；馬，則司馬相如。漢武帝聞楊得意誦相如子虚賦而善之，曰：朕獨不得與此人同時哉！得意曰：臣邑人司馬相如自言爲此賦。上驚歎而召之。今云乾坤幾反覆，言當時有兵亂之事，幸天下不至傾覆也。幾者，危之之辭矣。揚馬宜同時，則美蘇之文辭如二公，雖當兵亂之際，幸天下不至於傾覆，則天子宜得如揚、馬者與之同時而當驚歎召見也。反覆字，東觀漢記：王丹謂陳遵曰：俱遭世反覆，唯我二人爲天地所遺。

【校】九家注下接又過之也四字。

〔四〕次公曰：前漢：芝生甘泉宫房，作齋房之歌曰：齋房産草，九莖連葉。今比蘇涣之詩，如房芝之可茹也。

〔五〕次公曰：余髪喜變白而爲黑，以聞其詩之故，又如茹芝而變之也。

〔六〕次公曰：湘娥悲，百靈未散，皆以聞其詩而然也。公在潭州，故使潭州事。湘娥，則所謂帝子，鼓瑟之湘靈也。

〔七〕次公曰：風破字，宗慤曰：願乘長風破萬里浪。一作風波，非。

送重表侄王砅評事使南海一首（古詩）

次公曰：以會老姑言之，至公則四世也；以高祖母言之，至王砅則五世也，故公視王砅爲重表侄矣。

我之曾老姑，爾之高祖母〔一〕。爾祖未顯時，歸爲尚書婦〔二〕。隋朝大業末，房杜俱交友〔三〕。長者來在門，荒年自糊口。家貧無供給，客位但箕箒。俄傾羞頗珍，寂寞人散後。入怪鬢髮空，吁嗟爲之久。自陳剪髻鬟，鬻市充杯酒〔四〕。上云天下亂，宜與英俊厚。向竊窺數公，經綸亦俱有。次問最少年，虬髯十八九。子等成大名，皆因此人手。下云風雲合，龍虎一吟吼〔五〕。願展丈夫雄，得辭兒女醜。秦王時在座，真氣驚户牖〔六〕。及乎貞觀初，尚書踐台斗〔七〕。夫人常肩輿，上殿稱萬壽。六宫師柔順，法則化妃后。至尊均嫂叔，盛事垂不朽。鳳雛無凡毛，五色非爾曹〔八〕。往者胡作逆，乾坤沸嗷嗷〔九〕。五客在馮翊，爾家同遁逃〔一〇〕。爭奪至徒步，塊獨委蓬蒿〔一一〕。逗留熱爾腸，十里却呼號〔一二〕。自下所騎馬，右持腰間刀。左牽紫遊韁，飛走使我高〔一三〕。苟活到今日，寸心銘佩牢。亂離又聚散，宿昔恨滔滔。水花笑白首，春草隨青袍〔一四〕。廷評近要津，節制收英髦〔一五〕。北驅漢陽傳，南泛上瀧舠〔一六〕。家聲肯墜地，利器當秋豪〔一七〕。番禺親賢領，籌運神功操〔一八〕。大夫出盧宋，寶貝休脂膏〔一九〕。洞主降接武，海胡舶千艘〔二〇〕。我欲就丹砂，跋涉覺身勞〔二一〕。安能陷糞土，有志乘鯨鼇〔二二〕。或驂鸞騰天，聊作鶴鳴皐。昔鄴下童謡曰：青青御路楊，白馬紫遊繮。〔二三〕

〔一〕次公曰：我之曾老姑，爾之高祖母，此潘安仁所謂爾親伊姑，我父惟舅之勢也。

〔二〕次公曰：尚書，王珪也，貞觀十年拜禮部尚書。

【校】杜詩瑣證曾老姑條引趙曰：珪之祖僧辯爲梁太尉尚書令，則知珪之母杜氏爲其婦也。又夾注駁趙次公載西清詩話引唐書王珪傳：母李云云，不云列女傳，亦不云母盧，一書而兩説，又何耶？所引不知何據，録以備考。回棹 一首

〔三〕次公曰：房，則房玄齡；杜，則杜如晦。與王珪同學於文中子，則俱交友可知矣。

〔四〕次公曰：剪髮充杯酒，言其好客，未必實事。暗用晉陶侃母事，以形容之也。

〔五〕次公曰：風雲、龍虎，則易云雲從龍，風從虎也。

〔六〕次公曰：洪龜父云：老杜送表侄王評事詩云：我之曾老姑，爾之高祖母。從欵如此，敘説都無遺。其後忽云秦王時在座，真氣驚户牖。再論其事，他人更不敢如此道也。其説是。然上言虬髯，則王殊母所見之辭。此言秦王，則公講之之辭，蓋秦王，太宗也，所以引下句尚書踐台斗之事。龜父不省也。

〔七〕次公曰：尚書踐台斗，則貞觀中珪以侍中輔政也。

〔八〕次公曰：鳳雛無凡毛，指言尚書之子也。鳳言雛者，古有鳳將雛之曲，言毛者，南史：謝超宗，靈運孫，鳳之子。超宗作殷淑儀(誅)〔誄〕，帝大嗟賞，謂謝莊曰：超宗殊有鳳毛，靈運復出五色。則傳載天老之鳳五色，備舉出東方君子之國。　非爾曹，則非固貶王評事也，以其父言之，語雖如此，無害矣。

〔九〕次公曰：胡作逆，指言安禄山也。　嗷嗷字，韻書云：衆口愁也。祖出詩：哀鳴嗷嗷。

〔一〇〕次公曰：(左)〔在〕馮翊，同州也。公避寇同州，其事顯矣。

【校】左馮翊：正文作在馮翊，左馮翊乃舊本如此。

〔一一〕次公曰：塊獨委蓬蒿，則公困於徒步，塊然在蓬蒿中也。　塊獨字，淮南子曰：塊然獨處。劉越石曰：塊然

獨坐。

〔一二〕次公曰：王評事見公之逗留不進，而生熱腸。　逗留不進四字，出後漢書。　熱腸字，顔氏家訓：墨翟之徒，世謂熱腸。楊朱之侣，世謂冷腸。腸不可冷，腹不可熱，當以仁義爲節文爾。今云熱腸，蓋亦方言耳。公又云熱中腸也。

〔一三〕次公曰：紫遊韁，則公篇末自注已明。公於此係第二次使紫遊韁，而始自注，亦猶第二次使昏鴉而始自注引何遜詩矣。次公於句法義例論之爲詳。

〔一四〕次公曰：水花笑白首，公言其在潭州，濱於江，故爲水花所笑。　春草隨青袍，以言王評事往南海也。　句中字，則庾信哀江南賦云青袍如草也。　兩句又雙記格矣。

〔一五〕次公曰：要津字，古詩云：先據要路津。　節制收英髦，言南海節度使幕中要賢材也。

〔一六〕次公曰：漢陽者，今之漢陽軍也。　傳，音張戀切，郵馬之謂也。漢高祖紀所謂乘傳是已。　瀧，音吕江切。廣雅云：南人呼湍爲瀧。韓退之所謂隴頭瀧是已。　舠，則釋名云：舡三百斛曰舠。自漢陽而往，故曰北驅漢陽傳。其往也，以有使南海之役，故曰南泛上瀧舠。

〔一七〕次公曰：家聲字，太史公言李陵頽其家聲。　利器字，祖出老子，曰：利器不可以示人。而虞詡曰：不逢錯節盤根，何以知利器。

〔一八〕次公曰：番禺，二山名，在廣州。　親賢領，則必宗室之子爲節度也。此公近體詩末篇所謂李大夫赴廣州者乎？

〔一九〕次公曰：大夫出盧宋，寶貝休脂膏，以言廣州之李大夫也。　盧，則盧奂；宋，則宋璟，所以比李大夫也。唐舊史：奂爲南海太守。南海郡利兼水陸，瓌寶山積。劉巨鱗、彭杲相繼爲太守，五府節度皆坐贓巨萬而死，乃授奂任此遐方之地。貪吏斂迹，人用安之。又云，自開元四十年廣府節度使清白者四：裴伷先、李朝隱、宋璟及奂。此所以比李大夫於盧、宋，謂之出，則又出其上也。寳貝休脂膏，謂廉潔而不污於貨利也。昔漢孔奮清潔，身處膏脂而未嘗自潤。

〔二〇〕次公曰：廣南有溪洞蠻，共長謂之洞主。云降接武，降，音户江切。禮记曰：堂上接武。言相繼而降也。舶，大舡也。番禺雜録曰：番商遠國，運寳貨非舶不可。劉恂市舶録曰：獨檣舶，深五十餘肘；三木舶，深一百餘肘。肘者，西域以爲度也。舡總名曰艘，猶今言幾隻也。

〔二一〕次公曰：就丹砂，用葛洪事。洪聞交阯出丹砂，求爲勾漏令。至廣州，刺史鄧洪留，乃止羅浮山練丹。

〔二二〕次公曰：鯨，海中莫大之魚也。鼇，巨鼇也，列子所謂戴五山者。神仙琴高有騎鯉之事，則鯨、鼇爲可乘，尤可知也。

【校】九家注下接：見李白騎鯨魚注。左氏：況珠玉乎？實糞土也。

〔二三〕次公曰：驂鸞騰天四字，則江淹别賦中全語。詩曰：鶴鳴於九臯，聲聞於天。聊作鶴鳴臯，則今之詩聊如鶴鳴也。

發潭州一首（近體詩）

夜醉長沙酒，曉行湘水春〔一〕。岸花飛送客，檣燕語留人〔二〕。賈傅才未有，褚公書絶倫〔三〕。高名前後事，回首一傷神。褚永徽末放此州。

〔一〕次公曰：上兩句乃實道其事，而舊注强引謝靈運雪賦中酒名，何其紛紛邪！

〔二〕次公曰：檣燕者，帆檣上之泊燕也。公詩又曰：燕子逐檣烏。

〔三〕次公曰：賈傅，賈誼也。誼出爲長沙王傅，見前漢書本傳。褚公，褚遂良也。新唐書：永徽六年，高宗將廢皇后王氏，立昭儀武氏爲皇后。遂良極諫，以爲不可。致笏於殿陛曰：還陛下此笏。乃解巾叩頭流血。帝怒，令引出。翌日，李勣奏曰：此乃陛下家事，不合問外人。帝乃立武昭儀爲皇后，左遷遂良潭州都督。賈傅言才，潘安仁西征賦云賈生洛陽之才子也。未有字，則所謂未之有也。褚公言書，唐史云：遂良尤工隸書也，父友歐陽詢甚重之。太宗嘗謂魏徵曰：虞世南死後，無人可論書。徵曰：褚遂良下筆遒勁，甚得王逸少體。太宗即日召令侍書。絶倫字，則桓譚以揚雄爲絶倫也。二公皆有名者，賈在前而褚在後也。永徽盡六年，故公小注謂之永徽末。

燕子來舟中作一首（近體詩）

湖南爲客動經春，燕子銜泥兩度新〔一〕。舊人故園常識主，如今社日遠看人。可憐處處巢居室，何異飄飄託此身。暫語舡檣還起去，穿花落水益霑巾〔二〕。

〔一〕次公曰：此篇甚明。燕子，自古至今承言之熟，而所祖出，字出家語：衛孫文子得罪於獻公，居戚。公卒未葬，文子擊鐘焉。延季子適晉，過戚，聞之，曰：異哉，夫子之在此，猶燕子巢於幕也，懼猶未也，又何樂焉？君又在殯，可乎？文子於是終身不聽琴瑟。兩度新，則大曆四年、五年之春。四年在潭州城中，今歲在舟中，欲儘南而往湖南也。若銜泥字、巢室字，皆燕熟事也。古詩云：銜泥附炎熱。又云：思爲雙飛燕，銜泥巢君室。

〔二〕次公曰：末句至於霑巾，則以何異飄飄託此身而有感也。

同豆盧峯貽主客李員外賢子棐知字韻一首（近體詩）

次公曰：此篇無時節、地理可考，但舊本在燕子來舟中之下，姑從之。

鍊金歐冶子，噴玉大宛兒〔一〕。符采高無敵，聰明達所爲〔二〕。夢蘭他日應，折桂早年知〔三〕。爛漫通經術，光芒刷羽儀〔四〕。謝庭瞻不遠，潘省會於斯〔五〕。唱和將雛曲，田翁號鹿皮〔六〕。

〔一〕次公曰：兩句以美李員外之子。上句比之以劍，下句比之以馬。歐冶事，吴越春秋及越絶書皆載越王允常聘吴之歐冶子作名劍五枚。引之以鍊金字，在本出雖無，而道書有鍊金之術，主言鍊以服食，今借其字用耳。大宛事，前漢禮樂志：馬生渥洼水中，詩云：霑赤汗，沫流赭。應劭曰：大宛馬汗血霑濡也。引之以噴玉字，穆天子傳曰：天子東遊於黄澤，宿於西洛，歌曰：黄之池，其馬歕沙，皇人威儀。黄之澤，其馬歕玉，皇人壽穀。亦非大宛兒本出中字而取用耳。

〔二〕次公曰：符采字，薛夢符引孚尹讀爲浮筠，謂玉采色也。此自是浮筠，非是。杜田引曹子建七啟曰：佩則結緑縣黎，寶之微妙，符彩照燭，流景陽輝。左太沖蜀都賦：金沙銀礫，符彩彪炳。魏文帝車渠椀賦：發符采而揚榮。其説是。大率言符光輝彩也，故傅玄乘輿馬賦亦曰：符采横發。故對聰明，其字多矣。

〔三〕次公曰：夢蘭，即左傳：鄭文公有賤妾，曰燕姞，夢天與己蘭，曰：以是爲而子。蘭有國香，人服媚之。文公與之蘭而御之。辭曰：妾幸而有子，將不信，敢徵蘭乎？公曰：諾。今句言李棐之初生，特取其國香之義耳。　折桂，則郄詵云桂林一枝也。

〔四〕次公曰：羽儀字，祖雖周易：鴻漸於陸，其羽可用爲儀。而截用羽儀，則班固幽通賦：皇十紀而鴻漸兮，有羽儀於上京。

〔五〕次公曰：謝庭字，則謝太傅曰：子弟何預人事而欲其佳？車騎對曰：譬芝蘭玉樹，欲使生於庭階耳。　瞻不遠，則李員外既在此，棐爲瞻之不遠也。　不遠字，多矣。如詩云：我思不遠。　潘省，則潘安仁云：寓直於散騎之省。今公乃工部員外郎，李乃主客員外郎，盧亦必官是省郎，三人相會，故云潘省會於斯。　於斯字，多矣，如記云：歌於斯，哭於斯。

〔六〕次公曰：將雛曲，則樂府有鳳將雛之曲，以鳳比棐也。　鹿皮翁，公自謂也。列仙傳：鹿皮翁者，菑川人也。少爲府小吏，工巧，舉手能成器械。岑山上有神泉，人不能至。小吏白府君，請木工斧斤三十人，作轉輪、懸閣，意思樸至。數十日，梯道四門成。上其顛，作茅舍，留止其傍。

詠懷二首（古詩）

次公曰：此公自潭而往，非特止於衡，蓋欲儘南而往矣。何以言之？第一篇曰：夜看〔酆〕〔豐〕城〔劍〕〔氣〕，回首蛟龍池。第二篇曰：飄飄桂水遊，悵望蒼梧暮。又曰：多憂汙桃源，拙計泥銅柱。又曰結託老人星，羅浮展高步也。其句又云：風濤上春沙，則二月離潭而上尤明。

【校】酆城劍：酆城當作豐城，劍當從正文作氣。

人生貴是男，丈夫重天機〔一〕。未達善一身，得志行所爲〔二〕。嗟余意轗軻，將老逢艱危〔三〕。胡雛逼神器，逆節同所歸〔四〕。河洛化爲血，公侯草間啼。西京復陷没，翠蓋蒙塵飛〔五〕。萬姓悲赤子，兩宫棄紫微〔六〕。倏忽向二紀，奸雄多是非〔七〕。本朝再樹立，未及貞觀時〔八〕。日給在軍儲，上官督有司〔九〕。高賢迫形勢，豈暇相扶持〔一〇〕。疲茶苟懷策，棲屑無所施〔一一〕。先王實罪己，愁痛正爲兹〔一二〕。歲同不我與，蹉跎病於斯〔一三〕。夜看（酆）〔豐〕城氣，回首蛟龍池〔一四〕。齒髮已自料，意深陳苦詞〔一五〕。

右一

〔一〕次公曰：人生貴是男，列子載孔子遊於泰山，榮啟期行乎郕之野，鹿裘帶索，鼓琴而歌。孔子問曰：先生所樂何也？對曰：吾樂甚多。天生萬物，唯人爲貴，而吾得爲人，是一樂也；男女之別，男尊女卑，故以男爲貴。吾既得爲男矣，是二樂也；人生有不見日月，不免繈褓者，吾既已行年九十矣，是三樂也。天機字，出莊子三處，此乃天機不張，又曰嗜欲深者天機淺也。

〔二〕次公曰：兩句則孟子云窮則獨善其身，達則兼善天下也。

〔三〕次公曰：將老字，陸機歎逝賦云：余將老而爲客。又左氏：使營菟裘，予將老焉。

〔四〕次公曰：胡雛逼神器，指言安禄山。逆節同所歸，則所從其爲臣爲將者也。逆節字，如許靖與曹公書曰：足下專征之任，凡諸逆節，多所誅討也。

〔五〕次公曰：西京，言長安也。復陷没，則對河洛化血之辭，故言復焉。以其先陷河北，又陷東京，而於此又陷西京也。翠蓋，天子之車蓋。宋玉賦云：翠爲蓋。蒙塵，則天子出狩也。左傳云：蒙塵於外。此正指言明皇。舊注云：吐蕃陷京師，天子幸陜。自是代宗廣德元年事，自爲惑亂也。

〔六〕次公曰：兩宫，又以言明皇與肅宗尤明，舊注之謬矣。紫微，蓋言帝座也。

〔七〕次公曰：自天寶十四載禄山亂，至今大曆五年，凡十六年，故得以向二紀爲稱也。奸雄多是非，則其間有尊君者，有跋扈者，斯爲多是非矣。

〔八〕次公曰：本朝再樹立，方言代宗也。

〔九〕次公曰：日給在軍儲，則大曆五年吐蕃之兵未息，故也。前年方寇邠州、靈州矣。

〔一〇〕次公曰：高賢迫形勢，則迫於用兵之形勢也。

〔一一〕次公曰：疲苶者，公自言也。莊子云：苶然疲役。今公言其疲勞困苦之身，雖有良策，方在流落棲屑間，無所施展也。舊注却云：言上下顧忌，無所施爲。是何夢語！

〔一二〕次公曰：罪己字，董仲舒云：禹、湯罪己，其興也勃然。愁痛字，如漢武下哀痛之詔也。

〔一三〕次公曰：歲月不我與，即論語歲不我與也。

〔一四〕次公曰：(酆)〔豐〕城事，雷(況)〔次〕宗豫章記曰：吴未亡，恒有紫色見牛斗之間。張華聞雷孔章妙達緯象，乃要宿，問天文。孔章曰：惟牛斗之間有異氣，是寶物也，精在豫章豐城。張華遂以孔章爲豐城令。至縣，掘獄舍深二丈，得玉匣，長八尺。開之，得二劍。其夕，牛斗氣不復見。此乃南中事，公既離潭而欲儘往，故及之。蛟龍字，則吴志：周瑜云：蛟龍得雲雨，終非池中物也。

〔一五〕次公曰：齒髮已自料，言自料其齒髮脱也，但意深詞苦爲不能已耳。

邦危壞法則，聖遠益愁慕。飄飖桂水遊，悵望蒼梧暮〔一〕。潛魚不銜鈎，走鹿無反顧〔二〕。皦皦幽曠心，拳拳異平素〔三〕。衣食相拘閡，朋知限流寓〔四〕。風濤上春沙，千里浸江樹〔五〕。逆行少吉日，時節空復度。井竈任塵埃，舟航煩數具〔六〕。牽纏加老病，瑣細隘俗務。萬古一死生，胡爲足名數〔七〕。多憂汙桃源，拙計泥銅柱〔八〕。未辭炎瘴毒，擺落跋涉懼〔九〕。虎狼窺中原，焉得所歷住〔一〇〕。葛洪及許靖，避世常此路〔一一〕。賢愚誠等差，自愛各馳騖〔一二〕。擁滯僮僕慵，稽留篙師怒。終當挂帆席，天意難告訴〔一三〕。南爲祝融客，勉强親杖屨〔一四〕。結託老人星，羅浮展衰步〔一五〕。

右二

〔一〕次公曰：飄飖桂水遊，悵望蒼梧暮，則身尚在衡州，欲往而懷歎也。桂水，出會稽，禹崩之地。蒼梧，葬舜之所，此所以言聖遠益愁慕也。

〔二〕次公曰：潛魚、走鹿，蓋以自譬。潛魚字，則詩云：魚潛在淵，或在于渚。故對走鹿。其字則左傳云：鹿死不擇音，鋌而走險。

〔三〕次公曰：曒曒，蓋如曒日之曒，言幽曠心自分明也，而乃拳拳然屈身以全生，此所以異乎素矣。

〔四〕次公曰：朋知字，謝靈運詩：再與朋知辭。　流寓字，謝靈運擬王粲詩序云：家本秦川貴公子孫，遭亂流寓，自傷情多。

〔五〕次公曰：風濤字，顏延年詩：春江壯風濤。　江樹字，選詩有：雲中辨江樹。

〔六〕次公曰：井竈任塵埃，則言其居止之處，井與竈不汲不爨，所以塵埃也。

〔七〕次公曰：萬古一死生，言貴賤壽夭，同一死生。　胡爲足名數，自弔其困於形名度數，不敢踰越也。

〔八〕次公曰：桃源，在今之鼎州。陶淵明集載：晉太元中，武陵人捕魚爲業。緣溪行，忘路之遠近。忽逢桃花林。林盡水源，便得一山。山有小口，髣髴若有光。便捨舡從口入。初極狹，纔通人。復行數十步，豁然開朗。土地平曠，屋舍儼然。有良田、美池、桑竹之屬。黄髮垂髫，并怡然自樂。見漁人，乃大驚，問所從來。具答之。便要還家，爲設酒，殺鷄作食。林中人聞有此人，咸來問訊。問今是何世，所不知有漢，無論魏晉。此人一一爲具言所聞。皆歎(悦)〔惋〕。餘人各復延至其家，皆出酒食。停數日，辭去。此中人語云：不足爲外人道也。既出，得其舡，便扶向路，處處誌之。及郡下，詣太守説如此。太守即遣人隨其往。尋向所誌，遂迷不復得路。　多憂而往，則亦汙之矣。　銅柱，馬伏波所建，於愛州西南角之極處。按寰宇記：愛州九真郡有銅柱，馬援以表封疆。　韋公幹爲刺史，欲推鎔貨之。人曰(史)君果壞是，吾屬欲海神所殺矣。訴之都督韓約。約移書辱之而止。今公詩云拙計而泥之，則欲必往也。

【校】皆歎悦：曾集刻本陶淵明集悦作惋。

〔九〕次公曰：兩句通義，言未得遂辭去炎瘴之毒，與未停息跋山涉水之恐懼。

〔一〇〕次公曰：張孟陽詩曰：賊盜如豺虎。今云虎狼窺中原，此大曆五年詩，四年十一月吐蕃方寇靈州，常謙光擊敗之，然窺中原之意蓋未已也。公死於是年，其歲在庚戌。其後大曆八年歲在癸丑，十月，吐蕃又寇涇、邠，則當公之未死，在大曆五年時雖不見其爲寇之地，而猶有窺中原之意矣。公詩又嘗曰：北極朝廷終不改，西山盜賊莫相侵。則指吐蕃爲盜賊。今言其猶有窺中原之意，故其所經歷不可爲久住計也。

〔一一〕次公曰：葛洪、許靖事，按晉書葛洪傳：洪以年老，欲煉丹以祈遐壽。聞交趾出丹，求爲勾漏令。帝以洪資高，不許。洪曰：非欲爲榮，以有丹耳。帝從之。洪遂將子侄俱行，乃止羅浮山鍊丹。此葛洪南行由此路之證也。又按三國志蜀書：許靖，字文休，汝南平輿人。漢靈帝時爲御史中丞。避董卓之誅，走至交趾。後以劉璋所招入蜀，仕先主爲左將軍長史。魏王朗嘗與書曰：足下周游江湖，以暨南海，歷觀夷俗，可謂偏矣。此許靖南行由此路之證也。

〔一二〕次公曰：馳騖字，揚雄曰：方其有事，則聖賢馳騖不足也。

〔一三〕次公曰：掛帆席三字，出海賦。

〔一四〕次公曰：祝融，神名。南爲祝融客，則以南方祝融之地，與下句老人星，又取南方之星爲言。舊注引祝融峯，却是衡山矣。記之言夏曰：其神祝融。

〔一五〕次公曰：晉天文志：老人一星在弧南，一曰南極。常以秋分之旦見於丙，春分之夕没於丁。則祝融之與老人星，豈非皆以南爲言乎？　羅浮，二山合體之名。茅君内傳曰：大天之内有地中之洞天三十六所。羅浮之洞周回五百里，名曰朱明曜真之天。羅浮山記曰：羅浮者，蓋總稱焉。羅，羅山；浮，浮山。二山合體，謂之羅浮。在增城、博羅二縣之境。有神仙所居。李善注謝靈運初發石城詩曰：舊説浮山在會稽，浮來博於羅山，故稱博羅，又稱羅浮。

既至衡州

酬郭十五判官一首（近體詩）

次公曰：郭十五判官者，郭受也。其與杜公詩題云：杜員外兄垂示近詩因此寄上；而其詩云：新詩海内流傳（困）〔徧〕，舊德朝中屬望勞。郡邑地卑饒霧雨，江湖天闊足風濤。松醪酒熟傍看醉，蓮葉舟輕自學操。春興不知凡幾首，衡陽紙價頓能高。自注云：衡陽出武家紙，又云出五里紙。郭之詩如此。杜集所附載他人詩者，此卷之前惟嚴武、高適、韋迢等詩，蓋必契其意者，今讀其詩可見也。郭受此詩所用新詩字，多矣，如傅玄歷九秋篇云：奏新詩兮夫君，爛然虎變兮龍文。故對舊德，則易云食舊德也。郡國地卑，指言長沙地卑濕也。松醪酒，在唐有之，所謂松醪春也。蘇東坡先生今有賦，其中亦言造酒之法矣。蓮葉舟，豈言採蓮葉之舟乎？或云舟兩舷畫蓮葉，恐不然。

【校】流傳困：九家注作流傳徧，方爲有義。

才微歲老尚虚名，卧病江湖春復生〔一〕。藥裹關心詩總廢，花枝照眼句還成〔二〕。只同燕石能星隕，自得隨珠覺夜明〔三〕。喬口橘洲風浪促，繫帆何惜片時程〔四〕。

〔一〕次公曰：首兩句實道其事。虚名字，曹操言禰衡曰：顧此人素有虚名也。卧病字，如謝玄暉有在郡卧病呈沈尚書詩一首也。郭員外詩云衡陽紙價頓能高，則公在衡州也。莊子曰：身在江湖之上，心居魏闕之下。今公所酬詩云卧病江湖，則衡州隸湖南道，皆得謂之江湖也。

〔二〕次公曰：藥裹字，公通此三用矣：曰近身藥裹手長攜，又曰藥裹網蛛絲也。其字蓋起於彭祖云：服藥千裹，不如獨卧。今修真秘訣中亦載，故對花枝。花枝字，熟矣。其在公之前，如劉孝威擬古應教云：誰家妖冶折花枝，娥眉曖睇使情移。關心字，如鮑照堂上歌行云：萬曲不關心，一曲動情多。故對照眼，則梁武帝春歌云：階上香入懷，庭中花照眼也。

〔三〕次公曰：燕石字，闞子曰：宋之愚人得燕石於梧臺之側，藏之以爲大寶。周客聞而觀焉。主人齋七日，端冕元服以發寶。革匱十重，巾十襲。客見，俛而掩口，胡盧而笑曰：此燕石也，其與瓦甓不殊。主人大怒曰：盲瞽之言醫匠之心！藏之愈固，守之愈謹。貼以星隕字，則左傳：隕石於宋五。解者曰：隕星也。此句公自謙，以言其詩如此。下句則言郭判官之詩如之也。隋珠事，搜神記曰：隋侯行見大蛇傷，救而治之。其後蛇銜珠以報之，徑寸，純白而夜光可燭堂，故歷世稱隋珠焉。

〔四〕次公曰：喬口橘洲，則郭所經往之地。喬口在潭州，公前有入喬口詩，自注云：長沙北界。橘洲亦潭州，地志載古語云：照潭無底橘洲浮。以彼處風浪促，自可催速行。今相逢於此，且勸令少駐也。

歸雁二首（近體詩）

萬里衡陽雁，今年又北歸。雙雙瞻客上，一一背人飛。雪裏相呼疾，沙邊自宿稀。繫書元浪語，愁寂故山薇〔一〕。

右一

〔一〕次公曰：雁書兩篇甚明。此篇衡陽雁實道所詠處雁耳。舊注引應德璉詩云：言我塞門來，特就衡陽宿。則恰有衡陽兩字也。惟末句繫書事，漢書曰：蘇武在匈奴中，昭帝遣使和親。常惠夜見漢使，使謂單于曰：天子射上林中，得雁。足有係帛書，言武等在某澤中。使者如其言。單于大驚，乃使武還。公亦以鄉書不至，不知故山薇蕨之信，特思鄉之語也。

欲雪違胡地，先花別楚雲。却過清渭影，高起洞庭羣。塞北春陰暮，江南日色曛〔一〕。傷弓流落羽，行斷不堪聞〔二〕。

右二

〔一〕次公曰：列子曰：雁違寒就温。此違字祖出也。春秋説題云雁之南北，以陽動也，故方欲雪而違背胡地以來，花欲開而乃先花以去。言別楚雲，亦據所詠雁處言之。若又言清渭、洞庭、塞北、江南，則皆雁往來之地矣。

〔二〕次公曰：傷弓字，出處不專是雁。有曰傷弓之鳥驚曲木；又曰傷弓之鳥必爲期。而於雁言之，則亦可矣。舊注引：更盈引虚弓而雁落，人問之，曰：此雁傷弓也。按此事出戰國策，載魏加對春申君之言，止云更羸謂魏王曰：臣爲王引弓虚發而下鳥。有雁從東方來，更嬴以虚發而下之。魏王曰：然則，射可至此乎？更嬴曰：此孽也。即無傷弓字，蓋意雖是而字非，亦爲模稜矣。嬴，音力追反，又非盈字。

白鳧行一首（古詩）

君不見黄鵠高於五尺童，化爲白鳧似老翁〔一〕。故畦遺穗已蕩盡，天寒歲暮波濤中〔二〕。鱗介腥膻素不食，終日忍饑西復東。魯門鶢鶋亦蹭蹬，聞道如今猶避風〔三〕。

〔一〕次公曰：趙壹詩云：被褐懷金玉，蕙蘭化爲芻。劉琨詩云：何意百鍊剛，化爲繞指柔。夫剛之異乎柔，蕙蘭之異乎芻，此體性之自然也。剛而化爲柔，蕙蘭之化爲芻，非其體性之變，而乃事意之易，爲可歎矣。鵠與鶴同類，遠舉之物，古人多通言之，故有黄鵠，亦有黄鶴；有白鵠，也有白鶴；有玄鵠，也有玄鶴。韓詩外傳載田饒云：黄鵠一舉千里。詩義疏曰：鵠大如鵝，長三尺。此言其飛之遠而形之高大也。莊子曰：鶴脛雖長，斷之則憂；鳧脛雖短，續之則悲。此言鵠高而鳧庳也。今公云：黄鵠高於五尺童，化爲白鳧（象）〔似〕老翁。化爲之義，乃趙壹之蕙蘭化爲芻，劉琨之剛化爲柔者也。鵠高五尺，宜高舉遠引，乃推藏低回，化作白鳧之狀，象老翁之傴僂，天寒歲暮，困於波濤之中，忍饑西東，無所投迹，此賢者失所之譬也。五尺童字，孟子云：五尺童（過）〔適〕市。老翁字，魏文帝云：已成老翁，但未頭白耳。

〔二〕次公曰：遺穗字，則遺秉滯穗之摘文也。天寒字，禮記：天寒既至。歲暮字，起於詩。此疊字格也。

〔三〕次公曰：末句，鶢鶋事，國語載海鳥曰爰居，止於魯門之外三日。臧文仲使國人祭之。展禽曰：越哉，臧孫之爲政也！　祀，國之大節也。無功而祀之，非仁也；　不知而不能問，非智也。今兹海其有災乎？　夫廣川之鳥獸，常知避其災也。是歲也，海多大風。注：爰居之所避也。　詳味詩意，前六句蓋公自況，末兩句尚念及同志之人，故謂之亦蹭蹬。此篇應與朱鳳同作。朱鳳之傷失朋而憫及在網之百鳥；　黄鵠之化鳧，而念及避風同類之鶢鶋，皆公自況其失所矣。蹭蹬字，蹭音千鄧切，蹬音唐鄧切，失勢之貌。本出海賦，言大鯨失勢之狀曰：蹭蹬窮波，陸死鹽田。公於以魚自喻己之失勢曰蹭蹬無縱鱗；　於義鶻行言白蛇爲鶻所困而失勢曰高空得蹭蹬，短草辭蜿蜒；　贈李四丈以馬之失勢比之，則曰蒼茫風塵際，蹭蹬騏驎老；　於上水遣懷又自言曰蹭蹬多拙爲，安得不皓首。今言爰居之失勢，則曰亦蹭蹬，聞道如今猶避風也。世有東溪先生（詩）集者，其中有釋杜詩十六篇。先擬毛詩之序，撮其大要而注之，以爲少啟杜詩之關鑰。以此白鳧行爲第五篇云：白鳧，閔賢者降於黎庶，無禄食，而不賢者冒名器也。上兩句注云：黄鵠而化爲白鳧，賢者降在黎庶也。次兩句注云：賢者無禄食也。又兩句注云：言賢者之不苟禄，而時亂不安其居也。下兩句注云：鶢鶋，大鳥。魯人以其大而享之，不賢者之冒名器也。以不賢而冒名器，蹭蹬宜矣。次公竊謂其以黄鵠爲君子，白鳧爲黎庶，此何所據？　於義何取乎？　鱗介腥膻亦豈可謂之苟禄乎？　鶢鶋，大鳥；　亦安可謂之不賢乎？　魯人自享之，豈鶢鶋之冒名器乎？　是不知所謂亦蹭蹬，義在亦字之憫同類也。

【校】東溪先生詩集：東溪先生集前此屢見，咸無詩字，且釋杜詩十六篇亦非詩，詩字當係衍文。

朱鳳行一首　（古詩）

君不見瀟湘之山衡山高，山顛朱鳳聲嗷嗷〔一〕。側身長顧求其羣，翅垂口噤心甚勞〔二〕。下愍百鳥在羅網，黄雀最小猶難逃。願分竹實及螻蟻，盡使鴟梟相怒號〔三〕。

〔一〕次公曰：此篇却是託興君子、小人甚明。詩有六義，四曰興。解者云，感於物而興焉也。公在衡州，衡山則眼前所見也，朱鳳則衡山上之物也，因其物而有作，乃以爲興矣。湘中記曰：遥望衡山如陣雲，沿湘千里，九向九背，乃不復見。故云瀟湘之山衡山高。句則古歌云巴(山)〔東〕之峽巫峽長之勢也。魏劉楨詩曰：鳳凰集南嶽，徘徊孤竹根。故云山顛朱鳳聲嗷嗷。嗷嗷，於韻書云：衆口愁也。字出，則詩云：哀鳴嗷嗷。

〔二〕次公曰：側身長顧求其羣，翅垂口噤心甚勞，此以譬君子之無朋也。側身字，張平子四愁詩有云側身東望、南望、西望、北望也。長顧字，未見，以俟博聞。求羣字，選賦云：獸顛狂以求羣。翅垂口噤心甚勞一句之字有三出。翅垂，則垂翅之倒文也。後漢馮異傳：始垂翅回溪，終奮翼澠池。口噤字，則噤口之倒文也。史記日者傳：噤口不能言。其後古樂府飛鳥行云：吾欲銜汝去，口噤不能開。心甚勞，則勞心之倒文也。詩云：勞心忉忉。所譬君子復何人哉？蓋公之胸懷也。

【校】巴山之峽一句：詳丁帙卷六九日五首之一注三校語。

〔三〕次公曰：末句，盡，音儘。左傳云周禮盡在魯矣是也。百鳥與黄雀，皆鳥類之小者，而鳳凰憫之，則憂及小類。鳳凰非竹實不食，今欲分之以與螻蟻，則憫及微物。鴟梟，惡禽也。唯嗜腐鼠，莊子以爲嚇鵷雛者。盡使之怒號，則鳳凰不管其自爭自怒也。四句託鳳之憂小類，憫微物，惡凶惡，乃公仁義之心如此。劉楨詩於鳳凰集南嶽，徘徊孤竹根之下云：於心有不厭，奮翅凌紫氛。豈不常勤苦，羞與黄雀羣。而公今黄雀之難逃於羅網，爲鳳所憫，則公之與劉楨，其心有(心)〔間〕矣。百鳥、黄雀，譬小類。螻蟻，以譬微物。鳳凰，以譬君子，鴟梟，以譬小人。此篇非君子、小人之譬甚明乎？世有東溪先生集者，其中有釋杜工部詩十六篇，每篇先擬毛詩之序，以撮其大要而判釋之。自以爲啟杜詩之關鑰。以此朱鳳行爲第八篇，云：朱鳳，憫天子蒙塵，小大之臣并罹禍難，而恩澤下均也。於上兩句注云：山者，高位之譬。鳳爲百禽之長，而居最高之衡山，人君在高位之譬也。次兩句云：時天子奔播，羣臣不得從。於又兩句注云：小大之臣并罹於亂。末兩句注云：竹實，鳳之所食也。分及螻蟻，欲恩澤均也。恩澤均則君子有可進之望，而小人不平於下矣。鴟梟怒號，小人不平之譬也。此詩在衡州之作，乃大曆五年也。觀東溪之注，又誤以爲天子蒙塵。則未知言明皇之蒙塵乎？言代宗之蒙塵乎？明皇幸蜀，時公在賊中，乃至德元載；代宗蒙塵於陜，時公在成都與梓、閬，乃廣德元年，不知何故却用衡山朱鳳爲況也？就其誤之中，二帝奔播，亦豈介然羣臣不從乎？鴟梟怒號，公之意本不言鴟梟爲鳳分竹實與螻蟻而怒，但言其羣類自爭而怒號耳。是之謂相也。此集刊傳，恐誤學者，故次公費辭如此。

【校】其心有心矣：有心下鈔本闕文，據九家注補矣百鳥黄雀五字；有心九家注作有間。

衡州送李大夫赴廣州一首（近體詩）

斧鉞下青冥，樓船過洞庭〔一〕。北風隨爽氣，南斗避文星〔二〕。日月籠中鳥，乾坤水上萍〔三〕。王孫丈人行，垂老見飄零〔四〕。

〔一〕次公曰：禮記云：賜斧鉞然後（征）〔殺〕。故漢魏以來爲將者多言仗斧鉞。今廣州節度主兵，得使斧鉞字矣，用對樓船。樓船者，應劭云：大船上施馬也。漢武帝大修昆明池，治樓船，高十餘丈。帝秋風辭云泛樓船兮濟汾河，而官有樓船將軍焉。　青冥，青雲也。楚辭云：據青冥而攄虹。下青冥，言自長安而來，以青冥譬之也，故對洞庭之實字矣。又況吴起有云三苗之國，左彭蠡而右洞庭乎。

〔二〕次公曰：北風，以言其時。詩云：北風其涼。　南斗，以言廣南。按晉天文志：自南斗十二度至須女七度爲星紀，爲吴越之分野也。　爽氣字，取王獻之云西山朝來致有爽氣，故對文星。晉天文志：東壁二星主文章，明，則國多君子是謂文星也，但初無單出文星兩字，蓋從來承言之熟耳。觀大中九年日官李景亮奏云：於上象文星暗，科場當有事。沈詢爲禮部侍郎，聞而憂焉。至是三科盡覆試。於天文志無文星字，則亦是東壁二星而已。公於宴胡侍御書堂落句云：今夜文星動，吾儕醉不歸。則又嘗使文星字矣。係北風之下，故言爽氣，係南斗之下，故言文星，乃詩人之巧矣。隨與避字，則公於此又用也。前篇如觀安西兵過云孤雲隨殺氣，飛鳥避轅門焉。已上四句所以記述李大夫。

〔三〕次公曰：四句則公自言也。　日月籠中鳥，乾坤水上萍，學者多不曉而妄爲之説。鶡冠子曰：籠中之鳥，空籠不出，而左太沖詠史云：習習籠中鳥，舉翮觸四隅。劉伶曰：俯觀萬物，擾擾焉，若江海之載浮萍。而江文通擬王粲詩曰：朝露竟幾何，忽如水上萍。於前人詩中有此籠中鳥、水上萍六字，故兩處取用，混成爲對。其句蓋言我身於日月之下，如籠中之鳥，局而不伸；於天地之中，如水上之萍，泛而無定。非謂言以日月爲籠，而我爲鳥；以天地爲水，而我爲萍也，而學者穿鑿之過，遂以爲如此。或又謂日月於天，止是籠中之鳥，乾坤於大空，止是水上之萍。此尤爲非是。蓋以有天地之外皆是水之説，則言乾坤如水上萍猶可，而日月在籠中如鳥，則何等語邪？又意與上下文尤不相貫矣。公每用日月、乾坤、江湖、天地、江漢，皆以廣大之物著其上，而下承以所言之事耳。如日月低秦樹，乾坤繞漢宫，以言土地之尅復；江湖多白鳥，天地足青蠅，以興小人之多如蚊蠅；江漢思歸客，乾坤一腐儒，以言一身在天地中特爲客之一士；身世雙蓬鬢，乾坤一草亭，以言其身與所居之茅屋；　如曰飄零何所似，天地一沙鷗，又取沙鷗爲比，用説其在天地之中；　如曰江湖滿地一漁翁，又自著其在江湖之上。惟黄魯直識之，而不明解之，特曰：開廣之句也。彼舊注不解其義，謾引潘安仁云池魚籠鳥，非是。次公爲衆説之紛紛，費辭如此，頗自愧也。

〔四〕次公曰：末句，王孫，指言李大夫，蓋其人宗室矣。　丈人行三字，匈奴云：漢天子我（文）〔丈〕人行。　飄零字，多矣。若在人言之，如庾信枯樹賦有云山河阻隔，飄零離別；　而孟浩然云：平生早偏露，萬里更飄零。若公今句之勢，則公又嘗云垂老獨飄萍也。

次公蓋學杜詩者，止學其用意及格，固不敢盜犯其語，屋下架屋而已。竊以學者不深解此篇日月籠中鳥，乾坤水上萍之語，却以爲日月爲籠，而我身則籠中之鳥；　天地爲水，而我身則爲水上之萍，因用此義賦成春日一篇，句法語勢效之，而義則與杜公别。次公之詩曰：帶柳暉暉日，催花細細風。鶯流依膩碧，蝶戲揀香紅。天地籠中雀，陰陽炭裏銅。此身隨處樂，勿用嬲衰翁。上四句以言時，下四句以言己。而下段使事，蓋使莊子云：一雀適羿，羿必得之，威也。以天下爲之籠，則雀無所逃。疏云：大道曠蕩，無不制圍，故以天地爲籠，則雀無逃處。故云：天地籠中雀。則真以天地爲籠而已身爲雀也。又使賈誼云：陰陽爲炭，萬物爲銅。故云：陰陽炭裏銅。則真以陰陽爲炭，而我身爲銅也。其句法、語勢，蓋欲效之，而義與出處大不同矣。輒取附於卷末，識者無加罪焉。

己帙卷之八

庚戌大曆五年三月自衡州暫往潭州，四月避臧玠之亂，仍竄還衡州，尋離衡州至耒陽而卒，所存之詩。

三月自衡州暫往潭州。

旅夜書懷一首（近體詩）

次公曰：此詩舊在戎州詩下，合遷於此。

細草微風岸，危檣獨夜舟〔一〕。星垂平野闊，月湧大江流〔二〕。名豈文章著，官應老病休。飄零何所似，天地一沙鷗〔三〕。

〔一〕次公曰：細草，春時也。微風，則如荀子：微風過之。獨夜，則王仲宣詩：獨夜不能寐。公自衡暫往潭，蓋妻孥不俱，爲獨夜矣。

〔二〕次公曰：大江流三字，亦仲宣：大江流日夜。而五字一句。東方璆嘗與盧照鄰分韻，有云：汹湧大江流。公换一月字，點鐵成金矣。

〔三〕次公曰：飄零字，公使多矣。雪賦：從風飄零。在人言之，則取物爲譬也。何所似字，謝安内集，謂諸子侄曰：白雪紛紛何所似？斷章兩句，即送李大夫赴廣州云：日月籠中鳥，乾坤水上萍。王孫丈人行，垂老見飄零之意。

清明一首（古詩）

著處繁花矜是日，長沙千人萬人出〔一〕。渡頭翠柳艷明眉，爭道朱蹄驕齧膝〔二〕。此都好遊湘西寺，諸將亦自軍中至〔三〕。馬援征行在眼前，葛强親近同心事〔四〕。金鐙下山紅日晚，牙檣捩舵青樓遠〔五〕。古時喪亂皆可知，世人悲歎暫相遣。弟侄雖存不得書，干戈未息苦離居。逢迎少壯非吾道，況乃今朝更祓除〔六〕。

〔一〕次公曰：繁花字，梁蕭子暉冬曉詩曰：繁花無處盡，還銷寒鏡中。舊本矜作務，蔡伯世本作矜是日，是。

〔二〕次公曰：朱蹄，則以朱飾其蹄耳。左傳曰：衛公地有白馬四，公嬖向魋，魋欲之。公取而朱其尾鬣以與之。可見矣。齧膝事，舊注引朱建平善相馬。魏文將出，馬入。建平曰：此馬今日死矣。及將乘，馬惡香，齧帝膝。帝怒，遣使殺之。非是，蓋惡香嚙帝膝，馬性偶如此耳。若皆如此，豈不傷人乎？公蓋使王褒聖主得賢臣頌有曰：駕齧膝，驂乘旦。張晏曰：皆良馬名。應劭曰：馬怒有餘氣，常齧膝而行。況上句云細柳艷明眉，則柳自明其眉；今云朱蹄驕齧膝，則馬自齧其膝矣。爭道字，本出左傳：宋萬，宋之臣也，與閔公博。爭道，而公今用於馬，又有云洪波忽爭道，則用於水，最爲善用字矣。

〔三〕次公曰：舊本作諸將之自軍中至，師民瞻本之作亦，是。此實道其事耳。

〔四〕次公曰：馬援事，伏波將軍馬援征交趾女子徵側，又擊武陵五溪蠻夷。此以比主帥。葛强，晉山簡之愛將也，以比主帥之愛將。

〔五〕次公曰：青樓，則所祓禊之處，岸上有之也。其字則古樂府劉生詩：大路起青樓。又張正見採桑詩：倡妾不勝愁，結束下青樓。舊本作紅粉晚，當作紅日晚。捩舵，轉舡也。

〔六〕次公曰：祓除字與事，按周禮：女巫掌歲時，祓除釁浴。鄭注：歲時祓除，如今三月上巳往水上之類。唐氣朔大曆五年三月三日清明，以清明日值上巳，則今朝更祓除之義尤的。

題衡山縣文宣王廟新學堂呈陸宰一首（古詩）

次公曰：此篇所謂何必三千徒，始厭戎馬氣，其戎馬氣云者，指言臧玠之亂也。唐史：大曆五年夏四月八日庚子，湖南兵馬使臧玠殺其觀察使崔灌。次篇入衡州詩云：竟流帳下血，大降湖南殃。後又有苦熱遣懷詩云：愧爲湖外客，看此戎馬亂。皆謂此也。次公竊以今詩并次篇當與後篇相連，而編詩者誤雜落花新句、清明、二寺行三篇於其間，蓋臧玠之亂在夏四月，而落花、清明皆春時詩。公避亂登舟入衡州，而二寺則在潭州長沙縣，豈不謂之編詩者誤乎？已遷三篇於前卷矣。衡州詩有云遠歸兒侍側；又云久客幸脱免；苦熱遣懷詩有云中夜混黎甿，脱身亦奔竄。可以推見公嘗寓家衡州，獨至長沙而罹臧玠之亂，却得脱歸衡州也。

旄頭彗紫微，無復俎豆事〔二〕。金甲相排蕩，青衿一憔悴。嗚呼已十年，儒服弊於地。

征夫不遑息，學者淪素志。我行洞庭野，欻得文翁肆〔一〕。侁侁胄子行，若舞風雩至〔二〕。周室宜中興，孔門未應棄〔四〕。是以資雅才，涣然立新意〔五〕。衡山雖小邑，首唱恢大義。因見縣尹心，根原舊宫閟〔六〕。講堂非曩構，大屋加塗墍〔七〕。下可容百人，牆隅亦深邃。何必三千徒，始壓戎馬氣〔八〕。林木在庭户，（蜜）〔密〕榦疊蒼翠。有井朱夏時，轆轤凍堦陀。耳聞讀書聲，殺伐災髣髴〔九〕。故國延歸望，衰顔減愁思〔一〇〕。南紀改波瀾，西河共風味〔一一〕。采詩倦跋涉，載筆尚可記〔一二〕。高歌激宇宙，凡百慎失墜〔一三〕。

【校】蜜葉：九家注作密葉，方與林木相關，是。

〔一〕次公曰：按晉天文志：昴七星，天之耳也。又爲旄頭，胡星。彗紫微，則言其犯帝座也。志又曰：紫宫垣十五星，其西蕃七，東蕃八，在北斗北，一曰紫微，大帝之座也，天子之常居也。彗字，在天文志與孛俱爲妖星之名。雖别爲一星，而今云旄頭彗紫微，則言胡星爲妖也。公詩又云胡星一彗孛，是已。此追言安史之亂也。

其俎豆事三字，則孔子曰：俎豆之事則嘗聞矣。

〔二〕次公曰：文翁肆，言學校也。文翁爲蜀郡守，興建學校以教蜀人，故風俗之變可比齊、魯。肆字，則揚子所謂書肆，陶淵明所謂講肆也。

〔三〕次公曰：侁侁，整肅貌。胄子，謂元子以下至卿大夫之子。書曰：命夔典樂，教胄子也。行音杭。舞雩字，論語曰：風乎舞雩，詠而歸。其疏云：雩者，祈雨之祭名，使童男女舞之，因謂其處爲舞雩。舞雩之處有壇墠樹木，可以休息，故云風涼於舞雩之下也。今云若舞風雩至，則取其義而已。

〔四〕次公曰：中興字，詩：任賢使能，周室中興焉。

〔五〕次公曰：雅才，指言陸宰也。字則王充論衡自紀篇有云：士貴雅材而慎興，不用高據以顯達。

〔六〕次公曰：詩有閟宫之篇。毛云：閟，閉也。言無事而閉。鄭氏箋云：閟，神也。謂之神宫。今舊宫閟，倒用押韻，且其義大率深閉之謂。

〔七〕次公曰：講堂字，後漢鮑永傳：孔子闕里，無故荆棘自除，自講堂至於里門。非曩構，則一新之也。塗塈字，書云惟其塗塈茨也。

〔八〕次公曰：三千徒，指言孔子之弟子也。

〔九〕次公曰：耳聞讀書聲，殺伐災髣髴，言開讀書聲而樂，彼殺伐之災在此特覺其髣髴而已，蓋讀書之氣勝之故也。

〔一〇〕次公曰：故國延歸望，衰顏減愁思，亦以聞讀書聲而遲延故國之思，減衰顏之愁。

〔一一〕次公曰：南紀字，〔廣〕〔唐〕天文志云：東循徼嶺，達〔東〕甌閩中，是謂南紀，所以限蠻夷也。改波瀾，亦以聞讀書聲而洗波瀾之氛妖。西河共風味，又以言陸宰如子夏之在西河也。

〔一二〕次公曰：兩句通義，言采詩之官倦於跋山涉水之勞，而不來采之，則史官之載筆尚可記陸宰之美也。

〔一三〕次公曰：左傳曰：奉以周旋，罔敢失墜。公言我今之高歌，爲君子者當勿失墜也。凡百字，詩所謂凡百君子，此亦以友于爲兄弟，以貽厥爲孫子之比，具於凡百慎交綏解。

入衡州一首（古詩）

次公曰：此篇作五段鋪敘。自兵革自久遠至寬猛性所將，言兵戈興起雖無害於帝王之興，但將帥失律，君臣含容，以致天下節度各任其性之寬猛以召亂如下文也。自嗟彼苦節士至明徵天莽茫，指言潭帥崔灌爲别將臧玠所殺，良由灌之苦潔其身，裁制其下所致，而傷福善明證之報不足憑也。自銷魂避鋒鏑至春容轉林篁，則敘其避難而走也。自片帆（在）〔左〕郴岸至蚊蚋焉能當，敘其已得脱難入衡州而美衡帥之得人也。自橘井舊地宅至鵾路觀翱翔，敘其將往郴州寓居而終之以觀衡帥之擢用也。

【校】在郴岸：正文作左郴岸，注〔一七〕亦作左郴岸解。

兵革自久遠，興衰看帝王〔一〕。漢儀甚照耀，胡馬何猖狂〔二〕。老將一失律，清邊生戰場〔三〕。君臣忍瑕垢，河嶽空金湯。重鎮如割據，輕權絶紀綱。軍州體不一，寬猛性所將〔四〕。嗟彼苦節士，素於圓鑿方〔五〕。寡妻從爲郡，兀者安短墻〔六〕。凋弊惜邦本，哀矜存事常〔七〕。旌麾非其任，府庫實過防。恕己獨在此，多憂增内傷。偏裨限酒肉，卒伍單衣裳〔八〕。元惡迷是似，聚謀洩康莊〔九〕。竟流帳下血，大降湖南殃。烈火發中夜，高煙焦上蒼。至今分粟帛，殺氣吹沅湘〔一〇〕。福善理顛倒，明徵天莽茫〔一一〕。銷魂避飛鏑，累足穿豺狼〔一二〕。隱忍枳棘刺，遷延胝趼瘡〔一三〕。遠歸兒侍側，猶乳女在旁。久客幸脱免，暮年慚激昂〔一四〕。蕭條向水陸，汩没隨魚筐〔一五〕。報主身已老，入朝病見妨。悠悠委薄俗，鬱鬱回剛腸。參錯走洲渚，春容轉林篁〔一六〕。片帆左郴岸，通郭前衡陽〔一七〕。華表雲鳥埤，名園花草香〔一八〕。旗亭壯邑屋，烽櫓蟠城隍〔一九〕。中有古刺史，盛才冠巖廊〔二〇〕。扶顛待柱石，獨坐飛風霜〔二一〕。昨者間瓊樹，高談隨羽觴〔二二〕。無論再繾綣，已是安蒼黃〔二三〕。劇孟七國畏，馬卿四賦良〔二四〕。門闌蘇生在蘇生，侍御涣，勇鋭白起强〔二五〕。問罪富形勢，凱歌懸否臧〔二六〕。氛埃期必掃，蚊蚋焉能當〔二七〕。橘井舊地宅，仙山引舟航〔二八〕。此行厭暑雨，厥土聞清涼〔二九〕。諸舅剖符近，開緘書札光〔三〇〕。頻繁命屢及，磊落字百行〔三一〕。江總外家養，謝安乘興長〔三二〕。下流匪珠玉，擇木羞鸞鳳〔三三〕。我師嵇叔夜，世賢張子房彼掾張勸〔三四〕。柴荆寄樂土，鵬路觀翺翔〔三五〕。

〔一〕次公曰：兩句言兵革雖不息，徒自歲月之久，而興超其衰謝，自看帝王之舉耳。興衰不是兩字，乃興衰撥亂之謂也。

〔二〕次公曰：後漢：光武爲司隸校尉，父老見之，曰：今日復見漢官儀。今言唐之法度未解，故以比之。胡馬，追言安史之兵也。

〔三〕次公曰：老將一失律，清邊生戰場，似言哥舒翰之失潼關，房琯之敗於陳濤斜，九節度之敗於相州者也。

〔四〕次公曰：君臣忍瑕垢，河嶽空金湯兩句通義。左傳曰：國君含垢，瑾瑜匿瑕。史曰金城湯池，言城如金之堅，池如湯之阻也。今以君相初含容，奸逆不即誅戮，故使河嶽之地雖是金城湯池，失守而空自如之也。於是其在天下節度，稍自威重，則如一方之割據，苟或權輕，則絶其紀綱而不振矣。以時言之，軍州所在不一其體；以性言之，爲政寬猛不一其性，苟昧於設施，所以召亂矣。

【今按】明鈔本此葉原有自嗟彼苦節士至明徵天莽茫本是一段，今以文多，分爲三節一段文字，原指注文鈔寫之分段，兹因形式改變，删去。注〔一七〕、〔二八〕兩處亦有相類文字，准此删去。

〔五〕次公曰：苦節，指言崔灌也。按新史：以士行修謹聞。大曆中，爲湖南觀察使。時將吏習寬弛，不奉法。灌少以禮法繩裁之，下多怨。楚辭九辯云：圓鑿而方枘兮，吾固知其鉏鋙而難入。崔灌以苦節爲政，是昧圓枘不入方鑿之義，而公今句則言鑿宜圓矣。乃於圓鑿而方之，文異而義同也。苦節字，出易節卦上六：苦節貞凶。象曰：其道窮也。

〔六〕次公曰：寡妻從爲郡，兀者安短墻，兩句通義，言寡妻平日遭擾，自從崔太守爲郡之後，如兀足者之安於堵墻之下，不復驚動也。蔡伯世本作寡妻從爲郡，非特無義，而且失一句之平仄。次公詳觀此篇，頗類橋陵詩，自首句至將收之句，無有不對，字眼平仄亦相次，豈却句是當仄而更爲平邪？況兩句又與下句接矣，皆不擾民之謂。

【校】蔡伯世本作寡妻從爲郡：二鈔本咸同。今按，所引蔡本云云，與趙本并無異文，注文却云非特無義，而且失一句之平仄，則鈔本引蔡本有訛。姑仍其舊，待考。

〔七〕次公曰：書曰：民爲邦本。凋弊惜邦本，言以民之凋瘵疲弊而惜之也。曾子曰：如得其情，則哀矜而勿喜。哀矜存事常，則言不妄刑罰，哀矜其人，存事體之大常也。其爲士行修謹如此。

〔八〕次公曰：灌之修謹既如上所云，然於是委以旌麾，則非其所任，蓋爲帥在寬猛適中，施予不吝，豈可過防於府庫之費乎？苟自恕己，則可獨在此矣，而多憂其費，務從減省，徒增内傷而已。於是偏裨則酒肉之儉，卒伍則衣裳之單，遂以召亂，如下文所云也。恕己字，三略曰良將恕己而治人，故曹子建表云：誠可謂恕己治人，推恩施惠者矣。

〔九〕次公曰：元惡，指言臧玠。灌既以禮法繩裁其下，故有多怨。玠與判官達奚〔覯〕忿爭，曰：今幸無事。玠曰：欲有事耶？拂衣去。是夜，以兵殺〔覯〕。灌皇遽走，遇害。玠遂據潭州。迷是似，言凶惡之人不識崔帥所爲本由禮法，而迷此之是似，乃聚謀而洩發於康莊也。爾雅：五達謂之康，六達謂之莊。史記：齊王嘉鄒奭之術，爲開第康莊之衢。聚謀而洩於通衢，則公然不顧矣。

【校】所引臧玠事，據新唐書補覯字。

〔一〇〕次公曰：流血、降殃，發烈火、分粟帛，皆以言其亂也。

〔一一〕次公曰：書曰：天道福善禍淫。又曰：明徵定保。今以崔帥之謹潔，由禮而被禍，則福善之理豈不顛倒？明證於天豈不莽茫乎？是似字，亦取詩是以似之語而摘字也。

〔一二〕次公曰：此段敍其避難而走也。銷魂字，江文通別賦云：黯然銷魂，唯別而已。飛鏑字，出選。累足，行步驚恐之義。漢書：累足脅息。豺狼字，多矣，如豺狼當道。

〔一三〕次公曰：隱忍字，漢史云：隱忍以就功名。枳棘字，如枳棘非鸞鳳所棲。邅延字，左傳云：邅延之役。

〔一四〕次公曰：激昂字，王章妻謂章曰：今在困厄，不自激昂。胝音張尼切。列子云：手足胼胝。趼音吉典切。莊子云：百舍重趼。胝與趼，皆是足瘡之名。

〔一五〕次公曰：蕭條字，多矣。汩没字，承用之熟矣。

〔一六〕次公曰：參錯字，謝靈運富春渚詩：臨圻阻參錯。注謂圻岸之險，參差交錯也。參音七森切。春容字，出禮記學記：善待問者如撞鐘，叩之以小者則小鳴，叩之以大者則大鳴。待其從容，然後盡其聲。注云：從讀如富父春戈之春。春容，謂重擊鐘也。疏云：春，謂擊也。以爲聲之形容，言鐘之爲體，必待其擊，每一春，而爲一容，然後盡其聲也。蘇東坡先生云寸莛何以發春容，正用此義。而公於江漲云萬井逼春容，則借字以言水撞擊之狀。今云春容轉林篁，則借字以言其行之悠悠，如鐘聲一春一容之未便盡也。韓退之云春容乎大篇，則又用鐘聲之悠久比文章之滔滔不窮，所以特於大篇言之。　大曰洲，小曰渚。　林，則竹與木皆謂之林篁叢竹也。

〔一七〕次公曰：片帆左郴岸，承脱難歸衡之下，公意欲往郴，故具片帆；　而言（行）〔衡〕之左，則郴岸也。衡州在郴州之西北。按九域志：州西北至本州界一百三十七里，自界首至衡州一百三十里。如此，則郴州在衡州之東南，故云左郴岸。　衡陽，即衡之倚郭縣，故云通郭前衡陽也。

【校】言行之左：行九家注引作衡，方與下文合。明鈔本原有自片帆左郴岸至蚊蚋焉能當，本是一段，今以文多，分爲三節一句，兹因形式改變，删去。

〔一八〕次公曰：華表者，橋邊之柱也。　埤在經書音毗。詩云：政事一埤遺我。而公所用則側字之音矣。公詩又曰：掖垣竹埤梧千尋。晉語：秦醫和曰：松柏不生埤。注云：下濕也。而國語音云：音卑；又皮靡反。今此乃側聲之音，然於竹埤稍有義，而於此雲鳥埤難講。或云，恐是雲鳥陣之誤。公詩嘗云共説總戎雲鳥陣，但於華表亦無説，當俟博聞。

〔一九〕次公曰：旗亭字，三代世表會旗亭下注：市樓也，立旗於上，故名旗亭。選賦云：抗旗亭之嶢嶭。　烽櫓字，設烽燧於櫓也。　櫓者，城上守禦望樓。釋名曰：櫓，露也。言露上無復屋也。　城隍者，城下之壕也。古今注曰：城隍，池之無水者。　六句所以言衡州。

〔二〇〕次公曰：巖廊字，祖出武帝制曰：舜遊巖廊之上。文穎注曰：殿下小屋也。杜田又引後漢百官志：羽林郎亦名巖郎，掌宿衛侍從。本武帝以便馬從獵，還宿殿陛巖下室中，故號巖郎。　妄也。

〔二一〕次公曰：扶顛字，即論語：顛而不扶。　柱石，言刺史乃柱石之臣。　獨坐者，御史也，豈公後篇所注崔御史漢者乎？　風霜，則御史之任。崔篆御史箴曰：簡上霜凝，筆端風起。又蘇味道贈封御史詩云：風連臺閣起，霜就簡書飛。元希聲贈皇甫侍御詩云肅子風威，嚴子霜質，是已。

〔二二〕次公曰：瓊樹，以比刺史。間瓊樹，則間廁於其間，如所謂蒹葭倚玉樹者也。　陸士衡詩曰：四坐咸同志，羽觴不可算。注：羽觴，置鳥羽於觴，以急飲也。　隨羽觴，則公嘗陪刺史之宴矣。

〔二三〕次公曰：繾綣字，左傳云：繾綣從公。

〔二四〕次公曰：劇孟、馬卿，皆以比刺史。白起以比蘇渙。前漢遊俠傳：劇孟以俠顯。吴楚反時，條侯爲太尉，乘傳東，將至河南，得劇孟，喜曰：吴楚舉大事而不求劇孟，吾知共無能爲已。天下騷動，大將軍得之若一敵國也。則劇孟以比其豪。　司馬相如字長卿，有子虛、上林賦、哀二世賦、大人賦，并載本傳，則馬卿以比其能文。

〔二五〕次公曰：白起，善用兵，事秦昭王。料敵合變，出奇無窮，聲震天下。　門闌蘇生，在公自注云：蘇生，侍御渙。則渙在崔公漢之幕府。其人勇鋭，故用白起以比其可爲將。

〔二六〕次公曰：公於末篇自注云：聞崔侍御漢乞師於洪府，師已至袁州北。此所謂問罪、凱歌者乎？　富形勢，則以兵之形勢精强也。　懸否臧，即易曰：師出以律，否臧凶。而懸闊，則非否臧之凶矣。

〔二七〕次公曰：氛埃、蚊蚋，皆以比臧玠也。

〔二八〕次公曰：橘井，在郴州。　神仙傳：蘇躭將仙，謂其母曰：以庭前橘葉一片，井水一杯，使病者以水服橘葉，病即愈。　斯可見其有宅矣。　仙山，則指言蘇仙所仙之山。　按水經載：躭既仙之後，乘白馬而返其所鑿井處，世謂馬嶺山。　公謀欲往郴，故云引舟航也。　舊注引蓬萊如可到之句，則遂指仙山爲東海中之三山矣。　非是。

【校】明鈔本原有橘井舊地宅至謝安乘興長，本是一段，今以文多，分爲兩節一句，兹因形式改變，删去。

〔二九〕次公曰：厥土聞清涼，則又指言郴州矣。公詩有曰：郴州頗涼冷，橘井尚凄涼。是已。舊注言親刺史之德而亡炎暑，又却是猶説衡州刺史，非是。又無比德之意。

〔三〇〕次公曰：公詩每以崔姓爲舅。諸舅剖符近，則必有姓崔者爲刺史矣，豈崔侍御潩者乎？

〔三一〕次公曰：頻繁命屢及，頻繁者，重疊也。

〔三二〕次公曰：江總事，按陳書：江總，字總持。七歲而孤，依於外氏，聰敏有至性。舅平光侯蕭勵，名重當時，多所鍾愛。嘗謂曰：爾操行殊異，神彩英秀，後之知名，當出吾右。謝安事，按謝安寓居會稽，出則漁弋山水，入則言詠屬文，無處世意。常往臨安山，坐石室，臨濬谷，悠然歎曰：此亦伯夷何遠。又與孫綽等泛海，吟嘯自若，放情丘壑。每遊賞，必以妓女從也。江總則公自比其爲崔氏之甥，謝安則公自比其遊行之興。

〔三三〕次公曰：下流字，論語：居下流而訕上者。公又謙其爲人特下流耳，非是珠玉之珍也。傳曰：鳥則擇木，木豈能擇鳥。史又曰：窮猿投林，何暇擇木。公之意自謙言其不暇擇木，非若鸞鳳之非梧桐不棲，故羞鸞鳳也。

〔三四〕次公曰：師嵇叔夜，則公又自言其放曠懶散如嵇康。世賢張子房，公自有本注，以美張勸也。

〔三五〕次公曰：末句，柴荆字，謝靈運初去郡云：促裝反柴荆。樂土，指言郴州。字則詩云：適彼樂土。鵬路，則莊子云九萬里者也。觀，則所以指衡州刺史矣。

白馬一首（古詩）

白馬東北來，空鞍貫雙箭〔一〕。可憐馬上郎，意氣今誰見〔二〕。近時主將戮，中夜傷於戰〔三〕。喪亂死多門，嗚呼涕如霰〔四〕。

〔一〕次公曰：此篇記事之作。蔡伯世云乃潭州詩。主將，謂崔灌也。公自衡州如長沙而逢亂。按九域志：衡州北至州界九十二里，至潭州三百九十里。以公自南而北言之，則所見之白馬爲東北來矣。

〔二〕次公曰：馬上郎字，古歌辭每以郎稱騎馬之人，如折楊柳云：腹中愁不樂，願作郎馬鞭。出入擐郎臂，蹀座郎膝邊。雖意託婦人之言，而公又嘗曰馬上誰家白面郎，大率少年之稱耳。世有東溪先生集者，其中釋杜詩十六篇，引云：輒舉數篇擬詩之序，以撮其大要而判釋之，少啟杜詩之關鑰。以此白馬爲第四篇云：白馬，憫世亂無將，以年少兒禦賊，敗王師也。於白馬東北來注云：白非戰馬。空鞍貫雙箭注云：人亡馬還也。禄山據幽州，國之東北。於可憐馬上郎注云：郎者，少年不更事之稱也。意氣今誰見注云：死於敵也，作詩者猶不敢斥言其死。後四句無解。觀此殊不考詩句胡云主將戮乎？徒誤以爲禄山之亂耳。禄山叛於天寶十四載，殺於至德元載，奈何杜公才有詩便差排作禄山邪？今詩有云白馬將軍若雷電，東溪亦取此篇爲所注之數矣。何所見而云白非戰馬乎？昔侯景之亂，舉軍皆白馬青袍，何以謂之非戰馬也？其集已刊傳，恐惑學者，故不可不辨。

〔三〕次公曰：傷於戰，一作商於。按，商於者，山名，在虢州。與此潭州之亂無相干，斷不可取。

〔四〕次公曰：涕如霰字，江文通雜體詩曰：日暮浮雲滋，握手淚如霰。屈原九歌哀郢篇云：望長楸而太息兮，涕淫淫其若霰。

逃難一首（古詩）

五十白頭翁，南北逃世難。疎布纏枯骨，奔走苦不暖。已衰病方入，四海一塗炭。乾坤萬里内，莫見容身畔。妻孥復隨我，回首共悲歎。故國莽丘墟，鄰里各分散。歸路從此迷，涕盡湘江岸。

回棹一首（近體詩）

次公曰：此公厭衡州之熱，懷峴山之涼，欲回棹而往，蓋公本襄陽人。

宿昔世安命，自私猶畏天〔一〕。勞生繫一物，爲客費多年〔二〕。衡嶽江湖大，蒸池疫癘偏〔三〕。散才嬰薄俗，有跡負前賢〔四〕。巾拂那關眼，瓶罍易滿舡〔五〕。火雲滋垢膩，凍雨裛沉綿〔六〕。强飯蓴添滑，端居茗續煎〔七〕。清思漢水上，涼憶峴山顛〔八〕。順浪翻堪倚，迴帆又省牽〔九〕。吾家碑不昧，王氏井依然〔一〇〕。几杖將衰齒，茅茨寄短椽〔一一〕。灌園曾取適，遊寺可終焉〔一二〕。遂性同漁父，成名異魯連〔一三〕。篙師煩爾送，朱夏及寒泉〔一四〕。

〔一〕次公曰：宿昔，言往者也。世安命，言自往世已然。自私猶畏天，則又言雖欲私己自便，終不若小人之不畏天也。宿昔祖出馮衍答任武達書曰：敢不陳露宿昔之意。其後承用如曹子建白馬篇云：宿昔秉良弓。安命字，莊子云：知其不可奈何而安之若命。自私字，莊子云：小智自私。畏天字，論語云：君子畏天命。兩句所以引下句也。

〔一二〕次公曰：既知安命畏天，則一任其所適。蓋人之勞生，不免繫着一物，若利、若名、若行、若止，皆是一物耳。如南史王晞謂盧思道云：卿輩亦是留連之一物，而況其它乎！惟不免繫着一物，故爲客費多年之久也。

〔三〕次公曰：衡嶽，指言衡山。按寰宇記山係之潭州湘潭縣。蒸池，按衡州衡陽縣云：吴之臨蒸，以蒸水名。蒸水者，其氣如蒸也。

〔四〕次公曰：散才者，閑散之才。嬰薄俗，則爲薄俗所嬰繞。此同乎流俗之意。賢者每以跡爲累，故以絶跡爲貴。今有留滯之跡，所以負愧於前賢矣。

〔五〕次公曰：巾拂，所以莊肅形容之物。那關眼，則舟中放曠而不用矣。瓶罍滿舡，則飲之多，故也。

〔六〕次公曰：火雲字，公屢使矣。雖起於淮南子云：旱雲煙火，而用此兩字則隋盧思道納涼賦云火雲赫而四舉。凍雨字，爾雅云：暴雨曰凍雨。故楚辭曰：使凍雨兮灑塵。

〔七〕次公曰：强飯字，漢書：行矣！强飯，勉之。端居字，雖孟浩然岳陽樓詩：欲濟無舟楫，端居恥聖明。然恐别有本出也。尊茗，皆實道其事。舊注引張翰事，冗矣。

〔八〕次公曰：此在湘潭之詩，最爲卑濕蒸鬱之處，故清思漢水，而涼憶峴山也。公本襄陽人，蓋懷鄉之語乎？

〔九〕次公曰：兩句紀欲回漢水之實。

〔一〇〕次公曰：既至漢上，則峴山之下有碑，乃吾家征南將軍所沉之碑，斯爲不昧。王粲有井在峴山之上，斯爲依然。

〔一一〕次公曰：几杖以將扶衰暮之年齒，結茅茨之廬而寄身短椽之下，皆欲往漢上之事。

〔一二〕次公曰：灌園曾取適，謂之曾，則往嘗如此矣。遊寺可終焉，則自此而至彼，以遊寺爲終焉之計也。

〔一三〕次公曰：於此遂其性，如滄浪之漁父不求名聞。翻異魯仲連，蓋仲連能却秦軍下燕城，雖不受封，猶爲取名也。其使字，則几杖字，出禮記賜之几杖。茅茨字，如莊子云：堯茅茨不剪。灌園字，如辭三公爲人灌園。遊寺字，熟矣。如吴少微有和崔日用遊開元寺詩也。

〔一四〕次公曰：此句蓋語篤師云煩爾送我一去，猶於朱夏之際，趁及寒泉之爲可挹也。梁元帝纂要曰：夏曰朱明，又曰朱夏。此乃公一時之興，自是且往耒陽矣，豈却仍往峴也。

過洞庭湖（近體詩）

鮫室圍青草，龍堆隱一作擁白沙。護隄一作江盤古木，迎棹舞神鴉。破浪南風正，回檣一作歸舟畏日斜。湖光與天遠，直欲泛仙槎。一作雲山千萬疊，底處上星槎。

憶鄭南一首（近體詩）

次公曰：舊本云憶鄭南玭。玭音蒲眠切，珠名也。韻書正作蠙，禹貢蠙珠是已。唐柳玭作家訓者，用此玭字。或云，鄭南，地名；玭，人名，居於此。意者，公之族人，行卑，故不著姓，而特言其名耳。師民瞻本則削去玭字。又，詩首句，舊云鄭南伏毒守，極難解，復具於後。

鄭南伏毒寺，蕭灑到江心〔一〕。石影銜珠閣，泉聲帶玉琴〔二〕。風杉曾曙倚，雲嶠憶春臨〔三〕。萬里滄浪水，龍蛇只自深〔四〕。

〔一〕次公曰：舊本伏毒守三字難解，師民瞻本作伏毒手，亦無義。一本作寺，却似有義。蓋伏毒而在江心，故以到江心爲蕭灑也。

〔二〕次公曰：石影、泉聲，言其處所之景物，所以成瀟灑之句。帶玉琴，言泉聲如玉琴之聲也。玉琴字，如江淹去故鄉賦：撫玉琴兮何親。舊注云，琴亦有三峽流泉操。是何夢語！

〔三〕次公曰：倚風杉、臨雲嶠，此所以題謂之憶也。

〔四〕次公曰：末句，舊本作滄浪外，師民瞻本作滄浪水，是。按樂史寰宇記：邵州有漁父廟，乃屈原所逢之父，而武岡縣有滄浪水。邵州在郴、衡之傍，此詩乃郴、衡所作，而舊本失次於前，蓋言滄浪之水徒爲龍蛇之深藏，不似鄭南江心之可到，所以成是句之義。鄭南爲地名，未見所在。

舟中苦熱遣懷奉呈陽中丞通簡臺省諸公一首（古詩）

愧爲湖外客，看此戎馬亂〔一〕。中夜混黎甿，脱身亦奔竄。平生方寸心，反當帳下難。嗚呼殺賢良，不叱白刃散〔二〕。吾非丈人特，没齒埋兵炭。恥以風病辭，胡然泊湘岸〔三〕。入舟雖苦熱，垢膩可溉灌〔四〕。痛彼道邊人，形骸改昏旦〔五〕。中丞連帥職，封内權得按。

身當問罪先，縣實諸侯半〔六〕。士卒既輯睦，啟行促精悍〔七〕。似聞上游兵，稍逼長沙館〔八〕。隣好彼克修，天機自明斷〔九〕。南圖卷雲水，北拱戴霄漢〔一〇〕。美名光史臣，長策何壯觀。驅馳數公子，咸願同伐叛〔一一〕。聲節哀有餘，夫何激衰懦。偏裨表三上，鹵莽同一貫。始謀誰其間，回首增憤惋〔一二〕。宗英李端公，守職甚昭焕〔一三〕。變通迫脅地，謀畫焉得算〔一四〕。王室不肯徵，凶徒略無憚。此流須卒斬，神器資强幹〔一五〕。扣寂豁煩襟，皇天照嗟歎〔一六〕。

〔一〕次公曰：湖外，指言洞庭湖之外，則衡州是也。　戎馬字，老子云：戎馬生於郊。戎馬亂，指言臧玠之亂也。事詳見前注。

〔二〕次公曰：舊本反掌帳下難。蔡伯世云：别本作反當，以上下詩意考之，當從别本。其説是。蓋四句通義，公自言其平生有經世之心，而反於此適當帳下有難，至於賊殺賢良，乃不能一叱白刃使散，蓋以自以爲愧矣。白刃字，禮記中庸曰：白刃可蹈也。　帳下，指言臧玠；賢良，指言崔灌。

〔三〕次公曰：四句又通義，言能叱白刃散者，非丈人之特不可，而吾非是此人，徒没齒埋於冰炭之中矣。　丈人者，長老之稱。　特字，則詩云百夫之特。　没齒字，論語云：没齒無怨言。　冰炭，言不相入也。既不能叱白刃散，却以風病辭，此爲可恥矣，但以逃難而來，故自問其胡然泊湘江之岸也。　胡然字，詩云胡然而天也，胡然而帝也。

〔四〕次公曰：垢膩字，公詩又云：垢膩脚不襪。

〔五〕次公曰：痛彼道邊人，形骸改昏旦，以言遇亂而死者，則公仁人之心又可見矣。

〔六〕次公曰：中丞，陽公也。舊唐書云：衡州刺史陽濟，各出兵討臧玠。則陽公者，陽濟矣。詩曰方伯連帥之職，即言古之諸侯也，故有下句。其句中使字，則問罪字，史有問罪之師。

【校】詩曰方伯連帥一句：九家注引作：謂連帥乃古之諸侯。

〔七〕次公曰：啟行字，詩云：元戎十乘，以先啟行。

〔八〕次公曰：似聞上游兵，稍逼長沙館，即後篇公自注云楊中丞琳問罪，將士皆自灃上達長沙也。上游者，江之上流。字則漢書：項羽曰：古之帝者，地方千里，必據上游。乃徙義帝長沙郴縣。

〔九〕次公曰：隣好彼克修，所以指言楊中丞琳矣。

〔一〇〕次公曰：南圖卷雲水，原注謂圖畫湖南，是何夢語！杜時可正謬：南圖，蓋莊子鵬飛九萬里而圖南事，故子美奉送嚴公詩又云南圖迴羽翮，北極奉星辰也。其説是。詩句之義，蓋言南之所圖謀，欲卷(静)〔盡〕雲水也。卷雲水，其卷字，則劉孝標辨命論曰：荆昭德音，丹雲不卷。北拱戴霄漢，則孔子云：北辰居其所，而衆星拱之。戴霄漢，則所以尊君也。

【校】卷静：九家注引作卷盡，方爲有義。

〔一一〕次公曰：數公子事，按唐書：灃州刺史楊子琳、道州刺史裴虬、衡州刺史陽濟，各出兵討玠。宗室李勉爲廣州刺史，亦以兵討玠。此所謂數公子也。公前云中丞連帥職，專言陽濟；後云宗英李端公，專言李勉，而此云數公〻，則併二公在其間矣。仗叛字，還云奉義詞以伐叛也。

〔一二〕次公曰：四句通義。此别説有偏裨之將三人上表，而敷陳不明同一貫耳。一貫字，多矣。如莊子：可不可，爲一貫。着同字，則又用同條共貫合之也。惟其所陳一貫而不明，所以問其誰在其間爲始謀者乎，徒令我回首憤惋也。於是引下句美李端公。

〔一三〕次公曰：端公，李勉也。勉爲御史中丞，京兆尹。大曆中，出爲廣州刺史，亦以兵討玠。宗英字，梁邠陵王讓丹陽尹表曰：臣進非民譽，退異宗英。而杜田更引吕温河間王李恭贊曰：遒駿有聲，爲唐宗英。却在杜公後矣。端公字，李肇國史補曰：御史相呼爲端公。

〔一四〕次公曰：變通迫脅地，謀畫焉得算，言李公能變而通之，於賊兵迫脅之地，用其謀畫，焉得算計可行乎。

〔一五〕次公曰：卒斬字，詩云：國既卒斬。今此則言終誅斬此凶徒也。强幹字，班固兩都賦：冠蓋如雲，七相五公；與夫州郡之豪傑，五都之貨殖，三選七遷，充奉陵邑。蓋以强幹弱枝，隆上都而觀萬國。今言神器所資，正在李端公之强幹也。

〔一六〕次公曰：末句，扣寂字，陸士衡文賦：課虛無以責有，扣寂寞而求音。

送顧八〔分〕文學適洪吉州一首（古詩）

【校】顧八：九家注作顧八分，方與注文合。

中郎石經後，八分蓋憔悴〔一〕。顧侯運鑪錘，筆力破餘地〔二〕。昔在開元中，韓擇木蔡有鄰同鼂屭〔三〕。玄宗妙其書，是以數子至〔四〕。御札早流傳，揄揚非造次〔五〕。三人并入直，恩澤各不二〔六〕。顧於韓蔡内，辨眼工小字。分日示諸王，鈎深法更秘〔七〕。文學與我遊，蕭疏外聲利。追隨二十載，浩蕩長安醉〔八〕。高歌卿相宅，文翰飛省寺。視我揚馬間，白首不相棄〔九〕。騂騮入窮巷，必脱黄金轡〔一〇〕。一論朋友難，遲暮敢失墜〔一一〕。古來事反覆，相見横涕泗。嚮者玉珂人，誰是青雲器〔一二〕。方盡傷形體，病渴汙官位〔一三〕。故舊獨依然，時危話顛躓。我甘多病老，子負憂世志。胡爲困衣食，顔色少稱遂〔一四〕。遠作辛苦行，順從衆多意〔一五〕。舟楫無根蒂，蛟鼉好爲祟。況兼水賊繁，特戒風飆駛。崩騰戎馬際，往往殺長吏〔一六〕。子干東諸侯，勸勉防縱恣〔一七〕。邦以民爲本，魚饑費香餌〔一八〕。請哀瘡痍深，告訴皇華使〔一九〕。使臣精所擇，進德知歷試〔二〇〕。惻隱誅求情，固應賢愚異〔二一〕。列士惡苟得，俊傑思自致〔二二〕。贈子猛虎行，出郊載酸鼻〔二三〕。

〔一〕次公曰：中郎，蔡邕也。事則邕拜爲中郎將，校書東觀。邕以經籍去聖久遠，文字多謬，俗儒穿鑿，疑誤後學。熹平中，表求正定六經文字，靈帝許之。邕自書册於碑，使工刻立於太學門外。兩京記云：貞觀中，得蔡邕石經數段，八分書。

〔二〕次公曰：鑪錘字，莊子云：皆在鑪錘之間。筆力字，南史：王僧虔論書有云筆力驚異；又云極有筆力。又或引梁劉孝綽應詔詩：奇文爭筆力。蓋此乃主言文章耳。破字，則宗慤云願乘長風破萬里浪之破。餘地字，莊子云：遊刃恢恢然有餘地。

〔三〕次公曰：韓，則韓擇木。蔡，則蔡有鄰。公前篇李潮八分歌曰尚書韓擇木，騎曹蔡有鄰。開元已來數八分，潮也奄有二子成三人是已。　贔屭字，張平子西都賦曰：綴以二華，巨靈贔屭。注：贔屭，作力之貌。贔，平秘切。屭，許備切。

〔四〕次公曰：玄宗妙其書，言明皇精妙於此書也。書苑曰：唐明皇好圖畫，工八分，章草豐茂英特。

〔五〕次公曰：初，張説爲麗正殿學士，獻詩。明皇自於彩牋上八分書讚曰：德重和鼎，功愈濟川。詞林秀發，翰苑光鮮。所謂御札流傳者，此也。

〔六〕次公曰：三人并入直，此謂三人，則韓擇木、蔡有鄰、顧君也。

〔七〕次公曰：鉤深字，則易云：鉤深致遠。

〔八〕次公曰：浩蕩長安醉，醉而謂之浩蕩，言醉之放肆也。觀此，則公用浩蕩字，豈在水而後言乎？

〔九〕次公曰：視我揚馬間，揚，則揚雄；馬，則司馬長卿也。　間字，蓋如季孟之間，伯仲之間者。言當二子之中也。

〔一〇〕次公曰：驊騮入窮巷，必脱黄金轡，則言顧君騎馬來相訪，必脱轡留之。馬謂之驊騮，轡謂之黄金，侈言其富貴也。

〔一一〕次公曰：遲暮字，楚辭云：傷美人之遲暮。　敢失墜字，左傳云：行父奉以周旋，未敢失隊。

〔一二〕次公曰：蠁者玉珂人，誰是青雲器，此言事之反覆，蓋貴者未必賢材矣。　珂，馬銜也。珂者，貝類，以爲馬銜，所以當馬銜之名。今云玉珂，則以玉爲之也。公嘗曰：意在驪駒白玉珂。又曰：因風想玉珂。凡早朝者騎馬，故玉珂人則爲貴人矣。　青雲器字，顔延年詠阮咸曰：仲容青雲器。注：青雲，言器之高遠也。

〔一三〕次公曰：才盡傷形體，病渴汙官位，此公自傷也。才盡字，有兩出：鮑照文辭贍逸，而（文帝）〔宋孝武〕自謂其文人所莫及，照遂爲鄙言累句，時人以爲才盡，其實不然；又，江淹夢丈夫自稱郭璞，曰：吾有筆在卿處多之旁。晉、楚、齊、衛聞之皆曰：非獨政能也，乃其姊亦烈女也。

〔三〕次公曰：人倫表字，南史：孔休源字慶緒，爲晉安王長史。武帝敕王曰：孔休源人倫儀表，當每事師之。

〔四〕次公曰：舊本前期翰林後，蔡伯世云：別本作前朝。其説是。豈聶之父或祖嘗爲翰林之職乎？

〔五〕次公曰：一本以上句荒江渺爲荒江（渺）〔眇〕，遂於此句爲半句獲浩渺。師民瞻云獲浩漾，是。漾音以沼切。注云：浩漾，大水貌。字出謝靈運山居賦：吐泉原之浩漾。

〔六〕次公曰：麾下殺元戎，即臧玠殺崔灌也。舊注云：飛旐，素旐也。引庾公上武昌，出石頭，百姓看於岸上，歌曰：庾公上武昌，翩翩如飛鳥。庾公還揚州，白馬引素旐。庾尋亡。雖是而非。飛旐字所出，潘安賦云：飛旐翻以啓路。公於八哀詩嚴武云：飛旐出江漢，孤舟轉荆衡。亦用此字也。

〔七〕次公曰：四句又皆公自言也。　鬱鬱字，張平子云鬱鬱不得志，故對悄悄。其字則詩云憂心悄悄也。猿猱言捷，蜀都賦猿狖騰希而競捷。　鸛鶴言矯，選賦云整輕翮而思矯也。

〔八〕次公曰：兩句以言聶耒陽致酒肉也。　曹子建云：烹羊宰肥牛。今云肥羊，則詩所謂（亦）〔既〕有肥羜也。　清醥字，曹子建七啟云：乃有春清醥酒，康狄所營。注：縹，匹妙切。縹，青白色。一本作清縹，則揚雄酒賦云：其味有宜城醪醴，蒼梧縹清。　蜀都賦云：觴以縹清，鮮以紫鱗。然出處是縹清，不應倒用清縹也，直用醥字耳。

【校】乃有春清醥酒：影胡刻本文選醥作縹。

〔九〕次公曰：兩句又公自言也。　喻蜀事，唐蒙通夜郎，徵發巴蜀吏卒，用軍興法誅其渠帥，巴蜀大驚。上聞之，使司馬相如作檄以責唐蒙，因喻巴蜀人以非上本意。　坑趙事，秦將白起與趙括戰於長平。秦軍射殺趙括，括軍敗，卒四十萬人降起，起盡坑殺之。

〔一〇〕次公曰：末句，公之自注甚明。按唐史：大曆五年，歲在庚戌，夏四月八日庚子，湖南兵馬使臧玠殺其觀察使崔灌。蔡伯世云：公避亂竄還衡州，有衡山縣學堂、入衡州、舟中苦熱遣懷諸詩。其詩有曰：遠歸兒侍側。又曰：久客幸脱免。又曰：中夜混黎甿，脱身再奔竄。乃知嘗寓家衡陽，獨至長沙還罹此變。本傳謂之數遭寇亂，挺節無所汙，蓋亦謂此。尋於江上阻暴水，半旬不食。耒陽聶令具舟致酒肉迎歸。一夕而卒。則此詩蓋公之絶筆矣。舊譜乃云還襄漢，卒於岳陽，尤誤矣。後餘四十年，其孫嗣業始克歸葬於偃師，乃元和八年癸巳歲也。然聞今縣猶有公墓及祠屋在焉，議者謂元微之先爲墓系而竟不能歸葬也。其説是。

乙亥冬至前四日，小飲沈无夢齋中。酒後過藏園，獲觀宋本水經注、柳柳州外集、東坡前後集，及是書。皆孤本也。

同觀者，至德周立之、叔弢叔侄。

豐潤張允亮記。

（見明鈔本題跋）

趙次公杜詩注五十九卷，獨著録於晁氏郡齋讀書志中，直齋書録無之，宋史志亦無之。雖其説散見於蔡夢弼、黄鶴、郭知達書中，而本書則明以來罕有見者。錢受之評宋代諸家注云：「趙次公以箋釋文句爲事，邊幅單窘，少所發明，其失也短。蔡夢弼捃摭子傳，失之雜。黄鶴考訂史鑑，失之愚」云云。語若曾見次公書者，然檢絳雲書目無之，而逸詩附録且沿舊本之誤，書趙次公爲趙次翁，則受之固未見也。次公此注於歲月先後、字義援據，研究積年，用思精密，其説繁而不殺。諸家節取數語，往往失其本旨，後人據以糾駁，次公受枉多矣！要就全書論之，自當位蔡、黄兩家之上。薶沉七佰年，復見於世，沅叔其亟圖鼎鐫，毋令黎氏草堂專美也。宣統八年三月寐叟記。

（見明鈔本題跋）

此據宋本重鈔趙次公著杜詩先後解也。本書成帙卷尾原識宣和原刻共十本，丙寅孟春重鈔是其證。惜僅存末帙七卷、成帙十一卷、巳帙八卷，自永泰元年五月杜下戎州起，至大曆五年四月杜卒耒陽止。所解乃杜最晚六年中所作詩，餘均佚。疑十本即十帙，所存不過十之三也。以末、成、巳三字名帙，未喻其意。次公姓名見宋本分門集註杜詩註家姓氏録，載西蜀趙次公字彦材，著正誤。乃隔一行又重出趙氏彦材，當即一人。其人當距宣和不遠，故卷首標曰新定也。趙解采入千家註爲多。錢牧齋言千家註不可盡見，略具諸集註本中，大抵蕪穢舛陋。中彼善于此者三家，趙次公、蔡夢弼、黄鶴也。又言次公註以箋釋文句爲事，然少所發明；是牧翁雖不滿趙解，仍推爲較善，且固未見趙解全書也。四庫提要言宋以來註杜諸家鮮有專本傳世，遺文緒論賴千家注以存；是亦未見趙解全書也。今無意得此，雖殘仍貴。卷中玄字缺筆，胤字缺筆，丘字不加阝旁，當是康熙時寫本。丙寅爲康熙二十五年，然各卷又别標辛巳重鈔字，當是辛巳又據丙寅本重鈔，則爲康熙四十年也。字多謬誤，當詳勘之。

庚辰十月疑翁許承堯記。

次公蜀人，于蜀中地理最詳，分析杜詩先後自可信，且爲注杜最古之書，惜神龍但見尾耳。

（見草堂藏本題識）

新定杜工部古詩近體詩先後并解末衮七卷成衮十一卷巳衮八卷

唐杜甫撰　宋趙次公註

明寫本，十二行二十一字，棉紙精鈔十巨册。每卷均先著工部年歲及所在之地，某月至某月所存之詩，次乃録本詩，詩後低一格標注，題次公曰云云。鈐有廣運之寶、臣東陽印、青宫太傅、大學士章等印，明内府藏書。

按：趙次公注杜見於九家杜詩及黄鶴、蔡夢弼所采，其書自宋以來久不見於世。甲寅夏秋，揚估陳藴山馳書來告，余斥五百金收之，及細檢乃知非完帙，原題末衮、成衮、巳衮，當是丁、戊、己三字，蓋原書五十七卷當分甲至己六衮，此僅存其半，故賈人塗改以泯其迹。然此等秘籍埋没已七百年，一旦獲之，又適爲鄉邦先哲所著，自當刊傳萬本，爲古人續命，雖揮重金而得殘帙又甯足惜耶。丙辰冬至前二日，後學傅增湘謹識。

有沈曾植氏跋，録後：

趙次公杜詩注五十九卷，獨著録於晁氏郡齋讀書志中，直齋書録無之，宋史亦無之，雖其説散見於蔡夢弼、黄鶴、郭知達書中，而本書則明以來罕有見者。錢受之評宋代諸家注云：趙次公以箋釋文句爲事，邊幅單窘，少所發明，其失也短；蔡夢弼捃摭子傳，失之雜；黄鶴考訂史鑑，失之愚。云云。語若曾見次公書者，然檢絳雲書目無之，而逸詩附録且沿舊本之誤，書趙次公爲趙次翁，則受之固未見其說繁而不殺，諸家節取數語往往失其本旨，後人據以糾駁，次公受枉多矣。要就全書論之，自當位蔡黄之上。薶沈七佰年復見於世，沅叔其亟圖鼎鐫，毋令黎氏草堂專美也。丙辰三月寐叟記。

（中華書局藏園羣書經眼録四集部上）

《中國古典文學叢書》已出書目

詩經今注	高亨注
楚辭今注	湯炳正、李大明、李誠、熊良智注
司馬相如集校注	[漢]司馬相如著　金國永校注
揚雄集校注	[漢]揚雄著　張震澤校注
張衡詩文集校注	[漢]張衡著　張震澤校注
阮籍集	[魏]阮籍著　李志鈞等校點
陸機集校箋	[晉]陸機著　楊明校箋
陶淵明集校箋(修訂本)	[晉]陶潛著　龔斌校箋
世説新語箋疏(修訂本)	[南朝宋]劉義慶撰　余嘉錫箋疏　周祖謨等整理
世説新語校釋(增訂本)	[南朝宋]劉義慶撰　[南朝梁]劉孝標注　龔斌校釋
鮑參軍集注	[南朝宋]鮑照著　錢仲聯增補集説校
謝宣城集校注	[南朝齊]謝朓著　曹融南校注集説
江文通集校注	[南朝梁]江淹著　丁福林、楊勝朋校注
文心雕龍義證	[南朝梁]劉勰著　詹鍈義證
詩品集注(增訂本)	[梁]鍾嶸著　曹旭集注
文選	[梁]蕭統編　[唐]李善注
蕭繹集校注	[南朝梁]蕭繹著　陳志平、熊清元校注

玉臺新咏彙校	吴冠文、談蓓芳、章培恒彙校
王梵志詩校注(增訂本)	[唐]王梵志著　項楚校注
盧照鄰集箋注	[唐]盧照鄰著　祝尚書箋注
駱臨海集箋注	[唐]駱賓王著　[清]陳熙晉箋注
王子安集注	[唐]王勃著　[清]蔣清翊注
陳子昂集(修訂本)	[唐]陳子昂撰　徐鵬校點
孟浩然詩集箋注(增訂本)	[唐]孟浩然著　佟培基箋注
王右丞集箋注	[唐]王維著　[清]趙殿成箋注
李白集校注	[唐]李白著　瞿蜕園、朱金城校注
高適集校注(修訂本)	[唐]高適著　孫欽善校注
杜詩趙次公先後解輯校(修訂本)	[唐]杜甫著　[宋]趙次公注　林繼中輯校
杜詩鏡銓	[唐]杜甫著　[清]楊倫箋注
錢注杜詩	[唐]杜甫著　[清]錢謙益箋注
杜甫集校注	[唐]杜甫著　謝思煒校注
岑參集校注	[唐]岑參著　陳鐵民、侯忠義校注
戴叔倫詩集校注	[唐]戴叔倫著　蔣寅校注
韋應物集校注(增訂本)	[唐]韋應物著　陶敏、王友勝校注
權德輿詩文集	[唐]權德輿撰　郭廣偉校點
王建詩集校注	[唐]王建著　尹占華校注
韓昌黎詩繫年集釋	[唐]韓愈著　錢仲聯集釋
韓昌黎文集校注	[唐]韓愈著　馬其昶校注　馬茂元整理
劉禹錫集箋證	[唐]劉禹錫著　瞿蜕園箋證
白居易集箋校	[唐]白居易著　朱金城箋校
柳宗元詩箋釋	[唐]柳宗元著　王國安箋釋
柳河東集	[唐]柳宗元著　[宋]廖瑩中輯注
元稹集校注	[唐]元稹著　周相録校注

長江集新校　［唐］賈島著　李嘉言新校
張祜詩集校注　［唐］張祜著　尹占華校注
三家評注李長吉歌詩　［唐］李賀著　［清］王琦等評注
樊川文集　［唐］杜牧著　陳允吉校點
樊川詩集注　［唐］杜牧著　［清］馮集梧注
温飛卿詩集箋注　［唐］温庭筠著　［清］曾益等箋注
玉谿生詩集箋注　［唐］李商隱著　［清］馮浩箋注　蔣凡校點
樊南文集　［唐］李商隱著　［清］馮浩詳注　錢振倫、錢振常箋注
皮子文藪　［唐］皮日休著　蕭滌非、鄭慶篤整理
鄭谷詩集箋注　［唐］鄭谷著　嚴壽澂、黄明、趙昌平箋注
韋莊集箋注　［五代］韋莊著　聶安福箋注
李璟李煜詞校注　［南唐］李璟、李煜著　詹安泰校注
張先集編年校注　［宋］張先著　吴熊和、沈松勤校注
二晏詞箋注　［宋］晏殊、晏幾道著　張草紉箋注
乐章集校箋　［宋］柳永著　陶然、姚逸超校箋
梅堯臣集編年校注　［宋］梅堯臣著　朱東潤編年校注
歐陽修詩文集校箋　［宋］歐陽修著　洪本健校箋
歐陽修詞校注　［宋］歐陽修著　胡可先、徐邁校注
蘇舜欽集　［宋］蘇舜欽著　沈文倬校點
嘉祐集箋注　［宋］蘇洵著　曾棗莊、金成禮箋注
王荆文公詩箋注　［宋］王安石著　［宋］李壁箋注　高克勤點校
王令集　［宋］王令著　沈文倬校點
蘇軾詩集合注　［宋］蘇軾著　［清］馮應榴注　黄任軻、朱懷春校點

東坡樂府箋	[宋]蘇軾著　[清]朱孝臧編年　龍榆生校箋
東坡詞傅幹注校證	[宋]蘇軾著　[宋]傅幹注　劉尚榮校證
欒城集	[宋]蘇轍著　曾棗莊、馬德富校點
山谷詩集注	[宋]黄庭堅著　[宋]任淵、史容、史季温注　黄寶華點校
山谷詩注續補	[宋]黄庭堅著　陳永正、何澤棠注
山谷詞校注	[宋]黄庭堅著　馬興榮、祝振玉校注
淮海集箋注	[宋]秦觀撰　徐培均箋注
淮海居士長短句箋注	[宋]秦觀著　徐培均箋注
清真集箋注	[宋]周邦彦著　羅忼烈箋注
石林詞箋注	[宋]葉夢得著　蔣哲倫箋注
樵歌校注	[宋]朱敦儒著　鄧子勉校注
李清照集箋注(修訂本)	[宋]李清照著　徐培均箋注
陳與義集校箋	[宋]陳與義著　白敦仁校箋
蘆川詞箋注	[宋]張元幹著　曹濟平箋注
劍南詩稿校注	[宋]陸游著　錢仲聯校注
放翁詞編年箋注(增訂本)	[宋]陸游著　夏承燾、吴熊和箋注　陶然訂補
范石湖集	[宋]范成大撰　富壽蓀標校
于湖居士文集	[宋]張孝祥著　徐鵬校點
稼軒詞編年箋注(定本)	[宋]辛棄疾撰　鄧廣銘箋注
辛棄疾詞校箋	[宋]辛棄疾著　吴企明校箋
姜白石詞編年箋校	[宋]姜夔著　夏承燾箋校
後村詞箋注	[宋]劉克莊著　錢仲聯箋注
瀛奎律髓彙評	[元]方回選評　李慶甲集評校點

雁門集	[元]薩都拉著 殷孟倫、朱廣祁校點
揭傒斯全集	[元]揭傒斯著　李夢生標校
高青丘集	[明]高啓著　[清]金檀注 徐澄宇、沈北宗校點
唐寅集	[明]唐寅著　周道振、張月尊輯校
文徵明集(增訂本)	[明]文徵明著　周道振輯校
震川先生集	[明]歸有光著　周本淳校點
海浮山堂詞稿	[明]馮惟敏著 凌景埏、謝伯陽標校
滄溟先生集	[明]李攀龍著　包敬第標校
梁辰魚集	[明]梁辰魚著　吴書蔭編集校點
沈璟集	[明]沈璟著　徐朔方輯校
湯顯祖詩文集	[明]湯顯祖著　徐朔方箋校
湯顯祖戲曲集	[明]湯顯祖著　錢南揚校點
白蘇齋類集	[明]袁宗道著　錢伯城校點
袁宏道集箋校	[明]袁宏道著　錢伯城箋校
珂雪齋集	[明]袁中道著　錢伯城點校
隱秀軒集	[明]鍾惺著　李先耕、崔重慶標校
譚元春集	[明]譚元春著　陳杏珍標校
張岱詩文集(增訂本)	[明]張岱著　夏咸淳輯校
陳子龍詩集	[明]陳子龍著 施蟄存、馬祖熙標校
夏完淳集箋校(修訂本)	[明]夏完淳著　白堅箋校
牧齋初學集	[清]錢謙益著　[清]錢曾箋注 錢仲聯標校
牧齋有學集	[清]錢謙益著　[清]錢曾箋注 錢仲聯標校

牧齋雜著	[清]錢謙益著　[清]錢曾箋注 錢仲聯標校
牧齋初學集詩注彙校	[清]錢謙益著　[清]錢曾箋注 卿朝暉輯校
李玉戲曲集	[清]李玉著 陳古虞、陳多、馬聖貴點校
吴梅村全集	[清]吴偉業著　李學穎集評標校
歸莊集	[清]歸莊著
顧亭林詩集彙注	[清]顧炎武著　王蘧常輯注 吴丕績標校
安雅堂全集	[清]宋琬著　馬祖熙標校
吴嘉紀詩箋校	[清]吴嘉紀著　楊積慶箋校
陳維崧集	[清]陳維崧著　陳振鵬標點 李學穎校補
屈大均詩詞編年校箋	[清]屈大均著　陳永正等校箋
秋笳集	[清]吴兆騫撰　麻守中校點
漁洋精華録集釋	[清]王士禛著 李毓芙、牟通、李茂肅整理
聊齋志異會校會注會評本	[清]蒲松齡著　張友鶴輯校
敬業堂詩集	[清]查慎行著　周劭標點
納蘭詞箋注	[清]納蘭性德著　張草紉箋注
方苞集	[清]方苞著　劉季高校點
樊榭山房集	[清]厲鶚著　[清]董兆熊注 陳九思標校
劉大櫆集	[清]劉大櫆著　吴孟復標點
儒林外史彙校彙評	[清]吴敬梓著　李漢秋輯校
小倉山房詩文集	[清]袁枚著　周本淳標校

忠雅堂集校箋	[清]蔣士銓著　邵海清校　李夢生箋
甌北集	[清]趙翼著　李學穎、曹光甫校點
惜抱軒詩文集	[清]姚鼐著　劉季高標校
兩當軒集	[清]黄景仁著　李國章校點
惲敬集	[清]惲敬著　萬陸、謝珊珊、林振岳標校　林振岳集評
茗柯文編	[清]張惠言著　黄立新校點
瓶水齋詩集	[清]舒位著　曹光甫點校
龔自珍全集	[清]龔自珍著　王佩諍校點
龔自珍詩集編年校注	[清]龔自珍著　劉逸生、周錫輹校注
水雲樓詩詞箋注	[清]蔣春霖著　劉勇剛箋注
人境廬詩草箋注	[清]黄遵憲著　錢仲聯箋注
嶺雲海日樓詩鈔	[清]丘逢甲著　丘鑄昌標點